短歌俳句

植物表現辞典

歳時記版

大岡 信 監修

遊子館

短歌 俳句 植物表現辞典

監修のことば

本シリーズは、大岡信監修『日本うたことば表現辞典』全九巻「植物編（上・下）」「動物編」「叙景編」「恋愛編」「生活編（上・下）」「狂歌川柳編（上・下）」（B5判）を再編集し、新書名をほどこしたものである。読者の「よりハンディーに」「より実作に便利なものに」との要望にこたえ、造本は携帯しやすいコンパクトなB6判・合成樹脂表紙となり、内容編成についても、「植物編」「動物編」「叙景編」「生活編」は総五十音順構成から歳時記構成（春、夏、秋、冬、新年、四季）へと大巾な再編集がほどこされている。「恋愛編」については「男歌」「女歌」の分類が、「狂歌川柳編」については、歳時記編のみを採択し、作品の追補がほどこされている。

新書名はそれぞれ『短歌俳句　植物表現辞典』『短歌俳句　動物表現辞典』『短歌俳句　自然表現辞典』『短歌俳句　生活表現辞典』『短歌俳句　愛情表現辞典』『狂歌川柳表現辞典』とした。

この書名には、日本独自の短詩型文学である「短歌」「俳句」「狂歌」「川柳」を、それぞれ独立した文学表現として捉えると共に、それぞれが連続し、または共鳴する文学表現である関係がしめされている。すなわち本シリーズでは、短歌・俳句を同一見出しに収録し、それぞれ万葉から現代にいたる作品が成立順に配列されている。これにより読者は、短歌と俳句の表現手法の変遷を見とることができ、歌語から俳語（季語）への捨象と結実、さらには、日本人の美意識の大河のごとき流れもうかがうことができる。

また、本シリーズには、俳句における季語がほぼ網羅されており、その意味でテーマ別の短歌俳句歳時記辞典となっている。さらに、「四季」の分類で、季語以外の見出しが豊富に収録されており、作品を通して、季語の成立とその概念を考える上でも十分参考になる。

第一巻の『植物表現辞典』には四季折々の植物の形・色・香りに寄せた多彩な作品が収録され、図版も豊富で、植物画辞典と見間違えるほどの紙面は、読者の眼を大いに楽しませるであろう。第二巻の『動物表現辞典』には、日本人の「鳥獣虫魚」に対する写実と共棲の眼差しが随所にうかがわれる。第三巻の『自然表現辞典』には、「叙景」を通した「叙情歌」のすぐれた作品群を見ることができる。第四巻の『生活表現辞典』には、一～三巻には収録されていない人事・宗教など生活万般の季語と作品が収録されている。さらに第五巻『愛情表現辞典』は、日本の詩歌作品の中心ともいうべき「叙情」、その核をなす「愛の歌」「恋愛の歌」に標準をあてており、読者は収録された作品を通して、万葉人の昔から現代に至るまで変わらない人間感情の大動脈を読みとることができよう。

最終巻の『狂歌川柳表現辞典』においても同様の編集がなされ、短歌・俳句の志向する「雅」に対し、笑いと機知、諧謔と風刺を主題とする「俗」の一大沃野を読みとることができる。読者は、「雅」に対する「俗」の中にも、人間性の全面的な開花があり、雅俗相俟って初めて、私たちの文学が全円的なものになるということを理解できるであろう。

以上のことから、本シリーズは、狂歌・川柳までをも包括した日本の短詩型文学を季語の分類に照応させ、さらに重要なテーマを追補した総合表現辞典として、また引例作品の博捜ぶりと配列の巧みさにおいて、それぞれの分野の研究者ならびに実作者にとって、有用かつ刺戟的な座右の書となるものと確信し、江湖に推奨したい。

二〇〇二年三月

監修者　大　岡　信

目　次

凡　例

一、本辞典は、本編「春」「夏」「秋」「冬」「新年」「四季」の六章、ならびに「総五〇音順索引」よりなる。

二、本辞典では、植物に関する多彩な表現を明らかにするため、植物表現語彙を見出し語として立項し、その語を詠み込んだ秀歌・秀句の用例を収録した。見出し語は植物名のみならず、「炭」「蕪汁」「蓬餅」「餅花」「竹婦人」「田植」「花野」「小豆引く」など、植物を材とする事象の名称、植物を借用した名称、植物のある景観などもとりあげ、植物と生活・風俗との幅広い関係にも考慮した。

三、見出し語の分類は、俳句において季語のものはそれぞれの季節に、季節を限定しない見出し語については「四季」の部に収録した。季語はおおむね以下の原則によって分類した。

春…立春（二月四日）から立夏の前日（五月五日）まで
夏…立夏（五月六日）から立秋の前日（八月八日）まで
秋…立秋（八月八日）から立冬の前日（十一月六日）まで
冬…立冬（十一月七日）から立春の前日（二月三日）まで

なお、新年行事に関する季語については、旧暦と新暦のずれを考慮し、「新年」の部として独立させた。

四、各章での見出し語の配列は、仮名表記の五〇音順とし、【　】内に一般に通用する漢字表記を記載した。

五、外来語名が一般的な植物名については、カタカナで見出し語を表記し、【　】内にその原語表記を記載した。

六、解説文中、以下の略号を用いた。

＊［和名由来］…見出し語の植物の和名の由来を表した。
＊［同義］…古名、別称など、同じ植物と比定できる名称を表した。
＊［漢名］…漢名を表した。
＊［花言］…西洋において一般的な花言葉を表した。花の色や植物の状態、または国によって花言葉が違ってくる場合は適宜表記した。
＊🅓…参照すべき見出し語と読み仮名を示し、その語が収録されている章を［新年］［春］［夏］［秋］［冬］［四季］で表した。

七、本辞典には、万葉から現代にいたる和歌、短歌、俳句を収録した。和歌・俳句の作品は「作品」「作者」「出典」の順に表記した。

八、掲載図版は植物名を記し、［　］内に出典を記載した。記載のない図は『大植物図鑑』（村越三千男著画）による。

九、和歌凡例

＊作品の用例・出典名は原則として『新編国歌大観』（角川書店）に拠り、本書表記凡例に従い適宜改めた。

＊勅撰集・私撰集からの和歌には、部立・巻数・作者名を適宜記載した。

＊私家集からの和歌には、出典を記載し、編・作者名を付記した。

＊百首歌、歌合からの和歌には、出典を記し、作者名の判明しているものは作者名を記載した。

＊物語中の和歌には、作品名と巻数を記載した。

＊贈答歌、長歌、旋頭歌などは、その旨を記載した。

＊江戸時代以降の和歌、現代短歌は、作者名・出典名を記載した。

＊和歌・短歌に含まれた植物表現語彙に基づき、それぞれの見出し語に用例として収録したが、季題としての表現ではないため、必ずしもその季節の歌と特定できないものもある。

一〇、俳句凡例

＊作者名の表記は、江戸期以前は俳号（雅号）または通行名とし、明治期以降は俳号に姓を付すか、または作家名・本名を記載した。俳号は『俳文学大辞典』（角川書店）、『俳諧大辞典』（明治書院）によった。

＊作者に複数の俳号がある場合は、一般的に著名な俳号で掲出した。

＊出典の表記は、原則として句集名、収録書名を記載したが、略称表記をしたものもある。

＊俳句作品は、生没年の不明な俳人も多いため、おおむね俳人の時代順に掲出した。俳人の生没年は『俳文学大辞典』（角川書店）、『俳諧大辞典』（明治書院）によった。

一一、表記について

＊解説文の漢字表記は、常用漢字、正字体を使用し、異体字はほぼ現行の字体とした。ただし、植物名としての特有性や収録歌・収録句の作品性などを考慮して、字体を残す必要のあると思われるものは、常用漢字があるものでも正字体を使用した。

＊用例作品は原則として出典どおりに収録したため、旧仮名遣いと現代仮名遣いを併用した。また異本などとの関係で、仮名・漢字の表記が常に同一とは限らない。

＊反復記号は出典に準拠し、（ゝゞ丶〻々〱〲）を使用した。

＊理解上、難読と思われる漢字、誤字などについては、適宜、ふりがなを補足した。

春の季語

立春（二月四日頃）から立夏前日（五月五日頃）

「あ」

あおきのはな【青木の花】

青木はミズキ科の常緑低樹。自生・栽植。高さ二～三メートル。雌雄異株。葉は長楕円形で先端が尖り、縁は鋸歯状で光沢がある。晩春から初夏に紫褐色の小花を開く。冬に楕円形の実を結び、鮮やかな紅色に熟す。庭木として用いられる。葉は火傷、創傷、腫物などの薬用となる。［〈青木〉和名由来］常緑樹で四季を通じて緑であるところから。［〈青木〉同義］青木葉（あおきば）、山竹（やまたけ）、みたまのき。［〈青木〉漢名］桃葉珊瑚。⬇青木の実（あおきのみ）［冬］、青木（あおき）［四季］

あおき

あおさ【石蓴】

緑藻類の海藻の総称。青海苔の代用となる。［同義］新若布（しんわかめ）、坂東青（ばんどうあお）。［漢名］石蓴。

あおのり【青海苔】

緑藻類アオサ科の海藻の総称。海浜の岩礁などに着生する。長さ六～三〇センチ。乾燥させ、揉み海苔にして米飯にかけたり、餅に混ぜたりして食用とする。［同義］青苔（あおのり）、海苔菜・苔菜（のりな）、笹海苔（ささのり）、長青海苔（ながあおのり）。⬇海苔（のり）［春］

§

青海苔の竿の先から余波《なごり》哉　野坡・寒菊随筆

青海苔をとゞけて白し磯の波　蓼太・蓼太句集

青海苔や石の窪ミのわすれ汐　几董・井華集

あおむぎ【青麦】

穂が出る前の麦が青々と繁っているさまをいう。⬇麦（むぎ）［夏］、麦青む（むぎあおむ）［春］、麦踏み（むぎふみ）［春］

§

青麦や物に倦く日の夕眺　支朗・たてなみ

青麦に降れよと思ふ地のかわき　杉田久女・杉田久女句集

朝目には青麦あらし八ケ嶽　加藤楸邨・穂高

あおやぎ【青柳・青楊】

青々とした新緑の柳をいう。「あおやなぎ」ともいう。［同義］春柳（はるやなぎ）。⬇柳（やなぎ）［春］、若柳（わかやなぎ）［春］

§

春かぜの吹《ふく》とはなけど青柳のすがたにしるくしられぬるかも　田安宗武・悠然院様御詠草

青柳はまゆに糸にもこがひする門になびける春の山里　上田秋成・秋の雲

風なしと見ゆるけさだに青柳のこゝろそなたに糸はよりけり　大隈言道・草径集

雪折のくやしかりつる一枝よりちゞに生いづる青柳のいと　大隈言道・草径集

つながれてねぶらむとする牛の顔にをりをりさはる青柳の糸　落合直文・国文学

詩をつくる友一人来て青柳に燕飛ぶ画をかきていにけり　正岡子規・子規歌集

青柳のなびくを見れば谷川の水にも春はうかびそめけり　樋口一葉・緑雨筆録「一葉歌集」

青柳の、かげゆく水よ、月見えて、水鶏《くひな》なくべく、夜はなりにけり　与謝野寛・東西南北

吉原の火事のあかりを人あまた見る夜のまちの青柳の枝　与謝野晶子・青海波

木屋町は青柳透きてみ簾すきて、鼓なかばに灯のともりけり　岡稲里・朝夕

青柳のまゆかくきしのひたひかな　守武・守武千句

青柳の泥にしだるゝ塩干《しほひ》かな　芭蕉・すみだはら

青柳に蝙蝠《かはほり》つたふ夕ばへ也　其角・五元集

青柳の雲を払や御簾《みす》の糸　りん女・紫藤井発句集

あをやぎのながらふ影にあゆ子さばしる　涼袋・綾太理家之集

青柳の中より見たり朝朗　乙二・斧の柄

青柳やよらずさはらず門に立　一茶・一茶句帖

青柳の木の間に見ゆる氷室かな　村上鬼城・鬼城句集

青柳擬宝珠の上に垂るゝなり　夏目漱石・漱石全集

あかつばき【赤椿】

赤い椿の花。⇩椿（つばき）［春］

§

鳥の音も絶ず夜陰の赤椿　支考・蓮二吟集

赤椿咲し真下は落にけり　暁台・暁台句集

赤い椿白い椿と落ちにけり　河東碧梧桐・新俳句

あけびのはな【木通の花・通草の花】

木通は春、新葉と共に淡紅紫色の花を開く。花は新葉と共に蕾を結び下垂する。雄花より雌花の方が大きい。花後、同色の俵形の果実を結び、秋に熟す。⇩木通（あけび）［秋］

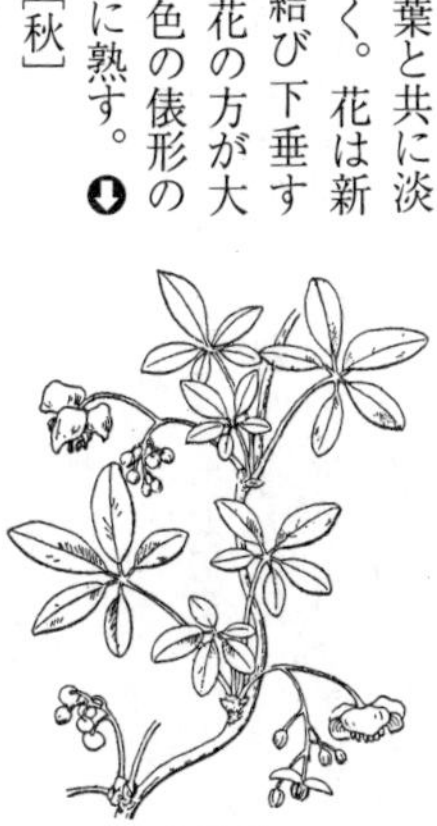

あけび

§

去年の春吾が分け入りし埴谷路の通草葛は今か咲くらむ　村上成之・翠微

心ぐくなりて見て居り藪のなか通草の花を掌《て》の上におきて　島木赤彦・氷魚

山上の越の湯沢の夕響《ゆふげ》とてあけびの芽を食《は》む禅師のやうに　与謝野晶子・山のしづく

くろく散る通草《あけび》の花のかなしさを稚《をさな》くてこそおもひそめしか　斎藤茂吉・赤光

屈《かが》まりて脳の切片《せつぺん》を染《そ》めながら通草《あけび》のはなをおもふなりけり　斎藤茂吉・赤光

あさがおまく【朝顔蒔く】

朝顔は、四月半ばから五月末に種を蒔く。⬇朝顔（あさがお）［夏］

§

朝毎にあさがほ植んひとつづゝ　乙二・斧の柄

早さびし朝顔蒔といふはたけ　一茶・狭蓑集

あさぎざくら【浅黄桜】

⬇桜（さくら）［春］

§

世の中をあつさりあさぎ桜哉　一茶・一茶新集

あさぎずいせん【浅黄水仙】

アヤメ科の多年草。観賞用に栽培される。フリージア(freesia)。南アフリカ原産。明治期に渡来。高さ約三〇センチ。地下に球茎をもち、葉は菖蒲に似て小剣状。晩春、黄・白・紅色などの芳香ある花を開く。花は百合に似て筒状。［和名由来］浅黄色の花を水仙に見立てたもの。［同義］香雪蘭（こうせつらん）。⬇フリージア［春］

あさくさのり【浅草海苔】

養殖のアサクサノリやスサビノリを原料とした干海苔。⬇海苔（のり）［春］

§

荷を解けば浅草海苔の匂ひ哉　正岡子規・子規句集

あさざくら【朝桜】

朝の桜の趣を表すことば。⬇桜（さくら）［春］、夜桜（よざくら）［春］

§

さめざめと涙ふくめり朝ざくら　暁台・暁台句集

あさつき【浅葱】

ユリ科の多年草。自生・栽培。高さ約三〇センチ。茎は淡緑色。春に筒状の葉と薤（らっきょう）に似た鱗茎を食用とする。夏、淡紫色の花を開く。［和名由来］葱よりうすい緑色「浅つ葱（あさつき）」の意からと。［同義］糸葱（あさつき・いとねぎ）、千本分葱（せんぼんわけぎ）、一文字（ひともじ）、胡葱（あさつき）、せんぶき。⬇葱（ねぎ）［冬］

あさつき［草木図説］

§

胡葱や小野の小町が物このみ　蓼太・蓼太句集

あさつきやとう結ても女文字　蓼太・蓼太句集

地《ち》につきて白き古葉《ふるは》のすがしきにこぞり萌え立つ浅葱《あさつき》の芽ぞ　土屋文明・山の間の霧

あさまく【麻蒔く】

麻は通常三〜四月頃に種を蒔く。⬇麻（あさ）［夏］

§

油売麻蒔き居れば来るなり　松瀬青々・春夏秋冬

あざみのはな【薊の花】

薊は大薊、花薊、富士薊、鬼薊、浜薊などのキク科アザミ属の多年草の総称。大形の切れ込みのある葉で茎と共に棘がある。最も普通に見られるのは野薊（のあざみ）で、春から秋に、紅紫の頭花をつけるが、俳句では「薊の花」で春の季語となる。花後、白い冠毛の種子を結ぶ。若葉は食用となる。根はゴボウに似て、食用・薬用（解毒強壮）となる。［〈薊〉和名由来］諸説あり。古語で棘を「アザ」とよび棘の多いことを驚く「アザム」の意。また、棘の多い木「アザキ」から訛ったものなど。［〈薊〉同義］薊草（あざみぐさ）、刺草（しそう）、痛痛木（いたいたのき）、眉作り（まゆつくり）。［〈薊〉漢名］荊花、小薊、茨芥。［花言］禁欲・厳格（英）、批評家（仏）。⇩真薊（まあざみ）［夏］、夏薊（なつあざみ）［夏］、野薊（のあざみ）［春］、花薊（はなあざみ）［春］、秋薊（あきあざみ）［秋］、山薊（やまあざみ）［秋］

あざみ［備荒草木図］

§

梅のもとにけしの花咲き松のもとにあざみ花咲く藁家のみぎり　伊藤左千夫・伊藤左千夫全短歌

どくだみも薊《あざみ》の花も焼けゐたり人葬所《ひとはふりど》の天明《あめあ》けぬれば　斎藤茂吉・赤光

わがあゆむ山の細道《ほそぢ》に片《かた》よりに薊《あざみ》しげれば小林《をばやし》なすも　斎藤茂吉・つゆじも

葉も刺もこゝろには似ぬ薊かな　支考・文星観

世をいとふ心薊を愛すかな　正岡子規・子規句集

行く人の背も顔振りや薊原　河東碧梧桐・新傾向（春）

あざみあざやかなあさのあめあがり　種田山頭火・草木塔

ゆく春やとげ柔らかに薊の座　杉田久女・杉田久女句集

泣きじやくる赤ん坊薊の花になれ　篠原鳳作・篠原鳳作全句文集

あしたば【明日葉・鹹葉】

セリ科の多年草。自生・栽培。日本の暖地の海浜に生育する。葉はウドに似た羽状複葉。秋、白花を開く。［和名由来］繁殖力が強く、今日切り取っても、明日には再生するほどの生命力があるところから。［同義］明日草（あしたぐさ）、八丈草（はちじょうそう）、燈台人参（とうだいにんじん）。［漢名］鹹葉。

あしたば［花彙］

あしのつの【蘆・葦・芦・葭―の角】

早春、蘆がだす、角のような芽のことをいう。［同義］蘆の錐（あしのきり）。⇩蘆の芽（あしのめ）［春］、蘆の若葉（あしのわかば）［春］、蘆（あし）［秋］

§

はなあやめ刈際清し蘆の角　野坡・田植諷

また寒い浜のやうすや芦の角　三惟・類題発句集

江をわたる漁村の犬や芦の角　太祇・太祇句選

曳船やすり切つて行く蘆の角　夏目漱石・漱石全集

門いづこ家ある池や蘆の角　河東碧梧桐・新傾向（春）
日の当る水底《みなそこ》にして蘆の角　高浜虚子・七百五十句
やゝありて汽艇の波や蘆の角《つの》　水原秋桜子・南風
廃園の門とし見れば蘆の角　水原秋桜子・葛飾

あしのめ【蘆・葦・芦・葭―の芽】

➡蘆の角（あしのつの）［春］

§

芦の芽も二葉に成てけふの海　芙雀・淡路島
蘆の芽に水ふりまける水車かな　村上鬼城・鬼城句集
蘆芽ぐみ水満ち漁網新たなる　河東碧梧桐・新傾向（春）
蘆の芽に上げ潮ぬるみ満ち来たり　杉田久女・杉田久女句集
芦嫩芽むら立つ中にかゞみけり　杉田久女・杉田久女句集補遺

あしのわかば【蘆・葦・芦・葭―の若葉】

春、蘆は旧根から芽をだし、やがてみずみずしい若葉になる。そして若葉がだんだん繁ると青蘆となる。［同義］若蘆（わかあし）。➡青蘆（あおあし）［夏］、蘆の角（あしのつの）［春］、蘆（あし）［秋］

§

花ならで折らまほしきは難波江の葦の若葉に降れる白雪　藤原範永・後拾遺和歌集一（春上）
みごもりに葦の若葉や萌えぬらむ玉枝の沼をあさる春駒　藤原清輔・千載和歌集一（春上）
夕月夜潮満ち来らし難波江の葦の若葉を越ゆる白浪　藤原秀能・新古今和歌集一（春上）
物の名を先《まづ》とふ芦のわか葉哉　芭蕉・笈の小文
春雨にゆがまぬ芦の若葉哉　園女・住吉物語
若蘆の葉に潮満ちて戦ぎかな　相島虚吼・ホトトギス

あしびのはな【馬酔木の花】

馬酔木はツツジ科の常緑低樹。自生・栽植。高さ約三メートル。「あせび」ともいう。春、壺形の白い小花を開く。葉にアセポトキシンという毒素があり、牛馬が食べると麻痺するということから「馬酔木」といわれる。葉・茎は駆虫、皮膚病などの薬用となる。［〈馬酔木〉和名由来］諸説あり。馬が葉をたべると、脚がしびれて酔った様になるところから。また「はぜ実」の転で、実が熟すと五つにはぜるところからなど。［〈馬酔木〉同義］麦飯花（むぎめしばな）、麦花（むぎばな）、鹿不食（しかくわず）、馬不食（うまくわず）、毒柴（どくしば）、あせぼ、あぜみ。

あしび

§

磯の上に生ふる馬酔木を手折らめど見すべき君がありとは言はなくに　大伯皇女・万葉集二
我が背子に我が恋ふらくは奥山の馬酔木の花の今盛りなり　作者不詳・万葉集一〇
池水に影さへ見えて咲きにほふ馬酔木の花を袖に扱《こき》入れな　大伴家持・万葉集二〇

神さぶる生駒の山のあせみ花さも心なき咲きどころかな
葉室光俊・新撰六帖題和歌六

雪霜のとざしを出て丶春山にあしびの花のさくをはや見む
伊藤左千夫・伊藤左千夫全短歌

歎きは忘れてあらむ朝庭にあしびの花の白きさゆらぎ
佐佐木信綱・山と水と

登り来し路をはるけみ見て立てる山のいただき馬酔木《あしび》咲きたり
若山牧水・くろ土

のぼり来《こ》し比叡《ひえい》の山の雲にぬれて馬酔木《あしび》の花は咲きさかりけり
斎藤茂吉・白桃

しづかなる夜を風なき花馬酔木《はなあしび》ひそかに散ると誰か思はむ
吉井勇・寒行

むらがりてしげき馬酔木の花房の稚きつぼみを霧はふきすぐ
土屋文明・山谷集

月あかりまひるの中に入り来るは馬酔木の花のさけるなりけり
宮沢賢治・校本全集

春冷えの曇れる午後を咲き満てる馬酔木の花の白さ青み来《く》
宮柊二・藤棚の下の小室

榓かとまがふ山路の馬酔木
河東碧梧桐・続春夏秋冬

馬酔木咲く奈良に戻るや花巡り
河東碧梧桐・新傾向（春）

腹落ちし鹿淋しさやあせぼ咲く
河東碧梧桐・新傾向（春）

公園の馬酔木愛しく頬にふれ
杉田久女・杉田久女句集

馬酔木咲く金堂の扉《と》にわが触れぬ
水原秋桜子・葛飾

来しかたや馬酔木《あしび》咲く野の日のひかり
水原秋桜子・葛飾

月よりもくらきともしび花馬酔木
山口青邨・雪国

あずさのはな【梓の花】

梓はカバノキ科の落葉高樹・自生。高さは二〇メートルほどになる。葉は広卵形で、先端は鋸歯状。春に緑褐色の穂状の花を開き、小翼のある小堅果を結ぶ。弓、版木の材料となる。近世以前では、植物としてよりも、「梓弓」として多く詠まれる。[〈梓〉同義] 夜糞峰榛（よぐそみねばり）、峰榛（みねばり）、鼠桜（ねずみざくら）、小米桜（こごめざくら）。⬇梓（あずさ）[四季]

アスパラガス【asparagus】

ユリ科の多年草・栽培。春暖と共に発芽し茎を食用とする。夏、黄緑色の小花を開く。[同義] 松葉独活・松葉土当帰（まつばうど）、西洋独活・西洋土当帰（せいようど）、和蘭雉隠（オランダきじかくし）。[花言] 平凡、私は打ち勝つ。

アネモネ【anemone】

キンポウゲ科の多年草・栽培。南ヨーロッパ原産。高さ約二〇センチ。晩春、白・赤紫色の一重・八重の花を開く。[同義] べにばな、おきなぐさ、ぼたんいちげ。[花言] 期待・病気（英）、恋の苦しみ（仏）。

§

をとこ、をんな川の東に住ひける其のころさけるアネモネの花
岡稲里・早春

あぶらな【油菜】

アブラナ科の一～二年草・栽培。春に黄色い小花「菜の花」を開く。花後、細長い実の中に黒色の種子を一列に結ぶ。種子から菜種油（なたねあぶら）をとる。[和名由来] 種子から

油をとる菜の意。［同義］菜種菜（なたねな）、茎立（くきだち・くくだち）、真菜（まな）。⬇菜種の花（なたねのはな）［春］、菜の花（なのはな）［春］、菜種打つ（なたねうつ）［夏］、菜種干す（なたねほす）［夏］、菜種蒔く（なたねまく）［秋］

あまちゃ【甘茶】

甘茶の葉を蒸して、緑汁を除き乾燥したものから取った飲料。四月八日の灌仏会で釈迦仏に捧げられる。［同義］五香水（ごこうすい）、五色水（ごしきすい）、仏の産湯（ほとけのうぶゆ）。

§

雀らがざぶざぶ浴る甘茶かな　一茶・七番日記

蛙にもちよとなめさせよ甘茶水　一茶・一茶句帖

あぶらな

あまちゃ

あまな【甘菜】

ユリ科の多年草・自生。韮（にら）に似た線形の葉をもつ。春、紫色の筋のある白花を開く。葉・根・鱗茎は食用。鱗茎は「山慈姑（さんじこ）」として滋養強壮の薬用になる。［和名由来］根が野老（ところ）に似て甘味があるところから。［同義］山慈姑（さんじこ）、燈籠花（とうろうばな）、麦慈姑（むぎぐわい）、甘芋（あまいも）、姫水仙（ひめずいせん）。［漢名］山慈姑。

あまな

あまのり【甘海苔】

浅草海苔、丸葉甘海苔など紅藻類ウシケノリ科の海草の総称。岩や貝殻の上、他の海草の上に成育する。多くは紙状。色は黒紫、赤紫など。食用となるのは浅草海苔が多い。［同義］紫菜（むらさきな）、紫海苔（むらさきのり）、岩海苔（いわのり）、雪海苔（ゆきのり）。［漢名］紫菜。⬇海苔（のり）［春］

あみがさゆり【編笠百合】

ユリ科の多年草。中国原産。春、淡黄緑色の鐘形花をつける。花被片の内面には紫色の網紋がある。。鱗茎は鎮咳、去痰などの薬用となる。［同義］貝母（ばいも・ははくり）、母百合（ははゆり）、春百合（はるゆり）、母子草（ははこぐさ）。［漢名］貝母。

あみがさゆり

あらせいとう【紫羅欄花】

アブラナ科の多年草・栽培。観葉植物。南ヨーロッパ原産。ストック（stock gillyflower）に同じ。高さ約三〇センチ。江戸時代に渡来。晩春、四弁の白・紅・紫紅色などの花を開く。

[花言] 永続の美（英）、幸福・豪華（仏）。

あらめ【荒布】

コンブ科の褐藻。外洋の深所に生育。約一メートル。茎は褐色で、上部は多数の葉状になる。食用のほか、肥料、ヨードの原料となる。[同義] 滑海藻（まなかし）、黒菜（こくさい）。⬇海布（め）[四季]

ありあけざくら【有明桜】

里桜の一種。⬇桜（さくら）[春]

§

きさらぎの有明ざくら見果けり　暁台・暁台句集

あんずのはな【杏の花・杏子の花】

バラ科の落葉樹の杏の花。春に白色・淡紅色の花を開く。⬇杏（あんず）[夏]、唐桃の花（からもものはな）[春]

§

人住まぬいくさのあとの崩れ家杏の花は咲きて散りけり　正岡子規・子規歌集

あらせいとう

あんず［七十二候名花画帖］

しほるゝや何かあんずの花の色　貞徳・犬子集

山梨の中に杏の花ざかり　正岡子規・子規句集

もろこしは杏の花の名所かな　正岡子規・子規句集

「い」

いえざくら【家桜】

人家に咲く桜。⬇桜（さくら）[春]、山桜（やまざくら）[春]

§

ちり果て火宅を出たり家ざくら　蓼太・蓼太句集

いすのきのはな【柞の花】

柞はマンサク科の常緑高樹。五月頃に深紅色の細花を穂状につける。⬇柞の実（いすのきのみ）[秋]

いそざくら【磯桜】

磯に咲く桜。⬇桜（さくら）[春]

§

引きあみの磯山ざくらちるを見む　白雄・白雄句集

いそなつみ【磯菜摘】

真冬の寒気がややゆるんだ磯辺で若菜を摘むこと。

§

磯菜つむ入江の波の立ちかへり君見るまでの命ともがな　平康貞女・金葉和歌集九（雑上）

けふとてや磯菜つむらむ伊勢島やいちしの浦のあまのをとめご
藤原俊成・新古今和歌集一七（雑中）

磯菜つむあまのしるべをたづねつつ君をみるめに浮く涙かな
高松院右衛門佐・新勅撰和歌集一二（恋二）

防人《さきもり》の妻恋ふ歌や磯菜摘む　杉田久女・杉田久女句集

元冦の石塁《とりで》はいづこ磯菜摘む　杉田久女・杉田久女句集

いたどり【虎杖】

タデ科の多年草・自生。高さは二メートルに達する。葉は卵状楕円形。夏、淡紅・白色の花を穂状に開く。淡紅斑のある新芽と、皮をむいた茎は食用。根茎は「虎杖根（こじょうこん）」として緩下、通経、健胃、利尿などの薬用になる。[和名由来] 根に薬効があり「イタミドリ（痛取・疼取）」によると。[同義] 酸模（すかんぽ・すかんぽう）、二葉紅葉（ふたばもみじ）、鍋破（なべわり）。[漢名] 虎杖、黄薬子。➡さいたづま [春]、虎杖の花（いたどりのはな）[夏]

いたどり

§

その外《ほか》の草なき沙のいたどりが寸の芽したり蝦子《えびこ》のやうに
与謝野晶子・冬柏亭集

虎杖のわかきをひと夜塩に漬けてあくる朝食ふ熱き飯にそへ
若山牧水・くろ土

虎杖に山塩つけて食むこころ土佐を思へばえこそわすれね
吉井勇・天彦

猪野々なる山の旅籠《はたご》の夕がれひ酒のさかなに虎杖《いたどり》を煮る
吉井勇・人間経

おそれなく霜来し山に虎杖《いたどり》の満ちて黒きを踏めばしづけし
宮柊二・小紺珠

山蔭に虎杖森の如くなり　正岡子規・子規句集

虎杖や古屯田の墓所構　河東碧梧桐・新傾向（春）

虎杖芽立ちカンヂキまだ解かず　河東碧梧桐・八年間

虎杖を銜へて沙弥や墓掃除　川端茅舎・ホトトギス

苅籠やわけて虎杖いさぎよき　飯田蛇笏・山廬集

いちごのはな【苺の花・莓の花】

オランダいちご（和蘭陀苺）、苗代苺など、バラ科の多年草の苺の花。晩春から初夏に、白花を開く。[〈苺〉漢名] 覆盆子。➡草苺の花（くさいちごのはな）[春]、苗代苺の花（なわしろいちごのはな）[春]、蛇苺の花（へびいちごのはな）[春]、苺（いちご）[夏]

§

日をうけて覆盆子花咲く杉垣根そのかたはらよ物ほしどころ
正岡子規・子規歌集

蒲団干す下にいちごの花白し　正岡子規・子規句集

枕辺に苺咲かせてみごもりぬ　篠原鳳作・篠原鳳作全句文集

いちょうのはな【銀杏の花】

銀杏はイチョウ科の落葉高樹・栽植。雌雄異株。春、新葉と共に黄緑色の花をつける。雌花は有柄、雄花は穂状。秋、扇形の葉は黄変し、黄色の種子「ぎんなん（銀杏）」を結ぶ。➡銀杏の実（いちょうのみ）［秋］、銀杏黄葉（いちょうもみじ）［秋］、銀杏散る（いちょうちる）［秋］、銀杏落葉（いちょうおちば）［秋］

§

花銀杏広き板間のひえにけり　杉田久女・杉田久女句集補遺

いちりんそう【一輪草】

キンポウゲ科の多年草。自生・栽培。高さ約二〇センチ。春、花茎を伸ばし淡紅紫の梅に似た花を一輪開く。［和名由来］花茎に一輪の花をつけるところから。［同義］一夏草（いちげそう）、一花草・一華草（いちげそう）。［漢名］双瓶梅。［花言］永遠の美。

いちりんそう

いとざくら【糸桜】

春の彼岸の頃に咲く桜。枝垂桜の別称。➡枝垂桜（しだれざくら）［春］

§

まとゐする人のなかにもうちたれてさきまじりたる糸桜哉　大隈言道・草径集

いとざくらいとうちたる、さまみれば柳が枝にさかせたるかな　大隈言道・草径集

ほころぶやしりもむすばぬ糸ざくら　立圃・そらつぶて

はら筋をよりてや笑ふ糸ざくら　季吟・綾錦

半日の雨より長し糸桜　芭蕉・もとの水

糸桜こやかへるさの足もつれ　芭蕉・続山井

目の星や花をねがひの糸桜　芭蕉・千宜理記

青柳や覆《おほ》ひ重るいと桜　去来・其便

身をひねる詠《ながめ》なりけり糸桜　其角・五元集拾遺

むすばれて蝶も昼寝や糸ざくら　千代女・千代尼発句集

影は瀧空は花なりいとざくら　千代女・千代尼発句集

ゆき暮て雨もる宿やいとざくら　蕪村・蕪村句集

その寺の名はわすれたり糸桜　召波・春泥発句集

大象もつなぐけぶりや糸ざくら　一茶・九番日記

糸桜夜はみちのくの露深く　中村汀女・花句集

いとやなぎ【糸柳】

枝や葉を糸のように枝垂れる柳をいう。➡垂柳（しだれやなぎ）［春］

§

三条の橋の袂の糸柳しだれて長し擬宝珠《ぎぼうしゅ》の上に　正岡子規・子規歌集

よりあへど逢ぬ悲しき糸柳　越人・猫の耳

もつれツ、見事や肩の糸柳　樗良・樗良発句集

いぬふぐり【犬陰嚢】

ゴマノハグサ科の一〜二年草・自生。高さ約一五センチ。春、淡紅紫色の小花を開く。［和名由来］平たい円状の実には縦に凹線があり、この形が犬の陰嚢に似ているところから。［同義］畑鍬形（はたけくわがた）、天人唐草（てんにんから

くさ）。［漢名］地錦。［花言］信頼（英）、私は貴方に心を捧げる（仏）。

§

いぬふぐり空を仰げば雲も無し　高浜虚子・七百五十句

いぬのふぐり

いもうえる【芋植える】

芋植えは晩春から初夏の三～五月にかけて行なわれる。⬇芋（いも）［秋］、種芋（たねいも）［春］

§

いも植て門《かど》は葎《むぐら》のわか葉哉　芭蕉・笈の小文
芋を植ゑて雨を聞く風の宿り哉　其角・田舎の句合
種芋を植ゑて二日の月細し　正岡子規・子規句集
芋植ゑし日に降りそめて雨十日　正岡子規・子規句集
島人と芋植うる話余寒かな　河東碧梧桐・新傾向（春）

いもたね【芋種】

「いもだね」ともいう。⬇種芋（たねいも）［春］

§

芋種や花のさかりに売りありく　芭蕉・をのが光
命こそ芋種よ又今日《けふ》の月　芭蕉・千宜理記

いわなしのはな【岩梨の花】

岩梨はツツジ科の常緑小低樹・自生。春、淡紅色の花を開く。［花言］恋のうわさ。⬇岩梨（いわなし）［夏］

§

春の谷そと分けいってすきなすきなひと、手を組む岩梨をかぐ　青山霞村・池塘集
泥《どろ》をかぶれる岩梨《いはなし》の葉は伏し居りてはやこぼれたり紅《くれなゐ》の花　土屋文明・ゆづる葉の下

いわのり【岩海苔】

海辺の岩上に自生する甘海苔の類の総称。食用。⬇海苔（のり）［春］

§

岩海苔を掻く貝も見るこの浦に　河東碧梧桐・新傾向（春）

「う」

うえきいち【植木市】

縁日などの日に催す植木販売の市。

うきくさおいそむ【浮草生い初む・萍生い初む】

春、浮草の葉状体が水面に浮かび、繁殖し始めること。⬇浮草（うきくさ）［夏］

§

萍や生そめてより軒の雨　白雄・白雄句集
萍や池の真中《まなか》に生ひ初《そむ》る　正岡子規・子規句集

うぐいすな【鶯菜】

小松菜または小松菜の若菜をいう。⬇小松菜（こまつな）

［冬］、冬菜（ふゆな）［冬］

§

朝雨や笠の中なるこゑの主見たさに買ひしうぐひす菜かな
　　武山英子・武山英子歌選二

それ一種で野辺の宿かせ鶯菜　宗因・梅翁宗因発句集

摘そへよ膳のむかひの鶯菜　白雄・白雄句集

うこぎ【五加・五加木】

　ウコギ科の落葉低樹。自生・栽培。幹には棘がある。葉は五～七葉の掌状複葉。春の若葉は米飯に混ぜて炊いたり、または茶（五加木茶）にして飲用したりする。根皮は「五加皮（ごかひ）」として滋養強壮などの薬用になる。［和名由来］漢名「五加」より。［同義］鼠刺、五刺（ごし）、山五加（やまうこぎ）、姫五加木（ひめうこぎ）。［漢名］五加、五茄、五花、五佳。⇩五加飯（うこぎめし）［春］

うこぎ

§

五加木茶の匂ひもふかし朧月　桃妖・干網集

おもひ出てさし木の五加木摘日かな　白雄・白雄句集

五加木垣都の客を覗きけり　几董・井華集

うこぎめし【五加飯・五加木飯】

　五加の芽を摘み、これを茹でて炊き込んだ飯をいう。⇩五加（うこぎ）［春］

西行に御宿申さんうこぎ飯　一茶・花実発句集

§

うど【独活】

　ウコギ科の多年草。自生・栽培。高さ約二メートル。大形の羽状複葉。春、若芽を和え物などにして食す。夏、球状の花序の白花を開く。花後、黒紫色の実を結ぶ。煎用してリュウマチ、神経痛などの薬用となる。生薬名は「独活（どっかつ）」。［和名由来］土中の若芽を食用にするところから「埋（ウズ）」「埋土（ウド）」の意からと。［同義］鳥足・鳥脚（とりのあし）。⇩山独活（やまうど）［春］、芽独活（めうど）［春］、独活の花（うどのはな）［夏］、寒独活（かんうど）［冬］

うど

§

ひる酒のほろほろ酔ひに独活の芽の山淑和《あへ》を食《た》うべ惜しみつ
　　太田水穂・冬菜

尋ばや古葉が下の独活の萌　杉風・誹諧曾我

せはしなき身は痩にけり作り独活　嵐雪・其便

山里の名もなつかしや作り独活　其角・五元集

夕立に独活の葉広き匂哉　其角・五元集拾遺

うどの香やこればかりはと国贔負《くにびいき》　梢風・木葉集

うはぎ【薺蒿】

　嫁菜の古名。「おはぎ」ともいう。⇩嫁菜（よめな）［春］、

蕎蒿（おはぎ）［春］

妻もあらば摘みて食げまし沙弥の山野の上のうはぎ過ぎにけらずや
作者不詳・万葉集二

§

春日野に煙立つみゆ娘子らし春野のうはぎ摘みて煮らしも
作者不詳・万葉集一〇

うばざくら【姥桜】

葉に先立って花が開く桜をいうことば。「葉（歯）なし」なので「姥」桜の名がついたといわれる。⬇桜（さくら）［春］

§

おことこそ風狂乱の姨ざくら　宗因・梅翁宗因発句集
姥桜さくや老後の思い出《いで》　芭蕉・佐夜中山集
十三の年より咲て姥桜　正岡子規・子規句集

うばゆり【姥百合】

ユリ科の多年草・自生。高さ約一メートル。葉は心臓形。夏、緑白色の漏斗形の花を横向きに開く。若葉は食用となる。［同義］貝母（ははくり）、鹿隠百合（しかかくれゆり）。

うばゆり

うまのあしがた【馬足形・馬脚形】

キンポウゲ科の多年草・自生。高さ二〇～六〇センチ。根生葉は掌状で三裂する。茎上葉は線形。初夏、五弁の黄色の花を開く。［和名由来］葉の形が馬の足形に似ていることから。［同義］駒足形（こまのあしがた）、馬芹（うまぜり）。［花言富への欲望（英）、批評（仏）。⬇金鳳花（きんぽうげ）［春］

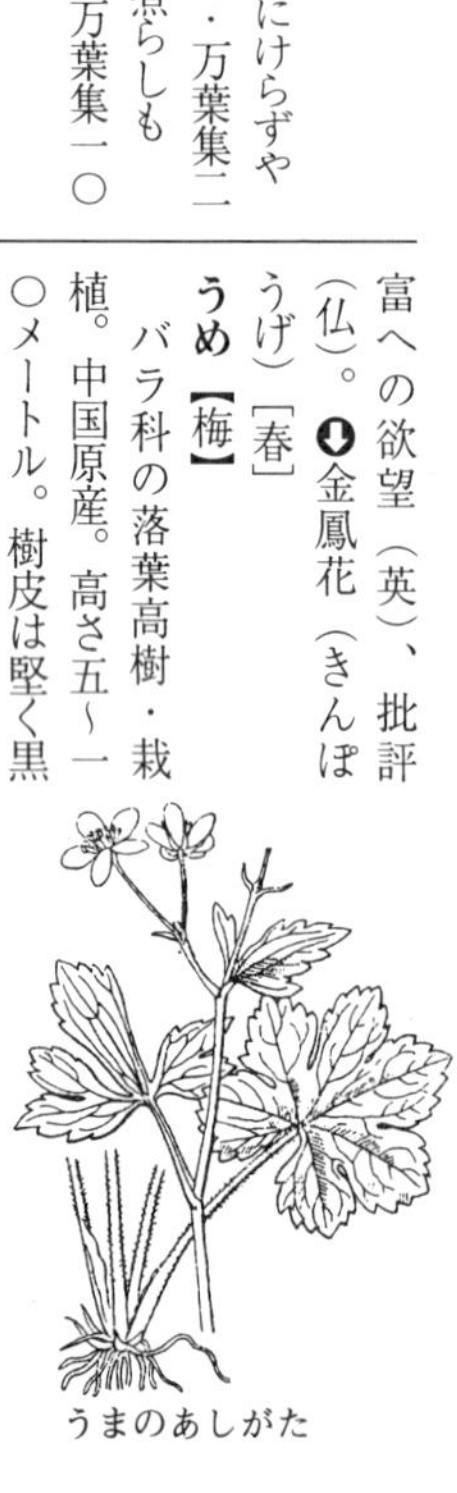
うまのあしがた

うめ【梅】

バラ科の落葉高樹・栽植。中国原産。高さ五～一〇メートル。樹皮は堅く黒褐色。古枝には小枝の変形した棘がある。葉は卵形で縁は鋸葉状。早春、葉に先だって白・紅・薄紅色の香気のある一重・八重の花を開く。花・果実は梅漬・梅干として食用になる。果肉は「烏梅（うばい）」として健胃、下痢止などの薬用になる。［和名由来］諸説あり。漢名の「梅」の字音「mui」または「mei」の転化。漢方薬の「烏梅」の字音から。朝鮮語の「梅」の字音「マイ」の変化など。［同義］春告草（はるつげぐさ）、好文木（こうぶんぼく）、匂草（においぐさ）、風見草・香散見草（かざみぐさ）、風待草（かざまちぐさ）、初名草（はつなぐさ）、百花魁（ひゃくかかい）、香栄草（かばえぐさ）、初花草（はつはなぐさ）、藻塩草（もしおぐさ）、毛吹草（けふきぐさ）、氷花（ひょうか）、雪中君子（せっちゅうくんし）、君子香（くんしこう）、清友（せいゆう）、［漢名

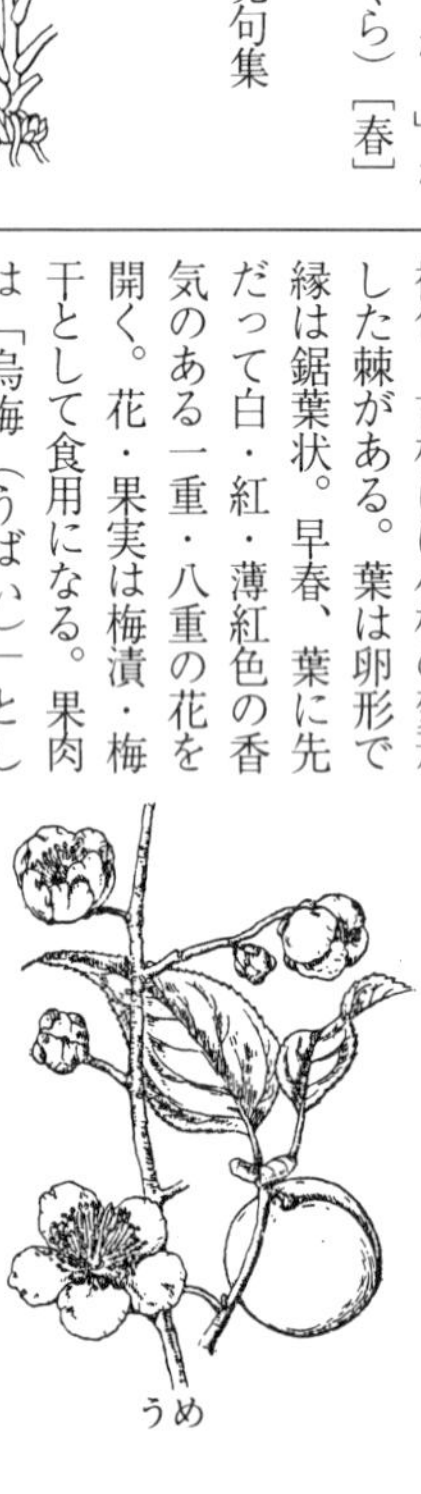
うめ

梅。⬇梅が香（うめがか）［春］、梅の主（うめのぬし）［春］、梅の宿（うめのやど）［春］、梅見（うめみ）［春］、梅干す（うめほす）［夏］、梅の実（うめのみ）［夏］、梅剥く（うめむく）［夏］、青梅（あおうめ）［夏］、梅若葉（うめわかば）［夏］、野梅（やばい）［春］、老梅（ろうばい）［春］、梅園（ばいえん）［春］、小梅（こうめ）［夏］、梅の春（うめのはる）［新年］、豊後梅（ぶんごうめ）［春］、枝垂梅（しだれうめ）［春］、紅梅（こうばい）［春］、梅林（ばいりん）［春］、梅紅葉（うめもみじ）［秋］、冬の梅（ふゆのうめ）［冬］、八朔梅（はっさくばい）［冬］、冬至梅（とうじばい）［冬］、探梅（たんばい）［冬］、早梅（そうばい）［冬］、寒紅梅（かんこうばい）［冬］、寒梅（かんばい）［冬］

§

妹が家に咲きたる花の梅の花実にしなりなばかもかくもせむ
藤原八束・万葉集三

我がやどの梅の下枝《しづえ》に遊びつつ鶯鳴くも散らまく惜しみ
高氏海人・万葉集五

わが園に梅の花散るひさかたの天より雪の流れ来るかも
大伴旅人・万葉集五

春柳かづらの折りし梅の花誰か浮かべし酒杯《さかづき》の上《へ》に
村氏彼方・万葉集五

ひさかたの月夜を清み梅の花心開けて我《あ》が思《も》へる君
紀女郎・万葉集八

去年《こぞ》の春い掘《こ》じて植ゑしわが屋外《やど》の若木の梅は花咲きにけり
阿倍広庭・万葉集八

宿近く梅の花植ゑじあぢきなく待つ人の香にあやまたれけり
よみ人しらず・古今和歌集一（春上）

色よりも香こそあはれと思ほゆれ誰が袖ふれし宿の梅ぞも
よみ人しらず・古今和歌集一（春上）

春雨にいかにぞ梅やにほふらんわが見る枝は色も変はらず
紀長谷雄・後撰和歌集一（春上）

わが宿の梅の初花昼は雪夜は月かと見えまがふかな
よみ人しらず・後撰和歌集一（春上）

わが宿の梅の立枝は見えつらむ思ひのほかに君が来ませる
平兼盛・拾遺和歌集一（春）

吹く風を何厭《いと》ひけん梅の花散りくる時ぞ香《か》はまさりける
凡河内躬恒・拾遺和歌集一（春）

梅の花まだ散らねどもゆく水の底にうつれる影ぞ見えける
紀貫之・拾遺和歌集一（春）

東風《こち》吹かばにほひおこせよ梅の花あるじなしとて春を忘るな
菅原道真・拾遺和歌集一六（雑春）

わが宿の梅のさかりにくる人はおどろくばかり袖ぞにほへる
藤原公任・後拾遺和歌集一（春上）

ねやちかき梅のにほひに朝な朝なあやしく恋のまさるころかな
能因・後拾遺和歌集一四（恋四）

春の夜は軒端《のきば》の梅をもる月の光も薫《かを》る心地《ここち》こそすれ
藤原俊成・千載和歌集一（春上）

大空は梅のにほひにかすみつつくもりもはてぬ春の夜の月
藤原定家・新古今和歌集一（春上）

とめ来《こ》かし梅さかりなるわが宿をうときも人はをりにこそよれ
西行・新古今和歌集一（春上）
梅の花誰《た》が袖ふれし匂《にほ》ひぞと春の月に問はばや
源通具・新古今和歌集一（春上）
くれなゐと雪とはとほき色なれど梅の花にはなほかよひけり
古今和歌六帖六
色も香もとりならべたる梅の花咲こそ春のもなかなりけれ
賀茂真淵・賀茂翁家集
年のうちにはるきぬめりと梅やさくうめさけりとて春やきぬらん
小沢蘆庵・六帖詠草
難波かたにしふく冬の浦かせにそむけてひらくうめのはつ花
上田秋成・詠梅花五十首
去年《こぞ》の春折りて見せつる梅の花今は手向けとなりにけるかも
大愚良寛・良寛歌評釈
雪と見て人や来ざらむ山ざとの垣ねの梅は今さかりなり
香川景樹・桂園一枝
になはれてゆくうめさへもさかりなる京《みやこ》の春の二月《きさらぎ》のそら
大隈言道・草径集
伏見山梅さく頃は加茂川の流れかをりて風吹きのぼる
与謝野礼厳・礼厳法師歌集
払子《ほっす》とれる即非が像《かた》の背のきみに似たる笑ひし梅ちる御堂
森鷗外・うた日記
湯の宿に一人残りて昼過ぎの静かなる庭の梅を愛すも
伊藤左千夫・伊藤左千夫全短歌

ふふめりし梅咲きにけりさけれども紅の色薄くしなりけり
正岡子規・子規歌集
窓前の落梅《らくばい》さむき午後五時に一巻《ひとまき》またく校了となれり
佐佐木信綱・山と水と
梅のはなさける垣根は山ざともみやこの春にをとらざりけり
樋口一葉・緑雨筆録「一葉歌集」
梅の花、ただ山里に、植ゑおかむ。世を厭ふ時、きても見るべく。
与謝野寛・東西南北
追分の石こそなけれ梅が枝に花ある方を南と思はむ
服部躬治・迦具土
古池に藻の草ふかく沈みたり寒けくもあるか白梅の花
島木赤彦・氷魚
梅の花いみじき壺をつらねたり君と盛らまし若き涙を
与謝野晶子・火の鳥
梅の花寂光《じゃくくわう》の世に住めれどもなほ悲しみのあるけしきかな
与謝野晶子・深林の香
あまたあれば杉の落葉のいぶせきに梅の花白しそのいぶせきに
長塚節・病中雑咏
御髪《みぐし》梳けば軒の白梅こぼれきてみゐりに消えぬ淡雪のごと
武山英子・武山英子歌集拾遺
梅の花うすくれなゐにひろがりしその中心《なかど》にても栄《は》ゆるらし
斎藤茂吉・つきかげ
東南風《いなさ》吹き沖もとどろと鳴りし一夜に咲きし傾きし白梅の花
若山牧水・朝の歌

雪崩せる岨《そば》のくづれを岩角に梅臥しながらここだ花さく　依田秋圃・山野

屹《きつ》として咲かん気色《けしき》に梅が枝に皆傾けり紅き蕾ら　宮柊二・晩夏

ほのぼのと明けゆく庭に天雲《あまぐも》ぞ流れきたれるしら梅散るも　石川啄木・啄木歌集補遺

空のいろ瑠璃になごめり白梅の咲きみてる梢《うれ》の枝間々々に　木下利玄・一路

白梅の花を往き来に見て通る或る日足をとどめて仰ぐ　半田良平・幸木

きさらぎの海の村へくだる月夜みち坂なかばよりはや咲く白梅　中村憲吉・軽雷集

君が踏む北の国なる氷雪をわれは思へり白梅の花　岡本かの子・わが最終歌集

芝のうへに淡き影さし白梅の花はしましの香ににほひつつ　土田耕平・一塊

無骨なるおのが手指《てゆび》となげくだにはや二月《きさらぎ》の梅は咲き出づ　前川佐美雄・天平雲

梅さくやにほふがうへの萩茶碗　宗因・梅翁宗因発句集

日しづかに反古《ほうご》ほす梅のさし枝かな　信徳・五の戯言

此《この》梅に牛も初音と啼《なき》つべし　芭蕉・江戸両吟集

梅こひて卯花拝むなみだ哉　芭蕉・甲子吟行

梅白し昨日《きの》ふや鶴を盗れし　芭蕉・甲子吟行

我も神のひさうやあふぐ梅の花　芭蕉・続連珠

るすにきて梅さへよそのかきほかな　芭蕉・栞集

香を探る梅に蔵見る軒端哉　芭蕉・笈の小文

人も見ぬ春や鏡のうらの梅　芭蕉・をのが光

梅つばき早咲《はやざき》ほめむ保美の里　芭蕉・真蹟詠草

御子良子《おこらご》の一もと床《ゆか》し梅の花　芭蕉・猿蓑

咲きそめし梅のほそ風しづかさよ　杉風・杉風句集

しんしんと梅散りかゝる庭火哉　荷兮・阿羅野

高潮や海より暮てうめの花　去来・去来発句集

むめ一輪いちりんほどのあたゝかさ　嵐雪・風の末

こぼれ梅かたじけなさのなみだ哉　嵐雪・玄峰集

梅さそふあらしの月や宵のくち　来山・続いま宮草

野や里や梅見るまでは落ちつかず　来山・続いま宮草

梅咲て人の怒の悔もあり　露沾・猿蓑

夜光る梅のつぼみや貝の玉　其角・五元集

なつかしき枝のさけ目や梅の花　其角・五元集

折て後貰ふ声あり垣の梅　沾徳・俳諧五子稿

としひとつ又もかさねつ梅の花　鬼貫・俳諧七車

宿替に鼻毛も抜ぬ梅の花　鬼貫・鬼貫句選

白梅の所を得たり裏の町　露川・小弓俳諧集

手拭を籠に納めて闇の梅　北枝・北枝発句集

梅の花後家が軒端の東風《こち》ふかば　常矩・俳諧雑巾

ひと筋は瀧のながれや梅の花　桃隣・古太白堂句選

しづかさやのうへの静や梅花　惟然・惟然坊句集

灰捨《すて》て白梅うるむ垣ねかな　凡兆・猿蓑

這梅の残る影なき月夜哉　野坡・千鳥掛

ほのかなる梅の雫や淡路島　支考・蓮二吟集
鶯の蹴立によるか梅の雪　支考・蓮二吟集
かり風呂の煙にちるや梅の花　琴風・温故集
梅咲て朝寝の家と成にけり　沾洲・友あぐら
梅でのむ茶屋も有べし死出の山　子葉・類柑子
白梅やけふは豆腐の南禅寺　吾仲・幾人水主
きふのけふ風のかわきやうめの花　浪化・浪化上人発句集
うつくしき雲のはこびや梅の花　りん女・若艸
梅白く咲けり門に僧一人　乙由・麦林集
ちるからに梅はわすれずけふの雪　盧元坊・文星観
蝶の目にはじめて赤し梅の花　也有・蘿の落葉
下駄の泥たゝく垣根や梅の花　也有・蘿葉集
梅の花咲日は木々に雫あり　千代女・千代尼発句集
手折らるゝ人に薫るやうめの花　千代女・千代尼発句集
春もやゝ遠目に白しむめの花　太祇・太祇句選
みの虫の古巣に添ふて梅二輪　蕪村・蕪村遺稿
散るたびに老行梅の梢かな　蕪村・蕪村遺稿
うめ生て是より瓶の春いくつ　召波・春泥発句集
まぼろしに痩顔見えて梅白し　樗良・樗良発句集
梅折て僧帰るかたは雲深し　暁台・暁台句集
麦のたけ梅紅に春ふけぬ　白雄・白雄句集
梅ちるや京の酒屋の二升樽　几董・井華集
さくと見てふた夜過しぬ風の梅　成美・成美家集
深草の梅の月夜や竹の闇　月渓・夜半楽
川風のさらば吹こせうめのうへ　乙二・斧の柄
かはる瀬の月の輪わたり梅の花　乙二・斧の柄
梅散るやなにはの夜の道具市　巣兆・曾波可理
白梅の大げしきなる野中かな　士朗・枇杷園句集
梅咲や去年は越後のあぶれ人　一茶・文化句帖
梅さくや我にとりつく不性神　一茶・七番日記
幼子や握々したる梅の花　一茶・七番日記
梅かつぐ一人にせまし渡しぶね　梅室・梅室家集
すゝみ出て膝にのせけり梅の影　梅室・梅室家集
鉢に咲く梅一尺の老木かな　内藤鳴雪・鳴雪句集
床の梅散りぬ奈良茶をもてなさん　正岡子規・子規句集
板塀や梅の根岸の幾曲《いくまが》り　正岡子規・子規句集
一枝《ひとえだ》は薬の瓶に梅の花　正岡子規・寒山落木
茶に匂ふ葵の紋や梅の花　正岡子規・子規句集
梅の奥に誰《たれ》やら住んで幽《かす》かな灯《ひ》　夏目漱石・漱石全集
玉蘭《ぎょくらん》と大雅《たいが》と語る梅の花　夏目漱石・漱石全集
老梅や潮《しほ》に肘つく漁家の脊門《せど》　幸田露伴・幸田露伴集
水くゝる梅の老木《おいき》の若さかな　幸田露伴・幸田露伴集
糞舟につむや一木の梅しろき　松瀬青々・妻木
雪一升霰は五合梅の花　河東碧梧桐・新俳句
野梅折る蕾はらはらこぼれつゝ　楠目橙黄子・ホトトギス
りんりんと梅枝のべて風に耐ゆ　中村汀女・花句集
勇気こそ地の塩なれや梅真白　中村草田男・来し方行方

うめがか【梅が香】

梅の香り。➡梅（うめ）［春］

§

うめ［七十二候名花画帖］

梅の花香をかぐはしみ遠けども心もしのに君をしぞ思ふ
市原王・万葉集二〇

色よりも香こそあはれと思ほゆれ誰が袖ふれし宿の梅ぞも
よみ人しらず・古今和歌集一（春上）

梅が香におどろかれつつ春の夜のやみこそ人はあくがらしけれ
和泉式部・千載和歌集一（春上）

梅が香にむかしをとへば春の月こたへぬ影ぞ袖にうつれる
藤原家隆・新古今和歌集一（春上）

軒近き梅のこずゑに風すぎてにほひにさむる春の夜の夢
秋篠月清集（藤原良経の私家集）

ともすれば花にまがひてちる雪に梅が香寒き二月《きさらぎ》の空
小沢蘆庵・六帖詠草

うめかをる風にまよひてそなたへと俄にをるゝさとの中道
大隈言道・草径集

そことなく、梅が香ぞする。亡き魂の、行方は春の、風や知るらむ。
与謝野寛・東西南北

遠近《をちこち》は香をやり梅の嵐かな　望一・犬子集
梅が香に昔の一字あはれ也　芭蕉・笈日記
むめが香に追《おひ》もどさるゝ寒さかな　芭蕉・荒小田
梅が香やしらゝおちくぼ京太郎　芭蕉・忘梅
梅がゝや見に世の人の御意を得る　芭蕉・続寒菊
むめがかにのつと日の出る山路《やまぢ》かな　芭蕉・すみだはら
梅が香や山路分入る犬にまね　去来・去来発句集
梅が香や客の鼻には淡黄椀　許六・五老井発句集
梅が香や衆生にみちて軒の声　鬼貫・俳諧七車
梅が香にまよはぬ道のちまたかな　丈草・丈草発句集
梅が香にくらさもまじる山路哉　浪化・浪化上人発句集
梅が香や耳かく猫の影ぼうし　也有・蘿葉集
梅が香や鳥は寝させてよもすがら　千代女・千代尼発句集
梅が香の立のぼりてや月の暈　蕪村・蕪村遺稿
梅が香に夕暮早き麓哉　蕪村・月並発句集
梅が香の岩にしむ時水の音　蓼太・蓼太句集
梅がゝや鮒ひつかけし釣の糸　白雄・白雄句集
梅が香やおもふことなき朝朗　闌更・半化坊発句集

うめが香を袂に入れてそら寝かな　成美・成美家集
梅が香やどなたが来ても欠茶碗　一茶・旅日記
梅がゝや針穴すかす明り先　一茶・文化句帖
梅が香や微雲澹月渓《びうんたんげつたに》の冷《ひえ》　幸田露伴・幸田露伴集
梅が香を袂にわかつ名残かな　川上眉山・川上眉山集

うめのぬし【梅の主】

梅を所有している人をいうことば。「うめのあるじ」ともいう。⇩梅（うめ）［春］

§

花代に歌をは読まん梅の主我に一枝折るをゆるせよ　伊藤左千夫・伊藤左千夫全短歌

うめのやど【梅の宿】

梅の咲いている家、または宿のことをいう。⇩梅（うめ）［春］

§

出べくとして出ずなりぬうめの宿　蕪村・蕪村句集
牆《かき》踏で罪得べしこの梅が宿　几董・井華集

うめみ【梅見】

鮮やかに咲く梅の花を見て春の訪れをたのしむこと。［同義］観梅（かんばい）。⇩梅（うめ）［春］、花見（はなみ）［春］、探梅（たんばい）［冬］

§

春早き多摩のわたりに舟待てば梅見の人の梅折りて来し　正岡子規・子規歌集
御秘蔵に墨を摺らせて梅見哉　其角・五元集
下駄かりてうら山道を梅見哉　蕪村・蕪村会草稿
さらさらと衣を鳴らして梅見哉　夏目漱石・漱石全集

「え」

えどざくら【江戸桜】

染井吉野の別称。⇩染井吉野（そめいよしの）［春］、桜（さくら）［春］

§

江戸桜花も銭だけ光るなり　一茶・一茶句帖

えびね【海老根】

ラン科の多年草。自生・栽培。葉は長楕円形。茎は根茎となって地中にあり、晩春、葉に先だって、外花被片が紫褐色で、内花被片が淡紅・白色の唇弁花を開く。［和名由来］地下茎の曲がって、節が多く連なる状態を海老の背に見立てたもの。［同義］蝦根（えびね）、山宇波良（やまうばら）、鈴振り草（すずふりそう）、唐蘭（からん）。［漢名］偕老根。

えびね

えんどうのはな【豌豆の花】

豌豆はマメ科の二年草。春、白・紫色の蝶形花を開く。その後、莢を結び、種子は食用となる。［花言］喜びの訪れ。⇩豌豆（えんどう）［夏］

§

豌豆のむらがる中にちらちらと白き花見ゆる夕べさびしも　岡稲里・早春

新墾の小松がなかに作りたる三うね四うねの豌豆の花　長塚節・房州行

豌豆《えんどう》の花のいちいちあからさま　飯田蛇笏・春蘭

「お」

おうとうのはな【桜桃の花】

桜桃はバラ科の落葉高樹・栽植で、サクラの一種。高さ二〜三メートル。春、白色の五弁花を開く。花後、六月頃に実（さくらんぼう）を結び食用となる。⇩桜（さくら）［春］、桜桃（おうとう）［夏］、さくらんぼう［夏］

おうとう［花卉画譜］

おうばい【黄梅】

モクセイ科の落葉低樹・栽培。中国原産。春、葉に先だって六弁の黄色花を開く。［和名由来］花の形が梅に似て、色が黄色であるところから。［同義］迎春花（げいしゅんか）、金梅（きんばい）、鶯宿梅（おうしゅくばい）。［漢名］迎春花。［花言］希望。

オキザリス【oxalis】

カタバミ科の栽培植物。南アフリカ原産。晩春、黄・紅・桃・白色などの花を開く。［同義］花酸漿草（はなかたばみ）。

おきなぐさ【翁草】

キンポウゲ科の多年草・自生。高さ一〇〜三〇センチ。葉葉羽状で切れ込みがある。春、六弁の暗赤紫色の花を開く。［和名由来］茎・葉や果実に白毛があり、これを老人の白髪に見立てたところから。［同義］白頭翁（はく

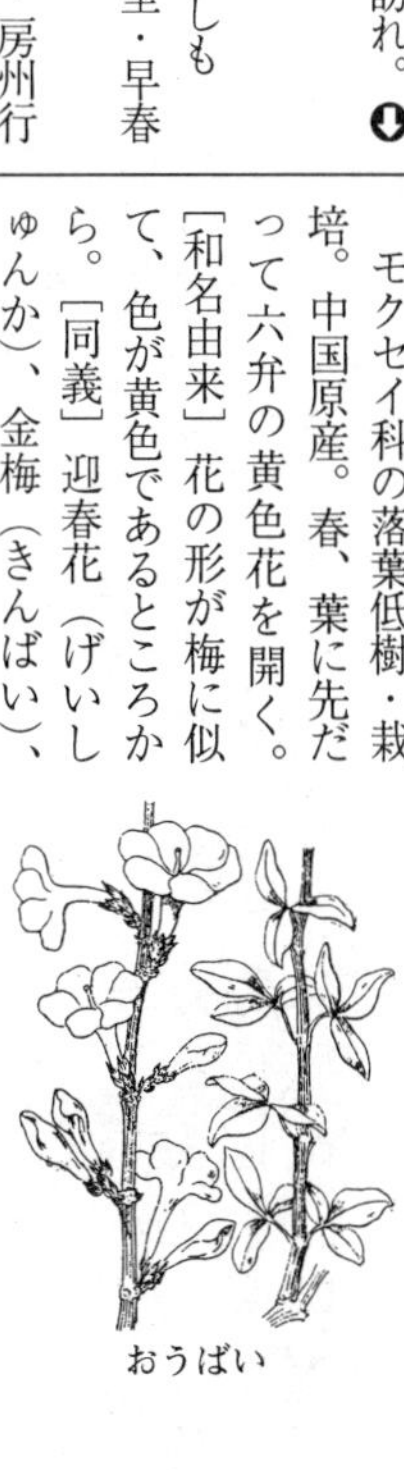

おうばい

オキザリス

おきなぐさ［草木図説］

とうおう）、桂仙花（けいせんか）、姥頭（うばがしら）、赤熊草（しゃぐまそう）、傾城草（けいせいそう）、仏草（ほとけぐさ）、幽霊草（ゆうれいぐさ）。

§

いかにして世は経たりけん八百とせの翁草今さかりなりけり
上田秋成・秋の雲

おきな草翁進《さ》びたり中三十日ながきは老の我身ひととせ
森鷗外・うた日記

おきな草口《くち》あかく咲く野の道に光ながれて我《われ》ら行きつも
斎藤茂吉・赤光

小園《せうゑん》のをだまきのはな野のうへの白頭翁《おきなぐさ》の花ともににほひて
斎藤茂吉・小園

淵《うみ》べりの枯生におそく咲きいでてくれなゐ冴ゆる翁草の花
半田良平・幸木

おぎのつの【荻の角】

荻がだす角のような形の芽をいう。［同義］荻の芽（おぎのめ）。⬇荻（おぎ）［秋］

おぎのわかば【荻の若葉】

イネ科の多年草の荻の若葉。［同義］若荻（わかおぎ）、荻の二葉（おぎのふたば）。⬇荻（おぎ）［秋］

§

物の名を先とふ荻の若葉哉　芭蕉・笈日記

ばせを植てまづにくむ荻の二《ふた》ば哉　芭蕉・続深川集

おそざくら【遅桜】

時節に遅れて咲く遅咲きの桜。⬇桜（さくら）［春］

おくれては物すさまじく見ゆる世に今も桜のめづらしきかな
賀茂真淵・賀茂翁家集

§

夏やとき春やおくれしうの花に咲あはせたる遅桜かな
小沢蘆庵・六帖詠草

ほつとりと咲しづまりぬおそ桜　暁台・暁台句集

ゆく春や逡巡として遅ざくら　蕪村・蕪村句集

身をやつし御庭みる日や遅桜　太祇・太祇句選

遅桜静かに詠《なが》められにけり　正岡子規・子規句集

下京に能師住むなり遅桜　河東碧梧桐・新傾向（春）

遅桜なほもたづねて奥の宮　高浜虚子・五百句

遅桜卵を破れば腐り居る　芥川龍之介・我鬼窟句抄

おだまき【苧環】

キンポウゲ科の多年草・栽培。高さ約二〇センチ。春、宿根より芽を出す。帯白緑色の複葉で互生。白碧・淡紅・紫色などの五弁の花を開く。［和名由来］花の形が苧環（麻糸を中が空洞になるようにして巻いたもの）に似ているところから。［同義］糸繰（いとくり）、糸繰草（いとくりそう）、紫苧環（むらさきおだまき）。［花言］愚か（英）、偽善・戯れ・猫かぶり（仏）。

おだまき

§

鉢二つ紫こきはをだまきか赤きは花の名を忘れけり　正岡子規・子規歌集

鳥籠のかたへに置ける鉢に咲く薄紫のをだまきの花　正岡子規・子規歌集

をだまきはなが雨霽れし庭のすみ、うすむらさきの花をもたげぬ　岡稲里・朝夕

とこしへに解かむすべなし苧環のあまたはあれど手にもとれねば　長塚節・病中雑詠

死に近き母が目《め》に寄《よ》りをだまきの花咲きたりといひにけるかな　斎藤茂吉・赤光

つつましくをだまき草はむらさきに眼をみひらけば春はゆきけり　田波御白・御白遺稿

小田巻の花のむらさき散りてありまれにかへれるわが部屋の窓　若山牧水・路上

馬柵《ませ》絶えて深山《みやま》をだまき咲きつゞく　水原秋桜子・挽華

垣結ひて賤のをだまき咲きにけり　山口青邨・雪国

おちつばき【落椿】

椿が散るときは花全体がぽとりと地面に落ちる。⬇椿（つばき）［春］

§

王宮の氈《かも》を踏むより身の派手にわが思はるる落椿かな　与謝野晶子・草の夢

落椿島の少女が小柄《こがら》なる驢《ろば》のくちとりて行く路に敷く　与謝野晶子・冬柏亭集

幹見れば二木なりけり落椿　蒼虬・蒼虬翁発句集

道入の楽の茶碗や落椿　伊藤左千夫・伊藤左千夫全短歌所収「俳句」

落椿重なり合ひて涅槃哉　夏目漱石・漱石全集

落椿土に達するとき赤し　高浜虚子・七百五十句

落椿《おちつばき》道の真中に走り出し　高浜虚子・六百句

網干場すたれてつもる落椿　水原秋桜子・挽華

ひもじくておとなしき子や落椿　日野草城・日暮

おはぎ【薺蒿】

⬇薺蒿（うはぎ）［春］、嫁菜（よめな）［春］

§

けふはまた雪間のおはぎ摘みまぜて野辺の若菜の数やまさらん　信実朝臣集（藤原信実の私家集）

「か」

かいどう【海棠】

バラ科の落葉低樹・栽植。中国原産。高さ五～八メートル。枝は紫色をおびる。葉は楕円形で先端が尖る。若葉は帯赤色。春に薄

かいどう

紅色の林檎の花に似た五弁花を房状につける。花後、黄紅色の球形の実を結ぶ。多くは盆栽や花材、切花など観賞用に栽培される。［和名由来］漢名「海棠」より。［同義］花海棠（はなかいどう）、眠花（ねむりばな）、南京海棠（なんきんかいどう）。［漢名］海棠、垂枝海棠。［花言］美女の眠り。

§

海棠の花びら紅《あか》く散るところ地に幼虫は這《は》ひ居たりけり
岡本かの子・深見草

くれなゐの花たをやかに光る海棠《かいだう》を惜しむゆふべをとめと
佐藤佐太郎・天眼

しだり尾の日や海棠の幾ねむる　也有・蘿葉集
海棠や白粉に紅をあやまてる　蕪村・蕪村遺稿
海棠の花は咲かずや夕しぐれ　蕪村・蕪村遺稿
海棠や折られて来てもまださめず　蓼太・蓼太句集
海棠や戸ざせし儘の玉簾　闌更・半化坊発句集
海棠の朝の香たゝむ屏風かな　梅室・梅室家集
海棠の精が出てくる月夜かな　夏目漱石・漱石全集
植木屋の海棠咲くや棕梠の中　河東碧梧桐・新俳句
海棠や緑を往き来す狆の鈴　飯田蛇笏・山廬集

かえでのはな【楓の花】

カエデ科の落葉樹（一部常緑）の楓の花。初夏、暗紅色の小花を開く。⇩楓（かえで）［秋］、楓の芽（かえでのめ）［春］

§

名にしおへば色かへでこそたのまるれ胡蝶に似たる花も咲きけり
成尋阿闍梨母集（成尋阿闍梨母の私家集）

かへるでのこまかき花は風のむたいさごの上に見る見るたまる
斎藤茂吉・小園

見る時を楓の花の盛かな　長翠・俳句大観
山青しかへるでの花ちりみだり　芝不器男・不器男句集

かえでのめ【楓の芽】

カエデ科の落葉樹（一部常緑）の楓の芽。芽立ちの時から真紅の色をしており、美しい。⇩楓（かえで）［秋］、楓の花（かえでのはな）［春］

§

此頃の二日の雨に赤かりし楓の若芽や、青みけり
伊藤左千夫・伊藤左千夫全短歌

寸《すん》の魚この石がしら尾としたり春の楓の紅くほそき芽
与謝野晶子・山のしづく

わが庭のひと木の嫩芽《わかめ》紅《あけ》に萌えささやけき紅の楓葉となる
宇都野研・木群

川淀や夕づきがたき楓の芽　芝不器男・不器男句集

かきどおし【垣通】

シソ科の多年草・自生。葉は腎臓形で縁に切れ込みがある。春、淡紫色の唇形花を開く。若葉は食用となる。全草は「連銭草（れんせんそう・れんぜんそう）」として疳薬、感冒、糖尿、強壮などの薬用になる。［和名由

かきどおし

来〕蔓状に狭いところまで入り込むところから。［同義］連銭草（れんぜんそう）、疳取草（かんとりそう）、疳切草（かんきりそう）、坪草・壺草（つぼくさ）、積雪草（せきせつそう）、地縛（じしばり）、銭葛（ぜにかずら）。

かしのはな【樫の花・橿の花】

樫は、赤樫（あかがし）、白樫（しらかし）、裏白樫（うらじろかし）など、ブナ科ナラ属の常緑高樹の総称。「かしい」ともいう。晩春から初夏に、雄花が細長い穂を垂らし、雌花は上部の葉腋に数個開く。花後、堅果の団栗（どんぐり）をつけ、食用となる。［〈樫〉和名由来］材質が堅いため、「堅（カタシ）」「樫幸木（カタササキ）」の名からと。［〈樫〉同義］粗樫（あらがし）。［花言］〈葉〉勇気。〈木〉力と長寿（仏）。⬇樫落葉（かしおちば）［夏］、樫の実（かしのみ）［秋］、樫（かし）［四季］

§

炭がまの熱さ堪へがたみはひ出で、水のみ居れば樫の花落つ　長塚節・房州行

花樫の香に眠ぬ鳥よほのけくは或は鳴きてはたや止みにし　北原白秋・桐の花

樫の木の花にかまはぬ姿かな　芭蕉・甲子吟行

かしわちる【柏散る・槲散る】

柏はブナ科の落葉高樹。自生・栽植。雌雄同株。高さ八〜一七メートル。葉は大きな掌状で切れ込みがあり、縁は鋸歯状。初夏、新葉と共に黄褐色の花を開く。花後、やや丸く鱗片を密生した実を結ぶ。葉で包んだ餅を「柏餅」といい、五月五日の端午の節句に供える。柏の木は枯葉を落とさないまま冬を越し、春、新葉が出始めてから枯葉を落とす。そのため「柏落葉」「柏散る」で春の季語となる。［〈柏〉和名由来］諸説あり。食物を炊（カシ）ぐ（＝蒸焼きなど）ための「炊葉（カシキハ）」から。また「食敷葉（ケシキハ）」「堅葉（カシキハ）」からと。［〈柏〉同義］柏木（かしわぎ）、柏樹子（はくじゅし）。［〈柏〉漢名］槲。［花言］自由。⬇柏餅（かしわもち）［夏］、柏の実（かしわのみ）［秋］、柏（かしわ）［四季］

かしわ

§

仇事を思ふ間はあり柏散る　保吉・俳句大観

かたかごのはな【堅香子の花】

⬇片栗の花（かたくりのはな）［春］

§

もののふの八十娘子らが汲み乱《まが》ふ寺井の上の堅香子の花　大伴家持・万葉集一九

妹がくむてらゐの上のかたかしの花咲くほどに春ぞなりぬる　藤原家良・新撰六帖題和歌六

日中《にっちゅう》を風通りつつ時折りにむらさきそよぐ堅香子の花　宮柊二・忘瓦亭の歌

かたくりのはな【片栗の花】

片栗はユリ科の多年草・自生。「かたかし」「かたこ」とも

いう。早春、二葉をだし、六弁の紅紫色の花を開く。地下茎で「片栗粉」を製する。［〈片栗〉和名由来］「片子百合（カタコユリ）」の略。また、傾いて咲く百合の花の意とも。［〈片栗〉同義］堅香子（かたかご）、片子（かたこ）、片子百合（かたこゆり）、百合芋（ゆりいも）。［花言］初恋。⇩堅香子の花（かたかごのはな）［春］

かたくり

§

巌角につみてかなしもひと茎にひとつ花咲くかたくりの花
　古泉千樫・屋上の土

をさなくてわがふるさとの山に見し片栗咲けりみちのくの山に
　三ケ島葭子・三ケ島葭子歌集

かどやなぎ【門柳】

門の前にある柳。⇩柳（やなぎ）［春］

§

散りはて、さむ気になびく枝ことに芽はりてみゆる門柳哉
　上田秋成・上田秋成歌巻

門柳仏頂面をさする也　一茶・七番日記

門柳五本並んで枝垂れけり　夏目漱石・漱石全集

かのこそう【鹿子草・纈草】

オミナエシ科の多年草。自生・栽培。羽状複葉。春、オミナエシに似た鮮紅色の小花を開く。根茎は「纈草根（けっそうこん）」として鎮痙の薬用になる。［和名由来］蕾の形を「鹿の子絞り」に見立ててついた名と。［同義］春女郎花（はるおみなえし）、桜川草（さくらがわそう）。［漢名］纈草。［花言］親切な対応・処理（英）、安楽にする（仏）。

かのこそう

かやのはな【榧の花】

榧はイチイ科の常緑高樹。自生・栽植。雌雄異株。高さ約二〇メートル。四月頃に開花する。雄花は黄色く長楕円形。雌花は卵形で小枝の先に群れて咲く。秋に実を結ぶ。⇩榧の実（かやのみ）［秋］、榧飾る（かやかざる）［新年］

§

月もるや榧の花ちる土手の上　旧国・類題発句集

からしな【芥子菜・芥菜】

アブラナ科の二年草・栽培。油菜に似た皺のある葉をもつ。夏に黄色の花を開く。葉には辛味があり漬物となる。種子を粉末にしたものが芥子（からし）である。「辛子油（からしゆ）」

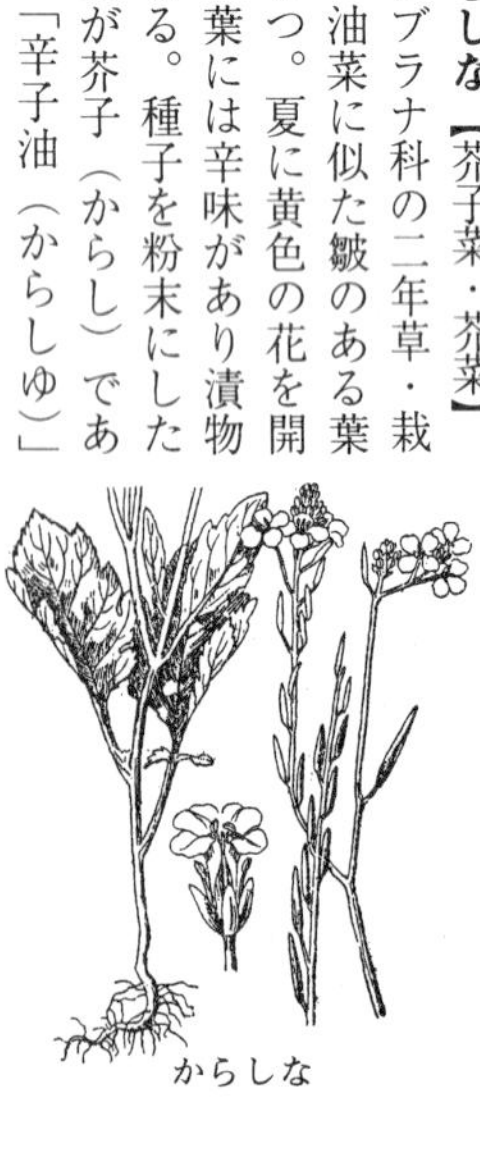
からしな

としてリュウマチ、神経痛などの薬用になる。［和名由来］辛みのある菜の意。［同義］辛菜（からな）、菜芥・菜芥子（ながらし）。［漢名］芥。⬇芥子菜蒔く（からしなまく）［秋］

§

わが畑に作りし辛菜《からな》鹽に浸《ひ》で刻みて食《は》めば湯漬《ゆづけ》うましも
吉井勇・寒行

辛子菜は眼を摺花か朝蛙　野坡・篗紫野

からたちのはな【枸橘の花・枳殻の花】

ミカン科の落葉低樹の枸橘の花。春、葉に先だって五弁の白色の花を開く。⬇枸橘の実（からたちのみ）［秋］

§

やはらかに若芽のびたるからたち垣白き小花のかつ咲けり見ゆ
古泉千樫・青牛集

からもものはな【唐桃の花】

杏の花のこと。⬇杏の花（あんずのはな）［春］、杏（あんず）［夏］

§

いかにしてにほひそめけん日の本のわが国ならぬからももの花
藤原家良・新撰六帖題和歌六

もろこしの吉野の山に咲きもせでおのが名ならぬからももの花
藤原為家・新撰六帖題和歌六

からももの花やくすしの一構　暮四・類題句集

かりんのはな【花梨の花】

花梨はバラ科の落葉高樹・栽培。中国原産。江戸時代、日本に渡来。高さ七〜八メートル。葉は倒卵形で縁は鋸歯状、裏面に軟毛をもつ。春、淡紅色の五弁の花を開く。花後、楕円形の果実を結び黄熟する。［花言］優雅。⬇花梨の実（かりんのみ）［秋］

かわやなぎ【川柳】

①ヤナギ科の落葉低樹・自生。②川辺にある柳。［同義］川楊・河楊（かわやなぎ）、河原柳（かわらやなぎ）、猫柳、猿柳（さるやなぎ）、狗柳（えのころやなぎ）、犬子柳（いんのこやなぎ）、川端柳（かわばたやなぎ）、川副柳（かわぞいやなぎ）。⬇柳（やなぎ）［春］

§

山の際《ま》に雪は降りつつしかすがにこの川楊は萌えにけるかも
作者不詳・万葉集一〇

水底に深き緑の色見えて風に浪よる川柳かな
山家集（西行の私家集）

みしま江のたまえの里の河柳色こそまされのぼりくだりに
香川景樹・桂園一枝

よき子など、かくさまほしう、二條橋、下にしげれる川やなぎかな
岡稲里・朝夕

水の邊に光ゆらめく河やなぎ木橋わたればわれもゆらめく
北原白秋・雲母集

大井川馬もあやをる柳哉　沾徳・俳諧五子稿

釣竿の糸吹そめて柳まで　千代女・千代尼発句集

五條まで舟は登りて柳かな　召波・春泥発句集

恋々として柳遠のく舟路哉　几董・井華集

「き」

きいちごのはな【木苺の花】

バラ科の山野に自生する苺類の花。通常、晩春から初夏に純白の五弁花を開き、まれに紅色の花を開く。⇩木苺（きいちご）[夏]

§

時としてこぼるる白き木苺の花のさびしき草の上かな　岡稲里・早春

せゝらぎのこぼこぼこもる落窪をたわみおほへる木いちごの花　木下利玄・一路

木苺の下向く花に顔よせて嗅げばほのけき香《か》に匂ひゐる　木下利玄・一路

きくうえる【菊植える】

根分した菊の苗を定植すること。⇩菊の苗（きくのなえ）[春]、菊の根分（きくのねわけ）[春]、菊の二葉（きくのふたば）[春]、菊の若葉（きくのわかば）[春]、菊（きく）[秋]

§

今日うゑし菊の早苗おなじくはしろき花のみさけよとぞおもふ　落合直文・明星

酒折は十日も遅し植る菊　乙二・斧の柄

きくのなえ【菊の苗】

菊は、春に細根のついた芽を根分けし、一本一本植える。⇩菊植える（きくうえる）[春]

§

異《こと》草もつまぎり捨じ菊の苗　沾徳・俳諧五子稿

いやはかな捨る庵の菊の苗　路通・類題発句集

きくのねわけ【菊の根分】

春、株根から新芽がでた菊を掘り起こして根分すること。[同義] 菊分かつ。⇩菊植える（きくうえる）[春]

きくのふたば【菊の二葉】

春に芽を出す菊の二葉。⇩菊植える（きくうえる）[春]

きくのわかば【菊の若葉】

春に萌えでる菊の若葉。⇩菊植える（きくうえる）[春]

ぎしぎし【羊蹄】

タデ科の多年草。原野・路傍の湿地に自生。高さ約一メートル。黄色の長根を持つ。透明な物質に包まれた新芽は「陸じゅんさい（おかじゅんさい）」と呼ばれ、山菜として食される。初夏、茎上部が分枝して花穂を伸ばし、淡緑色の小花を層状に開く。花後、痩実を結ぶ。茎・葉も食用となる。根は「しのね」として緩下に、根汁は皮膚病、茎は殺虫剤の薬用になる。[同義] 牛草（うしぐさ）、牛舌（うしのした）、羊蹄根大根（し

ぎしぎし

のねだいこん)。[漢名] 羊蹄。⬇羊蹄の花 (ぎしぎしのはな)
[夏]

§

たくましき大葉《おほば》ぎしぎし萌《も》えそろふ葦原《あしはら》に石炭殻《せきたんがら》の道を作れり
土屋文明・放水路

音たてて流るる水は春の水ぎしぎしの紅《くれなゐ》の芽を浸しゆく
土屋文明・自流泉

羊蹄に石摺り上る湖舟かな　杉田久女・杉田久女句集

きずいせん【黄水仙】

ヒガンバナ科の多年草。水仙の一栽培品種。南ヨーロッパ原産。江戸時代に渡来。葉は線状で地下の鱗茎から叢生。早春に黄色の六弁花を開く。[和名由来] 黄色の花を咲かせる水仙の意。[同義] 黄花水仙(きばなのすいせん)。[漢名] 長寿花。[花言] 愛情のお返しを望む(英)、享楽・欲望、恋のやまい(仏)。⬇水仙(すいせん) [冬]

きずいせん

§

黄水仙開かむとするふくらみにあしたの露のしとどなるかな
土田耕平・一塊

きつねのぼたん【狐牡丹】

キンポウゲ科の多年草。原野や水湿地に良く見られる雑草。高さ二〇～六〇センチ。葉は三裂し、縁は不規則な鋸歯状。四～八月、多数のおしべとめしべをつけた五弁の黄緑色の花を開く。[和名由来] 狐の生息するような原野に自生し、花が牡丹に似ているところからと。[同義] 馳足(いたちのあし)、馬芹(うまぜり)、大芹(おおぜり)。

きつねのぼたん

§

あはれなるキツネノボタン春くれば水に馴れつつ物をこそおもへ
北原白秋・桐の花

まざまざとキツネノボタン実るなりあひそめ川の昼の思ひ出
北原白秋・桐の花

きゅうこんうえる【球根植える】

越冬した球根を春に植えること。俳句では、草花の名を合わせて使うことが多い。

§

竹たてて百合根の土をふまじとぞ
杉田久女・杉田久女句集補遺

ぎょうじゃにんにく【行者葫】

ユリ科の多年草。深山に自生する。強臭を放ち、葉は根生で平行脈をもつ。夏、花茎をだし淡紫・白色の小花を球状につける。[和名由来] 修験者が食用としたことからと。[同義]

ぎょうじゃにんにく [花彙]

山蘭（やまあららぎ）、蘭（あららぎ）、叡山忍辱（えいざんにんにく）、天台忍辱（てんだいにんにく）。[漢名] 茖葱。

きらんそう【金瘡小草】

シソ科の多年草・自生。茎は地に接し蓋のようになって広がり、直立しない。根生葉は倒披針形で縁は鋸歯状。春、濃紫色の小花を開く。葉汁は毒虫の解毒の薬用となる。[同義] 地獄釜蓋（じごくのかまのふた）、医者殺（いしゃごろし）、医者倒（いしゃだおし）。

きらんそう

きんせんか【金盞花】

キク科の一年草・越年草。南欧原産。高さ約三〇センチ。葉は細長いへら状。春から夏にかけて赤黄色の花を開く。花の少ない早春に切花などに使われる。現在の種は江戸時代渡来のもので、古来のものは別種と比定される。[和名由来] 花が金色の盞（さかずき）の形に似ているところから。[同義] 長春花、常春花（じょうしゅんか）、時不知（ときしらず）、黄金草（こがねぐさ）、唐金盞花（とうきんせんか）。[花言] 悲しみ（英）、疑惑・嫉妬（仏）。⇩銀盞花（ぎんせんか）[夏]

§

きんせんか

朝顔は一つなれども多く咲く明星いろの金盞花かな　与謝野晶子・春泥集

金仙花夕陽につる、眠かな　百里・四季千句

きんぽうげ【金鳳花】

馬足形の一変種・自生。高さ約五〇センチ。茎・葉に毛が多い。晩春から初夏に、花茎をのばして五弁の黄花を開く。[同義] いぬのあし。[漢名] 毛茛、陰命。⇩馬足形（うまのあしがた）[春]

きんぽうげ

§

温かに洋傘《かさ》の尖《さき》もてうち散らす毛茛《きんぽうげ》こそ春はかなしき　北原白秋・桐の秋

田をうるころにて畦《あぜ》に黄の花の金鳳花《きんぽうげ》など咲くふるさとは　佐藤佐太郎・開冬

「く」

くくたち【茎立】

春、蕪や菜類が開花のため蕾をつけた茎をのばすさまをい

う。「くくだち」ともいう。

§

茎だちや五條あたりは妾もの　百里・其袋

茎だちに春の地勢を見する哉　白雄・白雄句集

井のもとや茎だち摘ん寺泊　白雄・白雄句集

蕪一つ畝にころげて茎立てる　西山泊雲・ホトトギス

茎立に曇り日ながら散歩かな　杉田久女・杉田久女句集補遺

くこ【枸杞】

　ナス科の落葉低樹。自生・栽植。夏、五弁の淡紫色の花を開く。秋に赤色の果実を結ぶ。果実は「枸杞酒」となる。若葉は「枸杞茶」となり、炊き込んで「枸杞飯」となる。また、葉は「枸杞葉」として解熱の薬用になる。[和名由来] 漢名「枸杞」より。また「食木（クウキ）」からとも。[同義] 鬼枸杞（おにくこ）。[漢名] 枸杞、枸棘。➡枸杞の芽（くこのめ）[春]、枸杞の実（くこのみ）[秋]

くこ

§

玉川に一日あそびし母と子は枸杞をつみ川砂をさげてかへりぬ　土屋文明・山谷集

満潮《みちしほ》になりし浜より帰りくる風を負ひ枸杞《くこ》の芽をつみながら　佐藤佐太郎・形影

枸杞垣の似たるに迷う都人　蕪村・落日庵句集

枸杞の垣田楽焼くは此奥か　夏目漱石・漱石全集

枸杞青む日に日に利根のみなとかな　加藤楸邨・穂高

くこのめ【枸杞の芽】

　➡枸杞（くこ）[春]

§

枸杞の芽の一夜《ひとよ》の伸びをのびてゐる青芽つやつや春の朝冷ゆ　木下利玄・一路

春ふかきこの崖下に移り来て枸杞の芽立《めだち》をつみにけるかも　土屋文明・ふゆくさ

枸杞芽を摘む恋や村の教師過ぐ　河東碧梧桐・新傾向（春）

くさあおむ【草青む】

　➡草萌え（くさもえ）[春]、下萌（したもえ）[春]

§

草青う、生命《いのち》を茎にささげたり、存在《あり》のにほひと影しなえたり。　服部躬治・文庫

垣添や猫の寝る程草青む　一茶・七番日記

まん丸に草青みけり堂の前　一茶・一茶句帖

くさいちごのはな【草苺の花】

　草苺はバラ科の半常緑低樹・栽培。春、五弁の白花の花を開く。花後、球形の果実を結び赤熟する。➡苺の花（いちごのはな）[春]、草苺（くさいちご）[夏]

くさかぐわし【草芳し】

　春になって萌え出る、様々な草の芳しいさまをいう。➡春の草（はるのくさ）[春]、若草（わかくさ）[春]

§

草すでに八百屋の軒に芳し　杉風・杉風句集
日毎踏む草芳しや二人連　夏目漱石・漱石全集

くさつむ【草摘む】
春の野原に萌えでた雑菜や草花を摘むこと。⬇摘草（つみくさ）［春］

§

君火をたけ我菜をつむも藪の中　沾徳・俳諧五子稿
草摘むやうれしく見ゆる土の鈴　一茶・旅日記
里の子や草摘んで出る狐穴　一茶・七番日記
草摘む子幸あふれたる面かな　杉田久女・杉田久女句集
草摘み負へる子石になりにけり　川端茅舎・川端茅舎句集
草摘に光り輝く運河かな　川端茅舎・川端茅舎句集

くさのめ【草の芽】
春に萌えでる諸草の芽をいう。⬇木の芽（このめ）［春］、若草（わかくさ）［春］、草の若葉（くさのわかば）［春］、物の芽（もののめ）［春］

§

門の草芽出すやいなやむしらるゝ　一茶・一茶句帖
萩の芽に犬ころ愛す小庭かな　正岡子規・子規句集
牡丹の芽ひたぶる霜を恐れけり　正岡子規・子規句集
大池の円かなる端や菖蒲の芽　飯島みさ子・ホトトギス

くさのわかば【草の若葉】
芽をだしたばかりの青々とした草の若葉をいう。⬇草の芽（くさのめ）［春］、若草（わかくさ）［春］、若葉（わかば）［夏］

くさぼけ【草木瓜】
バラ科の落葉小低樹・自生。日本特産種。高さ約三〇センチ。葉は倒卵形で縁は鋸歯状。枝に棘がある。春、葉に先だって黄赤色の五弁の花を開く。花後、秋に酸味のある広楕円形の果実を結び食用となる。［和名由来］草のように低木で木瓜（ぼけ）に似ているところから。［同義］地梨・地梨子（じなし）、小木瓜（こぼけ）、野木瓜（のぼけ）、樝子（しどみ）。［漢名］蓉子。⬇草木瓜の実（くさぼけのみ）［秋］、樝子の花（しどみのはな）［春］

くさぼけ

§

草木瓜の花さかりなり火の山の低きに下りて畳まる白雲　島木赤彦・氷魚
土手の上に腰をおろして投げいだす足さきの辺の草木瓜の花　半田良平・幸木
石瀧も仰ぎ来し野木瓜《しどみ》綴る里　河東碧梧桐・新傾向（春）

くさもえ【草萌】
春に草の芽が萌え出すこと。または萌え出した芽をいう。⬇下萌（したもえ）［春］、草青む（くさあおむ）［春］

§

ぬるみゆく水のけぶりは隅田河つゝみの草の萌ゆるなりけり　加藤千蔭・うけらが花

ガラス戸の中にうち臥す君のために草萌え出づる春を喜ぶ　長塚節・根岸庵
やすやすと萌こむ草や家の内　乙二・斧の柄
草萌ゆる牧場の果や漁師村　河東碧梧桐・新傾向（春）
草萌《くさもえ》や大地総じてものものし　高浜虚子・五百句
石一つ抜けしあとあり草萌ゆる　西山泊雲・続ホトトギス

くさもち【草餅】

蓬の葉を茹で、細かく刻んで練り入れた餅。蓬餅。母子草を入れたものもある。三月三日の雛祭りに供える。［同義］草の餅（くさのもち）。⇩蓬餅（よもぎもち）［春］、蓬（よもぎ）［春］、母子草（ははこぐさ）［春］

§

両の手に桃とさくらや草の餅　芭蕉・桃の実
春の野のものとて焼や草の餅　也有・蘿葉集
花に来て詫よ嵯峨の、艸の餅　几董・井華集
おらが世やそこらの草も餅になる　一茶・七番日記
草餅に焼印もがな草の庵　村上鬼城・鬼城句集
旅人や馬から落す草の餅　正岡子規・子規句集
乳垂るる妻となりつも草の餅　芥川龍之介・発句

くまがいそう【熊谷草】

ラン科の多年草・自生。高さ約三〇センチ。平行脈のある扇形の葉を二枚向き合ってつける。春、花茎を伸ばし赤紫の斑のある袋状の花を開く。［和名由来］花の形を、熊谷直実が一の谷で背負った母衣（ほろ）に見立てたことから。［同義］布袋草（ほていそう）、喇叭草（らっぱそう）。［花言］気紛れな美女。⇩敦盛草（あつもりそう）［夏］

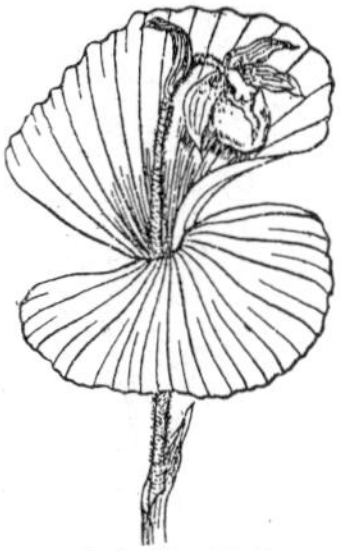
くまがいそう

クローバー【clover】

マメ科の一年草または多年草のツメクサをいう。白詰草（しろつめくさ）、赤詰草（あかつめくさ）などをさすことが多い。多数の蝶形花を球状に密集させて咲く。倒心臓形の三小葉からなる複葉を持つ。まれにある「四葉のクローバー」は幸運のしるしとされる。

§

青芽たつクロバーの原に風鋭し日入りて鎖す五稜郭のあと　土屋文明・山谷集
しづ〳〵とクローバを踏み茶を運ぶ　高浜虚子・六百句

くわ【桑】

クワ科の落葉低樹・高樹の総称。高さ約一〇メートル。樹皮は暗褐色。葉は卵形あるいは心臓形で両面に短毛をもつ。春、この葉を摘んで蚕の食料にする。四月頃、淡黄緑色の花を穂状につける。花後、夏に甘味のある紫黒色の実を結ぶ。茎・根皮は利尿・緩下などの薬用になる。［和名由来］諸説あり。「蚕葉

くわ［毛詩品物図攷］

（コハ）」「食葉（クワ）」「蚕食葉（コクフハ）」などより。［同義］山栗（やまぐり）、芝栗（しばぐり）、一薬草（いちやくそう）。［漢名］桑。⬇桑摘み（くわつみ）［春］、桑畑（くわばたけ）［春］、山桑（やまぐわ）［春］、桑の花（くわのはな）［春］、桑の実（くわのみ）［夏］

§

枝たわめ桑つむ時に唄うたへる男の顔見ゆ夕日にてりて
木下利玄・紅玉

君が飼ふ蚕らや静かに桑食《くは》みて春雨《はるさめ》しけん紀の国の夜半《よは》
岡本かの子・愛のなやみ

見るからに桑の若芽はやはらかし夕日の光ながれたるかな
土田耕平・斑雪

桑さして栄行《さかゆく》畑や老の春　杉風・続虚栗

桑やりて蚕棚は青くなりてゆく　山口青邨・雪国

くわつみ【桑摘み】

春、養蚕のために桑の葉を摘む。⬇桑（くわ）［春］

§

白妙の手巾いたゞき桑つめる少女が匂ひ今も目にあり
伊藤左千夫・伊藤左千夫全短歌

桑摘みて桑かぶれせし子どもらの痒がりにつつ眠れるあはれ
島木赤彦・太虚集

このあしたしどにおける桑の露の乾くを待てり桑摘むわが妻
島木赤彦・太虚集

枝たわめ桑つむ時に唄うたへる男の顔見ゆ夕日にてりて
木下利玄・紅玉

桑畑に桑の葉を摘む人はこもり雲雀《ひばり》は空にうつつなきかも
石井直三郎・青樹

桑つみや畑うつ夫と打語り　千川・類題発句集

桑摘の山も越え行く蚕飼かな　河東碧梧桐・春夏秋冬

くわのはな【桑の花】

クワ科の落葉低樹・高樹の桑の花。桑は春、淡黄緑色の花を穂状に開く。⬇桑（くわ）［春］、桑の実（くわのみ）［夏］

くわばたけ【桑畑】

⬇桑（くわ）［春］

§

脚長に畦に腰据え少女らと昼食楽しも山の桑畑
伊藤左千夫・伊藤左千夫全短歌

小夜ふけて桑畑の風疾ければ土用蛍の光は行くも
島木赤彦・氷魚

桑畑の桑つむ人ら晴れの日を喜び言ひてうち疲れをり
島木赤彦・太虚集

「け」

けしのわかば【芥子の若葉・罌粟の若葉】

ケシ科の一～二年草の芥子の若葉。葉は長楕円形で、縁に

不規則な切れ込みがある。春の若葉は食用となる。➡芥子の花（けしのはな）［夏］

けまんそう【華鬘草・花鬘草】

ケシの多年草・栽培。中国原産。高さ約六〇センチ。茎は叢生し、牡丹に似た羽状葉をもつ。春、淡紅色の小花を花軸の片側に総状をなして開き、下垂する。根株で越冬し、根株は有毒。［和名由来］花の垂れ咲く形が仏殿装飾の華鬘に似ているところから。［同義］藤牡丹（ふじぼたん）、華鬘牡丹（けまんぼたん）。

けまんそう

げんげ【紫雲英】

蓮華草のこと。「げんげん」ともいう。➡蓮華草（れんげそう）［春］、げんげん［春］

§

この浦やげんげ花さく田の岸に海波きよく寄せてゐにけり　太田水穂・冬菜

病室をしづかにぬけて夕ぐれの白げんげさく野にうかぶこころ　岡稲里・早春

春すでに闌《ふ》けてほけゆく紫雲英田《げんげだ》は我が木戸過ぎて打越橋まで　北原白秋・黒檜

あが児《こ》はもむなしかりけり明けさるや紫雲英《げんげ》花野に声は充《み》つるを　明石海人・白描

雨さめざめと裏がへるげんげ名残咲て　河東碧梧桐・八年間

秋篠《あきしの》はげんげの畦《あぜ》に仏かな　高浜虚子・五百句

紫雲英咲く小田辺に門は立てりけり　水原秋桜子・葛飾

胸までの紫雲英仔犬は迷ひゆく　中村草田男・来し方行方

切岸へ出ねば紫雲英の大地かな　中村草田男・長子

げんげん

➡蓮華草（れんげそう）［春］、紫雲英（げんげ）［春］

§

げんげんの花咲く原のかたはらに家鴨《あひる》飼ひたるきたなき池あり　正岡子規・子規歌集

赭《あか》土の山の日かげ田にげんげんの花咲く見れば春たけにけり　島木赤彦・氷魚

げんげんの花原めぐるいくすぢの水遠くあふ夕映も見ゆ　島木赤彦・馬鈴薯の花

野道行けばげんげんの束すてゝある　正岡子規・子規句集

げんげんを打ち起したる痩田かな　正岡子規・子規句集

「こ」

こうしんばら【庚申薔薇】

バラ科の常緑低樹・栽植。中国原産。高さ約一・五メートル。三～五枚からなる羽状複葉で互生。［和名由来］干支で庚申の月（隔月）に紅・白色花を開くところから。実際には四季咲き。［同義］姫薔薇、四季咲薔薇、茨牡丹（いばらぼたん）、長春花（ちょうしゅんか）。［漢名］月季花、長春花。

こうしんばら

§

ゆくりなく庚申薔薇の花咲きぬ君を忘れて幾年《いくとせ》か経し
北原白秋・桐の花

わが庭に庚申ばらの花一つ開きて秋の空は曇りぬ
三ケ島葭子・三ケ島葭子歌集

こうせつらん【香雪蘭】
⇩浅黄水仙（あさぎずいせん）［春］、フリージア（freesia）［春］

こうぞのはな【楮の花】
楮はクワ科の落葉低樹。自生・栽培。「かぞ」ともいう。高さ約三メートル。雌雄同株。葉は桑の葉に似て卵形で、縁は鋸歯状。晩春から初夏に淡黄緑色の花を開く。花後、桑の実または木苺に似た赤い実を結ぶ。実は食用となる。樹皮は和紙の原料となる。［〈楮〉和名由来］諸説あり。「紙麻（カミソ）」「神衣（カミソ）」の意などからと。［〈楮〉同義］紙漉草（かみすきぐさ）、紙木（かみのき・かみぎ）。［〈楮〉漢名］楮、穀木。⇩楮蒸す（こうぞむす）［冬］、栲（たく）［四季］

こうぞ

§

山中や楮の花に歌書かん　乙由・麦林集

こうぞりな【髪剃菜】
キク科の多年草・自生。高さ四〇～九〇センチ。全草に淡褐色の毛がある。葉はタンポポに似て、披針形で先端が尖る。春の若菜は浸し物、和え物として食用になる。夏、黄色の頭頂花を開く。［和名由来］茎・葉に剛毛があり、剃刀を連想させるところから。［同義］顔剃菜（かおそりな）、剃刀菜（かみそりな）。［漢名］毛蓮菜。

こうぞりな

こうそんじゅのはな【公孫樹の花】
公孫樹は銀杏の漢名である。⇩銀杏の花（いちょうのはな）［春］

こうばい【紅梅】
梅の栽培品種の一つ。紅色の花の春梅。［同義］未開紅（みかいこう）。⇩梅（うめ）［春］

§

かぎろひの朝日の軒に鮮かに咲きつゝ憂けき紅梅の花
伊藤左千夫・伊藤左千夫全短歌

心なく咲くらむ花を物思ふ目に淋しみす紅梅の花

伊藤左千夫・伊藤左千夫全短歌

衣《きぬ》を干す庭にぞ来つる鶯の紅梅に鳴かず竹竿に鳴く
正岡子規・子規歌集

潮風ははげしくあれや湯の窓ゆ揺すれて見ゆる紅梅の花
島木赤彦・氷魚

藁靴《わらぐつ》と草紙《さうし》とならぶ二月《きさらぎ》の日なたの椽《えん》の紅梅の花
山川登美子・山川登美子歌集

恋ゆゑに人をあやめしたをや女の墓ある寺の紅梅の花
木下利玄・銀

紅梅やかの銀公がからごろも　貞徳・紅梅千句
紅梅や見ぬ恋つくる玉すだれ　芭蕉・其木がらし
紅梅やけふは涅槃に香をさゝげ　杉風・杉風句集
紅梅は娘すまする妻戸哉　杉風・すみだはら
紅梅やかの銀閣寺やぶれ垣　沾徳・俳諧五子稿
紅梅に青く横たふ筧《かけひ》かな　柳居・柳居発句集
紅梅や大きな弥陀に光さす　太祇・太祇句集
紅梅の落花燃らむ馬の糞　蕪村・蕪村句集
紅梅や古き都の土の色　蕪村・落日庵句集
紅梅や神のこゝろも堅からず　蓼太・蓼太句集
紅梅に睡れり衛士の又五郎　几董・井華集
紅梅や照日降日の中一日　暁台・暁台句集
紅梅に大根のからみぬけにけり　成美・成美家集
温泉の町の紅梅早き宿屋かな　正岡子規・子規句集
紅梅の隣もちけり草の庵　正岡子規・子規句集
紅梅や舞の地を弾く金之助　夏目漱石・漱石全集

紅梅のしだれたるに蝶の恥かしき　河東碧梧桐・新俳句
そのまゝに君紅梅の下に立て　高浜虚子・五百五十句
夕昏《ゆふぐ》れて紅梅ことにさけるみゆ　飯田蛇笏・春蘭
紅梅や佳き墨おろす墨の香と　水原秋桜子・古鏡
紅梅の八重咲きつくす瑠璃天に　日野草城・旦暮

こごめざくら【小米桜】

雪柳の別称。➡雪柳（ゆきやなぎ）［春］

§

うす色の小ごめ桜に雨ふればさゞ波さむし春のみづうみ
太田水穂・冬菜

わが庭の小米ざくらがすすきより弱げになびく夕月夜かな
与謝野晶子・火の鳥

こごめばな【小米花】

①雪柳の別称。②蜆花の別称。➡雪柳（ゆきやなぎ）［春］、蜆花（しじみばな）［春］

§

それは杵これは木の根にこぼれけり小米の花の風にくだけて
未得・古今夷曲集

小米花奈良のはづれや鍛治が家　万乎・続猿蓑
升程な庭といふべし小米花　紅霞・類題発句集
四畳半三間の幽居や小米花　高浜虚子・五百句

こでまりのはな【小手毬の花・小粉団の花】

バラ科の落葉低樹・栽培。高さ一〜二メートル。葉は披針形で縁は鋸歯状。春、雪柳に似た五弁の白花を球状につける。

［和名由来］球状の花の形を手毬に見立てたもの。［同義］鈴

懸・鈴掛（すずかけ）、手鞠花（てまりばな）。［漢名］麻葉繍毬。

§

水ぐるま近きひゞきに少しゆれ少しゆれゐる小手鞠の花　木下利玄・銀

活くるひき無き小繍毬や水瓶に　杉田久女・杉田久女句集

こでまり

こなぎつむ【小水葱摘む】

小水葱はミズアオイ科の水生一年草・自生。葉は叢生し、卵形。夏から秋に碧紫色の花を開く。葉は食用となる。俳句では一般に「小水葱摘む」をもって春の季語とする。小水葱は、小さな水葱（なぎ）の意であるので、水葱（水葵）をいう場合もある。［〈小水葱〉同義］細水葱（ささなぎ）、事無草（ことなしぐさ）。⇩水葱（なぎ）［夏］、小水葱の花（こなぎのはな）［秋］

こなぎ

§

春霞春日の里の植ゑ小水葱《こなぎ》苗なりと言ひし枝《え》はさしにけむ　大伴駿河麻呂・万葉集三

おのれまで恋路にぬれて苗代のこなぎがもとに鳴くかはづかな　藤原知家・新撰六帖題和歌六

春雨の降りみ降らずみ袖ぬれて沢田のあぜにこなぎ摘むなり　葉室光俊・新撰六帖題和歌六

母の里へ辿る稲田のこなぎかな　松瀬青々・倦鳥

このめ【木の芽】

山椒の芽。または春に芽をふく木の芽の総称。「きのめ」ともいう。⇩草の芽（くさのめ）［春］、山椒の芽（さんしょうのめ）［春］、物の芽（もののめ）［春］

§

天てるや日のほからかに打ち渡す岡の木原は木の芽青めり　伊藤左千夫・伊藤左千夫全短歌

残る雪はなと木の芽の色になる浅間のけむり西へなびいて　青山霞村・池塘集

春の夜の匂へる闇のをちこちによこたはるなり木の芽ふく山　若山牧水・海の声

木の芽はる光うららのまひる空押し渡るあらしの音は遠しも　中村三郎・中村三郎歌集

海原《うなばら》を吹き来る風は暖かしたちまちにして木の芽ひらくも　土田耕平・青杉

このめこのめ出度《でたき》はこのめはるの雨　玄札・一本草

骨柴の刈られながらも木芽哉　凡兆・猿蓑

一雫《ひとしづく》こぼして延びる木の芽かな　諸九尼・諸九尼句集

大原や木の芽すり行牛の頬　召波・春泥発句集

けしきたつ谷の木のめの曇かな　白雄・白雄句集

野鳥の巣にくはへ行木芽かな　几董・井華集

世の木の芽こゝろ鞍馬にかよふ哉　白雄・白雄句集

とし寄の鳩によばる丶木の芽哉　成美・成美家集
木々おのおの名乗り出《いで》たる木《こ》の芽《め》哉《かな》　一茶・一茶俳句集
落柿舎《らくししゃ》の奈良茶日つゞく木芽哉　一茶・文化句帖
雷の始めて青き木の芽かな　正岡子規・子規句集
大寺を包みてわめく木の芽かな　高浜虚子・五百句
椚原《くぬぎはら》さゝやく如く木の芽かな　高浜虚子・五百句
木の芽草の芽あるきつゞける　種田山頭火・草木塔
檜山の窪に蝌蚪生《お》ふ木《こ》の芽《め》季《どき》　水原秋桜子・残鐘
今掃きし土に苞ぬぐ木の芽かな　杉田久女・杉田久女句集
　伯林にて
かの窓のきらめき開き木の芽かな　山口青邨・雪国
ひた急ぐ犬に会ひけり木の芽道　中村草田男・長子

このめづけ【木の芽漬】
山椒の芽などの木の芽を塩漬けにしたもの。➡木の芽（このめ）［春］
§
塩うりの鞍馬詣や木の芽づけ　越人・都の花めぐり

このめでんがく【木の芽田楽】
水気を切った豆腐を竹串に刺して火であぶり、木の芽を味噌にすりまぜたもの（木の芽味噌）を塗り、もう一度焼いたものをいう。➡木の芽（このめ）［春］
§
木の芽田楽の日高い夕飯をする　河東碧梧桐・八年間

こぶし【辛夷】
モクレン科の落葉高樹。自生・栽植。日本特産種。高さ八～一〇メートル。葉は広倒卵形で先端が尖る。早春、葉に先だって香りのある白色の大形花を枝先にひとつずつ開く。果実は秋に裂け、白糸のある紅色の種子を下垂する。蕾は「辛夷（しんい）」として頭痛止めなどの薬用になる。花は香水の原料となる。［和名由来］蕾または果実の形を拳（こぶし）に見立てたものと。［同義］山木蘭（やまもくれん）、木筆・拳（こぶし）、白桜（しろざくら）、薑（はじかみ）、種播桜（たねまきざくら）。

こぶし

§
時しあればこぶしの花もひらけけり君がにぎれる手のかかれかし　よみ人しらず・続詞花和歌集
山ざくらこぶしの花と咲きまじる谷村《やむら》の家の小《ち》さき鯉のぼり　佐佐木信綱・山と水と
枯芝原よべ降りし雪のとけしかば辛夷の花は雫してあり　島木赤彦・氷魚
昼たけてや丶埃《ほこり》づく空のいろに辛夷《こぶし》の花の光りうつれる　太田水穂・冬菜
檜の木の枯木のなかに幹白き辛夷はなさき空蒼く潤《ひろ》し　長塚節・鍼の如く
白辛夷花さく枝にとまりたる頬白見れば春冴えにけり　北原白秋・黒檜

まぼろしに童女はたちて笑ひしかあはれ月の夜の辛夷花かげ
木俣修・冬暦

白辛夷咲き光《て》る庭のひそけくて痲疹を病むかこの家の子も
木俣修・冬暦

移り来し家に今年の花を待つ百苞の辛夷《こぶし》日々光あり
佐藤佐太郎・開冬

たもちゐてひそか心の寂しけれ白金に辛夷《こぶし》花咲くあしたを
宮柊二・群鶏

風なくて崩る丶花のこぶし哉　巴水・類題発句集

唐人の辛夷を描く座興かな　正岡子規・子規句集

四つ目垣茶室も見えて辛夷哉　夏目漱石・漱石全集

辛夷を一木峠を名残線路でながめ　河東碧梧桐・三昧

立ちならぶ辛夷《こぶし》の蒼行く如し　高浜虚子・五百句

旧山廬訪へば大破や辛夷咲く　飯田蛇笏・山廬集

どつちへも流れぬどぶなんで辛夷《こぶし》花さいた
中塚一碧楼・一碧楼一千句

辛夷《こぶし》咲き畦の卍《まんじ》も青みたり　水原秋桜子・帰心

霞みつ丶辛夷の花はなほも白く　山口青邨・雪国

ごんずい【権萃】

ミツバウツギ科の落葉樹・自生。高さ約三メートル。関東以西の山野に多く生える。樹皮は紫黒色。葉は羽状複葉。五月頃、枝先に円錐花序をつけ、淡黄色の五弁の小花を開く。花後に結ぶ実は、秋に熟して裂け、黒い種子をだす。若芽は救荒食とされた。［和名由来］利用価値の少ない木のため、背びれに毒腺をもつ利用価値の少ない魚である「ゴンズイ（権瑞）」の名をつけたものと。［同義］梅干樹（うめほしのき）、狐茶袋（きつねのちゃぶくろ）、雷木（かみなりぎ）。

ごんずい

こんにゃくうえる【菎蒻植える・蒟蒻植える】

蒟蒻はサトイモ科の多年草・栽培。球茎を粉末にしたものが「こんにゃく」の原料となる。種芋用の球茎を植え付けるのは春（四月頃）である。⇩蒟蒻掘る（こんにゃくほる）［冬］、蒟蒻玉（こんにゃくだま）［冬］

「さ」

さいたづま

虎杖の古名。⇩虎杖（いたどり）［春］

§

野辺見ればやよひの月のはつかまでまだうら若きさいたづまかな
藤原義孝・後拾遺和歌集一（春下）

さいたづままだうら若きみ吉野の霞かくれにきぎす鳴くなり
忠度集（平忠度の私家集）

春日野にまだうら若きさいたづま妻こもるともいふ人やなき
藤原実氏・玉葉和歌集一（春上）

サイネリア【cineraria】
シネラリアに同じ。⇩シネラリア［春］

さぎごけ【鷺苔】
ゴマノハグサ科の多年草・自生。高さ五～一〇センチ。春から夏に、淡紫・白色の小花を開く。［和名由来］白色の小花を鷺にたとえたもの。［同義］畦菜（あぜな）、鷺草（さぎぐさ）、櫨花・黄櫨花（はぜばな）、白鷺苔（しらさぎごけ）、蔓鷺苔（つるさぎごけ）。

さぎごけ

さくら【桜】
山桜・染井桜・彼岸桜などバラ科の落葉高樹の総称。秋の菊と共に日本の代表的な樹木。古くは花といえば桜をさした。春に白・淡紅色の五弁の花を開く。八重花もある。花後、初夏に豆大の青実を結び、熟して赤・紫黒色となり、「さくらんぼう」として食用になる種もある。花の塩漬は「桜湯」、葉の塩漬は「桜餅」に用いられる。樹皮は鎮咳、去痰の薬用となる。［和名由来］諸説あり。「咲麗（サキウラ）」「咲麗如木（サクウルハシギ）」でうららかに咲く意。古事記にある「木花開耶姫（コノハナサクヤヒメ）」の「サクヤ」の転。「咲簇（サキムラガル）」の略など。［同義］花の王（はなのおう）、春告草（はるつげぐさ）、二日草（ふつかぐさ）、徒名草・化名草（あだなぐさ）、色見草（いろみぐさ）、手向草（たむけぐさ）、夢見草（ゆめみぐさ）、曙草（あけぼのぐさ）、挿頭草（かざしぐさ）、吉野草（よしのぐさ）。［漢名］枝垂海棠。［花言］清純な精神・優れた教育（英・仏）、偽善（英）、私を忘れないで（仏）。⇩浅黄桜（あさぎざくら）［春］、朝桜（あさざくら）［春］、有明桜（ありあけざくら）［春］、家桜（いえざくら）［春］、磯桜（いそざくら）［春］、糸桜（いとざくら）［春］、姥桜（うばざくら）［春］、江戸桜（えどざくら）［春］、染井吉野（そめいよしの）［春］、桜狩（さくらがり）［春］、桜漬け（さくらづけ）［春］、桜湯（さくらゆ）［春］、桜人（さくらびと）［春］、桜餅（さくらもち）［春］、桜時（さくらどき）［春］、里桜（さとざくら）［春］、桜雨（さくらあめ）［春］、桜陰（さくらかげ）［春］、桜吹雪（さくらふぶき）［春］、花（はな）［春］、遅桜（おそざくら）［春］、枝垂桜（しだれざくら）［春］、八重桜（やえざくら）［春］、散る桜（ちるさくら）［春］、匂桜（においざくら）［春］、庭桜（にわざくら）［春］、初桜（はつざくら）［春］、彼岸桜（ひがんざくら）［春］、一重桜（ひとえざくら）［春］、牡丹桜（ぼたんざくら）［春］、深山桜（みやまざくら）［春］、山桜（やまざくら）［春］、夕桜（ゆうざくら）［春］、夜桜（よざくら）［春］、吉野桜（よしのざくら）［春］、桜の実（さくらのみ）［夏］、さくらんぼう［夏］、実桜（みざくら）［夏］、葉桜（はざくら）［夏］、氷室桜（ひむろざくら）［夏］、桜紅葉（さくらもみじ）［秋］、寒桜（かんざくら）［冬］

§

やどにある桜の花は今もかも松風早み地《つち》に散るらむ
厚見王・万葉集八

世の中も常にしあらねばやどにある桜の花の散れるころかも
久米女郎・万葉集八

鶯《うぐひす》の木伝《こつた》ふ梅のうつろへば桜の花の時片設《かたま》けぬ
作者不詳・万葉集一〇

桜花《さくらばな》時は過ぎねど見る人の恋の盛りと今し散るらむ
作者不詳・万葉集一〇

あしひきの山の際《ま》照らす桜花この春雨に散りゆかむかも
作者不詳・万葉集一〇

世の中に絶えて桜のなかりせば春の心はのどけからまし
在原業平・古今和歌集一（春上）

桜花咲きにけらしなあしひきの山のかひより見ゆる白雲
紀貫之・古今和歌集一（春上）

み吉野の山辺に咲ける桜花雪かとのみぞあやまたれける
紀友則・古今和歌集一（春上）

空蟬の世にも似たるか花桜咲くと見しまにかつ散りにけり
よみ人しらず・古今和歌集二（春下）

たれこめて春のゆくへもしらぬまにまちし桜もうつろひにけり
藤原因香・古今和歌集二（春下）

桜散る花のところは春ながら雪ぞ降りつつ消えがてにする
承均・古今和歌集二（春下）

春雨の降るは涙か桜花散るを惜しまぬ人しなければ
大伴黒主・古今和歌集二（春下）

いつのまに散りはてぬらん桜花面影にのみ色を見せつつ
凡河内躬恒・後撰和歌集三（春下）

吉野山消えせぬ雪と見えつるは峰つづき咲く桜なりけり
よみ人しらず・拾遺和歌集一（春）

桜花露にぬれたる顔見れば泣きて別れし人ぞ恋しき
よみ人しらず・拾遺和歌集六（別）

吉野山八重立つ峰の白雲にかさねて見ゆる花桜かな
藤原清家・後拾遺和歌集一（春上）

けふ暮れぬあすも来てみむ桜花心して吹け春の山風
源師俊・金葉和歌集一（春）

たづね来て手折る桜の朝露に花のたもとのぬれぬ日ぞなき
源雅定・千載和歌集一（春上）

またや見ん交野のみ野の桜狩り花の雪散る春のあけぼの
藤原俊成・新古今和歌集一（春上）

よし野山さくらが枝に雪散りて花おそげなる年にもあるかな
西行・新古今和歌集一（春上）

惜しめども散りはてぬれば桜花いまはこずゑを眺むばかりぞ
後白河院・新古今和歌集二（春下）

はかなさをほかにもいはじ桜花咲きては散りぬあはれ世の中
藤原実定・新古今和歌集二（春下）

水の面に浮きて流るる桜花いづれを泡と人は見るらん
凡河内躬恒・玉葉和歌集二（春下）

散ればこそいとど桜はめでたけれうき世になにか久しかるべき
伊勢物語（八二段）

行く水に風の吹きいるる桜花流れて消えぬ泡かとぞ見る
金槐和歌集（源実朝の私家集）

さくら咲《さく》ふはの山路は関守のすまずなりても人をとめけり
賀茂真淵・賀茂翁家集

桜ちる山路はしらに白雪の寒からなくにふるかとぞ見る
田安宗武・悠然院様御詠草

よしさらばこよひは花の陰にねて嵐の桜ちるをだにみむ
小沢蘆庵・六帖詠草

さくらかな色にはまけてにほふ香のあさきをにくむ人もこそ無き
上田秋成・夜坐偶作

さくら［花卉画譜］

ひさかたのあまぎる雪と見るまでに降るは桜の花にぞありける
大愚良寛・良寛歌評釈

限りあればとまらぬ春のおほ空にゆくへは見えてちる桜かな
香川景樹・桂園一枝

たれよりもさくらがもとにちかくゐてさきへと人をいはぬけふ哉
大隈言道・草径集

山里は春まだ寒し旅人の桜かざしていづくよりか来し
正岡子規・子規歌集

隅田川堤の桜さくころよ花のにしきをきて帰るらん
正岡子規・子規歌集

散りぬれば色なきものと桜花恋とは何の姿なるらむ
樋口一葉・一葉歌集

富士の山、のぼりもはてぬ、しら雲は、麓の峰の、さくらなりけり。
与謝野寛・東西南北

さくらさきひばりたつ野にうちむれてこゝろも空にあそぶをとめ子
大塚楠緒子・千代田歌集

向《むか》つ辺《べ》の麻布台のさくら霧に隠れ目下《ました》は花の咲きしづみたる
宇都野研・春寒抄

そことなくうこんざくらの色したるたそがれ時となりにけるかな
与謝野晶子・深林の香

手《た》ぢからのよわや十歩《とあし》に鐘やみて桜散るなり山の夜の寺
与謝野晶子・恋ごろも

後世《ごせ》は猶《なほ》今生《こんじやう》だにも願はざるわがふところにさくら来て散る
山川登美子・山川登美子歌集

いやはてに欝金ざくらの花咲きてちりそめぬれば五月はきたる　北原白秋・桐の花

何ごとの足らぬともなくあこがれてうらさびしさや桜ちるころ　土岐善麿・はつ恋

金色の本尊に奉れるさくらの花春しんとしてはなやぐ御堂　木下利玄・一路

さくら花今をさかりと咲きたればうつしみのいのち寂しくなりぬ　三ケ島葭子・三ケ島葭子歌集

山ぐちの桜昏れつゝ　ほの白き道の空には、鳴く鳥も棲《ヰ》ず　釈沼空・海やまのあひだ

桜ばないのち一ぱいに咲くからに生命をかけてわが眺めたり　岡本かの子・浴身

ほろほろと桜ちれども玉葱はむつつりとしてもの言はずけり　岡本かの子・浴身

さくら花かつ散る今日の夕ぐれを幾世《いくよ》の底より鐘の鳴りくる　明石海人・白描

草に散る桜の花を追ふ吾子よわれもおぼれて春日照る苑　木俣修・冬暦

人を　さげすみて来し　道の空。桜を見れば、さびしまむとす　折口春洋・鵠が音

只の時もよしのは夢の桜哉　西鶴・誹諧師手鑑

春の夜は桜に明《あけ》て仕廻けり　芭蕉・韻塞

よし野にて桜見せふぞ檜《ひ》の木笠　芭蕉・笈の小文

扇にて酒くむかげやちる桜　芭蕉・笈の小文

木のもとに汁も鱠《なます》も桜かな　芭蕉・ひさご

鶴の巣にあらしの外のさくらかな　芭蕉・鵲尾冠

年々や桜をこやす花の塵　芭蕉・芭蕉翁全伝

うちあけて障子わするゝ桜かな　来山・続いま宮草

山鳥の帯せぬなりやさくら咲　来山・続いま宮草

苗代の水にちりうくさくらかな　許六・五老井発句集

あら玉や一暮もせぬさくら花　土芳・蓑虫庵集

桜ちる弥生五日は忘れまじ　其角・五元集

去年も咲ことしも咲や桜の木　鬼貫・鬼貫句選

真先に見し枝ならんちるさくら　丈草・丈草発句集

井戸ばたの桜あぶなし酒の酔　秋色・江戸砂子

朝立の目に有明とさくらかな　浪化・旅袋

大ぞらの青みも見せぬさくら哉　梢風・木葉集

花は桜まことの雲は消にけり　千代女・千代尼発句集

月の夜の桜に蝶の朝寝かな　千代女・千代尼発句集

朝風呂はけふの桜の機嫌哉　太祇・太祇句選

酒はもう懲りた人あり遅桜　也有・蘿葉集

花に遠く桜に近しよしの川　蕪村・蕪村句集

嵯峨ひと日閑院様のさくら哉　蕪村・蕪村句集

ちるはさくら落るは花のゆふべ哉　蕪村・蕪村遺稿

ひとつかみしら雲贈る桜かな　蓼太・蓼太句集

早蕨の爪はじく間ぞちるさくら　蓼太・蓼太句集

油断して花に成《なつ》たる桜かな　樗良・樗良発句集

一時やあたら桜の咲みだれ　樗良・樗良発句集

遠近やほのぼのさくら風ぞなき　白雄・白雄句集

人恋し灯ともしころをさくらちる　白雄・白雄句集

雲を踏山路に雨のさくら哉　几董・井華集
桜過菜の花越て金閣寺　闌更・半化坊発句集
一日もかけずに来てや散るさくら　闌更・半化坊発句集
花と我とわれと桜の影ふたり　暁台・暁台句集
手向山有明ざくら咲にけり　暁台・暁台句集
しなばやと桜におもふ時もあり　成美・成美家集
有明は雫になりしさくら哉　乙二・斧の柄
村雨の若葉をいそぐさくらかな　巣兆・曾波可理
花びらの山を動すさくらかな　抱一・屠竜之技
憎い程桜咲かせる屑屋哉　一茶・七番日記
よるとしや桜のさくも小うるさき　一茶・七番日記
桜花何が不足で散りいそぐ　一茶・七番日記
雪国にそも無量寿の桜かな　梅室・梅室家集
人去ば一ゆるみしてちるさくら　梅室・梅室家集
花の色もほのかに老木桜かな　村上鬼城・ホトトギス
欝金桜色濃く咲いて淋しいぞ　村上鬼城・鬼城句集
大桜只一もとのさかり哉　正岡子規・子規句集
千万言一時に開く桜かな　正岡子規・子規句集
名は桜物の見事に散る事よ　夏目漱石・漱石全集
　修行者笠の讃
散る桜西行の夢をたゝきけり　幸田露伴・幸田露伴集
　西行ノ歌遺意
酒飲まぬ人に咎《とが》なき桜かな　幸田露伴・幸田露伴集
土佐日記懐《ふところ》にあり散る桜　高浜虚子・五百句
暮れければ灯《ともし》を向けぬ家桜　高浜虚子・六百句
家桜《いえざくら》顧みしつゝ立ち出《い》づる　高浜虚子・七百五十句
いつとなくさくらが咲いて逢うてはわかれる　種田山頭火・草木塔
熱を病んで桜明りにふるへ居る　芥川龍之介・我鬼窟句抄
これやこの庭のさくらの初花や　日野草城・旦暮
散るさくら空には夜の雲愁ふ　石田波郷・鶴の眼

さくらあめ【桜雨】

桜の花が咲く頃に降る雨をいう。⬇桜（さくら）［春］

§

雨のさくらきのふをおもふ現人　暁台・暁台句集

さくらかげ【桜陰・桜影】

⬇桜（さくら）［春］

§

磯山やさくらのかげの美さご鮓　暁台・暁台句集
万葉の池今狭し桜影　杉田久女・杉田久女句集

さくらがり【桜狩】

野山の桜を眺め歩くこと。花見と同義だが、一か所に止まって桜を見るというよりは、眺め歩く感じである。⬇花見（はなみ）［春］、桜（さくら）［春］

§

またや見ん交野《かたの》の御野《みの》の桜狩《さくらがり》花の雪散る春の曙《あけぼの》　藤原俊成・新古今和歌集二（春下）
桜狩り山にうかると見し夢のさむるもおなじ花の木《こ》のもと　与謝野礼厳・礼厳法師歌集

桜がりきとくや日〻に五里六里　芭蕉・笈の小文
似あはしや豆の粉めしにさくら狩　芭蕉・芭蕉翁句集
思ひ出す木曾や四月の桜狩　芭蕉・皺筥物語
桜狩けふは目黒のしるべせよ　其角・五元集拾遺
夜あらしや太閤様の桜狩　園女・其袋
永き日を幕にたゝむや桜狩　也有・蘿葉集
来た道を又奥にせん桜がり　蓼太・蓼太句集
桜狩上野王子《おうじ》は山つゞき　正岡子規・子規句集
山人《やまびと》の垣根づたひや桜狩　高浜虚子・五百句

さくらそう【桜草】

サクラソウ科の多年草。自生・栽培。高さ約三〇センチ。葉は根生で長楕円形。多品種あり、四～五月に、白・紅・紫色の花を開く。［和名由来］花の形が桜に似ているところから。［同義］常盤桜（ときわざくら）。［花言］青春と悲しみ。

さくらそう

§

むかしの日姉とおもひし桜草いもうととして君と培ふ　与謝野晶子・夏より秋へ
青々と暮れ空見ゆる玻璃窓《はりまど》の内らにわれと桜草と寂し　宮柊二・群鶏
我国は草もさくらを咲にけり　一茶・狭蓑集
まのあたり天降《あも》りし蝶や桜草　芝不器男・不器男句集

さくらづけ【桜漬け】

八重桜の蕾を塩漬けにしたもの。それを茶碗に入れて飲む湯を桜湯という。➡桜湯（さくらゆ）［春］

§

下臥に漬味みせよ塩さくら　其角・五元集

さくらどき【桜時】

春、桜が爛漫と咲く頃をいう。➡桜（さくら）［春］

§

鞍の上に人もおぼえずさくら時　鬼貫・俳諧七車
さくら咲く頃や隠者の古だゝみ　桃隣・古太白堂句選

さくらびと【桜人】

桜の花のように美しい人。美しい装いの人。桜の花を眺める人。桜の花をかざす人。➡桜（さくら）［春］

§

夜桃林を出てあかつき嵯峨の桜人　蕪村・蕪村句集
酔て猶眼涼しやさくら人　几董・井華集

さくらふぶき【桜吹雪】

桜の花びらが吹雪のように散り舞うこと。➡桜（さくら）［春］

§

又しても嵯峨の桜の花吹雪牛飼舎人後れ来にけり　服部躬治・迦具土
風呂の戸を出づれば桜吹雪かな　内藤鳴雪・鳴雪句集

さくらもち【桜餅】

桜の葉でくるんだ餅菓子。

§

たんと食うてよき子孕みね桜餅　村上鬼城・鬼城句集

桜餅が竹の皮のまゝ解かずにある　河東碧梧桐・碧

さくらゆ【桜湯】

八重桜の蕾を塩漬けにしたものを茶碗に入れて湯を注ぐと湯の中で桜が開く。これを桜湯という。⇩桜漬け（さくらづけ）[春]

§

桜湯の亀甲鋳の茶碗かな　杉田久女・続ホトトギス

さしき【挿木】

果樹などの枝を切り、土に挿し植えて新株をつくる、植物の無性繁殖法。⇩接木（つぎき）[春]

§

捨やらで柳さしけり雨のひま　蕪村・蕪村句集

古箸に人をよけたるさし木哉　召波・春泥発句集

さし柳はかなきもの、気力かな　暁台・暁台句集

六月のゆうべをあてやさし柳　一茶・旅日記

さし柳翌は出て行く庵也　一茶・旅日記

揚土にしばしのうちのさし木哉　一茶・七番日記

さしもぐさ【指焼草・指艾】

蓬の別称。「させもぐさ」ともいう。⇩蓬（よもぎ）[春]

§

かくとだにえやは伊吹のさしも草さしも知らじな燃ゆる思ひを

藤原実方・後拾遺和歌集一一（恋一）

けふもまたかくや伊吹のさしも草さらば我のみ燃えやわたらん

和泉式部・新古今和歌集一一（恋一）

たれゆゑに燃えんものかはさしも草燃ゆる思ひの身にしあまれば

輔親卿集（大中臣輔親の私家集）

さとざくら【里桜】

バラ科の落葉高樹。大島桜と他種を交配した桜の一品種。春、白・紅色など多種の色の花を開く。通常は八重咲きの花が多い。[和名由来]山桜に対し、里に咲く桜の意。[同義]牡丹桜（ぼたんざくら）。⇩桜（さくら）[春]、八重桜（やえざくら）[春]、山桜（やまざくら）[春]

さるとりいばら【猿捕茨】

ユリ科の蔓性落葉低樹・自生。高さ二〜三メートル。枝には角質の棘がある。葉は互生で卵形または楕円形。晩春から初夏に黄緑色の小花を開く。花後、豆大の実を結び赤熟する。根茎は痛風、梅毒などの薬用となる。[和名由来]猿が棘で登ることができず人に捕えられてしまう茨の意。[同義]猿掻茨（さるかきいばら）、山帰来（さんきらい）、和山帰来（わさんきらい）。[花言]絡み付く。⇩山帰来の花（さんきらいのはな）[春]

さるとりいばら

§

鳴く声はあまたすれども鶯にまさるとりのはなくこそありけれ

藤原輔相・拾遺和歌集七（物名）

ざんか【残花】
散らずに残っている花のこと。特に桜の花をいう。[同義]名残の花（なごりのはな）。⇩花（はな）[春]、余花（よか）[夏]

さんきらいのはな【山帰来の花】
中国・インドに自生する山帰来が本種だが、日本で山帰来と呼ばれているものは猿捕茨のことであり、本種は日本に自生しない。⇩猿捕茨（さるとりいばら）[春]

§

岩の上に咲いてこぼれぬ山帰来　村上鬼城・ホトトギス
雉子鳴や跡の葉を折山帰来　野坡・百曲
窟の口山帰来吊り葛を垂れ　中村草田男・火の島

さんざしのはな【山樝子の花・山査子の花】
バラ科の落葉樹・栽培。中国原産。春、梅に似た五弁の白花を開く。果肉は解毒、利尿などの薬用となる。[花言]希望。⇩山樝子（さんざし）[秋]

さんしきすみれ【三色菫】
スミレ科の一～二年草・栽培。「さんしょくすみれ」ともいう。パンジー（pansy）に同じ。ヨーロッパ原産。葉は楕円形で縁は鋸歯状。春から初夏、紫・黄・青・白色の五弁からなる斑花または単色花を開く。[和名由来]一つの花に紫・黄・白あるいは紫・黄・青の三色の花弁をもつところから。[同義]胡蝶花（こちょうか）、胡蝶菫（こちょうすみれ）。⇩遊蝶花（ゆうちょうか）[春]

さんしきすみれ

さんしゅゆのはな【山茱萸の花】
山茱萸はミズキ科の落葉樹・栽植。春、葉に先だって鮮紅色の小花を群れて開く。晩秋に紅色の果実を結ぶ。⇩山茱萸の実（さんしゅゆのみ）[秋]

§

山茱萸《さんしゅゆ》にけぶるや雨も黄となんぬ　水原秋桜子・古鏡
　簑虫庵
東村山の友、わが病床に枝のまゝ苗代茱萸を齎らす
瓶に活けわが臥すおもて茱萸垂りぬ　山口青邨・雪国

さんしょうのめ【山椒の芽】
山椒はミカン科の落葉低樹。自生・栽培。高さ約三メートル。枝には棘がある。春の新芽には香気があり、「木の芽」ともいって、春の料理に多く用いられる。晩春から初夏にかけて、黄色の小花を開く。果実は球形で赤熟し、黒色の種子をだす。この種子は香辛料となる。[同義]蜀椒の芽。⇩山椒の花（さんしょうのはな）[夏]、山椒の実（さんしょうのみ）[秋]、木の芽（このめ）[春]

§

さんしょう

竹むらにかくれて生ふる山椒の芽のからくも君にこひわたるかも
正岡子規・子規歌集
詩を作る僧もゐるそな母家から裏の山椒の芽を摘みにきた
青山霞村・池塘集
ひる酒のほろほろ酔ひに独活《うど》の芽の山椒和を食《た》うべ惜しみつ
太田水穂・冬菜
四月なかば遅れて芽ぶく山椒の木とたのみしが枯れてゐしなり
半田良平・幸木
山椒をつかみ込んだる小なべ哉　一茶・享和句帖
ふつとふるさとのことが山椒の芽　種田山頭火・層雲

「し」

しきみのはな【樒の花】

樒はモクレン科の常緑樹。自生・栽植。葉は長楕円形で互生、革質で光沢がある。春、多数の細花弁のある黄白色花を開く。花後、袋状の果実を車座につけ、熟して裂開し黄褐色の種子をだす。果実は有毒。全木に芳香があり、生枝は仏事や葬式に用いられる。樹皮や葉は、抹香、線香の材料となる。〔〈樒〉和名由来〕諸説あり。「悪実（アシキミ）」「重実（シキミ）」「臭実（クサキミ）」「敷実（シキミ）」の各転訛よりと。〔〈樒〉同義〕仏花（ほとけばな）、仏前草（ぶつぜんそう）、抹香木（まっこうぎ）、香柴（こうしば）。

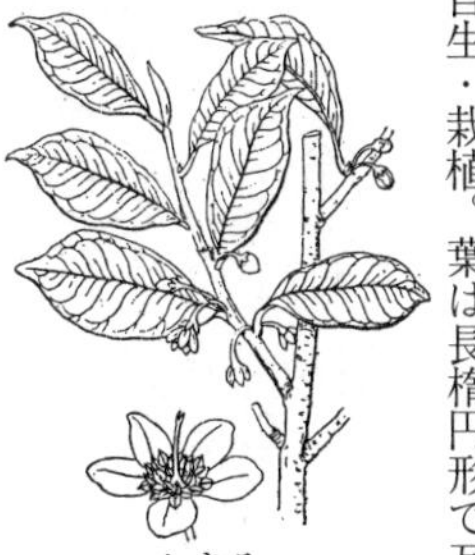
しきみ

§

奥山のしきみが花の名のごとやしくしく君に恋ひわたりなむ
大原今城・万葉集二〇
あはれなるしきみの花の契りかな仏のためと種やまきけん
藤原為家・夫木和歌抄二九
山ゆくと山の樒の黄の花のよにつつましき春も見にけり
北原白秋・風隠集
目白啼きてほのかに人を思ひ出づ樒の花の匂ふ山かげ
岩谷莫哀・春の反逆
ゆかしさやしきみ花さく雨の中　蕪村・新花摘
古桶や二文樒も花の咲　一茶・発句題叢
石山や石にさしたる花樒　松瀬青々・妻木

シクラメン【cyclamen】

サクラソウ科の多年草・栽培。シリア原産。葉は卵形で、表面には白斑紋があり、裏面は赤みをおびる。白色・紅色で五弁の下向きの花を開く。〔同義〕篝火草（かがりびそう）、篝火花（かがりびばな）、

シクラメン

豚の饅頭（ぶたのまんじゅう）。［和名由来］〈篝火草〉花が篝火を連想させる姿によると。〈豚の饅頭〉英語名「sowbread」の直訳。［花言］嫉妬、内気・気弱。

しじみばな【蜆花】
バラ科の落葉低木。高さ一～二メートル。春、白色の小球状の花をつける。⇩小米花（こごめばな）［春］

したもえ【下萌】
早春となり、冬枯の下で春の草の芽が萌えでることをいう。⇩草萌（くさもえ）［春］、草青む（くさあおむ）［春］

§

春日野の下《した》萌《も》えわたる草のうへにつれなく見ゆる春のあわ雪　源国信・新古今和歌集一（春上）

野にいでてけふしも見つる下萌の草のうへにや夜の雨ふる　森鷗外・うた日記

下萌もいまだ那須野のさむさかな　惟然・惟然坊句集

下萌や水仙ひとり立しざり　千代女・千代尼発句集

下萌や土の裂目の物の色　太祇・太祇句選

しだれうめ【枝垂梅】
枝が垂れ下がっている梅。⇩梅（うめ）［春］

しだれざくら【枝垂桜】
①バラ科の落葉高樹・栽植。ウバヒガンの変種。高さ約二〇メートルに達するものもある。葉は長楕円形で長さ約一〇センチ。春、淡紅色花を開く。［和名由来］細い枝が垂れ下がるさまから。［同義］枝垂彼岸（しだれひがん）。②桜の枝垂れたさま。⇩糸桜（いとざくら）［春］

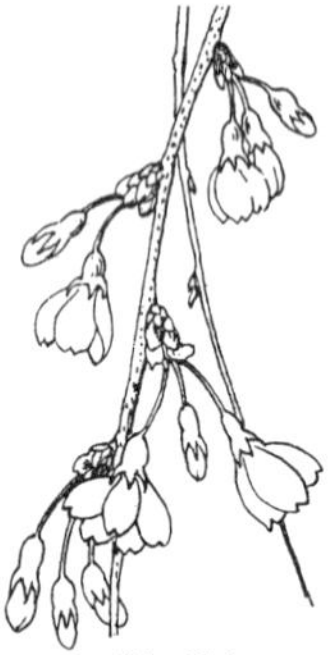

しだれざくら

§

いと細く香煙のごとあてやかにしだれ桜の枝の重なる　与謝野晶子・心の遠景

枝垂桜老樹の枝のしづやかに垂れて咲きたる枝垂桜の花　若山牧水・黒松

紙雛つるして枝垂桜哉　夏目漱石・漱石全集

しだれやなぎ【垂柳・枝垂柳】
①ヤナギ科の落葉高樹・栽植。中国原産。高さ五～一〇メートル。葉は披針状で垂れ下がる。春、葉に先だって黄緑色の細花を開く。種子には白い綿毛がある。［和名由来］細枝の垂れた柳の意。［漢名］柳。［花言］死者への嘆き（英）、たえがたい悲しみ（仏）。②柳の枝垂れたさま。⇩糸柳（いとやなぎ）［春］

しだれやなぎ

§

たぐひなき花の梢をうちこえてしだり柳のわかみどりかな　大隈言道・草径集

五六本よりてしだるゝ柳かな　去来・有磯海

かねてより一ふししだれ柳哉　露川・二人行脚

人ごみの中へしだるゝ柳かな　浪化・浪化上人発句集

町中へしだる、宿の柳哉　利牛・すみだはら

しでこぶし【四手辛夷・幣辛夷】

　モクレン科の落葉低樹。自生・栽植。高さ約三メートル。葉は長楕円形で互生。春、葉に先だって花弁が広線形の帯紅白色の花を開く。庭木に用いられる。[和名由来] 広線形の花弁をもつ花の形が、玉串や注連縄（しめなわ）につける四手（木綿や紙でつくられる）に似ているところから。[同義] 姫辛夷（ひめこぶし）。

しどみのはな【樝子の花】

　草木瓜の花をいう。⇩草木瓜（くさぼけ）[春]

§

しどみ咲き布く駒ケ岳の上り口なれ　河東碧梧桐・八年間

あやまつてしどみの花を踏むまじく　高浜虚子・六百句

行き過ぎて顧みすれば花しどみ　高浜虚子・六百句

しどみ咲き利根の舟来て繋《かか》るところ　水原秋桜子・新樹

シネラリア【cineraria】

　キク科の多年草・栽培。高さ約三〇センチ。カナリア諸島原産。花期は晩春・初夏。温室で早春に開化する。野菊を大きくした美しい花をつけ、花の色は紅・紫・藍紫・白色など多種ある。[同義] サイネリア、蕗桜（ふきざくら）、菊蕗（きくぶき）、富貴菊（ふうきぎく・ふきぎく）。[花言] いつも快活。

シネラリア

じゃこうれんりそう【麝香連理草】

　マメ科の蔓性一年草・栽培。スイートピー（sweet pea）に同じ。高さ一〜二メートル。巻髭があり他物に絡みつく。羽状複葉で一対の小葉を残して先端は巻髭になる。夏、大形で白・淡紅・紅紫・橙・青色などの蝶形花を開く。[同義] 麝香豌豆（じゃこうえんどう）。⇩スイートピー[春]

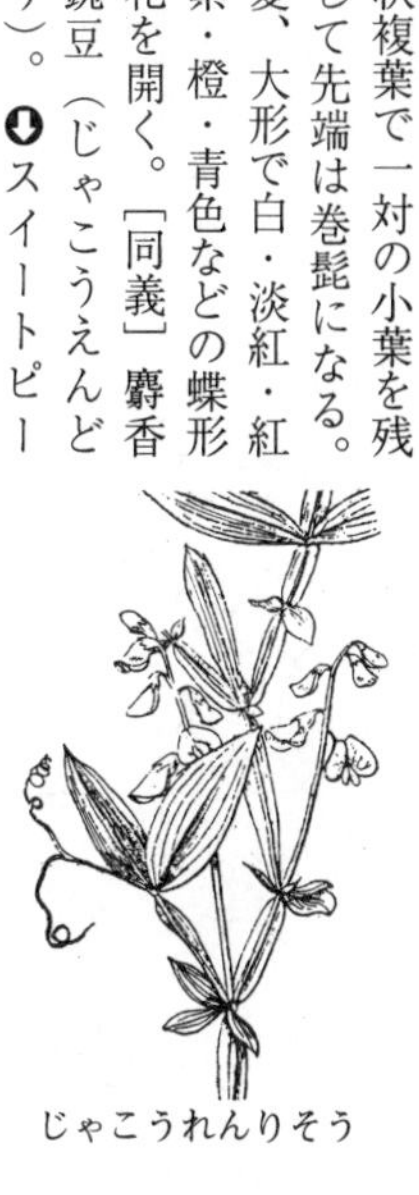

じゃこうれんりそう

しゃみせんぐさ【三味線草】

　薺の別称。⇩ぺんぺん草（ぺんぺんぐさ）[春]、薺の花（なずなのはな）[春]

§

妹が垣根三味線草の花咲ぬ　蕪村・几董初懐紙

じゅうにひとえ【十二単】

　シソ科の多年草・自生。高さ一五〜二〇センチ。茎は方形で、全体に白毛がある。晩春、淡紫色の唇形花を多数穂状に開く。[和名由来] 花が重なって穂状に開くさまを、平安時代の女房装束の十二単に見立てたもの。[同義] 筋骨草

じゅうにひとえ [草木図説]

(きんこつそう)。

しゅんぎく【春菊】

キク科の一年草・栽培。地中海地方原産。高さ三〇〜六〇センチ。「しんぎく」「はるぎく」ともいう。葉は互生し羽状に深裂する。早春の若葉は香りが高く、浸し物、和え物などにして食する。初夏に黄・白色の頭花を開く。[和名由来]葉と花の形が、春の菊を思わせるところから。[同義]高麗菊(こうらいぎく)、琉球菊、薩摩菊、和蘭菊(おらんだぎく)、菊菜(きくな)。

§

春菊や根分もせずに咲出る　布舟・類題発句集

しゅんぎく

しゅんらん【春蘭】

ラン科の常緑多年草。自生・栽培。高さ約二〇センチ。葉は広線形。早春、一茎に一つ、紅紫色の斑点のある淡黄緑色の花を開く。[和名由来]漢名「春蘭」より。[同義]春蘭(ほくろ)。[漢名]春蘭。

§

春蘭の冷《ひ》やき葉叢《はむら》の香の蘊《つつ》み点滴の音は鉢の外《と》にあり　北原白秋・黒檜

しゅんらん

春蘭のかをる葉叢《はむら》に指《および》入れ象《かたち》ある花にひた触れむとす　北原白秋・黒檜

春深しわが妻とみるふるさとの大竹藪の春蘭の花　前田夕暮・陰影

春蘭を掘り提《さ》げもちて高嶺の日　高浜虚子・六百句

春蘭の山ふかき香に葉をゆれり　飯田蛇笏・山響集

春蘭の花とりすつる雲の中　飯田蛇笏・山廬集

春蘭にくちづけ去りぬ人居ぬま　杉田久女・杉田久女句集

春蘭や雨をふくみて薄みどり　杉田久女・杉田久女句集補遺

春蘭の花のみどりに庭靉靆　山口青邨・雪国

しょうじょうばかま【猩猩袴】

ユリ科の多年草・自生。高さ三〇〜四〇センチ。葉は細長く倒卵形で叢生する。春、新葉のでる前に広鐘形の紅紫色の小花を開く。[和名由来]紅紫色の花の色を猩猩に、葉の形を袴に見立てたものと。

しょうじょうばかま

しょうろ【松露】

ショウロ科の茸。四〜五月頃、海浜の松林に多く生じる。外側は暗褐色で、肉は白い。吸物などの食用となる。[同義]麦松露(むぎしょうろ)、草蘭

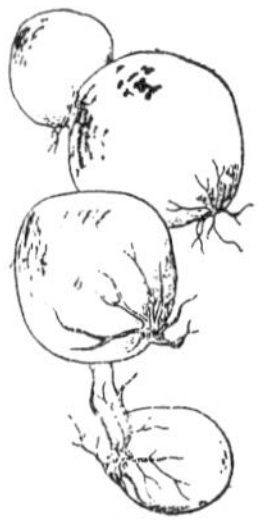

しょうろ

（くさらん）。

§

春雨の青物市にもの買ふと松露をえたりつくしを得たり
　伊藤左千夫・伊藤左千夫全短歌
掌《たなぞこ》に松露を見つつをかしきはひげにも似たる細根あること
　平福百穂・寒竹
砂掻きて砂のぬくもりなつかしむ小松が下に松露ほりつつ
　平福百穂・寒竹
下枝張る小松がもとの日だまりにつぶらつぶらに松露おもろし
　平福百穂・寒竹
茯苓《ぶくりやう》は伏《ふし》かくれ松露あらはれぬ　蕪村・蕪村句集
袖の香や昨日遣ひし松の露　素堂・素堂家集
行つゝも松露採りけり杖の先　嘯山・葎亭句集
降り出でし傘のつぶやき松露とる　杉田久女・杉田久女句集

しらかばのはな【白樺の花】

白樺はカバノキ科の落葉高樹。高山に自生。高さは三〇メートルに達する。樹皮は白色で紙状に剥離する。葉は三角状広卵形で、縁は不規則な鋸歯状。春、新葉に先だって帯黄褐色の雄穂と雌穂を同株に開く。果穂は円柱状で下垂する。花後、小堅果を結ぶ。樹皮を蒸留して採る「白樺油」・「樺油」は化粧品や香料に用いられる。［〈白樺〉和名由来］

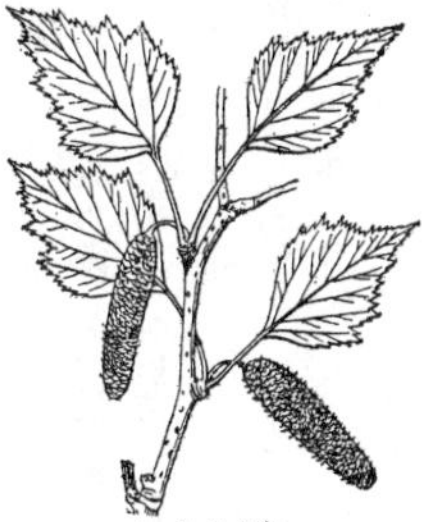
しらかば

古名「樺（カニハ）」が転じて「カンバ」となり、白い樺の意の「シラカンバ」より「シラカバ」と。［〈白樺〉同義］樺（かんば・かば）、樺桜（かばざくら）、山樺（やまかば）、樺木（かばのき）。［花言］弱虫、いくじなし。

§

樺の咲く山なみ低くどこまでも　飯田蛇笏・椿花集
　奥村土牛氏の山の口絵に題す
白樺の花をあはれと見しがわする　水原秋桜子・霜林

しらふじ【白藤】

白い藤の花。「しろふじ」ともいう。⬇藤（ふじ）［春］、藤の花（ふじのはな）［春］

§

むらさきのゆるしの色にくらべ咲く心はもたず白藤われは
　伊藤左千夫・伊藤左千夫全短歌
山ふかき春の真昼のさびしさにたぐりても見るしら藤の花
　与謝野寛・紫
しら藤や奈良は久しき宮造　召波・春泥発句集
白藤や猶さかのぼる淵の鮎　几董・井華集
白藤や揺りやみしかばうすみどり　芝不器男・不器男句集

しろもも【白桃】

「しらもも」ともいう。①ヤマモモの一栽培品種。春、帯黄紅色の小花を密生する。花後、紫紅色の核果を結ぶ。②白い桃の花をいう。③水蜜桃の一品種。白桃（はくとう）ともいう。⬇桃の花（もものはな）［春］、白桃（はくとう）［秋］

§

白桃に緋桃に飛びて永き日を蜂なりめぐり蝶まひ遊ぶ。
伊藤左千夫・伊藤左千夫全短歌

にはかにも春めく空となりにけり青みふくらみし白桃の蕾
三ケ島葭子・三ケ島葭子歌集

白桃や雫も落ず水の色　桃隣・古太白堂句選

白桃は節句のあとの盛かな　杉風・杉風句集

白桃や莟《つぼみ》うるめる枝の反り　芥川龍之介・発句

じんちょうげ【沈丁花】

ジンチョウゲ科の常緑低樹・栽植。中国原産。「ちんちょうげ」ともいう。高さ一～二メートル。葉は倒披針形で厚い。早春に紅紫色のつぼみをだし、内側が白色の芳香のある花を多数開く。芳気が高い。庭木、切り花などに用いられる。［和名由来］花の芳香を、沈香（じんこう＝ジンチョウゲ科）と丁字（ちょうじ＝フトモモ科）のそれぞれの香りにたとえた。［同義］輪丁（りんちょう）、輪丁花（りんちょうげ）、丁字草（ちょうじぐさ）、端香（ずいこう）、芸香（うんこう）、花胡椒（はなこしょう）。［漢名］端香。［花言］甘い生活。

じんちょうげ

§

若き日の夢はうかびく沈丁花やみのさ庭に香のただよへば
佐佐木信綱・常盤木

雨漏りてテラスの床の湿《うるほ》へば沈丁の香に死ぬここちする
与謝野晶子・緑階春雨

沈丁《ちんてう》の香のなやましき蜜語よりすぐれて痛く刺したまふかな
北原白秋・桐の花

沈丁花にほふ夕やしくしくと胸ぬち痛むものあるごとし
吉井勇・風雪

沈丁華《ぢんちやうげ》さき風なきにおのづから遠き香かよふ頃となりたり
佐藤佐太郎・星宿

沈丁《じんちよう》の香の石階に佇《たたず》みぬ　高浜虚子・六百句

沈丁花さびしき人にもの言はせ　中村汀女・花句集

沈丁の葉ごもる花も濡れし雨　水原秋桜子・葛飾

沈丁の四五花はぢけてひらきけり　中村草田男・長子

「す」

スイートピー【sweet pea】

麝香連理草のこと。［花言］微妙な楽しみ。➡麝香連理草（じゃこうれんりそう）［春］

§

傘ささず友が持て来しスヰートピー春の小雨の露にぬれつつ
三ケ島葭子・三ケ島葭子歌集

すいば【酸葉】
タデ科の多年草・自生。高さ五〇～八〇センチ。葉は長楕円状の披針形で互生。初夏、淡緑色の小花を開く。春の若葉は食用。根茎を干したものは「酸模根（さんもこん）」として便秘に、生根はすりおろして「たむし」などの皮膚病の薬用になる。花は解熱、健胃の薬用となる。［和名由来］茎・葉に蓚酸を多く含み、食べると酸味が強いところから。［同義］酸模（すかんぽ・すかんぽう）。［漢名］酸模、蓚。［花言］愛情。
⬇酸模（すかんぽ）［春］

すいば

すおうのはな【蘇芳の花】
蘇芳はマメ科の小低樹・栽植。インド・マレー原産。高さ約五メートル。葉は楕円形で光沢があり、革質の羽状複葉。春、五弁の黄花を円錐花序につける。花後、楕円形の莢を結び、中心に三～四個の種子を含む。［〈蘇芳〉和名由来］漢名「蘇方」より。［〈蘇芳〉同義］蘇方木・蘇芳木（すおうのき）。

すおう

§

紅梅に蘇芳まじれるかたまりは雨の外《ほか》なるここちこそすれ　与謝野晶子・流星の道

貸家《かしいへ》をさがしに出でし序《ついで》ありて蘇芳の咲ける庭を見てたつ　佐藤佐太郎・歩道

夕焼けて蘇芳咲くさびしさに逢へり　加藤楸邨・穂高

すかんぽ【酸模】
「すかんぽう」ともいう。⬇酸葉（すいば）［春］

§

雨やみし露のしづくの草明りすかんぽの穂の長く伸びたり　島木赤彦・氷魚

葬《はふ》り道《みち》すかんぽの華《はな》ほほけつつ葬り道べに散りにけらずや　斎藤茂吉・赤光

酸模《すかんぽ》の花のほほけし一群《ひとむら》も異国《ことぐに》ゆゑにあはれとおもふ　斎藤茂吉・遠遊

すかんぽの酸味を舌に感じぬる春来て故郷《くに》を思ひいづるとき　前田夕暮・陰影

すかんぽのうす赤き茎のかなしけれ手には摘みつつ我が噛みがてに　古泉千樫・屋上の土

さくら田のみ濠の土手にすかんぽに穂立ほうほうと春ふけにけり　古泉千樫・青牛集

すかんぽの茎の味こそ忘られねいとけなき日のもののかなしみ　吉井勇・酒ほがひ

スカンボの穂のなびきつつ暮れてゆく今日は草の葉に心とどめて　土屋文明・青南集

すぎな【杉菜】

トクサ科多年草のシダ植物。自生。高さ約一〇センチ。横に長く伸びた根茎から直立した茎をだし、鱗片状の葉をつける。早春の胞子茎を土筆（つくし）とよび食用とする。全草は利尿薬となる。［和名由来］杉に似た葉を密生するところから。［同義］接松・継松（つぎまつ）、接草（つぎくさ）、松菜（まつな）、松葉草（まつばぐさ）。［漢名］問荊。➡土筆（つくし）［春］

すぎな

§

ただひとり杉菜のふしをつぐことのあそびをぞする河のほとりに　若山牧水・路上

路々は束ねても散る杉菜かな　沾徳・俳諧五子稿

菴訪む杉菜を門のしるべとも　也有・蘿葉集

杉苗に杉菜生そふあら野哉　白雄・白雄句集

聞くからにしりぬ杉菜は土筆　白雄・白雄句集

苗松のひとつに育つ杉菜哉　巣兆・曾波可理

青々と根笹も交る杉菜かな　河東碧梧桐・新傾向（春）

雀の胸高の杉菜いきれり　河東碧梧桐・八年間

ゆららかや杉菜の中に日は落つれ　芥川龍之介・蕩々帖

すぎのはな【杉の花】

日本に特産するスギ科の常緑針葉樹の杉の花。自生・植林。高さ約五〇メートル。樹皮は赤褐色。針状の葉はらせん状に並ぶ。春、小球形の雌雄花を同株に開く。雄花は黄褐色。雌花は、はじめは緑色で、のち黄褐色となり球状の種子を結ぶ。杉は古代より「神榲」「鉾杉」として神木とされた。吉野杉、秋田杉が有名。葉は外傷の、樹皮は脚気などの薬用となる。［同義］杉木（すぎのき）、真木（まき）、沙木（さぼく）、参木（さんぼく）。［漢名］倭木。➡杉の実（すぎのみ）［秋］

すぎ

§

杉の葉の垂葉のうれに蒼つく春まだ寒み雪の散りくも　長塚節・秋冬雑詠

杉山の杉の穂ぬれのやはらかに青空の光りそそぐなりけり　古泉千樫・屋上の土

奉納のしやもじ新らし杉の花　杉田久女・杉田久女句集

大杉の花の盛の天龍寺　皿井旭川・ホトトギス

すずかけのはな【鈴懸の花・鈴掛の花】

篠懸の木は、スズカケノキ科の落葉高木。普通、属の学名プラタナス（platanus）で呼ばれる。高さ約一〇メートル。小アジア原産。庭園樹として栽培。葉は大きく、カエデに似、五～七裂、葉柄の基部に小さい托葉がある。春、葉のつけ根に淡黄緑色の花を頭状につける。晩秋、長い柄の先に球形の果実を下垂するのでこの名がある。材は器具用。街路樹には、

本種とアメリカスズカケノキとの雑種であるモミジバスズカケが多く使われる。⬇鈴懸木（すずかけのき）［四季］

すずふりばな【鈴振花】

⬇燈台草（とうだいぐさ）［春］

§

魔法つかひ鈴振花の内部《なか》に泣く心地こそすれ春の日はゆく
北原白秋・桐の花

すはまそう【洲浜草】

キンポウゲ科の多年草。自生・栽植。三角草ともいう。高さ五～一〇センチ。早春、雪のあるうちに白・淡紅色の花が開くので雪割草とも呼ばれる。［同義］洲浜菊（すはまぎく）。［花言］忍耐、信頼。⬇雪割草（ゆきわりそう）［春］、三角草（みすみそう）［春］

すみれ【菫】

①スミレの類の総称。世界に約五〇〇種ある。バイオレット(violet)。②スミレ科の多年草・自生。高さ約一〇センチ。葉は卵状長楕円形。春、葉間より花茎を数本だし、濃紫色の花を開く。［同義］相撲草、相撲花、相撲取花、駒牽（こまひき）、一夜草（ひとよぐさ）、二夜草（ふたよぐさ）、一葉草（ひとはぐさ）、二葉草（ふたばぐさ）。［花言］〈白花〉無邪気な恋。〈青花〉誠実。〈黄花〉田園の幸福。⬇菫野（すみれの）［春］、相撲取草（すもうとりぐさ）［春］、匂菫（においすみれ）［春］、花菫（はなすみれ）［春］

すはまそう［七十二候名花画帖］

すみれ

§

春の野にすみれ摘みにと来し我れぞ野をなつかしみ一夜寝にける
山部赤人・万葉集八

山吹の咲きたる野辺のつほすみれこの春の雨に盛りなりけり
高田女王・万葉集八

道遠み入野の原のつぼすみれ春の形見に摘みてかへらん
源顕国・千載和歌集二（春下）

なにか思ふなにか嘆く春の野に君よりほかにすみれ摘ませじ
相模集（相模の私家集）

あと絶えて浅茅茂れる庭の面にたれわけ入りてすみれ摘みてん
山家集（西行の私家集）

春雨のふる野のみちのつぼすみれ摘みてもゆかん袖はぬるとも
拾遺愚草（藤原定家の私家集）

箱根山うすむらさきのつぼすみれ二しほ三しほたれか染めけん
大江匡房・堀河院御時百首和歌

故郷の野べ見にくればむかしわが妹とすみれの花咲《さき》にけり
賀茂真淵・賀茂翁家集

桜花ちりしく野べのつぼ菫色うちはへて摘《つみ》なむもをし
田安宗武・悠然院様御詠草

青草にすみれの花をわきてつむ何をゆかりの色にやあるらん　上田秋成・毎月集
飯乞ふとわが来しかども春の野に菫摘みつつ時を経にけり　大愚良寛・良寛歌評釈
まどろめば野をちかづけてまくらべにあるこゝちするすみれさわらび　大隈言道・草径集
みささぎの坪のうちなる石だたみ石のすきまに菫花さく　森鷗外・うた日記
庭の面をゆきかふ鶏のしだり尾にふれてはうごく花すみれかな　落合直文・明星
君が手につみし菫の百菫花紫の一たばねはや　正岡子規・子規歌集
もののふの屍《かばね》をさむる人もなし菫花さく春の山陰　正岡子規・子規歌集
母にそひてはじめて菫わが摘みし築土《ついぢ》ふりたり岡崎の里　与謝野寛・紫
書の中にはさみし菫にほひ失せぬなさけかれにしこひ人に似て　大塚楠緒子・竹柏園集一「折にふれては」
妹のはかにやさしき一本のすみれの花よつまでやみにき　太田水穂・つゆ草
深草の野べのすみれの一花のゆかりをとめて我はきにけり　太田水穂・冬菜
去年《こぞ》の春蝶《てふ》を埋《つづ》めし桃の根に菫もえいでて花咲きにけり　山川登美子・山川登美子歌集

菫《すみれ》咲く春は夢殿日おもてを石段《いしきだ》の目に乾く埴土《はにつち》　北原白秋・夢殿
暖かき日影をとめて来りつる枯生のもとに菫咲くはや　土田耕平・青杉
むらさきに菫の花はひらくなり人を思へば春はあけぼの　宮柊二・緑金の森
山路来て何やらゆかしすみれ草　芭蕉・甲子吟行
馬の頬押のけつむや菫草　杉風・続別座敷
京過て伏見に近し菫草　尚白・孤松
傾城の畠見たがるすみれかな　涼菟・皮籠摺
一鍬や折敷にのせしすみれ草　鬼貫・鬼貫句選
むらさきのゆかり勿論すみれ草　露川・二人行脚
念仏を夢に見て咲く菫かな　露川・北国曲
染たらで山迄染る菫哉　園女・藤の実
鼻紙の間にしほる、すみれかな　園女・住吉物語
地も雲に染らぬはなきすみれ哉　千代女・千代尼発句集
骨《こつ》拾ふ人にしたしき菫かな　蕪村・蕪村句集
人ふまぬ都わづかに菫かな　蓼太・蓼太句集
なつかしや焼野のすみれ活かへる　暁台・暁台句集
行や我すみれがくれの濱雀　白雄・白雄句集
菫踏で石垣のぼる恋路かな　几董・井華集
くれるまで我もすみれの上にゐて　成美・成美家集
壁土に丸め込まる、菫哉　一茶・文化句帖
鍬の刃に菫をのせて子を連て　梅室・梅室家集

下草に菫咲くなり小松原　正岡子規・子規句集
大和路や紀の路へつゞく菫草　夏目漱石・漱石全集
菫《すみれ》越して小さき風や渡りけり　篠原温亭・温亭句集
ふるさとの野に遊ぶ娘やすみれ草　杉田久女・杉田久女句集補遺
きりぎしに菫の花の団々たり　山口青邨・雪国
　妻の誕生日に
菫《すみれ》束ぬ寄りあひ易き花にして　中村草田男・銀河依然

すみれの【菫野】

菫が一面に咲いた春の野原をいう。⇩菫（すみれ）［春］

§

菫野やいざ胡坐して笛籟ん　闌更・半化坊発句集
菫野や今見し昔なつかしき　几董・井華集
すみれ野《の》や松葉《まつば》かんざしおとしざし　泉鏡花・鏡花全集

すもうとりぐさ【相撲取草】

菫の別称。茎が強く、子供が茎どうしを絡み合わせて、引っ張り合って遊ぶところからこの名がある。⇩菫（すみれ）［春］

§

道ほそし相撲とり草の花の露　芭蕉・笈日記
門先や、相撲取草のひとり立　一茶・九番日記

すもものはな【李の花】

バラ科の落葉高樹の李の花。⇩李花（りか）［春］、李（すもも）［夏］

§

我が園の李の花か庭に落るはだれの今だ残りてあるかも　大伴家持・万葉集一九
消えがての雪と見るまで山がつのかきほのすもも花咲きにけり　藤原為家・新撰六帖題和歌六
片空へよどむ黒雲下びにて正面《まとも》の夕日に遠光る李花《りくわ》　木下利玄・一路
雲ごもり雷《らい》とどろきてこの夕べすももの花に雹《ひよう》を降らせり　前川佐美雄・天平雲
月中の盗人落よ李花白し　几董・井華集
花李《はなすもゝ》美人《びじん》の影《かげ》の青《あを》きまで　泉鏡花・鏡花全集

「せ」

せつぶんそう【節分草】

キンポウゲ科の多年草・自生。高さ一〇～二〇センチ。地下に球状の塊茎がある。葉は羽状に深裂する。春、総苞の間から花茎をだし、五弁の白色小花を開く。園芸用に採取されて減少し、絶滅危急種となっている。［和名由来］節分の時期に開花するところから。

せつぶんそう

せり【芹・芹子・水芹】

セリ科の多年草。自生・栽培。高さ約三〇センチ。羽状複葉。独特の強い香りがあり、春、若葉を和物や浸物にしたり、汁物の吸口にしたりして食用とする。夏、白色の小花を開く。七草菜の一。〔同義〕根白草（ねじろぐさ）、白根草（しろねぐさ）、つみましぐさ。➡田芹（たぜり）〔春〕、根芹（ねぜり）〔春〕、芹の花（せりのはな）〔夏〕、七草（ななくさ）〔新年〕

せり

§

春雨の降りはへてゆく人よりは我まづつまんやせ川の芹
古今和歌六帖六

さすたけのきみがみためとひさかたの雨間に出でてつみし芹ぞこれ
大愚良寛・良寛歌評釈

立科の新湯に生ふる雪の芹うまけむ事を吾忘れめや
伊藤左千夫・伊藤左千夫全短歌

摘みいそげ木曾の沢井の雪芹のいや清くしてうまかるらしき
太田水穂・冬菜

芹もまた巴《ともゑ》まんじを描くものと広がるままに知る野沢かな
与謝野晶子・深林の香

餘念なきさまには見ゆれ頬かむり母が芹つむきさらぎの野や
若山牧水・みなかみ

橋の影うつれる河の洲に咲ける芹の小花の白のかなしさ
木下利玄・銀

雨あとの土掘りかへしつむ芹のうら若き芽は黄いろかりけり
三ケ島葭子・三ケ島葭子歌集

かすかなる径おりくれば山水の流れに沿ひて芹青々し
土田耕平・一塊

我ためか鶴はみのこす芹の飯　芭蕉・続深川集

芹の香や摘あらしたる道の泥　太祇・太祇句選

これきりに径《こみち》尽たり芹の中　蕪村・蕪村句集

芹つみの古菅笠を流しけり　如思・文車

芹喰ふて翼の軽き小鴨《こがも》かな　抱一・屠竜之技

泥川を芹生ひ隠すうれしさよ　正岡子規・子規句集

芹洗ふ藁家の門や温泉の流　夏目漱石・漱石全集

子供ら飯を食ふこれが芹汁かといふ　河東碧梧桐・八年間

まな板《いた》に旭《あさひ》さすなり芹薺《せりなづな》　泉鏡花・鏡花全集

鶏《とり》にやる田芹《たぜり》摘みにと来し我ぞ　高浜虚子・六百句

芹すゝぐ一枚岩のありにけり　杉田久女・杉田久女句集

芹摘や灯の街に来て裾下ろす　杉田久女・杉田久女句集補遺

曇天の水動かずよ芹の中　芥川龍之介・我鬼句抄

七草の芹むらさきに生ふるなり　山口青邨・雪国

ぜんまい【薇】

ゼンマイ科の多年草のシダ・自生。高さ六〇～一〇〇センチ。羽状複葉。早春の若葉は葉柄とともに渦巻状に巻いており、白い綿毛におおわれて赤みをおびる。山菜として和物や煮しめなどに調理される。地上部分を乾燥させ煎じたものは貧血・利尿の薬用となる。
[和名由来] 巻いた若芽が銭ぐらいの大きさであるため「銭巻（ゼニマキ）」と。また、「縮芽巻（シジミメマキ）」の意よりと。[同義] 薇蕨（ぜんまいわらび）。[漢名] 薇、紫蕨。[花言] 夢想。

ぜんまい

§

蝶《てふ》の舌ゼンマイに似る暑さかな　芥川龍之介・発句

東山高台寺、高台寺萩と名に負へど
ぜんまいも萩の若芽も草深し　水原秋桜子・霜林

「そ」

そめいよしの【染井吉野】
東京染井の植木屋より売りだされたという桜の一品種。春、葉に先だって淡紅色の花を開き、次第に白色に変わる。⬇桜（さくら）[春]、江戸桜（えどざくら）[春]

§

木の間なる染井吉野の白ほどのはかなき命抱く春かな　与謝野晶子・白桜集

染井吉野真盛りにして市中《いちなか》の高きところをかきけぶらすも　半田良平・幸木

そらまめのはな【空豆の花・蚕豆の花】
空豆はマメ科の二年草・栽培。高さ四〇～八〇センチ。春、白地に紫黒色の斑のある蝶形花を開く。⬇空豆（そらまめ）[夏]

§

桑の木の蘗まだ解かず田のくろにふとしくさける蠶豆の花　長塚節・秋冬雑詠

風絶えてくもる真昼をものうげに虻《あぶ》なく畑のそら豆の花　木下利玄・銀

空豆の花さきにけり麦の縁《へり》　孤屋・すみだはら

そら豆の花の黒き目数知れず　中村草田男・長子

蚕豆の花の吹降り母来て居り　石田波郷・惜命

「た」

だいこんのはな【大根の花】
アブラナ科の一～二年草の大根の花。春、白・淡紫色の十字花を開く。⬇花大根（はなだいこん）[春]、大根（おおね）[冬]、大根（だいこん）[冬]

§

白妙の大根の花は雪にてもゆる草ばと見ゆる麦畑　小沢蘆庵・六帖詠草

大根ノ花ケシノ花サケル村里ニ芝居アルトフ人ムレテクル　伊藤左千夫・伊藤左千夫全短歌

宗次郎におかねが泣きて口説き居り大根の花白きゆふぐれ　石川啄木・啄木歌集補遺

大根《だいこん》の散りがたの花おぼろにて飛行機の音とほく聞こゆる　佐藤佐太郎・帰潮

春もはや一畝《ひとせ》うつろふ大根花　浪化・白扇集

まかり出て花の三月大根哉　一茶・発句題叢

雀啼く大根の花やひな曇　正岡子規・子規全集

城跡や大根花咲く山の上　正岡子規・子規全集

大根の花　紫野《むらさきの》大徳寺《だいとくじ》　高浜虚子・五百句

たうち【田打】

耕作をしやすくするため、春に田をうちかえすこと。[同義] 田起こし。

§

足と鍬三本あらふ田うちかな　也有・蘿葉集

鍬の手の鎌へは遠き田打かな　也有・蘿葉集

揚るとき鷺は誘はぬ田打かな　也有・蘿葉集

田やかへすたらたらと谷の底　巣兆・曾波可理

二渡し越えて田を打ひとり哉　一茶・九番日記

六里来て田をうつあたり中尊寺　乙二・斧の柄

汽車見えてやがて失せたる田打かな　芝不器男・定本芝不器男句集

たおやなぎ【嫋柳】

しなやかな枝を持つ柳の風情。⇩柳（やなぎ）[春]

§

うぐいすを魂《たま》にねむる嫋柳　芭蕉・虚栗

たがらし【田芥・田芥子】

キンポウゲ科の一～二年草・自生。「田辛」「田枯」とも書く。高さ一〇～五〇センチ。葉は掌状で三裂。春に五弁の黄色の小花を開く。[和名由来] 田に生育する辛味のある草の意からと。[同義] 牛芹（うしぜり）、田芹（たぜり）。[漢名] 石龍芮。[花言] 邪推、悪事。

たがらし

たけのあき【竹の秋】

多くの草木の葉は秋に黄色となるが、竹の葉は春に黄色くなるので、春のその時期を「竹の秋」という。⇩竹の春（たけのはる）[秋]

§

雛僧《ひなそう》の学怠るや竹の秋　竹村秋竹・明治俳句

欄前《らんぜん》に茶を煮る僮《わらべ》や竹の秋　芥川龍之介・我鬼窟句抄

ちる笹のむら雨かぶる竹の秋　飯田蛇笏・山廬集

たぜり【田芹】

芹が田に生ずることからついた名称。⇩芹（せり）[春]

§

鶏にやる田芹摘みにと来し我ぞ　高浜虚子・六百句

たねいも【種芋】

種にするための芋。春に土中に植え、発芽させる。⬇芋植える（いもうえる）［春］、芋種（いもたね）［春］

§

種芋や花のさかりに売りありく　芭蕉・をのが光
種芋を種ゑ《う》て二日の月細し　正岡子規・子規句集
芋の芽や塊ぽかとわかれたる　西山泊雲・ホトトギス

たねおろし【種おろし】

八十八夜（立春から八十八日目）の頃に、稲の種籾を苗代に蒔くこと。また、一般に草花の種を蒔くこと。⬇種蒔き（たねまき）［春］

§

舞鶴や天気定めて種下し　其角・五元集
めでたさに鶴もおりけり種おろし　鳥酔・故人五百題
水鳥の帰ていづこ種おろし　白雄・白雄句集
雁は帰鴨はいづこへ種おろし　白雄・白雄句集

たねだわら【種俵】

稲の種籾を入れて苗代のそばの池などに浸しておくための俵をいう。⬇種浸し（たねひたし）［春］

§

よもすがら音なき雨や種俵　蕪村・蕪村句集

たねつけばな【種付花・種漬花】

アブラナ科の二年草・自生。路傍・湿地に多い雑草。高さ一〇〜三〇センチ。葉は羽状に分裂し互生。晩春から初夏に白・赤色の花を開く。花後、莢を結ぶ。［和名由来］稲の種付けの時期に花が咲くところから。［同義］川高菜（かわたかな）、鈴菜、田芥（たがらし）。［漢名］砕米菜。［花言］勝利。

たねつけばな

たねひたし【種浸し】

稲の種籾を俵に入れ、池水などに浸して、ふやけさすこと。⬇種俵（たねだわら）［春］

§

古河の流引きつゝ種ひたし　蕪村・連句会草稿

たねまき【種蒔き】

種を蒔くこと。特に稲の種籾を苗代に蒔きつけることをいう。［同義］籾蒔き（もみまき）、種おろし、種籾（たねもみ）。⬇種おろし（たねおろし）［春］

§

山畠や種蒔よしと鳥のなく　一茶・旅日記
種蒔いて暖き雨を聴く夜かな　村上鬼城・鬼城句集
鵠ゆるく種蒔く人の頭上飛ぶ　大谷句仏・縣葵
今蒔きし籾華やかや藪の影　西山泊雲・ホトトギス
蒔く種を瓠に抱く翁かな　楠目橙黄子・ホトトギス
種蒔ける者の足あと洽しや　中村草田男・来し方行方

たまつばき【玉椿】
椿の美称。長寿の木として詠む場合によく使われることば。⇩椿（つばき）［春］、千代椿（ちよつばき）［春］

§

鏡山みがきそへたる玉椿かげもくもらぬ春の空かな
拾遺愚草（藤原定家の私家集）

萬代《よろづよ》をたぐへんものは玉椿つらなる陰のしげさましつゝ
賀茂真淵・賀茂翁家集拾遺

うつろはぬいろのみ見せて玉椿こぼるゝ花をゝらせつるかな
大隈言道・草径集

玉椿たむけしぬしの名は云ふなかなしき柩《ひつぎ》うつくしき柩
与謝野寛・紫

音を高み楽所の春の玉椿律は乱れてそとちりにけり
石川啄木・啄木歌集補遺

何神ぞ朱《あけ》の玉垣玉つばき　露川・二人行脚
末広にのする産衣や玉椿　浪化・浪化上人発句集
鳥の嘴白玉椿きはつきし　白雄・白雄句集

たまやなぎ【玉柳】
柳の美称。⇩柳（やなぎ）［春］

§

死るよりましと待日や玉柳　沾徳・俳諧五子稿

つばき［七十二候名花画帖］

たらのめ【楤の芽】
ウコギ科の落葉低樹の楤の木の芽。春の新芽を食す。［同義］独活芽（うどめ）、多羅の芽（たらのめ）。

§

年の夜のいわしのかしらさすといふたらの木の芽をゆでてくひけり
正岡子規・子規歌集

たらの芽のほとろに春のたけ行けはいまさらさらにみやこし思ほゆ
長塚節・日本

磧渡りす松に楤の芽つみこぼし　河東碧梧桐・新傾向（春）
岨の道くづれて多羅の芽ふきけり　川端茅舎・川端茅舎句集
楤《たら》の芽に日照雨《そばへ》してやむ梢かな　飯田蛇笏・霊芝

たんぽぽ【蒲公英】
キク科の多年草・自生。根は一本根。ギザギザの根生葉をもつ。春に根生の花茎を伸ばし、黄・白色の花を開く。花は晴天の日には開花し、曇天の日には閉じる。実は白色の冠毛を生じ飛散する。若葉は和物・浸し物・汁物の具として食用になる。「蒲公英（ほこうえい）」として解熱、健胃の薬用になる。たんぽぽの綿毛が耳に入ると耳が聞えなくなるなどの俗信がある。［和名由来］諸説あり。「田菜ほほ」の転で「ほほ」は白い冠毛の意と。また「たんぽ穂」で「たんぽ」は綿を丸めたもの

たんぽぽ

の意。綿毛を吹くようすから「玉吹々（タマフキフク）」の意。別称の「鼓草」から鼓の音をあてた、など。［同義］藤菜（ふじな）、鼓草（つづみぐさ）。［漢名］蒲公英、白鼓釘、苦馬菜。

［花言］田舎の神のお告げ。⬇藤菜（ふじな）［春］

§

鉢之子に菫たんぽぽこきまぜて三世《みよ》の仏にたてまつりてな　大愚良寛・良寛歌評釈
蝶《テフ》をりをり離るる見れば蒲公英の花の末吹く風もあるらし　服部躬治・迦具土
吹けば飛ぶたんぽぽの絮《わた》の面白や末《おと》の童に吹かせなんもの　宇都野研・木群
藤波の花のさかりも過ぎにけり下草たんぽぽ絮かぶりゐる　宇都野研・木群
蒲公英の黄なる小山をとびたちし小鳥の群の羽根のひかれる　岡稲里・早春
たんぽぽの黄いろき春の日の暮れを男を知らぬ君の泣くらむ　前田夕暮・陰影
多摩川の砂にたんぽぽ咲くころはわれにもおもふひとのあれかし　若山牧水・路上
白梅の老木のかげのくつきりと動かぬ芝にたんぽぽ咲けり　若山牧水・白梅集
廃れたる園に踏み入りたんぽぽの白きを踏めば春たけにける　北原白秋・桐の花
寒きながら昼は日ぬくむ田圃《たんぼ》ゆき今更目につくたんぽぽの萌え　木下利玄・一路
しみじみと春の日は照りたんぽぽの花は黄金と輝きてをり　三ケ島葭子・三ケ島葭子歌集
枯草のあひだに咲きて蒲公英の花おびただし古き土手の上　半田良平・幸木

咲く見つゝ摘まで待て先づつゞみ草　也有・蘿葉集
たんぽゝや折り折りさます蝶の夢　千代女・千代尼発句集
たんぽゝのわすれ花あり路の霜　蕪村・蕪村句集
たんぽゝに東近江の日和かな　白雄・白雄句集
たんぽゝや一目に見やる茎と花　乙二・斧の柄
山吹はなしたんぽゝの小金原　梅室・梅室家集
芝焼けて蒲公英ところどころかな　村上鬼城・鬼城句集
馬借りて蒲公英多き野を過ぎる　正岡子規・子規句集
春老てたんぽゝの花吹けば散る　正岡子規・子規句集
犬去つてむつくと起る蒲公英が　夏目漱石・漱石全集
人々は皆芝に腰たんぽぽ黄《き》　高浜虚子・六百句
蒲公英や一座々々の花盛　西山泊雲・続ホトトギス
蒲公英や炊ぎ濯ぎも湖水まで　飯田蛇笏・山廬集
すずめをどるやたんぽぽちるや　種田山頭火・草木塔
移植して白たんぽぽはかく殖えぬ　杉田久女・杉田久女句集
蒲公英や激浪寄せて防波堤　水原秋桜子・葛飾
蒲公英を踏みしと思ふ夜の径　山口青邨・雪国
親子してかゞむ蒲公英庭にあり　山口青邨・雪国
蒲公英《たんぽぽ》や一切事《いっさいじ》に欺く雲寄るな　中村草田男・銀河依然
蒲公英のかたさや海の日も一輪　中村草田男・火の島
校長に蒲公英絮《わた》をとばす日ぞ　加藤楸邨・穂高

「ち」

ちがやのはな【茅の花】

イネ科の多年草の茅の花。春、葉に先だって光沢のある白い絹状毛を密生した小花穂をつける。花穂は甘味があり食用となる。「つばな」ともいう。⇩茅花（つばな）［春］、茅（ちがや）［秋］

§

水へだて鼠つばなの花投ぐることばかりして飽かざりしかな　与謝野晶子・佐保姫

しらじらと茅花ほけ立つ草野原夕日あかるく風わたるなり　古泉千樫・屋上の土

露白く茅花に絮《わた》にしほたりて野の上の朝は未だ早きかも　土田耕平・斑雪

夜あらしや光偃す茅花原　暁台・暁台句集

野の窪み水うちふくみ茅花生　白雄・白雄句集

小鳥らが餌もありげ也つばな原　乙二・斧の柄

野に山に春も老てや茅花の穂　吾仲・類題発句集

おそろしき迄穂に出る茅花かな　正岡子規・子規句集

ちござくら【児桜】

⇩山桜（やまざくら）［春］

§

植《う》る事子のごとくせよ児桜《ちござくら》　芭蕉・続連珠

ちさ【苣・萵苣】

①キク科の一～二年草・栽培。高さ約一メートル。古くからサラダ用に栽培される。レタスも苣の一種。初夏、黄色の頭上花を開く。「ちしゃ」ともいう。［和名由来］葉を切ると白い乳色の汁「チ・チチ」がでることによると。［漢名］萵苣。②古歌の「ちさ」は、「エゴノキ」との比定が有力説。⇩苣の花（ちしゃのはな）［夏］、斎墩果の花（えごのはな）［夏］

ちさ

§

沢苣やくされ草鞋《わらぢ》のちぎれより　杉風・常盤屋之句合

玉うどのうつくし苣の早苗の薄緑　杉風・虚栗

公達《きんだち》の墓もせらるゝ苣畠　野坡・土大根

苣のうね藜《あかざ》の径なりにけり　乙二・斧の柄

女は網元を垣間見て苣畠　河東碧梧桐・八年間

ちちこぐさ【父子草】

キク科の多年草・自生。高さ約二〇センチ。葉と茎に綿毛をもつ。若葉は食用。春、褐色の小さな花を集めた頭花を開く。［和名由来］全草が母子草に似るが、柔らかみが乏しいことからと。［同義］霰菊（あられぎく）。［漢名］天青地白、細

葉鼠麹草。⬇母子草（ははこぐさ）［春］

§

ち、こ草は、子ぐさおふる野辺に来てむかし恋しく思ひける哉　香川景樹・桂園一枝

ちゃつみ【茶摘】

四～五月頃に茶の芽を摘むこと。手摘みでは、下葉を一枚残し、上の三～四枚を摘み取る。⬇茶畑（ちゃばたけ）［春］、新茶（しんちゃ）［夏］、茶の花（ちゃのはな）［冬］

§

摘けんや茶を凩の秋ともしらで　芭蕉・東日記
いつも聞卯の花曇茶つみ声　土芳・蓑虫庵集
柴舟の里ハ茶摘の水けぶり　其角・五元集拾遺
宇治に来て屏風に似たる茶つみ哉　鬼貫・俳諧七車
駿河路でたばこ呑《のむ》なら茶摘の火　野坡・六行会
菅笠を着て覗き見る茶摘哉　支考・蓮二吟集
旭さす山はつゝじに茶つみ哉　吾仲・柿表紙
一とせの茶も摘にけり父と母　蕪村・新五子稿
山門を出れば日本ぞ茶摘うた　菊舎尼・手折菊
うぐひすもうかれ鳴する茶つみ哉　一茶・文化句帖
御仏の茶でもつまうかあゝまゝよ　一茶・七番日記
茶もつみぬ松もつくりぬ丘の家　一茶・発句題叢
我庭に歌なき妹《いも》の茶摘哉　正岡子規・子規句集

ちちこぐさ

道のべの茶すこし摘みて袂かな　杉田久女・杉田久女句集

ちゃばたけ【茶畑】

⬇茶摘（ちゃつみ）［春］

§

茶畠に入り日しづもる在所かな　芥川龍之介・発句

チューリップ【tulip】

ユリ科の多年草・栽培。春、花茎の頂端に、黄・赤・白色などの六弁の鐘形花を開く。［花言］博愛。〈赤花〉恋の告白。〈黄花〉希望のない恋（英）、正直（仏）。⬇牡丹百合（ぼたんゆり）［春］

§

鬱金香《チユウリツプ》のにほひのもとにわづかなる眩暈《めまひ》をおぼえ昼もおもひぬ　北原白秋・桐の花
惜しげもなく切りてくれたるチユリツプを花瓶《はながめ》にさす朝のしたしさ　土岐善麿・六月
起きてみて、また直ぐ寝たくなる時の力なき眼に愛でしチュリップ！　石川啄木・悲しき玩具

ちよつばき【千代椿】

⬇椿（つばき）［春］

§

かまくらや昔どなたの千代椿　一茶・一茶発句集

ちりつばき【散椿】

⬇椿（つばき）［春］

§

散てある椿にみやる木の間かな　太祇・太祇句選
なかなかにはや散つきよ赤椿　白雄・白雄句集

ちるさくら【散る桜】
⇩桜（さくら）［春］

§

散か丶る桜抱けり酒の酔　蘭更・半化坊発句集
散さくらつらくもまさる見事哉　樗良・樗良発句集
散桜肌着の汗を吹《ふか》せけり　一茶・七番日記

「つ」

つぎき【接木・継木】
近種間の植物で、植物の芽や枝を他の根をもった植物の茎などにつぐこと。「椄木」とも書く。つぐ方を接穂、根のある方を砧木（だいぎ）という。一般には春に行なわれる。⇩接穂（つぎほ）［春］、挿木（さしき）［春］

§

雨露に仕あげはわたす椄木哉　也有・蘿葉集
菜畠にきせる忘る丶椄木哉　蕪村・蕪村遺稿

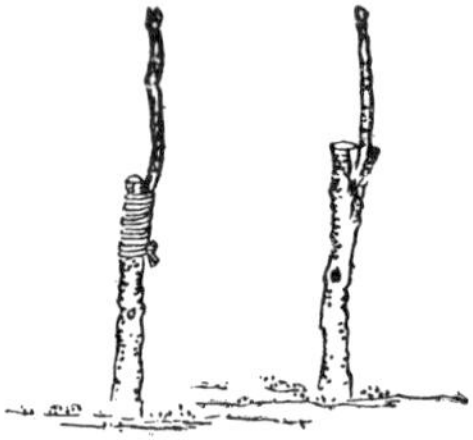
つぎき［広益国産考］

椄木して花さくと夢に見たりけり　成美・成美家集
庭先や椄木の弟子が茶を運ぶ　一茶・七番日記
此春や渋柿に皆つぎ木せむ
伊藤左千夫・伊藤左千夫全短歌所収「俳句」
接木してふぐり見られし不興かな　村上鬼城・鬼城句集
雫落や竹刀を削り椄木をす　正岡子規・子規句集
椿から李《すもも》も咲かぬ接木かな　正岡子規・子規句集
菊作る奴がわざの接木かな　夏目漱石・漱石全集
雲静かに影落し過ぎし接木《つぎき》かな　高浜虚子・五百句

つきのはな【月の花】
月明かりで見る花（とくに桜）をいう。⇩花（はな）［春］

§

月花もなくて酒のむひとり哉　芭蕉・曠野
花を得ん使者の夜道に月を哉　其角・五元集

つぎほ【接穂】
⇩接木（つぎき）［春］

§

見たいもの花もみぢより椄穂かな　嵐雪・玄峰集
庭中にあるじ酒くむ椄穂哉　白雄・白雄句集
木鋏のおそろしげなり椄穂時　乙二・斧の柄
夜に入れば直したくなる椄穂哉　一茶・旅日記

つくし【土筆】
スギナの胞子茎。食用。［同義］つくしんぼ、つくつくぼうし、土筆坊（つくしぼう）、土筆（つちふで）、筆の草・筆草（ふでのくさ）、筆の花・筆花（ふでのはな）、杉菜坊主（すぎ

なぼうず)。［漢名］筆頭菜。⇩つくづくし［春］、杉菜（すぎな）［春］

§

やまざとはつみとる人もひとりなし畠のつくしのはるの立枯
大隈言道・草径集

春雨の青物市にもの買ふと松露をえたりつくしをえたり
伊藤左千夫・伊藤左千夫全短歌

いづこにもまづ春さきのこほしきは土筆の萌ゆる土とぞおもふ
土田耕平・一塊

畠打や子が這ひ歩くつくし原　一茶・八番日記
女ばかり土筆摘み居る野は浅し　正岡子規・子規句集
仏を話す土筆の袴剥ぎながら　正岡子規・子規句集
片そぎの森に墓所あり土筆原　河東碧梧桐・新傾向（春）
土筆ほうけて行くいつもの女の笑顔　河東碧梧桐・八年間
笊の一つにはかまぬがせし土筆かな　杉田久女・杉田久女句集補遺
竜角寺縁起
竜《りゅう》の角《つの》落ちて土筆《つくし》の生ひにける　水原秋桜子・帰心
人来ねば土筆長けゆくばかりかな　水原秋桜子・葛飾

つくづくし【土筆】

土筆（つくし）の別称。「つくつくし」ともいう。⇩土筆（つくし）［春］

§

片山のしづがこもりに生ひにけりすぎなまじりの土筆かな
大伴家持・秘蔵抄

あめふればながる、庭の水よりもかしらいでたるつくづくし哉
大隈言道・草径集

つくづくし摘みて帰りぬ煮てや食はんひしほと酢とにひでてや食はん
正岡子規・子規歌集

赤羽根のつつみに生ふるつくづくしのびにけらしも摘む人なしに
正岡子規・子規歌集

あづさゆみ春は寒けど日あたりのよろしき処《ところ》つくづくし萌《も》ゆ
斎藤茂吉・赤光

柴石にうつろふかげや土筆　配力・七異跡集
黒胡麻でこゝをあへぬか土筆　其角・五元集
すごすごと摘むやつまずや土筆　其角・五元集拾遺
野鼠の是を喰らん土筆　其角・五元集
見送りの先に立けりつくづくし　丈草・丈草発句集
つくつくし爪紅残るはかまかな　支考・射水川
寺まいりつゞく袴や土筆　りん女・窓の春
つくつくしほうけては日の影ぼうし　召波・春泥発句集
道の記に仮の栞やつくつくし　几董・井華集
つくつくし摘々行けば寺の庭　野梅・我庵
みささぎや日南めでたき土筆　飯田蛇笏・山廬集

つげのはな【黄楊の花】

黄楊はツゲ科の常緑高樹・自生。高さ二〜四メートル。春に淡黄色の花を群生させる。木は版木、印材、櫛、将棋の駒などの用材となる。古歌では「つげ櫛」「つげ枕」など櫛や枕

の材として詠み込まれる。〔〈黄楊〉和名由来〕葉が層状に密生し「次つぎ」につくところからと。〔〈黄楊〉同義〕唐楊（からつげ）、本黄楊（ほんつげ）、黄楊木（つげのき）。〔〈黄楊〉漢名〕黄楊木。〔花言〕禁欲。⬇姫黄楊（ひめつげ）〔春〕、黄楊（つげ）〔四季〕

つげ

§

大音寺山吹に黄楊や刈るを見し　河東碧梧桐・新傾向（春）

大虻に蹴られてちりぬ黄楊の花　小野蕪子・ホトトギス

花つげや垣ともならず一ところ　飯島みさ子・ホトトギス

黄楊の花ふたつ寄りそひ流れくる　中村草田男・長子

つちわさび【土山葵】

山葵の葉の部分（葉山葵）に対して地下茎の部分をいう。共に辛味があり、薬味、山葵漬などにして食用とする。⬇山葵（わさび）〔春〕

§

泥亀の腕とおもへば土わさび　其角・五元集

つつじ【躑躅】

山躑躅（やまつつじ）、岩躑躅（いわつつじ）、蓮華躑躅（れんげつつじ）などツツジ科の常緑・落葉低樹または高樹の総称。自生・栽植。春から夏にかけて、紅・緋・紫・黄・白色など多種の色の五～八裂の花を開花する。〔和名由来〕諸説あり。花の形が筒状であるところから。「続咲木（ツヅキサキギ）」「綴茂（ツヅリシゲル）」の意など。〔同義〕杜鵑花（てきちょくか）、躑躅花（つつはな）、火取草（ひとりぐさ）。⬇燈台躑躅（とうだいつつじ）〔春〕、黐躑躅（もちつつじ）〔春〕、琉球躑躅（りゅうきゅうつつじ）〔春〕、蓮華躑躅（れんげつつじ）〔春〕

つつじ

§

風速《かざはや》の美保の浦みの白つつじ見れどもさぶし亡き人念へば　河辺宮人・万葉集三

入日さすゆふくれなゐの色はえて山下てらす岩つつじかな　源仲政女・金葉和歌集一（春）

まれに咲く山の高嶺の夕つつじ雲間の星やひかりそふらん　藤原信実・新撰六帖題和歌六

村雨のぬるとも折らん岩つつじ背子がま袖の色もなつかし　藤原知家・新撰六帖題和歌六

つつじ咲くならびの岡の松かげに同じ夕日の色ぞうつろふ　藤原為相・夫木和歌抄六

ちりうける山の岩ねの藤つつじ色に流るる谷川の水　永福門院・風雅和歌集三（春下）

みよし野は青葉にかはる岩陰に山下てらし躑躅花さく　上田秋成・藻屑

血を吐きてうせにし友のおくつきにあかき躑躅の花さきにけり　落合直文・国文学
うゑてより君とまだ見ぬ躑躅花ひびやの園にふたたび咲きぬ　森鷗外・うた日記
ところどころつつじ花咲く小松原岡の日向《ひなた》にきぎす居る見ゆ　正岡子規・子規歌集
山の上の躑躅の原は莟なり山ほととぎす鳴くときにして　島木赤彦・太虚集
傘ふかうさして君ゆくをちかたはうすむらさきにつつじ花さく　与謝野晶子・舞姫
ペンさきに滲み出づるインキ、ふと顔をあぐれば顔をつつめるつつじ　若山牧水・みなかみ
深潭の崖の上なる紅躑躅二人ばつかり照らしけるかも　北原白秋・雲母集
ゆふぐれの巷《まち》に買ひ来《き》し花躑躅。赤き花、ひとつ、ひらきたるかな。　土岐善麿・黄昏に
わが庭の白き躑躅を薄月の夜に折りゆきしことな忘れそ　石川啄木・煙
庭の面のむらさきつゝじ晩春《おそはる》の夕冷え時を艶やかに冴ゆ　木下利玄・一路
汽車のろく裾山ぞひを行くなべに手のとどくところにも丹《に》躑躅咲ける　木下利玄・一路
春日てる松の林はくれなゐの躑躅《つつじ》の花に光もれ居り　佐藤佐太郎・軽風

つゝじいけて其陰《そのかげ》に干鱈《ひだら》さく女　芭蕉・泊船集
ひとり尼わら家すげなし白つゝじ　芭蕉・芭蕉句選拾遺
さし覗く窓へつゝじの日足かな　丈草・丈草発句集
躑躅さく谷やさくらのちり所　也有・蘿葉集
つゝじ咲て石移したる嬉しさよ　蕪村・蕪村句集
大原や躑躅の中に蔵たてゝ　蕪村・蕪村遺稿
白雲の根を尋けり岩つゝじ　召波・春泥発句集
山城や紫つゝじかぎりなき　白雄・白雄句集
躑躅活けて女経読む山の中　内藤鳴雪・鳴雪句集
谷川に朱を流して躑躅かな　村上鬼城・鬼城句集
下り舟岩に松ありつゝじあり　正岡子規・子規句集
つゝじ多き田舎の寺や花御堂《はなみどう》　正岡子規・子規句集
躑躅山茶店出したる村の者　河東碧梧桐・新俳句
檜山伐り運ぶ道の躑躅かな　河東碧梧桐・新傾向（春）
紫《むらさき》の映山紅《つゝじ》となりぬ夕月夜《ゆふづきよ》　泉鏡花・鏡花全集
分け行けば躑躅《つつじ》の花粉袖《そで》にあり　高浜虚子・五百五十句
松伐りし山のひろさや躑躅咲く　飯田蛇笏・山廬集
冷水をしたたか浴びせ躑躅活け　杉田久女・杉田久女句集
庭芝に小みちまはりぬ花つつじ　芥川龍之介・発句
春愁のかぎりを躑躅燃えにけり　水原秋桜子・葛飾
紅つつじ花満ちて葉はかくれけり　日野草城・旦暮
吾子の瞳《め》に緋躑躅宿るむらさきに　中村草田男・火の島

つばき【椿】

ツバキ科の常緑高樹または低樹。自生・栽植。栽培品種は

多数ある。葉は厚質で光沢がある。長楕円形で先端はとがり、縁は鋸歯状。春に紅・淡紅・濃紅紫・白色などの五弁花を開く。花は一重または八重。花後、球形の実を結び、秋、淡黒色の種子を二～三個裂開する。種より椿油をとる。櫛などの工芸用材となる。［和名由来］諸説あり。「厚葉木（アツハキ・アツバキ）」「艶葉木（ツヤハキ・ツヤバキ）」の転意。「寿葉木（ツバキ）」の意などより。「椿」は国字。［同義］木実木（きのみき）、かたし。［漢名］山茶。［花言］〈白花〉愛らしさ。〈赤花〉謙遜な美徳。⇩玉椿（たまつばき）［春］、赤椿（あかつばき）［春］、落椿（おちつばき）［春］、千代椿（ちよつばき）［春］、散椿（ちりつばき）［春］、八重椿（やえつばき）［春］、花椿（はなつばき）［春］、藪椿（やぶつばき）［春］、夏椿の花（なつつばきのはな）［夏］、椿の実（つばきのみ）［秋］、寒椿（かんつばき）［冬］、冬椿（ふゆつばき）［冬］

つばき

§

巨勢山《こせやま》のつらつら椿つらつらに見つつ偲《しの》はな巨勢《こせ》の春野を
坂門人足・万葉集一

我が門の片山椿まこと汝我が手触れなな地に落ちもかも
物部広足・万葉集二〇

見るたびに飽かぬ色かなあしびきの片山椿今か咲くらん
藤原家良・新撰六帖題和歌六

八千代まで君がつくべき杖なれば白玉椿ゆひそへてけり
源頼政・為忠家百首

山寺の石のきざはしおりくれば椿こぼれぬ右にひだりに
落合直文・萩之家遺稿

十ばかり椿の花をつらぬきし竹の小枝をもちて遊びつ
正岡子規・子規歌集

踊り子のをどる後は椿の木かぐろみ光り月の下びに
島木赤彦・切火

雨戸くれば庭木の椿朝晴れの庭にしづかに立てり
平福百穂・寒竹

狂獅子紅《あけ》の椿の照るを見む庭樹の奥の木闇にうゑて
宇都野研・木群

あさましく雨のやうにも花おちぬわがつまづきし一もと椿
与謝野晶子・佐保姫

口びるを押しあつるごとくれなゐの椿ちりぬ手のひらの上
与謝野晶子・夏より秋へ

椿の木は葉のしげければぽつたりとつめたき音してつちにたふるる
若山牧水・みなかみ

おめおめと生きながらへてくれなゐの山の椿に身を凭《よ》せにけり
北原白秋・雲母集

樹《こ》したより移せし椿陽《ひ》おもてに白きも赤きもさきつぐあはれ
土岐善麿・六月

藪かげのくろき朽葉のうづたかき流に落つる紅椿かな
木下利玄・銀

椿葉のかぐろ厚葉の日の光真赤の花がこぼれんとすも
古泉千樫・屋上の土

山路の青葉かげろふ岩の井に花つばき朱《あけ》色にさびて映れり
中村憲吉・馬鈴薯の花

この室《へや》にて自然咲はわが椿のみあとは室咲のとりどりの花
半田良平・幸木

咲きそめて幾日も経ぬに丹椿の花は木下に散りしきて見ゆ
土田耕平・青杉

島畠の風よけ椿　咲きむれて、明るき道を　海におり行く
折口春洋・鵠が音

鳥に落て蛙にあたる椿哉　桃隣・古太白堂句選
谷川に翡翠と落る椿かな　素堂・俳諧五子稿
葉にそむく椿や花のよそ心　芭蕉・放鳥集
うぐひすの笠おとしたる椿哉　芭蕉・猿蓑
黴のつく餅わるころの椿かな　杉風・杉風句集
椿落て氷われたり池の上　土芳・蓑虫庵集
陽炎のもえて田にちる椿かな　曲翠・有磯海
水入て鉢にうけたる椿かな　鬼貫・鬼貫句選
椿踏道や寂寞たるあらし　支考・誹諧曾我
いちどきに涙も落る椿かな　浪化・浪化上人発句集
墓場にはさくらも見えず椿かな　也有・蘿葉集
古庭に茶筌花さく椿かな　蕪村・蕪村句集
古井戸のくらきに落る椿哉　蕪村・落日庵句集
つばき落鶏鳴椿また落る　梅室・梅室家集
赤門を入れば椿の林かな　正岡子規・子規句集
活けて見る光琳の畫の椿哉　夏目漱石・漱石全集
赤い椿白い椿と落ちにけり　河東碧梧桐・新俳句
友禅《いうぜん》の夜具《やぐ》欄干《おばしま》に椿《つばき》かな　泉鏡花・鏡花全集
この後《のち》の古墳の月日椿《つばき》かな　高浜虚子・五百句
庭散歩椿に向ひまた背《そむ》き　高浜虚子・六百五十句
笠へぽつとり椿だつた　種田山頭火・草木塔
鉢の椿の蕾がかたくて白うなつて　尾崎放哉・須磨寺にて
地に近く咲きて椿の花おちず　飯田蛇笏・椿花集
椿咲く絶壁の底潮碧く　杉田久女・杉田久女句集
処女美し連理の椿髪に挿頭《かざ》し　杉田久女・杉田久女句集
咲くよりも落つる椿となりにけり　水原秋桜子・葛飾
見おろして港は淵か山椿　水原秋桜子・晩華
赤きものこゝに落つ山椿なり　山口青邨・雪国
椿道綺麗に昼もくらきかな　川端茅舎・ホトトギス
風も落ち満枝の椿欝々《うつうつ》と　中村汀女・花句集
椿落ちて虻鳴き出づる曇りかな　芝不器男・定本芝不器男句集

つばな【茅花・茅針】

⬇茅の花（ちがやのはな）［春］、茅（ちがや）［秋］

§

戯奴《わけ》がため我《あ》が手もすまに春の野に抜ける茅花《つばな》ぞ召して肥《こ》えませ
紀女郎・万葉集八

我《あ》が君に戯奴《わけ》は恋ふらし賜《たば》りたる茅花を食《は》めどいや痩《や》せに痩す
大伴家持・万葉集八

玉ぼこの道の芝草ほに出でて春のつばなも人まねくなり
藤原信実・新撰六帖題和歌六

つはなぬきて誰にかおくらむ恋にやするおのか為にとぬける茅花そ
上田秋成・夜坐偶作

真間の野の茅花の風にふかれゐしあの顔のままの仏となりて
太田穂水・冬菜

はろばろに茅花おもほゆ水汲みて笊にまけたる此の雨の中に
長塚節・鍼の如く

一畦《ひとあぜ》のさながらなびくくれなゐに茅花《つばな》の時のすぎむとすらし
土屋文明・山の間の霧

枯野哉つばなの時の女櫛　西鶴・渡し船

一夜塚孫は茅花をおがみけり　尚白・俳僊遺墨

茅花茎撰てしばしはるの残　士芳・蓑虫庵集

川霧に日の出て咲ける茅花かな　村上鬼城・鬼城句集

茅花の水で手を洗つて婆さん　河東碧梧桐・碧

たはやすく昼月消えし茅花かな　芝不器男・定本芝不器男句集

屋上の茅花ほほけて吹きなびき　加藤楸邨・穂高

つみくさ【摘草】

春の野で摘む嫁菜や蓬などの雑菜や草花などをいう。⬇草摘む（くさつむ）［春］

§

摘草やよそにも見ゆる母娘　太祇・太祇句選

つみ草や背に負ふ子も手まさぐり　太祇・太祇句選

摘草や笊市たちて二三軒　村上鬼城・鬼城句集

摘草や三寸程の天王寺　正岡子規・子規句集

つわぶき【石蕗】

キク科の常緑多年草。自生・栽培。「いしぶき」ともいう。浜に多く自生。葉は腎臓形で厚みがあり光沢がある。春の若い葉柄は和え物、煮物、佃煮、乾物、砂糖漬などの食用となる。葉は腫物などの薬用となる。［和名由来］諸説あり。「艶蕗（ツヤブキ）」「艶葉蕗（ツヤハブキ）」「光葉蕗（テルハブキ）」「厚葉蕗（アツハブキ）」などよりと。［同義］都波・通和（つわ）、山蕗（やまぶき）、磯蕗（いそぶき）。⬇石蕗の花（つわのはな）［冬］

§

緑なる芝生の隅となりにけり痩せし蒲公英肥えしつわ路
服部躬治・迦具土

つわぶき

「と」

とうだいぐさ【燈台草】

トウダイグサ科の二年草・自生。高さ二〇〜三〇センチ。晩春から初夏に輪生した五枚の葉をだし、緑色の花穂をつける。茎・葉を切ると有毒の白汁をだす。［和名由来］全草の形を、上に油皿があり、灯心に火をつける往時の照明具「燈台」に見立てたところから。［同義］鈴振花（すずふりばな）。［漢名］沢漆。⇩鈴振花（すずふりばな）［春］

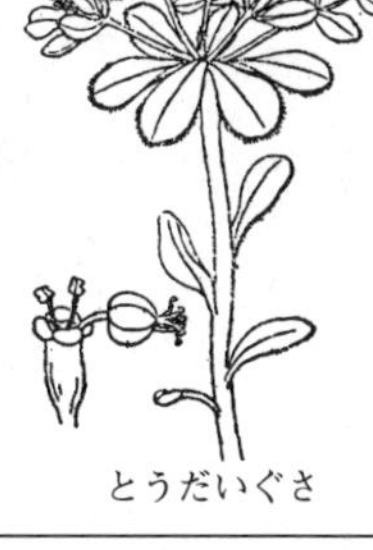
とうだいぐさ

どうだんつつじ【燈台躑躅・満天星】
ツツジ科の落葉低樹。自生・栽植。高さ四〜六メートル。春、若葉と共に、壺状で黄白色の花を多数開く。［和名由来］枝ぶりを燈台（屋内外の照明具）に見立てたところから。［同義］燈台・満天星（どうだん）、満天星（まんてんせい）。ふでのき。⇩躑躅（つつじ）［春］

どうだんつつじ

§

どうだんの花のこぼれのしろじろと月夜になりし庭松の露　太田水穂・冬菜
円ものの若葉南天星この丘にいや重なりて上に人の顔　宇都野研・木群
どうだんの花がこぼる丶石遅日　山口青邨・雪国

とがえりのはな【十返りの花】
松の花のこと。松は十年に一度花を咲かせるといわれる。⇩松の花（まつのはな）［春］

§

十かへりのこゑやたえせん松の花　鬼貫・俳諧七車

ところ【野老】
ヤマイモ科の蔓性の多年草・自生。葉は先端が尖る心臓形で互生。春、根茎を掘って食用とする。夏、黄緑色の小花を開く。正月用の飾りにも用いられる。［和名由来］根茎を老人の髭に見立て、「野老」と記したところから。［同義］野翁（ののおきな）、鬼野老（おにどころ）、木野老（きのどころ）、根野老（ねどころ）。⇩野老飾る（ところかざる）［新年］

ところ

§

けぶり立つひのもとながらゆゆしさにこはもろこしのところとぞ見る　実方朝臣集（藤原実方の私家集）
梅の花世のつねならず見ゆるかなところがらにやにほひますらむ　大弐高遠集（藤原高遠の私家集）
此山のかなしさ告《つげ》よ野老掘　芭蕉・笈の小文
留守しらで声も淋し野老うり　土芳・蓑虫庵集
年もはや杖つく里の野老哉　正秀・宝永四丁亥歳旦帖

ところうり声大原の里ひたり　　其角・五元集

とさかのり【鶏冠海苔】
　トサカノリ科の紅藻。深海の岩礁に生育。鮮やかな紅色で全長約二〇〜三〇センチ。偏平な膜状で、鶏冠のように縁が分岐している。酢の物などに調理して食用となる。［和名由来］全体が鶏冠に似ているところから。［漢名］鶏冠菜・鳥脚菜。

とさかのり

とさみずき【土佐水木】
　マンサク科の落葉樹。高知県に自生。観賞用としても広く栽培。高さ約三メートル。葉は卵形で、早春に葉に先だって穂状の花序をつけ、淡黄色の花を開く。花後、球形のさく果を結ぶ。［和名由来］この種が土佐（高知県）からでたため「土佐の水木」の意。［同義］水木（みずき）。［漢名］蝋弁花。

とさみずき

§

青芝の上にかげさすとさみづき新芽さしひらき揺れたわやかさ　　木下利玄・みかんの木

「な」

なえどこ【苗床】
　野菜、草花などの苗を育てる苗の床。［同義］種床（たねどこ）、温床、冷床。

§

苗床を這でてむしや小糠雨　　西山泊雲・続ホトトギス
苗床に水をやる二葉割れたり　　河東碧梧桐・八年間

なしのはな【梨の花】
　バラ科の落葉高樹の梨の花。春に短枝の先端に花径三〜四センチの白い五弁花を開く。➡梨花（りか）［春］、梨（なし）［秋］

§

ききわたる面影見えて春雨の枝にかかれる山梨の花　　藤原為家・新撰六帖題和歌六
しばしだに身を隠すべきかたぞなきなぞ散りぬらむ山梨の花　　平康頼・万代和歌集一四（雑一）
あしびきの山なしの花散りしきて身を隠すべき道やたえぬる　　拾遺愚草（員外）（藤原定家の私家集）
春雨に我をいく日か待わひてつまなしの木にふふみたらなん　　上田秋成・毎月集

梨の花つます少女らしが花に丹のほ触りつゝつます少女ら　伊藤左千夫・伊藤左千夫全短歌
たたかひの跡とぶらへば家をなみ道の辺にさくつま梨の花　正岡子規・子規歌集
手をたまへ梨の花ちる川づたひ夕の虹にまぎれていなむ　与謝野寛・紫
棚に咲く梨の花ほど白くして音の寂しき鎌倉の波　与謝野晶子・深林の香
大和路は田圃《たんぼ》をひろみ夕あかるしいつまでも白き梨の花かも　木下利玄・一路
咲やらで雨や面目なしの花　重頼・犬子集
梨の花うるはし尼の念仏まで　言水・俳諧五子稿
忍ばする妾に似たりなしの花　許六・五老井発句集
梨の花しぐれにぬれて猶《なほ》淋し　野水・阿羅野
杖ついた人は立てけり梨子の花　鬼貫・鬼貫句選
馬の耳すぼめて寒し梨の花　支考・葛の松原
龍頭まで雨にしぼるや梨のはな　浪化・白扇集
折る人に秋の欲なし梨子の花　也有・蘿葉集
甲斐がねに雲こそかゝれ梨の花　蕪村・蕪村句集
長き日にましろに咲ぬなしの花　蕪村・蕪村遺稿
あだ花と聞ばけだかし梨のはな　几董・井華集
麦荒れて梨の花咲く畠かな　正岡子規・子規句集
梨花白し此頃美女を見る小家　正岡子規・子規句集
待つ宵の夢ともならず梨の花　夏目漱石・漱石全集
静かに暮すやうに梨畑花さく　河東碧梧桐・八年間
梨咲くといまの心を支へをり　水原秋桜子・霜林

なずなのはな【薺の花】

アブラナ科の二年草の薺の花。春に白花を開く。［同義］花薺（はななずな）。⇩薺（なずな）［新年］、ぺんぺん草（ぺんぺんぐさ）［春］、三味線草（しゃみせんぐさ）［春］

§

庭のおもになづなの花の散りはへば春まで消えぬ雪かとぞ見る　曾丹集（曾祢好忠の私家集）
君がため夜ごしにつめる七草のなづなの花を見てしのびませ　散木奇歌集（源俊頼の私家集）
ビードロのガラス戸すかし向ひ家の棟の薺の花咲ける見ゆ　正岡子規・子規歌集
よく見れば薺花さく垣ねかな　芭蕉・続虚栗
庵を出でし道の細さよ花薺　河東碧梧桐・春夏秋冬
花薺《はななづな》揺れ触る水輪水たまり　中村草田男・来し方行方

なたねのはな【菜種の花】

菜の花のこと。⇩油菜（あぶらな）［春］、菜の花（なのはな）［春］、菜種打つ（なたねうつ）［夏］、菜種干す（なたねほす）［夏］、菜種蒔く（なたねまく）［秋］

§

七坪の狭庭の畑に群立てる菜たね此頃花咲にけり　伊藤左千夫・伊藤左千夫全短歌
いちめんに菜種花咲くとき来たりまどしかれどもわが命《いのち》耀《て》る　前川佐美雄・天平雲
かいま見る山吹ねたむ菜種かな　来山・いまみや草

ちぐはぐの菜種も花となりにけり　一茶・七番日記

なのはな【菜の花】

アブラナ科の一〜二年草・栽培。油菜（あぶらな）の花、また油菜をいう。春、黄色の十字花を密生して開く。葉と蕾は食用。種より菜種油をとる。［同義］菜種（なたね）、花菜（はなな）。⬇油菜（あぶらな）［春］、菜種の花（なたねのはな）［春］、菜種打つ（なたねうつ）［夏］、菜種干す（なたねほす）［夏］、菜種蒔く（なたねまく）［秋］

なのはな［草木図説］

§

いぶかしなや、春立しに女郎花さきぬとおもふは菜の花ぞそれ　田安宗武・悠然院様御詠草

菜花に蝶もたはれてねぶる覧《らん》猫間のさとの春の夕ぐれ　香川景樹・桂園一枝

菜の花に蝶のむつる現《うつつ》さへ夢に見らるる老が庵かな　与謝野礼厳・礼厳法師歌集

黍畑をふく風いたみ菜の花のかつかつ匂ふいし垣のうち　森鷗外・うた日記

村芝居雨ニフラレテヤスムマニサジキノシタノ菜ノ花サキヌ　伊藤左千夫・伊藤左千夫全短歌

古里の御寺見めぐる永き日の菜の花曇雨となりけり　正岡子規・子規歌集

ちらばれる耳成山《みみなしやま》や香久山《かぐやま》や菜の花黄なる春の大和《やまと》に　佐佐木信綱・新月

一すぢの小道の末は畑に入りて菜の花一里当麻寺にまで　服部躬治・迦具土

菜の花にかすみて小さき野の寺に春の涅槃の鐘うちしきる　太田水穂・つゆ草

菜の花がところどころを巻絵してかつ寂しけれ葛飾《かつしか》の野は　与謝野晶子・草の夢

菜の花の乏《とも》しき見れば春はまだかそけく土にのこりてありけり　長塚節・暮春の歌

菜の花は黄にかがやきて、つかれたる午後の眼《まなこ》を強くさしけり　岡稲里・朝夕

渚なる木の間ゆきゆき摘みためし君とわが手の四五の菜の花　若山牧水・別離

二人には春雨小傘ちひさくてたもとぬれけり菜の花のみち　木下利玄・銀

しろたへのわが鶏《かけ》にやる春の日の餌《ゑ》には交れり菜の花の黄も　岡本かの子・深見草

冬の日に菜の花活《い》けてゐる妻よきららなる思ひしばしとてよき　前川佐美雄・天平雲

蹶速碑《けはやひ》に近く捨てられ菜の花の黄はなまなまし当麻寺《たいまでら》　宮柊二・藤棚の下の小室

なの花や一本咲きし松のもと　宗因・梅翁宗因発句集

山吹の露菜の花のかこち顔なるや　芭蕉・東日記

菜の花や淀も桂もわすれ水　言水・初心もと柏
なの花の中に城あり郡山《こほりやま》　許六・五老井発句集
菜のはなを出るや塗笠菅の笠　団水・くやみ草
菜の花や感じ入たる寺の前　支考・蓮二吟集
菜の花に肌恥かし石仏　也有・蘿葉集
菜の花や月は東に日は西に　蕪村・蕪村句集
なのはなの雲を蒸《むす》なる匂ひ哉　嘱山・葎亭句集
菜の花に春行水の光かな　召波・春泥発句集
菜の花にのどけき大和河内哉　蓼太・蓼太句集
菜の花のにほひは甘くにがきかな　白雄・白雄句集
菜の花に口ばしそめて啼雀　士朗・枇杷園句集
なの花の中を浅間のけぶり哉　一茶・七番日記
菜の花に朧一里や嵯峨の寺　内藤鳴雪・鳴雪句集
菜のはなの風かあらぬか皆ゆらぐ　森鷗外・うた日記
菜の花の四角に咲きぬ麦の中　正岡子規・子規句集
海見ゆれど中々長き菜畑哉　夏目漱石・漱石全集
菜の花に汐さし上る小川かな　河東碧梧桐・新俳句
菜の花の閃きの目覚めねばならないのだ　河東碧梧桐・八年間
菜の花に沈む家とぞたづね行く　杉田久女・杉田久女句集補遺
菜の花の岬を出でゝ蜆舟　川端茅舎・川端茅舎句集
菜の花日和母居しことが母の恩　中村草田男・美田
菜の花や夕映えの顔物を云ふ　中村草田男・長子

なわしろ【苗代】
春、水田に植える稲苗を育てるところ。[同義] 苗代田（なわしろだ）、苗田（なえた）、代田（しろだ）。

§

しめはふるを田の苗代奥山の雪げの水にみづ増《まさ》りけり　田安宗武・悠然院様御詠草
なはしろに老のちからや尻たすき　嵐雪・玄峰集
畴道や苗代時の角《つの》大師　正秀・ひさご
水澄て籾の芽青し苗代田　支考・蓮二吟集
苗代や鞍馬の桜散にけり　蕪村・蕪村句集
宵月や苗代水の細き音　召波・春泥発句集
苗代は庵のかざりに青みけり　一茶・一茶句帖
市中や苗代時の鯰売　正岡子規・子規句集
すみきるや苗代水の上流れ　正岡子規・子規句集
稀《たま》に書く本名優《やさ》し苗代田　中村草田男・全集五

なわしろいちごのはな【苗代苺の花】
苗代苺はバラ科の小低樹・自生。晩春に淡紅色の五弁の花を開く。花後に濃赤色の実を結ぶ。⬇苺の花（いちごのはな）[春]、苗代苺（なわしろいちご）[夏]

「に」

においざくら【匂桜】
香気高く、八重の白花を咲かせる桜の一品種。また、芳しい桜をいうことば。⬇桜（さくら）[春]

§

むかし今のにほひいたゞく桜かな　暁台・暁台句集

においすみれ【匂菫】

スミレ科の多年草・栽培。南ヨーロッパ、西アジア原産。葉は心臓形で縁は鋸歯状。早春、芳香のある紫色の花を横向きに開く。バイオレット（violet）に同じ。［和名由来］花が強い芳香をもつところから。［同義］香菫（においすみれ）、西洋菫（せいようすみれ）。［花言］謙譲。〈八重咲きの花〉お互いの愛情。⬇菫（すみれ）［春］

§

玉透のガラスうつはの水清み香ひ菫の花よみがへる　正岡子規・子規歌集

においすみれ

にら【韮】

ユリ科の多年草。自生・栽培。鱗茎は狭卵形。葉は肉質で細長く臭気が強い。食用となる。長さ約三〇センチ。夏から秋に、多数の白色の小花を球状花序につける。鱗茎はラッキョウに似た細卵形。［和名由来］諸説あり。「香嫌（ニホヒキラフ）」の略。「根芽平（ネメヒラ）」の意。古名「ミラ」の転など。［同義］小韮（こみら）、二文字（ふたもじ）。［漢名］韮。⬇韮の花（にらのはな）［秋］

にら

§

伎波都久の岡のくくみら我れ摘めど籠《こ》にも満たなふ背なと摘まさね　万葉集一四（東歌）

いにしへはおほねはじかみなすびひるほし瓜も歌にこそよめ　小沢蘆庵・六帖詠草

庭の韮去年にまさりてふとぶとと茂れる見ればいたくたのしも　半田良平・幸木

かぜ吹き居《を》るときに青々と灰のなかより韮萌《にらも》えにけり　斎藤茂吉・ともしび

わが生《あ》れし村に来りて柔き韮《にら》を食《は》むとき思ほゆるかも　斎藤茂吉・小園

誰食はで韮茂りたる畠かな　伊藤左千夫・伊藤左千夫全短歌所収「俳句」

韮剪つて酒借りに行く隣かな　正岡子規・子規句集

韮萌ゆる畑見つゝ来れば辛夷哉　河東碧梧桐・新傾向（春）

にわうめのはな【庭梅の花】

庭梅はバラ科の落葉低樹・栽植。中国原産。高さ約二メートル。春、葉に先だって淡紅色・白色の花を開く。花後、球形の果実を結ぶ。庭木、切

にわうめ

花に用いられる。根・核は「郁李（いくり）」として利尿、虫歯などの薬用になる。［〈庭梅〉和名由来］花や実が庭の梅に似るところから。［〈庭梅〉同義］小梅（こうめ）、郁李（いくり）。［〈庭梅〉漢名］郁李。

にわざくら【庭桜】

バラ科の落葉小低樹・栽培。春、白・淡紅色の重弁の花を開く。花後、実を結び暗紫色に熟す。［和名由来］「丹葉桜（ニハサクラ）」の意からと。［漢名］多葉郁李。⇩桜（さくら）［春］

§

出切手を指にむすぶや庭桜　一茶・一茶新集

にわざくら

にわとこのはな【庭常の花・接骨木の花】

庭常はスイカズラ科の落葉低樹・自生。高さ約六メートル。羽状複葉。春、円錐状に密生した白い花を開く。花・葉・茎は利尿、湿布、発汗の薬用となる。［〈庭常〉和名由来］古称「造木（みやつこぎ）」の音の転と。⇩庭常（にわとこ）［四季］

§

にわとこ

花の粉がにはとこの枝さし出でし下《もと》に緑の半円《はんゑん》を描く　与謝野晶子・緑階春雨

「ぬ〜ね」

ぬなわおう【蓴生う】

蓴は蓴菜の別称。蓴菜は春に芽を出す。⇩蓴菜（じゅんさい）［夏］、水草生う（みずくさおう）［春］

§

蓴菜生ふる池をめぐりて奥庭の祠《ほこら》見に行く昼の雨かな　木下利玄・銀

手を以て舟やる池や蓴生ふ　内藤鳴雪・鳴雪句集

ねぎのぎぼ【葱の擬宝】

⇩葱の花（ねぎのはな）［春］

§

蝶《てふ》の来て一夜寝にけり葱のぎぼ　半残・猿蓑

ねぎのはな【葱の花】

葱は晩春、球状に白色の花の集まった花をつける。［同義］葱の擬宝（ねぎのぎぼ）。⇩葱（ねぎ）［冬］、葱坊主（ねぎぼうず）［春］

§

蛸壺に蛸ひとつづつひそまりてころがる畑の太葱の花　北原白秋・雲母集
さびしげに根ぶかの花や春の雨　杉風・菊の道
鶏に踏み折られけり葱の花　村上鬼城・鬼城句集

ねぎぼうず【葱坊主】

葱の花のこと。［同義］葱帽子（ぎぼうし）。⇩葱の花（ねぎのはな）［春］、葱（ねぎ）［冬］

ねこやなぎ【猫柳】

ヤナギ科の落葉低樹・自生。雌雄異株。高さ約二メートル。葉は細長く有毛。早春、葉に先だって黄白色の単性花を穂状につける。雌雄花は銀色の毛を密生する。［和名由来］銀毛をもつ花穂を猫の尾に見立てたもの。［同義］猫花（ねこばな）、狗柳・狗子柳（えのころやなぎ）。［花言］自由。⇩柳（やなぎ）［春］

ねこやなぎ

§

霧雨のこまかにかかる猫柳つくづく見れば春たけにけり　北原白秋・雀の卵
猫やなぎ薄紫に光りつつ暮れゆく人はしづかにあゆむ　北原白秋・桐の花
猫柳ほゝけし上にかゝれる日　高浜虚子・五百五十句
山里の雛《ひいな》の花は猫柳　高浜虚子・六百五十句
まさをなる大草籠にねこやなぎ　飯田蛇笏・白山嶽
枯枝は芥かざしぬ猫柳　楠目橙黄子・ホトトギス
あたたかや皮ぬぎ捨てし猫柳　杉田久女・杉田久女句集
万葉の古江の春や猫柳　水原秋桜子・葛飾
猫柳日輪にふれ膨らめる　山口青邨・雪国
猫柳ほうけては落つ絨氈に　山口青邨・雪国
猫柳萌えんとしつつ世のさむさ　加藤楸邨・寒雷

ねじあやめ【捩菖蒲】

アヤメ科の多年草・栽培。中国・朝鮮原産。高さ約五〇センチ。葉はアヤメに似て細長く、二～三回捩れるものが多い。春、淡碧紫色の花を開く。花後、六ミリほどの細長形の実を結ぶ。［和名由来］葉が捩じれていて、アヤメに似ているところから。［同義］馬楝（ばれん）、馬藺（ばりん・ばれん）。［漢名］馬藺。⇩馬藺（ばりん）［春］

ねじあやめ

ねぜり【根芹】

根も食用となることからついた芹の別称。⇩芹（せり）［春］

§

根芹つむ春の沢田におり立ちて衣のすそのぬれぬ日ぞなき　曾丹集（曾祢好忠の私家集）
菜を摘《つ》まば　沢に根芹や　峰に虎杖《いたどり》　鹿の立ち隠れ　閑吟集（歌謡）

宮人の根芹つみにと出て遊ふ野沢の氷またも解ぬに　上田秋成・献神和歌帖
をとめらが袖こそ匂へ紅のにふの山田に根芹摘とて　香川景樹・桂園一枝
春浅み背戸の水田のさみどりの根芹は馬に喰べられにけり　北原白秋・雀の卵
我事《わがこと》と鯲《どぢやう》のにげし根芹哉　丈草・猿蓑
古道にけふは見て置く根芹哉　蕪村・新五子稿
一籠《ひとかご》の蜆にまじる根芹哉　正岡子規・子規句集

「の」

のあざみ【野薊】
キク科の多年草・自生。高さ約九〇センチ。葉は長楕円形で羽裂し先端は棘状。初夏、紅紫色の頭花を開く。総苞にも棘がある。［和名由来］野に生育する薊の意。［同義］棘菜（いぎな）、乳草（ちちぐさ）。➡薊の花（あざみのはな）［春］
§

のあざみ

野薊に触《さは》れば指《おゆび》やや痛《いた》し汐見てあればすこし眼いたし　北原白秋・桐の花
沼川を舟はやりつつたまたまに赤き花ともし野あざみの花　古泉千樫・青牛集

のうるし【野漆】
トウダイグサ科の多年草・自生。高さ二〇〜八〇センチ。葉は長楕円形で互生。茎・葉を傷付けると白汁をだす。春、黄色の小花を開く。根は利尿などの薬用となる。［和名由来］茎・葉を切ると漆に似た白汁をだすところから。［同義］沢漆、乳草（ちちぐさ）。

のうるし

のしゅんぎく【野春菊】
キク科の多年草。自生・栽培。高さ約二〇センチ。葉はへら形。春に周囲が桃色で、中央が黄色の頭花を開く。［同義］都忘（みやこわすれ）、東菊（あずまぎく）。［漢名］六月菊。

のしゅんぎく

のだいこん【野大根】
大根の一栽培品種。根・葉とも通常の大根より小振り。根

よりも主に葉を食用とする。⬇大根（だいこん）［冬］

§

掘捨てあとでひらふや野大根　蒼虬・蒼虬翁発句集

のびる【野蒜】

　ユリ科の多年草・自生。高さ二〇～八〇センチ。春、若葉と地下の球状の鱗茎は食用となる。夏、淡紫白色の小花を開く。根・茎は外傷、打身などの薬用となる。［和名由来］「野に生じる蒜（ひる）」の意から。蒜とは、葱や葫（にんにく）の総称。［同義］小蒜（こびる）、根蒜・沢蒜（ねびる）。［漢名］山蒜。

のびる

§

汝《なれ》は芹つめわれは野蒜を摘ましとむきむきにしてあさる枯原　若山牧水・朝の歌

みちのべに野蒜の青きむらがりはやはらかにして土に靡けり　佐藤佐太郎・歩道

野蒜ひたりて渡し舟の水垢　河東碧梧桐・八年間

のやく【野焼く】

　春の菜類や草花の成長を早めるため、二月頃に野山の枯草を焼くこと。［同義］山焼く（やまやく）。

§

大原の野を焼く男野を焼くと雉《きぎす》な焼きそ野を焼く男　正岡子規・子規歌集

野と、もに焼る地蔵のしきみ哉　蕪村・蕪村句集

山焼やほのかにたてる一ツ鹿　白雄・白雄句集

山焼の明りに下る夜舟哉　一茶・七番日記

野を焼くや風曇りする榛名山　村上鬼城・鬼城句集

出て見れば南の山を焼きにけり　正岡子規・子規句集

野辺焼くも見えて淋しや城の跡　正岡子規・子規句集

のり【海苔】

　緑藻・紅藻で水中の岩石に付着する藻類の総称。また、浅草海苔、岩海苔、甘海苔（あまのり）などの食用藻類をいう。古歌では、海苔そのものではなく「法（のり）」「乗り」に掛けても詠まれる。⬇浅草海苔（あさくさのり）［春］、青海苔（あおのり）［春］、甘海苔（あまのり）［春］、岩海苔（いわのり）［春］、海苔掻く（のりかく）［春］、海苔の香（のりのか）［春］、干海苔（ほしのり）［春］

§

わたつうみの深きに沈むいさりせで保つかひあるのりを求めよ　寂然・新古今和歌集二〇（釈教）

海人小舟のり取る方も忘られぬみるめなぎさのうらみする間に　成尋阿闍梨母集（成尋阿闍梨母の私家集）

越の海のぞみの浦の海苔を得ばわけて給はれ今ならずとも　大愚良寛・良寛歌評釈

海士の子がとる生海苔の味うせて春もたけゆく品川の里　落合直文・国文学

古国の出雲手振りのぼてぼて茶海苔も若布も国の香ぞする　伊藤左千夫・伊藤左千夫全短歌

夕日あたる突堤壁《とつていへき》の海苔の芽は映《は》えて青しも潮は落ちゐる
土屋文明・ふゆくさ
衰《おとろひ》や歯に喰《くひ》あてし海苔の砂　芭蕉・をのが光
蛎《かき》よりは海苔をば老の売もせで　芭蕉・続虚栗
苔汁《のりじる》の手ぎは見せけり浅黄椀　芭蕉・茶のさうし
海士《あま》の子や夜は揃る海苔の幅　路通・柏原集
ゆく水や何にとゞまる海苔の味　其角・五元集
海苔のよるなぎさも過ぬ馬のうへ　乙二・斧の柄
生海苔の波打際や東海寺　召波・春泥発句集
生海苔のこゝは品川東海寺　夏目漱石・漱石全集
花のごと流るゝ海苔《のり》をすくひ網　高浜虚子・五百五十句
海苔粗朶《そだ》にゆたのたゆたの小舟かな　高浜虚子・六百五十句
海苔そだの風雪となる舟に人居る　尾崎放哉・小豆島にて

のりかく【海苔掻く】
冬から春に、養殖した海苔を掻き取ること。⇩海苔（のり）[春]
§
海苔掬ふ水の一重へ宵の雨　蕪村・新五子稿
長閑《のどか》さや簀にはぢかる、海苔の音　大江丸・俳懺悔
のり柴も風が吹ぞやあさぼらけ　乙二・斧の柄
海苔掻の臑の長さよ夕日影　素丸・百番句合

のりのか【海苔の香】
海苔の香り。⇩海苔（のり）[春]
§
海苔の香や障子にうつる僧二人　梅室・梅室家集
のりの香を掃ても残る一間かな　梅室・梅室家集
一冬を隔てし島の海苔の香や　河東碧梧桐・新傾向（春）

「は」

ばいえん【梅園】
多数の梅を植えた庭園。「うめぞの」ともいう。⇩梅（うめ）[春]
§
木下川《きねがは》の流を近み梅園《うめぞの》の垣の外面《とのも》に白帆行くなり
正岡子規・子規歌集

ばいりん【梅林】
梅の林。⇩梅園（ばいえん）[春]、梅（うめ）[春]
§
から歌につくりてめでし君が庵の梅の林は今咲くらんか
正岡子規・子規歌集
梅林を出て懐に梅のつぼみ哉　暁台・暁台句集
梅林によるのほこりや薄ぐもり　暁台・暁台句集
梅林の遥かに見ゆる水田かな　正岡子規・子規句集
梅林に入る麦の間の小径かな　河東碧梧桐・新俳句
梅林のそゞろ歩きや筧鳴る　杉田久女・杉田久女句集

はくもくれん【白木蓮】

モクレン科の落葉高樹・栽植。中国原産。高さは二〇メートルに達する。春、葉に先だって、大形の六弁の白花を開く。［和名由来］白い花を咲かせる木蓮の意。［同義］白蓮（びゃくれん・はくれん）、白蓮花（はくれんげ）、糸巻桜（いとまきざくら）。［漢名］玉蘭。⇩木蓮（もくれん）［春］

はくもくれん

§

目に白く木連の蕾破《わ》れんとしこの夕風にゆれつつもゐる　宇都野研・木群

おほらかに此処を楽土とする如し白木連の高き一もと　与謝野晶子・火の鳥

白木連の花の木の間に飛ぶ雀遠くは行かね声の寂しさ　北原白秋・雀の卵

白木連の花の木かげのたまり水いつしか青き苔の生ひにけり　北原白秋・雀の卵

花落ちてただち萌ゆるか玉蘭《はくれん》の立枝《たちえ》の芽ぶき雷に勢《いきほ》ふ　北原白秋・黒檜

玉蘭《はくれん》は空すがすがし光発《さ》す一朝《ひとあさ》にしてひらき満ちたる　北原白秋・黒檜

はこべ【繁縷】

ナデシコ科の越年草・自生。春の七草の一。高さ一五〜五〇センチ。春の七草の一。早春に五弁の白花を開く。葉は利尿、歯痛の薬用となる。［同義］繁縷草（はこべぐさ）、草糸（くさのいと）、唐艾（からよもぎ）、雛草（ひよこぐさ）、はこべら、あさしらげ。［漢名］繁縷。［花言］逢引、ランデブー。⇩七草（ななくさ）［新年］

はこべ

§

我が顔を雨後の地面に近づけてほしいま、にはこべを愛す　木下利玄・銀

石垣に春日あかるくはこべらの微けき花は数限りなし　土田耕平・一塊

カナリアの餌に束ねたるはこべかな　正岡子規・子規句集

草の香やはこべらむしる垣の隙　坂本四方太・明治俳句

筑紫野ははこべ花咲く睦月かな　杉田久女・杉田久女句集

七草のはこべら莟もちてかなし　山口青邨・雪国

はしばみのはな【榛の花】

カバノキ科の落葉低樹の榛の花。春に穂状の小花（雄花は黄褐色、雌花は紅色）を開く。⇩榛（はしばみ）［秋］

はたうち【畑打】

鋤、鍬などで畑や陸田の土を掘り返すこと。

§

畑打音やあらしのさくら麻　芭蕉・花摘

うごくとも見えて畑うつ男かな　去来・去来発句集
雉一羽たつ畑打のくさめかな　也有・蘿葉集
畑うつやいづくはあれど京の土　太祇・太祇句選
畑打や木間《このま》の寺の鐘供養　蕪村・蕪村句集
はた打よこちの在所の鐘が鳴　蕪村・蕪村句集
畑打や耳うとき身の唯一人　蕪村・蕪村句集
畑をうつ翁が頭巾ゆがみけり　几董・井華集
鎌倉の世から畑うつおとこかな　成美・成美家集
畠打の真似して歩く烏哉　一茶・七番日記
山畑は月にも打つや真間の里　内藤鳴雪・鳴雪句集
名所とも知らで畑打つ男哉　正岡子規・子規句集
山一つこえて畑打つ翁かな　正岡子規・子規句集
海を見て十歩に足らぬ畑を打つ　夏目漱石・漱石全集

はたざおのはな【旗竿の花】

アブラナ科の二年草・自生。高さ五〇～一〇〇センチ。茎は単一で直立する。春から夏に、総状花序に四弁の白花を多数つける。花後、線形の実を結ぶ。［〈旗竿〉和名由来］直立するさまが旗竿に似ているところから。［〈旗竿〉漢名］南芥菜。

はたざお

はたつもり【畑守・畑つ守】

➡令法（りょうぶ）［春］

§

里人や若葉つむらんはたつもりと山も今は春めきにけり　藤原家良・新撰六帖題和歌六
今よりはこのめも春のはたつもりと聞きにけりと人やたづねん　藤原知家・新撰六帖題和歌六
奥山のくきがくれなるはたつもり知られぬ恋になづむころかな　散木奇歌集（源俊頼の私家集）

はたんきょうのはな【巴旦杏の花】

巴旦杏は李の一品種。春、白花を開く。花後、淡赤色の果実を結ぶ。果肉は食用となる。➡巴旦杏（はたんきょう）［夏］

はつざくら【初桜】

その年に最初に咲いた桜をいうが、一般に早咲きの桜をいう。➡桜（さくら）［春］、初花（はつはな）［春］

§

初桜折りしもけふは能《よき》日なり　芭蕉・蕉翁全伝
咲乱《さきみだ》す桃の中より初桜　芭蕉・芳里袋
顔に似ぬほつ句も出《いで》よはつ桜　芭蕉・続猿蓑
寝時分に又みん月か初桜　其角・五元集
人の気もかく窺はし初ざくら　沾徳・俳諧五子稿
鳥はまだ口もほどけず初ざくら　鬼貫・鬼貫句選
だまされて来て誠なり初ざくら　千代女・千代尼発句集
ちるなどゝみえぬ若さやはつ桜　太祇・太祇句選
旅人の鼻まだ寒し初ざくら　蕪村・蕪村句集
散と見し夢もひとゝせ初桜　几董・井華集
袖たけの初花桜咲にけり　一茶・発句題叢
ひしひしと木を伐る傍に初桜　梅室・梅室家集

はつはな【初花】
その年に最初に咲いた花（桜や梅など）や早咲きの花をいう。➡初桜（はつざくら）［春］、花（はな）［春］

§

初花に命七十五年ほど　芭蕉・江戸通り町
初花や猪ふりむかす嵯峨の里　支考・落柿舎日記
初はなやまだ松竹は冬の声　千代女・千代尼発句集
これやこの庭のさくらの初花や　日野草城・旦暮
初花や竹の奥より朝日かげ　川端茅舎・川端茅舎句集

はつわらび【初蕨】
➡蕨（わらび）［春］

§

しんのある飯の黒さよ初蕨　怒風・きれぎれ

はな【花】
春の花全般をいうことばではあるが、特に桜の花、また梅の花をさすことが多い。俳句の場合、一般的に桜の花をいう。➡初花（はつはな）［春］、初桜（はつざくら）［春］、花散る（はなちる）［春］、花盗人（はなぬすびと）［春］、花の跡（はなのあと）［春］、花の主（はなのあるじ）［春］、花の雨（はなのあめ）［春］、花の奥（はなのおく）［春］、花の香（はなのか）［春］、花の影（はなのかげ）［春］、花の風（はなのかぜ）［春］、花の雲（はなのくも）［春］、花の塵（はなのちり）［春］、花の寺（はなのてら）［春］、花の友（はなのとも）［春］、花の庭（はなのにわ）［春］、花の宿（はなのやど）［春］、花の山（はなのやま）［春］、花の雪（はなのゆき）［春］、花吹雪（はなふぶき）［春］、花見（はなみ）［春］、落花（らっか）［春］、花盛（はなざかり）［春］、花衣（はなごろも）［春］、花見酒（はなみざけ）［春］、花筵（はなむしろ）［春］、花守（はなもり）［春］、残花（ざんか）［春］、余花（よか）［夏］、花野（はなの）［秋］、花畑（はなばたけ）［秋］、年の花（としのはな）［新年］、花の春（はなのはる）［新年］

§

見渡せば向《むか》つ峰《を》の上《へ》の花にほひ照りて立てるは愛《は》しき誰《た》が妻　大伴家持・万葉集二〇
難波津《なにはづ》に咲くやこの花冬ごもりいまは春べと咲くやこの花　王仁・古今和歌集（仮名序）
花の色はうつりにけりないたづらにわが身世にふるながめせしまに　小野小町・古今和歌集二（春下）
うちはへて春はさばかりのどけきを花の心やなに急ぐらむ　清原深養父・後撰和歌集三（春下）
みちとせになるてふ桃の今年より花さく春にあひにけるかな　凡河内躬恒・拾遺和歌集五（賀）
言の葉は露もるべくもなかりしを風に散りかふ花を聞くかな　清少納言集（清少納言の私家集）
花は根に鳥は古巣に帰るなり春のとまりを知る人ぞなき　崇徳院・千載和歌集二（春下）
今日咲きてあすは青葉になる花を見捨てて帰る人もありけり　顕輔集（藤原顕輔の私家集）
岩ねふみかさなる山を分けすてて花を幾重のあとの白雲　藤原雅経・新古今和歌集一（春上）

ふる里の花の盛りは過ぎぬれど面影《おもかげ》去らぬ春の空かな
源経信・新古今和歌集二（春下）

花は散りその色となくながむればむなしき空にはるさめぞ降る
式子内親王・新古今和歌集二（春下）

ねがはくは花のもとにて春死なむその如月《きさらぎ》の望月《もちづき》のころ
西行・新古今和歌集一八（雑下）

ももとせは花にやどりて過《す》ぐしてきこの世は蝶の夢にぞありける
大江匡房・詞花和歌集一〇（雑下）

かねてよりなほあらましにいとふかな花待つ峰を過ぐる春風
北院御室御集（守覚法親王の私家集）

春はいかに契りおきてか過ぎにしと遅れて匂ふ花に問はばや
肥後・新勅撰和歌集一六（雑一）

もろ人の春の衣にまづぞ見ゆる梢に遅き花のいろいろ
藤原為子・玉葉和歌集一四（雑一）

山もとの鳥の声声明けそめて花もむらむら色ぞ見え行く
永福門院・玉葉和歌集二（春下）

花のうへはなほ色そひて夕暮の梢の空ぞふかく霞める
伏見院御集（伏見院の私家集）

つくづくと雨ふる里のにはたづみ散りて波よる花の泡沫
鷹司清雅・風雅和歌集三（春下）

庭の面《おも》は埋みさだむる方もなし嵐にかろき花の白雪
津守国助・玉葉和歌集二（春下）

花も木もみどりに霞む庭の面《も》にむらむら白き有明の月
三條西実隆・雪玉集（春）

越えにけり世はあらましの末ならで人待つ山の花の白波
木下長嘯子・挙白集（春）

世の中によしの、山の花ばかり聞しにまさるものは有けり
賀茂真淵・賀茂翁家集

たまきはる命死なねばこの園の花咲く春に逢ひにけらしも
大愚良寛・良寛歌評釈

四年寝《ね》て一たびたてば木も草も皆眼の下に花咲きにけり
正岡子規・竹乃里歌

山の背に　つゞきかゞやく吉野の町。屋根も　甍《イラカ》も　花の中なる
折口春洋・鵠が音

声なくて花やこずゑの高わらひ　立圃・そらつぶて

花の時は腕に生疵絶えなんだ　宗因・梅翁宗因発句集

これはこれはとばかり花の吉野山　貞室・一本草

花の顔に晴《はれ》うてしてや朧月　芭蕉・続山井

花に酔《ゑへ》り羽織着てかたな指《さ》す女　芭蕉・続深川集

花を愛すべし、其実猶《そのみなほ》くらひつべし　芭蕉・蓑虫説跋

花咲て七日鶴見る麓哉　芭蕉・ひとつ橋

何の木の花とはしらず匂《にほひ》哉　芭蕉・笈の小文

散りしあと咲ぬ先こそ花恋し　杉風・杉風句集

ひとり居て独物いふはなのもと　杉風・杉風句集

立枯の残り多さよ花の中　去来・去来発句集

花をまつ日数によごすころもかな　去来・去来発句集

花に風かろくきてふけ酒の泡　嵐雪・玄峰集

花咲《さい》て死《しに》とむないが病《やまひ》かな　来山・近世俳句俳文集

春死なば花に迷はん後の闇　許六・五老井発句集

花に鐘そこのきたまへ喧嘩買ひ　其角・五元集
泣てよむ短冊もあり花は夢　其角・五元集拾遺
又ひとつ花につれゆく命かな　鬼貫・鬼貫句選
樹の奥に滝も音して花や咲　鬼貫・俳諧七車
小畳の火燵ぬけてや花の下　丈草・丈草発句集
文台に扇ひらくや花の下　惟然・惟然坊句集
湖やこゝろはしりて四方の花　北枝・北枝発句集
しにゝ来てその二月《きさらぎ》の花の時　支考・笈日記
糠星もうへにくづるゝ花の空　浪化・浪化上人発句集
こちの花咲て隣に酔人かな　也有・蘿葉集
華の色や頭の雪もたとえもの　太祇・太祇句選
花を踏し草履も見えて朝寝哉　蕪村・蕪村句集
花にくれぬ我住む京に帰《なり》去来　蕪村・蕪村句集
花に並ぶ松風光る夜と成ぬ　闌更・半化坊発句集
焼火かと夕日の藪や花に鐘　召波・春泥発句集
四方の花に心さはがしき都かな　樗良・樗良発句集
ちるはちるは嵐に峰のはなのこゑ　暁台・暁台句集
百花咲てかなしび起るゆうべ哉　几董・井華集
花手折美人縛らん春ひと夜　几董・井華集
うす壁や鼠なく夜もはなの空　成美・成美家集
花さくや欲のうき世の片隅に　一茶・七番日記
花の世は地蔵ぼさつも親子哉　一茶・一茶発句集
にぎはしや竹には雀花に客　梅室・梅室家集
土器《かわらけ》に花のひつゝく神酒《おみき》哉　正岡子規・子規句集
花に暮れて由ある人にはぐれけり　夏目漱石・漱石全集

朝の雨花は一重ぞ哀れなる　内藤鳴雪・鳴雪句集
聖や賢や竹林に愚や花の春　河東碧梧桐・新俳句
袈裟《けさ》とりて主僧くつろぎ花の客　高浜虚子・六百五十句
能登言葉親しまれつゝ花の旅　高浜虚子・六百五十句
花の坂海現はれて凪ぎにけり　杉田久女・杉田久女句集

はなあざみ【花薊】

⇩薊の花（あざみのはな）［春］

§

石原やくねりしまゝの花あざみ　白雄・白雄句集

はないかだ【花筏】

ミズキ科の落葉低樹・自生。高さ二～三メートル。葉は楕円形。晩春から初夏に淡緑色の小花を開く。若葉と果実は食用となる。［和名由来］葉上に咲く花のさまを筏に見立てたもの。［同義］継子（ままこ）、山酸漿（やまほおずき）。［漢名］青莢菜。

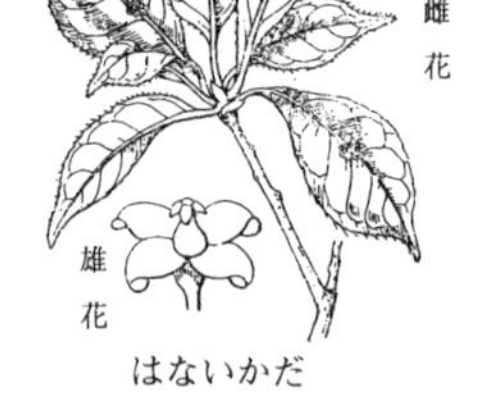

はないかだ

はなごろも【花衣】

花見時に着る女性の色彩豊かな衣装をいう。古義では、表が白で、裏が蘇芳色をした桜襲（さくらがさね）の色目をいった。また、江戸元禄の頃に、花見小袖といって華麗な色彩をほどこした小袖を、花見の幕に打ち掛けた風俗があるが、これも花衣ともいわれる。［同義］花見衣（はなみごろも）、

花の袖、花の袂（はなのたもと）。⇩花（はな）［春］、花見（はなみ）［春］

§

墨染もよしや飾らば花の袖　宗因・梅翁宗因発句集
きても見よ甚《じん》べが羽織花ごろも　芭蕉・貝おほひ
筏士や蓑をあらしの花衣　蕪村・蕪村句集
花衣ぬぐやまつはる紐いろいろ　杉田久女・ホトトギス

はなざかり【花盛】

花（特に桜の花）が盛んに咲く季節。また、花が咲きみだれること。⇩花（はな）［春］

§

山ざくらこずゑの風の寒ければ花のさかりになりぞわづらふ　藤原経忠・金葉和歌集
さきの日に見しやそならぬ花ざかり　宗因・梅翁宗因発句集
うち山や外様《とざま》しらずの花盛　芭蕉・大和順礼
花ざかり山は日ごろのあさぼらけ　芭蕉・小文庫
付まとふ内義の沙汰や花ざかり　太祇・太祇句選
落ちたるを拾ふ鳥なし花ざかり　蓼太・蓼太句選
観音で雨に逢ひけり花盛　正岡子規・子規句集
人に逢はず雨ふる山の花盛　夏目漱石・漱石全集

はなずおう【花蘇芳】

マメ科の落葉低樹・栽植。中国原産。高さ約三メートル。葉は光沢のある円状の心臓形。春、葉に先だって紅紫色の蝶形の花を密生して開く。花後、長楕円形の莢果を結ぶ。樹皮は「紫荊（しけい）」として利尿、解毒の薬用になる。［和名由来］紅紫の花の色が蘇芳染の色に似ているところから。［同義］蘇芳（すおう）、紫荊樹（しけいじゅ）、花紫（はなむらさき）、唐桑（からくわ）。

はなずおう

はなすみれ【花菫】

菫の花をいう。春、濃紫色の花を横向きに開く。⇩菫（すみれ）［春］

§

春雨《はるさめ》やされども笠《かさ》に花すみれ　園女・蕉門名家句集
打ちらす酒千変すはなすみれ　暁台・暁台句集
狼に夜はふまれてはなすみれ　成美・成美家集

はなだいこん【花大根】

大根の花。「はなおおね」ともいう。⇩大根の花（だいこんのはな）［春］

§

清正の木遣音頭や花大根　内藤鳴雪・鳴雪句集
末寺こそ心安からめ花大根　大谷句仏・懸葵
大原や日和さだまる花大根　飯田蛇笏・山廬集
花大根に蝶漆黒の翅をあげて　杉田久女・杉田久女句集
花大根黒猫鈴をもてあそぶ　川端茅舎・ホトトギス

はなちる【花散る】

⇩花（はな）［春］、落花（らっか）［春］

§

久方のひかりのどけき春の日にしづ心なく花のちるらむ
紀友則・古今和歌集二（春下）

芳野山やがて出でじとおもふ身を花ちりなばと人や待つらむ
西行・新古今和歌集一七（雑中）

中垣のとなりの花の散る見てもつらきは春のあらしなりけり
樋口一葉・一葉歌集

散る花をなむあみだ仏とゆふべかな　守武・真蹟
花散て又しづかなり園城寺　鬼貫・鬼貫句選
花ちりてよい古び也一心寺　来山・いまみや草
ちる花の雪の草鞋や二王門　太祇・太祇句選
花ちりて木間の寺となりにけり　蕪村・蕪村句集
ちる花や帯しめ直す石の上　巣兆・曾波可理
花ちるや日の入かたが往生寺　一茶・七番日記
花散つてきのふに遠き静心　村上鬼城・鬼城句集
人もなし花散る雨の館船　正岡子規・子規句集
田楽や花散る里に招かれて　夏目漱石・漱石全集
花散りて淋しきものを君に問はん　河東碧梧桐・新傾向（春）

はなつばき【花椿】

椿の花をいう。色は紅、白色など様々で、五弁花である。八重咲きのものもある。⇩椿（つばき）［春］

§

落ざまに水こぼしけり花椿　芭蕉・芭蕉句選
胡乱《うろん》なる川の片手や花椿　怒風・藪の井
飽きてたゞ鵯《ひよどり》の吸花つばき　白雄・白雄句集

はななずな【花薺】

⇩薺の花（なずなのはな）［春］

§

庵を出でし道の細さよ花薺　河東碧梧桐・春夏秋冬

はなぬすびと【花盗人】

「はなぬすっと」ともいう。花（特に桜）の美しさに惹かれて、その枝を盗み取る人。⇩花（はな）［春］

§

問たきは花盗人のこゝろかな　士朗・枇杷園句集
山の月花盗人をてらし給ふ　一茶・おらが春

はなのあと【花の跡】

花（特に桜）が咲いていた所をいう。⇩花（はな）［春］

§

散りにけりあはれ恨みの誰《たれ》なれば花のあと問ふ春の山風
寂蓮・新古今和歌集二（春下）

花の跡南へむけし杖の先　支考・蓮二吟集
たのむなり花の跡とふ竹の杖　成美・成美家集

はなのあめ【花の雨】

桜の花が咲く時期の雨をいう。桜の花に降る雨のこと。⇩花（はな）［春］

§

身におくも心のみのや花の雨　浪化・浪化上人発句集
花の雨おぼつかなくも暮にけり　蒼虬・蒼虬翁発句集

はなのあるじ【花の主】

桜の所有者。⇩花（はな）［春］

かり寝するいとまを花のあるじ哉　蕪村・蕪村句集
草臥てねにかへる花のあるじかな　蕪村・蕪村句集

はなのおく【花の奥】
➡花（はな）［春］　§
白妙に月夜烏や花の奥　丈草・丈草発句集
雲ばかり見るまで入ぬ花の奥　梅室・梅室家集

はなのか【花の香】
花（特に桜）の香り。➡花（はな）［春］　§
さ夜ふけて風や吹くらむ花の香のにほふ心地の空にするかな
藤原道信・千載和歌集一（春上）
花かをり月かすむ夜の手枕《たまくら》にみじかき夢ぞなほ別れゆく
冷泉為相・玉葉和歌集二（春下）
聞きおきし親の諌めと花の香は老いて身にこそしみまされけれ
与謝野礼厳・礼厳法師歌集
鐘消て花の香は撞《ツク》夕《ゆふべ》哉　芭蕉・都曲
花の香をぬすみてはしる嵐かな　宗鑑・けふの昔
花の香やむかしの袖に源氏雲　鬼貫・俳諧七車
花の香や嵯峨のともしび消《きゆ》る時　蕪村・蕪村句集
灯につくや花の香雨の音　梅室・梅室家集

はなのかげ【花の影・花の陰】
➡花（はな）［春］　§
いざ今日は春の山べにまじりなむ暮れなばなげの花の陰かは
素性・古今和歌集二（春下）
大堰河《おほゐがは》早瀬をくだす筏士ものどかに見ゆる花のかげかな
香川景樹・桂園一枝
見し花のかげ消えてゆく春山のゆふがすみこそ心ぼそけれ
樋口一葉・一葉歌集
花の陰謡《うたひ》に似たる旅ねかな　芭蕉・曠野
行くものは隔夜ばかりぞ花の陰　言水・俳諧五子稿
朝々暮々雲の夢みるや花の陰　惟中・俳諧三部抄
何くれと浮世をぬすむ花の陰　鬼貫・鬼貫句選
月光西にわたれば花影東に歩むかな　蕪村・四季文集
よきほどに花のかげある山路かな　士朗・枇杷園句集
雀来て障子にうごく花の影　夏目漱石・漱石全集

はなのかぜ【花の風】
➡花（はな）［春］　§
なつちかし其《その》口たばへ花の風　芭蕉・続山井
武士も見ながら散す花の風　鬼貫・鬼貫句選

はなのくも【花の雲】
咲き連なる桜の花を遠くから眺めると雲のように見えることをいう。➡花（はな）［春］　§
明くる夜の尾《を》の上《へ》に色あらはれて霞にあまる花の横雲
慈道親王集（慈道法親王の私家集）
花の雲鐘は上野か浅草歟《か》　芭蕉・続虚栗

観音のいらかみやりつ花の雲　芭蕉・末若葉
普化去りぬ匂ひ残りて花の雲　嵐雪・玄峰集
仁和寺やあしもとよりぞ花の雲　召波・春泥発句集

はなのちり【花の塵】
地面に散っている花びら、特に桜の花びらをいう。⬇花（はな）［春］
§
額にて掃や三笠の花の塵　桃隣・古太白堂句選
踏ところ草鞋にかゝるはなの塵　成美・成美家集

はなのてら【花の寺】
桜が咲いている寺。⬇花（はな）［春］
§
無掃除の日を来て見たし寺の花　也有・蘿葉集
花の寺黒き仏の尊さよ　夏目漱石・漱石全集
花の寺登つて海を見しばかり　杉田久女・杉田久女句集

はなのとも【花の友】
花見をする仲間。⬇花（はな）［春］、花見（はなみ）［春］
§
浄瑠璃も語り出しかの花の友　宗因・梅翁宗因発句集
木の空の天狗も今は花の友　去来・去来発句集
笠松に舞もどりけり花の友　丈草・丈草発句集

はなのにわ【花の庭】
花（特に桜）の咲いている庭。⬇花（はな）［春］
§
西行の菴《いほり》もあらん花の庭　芭蕉・泊船集

はなのやど【花の宿】
花（特に桜）の咲いている家、または花の咲いている宿。⬇花（はな）［春］
§
かり出すとはや横に寝た花の宿　宗因・梅翁宗因発句集

はなのやま【花の山】
⬇花（はな）［春］
§
富士を見ぬ歌人もあらん花の山　嵐雪・玄峰集
あしおもや爪あかりなる花の山　嵐雪・玄峰集
帰るさに松風きゝぬ花の山　巣兆・曾波可理
花の山飯買ふ家はかすむ也　一茶・旅日記

はなのゆき【花の雪】
散り落ちる桜の花びらを雪にたとえたことば。⬇花（はな）［春］、花吹雪（はなふぶき）［春］
§
またや見む交野のみ野の桜がり花の雪散る春のあけぼの　藤原俊成・新古今和歌集二（春下）
逢坂は関の跡なりはなの雪　嵐雪・玄峰集
大仏膝うづむらん花の雪　其角・五元集拾遺

はなふぶき【花吹雪】
たくさんの花びらが吹雪のように舞い散る様子。⬇花（はな）［春］、花の雪（はなのゆき）［春］
§
雪ならば幾度袖をはらはまし花の吹雪の志賀の山越

謡曲「志賀」
花吹雪泥わらんぢで通りけり　一茶・一茶句帖
蓑笠や花の吹雪の渡し守　正岡子規・子規句集
世を忍ぶ男姿や花吹雪　夏目漱石・漱石全集
花吹雪滝つ岩ねのかゞやきぬ　川端茅舎・川端茅舎句集

はなみ【花見】
花を見て楽しむこと。特に桜の花を観賞すること。［同義］観桜（かんおう）、花巡り（はなめぐり）、花の旅、花逍遥（はなしょうよう）。⬇桜狩（さくらがり）［春］、花筵（はなむしろ）［春］、花の友（はなのとも）［春］、梅見（うめみ）［春］、花衣（はなごろも）［春］、花見酒（はなみざけ）［春］、藤見（ふじみ）［春］

はなみ［絵本和歌浦］

§
京は九万九千くんじゅの花見哉　芭蕉・詞林金玉集
菜畠に花見顔なる雀哉　芭蕉・泊船集
花見にとさす船おそし柳原　芭蕉・蕉翁句集
くさまくらまことの華見しても来よ　芭蕉・茶のさうし
知る人にあはじあはじと花見哉　去来・去来発句集
酒を妻妻を妾の花見かな　其角・五元集
骸骨のうへを粧て花見かな　鬼貫・鬼貫句選
落こむや花見の中のとまり鳥　丈草・丈草発句集
順礼も花見の数に紀三井寺　野坡・蝶すがた
麓から花見土産や坊が母　支考・蓮二吟集
道くさに蝶も寝させぬ花見かな　千代女・千代尼発句集
半ば来て雨にねれいる花見哉　太祇・太祇句選
傾城は後の世かけて花見哉　蕪村・蕪村句集
定りの花見の日あり家の風　召波・春泥発句集
筏士の嵯峨に花見る命かな　几董・井華集
重箱に鯛おしまげてはな見哉　成美・成美家集
江戸声や花見の果の喧嘩買ひ　一茶・九番日記
まぼろしを誘ふてけふの花見かな　梅室・梅室家集
仰向て深編笠の花見哉　夏目漱石・漱石全集
お茶古びし花見の縁も代替り　杉田久女・杉田久女句集

はなみざけ【花見酒】
花見をしながら飲む酒。⬇花（はな）［春］、花見（はなみ）［春］
§
武蔵野やつよう出てきた花見酒　宗因・梅翁宗因発句集
平樽や手なく生るゝ花見酒　西鶴・西鶴俳諧大句数

はなむしろ【花筵】
花見のために敷く筵。⬇花見（はなみ）［春］
§
片尻は岩にかけたり花むしろ　丈草・丈草発句集

小言いふ相手もあらば花筵　一茶・九番日記

はなもり【花守】

花（特に桜）の番人。⇩花（はな）［春］

§

一里《ひとさと》はみな花守の子孫かや　芭蕉・猿蓑

花守や人の嵐は昼ばかり　千代女・千代尼発句集

花守のあづかり船や岸の月　太祇・太祇句選

花守や夜は汝が八重桜　一茶・発句題叢

はなりんご【花林檎】

⇩林檎の花（りんごのはな）［春］

§

面つゝむ津軽《つがる》をとめや花林檎《はなりんご》　高浜虚子・五百五十句

はなをおしむ【花を惜しむ】

⇩花（はな）［春］

§

さくら色にわが身はふかくなりぬらむ心にしめて花を惜しめば　よみ人しらず・拾遺和歌集一（春）

身にかへてあやなく花を惜しむかな生けらば後《のち》の春もこそあれ　藤原長能・拾遺和歌集一（春）

ははこぐさ【母子草】

キク科の多年草・自生。高さ一〇～三〇センチ。春の七草の一つで「御形（おぎょう・ごぎょう）」ともいう。葉はへら形で線状。葉・茎とも白毛に覆われる。春から夏に黄色の花を開く。古歌では、三月三日の「ははこ餅」をつくるために摘む草として詠まれることが多い。［和名由来］諸説あり。頭花の冠毛がほほけ立つ意の「ハハケル」より。また、葉も白毛に覆われており、「葉白草（ハアカグサ）」よりとも。［同義］母子（ほうこ）、御形蓬（ごぎょうよもぎ）、女郎艾（じょろうよもぎ）、餅草（もちぐさ）、餅花（もちばな）。［漢名］鼠麹草。⇩父子草（ちちこぐさ）［春］、御形（おぎょう）［新年］、草餅（くさもち）［春］

ははこぐさ

§

ははこ摘むやよひの月になりぬればひらけぬらしな我が宿の桃　曾丹集（曾祢好忠の私家集）

花の里心も知らず春の野にいろいろ摘めるははこもちひぞ　和泉式部集（和泉式部の私家集）

ははこ摘むをとめが袖はゆふあいだくれ霞にのみぞたなびきにける　林葉和歌集（俊恵の私家集）

手をゝれはけふそやよひのみかの原わきてはゝこの草やつまゝし　上田秋成・寛政九年詠歌集等

ちゝこ草はゝ子ぐさおふる野辺に来てむかし恋しく思ひける哉　香川景樹・桂園一枝

白妙にかははははこの咲きつづく釜無川に日は暮れむとす　長塚節・羇旅雑咏

麦つくる安房のかや野の松蔭に鼠麹草の花はなつかしみ見つ　長塚節・房州行

七草の屑にえらる、母子哉　梅室・梅室家集

はまだいこんのはな【浜大根の花】

野生化した大根。海岸砂地に自生。高さ三〇～六〇センチ。野菜の大根に比べて根生葉の羽片が少ない。花は濃紫色で四月頃に咲く。若芽と根は食用となる。

§

いたるところ浜大根《はまだいこん》の白き花渚に波のごとく吹かるる　佐藤佐太郎・星宿

はまにがな【浜苦菜】

キク科の多年草。海浜に自生。根茎は砂中を這う。夏、黄色の苦菜に似た花を開く。[同義] 浜銀杏（はまいちょう）。

§

浜苦菜ひたさく磯を過ぎ来ればかち布刈り積み藁きせて置く　長塚節・房州行

はまにがな

はまぼうふう【浜防風】

セリ科の多年草。海浜に自生。高さ一〇～四〇センチ。葉は互生、肉厚で光沢がある。秋、五弁の白色の小花を開く。花後、円形の実を密につけ、熟してコルク質となり、飛散する。香気ある若芽は食用。刺身のつまや酢の物などになる。[同義] 八百屋防風（やおやぼうふう）、伊勢防風（いせぼうふう）。⇩防風（ぼうふう）[春]

はまぼうふう

ばりん【馬藺・馬棟】

⇩捩菖蒲（ねじあやめ）[春]

§

道の辺にめぐむ緑はもも草のさきがけすらん馬藺なりけり　森鷗外・うた日記

むらさきの馬藺しをれぬ常夏のこき紅よとこしへにさけ　森鷗外・うた日記

瞑目す畦の馬棟《ばりん》の花のもと　森鷗外・うた日記

はるのくさ【春の草】

春になって萌え出す様々な草をいう。[同義] 春草（しゅんそう）、芳草（ほうそう）。⇩草芳し（くさかぐわし）[春]、草（くさ）[四季]

§

鞭拍手《むちびゃうし》やうやう慣れて南国の牧場の春の草に歌よき　山川登美子・山川登美子歌集

白珠《しらたま》の石にまじりて土著《つ》くを同じやうに春草は巻く　岡稲里・早春

ひるまへの雨気《あまげ》の空はやや明《あか》う、をさなき春の草に微風す　岡稲里・早春

木曾の情《じやう》雪や生《はえ》ぬく春の草　芭蕉・芭蕉庵小文庫

春草の姿持たる裾野かな　鬼貫・鬼貫句選

刈ほどはなし摘程の春の草　也有・蘿葉集

里の子や髪に結なす春の草　太祇・太祇句選

ふうはりと鷺は来にけり春のくさ　士朗・枇杷園句集
はるの草心さぶさを抱きけり　成美・成美家集
春草にそつと置たし我いほり　乙二・斧の柄
春の草ふむも命の薬かな　梅室・梅室家集

はるのたけのこ【春の筍】
春に出る筍をいう。［同義］春笋（しゅんじゅん）。⬇筍（たけのこ）［夏］

はるのの【春の野】
草が萌え出し、花が咲く、のどやかな春の季節の野をいう。⬇若草野（わかくさの）［春］

§

起ふしに眺る春の野山かな　蘭更・半化坊発句集
春の野や何に人行き人帰る　正岡子規・子規句集

パンジー【pansy】
⬇三色菫（さんしきすみれ）［春］

はんのきのはな【榛木の花】
カバノキ科の落葉高樹、榛木の花。榛木は「はり」「はりのき」ともいう。高さ一五〜二〇メートル。早春、葉に先だって暗紫褐色の花を開く。花後、松かさ状の小果実を結ぶ。花［〈榛木〉同義］禿縛（はげしばり）、夜叉（やしゃ）。［花言］不屈、剛毅・剛気。⬇榛木（はんのき）［四季］

はんのき

§

つくばねに雪積むみれば榛《はり》の木の梢寒けし花は咲けども　長塚節・榛の木の花
おほどかに春はあれども揺り動く榛が花にも満ち足らひたり　長塚節・早春の歌
冴《ざ》えしづみ身《み》ぬちにひびく寒きゆふ榛《はん》のつぼみははつか垂れたり　土屋文明・放水路
植込の冬木あかるく日にてりて一本榛《はん》の花芽ふく見ゆ　土田耕平・一塊
春はや木の芽ゆるむにさきだちて榛《はん》の木の花青みたるらし　土田耕平・青杉

「ひ」

ひがんざくら【彼岸桜】
バラ科の落葉樹・栽植。高さ約五メートル。葉は楕円形で縁は鋸歯状。春の彼岸の頃、葉に先だって淡紅色の花を開く。花後、広楕円形の紫黒色の小果を結ぶ。⬇桜（さくら）［春］

ひがんざくら

§

わが庭の彼岸ざくらは順礼のむすめの如し風吹けば泣く　与謝野晶子・火の鳥

明日からは彼岸桜を待つこゝろ　杉風・続別座敷

山寺や彼岸桜に畳替　村上鬼城・鬼城句集

尼寺や彼岸桜は散りやすき　夏目漱石・漱石全集

ひじき【鹿尾菜・羊栖菜】

ホンダワラ科の褐藻。海中では黄褐色。乾燥すると黒褐色となる。若い間に採取して食用とする。[同義] 鹿尾草（ろくびそう）。

ひじき

ひとえざくら【一重桜】

花びらが重なっていない桜。単弁の桜の花。➡桜（さくら）[春]、八重桜（やえざくら）[春]

§

知恩院の一重桜は咲にけり　信徳・新式大成

春三日よしの、桜一重なり　夏目漱石・漱石全集

ひとりしずか【一人静】

センリョウ科の多年草・自生。高さ一五〜三〇センチ。春、四葉の上に白色の細花を穂状につける。根は「及已」として頭瘡などの薬用になる。

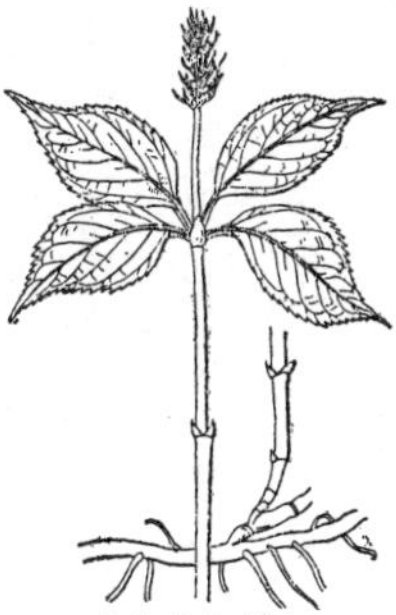

ひとりしずか

[和名由来] 花穂が一本であるため。源義経の愛妾・静御前の名に因む。[同義] 吉野静（よしのしずか）、眉掃草（まゆはきそう）。[漢名] 及已。➡二人静（ふたりしずか）[春]

ひなぎく【雛菊】

キク科の多年草・栽培。ヨーロッパ原産。デージー（daisy）に同じ。高さ一〇〜二〇センチ。春に白・帯紅色の花を開く。イタリアの国花。[和名由来] 花の可憐なさまを雛にたとえたもの。[同義] 長命菊（ちょうめいぎく）、延命菊（えんめいぎく）。—花期が長いところからの名。[花言] 平和、無邪気。

ひなぎく

ひめうず【姫烏頭】

キンポウゲ科の多年草・自生。高さ一五〜三〇センチ。茎より三小葉の根生葉をだす。晩春、下向きの白紅色の花を開く。花後、熟して球形の実を結ぶ。根は中風などの薬用となる。[同義] 蜻蛉草（とんぼぐさ）。[漢名] 天葵。

§

ひめうず［草木図説］

ひめうづの早き芽《め》集めつつ思ふ一人《ひとり》ぐらゐは仕合《しあはせ》になる人なきか
土屋文明・ゆづる葉の下

ひめつげ【姫黄楊】
黄楊の一品種。自生・栽植。［同義］草黄楊（くさつげ）。
⇩黄楊の花（つげのはな）［春］

ひもも【緋桃】
花の色が緋色の桃。⇩桃の花（もものはな）［春］

§

花売女かどの柳の緑分けて緋桃もて這入る雛まつる朝
青山霞村・池塘集

ヒヤシンス【hyacinth】
ユリ科の多年草・栽培。地中海沿岸原産。江戸後期から明治前期に渡来。春に、青・紫・紅・黄・白色など種々の色の花を総状に開く。［同義］風信子（ふうしんし）、錦百合（にしきゆり）、唐水仙（とうずいせん）。［花言］スポーツ・ゲーム（英）、悲しい愛情（仏）。

§

ヒヤシンス日なたにおけば花びらの乳の如くも和らぎにける
武山英子・武山英子歌選二

二階より君とならびて肩ふれて見下《みおろ》す庭のヒヤシンスかな
木下利玄・銀

水盤の水にひたれるヒヤシンスほのかに咲きて物思はする
北原白秋・桐の花

ヒヤシンス薄紫に咲きにけりはじめて心顫《ふる》ひそめし日
北原白秋・桐の花

花壇の隅に、ヒヤシンスの芽が青し。三月となれり。泣くにも泣かれず。
土岐善麿・不平なく

片恋のわが世さみしくヒヤシンスうすむらさきににほひそめけり
芥川龍之介・紫天鵞絨

春雪の周囲は解けてヒアシンス
篠原温亭・ホトトギス

びんろうじゅのはな【檳榔樹の花】
ヤシ科の常緑樹・栽培。高さ一〇～二五メートル。幹の頂に大形で羽状の複葉をだし、肉穂花を多数つける。［和名由来］漢名「檳榔」より。［漢名］檳榔。

§

びんろうじゅ

檳榔の高樹の花の咲き垂れて広野のなかに香のふかきかも
丸山芳良・旋檀

「ふ」

ふきのとう【蕗の薹】
早春に蕗の根茎からでる淡緑色の花軸をいう。ほろ苦い風味が好まれ、浸し物や天ぷらの食材となる。また、乾燥させて去痰・鎮咳の薬用となる。[同義] 蕗の塔、蕗の芽(ふきのめ)、蕗子(ふきのこ)、蕗玉(ふきのたま)、蕗坊主(ふきぼうず)。[漢名] 款冬花。➡蕗(ふき)[夏]、蕗の花(ふきのはな)[春]、蕗の芽(ふきのめ)[春]、蕗味噌(ふきみそ[春]、蕗の葉(ふきのは)[夏]

§

酔顔に外に出れは裏戸べの夕日さやけく蕗の塔青し　伊藤左千夫・伊藤左千夫全短歌

雪の下の蕗のたうを掘るあら土の匂ひ高しもその雪の上に　平福百穂・寒竹

蕗の薹《たう》いくつも萌ゆとうづくまり物疎《ものうと》くなりし妻がをさなき　宇都野研・宇都野研全集

来て見れば雪消《ゆきげ》の川べしろがねの柳ふふめり蕗《ふき》の薹《たう》も咲けり　斎藤茂吉・赤光

春なれやほろにがき香《か》もここちよき蕗の薹切る包丁のおと　岡稲里・早春

ふきのとう［七十二候名花画帖］

庭の上に一つ萌えたる蕗の臺わが知らぬ間に妻が摘みける　半田良平・幸木

蕗《ふき》の薹《たう》踏まれし石炭殻の路《みち》のへに蕗《ふき》の葉若々しく萌えいでにけり　土屋文明・放水路

蕗の薹萌ゆべくなりて日脚《ひあし》伸ぶわが子にやさしき国の季節ぞ　宮柊二・晩夏

にがにがしいつまであらしふきのたう　宗鑑・卯辰集

蕗の塔や一夜どまりの留守の垣　野水・はしらごよみ

駒とめて雪見る僧に蕗のたう　其角・五元集

竹の香や柳を尋ね蕗のたう　其角・五元集

蕗の臺にと思ふも悲し深草寺　其角・五元集拾遺

花活に二寸短し富貴の臺　太祇・太祇句選

莟《つぼみ》とはなれもしらずよ蕗のとう　蕪村・蕪村句集

梅生てねじめに折やふきのたう　召波・春泥発句集

苦き手の其人ゆかし蕗のとう　召波・春泥発句集

藪かげに延過しけり蕗の臺　闌更・半化坊発句集

鹿みちや韮に交りて蕗の臺　白雄・白雄句集

煎蠣に咲や此花蕗のとう　几董・井華集

春の寒さたとへば蕗の苦《にが》みかな　成美・成美家集

夕かげやをるほどになる蕗の臺　道彦・蔦本集

蕗の臺二寸の天にたけにけり　村上鬼城・鬼城句集

蕗の臺福寿草にも似たりけり　正岡子規・子規句集

蕗の臺の舌を逃げゆくにがさかな　高浜虚子・五百句

夙《と》くくれし志やな蕗《ふき》の薹《とう》　高浜虚子・五百句

蕗《ふき》の薹《とう》の舌を逃げゆくにがさかな　高浜虚子・五百句

青き色地に点じたる蕗《ふき》の薹《とう》　高浜虚子・七百五十句
山ふかく蕗のとうなら咲いてゐる　種田山頭火・草木塔
ほろにがさもふるさとの蕗のとう　種田山頭火・草木塔
甦る春の地霊や蕗の薹　杉田久女・杉田久女句集
ほろ苦き恋の味なり蕗の薹　杉田久女・杉田久女句集
蕗の薹出て荒れにけり牡丹園　加藤楸邨・寒雷

ふきのはな【蕗の花】

キク科の多年草の蕗の花。春、葉に先だって根茎から花軸（蕗の薹）をだし、多くの小花を集めた球状の頭花を開く。⬇蕗（ふき）[夏]、蕗の薹（ふきのとう）[春]

§

蕗の花うゑし小鉢のかたはらに取りみだしたる俳書歌書字書　正岡子規・子規歌集
押て見る山の乾きや蕗の花　野坡・天上守

ふきのめ【蕗の芽】

キク科の多年草の蕗の芽。⬇蕗の薹（ふきのとう）[春]

§

蕗の芽や梅を尋る一つゞき　浪化・白扇集

ふきみそ【蕗味噌】

すりつぶした蕗の薹を味噌とまぜ合わせ、砂糖や味醂で味つけしたものをいう。ほろ苦く風味がある。⬇蕗の薹（ふきのとう）[春]

§

蕗味噌や代替りなる寺の厨　杉田久女・杉田久女句集

ふじ【藤】

マメ科の蔓性落葉低樹。自生・栽培。蔓は右巻。蔓は成長し、木質化して大きく育つ。羽状複葉。晩春から初夏に、白色・淡紫色の蝶形の花を多数つけた花穂を垂れる。花後、長楕円形の莢を結ぶ。[和名由来] 諸説あり。漢名「柴藤」の略。「房垂花（フサタリハナ）」の意など。[同義] 紫草（むらさきぐさ）、二季草（ふたきぐさ）、松見草（まつみぐさ）、松菜草（まつなぐさ）。⬇白藤（しらふじ）[春]、藤棚（ふじだな）[春]、藤浪（ふじなみ）[春]、藤の花（ふじのはな）[春]、藤見（ふじみ）[春]、山藤（やまふじ）[春]、夏藤（なつふじ）[夏]、藤の実（ふじのみ）[秋]

ふじ

§

恋しけば形見にせむと我がやどに植ゑし藤波今咲きにけり　山部赤人・万葉集八
春日野の藤は散りにて何をかも御狩りの人の折りてかざさむ　作者不詳・万葉集一〇
ぬるるさへうれしかりけり春雨に色ます藤のしづくと思へば　源顕仲・金葉和歌集一（春）
咲きそむる若紫の藤波は千歳を松の花にざりける　宜秋門院丹後・新続古今和歌集七（賀）

藤さけるしきなが浜に風ふけば御船によする紫の浪　正岡子規・子規歌集
むらさきの雲かと見しは谷かげの松にかゝれる藤にぞ有ける　樋口一葉・緑雨筆録「一葉家集」
ひそやかに咲きひそやかに散るものかこの深渓《ふかだに》に藤は木《こ》ごもり　佐佐木信綱・山と水と
梅雨ちかき曇りとなりぬ温泉の山の藤の稚蔓《わかづる》道にのび居り　島木赤彦・氷魚
むらさきの蝶《てふ》夜《よ》の夢に飛びかひぬふるさとにちる藤の見えけん　与謝野晶子・常夏
帰らむと木かげ出づればとなりの樹かなしや藤の咲きさがりたる　若山牧水・死か芸術か
ひと鉢を藤は老木の片寄りに房しだれたり空しき椅子に　北原白秋・黒檜
咲きほぐれし藤の花房おのづから真すぐに垂りて静かなるかも　三ケ島葭子・三ケ島葭子歌集
鳶の羽にひるまぬ藤や木の間より　桃隣・古太白堂句選
成仏の花の色香や夏のふじ　杉風・杉風句集
いづれとも雨のしほがま雨の藤　来山・いまみや草
藤咲て鰹くふ日をかぞへけり　其角・五元集
池のふねへ藤こぼるゝや此夕べ　太祇・太祇句選
人なき日藤に培ふ法師かな　蕪村・蕪村句集
山寺や一日ふぢの影ぼうし　蓼太・蓼太句集
藤さくや人もすさめず谷の寮　白雄・白雄句集
藤咲いてゆらつく橋のすがたかな　巣兆・曾波可理

藤さくや木辻の君が夕粧《けは》ひ　一茶・七番日記
木の末をたわめて藤の下りけり　正岡子規・子規句集
低き木に藤咲いて居る山路かな　河東碧梧桐・新俳句
ぞんぶんに水のんで去る藤の花　種田山頭火（昭和十一年）
針もてばねむたきまぶた藤の雨　杉田久女・杉田久女句集
藤垂れてわが誕生日むらさきに　山口青邨・雪国

ふじだな【藤棚】

藤の蔓をのぼらせて、花の房が垂れ下がって咲くように作った棚をいう。§ ➡藤（ふじ）［春］

藤棚に春の夕日のかぎろひて小池にゆらぐ花房のかげ　服部躬治・迦具土
藤棚や場をとる琴の乗セ所　桃隣・古太白堂句選
棚せずば家とられよぞ藤の花　梅室・梅室家集
藤棚《ふぢだな》を落ち来て日あり二ところ　村上鬼城・鬼城句集
藤棚や雨《あめ》に紫末濃《むらさきすそご》なる　泉鏡花・鏡花全集

ふじな【藤菜】

蒲公英のこと。§ ➡蒲公英（たんぽぽ）［春］

花ちれるふぢながくきをすゝひわのいたはめつゝもその実はむしも　田安宗武・悠然院様御詠草

ふじなみ【藤浪】

藤の花房が揺れて、波のように見えるようすをいうことば。

➡藤（ふじ）［春］

藤波の花は盛りになりにけり奈良の都を思ほすや君
大伴四綱・万葉集三
§
かくしてぞ人は死ぬといふ藤波のただ一目のみ見し人ゆゑに
作者不詳・万葉集一二
多祜《たこ》の浦の底さへにほふ藤波を挿頭《かざ》して行かむ見ぬ人のため
内蔵忌寸縄麿・万葉集一九
我が宿の池の藤波咲きにけり山ほととぎすいつか来鳴かむ
よみ人しらず・古今和歌集三（夏）
住の江の松の緑も紫の色にてかくる岸の藤波
よみ人しらず・後拾遺和歌集二（春下）
春夏の中にかかれる藤波のいかなる岸に花はよすらん
重之集（源重之の私家集）
立ちかへり見てを渡らんおほゐ河川辺の松にかかる藤波
金槐和歌集（源実朝の私家集）
この宮のみ坂に見れば藤なみの花のさかりになりにけるかも
大愚良寛・良寛歌評釈
わぎもこが額がみゆふ元結《もとゆひ》のこむらさきなるふぢなみの花
香川景樹・桂園一枝拾遺
あら山のいはほまきいで、いさましきかづらにもにぬ藤なみのはな
大隈言道・草径集
池水は濁りに丶ごり藤浪の影もうつらず雨ふりしきる
伊藤左千夫・伊藤左千夫全短歌
早川の井手越す波の白ゆふと色相てらす藤浪の花。
伊藤左千夫・伊藤左千夫全短歌

公達がうたげの庭の藤波を折りてかざさば地に垂れんかも
正岡子規・子規歌集
下露もゆかりの色とみゆる哉春雨か丶るふじなみのはな
樋口一葉・緑雨筆録「一葉歌集」
藤波の影さす背戸の川水によどめる春もくれてこそ行け
太田水穂・つゆ草
谷川の音さやかなり高木より咲きて垂りたる藤波の花
島木赤彦・柿蔭集
藤浪の花は長しと君はいふ夜の色いよよ深くなりつつ
斎藤茂吉・つゆじも
我が眼には黒きのみなる藤浪の散りかつ散りぬけ長き房を
北原白秋・黒檜
老杉《おいすぎ》にか丶る藤浪百花《ももはな》の匂ひににほへり風なき春日
木下利玄・一路
み冬より病みたる我も今日の朝の藤なみの花を見ればうれしも
中村憲吉・しがらみ
野田越て北の藤なみ寺の松　来山・続いま宮草
藤浪や峰吹きおろす松の風　村上鬼城・鬼城句集
裏山に藤波かかるお寺かな　高浜虚子・五百句
藤浪の松より竹へ清閑寺　川端茅舎・川端茅舎句集

ふじのはな【藤の花】
マメ科の蔓性落葉低樹の藤の花。➡藤（ふじ）［春］
§
夏にこそ咲きかかりけれ藤の花松にとのみも思ひけるかな
源重之・拾遺和歌集二（夏）

九重に咲けるを見れば藤の花濃き紫の雲ぞ立ちぬる
藤原祐家・千載和歌集二（春下）

しづかなる庵にかかる藤の花待ちつる雲の色かとぞ見る
式子内親王・玄玉和歌集六（草樹上）

藤の花雲にまがひて散る下に雨そほ降れる夕暮の空
藤原俊成・夫木和歌抄六

たそかれのたづたづしさに藤の花折りまよふ空に春雨の空
後鳥羽院御集（後鳥羽院の私家集）

まとゐしていづれ久しと藤の花かかれる松のすゑの世を見ん
うつほ物語（吹上・上）

行《ゆき》ゆきてつかれやすむとこし吾は藤の花見む人と成けり
田安宗武・悠然院様御詠草

ふちの花咲にけらしな紫の袖ゆたかなる衣手の森
上田秋成・秋成詠草

紫の藤の名はうれし玉の緒にかけてかなしき人の名故に
伊藤左千夫・伊藤左千夫全短歌

瓶にさす藤の花ぶさみじかければたたみの上にとどかざりけり
正岡子規・子規歌集

藤若葉をぐらきまでにさし覆ひふた房咲けり白藤の花
宇都野研・木群

愁《うれ》ひつつ去《い》にし子ゆゑに藤のはな揺《ゆ》る光さへ悲しきものを
斎藤茂吉・赤光

紫の藤の花をばさと分くる風ここちよき朝ぼらけかな
与謝野晶子・火の鳥

渓あひにさしこもりたる朝の日の蒼みかがやき藤の花咲けり
若山牧水・くろ土

春日野の瑠璃空の下《もと》杉が枝にむらさき妙《たへ》なり藤の垂り花
木下利玄・一路

風やある咲き重《おも》りたる紫の藤のもろふさおもむろにゆるる
三ケ島葭子・三ケ島葭子歌集

風かよふ棚一隅《いちぐう》に房花《ふさばな》の藤揉み合へばむらさきの闇
宮柊二・藤棚の下の小室

草臥《くたびれ》て宿かる比《ころ》や藤の花　芭蕉・猿蓑
みのむしのさがりはじめつ藤の花　去来・北の山
影移る松のみどりや藤の花　杉風・杉風句集
藤の花さすや茶摘のになひ籠　許六・五老井発句集
藤の花たゞうつぶいて別哉　越人・類題発句集
あぐらかく岩から下や藤の花　丈草・丈草発句集
あそびたい心のなりや藤の花　千代女・千代尼発句集
藤の花あやしき夫婦休みけり　蕪村・新五子稿
立さればまだ日は高し藤の花　蓼太・蓼太句集
藤の花本妻尼になりすます　夏目漱石・漱石全集
間道《かんどう》の藤多き辺《へ》へ出《い》でたりし　高浜虚子・五百句
藤房《ふじぶさ》の垂《た》れて小暗《おぐら》き産屋《うぶや》かな　高浜虚子・六百句
藤の花軒ばの苔の老いにけり　芥川龍之介・発句

ふじみ【藤見】

［春］

藤の花を観賞すること。⇩藤（ふじ）［春］、花見（はなみ）［春］

§

藤を見て戻る山路やつゞらをり　正平・鷹筑波集

ふたりしずか【二人静】

センリョウ科の多年草・自生。高さ約三〇センチ。楕円形の葉を対生する。初夏、茎先に穂状花序をだし、白色の細花をつける。[和名由来] 花穂を二本つけるため。また、謡曲の「二人静」にちなんだものと。花穂を静御前の長刀に見立てたとも。[同義] 早乙女花・早少女花（さおとめばな）、狐草（きつねぐさ）。⇩一人静（ひとりしずか）[春]

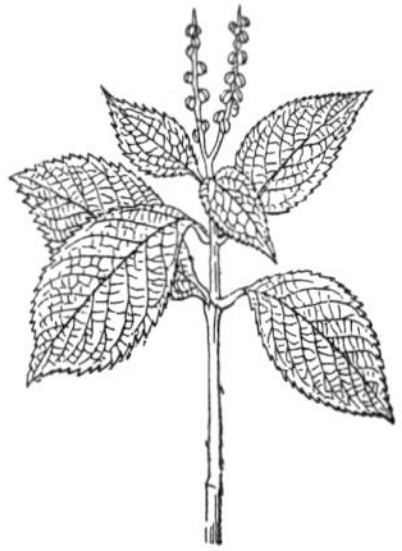
ふたりしずか

§

雑草の二人《ふたり》しづかは悲しけれ一つ咲くより花咲かぬより
与謝野晶子・太陽と薔薇

フリージア【freesia】

[花言] 無邪気、純情。⇩浅黄水仙（あさぎずいせん）[春]

§

いそがしきわれの机のすみに置かれ咲きてひさしきフリジアの花
若山牧水・くろ土

たまはりてけふわが見つる鉢植のフリジヤの花は葉さへすがしく
三ケ島葭子・三ケ島葭子歌集

ぶんごうめのはな【豊後梅の花】

バラ科の落葉高樹で梅の一品種の豊後梅の花。春、薄紅・白色の大形の八重花を開く。俳句では花をもって春の季語となり、実をもって夏の季語となる。⇩豊後梅（ぶんごうめ）[夏]

「へ〜ほ」

へびいちごのはな【蛇苺の花】

蛇苺はバラ科の多年草。春、五弁の黄色の小花を開く。⇩苺の花（いちごのはな）[春]、蛇苺（へびいちご）[夏]

ぺんぺんぐさ【ぺんぺん草】

薺の別称。莢の形が三味線の撥に似ているところからついた名。⇩薺（なずな）[新年]、薺の花（なずなのはな）[春]、三味線草（しゃみせんぐさ）[春]

§

わが子らとかくて今日歩む垣根みちぺんぺん草の花さきにけり
古泉千樫・青牛集

猫のゐてぺんぺん草を食みにけり　村上鬼城・鬼城句集

ひつそりかんとしてぺんぺん草の花ざかり
種田山頭火・草木塔

ぼうふう【防風】

浜防風のこと。セリ科の多年草。[同義] 浜大根（はまおおね）。⇩浜防風（はまぼうふう）[春]

§

暑がりて来りし浜に防風のはびこりし葉は衰へむとす　土屋文明・山谷集
防風ゆるく吹て青酢漸売り　杉風・杉風句集
ふるさとに防風摘みにと来し吾《われ》ぞ　高浜虚子・六百句
うちあげし藻屑がくれの防風かな　楠目橙黄子・続ホトトギス

ほうれんそう【菠薐草】

アカザ科の一～二年草・栽培。高さ三〇～六〇センチ。葉は長三角形で基部は羽状に分裂。葉・茎を食用とする。夏に穂状の花序をつくり黄緑色の小花を開く。[同義] 法蓮草・鳳蓮草（ほうれんそう）、赤根菜（せきこんさい）。[漢名] 菠薐、菠菜。

ほうれんそう

ぼけのはな【木瓜の花】

バラ科の落葉低樹・栽植。中国原産。高さ一～二メートル。幹は滑らかで枝には棘がある。葉は楕円形で縁は細かい鋸歯状。春に紅色、白色の五弁花を開く。秋に林檎に似た果実を結ぶ。[和名由来]「木瓜」の字音の「ボクカ・モクカ・モッカ」よりと。[同義] 唐木瓜（からぼけ）、緋木瓜（ひぼけ）、白木瓜（しろぼけ）、更紗木瓜（さらさぼけ）、蜀木瓜（しょくぼけ）、日光草（にっこうそう）、上元紅（じょうげんこう）。[漢名] 貼梗海棠、鉄脚梨。[花言] 熱情。⬇木瓜の実（ぼけのみ）[秋]、寒木瓜（かんぼけ）[冬]

ぼけ

§

軒の端のぼけのさび枝に返り花一つ咲けるも紅の花　伊藤左千夫・伊藤左千夫全短歌
木瓜の木は花さき満ちて葉もしげり此頃庭の雨おほみかも　長塚節・春季雑咏
返り咲ける木瓜のくれなゐ枯草の根がたの土につきて咲きたる　若山牧水・黒松
照りとゞまる春の日輪庭の奥に緋木瓜の花の熱《ほてり》に倦《う》める　木下利玄・紅玉
花木瓜のふくらむいろよしましあれ豊かなる夏の光にゆかむ　土田耕平・一塊
紬きる客に取つけ木瓜の花　許六・五老井発句集
水玉やつゝじに移る木瓜の花　野紅・麻生
あら塚に赤きなみだやぼけの花　露川・二人行脚
出女《でをんな》の出がはり時や木瓜の花　露川・誹諧曾我
軍場にむかしがたりや木瓜の花　也有・蘿葉集
木瓜の花土手に喰ひ入る夕日かな　内藤鳴雪・鳴雪句集
初旅や木瓜もうれしき物の数　正岡子規・子規句集
如意の銘彫る僧に木瓜の盛哉　夏目漱石・漱石全集
木瓜赤き日数の中に山吹も　河東碧梧桐・新傾向（春）
雨戸あけたので目がさめ木瓜咲き　河東碧梧桐・八年間

雲助《くもすけ》の裸《はだか》で寝《ね》たる緋木瓜《ひぼけ》かな　泉鏡花・鏡花全集
肌《はだ》脱いで髪すく庭や木瓜《ぼけ》の花　高浜虚子・五百句
黄いろなる真赤なるこの木瓜《ぼけ》の雨　高浜虚子・五百五十句
鉢木瓜《ぼけ》に水やることも日課かな　高浜虚子・七百五十句
　菖蒲池古墳
木瓜《ぼけ》の朱は匂ひ石棺の朱は失せぬ　水原秋桜子・霜林
木瓜咲けりその色飛びし赤絵かも　水原秋桜子・晩華
木瓜の朱《あけ》いづこにかあり書《ふみ》を読む　山口青邨・雪国

ほしのり【干海苔・乾海苔】
薄く漉いて干した状態の海苔をいう。➡海苔（のり）［春］
§
門々に海苔干頃や梅の花　挙遠・花笠

ぼたんざくら【牡丹桜】
八重桜の別称。➡八重桜（やえざくら）［春］、桜（さくら）［春］
§
傘をうつ牡丹桜の雫かな　杉田久女・杉田久女句集
春もはや牡丹桜の落花かな　杉田久女・杉田久女句集補遺

ぼたんゆり【牡丹百合】
ユリ科の多年草・栽培。チューリップ（tulip）に同じ。小アジア原産。高さ二〇～五〇センチ。江戸時代に渡来。春、花茎の頂端に、黄・赤・白色などの六弁の鐘形の花を開く。球根は食用となる。［同義］鬱金香（うっこんこう）。➡チューリップ［春］

「ま」

まつな【松菜】
アカザ科の一年草。自生・栽培。若葉は和物、吸物の食材となる。初秋、緑色の花を穂状につける。［漢名］鹹蓬。

まつのはな【松の花】
赤松、黒松、五葉松などマツ科の常緑高樹の花をいう。松は雌雄同株。高さ四〇メートルに達するものもある。樹皮は赤褐色、黒褐色、灰褐色などで、多くは鱗状にひび割れる。樹葉は針形。春、雌花は新芽の頃に一～四個つき、雄花は穂状となって新芽の下部に黄花を密生する。雄株の球果は松毬（まつかさ）。松は古来より神霊が宿る木とされ、長寿、不変のシンボルとされる。また、生花では松飾、門松など正月の祝いに用いられる。木の実は「松の実」として食用となる。［〈松〉和名由来］諸説あり。木の寿命が長いところから「タモツ」の略転。常緑であることから「真常木（マトノキ）」の意など。［〈松〉同義］千代木（ちよき）、翁草（おきなぐさ）、常盤草（ときわぐさ）、時見草（ときみぐさ）、千代美草（ちよみぐさ）、鏡草（かがみぐさ）、百草（ももぐさ）、木公（もくこう）。［花言］憐れみ・同情（英）、長期間（仏）。➡十返りの花（とがえりのはな）［春］、松の緑（まつのみどり）［春］、

色不変松（いろかえぬまつ）［秋］、若松（わかまつ）［春］、新松子（しんちぢり）［秋］、松（まつ）［四季］

§

夕風にほろほろおつる松の花淡き愁ひの胸にしむかな
佐佐木信綱・常盤木

啼きもせで鴉《からす》はとほく飛び去りぬ松の花こそ淋しかりけれ
岩谷莫哀・春の反逆

ゆく春を池にむかへる松ばらは松に咲きたる花しづかなり
中村憲吉・軽雷集

すつと立木草の中に松の花　鬼貫・俳諧七車
初声を鶴とも聞かめ松のはな　鬼貫・俳諧七車
まだ山の味覚えねどまつの花　惟然・惟然坊句集
線香の灰やこぼれて松の花　蕪村・夏より
風ひとふき酒にけぶれる松の花　白雄・白雄句集

まつのみどり【松の緑】

一般に松の新芽をいう。⬇若緑（わかみどり）［春］、若松（わかまつ）［春］、松の花（まつのはな）［春］

§

あらしにも直なる松の緑かな
闌更・半化坊発句集

美しき砂に小松のみどり哉
士朗・枇杷園句集

まむしぐさ【蝮草】

サトイモ科の多年草・自生。雌雄異株。葉は鳥足に似た複葉。紫色に白色条のある仏焔苞（ぶつえんほう）に包まれた黄白色の肉穂花序をつける。塊茎は「天南星」として去痰、鎮痙、健胃などの薬用になる。［和名由来］茎の模様を蝮の皮模様に見立てたもの。［同義］蛇蒟蒻（へびこんにゃく）。［漢名］斑杖。

まむしぐさ

まるめろのはな【木瓜の花・榲桲の花】

バラ科の落葉高樹・栽植、中央アジア原産の「マルメロ（marmelo）」の花。春に白・淡紅色の五弁花を開く。秋、果実を結ぶ。果実は砂糖漬、ジャムなどになる。［花言］誘惑（英）、幸せ・多産（仏）。⬇榲桲（まるめろ）［秋］

まるめろ

まんさく【万作・満作】

マンサク科の落葉樹。自生・栽植。高さ約三メートル。茶花として栽培される。早春に黄色で線形の四弁花を開く。花後、球形の実を結び、熟して黒い種子をだす。葉は止血作用があり薬用となる。［和名由来］たわわに花をつけるので「豊年満作」からと。また、早春に「まず咲く」からきたとも。［同義］時不知（ときしらず）。［花言］霊感。

§

まんさく

まんさくの黄にこごる花は手にとれど衰へし目にただ対《むか》ふのみ
土田耕平・一塊

「み」

みずくさおう【水草生う】

春に生え始めた水草類をいうことば。⬇蓴生う（ぬなわおう）［春］

§

水そよくよ池の水草生ひそめぬ　内藤鳴雪・鳴雪句集

みずな【水菜】

アブラナ科の一〜二年草で、一般に京菜（きょうな）、壬生菜（みぶな）などの栽培菜をいう。早春に採取し、漬物、鍋料理、煮物などにして食べる。⬇壬生菜（みぶな）［春］

§

きざみたる水菜の茎を友と食ひみちのく山に一夜《ひとよ》ねにけり
佐藤佐太郎・歩道

みずな

みずばしょう【水芭蕉】

サトイモ科の多年草。中部以北の湿原に群生。葉は大きな楕円形で淡緑色。春、葉に先だって漏斗状の美しい淡緑色の花を開く。［和名由来］葉が芭蕉に似て、水辺に生育するところから。［同義］観音蓮（かんのんばす）。［漢名］一弁蓮、海芋。

§

定山渓
石狩の雨おほつぶに水芭蕉　飯田蛇笏・雪峡

黒菱小屋附近
唐松岳雪渓を垂れぬ水芭蕉　水原秋桜子・晩華

花と影ひとつに霧の水芭蕉　水原秋桜子・晩華

道崩《く》ゆる裏網走《あばしり》ぞ水芭蕉　中村汀女・花句集

みずばしょう

みすみそう【三角草】

キンポウゲ科の多年草・自生。本州特産。高さ五〜一〇センチ。葉は三裂し、先端は尖る。葉裏には長毛がある。早春、白色の花を開く。［和名由来］葉の形から。［同義］雪割草、洲浜草。⬇洲浜草（すはまそう）［春］、雪割草（ゆきわりそう）［春］

みすみそう

みつば【三葉】
セリ科の多年草。自生・栽培。高さ約五〇センチ。三小葉からなる複葉。夏に小白花を開く。若葉は食用。［和名由来］葉が三小葉であるところから。［同義］三葉芹（みつばぜり）。［漢名］野蜀葵、鴨児芹。

§
根をとると鴨兒芹《みつば》の古葉掻き掘れば柿の木に居てうぐひすの啼く　長塚節・春季雑咏
つみし跡忍ぶやはたに三葉芹　也有・蘿葉集

みつまたのはな【三椏の花・三叉の花】
三椏はジンチョウゲ科の落葉低樹・栽培。中国原産。「三股」とも書く。高さ約二メートル。春、葉に先だって黄色の筒形の小花を球状に開く。樹皮は和紙の原料となる。［〈三椏〉和名由来］枝が三叉となっているところから。［〈三椏〉同義］三枝（みつえだ）、三叉楮（みつまたこうぞ）、三叉柳（みつまたやなぎ）。［〈三椏〉漢名］黄端香。

みつば

みつまた

§
三椏《みつまた》の蕾《つぼみ》は絹のごとくにあしたあしたにつつましきもの　土屋文明・自流泉
あしたより二月の雪は三椏の淡きみどりの花芽にくだる　宮柊二・藤棚の下の小室
寒庭のみつまた花を白くもち　山口青邨・雪国
三椏のはなやぎ咲けるうら、かな　芝不器男・不器男句集

みどりたつ【緑立つ】
俳句では春の松の新芽をいう。⬇若緑（わかみどり）［春］
§
みどり立きしの姫松めでたさよ　鬼貫・鬼貫句選

みぶな【壬生菜】
アブラナ科の一～二年草・栽培。京都壬生原産の菜。漬物などにして食べる。⬇水菜（みずな）［春］

ミモザ【mimosa】
マメ科の観賞用植物、ギンヨウアカシアのフランス名。春、淡黄色の小花をたくさん咲かせる。香りがよく、香水の原料にもなる。葉は羽状複葉。
§
見つつあれは散り散るみもさ逝く春の日はたそがれの薄ら明りに　佐佐木信綱・山と水と

みやこわすれ【都忘】
野春菊のこと。⬇野春菊（のしゅんぎく）［春］

みやまざくら【深山桜】
山深いところに咲く桜。⬇桜（さくら）［春］

§

二花《ふたはな》の牡丹のごとし臙脂《えんじ》なる深山ざくらを船より見れば　与謝野晶子・冬柏亭集

一里ゆき二里行深山ざくら哉　二柳・其雪影

深山路やさくらは花にあらはる、　暁台・暁台句集

山深み桜咲くなり椎の中　梅沢墨水・新俳句

みょうがだけ【茗荷竹】

茗荷が晩春に出す芽をいう。香りがよく、風味があり、刺身のつまや吸物に使われる。⬇茗荷汁（みょうがじる）［夏］、茗荷の子（みょうがのこ）［夏］、茗荷の花（みょうがのはな）［秋］

§

茗荷だけは生姜の上にた、ん事を　杉風・常盤屋之句合

古川の藪に残るや茗荷竹　竹水・淡路島

みょうがだけ［成形図説］

みる【海松】

緑藻類ミル属海藻の総称。浅海の岩に付着生育する。全体に濃緑色。根元より扇状に分枝する。食用。「みるめ」ともいう。［同義］海松藻（みるめ）、海松菜（みるな）、水松（みる）。

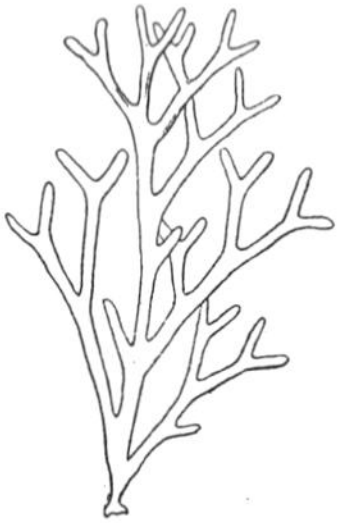

みる

§

…沖辺には　深海松採る　浦みには　なのりそ刈る　深海松の　見まく欲しけど　なのりその　おのが名惜しみ…（長歌）　山部赤人・万葉集六

みるめ刈るあまとはなしに君恋ふるわが衣手のかわく時なき　よみ人しらず・拾遺和歌集一一（恋二）

みるめ刈るかたやいずくぞ棹さして我に教へよあまの釣舟　在原業平・新古今和歌集一一（恋一）

おほよどの浦に刈りほすみるめだに霞に絶えて帰る雁がね　藤原定家・新古今和歌集一八（雑下）

おのづからみるめの浦に立つ煙風をしるべの道もはかなし　拾遺愚草（藤原定家の私家集）

見むためと贈りこせりけむその海松も未た見なくに君はかくりぬ　天田愚庵・愚庵和歌

海松の香や汐こす風の磯馴松　其角・五元集拾遺

汐満ちぬ雫うれしや籠のみる　召波・春泥発句集

海松《みるめ》刈る君が姿ぞなつかしき　正岡子規・子規句集

海松かけし蟹の戸ぼそも星祭　杉田久女・杉田久女句集

みるぶさ【海松房】

房状になっている海松の枝を表現したことば。⬇海松（みる）［春］

§

海松ふさやか、れとてしも寺の尼　嵐雪・玄峰集

海松ふさや貝取出刃を蜑《あま》にかる　其角・五元集拾遺

「む」

むぎあおむ【麦青む】
麦が真っ青に繁って畑を覆っている様子。⬇青麦（あおむぎ）［春］、麦（むぎ）［夏］

むぎふみ【麦踏】
麦の芽の早育を足で踏み押さえ、根の張りを強めること。また朝霜などで浮き上がった麦の根を踏み戻すこと。⬇麦（むぎ）［夏］、青麦（あおむぎ）［春］、麦の芽（むぎのめ）［冬］

§

まのあたり見し娘《こ》はあらず麦もはや踏むべくなりて春はかへれど　石井直三郎・青樹
出ばなや籬《まがき》が野辺の麦踏に　白雄・白雄句集
麦踏の影いつしかや廻りけり　村上鬼城・鬼城句集
か丶る年麦踏む足も憂ひかな　河東碧梧桐・新傾向（春）
麦踏んで若き我あり人や知る　高浜虚子・五百句
麦踏やむき振替へて向ひ風　西山泊雲・ホトトギス
麦踏や日は山里にうつくしく　横山蜃楼・漁火
北風に言葉うばはれ麦踏めり　加藤楸邨・寒雷

むぐらわかば【葎若葉】
八重葎、金葎（かなむぐら）などの雑草の若葉をいう。⬇葎（むぐら）［夏］

§

むぐらさへ若葉はやさし破レ家　芭蕉・後の旅
いも植て門《かど》は葎のわか葉哉　芭蕉・笈の小文

むべのはな【郁子の花】
アケビ科の蔓性常緑低樹の郁子は、晩春に白色・淡紅紫色の花を開く。秋に熟す果実は食用。⬇郁子（むべ）［秋］

むれすずめ【群雀】
マメ科の落葉低樹。主に観賞用に栽植。中国原産。高さ約三メートル。二対の四小葉からなる複葉。春、黄色の蝶形の花を開き、後に赤みを帯びる。［漢名］綿鶏児、金雀花。

むれすずめ

「め」

めうど【芽独活】
独活の芽。食用となる。⬇独活（うど）［春］

§

雪間より薄紫の芽独活哉　芭蕉・翁草

花よりも猶目うどの春の紅は　杉風・常盤屋之句合
香を持て堀おこさる、芽うど哉　来山・いまみや草
里の女と別れてさみし芽独活掘る　杉田久女・杉田久女句集

めやなぎ【芽柳】
芽が萌え出た、早春の柳をいう。⇩柳（やなぎ）［春］、柳の芽（やなぎのめ）［春］

§

芽柳の奥たのもしき風情かな　鬼貫・俳諧七車
ぽつかりと黄ばみ出たり柳の芽　暁台・暁台句集
芽柳を見ぬ人がいふさむき哉　乙二・斧の柄

「も」

もぐさ【艾】
蓬の葉を乾燥させた薬草。この葉に火をつけ、灸治療をする。［同義］焼草（やきぐさ）。⇩蓬（よもぎ）［春］

§

よく點《つ》きて当りかなしく柔らかき艾は妻が揉むべかるらし　北原白秋・黒檜
春山や艾《もぐさ》処の軒端なる　河東碧梧桐・新傾向（春）

もくれん【木蘭・木蓮】
モクレン科の落葉低樹・栽植。中国原産。高さ約四メートル。葉は大きな広倒卵形で裏面に毛がある。春、葉に先だって大形の六弁の暗紅紫色の花を開く。［同義］木蓮花・木蓮華（もくれんげ）、紫木蘭（むらさきもくれん・しもくれん）、更紗木蘭。⇩白木蓮（はくもくれん）［春］

もくれん

§

君が手にいたらんやいなや寄する衣《きぬ》西風そよぎ玉蘭《もくれん》うれふ　森鷗外・うた日記
乳牛の小舎の流しの井戸近み二もと植し木蓮の花　伊藤左千夫・伊藤左千夫全短歌
しきりにも木蓮の花のちる日なりわが思ふ人にさはりあらすな　佐佐木信綱・常盤木
ひと巻の書《ふみ》かきをへつ夕庭の木蓮の花にしづかに対《むか》ふ　佐佐木信綱・山と水と
残された枝五六輪咲いた銭好きな僧都の家の木蓮の花　青山霞村・池塘集
木蓮の落花《らくくわ》ひろひてみほとけの指とおもひぬ十二の智円　与謝野晶子・舞姫
大世界あをき空より来るごとつぼみをつけぬ春の木蓮　与謝野晶子・青海集
うすにごる午後の空気の重たさにたへずほたほた木蓮がちる　岡稲里・早春

木蓮の花深々とさく朝やをさなくてわれも経をならひき　土岐善麿・六月
白き乳《ち》のふくらみおもふ木蓮の日光のなかに咲きみだれたる　前田夕暮・収穫
なやましきわが下情《したごころ》ほとほとに揺れのものうき木蓮の花　橋田東声・地懐
太枝のまばらわかれし先ごとに大きく咲きぬ木蓮の花は　三ケ島葭子・三ケ島葭子歌集
もくれんのいろはかなしときにしをそのもくれんのころもきてをる　種田山頭火（昭和十四年）
木蓮のちれる花びら井戸水とともに掬ひて手にとる吾は　佐藤佐太郎・歩道
涅槃より後のなみだや木蓮花　露川・二人行脚
木蓮に夢の様なる小雨哉　夏目漱石・漱石全集
木蓮《もくれん》が蘇鉄の側に咲くところ　河東碧梧桐・新傾向（春）
木蓮を折りかつぎ来る山がへり　高浜虚子・六百句
子と遊ぶうらゝ木蓮数へては　種田山頭火・層雲
木蓮に日強くて風さだまらず　飯田蛇笏・椿花集
木蘭の花影あびて去りがたく　杉田久女・杉田久女句集補遺
庭石や木蓮揺るゝ影すなり　水原秋桜子・葛飾
木蘭の落ちくだけあり寂光土　川端茅舎・川端茅舎句集
木蓮の風のなげきはたゞ高く　中村草田男・長子

もずく【海蘊・水雲・海雲】

ナガマツモ科の褐藻。北海道から九州の日本海、太平洋の海浜に生育する。主にホンダワラなどの海草に着生する。全体に暗褐色で、線状の粘性の多数の枝をもつ。和え物、酢の物などに料理され、食用となる。［和名由来］諸説あり。「モック（藻付、藻着）」、「モツカネ（藻束）」などの意より。［漢名］海蘊。

もずく

§

貫之も精進の友よ海松《みる》海雲　許六・五老井発句集
しほ染て心もかろし海雲売り　笠凸・其袋

もちつつじ【黐躑躅】

ツツジ科の常緑低樹。自生・栽植。高さ約二メートル。春、淡紅色の花を漏斗状に開く。花は芳香がある。［同義］粘躑躅（ねばつつじ）。⬇躑躅（つつじ）［春］

もちつつじ

もののめ【物の芽】

春に萌えでる諸草木の芽をいう。⬇草の芽（くさのめ）［春］、木の芽（このめ）［春］

§

物の芽にふりそゝぐ日をうち仰ぎ　高浜虚子・五百五十句
土塊《つちくれ》を一つ動かし物芽出づ　高浜虚子・六百句

物の芽に額相寄せうづくまり　西山泊雲・ホトトギス
青もかち紫も勝つ物芽かな　中村草田男・長子

もものさけ【桃の酒】

桃の花を浸した酒。三月三日の雛の日に桃の花を酒に浸して飲むと邪気をはらうという古来中国の風習。この酒を飲み、雛にも供える。[同義] 桃花酒（とうかしゅ）、桃の盃（もものさかずき）。⇩桃の花（もものはな）[春]

§

樽もいはゞ花のかゞみよ桃の酒　木因・続連珠
桃花盃畳のうへを流めり　召波・春泥発句集

もものせっく【桃の節句】

三月三日の雛祭の日を桃の節句という。[同義] 桃花節（とうかせつ）。⇩桃の花（もものはな）[春]、桃の日（もものひ）[春]

§

桃柳くばりありくや女の子　羽紅・猿蓑
みよしの、里にも桃の節句かな　梅室・梅室家集

もものはな【桃の花】

バラ科の落葉樹の桃の花。春に淡紅・白色の五弁の花を開く。品種により八重咲き、菊咲きなどがある。⇩桃の実（もものみ）[秋]、白桃（しろもも）[春]、緋桃（ひもも）[春]、桃の酒（もものさけ）[春]、桃の節句（もものせっく）[春]、桃の宿（もものやど）[春]、桃畑（ももばたけ）[春]

もも

§

春の園紅《くれなゐ》にほふ桃の花下照る道に出で立つ娘子《をとめ》　大伴家持・万葉集一九
君がため我が折る花は春遠く千歳をみたび折りつつぞ咲く　貫之集（紀貫之の私家集）
みちとせになるてふ桃の今年より花咲く春にあひにけるかな　凡河内躬恒・拾遺和歌集五（賀）
咲きし時なほこそ見しか桃の花散ればをしくぞ思ひなりぬる　よみ人しらず・拾遺和歌集一六（雑春）
ものいはばとふべきものを桃の花いくよかへたる滝の白糸　弁乳母・後拾遺和歌集一八（雑四）
折りて見ば近まさりせよ桃の花思ひくまなき桜惜しまじ　和泉式部集（和泉式部の私家集）
うれしくも桃の初花見つるかなまた来む春も定めなき世に　公任集（藤原公任の私家集）
この里の桃のさかりに来て見れば流れに映る花のくれなゐ　大愚良寛・良寛歌評釈
桃の花したてる路を行けばかも垢つく衣《きぬ》も袖にほふらし　与謝野礼厳・礼厳法師歌集
春の江の流の上に瑞枝さし朱のとばりと咲ける桃かも　伊藤左千夫・伊藤左千夫全短歌
いと紅く楊妃に代へて賜ふとも疑ふまじき桃の花かな　与謝野晶子・緑階春雨

鳥籠をしづ枝にかけて永《なが》き日を桃の花かずかぞへてぞ見る　山川登美子・山川登美子歌集

つばくらめちちと飛び交ひ阿武隅の岸の桃の花いま盛りなり　若山牧水・朝の歌

との曇る春の曇りに桃のはな遠くれなゐの沈みたる見ゆ　古泉千樫・屋上の土

煩へば餅をも喰はず桃の花　芭蕉・夜話ぐるひ

鍬《くは》さげてしかりに出るや桃の花　涼菟・東華集

曙やことに桃花の鶏のこゑ　其角・五元集

軒うらに去年の蚊うごく桃の花　鬼貫・鬼貫句選

つぼふかき盃とらむ桃の花　北枝・北枝発句集

桃のさく頃や湯婆にわすれ水　也有・蘿葉集

もも［花卉画譜］

里の子の肌まだ白しもゝの花　千代女・千代尼発句集

喰ふて寝て牛にならばや桃の花　蕪村・新五子稿

風呂に見る早き泊りやもゝの花　召波・春泥発句集

桃の花折手はづれて流しけり　暁台・暁台句集

桃咲やぽつぽつとけぶることし塚　一茶・一茶新集

一村を日に蒸しこめて桃の花　内藤鳴雪・鳴雪句集

草鞋はいて男茶をうる桃の花　伊藤左千夫・伊藤左千夫全短歌所収「俳句」

故郷はいとこの多し桃の花　正岡子規・子規句集

寺町や垣の隙より桃の花　夏目漱石・漱石全集

桃の花を満面に見る女かな　松瀬青々・松笛

舌たるう蜜豆くひぬ桃の花　芥川龍之介・我鬼句抄

もものひ【桃の日】

三月三日の雛祭の日。➡桃の節句（もものせっく）［春］

§

桃の日や蟹は美人に笑はる、　嵐雪・玄峰集

桃の日や雛なき家の冷じき　几董・井華集

もものやど【桃の宿】

桃の花が咲いている家、または宿をいう。➡桃の花（もものはな）［春］

§

雨の日や都に遠きもゝの宿　蕪村・新五子稿

鯛を切鈍きはものや桃の宿　几董・井華集

ももばたけ【桃畑】

➡桃の花（もものはな）［春］

§

どんよりと春日かすめり桃畑の土のかわきに枝かげ淡く　木下利玄・紅玉

遠里に辛夷も咲や桃畑　伊藤左千夫・伊藤左千夫全短歌所収「俳句」

「や」

やえざくら【八重桜】

里桜の八重咲き品種の総称。春、他の桜に遅れて淡紅・紅・黄色の花を開く。［同義］牡丹桜。⇩里桜（さとざくら）［春］、桜（さくら）［春］、一重桜（ひとえざくら）［春］、牡丹桜（ぼたんざくら）［春］

やえざくら

§

いにしへの奈良の都の八重桜けふ九重ににほひぬるかな　伊勢大輔・詞花和歌集一（春）

千歳すむ池のみぎはの八重桜かげさへ底にかさねてぞ見る　藤原俊忠・千載和歌集一〇（賀）

花にちる人の心を引きとめてしばしおくるる八重桜花　伊藤左千夫・伊藤左千夫全短歌

朝ぼらけ羽ごろも白《じろ》の天《あめ》の子が乱舞するなり八重桜ちる　与謝野晶子・舞姫

君が娘《こ》は庭のかたへの八重桜散りしを拾ひうつつとも無し　若山牧水・死か芸術か

『いにしへの寧楽のみやこのやえざくら、』――ふとくちずさみ、涙うかべり。　土岐善麿・不平なく

奈良七重七堂《しちどう》伽藍八重ざくら　芭蕉・泊船集

どこからもならに甍や八重桜　露川・二人行脚

八重桜地上に画く大伽藍　村上鬼城・ホトトギス

奈古寺や七重山吹八重桜　夏目漱石・漱石全集

やえつばき【八重椿】

花が八重の椿をいう。⇩椿（つばき）［春］

§

八重椿咲きたる山に今日もかも来鳴とよもすひえ鳥の声　天田愚庵・愚庵和歌

やえやまぶき【八重山吹】

花が八重の山吹をいう。⇩山吹（やまぶき）［春］

§

一杯《ひとつき》の酒をふふめば心から八重山吹《やえやまぶき》の色まさり見ゆ　中村三郎・中村三郎歌集

折ばちる八重山吹の盛かな　召波・春泥発句集

やけの【焼野】

春、野焼きをした後の田畑や野原をいう。⇩野焼く（のや

く）[春]

§

かけまはる夢は焼野の風の音　鬼貫・鬼貫句選
しの、めに小雨降出す焼野哉　蕪村・蕪村句集
うしろより雨の追ひくる焼野哉　大魯・五車反古
野は焼けて妻と籠らん蔭もなし　内藤鳴雪・鳴雪句集
篠竹の垣を隔て、焼野哉　夏目漱石・漱石全集
道芝のくすぶつて居る焼野哉　河東碧梧桐・新俳句

やなぎ【柳・楊】

ヤナギ科の落葉（一部常緑）樹の総称。雌雄異株。多品種あり。葉の多くは披針形。花は尾状花序。多くは庭園や街路樹用に栽培される。花後、冠毛をもつ多数の種子を飛散させる。[同義] 川根草（かわねぐさ）、河高草（かわたかぐさ）、風見草（かざみぐさ・かぜみぐさ）、風無草（かぜなぐさ）、遊草（あそびぐさ）、春薄（はるすすき）。[漢名] 柳、楊、蒲柳。[花言] 死者への嘆き（英）、憂愁・優しさ（仏）。⇩青柳（あおやぎ）[春]、糸柳（いとやなぎ）[春]、門柳（かどやなぎ）[春]、猫柳（ねこやなぎ）[春]、芽柳（めやなぎ）[春]、川柳（かわやなぎ）[春]、柳陰（やなぎかげ）[春]、柳の雨（やなぎのあめ）[春]、柳の花（やなぎのはな）[春]、若柳（わかやなぎ）[春]、柳の芽（やなぎのめ）[春]、柳の糸（やなぎのいと）[春]、

やなぎ

柳絮（りゅうじょ）[春]、葉柳（はやなぎ）[夏]、夏柳（なつやなぎ）[夏]、柳散る（やなぎちる）[秋]、枯柳（かれやなぎ）[冬]、掛柳（かけやなぎ）[新年]

§

浅緑染め懸けたりと見るまでに春の柳は萌えにけるかも
作者不詳・万葉集一〇

見わたせば柳桜をこきまぜて都ぞ春の錦なりける
素性・古今和歌集一（春上）

春の日の影そふ池の鏡には柳の眉ぞまづは見えける
よみ人しらず・後撰和歌集三（春下）

道の辺の朽ち木の柳春来ればあはれ昔としのばれぞする
菅原道真・新古今和歌集一六（雑上）

あれぬ日のゆふべの空は長閑《のどか》にて柳の末も春ちかくみゆ
永福門院・風雅和歌集八（冬）

梅かほり柳けぶりて糸雨のつれづれとふる春の日長さ
小沢蘆庵・六帖詠草

根は水に洗はれながら加茂川の柳の梢《うれ》はけぶり青めり
与謝野礼厳・礼厳法師歌集

やや老いしつはものと春の柳とのこひの十とせのささやきもあらん
森鷗外・うた日記

あひ見れば晴れたる空の和《のど》みつ、庭の柳を風の揺るかも
伊藤左千夫・伊藤左千夫全短歌

うまや路の、川ぞひ柳、ひと葉こぼれ、ふた葉こぼれて、日は暮れにけり。
与謝野寛・東西南北

三月は柳いとよし舞姫の玉のすがたをかくすといへど　与謝野晶子・夢之華
われにそふ君の足音《あおと》の小きざみに柳くろめる夜の街に入る　岡稲里・早春
眼鏡橋の眼鏡の中から眺むれば柳一本風にゆらるる風にゆらるる　北原白秋・雲母集
やはらかに柳あをめる北上の岸辺目に見ゆ泣けとごとくに　石川啄木・煙
頭をふらぬ柳は行基菩薩哉　宗因・梅翁宗因発句集
はれ物に柳のさはるしなへかな　芭蕉・芭蕉庵小文庫
古川にこびて目を張《はる》柳かな　芭蕉・矢矧堤
傘《からかさ》に押わけみたる柳かな　芭蕉・すみだはら
木のまたのあでやかなりし柳哉　凡兆・蕉門名家句集
しぼるほどぬれてしだるゝ柳哉　木因・浮世の北
吹きあてゝ柳に似たるあらしかな　来山・続いま宮草
ぬれ色に春のうきたつ柳哉　許六・五老井発句集
おもひ出でて物なつかしき柳かな　才麿・近世俳句俳文庫
風なりに青い雨ふるやなぎかな　其角・五元集拾遺
引よせてはなしかねたる柳かな　丈草・丈草発句集
魚の背をなぶって遊ぶ柳かな　梢風・木葉集
如月のこゝろもとけて柳かな　浪化・浪化上人発句集
花さかぬ身をすぼめたる柳かな　乙由・麦林集
あはれ柳さそな思はぬ風ばかり　也有・蘿葉集
みよし野に闇一結ひ柳かな　千代女・千代尼発句集
昼の夢ひとりたのしむ柳かな　千代女・千代尼発句集
閑かさを覗く雨夜の柳かな　太祇・太祇句選
君ゆくや柳みどりに道長し　蕪村・全集画賛
家ひとつ市にしづまる柳かな　蓼太・蓼太句集
透し見る舟景色よし江の柳　闌更・半化坊発句集
五條まで舟は登りて柳かな　召波・春泥発句集
すかし見て星にさびしき柳哉　樗良・樗良発句集
ややしばしけぶりをふくむやなぎ哉　暁台・暁台句集
やなぎ風に裏おもてなき時節哉　白雄・白雄句集
家ありてまた柳ありどこまでも　成美・成美家集
雨あがり朝飯過のやなぎ哉　一茶・花見二郎
寝勝手のよさに又見る柳かな　梅室・梅室家集
船曳のあたまで分ける柳かな　内藤鳴雪・鳴雪句集
柳籍《し》いていこふ千兵の扇かな　森鷗外・うた日記
橋落ちてうしろ淋しき柳かな　正岡子規・子規句集
見返れば又一ゆるぎ柳かな　夏目漱石・漱石全集
一様に岸辺の柳吹き靡《なび》き　高浜虚子・六百句
あらしが一本の柳に夜明けの橋　尾崎放哉・小豆島にて
雪どけの中にしだるる柳かな　芥川龍之介・発句

やなぎかげ【柳陰・柳影】

➡柳（やなぎ）［春］

§

うちなびき春は来にけり青柳の影踏む道ぞ人のやすらふ　藤原高遠・新古今和歌集一（春上）
目前に杖つく鶯や柳かげ　嵐雪・玄峰集
青柳や地の果もなき水の上　千代女・千代尼発句集

しのばる、人聞そへて柳かげ　　暁台・暁台句集

やなぎのあめ【柳の雨】
⬇柳（やなぎ）［春］

§

雨の柳糸なき琵琶のほこり掃　　来山・続いま宮草
上座して柳の雨をかぶりけり　　梅室・梅室家集

やなぎのいと【柳の糸】
細く長い柳の枝を表現することば。⬇柳（やなぎ）［春］、糸柳（いとやなぎ）［春］

§

我がかざす柳の糸を吹き乱る風にか妹の梅の散るらむ
作者不詳・万葉集一〇
あらたまの年をへつつも青柳の糸はいづれの春か絶ゆべき
坂上望城・後拾遺和歌集一（春上）
朝まだき吹きくる風にまかすればかたよりしけり青柳の糸
藤原公実・金葉和歌集一（春）
門前の嫗が柳糸かけぬ　　蕪村・蕪村遺稿

やなぎのはな【柳の花】
ヤナギ科の落葉（一部常緑）樹の柳の花。花は尾状花序をなす。⬇柳（やなぎ）［春］

§

代田川《だいたがは》のほとりにわれをいこはしむ柳《やなぎ》の花もほほけそめつつ
斎藤茂吉・白き山
灰色の柔毛《にこげ》の中《なか》にこもりつつ咲ける柳《やなぎ》の黄なる花しべ
土屋文明・山の間の霧

やなぎのめ【柳の芽】
早春に萌え出る柳の芽。⬇芽柳（めやなぎ）［春］、柳（やなぎ）［春］

§

春のあめ潮ののぼる河岸ごとにこの街の柳みな芽をひらく
中村憲吉・しがらみ
近づきてあふぐ柳の新芽ぶき冴々なびく日の光かな
土田耕平・一塊
ぽつかりと黄ばみ出たり柳の芽　　暁台・暁台句集
鳩のくふほどになりけり柳の芽　　梅室・梅室家集

やばい【野梅】
野生の梅をいう。⬇梅（うめ）［春］

§

酒売のもどりは樽に野梅かな　　丈草・丈草発句集
野辺の梅白くも赤くもあらぬ哉　　蕪村・蕪村遺稿
鎌倉は屋敷のあとの野梅哉　　正岡子規・子規句集
風呂あつくもてなす庵の野梅かな　　飯田蛇笏・山廬集

やぶつばき【藪椿】
山野に自生する椿の称。［同義］山椿（やまつばき）。［漢名］山茶。⬇椿（つばき）［春］

§

ああ暮春御墓に赤き藪椿狂気すと見ぬ日の落つるとき
北原白秋・桐の花
藪椿門はむぐらの若葉哉　　芭蕉・笈日記
藪椿ひらいてはおちる水の音　　種田山頭火（昭和八年）

やまうど【山独活】
野生の独活をいう。⇩独活（うど）［春］
§
山独活の香もすてられぬ宿り哉　馬光・馬光発句集
山独活に木賃の飯の忘られぬ　太祇・太祇句選

やまぐわ【山桑】
山野に自生する桑。葉は養蚕用、果実は食用になる。⇩桑（くわ）［春］、桑の実（くわのみ）［夏］

やまざくら【山桜】
バラ科の落葉高樹。大山桜、児桜、里桜、吉野桜など、山に咲く桜。自生・栽植。葉は卵形で縁は鋸歯状。春、新葉と共に淡紅白色の五弁花を開く。花後結ぶ球状の実は熟して暗紫色となる。染井吉野が普及するまでは、花見の主役の桜であった。［同義］白山桜（しろやまざくら）。⇩染井吉野（そめいよしの）［春］、里桜（さとざくら）［春］、家桜（いえざくら）［春］、桜（さくら）［春］、児桜（ちござくら）［春］、吉野桜（よしのざくら）［春］

やまざくら

§
春雨のしくしく降るに高円《たかまと》の山の桜はいかにかあるらむ　河辺東人・万葉集八
あしひきの山桜花一目だに君とし見てば我れ恋ひめやも　大伴家持・万葉集一七
山桜わが見にくれば春霞峰にも尾にも立ち隠しつつ　よみ人しらず・古今和歌集一（春上）
山ざくら霞のまよりほのかにも見てし人こそ恋しかりけれ　紀貫之・古今和歌集一一（恋一）
山桜白雲にのみまがへばや春の心の空になるらん　源縁・後拾遺和歌集一（春上）
春雨に濡れてたづねん山桜雲のかへしのあらしもぞ吹く　藤原頼宗・金葉和歌集一（春）
踏めばをし踏までは行かむ方《かた》もなしこころづくしの山桜かな　赤染衛門・千載和歌集二（春下）
吹く風をなこその関と思へども道もせに散る山桜かな　源義家・千載和歌集二（春下）
花の色にあま霧《ぎ》る霞たちまよひ空さへ匂《にほ》ふ山桜かな　藤原長家・新古今和歌集二（春下）
うらうらとのどけき春の心よりにほひいでたる山ざくら花　賀茂真淵・賀茂翁家集
山ざくらちるこのもとは谷川の音も嵐に聞なされつゝ　小沢蘆庵・六帖詠草
世中《よのなか》はかくぞ悲しき山ざくらちりしかげにはよる人もなし　香川景樹・桂園一枝
さらにきて見むといひしが山桜またの春べになるぞわびしき　大隈言道・草径集
都人はいざとく帰れ山桜木のくれしげに盗人や出ん　正岡子規・子規歌集

をしまれて散るよしもがな山ざくらよしや盛は長からずとも　樋口一葉・一葉歌集
山ざくらこぶしの花と咲きまじる谷村《やむら》の家の小《ち》さき鯉のぼり　佐佐木信綱・山と水と
さきにほふ、千鳥が淵の、山ざくら、春のふかさは、知られざりけり。　与謝野寛・東西南北
金閣にうすぬのをしてやまざくらもの静やかな春鹿苑寺　青山霞村・池塘集
寂しさよ山ざくら散る昼にして五日ならべをすると告げ来し　島木赤彦・切火
ほのかなる山ざくら花日かげればあを白き花と淋しくあらはる　宇都野研・木群
戸をくれば厨《くりや》の水にありあけのうす月さしぬ山ざくら花　与謝野晶子・夢之華
もえぎたつ若葉となりて雲のごと散りのこりたる山桜ばな　斎藤茂吉・暁紅
うすべにに葉いちはやく萌えいでて咲かむとすなり山桜花　若山牧水・山桜の歌
吊橋のゆるるあやふき渡りつつおぼつかなくも見し山ざくら　若山牧水・山桜の歌
新道の道はゞひろみやまざくらほのじろみつつ暮れがてぬかも　木下利玄・紅玉
本居宣長
山桜ほのかに咲きて本居《もとをり》の大人《うし》の朝ともなりにけらずや　吉井勇・玄冬

蜜の香や七ツ曲りて山桜　桃隣・古太白堂句選
うかれける人や初瀬の山桜　芭蕉・続山井
うらやましうき世の北の山桜　芭蕉・北の山
草履《ざうり》の尻折てかへらん山桜　芭蕉・江戸蛇之鮓
見かへれば寒し日暮の山ざくら　来山・続いま宮草
世の事はいざ耳なしの山桜　来山・続いま宮草
世の中を見きつてちるか山桜　許六・五老井発句集
其弥生その二日ぞや山ざくら　其角・五元集
日よりよし牛は野に寝て山ざくら　鬼貫・鬼貫句選
やまざくらちるや小川の水車　智月・すみだはら
海手より日は照つけて山ざくら　蕪村・蕪村句集
さびしさに花咲ぬめり山桜　蕪村・蕪村遺稿
弁当で夢見歩行や山ざくら　蓼太・蓼太句集
酔醒て起れば月の山ざくら　闌更・半化坊発句集
むかし道見上て過ぬ山ざくら　召波・春泥発句集
淵青し石に抱つく山ざくら　几董・井華集
目隠しの女あぶなし山桜　正岡子規・子規句集
足弱を馬に乗せたり山桜　夏目漱石・漱石全集
折りとりし花のしづくや山桜　飯田蛇笏・山廬集
いばら野やさかりとみゆる山桜　飯田蛇笏・山廬集
せゝらぎに耳すませ居ぬ山桜　杉田久女・杉田久女句集
山ざくらまことに白き屏風かな　山口青邨・雪国
山桜あさくせはしく女の鍬　中村草田男・銀河依然

やまなしのはな【山梨の花】

バラ科の落葉高樹・自生。晩春、新枝に白色の房状の花を

開く。秋に梨果を結ぶ。⇩山梨（やまなし）［秋］

§

あしひきの片山蔭の夕月夜ほのかに見ゆる山梨の花

大愚良寛・良寛歌評釈

やまならし【山鳴】

ヤナギ科の落葉高樹。自生・栽植。高さ約五メートル。葉は菱形様の広楕円形。春、葉に先だって赤褐色の尾状の花穂を下垂する。花後、長卵形の実を結ぶ。［和名由来］風に揺れてでる葉音からと。［同義］箱柳（はこやなぎ）、丸葉柳（まるばやなぎ）。［漢名］白楊。

やまならし

やまぶき【山吹】

バラ科の落葉低樹。自生・栽培。高さ一〜二メートル。葉は長卵形で先端は鋭くとがる。縁は不規則な鋸歯状。春、五弁の黄花を開く。一重・八重あり。花は「棣棠（ていとう）」として止血などの薬用になる。［和名由来］諸説あり。「山振（ヤマフキ）」の意。「山春黄（ヤマハルキ）」の略意など。［同義］面影草（おもかげぐさ）、鏡草（かがみぐさ）、藻塩草（もしおぐさ）。［漢名］棣棠、棣棠花。［花言］気高さ。⇩八重山吹（やえやまぶき）［春］

やまぶき

§

かはづ鳴く神奈備川に影見えて今か咲くらむ山吹の花

厚見王・万葉集八

山吹をやどに植ゑては見るごとに思ひはやまず恋こそまされ

大伴家持・万葉集一九

春雨ににほへる色もあかなくに香さへなつかし山吹の花

よみ人しらず・古今和歌集二（春下）

我が宿の八重山吹は一重だに散り残らなん春の形見に

よみ人しらず・拾遺和歌集一（春）

春風はのどけかるべし八重よりも重ねてにほへ山吹の花

菅原輔昭・拾遺和歌集一六（雑春）

七重八重花は咲けども山吹の実のひとつだになきぞあやしき

兼明親王・後拾遺和歌集一九（雑五）

故郷《ふるさと》は春のくれこそあはれなれ妹《いも》にゝるてふ山ぶきのはな

賀茂真淵・賀茂翁家集

おもふこといはでやけふも山吹のくるゝまがきを人もとひこず

小沢蘆庵・六帖詠草

山吹をけふのかさしに折つれは我衣手のいろをかさぬる

上田秋成・毎月集

山吹の花のさかりは過ぎにけり古里びとを待つとせし間に

大愚良寛・良寛歌評釈

筏おろす清瀧河のたぎつ瀬に散《ちり》てながるゝ山吹の花

香川景樹・桂園一枝

そなたにはまどさへなくて山里の家のそともの山吹の花

大隈言道・草径集

黄金色とぼしき屋所《やど》といふ人に見せばや秋の山ぶきの花　橘曙覧・松籟艸
たふれたる野末の庵も旅人のかいま見てゆく山吹の花　与謝野礼厳・礼厳法師歌集
やまぶきの花にふる雨細くしてこれの世を楽しとおもふ一とき　佐佐木信綱・瀬の音
春されは道の隅々おのづから山吹咲けり大原の里　伊藤左千夫・伊藤左千夫全短歌
人も来ず春行く庭に水の上にこぼれてたまる山吹の花　正岡子規・子規歌集
折りつれど、我は贈らむ、人もなし。露にぬれたる、山吹の花。　与謝野寛・東西南北
おきあまる雨の名残の朝つゆに匂ひこほる、やまふきの花　大塚楠緒子・明治歌集
一村の家はみながら川に沿ひて沿へる垣根は山吹の花　服部躬治・迦具土
山吹は折ればやさしき枝毎に裂きてもをかし草などの如　長塚節・鍼の如く
山吹の花の一むら木の芽だつ下蔭にしてゆふべ明れる　半田良平・幸木
あから引く真昼の庭に蔭おほし咲きて照りたる山吹の花　中村憲吉・林泉集
山吹の咲きのさかりの花かげに昼を久しき落水の音　中村三郎・中村三郎歌集

行春の雨一日ふり庭のへにほころびそめし山吹の花　土田耕平・一塊
ほろほろと山吹ちるか瀧の音　芭蕉・笈の小文
山吹や笠に指《さす》べき枝の形《なり》　芭蕉・蕉翁句集
山吹や宇治の焙炉《ほいろ》の匂ふ時　芭蕉・猿蓑
山吹や折らで渦まく淵の上　言水・俳諧五子稿
大和路を出れば山吹盛にて　許六・正風彦根体
山吹にさきだつ雨や身ひとつ　鬼貫・俳諧七車
山吹や夜は蛙に昼は蝶　也有・蘿葉集
山吹のほどけかゝるや水の幅　千代女・千代尼発句集
山吹や旭のまゝに暮てゆく　蓼太・蓼太句集
山ぶきや花ふくみ行魚もあり　闌更・半化坊発句集
山ぶきに日のさす春もいますこし　成美・成美家集
山吹は峰入ちかき盛りかな　巣兆・曾波可理
山吹やまづ御先へととぶ蛙　一茶・七番日記
山吹にぶらりと牛のふぐり哉　一茶・七番日記
山吹の雨に灯ともす隣かな　内藤鳴雪・鳴雪句集
山吹の散るや盥に忘れ水　正岡子規・子規句集
山吹の垣にとなりはなかりけり　正岡子規・子規句集
奈古寺や七重山吹八重桜　夏目漱石・漱石全集
山吹は春の名残の一重かな　河東碧梧桐・春夏秋冬
山吹の七重八重さへ淋しさよ　高浜虚子・七百五十句

やまぶきそう【山吹草】

ケシ科の多年草・山麓の陰地に自生。高さ約三〇センチ。羽状複葉。茎・葉は黄色の汁を含む。春、山吹に似た四弁の

鮮黄色の小花を開く。花後、細長い円柱形のさく果を結ぶ。全草が似て大形のものを大葉山吹草（おおばやまぶきそう）という。［和名由来］花が山吹に似ているところから。［同義］草山吹（くさやまぶき）。

やまぶきそう

やまふじ【山藤】

マメ科の蔓性落葉低木。山地に自生。観賞用にも植栽する。蔓は藤とは逆に左巻。羽状複葉で小葉は卵形。四月頃、藤より大きめの鮮紫色の蝶形花を房状につける。香りが高い。⇩藤（ふじ）［春］

やまふじ［絵本野山草］

§

山藤の花はほのけし樟が枝に高くかかりて咲きにけるかも　土田耕平・斑雪

山藤の棚はしかけし住居哉　士朗・枇杷園句集

山藤や短き房の花ざかり　正岡子規・子規句集

やまもものはな【山桃の花・楊梅の花】

山桃はヤマモモ科の常緑高樹。雌雄異株。春、黄褐色の雌花穂と、緑色の包鱗をもつ雄花穂をつける。花後、球形の果実を結ぶ。⇩山桃（やまもも）［夏］

「ゆ」

ゆうがおまく【夕顔蒔く】

夕顔は春に種を蒔く。⇩夕顔（ゆうがお）［夏］、夕顔の実（ゆうがおのみ）［秋］

§

夕がほの種ううや誰古屋しき　暁台・暁台句集

ゆうざくら【夕桜】

夕方の桜の風情をいうことば。⇩桜（さくら）［春］、夜桜（よざくら）［春］

§

目にいたきけぶりの末や夕ざくら　暁台・暁台句集

打とけて我にちる也夕ざくら　几董・井華集

三井寺をのぼるともしや夕桜　正岡子規・子規句集

夕桜城の石崖裾濃なる　中村草田男・長子

ゆうちょうか【遊蝶花】

三色菫の別称。花の形が蝶に似ているところからの名。⇩三色菫（さんしきすみれ）［春］

§

遊蝶花《いうてふくわ》春は素朴に始まれり　水原秋桜子・旅愁

風雨来て春たしかなり遊蝶花　水原秋桜子・晩華

ゆきやなぎ【雪柳】

バラ科の落葉低樹。自生・栽培。中国原産。高さ一～二メートル。葉は狭披針形で互生。春、葉と共に五弁の白花を枝上に連続して多数つける。［和名由来］葉が柳に似て、多数の小花を傘状につけるさまを雪に見立てたもの。［同義］庭柳（にわやなぎ）、小米草（こごめぐさ）、小米柳（こごめやなぎ）。［漢名］噴雪花、珍珠花。⇩小米花（こごめばな）［春］、小米桜（こごめざくら）［春］

ゆきやなぎ

§

咲きしだり匂清《す》みゐる雪柳ただ白してふものにあらなくに　北原白秋・黒檜

輝るばかりたわわに匂ふ雪柳君が門辺は寒からなくに　北原白秋・黒檜

日は上に盛り上りたる雪柳　古泉・壬申句鈔

鎌倉明月院

山門に雪のごとくに雪柳　山口青邨・雪国

あたたかき試歩をとどむる雪柳　日野草城・旦暮

ゆきわりそう【雪割草】

三角草・洲浜草の別称。⇩洲浜草（すはまそう）［春］、三角草（みすみそう）［春］

§

雪わり草の花わすれけりあはれなる花とし思ひ目に見たりしを　宇都野研・木群

雪割草庭に咲きいで去年の春地《つち》におろししこと思ひ出づ　半田良平・幸木

ゆすらのはな【梅桃の花・山桜桃の花】

梅桃（ゆすらうめ）の花。梅桃はバラ科の落葉低樹・栽植。高さ約三メートル。晩春、葉に先だって白色の五弁花を開く。夏に果実を結ぶ。⇩梅桃（ゆすらうめ）［夏］

「よ」

よざくら【夜桜】

夜に眺める桜の風情を表すことば。⇩桜（さくら）［春］、朝桜（あさざくら）［春］、夕桜（ゆうざくら）［春］

§

夜ざくらや三味線弾て人通　蓼太・蓼太句集

夜ざくらにむかし泣よるひとり哉　暁台・暁台句集

夜桜やうらわかき月本郷に　石田波郷・鶴の眼

よしのざくら【吉野桜】

吉野山に咲く山桜。⇩山桜（やまざくら）［春］、桜（さくら）［春］

§

道遠し吉野の桜まださかぬまにとくゆきてことしは花のちるまでもみむ　小沢蘆庵・六帖詠草

よめな【嫁菜・娵菜】

キク科の多年草・自生。高さ五〇～六〇センチ。葉は披針形で縁は鋸歯状。秋に野菊に似た淡紫色の頭花を開く。一般に「野菊」と呼ばれる。春、若葉を和物や嫁菜飯にして食用とする。［同義］嫁萩（よめはぎ）、嫁草（よめぐさ）。［漢名］鶏児腸、馬蘭。⇩嫁菜の花（よめなのはな）［秋］、薺蒿（うはぎ）［春］、薺蒿（おはぎ）［春］

よめな［草木図説］

§

姑《しうとめ》につまれしよめ菜あはれその時過ぎてこそ花咲きにけれ　香川景樹・桂園一枝

七草の次の雪間を娵菜かな　吾仲・初茄子

脇指《わきざし》に守袋や嫁菜摘　野坡・天上守

春の野に落馬せよとて娵菜かな　也有・蘿葉集

嫁菜一かたまりの膝つきし　河東碧梧桐・八年間

嫁菜摘むうしろの汽笛かへり見ず　杉田久女・杉田久女句集

炊き上げてうすき緑や嫁菜飯　杉田久女・杉田久女句集

よもぎ【蓬・艾】

キク科の多年草・自生。高さ約一メートル。葉は羽状で裏面に白毛がある。全体に香気がある。若葉は餅に入れ「草餅・蓬餅」とする。葉は止血、腹痛止めに、また灸の「もぐさ」に用いる。［和名由来］諸説あり。灸に用いるところから「善燃草（ヨモキ）」「捻燃生（ヨリモヤシキ）」の意。繁殖力があるところから「四方草（ヨモギ）」の意など。［同義］繕草（つくろいぐさ）、指焼草・指艾（さしもぐさ）、餅草（もちぐさ）。［漢名］艾、半耳。［花言］夫婦の愛（英）、楽しい旅行（仏）。⇩蓬餅（よもぎもち）［春］、指焼草（さしもぐさ）［春］、艾（もぐさ）［春］、蓬葺く（よもぎふく）［夏］

よもぎ［草木図説］

§

鬼怒川の篠の刈跡《かりと》にやはらかき蓬はつむも笹葉掻きよせ　長塚節・春季雑咏

仁和寺のついぢのもとの青よもぎ生ふやと君の問ひたまふかな　与謝野晶子・常夏

いつ知らず摘みし蓬の青き香のゆびにのこれり停車場に入る　若山牧水・路上

みちすがら鉄砲山の笹はらに蓬は摘みて手にあまりたり　古泉千樫・青牛集

寂しさに加茂の河原をさまよいて蓬を踏めば君が香ぞする　吉井勇・祇園歌集

伽羅の香もいつか忘れぬ旅ゆけば蓬の香などなつかしきかな　吉井勇・人間経
春雨や蓬をのばす草の道　芭蕉・草の道
蓬の矢餅にする比首途かな　也有・蘿葉集
裏門の寺に逢着《ほうちゃく》す蓬かな　蕪村・蕪村句集
ゆく春や蓬《よもぎ》が中の人の骨　星布・星布尼句集
雨あしのさだかに萌ゆるよもぎかな　飯田蛇笏・雪峡
つみためて臼尻に撰る蓬かな　飯田蛇笏・山廬集
風吹いて持つ手にあまる蓬《よもぎ》かな　水原秋桜子・秋桜子句集
吹くからにひれふす風の蓬摘む　川端茅舎・ホトトギス

よもぎもち【蓬餅】

⇩草餅（くさもち）[春]、蓬（よもぎ）[春]

§

心からさくらになりぬ蓬もち　土芳・蓑虫庵集
下草の桃にはなれず蓬もち　蓼太・蓼太句集
匂はしや誰しめし野のよもぎ餅　白雄・白雄句集
餅蓬も雪交り摘みし首途かな　河東碧梧桐・新傾向（春）

「ら〜ろ」

ライラック【lilac】

モクセイ科の落葉樹・栽植。東ヨーロッパ南部原産。リラ(lilas) の英語名。高さ約五メートル。葉は広卵形。春、円錐状花序をつけ、紫・白・赤色などの芳香のある筒状小花を多数開く。[同義] 紫丁香花（むらさきはしどい）。[漢名] 香紫丁花。[花言]〈白花〉青春の喜び（英）、愛のはじめの感情（仏）。〈紫花〉好き嫌いが多い。⇩リラ [春]

らしょうもんかずら【羅生門蔓】

シソ科の多年草・自生。高さ二〇〜三〇センチ。葉は卵形で縁は鋸歯状。春、紫色の筒状の唇形花を開く。[和名由来] 源頼光の臣の渡辺綱が京都羅生門で切り落とした鬼神の腕に花冠の形を見立てた。

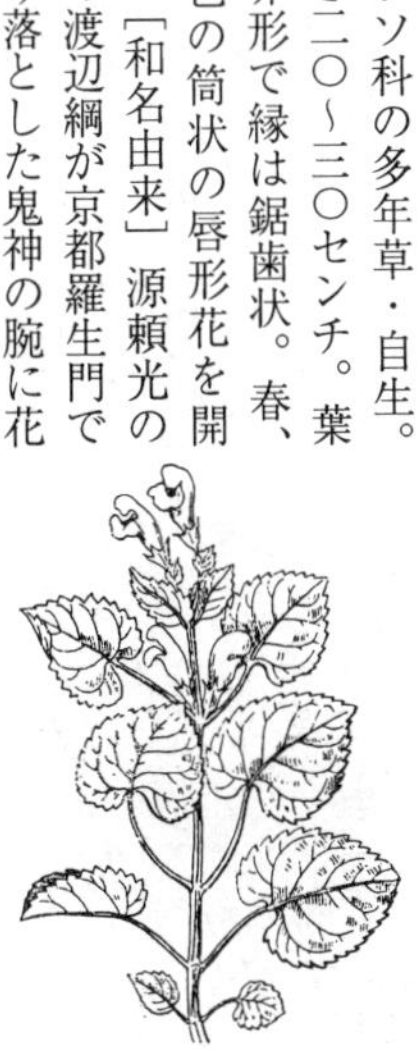
らしょうもんかずら

らっか【落花】

春、花が散り落ちることをいう。花とは、特に桜の花、また梅の花をさしている。俳句では一般的に桜の花をいう。⇩花散る（はなちる）[春]、花（はな）[春]

§

落る花ひとかたならぬ夕かな　召波・春泥発句集
茎ながら雨の日頃や落る花　召波・春泥発句集
履き落す屋根も籬も落花かな　内藤鳴雪・鳴雪句集
吹きよせて落花の淵となりにけり　村上鬼城・鬼城句集
一張の琴鳴らし見る落花哉　夏目漱石・漱石全集
修羅能の落花の風に扇かな　河東碧梧桐・新傾向（春）

庭踏むや落花をさそふ通り雨　河東碧梧桐・新傾向（春）

濡縁《ぬれえん》にいづくとも無き落花かな　高浜虚子・五百句

口あいて落花眺むる子は仏　大谷句仏・縣葵

中尊寺にて
曼陀羅に落花ひねもすふりやまず　山口青邨・雪国

りか【李花】

李の花のこと。⇩李の花（すもものはな）[春]

§

わがここにある終りまで散りはてじ寂しき白の残る李花《りくわ》かな
与謝野晶子・山のしづく

りか【梨花】

梨の花のこと。⇩梨の花（なしのはな）[春]

§

梨花の月浴みの窓をのぞくなよ　杉田久女・杉田久女句集

りゅうきゅうつつじ【琉球躑躅】

ツツジ科の常緑小低樹・栽培。晩春から初夏、白色で裏に緑色の斑点のある漏斗状の大花を開く。[同義]白琉球（しろりゅうきゅう）、平戸躑躅（ひらとつつじ）。[漢名]白杜鵑花。⇩躑躅（つつじ）[春]

りゅうきゅうつつじ

りゅうじょ【柳絮】

柳は、春に葉に先だって暗紫色の穂状の花を開く。花後、冠毛のもつ多数の種子を飛散させる。この飛散する冠毛（絮）が柳絮である。[同義]柳の絮（やなぎのわた）。⇩柳（やなぎ）[春]

§

野をひろみ遠村柳見えねども身のめぐりには絮《わた》乱れ飛ぶ
森鷗外・うた日記

三千里わが恋人のかたはらに柳の絮《わた》の散る日にきたる
与謝野晶子・夏より秋へ

あひ共《とも》にありし三年《みとせ》のいつかの日か柳の絮《わた》のいたくとびにき
土屋文明・ゆづる葉の下

りょうぶ【令法】

リョウブ科の落葉樹。自生・栽植。高さ三〜七メートル。幹は茶褐色で平滑。春の若葉は「令法飯（りょうぶめし）」として食用となり、また「令法茶（りょうぶちゃ）」となる。初夏、五弁の白色の小花を開く。[同義]畑守（はたつもり）、猿滑（さるすべり）。[漢名]令法、山茶科。⇩畑守（はたつもり）[春]

りょうぶ

リラ【lilas】

ライラックの仏語名。⇩ライラック[春]

§

リラ匂ひ柳絮の飛ばば郷愁をならふなるべし若き作者も
与謝野晶子・深林の香

夜《や》話《わ》遂《つい》に句会となりぬリラの花　高浜虚子・五百五十句

清里、聖アンデレ教会

リラ咲くや天主堂内いろどらず　水原秋桜子・晩華

リラ白く霧もサイロもまた白し　水原秋桜子・晩華

リラの香の絶えぬれひとを愛《かな》しめば　日野草城・旦暮

ひとの肌とほのきしかばリラにほふ　日野草城・旦暮

りんごのはな【林檎の花】

バラ科の落葉高樹の林檎の花。春に桜に似た赤いぼかしのある淡い紅色・白色の五弁花を開く。［同義］花林檎（はなりんご）。⬇林檎（りんご）［秋］

§

四月の晴天に林檎の花が咲いて、みづつぽい大気だ、無帽になる　前田夕暮・水源地帯

ゆふ月《づき》の、林檎《りんご》の花《はな》の蔭《かげ》を、ひとり歩《あゆ》まんとする　しづかなる心《こころ》。　土岐善麿・黄昏に

石狩の都の外の君が家林檎の花の散りてやあらむ　石川啄木・忘れがたき人人

五月十七日、白馬岳登攀を志して新宿を発す。一行十五人、松本を過ぎて

林檎咲き荒瀬北指す川ばかり　水原秋桜子・晩華

南部富士近くて霞む花林檎　山口青邨・雪国

るりそう【瑠璃草】

ムラサキ科の多年草。山地に自生する。高さ二〇～四〇センチ。全草に細い軟毛がある。葉は広披針形で互生。初夏、総状花序をだし、瑠璃色の花を開く。下部の花から順番に開く。［和名由来］花の色が瑠璃色であるところから。

るりそう

れんぎょう【連翹】

モクセイ科の落葉低樹・栽培。中国原産。高さ約二メートル。枝は長く垂れ、春に、葉に先だって四弁の鮮黄色の花を開く。果実は「連翹（れんぎょう）」として利尿、解熱の薬用になる。［和名由来］巴草（ともえそう）の漢名「連翹」の誤用。［同義］連翹空木（れんぎょううつぎ）、鼬草（いたちぐさ）。

れんぎょう

§

飼ひおきし籠の雀を放ちやれば連翹散りて日落ちんとす　正岡子規・子規歌集

風呂を出て垣根の道の昼小雨れんげうの花さきてありしか　太田水穂・冬菜

連翹のしだり尾ながしあけぼのの風を踏みたる身がまへにして　与謝野晶子・深林の香

空気銃射つ少年を叱りしが朝の庭連翹の花あかるし　土岐善麿・六月

帰り路の坂をあゆめば夕つ日は連翹《れんげう》の黄の花群にあり　佐藤佐太郎・天眼
連翹に仏も御手を開かれたり　露川・東山墨なをし
連翹や鵙《もず》のわらぢのかけどころ　巣兆・曾波可理
連翹に一閑張《いっかんばり》の机かな　正岡子規・子規句集
連翹の奥や碁を打つ石の音　夏目漱石・漱石全集
連翹に小さき鳥のとまる哉　松瀬青々・妻木
巻藁に連翹かゝる住居かな　河東碧梧桐・新傾向（春）
連翹《れんぎょう》の一枝円を描きたり　高浜虚子・六百句
連翹や真間の里びと垣を結はず　水原秋桜子・葛飾
連翹の枝の白さよ嫋さよ　山口青邨・雪国

れんげそう【蓮華草】
マメ科の二年草。自生・栽培。中国原産。羽状複葉。春、紅紫色の小蝶に似た花を多数開く。花後、莢を結ぶ。緑肥として栽培される。茎葉の乾燥させたものは、利尿、リュウマチなどの薬用となる。
［和名由来］輪状に咲く花を「蓮（蓮華）」に見立てたものと。［同義］五形花（げげばな）。［漢名］紫雲英、翹揺。［花言］苦しみが和らぐ。⬇紫雲英（げんげ）［春］、げんげん［春］

れんげそう

§

春の田はまだたがやさずれんげさうあぜのさかひもあらず咲きたり　三ケ島葭子・三ケ島葭子歌集

れんげつつじ【蓮華躑躅】
ツツジ科の落葉低樹。自生・栽植。高さ一～三メートル。晩春から初夏に朱紅・黄色の大形の合弁花を開く。［同義］鬼躑躅（おにつつじ）、馬躑躅（うまつつじ）、犬躑躅（いぬつつじ）。⬇躑躅（つつじ）［春］

§

庭にうゑて黄に咲く花をよろこべる黄蓮華つつじつぎて咲きをり　宇都野研・木群

れんげつつじ

ろうばい【老梅】
年を経た梅の木。⬇梅（うめ）［春］

§

そのゝ梅老木に花のしづかなり　杉風・杉風句集
散るたびに老行梅の梢かな　蕪村・蕪村遺稿

うめ［絵本江戸爵］

「わ」

わかくさ【若草】

春に萌える様々な若い草をいう。［同義］初草（はつくさ）、新草（にいくさ）。⬇若草野（わかくさの）［春］、春の草（はるのくさ）［春］、若葉（わかば）［夏］

§

春日野はけふはな焼きそ若草のつまもこもれり我もこもれり　よみ人しらず・古今和歌集一（春上）

ひと夜きて旅ねうれしき古さとのあれしかきねにもゆる若くさ　上田秋成・寛政九年詠歌集等

芝原にはつはつ萌えし若草を踏まじふまじと子らのありける　服部躬治・迦具土

鶏のつつく日向の垣根よりうら若草は萌えそめにけん　正岡子規・子規歌集

前髪もまだ若草の匂ひかな　芭蕉・翁草

若草に初音かましや朝烏　野坡・泊船集

若草やもふなびくかと吹て見る　也有・蘿葉集

わか草や駒の寝起もうつくしき　千代女・千代尼発句集

若くさや四角に切し芝の色　太祇・太祇句選

わかくさやくづれ車の崩れより　暁台・暁台句集

若草や山風かこふ垣の内　巣兆・曾波可理

草々も若いうちぞよ村雀　一茶・七番日記

春日野や草若くして鹿の糞　正岡子規・子規句集

若草や水の滴たる蜆籠　夏目漱石・漱石全集

わかくさの【若草野】

若草の萌える春の野をいう。⬇若草（わかくさ）［春］、春の野（はるのの）［春］

§

やすらゐや鬼も籠れる若草野　几董・井華集

わかしば【若芝】

庭園などで、春になって若芽が出揃い、青々と見える芝生をいう。⬇芝（しば）［四季］

わかまつ【若松】

一般に松の新芽をいう。⬇松の緑（まつのみどり）［春］、若緑（わかみどり）［春］

若松と菊［生花早満奈飛］

§

七十や色かへぬ松の若ざかり　也有・蘿葉集

わかみどり【若緑】

一般に松の新芽をいう。⬇若松（わかまつ）［春］、松の緑（まつのみどり）［春］、緑立つ（みどりたつ）［春］

§

静さやゆふ山まつの若みどり　闌更・半化坊発句集

わかめ【若布・和布】

コンブ科の褐藻。昆布に似て偏平の葉をもち、葉には深い切れ目がある。全長一～二メートル。春から初夏に採り、食用とする。［同義］若和布、にぎめ、めのは。［漢名］石蓴。⬇若布刈る（わかめかる）［春］、若布干す（わかめほす）［春］

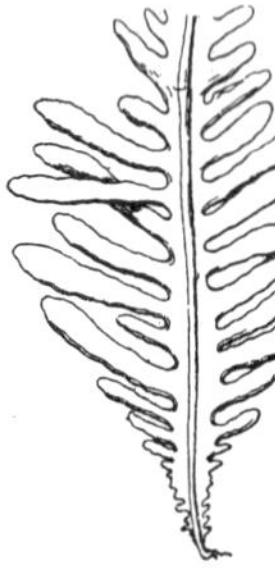

わかめ

§

比多潟の磯のわかめ立ち乱え我をか待つなも昨夜《きそ》も今夜《こよひ》も　万葉集一四（東歌）

磯《いそ》の崎《さき》めぐりてゆけば乾《ほ》し若布集《わかめあつ》むるこゑのほがらかにきこゆ　土屋文明・放水路

旅衣ひたし物にも若和布哉　野坡・夏の月

養生も水草清し焼若和布　野坡・野坡吟草

霖雨に生かへりたる若和布哉　蕪村・落日庵句集

春深く和布の塩を払ひけり　召波・春泥発句集

しづくせし今朝の眼にあり焼わかめ　乙二・斧の柄

俊寛《しゅんくわん》も片頬《かたほ》笑みけり寄若布《よりわかめ》　幸田露伴・幸田露伴集

みちのくの淋代《さびしろ》の浜若布寄す　山口青邨・雪国

わかめかる【若布刈る・和布刈る】

春、淡褐色のみずみずしい若布を刈り取ること。⬇若布（わかめ）［春］

§

和歌の浦にわかめ刈りほすわれを見て沖漕ぐ舟の過ぎがてにする　古今和歌六帖三

わかめ刈乙女に袖はなかりけり　召波・春泥発句集

和布を刈や霞くむかと来て見れば　巣兆・曾波可理

わかめほす【若布干す・和布干す】

春、刈り取った若布を干すこと。⬇若布（わかめ）［春］

§

若布刈干す美保関へと船つけり　杉田久女・杉田久女句集

わかやなぎ【若柳】

⬇柳（やなぎ）［春］、青柳（あおやぎ）［春］

§

若柳枝空さまにみどりかな　几董・井華集

わけぎ【分葱】

ユリ科ネギ属の多年草・栽培。シベリア原産。葉は濃緑色をなし、葱よりも細い円筒形。初夏に収穫して酢味噌和えなどにして食用とする。［和名由来］株分けにより短日で生育させることができるところから、「分植葱（ワカチウエルキ）」の意。［同義］冬葱（ふゆねぎ）、萌葱（もよぎ）、千本葱（せんぼんねぎ）。

わけぎ［草木図説］

わさび【山葵】

アブラナ科の多年草。自生・栽培。高さ約三〇センチ。清渓流に生育する。肥厚した円柱形の地下茎は香辛料となる。心臓形の葉は辛味があり、茎と共に食用となる。春に四弁の白色花を開く。花も食用。［和名由来］諸説あり。辛味のあるところから「悪戯疼・悪障疼（ワルサハリヒビク）」の意の略。芽が葵に似ているところから「早生葵（ワサアフヒ）」「沢葵（サワアフヒ）」の転訛など。［花言］実用的である（仏）。⇩土山葵（つちわさび）［春］

わさび

わさびとたけからし［成形図説］

§

しらじらとわさびの花の咲くなれば寂しとぞ思ふおのが往《ゆ》き来の　土屋文明・ふゆくさ

青わさび蟹が爪木《つまぎ》の斧の音　杉風・杉風句集

泥亀の腕とおもへば土わさび　其角・五元集拾遺

山葵ありて俗ならしめず辛キ物　太祇・太祇句選

おもしろうわさびに咽ぶ泪かな　召波・春泥発句集

よく見れば捨し山葵の芽になりし　成美・成美家集

駿河なる山葵越るや箱根山　巣兆・曾波可理

ほろ〳〵と泣き合ふ尼や山葵漬《わさびづけ》　高浜虚子・五百句

信濃支部発会の催ありて、豊科にいたる

山葵田《わさびだ》花咲き流るる女人の感動詞　中村草田男・美田

わすれなぐさ【勿忘草】

ムラサキ科の多年草。自生・栽培。ヨーロッパ原産。高さ約三〇センチ。下部の葉は細長いへら形で叢生。上部の葉は長楕円形で互生する。春から夏に、巻尾状の花穂をなして、藍色で中心が黄色の小花を多数つけた花穂をつける。［和名由来］英名「forget -me- not」の和訳より。［花言］私を忘れないで。

わすれなぐさ

§

一いろの枯野の草となりにけり思ひ出ぐさもわすれな草も　与謝野晶子・心の遠景

たぐひなく忘れな草の目の澄めり頼むところの深きなるべし　与謝野晶子・瑠璃光

仏蘭西のみやび少女がさしかざす勿忘草の空いろの花　北原白秋・桐の花

な忘れそ勿忘草の空いろの消《け》なば消《け》ぬべきいのちにもせよ　北原白秋・桐の花

五月来ぬわすれな草もわが恋も今しほのかににほひづるらむ　芥川龍之介・紫天鵞絨

水いろに咲ける花こそ優しけれ勿忘草と教へたまへり　宮柊二・群鶏
小さう咲いて勿忘草や妹が許　村上鬼城・鬼城句集
雨晴れて忘れな草に仲直り　杉田久女・杉田久女句集
勿忘草日本の恋は黙つて死ぬ　中村草田男・時機

わらび【蕨】

ウラボシ科の多年草シダ植物・自生。根茎が地中を横に這い伸びる。早春、巻状の新芽をだす。これを「早蕨（さわらび）」といい、春の代表的な山菜として食用となる。葉は広卵状三角形。小葉は羽状に分裂する。葉の裏側に胞子嚢をつける。根茎より採れる「蕨粉（わらびこ）」は、蕨餅や団子の原料としして使われる。また、全草を乾燥させたものは利尿剤となる。［同義］岩根草（いわねぐさ）、山根草（やまねぐさ）。［漢名］蕨。⬇初蕨（はつわらび）［春］、蕨餅（わらびもち）［春］、夏蕨（なつわらび）［夏］

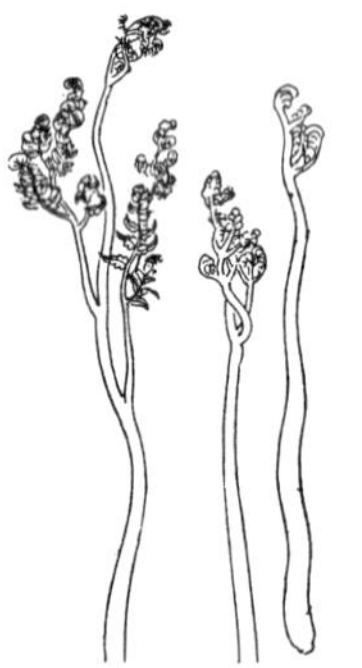
わらび［広益国産考］

わらび

§

石走る垂水の上のさわらびの萌えいづる春になりにけるかも　志貴皇子・万葉集八
さわらびの生ひ出づる野辺をたづぬれば道さへ見えず空もかすみて　能宣集（大中臣能宣の私家集）
なほざりに焼き捨てし野のさわらびは折る人なくてほどろとやなる　山家集（西行の私家集）
春日野の草葉は焼くと見えなくに下もえわたる春のさわらび　藤原公実・堀河院御時百首和歌
いざけふはをぎのやけ原かき分けて手折《たをり》てを来む春のさわらび　賀茂真淵・賀茂翁家集
若草のみどりがなかのさわらびは紫ふかくたづねてぞをる　田安宗武・悠然院様御詠草
早蕨は今し萌ゆらしほろほろと雉子鳴く野に春雨の降る　天田愚庵・愚庵和歌
心やりに蕨をとるとたもとほり思は去らず待つ人の上　伊藤左千夫・伊藤左千夫全短歌
みすず刈る信濃の奥の白坂に雪はふれれど蕨萌ゆとふ　正岡子規・子規歌集
山人は蕨を折りて岩が根の細径《ほそみち》をのぼり帰りゆくなり　島木赤彦・柿蔭集
端の葉のかげにうづくまり心たのし眼のゆくところ蕨もえてあり　宇都野研・木群
春日野に生ふる蕨はひと摘まで鹿の子どもの喰みつつぞ居る　若山牧水・くろ土

岨《そば》みちの蕨折りためゆきしかば手つめたしも山のさ霧に　木下利玄・一路
うら山に蕨をとると入りにけむ人ごゑとほし風のわたれば　石井直三郎・青樹
ゆきゆきてつめる蕨《わらび》のみじかきをしをるるまでにわれは持てりき　土屋文明・放水路
うらがなしき草の香ぞする逝《ゆ》く春の山に蕨を採りて持てれば　佐藤佐太郎・歩道
我とほをなづるわらびの手くせ哉　西武・鷹筑波集
舎利の手を開くがごとし初蕨　許六・正風彦根体
飛花に握る手を出す蕨かな　土芳・蓑虫庵集
早蕨の七草打ば寒からむ　其角・五元集拾遺
百八のなみだのかゝる蕨かな　李由・風俗文選
此やまの寒さを握る蕨かな　露川・枕かけ
早蕨の笙《しやう》　美しや指の跡　支考・蓮二吟集
葉になれば京で見しらぬ蕨かな　也有・蘿葉集
折もてる蕨しほれて暮遅し　蕪村・連句会草稿
めぐる日や指の染までわらび折　白雄・白雄句集
早蕨や一日路ならつくばやま　白雄・白雄句集
土を出て市に二寸のわらび哉　几董・井華集
鎌倉の見える山也蕨とる　一茶・享和句帖
蕨たけて草になりけり草の中　村上鬼城・鬼城句集
早蕨の拳伸び行く日永哉　夏目漱石・漱石全集
蕨をくれて板の間に坐る若々し　河東碧梧桐・八年間

高野山春たけなはのわらびかな　飯田蛇笏・山廬集
干蕨山家の春は尽きにけり　楠目橙黄子・ホトトギス
彦山の早蕨太し萱まじり　杉田久女・杉田久女句集
山住みの蕨も食はぬ春日かな　芥川龍之介・蕩々帖
室生寺へ向ふ。大野寺にて
蕨《わらび》生ひした、りたまふ磨崖仏《まがいぶつ》　水原秋桜子・玄魚
そゞろ出て蕨とるなり老夫婦　川端茅舎・ホトトギス
蕨折れば岩は岩にと帰しにけり　中村草田男・長子
槍ヶ岳
雪渓のとけてとどろく蕨かな　加藤楸邨・寒雷

わらびもち【蕨餅】
蕨の粉で調理した餅。黄粉（きなこ）などを付けて食べる。
➡蕨（わらび）［春］
§
大仏蕨餅奈良の春にて木皿を重ね　河東碧梧桐・三昧
蕨餅たうべ乍らの雨宿り　杉田久女・杉田久女句集

夏の季語

立夏（五月六日頃）から立秋前日（八月七日頃）

「あ」

あいかる【藍刈る】

藍は七月頃に刈り取られ、染料の原料となる。⇩藍の花（あいのはな）［秋］、藍（あい）［四季］

§

畝なみに藍刈り干せる津の国の安倍野を行けば暑しこの日は　長塚節・西遊歌

藍刈るや鎌の刃さきも浅黄色　宗瑞・類題発句集

藍刈やこゝも故郷に似たる哉　正岡子規・子規句集

あおあし【青蘆】

夏に、青々と繁る蘆の葉。⇩蘆茂る（あししげる）［夏］、蘆の若葉（あしのわかば）［春］、蘆（あし）［秋］

§

青蘆に潮はみち来ぬ水郷の八月夏の月はいでにけり　田波御白・御白遺稿

青蘆に水上遠き流れかな　白雄・白雄句集

あおい【葵】

アオイ科の草の俗称。冬葵（ふゆあおい）、二葉葵・双葉葵（ふたばあおい）、立葵（たちあおい）、銭葵（ぜにあおい）など種類が多い。一般に、葉は鋸歯状で、初夏から夏に淡紅・紅・紫・白色などの五弁の花を開く。立葵は中世以降に園芸植物として登場する。徳川幕府の「三葉葵」の家紋は双葉葵の葉を三枚合わせ図案化したもの。［和名由来］諸説あり。日を仰ぐような葉の向日性から「仰日（アフヒ）」よりと。また、朝鮮語のAhokによると。⇩葵の花（あおいのはな）［夏］、銭葵（ぜにあおい）［夏］、立葵（たちあおい）［夏］、黄蜀葵（とろろあおい）［夏］、寒葵（かんあおい）［冬］、冬葵（ふゆあおい）［冬］

§

あふひ草てる日は神の心かは影さすかたにまづなびくらん　藤原基俊・千載和歌集三（夏）

神山のふもとになれしあふひ草ひきわかれても年ぞ経にける　式子内親王・千載和歌集三（夏）

忘れめやあふひを草にひきむすび仮寝の野辺の露の曙　式子内親王・新古今和歌集三（夏）

神かけて君が誓ひし我がなかのあふひはよそにならんとや見し　兼澄集（源兼澄の私家集）

何ゆゑと事はしらぬをあふひぐさ加茂の祭に吾もかざせり　田安宗武・悠然院様御詠草

君とわれ葵《あふひ》に似たる水くさの花のうへなる橋に涼みぬ　与謝野晶子・舞姫

日の道や葵傾くさ月あめ　芭蕉・猿蓑

酔顔《ゑひがほ》に葵こぼるゝ匂ひかな　去来・有磯海

一もとの葵を登る山路哉　嵐雪・玄峰集

しのばるゝものや葵の五六月　蓼太・蓼太句集

雨三日下葉腐る、葵かな　成美・杉柱
百姓の塀に窓ある葵かな　正岡子規・子規句集
機械場や石炭滓に葵咲く　河東碧梧桐・新俳句

あおいのはな【葵の花】
アオイ科の花の俗称。一般に、初夏から夏に、淡紅・紅・紫・白色などの五弁の花を開く。⇩葵（あおい）［夏］、花葵（はなあおい）［夏］

§

梨棗黍に粟つぎ延《は》ふ葛の後も逢はむと葵花咲く　作者不詳・万葉集一六
白き指に紅のにじみてなまめけるにほやかさもて咲く葵かな　木下利玄・銀
むらさきの葵花《あふひ》咲けば身に泌むも苦患《くげん》にすぎし月日おもはむ　前川佐美雄・天平雲
黄の花のとろろ葵《あふひ》さく残暑の日門《もん》をとざして家ごもりけり　佐藤佐太郎・開冬
ひぐらしの声急《せ》く夕べ電車降り砂地に痩せし葵の花を見つ　宮柊二・晩夏
ひとり咲いて朝日に匂ふ葵哉　夏目漱石・漱石全集

あおうめ【青梅】
梅のまだ熟さない青い実をいう。梅酒の材料となる。⇩梅の実（うめのみ）［夏］、梅（うめ）［春］

§

青梅の酸《す》ゆきを吸へば六月《ぐわつ》の酸《す》ゆき愁ひの心には泌む　石川啄木・啄木歌集補遺
みな月《づき》の日光《ひかげ》のうすき苔の上いまし落ちたる青梅一つ　土屋文明・山の間の霧
青梅を親にかくせと誰云し　千那・鎌倉海道
青梅やさすがに雪も力なき　怒風・七異跡集
青梅のにほひ侘しくもなかりけり　太祇・太祇句選
青梅や微雨の中行く飯煙　蕪村・新花摘
青梅に打鳴らす歯や貝のごと　蕪村・蕪村遺稿
青梅や黄なるも交る雨の中　召波・春泥発句集
蕗入れて青梅煮るや寺料理　一茶・俳句大全
青梅や黄梅やうつる軒らんぷ　正岡子規・子規句集
青梅や空しき籠に雨の糸　夏目漱石・漱石全集
青梅の苦きを打ちし礫《こいし》かな　尾崎紅葉・尾崎紅葉集
青梅のちぎりを忘れずるべきか　河東碧梧桐・新傾向（夏）
隣り合ふ実梅《みうめ》の如くあり事　高浜虚子・六百句
あたまをそつて帰る青梅たくさん落ちてる　尾崎放哉・小浜にて
青梅ちぎる小梯子移し次々に　杉田久女・杉田久女句集補遺

あおかえで【青楓】
若葉の萌えでた楓をいう。⇩若楓（わかかえで）［夏］、楓（かえで）［秋］

あおがき【青柿】
晩夏のまだ熟していない青緑色の柿の実をいう。⇩柿（かき）［秋］

§

青柿や虫葉も見えで四つ五つ　村上鬼城・鬼城句集

あおぎり【青桐・梧桐】

アオギリ科の落葉高樹。自生・栽植。高さ約一五メートル。三～五裂した大きな葉をもつ。夏、雄花と雌花を混生した黄色の小花を円錐花序に開く。花後に莢を結び、その中に実をつける。庭木、街路樹に用いられる。種子は食用となり、また「梧桐子」として咳止め、口内炎の薬用になる。［和名由来］葉の形が桐に似て、樹皮が青緑色であるところから。［同義］文桐（あやぎり）、蒼梧（そうご）、桐麻、五裂（いつさき）、碧梧（へきご）。［漢名］梧桐。⇩桐の花（きりのはな）［夏］

§

日出づれば即ち暑し露もてる梧桐の花花粉をおとす　島木赤彦・氷魚

夏ちかみ室戸岬の岩に生ふる梧桐の林いろづきにけり　吉井勇・風雪

うす甘く青桐の花にほふとき病める胃の腑《ふ》に渇《かわ》き覚ゆる　中村三郎・中村三郎歌集

青桐の落花に乾すや寺の傘　村上鬼城・鬼城句集

梧桐や地を乱れ打つ月雫　杉田久女・杉田久女句集

あおぎり

あおさんしょう【青山椒】

まだ熟していない山椒の青い実をいう。⇩山椒の実（さんしょうのみ）［秋］

§

匂ひ出る青山椒や葉の雫　正歌・類題発句集

あおすすき【青芒・青薄】

夏、芒の葉が涼しげに青々と繁るさまをいう。［同義］芒繁る。⇩芒（すすき）［秋］

§

お地蔵や屋根しておはす青芒　村上鬼城・鬼城句集

青芒三尺にして乱れけり　正岡子規・子規全集

狂ひ穂の雨に寒しや青芒　河東碧梧桐・続春夏秋冬

青すゝき傘にかきわけゆけどゆけど　杉田久女・杉田久女句集

あおた【青田】

稲の苗が成長し、青々と繁茂している田をいう。

§

五月雨の晴れ間に出でて眺むれば青田涼しく風わたるなり　大愚良寛・良寛歌評釈

村つづき青田を走る汽車見えて諏訪の茶店はすずしかりけり　正岡子規・子規歌集

たのしさや青田に涼む水の音　芭蕉・真蹟写（芭蕉俳句集）

涼風や青田の上に雲の影　許六・韻塞

松風を中に青田の戦ぎかな　丈草・丈草発句集

たのもしや何も加納の青田時　鬼貫・俳諧七車

菜の花の黄なる昔を青田かな　蕪村・落日庵句集

なつかしき津守も遠き青田かな　蕪村・落日庵句集
這わたる雲もあるべき青田哉　暁台・しをり萩
青田さへよし染寺の右ひだり　蓼太・蓼太句集
茶仲間や田も青ませて京参り　一茶・七番日記
大慈寺の山門長き青田かな　夏目漱石・漱石全集
押しとほす俳句嫌ひの青田風　杉田久女・杉田久女句集補遺

あおづた【青蔦】
掌状の形をした蔦の葉が、夏に青々と茂っているさま。⬇蔦（つた）［秋］、蔦茂る（つたしげる）［夏］、蔦若葉（つたわかば）［夏］

あおとうがらし【青唐辛子】
熟していない唐辛子の青い実をいう。⬇唐辛子の花（とうがらしのはな）［夏］、唐辛子（とうがらし）［秋］

§

浪速津《なにはづ》の円馬《ゑんば》あはれとおもひつつ青唐辛子《あをたうがらし》酒なしに食《は》む　吉井勇・寒行
我世からし青蕃椒南蛮酒　中川四明・懸葵

あおなす【青茄子】
「あおなすび」ともいう。茄子の色からついた名。⬇茄子（なす）［夏］

あおば【青葉】
初夏の頃、新緑の若葉がさらに生育して青々と生い繁った葉をいう。⬇若葉（わかば）［夏］、青葉の花（あおばのはな）［夏］、青葉若葉（あおばわかば）［夏］、新樹（しんじゅ）［夏］、枯葉（かれは）［冬］

§

古の事は知らぬを耳無や畝火香具山青葉しみやま　伊藤左千夫・伊藤左千夫全短歌
散がたの花にまさりて夏の野の青葉の色のなつかしき哉　樋口一葉・緑雨筆録「一葉歌集」
耀《かがや》ける青葉は見るもなやましや命の奥に啼きしきる蝉　岩谷莫哀・春の反逆
ほたほたと青葉の雫《しづく》おつるおと霧こめし月の夜半《よは》にきこゆる　石井直三郎・青樹以後
さつき野に響《ひびき》こもりて大砲《おほづつ》の音ははるけし青葉のひかり　中村三郎・中村三郎歌集
青葉して御《おん》目の雫拭《ぬぐは》ばや　芭蕉・笈日記
有明のゆられて残る青葉かな　乙由・麦林集
梅の木の心しづかに青葉かな　一茶・一茶句帖
千年の火山晴れたる青葉哉　伊藤左千夫・伊藤左千夫全短歌所収「俳句」
青葉勝に見ゆる小村の幟かな　夏目漱石・漱石全集
京都
京なりけり青葉に動く傘《かさ》の夜　幸田露伴・幸田露伴集
あすは雨らしい青葉の中の堂を閉める　尾崎放哉・須磨寺にて

あおばのはな【青葉の花】
春に遅れて初夏に咲く花の総称。⬇青葉（あおば）［夏］

あおばわかば【青葉若葉】
初夏の頃、生育した濃い葉と新緑の若葉が混っているさまをいう。⬇若葉（わかば）［夏］、青葉（あおば）［夏］

あらたう《（ふ）》と青葉若葉の日の光　　芭蕉・おくのほそ道

青葉若葉慈悲心深き深山哉　　存義・句鑑

青葉若葉昼中の鐘鳴り渡る　　正岡子規・子規句集

あおほおずき【青酸漿・青鬼燈】

外苞が未だ熟していない青い酸漿をいう。酸漿はナス科の多年草。⇩酸漿（ほおずき）[秋]、酸漿の花（ほおずきのはな）[夏]

§

水打てば青鬼灯の袋にも滴りぬらむ黄昏れにけり　　長塚節・鍼の如く

ほほづきの青きふくろを手にとりてすがしき嘆き我はするかも　　土田耕平・一塊

我恋や口もすはれぬ青鬼橙　　嵐雪・其袋

叢《くさむら》に鬼灯《ほおずき》青き空家かな　　正岡子規・子規句集

あおみどろ【青味泥・水綿】

接合藻類の淡水緑藻。田・池・沼などの水面生育する。どろどろした緑藻で、糸状に接合して厚壁・褐色の接合胞子を作る。葉緑体は螺旋状で一本から数本ある。[同義] あおみどり。

§

青《あを》みどろ紅《くれなゐ》の花にせまる如く崩《くづ》れし花のしづみあへなく　　土屋文明・ゆづる葉の下

あおゆ【青柚】

柚（ゆず）の未だ熟していない青い実をいう。⇩柚（ゆず）[秋]、柚（ゆ）[秋]

あおりんご【青林檎】

まだ熟していない林檎。⇩林檎（りんご）[秋]

§

別れ来て燈光《あかり》小暗《をぐら》き夜《よ》の汽車の窓に弄ぶ青林檎かな　　石川啄木・啄木歌集補遺

三軒の孫の喧嘩や青林檎　　杉田久女・杉田久女句集

青林檎つぶらにみのる潮風に　　山口青邨・雪国

あかざ【藜】

アカザ科の一年草・自生。高さ約一メートル。葉は卵形。夏から秋に黄緑色の細花を穂状につける。若葉は紅紫色をおびる。平円形の実を結び黒色の種子を宿す。若葉は食用、茎は杖の材料となる。葉は毒虫外用剤や、うがい剤となる。[和名由来] 若葉が紅紫色をおびているところからと。[同義] 赤藜（あかあかざ）、赤頭（あかがしら）。[漢名] 藜。⇩藜の杖（あかざのつえ）[夏]、藜の実（あかざのみ）[秋]

あかざ

§

そこらくに藜をつみて茹でしかば咽喉こそばゆく春はいにけり　　長塚節・鍼の如く

うれしさは我丈過ぎしあかざ哉　　家足・続あけがらす

哀げもなくて夜に入る藜かな　乙二・斧の柄

焼跡やあかざの中の蔵住ひ　村上鬼城・鬼城句集

鎌とげば藜《あかざ》悲しむけしきかな　高浜虚子・五百句

あかざのつえ【藜の杖】

⇩藜（あかざ）[夏]

§

やどりせむあかざの杖になる日まで　芭蕉・笈日記

我寺の藜は杖になりにけり　惟然・類題発句集

アカシアのはな【acacia】

アカシアはマメ科の落葉高樹・栽植。ただしわが国でアカシア・アカシヤと呼んでいるものは北アメリカ原産のニセアカシア（針槐樹）で、本種のオーストラリア、アフリカ原産のマメ科アカシア属のアカシアとは別属であり、明治一〇年頃渡来した。針槐樹（はりえんじゅ）ともいう。高さ約一五メートル。羽状複葉。初夏、黄・白色の蝶形の小花を総状につける。花後に莢を結ぶ。街路樹に用いられる。旧約聖書では、アカシアはモーゼの十戒を収めた箱「契約の箱」の材とされ「魂の不死」の象徴とされる。

アカシア

§

雨雲の層厚くしてアカシヤの花蝋《らふ》のごと白きひるかな　与謝野晶子・心の遠景

あかしやの花さく蔭の草むしろねなむと思ふ疲れごゝろに　長塚節・鍼の如く

袖ひろき宿屋の寝衣《ねまき》著つつ見るアカシヤの花はかなしかりけり　若山牧水・路上

あかしやの花ふり落す月は来ぬ東京の雨わたくしの雨　北原白秋・桐の花

あかしやの花咲く見れば水の上《へ》にはかなき夏の夢もやどりぬ　北原白秋・桐の花

京橋の、アカシアの樹の、八月の、青葉の埃、なつかしき埃。　土岐善麿・不平なく

アカシヤはづれのなやましき我空我夏　河東碧梧桐・八年間

あかなす【赤茄子】

トマトのこと。「あかなすび」ともいう。ナス科の一年草・栽培。南アメリカ熱帯地方原産。羽状複葉。夏、黄花を開く。果実は赤熟・黄熟し食用となる。トマトジュース、トマトケチャップなどの加工食品の材料。[同義] 唐柿（とうがき）、朝鮮茄子（ちょうせんなすび）、珊瑚茄子、紅茄（あかなす）、六月柿（ろくがつがき）。[漢名] 六月柿、蕃茄、小金瓜。

⇩トマト [夏]

あかなす

§

赤茄子の落つる日なかをうつうつと海魚の肌の変色は見ぬ　明石海人・白描以後

あかめもち【赤芽黐】
要黐（かなめもち）の別称。その若芽が赤いことからついた名。⇩要の花（かなめのはな）［夏］

あきたぶき【秋田蕗】
キク科の多年草。自生・栽培。秋田に産する蕗。周囲が約三メートルの大きな葉を持つ。茎は砂糖漬けとして食用になる。葉は屏風などに張られる。⇩蕗（ふき）［夏］

§

山寺の春も闌けたり秋田蕗の大きなる葉に雨は音して　北原白秋・風隠集

あさ【麻】
クワ科の一年草・栽培。中央アジア原産。雌雄異株。高さ一～三メートル。茎は方形。掌状複葉。夏、雄麻は薄緑色の細花を開く。雌麻は穂状の花を開き、果実は「苧実（おのみ）、麻実（あさのみ）」として食用になる。茎皮から繊維をとり、麻糸（苧＝お）として、糸・網・綱・帆・布・衣服などの材料となる。種子は緩下剤として薬用になる。生活に有用な植物として、紅花、藍と合わせて三草（さんそう）と呼ばれ、古くから全国で栽培されている。［同義］苧（からむし）、麻苧（あさお）、真麻（まそ）。［漢名］大麻。［花言］運命（英）、必需品（仏）。⇩麻蒔く（あさまく）［春］、麻刈る（あさかる）［夏］、麻の香（あさのか）［夏］、麻の葉（あさのは）［夏］、麻の葉流す（あさのはながす）［夏］、麻畑（あさばたけ）［夏］、麻の花（あさのはな）［夏］、花麻（はなあさ）［夏］、桜麻（さくらあさ）［夏］、麻の実（あさのみ）［秋］

あさ

§

世を厭ひ木の下ごとに立ち寄りてうつぶし染めの麻の衣なり　よみ人しらず・古今和歌集一九（雑体）

麻にいつ花咲くものぞ茂り葉の青きがままの夏のしののめ　若山牧水・白梅集

麻の露皆こぼれけり馬の道　李辰・曠野

暮行や麻にかくるゝ嵯峨の町　樗堂・つまじるし

星赤し人無き路の麻の丈《たけ》　芥川龍之介・蕩々帖

あさうり【浅瓜・越瓜】
白瓜の別称。⇩白瓜（しろうり）［夏］

あさがおのなえ【朝顔の苗】
朝顔の二葉の苗で、苗床より移植されるまでのものをいう。［同義］朝顔の芽生（めばえ）、朝顔の二葉（ふたば）。⇩朝顔（あさがお）［秋］

§

蕣《あさがほ》の二葉にうくるあつさ哉　去来・薦獅子集

雨二日はや朝顔の芽生かな　闌更・半化坊発句集

あさかる【麻刈る】
夏から秋に麻を刈り取り、茎から繊維を採って麻糸などをつくる。⇩麻（あさ）［夏］

§

庭に立つ麻手刈り干し布さらす東女を忘れたまふな
　　常陸娘子・万葉集四
あふみ路や麻刈あめの晴間かな　蕪村・新五子稿
麻を刈しと夕日このごろ斜なる　蕪村・新花摘
麻刈りや白髪かしらのあらはる、　暁台・暁台句集
麻刈ればつれなく折れる蓬かな　梅室・梅室家集
青麻刈りて種つみすてし畠かな　森鷗外・うた日記
刈麻やどの小娘の恋衣　正岡子規・子規句集

あさざ【莕菜】

リンドウ科の水生多年草・自生。葉は楕円形で水に浮かぶ。若葉は食用。夏から秋に黄色の花を開く。［和名由来］池や沼などの浅瀬に生育するところから。また「浅浅菜（アサアサナ）」の略など。［同義］花蓴菜（はなじゅんさい）。［漢名］莕菜。

§

いささかは水を離れてことごとくあさざの花の日に向きて咲く
　　古泉千樫・青牛集

あさざ

あさのか【麻の香】

⇩麻（あさ）［夏］

§

麻の香や笠きてはひる野雪隠　元翠・西華集

あさのは【麻の葉】

麻の葉は掌状複葉。⇩麻（あさ）［夏］、麻の葉流す（あさのはながす）［夏］

§

麻の葉もそよと越後のにほひかな　支考・越の名残
麻の葉の赤らむ末や雲の峰　史邦・小文庫
麻の葉に糠ひる窓の火影哉　元灌・西華集

あさのはな【麻の花】

麻は雌雄異株。夏、葉腋に花をつける。雄花は薄緑色の細花。雌花は緑色の穂状の花で、花後、実を結ぶ。⇩麻（あさ）［夏］、花麻（はなあさ）［夏］

あさのはながす【麻の葉流す】

六・七月末日に神社で行われる御秡の行事。麻の葉を弊として御秡川に流す。⇩麻（あさ）［夏］、麻の葉（あさのは）［夏］

§

思ふことみなつきねとて麻の葉をきりにきりてもはらへつるかな
　　和泉式部・後拾遺和歌集二〇（雑六）
麻の葉に借銭《しゃくせん》書て流しけり　一茶・七番日記

あさばたけ【麻畑】

⇩麻（あさ）［夏］

§

しの、めや露の近江の麻畠　蕪村・蕪村句集
なつかしき闇の匂ひや麻畠　召波・春泥発句集

あじさい【紫陽花】

ユキノシタ科の落葉低樹。自生・栽培。原種は日本特産の額紫陽花（がくあじさい）。高さ約一・五メートル。葉は広卵

形。六～七月頃に球状の集散花を多数つける。花は白色から紫、淡紅色に変化するため「七変化（しちへんげ）」の名もある。観賞用として栽培。花は解熱、葉は瘧（おこり）などの薬用となる。［和名由来］青い花が集って咲く様子を「集真藍（あづさあゐ）」と呼んだことなど諸説ある。［同義］七花・七変（ななばな）、七変化（しちへんげ）、四片花（よひらのはな）、手鞠花（てまりばな）、刺繍花（ししゅうか）、繍毬花（しゅうきゅうか）、八仙花（はっせんか）、額花（がくばな）、藪手毬（やぶでまり）、大手毬（おおでまり）。［花言］高慢・自慢（英）、冷たい美しさ（仏）。⬇額の花（がくのはな）［夏］

あじさい

§

あぢさゐの八重咲くごとく八つ代にをいませ我が背子見つつ偲はむ
橘諸兄・万葉集二〇

宵の間の露に咲きそふあぢさゐのよひらぞ月の影に見えける
藤原家良・新撰六帖題和歌六

あぢさゐのよひら少なき初花をひらけはてずと思ひけるかな
藤原信実・新撰六帖題和歌六

あぢさゐの下葉にすだく蛍をばよひらの数のそふかとぞ見る
拾遺愚草（藤原定家の私家集）

飛ぶ蛍日かげ見えゆく夕暮になほ色まさる庭のあぢさゐ
衣笠内大臣集（藤原家良の私家集）

あぢさゐの花咲きまじる草むらは立ちもはなれず夕涼みして
三位中将公衡集（藤原公衡の私家集）

うつりゆくひかずを見せてかたへよりこくうすくなるあぢさゐの花
大隅言道・草径集

梅雨晴やにごつた水がや、澄んで紫陽花うつる藪陰のゐど
青山霞村・池塘集

球形《たまがた》のまとまりくれば梅雨の花あぢさゐは移る群青の色に
宇都野研・木群

紫陽花が地に頭をば垂れたればさもせまほしくなりぬ雨の日
与謝野晶子・草の夢

紫陽花も花櫛《はなぐし》したるかしらをばうち傾けてなげく夕ぐれ
与謝野晶子・草の夢

すれすれに夕紫陽花に来て觸《さや》る黒き揚羽《あげは》蝶の髭大いなる
北原白秋・雀の卵

昨日より色のかはれる紫陽花の瓶をへだてて二人かたらず
石川啄木・啄木歌集補遺

まひる日にさいなまれつつ匂ひけりやや赤ばめる紫陽花のはな
古泉千樫・屋上の土

さみだれのきのふ一日晴れしかば今朝は色よきあぢさいの花
三ケ島葭子・三ケ島葭子歌集

深青葉雨をふくめる下かげにひとむら白しあぢさゐの花
土田耕平・青杉

紫陽花に降りたる今朝の露しげくわれのこころは深潮《ふかうしほ》なす
前川佐美雄・天平雲

紫陽花の咲きゐし門《かど》がまぼろしにいまも見ゆ瓦礫をふみつつ

佇てば　木俣修・冬暦
紫陽花や藪を小庭の別座鋪《べつざしき》　芭蕉・別座鋪
紫陽草や帷子《かたびら》時の薄浅黄　芭蕉・陸奥鵆
紫陽花や手まり程づゝ雨の露　土芳・蓑虫庵集
紫陽花の一礼すんで咲にけり　露川・二人行脚
紫陽花におもたき朝日夕日哉　乙由・麦林集
紫陽花や筧の水の澄るまで　蓼太・蓼太句集
紫陽花の大一輪となりにけり　嘯山・俳諧新選
紫陽花やおもひ忘れし跡の色　暁台・暁台句集
あじさゐやよれば蚊の鳴く花のうら　暁台・暁台句集
紫陽花のかはりはてたる思ひ哉　白雄・白雄句集
紫陽花や都を雨の木の間より　士朗・枇杷園句集
紫陽花に鳥の羽のこぼれけり　成美・手習
思ふ事紫陽花の花にうつろひぬ　内藤鳴雪・鳴雪句集
紫陽花やきのふの誠けふの嘘　正岡子規・子規句集
思ひ出して又紫陽花の染めかふる　正岡子規・子規句集
紫陽花や曇りてものゝ凄しき　松瀬青々・妻木
雨に剪《き》る紫陽花の葉の真青かな　飯田蛇笏・霊芝
水上げぬ紫陽花忌むや看る子に　杉田久女・杉田久女句集
紫陽花や滝音つのる雨ひと日　水原秋桜子・晩華
泳ぎつゝ人紫陽花《あぢさゐ》にかくれけり　水原秋桜子・新樹
赤門は古し紫陽花も古き藍　山口青邨・雪国
あぢさゐの毬より侏儒よ駆けて出よ　篠原鳳作・篠原鳳作全句文集
紫陽花やはかなしごとも言へば言ふ　加藤楸邨・穂高

あししげる【蘆・葦・芦・葭―茂る】
夏に、蘆の葉が繁って青々としたさまをいう。⇩青蘆（あおあし）[夏]、蘆の若葉（あしのわかば）[春]、蘆（あし）[秋]

§

茂りあひて江の水細き蘆間哉　紹巴・榑物筌
蘆原はみつ汐しらぬ茂り哉　宗春・三藾

あずきのはな【小豆の花】
マメ科の一年草・栽培の小豆の花。高さ三〇～六〇センチ。三葉からなる複葉。夏、黄色の蝶形花を開く。花後、莢果を結ぶ。その中に赤い種子を含み、食用となる。種子は脚気などの薬用となる。[〈小豆〉同義]小豆（しょうず）、赤小豆（あかつき）、小角草（こずみぐさ）。[〈小豆〉漢名]赤小豆、紅豆、残豆、蟹目。⇩大豆の花（だいずのはな）[夏]、小豆引く（あずきひく）[秋]、小豆粥（あずきがゆ）[新年]

あずき

§

霧の雨風に吹かるる川ばたの畑の小豆の花盛なり　島木赤彦・氷魚

アスター【aster】
蝦夷菊のこと。⇩蝦夷菊（えぞぎく）[夏]

あつもりそう【敦盛草】
ラン科の多年草。自生・栽培。高さ三〇～五〇センチ。五～六月に、紫・紅色の袋状の花を開く。［和名由来］平敦盛が母衣（ほろ。矢防具）を背負う姿に見立てたことから。［同義］敦盛（あつもり）、嫁袋（よめぶくろ）、延命小嚢（えんめいこぶくろ）。［花言］気まぐれな美、私を勝ち取れ。⇩熊谷草（くまがいそう）［春］

あつもりそう［草木図説］

アナナス【ananas】
鳳梨（あななす）とも書く。パイナップル（pineapple）のこと。熱帯アメリカ原産のパイナップル科の常緑樹。葉は線形。夏、紫色の花を開き、大きな果実を結び食用となる。日本では、沖縄などで栽培される。［漢名］鳳梨。⇩パイナップル［夏］

アナナス

あぶらぎりのはな【油桐の花】
油桐はトウダイグサ科の落葉高樹。桐に似た大きな葉をもち、夏に白・淡紫色の花を開く。⇩油桐の実（あぶらぎりのみ）［秋］

あまどころのはな【甘野老の花】
甘野老はユリ科の多年草・自生。葉は互生し、平行脈をもつ。初夏、筒形の風鈴に似た緑白色の花を開く。［〈甘野老〉同義］甘菜（あまな）、笑草（えみぐさ）、烏百合（からすゆり）。

あまどころ

あまのはな【亜麻の花】
亜麻はアマ科の一年草・栽培。中央アジア南部、アラビア原産。江戸時代に渡来。高さ約一メートル。葉は線状。夏、紫碧・白色の五弁花を開く。花後、黄褐色の五ミリくらいの扁平な実を結ぶ。この実から「亜麻仁油（あまにゆ）」がとれる。茎の繊維で織る布は「麻布」「リネン」「リンネル」「寒冷紗」など呼ばれ、夏服の布地やシーツ、ハンカチ、帆布などに用いられる。［〈亜麻〉同義］滑胡麻（ぬめごま）、赤胡麻（あかごま）、花亜麻（はなあま）、一年亜麻（いちねんあま）。［〈亜麻〉漢名］亜麻。［花言］親切に感謝（英・仏）、単純（仏）。

あま

あまりなえ【余り苗】
苗代から本田へ植えかえるときにあまる苗。⇩早苗（さな

え）［夏］

§

うれしさはこれにもたりぬあまり苗　乙二・斧の柄

アマリリス【amaryllis】

ヒガンバナ科の多年草。観賞用に栽培。江戸時代後期に渡来。球根より葉茎をだし、夏、百合に似た大形の花を横向きに数個、茎頂に開く。［同義］夏水仙（なつずいせん）。［花言］ほどよい美。

アマリリス

§

滑らかに時の潤ふ心地しぬアマリリス咲きリラの匂へば　与謝野晶子・草の夢

身の中にアマリリスより紅《あか》き花咲かせて二人相見《あひみ》しものを　与謝野晶子・舞ごろも

あまりりす息もふかげに燃ゆるときふと唇はさしあてしかな　北原白秋・桐の花

汲《くん》水場《ば》のみくずれ残りぬアマリ、ス　水原秋桜子・晩華

あやめ【菖蒲】

①アヤメ科の多年草。自生・栽培。根茎は分枝して繁殖し、高さ約六〇センチの剣状の葉を直立してだす。初夏、花柄の頂上に白・紫色の花を開く。観賞用に栽培される。［同義］花菖蒲（はなあやめ）。②サトイモ科の多年草の菖蒲（しょうぶ）の古名。初夏、淡黄色の小花を密生する。端午の節句には、風呂に入れて菖蒲湯（しょうぶゆ）とする。古歌の「あやめ」「菖蒲」「あやめ草」の多くは、この菖蒲（しょうぶ）をいう。

➡菖蒲（しょうぶ）［夏］、菖蒲の占（あやめのうら）［夏］、菖蒲印地（あやめいんじ）［夏］、菖蒲の枕（あやめのまくら）［夏］、菖蒲の日（あやめのひ）［夏］、軒の菖蒲（のきのあやめ）［夏］、菖蒲葺く（あやめふく）［夏］、菖蒲打（しょうぶうち）［夏］、菖蒲酒（しょうぶざけ）［夏］、菖蒲太刀（しょうぶだち）［夏］、菖蒲湯（しょうぶゆ）［夏］、花菖蒲（はなあやめ）［夏］、花菖蒲（はなしょうぶ）［夏］

あやめ［草木図説］

§

…ほととぎす　鳴く五月には　菖蒲草　花橘を　玉に貫き　かづらにせむと…（長歌）　山前王・万葉集三

ほととぎす待てど来鳴かず菖蒲草玉に貫く日をいまだ遠みか　大伴家持・万葉集八

ほととぎすいとふ時なし菖蒲草かづらにせむ日こゆ鳴き渡れ　田辺福麻呂・万葉集一八

…ほととぎす　来鳴く五月の　菖蒲草蓬かづらき　酒みづき　遊びなぐれど…（長歌）　大伴家持・万葉集一八

ほととぎす鳴くや五月のあやめ草あやめも知らぬ恋もするかな
　よみ人しらず・古今和歌集一一（恋一）
きのふまでよそに思ひしあやめ草けふ我が宿の妻と見るかな
　大中臣能宣・拾遺和歌集二（夏）
うちしめりあやめぞかをるほととぎす鳴くや五月の雨の夕暮
　藤原良経・新古今和歌集三（夏）
夕汐の満ちくるなべにあやめ咲く池の板橋水つかむとす
　伊藤左千夫・伊藤左千夫全短歌
花売の小車《をぐるま》涼しあさ靄に菖蒲ひと車載せて門《かど》行く
　与謝野寛・紫
明け初むるあしたの空のむらさきの色に咲きたる花あやめ草
　太田水穂・つゆ艸
むらさきと白と菖蒲は池に居ぬこころ解けたるまじらひもせで
　与謝野晶子・春泥集
噴井べのあやめのそばの竹棚に洗面器しろし妻が伏せたる
　北原白秋・雀の卵
かゞまりてわが息づかひしたしもよ菖蒲《あやめ》の花のかさなりて見ゆ
　木下利玄・紅玉
夕まぐれ風に揺れゐるあやめの葉揺れやまぬかも花は揺れなくに
　三ケ島葭子・三ケ島葭子歌集
あやめ草足にむすばん草鞋の緒　芭蕉・鳥のみち
あやめ草加茂の仮橋いま幾日　嵐雪・玄峰集
五月雨を誘ふや軒のあやめ草　柳居・柳居発句集
沢にあるうちは名たゝぬ菖蒲哉　千代女・千代尼発句集
長々と肱にかけたりあやめ売　白雄・白雄句集
片隅にあやめ咲きたる門田かな　正岡子規・子規全集
菖蒲提げて女行くなり柳橋　正岡子規・子規全集
わが恋《こひ》は人《ひと》とる沼《ぬま》の花菖蒲《はなあやめ》　泉鏡花・鏡花全集
榛名湖《はるなこ》のふちのあやめに床几《しょうぎ》かな　高浜虚子・五百句

あやめいんじ【菖蒲印地】
五月五日の端午の節句に、子供たちが二手に分かれ、河原などで小石を投げ合う遊び。石合戦。［同義］印地打ち（いんじうち）。⬇菖蒲（あやめ）［夏］、菖蒲（しょうぶ）［夏］

§

おもふ人にあたれ印地のそら礫　嵐雪・玄峰集

あやめのうら【菖蒲の占】
五月五日の端午の節句に、女児が菖蒲（しょうぶ）の葉を結んで軒にさし、そこに蜘蛛が巣をかけると、願い事が叶うという占い。［同義］菖蒲占い（しょうぶうらない）。⬇菖蒲（あやめ）［夏］、菖蒲（しょうぶ）［夏］

§

しるしなき菖蒲の占を恨かな　松瀬青々・妻木

あやめのひ【菖蒲の日】
五月五日の端午の節句をいう。「菖蒲の節句（しょうぶのせっく・あやめのせっく）」ともいう。⬇菖蒲（あやめ）［夏］、菖蒲（しょうぶ）［夏］

§

四辻や匂ひ吹みつあやめの日　闌更・半化坊発句集

あやめのまくら【菖蒲の枕】
菖蒲（しょうぶ）は、薬草として邪気悪魔を払うといわれ、

五月五日の端午の節句の夜に、菖蒲を枕の下に敷いて寝る風習がある。🡇菖蒲（あやめ）［夏］、菖蒲（しょうぶ）［夏］

§

あやめかけて草にやつれし枕かな　暁台・暁台句集
きぬぎぬにとくる菖蒲の枕哉　松瀬青々・妻木

あやめふく【菖蒲葺く】

「菖蒲（しょうぶ）葺く」ともいう。火災をさけるまじないとして、端午の節句の前日の五月四日、菖蒲に蓬を添えて軒の上に葺く風習。平安中期より宮中で行われ、民間行事ともなった。🡇菖蒲（あやめ）［夏］、菖蒲（しょうぶ）［夏］、軒の菖蒲（のきのあやめ）［夏］、蓬葺く（よもぎふく）［夏］

§

あやめふく軒はかはらてふるさとをしのふの草のおふか、なしさ　上田秋成・献神和歌帖

笠摺や葺わたしたるあやめ草　杉風・韻塞
しだり尾の長屋長屋に菖蒲哉　嵐雪・玄峰集
菖蒲《あやめ》葺く屋ねに日和の目利《めきき》かな　涼菟・笈日記
屋根葺と並てふける菖かな　其角・五元集
をかしやな葎の中にふくあやめ　乙二・斧の柄
菖蒲《あやめ》ふけ浅間の烟《けぶり》しづか也　一茶・文化六年句日記
あやめ葺日にさへなれば泪かな　梅室・梅室家集
人の妻の菖蒲葺くとて梯子哉　正岡子規・子規句集
明家《あきいえ》に菖蒲葺いたる屋主哉　正岡子規・子規句集
菖蒲《しょうぶ》葺《ふ》いて元吉原《よしわら》のさびれやう　高浜虚子・五百句
菖蒲ふく軒の高さよ彦《ひこ》山の宿　杉田久女・杉田久女句集

あわまく【粟蒔く】

粟は通常、五～六月に種を蒔く。🡇粟（あわ）［秋］

§

粟まくやわすれずの山西にして　乙二・斧の柄

あわもりそう【泡盛草】

ユキノシタ科の多年草。自生・栽培。わが国南西部の山野に自生。高さ約五〇センチ。夏、円錐花序をだして白花を多数つける。［和名由来］白色の花序が泡が集まったように見えるところから。［同義］泡盛升麻（あわもりしょうま）、粟穂（あわぼ）。

あわもりそう

§

霧積の泡盛草のおもかげの見ゆれどすでにうら枯れぬらん　与謝野晶子・緑階春雨

あんず【杏・杏子】

バラ科の落葉樹・栽培。中国原産。高さ三～五メートル。樹皮は褐色で堅い。葉は卵形で、縁は鋸歯状。春に白色・淡紅色の花を開く。花は五弁、八重。花後、球形の果実を結び、赤黄色に熟す。果実は生食し、また砂糖漬・ジャムなどにも用いられる。種子は「杏仁（きょうにん）」として鎮咳、吐気止などの薬用になる。「杏仁油」は、香料、毛髪油などに用いられる。［和名由来］漢名の「杏」より。また、「甘酢梅」の意より。［同義］唐桃・杏花（からもも）、巴旦杏（はたんき

ょう)、寿星桃(じゅせいとう)、江戸桃(えどもも)、金杏(もちあんず)、沙杏(さきょう)。[漢名] 杏。[花言] 疑惑(英)、不屈の精神(仏)。〈果実〉気後れ。⬇唐桃の花(からもものはな)[春]、杏の花(あんずのはな)[春]

あんず

§

風ふけばはら〻と雨の露ながら落ちて音ある杏の熟れ実　太田水穂・冬菜

善光寺山門下の家々に木垂《こだ》る杏は黄に熟れにけり　島木赤彦・氷魚

隠してや兒の食はんと杏かな　嘯山・俳諧新選

医者どのと酒屋の間の杏かな　召波・春泥発句集

杏あか李《すもゝ》しろあとは緑なり　森鷗外・うた日記

君心ありて伐り捨てざりし杏かな　河東碧梧桐・新俳句

「い」

い【藺】

イグサ科の多年草。自生・栽培。高さ約一メートル。茎は丸形で細長く、茎中に白髄がある。夏、緑褐色の細花を開く。灯心や畳表・筵の材料となる。[和名由来] 畳や筵にするところから「イ(居)」の意にあてたものと。[同義] 藺草(いぐさ)、鷺の尻刺(さぎのしりさし)、燈心草(とうしんぐさ・とうしんそう)、藨草(こもくさ)、明藻(あかりも)、牛髭(うしのひげ)。[漢名] 燈心草。[花言] 従順。⬇藺の花(いのはな)[夏]

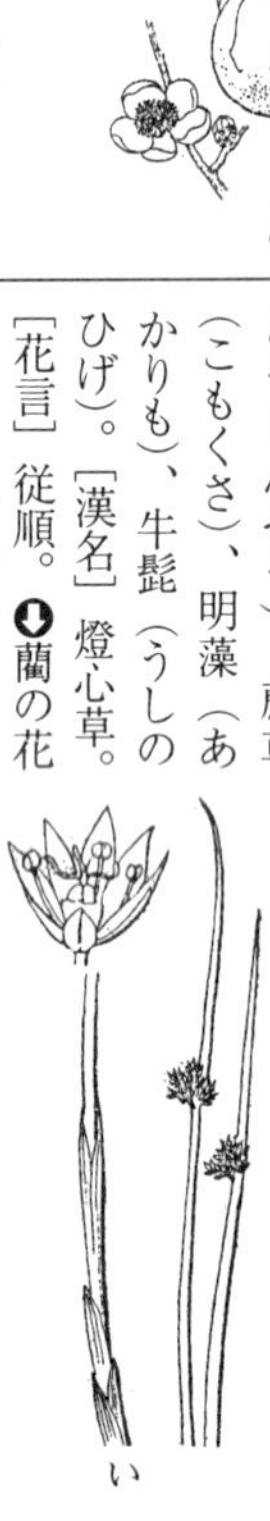
い

§

藺刈れば沢蟹の出てけふも雨　河東碧梧桐・新傾向(夏)

法隆寺

斑鳩《いかるが》の塔見ゆる田に藺は伸びぬ　加藤楸邨・寒雷

いかだごぼう【筏牛蒡】

初夏に収穫した若い牛蒡を市場に出荷するため筏状に束ねたもの。また、牛蒡を叩いて筏の形にした料理。⬇若牛蒡(わかごぼう)[夏]、新牛蒡(しんごぼう)[夏]、牛蒡の花(ごぼうのはな)[夏]

いたどりのはな【虎杖の花】

虎杖は夏、淡紅・白色の花を穂状に開く。⬇さいたづま[春]、虎杖(いたどり)[春]

§

たたずめるわが足もとの虎杖《いたどり》の花あきらかに月照りわたる　斎藤茂吉・暁紅

いたどりの花万傾や月の下　山口青邨・雪国
いたどりの花月光につめたしや　山口青邨・雪国

いちご【苺・莓】

バラ科の多年草または低樹のイチゴの類の総称。ストロベリー(strawberry)。一般には、江戸時代に渡来した食用栽培の和蘭陀苺(オランダいちご)をいう。それ以前は木苺をさしていた。高さ約二〇センチ。葉は根生の複葉で掌状。葉腋より葡萄枝をだし繁殖する。晩春から初夏に白花を開く。花後、紅色の果実を結び、食用となる。[漢名]覆盆子。[花言]無邪気・清浄(英)、香気(仏)。⇩苺の花(いちごのはな)[春]、草苺(くさいちご)[夏]、苗代苺(なわしろいちご)[夏]、蛇苺(へびいちご)[夏]、木苺(きいちご)[夏]、苺の根分(いちごのねわけ)[秋]、冬苺(ふゆいちご)[冬]

§

手づくりのいちごを君にふくませむわがさす虹の色に似たれば　山川登美子・山川登美子歌集
幾度か雨にもいでて苺つむ母がをよびは爪紅をせり　長塚節・鍼の如く
青原の中に熟れたる一粒《いちりふ》の苺と思ひ口づけしかな　石川啄木・啄木歌集補遺
牛の背に慣るればときに鞍を下り草はらのうへに覆盆子をぞ摘む　中村憲吉・軽雷集以後
やまぶきの雫にみのるいちごかな　斜嶺・俳諧勧進牒
麓ともおぼしき庭の覆盆子かな　支考・千鳥掛
旅ごろも奈須野のいちごこぼれけり　乙二・斧の柄
いちご熟す去年《こぞ》の此頃病みたりし　正岡子規・子規句集
旅人の岨《そば》はひあがるいちご哉　正岡子規・子規句集
市の灯に美なる苺を見付たり　夏目漱石・漱石全集
乳鉢に紅すりつぶすいちごかな　河東碧梧桐・春夏秋冬
朴の葉を五器に敷き盛る苺哉　河東碧梧桐・新傾向(夏)
忍び来て摘むは誰が子ぞ紅苺　杉田久女・杉田久女句集
熟れそめし葉蔭の苺のごと　杉田久女・杉田久女句集

いちはつ【一八・鳶尾草】

アヤメ科の多年草・栽培。中国中央部からビルマ原産。高さ約三〇センチ。葉は剣状で平行脈がある。五月頃に紫色の小さな斑紋のある花、もしくは白色の花を開く。[和名由来]アヤメの類では、花期が早いところから「逸初・一初(イッハツ)」の意からと。[同義]子安草(こやすぐさ)、万年草(まんねんそう)、八橋(やつはし)、水蘭(すいらん)。[漢名]鳶尾。

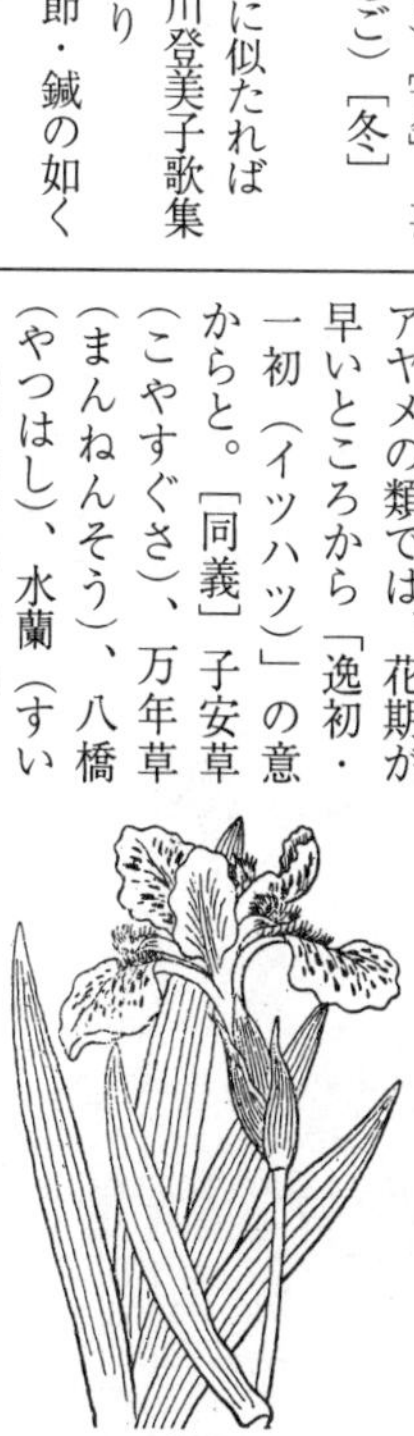
いちはつ

§

いちはつの花咲きいでて我が目には今年ばかりの春行かんとす　正岡子規・子規歌集
つゆばれの草のいきれよ一八の花はおどろの陰にかくれぬ　宇都野研・木群

いちはつの花さきいでて目にあれど何かかはらむこころもとなし　土田耕平・一塊

日食《につしよく》の光しづまりし鳶尾草《いちはつ》の黄の花びらに蝿とまり居る　佐藤佐太郎・帰潮

一八や暁の戸塚の茶の煙　成美・谷風草

一八の白きを活けて達磨の絵　正岡子規・子規全集

一八の屋根並びたる小村かな　正岡子規・子規句集

一八の家根をまはれば清水かな　夏目漱石・漱石全集

一八《いちはつ》やはや程《ほど》ヶ谷《や》の草《くさ》の屋根《やね》　泉鏡花・鏡花全集

いちび【莔麻】

アオイ科の一年草・栽培。高さ約一メートル。葉は心臓形。夏、五弁の黄色花を開く。［和名由来］火を起こし移し取るための火口（ほくち）の材となるところから「打火（ウチビ）」「痛火（イチビ）」の意からと。［同義］桐麻（きりあさ）、五菜葉・御菜葉（ございば）。

いちび

§

島いちびをかしうす黄のかたびらの花と覚ゆれ雨そそぐ時　与謝野晶子・深林の香

いちやくそう【一薬草】

イチヤクソウ科の常緑多年草。山林の陰地に自生。根生葉は広楕円形。五〜六月頃に下向きの五弁の白花を開く。葉は止血、鎮痛に、全草は「鹿蹄草（かていそう・ろくていそう）」として脚気などの薬用になる。［和名由来］一番効能がある薬草の意と。［同義］鏡草（かがみぐさ・かがみそう）、亀甲草（きっこうそう）。［漢名］鹿蹄草。

いちやくそう

いぬびわ【犬枇杷】

クワ科の落葉低樹。自生・栽植。高さ二〜四メートル。葉は互生で楕円形。夏に枇杷や無花果（いちじく）に似た小果を結ぶ。［和名由来］枇杷に似た果実を結ぶが、小さく食用となるほどではないところから。［同義］山枇杷（やまびわ）、小無花果（こいちじく）、山無花果（やまいちじく）、乳実（ちちのみ）。［漢名］婆婆納。

いぬびわ

いのはな【藺の花】

イグサ科の多年草の藺の花。自生・栽培。夏、淡褐色の細花を開く。➡藺（い）［夏］

§

藺の花や泥によごるゝ宵の雨　鈍可・曠野

藺の花や小田にもならぬ溜り水　　正岡子規・子規句集

いばらのはな【茨の花】

バラ科の蔓性落葉低樹・自生。「うばら」「ばら」ともいう。➡野薔薇の花（のいばらのはな）［夏］、花茨（はないばら）［夏］、薔薇（ばら）［夏］、茨の実（いばらのみ）［秋］、枯茨（かれいばら）［冬］

§

うの花のゆきにまがふにまがひても川辺のいばらさかり也けり　　大隈言道・草径集

いばらさへ花のさかりはやはらびて折手ざはりもなきすがた哉　　大隈言道・草径集

夏されば茨花散り秋されば芙蓉花咲く家に書《ふみ》あり　　正岡子規・子規歌集

茨垣の夏知る一花両花かな　　内藤鳴雪・鳴雪句集

茨《ばら》さくや根岸の里の貸本屋　　正岡子規・子規句集

いぼたのはな【水蝋樹の花・疣取木の花】

水蝋樹（いぼたのき）はモクセイ科の半落葉低樹。自生・栽植。高さ二～五メートル。初夏、白花を開く。花後、楕円形の黒実を結ぶ。庭木、生垣に用いられる。樹皮にイボタロウ虫が寄生し、蝋のような分泌物をだす。この分泌物は「虫白蝋（いぼたろう）」として止血に効き、葉は腫物の、果実は強壮などの薬用になる。

いぼたのき

［〈水蝋樹〉和名由来］「疣取（いぼとり）」「疣堕（いぼた）」の意よりと。［〈水蝋樹〉同義］水蝋・疣取（いぼた）、鼠木（ねずみのき）、鼠枕（ねずみのまくら）、小米花（こごめばな）、牛叩（うしたたき）。

§

鬼怒川の堤におふる水蝋樹はなにさきけりやまべとる頃　　長塚節・夏季雑咏

森かげの道はをぐらし白々といぼたの花の散りしけるらし　　土田耕平・青杉

いものはな【芋の花】

里芋、薩摩芋、山芋など食用の地下茎、塊根類の花。俳句では一般に里芋の花をいう。➡里芋（さといも）［秋］、芋（いも）［秋］、里芋の花（さといものはな）［夏］、じゃが芋の花（じゃがいものはな）［夏］

いわかがみ【岩鏡】

イワウメ科の常緑多年草。深山の岩場に自生。茎は短く、葉は根生で心臓形。夏、淡紅色の鐘形の花を開く。［和名由来］葉に光沢があり、深山の岩場に生育するところから。

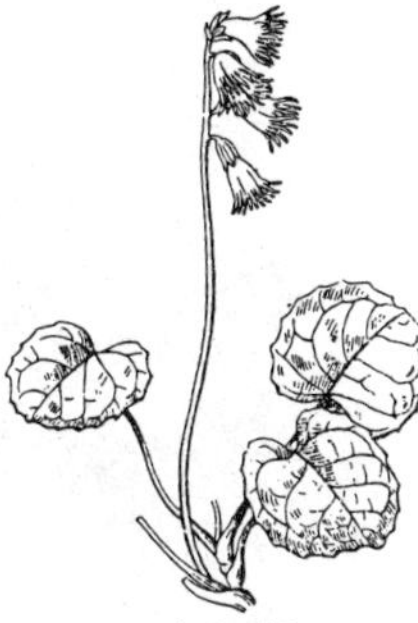
いわかがみ

いわなし【岩梨】

ツツジ科の常緑小低樹・自生。高さ一〇～二〇センチ。葉は長楕円形で、縁には褐色の毛がある。春、淡紅色の花を開く。花後、披針状の果実を結ぶ。［和名由来］果実の味が梨に似て、山地に生育するところから。［同義］砂苺（すないちご）、浜梨（はまなし）。［花言］恋のうわさ。⬇岩梨の花（いわなしのはな）［春］

§

岩梨や山の道草わすれ草　任口・類題発句集
軒近き岩梨折るな猿の足　千那・猿蓑

いわなし

いわひば【岩檜葉】

シダ類イワヒバ科の常緑多年草。高さ一〇～二〇センチ。おもに西日本山地の岩場に自生。頂部に多数の枝が密生し、枝先に胞子穂をつける。江戸時代より盆栽など園芸用として栽培される。［和名由来］檜葉に似て岩場に生育するところから。［同義］岩苔（いわごけ）、岩松（いわまつ）、苔松（こけまつ）。［漢名］巻柏、万年松。

§

五月《さつき》の雨岩ひばの緑いつ迄ぞ　芭蕉・向之岡

いわひば

いわふじ【岩藤・巌藤】

マメ科の落葉小低樹。自生・栽植。「庭藤（にわふじ）」の別称。高さ約一メートル。葉は長卵形の羽状複葉。初夏、淡紅・白色の蝶形の花を総状に開き、藤に似ている。庭木、観賞用に多く栽培される。⬇庭藤（にわふじ）［夏］

§

巌藤やとりつく道も九折坂　乙外・古今句鑑
巌藤のちる時水の濁り哉　時習・西華集
岩藤や犬吼え立つる橋の上　村上鬼城・鬼城句集

いわふじ

「う」

ういきょうのはな【茴香の花】

茴香はセリ科の多年草・栽培。南ヨーロッパ原産。高さ一～二メートル。茎は叢生。葉は長い細糸状で互生。夏、黄白色の五弁の小花を多数開く。花後、円形状の小さな果実を結ぶ。果実は「茴香油（ういきょうゆ）」として健胃、去痰などの薬用になる。［〈茴香〉和名由来］漢名「茴香」より。［〈茴香〉同義〕呉の母（くれのおも）、茴香子（ういきょうし）。〔〈茴香〉漢名〕茴香香子、魂香花。⇩茴香の実（ういきょうのみ）〔秋〕

ういきょう

§

茴香の花の静みにほのゆるる宵のかをりや星に沁むらん　島木赤彦・馬鈴薯の花

わが世さびし身丈おなじき茴香も薄黄に花の咲きそめにけり　北原白秋・桐の花

茴香や風邪のここちにほのさむき夏の日なかを数群れにけり　北原白秋・桐の花

茴香の花の中ゆき君の泣くかはたれどきのここちこそすれ　北原白秋・桐の花

茴香に浮世をおもふ山路かな　浪化・屠維単閼

うきくさ【浮草・萍】

ウキクサ科の多年草。池・沼・水田などの淡水に三〜五個集まって浮生する。葉状体の表は緑で、裏は紫。多数の細い根をもつ。夏、白い小花を開くことがある。〔同義〕鏡草、無者草（なきものぐさ）、種無・種子無（たねなし）、浮萍草・蛭藻草（ひるもぐさ）、水萍（うきくさ）、青萍（あおうきくさ）。〔漢名〕水萍。⇩萍生いそむ（うきくさおいそむ）〔春〕、浮草の花（うきくさのはな）〔夏〕、根無草（ねなしぐさ）〔夏〕

§

浮き草の上はしげれる淵なれや深き心を知る人のなき　よみ人しらず・古今和歌集一一（恋二）

わびぬれば身をうき草の根を絶えて誘ふ水あらばいなむとぞ思ふ　小野小町・古今和歌集一七（雑上）

ひぐちあけし水音けさはきこえきて垣内《かきつ》のいけをいぬる萍　大隈言道・草径集

はらへどもやがてひとつにうかびあふこゝろわりなき池の浮草　大隈言道・草径集

吹かぜにかたよる池のうき草のたえますゞしき月のかげ哉　樋口一葉・緑雨筆録「一葉歌集」

萍の華と咲けりうき御堂　露川・北国曲

萍《うきくさ》に生まれしと見る虫の飛ぶ　露月・露月句集

萍を岸につなぐや蜘の糸　千代女・千代尼発句集

萍の鍋の中にも咲にけり　一茶・一茶句帖

浮草を払へば涼し水の月　几董・井華集

萍の遠賀の水路は縦横に　杉田久女・杉田久女句集

うきくさのはな【浮草の花・萍の花】

ウキクサ科の多年草の浮草の花。⇩浮草（うきくさ）〔夏〕

§

みきわにはうきもはなさき神のすむしけ山かけの淵のいろはも　上田秋成・後宴水無月三十章

鯉にとてなげ入れし麩の力にもたちわかれたる浮草の花　落合直文・明星

うき草や今朝はあちらの岸に咲　乙由・麦林集

うき草を吹あつめてや花むしろ　蕪村・蕪村庵句集

萍の花からのらんあの雲へ　一茶・八番日記
浮草風に小さい花咲かせ　尾崎放哉・小豆島にて

うきは【浮葉】

蓮の浮葉をいう。⇨蓮の浮葉（はすのうきは）［夏］、蓮（はす）［夏］

§

蓮池の深さわするゝ浮葉哉　荷兮・春の日
飛石も三つ四つ蓮のうき葉哉　蕪村・蕪村句集

うぐいすかぐらのみ【鶯神楽の実】

鶯神楽はスイカズラ科の落葉低樹。自生・栽培。高さ約二メートル。葉は楕円形。春、葉と共に先端が五裂した漏斗形の淡紅色の花を開く。果実は茱萸に似ており、初夏、鮮紅色に甘く熟す。［〈鶯神楽〉和名由来］「鶯狩座（ウグイスカクラ）」の転で、鶯などの鳥が集まるため狩猟に便利な木の意味。［〈鶯神楽〉同義］鶯木（うぐいすぼく）、鶯葛（うぐいすかずら）、鶯隠（うぐいすがくれ）。

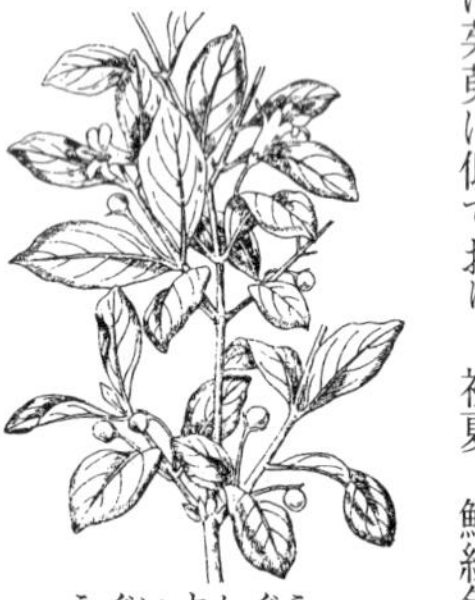
うぐいすかぐら

うすのみ【臼実】

ツツジ科の落葉低樹・自生。葉は互生で卵形。初夏、淡紅の小花を開く。花後、小豆ほどの実「臼実（うすのみ）」を結び、赤熟する。［和名由来］果実の先の凹みを臼に見立てたところから。

うすゆきそう【薄雪草】

キク科の多年草。低い山地に自生。高さ約三〇センチ。葉裏に白い綿毛がある。夏から秋、灰白色の小花を開く。［和名由来］葉がもつ白い綿毛を、薄く積った雪に見立てたものと。

うすゆきそう

うつぎのはな【空木の花・卯木の花】

空木はユキノシタ科の落葉低樹、自生・栽植。高さ一～二メートル。五月頃、鐘状で白色の五弁花を開く。花後、黒い小球状の果実を結ぶ。果実は「君仙子（くんせんし）」として、枝葉の煎汁と共に黄疸の薬用になる。［〈空木〉和名由来］幹が空洞であるところから。また、卯月（旧暦四月）に花が咲くところからとも。［〈空木〉同義］山空木（やまうつぎ）、花卯木（はなうつぎ）、卯花（うのはな）、田植花（たうえばな）、垣見草（かきみぐさ）、初見草（はつみぐさ）、潮見草（しおみぐさ）、雪見草（ゆきみぐさ）、夏雪草（なつゆきそう）。⇨卯花（うのはな）［夏］、花卯木（はなうつぎ）［夏］

§

うつぎ

垣根なるうつ木の花は扱き集《っ》めてぞろりと土に棄てられにけり
長塚節・鍼の如く
風脚にしらじらなびく若葉山うつぎの花はすぎにたるらし
土田耕平・斑雪
雪月花一度の見する卯木哉
貞徳・誹諧発句帳
河口湖産屋ケ岬
花《はな》卯木《うつぎ》水模糊《もこ》として舟ゆかず
飯田蛇笏・霊芝

うつぼぐさ【靫草】

シソ科の多年草。山野に自生。高さ二〇～三〇センチ。六～七月頃、茎頭に太い花穂をつけ、紫色の花を開く。花穂は「夏枯草（かこそう）」として利尿に、茎・葉は眼病の薬用になる。［和名由来］弓矢を入れる靫の形に花穂が似ているところから。［同義］空穂草（うつぼぐさ）、夏枯草（かこそう・かごそう）、狐枕（きつねのまくら）、死人花（しびとばな）、酸酸（すいすい）。［漢名］夏枯草。

うつぼぐさ

§

道の辺や麦に咲き入るうつぼ草
長翠・俳句大観
うつぼ草こゝ五月雨の湊かな
道彦・俳句大観

うどのはな【独活の花】

独活はウコギ科の多年草。高さ約二メートル。夏、球状の花序の白花を開く。⇩独活（うど）［春］

§

山独活の花うかび見ゆふかふかとふもと萱原遠ひろき上
木下利玄・紅玉

うどんげ【優曇華】

インド原産クワ科イチジク属の樹。優曇波羅華（梵語）の略。花はイチジクに似た壺状花序。果実は食用。仏教では三千年に一度花が咲くといわれている。

§

優曇華や昨日の如き熱の中
石田波郷・惜命

うのはな【卯花】

「空木」「空木の花」の古名。空木は五月頃、白色の五弁花を開く。⇩空木の花（うつぎのはな）［夏］、花卯木（はなうつぎ）［夏］

§

五月山卯の花月夜ほととぎす聞けども飽かずまた鳴かぬかも
作者不詳・万葉集一〇
卯の花の咲くとはなしにある人に恋ひやわたらむ片思ひにして
作者不詳・万葉集一〇
時わかず降れる雪かと見るまでに垣根もたわに咲ける卯の花
よみ人しらず・後撰和歌集四（夏）
老いぬればかしらも白く卯の花を折りてかざさむ身も惑ふがに
躬恒集（凡河内躬恒の私家集）
ほととぎす空に声して卯の花の垣根もしろく月ぞ出でぬる
永福門院・玉葉和歌集三（夏）

朝日山ふもとの里の卯の花をさらせる布と思ひけるかな
藤原顕輔・続千載和歌集三（夏）

雪としも紛ひもはてず卯の花は暮るれば月の影かとも見ゆ
江侍従・金葉和歌集二（夏）

此春はいとまをなみにゆひそへぬま垣なからにさけるうの花
上田秋成・献神和歌帖

わが宿の墻《かき》ねに咲《さけ》る卯花は隣にしらぬ月夜なりけり
香川景樹・桂園一枝

卯花のひかりばかりになりにけりかきねくれゆく玉川のさと
香川景樹・桂園一枝拾遺

わがすめるさとには高き嶺もなし夏見る雪は垣のうのはな
大隈言道・草径集

夕月夜月はおぼろにみゆれどもこゝのみしろしかきの卯の花
樋口一葉・緑雨筆録「一葉歌集」

卯の花の雨にやつれし朝の窓写しさしたる御経うつさむ
武山英子・武山英子拾遺

卯花も母なき宿ぞ冷《すさま》じき　芭蕉・続虚栗
卯の花やくらき柳の及《およ》びごし　芭蕉・別座鋪
梅こひて卯花拝むなみだ哉　芭蕉・甲子吟行
卯の花にぱつとまばゆき寝起哉　杉風・別座鋪
卯の花をかざしに関のはれ着哉　曾良・信夫摺坤
うの花も白し夜半《なか》の天の河　言水・初心もと柏
うの花の絶間《たえま》たゝかん闇《やみ》の門《もん》　去来・すみだはら
卯の花に笈摺寒し初瀬山　去来・去来発句集
うの花やいづれの御所の加茂詣　其角・五元集
卯の花や日光迄は垣つゞき　百里・温故集
卯の花やちぎれちぎれに雲の照り　支考・蓮二吟集
卯の花の浪こそかゝれ色の浜　支考・東西夜話
卯のはなや二丈七尺垣に咲　梢風・木葉集
卯の花のこぼるゝ蕗の広葉哉　蕪村・蕪村句集
うのはなに寒き日もあり山里は　几董・井華集
卯の花や茶俵作る宇治の里　召波・春泥発句集
うのはなの中に崩れし庵かな　樗良・樗良発句集
紙燭《しそく》して垣の卯の花暗うすな　鳳朗・鳳朗発句集
卯花の満たり月は廿日頃　月居・続あけがらす
卯の花にけ上げの泥も盛り哉　一茶・文政句帖
うの花に一人きりの社かな　一茶・おらが春
細き手の卯の花ごしや豆腐売　夏目漱石・漱石全集
卯《う》の花《はな》や仏《ぶつ》も願はず隠れ住む　高浜虚子・五百句
卯《う》の花《はな》を仏の花と手折《たお》りもし　高浜虚子・七百五十句
よしありて卯《う》の花垣《はながき》の妾《おもひもの》　泉鏡花・鏡花全集
卯《う》の花《はな》や家《いへ》をめぐれば小《ちさ》き橋《はし》　泉鏡花・鏡花全集
卯の花や仰臥の指に葉一枚　石田波郷・惜命

うばら【薔薇】

薔薇の別称。　§　➡薔薇（ばら）［夏］

刺《い》はあれどうるはしく咲く花うばら我は色なく老いてしぼむも
与謝野礼厳・礼厳法師歌集

わがおくる白と赤との花うばらいづれをさきに君はとるらむ
落合直文・明星

くれなゐの薔薇ふふみぬ我が病いやまさるべき時のしるしに
正岡子規・子規歌集
恋人の涙に似たる香《か》をたててうばら咲く日となりぬ武蔵野
与謝野晶子・火の鳥
愛に酔ふ雌蕊《めしべ》雄蕊《おしべ》を取りかこむうばらの花をつつむ昼の日
木下利玄・銀

うめつける【梅漬ける】

熟す前の梅の青い実を収穫して、水に浸したあと、梅一斗に塩三升の割合で漬ける。三週間ほどして取りだし、日光に晒したものを梅干という。⬇梅干す（うめほす）［夏］、梅の実（うめのみ）［夏］

§

信濃なる梅漬うましまるまるとなまのままなるまろき梅漬
若山牧水・黒松
梅漬にむかしをしのぶ真壺哉　召波・春泥発句集

うめのあめ【梅の雨】

梅雨のことで、梅の実が黄熟するころに梅雨になるところからこの名がある。

§

降音《ふるおと》や耳もすふなる梅の雨　芭蕉・続山井
青木葉に黒みつきけり梅の雨　紅雪・或時集

うめのみ【梅の実】

バラ科の落葉高樹の梅の実。［同義］実梅（みうめ）。⬇青梅（あおうめ）［夏］、梅（うめ）［春］、梅干す（うめほす）［夏］、小梅（こうめ）［夏］

拾ひつるうす赤らみし梅の実に木の間ゆきつつ歯をあてにけり
若山牧水・独り歌へる
公園の梅林の青葉がくれの青き實のその晝われにしたしみしなり
木下利玄・銀

§

十たらず野中の梅の黄ばみけり　暁台・暁台句集
梅の実の落ちて乏しき老木哉　正岡子規・子規全集
梅の実の落て黄なるあり青きあり　正岡子規・子規句集
塩漬の梅実いよいよ青かりき　飯田蛇笏・椿花集

うめばちそう【梅鉢草】

ユキノシタ科の多年草・自生。高さ一〇～四〇センチ。葉は心臓形。夏、梅に似た五弁の小白花を茎頂に一輪開く。［和名由来］紋章の「梅鉢」に花の形が似ているところから。［同義］一輪草。

うめばちそう

§

ひがしぞら／かゞやきませど丘はなほ／うめばちさうの夢をたもちつ
宮沢賢治・校本全集

うめほす【梅干す】

梅干づくりは、未熟の梅の実を一昼夜水に浸し、梅と塩を一斗対三升の割合で漬ける。そこに紫蘇などを加え、三週間ほどして取りだし、日光に干して梅干となる。梅干は「梅法師（うめほうし）」ともいう。⬇梅漬ける（うめつける）［夏］、梅の実（うめのみ）［夏］、梅干飾る（うめぼしかざる）［新年］

§

梅干や見知つて居るかむめの花　嵐雪・風の末
梅干の今やむかしの花の事　露川・二人行脚
梅干と皺くらべせんはつ時雨　一茶・文化句帖
小百姓の梅した丶かに干しにけり　村上鬼城・鬼城句集
梅干にすでに日蔭や一むしろ　河東碧梧桐・春夏秋冬
母が亡き父の話する梅干のいざこざ　河東碧梧桐・八年間
病めば梅ぼしのあかさ　種田山頭火・草木塔
梅干の塩噴く笊や夾竹桃　杉田久女・杉田久女句集補遺

うめむく【梅剥く】

青梅の皮肉を剥いで晒し、それを乾燥させて梅酢の材料とする。また、同様に青梅を剥き、板の上などで晒し、水に戻して染色に使用する。⬇青梅（あおうめ）［夏］

§

梅むきや笊のかたぶく日の面　望翠・俳句大全

うめわかば【梅若葉】

梅の木の若葉。⬇若葉（わかば）［夏］、梅（うめ）［春］

§

部屋にさす昼のひざしの青むまで梅の若葉はしげりたるかな　石井直三郎・青樹
ふるさとの梅の若葉や堂籠　巣兆・曾波可理

うらしまそう【浦島草】

サトイモ科の多年草・自生。球茎をもつ。葉は大きく暗緑色で、紫褐色の斑点がある。五月頃、黒紫色の花穂を垂れる。［和名由来］花軸の先が糸状になっているところを、浦島太郎が釣糸をたれているさまに見立てたもの。［同義］蛇草（へびくさ）、蛇腰掛（へびのこしかけ）、藪蒟蒻（やぶこんにゃく）。⬇天南星（てんなんしょう）［夏］

うらしまそう

§

枕もと浦島草を活けてけり　正岡子規・子規句集
蜑が家の簾の裾の浦島草　山口青邨・雪国

うらわかば【うら若葉】

見るからに若々しい葉。⬇若葉（わかば）［夏］

§

逢阪やいつ迄寒きうら若葉　士朗・俳句全集

うり【瓜】

ウリ科蔓性植物、その果実の総称。真桑瓜・甜瓜（まくわうり）、胡瓜（きゅうり）、白瓜（しろうり）、西瓜（すいか）、南瓜（かぼちゃ）、糸瓜（へちま）、冬瓜（とうが）、夕顔（ゆうがお）など。一般には、真桑瓜をいうことが多い。［同義］葉広草（はひろぐさ）。

うり［毛詩品物図攷］

⬇真桑瓜（まくわうり）〔夏〕、瓜作り（うりづくり）〔夏〕、瓜漬（うりづけ）〔夏〕、瓜の香（うりのか）〔夏〕、瓜の花（うりのはな）〔夏〕、瓜の番（うりのばん）〔夏〕、瓜畑（うりばたけ）〔夏〕、初瓜（はつうり）〔夏〕、胡瓜（きゅうり）〔夏〕、白瓜（しろうり）〔夏〕、姫瓜（ひめうり）〔夏〕、干瓜（ほしうり）〔夏〕

§

瓜食めば　子ども思ほゆ　栗食めば　まして偲《しぬ》はゆ　いづくより　来りしものぞ　眼交《まなかひ》に　もとなかかりて　安寝《やすい》し寝《な》さぬ（長歌）
山上憶良・万葉集五

山城のこまのわたりを見てしかな瓜作りけん人の垣根を
兼盛集（平兼盛の私家集）

我がやどのませのはたてにはふうりのなりもならずもふたりねまほし
金槐和歌集（源実朝の私家集）

瓜むくと幼き時ゆせしがごと堅さに割かば尚うまからむ
長塚節・鍼の如く

花と実と一度に瓜のさかりかな　芭蕉・こがらし
瓜作る君かあれなと夕すゞみ　芭蕉・栞集
瓜の皮むいたところや蓮台野　芭蕉・笈日記
朝露によごれて涼し瓜の泥　芭蕉・笈日記
葉がくれをこけ出て瓜の暑さ哉　去来・刀奈美山
むかしおもへひとつ畠の瓜茄子　去来・はだか麦
瓜切てさびぬ剣の光かな　嵐雪・玄峰集
けふありて今日落る瓜のほぞ　土芳・蓑虫庵集
ならはしの塩茶のみけり瓜の後　其角・五元集拾遺
瓜むいて猿にくはする木陰哉　其角・五元集
水桶にうなづきあふや瓜茄子　蕪村・蕪村句集
はらばうて瓜むく軒のかげり哉　蓼太・蓼太句集
瓜食うて蟻にひかれそ木かげまで　乙二・斧の柄
人来たら蛙となれよ冷し瓜　一茶・七番日記
瓜一つ丸にしづまぬ井なりけり　一茶・おらが春
走りつつ瓜盗んだる馬卒かな　森鷗外・うた日記
瓜好きの僧正山を下りけり　正岡子規・子規句集
瓜ぬすむあやしや御身誰やらん　正岡子規・子規句集
瓜食うて我も上るや観音寺　河東碧梧桐・新傾向（夏）
思ひの外渡しの景や瓜の里　河東碧梧桐・新傾向（夏）
子を叱るさまでもと思ふ瓜の宿　河東碧梧桐・新傾向（夏）
先生が瓜盗人《うりぬすびと》でおはせしか　高浜虚子・五百句
水打つて石涼しさや瓜をもむ　杉田久女・杉田久女句集
瓜一つ残暑の草を敷き伏せし　杉田久女・杉田久女句集
浅漬の瓜の青白《せいはく》噛むひびき　日野草城・旦暮

うりづくり【瓜作り】
⬇瓜（うり）〔夏〕

§

思はずにつらくもあるかな瓜作りいかになる世の人の心ぞ
大弐高遠集（藤原高遠の私家集）

星合やいかに痩地の瓜づくり　其角・五元集
ひとくゝる縄もありけり瓜作り　太祇・太祇句選

うりづけ【瓜漬】
瓜の漬物。⬇瓜（うり）［夏］
§
漬瓜やひまな世帯の壺一つ　河東碧梧桐・新傾向（夏）

うりのか【瓜の香】
⬇瓜（うり）［夏］
§
旅人のまくらに瓜のにほひかな　浪化・浪化上人発句集
瓜の香に狐嚏《くさみ》す月夜かな　白雄・白雄句集

うりのはな【瓜の花】
ウリ科蔓性植物の花の総称。色に濃淡はあるが、それぞれ黄色の花を開く。⬇瓜（うり）［夏］、南瓜の花（かぼちゃのはな）［夏］、胡瓜の花（きゅうりのはな）［夏］、糸瓜の花（へちまのはな）［夏］
§
瓜の蔓庭にのびつつ花持ちぬよろこぶ子らに徒花と言はじ　宇都野研・木群
夕《ゆふべ》にも朝にもつかず瓜の花　芭蕉・佐郎山
瓜の花雫いかなる忘れ草　芭蕉・類柑子
花と実を一度に瓜のさかりかな　芭蕉・こがらし
美濃を出て知る人稀や瓜の花　支考・蓮二吟集
夕晴の雲や黄色に瓜の花　支考・東西夜話
雷に小屋は焼かれて瓜の花　蕪村・蕪村句集
蝶を追ふ蛇の力や瓜の花　正岡子規・子規句集
住み馴れし鄙の小家や瓜の花　河東碧梧桐・新傾向（夏）

うりのばん【瓜の番】
畑の瓜が盗まれないように見張ること。⬇瓜（うり）［夏］、瓜畑（うりばたけ）［夏］
§
酒なども売侍るなり瓜の番　一茶・旅日記

うりばたけ【瓜畑】
⬇瓜（うり）［夏］、瓜の番（うりのばん）［夏］
§
山かげや身をやしなはむ瓜畠　芭蕉・笈日記
手ぢかなる秋見に出るや瓜畑　浪化・風月藻
盗人に出あふ狐や瓜ばたけ　太祇・太祇句選
あだ花は雨にうたれて瓜ばたけ　蕪村・蕪村句集
葉がくれの枕さがせよ瓜ばたけ　蕪村・蕪村句集
瓜畑やいざひやひやと草枕　蓼太・蓼太句集

うるしのはな【漆の花】
漆はウルシ科の落葉高樹・栽培。中央アジア原産。雌雄異株。高さ七〜一〇メートル。羽状複葉。六月頃、黄緑色の小花を総状に開く。花後、偏球形の核果を結び、晩秋、黄褐色に熟す。新芽は食用となる。樹皮の脂より漆器の塗汁の「漆」をとる。「乾漆（かんしつ）」として駆虫、鎮咳などの薬用になる。［〈漆〉和名由来］諸説あり。「潤液（ウルシル）」「塗汁（ヌルシル）」「潤為（ウ

うるし

ルシ）」など。〔〈漆〉同義〕漆木（うるしのき）。〔〈漆〉漢名〕漆、漆樹。➊漆の実（うるしのみ）〔秋〕、漆紅葉（うるしもみじ）〔秋〕

「え」

えごのはな【斎墩果の花】

エゴノキ科の落葉高樹・自生の斎墩果（えごのき）の花。斎墩果は高さ約三メートル。葉は卵形。夏、白色の花を総状につける。花後、小球形の果実を結び、熟して褐色の種子をだす。〔〈斎墩果〉和名由来〕果実はアクが強く、食べると咽が「エゴイ（えがらっぽい）」ことによると。〔〈斎墩果〉同義〕轆轤木（ろくろのき）、山桐（やまぎり）、萵苣の木（ちしゃのき）、座頭杖（ざとうのつえ）。〔漢名〕斎墩果。➊萵苣の花（ちさのはな）〔夏〕

えごのき

§

陽にまがふ何かしらけし眺めには若葉もわかずえごの鈴花　北原白秋・黒檜

花しろきえごの木《こ》のまを日ごもりと手斧《てうな》は音に楽しむごとし　北原白秋・黒檜

寄せ笛に巣鳥はひそむえごの花　水原秋桜子・晩華

えごの花一点白し流れゆく　山口青邨・雪国

えごの花ながれ溜ればにほひけり　中村草田男・長子

えごの花一切放下なし得るや　石田波郷・惜命

えぞぎく【蝦夷菊】

キク科の一年草・栽培。中国原産。高さ二〇～一〇〇センチ。葉は卵形。夏に紫紅・紅・白色などの大形の頭花を開く。〔同義〕江戸菊（えどぎく）、薩摩菊（さつまぎく）、朝鮮菊（ちょうせんぎく）、アスター（aster）。〔漢名〕翠菊。〔花言〕追憶、変化。

えぞぎく

§

温泉《ゆ》の宿の庭の蝦夷菊温泉を出で、雨に咲く見る欄干椅りて　村上成之・翠微

荒土にふさへる花かこのあたり花といへば赤き蝦夷菊の花　若山牧水・くろ土

蝦夷菊に日向ながらの雨涼し　内藤鳴雪・鳴雪句集

蝦夷菊や古き江戸絵の三度摺　内藤鳴雪・鳴雪句集

えにしだ【金雀枝】
マメ科の落葉低樹・栽植。南ヨーロッパ原産。高さ約一・五メートル。三小葉よりなる複葉。初夏、蝶形の黄色花を開く。花後、莢果を結ぶ。［和名由来］この植物をラテン語で「genista（ゲニスタ）」といい、オランダ経由で日本に入り、字音が変化したもの。［漢名］金雀児。［花言］清楚、謙遜。

§

えにしだは黄の花をどる枝垂れてゆききのわれの愁《うれひ》を知らず　佐藤佐太郎・星宿

えにしだの黄色は雨もさまし得ず　高浜虚子・五百五十句

えにしだ

えのきのはな【榎の花】
榎はニレ科の落葉高樹。自生・栽培。高さ約一〇メートル。葉は広楕円形で先が鋸歯状。夏、淡緑色の花を開く。花後、紅褐色の実を結ぶ。新芽、実は食用。樹皮は中風、葉は漆かぶれの薬用となる。古来より霊木とされた。［〈榎〉和名由来］諸説あり。「柄木（エノキ）」「燃木（モエノキ）」「選木（エリノキ）」「崇木（タタエノキ）」など。［〈榎〉同義］榎（え）、榎椋（えむく）、榎実木（よのみのき）、稜木（そばのき）。［〈榎〉漢名］朴樹。⬇榎の実（えのみ）［秋］、榎（えのき）［四季］

えのき

§

美しや榎の花のちる清水　白雄・俳句全集

えびすぐさ【夷草・恵比寿草】
①マメ科の一年草・栽培。北アメリカ原産。江戸時代に渡来。高さ約一・五メートル。全草に短毛をもつ。羽状複葉。夏、五弁の黄色花を開く。花後、緑色の堅莢を結ぶ。その中に含む種子は「決明子（けつめいし）」として口内炎、高血圧などの薬用になる。「はぶ茶」としても飲用される。［和名由来］江戸時代に「夷」と呼ばれたアメリカから渡来したところから。［同義］衣比須草（えびすぐさ）、六角草（ろっかくそう）。［漢名］決明。
②⬇芍薬（しゃくやく）［夏］

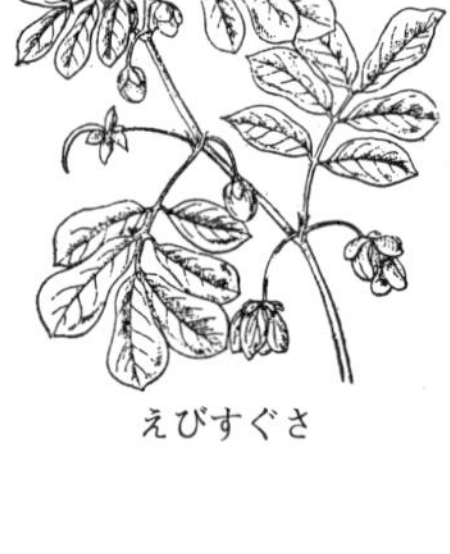
えびすぐさ

えんこうそう【猿猴草】
キンポウゲ科の多年草。自生・栽培。高さ約五〇センチ。根生葉は腎臓形。初夏、黄色の花を数個開く。［和名由来］花柄が長いところをテナガザル（猿猴）の手に見立てたもの。

えんこうそう

えんじゅのはな【槐の花・槐樹の花】

マメ科の落葉高樹・栽植。中国原産。高さ約一〇メートル。樹皮は淡黒褐色。葉は葉柄のある羽状複葉。初夏、黄白色の蝶形花を開く。花後、数珠状の莢をつけ、莢を結ぶ。［〈槐〉和名由来］古名「エニス（槐・恵爾須）」が転じたものと。［〈槐〉同義］延寿（えんじゅ）、玉樹（ぎょくじゅ）、黄藤（きふじ）、苦木（にがき）。［〈槐〉漢名］槐・槐樹。

§

巻藁を射れば花ちる槐哉　常矩・道草

寿を守る槐《えんじゅ》の木あり花咲きぬ　高浜虚子・七百五十句

槐花下《えんじゅくわか》わが懸命の了りたり　加藤楸邨・穂高

えんじゅ

えんどう【豌豆】

マメ科の二年草・栽培。羽状複葉。葉の頂部から蔓をだして他の植物などに巻きつく。春、白・紫色の蝶形花を開く。花後、莢を結び、種子を食用とする。この種子をもって夏の季語となる。青豌豆（＝グリンピース）、赤豌豆、白豌豆、莢豌豆（さやえんどう）など、多くの品種がある。［和名由来］漢名「豌豆」より。［同義］野良豆（のらまめ）、雪割豆（ゆきわりまめ）、緑豆（みどりまめ）、猿豆（さるまめ）、蔓豆（つるまめ）、三月豆（さんがつまめ）、二度豆（にどまめ）、胡豆（ことう）。［漢名］豌豆。［花言］喜びの訪れ。⬇豌豆の花（えんどうのはな）［春］

えんどう

§

生きの身の吾が身いとしくもぎたての青豌豆の飯《いひ》たかせけり　北原白秋・雲母集

まがると風が海ちかい豌豆畑　種田山頭火・草木塔

鮮《あた》らしき匂ひ豌豆むけるなり　日野草城・旦暮

えんばく【燕麦】

烏麦が原種とされるイネ科の一年草・栽培。高さ約一メートル。初夏に穂を結ぶ。食用。肥料ともなる。［同義］牛麦（うしむぎ）、馬麦（うまむぎ）、烏麦（からすむぎ）、燕麦（つばめむぎ・つばくらむぎ）。⬇烏麦（からすむぎ）［夏］

「お」

おいらんそう【花魁草】

草夾竹桃の別称。⬇草夾竹桃（くさきょうちくとう）［夏］

§

石垣のおいらん草の花ごしに瓜を見分くる湯のまちの朝　与謝野晶子・流星の道

わがゆめはおいらん草の香のごとし雨ふれば濡れ風吹けばちる
　北原白秋・桐の花
昼の日の炎ゆるに燃ゆる花魁草　亜浪・石楠
おいらん草こぼれ溜りし残暑かな　杉田久女・杉田久女句集

おうちのはな【樗の花・楝の花】

樗はセンダン科の落葉高樹。自生・栽植。「あうち」ともい、梅檀（せんだん）の古名である。高さ七～一五メートル。羽状複葉。晩春から初夏に、五弁の淡紫色の花を開く。花後、楕円の核果を結ぶ。核果は俗に「せんだん坊主」という。果実は「苦楝子（くれんし）」としてひびわれ止めの、葉と樹皮「苦楝皮（くれんぴ）」は駆虫の薬用となる。建築・家具・琵琶の用材、庭木としても用いられる。古歌では「あふち」を「逢ふ」に掛け、恋歌に詠み込まれることが多い。［〈樗〉同義］梅檀（せんだん）、唐変木（とうへんぼく）、雲見草、楝木（せんだのき）、あらの木。➡梅檀の花（せんだんのはな）［夏］、樗の実（おうちのみ）［秋］、雲見草（くもみぐさ）［夏］、花樗（はなおうち）［夏］

おうち（せんだん）［七十二候名花画帖］

§

妹が見し楝の花は散りぬべし我が泣く涙いまだ干なくに
　山上憶良・万葉集五
我妹子《わぎもこ》に楝の花は散り過ぎず今咲けるごとありこせぬかも
　作者不詳・万葉集一〇
ほととぎす楝の枝に行きて居ば花は散らむな玉と見るまで
　大伴家持・万葉集一七
あふち咲くそとものこかげ露おちて五月雨はるる風わたるなり
　藤原忠良・新古今和歌集三（夏）
五月雨に恋すといふ名は立たばたて君にあふちの花し咲きなば
　古今和歌六帖六
うすみどりまじるあふちの花見れば面影に立つ春の藤浪
　永福門院・玉葉和歌集三（夏）
あふち咲く岡べに来鳴くほととぎす藤のゆかりの色やとふらん
　壬二集（藤原家隆の私家集）
あふち咲く梢に雨はややはれて軒のあやめに残る玉水
　平経親・風雅和歌集四（夏）
片岡のあふちなみより吹く風にかつがつそそく夕立の雨
　後鳥羽院・風雅和歌集四（夏）
されはとてかけたのまれぬ隣かな樗花さき窓のくらきに
　上田秋成・献神和歌帖
鬼怒川の高瀬のぼり帆ふくかぜは樗の花を揺らかして吹く
　長塚節・夏季雑咏
楝《あふち》の木うすむらさきの花のかげに美しき鵙《もず》がとまりをるなり
　若山牧水・黒松

羽根そよがせ雀樗の枝に居り涼しくやあらむその花かげは　北原白秋・雀の卵

露落て朝風匂ふ樗哉　宗祇・大発句帳

きのふけふ樗に曇る山路哉　芭蕉・翁反古

どむみりとあふちや雨の花曇　芭蕉・芭蕉翁行状記

鮎川に影さし双《なら》ぶ樗かな　野紅・続別座敷

月もるや樗の下の墓参り　卯七・初蝉

鮓うりのかざしにとれや花樗　暁台・暁台句集

むら雨や見かけて遠き花樗　白雄・白雄句集

夜芝居の小屋をかけたる樗《おうち》哉　正岡子規・子規句集

見返るや門の樗《おうち》の見えぬ迄　正岡子規・子規句集

古池の松と離れて樗かな　河東碧梧桐・新傾向（夏）

晒井にたかき樗の落花かな　飯田蛇笏・山廬集

双燕の啼き交ふあふち花ざかり　飯田蛇笏・椿花集

花樗屋根とおなじに暗くなる　中村草田男・長子

野馬追も近づき樗咲きにけり　加藤楸邨・寒雷

おうとう【桜桃】

一般に「さくらんぼう」のことをいう。桜桃はバラ科の落葉高樹・栽植。サクラの一種。西アジア・ヨーロッパ中南部原産。高さ二～三メートル。葉は倒卵形。春、白色の五弁花を開く。花後、六月頃に実「さくらんぼう」を結び食用となる。［和名由来］中国原産のシナミザクラの漢名「桜桃」より。［同義］西洋実桜（せいようみざくら）、支那実桜（しなみざくら）。⇩桜（さくら）［春］、桜桃の花（おうとうのはな）［春］、さくらんぼう［夏］、桜の実（さくらのみ）［夏］

おおいぐさ【大藺草】

⇩太藺（ふとい）［夏］

§

おほゐ草浪は上にぞなりにける伊奈良の沼に晴れぬ五月雨　藤原為家・夫木和歌抄二四

川千鳥鳴くや沢辺のおほゐ草すそうちおほひ一夜寝にけり　清輔朝臣集（藤原清輔の私家集）

おおでまり【大手鞠・大手毬】

スイカズラ科の落葉樹・栽培。高さ約二メートル。葉は円形で細毛をもつ。初夏、紫陽花（あじさい）に似た白色の小花を鞠状に開く。［同義］手鞠花、手鞠。⇩手鞠（てまり）［夏］、手鞠花（てまりばな）［夏］

おおでまり

§

むらがりて真白き花の珠と咲くおほでまり花子が毬にもが　宇都野研・木群

まろまろと珠なせる花咲きみちて枝たわわなりおほでまりの木は　宇都野研・木群

おおばこのはな【大葉子の花】

大葉子はオオバコ科の多年草・自生。葉は長柄で根生。夏、花茎をだし、白色の小花を穂状に開く。⇩大葉子（おおばこ）［秋］

§

車前の花がさかむとうれしとて蛙は雨にきほひてや鳴く　長塚節・暮春の歌

車前草《おほばこ》のかすかなる花紅《あけ》ふふみ咲きゐる汀《みぎは》繁き雨音　宮柊二・藤棚の下の小室

おおまつよいぐさ【大待宵草】

アカバナ科の二年草・自生。北アメリカ原産。高さ約一・五メートル。茎は直立し、葉は狭楕円形。夏、夕方に四弁の黄色花を開き、翌朝にしぼむ。［和名由来］大形の待宵草の意。⇩待宵草（まつよいぐさ）［夏］、月見草（つきみそう）［夏］

おおまつよいぐさ

おおむぎ【大麦】

イネ科の一～二年草・栽培。葉は小麦より短く粉白色。花は穂状で三花ずつ互生。実は六列に並び、長い芒毛をもつ。ビール、味噌、醤油、飴などの材料となる。［和名由来］小麦より大きな麦であることから。［同義］太麦（ふとむぎ）、牛麦（うしむぎ）、馬麦（うまむぎ）。［漢名］大麦。⇩小麦（こむぎ）［夏］、麦（むぎ）［夏］

おおむぎ

おおやまれんげ【大山蓮花・大山蓮華】

モクレン科の落葉低樹。自生・栽培。高さ約四メートル。葉は広卵形で裏面に白毛を密生する。初夏、香気のある白色花を開く。［和名由来］奈良県の大峰山に多く生育し、花の形がレンゲ（蓮花）に似ていることから。［同義］深山蓮華（みやまれんげ）、大山蓮（おおやまれん）。

おおやまれんげ

おじぎそう【含羞草・御辞儀草】

マメ科の一年草・栽培。ブラジル原産。江戸時代に渡来。茎には毛と棘がある。葉は刺激をすると閉じ、時間をおいて開く。夏、花茎をだし淡紅色の小花を開く。［和名由来］葉に触れると葉が閉じて下垂するところから。別称の「眠草（ねむりぐさ）」は夜に葉を閉じるところから。［同義］含羞草・眠草（ねむりぐさ）。［漢名］喝呼草。［花言］感受性（英）、羞恥心（仏）。⇩眠草（ねむりぐさ）［夏］

おじぎそう

§

露涼しいまだ眠れるおじぎ草　杉田久女・杉田久女句集補遺

おそむぎ【遅麦】
晩熟の麦をいう。⬇麦（むぎ）［夏］

§

遅麦の端午へかゝるみだれかな　浪化・浪化上人発句集

おどりこそう【踊子草】
シソ科の多年草・自生。高さ二〇～四五センチ。茎は方形。葉は心臓形で縁は鋸歯状。晩春から初夏、淡紅・白色の唇形花を開く。［和名由来］花の形を踊子が笠をかぶった形に見立てたところから。［同義］虚無僧花（こむそうばな）、踊花（おどりばな）、踊草（おどりそう・おどりぐさ）、鬼矢柄（おにやがら）。

§

祭見の道教へけり踊花　乙由・麦林集

おにげし【鬼罌粟】
ケシ科の多年草・栽培。西アジア・トルコ原産。高さ約一メートル。五月頃、深紅色の大花を開く。麻酔物質は含まない。羽状葉。［和名由来］大形の罌粟であることから。［同義］いぎりす牡丹（いぎりすぼたん）。

おどりこそう

おにげし

おにしばりのはな【鬼縛の花】
鬼縛はジンチョウゲ科の落葉低樹・自生。高さ約一メートル。秋に梢に密生した葉が、夏に脱落することから「夏坊主（なつぼうず）」とも俗称される。晩春より初夏に淡黄緑色の花を開く。花後、秋に楕円形の紅実を結ぶ。痛風などの外用薬となる。［〈鬼縛〉和名由来］鬼を縛ることができるほどに、樹皮が強靭なことから。［〈鬼縛〉同義］藪胡椒（やぶこしょう）、花丁字（はなちょうじ）、藪丁字（やぶちょうじ）。⬇鬼縛の実（おにしばりのみ）［秋］

おにばす【鬼蓮】
スイレン科の一年草。池・沼に自生。全体に棘をもつ。葉は大きく、二～三メートルにもなり、水面に浮かび皺がある。夏、紫色の花を開き液果を結ぶ。［和名由来］蓮に似た大きな葉を持ち、鋭い棘があるところから。［同義］茨蕗（いばらぶき）、茨蓮（いばらばす）、水蕗（みずぶき）。⬇蓮（はす）［夏］

§

鬼蓮やうばがむかしのかぶり物　涼菟・皮籠摺

おにしばり

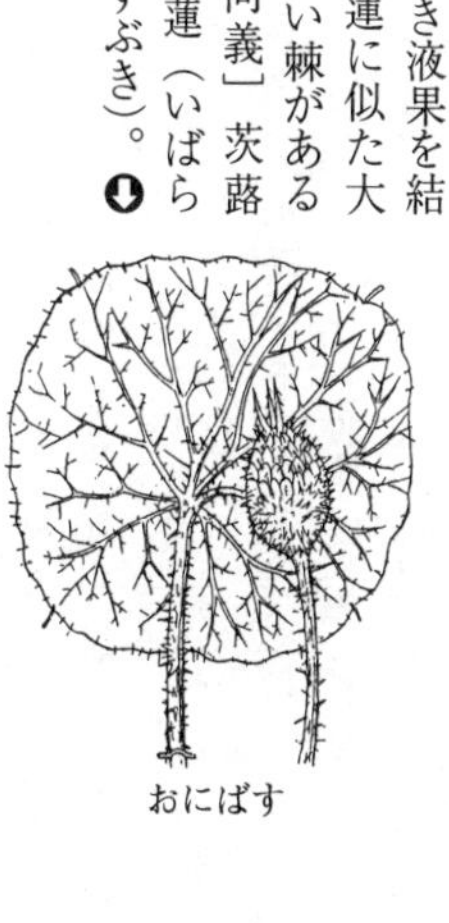
おにばす

鬼蓮の池をとぢたる暑さ哉　　津富・古今句鑑

おにゆり【鬼百合】

ユリ科の多年草。自生・栽培。高さ約一メートル。茎は紫黒色。夏、紫色の小斑点のある黄赤色の花を開く。鱗茎は「百合根」として食用。［和名由来］姫百合に比べて大形であるの意。［同義］犬百合（いぬゆり）、天蓋百合（てんがいゆり）、料理百合（りょうりゆり）、巻丹（けんたん）。［漢名］巻丹。［花言］優美。⇩百合（ゆり）［夏］、姫百合（ひめゆり）［夏］

おにゆり

§

鬼ゆりはまことに夏花濃みどりの切れのよき葉も力にみちたる。
宇都野研・宇都野研全集

鬼百合も此道すじや大江山　　露川・二人行脚

亭寂寞薊鬼百合なんど咲く　　夏目漱石・漱石全集

おもだか【沢瀉・面高】

オモダカ科の多年草。池・沼・水田などに自生。高さ三〇〜七〇センチ。地下塊茎をもつ。葉は二つに深裂した矢じり形。夏、三弁の白色花を輪生する。若葉・塊茎は「吹田慈姑（すいたぐわい）」として食用になる。塊茎は利尿などの薬用となる。［和名由来］面高（オモダカ）の意で、葉脈の模様が人面に似て、水面から高くでることによる。［同義］花慈姑（はなぐわい）、貌花（かおばな）。［漢名］野茨菰。

おもだか

§

村雨《むらさめ》のふる江をよそに飛ぶ鷺《さぎ》のあとまで白きおもだかの花
草根集（正徹の私家集）

風わたる水のおもだか影見えて山さはがくれとぶほたるかな
香川景樹・桂園一枝

沢瀉や弓矢立てたる水の花　　素堂・俳諧五子稿

沢瀉の花にくはへの銚子哉　　嵐雪・或時集

やれ壺に沢瀉細く咲にけり　　鬼貫・鬼貫句選

沢瀉や花の数そふ魚の泡　　太祇・太祇句選

澤瀉は水のうらかく矢尻哉　　蕪村・落日庵句集

オランダあやめ【和蘭菖蒲】

唐菖蒲の別称。⇩唐菖蒲（とうしょうぶ）［夏］、グラジオラス［夏］

オランダせきちく【和蘭石竹】

ナデシコ科の多年草。多くは温室にて栽培される。カーネーション（carnation）のこと。南ヨーロッパ・西アジア原産。江戸時代に渡来。葉

オランダせきちく

は線形で白緑色。多品種で花色も多く、夏、紅・白色などの五弁花を開く。［同義］麝香撫子（じゃこうなでしこ）、和蘭撫子（オランダなでしこ）。⇩カーネーション［夏］、石竹挿す（せきちくさす）［秋］、石竹（せきちく）［夏］

「か」

カーネーション【carnation】

ナデシコ科の多年草・栽培。多品種で花色も多く、夏、紅・白色などの五弁花を開く。［花言］〈赤色花〉私の哀れな心。〈白色花〉純愛。〈黄色花〉軽蔑。〈黒紅色花〉私の悩みを理解して下さい。〈縞模様の花〉拒絶。⇩和蘭石竹（オランダせきちく）［夏］、石竹挿す（せきちくさす）［秋］

ががいも【蘿藦】

ガガイモ科の蔓性多年草・自生。葉は長心臓形。茎・葉を切ると白汁をだす。夏に淡紫色の花を開く。花後、長楕円形でキュウリに似た突起のある実を結ぶ。種子は綿毛をもち、風で飛散する。種子の毛は綿の代用となる。若葉・根茎は食用となる。

ががいも

［和名由来］果実の殻の内側が滑らかなため「輝美（カガミ）」の意からと。また「カガムクサ」の意からとも。［同義］乳草（ちちぐさ）、鏡草（かがみぐさ）、香取草（かとりぐさ）。［漢名］蘿藦。

かきつばた【杜若・燕子花】

アヤメ科の多年草・栽培。池沼、水辺の湿地に生育。高さ約七〇センチ。葉は剣状。夏、花軸をだし、紫・白・紅色などの花を開く。全形はアヤメに似るが、葉幅がアヤメより広く、外花被片中央に紫色の線模様がない。［和名由来］「書き付け花（掻付花）」の意で、往時、花摺（花の汁で染めること）に用いたことから。また花の形を燕が飛び立つ様に見立て「翔燕花」よりとも。［同義］貌佳草（かおよしぐさ）、貌佳草（かおよしばな）、花の君、山茖荷（やまみょうが）。

かきつばた［草木図説］

§

いひそめし昔の宿のかきつばた色ばかりこそ形見なりけれ
良岑義方・後撰和歌集四（夏）

かきつばた生ふる沢辺に飛ぶ蛍数こそまされ秋や近けん
源実朝・夫木和歌抄八

沼水にしげる真菰のわかれぬを咲き隔てたるかきつばたかな
山家集（西行の私家集）

かきつばた咲《さく》なる池に風吹《ふけ》ばこき紫にさゞ浪ぞよる
田安宗武・悠然院様御詠草

かきつばたさけるあたりに行かへりさもあやなして過るさはみづ
大隈言道・草径集

武《む》射《さ》田《だ》野を我が越え行けば右の沼左の沢に燕子花咲く
村上成之・翠微

かきつばた濃き紫の水満ちて水鳥一つはね掻くところ
正岡子規・子規歌集

打わたす池の八つ橋けさみれば咲みだれたるかきつばた哉
樋口一葉・緑雨筆録「一葉歌集」

かきつばた扇つかへる手のしろき人に夕の歌書かせまし
与謝野晶子・舞姫

ひとり来て涙落ちけりかきつばたみながら萎み夏ふかみかも
北原白秋・雲母集

うかれ女のうすき恋よりかきつばたうす紫に匂ひそめけむ
芥川龍之介・紫天鵞絨

雨の日や門提《さげ》て行かきつばた　信徳・ひとつ橋

杜若にたりやにたり水の影　芭蕉・続山井

杜若語るも旅のひとつ哉　芭蕉・笈の小文

手のとゞく水際うれし杜若　芭蕉・芭蕉句選拾遺

朝酒やまだ兒起ぬ杜若　言水・俳諧五子稿

かきつばた畳へ水はこぼれても　其角・五元集

行春の水そのまゝやかきつばた　千代女・千代尼発句集

切る人やうけとる人や燕子花　太祇・太祇句選

雨の日は行かれぬ橋やかきつばた　蕪村・落日庵句集

切る人の帯とらへけり杜若　蕪村・落日庵句集

人々の扇あたらし杜若　蓼太・蓼太句集

かりそめに見て過がたしかきつばた　樗良・樗良発句集

かきつばた穂麦の髪に立ならび　暁台・暁台句集

旅人にすれし家鴨《あひる》や杜若　一茶・文化句帖

病僧や杜若剪る手のふるへ　正岡子規・子規句集

古溝や只一輪の杜若　正岡子規・子規全集

折り添て文にも書かず杜若　夏目漱石・漱石全集

野《の》の池《いけ》や葉《は》ばかりのびし杜若《かきつばた》　泉鏡花・泉鏡花・鏡花全集

よりそひて静《しずか》なるかなかきつばた　高浜虚子・五百句

一院の静《しずか》なるかな杜若《かきつばた》　高浜虚子・五百五十句

杜若雨に殖えさく高欄に　杉田久女・杉田久女句集

かきのはな【柿の花】

カキノキ科の落葉樹の柿の花。六月頃、四弁の帯黄色の雌雄花を開く。［同義］柿の蔕（かきのとう）。⬇柿（かき）［秋］、柿若葉（かきわかば）［夏］

§

この朝隣の庭に音のして掃き応へある柿の落ち花
半田良平・幸木

洗濯やきぬにもみこむ柿の花　薄芝・猿蓑

渋柿の花ちる里と成にけり　蕪村・新花摘

渋柿のしぶしぶ花に咲きにけり　一茶・七番日記

二三町柿の花散る小道かな　正岡子規・子規全集

柿の花土塀に上にこぼれけり　正岡子規・子規句集

据風呂の中はしたなや柿の花　夏目漱石・漱石全集
障子しめて雨音しげし柿の花　杉田久女・杉田久女句集

かきわかば【柿若葉】
柿の木の若葉。⬇若葉（わかば）[夏]、柿の花（かきのはな）[夏]、柿（かき）[秋]

§

柿の木に若葉のうへに紅き月のぼりてさむき夕となれり　島木赤彦・氷魚
白雲と柿の若葉と麦の穂とあはれわびしきふるさとを見る　岡稲里・早春
茂山やさては家ある柿若葉　蕪村・五子稿
柿の若葉穂に出る麦の騒がしき　長翠・俳句大観

がくのはな【額の花】
額紫陽花（がくあじさい）をいう。ユキノシタ科の落葉低樹。自生・栽植。高さ約二メートル。葉は光沢があり、倒卵形で先端が尖る。七月頃梢上に大形の花序をつける。中心には五弁の碧紫色の花を密生し、周囲を大形の装飾花が囲み、額縁のように見える。アジサイの母種とされる。[和名由来] 花の周りの装飾花を額縁に見立てたところから。[同義] 額（がく）、額花（がくばな）。⬇紫陽花（あじさい）[夏]

§

がくあじさい

がくあぢさゐ花の楽しさよもすがら雲より出でてその花あそぶ　佐藤佐太郎・星宿

かざぐるま【風車】
キンポウゲ科の蔓性低樹。自生・栽培。江戸時代に渡来。三葉からなる複葉をもつ。五月頃、紫・白色の風車に似た花を開く。観賞用。根は「威霊仙（いれいせん）」として痛風の薬用になる。[和名由来] 花の形が玩具の風車に似ているところから。[漢名] 転子蓮。

§

散果てはだかや秋の風車　小春・草庵集
白妙や名も涼しげに風車　露重・西華集

かざぐるま

かしおちば【樫落葉・橿落葉】
赤樫、白樫、裏白樫などブナ科ナラ属の常緑高樹の落葉。⬇常盤木落葉（ときわぎのおちば）[夏]、樫の花（かしのはな）[春]、樫の実（かしのみ）[秋]、樫（かし）[四季]

§

樫の木の茂りを深み古き葉のきのふもけふも散りて尽きなく　若山牧水・くろ土
大粒の雨に交りて樫落葉　西山泊雲・ホトトギス

かしわもち【柏餅】
白米を粉にして搗いた「しんこ餅」の中に餡を入れ、柏の葉でくるんだ餅。五月五日、端午の節句の供え物。⬇柏散る

（かしわちる）［春］

§

みどり子のおひすゐいはふかしは餅われもくひけり病癒《やまひい》ゆがに

正岡子規・子規歌集

いにしへゆ今につたへてあやめふく今日のもちひをかしは葉に巻く

正岡子規・子規歌集

かすみそう【霞草】

ナデシコ科の観賞用植物。一般に一年草のものを「むれなでしこ」といい、宿根草のものを「こごめなでしこ」という。高さは六〇～九〇センチ。ともに園芸品種が多く、五月頃に白・紅などの小花を密生してつける。［和名由来］密生した小花の様子が霞がかかったように見えるところから。

§

顔小さくはにかむ少女霞草《かすみさう》の花もちてきえれべーたあの中

宮柊二・多く夜の歌

かたばみのはな【酢漿草の花】

カタバミ科多年草の酢漿草は路傍などに多く自生する雑草。葉は倒心臓形で、三小葉からなる複葉。春から秋に黄色の五弁花を開く。花後、莢を結ぶ。葉は昼開き、夜閉じる。［和名由来］「傍食（カタバミ）」「片食（カタハミ）」の意で、葉の一角が欠けた様に見えることから。別称の「酸物草・酸漿草（すいものぐさ）」は、味に酸味があるところから。［同義］酢酸草（かたばみぐさ）、酸物草・酸漿草（すいものぐさ）、鏡草（かがみぐさ）、黄金草（こがねぐさ）、酢母草（さくぼそう）、酸味草（さんみそう）、雀袴（すずめのはかま）。［漢名］酢漿草、酢母草、酸味草。［花言］母の優しさ、喜び。

かたばみ

§

かたばみのそばに生ひたるかがみ草露さへ月に影みがきつつ

藤原為家・夫木和歌抄二八

青ぞらにそびえてたてる松の木の下にちひさしかたばみのはな

大塚楠緒子・竹柏園集一「折にふれては」

青みこし芝草まじり咲きいでぬ黄いろ乏しきかたばみの花

土田耕平・一塊

蔵の陰かたばみの花珍らしや

荷兮・笈日記

かたばみの花の宿にもなりにけり

乙二・斧の柄

かたばみに同じ色なる蝶々かな

村上鬼城・鬼城句集

かなむぐら【金葎】

クワ科の蔓性一年草・自生。人家近くに繁る雑草である。雌雄異株。茎と葉柄に棘がある。葉は掌状で対生。秋、淡黄色の雄花を下垂し、帯紫褐色の雌花を球状に開く。［同義］鍬葎（くわむぐら）。➡葎（むぐら）［夏］

かなめのはな【要の花】

要黐（かなめもち）の花。要黐はバラ科常緑小高樹。

かなむぐら

自生・植栽。春の新葉は紅色を帯びる。初夏、白色の小花を多数つけ、秋に紅色の実を熟す。庭木に用いられる。〈要黐〉［同義］扇骨木（かなめもち）、要樫（かなめがし）、赤芽の木（あかめのき）。⇩赤芽黐（あかめもち）［夏］

§

墓原の扇骨木若葉のくれなゐの匂ひはうせて時たちにけり
古泉千樫・屋上の土

家毎に平安《やすき》のありと思ふまで扇骨木《かなめ》の垣に照る月夜かも
宮柊二・晩夏

かなめ咲いておのづと風に開く門　村上鬼城・鬼城句集

目立たざる楆《かなめ》の花を眺めかな　高浜虚子・七百五十句

かにくさ【蟹草】

シダ類フサシダ科の蔓性多年草・自生。羽状複葉。針金状の葉柄で他物に絡みつく。葉裏に胞子をもつ。［和名由来］葉裏に、蟹味噌に似た胞子をもつところから。また往時、この草の蔓で蟹を釣って遊んだことからとも。［同義］蟹蔓（かにづる）、蔓忍・海金砂（つるしのぶ）。［漢名］海金砂。

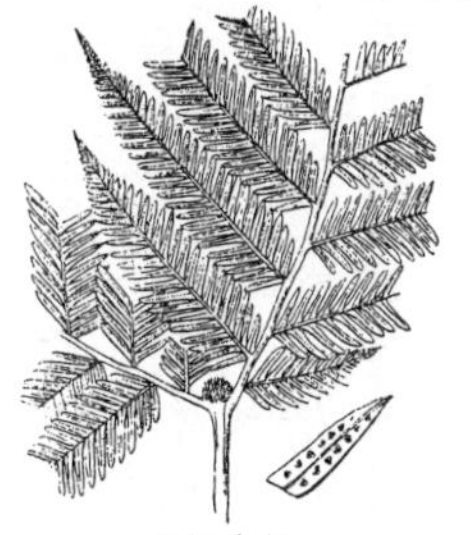
かにくさ

かのこゆり【鹿子百合】

ユリ科の多年草。自生・栽培。高さ一～一・五メートル。葉は革質・広楕円形で先端が尖る。夏、白地に紅色の斑点のある美しい花を開く。［和名由来］花に斑点のある様子を「鹿の子絞り（かのこしぼり）」に見立てたもの。⇩百合（ゆり）［夏］

かのこゆり

かび【黴】

青黴（あおかび）、白黴（しろかび）、黒黴（くろかび）、麹黴（こうじかび）、毛黴（けかび）など、植物・飲料・果実・衣服・器具・壁・紙布などに寄生する微細な菌類の俗称。梅雨の時期に多く繁殖する。

§

思ふことありて書架よりとりいだす本の背皮の青白きかび
田波御白・御白遺稿

久々に吾の寝床をのべにけりところどころにかびの生えたる
松倉米吉・松倉米吉全集

かぼちゃのはな【南瓜の花】

ウリ科の蔓性一年草の南瓜の花。夏、大形の黄色の花を開く。⇩瓜の花（うりのはな）［夏］、南瓜（かぼちゃ）［秋］

§

月琴の音するあたりとめくればあれしかきねにカボチャ花咲く
落合直文・神戸にて

向ひ家の南瓜の花は屋根をこえて延び来るかな黄の花を向けて
島木赤彦・馬鈴薯の花

草村にさける南瓜の花共に疲れてたゆきこほろぎの声
長塚節・鍼の如く

なんのその南瓜の花も咲けばこそ　　夏目漱石・漱石全集
南瓜咲いて西日はげしき小家かな　　村上鬼城・鬼城句集

がま【蒲・香蒲】
ガマ科の多年草・自生。高さ約二メートル。地下茎は淡水の中に生育する。雌雄同株。葉は幅二センチ、長さ一メートル位に成長し、筵の材料となる。夏、緑褐色の花序をつける。若葉と根は食用となる。花粉は「蒲黄（ほおう）」として利尿、止血の薬用になる。［同義］平蒲（ひらがま）、香蒲（こうほ・めかま）、御簾草（みすくさ）。［漢名］香蒲。［花言］従順、あわて者。

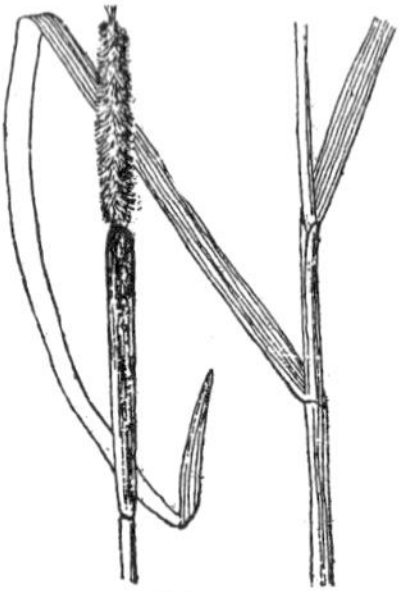
がま

§

くさ市の人出のなかにすがすがとすゞしさ添ふる蒲のあを草　　川崎杜外・杜外歌集
蒲の穂に葦の穂先はとどかねどとどかぬなりに揺れの寒けさ　　北原白秋・雀の卵
蒲の穂にひとひら白き冬の蝶ふと舞ひあがる夕空の晴　　北原白秋・雀の卵
蒲の花目にめづらしく咲きたれば葦むら分けて舟曳かせけり　　橋田東声・地懐
蒲の穂や蟹を雇て折もせん　　其角・花摘
蒲の穂に声吹戻すわかれかな　　露川・喪の名残
蒲の穂の蝋燭立て涼哉　　乙由・麦林集

かもあおい【賀茂葵】
加茂神社の葵祭に使用する葵の葉。二葉葵の別称。⬇二葉葵（ふたばあおい）［夏］

かやつりぐさ【蚊帳吊草】
カヤツリグサ科の一年草・自生。高さ約三〇センチ。茎頭に細長い葉をだし、その間に穂状の黄褐色の花を開く。花穂は去痰、脚気の薬用となる。［和名由来］茎を裂くと四本に分かれ、蚊遣を吊ったように見えるところから。［同義］蚊帳釣草（かやつりぐさ）、蚊帳草（かやぐさ）、升割草（ますわりぐさ）。

かやつりぐさ

§

松蔭の蚊帳釣草にころぶしていさゝか痒き足のばしけり　　長塚節・鍼の如く
かくのごと頬すりつけてうなづけば蚊帳釣草も懐しきかも　　長塚節・鍼の如く
行暮て蚊屋釣草にほたる哉　　支考・笈日記
画に求む蚊帳吊草を手向かな　　河東碧梧桐・新傾向（夏）

からすうりのはな【烏瓜の花・鴉瓜の花】
烏瓜はウリ科の蔓性多年草。夏、基部が筒状の白色の花を開く。⬇烏瓜（からすうり）［秋］

烏瓜萏をあげて垣越ゆる　山口青邨・雪国

§

からすおうぎ【烏扇】

檜扇の別称。➡檜扇（ひおうぎ）［夏］

§

よもぎふはさる事あれや庭の面にからすあふぎのなどしげるらん　西行・夫木和歌抄二八

からすびしゃく【烏柄杓】

サトイモ科の多年草・自生。春、地下茎から地上に芽をだし、三小葉をつける。夏、帯紫緑色の仏焔苞をつけ、その中に白色の雌雄花を開く。地下茎は嘔吐止めの薬用となる。［和名由来］苞の形を烏の使う柄杓に見立てたもの。［同義］半夏（はんげ）、柄杓草（ひしゃくそう）、烏鉄砲（からすのてっぽう）。➡半夏（はんげ）［夏］

からすむぎ【烏麦】

イネ科の二年草・自生。高さ五〇～九〇センチ。葉は広線形で互生。初夏、緑色の小穂をつけ暗褐紫色の芒をだす。燕麦の原種。［同義］雀麦（すずめむぎ）、茶挽草・茶引草（ちゃひきぐさ）、荒麦（あらむぎ）。➡燕麦（えんばく）［夏］、茶挽草（ちゃひきぐさ）［夏］

からすむぎ

からすびしゃく

§

秋しらぬ茂りも憎しからす麦　其角・五元集拾遺

からなでしこ【唐撫子】

ナデシコ科多年草・栽培の石竹のこと。中国原産。➡石竹（せきちく）［夏］、大和撫子（やまとなでしこ）［夏］、撫子（なでしこ）［夏］

§

見るになほ此世のものに覚えぬはからなでしこの色にぞありける　和泉式部・千載和歌集三（夏）

親なしか唐撫子のちよこちよこと　宗因・梅翁宗因発句集

からむし【苧・苧麻】

イラクサ科の多年草。自生・栽培。雌雄同株。葉は広卵形で、下面が白く細毛を密生する。夏から秋に淡緑色の小花を穂状に開く。茎から繊維をとり、糸にして布を作る。［和名由来］繊維をとるために、幹・茎（カラ）を蒸して皮をはぎとることからと。［同義］白苧（しらお）、苧麻・真麻（まお）、草真麻（くさまお）、衣草（ころもぐさ）。［漢名］苧麻。

からむし

§

苧のあとから蕎麦の二葉哉　浪化・浪化上人発句集

かりぎ【刈葱】
夏に収穫する葱で、またすぐ繁茂するので刈葱という。「かれぎ」ともいう。［同義］夏葱（なつねぎ）、小葱（こねぎ）、分葱（わけぎ）。

§

野のすゑやかりぎの畑をいづる月　鬼貫・鬼貫句選

かわしげり【川茂り】
⬇茂り（しげり）［夏］

§

夕はえや茂みにもる丶川の音　丈草・故人五百題

かわたで【川蓼】
蓼の一品種。山地の清流に繁茂する。［同義］水蓼（みずたで）。⬇蓼（たで）［夏］

§

砂川や或は蓼を流れ越す　蕪村・蕪村句集

かわらなでしこ【河原撫子】
撫子のこと。河原撫子はもっとも一般的な「なでしこ」で、渡来種の唐撫子に対して大和撫子ともいう。⬇撫子（なでしこ）［夏］、唐撫子（からなでしこ）［夏］、石竹（せきちく）［夏］、大和撫子（やまとなでしこ）［夏］

§

うすべには朝露おきて見るいろと、月におぼめく川原なでしこ　岡稲里・朝夕
撫子の露折れしたる河原哉　士朗・俳句大観
撫子に馬けつまづく河原かな　正岡子規・子規全集

かんぞう【萱草】
ユリ科の多年草のうち藪萱草（やぶかんぞう）、野萱草（のかんぞう）、浜萱草（はまかんぞう）などをいう。高さ七〇～八〇センチ。葉は細長い剣状。夏、花茎をだし、黄赤色の小花を開く。［同義］忘草（わすれぐさ）、忘憂草（ぼうゆうそう）、郭公花（かっこうばな）。［漢名］無憂草、鹿葱。⬇忘草（わすれぐさ）［夏］

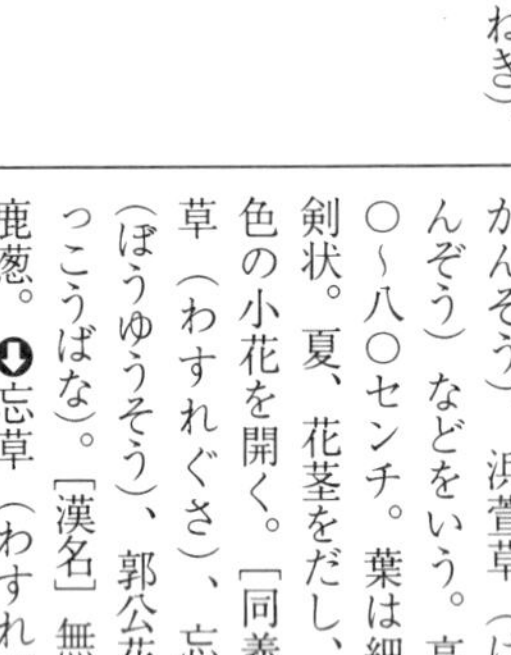
かんぞう［生花正意四季之友］

§

萱草花の夕日の川に出でしとき別れは其所に待ちてありけり　島木赤彦・馬鈴薯の花
山なかに下駄はきかへぬ萱草のここだ芽をふく日向に疲れて　島木赤彦・氷魚
きりぎしの石間に根ざしのびいでし青茎の上の萱草の花　木下利玄・紅玉
萱草が黄に咲きみちし原ありて道くれし時あやしかりけり　佐藤佐太郎・歩道
萱草の花とばかりやわすれ艸　来山・いまみや草
誰が塚ぞ萱草咲けるおのづから　正岡子規・子規全集
生れ代るも物憂からましわすれ草　夏目漱石・漱石全集
萱草の一輪咲きぬ草の中　夏目漱石・漱石全集

かんぞうのはな【甘草の花】

甘草はマメ科の多年草・自生。中国原産。「あまくさ」ともいう。高さ六〇～一〇〇センチ。葉は長楕円形で羽状複葉。夏、淡紫色の蝶形の花を穂状に開く。花後、楕円形の豆果を結ぶ。根は「甘根（かんこん）」として鎮痛、鎮咳の薬用になり、また醤油などの甘味剤となる。［〈甘草〉和名由来］根に甘味があるところから。［〈甘草〉同義］甘木（あまき）、蕗草（ろそう）。［〈甘草〉漢名］甘草。

かんぞう［物類品隲］

かんとう【款冬】

蕗のこと。「ふぶき」とも読む。⇩蕗（ふき）［夏］

がんぴ【岩菲・雁緋】

ナデシコ科の多年草・栽培。中国原産。高さ三〇～六〇センチ。葉は長卵形。夏、黄赤色の五弁花を開く。［同義］岩菲仙翁（がんぴせんおう）、黒節（くろふし）。

§

花を庭にうつす絵師の雁緋かな　一雪・洗濯物

がんぴ

がんぴのはな【雁皮の花】

雁皮はジンチョウゲ科の落葉低樹・自生。高さ約二メートル。葉は卵形。初夏、黄色の筒状花を開く。茎の内皮は和紙「雁皮紙（がんぴし）」の原料となる。斐紙（ひし）とも呼ばれた。［〈雁皮〉和名由来］古名「雁皮（カニヒ）」の転とも。［〈雁皮〉同義］紙木（かみのき）。

§

堀立の腰掛台や雁皮咲く　道彦・俳句大観

がんぴ

かんぴょうむく【干瓢剥く】

干瓢は夕顔の果肉を細長く切り干した乾燥野菜。俳句では「干瓢むく」「新干瓢」で夏の季語となる。⇩夕顔（ゆうがお）［夏］、夕顔の実（ゆうがおのみ）［秋］

§

夕顔に干瓢むいて遊《あそび》けり　芭蕉・芭蕉書簡

垣間見や干瓢頃の松ケ岡　露沾・銭龍賦

かんらん【甘藍】

アブラナ科の二年草・栽培。ヨーロッパ原産。明治期に渡来。高さ約七〇センチ。太く短い茎に葉を厚く内側に巻いて重なり結球し、食用となる。夏、淡黄色の花を開く。キャベツ（cabbage）に同じ。［花言］利益。⇩キャベツ［夏］、球菜（たまな）［夏］

「き」

きいちご【木苺】
　バラ科の低樹で、モミジイチゴ、カジイチゴ、ベニバナイチゴ、ナワシロイチゴなど山野に自生する苺類の総称。高さ一～二メートル。通常、晩春から初夏に純白の五弁花を開き、まれに紅色の花を開く。花後、夏から秋に実を結ぶ。［同義］紅葉苺（もみじいちご）、五月苺・皐月苺、田植苺（たうえいちご）。［花言］あわれみ・同情（英）、不毛（仏）。⇩木苺の花（きいちごのはな）［春］、苺（いちご）［夏］

きいちご

§

木苺のいまだ青きをまがなしみ噛みてぞ見つる雨の山路に
古泉千樫・屋上の土

このあした着たる単衣の袖かろし裏山ゆけば木苺熟れをり
三ケ島葭子・三ケ島葭子歌集

夏ふかく木苺の実の熟れのこる山の蔭みち下りけるかも
土田耕平・斑雪

きくらげ【木耳】
　キクラゲ科の茸。朽ち木や桑、接骨木（にわとこ）などの広葉樹に、春から秋にかけて群生する。人の耳に似た形で寒天質状。色は茶褐色。干して食用とする。［同義］木の耳（きのみみ）、木茸（きのたけ）、耳茸（みみたけ）。

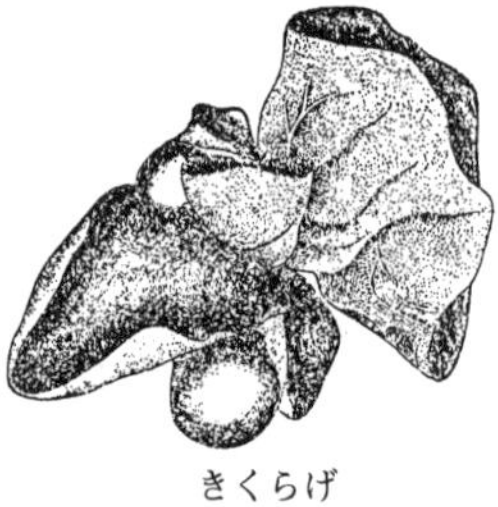
きくらげ

§

たぐひなく底澄み透り木の葉浮き木耳《きくらげ》光る姥子の岩湯
与謝野晶子・心の遠景

夜ふけていの寝らえぬは昼食ひし黒木耳のゆゑにかあるべし
北原白秋・牡丹の木

岩もる水木くらげの耳に空シ
杉風・常盤屋之句合

ぎしぎしのはな【羊蹄の花】
　羊蹄はタデ科の多年草。原野・路傍の湿地に自生。高さ約一メートル。初夏、茎上部が分枝して花穂を伸ばし、淡緑色の小花を層状に開く。⇩羊蹄（ぎしぎし）［春］

きすげ【黄菅】
　夕菅の別称。⇩夕菅（ゆうすげ）［夏］

§

夏の花原の黄菅はあけぼのの山頂よりもやや明くして
与謝野晶子・夢之華

陸《くが》果つる海の光に草山は黄すげの花のかがやくあはれ
佐藤佐太郎・群丘

蝦夷黄菅まづ咲きおほふ一砂丘　水原秋桜子・晩華

ぎぼうしのはな【擬宝珠の花】

擬宝珠はユリ科ギボウシ属の多年草の総称。高さ三〇～四〇センチ。「ぎぼうしゅ」「ぎぼし」ともいう。葉は広楕円形。夏、花軸を伸ばし筒形の帯紫色の花を穂状に開く。若葉は食用となる。［和名由来］諸説あり。花の形が宝珠（仏像の光背）、八擬宝珠（橋の欄干にある）、葱帽子（ネギの花）に似ているなど。［同義］花擬宝珠（はなぎぼうし）、山酸漿（やまほおずき）、甘菜（あまな）、山大葉子（やまおおばこ）、紫萼（しがく）。［漢名］紫萼。

ぎぼうし

§

朝山の清さしづくのここちする擬宝珠《ぎぼしゅ》の花のつづくきりぎし　与謝野晶子・瑠璃光

木の下の擬宝珠の葉はあざやかに梅雨入のあめにしほたれにけり　土田耕平・一塊

擬宝珠《ぎぼうしゅ》の花梗《はなくき》立てるさながらを雨のかや野に入り立ちて抜く　土屋文明・山の間の霧

絶壁に擬宝珠《ぎぼし》咲きむれ岩襖　杉田久女・杉田久女句集

キャベツ【cabbage】

アブラナ科の二年草・栽培。［花言］利益。➡甘藍（かんらん）［夏］、球菜（たまな）［夏］

§

ある時は大地の匂ぷんぷんとにほふキャベツの玉もぎて居り　北原白秋・雲母集

青きまでい照るキャベツの球の列白猫のごと輝きかがむ　北原白秋・雲母集

キャベツの段々畑銀緑なり雨霽れ空に白雲の湧く　北原白秋・桐の花

きゅうり【胡瓜】

ウリ科の一年草・栽培。葉腋から巻きひげをだし他物に絡みつく。葉は掌状で互生。初夏、五弁の黄色花を開く。花後、棘状のいぼがある緑色の細長い果実を結び、熟すと黄色になる。食用。［和名由来］果実が熟すと黄色になる「黄瓜（キウリ）」から。また「木瓜（キウリ）」より。［同義］黄瓜（きうり）、唐瓜・韓瓜（からうり）。［漢名］胡瓜。➡胡瓜の花（きゅうりのはな）［夏］、瓜（うり）［夏］、初胡瓜（はつきゅうり）［夏］

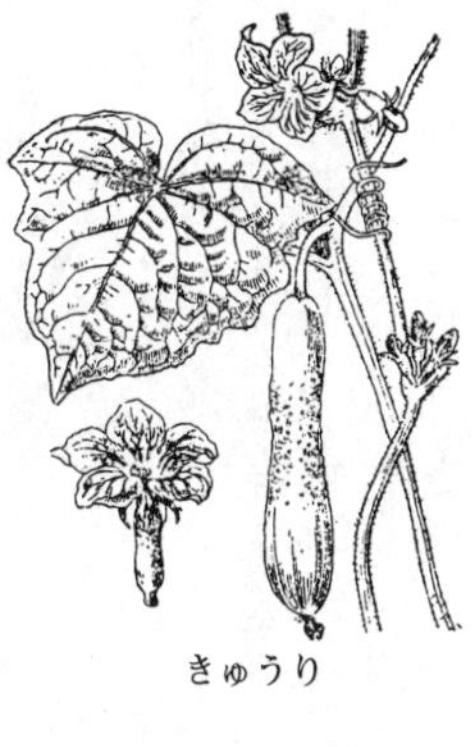

きゅうり

§

いとどしく夕焼畑のまんなかに熟き胡瓜を握りたるかも　島木赤彦・切火

初夏の朝のふたりの食卓に胡瓜のにほひつつましきかな　田波御白・御白遺稿

焼け込みし畑の土にうれはてて赭《あか》くなりたる黄瓜まろびをり
三ケ島葭子・三ケ島葭子歌集
橋の上ゆ胡瓜なぐれば水ひびきすなはち見ゆる禿《かぶろ》のあたま
芥川龍之介・芥川龍之介全集
花のあとにはや見えそむる胡瓜哉　正岡子規・子規句集
手作りの鼻曲りたる胡瓜哉　尾崎紅葉・尾崎紅葉集
嘲吏青嵐《せいらん》
人間吏となるも風流胡瓜《きゅうり》の曲るも亦《また》　高浜虚子・五百句

きゅうりのはな【胡瓜の花】
ウリ科一年草の胡瓜の花。初夏、五弁の黄色花を開く。➡瓜の花（うりのはな）［夏］、胡瓜（きゅうり）［夏］

§

たまたまにたち出で丶みれば花ながら胡瓜のしりへゆがまひて居り
長塚節・夏季雑咏

きょうがのこ【京鹿子】
バラ科の多年草・栽培。観賞植物。高さ六〇～一五〇センチ。茎は紅紫色。葉は掌状で深裂する。夏、五弁の紅色の小花を密集して開く。［和名由来］紅色の小花の密生したさまを、京染めの鹿子絞りに見立てたもの。

きょうちくとう【夾竹桃】
キョウチクトウ科の常緑低樹・栽植。インド原産。高さ約三メートル。葉は革質で三葉ずつ輪生し、表は濃緑色、裏は緑色。夏、紅・黄白色などの花を開く。葉は強心、利尿の薬用となる。［和名由来］漢名「夾竹桃」より。また、桃の花、竹の葉に似ているところから。［同義］華鬘（けまん）、半年紅（はんねんこう）、桃葉紅（とうようこう）。［漢名］夾竹桃。［花言］危険・注意（英）。

きょうちくとう

§

奈良人の歌の心を匂ひ咲く挟竹桃を花とのみ見む
伊藤左千夫・伊藤左千夫全短歌
可憐なり夾竹桃のさく家に、貰はれて来し寺の小娘
岡稲里・朝夕
白蚊帳に夾竹桃をおもひ寄せ只快くその夜ねむりき
長塚節・鍼の如く
すみやけく人も癒えよと待つ時に夾竹桃は綻びにけり
長塚節・鍼の如く
あまつさへ夾竹桃の花あかく咲きにけらずやわかき男よ
北原白秋・桐の花
くろみもつ葉ずゑに紅き花つくる夾竹桃の夏のあはれよ
木下利玄・銀
眼に沁みて夾竹桃の紅《あか》ければ天《そら》の底澄み照る日はひとつ
前川佐美雄・天平雲
道に迷はず来た不思議な日の夾竹桃
河東碧梧桐・八年間
わかる丶や夾竹桃の影ふみて
杉田久女・杉田久女句集補遺
夾竹桃戦車は青き油こぼす
中村草田男・万緑

きりのはな【桐の花】

桐はゴマノハ科の落葉高樹・栽植。中国原産。高さ約一〇メートル。大形の掌状葉で三つに浅裂する。夏、淡紫色の五弁の筒状花を開く。花後、三センチほどの卵形の実を結ぶ。菊の葉と共に皇室の紋章。新芽は食用。葉は除虫剤となる。

きり

［〈桐〉和名由来］「切・伐（キリ）」で、切るほどによく成長するところから。また、木目が美しいため「木理（キリ）」からと。［〈桐〉同義］桐の木、一葉草（ひとはぐさ）。

⬇桐一葉（きりひとは）［秋］、桐の秋（きりのあき）［秋］、桐の実（きりのみ）［秋］

§

秋風はいづれをさきにさそひけむ桐の花落ちぬ垣の内外に　落合直文・国文学

午《ひる》静に鳳凰のおもひ出や酒醸《か》む隣桐のはなちる　森鷗外・うた日記

牛の声遠く聞えて里川の瀬よわき水に桐の花浮く　服部躬治・迦具土

桐の花のおつる静かさよ足らひたる眠りよりさめてしまし居にけり　島木赤彦・大虚集

あさ嵐青草のうへに桐の花の薄むらさきをこきちらしたる　太田水穂・冬菜

桐の花打ち見てあれば下枝《しづえ》さわぎ上枝《ほつえ》さわぎて嵐立ち来ぬ　宇都野研・宇都野研全集

あかときの畑《はたけ》の土のうるほひに散れる桐《きり》の花ふみて来にけり　斎藤茂吉・赤光

桐の花ことにかはゆき半玉の泣かまほしさにあゆむ雨かな　北原白秋・桐の花

桐の花露のおりくる黎明《しののめ》にうす紫のしとやかさかな　木下利玄・銀

雨あとの風すがすがし桐の花はずむけはひに散りにけるかも　三ケ島葭子・三ケ島葭子歌集

早苗田の岸にしづまる村の口むらさきかなし桐の花咲き　宮柊二・多く夜の歌

熊野路にしる人もちぬ桐の花　去来・去来発句集

行雲のこぼれて咲や桐の華　露川・船庫集

楊弓のひゞきも涼し桐の華　希因・暮柳発句集

照りもせず曇りもはてず桐の花　也有・蘿の落葉

酒桶の背中ほす日や桐の花　蓼太・蓼太句集

藪医者の玄関荒れて桐の花　正岡子規・子規全集

花桐の琴屋を待てば下駄屋哉　正岡子規・子規句集

聖人の生れ代りか桐の花　夏目漱石・漱石全集

素通りの温泉小村や桐の花　河東碧梧桐・新傾向（夏）

きりんそう【麒麟草】

ベンケイソウ科の多年草。自生・栽培。高さ約三〇センチ。夏、黄色の五弁の小花を開く。若葉は食用。

きんかんのはな【金柑の花】

ミカン科の常緑小低樹・栽植の金柑は、夏、五弁の小白花を開き、花後、果実を結ぶ。⇩金柑（きんかん）［秋］

きんぎょそう【金魚草】

ゴマノハグサ科の多年草・栽培。南ヨーロッパ原産。江戸時代に渡来。高さ約一メートル。アンテリナム（antirrhinum）、スナップドラゴン（snap dragon＝噛みつき竜）に同じ。夏、筒形の白・紅・紫色の花を穂状に開く。［和名由来］漢名「金橘」より。また、花冠が上下に分かれ、つまむと開き金魚のようにみえるところから。［花言］厚かましい、推測は否。

§

金魚草にトンボとまりて金の眼を日にまはす時ドンのとどろく　木下利玄・銀

きんぎょそう

きんぎょも【金魚藻】

アリノトウグサ科の水性多年草。細茎に細長葉を糸状に多数輪生する。夏から秋に、淡褐色の小花を開く。花後、卵球形の実を結ぶ。［和名由来］金魚の飼育に使用する藻の意。［同義］孔雀藻（くじゃくも）、狐藺（きつねらん）。［漢名］聚藻。

きんぎょも

きんしばい【金糸梅】

オトギリソウ科の半落葉小低樹。自生・栽植。中国原産。高さ約一メートル。葉には透明な油点がある。夏に五弁の大柄な黄花を開く。［和名由来］漢名「金糸梅」より。［同義］だんだんげ。［漢名］雲南連翹、金糸梅。

§

金糸梅昼の屋台をあづけられ　中村汀女・花句集

きんしばい

ぎんせんか【銀盞花】

アオイ科の一年草・栽培。高さ約四〇センチ。上部の葉は円形で、下部の葉は三～五裂。夏、黄紫色の花を開く。朝に開花し午後にしぼむため、「朝露草（ちょうろそう）」ともいう。［同義］毛球花（もうきゅうか）、富栄花（ふえいか）。⇩金盞花（きんせんか）［春］

§

仇し野にさくや雷光朝露草　貞継・毛吹草

ぎんせんか

きんれんか【金蓮花】
⬇凌霄葉蓮（のうぜんはれん）［夏］
§
金蓮花そよかぜ吹けば沙山の紅蟹のごと逃げまどふかな
与謝野晶子・太陽と薔薇

「く」

くさいきれ【草いきれ】
夏の炎天下、弱った草々が蒸し返す湿気を「草いきれ」という。
§
草いきれ人死にゐると札の立つ　蕪村・蕪村句集
いづち吹く草のいきれぞ水の上　松瀬青々・妻木

くさいちご【草苺】
バラ科の半常緑低樹・栽培。高さ二〇～四〇センチ。葉は互生で羽状。小葉の縁は鋸歯状。春、五弁の白花の花を開く。花後、球形の果実を結び赤熟する。［同義］藪苺（やぶいちご）、鍋苺（なべいちご）、山苺（やまいちご）、蔓苺（つるいちご）。⬇草苺の花（くさいちごのはな）［春］、苺（いちご）［夏］

くさいちご

§
たらちねは笊もていゆく草苺赤きをつむがおもしろきとて
長塚節・鍼の如く
草苺洗ひもてれば紅解けて皿の底には水たまりけり
長塚節・鍼の如く
あさあさと麦藁かけよ草いちご　芥川龍之介・発句

くさかり【草刈】
夏、繁茂した雑草を刈ったり、家畜の飼料の牧草などを刈ること。夏の朝、涼しい内にかることを朝刈という。［同義］干草刈る、朝草刈る。
§
花過ぎし斑鳩《いかるが》みちの草刈女　杉田久女・杉田久女句集補遺

くさきょうちくとう【草夾竹桃】
ハナシノブ科の多年草・栽培。北アメリカ原産。明治時代に渡来。高さ約一メートル。フロックス（phlox）に同じ。葉は披針形で互生。夏より秋、茎頂に紅紫色・白色・紫色などの盆形の小花を開く。［和名由来］花が夾竹桃に似るところから。［同義］花魁草。⬇花魁草（おいらんそう）［夏］

くさきょうちくとう

くさしげる【草茂る・草繁る】

夏に草の繁茂することをいう。⇩茂り（しげり）［夏］

§

居士信女かくす小草の茂り哉　兀峯・桃の実

旧道や人も通らず草茂る　正岡子規・子規全集

草しげるそこは死人を焼くところ　種田山頭火・草木塔

くさすぎかずら【草杉蔓】

ユリ科の多年草・自生。地下に塊根を持つ。小鱗片状葉を密生する。夏に、葉腋から花軸をだし、帯黄白色の六弁の花を開く。根は砂糖漬などの食用となり、「天門冬（てんもんどう）」として鎮咳、解熱、強壮の薬用になる。［同義］天門冬（てんもんどう）。

くさすぎかずら

くさねむ【草合歓】

マメ科の一年草・自生。高さ数一〇センチ。茎は円柱形で中空。合歓に似た羽状複葉をもつ。夏から秋に黄色蝶形の花を開く。花後、莢果を結ぶ。［和名由来］葉が合歓に似た草であるところから。［同義］田合歓（たねむ）。［漢名］合萌、田皁角。

§

くさねむ［草木図説］

草合歓はすでにねむれり夕ぐれの岡のへ来れば空のあかるさ　土田耕平・斑雪

くさのおう【草黄・草王】

ケシ科の多年草・自生。高さ三〇〜五〇センチ。葉は大根の葉に似て羽状に分裂し、裏面は白色。春に四弁の黄色の小花を開く。全草は「白屈菜」として鎮静、麻痺の薬用になる。［和名由来］葉が黄色の汁をだすところから。また、丹毒に効能があるため「瘡（クサ）の王（オウ）」の意から。［同義］苦草（にがくさ）、田虫草（たむしぐさ）。［漢名］白屈菜。

くさのおう
［有毒草木図説］

くさぶえ【草笛】

草の葉を巻いてつくった笛。

§

草笛を吹きつつおもふこの沼のにごれる波はいたくさぶしも　橋田東声・地懐以後

くされだま【草連玉】

サクラソウ科の多年草・自生。高さ約一メートル。葉は広披針形。夏、茎頭に五裂の小黄花を円錐状に開く。［和名由来］マメ科の連玉（レダマ）に似ている

くされだま

ところから。[同義] 硫黄草（いおうそう）。[漢名] 黄蓮花。

くじゃくそう【孔雀草】

①マリーゴールドの別称。キク科の一年草。メキシコ原産。対生の羽状葉で、縁は鋸歯状。夏、黄・橙色などの花を開く。[同義] 紅黄草（こうおうそう）、藤菊（ふじぎく）、大阪菊（おおさかぎく）。②波斯菊の別称。⬇波斯菊（はるしゃぎく）[夏]

くじゃくそう

§

蕋《しべ》の朱が花弁にしみて孔雀草《くじゃくそう》　高浜虚子・五百五十句
黒ずんだ染《し》みが美くし孔雀草《くじゃくそう》　高浜虚子・六百句
孔雀草かゞやく日照続くかな　水原秋桜子・葛飾

くずきり【葛切】

葛粉を煮て透明に固め、うどんのように細く切ったもの。冷やして蜜をかけて食べる。⬇葛（くず）[秋]

くずみず【葛水】

葛湯を冷やした夏の飲料。⬇葛（くず）[秋]、葛湯（くずゆ）[冬]

§

葛水に玖珠といふ名の面白し　支考・蓮二吟集
葛水や鏡に息のかゝる時　蕪村・葛の扇
葛を得て清水に遠きうらみ哉　蕪村・蕪村句集
くず水やうかべる塵を爪はじき　几董・井華集

くずもち【葛餅】

葛粉に砂糖を加え、熱湯でこねた後、蒸して作る餅。冷やしたものに蜜や黄粉をかけて食べる。⬇葛（くず）[秋]

くずわかば【葛若葉】

⬇若葉（わかば）[夏]、葛（くず）[秋]

§

葛の若葉吹切つ行嵐哉　暁台・暁台句集

くちなしのはな【梔子の花】

梔子はアカネ科の常緑低樹。自生・栽植。ガーデニア（gardenia）に同じ。高さ一～三メートル。葉は対生で光沢のある長楕円形。夏、六弁の白花を開く。果実は熟すると紅黄色となる。果実、花はともに食用。⬇梔子の実（くちなしのみ）[秋]

くちなし

§

夕雲の飛ぶ見送りて詩なき我に伴ふ鉢の巵子のはな　森鷗外・うた日記
垣ごしに見る梔子花《くちなし》の色あせたり昨日の小犬けふも寄りくる　佐佐木信綱・山と水と
夏の日はなつかしきかなこころよく梔子の花の汗もちてちる　北原白秋・桐の花
口なしの花さくかたや日にうとき　蕪村・新花摘

薄月夜花くちなしの匂ひけり　正岡子規・子規全集
山はひそかな朝の雨ふるくちなしの花　種田山頭火・層雲
宵のくちなしの花を嗅いで君に見せる　尾崎放哉・京都にて
くちなしの夕となればまた白く　山口青邨・雪国
口なしの花はや文の褪せるごと　中村草田男・長子

くぬぎのはな【櫟の花・椚の花・橡の花】
櫟はブナ科の落葉高樹。自生・植林。古名で「つるばみ」ともいう。高さ約一〇メートル。樹皮は暗褐色で、縦に深い裂け目がある。葉は長楕円で、縁は鋸歯状。夏に黄褐色の花を穂状に開く。花後、果実「どんぐり」を結び、食用となる。椎茸栽培のほだ木となる。樹皮は「赤龍皮」として染料・薬用になる。[〈櫟〉和名由来] 諸説あり。食用となる実をつけるところから「食之木（クノキ）」の意。「国木（クニキ）」の意。「栗似木（クリニギ）」の意など。[〈櫟〉同義] 櫟木・国木（くにぎ）。[〈櫟〉漢名] 櫟・橡。➡櫟の実（くぬぎのみ）[秋]、櫟（くぬぎ）[四季]

くぬぎ

くねんぼのはな【九年母の花・久年母の花】
九年母はミカン科の常緑小高樹・栽培。タイ・インドシナ原産。葉は楕円形で蜜柑に似る。夏、枝先に芳香のある五弁の白花を開く。果実は晩秋に黄熟する。➡九年母（くねんぼ）[冬]

ぐびじんそう【虞美人草】
雛芥子の別称。➡雛芥子（ひなげし）[夏]
§
図書館の出口にさける虞美人草のいろ午後の眼に強くしむかな　岡稲里・早春
筍《たけのこ》哉虞美人草の蕾《つぼみ》哉　正岡子規・子規句集
垣老て虞美人草のあらはなる　夏目漱石・漱石全集
くまつづら【熊葛】
クマツヅラ科の多年草・自生。高さ約六〇センチ。茎には細毛がある。葉は卵形で三裂し、縁は鋸歯状。夏、紫色の小花を多数開く。全草は「馬鞭草」として通経、腫れ物の薬用になる。[同義] 馬鞭草（ばべんそう）。[漢名] 馬鞭草。[花言] 魅惑、魔法。

くまつづら

くもみぐさ【雲見草】
梅壇の別称。➡梅壇の花（せんだんのはな）[夏]、樗の花（おうちのはな）[夏]
§
雲見草鎌倉ばかり日が照るか　其角・五元集拾遺

グラジオラス【gladiolus】
アヤメ科の多年草。[花言] 用意周到。➡唐菖蒲（とうしょうぶ）[夏]

くりのはな【栗の花】
ブナ科の落葉高樹の栗の花。六月頃花穂をだし、淡黄色の細花を開く。⇩栗（くり）［秋］

§

水無月の山越え来ればをちこちの間に白く栗の咲く見ゆ　若山牧水・独り歌へる

裏山にしろく咲きたる栗のはな雨ふりくれば匂ひ来るも　中村憲吉・林泉集

おぼろかに栗の垂り花見えそむるこのあかつきは静かなるかな　芥川龍之介・芥川龍之介歌集

み墓べの昼しづかなる木の梢にさきてにほへる栗のたり花　加納暁・加納暁全集

うすら日の光さしつつ栗の花しらじらとして咲きさかりたる　土田耕平・一塊

世の人の見付けぬ花や軒の栗　芭蕉・おくのほそ道

朝風や栗の咲間の甘臭き　不尤・新虚栗

毛虫にもならで落ちけり栗の花　正岡子規・子規全集

よすがらや花栗匂ふ山の宿　正岡子規・子規句集

遠目にはあはれとも見つ栗の花　高浜虚子・五百五十句

栗の花うごけば晴れぬ窓の富士　杉田久女・杉田久女句集

栗の花そよげば箱根天霧らし　杉田久女・杉田久女句集

栗咲いて林のはづれ撓《たわ》みたり　水原秋桜子・残鐘

くりんそう【九輪草】
サクラソウ科の多年草。自生・栽培。葉は根生の長楕円形で、縁は鋸歯状。晩春に白・紅紫色の花を数段輪生する。［和名由来］段状に輪生して咲く花を、塔の九輪に見立てたところからと。［同義］九階草（くかいそう）、九蓮草（くれんそう）、七階草（しちかいそう）、七重草（ななえぐさ）。［漢名］旌節花。

§

飛石に残る伽藍や九輪草　竹茂・類題発句集

くりんそう

くるまゆり【車百合】
ユリ科の多年草。自生・栽培。高さ三〇〜七〇センチ。夏、茎の頂部に赤黄色の花を下向きに開く。根茎は食用となる。［同義］笠百合（かさゆり）。⇩百合（ゆり）［夏］

くるまゆり

くれない【紅】
紅花のこと。⇩紅の花（べにのはな）［夏］

§

外にのみ見つつ恋ひなむ紅の末摘む花の色に出でずとも　作者不詳・万葉集一〇

紅の初花ぞめの色深く思ひし心我忘れめや　よみ人しらず・古今和歌集一四（恋四）

咲けば散るものと思ひしくれなゐは涙の川の色にざりける
貫之集（紀貫之の私家集）

くろがねもち【黒鉄黐】
モチノキ科の常緑高樹。雌雄異株。高さ約一〇メートル。葉は革質で広楕円形。初夏、淡紫色の小花を開く。花後、径五ミリほどの実を結び赤熟する。

くろがねもち

くろぼたん【黒牡丹】
紫黒色の牡丹の花をいう。⇩牡丹（ぼたん）［夏］

§

幟《のぼり》立長者の夢や黒牡丹　其角・五元集拾遺

くろゆり【黒百合】
ユリ科の多年草・中部以北および北海道の高山に自生。高さ二〇〜三〇センチ。葉は長楕円形。初夏、六弁の暗紫色の鐘状花を開く。地下の扁球形の鱗茎は食用。［同義］蝦夷百合（えぞゆり）。⇩百合（ゆり）［夏］

くろゆり

くわのみ【桑の実】
クワ科の落葉低樹・高樹の桑の実。花後、初め緑、次に紅、熟して紫黒色となる甘味のある実を結ぶ。生食のほか桑実酒の原料となる。また乾燥したものは「桑椹（そうじん）」とよび、不眠症・冷え性の薬用となる。［同義］桑苺（くわいちご）、椹（くわのみ）。⇩桑（くわ）［春］、桑の花（くわのはな）［春］、桑畑（くわばたけ）［春］

くわ［花彙］

§

さみだれの雲吹《ふき》すさぶ朝かぜに桑の実落《おつ》る小野原のさと　香川景樹・桂園一枝
生《なま》あたたかき桑の実はむと桑畑に幼き頃はよく遊びけり　佐藤佐太郎・軽風
椹《クハノミ》や花なき蝶の世すて酒　芭蕉・虚栗
桑の実に片つま染る娘哉　一風・類題発句集
桑の実を畚《こも》より移す木皿かな
伊藤左千夫・伊藤左千夫全短歌所収「俳句」
ありきながら桑の実くらふ木曾路哉　正岡子規・子規句集
盆栽に袖触れて桑の実も摘まん　河東碧梧桐・新傾向（夏）
桑《くは》の実《み》のうれける枝《えだ》をやまかゞし　泉鏡花・鏡花全集
桑の実や二つ三つ食ひて甘かつし　村上鬼城・ホトトギス
実桑もぐ乙女の朱唇恋知らず　杉田久女・杉田久女句集
憩ひつゝ桑の実熟れのさびしさよ　水原秋桜子・葛飾
木曾川の瀬のきこえ来し桑の実よ　水原秋桜子・葛飾
髪結ひが路の桑の実食べながら　中村草田男・長子

桑の実や馬車の通ひ路ゆきしかば　芝不器男・不器男句集

「け」

けしのはな【芥子の花・罌粟の花】
「花芥子・花罌粟（はなげし）」、「鴉片花（あへんか）」、「ポピー（poppy）」ともいう。芥子はケシ科の一〜二年草・栽培。ギリシャ・西南アジア原産。高さ八〇〜一七〇センチ。全体に白粉を帯びる。葉は長楕円形で、縁に不規則な切れ込みがある。初夏、四弁の白・紅・紅紫・紫色の花を開く。花後、球形の果実を結び、黄褐色に熟し細かい種子を含む。未熟の果実の乳液から阿片（あへん）・モルヒネを製する。果実（芥子坊主）の乳液は「阿片」として鎮痛に、果皮は「罌粟殼（おうぞくこく）」として鎮咳、鎮痛、下痢止などの薬用になる。種子は「芥子油」になる。[〈芥子〉和名由来]「芥子」より（誤読）。[〈芥子〉同義] 阿芙蓉（あふよう）、賽牡丹（さいぼたん）。[〈芥子〉漢名] 罌粟、罌子粟、鶯粟。[花言] 忘却・眠り（英）、無気力・怠惰（仏）。⬇芥子の若葉（けしのわかば）[春]、芥子畑（けしばたけ）[夏]、芥子坊主（けしぼうず）[夏]、白芥子（しらげし）[夏]、花芥子（はなげし）[夏]、芥子蒔く（けしまく）[秋]

けし

§

愛でんとはすれど迷《まよひ》の濃き烟《けぶり》まづ目に浮ぶ畑の花罌粟　森鷗外・うた日記

毒ながら飲みし花罌粟ふさはしき子よといはんもいとほし　森鷗外・うた日記

くれなゐの唐くれなゐのけしの花夕日を受けて燃ゆるが如し　伊藤左千夫・伊藤左千夫全短歌

夕ほろほろ赤罌粟の花はこぼるれば死なせし魚に念仏まうす　島木赤彦・切火

罌粟咲きぬさびしき白と火の色とならべてわれを悲しくぞする　与謝野晶子・夏より秋へ

ときめきを覚ゆる度《たび》に散るごとし君と物言ふかたはらの罌粟　与謝野晶子・火の鳥

南方を恋ひておもへばイタリアのCampagna《カンパニヤ》の野に罌粟《けし》の花ちる　斎藤茂吉・遠遊

かはたれのロウデンバッハ芥子の花ほのかに過ぎし夏はなつかし　北原白秋・桐の花

のびきれる芥子の太茎たゞ一つこの直白花を今日ひらきたり　木下利玄・一路

芥子の莟咲きてあらはれし真白《まつしろ》の花びらの皺の光《て》りかげりはも　木下利玄・一路
麦畑の萌黄天鵞絨《もえぎびろうど》芥子の花五月の空にそよ風のふく　芥川龍之介・紫天鵞絨
罌粟のはなまぼろしに来て紅く満つ過ぎにしものらなべて悲しも　宮柊二・小紺珠
海士《あま》の顔先《まづ》見らる、やけしの花　芭蕉・笈の小文
白芥子《しらげし》や時雨の花の咲つらん　芭蕉・鵲尾冠
舟ナ乗リの一浜留守ぞけしの花　去来・去来発句集
熊谷の堤上ればけしの花　許六・五老井発句集
散る時の心やすさよ芥子の花　越人・猿蓑
虻蜂のとまりそこなふけしの花　正秀・をのが光
散り際は風もたのまじけしの花　其角・五元集拾遺
けしの花朝精進の凋《しほ》れかな　其角・五元集拾遺
竹の子によばれて芥子の華見かな　吾仲・東華集
色深き心のたねやけしの花　りん女・紫藤井発句集
二度も見ぬもろさを芥子の夕哉　也有・蘿葉集
けしの花猶短夜の寝覚哉　蓼太・蓼太句集
汐風や砂ふきか、るけしの花　暁台・暁台句集
生て居るばかりぞ我とけしの花　一茶・七番日記
僧になる子のうつくしやけしの花　一茶・文政句帖
芥子の花がくりと散りぬ眼前《まのあたり》　村上鬼城・鬼城句集
芥子咲いて其日の風に散りにけり　正岡子規・子規句集
罌粟さくや尋ねあてたる智月庵　正岡子規・子規句集
芥子散るや瓜もむ時の夕風に　河東碧梧桐・新傾向（夏）
芥子散るや拾ひ集めてま白き掌　杉田久女・杉田久女句集
罌粟咲くともただ残り役残り役　中村草田男・美田
日輪をこぼる、蜂の芥子にあり　篠原鳳作・篠原鳳作全句文集

けしばたけ【芥子畑・罌粟畑】

➡芥子の花（けしのはな）［夏］

§

村雨の露の名残や芥子畑　許六・きれぎれ
花と実の心壱本けしばたけ　土芳・蓑虫庵集
芥子畠花ちる跡の須弥いくつ　其角・五元集拾遺
短夜を明しに出るやけし畠　舎羅・西華集

けしぼうず【芥子坊主・罌粟坊主】

芥子の果実をいう。➡芥子の花（けしのはな）［夏］

§

鐘撞の俗を笑ふや芥子坊主　乙由・麦林集
花の底覗けばにくし芥子坊主　梅室・梅室家集

げばな【夏花】

夏安居（げあんご）の間に仏に供えるための花をいう。

§

鐘つきの妻にす、むる夏花哉　白雄・白雄句集
水二筋夏花そ、ぐと田へ行くと　乙二・斧の柄
こ、に又縁ある仏夏花《げばな》折る　高浜虚子・七百五十句

げんのしょうこ【現証拠・験証拠】

フウロソウ科の多年草・自生。茎は長く地を這うように生育する。長さ三〇～七〇センチ。葉は三～五片に分かれた掌

状で縁は鋸歯状。葉面には暗紫色の斑点がある。夏、五弁の白・紅紫色の花を開く。茎・葉は下痢止、健胃、整腸、腫物などの薬用となる。［和名由来］薬草として服用すると必ず効き目が現れるという意から。［同義］蔓梅草（つるうめそう）、梅蔓（うめづる）、忽草（たちまちぐさ）、風露草（ふうろそう）、御輿草・神輿草（みこしぐさ）、法華草（ほっけそう）、医者不知（いしゃしらず）、猫足（ねこあし）、猫草（ねこぐさ）。［漢名］牛扁。

げんのしょうこ

§

夕明りげんのしょうこを次々に人たづさへて現るる坂　与謝野晶子・心の遠景

げんのしょうこのおのれひそかな花と咲く　種田山頭火・草木塔

「こ」

こうじのはな【柑子の花】

柑橘類の一種の柑子の花。夏に五弁の白色小花を開く。➡柑子（こうじ）［秋］、柑子飾る（こうじかざる）［新年］

§

むろならで花のつきたる柑子哉　如云・鷹筑波集

夏の日にむされてさくや柑子花　貞徳・犬子集

漢方や柑子花さく門構　夏目漱石・漱石全集

こうじゅ【香薷】

薙刀香薷をいう。➡薙刀香薷（なぎなたこうじゅ）［夏］

§

野水ひき香薷植ゑたり草の堂　松瀬青々・倦鳥

こうほね【川骨・河骨】

スイレン科の水生多年草。池・沼・川の浅瀬に自生。根茎は太く、葉は長楕円形で、水面上に生育する。夏、花柄をだし黄色の大形の花を一つ開く。根茎は「川骨（せんこつ）」として止血、健胃、強壮の薬用になる。［和名由来］白い根茎を白骨に見立てたもの。［同義］骨蓬（こうほね・かわほね）。［漢名］萍蓬草。

こうほね［備荒草木図］

§

みなぎはの今ひとときはもまさりこば沈はつべき川ほねのはな　大隈言道・草径集

小鮒取る童べ去りて門川《かどかわ》の河骨の花に目高群れつつ　正岡子規・子規歌集

雨のごと魚とぶ水のかはたれに骨蓬《こうほね》の黄の浮ぶさびしさ　岡稲里・早春

南谷《みなみだに》ふりにし跡《あと》にわが来《く》ればかすかにのこる河骨《かはほね》の花　斎藤茂吉・たかはら

河骨や水にはりあふ葉のつよみ　万子・草刈笛

河骨も下から行てかきつばた　土芳・蓑虫庵集

河骨に水のわれゆく流かな　芙水・曠野

河骨の二もと咲くや雨の中　蕪村・蕪村句集

水渺々河骨茎をかくしけり　召波・春泥発句集

川骨や砕けぬ花にさゞら波　巣兆・曾波可理

河骨の水を出兼る蕾《つぼみ》哉　正岡子規・子規句集

河骨の蕾乏しき流れかな　正岡子規・子規句集

河骨の花に集る日高かな　河東碧梧桐・新俳句

河骨の咲くや年々蓮のなき　河東碧梧桐・新傾向（夏）

河骨《こうほね》の花に添ひ浮くいもりかな　高浜虚子・六百五十句

橋の下闇し河骨の花ともる　山口青邨・雪国

こうめ【小梅】

バラ科の落葉高樹・栽植。信濃梅（しなのうめ）、甲州梅（こうしゅううめ）ともいう。葉・花ともに梅に似て、早春に白花を下向きに多数開く。夏に、丸い小金柑に似た実を結ぶ。俳句ではこの実をもって夏の季語とする。［漢名］消梅。⇩梅の実（うめのみ）［夏］

§

こうめ

交りは紫蘇のそめたる小梅哉　秋色・句兄弟

こけしげる【苔繁る】

苔が梅雨の頃に繁殖し、夏に青々と繁茂する様子をいう。「苔むす」ともいう。⇩苔の花（こけのはな）［夏］

§

石あれは石のまはりに草木あれは草木のほとり青苔むせり　伊藤左千夫・伊藤左千夫全短歌

広庭の木かけ木かけをくまとりて苔のさみとりしみむせるかも　伊藤左千夫・伊藤左千夫全短歌

敷きつめて氈《かも》と見まがふ青苔は径《こみち》のうへに伸《の》し出でむとす　半田良平・幸木

一山の祖こそしげれる苔の下　宗因・梅翁宗因発句集

夏の日や薄苔つける木木の枝　芥川龍之介・発句

こけのはな【苔の花】

夏、苔がつける微小な隠花をいう。苔とは古木、湿地、岩石などに生育する苔類、蘚類、地衣類、菌類などの隠花植物の総称。苔類にはゼニゴケ、スギゴケ、ウキゴケ、ウロコゴケ、蘚類にはミズゴケ、スギゴケ、ヒカリゴケなどがある。陰湿な環境を好み、岩場や樹木などに群生することが多い。配偶子をつくる有性世代と、胞子をつくる無性世代を交互に繰り返す。通常見かける緑色の植物は有性世代のもの。和歌では「苔むす」で長久を、「苔の下」で墓の下・死後を、「苔の衣」で世捨て・出家、「苔の岩戸」などでその住まいを表現した。［同義］花苔。［花言］憂鬱、孤独、母の愛情。⇩苔繁る（こけしげる）［夏］

§

わたらしとちかひし橋はいつのまに苔にも花のさきにけらしも　上田秋成・献神和歌帖

堂のうらは建物かげのしめり冷え下《お》りしづみゐる苔生花《こけふ》もち　木下利玄・一路

岩ばしる法《のり》の雫や苔の花　露川・二人行脚

塚の銘千代にや千代に苔の花　野坡・六行会

苔生ぬ早花咲きぬ露もちぬ　士朗・枇杷園句集

此奥に聖おはしぬ苔の花　暁台・暁台句集

水かけて明るくしたり苔の花　乙二・斧の柄

老僧が塵拾ひけり苔の花　一茶・一茶句集

何神《なにがみ》か知らずひわだの苔の花　正岡子規・子規句集

苔の花も石と化る藍の色美妙　河東碧梧桐・新傾向（夏）

汲みあて、花苔剥げし釣瓶かな　杉田久女・杉田久女句集

苔の花被て佳石あり原始林　水原秋桜子・晩華

流れ入り流れ去る水苔の花　山口青邨・雪国

ごじか【午時花】

アオギリ科の一年草。自生・栽培。葉は長く針状。夏から秋に五弁の紅色花を開く。[和名由来]花が昼頃に開き、夕方に閉じるところから。[同義]子午花（しごか）、金銭花（ぜにばな）、金銭花（きんせんか）、日中金銭（にっちゅうきんせん）。[漢名]午後花、金銭花。

ごじか［七十二候名花画帖］

こしたやみ【木下闇】

夏、陽をさえぎるように繁茂した樹々の下の、昼なお暗い状態をいう。[同義]下闇（したやみ）、木の下闇（このしたやみ）、木晩（このくれ）。↓夏木立（なつこだち）[夏]、下闇（したやみ）[夏]

§

須磨寺やふかぬ笛きく木下やみ　芭蕉・笈の小文

霧雨に木の下闇の紙帳かな　嵐雪・玄峰集

牛の目の光る山路や木下闇　白尼・類題発句集

木下闇ところどころの地蔵かな　正岡子規・子規句集

石路の葉の燈籠を埋む木下闇　河東碧梧桐・新傾向（夏）

日の暈も木の下闇の瀧見るや　河東碧梧桐・新傾向（夏）

ごしゅゆのはな【呉茱萸の花】

呉茱萸はミカン科の落葉小高樹・栽植。中国原産。高さ約三メートル。雌雄異株。茎・葉・柄に黄褐色の軟毛を密生する。羽状複葉で対生。初夏、枝先に緑白色の小花を多数、円錐状につける。花後、果実を結び、秋に紅色に熟す。果実は利尿、健胃、風邪、吐気などの薬用になる。[〈呉茱萸〉同義]茱萸（しゅゆ）、川薑（かわはじかみ）、唐薑（から

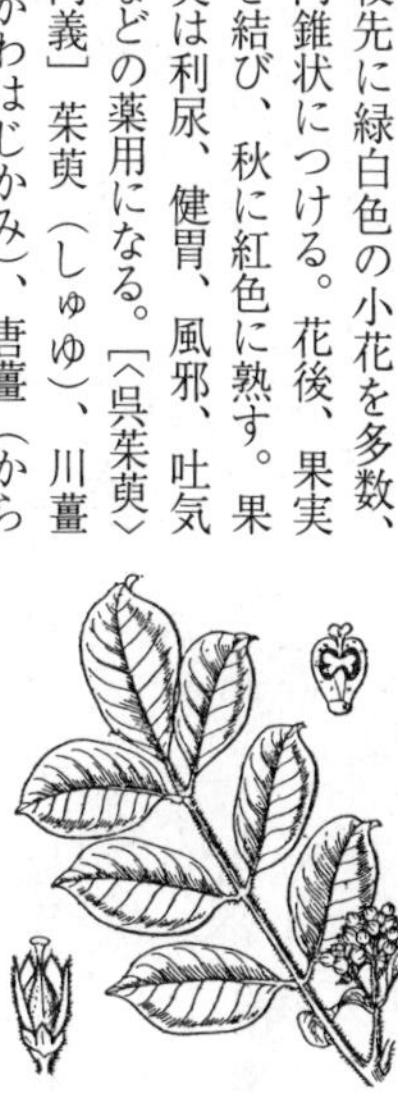
ごしゅゆ

はじかみ）。［漢名］呉茱萸。

ことしだけ【今年竹】

竹の子が生育して若竹となったものをいう。⬇若竹（わかたけ）［夏］、竹の子（たけのこ）［夏］、竹の皮脱ぐ（たけのかわぬぐ）［夏］

§

其中に笋は古りし今年竹　也有・蘿葉集
風毎に葉を吹き出すや今年竹　千代女・千代尼発句集
故園荒る松を貫く今年竹《ことしだけ》　高浜虚子・六百五十句
今年竹かなしきばかりあをあをと　日野草城・旦暮
濃《こまや》かにしてしづかなる今年竹　日野草城・旦暮

こばんそう【小判草】

イネ科の一年草。観賞用に栽培。高さ二〇～五〇センチ。葉は麦に似て線形。夏、小判形の黄緑色の花穂を垂れ、熟して褐色となる。［和名由来］黄緑色の花穂を小判に見立てたもの。［同義］俵麦（たわらむぎ）、麦蘭（むぎらん）。

こばんそう

ごぼうのはな【牛蒡の花】

牛蒡はキク科の二年草・栽培。高さ一～一・五メートル。多肉の長根をもち、食用となる。葉は大形の心臓形で縁は鋸歯状。夏、紫色の頭上花を開く。花後、暗灰色の種子を結ぶ。種子は「悪実」として利尿などの薬用になる。［〈牛蒡〉和名由来］漢名「牛蒡」より。また、根を牛の尾に見立てたためと。［〈牛蒡〉同義］畑牛蒡（はたけごぼう）、鼠粘草（そねんそう）。［〈牛蒡〉漢名］牛蒡。

［花言］私に触れないで欲しい。⬇新牛蒡（しんごぼう）［夏］、筏牛蒡（いかだごぼう）［夏］、若牛蒡（わかごぼう）［夏］、牛蒡引く（ごぼうひく）［秋］、開牛蒡（ひらきごぼう）［新年］

ごぼう

§

ややしばし牛蒡の花の刺《とげ》光るその畑見て君を思はず　北原白秋・桐の花

こまくさ【駒草】

ケシ科の多年草・自生。高山植物。高さ約一〇センチ。細裂した羽状複葉で白緑色。夏、紅紫色の花を数個下向きに開く。花後、多数の黒色の種子を結ぶ。種子は腹痛の薬用となる。葉は霊薬「御駒草（おこまぐさ）」として珍重された。［和名由来］花弁を馬の顔に見立てたもの。［同義］金銀草（きんぎんそう）、御駒草（おこまぐさ）。

§

こまくさ

駒草に石なだれ山匂ひ立つ　河東碧梧桐・八年間

こまちぐさ【小町草】

「こまちそう」ともいう。⬇虫捕撫子（むしとりなでしこ）[夏]

§

雲なれど沙にすがりて地にありぬいと哀れなる小町草《こまちぐさ》かな　与謝野晶子・草の夢

ごまのはな【胡麻の花】

ゴマ科の一年草の胡麻の花。夏、紫色を帯びた白色の花を開く。⬇胡麻（ごま）[秋]、胡麻蒔く（ごままく）[夏]

§

胡麻の花、あるかなきかのほのかさの、いろのかなしき夕べなりけり　岡稲里・朝夕

畠には胡麻の花さくころとなりて山より来る雨のすずしき　岡稲里・朝夕

花も葉も暑き匂ひや胡麻の花　如雷・俳句大観

浦波に足ぬらし来つ胡麻の花　露月・露月句集

嵐して起きも直らず胡麻の花　村上鬼城・鬼城句集

ごままく【胡麻蒔く】

胡麻は五・六月に種を蒔く。⬇胡麻（ごま）[秋]、胡麻の花（ごまのはな）[夏]

こむぎ【小麦】

イネ科の越年草・栽培。桿は中空。葉は線状で披針形。葉の基部は鞘状に茎を包む。五月頃に花軸をだし、穎花（えいか）を穂状に開く。花後、穎果を結ぶ。春蒔き小麦と秋蒔き小麦に大別される。世界で最大の収穫量をもつ穀物。[同義] 真麦（まむぎ）、年穂草（としほぐさ）、団子麦（だんごむぎ）。[漢名] 小麦。[花言]〈穂〉豊かな実り、豊かな生産。〈茎〉繁栄、富。⬇大麦（おおむぎ）[夏]、麦（むぎ）[夏]

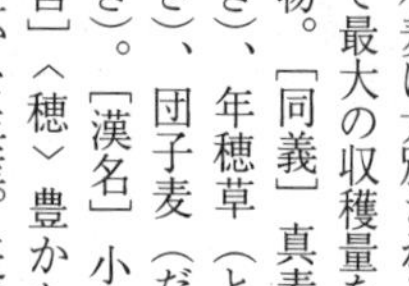

こむぎ

こも【菰・薦】

真菰のこと。⬇真菰（まこも）[夏]

§

三島江の入江の薦をかりにこそ我れをば君は思ひたりけれ　作者不詳・万葉集一一

こんぶ【昆布】

コンブ科の褐藻類の総称。寒海の岩礁に着生する。食用。新年の飾り物に用いられる。最も長い種類はナガコンブで三〇メートル以上になる。全体に革質で淡褐色。食用となるものには、マコンブ、リシリコンブ、ミツイシコンブ、ナガコンブ、ホソメコンブ、トロロコンブなどがある。[和名由来] アイヌ語のkompuから。[同義] 広布・比呂米（ひろめ）、夷布・衣比須米（えびすめ）。⬇昆布飾る（こんぶ

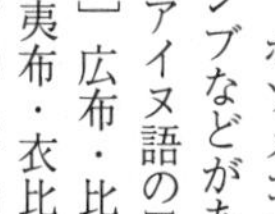

こんぶ

かざる）［新年］

§

昆布《こぶ》の葉の広葉《ひろば》にのりてゆらゆらにとゆれかくゆれ揺らるる鴎《かもめ》
石榑千亦・鷗

よる波に立ちては崩れ立ちては崩れ昆布の広葉のざわめけるかも
石榑千亦・鷗

烏賊を乾し昆布をほしたる幾浜か住みふるしつつ貧しく住めり
土屋文明・山谷集

青昆布の畑見る塩の干潟哉　尚白・孤松

「さ」

さいはいらん【采配蘭】
ラン科の常緑多年草。山地に自生。高さ約四〇センチ。葉は縦脈があり、長さ一〇～二〇センチ。初夏、花軸を伸ばし淡紫褐色の花を多数つける。地下の卵円形の球茎は食用となり、また「采配蘭（さいはいらん）」として胃薬になる。［和名由来］下垂した花を、往時の軍陣で指揮に使った采配に見立てたもの。

さいはいらん

さかきのはな【榊の花】
榊はツバキ科の常緑小高樹。自生・栽植。高さ約一二メートル。葉は革質で長楕円形。六～七月頃、淡緑色の五弁の細花を下向きに開く。花後、紫黒色で球形の液果を結ぶ。［〈榊〉和名由来］諸説あり。神聖な地に植える「境木（サカヒキ）」の意。緑の葉が豊かに繁るところから「栄木（サカエキ）」の意。「幸葉木（サキハキ）」の意など。「榊」の字は神事に用いる神木であることからきた国字。［〈榊〉同義］本榊（ほんさかき）、花榊（はなさかき）、真賢木（まさかき）、龍眼木（りゅうがんぼく）。［〈榊〉漢名］楊桐。⬇榊（さかき）［四季］

さかき

さくらあさ【桜麻】
桜色の麻、花の咲く雄麻（おあさ）の別称などに比定。「さくらお」ともいう。⬇麻（あさ）［夏］

§

風流の泉たゝえて桜麻　木因・三物拾遺

さくらのみ【桜の実】
山桜、染井桜、彼岸桜などバラ科の落葉高樹の桜の実。花後、初夏に豆大の青を結び、熟して赤・紫黒色となる。「さくらんぼう」として食用となる。［同義］桜坊・桜桃（さくらんぼう）、チェリー（cherry）。⬇実桜（みざくら）［夏］、さくらんぼう［夏］、桜（さくら）［春］、桜桃（おうとう）［夏］

§

来て見れば夕《ゆふべ》の桜実となりぬ　蕪村・蕪村句集

道端の義家桜実となりぬ　村上鬼城・鬼城句集

紫を玉にぬく実の糸桜　正岡子規・子規全集

さくらんぼう【桜坊・桜桃】

「さくらんぼ」ともいう。➡桜の実（さくらのみ）［夏］、桜桃（おうとう）［夏］、実桜（みざくら）［夏］、桜（さくら）［春］

§

さくらんぼいまださ青に光るこそ悲しかりけれ花ちりしのち　北原白秋・桐の花

色づきて一つみいでしさくらんぼみれば幾つも葉かげに赤し　三ケ島葭子・三ケ島葭子歌集

茎《くき》右往左往菓子器のさくらんぼ　高浜虚子・六百五十句

ざくろのはな【石榴の花・柘榴の花】

石榴はザクロ科の落葉小高樹・栽植。六月頃、鮮紅色で六枚の花弁をもつ筒状花を開く。花後、球果を結ぶ。［同義］花石榴。➡石榴（ざくろ）［秋］、花石榴（はなざくろ）［夏］

§

枕辺にあるじまうけの花石榴あかきこころをめでて寝にけり　森鷗外・うた日記

ざくろ

梅雨のしきに小暗き片庭の柘榴の花し灯《ひ》に似たるかも　伊藤左千夫・伊藤左千夫全短歌

炭がまを焚きつけ居れば赤き芽の柘榴のうれに没日《いりひ》さし来も　長塚節・房州行

散りたまる柘榴の花のくれなゐをわけてあそべり子蟹がふたつ　若山牧水・山桜の歌

いと酢き赤き柘榴をひきちぎり日の光る海に投げつけにけり　北原白秋・桐の花

大柘榴木の実のあひに赤き花のこり寂びしこの庭見おぼえのあり　中村憲吉・軽雷集

さ庭べにもつとも晩《おそ》く芽ぶきたる柘榴いち早く散りそめにけり　大熊長次郎・大熊長次郎全歌集

今年また柘榴花《ざくろ》さき道のべの目を射るごとき朱《あけ》をわが見る　佐藤佐太郎・星宿

不細工に柘榴の花も咲にけり　白雪・誹諧曾我

むだ花の咲ほこりする石榴哉　風弁・俳句大観

柘榴古りて一斗の花を落しけり　尾崎紅葉・尾崎紅葉集

柘榴の花一つなりけり庭に下りても見る　河東碧梧桐・八年間

泥塗つて柘榴の花の取木かな　村上鬼城・鬼城句集

赤いのはざくろの花のさみだるる　種田山頭火（昭和十年）

格子戸に鈴音《すずおと》ひゞき花柘榴《はなざくろ》　飯田蛇笏・霊芝

花柘榴なれば落つとも花一顆　中村草田男・火の島

若者には若き死神花柘榴　中村草田男・万緑

ささげのはな【豇豆の花】

豇豆はマメ科の蔓性一年草・栽培。夏に白・淡紅色の蝶形花を開く。花後、莢を結び種子と共に食用とする。［漢名］豇豆、大角豆。⬇豇豆（ささげ）［秋］

§

生りそめて妹がさゝげの花かつら　杉風・杉風句集

ささちまき【笹粽】

糯米、粳、米粉などでつくった餅を笹で巻いたもの。通常、端午の節句に作られた。

§

白菅にとり合せたり笹粽　万子・草刈笛

山笹の粽やせめて湯なぐさみ　其角・五元集拾遺

幟とも竹のよしみや笹粽　也有・蘿葉集

投げ込んで見たき家なりさゝ粽　乙二・斧の柄

ひたすらに這ふ子おもふや笹ちまき　芥川龍之介・発句

ささゆり【笹百合】

ユリ科の多年草・自生。高さ五〇～一〇〇センチ。茎には紫色の斑点がある。地下の鱗茎は卵形。葉は披針形。夏、大形の淡紅色の花を横向きに開く。［和名由来］葉の形が笹に似ているところから。［同義］小百合・早百合（さゆり）、五月百合（さつきゆり）。⬇百合（ゆり）［夏］

§

ささゆり

ほそくきの花に耐へつつ笹百合は　日野草城・旦暮

さつき【杜鵑花】

⬇五月躑躅（さつきつつじ）［夏］

§

さつき咲く庭や岩根の黴ながら　太祇・太祇句選

巨巌裂け裂目より杜鵑花咲きいでたり　種田山頭火・層雲

さつきつつじ【五月躑躅】

ツツジ科の常緑低樹。自生・栽培。高さ約三〇センチ。葉は狭長で小さく互生。枝端に五裂の紅紫色の花を開く。［和名由来］旧暦五月頃を開花期とするところから。［同義］杜鵑花・山躑躅・皐月（さつき）。⬇躑躅（つつじ）［夏］

§

さつきつつじ

花ばかり日の照る五月つゝじ哉　春波・類題発句集

さといものはな【里芋の花】

サトイモ科の多年草の里芋の花。まれに、夏、淡黄白色の仏焔苞に覆われた肉穂花序をつける。⬇里芋（さといも）［秋］、芋の花（いものはな）［夏］

さなえ【早苗】

稲の苗。初夏、苗代より本田に移植する頃の苗をいう。［同義］若苗（わかなえ）、玉苗（たまなえ）。⬇早苗取り（さなえとり）［夏］、余り苗（あまりなえ）［夏］、早苗月（さなえ

づき）［夏］、早苗舟（さなえぶね）［夏］、田植（たうえ）［夏］

さなへ草う、る時とてさみだれの雲も山田におりたちにけり
　賀茂真淵・賀茂翁家集

いとまなみ麦刈いればとりわけん門田の早苗おいも社《こそ》すれ
　小沢蘆庵・六帖詠草

さ苗ひくをとめを見ればいそのかみ古りにし御代のおもほゆるかも
　大愚良寛・良寛歌評釈

§

雨折々思ふ事なき早苗哉　芭蕉・木曾の谷
西か東か先《まず》早苗にも風の音　芭蕉・忍摺
早苗とる手もとや昔しのぶ摺　芭蕉・おくのほそ道
早苗見て命の長き心せり　木因・孤松
白鷺の羽ずりに動く早苗哉　浪化・浪化上人発句集
旅衣早苗に包食《つつむめし》こはん　曾良・信夫摺坤
獺《かわうそ》の住む水も田に引く早苗哉　蕪村・新花摘
山城へ近江の早苗移りけり　召波・春泥発句集
里の子が犬に付たるさ苗哉　一茶・七番日記

さなえづき【早苗月】

旧暦の五月。早苗を植える月。⬇早苗（さなえ）［夏］

§

水上のすぐなるを見よさ苗月　宗因・三籟

さなえとり【早苗取り】

初夏、田植のため、苗代から稲の早苗を取ること。⬇早苗（さなえ）［夏］

§

早苗とる時にはなりぬ故さとの難波すか笠紐はつけてん
　上田秋成・秋成歌反古

早苗とる手もとや昔しのぶ摺《ずり》　芭蕉・おくのほそ道
汁鍋に笠のしづくや早苗取　其角・五元集
山の日を襷にかけてさなへ取　梅室・梅室家集
小山田《おやまだ》に早苗《さなえ》とるなり只一人　正岡子規・子規句集
早苗《さなえ》取る手許《てもと》の水の小揺《さゆれ》かな　高浜虚子・五百句
早苗《さなえ》とる水うら〳〵と笠のうち　高浜虚子・五百句

さなえぶね【早苗舟】

田植の早苗を運ぶ舟。⬇早苗（さなえ）［夏］

§

つまなしのさす手引手や早苗舟　暁台・暁台句集
植どめはどう押廻す早苗ぶね　梅室・梅室家集

サボテン【仙人掌】

サボテン科の常緑多年草・栽培。多品種あるが、通常、外見は緑色。茎は多肉性で表面に多数の棘をもつ。［同義］覇王樹（はおうじゅ・サボテン）、仙人掌草（わたかずら）。［花言］暑さ・熱さ・偉大（英）。

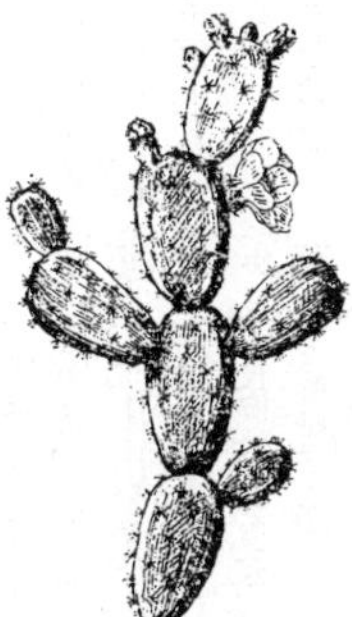
サボテン

§

覇王樹《さぼてん》のくれなゐの花海のべの光をうけて気《き》を発《はつ》し居《を》り
　斎藤茂吉・つゆじも

仙人掌の奇峰を愛す座右かな　村上鬼城・鬼城句集

シャボテンの幹の荒肌の執着の花　河東碧梧桐・八年間

花覇王樹《サボテン》無銘の碑為し海へ立つ　中村草田男・火の島

ザボンのはな【朱欒の花・香欒の花】

ミカン科の常緑低樹の朱欒の花。初夏、五弁の白色花を開く。➡朱欒（ザボン）［冬］

§

こゝら一円朱欒の木々の花ざかり空気澱《よど》もりとんろりにほふ　木下利玄・一路

朱欒咲く五月となれば日の光り　杉田久女・杉田久女句集

朱欒咲くわが誕生《あれ》月の空真珠《またま》　杉田久女・杉田久女句集補遺

さまつだけ【早松茸】

シメジ科の茸・自生。外形は松茸に似る。松茸に先だって成育し、松茸の盛りを過ぎた頃ふたたび発生する。食用。［同義］早松（さまつ）。

さまつだけ

§

子規たしかに峰の早松茸　丈草・丈草発句集

さゆり【小百合・早百合】

さゆりの「さ」は接頭語。➡百合（ゆり）［夏］

§

燈火《ともしび》の光に見ゆるさ百合花後も逢はむと思ひそめてき　内蔵縄麻呂・万葉集一八

筑波嶺《つくばね》のさ百合《ゆる》の花の夜床《ゆとこ》にも愛《かな》しけ妹《いも》そ昼もかなしけ　大舎人部千文・万葉集二〇

くれなゐを照日にきほへから葵われは伏目の小百合白百合　森鷗外・うた日記

岩にあてて小百合の花を打ち砕《くだ》き此世《このよ》かくぞと知りそめし今日《けふ》　山川登美子・山川登美子歌集

さゆりばな我にみせむと野老蔓からみしまゝに折りてもち来し　長塚節・夏季雑咏

かりそめに早百合生ケたり谷の房　蕪村・蕪村句集

さらのはな【娑羅の花・沙羅の花】

夏椿の花をいう。夏椿はナツツバキ科の落葉高樹で、沙羅樹（さらじゅ）ともいう。六月頃、葉腋に大形の白色花を一つずつ開く。➡夏椿の花（なつつばきのはな）［夏］

§

朝咲きて夕には散る沙羅の木の花の盛りを見れは悲しも　天田愚庵・愚庵和歌

物さびし青葉の宿の五月雨に室にかなへる娑羅双樹の花　伊藤左千夫・伊藤左千夫全短歌

沙羅双樹しろき花ちる夕風に人の子おもふ凡下のこころ　与謝野晶子・舞姫

白たへの沙羅の木《こ》の花くもり日のしづかなる庭に散りしきにけり　斎藤茂吉・ともしび

朝咲きて夕にはちる沙羅の木の花の木かげの山鳥の糞　北原白秋・雀の卵

夏花のみほとけ花の沙羅の花比叡の嶺《ね》ふかく咲くは今かも　吉井勇・遠天

山でらの夕庭にしけるしろき花あめに打たれし沙羅の木のはな　中村憲吉・軽雷集以後

寺庭《てらには》に夏の日照りて一本《ひともと》の沙羅の高木《たかぎ》は花さきにけり　佐藤佐太郎・歩道

鳴りひびく鐘も供養や沙羅の花　杉田久女・杉田久女句集補遺

さるすべり【百日紅・猿滑】

ミソハギ科の落葉高樹・栽植。中国南部原産。「ひゃくじつこう」ともいう。高さ約六メートル。幹は平滑で赤褐色。ところどころに瘤がある。葉は対生で楕円形。夏から秋、梢上に円錐花序をだし、鮮紅・白色の六枚の花弁をもつ小花を開く。花後、楕円形のさく果を結ぶ。観賞用に庭木として用いられることが多く、品種も多い。材質が平滑かつ緻密で腐りにくいことから、細工物、床柱、舟材などに用いられる。［和名由来］樹皮がなめらかで、木登りの上手な猿も滑るほどであることから。［同義］猿滑（さるなめり）、猿日紅（さるじつこう）、盆花（ぼんばな）、千日花（せんにちばな）、笑木（わらいのき）、擽木（くすぐりのき）。［漢名］百日紅、紫薇。

§

さるすべり

萩の花すでに散らくも彼岸過ぎて猶咲き残るさるすべりかも　正岡子規・子規歌集

あかねさす日の入りがたの百日紅くれなゐ深く萎れたり見ゆ　島木赤彦・氷魚

長崎の昼しづかなる唐寺《たうでら》やおもひいづれば白《しろ》きさるすべりのはな　斎藤茂吉・つゆじも

しづかなる秋日《あきび》となりて百日紅《さるすべり》いまだも庭《には》に散りしきにけり　斎藤茂吉・暁紅

白き猫昼もさびしか花あかき百日紅にのぼりゐにけり　北原白秋・桐の花

ひとしきり百日紅の花ちらしいかづち去りぬ愛宕あたりに　吉井勇・遠天

庫裏《くり》のかたに水汲む井戸の音きこゆ百日紅の落つるひるすぎ　土屋文明・ふゆくさ

さ庭べの百日紅の赤き花幹をのぼるはとかげにてあり　加納暁・加納暁歌集

百日紅の葉がひの空の星ひとつきみが瞳《め》のごと澄むもかなしも　木俣修・冬暦

咲きそめし百日紅《ひやくじつこう》のくれなゐを庭に見返り出征《いでた》たむとす　宮柊二・山西省

みづみづしき運命みえて咲きそむる今年の百日紅《ひやくじつこう》のくれなゐ　佐藤佐太郎・星宿

葉は散て猶唐めくや百日紅　亀洞・庵の記

今日是と見し世やありし百日紅　土芳・蓑虫庵集

さかづきや百日紅に顔の照り　支考・蓮二吟集

散れば咲き散れば咲きして百日紅　千代女・類題発句集
咲きまさる百日紅に照る日哉　百明・古人五百題
百日紅や、ちりがての小町寺　蕪村・夜半叟句集
百日紅虹立つ寺のうしろ哉　闌更・俳句全集
つくろはぬものや師走の猿すべり　白雄・白雄句集
寺焼けて土塀の隅の百日紅　正岡子規・子規全集
百日紅咲くや真昼の閻魔堂　正岡子規・子規句集
僧房の閑に飽けり百日紅　松瀬青々・妻木
先づ黄なる百日紅に小雨かな　夏目漱石・漱石全集
百日紅に愚庵の扉開閉す　河東碧梧桐・新傾向（夏）
枯れる百日紅の見上げらる、朝空　河東碧梧桐・八年間
苔づける百日紅《ひゃくじつこう》や秋どなり　芥川龍之介・発句
百日紅乙女の一身またたく間に　中村草田男・長子
百日を白《しろ》さるすべり保《ほ》し得んや　中村草田男・来し方行方
百日紅片手頬にあて妻睡る　加藤楸邨・穂高
百日紅ごくごく水を呑むばかり　石田波郷・鶴の眼
百日紅ちりて咲くや死にもせず　石田波郷・惜命

さわふたぎのはな【沢蓋木の花】
沢蓋木はハイノキ科の落葉低樹・自生。高さ約一～三メートル。葉は倒卵形で互生し、縁は鋸歯状。晩春から初夏に、白色花を多数開く。花後、小果を結び、秋、熟して藍色となる。［〈沢蓋木〉和名由来］沢を覆い、蓋をかぶせるように繁茂するところから。［〈沢蓋木〉同義］青玉木（あおだまのき）。

さわふたぎ

さんしょうのはな【山椒の花】
山椒はミカン科の落葉低樹。自生・栽培。高さ約三メートル。晩秋から初夏にかけて、黄色の小花を開く。［同義］花山椒、蜀椒の花（はしかみのはな）。⇩山椒の芽（さんしょうのめ）［春］、山椒の実（さんしょうのみ）［秋］

「し」

しいのはな【椎の花】
椎とはブナ科シイノキ属の常緑高樹の総称。雌雄同株。葉は光沢があり、革質で楕円形。雄花は初夏に黄色の穂状花を開き、甘い香りがある。秋に団栗（どんぐり）に似た堅果を結び食用となる。［〈椎〉同義］椎木（しいのき）、玉木（たまのき）。［〈椎〉漢名］椎、椎子、樫（しいがし）、椎柯。⇩椎の実（しいのみ）［秋］

§

しい

やはらかう落ちたる椎の花ふみて岡の小道に人を待ちけり　佐佐木信綱・常盤木
椎の花匂へば記憶よみがへるこの丘にありしきみがアトリエ　木俣修・冬暦
旅人のこゝろにも似よ椎の花　芭蕉・続猿蓑
椎の花人もすさめぬにほひ哉　蕪村・蕪村句集
椎《しい》の花匂《にお》ひこぼるゝとはこの事　高浜虚子・七百五十句

しおがまぎく【塩竈菊】

ゴマノハグサ科の半寄生多年草。高さ三〇～六〇センチ。葉は広披針形で縁は鋸歯状。夏、紅紫色の唇形花を開く。花後、さく果を結ぶ。［同義］塩竈草（しおがまそう）。

しおがまぎく

ジギタリス【digitalis】

ゴマノハグサ科の多年草・栽培。ヨーロッパ原産。高さ約一メートル。葉は楕円形で下部の葉柄は長い。全体に短毛がある。夏、淡紫紅色の鐘状花を開く。葉は強心、利尿などの薬用となる。［同義］狐手袋（きつねのてぶくろ）。［花言］大言壮語、不誠実。

しげみ【茂み・繁み】

⬇茂り（しげり）［夏］

§

夕はえや茂みにもるゝ川の音　丈草・古人五百題

しげり【茂り・繁り】

夏の頃の樹々の枝葉が生い茂るさまをいう。⬇茂み（しげみ）［夏］、茂る（しげる）［夏］、山茂り（やましげり）［夏］、川茂り（かわしげり）［夏］、草茂る（くさしげる）［夏］

§

嵐山藪の茂りや風の筋　芭蕉・嵯峨日記
光りあふ二つの山の茂りかな　去来・去来発句集
伊香保根や茂りを下る温泉の煙　一茶・一茶句帖
山伏の法螺吹立つる茂りかな　正岡子規・子規全集
石段の一筋長き茂りかな　夏目漱石・漱石全集

しげる【茂る・繁る】

⬇茂り（しげり）［夏］

§

神々と春日茂りてつゝら山　鬼貫・鬼貫句選
神の祚雪の麓に茂りけり　闌更・半化坊発句集

しそ【紫蘇】

シソ科の一年草・栽培。「しそう」ともいう。中国原産。茎は方形。高さ二〇～六〇センチ。葉は広卵形で縁には鋸歯があり、やわらかく香りがある。秋に淡紅紫色または白色の小唇形花を総状につける。花後、球状の香気ある小さな実をつける。葉と実は食用、香味料となる。葉が鮮緑色の

しそ

青紫蘇、葉の両面が紫色の赤紫蘇、葉面にしわが多い縮緬紫蘇などの種類がある。［和名由来］漢名「紫蘇」より。［漢名］紫蘇、蘇。⬇紫蘇の実（しそのみ）［秋］

§

夕影や色落すしその露おもみ　杉風・常盤屋之句合

したやみ【下闇】

⬇木下闇（こしたやみ）［夏］

§

下闇や鳩根情のふくれ声　其角・五元集

下闇や椎の名かさね草もなき　白雄・白雄句集

下闇や池しんとして魚泛きたり　正岡子規・子規全集

しのぶ【忍】

シダ類シノブ科の落葉多年草・自生。岩や樹木に着生する。根茎は地を這い鱗毛を密生する。羽状複葉。根茎を細工して作る「忍玉（しのぶだま）」「吊り忍（つりしのぶ）」は、夏の涼感を演出するものとして軒に吊す。［和名由来］忍草の略。土がなくても耐え忍んで生育するところから。［同義］忍草（しのぶぐさ）、事無草（ことなしぐさ）。⬇忍草（しのぶぐさ）［秋］、軒忍（のきしのぶ）［秋］

しのぶ

§

しのぶさへ枯て餅かふやどり哉　芭蕉・甲子吟行

大岩にはえて一本忍かな　村上鬼城・ホトトギス

自《おのずか》ら其頃《そのころ》となる釣忍《つりしのぶ》　高浜虚子・五百句

夕闇《ゆうやみ》の迷ひ来にけり吊忍《つりしのぶ》　高浜虚子・六百句

しもつけ【下野】

バラ科の落葉低樹。自生・栽培。高さ約一メートル。葉は長卵形で先が尖り、縁は鋸歯状。夏、五弁の淡紅色の小花を密生して開く。花弁よりも長い雄蕊をもつ。若芽は浸し物・和え物などにして食用となる。［和名由来］下野の国（現在の栃木県）で最初に発見されたため。［同義］鹿の子花（かのこばな）、日光下野（にっこうしもつけ）、木下野（きしもつけ）。［漢名］繍線菊。

しもつけ

§

しもつけの花と見るこそかひなけれ人のとふべき身かはと思へば
和泉式部集（和泉式部の私家集）

あだならぬ心を知らでしもつけの花には人をよそへざらなむ
定頼集（藤原定頼の私家集）

いただきはしもつけ花の紅《あか》さして浅間の嶽の立ちし夏の夜
与謝野晶子・心の遠景

しもつけの花うはじろみ霧積《きりづみ》の碓氷の坂に秋かぜぞ吹く
与謝野晶子・深林の香

しもつけを地に並べけり植木売　松瀬青々・妻木

しもつけそう【下野草】

バラ科の多年草。自生・栽培。楓（かえで）のように分裂した葉をもつ。夏、五弁の紅色の小花を開く。［和名由来］花が下野（しもつけ）に似ているところから。［同義］草下野（くさしもつけ）。⬇下野（しもつけ）［夏］

しもつけそう

じゃがいものはな【じゃが芋の花】

ナス科の多年草のじゃが芋の花。初夏、白・淡紫色などの五裂した合弁花を開く。［同義］馬鈴薯の花。⬇じゃが芋（じゃがいも）［秋］、芋の花（いものはな）［夏］、馬鈴薯の花（ばれいしょのはな）［夏］

§

じゃが芋の花に屯田の詩を謡ふ　村上鬼城・鬼城句集

じゃが芋咲いて浅間ケ嶽の曇かな　村上鬼城・鬼城句集

しゃがのはな【射干の花・胡蝶花の花】

射干はアヤメ科の常緑多年草。自生・栽培。高さ三〇～六〇センチ。剣状で平行脈のある葉を叢生する。晩春から初夏に、中心が黄色の、白紫色を帯びた花を開く。［〈射干〉和名由来］同じアヤメ科のヒオウギの漢名「射干」をあてたもの。［〈射干〉同義］著莪（しゃが）、莎莪（しゃが）、射干花（しゃがばな）。

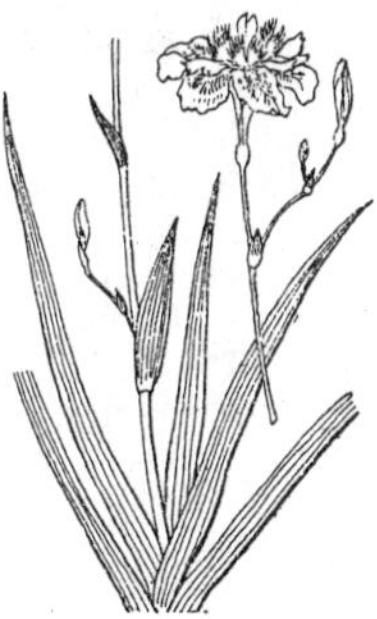

しゃが

§

湯の山の岩間に咲ける著莪の花しゃが名ふみとはに忘れず　伊藤左千夫・伊藤左千夫全短歌

清澄のやまぢをくれば羊歯交り著莪の花さく杉のしげふに　長塚節・房州行

清澄の著莪の花さく草村に夕さり毎に鳴く声や何　長塚節・房州行

雨に濡るるうすむらさきの胡蝶花の花なびける葉さへ濡れ光り見ゆ　三ケ島葭子・三ケ島葭子歌集

しゃが咲きて／きりさめ降りて／旅人は／かうもりがさの柄をかなしめり　宮沢賢治・校本全集

よもすがら庭ねむらずにゐるのかと思ふ胡蝶花《しゃが》の花おぼろに見えて　佐藤佐太郎・帰潮

濁らずばなれも仏ぞしやがの花　来山・続いま宮草

ぴんしやむと咲たか終にしやがのはな　露川・二人行脚

打出て矢の根拾はんしやがの花　支考・継尾集

筍に括り添たりしやがの花　几董・井華集

作り捨てし葉菊茂れり著莪の花　河東碧梧桐・新傾向（夏）

梅若の塚や汝が著莪の花　河東碧梧桐・新傾向（夏）

筆とりて肩いたみなし著莪の花　杉田久女・杉田久女句集

訪ふ家の婢に馴染あり著莪の花　杉田久女・杉田久女句集補遺

崖の著莪今も白く咲き湯島かな　山口青邨・雪国

著莪の花白きにわきて雲絶えず　加藤楸邨・寒雷

峡深く雷とどろけり著莪の花　加藤楸邨・穂高

しゃくなげ【石南・石南花・石楠花】

ツツジ科の常緑樹。高さ一〜二メートル。葉は長楕円形で光沢があり革質。晩春から初夏、白色・淡紅色の花を開く。「しゃくなぎ」「さくなげ」ともいう。［和名由来］漢名「石南花」より。中国の「石南花」はバラ科で別品種。［同義］石南草（しゃくなげそう・さくなんざ）、卯月花（うづきばな）。［花言］荘重、威厳。

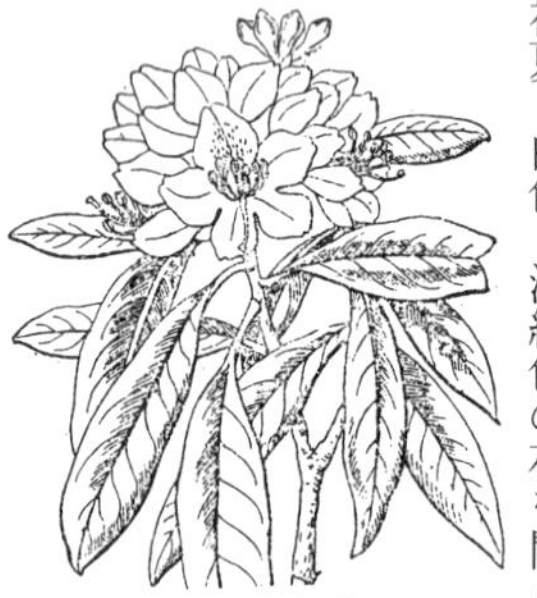

しゃくなげ

§

高野やま石楠かをるありあけにしだり尾しろき鳥のひと声　与謝野寛・紫

跣足《はだし》にて谷川の石を踏みわたり石楠の花を折りにけるかな　島木赤彦・柿蔭集

石楠は寂しき花か谷あひの岩垣淵に影うつりつつ　島木赤彦・柿蔭集

わすれたる人のごとくに石楠花は、谷をへだてて遠餘所《とほよそ》にさく　岡稲里・朝夕

わすれてはふとおもかげにたつらしき五月の山の石楠の花　岡稲里・朝夕

あえかなるしゃくなげの花眼にうつし走らむとしぬ日の降る方へ　前田夕暮・陰影

かなしきは喜劇役者の横顔に紅くにほへる石楠《しゃくなぎ》の花　北原白秋・桐の花

石楠花の大群落のなかに来ぬうつし世のことといかで思はむ　吉井勇・天彦

わが友が金北山の初山に採りし石楠花ゆるがせにすな　吉井勇・人間経

雨にぬれ雲にぬれたる岳のうへの石楠花畑に鴉飛びたる　中村憲吉・軽雷集

石楠《しゃくなげ》の群落ありてさみだれの雨のしづくの花にとどまる　佐藤佐太郎・形影

相馬御風先生百年祭献詠

春ふけて花ひらきけりしろたへの石楠花一輪なれど　宮柊二・純黄

梅、石楠《しゃくなげ》つぼみたしかにはぐくみて冬日に光る励まされをり　宮柊二・白秋陶像

石楠花の紅ほのかなる微雨の中　飯田蛇笏・山廬集

石楠花によき墨とゞき機嫌よし　杉田久女・杉田久女句集

石楠花に全く晴れぬ山日和　杉田久女・杉田久女句集

しゃくやく【芍薬】

キンポウゲ科の多年草・栽培。高さ約六〇センチ。葉は複葉で光沢があり、互生。初夏、牡丹に似た大花を開く。色は

紅・白・淡紅・紫紅色のものなどがある。根は「芍薬」として鎮痙、鎮痛、下痢止などの薬用となる。［和名由来］漢名「芍薬」より。［同義］夷草・恵比須草（えびすぐさ）、芍薬（えびすぐすり）、顔佳草・貌佳草（かおよぐさ）［漢名］芍薬。［花言］はにかみ、内気。⬇花の宰相（はなのさいしょう）［夏］

しゃくやく

§

みるかぎり芍薬赤き長白の麓路ゆかば暑くともよけん　森鷗外・うた日記

紅の夜の衣も脱ぎあへず芍薬の園に芍薬を剪《き》る　正岡子規・子規歌集

芍薬のなかば咲きたるまだ咲かぬとりどりの花にあそぶ蟻虫　若山牧水・黒松

美しき雀なるかな芍薬の真盛りの園の砂にあそべる　若山牧水・黒松

町床の春もふかむか姿見にゆがみ真紅《まあか》き芍薬ひとむら　北原白秋・桐の花

芍薬の黄いろの花粉日にたゞれ香をかぐ人に媚薬《こびくすり》吐く　木下利玄・銀

瓶《かめ》にさす芍薬の花茎長《くきなが》にかたむきかゝりて此方《こなた》に薫《かを》る　木下利玄・みかんの木

瓶にさして昨日かたかりし芍薬のつぼみは花と今日さきにけり　三ケ島葭子・三ケ島葭子歌集

芍薬や牡丹に添しぼさつたち　土芳・蓑虫庵集

芍薬やけふ花ひとつころもがえ　野紅・続別座敷

芍薬は数奇の茶漬を咲にけり　露川・船庫集

芍薬や路次を開けば奥の前　支考・有磯海

芍薬は菩薩牡丹は仏かな　道立・類題発句集

五六代芍薬つくる山家かな　士朗・枇杷園句集

芍薬や窓にさし出す馬の面　成美・谷風草

目覚しのぼたん芍薬でありしよな　一茶・七番日記

芍薬や兵士宿とる大伽藍　正岡子規・子規全集

芍薬や須磨の仮家の古簾　河東碧梧桐・新傾向（夏）

供華《くげ》のため畦《あぜ》に芍薬《しゃくやく》つくるとか　高浜虚子・五百五十句

朝の雨芍薬《しゃくやく》さげて濡れきたる　水原秋桜子・重陽

芍薬や遠雲ひらく諏訪平　水原秋桜子・晩華

寛順芳明信女七回忌

芍薬の白の一華《いちげ》をたてまつる　日野草城・旦暮

じゃのひげ【蛇鬚】

ユリ科の多年草。自生・栽植。高さ七〜一五センチ。葉は細長く叢生する。初夏、淡紫の六弁の花を下向きに穂状に開く。花後、碧色の実を結ぶ。根瘤は

じゃのひげ

「麦門冬（ばくもんどう）」として利尿、鎮咳、去痰などの薬用になる。［和名由来］叢生する細長い葉の形を龍の鬚に見立てたものと。［同義］龍鬚（りゅうのひげ・たつのひげ）、麦門冬（ばくもんとう）。［漢名］書帯草。⬇麦門冬（ばくもんとう）［夏］、蛇髭の実（じゃのひげのみ）［冬］

§

行わたる掃除や藪に麦門冬　清民・俳句大観

じゅうやく【十薬】

蕺草の別称。⬇蕺草（どくだみ）［夏］

§

十薬や蕗や茗荷や庵の庭　正岡子規・子規全集

しゅろのはな【棕櫚の花・棕梠の花】

棕櫚はヤシ科の常緑高樹。自生・栽植。雌雄異株。高さ六～一〇メートル。幹は円柱状で黒褐色の繊維毛で包まれる。葉を幹の頂上に叢生する。葉は大形で掌状に深裂し、羽扇子に似る。五月頃、黄色の小花を多数開く。花後、小球状の核果を結ぶ。［〈棕櫚〉和名由来］漢名「棕櫚」より。［〈棕櫚〉同義］和棕櫚（わじゅろ）。⬇棕櫚（しゅろ）［四季］

しゅろ

§

青傘を八つさし開く棕櫚の木の花さく春になりにたらずや　長塚節・ゆく春

積みあげし真木に着せたる萱菰に撓みてとゞく棕櫚の樹の花　長塚節・房州行

洗ひ米かはきて白きさ筵《むしろ》に窈に棕櫚の花こぼれ居り　長塚節・鍼の如く

濁りたる空の下なる棕梠の花黄に咲きこころ慰む日なし　前田夕暮・陰影

夕されば棕梠の花ぶさ黄に光る公園の外に生る琴弾者《ことひき》　北原白秋・桐の花

やるせなき淫《みだ》ら心となりにけり棕梠の花咲き身さへ肥満《ふと》れば　北原白秋・桐の花

村中にひよつと寺あり棕櫚の花　也有・蘿葉集

梢より放つ光やしゅろの花　蕪村・新花摘

異人住む赤い煉瓦や棕櫚の花　夏目漱石・漱石全集

棕櫚の花こぼれて掃くも五六日　高浜虚子・五百句

簀戸たて、棕梠の花降る一日かな　杉田久女・杉田久女句集

しゅんかん【笋羹・筍干・笋干】

干したタケノコを細かく切り、アワビ、鳥肉、蒲鉾などを入れて煮た料理。⬇竹の子（たけのこ）［夏］

§

笋羹の嵯峨なつかしや一《ひと》連中　露川・二人行脚

じゅんさい【蓴菜】

スイレン科の水性多年草。池沼に自生。茎は水中にあり、泥中を横に這う。葉は楕円状の鉾楯形で、長さ五～一〇センチ。夏に採る新葉には寒天状の粘液があり、葉柄と共に食用となり、珍重される。夏、葉腋から長い花柄をだし、暗紫色

の花を水上に開く。［和名由来］漢名「蓴」の音読みに「菜」の字をつけて読んだもの。［同義］蓴・沼縄・根蓴葉（ぬなわ）、蓴繰（ぬなわくり）。［漢名］蓴。⬇蓴（ぬなわ）［夏］、蓴の花（ぬなわのはな）［夏］、蓴生う（ぬなわおう）［春］

じゅんさい

§

湯どころに二夜《ふたよ》ねむりて蓴菜を食《く》へばさらさらに悲しみにけり　斎藤茂吉・赤光

手にぎりてかたみに憎み蓴菜の銀の水泥《みどろ》を見つめつるかな　北原白秋・桐の花

蓴菜を掬へば水泥掌にあまりて照り落つるなりまた沼ふかく　北原白秋・雲母集

恋しけどおゆき思はず蓴菜の銀の水泥《みどろ》を掌《て》に掬ひ居つ　北原白秋・雲母集

蓴菜や一鎌いるゝ浪のひま　惟然・惟然坊句集

蓴菜や水をはなれて水の味　正秀・惟然坊句集

引程に江の底しれぬ蓴かな　尚白・類題発句集

しょうぶ【菖蒲・昌蒲】

サトイモ科の多年草。自生・栽培。古くは「あやめ」とよばれたが、アヤメ科のアヤメ、ハナショウブとは別種の異科植物。葉は剣状で七〇センチほどになり平行脈がある。初夏、花軸をのばし穂状の淡黄色の小花を開く。端午の節句に風呂に浮かべて菖蒲湯とする。根茎は「菖蒲根（しょうぶこん）」として健胃などの薬用となる。「薬玉（くすだま）」として魔除とされた。香水の原料ともなる。［和名由来］石菖の漢名「菖蒲」より。［同義］軒菖蒲（のきしょうぶ）、茸草（ふきぐさ）。［漢名］白菖。［花言］断念、忍従。⬇菖蒲（あやめ）［夏］、菖蒲印地（あやめいんじ）［夏］、菖蒲の占（あやめのうら）［夏］、菖蒲の日（あやめのひ）［夏］、菖蒲の枕（あやめのまくら）［夏］、菖蒲葺く（あやめふく）［夏］、軒の菖蒲（のきのあやめ）［夏］、菖蒲打（しょうぶうち）［夏］、菖蒲酒（しょうぶざけ）［夏］、菖蒲太刀（しょうぶだち）［夏］、菖蒲湯（しょうぶゆ）［夏］、花菖蒲（はなあやめ）［夏］、花菖蒲（はなしょうぶ）［夏］

しょうぶ

§

はち巻《まき》の菖蒲花《しやうぶはな》咲《さ》く簪《かざし》かな　泉鏡花・鏡花全集

しょうぶうち【菖蒲打】

五月五日の端午の節句に、子供達が菖蒲の葉を三枚平らに編んで棒状にし、互い地面を叩き、早く切れた方が負けるという遊び。［同義］菖蒲たたき、菖蒲縄（しょうぶなわ）。⬇菖蒲（しょうぶ）［夏］、菖蒲（あやめ）［夏］

§

御城下やこゝの辻にも菖蒲打　渡辺水巴・曲水

しょうぶざけ【菖蒲酒】

菖蒲の根を漬けた酒。五月五日の端午の節句に飲み、健康を祈った風習。「あやめざけ」ともいう。⬇菖蒲（しょうぶ）[夏]、菖蒲（あやめ）[夏]

§

世をまゝに隣ありきやさうぶ酒　白雄・白雄句集

相伴に蚊も騒ぎけり菖蒲酒　一茶・一茶句帖

しょうぶだち【菖蒲太刀】

菖蒲の葉を重ねて作った刀。五月五日の端午の節句に子供が腰にさしたり、飾ったりした。また、屋内では菖蒲の葉で柄を巻いた木刀を男児の初節句に飾った。[同義] 菖蒲刀（しょうぶがたな・あやめがたな）。⬇菖蒲（しょうぶ）[夏]、菖蒲（あやめ）[夏]

§

一刀見せんあやめの九節　嵐雪・玄峰集

菖蒲太刀芝居に近き家かへむ　几董・井華集

菖蒲太刀ひきずつて見せ申さばや　村上鬼城・鬼城句集

君が代や縮緬の鯉菖蒲の太刀　正岡子規・子規全集

菖蒲太刀前髪の露滴たらん　河東碧梧桐・春夏秋冬

しょうぶゆ【菖蒲湯】

五月五日の端午の節句に、菖蒲の根や葉を風呂に浮かべる。この風呂に入り邪気を払うという。[同義] 菖蒲風呂、菖蒲の湯（あやめのゆ）。⬇菖蒲（しょうぶ）[夏]、菖蒲（あやめ）[夏]、蘭湯（らんとう）[夏]

§

さつきあめ人なつかしい菖蒲湯や濡れては匂ふわが黒髪も　青山霞村・池塘集

銭湯を沼になしたる菖かな　其角・五元集

さうぶ湯やさうぶ寄くる乳あたり　白雄・白雄句集

さうぶ湯やぬれ手に受る雨三粒　乙二・斧の柄

菖蒲湯も小さ盥ですましけり　一茶・七番日記

灯のさして菖蒲片寄る湯槽かな　内藤鳴雪・鳴雪句集

御湯殿に菖蒲投げこむ雑仕哉　正岡子規・子規全集

風呂の隅に菖蒲かたよせる女哉　正岡子規・子規句集

じょちゅうぎく【除虫菊】

キク科の多年草・栽培。高さ三〇～六〇センチ。茎と葉裏に白毛がある。葉は羽状に深裂。初夏、白・赤色の頭花を開く。花を乾燥させ粉末にしたものは、蚊取線香、農用殺虫剤の原料となる。[和名由来] 除虫作用のある菊の意。[同義] 蚤取菊（のみとりぎく）。

§

くが山の段々畑の除虫菊しろく咲きそめて春ふけにけり　中村憲吉・軽雷集

除虫菊植ゑつづきたる故里《ふるさと》の海辺の村を恋ひつつ眠る　渡辺直己・渡辺直己歌集

しらげし【白芥子・白罌粟】

白い芥子の花。⬇芥子の花（けしのはな）[夏]

§

しづけさや苔にちるなる白罌粟の花も鳴りぬと夢むる日かな　石川啄木・啄木歌集補遺

白げしにはねもぐ蝶の形見哉　　芭蕉・甲子吟行
白芥子や時雨の花の咲つらん　　芭蕉・鵲尾冠
白罌粟や片山里の濠の中　　太祇・太祇句選

しらねあおい【白根葵】

シラネアオイ科の多年草。本州中部以北に自生・栽培。日本固有種。高さ約四〇センチ。葉は三枚の葉を互生。夏、茎の先端に四弁の紫色の花を開く。[和名由来] 日光の白根山に多く自生し、花が立葵に似ているところからと。

しらねあおい

しらん【紫蘭】

ラン科の多年草。自生・栽培。高さ三〇～六〇センチ。鱗茎は球状で白色。葉は広皮針形で互生。六月頃、花茎を総状にだし、紅紫・白色の花を開く。球形で白色の鱗茎は「白及根（はくきゅうこん）」として吐血内用、腫物外用などの薬用になる。また、根は糊の材料ともなる。[和名由来] 花の多くが紅紫色であるところから。[同義] 白及（びゃくぎゅう）、朱蘭（しゅらん）。[漢名] 白及。

§

しらん

うしろ向き雀紫蘭の蔭に居りややに射し入る朝日の光　　北原白秋・雀の卵
紫蘭咲いていささか紅き石の隈目に見えて涼し夏さりにけり　　北原白秋・雀の卵
紛はしき葉もまゝ見ゆる紫蘭哉　　築雅・俳句大観
紫蘭《しらん》咲き満つ毎年の今日のこと　　高浜虚子・六百五十句

しろうり【白瓜】

ウリ科の蔓性一年草・栽培。「しらうり」ともいう。葉、花とも胡瓜（きゅうり）に似る。葉は広葉。夏、黄色花を開く。花後、長楕円形で白緑色の果実を結ぶ。漬物などの食用となる。[同義] 浅瓜・越瓜（あさうり・しろうり）、本瓜（ほんうり）、菜瓜（なうり・つけうり）、揉瓜（もみうり）。[漢名] 越瓜。➡瓜の花（うりのはな）[夏]、瓜（うり）[夏]

§

白うりの出そめてうれし市の中　　支考・浮世の北

しろうり

しろはす【白蓮】

白い蓮の花。➡白蓮（びゃくれん）[夏]、蓮の花（はすのはな）[夏]

§

しら蓮の月てふ君に別るればわが心さへなきここちする　　与謝野礼厳・礼厳法師歌集

しろぼたん【白牡丹】

「しらぼたん」「はくぼたん」ともいう。⬇牡丹（ぼたん）［夏］

§

白牡丹光発《た》ちつつ和《なぎ》久し自界荘厳の際《きは》にあらむか　北原白秋・黒檜

一点の墨もつかじや白ぼたん　木因・日和山

いつの時人に落けん白牡丹　李由・いつを昔

天秤の音にひらくや白牡丹　露川・西国曲

白牡丹只一輪の盛りかな　蘭更・半化坊発句集

篝火の燃えやうつらん白牡丹　正岡子規・子規全集

白牡丹といふといへども紅《かう》ほのか　高浜虚子・五百句

しんかんぴょう【新干瓢】

七月から八月のつくりたての干瓢をいう。⬇干瓢剥く（かんぴょうむく）［夏］

§

垣間見や干瓢頃の松ケ岡　露沾・銭龍賦

しんごぼう【新牛蒡】

晩春から初夏に早めに収穫する牛蒡。筏形に束ねて市場に出荷されるため「筏牛蒡（いかだごぼう）」ともいう。⬇筏牛蒡（いかだごぼう）［夏］、若牛蒡（わかごぼう）［夏］、牛蒡の花（ごぼうのはな）［夏］

§

掘つて来し大俎板の新牛蒡　杉田久女・杉田久女句集

しんじゃが【新じゃが】

五～六月頃から出はじめる小粒の馬鈴薯をいう。新馬鈴薯とも書く。⬇じゃが芋（じゃがいも）［秋］

§

新馬鈴薯《しんじゃが》や農夫掌《てのひら》よく乾き　中村草田男・来し方行方

しんじゅ【新樹】

初夏の清新な若葉をもつ樹々をいう。［同義］新緑。⬇若葉（わかば）［夏］、青葉（あおば）［夏］、緑陰（りょくいん）［夏］、新緑（しんりょく）［夏］

§

煮鰹をほして新樹の畑かな　嵐雪・玄峰集

白雲を吹つくしたる新樹哉　才磨・真木柱

人媚て朝宴す新樹陰　暁台・暁台句集

焼岳のはだへの荒き新樹かな　水原秋桜子・葛飾

新樹濡れあたたかき牛乳《ちち》なみなみと　日野草城・日暮

しんちゃ【新茶】

その年に摘み取って製した新しい茶をいう。［同義］走り茶（はしりちゃ）。⬇茶摘（ちゃつみ）［春］、茶の花（ちゃのはな）［冬］

§

霊膳に新茶そゆるや一つまみ　浪化・喪の名残

宇治に似て山なつかしき新茶かな　支考・蓮二吟集

僧達の袂を染る新茶哉　支考・浮世の北

嵯峨の柴折り焚宇治の新茶哉　蓼太・蓼太句集

新茶汲むや終りの雫汲みわけて　杉田久女・杉田久女句集

茶釜たぎるや大笊の新茶つかみ入る　杉田久女・杉田久女句集補遺

しんむぎ【新麦】
今年に収穫した新しい麦。［同義］今年麦（ことしむぎ）。
⬇麦（むぎ）［夏］

§

新麦や筍時の草の庵　許六・俳句大全
新麦や幸月の利久垣　一茶・俳句大全

しんりょく【新緑】
⬇新樹（しんじゅ）［夏］

§

新緑の山となり山の道となり　尾崎放哉・小浜にて
新緑やかぐろき幹につらぬかれ　日野草城・日暮

「す」

すいかずらのはな【忍冬の花】
忍冬はスイカズラ科の蔓性半常緑樹・自生。蔓で他物に絡みつく。葉は長楕円形で対生。初夏、初めは白・淡紅色で、のち淡黄色にかわる唇形花を開く。葉は「忍冬茶（にんどうちゃ）」として飲用になる。茎・葉は「忍冬」として利尿、止血、殺菌、解熱、健胃などの薬用になる。［〈忍冬〉和名由来］水を吸うスイカズラ（吸蔓）の意。また、葉が冬でもしぼまないので「シヌヒカツラ（忍蔓）」の意。［〈忍冬〉同義］忍冬（にんどう・にんとう）、金銀花（きんぎんか）、吸葛（すいかずら）。［〈忍冬〉漢名］金銀花。［花言］恋の絆。⬇忍冬の花（にんどうのはな）［夏］

すいかずら

§

すひかつら垣根に淋し七浦のまだきの雨に独り来ぬれば　長塚節・房州行

すいかのはな【西瓜の花】
西瓜はウリ科の蔓性一年草・栽培。夏、淡黄色の小花を開き、雌花は長楕円の花托をもつ。花後、大きな果実を結び食用とする。⬇西瓜（すいか）［秋］

すいちゅうか【水中花】
コップなどの水に入れると開く、山吹などを芯にして細工をした造花。

§

水中花舞櫛の花と美しく　山口青邨・雪国

すいれん【睡蓮】
蓮、未草などスイレン科に属する淡水植物の総称。泥中に太い根茎をもち、長柄のある葉を伸ばして水面に浮かべる。夏、多数の花弁をらせん状に配列した美しい花を開

すいれん

く。［和名由来］漢名「睡蓮」より。［同義］小蓮華（これんげ）、子午蓮（しごれん）。［漢名］睡蓮。［花言］清浄。➡蓮の花（はすのはな）［夏］、未草（ひつじぐさ）［夏］

§

秋晴や瑠璃をとかせる池の面にくれなゐ立てり香睡蓮の花
伊藤左千夫・伊藤左千夫全短歌

潮水にひたりて枯れし睡蓮の花ただよへり道のべの沼に
島木赤彦・氷魚

恋するや遠き国をば思へるやこのたそがれの睡蓮の花
与謝野晶子・夏より秋へ

むらさきの睡蓮の花ほのかなる息してなげく水の上かな
与謝野晶子・火の鳥

ぬばたまの夜ふかき水にあはあはし白く浮き咲く睡蓮の花
古泉千樫・屋上の土

あくがれの色とみし間《ま》も束《つか》の間《ま》の淡々《あはあは》しかり睡蓮の花
土屋文明・放水路

後山の池に二つ葉黄睡蓮　飯田蛇笏・椿花集
睡蓮や鬢に手あてて水鏡　杉田久女・杉田久女句集
睡蓮の葉の押さへたる水に雨意　中村草田男・来し方行方

すえつむはな【末摘花】

紅花の異称。開いた花の先端だけを摘み取るところからの名。➡紅の花（べにのはな）［夏］

§

よそにのみ見つつ恋ひなむ紅の末摘む花の色に出でずとも
作者不詳・万葉集一〇

人知れず思へば苦しくれなゐの末摘花の色に出でなむ
よみ人しらず・古今和歌集一一（恋一）

くれなゐの末摘花にうすくこき露や紅葉の色を染むらん
藤原道経・中宮亮顕輔家歌合

くれなゐの末摘花のこくうすく秋ぞ木の葉は色に出でける
源長俊・文治二年歌合

なつかしき色ともなしに何にこの末摘花を袖にふれけむ
源氏物語（末摘花）

何に此末摘花を老の伊達　支考・蓮二吟集
わが恋は末摘花の莟かな　正岡子規・子規全集

すぐり【酸塊】

ユキノシタ科の落葉低樹・自生。高さ約一メートル。葉腋に三つの棘がある。葉は浅く三〜五裂した丸形で、縁は鋸歯状。夏、淡緑・白色の五弁の小花を開き、花後、赤褐色で楕円形の小果を結ぶ。果実は甘酸っぱく食用となる。［和名由来］果実が甘酸っぱく楕円形であるところから。［同義］須具利（すぐり）、酸塊（すんぐり）。

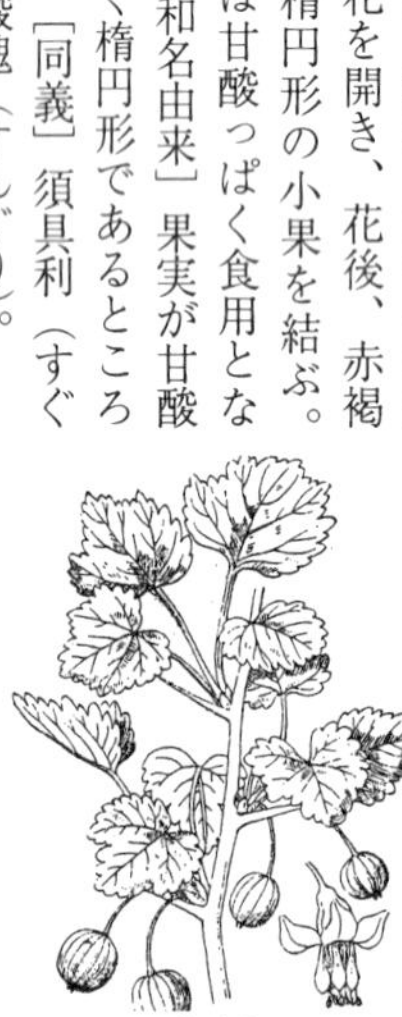
すぐり

すげかる【菅刈る】

菅はカヤツリグサ科の多年草（一部一〜二年草）の総称。種類が多く、日本には二〇〇種ほどある。葉は細長く平行脈をもつ。葉の間から茎を伸ばし、上方に雄花穂、下方に雌花

穂をつける。筵、笠などの材料として、夏、成熟した菅を刈り取って干す。➡菅（すげ）［四季］

§

五月雨の日数経ぬれば刈りつみししづ屋の小菅朽ちやしぬらん
藤原顕輔・千載和歌集三（夏）

臥頃にかられぬ菅や一ト構　桃隣・古太白堂句選

すずのこ【篠の子】

山野に自生するイネ科タケササ類の笹の「篠竹（すずたけ）」の筍をいう。初夏、多数の筍をだす。［同義］笹の子（ささのこ）。➡竹の子（たけのこ）［夏］

§

篠の子や終に絶えたる厠道　太祇・太祇句選

すずらん【鈴蘭】

ユリ科の多年草。自生・栽培。高さ一五～三〇センチ。根茎が横に這う。葉は大形で長楕円形。晩春、六弁の壺状の白色花を開く。花には甘い芳香がある。花後、赤色の果実を結ぶ。全草は強心、利尿剤などの薬用となる。［和名由来］壺状の花を下向きにつける形が鈴に似ているところから。［同義］君影草（きみかげそう）、沢蘭（さわらん）。［花言］純潔、甘美、幸せが戻る。

すずらん

§

山の上に心伸々《のびのび》し子ら二人鈴蘭の花を掘りて遊べる
島木赤彦・太虚集

かず知らず静脈のごとうちがひ氷る小川と鈴蘭の花
与謝野晶子・夏より秋へ

本草のさびしき相のその中にことに寂しきは深山鈴蘭
北原白秋・雀の卵

緑葉の陰に嬰児の足の指ならべみ山すず蘭花もちにけり
木下利玄・銀

み裾野は雲低く垂れすゞらんの／白き花咲き　はなち駒あり
宮沢賢治・校本全集

白玉《しらたま》の滴《しづく》のごとき清《すず》しさにあした匂ひて鈴蘭咲けり
宮柊二・藤棚の下の小室

すべりひゆ【滑莧】

スベリヒユ科の一年草・自生。畑地に多い雑草。葉は楕円形で対生。夏、黄色の小花を開き、小さな実を結ぶ。茎、葉は食用となり、また利尿、解毒の薬用になる。［和名由来］茎や葉を茹でたものを食べると、舌ざわりが滑らかであるところからと。［同義］馬莧（うまびゆ）、仏耳（ほとけのみみ）、蜻蛉草（とんぼぐさ）、五行草（ごぎょうそう）。［漢名］馬歯莧。

ずべりひゆ

深草の院とやいはんすべりひゆ　正好・鷹筑波集
月落てこよひの名也馬莧艸　沾圃・萩の露

§

すもも【李】

　バラ科の落葉高樹・栽培。中国原産。高さ二～八メートル。葉は広卵形で先が尖る。春、葉に先だって五弁の白色の花が一～三個かたまって開く。花後、桃に似た酸味のある小さな果実を結ぶ。生食のほか、果実酒、ジャム、砂糖漬けなどとして食用になる。種子と樹皮は薬用になる。[和名由来] 酸味がある「酸桃（スモモ）」から。[同義] 米桃（よねもも）、突李（とがりすもも）、牡丹杏（ぼたんきょう）、琥珀李（こはくすもも）、赤李（あかすもも）、李杏（りきょう）。[漢名] 李。⬇李の花（すもものはな）[春]、牡丹杏（ぼたんきょう）[夏]

すもも

§

たれも見よすももの下の道せばみかぶりかたぶけ手やはふれける　北条公朝・夫木和歌抄二九
李盛る見せのほこりの暑哉　万乎・続猿蓑
葉がくれの赤い李になく小犬　一茶・題叢
店さきに幾日を経たる李哉　正岡子規・子規句集
熟れきつて裂け落つ李紫に　杉田久女・杉田久女句集

「せ」

せきしょう【石菖】

　サトイモ科の常緑多年草。自生・栽培。葉は細剣状で叢生する。初夏、花軸をだし淡黄色の細花を開く。盆栽など観賞用にも栽培される。根は鎮痛・健胃・駆虫などの薬用になる。[和名由来] 漢名「石菖」より。ただし、中国ではセキショウに「菖蒲」の字をあてる。[同義] 石菖蒲（いしあやめ）、根絡（ねがらみ）。[漢名] 菖蒲、石菖。

せきしょう

§

石菖に月の残りや軒の下　猿雖・類題発句集
白露を石菖に持ツ価かな　其角・花摘

せきちく【石竹】

　ナデシコ科の多年草・栽培。中国原産。高さ約三〇センチ。茎・葉は粉白色をおびる。葉は線状披針形で対生。園芸用に多品種栽培される。春から初夏、撫子に似た白・紅色などの五弁花を開く。「大和撫子（やまとなでしこ）」に対し、「唐撫子（からなでしこ）とも呼ばれる。また古歌では「なでしこ」とも呼んだ。［和名由来］漢名「石竹」より。［同義］瞿麦（くばく）、石の竹（いしのたけ）、洛陽花（らくようか）、日暮草（ひぐらしぐさ）。［漢名］石竹。［花言］嫌い。⬇撫子（なでしこ）［夏］、唐撫子（からなでしこ）［夏］、大和撫子（やまとなでしこ）［夏］、和蘭石竹（オランダせきちく）［夏］

せきちく

§

湯上りの好《す》いた娘がふくよかに足の爪剪《き》る石竹の花　北原白秋・桐の花

かへりみるおのが万度《まんど》のさんげすらこの赤き石竹の花に如《し》かず　前川佐美雄・天平雲

石竹や行儀たゞさぬはな盛　露川・二人行脚

蕾ながら石竹の葉は針の如し　正岡子規・子規全集

せっこくのはな【石斛の花】

石斛はラン科の常緑多年草・自生。岩や古木に着性。円柱状の茎の多数の節より、線状の葉を互生する。夏、節から花柄をだし、白・淡紅色の花を開く。健胃、鎮痛、強壮の薬用となる。［〈石斛〉和名由来］漢名「石斛」より。［〈石斛〉同義］岩木賊（いわとくさ）、石斛（いわぐすり）。［〈石斛〉漢名］石斛。

せっこく

§

石斛に瀑落つる巖のはさまかな　松瀬青々・倦鳥

ぜにあおい【銭葵】

⬇葵（あおい）［夏］

§

蜘蛛の巣のたよりとなるや銭葵　冠邦・三千化

せまい【施米】

平安時代、毎年六月、官より京都の貧しい僧侶に米と塩を施したこと。

§

腹あしき僧こぼし行施米哉　蕪村・蕪村句集

北山へ施米もどりの夜道哉　松瀬青々・妻木

せみばな【蝉花】

蝉の蛹が土中にいるときに菌類が寄生し、その体の上に芽を出す茸。［同義］蝉茸（せみたけ）。

§

蝉花やうとき山辺の青葉垣　松瀬青々・妻木

ゼラニウム【geranium】

フウロソウ科テンジクアオイ属の多年草の園芸上の通称。夏に白・赤・紫など種々の色の五弁の花を開く。［花言］偽り（英）、信頼・尊敬（仏）。⬇天竺葵（てんじくあおい）［夏］

せりのはな【芹の花】

芹は夏、白色の小花を開く。⬇芹（せり）［春］、根芹（ね

ぜり）［春］

§

橋の影うつれる河の洲に咲ける芹の小花の白のかなしさ
木下利玄・銀

せんだんのはな【栴檀の花】

栴檀はセンダン科の落葉高樹。「おうち・あうち」ともいう。晩春から初夏に、五弁の淡紫色の花を開く。［〈栴檀〉和名由来］実が数珠（じゅず）を束ねた様につくところからセンダマ（千珠）の意と。⬇楝の花（おうちのはな）［夏］、栴檀の実（せんだんのみ）［秋］、雲見草（くもみぐさ）［夏］、花楝（はなおうち）［夏］

§

人が栖む市のちまたの蔭ふかく散りてたまれる栴檀の花
丸山芳良・栴檀

栴檀の花の下びに市人の単衣《ひとへ》のころもやうやく暑し
丸山芳良・栴檀

栴檀の花咲きまくや笠のうち
梅室・梅室家集

栴檀の花散る那覇に入学す
杉田久女・杉田久女句集

せんにちこう【千日紅】

ヒユ科の一年草・栽培。インド原産。高さ約三〇センチ。葉は長楕円形で対生。茎・葉には細毛がある。夏から秋に紅色の毬状の花を頭状花序に開く。仏事の供花として用いられる。［和名由来］花期が長く、夏から晩秋まで咲くところから。［同義］千日向（せんにちこう）、千日草（せんにちそう）、盆花（ぼんばな）。［漢名］千日紅。

せんにちこう

「そ」

そうび【薔薇】

⬇薔薇（ばら）［夏］

§

我はけさうひにぞ見つる花の色をあだなるものといふべかりけり
紀貫之・古今和歌集一〇（物名）

ふふむ薔薇見れば羨《うらやみ》なきにあらずさはれ咲きしを悔ゆとおぼすな
森鷗外・うた日記

夢みけり世知らではつる少女子《をとめこ》が墓に挿すてふ白花さうび
森鷗外・うた日記

さうび散る君恋ふる人やまひしてひそかに知りぬ死の趣を
与謝野晶子・佐保姫

船に居て青き水よりいづる月見しここちするうす黄の薔薇
与謝野晶子・夏より秋へ

日たまりに光りゆらめく黄薔薇ゆすり動かしてゐる鳥のあり
北原白秋・雲母集

南風薔薇ゆすれりあるかなく斑猫《はんめう》飛びて死ぬる夕ぐれ　北原白秋・桐の花

一輪の紅き薔薇の花をみて火の息すなる唇《くち》をこそ思へ　石川啄木・啄木歌集補遺

恋すればうら若ければかばかりに薔薇の香にもなみだするらむ　芥川龍之介・紫天鵞絨

一欄に並べて多きさうび哉　松瀬青々・妻木

恋々と夕日影《ゆふひかげ》ある薔薇《さうび》かな　飯田蛇笏・白嶽

そけい【素馨】

モクセイ科の常緑低樹・栽植。インド原産。ジャスミンの一種。高さ約一メートル。羽状複葉。夏、白花を開き芳香を放つ。花後、液果を結ぶ。[和名由来] 花から香料をとる。漢名「素馨」より。[同義] 蔓茉莉（つるまつり）。[漢名] 素馨。

そてつのはな【蘇鉄の花】

蘇鉄はツテツ科の常緑樹。自生・栽植。高さ一五メートルに達する。幹肌はうろこ状。幹の頂上にヤシに似た長柄のある羽状複葉をひろげる。小葉の縁は裏側へ巻く。雌雄異株。雄花は長楕円形の松笠状。雌花は先端が掌状に裂けた葉状。種子は赤色の卵形で食用となり、また、健胃・強壮などの薬用となる。[〈蘇鉄〉同義] 鉄蕉（てつしょう）、唐棗（からなつめ）。[〈蘇鉄〉漢名] 鳳尾蕉、鉄樹、鉄蕉。

そけい

そてつ

§

門に入ればそてつに蘭のにほひ哉　芭蕉・笈日記

そらまめ【空豆・蚕豆】

マメ科の二年草・栽培。高さ四〇～八〇センチ。葉は一～三対の小葉からなる羽状複葉。春、白地に紫黒色の斑のある蝶形花を開く。花後、楕円形の種子を内包した長楕円形の莢を結ぶ。熟する前の種子は緑色で、ゆでて食用となる。熟した種子は黒く、煮豆や菓子などの原料になる。茎・葉は飼料・緑肥となる。[和名由来] 莢を空に向ってつけるところから。[同義] 野良豆（のらまめ）、大和豆（やまとまめ）、江戸豆（えどまめ）、雪割豆（ゆきわりまめ）、唐豆（とうまめ）、雁豆（がんまめ）、鉄砲豆（てっぽうまめ）、以前草・大角草（いささぐさ）。[漢名] 蚕豆、南豆。➡空豆の花（そらまめのはな）[春]

§

なぐさみに狭庭に蒔ける蠶豆の莢ふとりつゝ夏は来にけり　伊藤左千夫・伊藤左千夫全短歌

そらまめ

ゆくりなく拗切《ちぎ》りてみつる蠶豆《そら》の青臭くして懐しきかも
長塚節・病中雑咏

蠶《そら》豆の柱の如き茎たゝばいづべに我は人おもひ居らむ
長塚節・病中雑咏

綿の木の畝間にまきし蠶豆《そらまめ》の三葉《みは》四葉《よは》ひらき霜おきそめぬ
長塚節・霜

蚕豆を植ゑて住みたる官舎かな　村上鬼城・鬼城句集

「た」

たいさんぼくのはな【泰山木の花】

泰山木はモクレン科の常緑高樹・栽植。アメリカ原産。明治期に渡来。高さ約一〇メートル。葉は長楕円形で互生。表は濃緑色。裏は茶褐色。初夏、大形の白花を開く。〔〈泰山木〉和名由来〕花や葉が大きいところから樹全体を称えて名付けたためと。また、樹木のようすを中国の名山の泰山になぞらえたものとも。〔〈泰山木〉同義〕大山木（たいさんぼく）、白蓮木（びゃくれんぼく）。〔〈泰山木〉漢名〕洋玉蘭。〔花言〕壮大、華麗。

たいさんぼく

§

花がめの泰山木の花ひらき初《そ》め今日の一日の命を強うす
佐佐木信綱・山と水と

むすぼれし心もとけつおほどかに泰山木《たいさんぼく》のにほふ夕ぐれ
佐佐木信綱・常盤木

泰山木の稚木《わかぎ》が初めてもつ莟《つぼみ》咲きぬべくなりてさも重げなる
宇都野研・宇都野研全集

ゆふぐれの泰山木《たいさんぼく》の白花《しろはな》はわれのなげきをおほふがごとし
斎藤茂吉・つゆじも

大苞《たいほう》の泰山木《たいさんぼく》は葉の動く風にしろたへの花のしづかさ
佐藤佐太郎・星宿

今日の興泰山木《たいさんぼく》の花にあり　高浜虚子・六百句
昂然《こうぜん》と泰山木《たいさんぼく》の花に立つ　高浜虚子・五百五十句
なが雨や泰山木は花堕ちず　杉田久女・ホトトギス
泰山木七つの蕾ひらき次ぐ　日野草城・旦暮
泰山木の大きな蕾大きな花　日野草城・旦暮
昼寝ざめ泰山木の花の香に　日野草城・旦暮

だいずのはな【大豆の花】

大豆はマメ科の一年草・栽培。夏、白・帯紫紅色の蝶形花を開く。➡大豆引く（だいずひく）〔秋〕、小豆の花（あずきのはな）〔夏〕

だいだいのはな【橙の花】

橙はミカン科の常緑樹・栽培。夏、五弁の白色の小花を開

く。⇩橙（だいだい）［冬］、橙飾る（だいだいかざる）［新年］

§

橙の花もいつしか小さき実となりしかな　種田山頭火・層雲

たうえ【田植】

梅雨の時期、五月から七月に、苗代で育てた稲の苗を田に移し植えること。⇩田植歌（たうえうた）［夏］、田植笠（たうえがさ）［夏］、田植酒（たうえざけ）［夏］、田植女（たうえめ）［夏］、田植時（たうえどき）［夏］、早苗（さなえ）［夏］

§

雨いよよふれば田植うる人々の寄りきていこふわが門の木に　若山牧水・山桜の歌

田一枚植て立去る柳かな　芭蕉・おくのほそ道

やまぶきも巴《ともゑ》も出《いづ》る田植かな　許六・すみだはら

産月の腹をかゝへて田うゑかな　許六・五老井発句集

けふばかり男をつかふ田植かな　千代女・千代尼発句集

鱠得てもどる田植の男かな　蕪村・新花摘

離別《さら》れたる身を踏込《ふんごん》で田植哉　蕪村・蕪村句集

湖の水かたぶけて田植かな　几董・井華集

乳をかくす泥手わりなき田植哉　梅室・梅室家集

襟迄《まで》も白粉ぬりて田植哉　一茶・七番日記

陣笠を着た人もある田植哉　正岡子規・子規句集

田を植ゑるしづかな音へ出でにけり　中村草田男・長子

たうえうた【田植歌・田植唄】

豊作を願って田植の時に歌う労働歌。田植歌を歌う女性を「早乙女」という。［同義］田歌（たうた）。⇩田植（たうえ）［夏］

§

うづまさの杜にひゞきて聞ゆなり四方の田歌の夕暮の声　小沢蘆庵・六帖詠草

日本には我等ごときも田唄かな　宗因・梅翁宗因発句集

風流の初《はじめ》やおくの田植うた　芭蕉・おくのほそ道

田うゑ唄あしたもあるに道すから　千代女・千代尼発句集

山陰や人目おもはて田植歌　蓼太・蓼太句集

雇はれて老なるゆひが田歌かな　几董・井華集

藪陰やたつた一人の田植唄《うた》　一茶・七番日記

勿体なや昼寝して聞く田植歌　一茶・一茶句帖

そぼふるやあちこちらの田植歌　正岡子規・子規句集

米白《よねしろ》の長者になろよ田植歌　河東碧梧桐・新傾向（夏）

たうえがさ【田植笠】

田植の時にかぶる笠。⇩田植（たうえ）［夏］

§

我影や田植の笠に紛れ行　支考・蓮二吟集

遠里や二筋三すち田うゑ笠　蓼太・蓼太句集

しなのぢや山の上にも田植笠　一茶・八番日記

たうえざけ【田植酒】

田植の時に飲む酒。⇩田植（たうえ）［夏］

§

木のもとや松葉にちぎる田植酒　白雄・白雄句集

たうえどき【田植時】

田植に適した時期、天候。⇩田植（たうえ）［夏］

§
生て居て何せん浦の田植時　支考・類題発句集

たうえめ【田植女】
田植をする女性。⬇田植（たうえ）［夏］
§
田うゑ女のころびて独かへりけり　暁台・暁台句集
入海や磯田の植女舟で来る　内藤鳴雪・鳴雪句集

たかうな【筍・笋】
竹の子の古名。⬇竹の子（たけのこ）［夏］、筍（たかんな）［夏］
§
たかうなや雫もよゝの篠の露　芭蕉・続連珠
掘食ふ我たかうなの細きかな　蕪村・新花摘

たかな【高菜】
アブラナ科の二年草・栽培。葉は大きな楕円形。葉は暗紫色で皺がある。辛味があり食用となる。［和名由来］茎が高く生育する菜の意。［同義］大葉辛（おおばがらし）、大菜（おおな）、伊勢菜（いせな）、江戸菜（えどな）。［漢名］大芥、皺葉芥。

たかな

たかんな【筍・笋】
竹の子の古名。⬇竹の子（たけのこ）［夏］、筍（たかうな）［夏］
§
みさかなはなにはあらめどこゆるぎの急ぎ掘きて煮たるたかんな　橘曙覧・襁褓艸
たかんなに縄切もなき庵かな　村上鬼城・鬼城句集
笋《たかんな》の皮の流るる薄暑かな　芥川龍之介・蕩々帖

たぐさとり【田草取】
田植の後、田に生える雑草を取り除くこと。通常三回あり、一番草、続いて二番草、三番草という。［同義］田草引く。
§
焼鎌の背中にあつし田草取　其角・五元集拾遺
山一つ背中に重し田草取　蓼太・蓼太句集
物いはぬ夫婦なりけり田草取　蓼太・蓼太句集
葉ざくらの下陰たどる田草取　蕪村・新花摘

たけううるひ【竹植うる日】
旧暦の五月十三日を竹酔日（ちくすいじつ）といい、竹を植える日とされた。この頃は梅雨時であり、竹の移植に良い時期とされる。⬇竹酔日（ちくすいじつ）［夏］、竹移す（たけうつす）［夏］、竹伐る（たけきる）［秋］、竹（たけ）［四季］
§
降ずとも竹植《う》る日は蓑と笠　芭蕉・笈日記
今植ゑた竹に客あり夕すずみ　柳居・俳諧新選
草の戸や竹植る日を覚書　太祇・太祇句選

たけうつす【竹移す】
⬇竹植うる日（たけううるひ）［夏］、竹酔日（ちくすいじつ）［夏］

此日よと竹移しけり玄関前　　召波・春泥発句集

§

たけおちば【竹落葉】

竹の多くは夏に新葉をだし、古葉を散らす。これを竹落葉という。［同義］笹散る。

§

こまき山そがひ竹山竹おち葉ふみしめ歩く朝のさむきに　　依田秋圃・山野

雨の音の竹の落葉にやむ時は鋳物師秀真が槌の音聞ゆ　　芥川龍之介・蕩々帖

渓流に音やあらざる竹落葉　　飯田蛇笏・椿花集

たけきり【竹伐】

六月二十日、京都鞍馬寺で行われる大蛇退治故事で、蛇を竹に譬えた行事。「鞍馬の竹伐」という。⇩竹伐る（たけきる）［秋］

たけにぐさ【竹煮草・竹似草】

ケシ科の大形多年草・自生。高さ約二メートル。茎は竹に似て中空で、折ると黄赤色の汁をだす。深裂した大葉をもつ。夏、白色の小花を開く。茎・葉は害虫駆除剤などの薬用となる。［和名由来］諸説あり。竹に似て茎が中空であるところから。また、竹と共に煮ると竹が細工しやすくなるためと。［同義］裏白（うらじろ）、占婆菊・占城菊（ちゃんぱぎく）、狼草（おおかみぐさ）。［漢名］博落廻。

たけにぐさ

§

竹煮草あをじろき葉の広き葉のつゆをさけつつ小蟻あそべり　　若山牧水・さびしき樹木

白南風《しらばえ》の暑き日でりの竹煮ぐさ粉にふきいでていきれぬるかも　　北原白秋・白南風

竹煮草影そよぎあふ側《わき》をすぎ暑しとおもふ製材の音　　宮柊二・群鶏

たけのかわぬぐ【竹の皮脱ぐ】

竹の子が下方の葉皮を剥ぎ落としながら生育することをいう。［同義］竹の皮散る。⇩竹の子（たけのこ）［夏］、若竹（わかたけ）［夏］、今年竹（ことしだけ）［夏］

§

脱捨てひとふし見せよ今年竹　　蕪村・常盤の香

たけのこ【竹の子・筍・笋】

竹の地下茎からでる若芽。孟宗竹、淡竹、苦竹などのタケノコが一般的。「たかうな・たかむな・たかんな」ともいう。［同義］竹の芽。［漢名］筍子。⇩筍（たかうな）［夏］、筍（たかんな）［夏］、春の筍（はるのたけのこ）［春］、今年竹（ことしだけ）［夏］、若竹（わかたけ）［夏］、笋羹（しゅんかん）［夏］、篠

たけのこ［毛詩品物図攷］

の子（すずのこ）［夏］、竹の皮脱ぐ（たけのかわぬぐ）［夏］、真竹の子（まだけのこ）［夏］、寒竹の子（かんちくのこ）［冬］、竹（たけ）［四季］

§

今さらになに生ひ出づらむ竹の子のうきふししげき世とは知らずや
よみ人しらず・古今和歌集一八（雑下）

雨はればぬきてとおもひしかひもなくこは皆竹になりてけるかな
香川景樹・桂園一枝拾遺

しらぬまに生いで、門に竹の子のそこにてたかくなるけしきかな
大隈言道・草径集

雨二夜桜空しき此のあした太々と即ちいでし竹の子
伊藤左千夫・伊藤左千夫全短歌

うきふしや竹の子となる人の果　芭蕉・嵯峨日記
たけのこや稚き時の絵のすさび　芭蕉・猿蓑
たけの子や畠隣に悪太郎　去来・去来句集
笋やかり寝の床の隅よりも　嵐雪・続虚栗
竹の子や児《ちご》の歯ぐきのうつくしき　嵐雪・すみだはら
竹の子を竹になれとて竹の垣　来山・十万堂来山句集
竹の子の上るきほひや夜々の露　許六・五老井発句集
竹の子に竜の競《きほ》ひや土ばなれ　朱拙・既望
笋や一皮はげて一世界　朱拙・雪薺集
竹の子やひそかにぬけし垣の上　土芳・簑虫庵集
老僧の筍をかむなみだかな　其角・五元集拾遺
笋の露暁の山寒し　文考・蓮二吟集
竹の子や道のふさがる客湯殿　浪化・浪化上人句集
竹の子に目をさましけり鳥の声　りん女・紫藤井発句集
笋に垣して帰る屋主かな　角上・車路
竹の子やあまりてなどか人の庭　大江丸・はいかい袋
笋や一夜にかつぐ八重葎　暁台・暁台句集
笋をゆり出す竹のあらしかな　蓼太・蓼太句集
竹の子の葎の雨をかつぎけり　白雄・白雄句集
竹の子やまだ四五尺の草の露　士朗・枇杷園句集
笋や妙義の神巫《みこ》が小風呂敷　道彦・蔦本集
竹の子や馬飼ふほどの藪の主　巣兆・曾波可理
笋の番してござる地蔵かな　一茶・一茶句帖
竹の子をもてなしもせぬうらみかな
伊藤左千夫・伊藤左千夫全短歌所収「俳句」
君が墓筍のびて二三間　正岡子規・子規句集
筍や思ひがけなき垣根より　夏目漱石・漱石全集
竹箸に竹の子泣くや鍋の中　川上眉山・川上眉山集
筍の皮とるひまや話し勝　河東碧梧桐・新傾向（夏）
竹《たけ》の子《こ》や藪《やぶ》の中《なか》から酒買《さけか》ひに　泉鏡花・鏡花全集
ひとりひつそり竹の子竹になる　種田山頭火・草木塔
竹の子を掘りて山路をあやまたず　杉田久女・杉田久女句集
筍《たけのこ》の露の干ぬまの市ぞ立つ　水原秋桜子・旅愁
筍の鋒《きつさき》高し星生る　中村草田男・長子

たちあおい【立葵】

アオイ科の二年草・栽培。高さ約二メートル。葉は心臓形で縁は浅裂。初夏に白・紅・紫色などの花を開く。［和名由来］茎が直立する葵の意から。［同義］唐葵（からあおい）、露葵

（つゆあおい）、花葵（はなあおい）、大葵（おおあおい）、形見草（かたみぐさ）、一丈紅（いちじょうこう）。
[漢名] 蜀葵、枝葵、露葵。
[花言] 野心・野望（英）、あなたの美しさには気品と威厳がある（仏）。➡葵（あおい）[夏]

§

干竿に洗ひかけほす白妙の衣のすそのたち葵の花
長塚節・夏季雑咏

よわよわしきわが子まもれば霖雨《つゆ》の 蜀葵《たちあふひ》淡《うす》く紅《べに》に咲きたり
前川佐美雄・天平雲

立葵《たちあふひ》さくころとなりゆきずりの路傍などにも健かにさく
佐藤佐太郎・天眼

日につれて咲き上りけり立葵　闌更・半化坊発句集

咲きのぼる梅雨の晴間の葵哉　成美・杉柱

たちあおい

たちばなのはな【橘の花】

橘は初夏に五弁の白色花を開く。[同義] 花橘。➡花橘（はなたちばな）[夏]、橘（たちばな）[秋]、橘飾る（たちばなかざる）[新年]、常世花（とこよばな）[夏]

§

妹が見て後も鳴かなむほととぎす花橘を地《つち》に散らしつ
大伴家持・万葉集八

さつき待つ花橘の香をかげば昔の人の袖の香ぞする
よみ人しらず・古今和歌集三（夏）

夏の夜に恋しき人の香をとめば花橘ぞしるべなりける
伊勢・後撰和歌集四（夏）

五月雨の空なつかしくにほふかな花橘に風や吹くらん
相模・後拾遺和歌集三（夏）

雨そそく花橘に風すぎて山ほととぎす雲に鳴くなり
藤原俊成・新古今和歌集三（夏）

都辺は埃立ちさわぐ橘の花散る里にいざ行きて寝む
正岡子規・子規歌集

君睡《ぬ》れば灯の照るかぎりしづやかに夜は匂ふなりたちばなの花
若山牧水・海の声

橘花のいまだ含めるわが少女にかすかなる香を聞くうれひなり
中村憲吉・馬鈴薯の花

駿河路や花橘も茶の匂ひ　芭蕉・別座鋪

帯解も花たちばなの昔哉　其角・五元集拾遺

酒蔵や花橘の一在処　盧玄坊・発首途

乗懸や橘にほふ塀の内　鬼貫・鬼貫句選

たつなみそう【立浪草】

シソ科の多年草。山地に自生。高さ約三〇センチ。茎は方形。初夏、白・碧紫色の唇形花を開く。根は強壮の薬用となる。[和名由来]

たつなみそう

花の咲くようすを波に見立てたところから。［同義］雛杓子（ひなのしゃくし）。

たで【蓼】

　犬蓼、柳蓼などタデ科の一年草の総称。茎は節が目立ち、単葉で互生。秋、梢間に穂をだし、白・紅など多くの色の細花を開く。蓼の葉は夏の時期に採って食用にする。［和名由来］漢名「蓼」より。また、葉に辛味があるところから「舌味荒（シタアヂアレ）」「爛（タダレ）」の意よりと。［同義］賢草（かしこぐさ）、利根草（りこんそう）、藪蓼（やぶたで）、本蓼（ほんたで）、青蓼（あおたで）、藍蓼（あいたで）、馬蓼（うまたで）、糸蓼（いとたで）。［漢名］蓼。⬇川蓼（かわたで）［夏］、蓼の花（たでのはな）［秋］、犬蓼の花（いぬたでのはな）［秋］、蓼の穂（たでのほ）［秋］、穂蓼（ほたで）［秋］

たで

§

みてぐらを　奈良より出でて　水蓼　穂積に至り　鳥網《となみ》張る　坂手を過ぎ…（長歌）　作者不詳・万葉集一三

はびこりし叢《くさむら》ありて殊更に日に蒸《む》れながら蓼の香ぞする　佐藤佐太郎・歩道

青蓼やいつまで艸の根のからみ　野紅・七異跡集

手に乾く蓼摺小木の雫かな　其角・五元集拾遺

しの、めや雲見えなくに蓼の雨　蕪村・蕪村句集

人妻の暁起や蓼の雨　蕪村・落日庵句集

脛高く摘みおく蓼や雨の園　召波・春泥発句集

蓼の葉や泥鰌隠る、薄濁り　正岡子規・子規句集

蓼痩せて辛くもあらず温泉の流　夏目漱石・漱石全集

刈りかけて去る村童や蓼の雨　杉田久女・杉田久女句集

たにわかば【谷若葉】

　木々の若葉で埋められた谷間の様子をいう。⬇若葉（わかば）［夏］

§

濃く薄く奥ある色や谷若葉　太祇・太祇句選

たまな【球菜・玉菜】

　キャベツのこと。⬇甘藍（かんらん）［夏］、キャベツ［夏］

§

春暁の紫玉菜抱く葉かな　杉田久女・杉田久女句集

五月雨や玉菜買ひ去る人暗し　芥川龍之介・蕩々帖

たまねぎ【玉葱・葱頭】

　ユリ科の二年草・栽培。ペルシャ原産といわれる。日本には明治前期に輸入された。オニオン（onion）に同じ。葉は葱に似て円柱形。秋、多数の白花を球状につける。球状に発達した地下の鱗茎を食用とする。

たまねぎ

品種が多い。［和名由来］食用となる地下の鱗茎が球状であるところから。［同義］玉蕗（たまぶき）。

たままくくず【玉巻く葛】

初夏の頃、葛の新葉が巻葉になっている様子を表したことば。［同義］玉葛（たまくず）、玉ま葛（たままくず）。

§

何代か玉まくず葉の鶴が岡　宗因・梅翁宗因発句集

たままくばしょう【玉巻く芭蕉】

初夏の芭蕉の新葉が未だ開いておらず、初々しい巻葉の状態であることをいう。玉は賞美の言葉でもある。⇩芭蕉玉解く（ばしょうたまとく）［夏］、芭蕉の巻葉（ばしょうのまきば）［夏］、芭蕉若葉（ばしょうわかば）［夏］、芭蕉の花（ばしょうのはな）［夏］、芭蕉（ばしょう）［秋］

§

縁先に玉巻く芭蕉玉解けて五尺の緑手水鉢《てうづはち》を掩《おほ》ふ　正岡子規・子規歌集
寺焼けて門に玉巻く芭蕉かな　村上鬼城・鬼城句集
庭を見れば芭蕉玉巻く銀河壇　河東碧梧桐・新傾向（夏）
師僧遷化《せんげ》芭蕉《ばしょう》玉巻く御寺かな　高浜虚子・五百句
唐寺の玉巻《たままき》芭蕉肥りけり　芥川龍之介・発句
粉壁や芭蕉玉巻く南京寺　芥川龍之介・我鬼窟句抄
真白な風に玉巻く芭蕉かな　川端茅舎・ホトトギス

たままくわ【玉真桑・玉真瓜】

⇩真桑瓜（まくわうり）［夏］

§

闇夜《ヤミノヨト》きつね下はふ玉真桑　芭蕉・東日記

ダリア【dahlia】

キク科の多年草・栽培。メキシコ原産。多品種あり。羽状複葉で縁は鋸葉状。茎に白粉を付ける。夏・秋に大形の白・紅・紫・黄色などの大形の頭花を開く。［花言］華麗。⇩天竺牡丹（てんじくぼたん）［夏］

ダリア

§

ただ一つのこるダリヤの花見ればくづるるに近し紅の色　島木赤彦・太虚集
一株の黄なるだりやに日ぞそそぐ疲れし人はややみだらなり　前田夕暮・陰影
とほり雨朝のダリアの園に降り青蛙などなきいでにけり　若山牧水・死か芸術か
君と見て一期の別れする時もダリヤは紅しダリヤは紅し　北原白秋・桐の花
雪ふれば紅きダリヤの思い出のひととき浮び君の恋しき　北原白秋・桐の花
放たれし女のごとく、わが妻の、振舞ふ日なり。ダリアを見入る。　石川啄木・悲しき玩具

ダリア咲くさけばさきたるさみしさに花の瞳の涙ぐみたる　木下利玄・銀

憤《いきどほ》りじつと堪《こら》へてまたたけばくれなゐだりあぎざぎざに見ゆ　岡本かの子・浴身

おもかげに顕《た》ちくる君ら硝煙の中に死にけり夜のダリア黒し　宮柊二・晩夏

ダリヤの蕾の茎伸びの夏　河東碧梧桐・八年間

声楽家ダリヤ畠を距つのみ　山口青邨・雪国

鮮烈なるダリヤを挿せり手術以後　石田波郷・惜命

「ち」

ちくすいじつ【竹酔日】

旧暦の五月十三日を竹酔日といい、梅雨時でもあり、竹を植えるのに適した時期とされる。⇩竹植うる日（たけううるひ）[夏]、竹移す（たけうつす）[夏]

§

雨雲や竹も酔日の人あつめ　其角・五元集

竹酔日世事疎んじてゐたりけり　一史・五元集

ちくぶじん【竹夫人・竹婦人】

竹または藤を籠筒状に編んだもの。夏、これを抱いて涼をとって寝る。[同義] 抱籠（だきかご）、添寝籠（そいねかご）。

§

天にあらば比翼の籠や竹婦人　蕪村・蕪村遺稿

褒居士《ほうこじ》はかたい親父よ竹夫人　蕪村・蕪村句集

青きよりおもひそめけり竹婦人　蓼太・蓼太句集

入道の裸うとまし竹婦人　内藤鳴雪・鳴雪句集

淋しさやいくさの留守の竹婦人　正岡子規・子規全集

ちさのはな【苣の花・萵苣の花】

①キク科の一～二年草の苣の花。初夏、黄色の頭上花を開く。「ちしゃ」ともいう。②「ちさ」は「エゴノキ」の別称。⇩苣（ちさ）[春]、斎墩果の花（えごのはな）[夏]

§

咲くとだにたれかは知らん白雲のはれせぬ山の山ちさの花　藤原為家・新撰六帖題和歌六

木がくれのひかげもおそき山ちさは花の上なる露ぞ久しき　藤原知家・新撰六帖題和歌六

ちどりそう【千鳥草】

ラン科の多年草・自生。高さ二〇～六〇センチ。根茎は白色で掌状に分裂し太い鬚状の根をもつ。葉は広線形。夏、花軸をのばして総状花序をつけ、淡紅紫色の小花を穂状花序に密生する。明治初期に渡来。[和名由来] 花の形を千鳥に見立てたところから。[同義] 手形千鳥（てがたちどり）。

ちどりそう

ちゃひきぐさ【茶挽草・茶引草】
烏麦の別称。➡烏麦（からすむぎ）［夏］
§
心ならでまわるもをかし茶引草　鬼貫・鬼貫句選
誹諧の道草にせん茶挽草　舎羅・荒小田

ちゃらん【茶蘭】
センリョウ科の常緑小低樹・栽培。中国原産。江戸時代、琉球より渡来。葉は楕円形で茶の葉に似る。夏、黄色の粟粒ほどの花を開く。茶に香気をつけるために用いられる。［漢名］金粟蘭、珍珠蘭、鶏脚蘭。

ちゃらん

ちょうじそう【丁字草】
キョウチクトウ科の多年草・自生。高さ約六〇センチ。葉は柳に似て互生で披針形。初夏、下部が筒状で上部が五弁の青紫色の花を開き、花後、細長い実を結ぶ。［和名由来］花の形が「丁字」に似るところから。［同義］花丁字（はなちょうじ）。
§
丁字草花甘さうに咲きにけり　正岡子規・子規全集

ちょうじそう

ちょろぎ【草石蚕】
シソ科の多年草・栽培。高さ約六〇センチ。中国原産。茎は方形。全体に毛がある。秋、紅紫色の唇形花を総状に開く。地下の巻貝形の塊茎は食用となり、正月料理に用いられる。［同義］甘露子（ちょうろぎ）、捩芋（ねじいも）、支那芋、法螺芋（ほらいも）。［漢名］草石蚕。➡草石蚕（ちょろぎ）［新年］
§
はびこらぬ顔と芽を出すちょろぎ哉　巣兆・巣兆俳句集

ちょろぎ

ちりまつば【散松葉】
➡松落葉（まつおちば）［夏］、常盤落葉（ときわおちば）［夏］、敷松葉（しきまつば）［冬］
§
散松葉数寄屋へ通ふ小道哉　正岡子規・子規全集

「つ」

つきみそう【月見草】
①アカバナ科の二年草・栽培。高さ約六〇センチ。北アメ

リカ原産。江戸時代に渡来。葉は柔らかく互生。葉形は披針状で羽裂する。初夏、大形の五弁の白花を夕方に一個開き、翌朝しぼむと紅色に変わる。花後、倒卵形の果実を結び、四裂する。[和名由来] 花の色が白く、夕方に開花するところから夕月にたとえたものと。[同義] 月夜草（つきよぐさ）、夕化粧（ゆうげしょう）、夜盗花（やとうばな）。[花言] 物いわぬ恋。②待宵草や大待宵草の別称。⬇待宵草（まつよいぐさ）[夏]、大待宵草（おおまつよいぐさ）[夏]

つきみそう

§

花引きて一たび嗅《か》げばおとろへぬ少女心《をとめごころ》の月見草かな　与謝野晶子・青海波

昨夜《よべ》の花をととひの花露に濡れあしたにそよぐ月見草かな　与謝野晶子・火の鳥

月見草けぶるが如くにほへれば松の木の間に月欠けて低し　長塚節・鍼の如く

初雷のおそろしかりし野の家に、やさしかりにし月見草かな　岡稲里・朝夕

月見草咲く川堤そのころのうけ唇《くち》をせし君おもひいづ　前田夕暮・陰影

衰ふる夏の日ざしにしたしみて昼も咲くとや野の月見草　若山牧水・路上

河土手に蛍の臭《にほ》ひすずろなれど朝間はさびし月見草の花　北原白秋・雀の卵

月見ぐさ月をまちえてゆふ露にさくや摘まれし一生《ひとよ》とおもはむ　土岐善麿・はつ恋

からみあふ花びらほどくたまゆらにほのかに揺るゝ月見草かな　木下利玄・銀

巨いなる西の月見草のはなびら皺み／ひかり出でたるそらの火もあり　宮沢賢治・校本全集

朝かげに色燃ゆるごと月見草ひらける花の純黄に冴ゆ　宮柊二・純黄

月見草咲く砂明り聖徒にや　河東碧梧桐・新傾向（夏）

月見艸の明るさの暁け方は深し　河東碧梧桐・八年間

唯《ただ》一人船繋《つな》ぐ人や月見草　高浜虚子・五百句

俳諧の灯《ひ》のともりけり月見草　高浜虚子・七百五十句

月見草もおもひでの花をひらき　種田山頭火（昭和八年）

月見草に月尚さゝず松の下　杉田久女・杉田久女句集

月見草手にあり散歩月をめで　杉田久女・杉田久女句集補遺

陽炎や砂より萌ゆる月見草　水原秋桜子・葛飾

項《うなじ》一つ目よりもかなし月見草　中村草田男・長子

つくばねそうのはな【衝羽根草の花】

ユリ科の多年草。山地に自生。高さ約三〇センチ。地下茎は横に這う。葉は長楕円形で四枚輪生する。初夏、淡黄緑色の花を開く。花後、紫黒色の球形の液果を結ぶ。〈衝羽根草〉

和名由来］輪生する葉を衝羽根に見立てたところから。［同義］土針（つちはり）。

つたしげる【蔦茂る】

夏、蔦が青々と繁茂するさまをいう。⇩蔦（つた）［秋］、青蔦（あおづた）［夏］

§

二筋と植ゑぬに蔦は茂りけり　嵐外・分類俳句集

つたわかば【蔦若葉】

ブドウ科の蔓性落葉樹本の蔦の若葉。晩春に赤い芽をだし、つややかで若々しい掌状の葉に成長する。⇩蔦（つた）［秋］、若葉（わかば）［夏］、青蔦（あおづた）［夏］

§

耐へがたきまで葉は茂らむとやはらかき蔦の若萌《わかもえ》みつつし思ふ　佐藤佐太郎・歩道

住みかはる扉の蔦若葉見て過ぎし　杉田久女・杉田久女句集

つづらふじ【葛藤・防已】

ツヅラフジ科の蔓性落葉植物。葉は長柄をもつ心臓形で互生。雌雄異株。夏、葉腋に淡黄色の小花を開く。花後、球形の黒色の核果を結ぶ。茎を編んで葛籠などを作る。根は「漢防已（かんぼうい）」として利尿、リュウマチなどの薬用になる。［同義］大葛藤（おおつづらふじ）、蔦葉葛（つたのはかづら）、青葛（あおつづら・あおかずら）、葛藤（つづらふじ）。［漢名］漢防已。

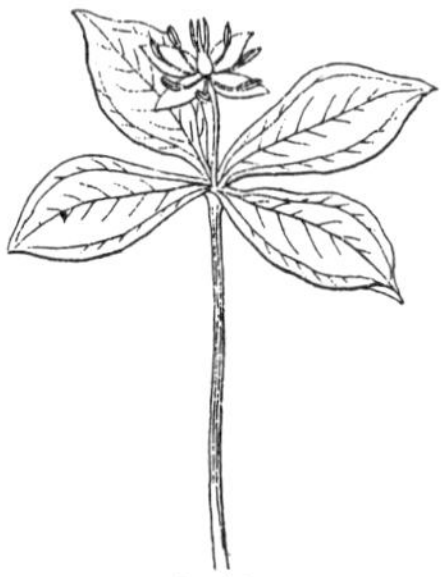

つくばねそう

つづらふじ

つなそかる【綱麻刈る・黄麻刈る】

綱麻はシナノキ科の一年草・栽培。インド原産。高さ約一メートル。葉は卵状で先端が尖り鋸歯状。夏〜秋、五弁の芳香のある黄色の小花を開く。刈り取った茎の繊維は「ジュート（jute）」として粗布袋などに編まれる。［〈綱麻〉和名由来］綱をつくる麻の意と。［〈綱麻〉同義］五菜葉（ごさいば）。［〈綱麻〉漢名］黄麻。

つばきつぐ【椿接ぐ】

梅雨の頃、椿を接木、挿木などで繁殖させること。［同義］椿挿す。

§

椿接いで水うち崩す雲の峰　松瀬青々・倦鳥

つめれんげ【爪蓮華】

ベンケイソウ科の多年草・自生。高さ約一五センチ。葉はへら形で先に棘がある。秋、五弁の白花を密に開く。

つりがねそう【釣鐘草】

鐘状の花をもつ植物の総称。蛍袋（ほたるぶくろ）、釣鐘人参（つりがねにんじん）、牡丹蔓（ぼたんづる）、鳴子百合

つなそ

（なるこゆり）など。⇩蛍袋（ほたるぶくろ）［夏］

§

入日うくるだらだら坂のなかほどの釣鐘草の黄なるかがやき　北原白秋・桐の花

凋《しぼ》みゆくつりがねさうの色ならむ夕とどろきの野にはきこゆる　北原白秋・桐の花

夏草のしげみがなかにうつむける釣鐘草のよそよそしさよ　木下利玄・銀

釣鐘草後に付たる名なるべし　越人・阿羅野

恐ろしや釣鐘草に蛇の衣　曾北・類題発句集

蟻の寄釣鐘草のうつぶせに　白雄・白雄句集

雨落ちんとす釣鐘草はうなだれたり　種田山頭火・層雲

つるうめもどきのはな【蔓梅擬の花】

蔓梅擬は初夏、黄緑色の細花を開く。花後、果実を結ぶ。⇩蔓梅擬（つるうめもどき）［秋］

つるな【蔓菜】

ツルナ科の多年草。海浜の砂地に自生、または栽培。高さ約六〇センチ。茎は蔓状で、葉は三角状卵形。春から秋に五弁の黄色花を開く。花後、四～五個の萼筒に包まれた果実を結ぶ。若葉は浸し物、汁の実などとして食用。［和名由来］茎が蔓状で、若葉が食用となるところから。［同義］浜菜（はまな）、浜藜（はまあかざ）、岩菜（いわな）。

つるな

「て」

ていかかずら【定家葛】

キョウチクトウ科の蔓性常緑草。自生・栽培。気根で他物に絡まる。葉は楕円形で光沢のある革質。初夏に芳香のある白色の合弁花を開く。花後、円筒状の果実を結ぶ。［同義］真析葛（まさきのかずら）、石葛・石綱・岩綱（いわつな）、蔓梔子（つるくちなし）。⇩柾葛（まさきのかずら）［四季］

ていかかずら

てっせんか【鉄線花】

キンポウゲ科の蔓性落葉樹・栽培。中国原産。掌状複葉。初夏、葉腋から花柄をのばし、六弁の大きな白・淡青紫色の花を開く。［和名由来］漢名「鉄線蓮」より。［同義］菊唐草（きくからくさ）、鉄扇葛（てっせ

てっせんか

んかづら）。［漢名］鉄線蓮。

§

照りはゆる牡丹の花のかたはらにあはれに見ゆる鉄線の花
正岡子規・子規歌集

梅雨の庭おぼおぼしきに鉄線蓮《てっせん》の花見えてゐてまた降りこめぬ
北原白秋・黒檜

柴垣を巻髭《まきひげ》のぼり紫に豪華をつくし鉄線の咲く
宮柊二・白秋陶像

山伏の隠居や垣に鉄線花　廬元坊・類題発句集

御所拝観の時鉄線の咲けりしか　正岡子規・子規全集

風鎮《ふうちん》は緑水晶鉄線花《てっせんか》　高浜虚子・六百五十句

鉄線の蘂《しべ》紫に高貴なり　高浜虚子・七百五十句

荒れ藪の鉄線花咲く欅の木　飯田蛇笏・椿花集

鉄線の花さき入るや窓の穴　芥川龍之介・発句

窓開くてつせんの花咲きわたり　山口青邨・雪国

蔓はなれ月にうかべり鉄線花　水原秋桜子・晩華

てっぽうゆり【鉄砲百合】

ユリ科の多年草。高さ約六〇センチ。自生・栽培。初夏、大形で長漏斗状の白色の花を横向きに開く。香気がある。［和名由来］長漏斗状の花の形を鉄砲に見立てたところから。［同義］岩百合（いわゆり）、為朝百合（ためともゆり）、薩摩百合（さつまゆり）、博多百合（はかたゆり）、琉球百合（りゅうきゅうゆり）。［花言］乙女の純潔。➡百合（ゆり）［夏］

てっぽうゆり［草花百種］

§

心ぐき鉄砲百合か我が語るかたへに深く耳開き居り
長塚節・鍼の如く

永き日の昼の思のはてどころ鉄砲百合もかたむきにけり
北原白秋・桐の花

夏花の鉄砲百合は葉ながらにいきほふさまを活けてたのしむ
土田耕平・斑雪

てまり【手鞠・手毬】

大手鞠の別称。➡大手鞠（おおでまり）［夏］、手鞠花（てまりばな）［夏］

§

手にとらば転ぶべく思ふ手毬哉　麻兮・俳句大観

てまりばな【手鞠花・手毬花】

大手鞠の別称。➡手鞠（てまり）［夏］、大手鞠（おおでまり）［夏］

§

雨がえる手まりの花のかたまりの下に啼くなるすずしき夕
与謝野晶子・佐保姫

てんぐさ【天草】

テングサ科の紅藻。干潮線の岩場に生育する。紅紫色。細線形で羽状に分岐する。夏に収穫して干し、心太（ところて

ん）、寒天の原料とする。［和名由来］「心太草（トコロテングサ）」の音の略からと。［同義］心太草（ところてんぐさ）、寒天草（かんてんぐさ）。［漢名］石花菜。⬇天草焚く（てんぐさたく）［冬］、心太（ところてん）［夏］

てんぐさ

§

てんぐさの乾場のひろし濛濛《もうもう》と臙脂《えんじ》に白に島の日さして　与謝野晶子・深林の香

春過ぎて夏来るらし白妙のところてんぐさ取る人のみゆ　北原白秋・雲母集

真白なるところてんぐさ干す男煌々と照り一人なりけり　北原白秋・雲母集

潮《うしほ》よる荒磯《ありそ》の岩にひそまりて女の採れる心太草　木下利玄・紅玉

てんじくあおい【天竺葵】

フウロソウ科の多年草・栽培。南アメリカ原産。園芸界ではゼラニウム（geranium）という。葉質は柔らかく心臓形。夏、五弁の白・赤・紫色など多種の花を開く。［同義］蔓天竺葵（つるてんじくあおい）。⬇ゼラニウム［夏］

てんじくあおい

てんじくぼたん【天竺牡丹】

ダリアのこと。⬇ダリア［夏］

§

紅の天竺牡丹ぢつと見て懐妊《みごも》りたりと泣きてけらずや　北原白秋・桐の花

鳥羽玉《ぬばたま》の天竺牡丹咲きにけり男手に取り涙を流す　北原白秋・桐の花

てんなんしょう【天南星】

浦島草、武蔵鐙などサトイモ科テンナンショウ属の多年草の総称。山野に自生。複葉で長い葉柄をもつ。晩春から初夏に花茎をだして、黒紫色の仏焔苞に包まれた肉穂花序をつける。塊茎は「天南星（てんなんしょう）」として去痰、健胃、鎮痙、発汗などの薬用になる。塊茎には多量の澱粉質を含むが、有毒のため一般には食用とされない。［和名由来］漢名「天南星」の音読みより。［同義］山人参（やまにんじん）、蝮草（まむしぐさ）、蛇蒟蒻（へびこんにゃく）。［漢名］天南星、虎掌。⬇浦島草（うらしまそう）［夏］

てんなんしょう［花彙］

「と」

とうがらしのはな【唐辛子・唐芥子・唐辛―の花】

ナス科の一年草の唐辛子の花。夏、白色の小花を開く。［漢名］蕃椒。⇩唐辛子（とうがらし）［秋］、青唐辛子（あおとうがらし）［夏］

§

赤からん花の白さや蕃椒　晩山・俳諧古選

どうかんそう【道灌草】

ナデシコ科の一～二年草。栽培。高さ約五〇センチ。ヨーロッパ原産。葉は先のとがる卵形で対生。初夏、五弁の淡紅色の花を開く。小指大の実を結び、黒い種子を含む。種子は止血、鎮痛などの薬用となる。［和名由来］中世、江戸の道灌山で栽培されたところから。［同義］剪金花（せんきんか）。

どうかんそう

とうがんのはな【冬瓜の花】

冬瓜はウリ科の蔓性一年草・栽培。夏、黄色の花を開く。秋に大形の果実を結び食用とする。⇩冬瓜（とうがん）［秋］

とうしょうぶ【唐菖蒲】

アヤメ科の多年草・栽培。グラジオラスに同じ。地下球茎より剣状の葉を生じる。夏、花茎を伸ばし、赤・白・黄・紫色などの漏斗形の花を穂状に開く。［同義］和蘭菖蒲（オランダあやめ）。⇩グラジオラス［夏］

とうしょうぶ

ときわぎおちば【常磐木落葉】

初夏に、杉、柊、樫などの常緑樹が新しい葉を出し、古い葉を落とすことをいう。⇩柊落葉（ひいらぎおちば）［夏］、樫落葉（かしおちば）［夏］、木槲落葉（もっこくおちば）［夏］、松落葉（まつおちば）［夏］、散松葉（ちりまつば）［夏］、常磐木（ときわぎ）［四季］、落葉（おちば）［冬］

§

常磐木の落葉至つて静かなり　葛三・俳句大観
常磐木の落葉に鳥の声凄し　正岡子規・子規全集

どくうつぎのはな【毒空木の花】

毒空木はドクウツギ科の落葉低樹・自生。高さ一～二メートル。葉は長卵形で三本の縦脈がある。晩春から初夏、黄緑色の五弁の細

どくうつぎ

花を並べて開く。実は豆大で紅色、熟して紫黒色となり有毒。[和名由来] 果汁が有毒で、樹が空木に似ているところから。[同義] 毒木（どくのき）、猿殺（さるころし）、鳥驚（とりおどろかし）、馬驚（うまおどろかし）。

どくだみ【十薬・蕺草】

ドクダミ科の多年草・自生。高さ約六〇センチ。葉は心臓形。初夏、淡黄色の穂状・棒状の微細な花をつける。葉・根・茎は食用となる。全草は「蕺菜（じゅうさい）」として利尿、駆虫剤の薬用になる。[和名由来] 諸説あり。「毒痛（ドクイタミ）」「毒下飲（ドククダシノミ）」「手臭（テクサミ）」の意などより。[同義] 仏草（ほとけぐさ）、馬不食（うまくわず）、医者殺（いしゃごろし）。[漢名] 蕺。⬇十薬（じゅうやく）[夏]

どくだみ

§

どくだみの花のにほひを思ふとき青みて迫る君がまなざし　北原白秋・桐の花

色硝子暮れてなまめく町の湯の窓の下なるどくだみの花　北原白秋・桐の花

その日までこころすなほにわれありき君と恐れしどくだみの花　北原白秋・桐の花

あしたより雨くらく降る庭隅にとぼとぼ目立つどくだみの花　土田耕平・一塊

十薬や石垣つゞく寺二軒　村上鬼城・鬼城句集

十薬の花著莪につぐにや著莪の花さく　河東碧梧桐・三昧

どくだみの花と夏天の鷺と白し　山口青邨・雪国

とけいそう【時計草】

トケイソウ科の蔓性多年草・栽培。ブラジル原産。江戸時代に渡来。巻髭で他物に絡みつく。葉は掌状に裂ける。夏、紅色に紫暈のある大形の花を開く。花後、橙色の実を結ぶ。[和名由来] 花の形を時計に見立てたもの。[同義] 時計花（とけいばな）、梵論葛（ぼろんかづら）。[漢名] 西番蓮。[花言] 神聖な愛。

とけいそう

§

鐘つきの窓に開くや時計草　花晩・類題発句集

とこなつ【常夏】

撫子の古名。花期が春から秋にわたるため、ついた名。⬇撫子（なでしこ）[夏]

§

思ひ知る人に見せばや夜もすがらわがとこなつにおきゐたる露　清原元輔・拾遺和歌集一三（恋三）

とこなつの花も忘れて秋風を松のかげにてけふは暮れぬる　具平親王・千載和歌集三（夏）

ひとり寝る宿のとこなつ朝な朝な涙の露にぬれぬ日ぞなき　花山院・新古今和歌集一六（雑上）

庭の面の苔地の上の唐錦しとねにしけるとこなつの花
藤原俊成・夫木和歌抄一〇

八月や浅間が嶽の山すそのその荒原にとこなつの咲く
若山牧水・独り歌へる

さし掩ふ若葉がつくる陰にしてたゞ一鉢の常夏の紅さ
宇都野研・木群

とこよばな【常世花】
橘の花の別称。➡橘の花（たちばなのはな）［夏］

§

風やしるべ闇にかをるはとこよ草　弘永・毛吹草

ところてん【心太】
「こころぶと」ともいう。海草のテングサ（天草）を晒し煮て滓をとった汁を凝固させ、冷水で冷やした食品。心太突棒で細条に押しだし、酢や芥子醤油などをかけて食べる。➡天草（てんぐさ）［夏］

§

ところてん逆《さか》しまに銀河三千尺　蕪村・蕪村俳句集
一尺の滝も涼しや心太《ところてん》　一茶・一茶俳句集
心太この海草の香に匂ふ　河東碧梧桐・新傾向（夏）

とちのはな【橡の花・栃の花】
橡はトチノキ科の落葉樹。初夏、白・淡紅色の五弁の花を穂状につける。秋、実を結ぶ。➡橡の実（とちのみ）［秋］

§

しづかなる若葉のひまに立房《たちぶさ》の橡《とち》の花さきて心つつまし
佐藤佐太郎・立房

仰ぎみる樹齢いくばくぞ栃の花　杉田久女・久女句集
残雪の深さおどろく橡の花　水原秋桜子・晩華
瓦斯燈によりそひ白し橡の花　山口青邨・雪国

とべらのはな【海桐花の花】
海桐花はトベラ科の常緑低樹。自生・栽培。海岸近くに生じる。高さ一〜三メートル。葉は楕円形で光沢がある。初夏、五弁の白色花を開き、黄色に変化する。花には香気がある。秋、実を結び、熟して三裂し赤い種子をだす。［〈海桐花〉和名由来］茎・葉をもむと臭気があり、節分や除夜に扉にはさみ魔除けとしたため「トビラノキ」とされ、その略と。［〈海桐花〉同義］扉木（とびらぎ）、島桐（しまぎり）。［〈海桐花〉漢名］海桐花、海橦。➡海桐花の実（とべらのみ）［秋］

とべら

§

ひくき松海桐《とべ》花《ら》のしげる砂山の砂には雨後の寒さのこれる
佐藤佐太郎・冬木

トマト【tomato】
➡赤茄子（あかなす）［夏］

§

トマトのくれなゐの皮にほの白く水の粉ぞ吹けるこの冷えたるに
若山牧水・黒松

驚きて猫の熟視《みつ》むる赤トマトわが投げつけしその赤トマト
北原白秋・桐の花

むらだちて／あひるはすだき／風去りて／トマトさびしく／
みちにおちたり
宮沢賢治・校本全集

処女の頬のにほふが如し熟れトマト　杉田久女・杉田久女句集

新鮮なトマト喰ふなり慾もあり　杉田久女・杉田久女句集

虹たつやとりどり熟れしトマト園　石田波郷・鶴の眼

どようめ【土用芽】

夏、土用の頃、草木が再び新芽を吹くことをいう。

とろろあおい【黄蜀葵】

アオイ科の一年草・栽培。中国原産。高さ約一メートル。葉は掌状に深裂し、縁は鋸歯状。夏から初秋に、裾部が紅紫色の大形の黄色の花を開く。花後、楕円形で毛に包まれた実を結ぶ。根は「黄蜀葵（おうしょっき）」として胃腸炎、鎮咳などの薬用となる。根には粘液を多く含み、和紙などの製紙用の原料となる。また、観賞用としても栽培される。[同義] 唐朝顔（からあさがお）、南瓜朝顔（かぼちゃあさがお）、ねり。[漢名] 黄蜀葵。⇩葵（あおい）[夏]

とろろあおい

「な」

なえ【苗】

⇩早苗（さなえ）[夏]

§

水古き深田に苗のみどりかな　蕪村・新花摘

髻《もとどり》を捨るや苗の植あまり　蕪村・落日庵句集

短夜《みじかよ》や既《すで》に根づきし物の苗　露月・露月句集

なぎ【水葱・菜葱】

水葵の古名。⇩小水葱（こなぎ）[春]、水葵（みずあおい）[夏]

§

大和《やまと》の上村《うへむら》の田の水葱《なぎ》をくひ洛陽《らくやう》の旅にいま立たむとす
土屋文明・山の間の霧

おのづから流るゝ水葱の月明り　杉田久女・杉田久女句集

水葱の花折る間舟寄せ太藺中　杉田久女・杉田久女句集

漕ぎよせて水葱の花折る手のべけり　杉田久女・杉田久女句集

なぎなたこうじゅ【薙刀香薷】

シソ科の一年草・自生。高さ三〇～六〇センチ。葉は卵形で対生。葉・茎にはハッカに似た香気がある。秋、紅紫色の花穂をつける。俳句では、茎や葉を乾燥させて作る暑気払いの薬「香薷散」も夏の季語であるが、植物としても夏の繁茂したさまをもって夏の季語となる。［和名由来］花穂の形が薙刀に似ているところからと。［漢名］香薷、香茹。⬇香薷（こうじゅ）［夏］

なぎなたこうじゅ

なごらん【名護蘭】
ランン科の常緑多年草・自生。暖地の岩上や樹上に着生する。茎の下部から太い気根をだす。葉は長楕円形で肉質。葉の長さは一〇～一五センチ。夏、紅紫色の斑点のある緑白色の花を総状に開く。［和名由来］沖縄の名護岳に生育するところから。⬇蘭（らん）［秋］

なごらん

なす【茄・茄子】
ナス科の一年草。食用に栽培される紫黒色の果実。インド原産とされる。「なすび」ともいう。葉は長柄をもつ長卵形で、茎と共に紫黒色。夏から秋、淡紫・藍白色の合弁花を葉の付け根に開く。茎・葉は凍傷などの薬用となる。品種が多く、黄白色の「白茄子」、球形の「巾着茄子」などさまざまである。［和名由来］諸説あり。「中酸実（ナカスミ）」の略。また「なす実（ナスビ）」で「ナス」は「梨」の転と。［同義］落蘇（らくそ）。［漢名］茄。⬇青茄子（あおなす）［夏］、初茄子（はつなすび）［夏］、茄子畑（なすばたけ）［夏］、茄子汁（なすじる）［夏］、茄子和（なすあえ）［夏］、茄子の花（なすのはな）［夏］、茄子漬（なすづけ）［夏］、茄子の鴫焼（なすのしぎやき）［夏］、秋茄子（あきなす）［秋］

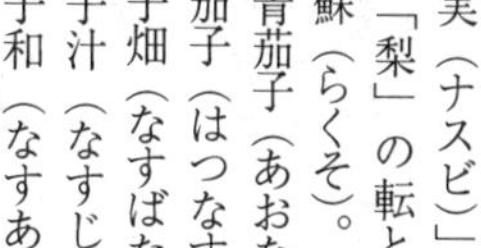
なす

§

世に洩れてすぐすは安し痩畑《やせばた》に人の捨てたる老茄子われ　与謝野礼厳・礼厳法師歌集

さみたれに庭の畑の茄子苗の芽のむらさきが色はえにけり　伊藤左千夫・伊藤左千夫全短歌

茄子もぐとあかつき露にぬれにつゝ妻のよろこぶわが茄子畑　橋田東声・地懐

ちさはまだ青ばながらになすび汁　芭蕉・芭蕉翁真蹟集
神鳴に茄子もひとつこけにけり　涼菟・皮籠摺
竹の子や茄子はいまだ痩法師　支考・梟日記
時ならぬ裾野かうばし茄子苗　琴風・銭龍賦
市に急ぐ朝紫の茄子かな　乙由・麦林集
水桶にうなづきあふや瓜茄子　蕪村・蕪村句集
切すてる茄子や帯を帰花　蕪村・落日庵句集
茄子ありこゝ武蔵野の這入口　召波・春泥発句集

花も実も共に盛の茄子哉　丈石・新選
暑き日に飽きて茄子の煮物哉　定雅・続あけがらす
鎌倉の宮人ちぎる茄子哉　成美・谷風草
白茄子を羞《すゝ》むる行童《ちご》のうつくしき　森鷗外・うた日記
恙《つつが》なく帰るや茄子《なす》も一年目　正岡子規・子規句集
南瓜《かぼちゃ》より茄子《なす》むつかしき写生哉《かな》　正岡子規・果物帖
洪水のあとに色なき茄子かな　夏目漱石・漱石全集
夕立が洗つていつた茄子をもぐ　種田山頭火・草木塔
採る茄子《なす》の手籠《てかご》にきゆアとなきにけり　飯田蛇笏・霊芝
茄子もぐや天地の秘事をさゝやく蚊　杉田久女・杉田久女句集
帰省子に葉がくれ茄子の濃紫　水原秋桜子・葛飾
聖霊の茄子の形となりにけり　川端茅舎・川端茅舎句集

なすあえ【茄子和】

茄子を和え物にした料理。➡茄子（なす）［夏］

§

紫のけさは昔ぞ茄子あへ　闌更・分類俳句集

なすじる【茄子汁】

茄子を実にした味噌汁。➡茄子（なす）［夏］

§

ちさはまだ青ばながらになすび汁　芭蕉・芭蕉翁真蹟集
畠をばながめて喰や茄子汁《なすびじる》　李由・しるしの竿
物に飽くこゝろ恥し茄子汁　太祇・太祇句選
吾妹子《わぎもこ》も古びにけりな茄子汁《なすのしる》　尾崎紅葉・尾崎紅葉集
茄子汁の汁のうすさや山の寺　村上鬼城・鬼城句集
茄子汁に村の者よる忌日《きにち》哉　正岡子規・子規句集
目にしみて炉煙はけず茄子の汁　杉田久女・杉田久女句集

なすづけ【茄子漬】

茄子を塩漬または糠漬にしたもの。➡茄子（なす）［夏］

§

物ごとに妻なき家の茄子づけ　嵐雪・玄峰集
その白き塩に染みしか茄子漬　魚児・其袋
人妻のこれを饗応す茄子漬　召波・春泥発句集
手燭して茄子漬け居る庵主かな　村上鬼城・鬼城句集

なすのしぎやき【茄子の鴫焼】

新茄子を二つに割り竹串に刺して、胡麻油を塗って焼き、赤味噌を塗り、再び焼いたもの。➡茄子（なす）［夏］

§

鴫焼は夕べをしらぬ世界かな　其角・五元集
鴫焼の律師と申し徳高し　正岡子規・子規全集

なすのはな【茄子の花】

ナス科の一年草の茄子の花。夏から秋にかけて、淡紫・藍白色の合弁花を葉の付け根に開く。➡花茄子（はななすび）［夏］、茄子（なす）［夏］

§

茄子《なす》の花うすむらさきにさきのこる畑のすみに昼もなく虫　田波御白・御白遺稿
百もぎる跡に花さく茄子かな　梅室・梅室家集
葉の紺に染りて薄し茄子《なす》の花　高浜虚子・六百五十句

なすばたけ【茄子畑】

「なすはた」「なすびはた」ともいう。➡茄子（なす）［夏］

§

昼すぎの光さしけり茄子畑《なすはた》の黒く立ちたる茎と葉のうへ　佐藤佐太郎・歩道

背戸見せに連れて歩行や茄子畑　重五・三仙

片岨《かたそば》の秋のやつれや茄子畑　猿雖・笈日記

月に出て水やる音す茄子畠　杉田久女・杉田久女句集

なたねうつ【菜種打つ】

菜の花の干した実を叩いて種子をとること。⬇油菜（あぶらな）［春］、菜の花（なのはな）［春］、菜種の花（なたねのはな）［春］、菜種干す（なたねほす）［夏］

§

菜種打つ向ひ合せや夫婦同志　夏目漱石・漱石全集

なたねほす【菜種干す】

実を結んだ菜種を初夏に収穫し、干して叩いて実の中の種子をとる。種子をしぼると菜種油がとれる。⬇菜種打つ（なたねうつ）［夏］、菜の花（なのはな）［春］、菜種の花（なたねのはな）［春］、油菜（あぶらな）［春］

§

菜種ほすむしろの端や夕涼み　曲翠・笈日記

なつあさがお【夏朝顔】

早生種の朝顔。［同義］早咲朝顔（はやざきあさがお）。⬇朝顔（あさがお）［秋］

§

麦飯に夏朝顔の分限哉　恒丸・俳句大観

花もなき夏朝顔の青き哉　鉄船・俳句大観

なつあざみ【夏薊】

薊は種類が多く、春から秋にかけてそれぞれが花を開く。夏に花をつけるものを夏薊と総称し、俳句では夏の季語とする。⬇薊の花（あざみのはな）［春］、真薊（まあざみ）［夏］、秋薊（あきあざみ）［秋］

§

夏薊赭《あか》き湯道に噴き出たり　水原秋桜子・蘆刈

なつき【夏木】

木が繁っている夏のさま。⬇夏木立（なつこだち）［夏］

§

月影にうごく夏木や葉の光り　去来妻・すみだはら

なつぎく【夏菊】

「八十八夜」「白更紗」など六～七月に早咲きする菊。［同義］五月菊（さつきぎく）。⬇菊（きく）［秋］

§

なつさくは夏のけしきにきくの花姿さへこそすゞしかりけれ　大隈言道・草径集

夏菊の枯るる側より葉鶏頭紅深く伸び立ちにけり　正岡子規・子規歌集

なげざしにさされて枯れし夏菊の花あはれなりたそがれの色　前田夕暮・陰影

夏菊のしろき籬《まがき》の角にして日のいちじるき光に遇ひぬ　北原白秋・黒檜

諏訪をとめ繇とるわざに指さきの荒るるいとほし夏菊の花　土岐善麿・はつ恋

山内《さんない》に風あり夏菊《なつぎく》の香《か》を吹けばみ霊姿《たますがた》かへるべく思ふ
　土屋文明・山の間の霧
夏菊の白きがつつむなきがらにまつはるごとく悲しみの楽
　木俣修・冬暦
花咲や皐月の菊の尺あまり　尚白・故人五百題
夏菊やわざともしたきみだれ庭　土芳・蓑虫庵集
夏菊に露をうつたる家居哉　鬼貫・鬼貫句選
夏菊に浜松風のたよりかな　支考・梟日記
夏菊の小しやんとしたる月夜哉　一茶・旅日記
夏菊に墨汁捨てし旅硯かな　河東碧梧桐・新傾向（夏）

なつくさ【夏草】

盛んに成長する夏の草をいう。⬇冬の草（ふゆのくさ）[冬]、夏木（なつき）[夏]、草（くさ）[四季]

§

かれ果てむ後《のち》をば知らで夏草の深くも人の思ほゆるかな
　凡河内躬恒・古今和歌集一四（恋四）
夏草のしげみが下の埋れ水ありとしらせて行くほたるかな
　後村上院・新葉和歌集三（夏）
一夜かりしあしのまろ屋は夏草のしけき原野に立そよろほふ
　上田秋成・五十番歌合
夏草は心のままにしげりけりわれいほりせむこれの庵に
　大愚良寛・良寛歌評釈
夏草のいよよ深きにつつましき心かなしくきはまりにけり
　島木赤彦・馬鈴薯の花
夏草を盗びとのごと憎めどもその主人《あるじ》より丈高くなる
　与謝野晶子・草の夢
夏草のにほひの中にた、ずみて物思ひ居れば日のかげろへる
　木下利玄・銀
夏草や兵《つはもの》共がゆめの跡　芭蕉・猿蓑
石の香や夏草赤く露暑し　芭蕉・陸奥衛
旅人の名はとく知りぬ夏の草　支考・蓮二吟集
夏草や所々にはなれ駒　闌更・半化坊発句集
夏草に這上《はひあが》りたる捨蚕《すてご》かな　村上鬼城・鬼城句集
夏草にまじりて早き桔梗哉　正岡子規・子規全集
夏草の上に砂利しく野道哉　正岡子規・子規句集
夏草の刈らずあるなり能舞台　河東碧梧桐・新傾向（夏）
夏草に下《お》りて蛇うつ烏二羽　高浜虚子・五百句
夏草に愛慕濃く踏む道ありぬ　杉田久女・杉田久女句集

なつぐみ【夏茱萸】

グミ科の落葉樹。自生・栽植。高さ二～四メートル。葉は長楕円形で裏面に鱗毛を密生する。初夏、帯白色の管状小花を開く。花後、楕円形の赤い実を結び食用とする。実の大きな変種を「トウグミ」という。[和名由来] 夏に実を結ぶ茱萸の意。[同義] 山胡頽子（やまぐみ）。[漢名] 木半夏。⬇茱萸（ぐみ）[秋]、秋茱萸（あ

なつぐみ

きぐみ）［秋］

なつこだち【夏木立】

夏に繁る樹々の木立をいう。⇩夏木（なつき）［夏］、木下闇（こしたやみ）［夏］、冬木立（ふゆこだち）［冬］

§

鎌倉や御仏なれど釈迦牟尼《しやかむに》は美男におはす夏木立かな　与謝野晶子・恋ごろも
頬《ほ》よすれば香る息はく石の獅子ふたつ栖《す》むなる夏木立かな　与謝野晶子・恋ごろも
夏木立、絹がさつぼめたつ人の、しらうすものに風かをるなり　岡稲里・朝夕
花にのみ訪ねし事よ夏木立　宗因・三籟
先《まず》たのむ椎の木も有《あ》り夏木立　芭蕉・猿蓑
なつ木立はくやみ山のこしふさげ　芭蕉・音頭集
木啄《きつつき》も庵は破《やぶ》らず夏木立　芭蕉・おくのほそ道
鐘のなる海のぐるりや夏木立　木因・柏原集
むかしみし心にやあふ夏木立　土芳・蓑虫庵集
甘き香は何の花ぞも夏木立　太祇・太祇句選
木に眠る法師が宿や夏木立　蕪村・夜半叟句集
碁を崩す音幽かなり夏木立　嵐山・続あけがらす
谷河の空を閉るや夏木立　召波・春泥発句集
木綿織る音静か也夏木立　成美・杉柱
人声に蛭の降るなり夏木立　一茶・一茶発句集
駆けぬける汽車の嵐や夏木立　内藤鳴雪・鳴雪句集
屠牛場の屋根なき門や夏木立　夏目漱石・漱石全集
蛇《くちなは》の殺されてあり夏木立　川上眉山・川上眉山集
夏木立深うして見ゆる天王寺　河東碧梧桐・新俳句
井にとゞく釣瓶の音や夏木立　芝不器男・定本芝不器男句集

なつずいせん【夏水仙】

ヒガンバナ科の多年草。自生・栽培。地下に大形の鱗茎をもつ。春、広線形で淡緑色の葉をだす。夏、淡紅紫色の漏斗状の花を開く。葉は開花前に枯れる。［和名由来］葉が水仙に似て、夏に花を咲かせるところから。［同義］忘草（わすれぐさ）、傾城花（けいせいばな）。［漢名］金燈草。⇩水仙（すいせん）［冬］

なつずいせん

なつだいこん【夏大根】

春に種を蒔き、夏に収穫する小型の大根。「なつおおね」ともいう。⇩大根（だいこん）［冬］

§

むら雨や朝露ながら夏大根　李由・篇突
木曾は今桜もさきぬ夏大根　支考・夏衣
耕作のまづ手習や夏大根　支考・笈日記

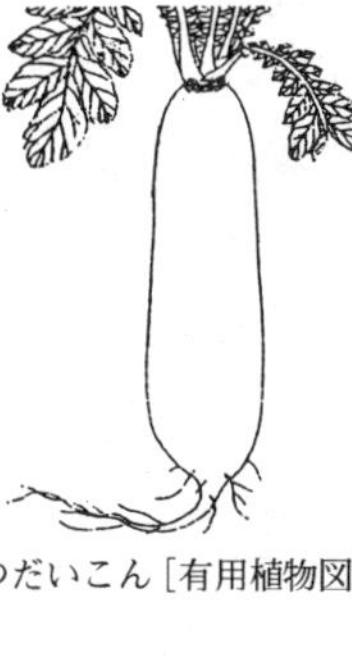

なつだいこん［有用植物図説］

蕎麦切や京のあま味に夏大根　嵐枝・柾の首途
冷飯に夏大根のおろし哉　蓼太・蓼太句集

なつつばきのはな【夏椿の花】

夏椿はツバキ科の落葉高樹。自生・栽植。高さ約一〇メートル。幹の肌は赤みをおび、滑らかで猿滑（さるすべり）に似る。葉は楕円形で縁は鋸歯状。初夏、大形の白花を開く。花後、卵形の実を結ぶ。[〈夏椿〉和名由来] 椿に似た花を夏に咲かせるところから。[〈夏椿〉同義] インド産の娑羅双樹と誤解したため、以下の別称がある。娑羅木・沙羅木（さらのき・しゃらのき）、娑羅花・沙羅花（さらのはな・しゃらのはな）、娑羅双樹・沙羅双樹（さらそうじゅ・しゃらそうじゅ）。⬇椿（つばき）[春]、娑羅の花（さらのはな）[夏]

なつつばき

なつな【夏菜】

京菜・芥菜など夏に食用として栽培される菜類をいう。⬇冬菜（ふゆな）[冬]

なつねぎ【夏葱】

春に苗を植え、夏に収穫する葱。冬の葱より小振り。[同義] 刈葱（かりぎ）、小葱（こねぎ）、分葱（わけぎ）。⬇葱（ねぎ）[冬]

§

夏葱に鶏裂くや山の宿　正岡子規・子規句集

なつの【夏野】

夏の草木の繁る野原をいう。[同義] 夏野原（なつのはら）、夏野路（なつのじ）。⬇冬の野（ふゆのの）[冬]

§

松の色は藍よりもこき夏野かな　宗祇・大発句帳
順礼の棒計《ばかり》行夏野かな　重頼・藤枝集
もろき人にたとへむ花も夏野哉　芭蕉・笈日記
馬ぼくぼく我をゑに見る夏野哉　芭蕉・水の友
水ふんで草で足ふく夏野哉《なつのかな》　来山・いまみや草
松苗を骨にそよめく夏野かな　浪化・白扇集
鮒ずしの便りも遠き夏野哉　蕪村・夏より
麦かれて夏野おとろふけしき哉　暁台・暁台句集
角あげて牛人見る夏野かな　青蘿・青蘿発句集
雨はこぶ崎風ぬるき夏野哉　成美・谷風草
行く処水かさませし夏野哉　乙二・斧の柄
夏野行く人や天狗の面を負ふ　正岡子規・子規句集
焼け道にごき蟲《むし》光る夏野かな　幸田露伴・幸田露伴集

なつのにわ【夏の庭】

夏の庭園の風情をいう。[同義] 夏の園。

§

岩木にも心やつくる夏の庭　宗因・三籟
たえやらぬ水なるかなや夏の庭　紹巴・大発句帳

なつはぎ【夏萩】

夏に開花する萩の一品種。⬇萩（はぎ）[秋]

ちらと見し帯は艶なり、夏萩に、ひとはかくれてものをこそおもへ　岡稲里・朝夕

夏萩の花疎らかに朝の露　大谷句仏・懸葵

なつばたけ【夏畑】

夏の畑。

§

夏畑に折々うごく岡穂哉　嵐雪・玄峰集

なつふじ【夏藤】

マメ科の蔓性落葉低樹。自生・栽培。羽状複葉。夏、白色の蝶形花を総状に吊す。花後、線形の莢を結ぶ。［和名由来］夏に咲く藤の意。［同義］土用藤（どようふじ）。⇩藤（ふじ）［春］

なつふじ

§

成仏の花の色香や夏の藤　杉風・杉風集

なつまめ【夏豆】

大豆の早生種をいう。豆腐の材料となる。⇩早生豆（わせまめ）［夏］、大豆引く（だいづひく）［秋］

なつみかん【夏蜜柑】

ミカン科の常緑低樹・栽培。高さ約三メートル。葉は楕円形。初夏、五弁の白色花を開く。秋、大きな果実を結び、黄熟し、翌春から夏に食用として収穫する。果皮は「夏皮（かひ）」として利尿などの薬用や浴湯用になる。［和名由来］果実は秋に熟すが、長期間枝につき、翌夏になっても食べられるところからと。［同義］夏橙（なつだいだい）、山蜜柑（やまみかん）、夏柑（なつかん）。

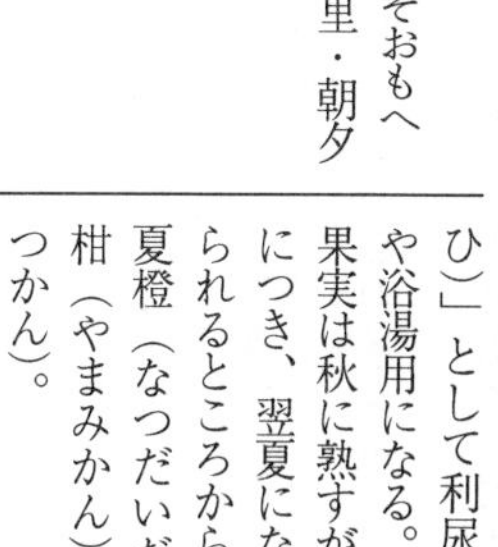
なつみかん

§

夏蜜柑ひとつ貰ひて持ちてある思ひはかなく汽車動くなり　島木赤彦・馬鈴薯の花

山吹の帰り花あり夏蜜柑　正岡子規・子規全集

或る辻や花の香のこる夏蜜柑　水原秋桜子・晩華

夏蜜柑白歯にかんで少女《をとめ》さぶ　日野草城・旦暮

なつめのはな【棗の花】

クロウメモドキ科の落葉低樹の棗の花。夏、黄白色の花を開く。⇩棗（なつめ）［秋］

§

我が庵の厠の裏のなつめの木花のさかりも今は過ぎたり　北原白秋・雀の卵

蚊柱や棗の花の散るあたり　暁台・俳句全集

屋根石にしめりて旭あり花棗　杉田久女・杉田久女句集

なつやなぎ【夏柳】

⇩葉柳（はやなぎ）［夏］、柳（やなぎ）［春］

§

車道狭く埃捲くなり夏柳　正岡子規・子規全集
辻能の班女が舞や夏柳　河東碧梧桐・続春夏秋冬

なつわらび【夏蕨】

蕨は通常春に新芽をだすが、深山の蕨は初夏にようやく新芽をだす。これを夏蕨という。⇩蕨（わらび）[春]

§

くるしくも雨こゆる野や夏蕨　白雄・白雄句集
鳥啼いて谷静なり夏蕨　正岡子規・子規全集

なでしこ【撫子】

ナデシコ科の多年草。自生・栽培。秋の七草の一。高さ五〇～六〇センチ。葉は緑白色、線形で先端が尖る。夏、花弁が五枚で先端が細裂した紅・白色の花を開く。花後、黒い種子を結ぶ。種子は利尿の薬用となる。[和名由来] 諸説あり。花の可憐さを子に擬して「撫子」と呼んだためと。また「撫擦草（ナデサスリクサ）」の意など。大和撫子と河原撫子は渡来種の唐撫子（＝石竹）に対する呼称。[同義] 大和撫子（やまとなでしこ）、河原撫子（かわらなでしこ）、瞿麦（なでしこ）、形見草（かたみぐさ）、懐草（なつかしぐさ）、常夏（とこなつ）、洛陽花（らくようか）、思い草、茶筅花（ちゃせんばな）、日暮草（ひぐれぐさ）。[花言] 純粋な愛。⇩秋の七草（あきのななくさ）[秋]、石竹（せきちく）[夏]、常夏（とこなつ）[夏]、唐撫子（からなでしこ）[夏]、大和撫子（やまとなでしこ）[夏]、河原撫子（かわらなでしこ）[夏]、秋撫子（あきなでしこ）[秋]、撫子残る（なでしこのこる）[秋]

なでしこ

§

我がやどに播きし瞿麦いつしかも花に咲きなむなそへつつ見む　大伴家持・万葉集八
瞿麦は咲きて散りぬと人は言へど我が標《し》めし野の花にあらめやも　大伴家持・万葉集八
見わたせば向ひの野辺の石竹《なでしこ》の散らまく惜しも雨な降りそね　作者不詳・万葉集一〇
一本《ひともと》のなでしこ植ゑしその心誰《たれ》に見せむと思ひそめけむ　大伴家持・万葉集十八
種まきしわがなでしこの花ざかりいく朝露のおきて見つらん　藤原顕季・詞花和歌集二（夏）
よそへつつ見れどつゆだになぐさまずいかにかすべき撫子の花　恵子女王・新古今和歌集一六（雑上）
撫子の花のかげ見る川浪は熟れのかたに心よすらむ　中務集（中務の私家集）
いでまこといかなる人のうつすにもゑがくはおとるなでしこのはな　大隈言道・草径集
家は荒れておほしたてねど竹垣の朽目より咲くなでしこの花　与謝野礼厳・礼厳法師歌集
蝉のなく松の木かげに一むらのうす花色の撫子の花　伊藤左千夫・伊藤左千夫全短歌

撫子がさきたる野べに相おもふ人とゆきけむいにしへおもほゆ　伊藤左千夫・伊藤左千夫全短歌
朝な朝な一枝折りて此の頃は乏しく咲きぬ撫子の花　正岡子規・子規歌集
移し植しにはのなでしこ朝露のおけるもねたくおもほゆるかな　樋口一葉・緑雨筆録「一葉歌集」
たらちねの親心しておほしけりわが袖垣の撫子の花　樋口一葉・緑雨筆録「一葉歌集」
鵜《う》かごおきて水を眺むる鵜づかひの踏みしだきたる撫子の花　佐佐木信綱・思草
水の隅《くま》うすくれなゐは河郎《かはらう》の夜床にすらんなでしこの花　与謝野晶子・夢之華
なでしこはいまに果敢《はか》なき花なれど捨つと言《こと》にいへばいたましきかも　長塚節・鍼の如く
なでしこの交れる草は悉くやさしからむと我がおもひみし　長塚節・鍼の如く
すれすれに汽車の走ればなでしこの花あふれて土手にゆらげり　三ケ島葭子・三ケ島葭子歌集
かなしげに海辺の墓のかたはらの撫子を摘みかへりたまひぬ　吉井勇・酒ほがひ
撫子や夏野の原の落し種　守武・俳諧古選
なでし子にかゝるなみだや楠《くす》の露　芭蕉・芭蕉庵小文庫
酔うて寝むなでしこ咲ける石の上　芭蕉・栞集
撫子にふんどし干すや川あがり　嵐蘭・芭蕉庵小文庫

動《ゆる》ぎなき岩撫子や星の床　曾良・韻塞
撫子よ河原に足のやけるまで　鬼貫・鬼貫句選
なでしこのはかなき節の力みかな　猿雖・砂川
撫子やそのかしこきに美しき　惟然・惟然坊句集
撫子や植けん母の土目利《めきき》　支考・蓮二吟集
撫子に霜見んまでの暑かな　几董・井華集
撫子の露折れしたる河原哉　士朗・俳句大観
撫子の節々にさす夕日かな　成美・成美家集
御地蔵や花なでしこの真中に　一茶・七番日記
撫子に白布晒す河原哉　正岡子規・子規全集
なでしこにざうとこけたり竹釣瓶《たけつるべ》　正岡子規・子規句集
撫子に病閑ありて水くれぬ　夏目漱石・漱石全集
瞿麦《なでしこ》や鬼一口の草がくれ　尾崎紅葉・尾崎紅葉集
撫子や海の夜明の草の原　河東碧梧桐・春夏秋冬
撫子も港景色に彩らん　河東碧梧桐・新傾向（夏）
撫子《なでしこ》やぬれて小さき墓の膝　中村草田男・母郷行

なのりそ【莫告藻・神馬藻】

海藻の馬尾藻（ほんだわら）の古名。この海草を干して米俵の形につくったものを穂俵（ほだわら）といい、正月の蓬莱盤の飾り物とする。俳句では一般的に「なのりそ」は夏、「ほだわら・ほんだわら」は新年の季語となる。古歌では「莫告（なの）りそ」「名告（なの）りそ」の宛字に用いられることが多い。⇩馬尾藻（ほんだわら）[新年]、穂俵（ほだわら）[新年]

§

みさご居る磯みに生《お》ふるなのりその名は告らしてよ親は知るとも
山部赤人・万葉集三

紫の名高の浦のなのりその磯に靡かむ時待つ我れを
作者不詳・万葉集七

海人の刈るいらこが崎のなのりその名告りもはてぬほととぎすかな
江師集（大江匡房の私家集）

なのりそを波の中より拾ふなり身にかかはりのあるもののごと
与謝野晶子・太陽と薔薇

なまくるみ【生胡桃】
熟す前の青い胡桃をいう。➡胡桃（くるみ）［秋］

なわしろいちご【苗代苺】
バラ科の小低樹・自生。茎は短毛が密生し蔓状。葉は倒卵形で縁は鋸歯状。晩春に淡紅色の五弁の花を開く。花後に濃赤色の実を結び食用となる。［和名由来］果実が苗代をつくるころに熟すところから。［同義］三葉苺（みつばいちご）、五月苺・皐月苺（さつきいちご）。［漢名］茅苺。➡苺（いちご）［夏］、苗代苺の花（なわしろいちごのはな）［春］

なわしろいちご

なわしろぐみ【苗代茱萸・苗代胡頽子】
グミ科の常緑低樹。自生・栽植。高さ約三メートル。枝に棘がある。葉は厚く長楕円形。秋、白花を開く。花後、銀色の毛のある長楕円形の実を結び、翌年の初夏に熟し食用となる。葉は鎮咳の薬用となる。［和名由来］果実が苗代をつくるころに熟すところから。［同義］田植胡頽子（たうえぐみ）、春胡頽子（はるぐみ）。［漢名］胡頽子。➡茱萸（ぐみ）［秋］

§

胡頽子あをしと見れば秀つ枝なるは紅くうれたり空のくもりに
宇都野研・木群

唇《くち》にあて苗代茱萸の紅潰ゆ
山口青邨・雪国

なわしろぐみ

なんてんのはな【南天の花】
南天はメギ科の常緑低樹。初夏に六弁の白い小花を房状に開き、秋から冬に赤色の実を結ぶ。［〈南天〉同義］蘭天・闌天（らんてん）、三葉（さんよう）。［〈南天〉漢名］南天竹、南天燭。➡南天の実（なんてんのみ）［冬］

§

手水鉢《てうづばち》の水にいささか濁り立ち南天の花は咲きすぎにけり
芥川龍之介・芥川龍之介全集

さつき雨ふる頃となりて軒下の南天は白き蕾を持てり
土田耕平・一塊

南天や雪の花ちる手水鉢
巴静・類題発句集

南天や米こぼしたる花のはて
也有・蘿葉集

牡丹咲く家に南天垣したり
河東碧梧桐・新傾向（夏）

「に」

にちにちそう【日日草】

キョウチクトウ科の一年草・栽培。西インド原産。高さ約六〇センチ。微紅色の茎をもつ。葉は楕円形で対生。夏、五弁の紅紫・白色の花を開く。［和名由来］毎日新しい花に咲き代わるところから。［同義］日日花（にちにちか）、日日紅（にちにちこう）。［漢名］長春花、四時花、花海棠、雁来紅。

にちにちそう

にわふじ【庭藤】

マメ科の落葉小低樹。自生・栽植。高さ約一メートル。羽状複葉で小葉は長卵形。初夏、梢頭に総状花序をつけ、淡紅・白色の蝶形花を開く。［同義］巌藤・岩藤（いわふじ）、姫藤（ひめふじ）、草藤（くさふじ）。［漢名］胡豆。

⇩岩藤（いわふじ）［夏］

にわふじ［草木図説］

にわやなぎ【庭柳】

タデ科の一年草・自生。高さ一〇～四〇センチ。葉は長楕円形。夏、淡緑・紅色をおびた小花を開く。［和名由来］葉が柳に似ているところから。［同義］道柳（みちやなぎ）、道芝・路芝（みちしば）。

にわやなぎ

にんじんのはな【人参の花】

セリ科の二年草の人参の花。初夏、白色の小花を密生して開く。⇩人参（にんじん）［冬］

§

人参の花さく浜の七浦をまだきに来れば小雨そぼふる　長塚節・房州行

にんどうのはな【忍冬の花】

忍冬（すいかずら）の花のこと。⇩忍冬の花（すいかずらのはな）［夏］

§

忍冬の花さきひさに鬼怒川にぼら釣る人の泛けそめし見ゆ　長塚節・夏季雑咏

忍冬の花うちからむくまで哉　白雄・白雄句集

蚊の声す忍冬《にんどう》の花の散ルたびに　蕪村・蕪村句集

忍冬に眼薬を売る裏家哉　正岡子規・子規全集

にんにく【葫・大蒜】

ユリ科の多年草・栽培。西アジア原産。高さ約一メートル。

冬に宿根から芽をだし、春に葉を伸ばす。夏に薄紫色の小花を開く。地中の鱗茎は強い臭気があり、調味料、また強壮、健胃、利尿・発汗などの薬用となる。［和名由来］諸説あり。仏教で食べることを禁じたことから「忍辱（ニニク）」から。「匂悪・匂憎（ニホヒニクム）」の略からなど。［同義］大蒜（おおびる）、蒜玉（ひるたま）。［漢名］葫。［花言］勇気と力。

§

蒜の跡が清水のこゝろかな　　其角・五元集

「ぬ」

ぬなわ【蓴】

蓴菜の別称。§ ⇩蓴菜（じゅんさい）［夏］

我が心ゆたにたゆたに浮蓴辺《うきぬなはへ》にも沖にも寄りかつましじ
作者不詳・万葉集七

我が恋はますだの池のうきぬなは苦しくてのみ年をふるかな
小弁・後拾遺和歌集一四（恋四）

奥山の岩かき沼のうきぬなは深き恋路になに乱れけん
藤原俊成・千載和歌集一五（恋五）

うきぬなは草の下根の入りくみてはや乱れにき思ふ心は
寂西・宝治御百首

けさは三きのふは二うきぬなはさびしき池のこゝろ葉ぞかし
大隈言道・草径集

引ほどに江の底しれぬ蓴哉　尚白・孤松

ぬなはとる小舟にうたはなかりけり　蕪村・新花摘

幽庵が便ゆかしきぬなは哉　几董・井華集

二つ池山中にある蓴かな　河東碧梧桐・続春夏秋冬

隅濁りして雨晴るゝ蓴かな　河東碧梧桐・新傾向（夏）

ぬなわのはな【蓴の花】

蓴菜の花。§ ⇩蓴菜（じゅんさい）［夏］

箔散るやぬなはの花の水の上　　曾北・類題発句集

「ね」

ねいも【根芋】

芋の萌芽を根茎と共に食用とするもの。

ねじばな【捩花】

ラン科の多年草・自生。高さ一〇〜三〇センチ。葉は線状。夏、花茎を伸ばし、淡紅色の小花を総状

ねじばな

につける。［和名由来］花が螺旋状に捩れて見えるところから。［同義］捩金草（ねじがねそう）、捩摺（もじずり）。［漢名］盤龍参、授草。

ねなしぐさ【根無草】

浮草の別称。⇩浮草（うきくさ）［夏］

§

あす知らぬみむろの岸の根なし草なにあだし世に生ひはじめけん

花園左大臣家小大進・千載和歌集一七（雑中）

ねむのはな【合歓木の花・合歓の花】

合歓木（ねむのき）の花。合歓木はマメ科の落葉高樹。自生・栽培。高さ六～九メートル。「ねぶ」「ねぶのき」「ねぶりのき」ともいう。羽状複葉。夏、細糸状の淡紅色の花を総状に開く。秋、広線形の果実を結び、莢の中に一〇～一五の種子を含む。樹皮は打撲傷、駆虫などの薬用となる。［〈合歓木〉和名由来］葉が夜に閉合し、睡眠するようにみえ「眠之木（ネブリノキ）」から。漢語では「合歓」を男女の共寝を意味し、この名がある。⇩合歓木の実（ねむのみ）［秋］、合歓木紅葉（ねむもみじ）［秋］、合歓木（ねむのき）［四季］

ねむのき

§

昼は咲き夜は恋ひ寝る合歓の花君のみ見めや戯奴《わけ》さへに見よ

紀女郎・万葉集八

我妹子が形見の合歓は花のみに咲きてけだしく実にならじかも

大伴家持・万葉集八

秋相連れて旅かしつらむ時鳥《ほととぎす》合歓《ねぶ》の散るまで声のせざるは

大愚良寛・良寛歌評釈

ねぶの花汝がひともとの繁咲きに鬱陶心つむじゆも消ぬ

蕨真・林澗集

白妙に紅にほふ合歓の花その葉もたへに夕づつの風

蕨真・林澗集

君か為にかけのよろしきねむの花そのねむの花その合歓の花

伊藤左千夫・伊藤左千夫全短歌

君が庭に植ゑば何花合歓の花夕《ゆふべ》になれば寝る合歓の花

正岡子規・子規歌集

里の夜を姉にも云《い》はでねむの花君みむ道に歌むすびきぬ

山川登美子・山川登美子歌集

うつせみのことわり絶《た》えて合歓《ねむ》の花咲き散る山にわれ来《きた》りけり

斎藤茂吉・小園

合歓の木ぞひともとまじれる杉山の茂みがあひに花のほのけく

若山牧水・黒松

夕野良の小藪が下の合歓の花もも色薄う揺れて霧の雨

北原白秋・雀の卵

雨けむる合歓の條花《すぢばな》夕淡きこの見おろしも今は暮れなむ

北原白秋・黒檜

合歓の葉の深きねむりは見えねども、うつそみ愛しき　その香たち来も

釈迢空・夜

おく山の馬柵戸《ませど》にくれば霧ふかしいまだ咲きたる合歓の淡紅《うす》ばな　中村憲吉・林泉集
山がきに咲く合歓見れば霧のなか淡くれなゐの秋さびにけり　中村憲吉・林泉集
象潟《さきがた》や雨に西施《せいし》がねぶの花　芭蕉・おくのほそ道
日をさして初夜の終りや合歓の花　尚白・宰陀稿本
舟引の妻の唱歌や合歓の花　千那・猿蓑
似合しき鳥も来て寝よ合歓の花　万子・草刈笛
くれなゐの暮のすがたや合歓の花　野坡・野坡吟草
雨の日やまだきにくれてねむの花　蕪村・新五子稿
合歓咲て人は怠る昼寝哉　保吉・俳句全観
物申のとゞかぬ寺やねぶの花　蓼太・蓼太句集
合歓咲くや柘の小櫛もほしげにて　巣兆・曾波可理
行水や背戸口狭きねむの花　正岡子規・子規全集
うつくしき蛇が纏ひぬ合歓の花　松瀬青々・妻木
乳牛の角も垂れたり合歓の花　河東碧梧桐・春夏秋冬
ねむの花の昼すぎの釣鐘重たし　尾崎放哉・須磨寺にて
総毛だち花合歓紅をぼかし居り　川端茅舎・川端茅舎句集
合歓咲きて駅長室によき蔭を　山口青邨・雪国
花合歓《はなねむ》や凪《なぎ》とは横に走る瑠璃　中村草田男・銀河依然

ねむりぐさ【眠草】

含羞草の別称。⇩含羞草（おじぎそう）［夏］

§

目にとめて夕蔭草を吾が見たり眠りやすらにあるよねむり草　宇都野研・木群

「の」

のいばらのはな【野薔薇の花・野茨の花】

バラ科の蔓性落葉低樹・自生。「のばら」ともいう。高さ約二メートル。茎には棘がある。羽状複葉。初夏、芳香のある白花を多数開く。秋、球形の赤実を結ぶ。果実は「営実（えいじつ）」として利尿などの薬用になる。［和名由来］野に生育するイバラ（刺のある樹）の意。［同義］山棘（やまいばら）、犬薔薇（いぬばら）。［漢名］野薔薇。⇩薔薇（ばら）［夏］、野薔薇（のばら）［夏］、花茨（はないばら）［夏］、茨の花（いばらのはな）［夏］

のいばら

§

君見ませ折る人無みに歳《トシ》を経し野茨《ノウバラ》の花のここちよげなる　服部躬治・迦具土
五月雨になりたるならむ街うらににほひ著るき野茨の花　島木赤彦・氷魚

草堤《くさどて》の茅が根もとに野いばらの白く泣き居る夏の停車場　木下利玄・銀
ほのほのとわがこ、ろねのかなしみに咲きつづきたる白き野いばら　木下利玄・銀
野いばらの咲き満てるなかをわけて来しまつ黒牛の角《つの》ほの白し　岡本かの子・浴身
野茨のはびこり芽ぐむ門を見つ　水原秋桜子・葛飾
野いばらの水漬く小雨や四ツ手網　水原秋桜子・葛飾

のうぜんかずら【凌霄花】

ノウゼンカズラ科の蔓性落葉樹・栽植。「りょうせんか」とも読む。高さ約一〇メートル。中国原産。茎から多数の気根をだし他物にからみついて伸びあがる。葉は大形の羽状複葉で、縁は鋸歯状。夏、黄赤色の五裂の大形花を開く。［和名由来］漢名「凌霄」より。［同義］凌霄（のうしょう）。［漢名］凌霄花。［花言］名声（英）、遠国（仏）。

のうぜんかずら

§

虻《あぶ》は飛ぶ、遠いかづちの音ひびく真昼の窓の凌霄花《のうぜんかづら》　佐佐木信綱・新月
火のごとや夏は木高く咲きのぼるのうぜんかづらありと思はむ　北原白秋・黒檜
夏来れば築地の朝の好もしさ海の風吹く凌霄花　木下利玄・銀
火の如くのうぜんかづら咲く家の少女《をとめ》の名をば知るよしもがな　中村三郎・中村三郎歌集
凌霄や木を離れては何処這ん　桃隣・古太白堂句選
家毎《いえごと》に凌霄咲ける温泉《いでゆ》かな　正岡子規・子規句集
のうぜんの花を数へて幾日影　夏目漱石・漱石全集
凌霄や虎渓の松の颯々と　河東碧梧桐・新傾向（夏）
子生れて凌霄の花盛りなり　河東碧梧桐・新傾向（夏）
凌霄花《のうぜん》の朱に散り浮く草むらに　杉田久女・杉田久女句集
神輿振凌霄《のうぜん》花の垣を撓《たわ》めたり　水原秋桜子・霜林

のうぜんはれん【凌霄葉蓮】

ノウゼンハレン科の蔓性一年草・栽培。南米ペルー原産。ナスタチウム（nasturtium）。茎は地表を這い、葉は円形で蓮に似るが小形。葉裏は白色。夏、黄・紅・赤紫色の大形の五弁花を開く。［和名由来］花が凌霄花（のうぜんかずら）に、葉が蓮に似ているところからと。［同義］金蓮花（きんれんか）。［花言］勝利（英）、恋の炎（仏）。⇩金蓮花（きんれんか）［夏］

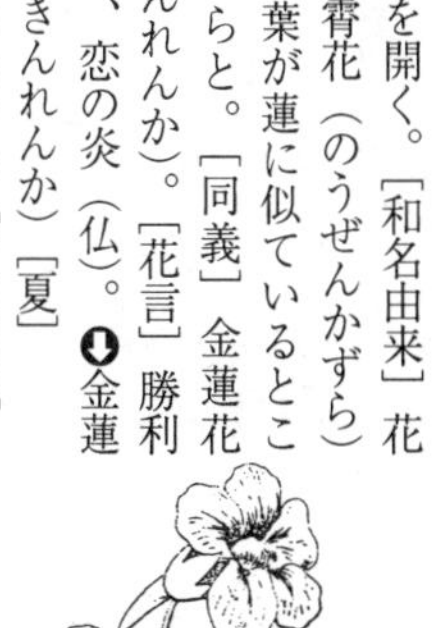
のうぜんはれん

のきのあやめ【軒の菖蒲】

端午の節句の前日の五月四日、軒の上に菖蒲（しょうぶ）が葺かれている風景。火災防止のまじないとして行う。⇩菖

蒲葺く（あやめふく）［夏］、菖蒲（あやめ）［夏］、菖蒲（しょうぶ）［夏］

§

夕月夜《ゆふづくよ》かげろふ窓は涼しくて軒のあやめに風わたる見ゆ
藤原忠季・風雅和歌集四（夏）

むつまじのあらむつまじの軒あやめ　闌更・半化坊発句集

十萬の軒やいづこのあやめ艸　白雄・白雄句集

のこぎりそう【鋸草】

キク科の多年草。自生・栽培。高さ約八〇センチ。葉は細長い羽状で、縁は細かい鋸歯状。夏、淡紅・白色の多数の小頭状花を開く。若芽は食用。全草は健胃、風邪などの薬用となる。［和名由来］葉の縁のギザギザが鋸の歯に似ているところから。［同義］唐艾（からよもぎ）、羽衣草（はごろもそう）、鳳凰草（ほうおうそう）。［漢名］蓍。［花言］戦闘（英）、勇猛・勇敢（仏）。

のこぎりそう

のばら【野薔薇】

➡野薔薇の花（のいばらのはな）［夏］

§

低き岡にひとり野ばらの香をかぎて君をまつこと十日となりぬ
前田夕暮・収穫

しほらしき野薔薇の花を雨は打つた、かれて散るほの白き花
木下利玄・銀

馬車すぎてあげし土ほこり路ばたの野薔薇の花へなびきしづもる
木下利玄・一路

刈麦のにほひに雲もうす黄なる野薔薇のかげの夏の日の恋
芥川龍之介・紫天鵞絨

のぼたん【野牡丹】

ノボタン科の常緑低樹。自生・栽植。屋久島、沖縄に分布。高さ約二・五メートル。葉は卵形または楕円形。夏、枝先に大形の淡紫色の五弁の花を開く。花後、球形の果実を結び食用となる。［和名由来］大形の淡紫色の花を牡丹にたとえたものと。［漢名］山石榴。

のぼたん

のりうつぎ【糊空木】

ユキノシタ科の落葉低樹・自生。高さ二〜三メートル。葉は楕円形で縁は鋸歯状。夏、梢頭に白色の装飾花と多くの両性花を開く。木部は爪楊枝、木釘、傘柄、パイプなどの材料となる。［和名由来］幹の内皮より製紙用の粘料をつくるところから。［同義］糊木（のりのき・のりぎ）、鰾膠木（にべのき）。

のりうつぎ

「は」

パイナップル【pineapple】

パイナップル科の常緑草・栽培。［花言］あなたは完全である（英）。⇩鳳梨（あななす）［夏］

§

パイナップルの配給があつた
一片の鳳梨噛みしめあま過ぎる　日野草城・旦暮

ばくしゅう【麦秋】

麦を収穫する季節、すなわち初夏の頃をいう。「麦の秋」ともいう。⇩麦の秋（むぎのあき）［夏］、麦（むぎ）［夏］

§

麦秋や釣鐘うづむ里の寺　浪化・誹諧曾我
麦秋や何に驚く屋根の鶏　蕪村・新五子稿
麦秋の草臥声や念仏講　几董・井華集
麦秋《むぎあき》や子を負ひながら鰯《いはし》売　一茶・おらが春
麦秋や土台の石も汗をかく　一茶・文政句帖
麦秋や雲よりうへの山畠　梅室・梅室家集

はくちょうげ【白丁花】

アカネ科の常緑小低樹・栽培。中国原産。葉は小さな楕円形で臭気がある。初夏に淡紫色の漏斗状の花を開く。植込み、生垣に用いられる。根は下痢止めの薬用となる。［同義］白丁木（はくちょうぼく）、胡蝶木（こちょうぼく）、六月雪（ろくがつせつ）、満天星（まんてんせい）。［漢名］満天星、野丁香。

§

點滴を闇のつぼみか白丁花　巴風・続虚栗

はくちょうげ

ばくもんとう【麦門冬】

蛇髭の別称。⇩蛇髭（じゃのひげ）［夏］

§

行わたる掃除や藪に麦門冬　清民・俳句大観

はこねうつぎのはな【箱根空木の花】

スイカズラ科の落葉低樹。自生・栽植。高さ二〜五メートル。葉は楕円形で光沢がある。先が縁は鋸歯状。初夏に五裂した筒状の花を開く。花の色は、白色から紅紫色になる。［同義］箱根卯花（はこねうのはな）、更紗空木（さらさうつぎ）。［漢名］綿帯花。

§

箱根卯木花は盛を峠かな　正長・毛吹草

はこねうつぎ

はざくら【葉桜】

桜の花が散って若葉の木となった桜をいう。［同義］桜若葉（さくらわかば）。⇩桜（さくら）［春］

§

葉ざくらや、鮎ずし売るとすずしげに、桂少女《かつらをとめ》の朝よそひかも　岡稲里・朝夕

湯の町の葉ざくら暗きまがり坂曲りくだれば渓川の見ゆ　若山牧水・さびしき樹木

葉ざくらよ雨間《あまま》の雫《しづく》地をうてり花どき過ぎてかくはしづけき　木下利玄・一路

葉桜や寺中の人の声ばかり　希因・類題発句集

葉桜のひと木淋しや堂の前　太祇・太祇句選

葉ざくらや碁気《ごけ》に成行南良の京　蕪村・蕪村遺稿

葉桜に一木はざまやわか楓　几董・井華集

葉桜や昔の人と立咄《たちばなし》　正岡子規・子規句集

君に逝かれしこの葉桜のかげりをる　河東碧梧桐・八年間

葉桜や流れ釣なる瀬戸の舟　杉田久女・杉田久女句集

はしょうが【葉生姜】

夏に収穫する葉をつけたままの生姜。茎が細く、淡紅色の根は辛味が少ない。葉がついたまま酢漬けにしたり味噌をつけたりして生食する。⇩生姜（しょうが）［秋］

§

葉生姜や手に取るからに酒の事　白雄・白雄句集

葉生姜に市のうら枯見る日哉　楓子・新類題発句集

貧しさや葉生姜多き夜の市　正岡子規・子規句集

ばしょうたまとく【芭蕉玉解く】

巻いている芭蕉の若葉が開いていく様子をいう。⇩玉巻く芭蕉（たままくばしょう）［夏］、芭蕉（ばしょう）［秋］

§

縁先に玉巻く芭蕉玉解けて五尺の緑手水鉢を掩ふ　正岡子規・子規歌集

ばしょうのはな【芭蕉の花】

バショウ科大形多年草の芭蕉の花。夏に長大な花穂をだし、帯黄色の花を段階状に輪生する。［同義］花芭蕉（はなばしょう）。⇩芭蕉（ばしょう）［秋］、花芭蕉（はなばしょう）［夏］

§

葉ごもりに咲くと見えねど花芭蕉百日《ももか》あまりを散りつづきけり　中村憲吉・軽雷集以後

大き芭蕉葉かげにふかく花持つか地に目立ちてぞ苞をおとせる　中村憲吉・軽雷集以後

素《す》枯《が》れ葉に垂りつつ長き芭蕉《ばせう》の花苞《はう》の中にはこもる花見ゆ　土屋文明・自流泉

ばしょうのまきば【芭蕉の巻葉】

初夏の頃、芭蕉の新葉は細く巻かれている。⇩玉巻く芭蕉（たままくばしょう）［夏］、芭蕉（ばしょう）［秋］

§

芭蕉葉の巻葉の中に人知れず書かばや君にやらむとせし歌　服部躬治・迦具土

あをあと芭蕉の巻葉とけそめてこごし光を堪へゐるかも　古泉千樫・青牛集

既にして葉の裂けそめし茎の上に芭蕉の巻葉抽き立ちにけり
　　半田良平・幸木
玉巻きし芭蕉ほどけし新茶かな　川端茅舎・川端茅舎句集

ばしょうわかば【芭蕉若葉】

⇩芭蕉の巻葉（ばしょうのまきば）［夏］、玉巻く芭蕉（たままくばしょう）［夏］

§

君が見て芭蕉の若葉それよりもたをやかに居し少女《おとめ》なりけん
　　与謝野晶子・火の鳥
青空や芭蕉の若葉ねぢほどけ　和鳴・類題発句集

はす【蓮】

スイレン科の水生多年草。自生・栽培。インド原産。池・沼・水田などに生育する。地下に長い根茎をもち、内部には縦に走る管状の空隙があり、「蓮根」として食用になる。葉は三〇～六〇センチほどの円形。夏、白・紅色などの花を開く。花は通常一六弁で、昼間咲き、夕方しぼみ、翌日にまた開く。花後、秋に椎の実に似た実を結ぶ。［和名由来］古歌の「蓮」の多くは「ハチス」と読み「蜂巣（ハチス）」の意。和名はその略称で平安後期以降の俗称とされる。［同義］蓮（はちす）、蓮花・蓮華（れんげ）、池見草（いけみぐさ）、水堪草（みずたえぐさ）、露玉草（つゆたまぐさ）、君子花（くんしばな）。［漢名］蓮。［花言］雄弁、過ぎ去った愛。⇩白蓮（びゃくれん）［夏］、蓮の実（はすのみ）［秋］、蓮の浮葉（はすのうきは）［夏］、浮葉（うきは）［夏］、鬼蓮（おにばす）［夏］、蓮池（はすいけ）［夏］、蓮の折葉（はすのおれば）［夏］、蓮の香（はすのか）［夏］、蓮の立葉（はすのたちば）［夏］、蓮の露（はすのつゆ）［夏］、蓮の葉（はすのは）［夏］、蓮の花（はすのはな）［夏］、蓮の巻葉（はすのまきば）［夏］、蓮の若根（はすのわかね）［夏］、蓮見（はすみ）［夏］、蓮見舟（はすみぶね）［夏］、蓮（はちす）［夏］、蓮花（れんげ）［夏］、蓮の実飛ぶ（はすのみとぶ）［秋］、蓮の飯（はすのめし）［秋］、枯蓮（かれはす）［冬］、蓮根掘る（はすねほる）［冬］

はす

§

蓮咲くあたりの風もかをりあひて心の水を澄ます池かな
　　拾遺愚草（員外）（藤原定家の私家集）
釣殿にあかつきはやくたちいで、ひらくはちすの音きゝしかな
　　落合直文・国文学
鳰鳥《にほどり》の葛飾野良の蓮の雨笠かたぶけて来るは誰が子ぞ
　　北原白秋・雀の卵
蓮咲て三寸ひくし水の影　土芳・蓑虫庵集
香一爐蓮に銭を包みけり　其角・五元集拾遺
親も子も清き心や蓮《はちす》売　其角・五元集拾遺
さはさはと蓮うごかす池の亀　鬼貫・鬼貫句選
仏めきて心置かるゝ蓮かな　秋色・類題発句集
面かげも籠りて蓮のつぼみかな　りん女・梟日記

先いけて返事書也蓮のもと　太祇・太祇句選
戸を明けて蚊帳に蓮の主人哉　蕪村・蕪村遺稿
明方や水も動かず蓮匂ふ　大魯・蘆陰舎句選
剃捨し髪や涼しき蓮の絲　几董・井華集
雀等が浴みなくしけり蓮の水　一茶・旅日記
夜の闇にひろがる蓮の匂ひ哉　正岡子規・子規全集
蓮咲くや旭まだ頬に暑からず　杉田久女・杉田久女句集

はすいけ【蓮池】

蓮の生えている池。⇩蓮（はす）[夏]

§

蓮池や折らで其まゝ玉まつり　芭蕉・千鳥掛
蓮池やその寺建た土の跡　乙由・古人五百題
蓮池の田風にしらむうら葉哉　蕪村・蕪村遺稿

はすのうきは【蓮の浮葉】

初夏に水に浮く蓮の葉。葉身は直径約三〇センチ。葉柄に対して盾状につく。古歌の「蓮」の多くは「はちす」と読む。[同義] 蓮の水葉（はすのみずば）。⇩蓮（はす）[夏]、浮葉（うきは）[夏]、蓮の葉（はすのは）[夏]

§

風吹けば蓮の浮き葉に玉越えて涼しくなりぬひぐらしの声　源俊頼・金葉和歌集二（夏）
蓮葉の浮葉の下に立つ波の君に心は寄せてこそふれ　伊勢集（伊勢の私家集）
蓮池の浮葉のひまにかげ見えて七日あまりの夏の月涼し　武山英子・武山英子拾遺

一葉浮て母に告ぬる蓮かな　素堂・素堂家集
浮葉《うきは》巻葉《まきは》立葉《たちは》折れ葉とはちすらし　素堂・とくとくの句合
飛石も三ツ四ツ蓮のうき葉哉　蕪村・蕪村句集
蓮一葉うくやうれしきものゝ数　乙二・斧の柄
波なりにゆらるゝ蓮の浮葉哉　正岡子規・子規全集
摺鉢に蓮《はす》の浮葉《うきは》の小雨かな　河東碧梧桐・新俳句
一面に蓮の浮葉の景色かな　高浜虚子・六百五十句

はすのおれば【蓮の折葉】

水面に突き出た蓮の葉に鳥などがとまり、その重みで折れてしまった状態をいう。⇩蓮（はす）[夏]、蓮の葉（はすのは）[夏]

§

立つ鷺の羽風に蓮の折葉かな　自笑・千鳥掛

はすのか【蓮の香】

蓮の花が放つ芳香をいう。⇩蓮（はす）[夏]、蓮の花（はすのはな）[夏]

§

吹く風は香をのみそふる我が宿の池の蓮をとりなつくしそ　古今和歌六帖六
月の夜ををとめの船にさそはれて蓮の香ふかき池にねしかな　与謝野寛・紫
蓮の香に目をかよはすや面の鼻　芭蕉・笈日記
蓮の香も行水したる気色哉　野水・阿羅野
蓮の香の行わたりたる嵐かな　祇空・住吉物語
蓮の香や深くも籠る葉の茂　太祇・太祇句選

蓮の香の深くつゝみて君が家　太祇・太祇句選
蓮の香や水をはなるゝ茎二寸　蕪村・蕪村句集
蓮の香に起きて米炊くあるじ哉　巣兆・曾波可理

はすのたちば【蓮の立葉】

➡蓮の葉（はすのは）［夏］

§

蓮はまだ立葉も見えず杜若　句空・類題発句集
風の上の露は蓮の立葉哉　紹巴・大発句集

はすのつゆ【蓮の露】

蓮の葉の上にたまった水が玉となっていることをいう。古歌の「蓮」の多くは「はちす」と読む。➡蓮（はす）［夏］

§

けふよりは露の命も惜しからず蓮の上の玉と契れば　藤原実方・拾遺和歌集二〇（哀傷）
八重菊に蓮の露を置きそへてここのしなまでうつろはしつる　弁乳母・後拾遺和歌集二〇（雑六）
この世にて契りしことを改めて蓮の上の露と結ばむ　為頼集（藤原為頼の私家集）
蓮葉の露にもかよふ月なれば同じ心に澄める池水　公任集（藤原公任の私家集）
極楽の蓮の上に置く露を我が身の玉と思はましかば　成賢・続千載和歌集一〇（釈教）
まろびあふはちすの露のたまさかはまことにそまる色もありつゝや　樋口一葉・一葉歌集
鳥うたふ風蓮露を礫《つぶて》けり　素堂・素堂句選
引寄て蓮の露吸ふ汀哉　太祇・太祇句選

はすのは【蓮の葉】

スイレン科の水生多年草の蓮の葉。「はちすば」ともいう。直径三〇センチほどの円形で葉柄に対して盾状につく。初夏の頃は水面に浮かぶ浮葉であるが、成長すると水面より上に巻葉を突き出し、その後開いて空中葉となる。➡蓮の浮葉（はすのうきは）［夏］、蓮の巻葉（はすのまきば）［夏］、蓮の立葉（はすのたちば）［夏］、蓮の折葉（はすのおれば）［夏］、蓮（はす）［夏］

はす［毛詩品物図攷］

§

ひさかたの雨も降らぬか蓮葉に溜まれる水の玉に似たる見む　作者不詳・万葉集一六
蓮葉の濁りに染まぬ心もて何かは露を玉とあざむく　遍昭・古今和歌集三（夏）
夕されば波こす池の蓮葉に玉ゆり据うる風の涼しさ　藤原実房・玉葉和歌集三（夏）
情けある人もつらしな蓮葉のうへにこゝろをのせし身なれば　上田秋成・藻屑
ちりはて、花はなけれどおなじかを猶のこしたる池の蓮葉　大隈言道・草径集

ありし世をしのぶにゆかし亡き人の魂の行方と蓮葉《はちすば》を見て
与謝野礼厳・礼厳法師歌集

吹風にひるがへされて蓮葉の露の玉ちる池の面かな
樋口一葉・緑雨筆録「一葉歌集」

水の面の葉をおしあげてほそぼそと伸び立つ蓮は蕾をもたず
半田良平・幸木

蓮の葉や心もとなき水離れ　白雪・続猿蓑

蓮の葉に硯の水を流しけり　可暁・西華集

蓮の葉や波定まりて二三枚　村上鬼城・鬼城句集

はすのはな【蓮の花】

スイレン科の水生多年草の蓮の花。夏、白・紅色などの花を開く。花は通常一六弁で、昼間咲き、夕方しぼみ、翌日にまた開く。⇩蓮（はす）[夏]、白蓮（しろはす）[夏]、睡蓮（すいれん）[夏]、蓮の香（はすのか）[夏]、蓮花（れんげ）[夏]

§

しゞにおふる池の蓮の花見れば風もふかなくに心涼しも
田安宗武・悠然院様御詠草

朝ひらき夕へはつほむ花蓮香さへも霜に打しめりぬる
上田秋成・毎月集

みあへするものこそなけれ小瓶なる蓮《はちす》の花を見つつしのばせ
大愚良寛・良寛歌評釈

夕ぐれの風をすゞしとねぶるまに蓮の一花ちりつくしけり
大隈言道・草径集

やり水に蓮《はちす》の花のかをる夜は枕ただよひ寝られざるかな
与謝野礼厳・礼厳法師歌集

ふるさとの野寺の池は田となりてそのひとかたに蓮咲きにけり
落合直文・萩之家遺稿

歌かきて仏のまへにすて、来し蓮の花びら君見つらむか
落合直文・明星

くれなゐに八重てりにほふ玉はすの花びら動き風わたるかも
伊藤左千夫・伊藤左千夫全短歌

はすの花ひらきそろひて寂しけれ羽をすぼめ来る一羽の燕
島木赤彦・氷魚

ぬば玉の銀杏がへしの君がたぼ美くし黒し蓮の花さく
北原白秋・桐の花

田の蓮は花まれにして葉のみ多く広葉の上に花びら散れる
三ケ島葭子・三ケ島葭子歌集

遠々し青田のなかの蓮の花白きが目立つ朝の曇に
加納暁・加納暁歌集

雲に鳶五重の塔や蓮の花　許六・風俗文選犬註解

昼ねぶる身の尊さよ蓮の花　士朗・枇杷園句集

蓮の花三輪にして池狭し　正岡子規・子規全集

行水をすてる小池や蓮の花　正岡子規・子規句集

蓮の葉に蜘蛛下りけり香を焚く　夏目漱石・漱石全集

生死事大蓮は開いて仕舞いけり　夏目漱石・漱石全集

蓮の葉押しわけて出て咲いた花の朝だ　尾崎放哉・小豆島にて

蒲《がま》の穂はなびきそめつつ蓮の花　芥川龍之介・発句

夕立の来べき空なり蓮の花　芥川龍之介・蕩々帖
母の顔道辺の蓮の花に見き　山口青邨・雪国

はすのまきば【蓮の巻葉】
水面から突きでた蓮の巻葉をいう。⇩蓮の葉（はすのは）[夏]

§

法華経に似たる蓮のまき葉哉　立圃・そらつぶて
蕎麦を伸《の》す心に蓮の巻葉哉　支考・蓮二吟集
あしらひて巻葉添へけり瓶の蓮　太祇・太祇句選
瓶の蓮ことしも巻葉ばかり也　召波・春泥発句集

はすのわかね【蓮の若根】
蓮の新根。食用とする。[同義] 新蓮根（しんれんこん）。⇩蓮（はす）[夏]

はすみ【蓮見】
池、沼、掘などに咲いている蓮の花を観賞すること。早朝、蓮の花がまさに咲くところを見るのが良いとされる。⇩蓮見舟（はすみぶね）[夏]、蓮（はす）[夏]、蓮の花（はすのはな）[夏]

§

夙に起て蓮見ん為ぞ夜訪し　白雄・白雄句集

はすみぶね【蓮見舟】
池、沼、掘などに咲いている蓮の花を観賞するための舟。⇩蓮見（はすみ）[夏]

§

わけ入や浮葉乗越蓮見舟　几董・井華集

はぜのはな【櫨の花・黄櫨の花】
櫨はウルシ科の落葉高樹。初夏、黄緑色の小花を開く。花後、秋に堅実を結ぶ。⇩櫨の実（はぜのみ）[秋]、櫨紅葉（はぜもみじ）[秋]

はたんきょう【巴旦杏】
李の一品種。春、白花を開く。花後、淡赤色の果実を結ぶ。果肉は橙黄色で食用となる。⇩巴旦杏の花（はたんきょうのはな）[春]

§

巴旦杏蝉さすひまをゆり落す　河東碧梧桐・新傾向（夏）
ひと籃の暑さ照りけり巴旦杏　芥川龍之介・発句

はちくのこ【淡竹の子】
淡竹の筍をいう。食用。淡竹はイネ科のタケササ類。中国原産。「あわたけ」ともいう。高さ約一〇メートル。枝は箒の材料などになる。[〈淡竹〉同義] 幹竹・漢竹・唐竹（からたけ）、呉竹（くれたけ）。[〈淡竹〉漢名] 淡竹。

はちく

はちす【蓮】
蓮（はす）の古名。⇩蓮（はす）[夏]

はつうり【初瓜】
その年初めて収穫したり食べたりする瓜（一般的には真桑瓜）をいう。⇩真桑瓜（まくわうり）[夏]、瓜（うり）[夏]、

初真桑（はつまくわ）［夏］

§

初瓜を引とらまへて寝た子哉　　一茶・おらが春

はっかかる【薄荷刈る】

薄荷はシソ科の多年草。自生・栽培。高さ約六〇センチ。茎は方形。葉は長楕円・卵形で先端が尖る。夏から秋に淡紅紫色の唇形の花を叢生する。茎・葉は「薄荷油（はくかゆ）」「薄荷脳（はくかのう）」「メントール」として香料の材料になる。［〈薄荷〉和名由来］漢名「薄荷」より。［〈薄荷〉同義］目弾（めはじき）、目草（めぐさ）、目覚草（めざましぐさ）。［〈薄荷〉漢名］薄荷。［〈薄荷〉花言］美徳。

⇩薄荷の花（はっかのはな）［秋］

はっか

§

ゆくりなく摘みたる草の薄荷草《はくかぐさ》思ひに堪へぬ香をかぎにけり　　土屋文明・ふゆくさ

はつかぐさ【二十日草】

牡丹の別称。⇩牡丹（ぼたん）［夏］

§

おほかたはちりはてぬれどはつかぐさこの一花はみそかだにへよ　　大隈言道・草径集

名にしおはゞさけ月々の廿日草《はつかぐさ》　　徳元・犬子集

はつきゅうり【初胡瓜】

その年初めて収穫したり食べたりする胡瓜をいう。胡瓜は瓜のなかでも早く実を結ぶ。⇩胡瓜（きゅうり）［夏］

はつなすび【初茄子】

その年初めて収穫したり食べたりする茄子をいう。「はつなす」ともいう。⇩茄子（なす）［夏］

§

めづらしや山を出羽《いでは》の初茄子　　芭蕉・初茄子

うれしさぞ鬼灯《ほほづき》ほどに初茄子　　涼菟・一幅半

少年の俤《おもかげ》清し初茄子　　舎羅・鏞鏡

紫のゆかしさ見せよ初茄子　　支考・東西夜話

夢よりも貰ふ吉事や初茄子　　蕪村・自画賛

芋の葉で一夜育てん初なすび　　巣兆・曾波可理

かごのめを洩らぬばかりぞ初茄子　　梅室・梅室家集

はつまくわ【初真桑・初甜瓜】

⇩初瓜（はつうり）［夏］、真桑瓜（まくわうり）［夏］

§

初真桑たてにやわらん輪に切《きら》ん　　芭蕉・泊船集

柳小折《こり》片荷は涼し初真桑　　芭蕉・市の庵

蔓ながら都へなどか初真桑　　白雄・白雄句集

はなあおい【花葵】

⇩葵の花（あおいのはな）［夏］

§

花葵、実となるままに、ものたらぬおもひ残して七月くれぬ　　岡稲里・朝夕

花葵、少し風して、はし近うこぼれし衣《きぬ》のつまもにほひぬ
岡稲里・朝夕
小座敷の平戸の反りや花葵　りん女・寒菊随筆
咲きつめて晦日なりぬ花葵　成美・杉柱

はなあさ【花麻】
⇩麻の花（あさのはな）［夏］

§

花麻に野鼠はしる曇りかな　免日・鵜鳥

はなあやめ【花菖蒲】
⇩菖蒲（あやめ）［夏］

§

さみだれに花あやめなどちらちらとさきまじりたる山の裾かな
岡稲里・早春
花あやめ九條はむかし揚屋哉　月居・新選

はないばら【花茨】
⇩野茨の花（のいばらのはな）［夏］、茨の花（いばらのはな）［夏］

§

花いばら故郷の路に似たる哉　蕪村・五車反古
愁ひつゝ岡にのぼれば花いばら　蕪村・蕪村句集
道のべの低きにほひや茨の花　召波・春泥発句集
袖かけて子供の泣くや花茨　五明・類題発句集
灯ちらちら茨の花垣たそがる、　正岡子規・子規全集
馬を追ふ妹にあひけり花茨　河東碧梧桐・新傾向（夏）
蓮沼を上る堤や花茨　河東碧梧桐・新傾向（夏）
寂《せき》として残る土階《どかい》や花茨《はないばら》　高浜虚子・五百句

はなうつぎ【花卯木】
⇩空木の花（うつぎのはな）［夏］、卯花（うのはな）［夏］

§

声もなく兎うごきぬ花卯木　嵐雪・玄峰集
淋しさに蠣殻ふみぬ花卯木　一茶・文化句帖

はなおうち【花樗】
樗の花のこと。⇩樗の花（おうちのはな）［夏］、栴檀の花（せんだんのはな）［夏］

§

菰鞍の見せ馬立てり花樗　暁台・暁台句集
むら雨や見かけて遠き花樗　白雄・白雄句集
大利根の水守る宮や花樗　河東碧梧桐・続春夏秋冬
川原越えて岸辺水ある花樗　河東碧梧桐・新傾向（夏）

はなげし【花芥子・花罌粟】
⇩芥子の花（けしのはな）［夏］

§

花げしに組んで落ちたる雀哉　白雄・白雄句集

はなざくろ【花石榴・花柘榴】
⇩石榴の花（ざくろのはな）［夏］

§

枕辺にあるじまうけの花石榴あかきこころをめでて寝にけり
森鷗外・うた日記
五月雨にぬれてやあかき花柘榴　野坡・艸之道

花石榴久しう咲いて忘られし　正岡子規・子規全集

はなしょうぶ【花菖蒲】

①アヤメ科の多年草・栽培。ノハナショウブの改良園芸種の総称。高さ六〇～九〇センチ。葉は剣状で先が尖り平行脈をもつ。初夏、花茎を伸ばし、紫色系の花を三つほど頂上に開く。［和名由来］葉が菖蒲（ショウブ＝サトイモ科）に似ているところから。［同義］早乙女花・早少女花（さおとめばな）。［花言］優雅。②サトイモ科の菖蒲（しょうぶ）の別称。⇩菖蒲（あやめ）［夏］、菖蒲（しょうぶ）［夏］

はなしょうぶ［草木図説］

§

宇治川の山陰にして菖蒲花舟に植ゑしを水に浮けたる　中村憲吉・軽雷集

きる手元ふるひ見えけり花菖蒲　其角・五元集拾遺

掘切や菖蒲花咲く百姓家　正岡子規・子規全集

はなたちばな【花橘】

⇩橘の花（たちばなのはな）［夏］、橘（たちばな）［秋］、橘飾る（たちばなかざる）［新年］

§

雨そそぐ花たちばなに風すぎてやまほととぎす雲に鳴くなり　藤原俊成・新古今和歌集三（夏）

バナナ【banana・甘蕉】

バショウ科の多年草・栽培。高さ約五メートル。熱帯アジア原産。葉は大形の長楕円形で二～三メートルほどになる。夏、淡黄色の花を穂状に開き、果実は熟すると黄色になり、食用となる。［同義］甘蕉（かんしょう）、実芭蕉（みばしょう）。［漢名］甘蕉。

バナナ

§

バナナの茎夕日に光り列びたり深ぶかとして葉かげは暗く　島木赤彦・切火

足たたば新高山の山もとにいほり結びてバナナ植ゑましを　正岡子規・子規歌集

川を見るバナナの皮は手より落ち　高浜虚子・五百句

バナナ下げて子等に帰りし日暮かな　杉田久女・杉田久女句集

はななすび【花茄子】

⇩茄子の花（なすのはな）［夏］

§

とかくして一つとめけり花茄子　琴風・焦尾琴

五月雨や虫はみ落す花茄子　成美・いかにいかに

はなのさいしょう【花の宰相】

芍薬の別称。⇩芍薬（しゃくやく）［夏］

§

英や紅顔肥えし美宰相　　旨原・俳句大観

はなばしょう【花芭蕉】

⇩芭蕉の花（ばしょうのはな）［夏］

§

島の子と花芭蕉の蜜の甘き吸ふ　　杉田久女・杉田久女句集

はなびしそう【花菱草】

ケシ科の多年草・栽培。北アメリカ原産。高さ約三〇センチ。羽状複葉。夏、四弁の濃黄色の花を開く。［和名由来］花の形が花菱紋に似ているところから。［同義］金英花（きんえいか）。［花言］私を拒絶しないで。

はなびしそう

§

夕にはもとの蕾にかへるなり花菱草になるよしもがな　　与謝野晶子・太陽と薔薇

愛らしき金《きん》のさかづきさし上げて日のひかりくむ花菱草よ　　木下利玄・銀

はなみょうが【花茗荷】

ショウガ科の常緑多年草・自生。高さ約五〇センチ。葉は披針形で茗荷に似ている。夏、紅斑点のある白花を茎頭に穂状に開く。種子は「伊豆縮砂（いずしゅくしゃ）」として健胃の薬用となる。［同義］笹龍胆（ささりんどう）。

はなみょうが

はなも【花藻】

湖や池、沼などの水に成育する藻類の花をいう。⇩藻の花（ものはな）［夏］

§

湖水《こすい》より三河の掾《じょう》に誘はれて行く花藻ある由布の川かな　　与謝野晶子・草と月光

葉に乗れる波を払はず引かれ行く初めの花藻第二の花藻　　与謝野晶子・草と月光

川越えし女の脛に花藻かな　　几董・井華集

行水に誘はれがほに花藻哉　　几董・井華集

泥舟の水棹たてたる花藻かな　　飯田蛇笏・山廬集

はなゆ【花柚】

柚子の花のこと。⇩柚の花（ゆのはな）［夏］、柚子（ゆず）［秋］

§

花柚見てしきりにかはく山路哉　　蓼太・蓼太句集

吸物にいさゝか匂ふ花柚哉　　正岡子規・子規句集

ははきぎ【帚木・箒木】

「ほうきぎ」「ほうきぐさ」ともいう。アカザ科の一年草。自生・栽培。高さは一メートル以上になる。葉は細長く深緑色で毛がある。夏、黄緑色の細花を開

ははきぎ

き、花後、実を結ぶ。茎は箒の材料。実は「地膚子（じふし）」として強壮、利尿の薬用になる。［同義］箒草（ほうきぐさ）。［漢名］地膚、地葵、地麦。

§

焼跡に溜れる水と帚草《ははきぐさ》そを囲《めぐ》りつつただよふ不安　宮柊二・小紺珠

箒木に茄子たづぬる夕哉　其角・五元集

帚木に児かくれあふ夕かな　長翠・俳句大観

草箒二本出来たり庵の産　村上鬼城・鬼城句集

帚木の四五本同じ形かな　正岡子規・子規句集

乾飯の物くさな宿や帚草　河東碧梧桐・新傾向（夏）

いつの間に壁にかかりし帚草《ははきぐさ》　高浜虚子・六百句

はまえんどう【浜豌豆】

マメ科の多年草。日本各地の海浜の砂地に自生。高さ二〇〜六〇センチ。地下茎を延ばして繁殖。羽状複葉。巻鬚をもつ。夏、豌豆に似た淡紫色の蝶形花を開く。種実は「大豆黄巻（だいずもやし）」として止毒などの薬用になる。［和名由来］海浜に生息し、豌豆に似ているところから。［同義］野豌豆（のえんどう）。

はまえんどう

§

哀れなり千尋の波をくぐり出で浜豌豆は咲けるならねど　与謝野晶子・深林の香

はら〱と浜豌豆《はまえんどう》に雨来る　高浜虚子・六百五十句

はまおもと【浜万年青】

ヒガンバナ科の常緑多年草。関東以南の海岸に自生。高さ約一メートル。葉は万年青に似て大舌形。夏、花茎を伸ばし芳香ある白花を開く。円形の果実を結ぶ。種子は大きい。［同義］浜木綿（はまゆう）、浜百合（はまゆり）、浜芭蕉（はまばしょう）。［漢名］文珠蘭。➡浜木綿（はまゆう）［夏］

はまおもと

§

浜万年青しげれる磯をさし出の野島が崎は見えのよろしも　長塚節・房州行

はますげ【浜菅】

カヤツリグサ科の多年草。海浜に自生。地下茎を横に這い伸ばして繁殖する。塊根をもつ。葉は細長く、夏、花軸を伸ばし、茎頂に分枝してカヤツリグサに似た茶褐色の花穂を開く。塊根は「香付子（こうぶし）」として鎮痙、通経の薬用になる。［同義］矢柄・矢幹（やがら）。［漢名］威霊仙、莎草。

はますげ

§

浜菅や燈台濡らす沖の雨　　水原秋桜子・晩華

はまなす【浜梨】

バラ科の落葉低樹。日本北部の海岸砂地に自生。観賞用に栽培もされる。「はまなし」ともいう。高さ約一・五メートル。枝には棘がある。羽状複葉。夏、五弁の紅色の花を開く。花後、偏平の果実を結び食用となる。[和名由来]果実を梨に見立てたところから。[同義]浜茄子(はまなす)。[漢名]徘徊花。

はまなす

§

兒らに、海辺の子らの　あらあらしき訛のまじり、濱茄子のさく。　土岐善麿・不平なく

北の海白きなみ寄るあらいその紅《くれない》うれし浜茄子の花　石川啄木・啄木歌集補遺

潮かをる北の浜辺の砂山のかの浜薔薇《はまなす》よ今年も咲けるや　石川啄木・一握の砂

はまなすの棘《とげ》が悲しや美しき　高浜虚子・六百五十句

浜茄子《はまなす》の丘を後《あと》にし旅つゞく　高浜虚子・五百五十句

はまなすは棘も露けき一砂丘　水原秋桜子・晩華

はまひるがお【浜昼顔】

ヒルガオ科の多年草。アジア・アフリカ・ヨーロッパの温帯・熱帯海岸に広く分布する。日本では海岸の砂地に自生する。根を深く砂中に伸ばし、茎は地を這う。葉は肉質の腎臓形で互生。初夏、葉腋に淡紅色の朝顔に似た花を開く。[和名由来]海浜に生える昼顔の意。[同義]葵蔓(あおいかずら)。[漢名]浜旋花。

はまひるがお

§

負はれ来し那古の砂浜ひとり来て浜鼓子花《ハマヒルガホ》を摘まむ日や何時　長塚節・房州行

青田行く水はながれて磯原の浜昼顔の磯に消入りぬ　長塚節・青草集

むらがれる浜昼顔の淡紅《たんこう》に海の夕日のおよぶかがやき　佐藤佐太郎・形影

昼顔やたまたまむすぶ波の露　蓼太・蓼太句集

大汐や昼顔砂にしがみつき　一茶・七番日記

浜昼顔大河の波にうちふるふ　水原秋桜子・晩華

はまゆう【浜木綿】

浜万年青の別称。⇩浜万年青(はまおもと)[夏]

§

み熊野の浦の浜木綿百重なす心は思へど直《ただ》に逢はぬかも　柿本人麻呂・万葉集四

磯畑に花さきのこる浜木綿に朝海の光今まともなる　佐佐木信綱・山と水と

み熊野に生ふといふなる浜ゆふのうらぐはしかる滝をわが見つ　太田水穂・冬菜

浜ゆふがたて糸のみにすがれたる土用の路を底土《そこと》まで行く　与謝野晶子・深林の香

浜ゆふや腹一ぱいの花ざかり　沾圃・翁草

浜木綿の花はいつさく夏刈す　白雄・白雄句集

浜木綿に流人の墓の小さゝよ　篠原鳳作・篠原鳳作全句文集

はやなぎ【葉柳】

葉が茂る夏の柳をいう。［同義］夏柳、柳茂る。⬇柳（やなぎ）［春］、夏柳（なつやなぎ）［夏］

§

葉柳の寺町通る雨夜かな　白雄・白雄句集

ばら【薔薇】

①バラ科バラ属の落葉樹の総称。自生・栽植。高さ一〜二メートル。葉は卵形で縁は鋸歯状。花は色も形も多様で、多くは夏に開花する。「そうび」「いばら」「うばら」ともいう。［花言］愛情・美（英）、無邪気（仏）。〈白薔薇〉私は貴方にふさわしい（英）、純潔（仏）。〈黄薔薇〉嫉妬（英）、恥（仏）。②茨の別称。⬇薔薇（うばら）［夏］、薔薇（そうび）［夏］、茨の花（いばらのはな）［夏］、冬薔薇（ふゆばら）［冬］

§

くれなゐの二尺伸びたる薔薇の芽の針やはらかに春雨のふる　正岡子規・子規歌集

ばら一枝《ひとえ》、あかきは君が、なみだにて、しろきは君が、まことなるらむ。　与謝野寛・東西南北

薔薇咲きて夜目にも白し君をわれ夢のさかひに待つここちする　与謝野晶子・朱葉集

この病に死ぬと予言者のいひしこと薔薇に芽を洗ひつつふと思ふ朝　武山英子・武山英子歌選二

寒《さむ》き日に濃《こ》きくれなゐの薔薇《ばら》を愛《め》でしばらくにして昼寝《ひるい》ぬわれは　斎藤茂吉・寒雲

薔薇は薔薇の悲しみのために花となり青き枝葉のかげに悩める　若山牧水・みなかみ

麺麭《パン》を買ひ紅薔薇の花もらひたり爽やかなるかも両手に持てば　北原白秋・雲母集

大きなる紅薔薇の花ゆくりなくぱつと真紅にひらきけるかも　北原白秋・雲母集

瓶に挿す白と紅《あか》とのばらの花あひよりてあるに白もよく紅もよき　木下利玄・みかんの木

ほのかなる薔薇のにほひのなかにゐて死を思ふより楽しきはなし　吉井勇・鸚鵡杯

縁側に吾子とならびて朝つゆに濡《ぬ》れたるばらの花を見にけり　三ケ島葭子・三ケ島葭子歌集

薔薇が咲き日がさしそれが見えてゐることさへただごとなのか　明石赤人・白描以後

薔薇ちりぬちればや花も葉も刺《はり》も　支考・獅子物狂

夕風や白薔薇の花皆動く　正岡子規・子規全集

薔薇胸にピアノに向ふ一人かな　正岡子規・子規全集

薔薇ちるや天似孫の詩見厭たり　夏目漱石・漱石全集

薔薇《ばら》呉《く》れて聖書かしたる女かな　高浜虚子・五百句
植ゑかへし薔薇の新芽のしほれたる　杉田久女・杉田久女句集
薔薇むしる垣外の子らをとがめまじ　杉田久女・杉田久女句集
夢に入りてたわやめとなる薔薇の花　日野草城・旦暮
紅薔薇の咲き切つてをり客長座　日野草城・旦暮
咲き切つて薔薇の容《かたち》を超えけるも　中村草田男・美田
手の薔薇に蜂来れば我王の如し　中村草田男・長子
白薔薇は雨に耐へをり明日知らず　加藤楸邨・寒雷
乙女獲し如きかも薔薇を挿して臥す　石田波郷・惜命

はるしゃぎく【波斯菊】
キク科の一～二年草。自生・栽培。北アメリカ原産。高さ五〇センチ～一メートル。葉は羽状。夏、花心が赤褐色の黄色い頭上花を開く。［和名由来］ペルシャ語の「persia」より「ペルシャ菊」の意。ただしペルシャ産ではない。［同義］孔雀草（くじゃくそう）、蛇目草（じゃのめそう）。［花言］つねに愉快。⇩孔雀草（くじゃくそう）［夏］

はるしゃぎく

ばれいしょのはな【馬鈴薯の花】
じゃが芋の花のこと。⇩じゃが芋の花（じゃがいものはな）［秋］、馬鈴薯（ばれいしょ）［秋］
§

のがれ来てはやも百日《ももか》か下畑《しもはた》に馬鈴薯《ばれいしょ》のはな咲きそむるころ　斎藤茂吉・小園
馬鈴薯の花の光りのうす明りわが悲しみの若き日のくれ　前田夕暮・陰影
馬鈴薯の白く咲く花見るだにも早くひらけし村和《なご》ましき　土屋文明・山谷集
馬鈴薯のうす紫の花に降る雨を思へり都の雨に　石川啄木・煙
露もてる馬鈴薯《ばれいしょ》の花匂《にほ》ひつつこの野の畑に月出《い》づるらし　佐藤佐太郎・軽風
雲の影群れて馬鈴薯の咲く野なり　水原秋桜子・晩華

はんげ【半夏】
烏柄杓の別称。⇩烏柄杓（からすびしゃく）［夏］
§
桑やせし畑に舌吐く半夏かな　順円・類題発句集

はんげしょう【半夏生】
ドクダミ科の多年草。自生・栽培。水辺に生育する。高さ約六〇センチ。葉は長楕円形で葉元は心臓形。夏、白色の穂状花を開く。茎・葉は健胃、去痰の薬用となる。［和名由来］夏至の半月ほど後に、葉をつけるため。また、葉の半面が白く、化粧をしたようであるところから。［同

はんげしょう

義］半夏生草（はんげしょうぐさ）、三白草（みつじろぐさ）、片白草（かたしろぐさ）。［漢名］三白草。

「ひ」

ひいらぎおちば【柊落葉】

モクセイ科の常緑樹の柊の落葉。柊・杉・樫などは夏に新葉が生育し、古葉を落とす。⇩常磐木落葉（ときわぎおちば）［夏］、柊の花（ひいらぎのはな）［冬］

§

柊の落葉するとき嵐かな　後川・類題発句集

ひおうぎ【檜扇・射干】

アヤメ科の多年草。自生・栽培。「日扇」とも書く。高さ約一メートル。葉は剣状で密生する。夏、濃色の斑点のある六弁の黄赤色花を多数開く。花後、広卵状楕円形で黒色の種子が入った果実を結ぶ。この種子を「ぬばたま」「うばたま」といい、和歌では枕詞となる。［和名由来］剣状の葉のならぶさまを檜の薄板でつくった扇に見立てたところから。［同義］烏扇、檜扇菖蒲（ひおうぎあやめ）。［漢名］射干、烏扇。⇩烏扇（からすおうぎ）［夏］、射干玉（ぬばたま）［四季］

ひおうぎ

§

夏草の野にさく花の日扇を狭庭に植つ日々に見るかに　伊藤左千夫・伊藤左千夫全短歌

九月《くぐわつ》になれば日の光やはらかし射干《ひあふぎ》の実《み》も青くふくれて　斎藤茂吉・霜

射干や露と朝日を裏表　也有・蘿葉集

ひぎりのはな【緋桐の花】

クマツヅラ科の落葉低樹・栽培。高さ約一メートル。東南アジア熱帯原産。観賞用になる。葉は広い心臓形で先端が尖る。夏から秋に赤色の小花を多数開く。［同義］赤桐（あかぎり）、唐桐（とうぎり）。

ひぎり

ひぐるま【日車】

向日葵の別称。⇩向日葵（ひまわり）［夏］

§

髪に挿せばかくやくと射る夏の日や王者の花のこがねひぐるま　与謝野晶子・恋ごろも

輝やかにわが行くかたも恋ふる子の在るかたも指せ黄金向日葵　与謝野寛・毒草

君を我はみそら照る日を向日葵は終日《ひねもす》恋ひね夏のいのちに　石川啄木・啄木歌集補遺

連枷《からさを》のとゞろとゞろに埃たて麦うつ庭の日車の花
　　　　　　　　　　　　　　　長塚節・夏季雑詠
向日葵向日葵囚人馬車の隙間より見えてくるくるかがやきにけれ
　　　　　　　　　　　　　　　北原白秋・桐の花
日車の花の雨干るほめき哉　　松瀬青々・妻木

ひさごのはな【瓢・瓠・匏—の花】

瓢箪、夕顔などの花。⇩夕顔（ゆうがお）［夏］、瓢（ひさご）［秋］

§

軒のひさご花のあはれに身を恥よ　　杉風・杉風句集
宵闇に見れば瓢の花白し　　朱拙・西華集
日々に咲く花に追はるゝ瓢哉　　瓢水・新選
雪隠のながめも久し花ひさご　　馬光・馬光発句集

ひしのはな【菱の花】

菱はヒシ科の水生一年草。池や湖沼などに多く自生する。根は土中にある。水中に長い茎を伸ばして縁に鋸歯のある菱形状の葉を水面にだす。葉には浮嚢がある。夏、四弁の白色・帯紫色の小花を開く。秋、両側に鋭い突起のある菱形の実を結ぶ。⇩菱の実（ひしのみ）［秋］、茹菱（ゆでびし）［秋］

§

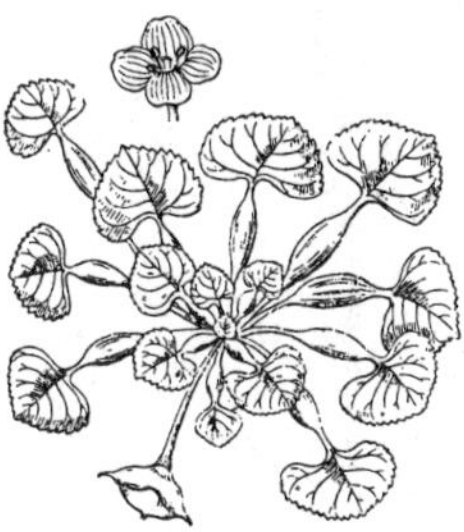

ひし

萍《うきくさ》の菱の白花々々と小波立てり海平らかに
　　　　　　　　　　　　　　　長塚節・房州行
行《ゆく》水の跡や片よる菱の花　　桃隣・古太白堂句選
鳩の巣を抱いて咲くや菱の花　　遅望・類題発句集
菱の花引けば水垂る長根かな　　杉田久女・杉田久女句集

びじょざくら【美女桜】

クマツヅラ科の多年草・栽培。南米原産。対生する葉は長楕円形で深裂。縁は鋸歯状。夏から秋、花穂をつけ、五弁の紅・紫・白色などの花を開く。

びじょざくら

びじんそう【美人草】

雛芥子の別称。⇩雛芥子（ひなげし）［夏］

§

恋草と云ふべきものや美人草　　定時・毛吹草
裏門の垣間見にけり美人草　　基法・類題発句集

ひつじぐさ【未草・睡蓮】

スイレン科の水性多年草・自生。根茎は泥中にある。卵形の葉を水面に浮かべる。夏、蓮に似た多数の花弁をもつ白色の花を開く。花後、花柄は水中に沈み球形の実を結ぶ。［和名由来］未の刻の頃（午後二時頃）に開花するところから。［同義］小蓮花・小蓮華（これんげ）、亀蓮（かめはす）。⇩睡蓮

（すいれん）[夏]

ひとつば【一葉】
ウラボシ科の常緑多年草。自生・栽培。根茎は茶褐色の鱗毛を密生して細長く這う。夏に新葉を一葉ずつだし、長さ二〇～四〇センチの長楕円形に生育する。[和名由来] 広葉を、根元より一葉ずつ分立するところから。[同義] 鹿舌草（かのしたぐさ）、いわぐみ。[漢名] 石韋、石蘭、飛刀剣。

ひとつば

§

夏来てもたゞ一つ葉のひとつかな　芭蕉・曠野

ひなげし【雛芥子・雛罌粟】
ケシ科の一年草・栽培。ヨーロッパ原産。ポピー（poppy）に同じ。高さ約六〇センチ。葉は羽状で深裂。初夏、皺のある四弁の花を開く。色は紅・紫・白など多種ある。花は「麗春花（れいしゅんか）」として鎮咳などの薬用になる。[和名由来] 可憐な花をつける芥子の意。[同義] 虞美人草（ぐびじんそう）、美人草（びじんそう）、雛罌粟（こくりこ）。[漢名] 虞美人草、麗春花。

ひなげし

[花言] 休息、慰安。⇩虞美人草（ぐびじんそう）[夏]、美人草（びじんそう）[夏]

§

しどけなき萎《なよ》雛罌粟のさかんとて頭《かうべ》いささかもたげたるかな　森鷗外・うた日記

けふの世に歩み入りける日の初めかすかに見ゆるひなげしの花　与謝野晶子・夏より秋へ

昨日《きのふ》君がありしところにいまは赤く鏡にうつり虞美人草《ひなげし》のさく　北原白秋・桐の花

ひなげしのあかき五月《さつき》にせめてわれ君刺し殺し死ぬるべかりき　北原白秋・桐の花

花びらの真紅《しんく》の光沢《つや》に強き日を照り返し居る雛芥子の花　木下利玄・銀

ひまわり【向日葵・日回】
キク科の一年草・栽培。北アメリカ、メキシコ原産。高さ一～二メートル。茎は長大で短い剛毛を密生する。葉は長柄をもち、心臓形で縁は鋸歯状。夏の盛りに黄色の大形の花を開く。種子は食用。[和名由来] 向日性の高い花なので「日廻」と。[同義] 日輪草（にちりんそう）、日車（ひぐるま）、天蓋花（てんがいばな）。[花言]〈低草〉憧れ。〈高草〉高慢、光輝。⇩日車（ひぐるま）[夏]

ひまわり

§

日まはりのうなたれ咲ける巨輪《おほきはな》を一ゆりゆりて風ふきすきぬ　伊藤左千夫・伊藤左千夫全短歌

駅裏はひまはり咲けりたけ長く切りそろへたる白樺の材　佐佐木信綱・山と水と

向日葵のかゞやく大花実となりてうら安らにもうつぶしにけり　宇都野研・木群

日昇れど何の響きもなき如し夏の終りの向日葵の花　与謝野晶子・心の遠景

恐ろしき黒雲を背に黄に光る向日葵の花見ればなつかし　木下利玄・銀

心《しん》がちに大輪向日葵かたむけりてりきらめける西日へまともに　木下利玄・紅玉

向日葵《ひまはり》は諸伏《もろふ》しゐたりひた吹《ふ》きに疾風《はやち》ふき過《す》ぎし方《かた》にむかひて　斎藤茂吉・あらたま

大きなる蕋《しべ》くろぐろと立てりけりま日にそむける日まはりの花　古泉千樫・青牛集

曇り影すでに深かけば日まはりの大輪の花は傾きにけり　中村憲吉・林泉集

顔寄せてやや動きたる向日葵の大きなる花は熱あるをおぼゆ　中村憲吉・林泉集

みだらなる夏の心も疲れけりややうらがれし向日葵《ひまわり》の花　中村三郎・中村三郎歌集

しづかなる悲哀《ひあい》のごとくわが門《かど》の星の明りに向日葵《ひまはり》立てり　宮柊二・晩夏

日まはりの花心《しん》がちに大いなり　正岡子規・子規句集

向日葵《ひまはり》が好きで狂ひて死にし画家　高浜虚子・六百句

向日葵や炎夏死おもふいさぎよし　飯田蛇笏・椿花集

ひまはりに背丈負けたる我子かな　杉田久女・杉田久女句集補遺

向日葵も油ぎりけり午後一時　芥川龍之介・我鬼句抄

　波太《なぶと》風景

向日葵《ひまはり》の空かがやけり波の群　水原秋桜子・岩礁

向日葵の蕋を見るとき海消えし　芝不器男・不器男句集

向日葵の日を奪はんと雲走る　篠原鳳作・篠原鳳作全句文集

向日葵に無月の濤がもりあがる　加藤楸邨・穂高

梅雨の町向日葵がくと坂に垂れ　石田波郷・鶴の眼

向日葵や咲く前の葉の影し合ひ　石田波郷・惜命

ひむろざくら【氷室桜】

寒冷な気候などが原因で、花期が遅れて咲く山桜をいう。白・淡紅色の花を開く。［同義］六月桜（みなづきざくら）。

➡桜（さくら）［春］

§

氷噛めば匂ふ氷室の桜かな　闌更・半化坊発句集

ひめうり【姫瓜】

真桑瓜（まくわうり）の一栽培品種。葉は真桑瓜よりやや長い。果実は浅黄・緑色で食用となる。［同義］蜜柑瓜（みかんうり）。［漢名］金鵝

ひめうり

蛋。⇩真桑瓜（まくわうり）［夏］、瓜（うり）［夏］

§

うつくしき其《その》ひめ瓜や后《きさき》ざね　芭蕉・山下水

姫瓜に生し立けむ瓜ばたけ　太祇・太祇句選

ひめじょおん【姫女苑】

キク科の二年草。自生・栽培。北アメリカ原産。高さ約一メートル。初夏から秋に、中心は黄色で周辺が白色の舌状花を多数群れて開く。若葉は食用。

ひめばしょう【姫芭蕉】

バショウ科の多年草・栽培。高さ一～二メートル。夏から秋に鮮赤色の小花を開く。江戸時代に観賞用植物として琉球より渡来。［漢名］美人蕉。

ひめゆり【姫百合】

①ユリ科の多年草。自生・栽培。高さ約六〇センチ。卵形の鱗茎をもつ。葉は広線形で平行脈をもつ。初夏、濃赤・黄色の六弁花を開く。鱗茎は食用。［和名由来］可憐な百合の花の意。

ひめじょおん

ひめばしょう

ひめゆり

［同義］黄姫百合（きひめゆり）、唐百合（からゆり）。［漢名］山丹。②小さな百合の意。⇩百合（ゆり）［夏］、鬼百合（おにゆり）［夏］

§

夏の野の茂みに咲ける姫百合の知らえぬ恋は苦しきものぞ　大伴坂上郎女・万葉集八

昨日まできびはに見えし姫百合のいったちなれて人そめむらん　散木奇歌集（源俊頼の私家集）

ひばりたつ荒野に生ふる姫百合の何につくともなき心かな　山家集（西行の私家集）

草枕しげみにむすぶ姫百合の契りも惜しみ短夜の空　壬二集（藤原家隆の私家集）

ただひとつひらきそめたる姫百合の花をめぐりて蝶ふたつとぶ　落合直文・明星

うつぶきて何をかともに思ふらむ二もとたてる姫百合の花　落合直文・萩之家遺稿

野にさめてさすかた知らぬ係慕《あこがれ》にうつむきたてる姫百合のはな　森鷗外・うた日記

姫百合の小萩がもとぞゆかしけれ　野坡・続別座敷句集

姫百合の情は露の一字かな　支考・梟日記

姫百合に筒の古びやずんど切　夏目漱石・漱石全集

ひゃくじつこう【百日紅・猿滑】

⇩百日紅（さるすべり）［夏］

ひゃくにちそう【百日草】

キク科の一年草。自生・栽培。メキシコ原産。江戸時代に渡来。高さ六〇～九〇センチ。茎は粗毛をもち、葉は卵形。夏、白・紅・淡紅・黄・紫色などの花を開く。［和名由来］開花期の長いところから。［花言］不在の友人を思いやる（英）、注意をわすれないように（仏）。

ひゃくにちそう

§

朝顔ははやくうなだれぢりぢりと日射は移る百日草の花　土田耕平・一塊

百日草《ひゃくにちさう》稚女《ちぢょ》のごといまだ庭に咲き白髪われは何にか似たる　佐藤佐太郎・開冬

びゃくれん【白蓮】

蓮の一品種で花の色が白色のもの。「しろはす」ともいう。

⇩白蓮（しろはす）［夏］、蓮の花（はすのはな）［夏］

§

絡駅と人馬つづける祭り日の在所の見えて白蓮の花　北原白秋・雀の卵

白蓮を切らんとぞおもふ僧のさま　蕪村・蕪村句集

白蓮に人影さはる夜明かな　蓼太・蓼太句集

白蓮に夕雲陰るあらしかな　白雄・白雄句集

白蓮に仏眠れり磬落ちて　夏目漱石・漱石全集

ひやむぎ【冷麦】

小麦粉を細打ちしたうどん状の麺。夏に、茹でたものを冷水で冷やし、汁をつけて食べる。［同義］切麦（きりむぎ）。

§

酒の爆布冷麦の九天より落るならむ　其角・五元集拾遺

冷麦や嵐のわたる膳の上　支考・類題発句集

ひゆ【莧】

ヒユ科の一年草・栽培。インド原産。高さ約一メートル。葉は菱形。夏から秋、黄緑色の細花を穂状につける。葉は食用。茎・葉は解熱の薬用となる。［和名由来］諸説あり。「日強（ヒヨ）」「日映（ヒハユ）」の意。また、果実を酷暑に食すところから「冷ゆ（ヒユ）」「氷入（ヒイル）」の意と。［漢名］莧。

ひゆ

§

この村の小さき園《その》に莧《ひゆ》といふ草はしげりて秋は来《き》むかふ　斎藤茂吉・小園

莧肥ゆる蘭の畑の四隅哉　玄伯・俳句大観

びようやなぎ【未央柳】

オトギリソウ科の半落葉低樹・栽植。中国原産。高さ約一メートル。葉は長楕円形。夏、枝頭に五弁の大形の黄色花を開く。庭園に栽培される。［同義］美容柳（びようやなぎ）、美女

びようやなぎ［質問本草］

柳（びじょやなぎ）、金糸桃（きんしとう）。［漢名］金線海棠。

§

君を見てびやうのやなぎ薫るごとき胸《むな》さわぎをばおぼえそめにき

北原白秋・桐の花

ひよどりじょうごのはな【鵯上戸の花】

鵯上戸はナス科の蔓性多年草。夏から秋、白色五裂の花を開く。➡鵯上戸（ひよどりじょうご）［秋］

ひるがお【昼顔】

ヒルガオ科の蔓性多年草・自生。蔓状の茎で他物に絡みつく。葉は長い葉柄をもち、基部に切れ込みのある矢羽形。夏、朝顔に似た漏斗状の淡紅・白色の花を開く。全草は「旋花（せんか）」として利尿、強壮などの薬用になる。［和名由来］花が朝顔に似て、昼に開花し、夕方には萎むところから。［同義］雨降花（あめふりばな）、耳垂草（みみたれぐさ）、葵蔓（あおいづる）、野朝顔（のあさがお）。［漢名］旋花、鼓子花。［花言］絆、拘束する。

ひるがお

§

色浅しとつねいひけちし誣言《しひごと》を今昼顔の燕支《えんじ》に悔いぬ

森鷗外・うた日記

昼顔に雨気《あまけ》の風のふきつのり波の秀立《ほだち》のまがなしき日や

太田水穂・冬菜

遠方《をちかた》のものの声よりおぼつかなみどりの中のひるがほの花

与謝野晶子・春泥集

童《わらべ》どちなにかをさなく畑へ来てしきりかくらふ昼顔の花

北原白秋・桐の花

あはれなる街の娘も夕されば薄《うす》う粧《よそ》ひぬ昼がほの花

北原白秋・桐の花

うす曇遠がみなりをきく野辺の小草がなかの昼顔の花

木下利玄・銀

真昼野に昼顔咲けりまじまじと待つものもなき昼顔の花

木下利玄・銀

船大工小屋の戸口にあらはれてわれらを笑ふ昼顔の花

吉井勇・酒ほがひ

ひるがほのいまださびしきいろひかも。朝の間と思ふ日は照りみてり

釈迢空・気多川

悲しみて旅ゆく汽車の窓に見しひとつの夢や昼顔の花

前川佐美雄・天平雲

昼がほやともに刈らる、麦畠

桃隣・古太白堂句選

子ども等よ昼顔咲キぬ瓜むかん

芭蕉・藤の実

昼顔に米つき涼むあはれ也

芭蕉・続の原

ひるがおに昼寝せうもの床の山

芭蕉・韻塞

鼓子花《ひるがほ》の短夜ねぶる昼間哉

芭蕉・ながらのさくら

ひるがほや猫の糸目になるおもひ

其角・五元集拾遺

昼顔の百里みだる、別かな

千那・鎌倉海道

昼顔に一露清し鷺のあと　野坡・野坡吟草
ひるがほの花しぼみたるあつさ哉　破笠・続虚栗
昼顔や夏山臥の峰づたひ　支考・蓮二吟集
昼がほにあつい泪を手向け哉　浪化・白扇集
昼顔やひとり横ふわたし舟　蓼太・蓼太句集
昼顔は日の染みかゝる色なる歟　闌更・半化坊発句集
昼顔にしばしうつるや牛の蝿　几董・井華集
昼顔は酒をのむべきさかりかな　暁台・暁台句集
豆腐屋が来る昼顔が咲きにけり　一茶・七番日記
昼顔や蓬の中の花一つ　内藤鳴雪・鳴雪句集
昼顔の咲くや砂地の麦畑　正岡子規・子規全集
昼顔に草鞋《わらじ》を直す別れ哉　正岡子規・子規句集
昼顔《ひるがほ》の黄昏《たそがれ》見たり歩《あゆ》み侘《わ》び　泉鏡花・鏡花全集
昼顔の花もとび散る籬《かき》を刈る　高浜虚子・六百句
昼顔のほとりによべの渚あり　石田波郷・鶴の眼

ひるむしろ【蛭莚・蛭蓆】

ヒルムシロ科の水性多年草・自生。水面の葉は長楕円形。夏、花軸を水上にだし、黄緑色の細花を穂状に開く。［和名由来］蛭の多い池沼に群生するところから「蛭の座る筵」に見立てたもの。［同義］蛭藻（ひるも）。

ひるむしろ

ひれあざみ【鰭薊・飛廉】

キク科の二年草・自生。ヨーロッパ原産。高さ約一メートル。茎・葉に棘をもつ。茎には鰭状の翼がある。葉は羽状に裂け、葉裏には白毛がある。初夏、紅紫色の花を開く。若葉は食用。根・花は風邪などの薬用となる。［和名由来］薊に似た植物で、茎に鰭状の翼があるところから。［同義］矢筈薊（やはずあざみ）、鬼眉掃（おにのまゆばき）。［漢名］飛慣。

ひれあざみ

びわ【枇杷】

バラ科の常緑高樹。果樹として栽培される。高さ約一〇メートルに達する。葉は長い楕円形。十一月頃に帯黄白色の薫りのある五弁花を開く。翌年の初夏に、大形の褐色の種子を数個含む黄色の果実を結び、食用となる。俳句では、果実をもって夏の季語とする。葉「枇杷葉」は、煎じて鎮咳、去痰、下痢止めなどの薬用になる。［和名由来］漢名「枇杷」より。［同義］小瓠・小匏（こふくべ）、夏果（かか）、炎果（えんか）。［漢名］枇杷。➡枇杷の花（びわのはな）［冬］

§

大神もめでたまふらし雨にてる黄玉繁玉み垣べの枇杷。　伊藤左千夫・伊藤左千夫全短歌

びわ

庭の枇杷《びは》赤らみにけり末の子がかく文ややにととのひ来けり　佐佐木信綱・常盤木

あたゝかき安房の外浦は麦刈ると枇杷もいろづくなべてはやけむ　長塚節・房州行

枇杷の木に黄なる枇杷の実かがやくとわれ驚きて飛びくつがへる　北原白秋・桐の花

男ゐてぐつとたわむる枇杷の枝光りかがやくそのひと枝を　古泉千樫・青牛集

沖の島に育ちたる小さき枇杷の実の酸ゆきを食みてこのゆふべ経ん　木俣修・冬暦

なつかしさ稚く成し枇杷の味　士芳・蓑虫庵集

けふことに枇杷も鈴ふるいさめ哉　鬼貫・俳諧七車

鈴生りの枇杷の枝振折て見ん　曾栄・俳句大観

枇杷の実に蟻のたかるや盆の上　正岡子規・子規全集

枇杷の鈴四五枚の葉に立据わり　西山泊雲・ホトトギス

わがもいで愛づる初枇杷葉敷けり　杉田久女・杉田久女句集

「ふ」

ふうちそう【風知草】

イネ科の多年草の裏葉草（うらはぐさ）の通称。本州中部に自生。園芸用として栽培される。葉は披針形で、表面は白色。つねに葉裏を見せており、風で表裏がそよぐさまが美しい。風草（かぜくさ）ともいう。夏から秋に紫色を帯びた花穂をさげる。

§

風知草《ふうちそう》女主《あるじ》の居間《いま》ならん　高浜虚子・五百五十句

ふうちょうそう【風鳥草】

フウチョウソウ科の一年草・自生。高さ三〇～一〇〇センチ。小掌状の五葉。夏、白・淡紅色の花を穂状に開く。[同義]羊角草(ようかくそう)。[漢名]白花菜、羊角菜。

ふうらん【風蘭】

ラン科の常緑多年草。暖地の樹上に着生する。観賞用としても栽培。夏、糸状の白花を開く。[和名由来]漢名「風蘭」より。[漢名]風蘭、弔蘭。

§

うつ鋮の繁《しじ》にし思へば風蘭の

ふうちそう

ふうちょうそう

ふうらん

花つきそめて幾日か経たる　北原白秋・牡丹の木
水鉢に風蘭の香や一雫　素水・三千化
風蘭や冷光多き巌の隈《くま》　芥川龍之介・我鬼窟句抄

ふうろそう【風露草】
フウロソウ科の植物の総称。本州中部山地や北海道の草原に生育。葉は掌状で深く裂ける。夏から秋に紅紫色の五弁の花をつける。地名を冠して呼ばれるものも多く伊吹風露・千島風露・白山風露・赤沼風露・四国風露・浅間風露などがある。江戸時代に渡来したオランダ風露もある。

ふかみぐさ【深見草】
牡丹の異称。⇒牡丹（ぼたん）［夏］

§

人知れず思ふ心はふかみ草花咲きてこそ色に出でけれ
賀茂重保・千載和歌集一二（恋二）
形見とて見ればなげきのふかみ草なになかなかのにほひなるらん
藤原重家・新古今和歌集八（哀傷）
くれなゐのやしほの色のふかみ草を卯の花がきの庭に見るかな
拾玉集（慈円の私家集）
村雨の露さへ野辺のふかみ草たれかすみてし庭の籬ぞ
壬二集（藤原家隆の私家集）
深見草こちむきがたき癖《ならひ》をばあやしくもちし花にもある哉
橘曙覧・春明艸
散花の名残さびしき我園にうれしく咲し深見草哉
樋口一葉・緑雨筆録「一葉歌集」

紅や葉さへ花さへ深見草　紹巴・ふし紀行
むら雨や驪山を名にしふかみ艸　其角・五元集拾遺
さゝばうし角《つの》に燈ともすふか見草　其角・五元集
かいほこれ今をむかしのふかみ草　鬼貫・俳諧七車
ぬれ椽の低クもなるかふかみ草　百里・瓜作

ふき【蕗】
キク科の多年草。自生・栽培。春、葉に先だって根茎から花軸（蕗の薹）をだし、多くの小花を集めた球状の頭花を開く。葉柄は三〇〜七〇センチで上部に大きな腎臓形の葉を開く。蕗の薹と、夏に生育した茎皮と葉は食材となる。葉は健胃の薬用となる。［和名由来］諸説あり。用便の「拭葉（フキハ）」の意。「葉広茎（ハヒロクキ）」「広葉茎（ヒロハクキ）」の意。冬に黄花をつけるため「冬黄（フユキ）」の意など。［同義］款冬（かんとう・ふぶき）、菜蕗（なぶき）。［花言］公正な裁き。⇒蕗の薹（ふきのとう）［春］、蕗の花（ふきのはな）［春］、蕗の芽（ふきのめ）［春］、蕗の葉（ふきのは）［夏］、蕗味噌（ふきみそ）［春］、秋田蕗（あきたぶき）［夏］

ふき

§

とろりとしたウヰスキーの酔がまだ残つてゐる—蕗の葉の日の光だ
前田夕暮・水源地帯

しねんこの竹倒れけり蕗の中　成美・谷風草
日ざかりを蕗やかざして大休止　森鷗外・うた日記
蝸牛や五月をわたるふきの茎　夏目漱石・漱石全集
座敷開きの日なりしよ蕗の甘き味　河東碧梧桐・新傾向（夏）
蕗模様燕ちらしに雨の糸　河東碧梧桐・新傾向（夏）
蕗つめば蕗のにほひのなつかしく　種田山頭火（昭和九年）

ふきのは【蕗の葉】

キク科の多年草の蕗の葉。⇩蕗（ふき）［夏］

§

事たがひ人おとろへぬ蚊遣火《かやりび》にほつれ毛うたて蕗の葉の雨　与謝野寛・紫
我が手して獲つるかじかを珍らしみ包みて行くと蕗の葉をとる　長塚節・房州行
蕗の葉の雨をよろしみ立ちぬれて聴かなともへど身をいたはりぬ　長塚節・鍼の如く
夜もすがら蕗の葉広し雨の音　曾北・類題発句集
卯の花のこぼるゝ蕗の広葉哉　蕪村・蕪村句集
山陰や蕗の広葉に雨の音　闌更・半化坊発句集
蕗の葉に酒飯くるむ時雨哉　一茶・七番日記
蕗の葉にぽんと穴明く暑《あつさ》哉　一茶・七番日記

ぶしゅかんのはな【仏手柑の花】

仏手柑はミカン科の常緑樹。高さ約三メートル。初夏、五弁の白花を開く。実は黄熟する。⇩仏手柑（ぶしゅかん）［冬］

ふたばあおい【二葉葵・双葉葵】

ウマノスズクサ科の多年草・自生。冬葵、立葵などのアオイ科の植物とは別種。本州、四国、九州の山地や木陰に生育する。茎は地上を這い、髭根をだす。葉身は心臓形。春に釣鐘形で淡紅紫色の花を開く。［同義］二葉草（ふたばぐさ）、両葉草（もろはぐさ）、日陰草（ひかげぐさ）、挿頭草（かざしぐさ）、賀茂葵（かもあおい）、蔓葵（つるあおい）、葵草（あおいぐさ）。⇩賀茂葵（かもあおい）［夏］

ふたばあおい

§

かけてけふ世々の葵の二葉哉　宗牧・宗牧句帖

ふだんそう【不断草】

アカザ科の二年草・栽培。南ヨーロッパ原産。高さ一〜一・五メートル。葉は長卵形。初夏、茎頂部に円錐形花穂をだして、黄緑色の細花を長穂状につける。葉は食用となる。［和名由来］葉を一年中食べることができるところから。［同義］不断菜（ふだんな）。

ふだんそう

ふっきそう【富貴草】

ツゲ科の常緑小低樹。自生・栽植。高さ約三〇センチ。雌雄同株。根茎から茎が起きあがるように叢生する。葉は長楕円形で上部の縁は鋸歯状。春から夏、茎頭に花弁のない淡黄緑色の小花を穂状に開く。花後、灰白色の小円果を結ぶ。庭園の下草などになる。［同義］吉祥草（きちじそう）。

ふっきそう

ぶっそうげ【仏桑華・扶桑花・仏桑花】

アオイ科の常緑小低樹・栽培。「ぶっしょうげ・ふそうげ」ともいう。中国南部原産。高さ約一メートル。葉は卵形で鋸歯状。夏から秋、多くは赤色の花を開く。栽培品種は多数あり、白・黄色の花や紋様入りものもある。ハイビスカス（hibiscus）に同じ。［同義］扶桑（ふそう）、琉球木槿（りゅうきゅうむくげ）、菩薩花（ぼさつばな）。［漢名］扶桑。

ぶっそうげ

§

仏桑花あを草庭のかたすみに一輪あかく咲き燃えにけり
岩谷莫哀・仰望以後

夕凪《ゆふなぎ》のなほ暮れがたき日のひかり仏桑華《ぶつさうげ》の赤き花を照らせり
佐藤佐太郎・群丘

仏桑花白砂に咲くや遊園地　河東碧梧桐・新傾向（秋）

仏桑花濡れ墓かわく夕立晴　山口青邨・雪国

ふとい【大藺】

カヤツリグサ科の多年生水草。自生・栽植。日本各地の湖や沼などに生育する。茎は円柱形で細長く、高さ約二メートル。葉は下部に鱗片葉をつける。夏、淡い黄褐色の小穂を開く。茎の繊維で筵などの敷物がつくられる。［和名由来］根茎や茎が太いところから「太い藺草（いぐさ）」の意。［同義］大藺草（おおいぐさ）、青藺（あおい）、丸菅（まるすげ）。⬇大藺草（おおいぐさ）［夏］

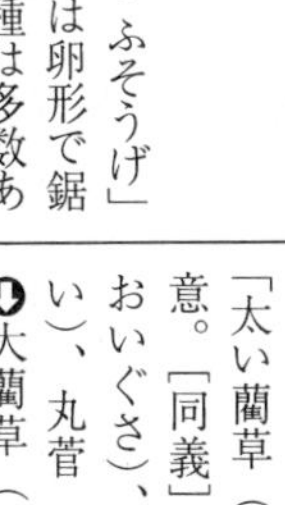
ふとい

§

山の井に初夏なつかしむ大藺哉
伊藤左千夫・伊藤左千夫全短歌所収「俳句」

萱草と大藺と生けて抹茶哉
伊藤左千夫・伊藤左千夫全短歌所収「俳句」

萍の花白し大藺むらむらと
河東碧梧桐・新傾向（夏）

ぶどうのはな【葡萄の花】

ブドウ科の蔓性落葉植物の花。初夏、円錐花序をだし五弁の淡緑色の細小花を開く。⬇葡萄（ぶどう）［秋］

ぶなのはな【橅の花・山毛欅の花】

橅はブナ科の落葉高樹・自生。高さ約二〇メートル。雌雄同株。樹皮は灰白色で平滑。枝は紫褐色をおびる。葉は広卵形ではっきりした葉脈がある。五月頃、枝頭に淡緑色の花を開く。花後、秋に堅果を結び食用となり、また食用油・灯油などの原料となる。材は家具・細工材などどとして使われる。［同義］橅木（ぶなのき）、白橅（しろぶな）、蕎麦木（そばのき）。［花言］繁栄。

ぶな

ふのり【布海苔・海蘿】

フノリ科の紅藻。海岸の干満線の岩場に付着して繁殖する。紅紫色で長さ約一〇センチ。食用となり、糊の原料ともなる。

§

門口も磯の匂ひやふのり干し　利牛・類題発句集

ぶんごうめ【豊後梅】

バラ科の落葉高樹で梅の一品種・栽培。葉は卵形から長楕円形で梅に似る。春、梅よりも大形の薄紅・白色の八重花を開く。果実は大形で、結実は少なく、桃のように果肉と核が離れやすい。梅干として食用となる。俳句では実をもって夏の季語、花をもって春の季語となる。［同義］鶴頂梅（かくちょうばい）。⬇梅干す（うめほす）［夏］、梅の実（うめのみ）［夏］、豊後梅の花（ぶんごうめのはな）［春］

ぶんごうめ

「へ」

へくそかずら【屁糞蔓】

アカネ科の蔓性多年草・自生。蔓は左巻きで、時に一〇メートルに達し、他物に絡みつく。葉は長楕円形で対生。夏、外面が白色、内面が紫色の筒状の小花を開く。［和名由来］茎や葉を揉むと悪臭を放つところから。［同義］屎葛（くそかずら）、灸花（やいとばな）。早乙女花・早少女花（さおとめばな）

へくそかずら［草木図説］

§

皀莢《ざうけふ》に延ひおほとれる屎葛絶ゆることなく宮仕へせむ　高宮王・万葉集一六

くだらぬものおもひをばやめにせむ、なにか匂ふは屁臭蔓か　若山牧水・みなかみ

名をへくそかづらとぞいふ花盛り　高浜虚子・五百五十句

ベゴニア【begonia】

シュウカイドウ科シュウカイドウ属の多年草の花。自生・

栽培。南アメリカが主原産地。茎が地面を這うもの、直立するものなど多数の品種がある。雌雄同株。雄花は二つの大花弁と二つの小花弁をもつ。雌花は赤・黄・紫色の五つの花弁をもつ。「ベコニア」とは誤った俗称。

ベゴニア

§

ひねもすを書《ふみ》に労《つか》れし目にしみるベコニヤの花のよき紅《あか》さかな
佐佐木信綱・常盤木

悉く縋りて垂れしベコニヤは散りての花もうつぶしにけり
長塚節・鍼の如く

ベコニヤの白きが一つ落ちにけれ土に流れて涼しき朝を
長塚節・鍼の如く

べこにあの小さき鉢に日の暮れの光あかるし汝《な》が白きかほ
前田夕暮・陰影

へちまのはな【糸瓜の花】

ウリ科の蔓性一年草の糸瓜の花。夏から秋に黄色の五弁花を開く。⬇糸瓜（へちま）［秋］、瓜の花（うりのはな）［夏］

§

木のかげは蜂など去りてしづかなる糸瓜の花の黄なるゆふぐれ
岡稲里・早春

しめりたる松葉を竃《くど》に焚くけぶり糸瓜の花にまつはりてけぬ
長塚節・鍼の如く

木に絡む糸瓜の花も此の朝は萎《しな》えてさきぬ痛みたるらむ
長塚節・鍼の如く

べにのはな【紅の花】

紅花（べにばな）のこと。キク科の二年草・栽培。西南アジア原産とされる。高さ三〇～九〇センチ。茎は白色を帯びる。葉は広披針形。葉の縁先には棘がある。夏、紅・黄色の花を開く。花冠は「紅」の原料となる。花は「紅花」として婦人病などの薬用になる。［和名由来］「紅」を採る花の意。［同義］紅（くれない）、紅藍・紅藍花（くれのあい）、末摘花（すえつむはな）。［漢名］紅藍花。［花言］差別。⬇紅（くれない）［夏］、末摘花（すえつむはな）［夏］、紅畑（べにばたけ）［夏］

べにばな

§

まゆはきを俤《おもかげ》にして紅粉《べに》の花
芭蕉・おくのほそ道

行すゑは誰《たが》肌ふれむ紅の花
芭蕉・西華集

紅粉買や朝見し花を夕日影
其角・五元集拾遺

奈良へ通ふ商人住めり紅の花
正岡子規・子規全集

願かけて観音様へ紅の花
夏目漱石・漱石全集

べにばたけ【紅畑】

紅花の畑。⬇紅の花（べにのはな）［夏］

§

暑き日や指もさゝれぬ紅畠　千代女・古今句鑑

へびいちご【蛇苺】

バラ科の多年草・自生。茎は葡萄状に伸び、長さ約六〇センチ。葉は互生で、長柄の三小葉をもち、縁は鋸歯状。春、五弁の黄色い小花を開く。果実は無毒であるが、通常食用とはしない。「くちなわいちご」ともいう。［和名由来］漢名「蛇苺」より。［同義］蛇枕（へびまくら）、三葉苺（みつばいちご）、毒苺（どくいちご）。［漢名］蛇苺、地苺。➡苺（いちご）［夏］、蛇苺の花（へびいちごのはな）［春］

へびいちご

§

血のいろのあな毒々し、蛇覆盆子、古沼《ふるね》の岸のうすくらがりに　岡稲里・朝夕

川ばたのアカシアの森のした草は刈りあらされて蛇苺見ゆ　若山牧水・くろ土

蛇いちご半弓提て夫婦づれ　嵐雪・其浜ゆふ

田水満ち日出づる露に蛇苺《へびいちご》　飯田蛇笏・山響集

君が墓来つゝ目守りぬ蛇苺　水原秋桜子・葛飾

へんるうだ【芸香】

ミカン科の多年草・栽植。ヘンルーダ（wijnruit：オランダ語）。南ヨーロッパ原産。高さ約三〇センチ。明治前期に渡来。茎の下部は木質だが、上部は水分に富んで柔軟質。紫緑色の羽状葉。葉・茎には強い香気がある。初夏、黄緑色の小花を集散して開く。おもに薬草として栽培され、鎮痙、風邪などの薬用となる。［同義］草香（くさのこう）、芸香（うんこう）。

へんるうだ

「ほ」

ぼうたん【牡丹】

➡牡丹（ぼたん）［夏］

§

豊けきは葉ぐみとゝのふ牡丹《ぼうたん》のひと花紅き穏しさにして　北原白秋・黒檜

ぼうたんの蕾に水をかくるなよ　村上鬼城・鬼城句集

ぼうたんのあな散らふはらはらはらと　日野草城・旦暮

ほうちゃくそう【宝鐸草】

ユリ科の多年草・自生。高さ三〇〜六〇センチ。葉は長楕円形で先端が尖り、平行脈がある。初夏、枝の頂端に筒状の緑白色の花一〜三個を垂れ開く。花後、黒い実を結ぶ。［和名由来］筒状に下垂して咲く花を、宝鐸（堂塔の四方に飾りと

して吊るす風鈴）に見立てたところからの名。［漢名］淡竹花。

ほおずきのはな【酸漿の花・鬼燈の花】

　ナス科の多年草の酸漿の花。夏、黄緑白色の花を開く。⇩酸漿（ほおずき）［秋］、青酸漿（あおほおずき）［夏］

§

鬼燈の花は暮れたに飛ぶ螢　乙二・俳句全集

鬼灯や花のさかりの花三つ　水原秋桜子・葛飾

ほおのはな【朴の花・厚朴の花】

　朴はモクレン科の落葉高樹。自生・栽植。高さ一五〜二〇メートル。葉は大形で三〇センチくらいの倒卵形。初夏に、香気の強い帯黄白色の大花を開く。花後に結ぶ果実は秋に熟し、糸を引いて赤い種子を垂らす。若葉は食用となる。樹皮は健胃、利尿、去痰、駆虫などの薬用となる。［〈朴〉同義］朴の木（ほおのき）、朴柏・厚朴（ほおがしわ）。

§

ほうちゃくそう

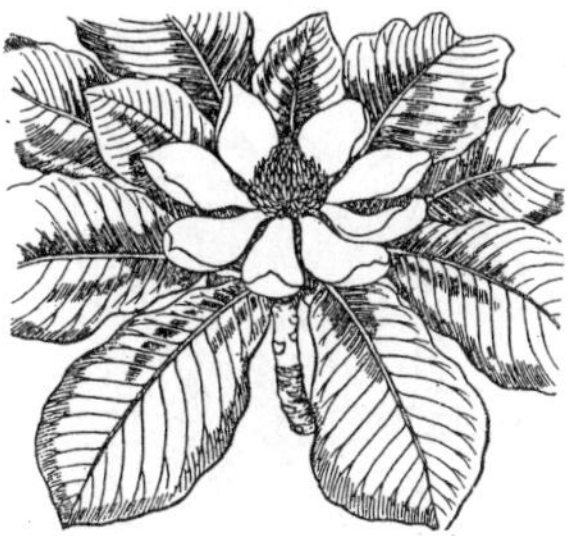
ほおのき

梢より音して落つる朴の花白く夜明くるここちこそすれ　与謝野晶子・青海波

朴《ほほ》の花しばらく子等の覗くなり星の蕊《しべ》ぞとをしへしやうに　与謝野晶子・心の遠景

雨くらき向ひの繁山高処《たかど》にて木ぬれに白きは朴の花かも　木下利玄・紅玉

朴の木のわか葉がうれに大き花白くかがやき夏さりにけり　古泉千樫・屋上の土

汝を思ふこころ悲しく甘《うま》しきに白くかがやく朴の木の花　古泉千樫・屋上の土

八葉《えふ》のかぶれ尊とし朴の花　露川・西国曲

奥峰そゝるに岩尖る朴の咲く数に　河東碧梧桐・新傾向（夏）

晴るゝ日も嶽鬱々《たけうつうつ》と厚朴《ほほ》咲けり　飯田蛇笏・山響集

岨《そば》高く雨雲ゆくや朴《ほほ》の花　水原秋桜子・南風

朴《ほほ》の花猶《なほ》青雲《せいうん》の志　川端茅舎・定本川端茅舎句集

匂ふなり遠き梢の朴の花　日野草城・日暮

ほしうり【干瓜】

　瓜を塩に漬けて干したもの。⇩瓜（うり）［夏］

§

賤《しづ》の女《め》のほしうり取いれよ風ゆふたちて雨こぼれきぬ　小沢蘆庵・六帖詠草

ぼだいじゅのはな【菩提樹の花】

　日本でいう菩提樹とはシナノキ科の落葉高樹である。栽植。中国原産。高さ二〜六メートル。葉は心臓形。葉裏は白く毛がある。夏、香りのよい黄褐色の五弁の小花を開く。花後、球形の実を結ぶ。シューベルトの歌曲で知られる菩提樹はリンデンバウム（lindenbaum）という西洋菩提樹で同属別種。釈迦がその木の下で悟りを開いたとされるのは、クワ科の常緑高樹であるインド菩提樹だが、日本では気候が適さず、代用として寺に植えられた中国原産のものが菩提樹といわれるようになった。[〈西洋菩提樹〉花言] 夫婦の愛。➡菩提樹の実（ぼだいじゅのみ）[秋]、菩提子（ぼだいし）[秋]

§

ぼだい樹の花になきよる山蜂はいまも般若をよむかとぞきく　小沢蘆庵・六帖詠草

世の中をあらみこちたみ嘆く人にふりか、るらむ菩提樹の華　長塚節・鵜川

ぼだいじゅ

ほたるかずら【蛍葛】

ムラサキ科の多年草・自生。高さ一五〜三〇センチ。茎の先端は根を下ろして新株をつくる。葉は倒披針形で互生する。五月頃、瑠璃色の小さな花を開く。花後、卵球形の小果を結び、白く熟す。[和名由来] 瑠璃色の花が点在して咲くさまを蛍に見立てたところから。

ほたるぶくろ【蛍袋】

キキョウ科の多年草・自生。高さ三〇〜八〇センチ。葉は桔梗に似て楕円形。夏、風鈴の形をした五裂の花を開く。色は藍紫・淡紫・白色など。[和名由来] 花が提灯に似ているため、提灯の古語「火垂る袋（ホタルブクロ）」から。また蛍をつかまえてこの花に入れるところからと。[同義] 風鈴草（ふうりんそう）、釣鐘草（つりがねそう）、提燈花（ちょうちんばな）。[漢名] 山小菜。➡釣鐘草（つりがねそう）[夏]

ほたるぶくろ

ほたるかずら

ぼたん【牡丹】

ボタン科の落葉低樹・栽培。高さ約一メートル。「ぼうたん」ともいう。葉は羽状複葉。四〜五月頃に紅・白・淡紅色などの大形の重弁花を開く。花後、褐色の短毛をもつ袋果を結び、熟すと密毛におおわれた黒色の種子をだす。観賞用の三佳品といわれる。花は食用。樹皮は「牡丹皮（ぼたんぴ）」として腰痛、頭痛、婦人病の薬用となる。[和名由来] 漢名「牡丹」より。[同義] 二十日草（はつかぐさ）、深

見草（ふかみぐさ）、名取草（なとりぐさ）、照咲草（てりさきぐさ）、鎧草（よろいぐさ）、夜白草（よしろぐさ）、富貴草（ふうきそう）、洛陽花（らくようか）、花神（かしん）、花王（かおう）、百花王（ひゃっかおう）。［漢名］牡丹。⇩冬牡丹（ふゆぼたん）［冬］、黒牡丹（くろぼたん）［夏］、白牡丹（しろぼたん）［夏］、二十日草（はつかぐさ）［夏］、深見草（ふかみぐさ）［夏］、牡丹（ぼうたん）［夏］、牡丹畑（ぼたんばたけ）［夏］、牡丹見（ぼたんみ）［夏］、鎧草（よろいぐさ）［夏］、牡丹の根分（ぼたんのねわけ）［秋］、寒牡丹（かんぼたん）［冬］

ぼたん

§

あか玉のつぼみの牡丹左右の手にもちつゝいつか兒はいねにけり
伊藤左千夫・伊藤左千夫全短歌

赤き牡丹白き牡丹を手折《たを》りけり赤きを君にいで贈らばや
正岡子規・子規歌集

高麗人《こまびと》は内裏《うち》にまゐりて鴻臚館《こうろくわん》あした静かに牡丹花散る
佐佐木信綱・思草

うつむけば暗紅色の牡丹咲く胸のぞくやと思ふみづから
与謝野晶子・火の鳥

君に似る白と真紅《しんく》と重なりて牡丹散りたる悲しきかたち
与謝野晶子・毒草

かがやかに燭《しょく》よびたまふ夜の牡丹ねたむ一人のうら若きかな
山川登美子・山川登美子歌集

寵さめて凭《よ》るにさびしき朝の窓何の傲りぞ緋牡丹の花
武山英子・武山英子歌選二

美しき疲労《つかれ》、牡丹はちらむとしつつよきひかりのなかにちりあえず
田波御白・御白遺稿

蕋《しべ》つつむ幾重花べら内紅《うちあか》き朝の牡丹は食《は》ままく柔ら
北原白秋・黒檜

蕾添ふ黒き牡丹は一鉢の花重きから縁にさし置く
北原白秋・黒檜

牡丹花は咲き定まりて静かなり花の占《し》めたる位置の確《たし》かさ
木下利玄・一路

花びらの匂ひ映りあひくれなゐの牡丹の奥のかゞよひの濃さ
木下利玄・一路

くれなゐの尺ばかりなる牡丹の花このわが室にありと思へや
古泉千樫・青牛集

大輪の牡丹かがやけり思ひ切りてこれを求めたる妻のよろしさ
古泉千樫・青牛集

散るときも牡丹の花は美しき一日のうちに重りて散る
中村憲吉・軽雷集以後

風もなきにざつくりと牡丹くづれたりざつくりくづるる時の至りて
岡本かの子・浴身

風乾き光る五月に牡丹花はその影しんと土に置きたり
宮柊二・藤棚の下の小室

寒からぬ露や牡丹の花の密　芭蕉・別座鋪
牡丹蘂《しべ》ふかく分出《わけいづ》る蜂の名残哉　芭蕉・甲子吟行
はつ鰹盛ならべたる牡丹哉　嵐雪・玄峰集
座所は花の指図やぼたん講　来山・続いま宮草
蝋燭にしづまりかへる牡丹かな　許六・五老井発句集
牡丹散てこゝろもおかずわかれけり　北枝・北枝発句集
をどり子の笠並べたる牡丹哉　支考・蓮二吟集
一輪を蝶の吸ひあく牡丹哉　也有・蘿葉集
牡丹一輪筒に傾く日数かな　太祇・太祇句選
蝶々の夫婦寝あまるぼたん哉　千代女・千代尼発句集
みじか夜の夜の間にさける牡丹哉　蕪村・蕪村遺稿
寂《せき》として客の絶間《たえま》のぼたん哉　蕪村・蕪村句集
夜をおしむ筒の牡丹や枕上　召波・春泥発句集
牡丹折りし父の怒ぞなつかしき　大魯・蘆陰句選
龍の玉掴む牡丹の莟かな　五明・類題大成五明発句集
園くらき夜を静かなる牡丹哉　白雄・白雄句集
此寺のぼたんや旅の拾ひもの　几董・井華集

ぼたん［遠州流挿花図会］

扇にて尺を取たるぼたんかな　一茶・九番日記
四五輪に陰日向ある牡丹哉　梅室・梅室家集
牡丹画く筆端に紅の雫かな　内藤鳴雪・鳴雪句集
捧げ読む牡丹の前の勅語かな　森鷗外・うた日記
凛として牡丹動かず真昼中　正岡子規・子規全集
しづ心牡丹崩れてしまひけり　正岡子規・子規句集
牡丹花白くして月のなき夜かな　川上眉山・川上眉山集
楊貴妃のまぶたに重き牡丹かな　川上眉山・川上眉山集
日光の土にも彫れる牡丹かな　河東碧梧桐・新傾向（春）
驟雨来る別れの朝の牡丹かな　河東碧梧桐・新傾向（夏）
牡丹を挿して行きし女なりしやうしろ影　河東碧梧桐・八年間
船にのせて湖《こ》をわたしたる牡丹《ぼたん》かな　高浜虚子・五百句
雨風《あめかぜ》に任せて悼《いた》む牡丹かな　高浜虚子・五百句
牡丹しろし人倫を説く眼はなてば　飯田蛇笏・山廬集
牡丹活けておくれし夕餉かな　杉田久女・杉田久女句集
端居して月の牡丹に風ほのか　杉田久女・杉田久女句集
当麻寺
牡丹の芽当麻の塔の影とありぬ　水原秋桜子・葛飾
牡丹散り白磁を割りしごとしづか　山口青邨・雪国
金屏《きんびやう》に紅《べに》打ち重ぬ牡丹かな　中村汀女・花句集
ぼうたんのあな散らふはらはらはらと　日野草城・旦暮

ぼたんきょう【牡丹杏】
李のこと。⇨李（すもも）［夏］

§

だんだらの紅《あか》き黄色き夢いくつはや牡丹杏は熟れしにやあらむ

前川佐美雄・天平雲

ぼたんばたけ【牡丹畑】

➡牡丹（ぼたん）［夏］

§

短夜や牡丹畠のねずみがり　浪化・国の花

ぼたん畑小草に箸を下す也　几董・井華集

ぼたんみ【牡丹見】

➡牡丹（ぼたん）［夏］

§

牡丹見にうつすりとよき唐茶哉　桃隣・古太白堂句選

ほていそう【布袋草】

ミズアオイ科の多年浮草・自生。熱帯アメリカ原産。高さ約五〇センチ。夏、六弁の青紫色の花を開く。［和名由来］葉柄が空気を含み、布袋の腹のように膨らんでいるところから。［同義］布袋葵（ほていあおい）、和蘭水葵（おらんだみずあおい）。

ほていそう

ほむぎ【穂麦】

穂が出た麦のこと。➡麦（むぎ）［夏］

§

黄にさやぐ穂麦の生《せい》も沈黙の古墓石《ふるはかいし》も一つ畑なか　宮柊二・独石馬

いざともに穂麦喰《くら》はん草枕　芭蕉・甲子吟行

春や穂麦が中の水車　蕪村・蕪村句集

旅芝居穂麦がもとの鏡たて　蕪村・蕪村句集

「ま」

まあざみ【真薊】

夏に咲く薊の一つ。キク科の多年草。水辺に自生。高さ約一メートル。大形の羽状深裂葉。夏から秋に紅紫色の頭状花を開く。［同義］煙管薊（きせるあざみ）。➡薊の花（あざみのはな）［春］、夏薊（なつあざみ）［夏］

まあざみ

まくわうり【真桑瓜・甜瓜】

ウリ科の蔓性一年草・栽培。インド原産。雌雄同株。葉は円心臓形で掌状に裂け、縁は不規則な鋸歯状。初夏、先が深く五裂した黄色の小花を開く。晩夏に楕円形の漿果を結び食用となる。香りがよく、甘い。未熟な果実は催吐、下剤の薬用となる。［和名由来］岐阜県真桑（現在の真正町）で多く栽培されたことから。［同義］真桑・甜瓜（まくわ）、真瓜（まうり）、甘瓜（あまうり）、玉真桑・玉真瓜（たままくわ）、味瓜（あじうり）、都瓜（みやこうり）、梵天瓜（ぼんてんうり）。［漢名］甜瓜。⇩瓜（うり）［夏］、玉真桑（たままくわ）［夏］、初瓜（はつうり）［夏］、初真桑（はつまくわ）［夏］

§

真桑瓜けさまた大きうなつたとて妹走せかへるなつの暁　青山霞村・池塘集

我に似な二ツにわれし真桑瓜　芭蕉・初蝉

闇夜ときつね下はふ玉真桑　芭蕉・東日記

柳小折《こり》片荷は涼し初真瓜　芭蕉・市の庵

夏かけて真瓜も見えずあつさ哉　去来・笈日記

魂棚《たまだな》に野辺の匂ひや真桑瓜　杉風・続別座敷

さらし着て小僧も涼しはつ真桑　許六・風俗文選犬註解

秋近し明日も御意得む真桑瓜　林紅・東西夜話

待ちうけて医師にすゝむる甜瓜哉　几董・井華集

ごろり寝の枕にしたる真瓜《まくは》哉　一茶・七番日記

真桑瓜見かけてやすむ床几《しょうぎ》哉　正岡子規・子規句集

吹井戸やぼこりぼこりと真桑瓜　夏目漱石・漱石全集

まくわうり

まこも【真菰・真薦】

イネ科の大形多年草。浅水に自生する。高さ一～二メートル。葉は線形。夏に刈って、筵の材料とする。秋、穂をつけ上部に雌花、下部に雄花を開く。種子と若葉は食用。［和名由来］「馬薦（マコモ）」「真蒲（マカマ）」の意など。［同義］菰（こも）、粽草（ちまきぐさ）、勝見（かつみ）、花勝見（はなかつみ）、霞草（かすみぐさ）。［漢名］菰。⇩菰（こも）［夏］、真菰の花（まこものはな）［秋］、真菰売（まこもうり）［夏］、真菰刈る（まこもかる）［夏］、刈菰（かりこも）［四季］

§

三島江の入江の真菰雨降ればいとどしをれて刈る人もなし　源経信・新古今和歌集三（夏）

真菰生ふるいかほの沼のいかばかり波越えぬらん五月雨のころ　順徳院・新後拾遺和歌集三（夏）

真菰草風通しよき池の家の晴れのいち日《にち》よしきり鳴くも　島木赤彦・馬鈴薯の花

湖尻の江の水せばみ舟べりに触れて真菰のずれゆく音す　木下利玄・紅玉

笠島の人が笠著て真菰艸　乙二・斧の柄

潮来

舟の波真菰を越えて田にはしる　加藤楸邨・寒雷

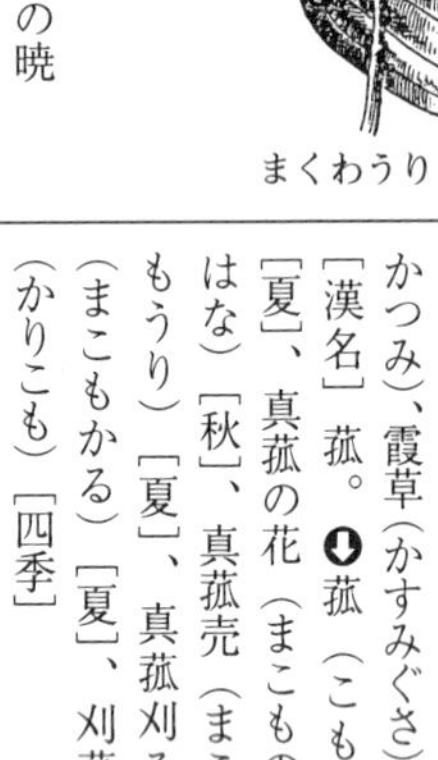

まこも

まこもうり【真菰売・真薦売】

筵の材料となる真菰を売り歩く人。⇩真菰（まこも）［夏］

§

戻りには棒に風なし真菰うり　也有・蘿葉集

とし毎に粽は食はず真菰うり　也有・蘿葉集

まこもかる【真菰刈る・真薦刈る】

夏に真菰を刈り取ること。和歌においては「淀」「堀江」などにかかる枕詞でもある。真菰は、飼料や筵の材料となる。⬇真菰（まこも）［夏］、真菰売（まこもうり）［夏］

§

真菰刈る淀の沢水雨降ればつねよりことにまさる我が恋　紀貫之・古今和歌集一二（恋二）

五月雨はみつのみまきの真菰草かり干すひまもあらじとぞ思ふ　相模・後拾遺和歌集三（夏）

真菰かる淀の沢水深けれど底まで月の影は澄みけり　大江匡房・新古今和歌集三（夏）

真菰刈るみつのみまきの駒の足のはやくたのしき世をも見るかな　兼盛集（平兼盛の私家集）

おどろかす蛍の夢や真菰がり　也有・蘿葉集

水深く利鎌《とき》鳴らす真菰刈　蕪村・蕪村句集

真菰刈童がねむる舟漕げり　水原秋桜子・葛飾

まさきのはな【柾の花・正木の花】

柾はニシキギ科の常緑低樹。自生・栽植。高さ二～三メートル。葉は楕円形で対生。緑は鋸歯状。夏、緑白色の小花を開く。秋に実を結び鮮やかな赤色の種子をだす。生垣などに用いられる。［〈柾〉和名由来］諸説あり。「真青木（マサオキ）」「籬木（マセキ）」の意より。［〈柾〉同義］青木（あおき）、花柴（はなしば）、雷木（かみなりのき）。⬇柾の実（まさきのみ）［秋］、柾（まさき）［四季］

まさき

まだけのこ【真竹の子】

イネ科タケクサ類の真竹の筍をいう。食用。真竹は最も一般的な竹。［同義］苦竹（にがだけ）、呉竹（くれたけ）、男竹・雄竹（おだけ）。［漢名］苦竹。⬇竹の子（たけのこ）［夏］、真竹（まだけ）［四季］

またたびのはな【木天蓼の花】

サルナシ科の蔓性落葉植物の木天蓼の花。木天蓼は初夏、梅の花に似た五弁の白花を開く。秋に実を結ぶ。［同義］夏梅（なつうめ）、夏梅蔓（なつうめづる）。⬇木天蓼（またたび）［秋］

まつおちば【松落葉】

松は初夏の新葉が生育した頃、古葉を落とす。この落葉を松落葉という。⬇常磐木落葉（ときわぎおちば）［夏］、散松葉（ちりまつば）［夏］、敷松葉（しきまつば）［冬］

§

夏帽の堅きが鍔に落ちふれて松葉は散りぬこのしづけきに　長塚節・鍼の如く

月の坂を馬のぼり来るこゑとほし松の落葉はしづかなるかも　石井直三郎・青樹

清瀧や波に散込《こむ》む青松葉　芭蕉・笈日記

松風の落葉か水の音涼し　芭蕉・蕉翁句集

松の葉の落ちて地に立つ暑かな　風律・古人五百題

松葉散る松の緑の伸びにけり　　正岡子規・子規全集

まつばぎく【松葉菊】

ツルナ科の多年草・栽培。南アフリカ原産。高さ約三〇センチ。葉は多肉・線形で松葉牡丹に似る。夏に紅・白・淡紅・紅紫色などの菊に似た花を開く。［和名由来］葉が松に似て、花が菊に似るところから。［同義］菊牡丹（きくぼたん）、仙人掌菊（さぼてんぎく）。

まつばぎく

§

庭もせにくれなゐふかき松葉菊鰻飛び超えゆくへ知らずも　北原白秋・雲母集

まつばぼたん【松葉牡丹】

スベリヒユ科の一年草・栽培。ブラジル原産。江戸時代に渡来。高さ約一五センチ。枝は細かく分かれ、葉は線形で肉質。夏に黄・紫・紅・白色などの五弁の花を開く。［和名由来］葉が松に似て、花を牡丹に見立てたところから。［同義］亜米利加草（あめりかそう）、花松菜（はなまつな）、爪切草（つめきりそう）、日照草（ひでりぐさ）。［花言］無邪気、可憐。

まつばぼたん

§

ふ、みたる松葉牡丹を家つとに二鉢買て手にをさげこし　伊藤左千夫・伊藤左千夫全短歌

たまさかに吾がまゐりこしおくつきの松葉牡丹の花さかりなり　島木赤彦・氷魚

すき透《とほ》らむばかりに深くくれなゐの松葉《まつば》牡丹《ぼたん》のまへを過《よ》ぎりぬ　斎藤茂吉・小園

暑き日の朝より差すに庭の隈《くま》松葉牡丹の色こぞり咲く　宮柊二・藤棚の下の小室

蜥蜴ゐる松葉牡丹は黄なりけり　山口青邨・雪国

まつもと【松本】

ナデシコ科の多年草。自生・栽培。葉は卵形で先が尖る。五、六月頃、紅・白色の花を開く。［和名由来］歌舞伎役者の松本幸四郎の紋所に似ていることから。［同義］松本仙翁（まつもとせんおう）。

まつもと

まつよいぐさ【待宵草】

アカバナ科の多年草・自生。南アメリカ原産。江戸時代に渡来。高さ三〇〜一〇〇センチ。夏、葉腋に鮮黄色の四弁花を開く。夕方開花し、翌朝しぼみ、黄赤

まつよいぐさ

色に変わる。［和名由来］花が夕方に開花するところから。［同義］月見草（つきみそう）、幽霊花（ゆうれいばな）。［花言］物いわぬ恋。⇩大待宵草（おおまつよいぐさ）［夏］、月見草（つきみそう）［夏］

まつりか【茉莉花】

　モクセイ科の常緑低樹・栽培。インド、アラビア原産。葉は楕円形。夏の夕、白色の五弁の花を開く。中国では茶と混ぜ、「茉莉花茶（ジャスミンちゃ）」として飲用する。［同義］毛輪花（もうりんか）、女郎花（じょろうばな）。［漢名］末利、抹利。

まつりか

§

茉莉花の花こぼれある詩箋かな　河東碧梧桐・新傾向（夏）

茉莉花や蘇洲の人の贈り凫　河東碧梧桐・新傾向（夏）

まゆみのはな【真弓の花・檀の花】

　真弓はニシキギ科の落葉低樹。初夏、薄白緑の四弁の小花を開く。⇩真弓（まゆみ）［秋］、真弓の実（まゆみのみ）［秋］、真弓紅葉（まゆみもみじ）［秋］

§

白真弓今春山に行く雲の行きや別れむ恋しきものを
　作者不詳・万葉集一〇

手もふれで月日へにける白真弓おきふし夜はいこそ寝られね
　紀貫之・古今和歌集一二（恋二）

まんねんすぎ【万年杉】

　シダ類ヒカゲノカズラ科の常緑多年草・自生。高さ約一五センチ。地下茎は地中を這い、地上に直立した茎をだす。多くの枝を分かち、杉に似た光沢のある線形の葉を密生する。夏、茎頭に子嚢穂を出す。［同義］万年草（まんねんぐさ）。［漢名］玉柏。

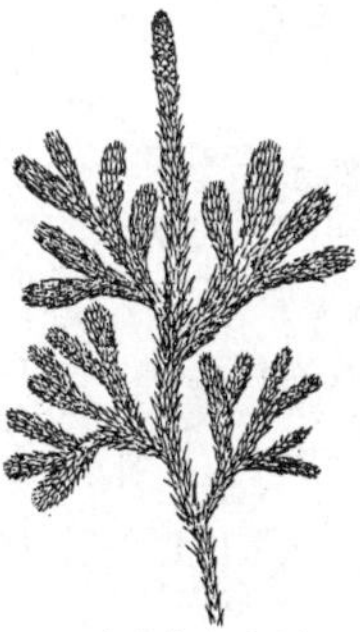
まんねんすぎ

「み」

みかんのはな【蜜柑の花】

　ミカン科の常緑有刺樹の蜜柑の花。初夏、五弁の白花を開く。⇩蜜柑（みかん）［冬］

§

猶哀れ栗も蜜柑も花の時　乙由・麦林集

春過ぎてはや咲く蜜柑柑子哉　大江丸・俳句大観

ふるさとはみかんのはなのにほふとき　種田山頭火・層雲

みくり【三稜・三稜草】

　ミクリ科の水性多年草・自生。「さんりょう」ともいう。高さ約八〇センチ。茎は長く三稜形。夏、茎頂上に白色の単性花をつける。花後、熟して緑色の果実を結ぶ。根・茎は造血の薬用となる。［和名由来］果実を栗の実に見立てた「実栗」の意からと。［漢名］黒三稜。

§

みくり這ふみぎはの真菰うちそよぎかはづ鳴くなり雨のくれがた
　拾遺愚草（員外）（藤原定家の私家集）

みくり

みざくら【実桜】

「さくらんぼう」のこと。桜の実。初夏、実を結ぶ。⬇さくらんぼう［夏］、桜の実（さくらのみ）［夏］

§

甃《いしだたみ》こぼれて映《うつ》る実桜《みざくら》を拾ふがごときこのおもひでか
　土岐善麿・はつ恋

実桜や死のこりたる庵主　蕪村・蕪村句集

木母寺や実桜落ちて人もなし　正岡子規・子規全集

実桜や羽織かさねてつかぬ髪　杉田久女・杉田久女句集補遺

実ざくらやをとめさびつつ人みしり　日野草城・日暮

みずあおい【水葵・雨久花】

ミズアオイ科の水生一年草。自生・栽培。葉は心臓形。夏から秋に花軸をだし、紫碧・白色の花を円錐状に開く。［同義］浮水葱（うきなぎ）、沢桔梗（さわぎきょう）。⬇水葱（なぎ）［夏］

みずあおい

§

雨久花《みずあふひ》みてゐるうちに二つ許り夕べの花を開きたるかも
　中村憲吉・馬鈴薯の花

加茂川のすゑやながれて水葵　也有・蘿葉集

みずおおばこ【水大葉子・水車前】

トチカガミ科の水生一年草。水田・池沼に自生。茎は短く、葉は広卵形で帯紫緑色。夏、三弁の白・紅紫色の花を開く。［和名由来］姿が大葉子に似て水中に生育するところから。［同義］水朝顔（みずあさがお）。［漢名］龍舌草。

みずおおばこ

みずきのはな【水木の花】

水木はミズキ科の落葉高樹。自生・栽植。高さ約一〇メートル。枝は帯紅色。葉は広楕円形で裏面に短毛を密生する。夏、四弁の白小花を開く。花後、球形の実を結び、秋に熟して紫黒色となる。幹に大量の水分を含んでいるので防火の役割もあり、庭木や街路樹として植えられる。枝ぶりや木肌が美しいため、小正月（旧暦の正月）に「餅花」を飾る枝として用いられる。〈水木〉

みずき

和名由来］早春、芽吹くころに大量の水を吸い上げるため、枝を折ると水が滴るほどに樹液が多いところから。［〈水木〉同義］車水木（くるまみずき）、繭木（まゆぎ）。［〈水木〉漢名］燈台木。⇩水木の実（みずきのみ）［秋］、餅花（もちばな）［新年］

みずくさのはな【水草の花】

水草類の夏に咲く花。

§

聞もつけぬ名は呼びにくき水草哉　来山・続いま宮草

水た、へて水草移す小沙弥かな　白雄・白雄句集

みずわらび【水蕨】

シダ類ミズワラビ科の一年草。水田や沼沢の浅水に自生。短葉で羽状に分裂。葉縁は裏側に曲り、子嚢をつける。夏、葉をとり、煮て食用とする。［同義］水防風（みずぼうふう）、水人参。

みつがしわ【三槲・三柏】

リンドウ科の多年草。水辺に自生。高さ約三〇センチ。三小葉からなる複葉。六月頃、五弁の白花を総状につける。葉は「睡菜葉（すいさいよう）」として健胃などの薬用になる。［和名由来］三小葉が柏の葉に似るところから。［同義］水半夏（みずはんげ）、三葉川骨（みつばこうほね）。［漢名］睡菜。

みずわらび

みつがしわ

みやこぐさ【都草】

マメ科の多年草・自生。高さ約二〇センチ。三小葉よりなる羽状複葉。初夏、蝶形の黄色花を開く。根は「百脈根（ひゃくみゃくこん）」として止渇、解熱などの薬用になる。［同義］黄金花（こがねばな）、錦都草（にしきみやこぐさ）、黄蓮華（きれんげ）、狐豌豆（きつねのえんどう）、烏帽子花（えぼしばな）、淀殿草。［花言］復讐。⇩淀殿草（よどどのぐさ）［夏］

みやこぐさ

§

白浜の野島が崎の松蔭に芝生に交るみやこぐさの花　長塚節・房州行

みょうがじる【茗荷汁】

茗荷を入れた汁物。⇩茗荷の子（みょうがのこ）［夏］

§

茗荷汁にうつりて淋し己が顔　村上鬼城・鬼城句集

茗荷汁つめたうなりて澄みにけり　村上鬼城・鬼城句集

みょうがのこ【茗荷の子】

茗荷はショウガ科の多年草。自生・栽培。高さ五〇〜八〇センチ。葉は広披針形。夏から秋に根茎から苞のある花穂を

だし、淡黄色の花を開く。この広楕円形の花穂を「茗荷の子」とよび、吸物やさしみの薬味や汁の具、天ぷらなどにして食用となる。根茎は「茗石（めいせき）」として眼薬になる。［〈茗荷〉同義］茗荷（めが）、鈍根草（どんこんそう）。⬇茗荷竹（みょうがだけ）［春］、茗荷汁（みょうがじる）［夏］、茗荷の花（みょうがのはな）［秋］

みょうが

§

庭草をくゞる嵐や茗荷の子　露月・露月句集
仇落や柿に並びし茗荷の子　道彦・俳諧辞典
朝は涼しい茗荷の子　種田山頭火・草木塔

「む」

むぎ【麦】
イネ科の穀類中、大麦、小麦、ライ麦などの総称。初冬に蒔かれた種子は春には青々と繁り、初夏、黄熟したところを刈り取られる。古くから食用・飼料とされた。肥料、用材（細工物・屋根葺）ともなる。麦は初夏に実るが、米の収穫になぞらえて初夏を「麦秋」とよぶ。［和名由来］諸説あり。「群芒（ムレノギ）」の意。「群毛（ムレゲ）」の意。穀皮を「剥（ムキ）」の意など。［同義］去年草（こぞぐさ）、二年草（にねんぐさ）、年越草（としこしぐさ）、茶筅草（ちゃせんぐさ）。［花言］富。〈折れ麦〉争い。⬇穂麦（ほむぎ）［夏］、麦の秋（むぎのあき）［夏］、麦の穂（むぎのほ）［夏］、青麦（あおむぎ）［春］、麦踏（むぎふみ）［春］、大麦（おおむぎ）［夏］、小麦（こむぎ）［夏］、新麦（しんむぎ）［夏］、麦秋（ばくしゅう）［夏］、麦の風（むぎのかぜ）［夏］、麦歌（むぎうた）［夏］、麦藁（むぎわら）［夏］、麦飯（むぎめし）［夏］、瘦麦（やせむぎ）［夏］、麦埃（むぎぼこり）［夏］、麦笛（むぎぶえ）［夏］、麦の波（むぎのなみ）［夏］、麦の雨（むぎのあめ）［夏］、麦糠（むぎぬか）［夏］、麦打（むぎうち）［夏］、麦刈（むぎかり）［夏］、麦日和（むぎびより）［夏］、麦の粉（むぎのこ）［夏］、麦畑（むぎばたけ）［夏］、麦野（むぎの）［夏］、麦搗（むぎつき）［夏］、麦の芽（むぎのめ）［冬］、麦蒔（むぎまき）［冬］

むぎ［毛詩品物図攷］

§

馬柵越《うませご》しに麦食む駒の罵《の》らゆれどなほし恋しく思ひかねつも　作者不詳・万葉集一二

柵越《くへ》しに麦食む駒のはつはつに相見し子らしあやに愛《かな》しも　万葉集一四（東歌）

おぼつかなき雨のあがりに夕方の麦の黄ばみはうすほのめけり　島木赤彦・馬鈴薯の花

安房の国や長き外浦の山なみに黄めるものは麦にしあるらし　長塚節・房州行

燕麦《からすむぎ》のなびきおきふす山畑《やまばたけ》晴れたりとおもふにはや曇りける　斎藤茂吉・石泉

黄に熟れし麦のにほひのゆくりなくさまよひ来ては涙をさそふ　田波御白・御白遺稿

清涼寺の築地《ついじ》くづれし裏門を出づれば嵯峨は麦うちしきる　若山牧水・みなかみ

夏の日の激しき麦の香を思ふ皮膚のすべては耳なりしかな　北原白秋・桐の花

ふるさとの麦のかをりを懐かしむ女の眉が悲しかりけり　石川啄木・啄木歌集補遺

志和の城の麦熟すらし／その黄いろ／きみ居るそらの／こなたに明し　宮沢賢治・校本全集

廃墟《あれあと》のひと畝の麦も黄に照れば朝々にしてこころゆたけし　木俣修・冬暦

行《ゆく》駒の麦に慰むやどり哉　芭蕉・甲子吟行

麦はえてよき隠家や畠村《はたけむら》　芭蕉・笈日記

麦の葉に慰《なぐさみ》行や小山伏　才麿・陸奥衢

屋の棟の麦や穂に出て夕日影　丈草・丈草発句集

里の女《め》や麦にやつれしうしろ帯　一茶・享和句帖

麦二寸あるは又四五寸の旅路哉　夏目漱石・漱石全集

駅長ひまな顔してきのふよりけふの麦の伸び　河東碧梧桐・三昧

麦ほこりかかる童子の眠りかな　芥川龍之介・発句

いくさよあるな麦生《むぎふ》に金貨天降《あまふ》るとも　中村草田男・銀河依然

むぎうた【麦歌】

初夏、黄熟した麦を刈り取る時や、麦を打ったり搗いたりする時にうたう歌。➡麦（むぎ）［夏］、麦刈（むぎかり）［夏］、麦打（むぎうち）［夏］、麦搗（むぎつき）［夏］

§

麦うたや誰と明して睡た声　移竹・俳句大観

麦うたや野鍛治が槌も交へうつ　几董・井華集

むぎうち【麦打】

麦の穂を打ち、実を落とすこと。➡麦（むぎ）［夏］、麦埃（むぎぼこり）［夏］

§

蝉鳴や麦をうつ音二三三　嵐雪・玄峰集

麦を打ほこりの先に聟舅　太祇・太祇句選

むぎかり【麦刈】

初夏、黄熟した麦を刈り取ること。➡麦（むぎ）［夏］、麦日和（むぎびより）［夏］

§

刈りし穂のそとも の麦も朽ちぬらし干すべきひまも見えぬ五月雨　藤原清輔・夫木和歌抄八

初夏の雲のなかなる山の国甲斐の畑に麦刈る子等よ　若山牧水・路上
貰うよ玉江の麦の刈仕舞　惟然・惟然坊句集
麦刈てあそべや我も鎌法師　支考・東西夜話
麦刈て瓜の花まつ小家哉　蕪村・新花摘
麦刈の不二見所の榎哉　一茶・享和句帖
麦刈りや娘二人の女わざ　村上鬼城・鬼城句集
麦を刈るあとを頼りに燕かな　夏目漱石・漱石全集
刈り遅れた麦で皆んながそれぞれに不満なのだ　河東碧梧桐・八年間

むぎつき【麦搗】
脱穀し、精白するため、麦を搗くこと。➡麦（むぎ）［夏］

§

麦つきやむしろまとひの俄雨　鬼貫・俳諧七車
門々の月を見かけて麦をつく　一茶・七番日記

むぎぬか【麦糠】
麦を精製したときの果皮、種皮、外胚乳などを粉にしたもの。肥料になり、また、漬物の糠となる。［同義］もみじ。からこ。むぎかす。➡麦（むぎ）［夏］

§

麦ぬかの流の末の小なべ哉　一茶・享和句帖

むぎの【麦野】
麦畑。➡麦（むぎ）［夏］、麦畑（むぎばたけ）［夏］

§

馬子起て馬をたづぬる麦野哉　其角・五元集拾遺

むぎのあき【麦の秋】
麦の収穫時期。麦が熟する初夏の頃をさしていることば。➡麦秋（ばくしゅう）［夏］、麦（むぎ）［夏］

§

おくるてふ蝉の初声聞くよりも今はと麦の秋を知りぬる　よみ人しらず・夫木和歌抄八
冬をへてともしに生ふる麦の秋は夜寒なりけり蝉の羽衣　賀茂保憲女集（賀茂保憲の女の私家集）
川口の小島に黄ばむ麦の秋葦剖《よしきり》などのなきしきるこゑ　岡稲里・早春
宿々は皆新茶なり麦の秋　許六・五老井発句集
猶語れいねとは言はず麦の秋　也有・蘿葉集
深山路を出抜てあかし麦の秋　太祇・太祇句選
穂にむせぶ咳もさわがし麦の秋　太祇・太祇句選
辻堂に死せる人あり麦の秋　蕪村・新花摘
旅寝してしるや麦にも秋の暮　蓼太・蓼太句集
覆面の内儀しのばし麦の秋　召波・春泥発句集
宵闇ぞ最中なりけり麦の秋　暁台・暁台句集
麦秋や土台の石も汗をかく　一茶・文政句帖
野の道や童《わらべ》蛇打つ麦の秋　正岡子規・子規句集
鞭鳴す馬車の埃や麦の秋　夏目漱石・漱石全集
海近き砂地つゞきや麦の秋　河東碧梧桐・新傾向（夏）

むぎのあめ【麦の雨】
麦の収穫時期に降る雨。➡麦（むぎ）［夏］

§

葉の底に花を残して麦の雨　野紅・初便
狐火や五助畠の麦の雨　蕪村・蕪村遺稿

むぎのかぜ【麦の風】

初夏、麦を刈り取る時期に吹く風をいう。［同義］麦の秋風、麦嵐（むぎあらし）。⬇麦（むぎ）［夏］

§

御園生に麦の秋風そよめきて山ほととぎすしのび鳴くなり
散木奇歌集（源俊頼の私家集）
はたけふに麦の秋風吹き立ちぬはやうちとけぬ山ほととぎす
林葉和歌集（俊恵の私家集）
都出て麦の穂のぼる嵐かな　帰朝・鵜音
麦の風鄙の車に乗りにけり　河東碧梧桐・春夏秋冬
里心麦にふかれて戻るなり　河東碧梧桐・春夏秋冬

むぎのこ【麦の粉】

麦を炒って、粉状にしたもの。砂糖を混ぜたり冷水で溶かしたりして食べる。⬇麦（むぎ）［夏］

§

むせるなと麦の粉くれぬ男の童　召波・春泥発句集

むぎのなみ【麦の波】

麦の穂が一面に揺れている様子を波にたとえた表現。⬇麦（むぎ）［夏］

§

汐干るや海に凪なし麦の浪　野坡・野坡吟草
菜種よりぬれいろふかし麦の波　卯七・初蝉
青あらしそこに落てや麦の波　吾仲・志津屋敷
わびしげや麦の穂なみにかくれ妻　太祇・太祇句選

むぎのほ【麦の穂】

⬇麦（むぎ）［夏］、穂麦（ほむぎ）［夏］

§

種まきし木の下麦の穂に出でて風に秋ある山ばたのいほ
藤原隆房・夫木和歌抄八
山かづのはでに刈り干す麦の穂のくだけてものを思ふころかな
曾丹集（曾祢好忠の私家集）
夜半《よは》の風麦の穂だちに音信《おとづれ》て蛍とふべく野はなりにけり
香川景樹・桂園一枝
麦の穂に背丈かくるる幼子よ憂ひはなくて何地《いづち》か行かむ
島木赤彦・氷魚
麦の穂の光りのなかにかぎろひの青峯《あをね》の眉の消《け》ぬばかりなり
太田水穂・冬菜
初夏のわびしきおもひかきまぜて麦の穂白う雨そそぎ来る
岡稲里・早春
追はるるごと夫婦《ふたり》となりぬ麦の穂にかなしみおぼえ旅にいでにけり
前田夕暮・陰影
麦の穂波が白く光る季節となり、野はあかるく廻転窓をひらく
前田夕暮・水源地帯
麦の穂のみなかきたれてふくみたる夕日のいろのなやましきかな
若山牧水・山桜の歌
ふるさとの麦の刈穂のい寝ごこち幼な遊びの声もほめきぬ
北原白秋・桐の花
麦の穂や泪《なみだ》に染《そめ》て啼雲雀　芭蕉・嵯峨日記

麦の穂を便《たより》につかむ別《わかれ》かな　芭蕉・赤冊子草稿
麦の穂に来るや雀の夫婦連《めをとづれ》　野坡・はだか麦
麦の穂の出揃ふ頃のすがすがし　高浜虚子・五百五十句
麦の穂のおもひでがないでもない　種田山頭火・草木塔

むぎばたけ【麦畑】

⇩麦（むぎ）［夏］、麦野（むぎの）［夏］

§

ライ麦の畑といはず崖といはず落日《いりひ》いつぱいに滴《しただ》る赤さ　北原白秋・雲母集
遠く見て川向ひなる麦畑のけふは昨日より黄ばめるらしも　半田良平・幸木
吾が撃ちし弾《たま》はまさしく逃ぐる匪《ひ》の自転車に中《あた》りぬ麦畑中に　渡辺直己・渡辺直己歌集
つかみあふ子供の長《たけ》や麦畠　去来・嵯峨日記
麦畑や出ぬけても猶麦の中　野坡・すみだはら

むぎびより【麦日和】

麦の刈取りに適した日和。⇩麦（むぎ）［夏］、麦刈（むぎかり）［夏］

§

秋や須磨すまや秋知る麦日和　芭蕉・もとの水

むぎぶえ【麦笛】

麦の茎を三センチ位に切って吹き鳴らして遊ぶ。⇩麦藁笛（むぎわらぶえ）［夏］

§

うなゐ子がすさみにならす麦笛の声におどろく夏のひるぶし　聞書集（西行の私家集）
麦笛や四十の恋の合図吹く　高浜虚子・五百句
吹き習ふ麦笛の音はおもしろや　杉田久女・杉田久女句集
麦笛や雨あがりたる垣のそと　水原秋桜子・葛飾

むぎぼこり【麦埃】

麦打で立つ埃。⇩麦（むぎ）［夏］、麦打（むぎうち）［夏］

§

鶏の鼻ぐすめくや麦ぼこり　朱拙・白馬
長旅や駕なき村の麦ほこり　蕪村・蕪村句集
麦埃かぶる童子の眠りかな　芥川龍之介・蕩々帖

むぎめし【麦飯】

米に麦を混ぜて炊いた飯。また、麦だけで炊いた飯をいう。⇩麦（むぎ）［夏］

§

麦飯やさらば葎《むぐら》の宿ならで　杉風・常盤屋之句合
麦飯に痩せもせぬなり古男　村上鬼城・鬼城句集

むぎわら【麦藁】

穂を取ったあとの麦の茎をいう。ストローにしたり、帽子や細工物に編みあげたりして使う。屋根葺にも使われた。⇩麦（むぎ）［夏］、麦藁帽子（むぎわらぼうし）［夏］、麦藁笛（むぎわらぶえ）［夏］

§

梅雨の日の麦藁の香と新しき蚊帳のにほひとわれとかなしき　岡稲里・早春

麦藁の家してやらん雨蛙　智月・猿蓑
麦わらは麦掃庭のは、きかな　鬼貫・俳諧七車
麦藁や地蔵の膝にちらしかけ　正岡子規・子規句集

むぎわらぎく【麦藁菊】
キク科の一〜二年草。オーストラリア原産。高さ約六〇センチ。夏から秋に黄・橙・白・淡紅色などの花を開く。［和名由来］英名「staw flower」の和訳。

むぎわらぶえ【麦藁笛】
短く切った麦の茎を吹き鳴らして遊ぶ。［同義］麦笛、麦幹笛（むぎがらぶえ）。⇩麦（むぎ）［夏］、麦笛（むぎぶえ）［夏］、麦藁（むぎわら）［夏］

§

里の子の麦藁笛や青葉山　才麿・才麿発句抜粋
むら雀麦わら笛にをどるなり　一茶・七番日記

むぎわらぼうし【麦藁帽子】
麦藁を編んでつくった夏帽子。⇩麦藁（むぎわら）［夏］

§

さやげども麦稈帽子とばぬ程みむなみ吹きて外はすがすがし
長塚節・鍼の如く

むぐら【葎】
八重葎（やえむぐら）、金葎（かなむぐら）などの総称。また、これらの雑草が密生する状態をいう。⇩葎若葉（むぐらわかば）［春］、金葎（かなむぐら）［夏］、枯葎（かれむぐら）［冬］

§

八重葎しげき宿には夏虫の声よりほかにとふ人もなし
よみ人しらず・後撰和歌集四（夏）
むぐらはふわがやどをしもた、くなる水鶏《くひな》やよはのなさけしるらん
賀茂真淵・賀茂翁家集
葎おふ壁のこほれのかたつふりはひか、りてはゆく方もなし
上田秋成・藻屑
世に出でむことも願はず秋ふかき葎《むぐら》の宿《やど》にどびろくを酌む
吉井勇・人間経

山賤《やまがつ》のおとがい閉るむぐらかな　芭蕉・続虚栗
麦飯やさらば葎の宿ならで　杉風・常盤屋之句合
古寺や葎の下の狐穴　闌更・俳句大観
訪ぬ人も葎の宿にかぞへけり　白雄・白雄句集
時鳥《ほととぎす》夜は葎もうつくしき　一茶・文化句帖
陽炎のづんづんと伸る葎哉　一茶・文化句帖

むしとりなでしこ【虫捕撫子・虫取撫子】
ナデシコ科の一〜二年草。自生・栽培。南ヨーロッパ原産。江戸時代末に渡来。高さ約五〇センチ。茎から粘液を分泌する。葉は長卵形でへら状。晩春、紅紫・白色の小花を密生して開く。［和名由来］茎の節からでる粘液を虫捕液に見立てたものと。［同義］小町草（こまちそう）、蝿取撫子（はえとりなでしこ）。［花言］罠。〈赤花〉青春期の恋。

むしとりなでしこ

〈白花〉裏切り。⇩小町草（こまちぐさ）［夏］

むらわかば【むら若葉】

濃淡のある若葉をいう。⇩若葉（わかば）［夏］

§

朝雲のゆふべにも降ずむら若葉　蘭之・夜の杜

窓明けて見渡す山もむら若葉　杉田久女・杉田久女句集

「も」

もくせいそう【木犀草】

モクセイソウ科の多年草・栽培。北アフリカ原産。高さ約三〇センチ。葉は長楕円形。夏、帯緑白色の花を穂をなして開く。［和名由来］匂いが木犀に似るところから。

もちのはな【黐の花】

モチノキ科の常緑小高樹である黐の木（もちのき）は、初夏、淡黄緑色の四弁花を叢生する。花後、球形の果実を結ぶ。⇩黐の実（もちのみ）［秋］

もくせいそう

もちのき

もっこくおちば【木斛落葉】

ツバキ科常緑高樹の木斛の落葉。⇩常盤木落葉（ときわぎおちば）［夏］、木斛の花（もっこくのはな）［夏］

§

木斛の落葉掃きたる茶の日哉　正岡子規・子規全集

もっこくのはな【木斛の花】

木斛はツバキ科の常緑高樹・栽植。高さ約六メートル。日本の暖地の海岸の多い。葉は長楕円形で光沢のある深緑色。夏、五弁の黄白色の花を開く。花後、球状の果実を結ぶ。［〈木斛〉同義］赤実木（あかみのき）、水木犀（みずもくせい）。［〈木斛〉漢名］厚皮香。⇩木斛落葉（もっこくおちば）［夏］

もっこく

ものはな【藻の花】

沢や湖・沼などの水に生育する藻類が夏に開く花をいう。⇩花藻（はなも）［夏］

§

川の上の厳藻《いつも》の花の何時も何時も来ませ我が背子時じけめやも　吹芡刀自・万葉集四

垣根すぐる野路の細川せき入れて夏は浮藻の花をみるかな　上田秋成・居然亭茶寮十友

藻の花をわけてむすべば巌間より昼の月しろく浮きて流るる
　与謝野寛・紫
青海原藻の花ゆらぐ波の底に魚とし住まば悶《もだ》えざらむか
　芥川龍之介・書簡集
藻の花や金魚にかゝるいよすだれ　其角・五元集
藻の花や絵にかき分けて誘ふ水　基角・五元集拾遺
渡り懸て藻の花のぞく流哉　凡兆・猿蓑
藻の花をやうじとするや釣の糸　北枝・北枝発句集
路の辺の刈藻花咲く宵の雨　蕪村・蕪村句集
藻の花や網にひかれて苔の花　蕪村・夜半叟句集
藻の花やわれても末に舟の跡　召波・春泥発句集
藻の花や隙なき水の中ながら　蓼太・蓼太句集
藻の花や小川に沈む鍋のつる　正岡子規・子規句集
藻の花や母娘《おやこ》が乗りし沼渡舟《ぬまわたし》　高浜虚子・五百五十句

「や」

やぐるまぎく【矢車菊】

①キク科の一〜二年草・栽培。ヨーロッパ原産。高さ約九〇センチ。細葉で茎・葉ともに毛がある。初夏から秋、藍紫・桃・白色の頭状花を開き、矢車状につける。［和名由来］花を鯉のぼりの矢車に見立てたところから。［漢名］藍芙蓉。［花言］デリカシー（英）、あなたは私を明るくしてくれる（仏）。②ユキノシタ科の矢車草の別称。➡矢車草（やぐるまそう）［夏］

やぐるまぎく

§

うば玉の髪より白き簾より涼しきいろの矢ぐるまの花
　与謝野晶子・さくら草
朝ごとに一つ二つと減り行くに何が残らむ矢車の花
　長塚節・鍼の如く
快き夏来にけりといふが如まともに向ける矢車の花
　長塚節・鍼の如く
にほやかに君がよき夜ぞふりそそぐ白き露台の矢ぐるまの花
　北原白秋・桐の花
函館の青柳町こそかなしけれ友の恋歌矢ぐるまの花
　石川啄木・啄木歌集補遺

やぐるまそう【矢車草】

①ユキノシタ科の多年草・自生。葉は五枚の小葉からなる掌状で矢車に似る。初夏、緑白色の小花を多数円錐花序に開く。［同義］羽団扇草（はうちわそう）。②キク科の矢車菊の別称。➡矢車菊（やぐるまぎく）

やぐるまそう

まぎく）［夏］

§

春宵の矢車の花赤藍白　山口青邨・雪国
住み残す矢車草のみづあさぎ　中村汀女・花句集

やしゃびしゃく【夜叉柄杓】
ユキノシタ科の蔓性落葉小低樹・自生。深山の他木の上に生育。葉は円形で掌状に分裂する。夏、淡緑白色の五弁の小花を開く。花後、楕円形で球状の果実を結ぶ。［同義］天梅（てんばい）。

やしゃびしゃく

やせむぎ【痩麦】
実の乏しい麦。⬇麦（むぎ）［夏］

§

痩麦や我身ひとりの小百姓　召波・春泥発句集

やなぎたで【柳蓼】
タデ科の一年草・自生。高さ四〇～五〇センチ。茎は帯紅褐色をおびる。葉は披針形。秋、白色に淡紅色をおびた穂状の五弁花を開く。［和名由来］葉が柳に似ている蓼の意。［同義］本蓼（ほんたで）、真蓼（またで）。［漢名］蓼。

やなぎたで

やぶれがさ【破傘・破笠】
キク科の多年草・山野に自生。高さ約一メートル。葉は大きく掌状に深裂する。夏、白い頭状を円錐状に開く。［和名由来］葉の形が破れた傘を広げたさまに似るところから。［同義］莵児傘（やぶれがさ）、破菅笠（やぶれすげがさ）、破唐傘（やぶれからかさ）、狐笠（きつねのからかさ）。［漢名］莵児傘。

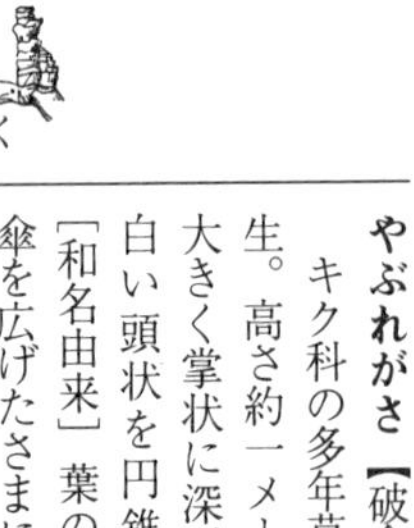
やぶれがさ

やまうるし【山漆】
ウルシ科の落葉小高樹・山野に自生。高さ約三メートル。雌雄異株。葉は漆に似た羽状複葉で互生。初夏、黄緑色で五弁の小花を円錐花序に開く。花後、扁球状の硬毛を密生した果実を結ぶ。果実から蝋を製する。［同義］黄櫨（はぜのき）、黄櫨漆（はぜうるし）、山黄櫨（やまはぜ）。⬇漆の花（うるしのはな）［夏］

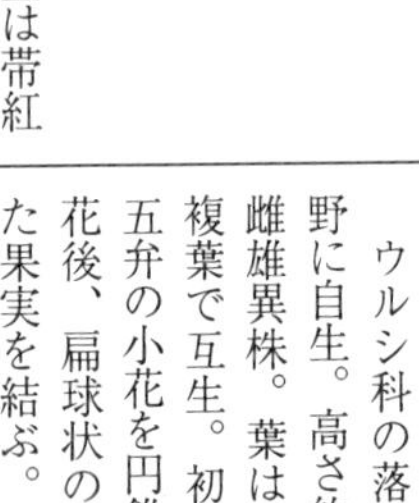
やまうるし

やまごぼうのはな【山牛蒡の花】
ヤマゴボウ科の多年草・自

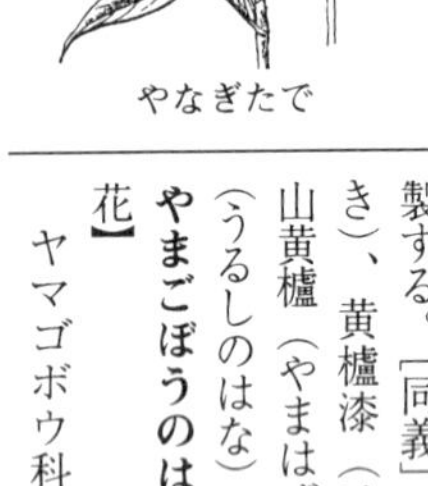
やまごぼう

生。中国原産。高さ約一メートル。葉は薄い長楕円形。夏、白色の小花を開く。花後、暗紫色の実を結ぶ。若葉は食用。根は「商陸（しゃくりく）」として利尿などの薬用になる。［同義］犬牛蒡（いぬごぼう）。［漢名］商陸。

やましげり【山茂り】

草木が青々としている山の様子をいう。⇩茂り（しげり）［夏］

§

茂山やさては家ある柿若葉　蕪村・類題発句集

やまとなでしこ【大和撫子】

撫子の別称。渡来種の唐撫子に対する呼称。日本女性に対する美称としても使われる。⇩撫子（なでしこ）［夏］、唐撫子（からなでしこ）［夏］、河原撫子（かわらなでしこ）［夏］

§

さくらのみわがしきしまの花といふ人にやみせむ大和なでしこ　香川景樹・桂園一枝拾遺

やまもも【山桃・楊梅】

ヤマモモ科の常緑高樹。自生・栽培。高さ一〇～一五メートル。雌雄異株。葉は小枝の先に密生し、長楕円形で互生。春、黄褐色の雌花穂と緑色の包鱗をもつ雄花穂をつける。花後、球形の果実を結び、熟して紫紅色になり食用となる。樹皮は「楊梅皮（ようばいひ）」として外傷、下痢止、利尿の薬用になる。［和名由来］「山（ヤマ）」に生育し「モモ」のように丸い果実をつけるところから。［同義］樹梅（じゅばい）。［漢名］楊梅。⇩山桃の花（やまもものはな）［春］

やまもも

§

火の山のふもとに住みてやま桃の青き実おとす子等にまじりき　土岐善麿・はつ恋

山桃の暗緑の木ぬれ流らふる光りかなしき墓に立ちけり　古泉千樫・屋上を土

楊梅や爪取て喰ふむすめの子　園女・当世誹諧楊梅

楊梅《やまもゝ》や千体仏のあたま数　越蘭・類題発句集

楊梅を採り来し声は童らし　水原秋桜子・晩華

やまゆり【山百合】

ユリ科の多年草。自生・栽培。日本特産種。高さ約一メートル。夏、紅斑点のある香りの高い六弁の白花を開く。地下の球形の鱗茎は食用となる。［同義］吉野百合（よしのゆり）、鳳来寺百合（ほうらいじゆり）、叡山百合（えいざんゆり）。⇩百合（ゆり）［夏］

やまゆり

§

山百合のあまたの蕾水晶のごとかがやける水上の岩　与謝野晶子・瑠璃光

たわたわに蕾ばかりが垂れゐつつこの山百合の長し真青し
若山牧水・白梅集

やま百合や小諸の古城千曲川すべて左にふりにふる雨
土岐善麿・はつ恋

山百合の咲かんとおもひ萱ふかき土よりいでてふくらむ莟
木下利玄・紅玉

うら山にひとごゑひさし我がために山百合を掘りに行きて居るらむ
中村憲吉・しがらみ

機関区の煤によごれたる卓のうへゆたかに山百合の花活けられて
木俣修・冬暦

山百合の香や築き添へし堤来て　河東碧梧桐・新傾向（夏）

やまわかば【山若葉】

若葉の繁る山。⇩若葉（わかば）［夏］

§

ほの明や魚荷こえ行山若葉　成美・いかにいかに

「ゆ」

ゆうがお【夕顔】

夕顔はウリ科の蔓性一年草・栽培。巻髭で他物に絡む。葉は腎臓形で掌状に浅裂する。夏の夜に白色の五裂の合弁花を開き、翌朝にしぼむ。花後、球形または長楕円形の果実を結び、干瓢の材料となる。俳句では「夕顔」で花をさし、夏の季語となる。［和名由来］諸説あり。「朝顔（アサガオ）」に対して夕方咲くところから。「木綿瓜（ユフクハ）」の意など。［同義］夜顔（よるがお）、煤花（すすけのはな）、黄昏草（たそがれぐさ）、瓠瓜（こくわ）、瓢箪瓢（ひょうたんひさご）。［漢名］壺盧、瓠瓜。［花言］夜。⇩夕顔蒔く（ゆうがおまく）［春］、夕顔の実（ゆうがおのみ）［秋］、干瓢剥く（かんぴょうむく）［夏］、瓢の花（ひさごのはな）［夏］

ゆうがお

§

白露のなさけおきける言の葉やほのぼの見えし夕顔の花
藤原頼実・新古今和歌集三（夏）

夕顔のしげみにすだくくつわ虫おびただしくもこひさけぶかな
散木奇歌集（源俊頼の私家集）

暮れそめて草の葉なびく風のまに垣根すずしき夕顔の花
拾遺愚草（藤原定家の私家集）

道の辺にはにふの宿のほどなきにあまりてかかる夕顔の花
平政村・続古今和歌集三（夏）

心あてにそれかとぞ見る白露の光そへたる夕顔の花
源氏物語（夕顔）

寄りてこそそれかとも見めたそがれにほのぼの見つる花の夕

顔（前歌の返歌）　源氏物語（夕顔）
この花や露をかきりとゆふかほのしほむあしたを命なりけり　上田秋成・五十番歌合
かはほりの飛びかふ軒は暮れそめて猶《なほ》くれやらぬ夕顔の花　加藤千蔭・うけらが花
行《ゆき》なづむ駒のわたりの夕がほの花のあるじよやどりかせ山　香川景樹・桂園一枝
こゝろみに扇の上にのせて見むひとふさたをれ夕顔の花　落合直文・萩之家遺稿
夕顔の棚つくらんと思へども秋待ちがてぬ我がいのちかも　正岡子規・子規歌集
かはほりの飛ぶかげたえて中垣の夕顔の花咲そめにけり　樋口一葉・緑雨筆録「一葉歌集」
行水や隣のきみにふときられはだか耻かし夕顔のはな　青山霞村・池塘集

夕顔にみとるゝや身もうかりひよん　芭蕉・続山井
夕顔に干瓢むいて遊けり　芭蕉・芭蕉書簡
夕顔や酔てかほ出す窓の穴　芭蕉・続猿蓑
夕顔の屋根に桶干す雫かな　尚白・類題発句集
ゆふがほに荷鞍干たるやどり哉　朱拙・初蝉
夕がほや一臼のこす花の宿　其角・五元集
夕顔や淋しうすごき葉のならひ　惟然・惟然坊句集
夕顔や待人待て屹度《きつと》咲　りん女・紫藤井発句集
夕顔や提燈つるす薬師堂　也有・蘿葉集
夕顔や女子の肌の見ゆる時　千代女・千代尼発句集
夕顔やそこら暮るゝに白き花　太祇・太祇句選
ゆふがほや竹焼く寺のうすけぶり　蕪村・蕪村遺稿
夕顔や早く蚊帳つる京の家　蕪村・落日庵句集
夕がほや物をかり合ふ壁のやれ　麦水・落葉かく
ゆふがほの花立されよ夜の蝿　暁台・暁台句集
夕顔や花の上なる籠り堂　白雄・白雄句集
夕顔に久し振なる月夜かな　一茶・享和句帖
夕顔や山羊よびいるるくづれ垣　森鷗外・うた日記
驚くや夕顔落ちし夜半《よわ》の音　正岡子規・子規句集
夕顔に女世帯の小家《こいえ》かな　正岡子規・子規句集
淋しくもまた夕顔のさかりかな　夏目漱石・漱石全集
夕顔《ゆふがほ》やほのかに縁《えん》の棲《つま》はづれ　泉鏡花・鏡花全集
夕顔やひらきかゝりて襞《ひだ》深く　杉田久女・杉田久女句集
夕顔にちる楽焼の火屑かな　水原秋桜子・葛飾
夕顔の月にそむけるあはれさよ　山口青邨・雪国

ゆうすげ【夕菅】

ユリ科の多年草。山野に自生。葉は線形で長く、約三〇～四〇センチ。初夏、淡黄色の花を開く。花は夕方開いて、翌日の午後にはしぼむ。［和名由来］夕方に咲く菅の意。［同義］黄菅（きすげ）、蝦夷黄菅（えぞきすげ）、吉野黄菅（よしのきすげ）。［漢名］

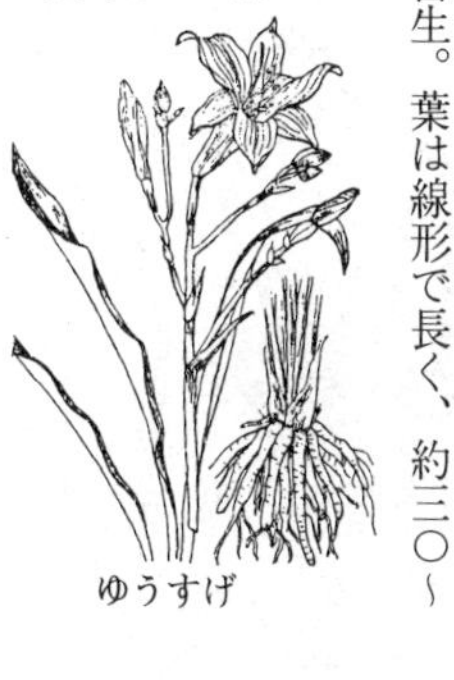
ゆうすげ

麝香草、麝香萱。⇩黄萱（きすげ）[夏]

ゆきのした【雪下】

ユキノシタ科の常緑多年草。自生・栽培。高さ一五～四〇センチ。細茎を根のように這わせて繁殖する。葉は腎臓形。葉の表面は白斑のある暗緑色で裏面は赤緑色。初夏に、五弁の白色の小花を開く。五弁の花の下の二枚が大きく下垂する。葉はてんぷらなどにして食用となり、また凍傷、腫物、火傷、咳止などの薬用となる。[和名由来]白花を雪に見立て、その下に葉が見え隠れするところから。また、下垂する二枚の大形の白い花弁を「雪の舌」とたとえたところから。[同義]鴨足草（ゆきのした・きじんそう）、虎耳草（ゆきのした）、岩蕗（いわぶき）、岩蔓（いわかずら）、雪割草（ゆきわりそう）、糸蓮（いとはす）、畸人草（きじんそう）。[漢名]虎耳草。

ゆきのした

§

雪の下白く小さく咲きにけり喜蝶が部屋の箱庭の山　北原白秋・桐の花

日さかりの花や涼しき雪の下　呑舟・有磯海

長き根に秋風を待つ鴨足草《ゆきのした》　高浜虚子・五百句

ゆずのはな【柚子の花】

ミカン科の常緑小低樹の柚子の花。⇩柚の花（ゆのはな）[夏]

ゆすらうめ【梅桃・山桜桃】

バラ科の落葉低樹・栽植。中国原産。高さ約三メートル。葉は倒卵形で互生。縁は鋸歯状。晩春、葉に先だって白色の五弁花を開く。夏に淡紅色に熟した果実を結び食用となる。俳句では、果実をもって夏の季語とする。[和名由来]諸説あり。風に花が「動（ユスルル）」の意。また、「動摺（ユリスル）」の意など。[漢名]桜桃樹、英梅。⇩梅桃の花（ゆすらのはな）[春]

ゆすらうめ

§

ゆすらの実赤し垣根に櫃干たり　杉田久女・杉田久女句集補遺

ゆのはな【柚の花】

ミカン科の常緑小低樹の柚子の花。夏、白色の五弁の小花を開く。[同義]柚子の花、花柚子（はなゆず）。⇩花柚（はなゆ）[夏]、柚（ゆず）[秋]

§

柚の花や昔しのばん料理の間　芭蕉・嵯峨日記

柚の花やゆかしき母屋の乾隅　蕪村・新花摘

吸物にいさゝか匂ふ花柚《はなゆ》哉　正岡子規・子規句集

柚の花の香をなつかしみ雨やどり　杉田久女・杉田久女句集

ゆり【百合】

山百合、姫百合、鬼百合、鉄砲百合、笹百合など、ユリ科ユリ属の多年草の総称。葉は線・披針形で平行脈をもつ。花は三枚の花弁と萼ともち、両性の大きな花を開く。球形の鱗茎「百合根」は食用となる。［花言］〈白百合〉純潔・威厳（英）、清潔・清浄（仏）。〈黄百合〉偽り（英）、不安（仏）。

➡姫百合（ひめゆり）［夏］、鬼百合（おにゆり）［夏］、鹿子百合（かのこゆり）［夏］、山百合（やまゆり）［夏］、車百合（くるまゆり）［夏］、黒百合（くろゆり）［夏］、鉄砲百合（てっぽうゆり）［夏］、笹百合（ささゆり）［夏］、小百合（さゆり）［夏］

こおにゆり［草木図説］

§

道の辺の草深百合の花笑みに笑みしがからに妻と言ふべしや
作者不詳・万葉集七

筑波嶺のさ百合《ゆる》の花の夜床《ゆとこ》にも愛しけ妹ぞ昼も愛しけ
大舎人部千文・万葉集二〇

浜風のなびく野島のさ百合葉にこぼれぬ露は蛍なりけり
清輔朝臣集（藤原清輔の私家集）

夢に見し女神のあとをしたひきてけさわれ見たり白百合の花
落合直文・萩之家遺稿

石多き湯の山ごえの七まがり湯の気《け》かをりて百合の花咲く
佐佐木信綱・思草

氷室山たにまに残るゆきのやう一叢寒い白百合のはな
青山霞村・池塘集

人ふたりましろきつばさ生ふと見し百合の園生《そのふ》の夢なつかしき
与謝野寛・紫

百合ひらき初めて匂《にほ》ふあかつきのここちを君に覚えき我れは
与謝野晶子・火の鳥

いもうとの憂髪《うきがみ》かざる百合を見よ風にやつれし露にやつれし
山川登美子・山川登美子歌集

うつゝなきねむり薬の利きごゝろ百合の薫りにつゝまれにけり
長塚節・鍼の如く

昨《きぞ》の夜の暴風雨《あらし》に折れし百合ぞとふ苔につける泥の鮮《あたら》し
宇都野研・木群

夏山の風のさびしさ百合の花さがして登る前にうしろに
若山牧水・白梅集

深深と人間笑ふ聲すなり谷いちめんの白百合の花
北原白秋・雲母集

見まもればさゆらぐ百合のしら花に移らんほどの魂《たま》とこそおもへ
土岐善麿・はつ恋

しろゆりの白きをよしと今おもへば悲しきいろを愛でませしかな
土岐善麿・はつ恋

紅薔薇見し眼を移す白百合のそのうす青さ君が頬に見る
木下利玄・銀

けさ咲きし白百合の花くれなゐの花粉なまなましき雄蕊《おしべ》を吐けり
半田良平・幸木

ざれ歌を男かなしくうたふゆゑ百合炎天下に咲き暝《くら》み居《を》り
岡本かの子・わが最終歌集

木の暗《くれ》に開きあへざる白き花露《つゆ》しとどなる今朝《けさ》のうば百合《ゆり》　土屋文明・山の間の霧
いなびかり／またむらさきにひらめけば／わが白百合は／思ひきり咲けり　宮沢賢治・校本全集
世の露に傾き安し百合の花　支考・蓮二吟集
ひだるさをうなづきあひぬ百合の花　支考・喪の名残
胸を病む人を似せてや百合の花　也有・蘿葉集
百合咲くや汗もこぼさぬ身だしなみ　諸九・諸九尼句集
朱硯に露かたぶけよ百合の花　蕪村・蕪村遺草
星の夜も月夜も百合の姿かな　闌更・半化坊発句集
百合あまた束ねて涼し伏見舟　召波・春泥発句集
草臥や百合になぐさむ鳳来寺　暁台・暁台句集
うつむいて何を思案の百合の花　正岡子規・子規句集
石を撫《ぶ》し傍《かたわ》らにある百合《ゆり》を剪る　高浜虚子・六百句
百合白《ゆりしろ》く雨《あめ》の裏山暮《うらやまく》れにけり　泉鏡花・鏡花全集
百合咲けばお地蔵さまにも百合の花　種田山頭火・草木塔
萱の中に花摺る百合や青嵐　杉田久女・杉田久女句集
貧しき群におちし心や百合に恥づ　杉田久女・杉田久女句集
百合赤し夕立晴れし草の中　水原秋桜子・葛飾
百合の蘂皆りんりんとふるひけり　川端茅舎・川端茅舎句集
白百合と弥撤の児の顔横見せて　中村草田男・火の島
百合の香は神の七つの窓を出す　中村草田男・火の島
百合青し人憂々と停らず　石田波郷・鶴の眼

「よ」

よか【余花】
春に遅れて夏の若葉の中に咲き残る花をいう。桜の花をいうことが多い。⇩花（はな）［春］、残花（ざんか）［春］

§

余花いまだきのふの酒や豆腐汁　召波・春泥発句集
上野山余花を尋ねて吟行す　正岡子規・子規全集
余花《よか》に逢《あ》ふ再び逢ひし人のごと　高浜虚子・五百五十句
在《あ》りし日の如くに集《つど》ひ余花の庵《いお》　高浜虚子・六百句

よどのぐさ【淀殿草】
都草の別称。豊臣秀吉の側室の淀君が愛でたところからこの名が伝えられている。⇩都草（みやこぐさ）［夏］

よもぎふく【蓬葺く】
端午の節句の前日に、火災などの災いを避けるため、家の軒に菖蒲と蓬を葺く風習。⇩蓬（よもぎ）［春］、菖蒲葺く（あやめふく）［夏］

§

草の戸のくさより出て蓬ふく　暁台・暁台句集
菖蒲少し蓬おほくぞ葺いたりける　森鷗外・うた日記

よろいぐさ【鎧草】

牡丹の別称。⇩牡丹（ぼたん）［夏］

§

燃たつや夕日おとしの鎧草　雅因・新選

「ら～れ」

らっきょう【薤・辣韮】

ユリ科の多年草・栽培。中国原産。地下の白色の鱗茎から細長い中空の葉を叢生する。秋、花茎をだし、六弁の紫色の小花を群生する。夏、根の傍に白または淡紫色で球形の子根を生じ、酢漬物などにして食用とする。［同義］山紫（やまむらさき）、玉紫（たまむらさき）、大韮（おおにら）。［漢名］薤。⇩薤の花（らっきょうのはな）［秋］

らっきょう［成形図説］

らんとう【蘭湯】

五月五日の端午の節句に、蘭を風呂に入れて入浴すると邪気が払えるという中国渡来の風習。［同義］蘭の湯（らんのゆ）。⇩菖蒲湯（しょうぶゆ）［夏］

§

蘭湯に浴すと書て詩人なり　夏目漱石・漱石全集

蘭湯や女がくる、浴巾《ゆでのぐひ》　松瀬青々・妻木

りょくいん【緑陰】

初夏、新緑の若葉が地面につくる陰をいう。［同義］翠陰（すいいん）。⇩新樹（しんじゅ）［夏］、新緑（しんりょく）［夏］

るこうそう【縷紅草・留紅草】

ヒルガオ科の蔓性一年草・栽培。メキシコ原産。茎は細く他物に絡みつく。葉は羽状に深裂する。夏、濃紅色の五弁の小花を開く。［和名由来］花が紅色であるところから。［同義］縷紅朝顔（るこうあさがお）、南瓜朝顔（かぼちゃあさがお）。［漢名］蔦蘿松。

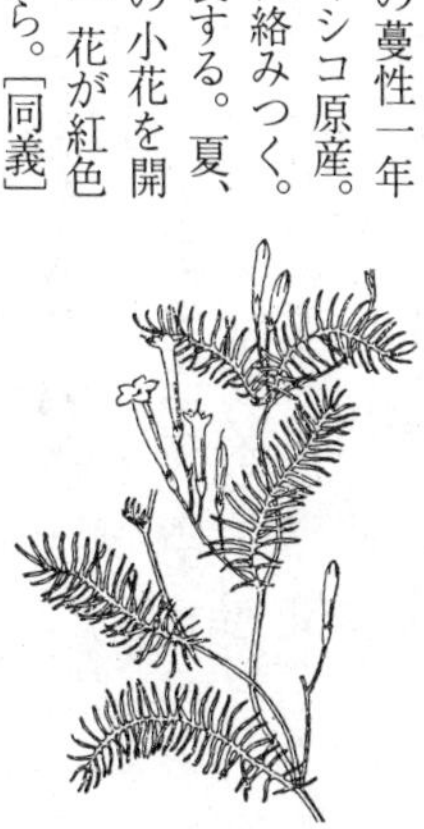
るこうそう

§

来年は藁に巻かせん縷紅草　春亭・俳句大観

レダマ【retama・連玉】

マメ科の落葉低樹・栽培。高さ一～三メートル。地中海沿岸原産。枝は細長く。葉は線形。夏から秋に、黄色の蝶形の花を開き、花後に莢を結ぶ。

レダマ

［和名由来］「retama」（ポルトガル語・スペイン語）より。［同義］連玉木・列珠木（れだまのき）。

れんげ【蓮花・蓮華】

蓮の花。蓮はスイレン科の水生多年草。池や沼、水田で栽培される。夏、白・紅色の花を咲かせる。［花言］雄弁、遠ざかった愛。⇩蓮（はす）［夏］、蓮の花（はすのはな）［夏］、蓮見（はすみ）［夏］

§

水をぬく大き円茎《まろぐき》直に立てり傾かむとする紅の蓮華　島木赤彦・氷魚

睡眠《ねぶり》さめておのづと目あくたまゆらは蓮花声して開くかに思ふ　北原白秋・雀の卵

脇差のすこしぬきたる刃の上に蓮華ぞうつる凶事ありし室　木下利玄・銀

千々にちる蓮華の風に佇めり　杉田久女・杉田久女句集

れんりそう【連理草】

マメ科の多年草。原野に自生。高さ約八〇センチ。葉は小形の羽状複葉で対生。先端にある巻髭で他物に絡みつく。初夏、紅色の蝶形花を三〜八つ、総状花序につけて開く。花後、細長い莢を結ぶ。若葉は食用。全草は利尿などの薬用となる。［和名由来］対生する小葉が連なっているところから。［同義］鎌切草（かまきりそう）。

れんりそう

§

かなしみは出窓のごとし連理草夜にとりあつめ微《そよ》かぜぞ吹く　北原白秋・桐の花

忘られし日にもかなしき連理草ほのかに花は咲きいでにける　北原白秋・桐の花

「わ」

わかかえで【若楓】

初夏に萌え出る楓の若葉。青楓。⇩楓（かえで）［秋］

§

春雨に若かへでとて見しものを今は時雨に色かはりゆく　拾玉集（慈円の私家集）

なにとなく軒端に植ゑし若かへでまだかげ浅き夏木立かな　冷泉為尹・為尹千首

若楓一降りふつて日が照て　来山・続いま宮草

僧正の青きひとへや若楓　其角・五元集拾遺

三井寺や日は午にせまる若楓　蕪村・蕪村句集

紅葉より赤くてそれも若楓　梅室・梅室家集

下急流を擁す荘あり若楓　河東碧梧桐・新傾向（夏）

わかごぼう【若牛蒡】

晩春から初夏に収穫する若く柔らかい牛蒡をいう。⇩新牛

蒡（しんごぼう）［夏］、牛蒡の花（ごぼうのはな）［夏］、筏牛蒡（いかだごぼう）［夏］

わかたけ【若竹】

竹の子が生育して竹となったものをいう。［同義］今年竹（ことしだけ）、竹の若葉、竹の若緑。⬇今年竹（ことしだけ）［夏］、竹の子（たけのこ）［夏］、竹の皮脱ぐ（たけのかわぬぐ）［夏］、竹の春（たけのはる）［秋］、竹の秋（たけのあき）［春］

たけ［絵本常盤草］

§

人しれぬわが垣間見もわか竹のしげみにさはる夏は来にけり　香川景樹・桂園一枝

若竹に百舌鳥とまり居りめづらしき夏のすがたをけふ見つるかも　若山牧水・黒松

若竹や竹より出て猶青し　涼菟・涼菟句集

若竹や道のふさがる客湯殿　浪化・続有磯海

若竹や筑波に雲のかゝる時　巴人・夜半亭発句帖

若竹や数もなき葉の露の数　太祇・太祇句選

若竹や夕日の嵯峨と成にけり　蕪村・蕪村句集

若竹やふしみの里の雨の色　闌更・半化坊発句集

若竹や村百軒の麦の音　召波・春泥発句集

若竹や一宇の燈深からず　暁台・暁台句集

若竹に露の傘乾す小庭かな　長翠・類題発句集

少し見ぬうちに天晴若竹ぞ　一茶・七番日記

わか竹に衣ほしけり御影堂　梅室・梅室家集

若竹や豆腐一丁米二合　正岡子規・子規句集

若竹や名も知らぬ人の墓の傍　夏目漱石・漱石全集

若竹を望み来つ樹下に雨を佗ぶ　河東碧梧桐・新傾向（夏）

若竹や鞭の如くに五六本　川端茅舎・川端茅舎句集

わかば【若葉】

夏に入って樹々がつけるみずみずしい新葉をいう。⬇青葉（あおば）［夏］、青葉若葉（あおばわかば）［夏］、梅若葉（うめわかば）［夏］、若葉曇（わかばぐもり）［夏］、うら若葉（うらわかば）［夏］、柿若葉（かきわかば）［夏］、葛若葉（くずわかば）［夏］、山若葉（やまわかば）［夏］、新樹（しんじゅ）［夏］、谷若葉（たにわかば）［夏］、蔦若葉（つたわかば）［夏］、むら若葉（むらわかば）［夏］、若草（わかくさ）［春］、木の葉（このは）［冬］

§

大ゐ川わか葉すゞしき山陰のみどりを分《わく》る水のしらなみ　賀茂真淵・賀茂家翁集

知らぬまに若葉してけり朝夕に見つゝなれにし花の梢は　天田愚庵・愚庵和歌

うちひさす若葉の都晴れなごみものごゝちよく君に恋ひ居り　伊藤左千夫・伊藤左千夫全短歌

厚やかに若葉したれば君と居て雲にかくれしここちする森
与謝野晶子・火の鳥

もえぎたつ若葉となりて雲のごと散りのこりたる山桜ばな
斎藤茂吉・暁紅

若葉樹の繁り張る枝《え》のやはらかに風ふくみもち揺れの豊けさ
木下利玄・一路

いづくにか人のものいふこゑきこゆ若葉の山の昼のふかきに
石井直三郎・青樹

若葉の窓若葉の窓とつぶやきつつ夕べの灯《あかり》ともしけるかも
中村三郎・中村三郎歌集

鈴鹿路は若葉の底の川瀬哉　宗春・三籟
若葉して御《おん》めの雫ぬぐはばや　芭蕉・笈の小文
大空も見えず若葉のおく深し　北枝・北枝発句集
小天狗は酢みそするらん若葉時　露川・二人行脚
水若葉かつぎ著てこし人の影　園女・其袋
晩鐘に雫もちらぬ若葉かな　千代女・千代尼発句集
窓の燈《ひ》の梢にのぼる若葉哉　蕪村・蕪村句集
浅間山烟の中の若葉かな　蕪村・蕪村新選
鳥鳴いてしづ心ある若葉哉　蓼太・蓼太句集
雨雲のかき乱し行く若葉かな　暁台・暁台句集
嵐して藤あらはる丶若葉哉　几董・井華集
柴の戸の朝々しめる若葉かな　士朗・俳句全集
若葉して仏のお顔かくれけり　成美・成美家集
山越えて城下見おろす若葉哉　正岡子規・子規全集
あら瀧や満山の若葉皆震ふ　夏目漱石・漱石全集
若葉して籠り勝なる書斎かな　夏目漱石・漱石全集
村古りて水車《すゐしや》ものうき若葉哉　幸田露伴・幸田露伴集
山伏の梢ふみ行く若葉哉　幸田露伴・幸田露伴集
瀧二つ見る山踏みの若葉哉　河東碧梧桐・新傾向（夏）
帰り来て天地明るし四方若葉　杉田久女・杉田久女句集
鶴川村にて
柿若葉丘の低きをかゞやかす　水原秋桜子・霜林

わかばぐもり【若葉曇】
若葉の時期の曇った天気。➡若葉（わかば）［夏］

寝たらぬか若葉曇か朝の内　梅室・俳句全集

§

わくらば【病葉】
夏の木々の葉が青々と生い茂る中、暑さや病虫害で黄色や茶色に変色してしまった葉をいう。

わくら葉に添うて落ちけり蝸牛　烏明・文車
病葉をはこぶ蟻あり嵐山　松瀬青々・妻木

§

わさもも【早桃】
輸入桃や早熟種など、早い時期に市場にでる桃の実をいう。➡桃の実（もものみ）［秋］

わすれぐさ【忘草】
ユリ科の多年草・自生。藪萱草（やぶかんぞう）の別称。高さ約八〇センチ。鱗茎より細剣状の葉を叢生する。夏、花茎を伸ばし、百合に似た芳香のある小さな黄褐色の花を開く。
［同義］藪葫（やぶにんにく）、恋忘草（こいわすれぐさ）。

［漢名］萱草。⇩萱草（かんぞう）［夏］

§

忘れ草我が紐に付く香具山の古りにし里を忘れむがため　大伴旅人・万葉集三

恋ふれども逢ふ夜のなきは忘れ草夢路にさへや生ひしげるらむ　よみ人しらず・古今和歌集一五（恋五）

道知らばつみにも行かむ住の江の岸に生ふてふ恋忘れ草　紀貫之・古今和歌集一四（恋四）

うちしのびいざ住の江に忘れ草忘れし人のまたやつまぬと　貫之集（紀貫之の私家集）

忘れ草刈りつむほどになりにけり跡もとどめぬ鎌倉の山　公任集（藤原公任の私家集）

それとなく紅《あか》き花みな友にゆづりそむきて泣きて忘れ草つむ　山川登美子・山川登美子歌集

しほさゐの伊良胡が崎の萱草なみのしぶきにぬれつつぞさく　長塚節・西遊歌

わすれ草菜飯につまん年の暮　芭蕉・江戸蛇之鮓

わすれぐさ

わせまめ【早生豆】

大豆の早生種。半熟の青いままを枝豆として食べる。［同義］夏豆（なつまめ）。⇩大豆引く（だいずひく）［秋］、枝豆（えだまめ）［秋］

わたのはな【綿の花】

アオイ科の一年草の綿の花。夏から初秋に、淡黄・白・紅色の五弁の花を開く。⇩綿摘（わたつみ）［秋］

§

河内女《かはちめ》が恋の通ひ路、月さして、遠ほのぼのと綿の花さく　岡稲里・朝夕

丹波路や綿の花のみけふも見つ　闌更・半化坊発句集

船著きの小さき廓や棉の花　正岡子規・子規全集

玉造出て野稲荷や綿の花　河東碧梧桐・新傾向（夏）

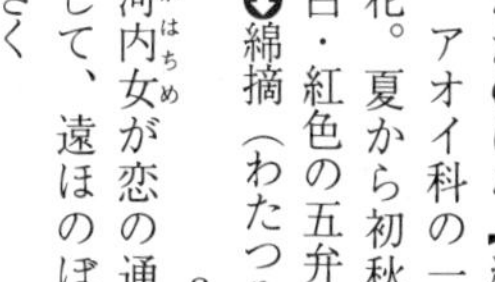

わた

秋の季語

立秋（八月八日頃）から立冬前日（十一月六日頃）

「あ」

あいのはな【藍の花】
藍はタデ科の一年草・栽培。高さ七〇センチ。葉は互生で楕円形。乾燥すると濃藍色となる。夏から秋に紅色の小花を穂状につける。葉・茎にはインディゴという色素を含み、青色染料（藍染）の材料となる。［〈藍〉和名由来］青色の略とも、「青居（青い汁が居るの意）」の略とも。［〈藍〉漢名］藍。⬇藍刈る（あいかる）［夏］、藍（あい）［四季］

あい

§
ひとむらのうす藍《あゐ》の花に雨おもふやさしき家《いへ》の人となりけり　岡稲里・早春
嶋原の外も染るや藍畠　嵐雪・青莚
紅に移り心や藍の花　徳布・田毎の日

あおなし【青梨】
果皮の青い梨をいう。⬇梨（なし）［秋］
§
青梨や薄刃わたせば秋の水　大江丸・俳懺悔

あおふくべ【青瓠・青瓢】
初秋のまだ青い瓢の実。［同義］青瓢（あおひさご）、青箪（あおびょうたん）。⬇瓢（ふくべ）［秋］、瓢（ひさご）［秋］
§
青ふくべひとり廻つて一周忌　嵐雪・玄峰集
涼しさに中《ちゅう》にさがるや青瓢　支考・笈日記
秋立やきのふの花の青ふくべ　吾仲・松の花
青ふくべ地をするばかり大いさよ　杉田久女・杉田久女句集

あおみかん【青蜜柑】
熟す前の緑色の蜜柑をいう。⬇蜜柑（みかん）［冬］
§
青蜜柑かたく緊りてわが庭に秋の日数のすぎゆかむとす　土田耕平・斑雪
行《ゆく》秋のなを《ほ》たのもしや青蜜柑　芭蕉・浮世の北
根府川や石切る山の青蜜柑　正岡子規・子規全集
青みかん青きころもをはがれけり　日野草城・旦暮

あかざのみ【藜の実】
アカザ科の一年草・自生。夏から秋に黄緑色の細花を穂状につけ、平円形の実を結ぶ。黒色の種子を宿す。⬇藜（あかざ）［夏］
§
あかざの実食べに来てゐる雀かな　山口青邨・雪国

あかねほる【茜掘る】
茜はアカネ科の蔓性多年草。自生・栽培。根は黄色をおび乾燥すると橙色になる。茎には棘があり、茎の一節より長卵形の四葉を出し、秋に茎梢上に白色の合弁花を開く。根は秋に掘り取って染料（染色＝茜色）とする。また「茜根（せんこん）・茜草根（せいそうこん）」として利尿・止血・解熱・強壮などの薬用にもなる。［〈茜〉和名由来］根が赤みをおびているところから「赤根」と。［〈茜〉同義］茜草（あかねぐさ）、茜葛（あかねかずら）、紅葛（べにかずら）、赤芽（あかめ）。［〈茜〉漢名］茜草。［〈茜〉花言］中傷・誹謗（英・仏）。⬇茜（あかね）［四季］

あかね

§

美しき石拾ひけり茜掘り　素丸・素丸発句集
染色の山の麓や茜掘り　素丸・素丸発句集

あかのまんま【赤飯】

「あかまんま」ともいう。犬蓼の花のこと。粒状の花を赤飯に見立てて、ままごと遊びに用いる。⬇犬蓼の花（いぬたでのはな）［秋］

§

赤飯《あかまま》の花と子等いふ犬蓼の花はこちたし家のめぐりに　若山牧水・くろ土
たたずみてわれは見にけり裏の人赤のまんまを鉢に植ゑたり　三ケ島葭子・三ケ島葭子歌集

あかめがしわ【赤芽柏】

トウダイグサ科の落葉高樹・自生。高さ約一〇メートル。雌雄異株。夏、白・黄色の小花を穂状につける。果実の表皮の毛は駆虫、葉は腫物の外用薬となる。［和名由来］葉が柏に似て若芽が赤色であることから。［同義］楸（ひさぎ）、赤芽柏（あかがしわ）、赤芽（あかめ）、赤芽桐（あかめぎり）、五菜葉（ごさいば）。

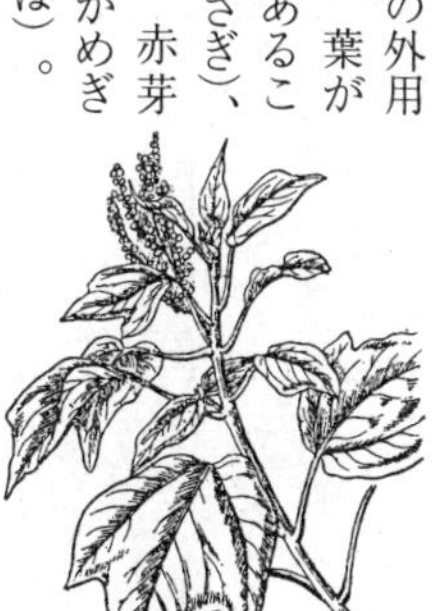
あかめがしわ

§

わが庭にいろづきそめし藤の葉とあかめがしはの黄と相照らふ　半田良平・幸木
もみでたるあかめがしはに屋根越しにいまさしきたる朝日の光　半田良平・幸木

あきあざみ【秋薊】

秋に咲く薊の花をいう。⬇薊の花（あざみのはな）［春］、山薊（やまあざみ）［秋］、夏薊（なつあざみ）［夏］

あきくさ【秋草】

萩・芒・女郎花など秋の七草のほか、秋の風情を感じさせる様々な草全般をいう。⬇秋の七草（あきのななくさ）［秋］、秋の野（あきのの）［秋］、草の香（くさのか）［秋］、草の錦（くさのにしき）［秋］、草の花（くさのはな）［秋］、草の実（くさのみ）［秋］、草の紅葉（くさのもみじ）［秋］、千草（ちぐさ）［秋］、八千草（やちぐさ）［秋］、草（くさ）［四季］

§

秋草の園の諸花ふく風に麻の衣のそでひるかへる
　伊藤左千夫・伊藤左千夫全短歌

秋草の風ふくごとくさわやかに耳にのこれるなつかしき声
　岡稲里・早春

萩すすき桔梗かるかや藤袴みなたけのびてうらがれにけり
　武山英子・傑作歌選第二輯

かたはらに秋ぐさの花かたるらくほろびしものはなつかしきかな
　若山牧水・路上

秋草の何ンのゆかりぞ黒き蝶　万子・卯辰集

秋草や茶人落つく水の冷《ひえ》　野坡・野坡吟草

蔓草のづんづと秋も二十日立つ　白雄・白雄句集

枯なんとして花咲くや秋の草　二柳・芭蕉袖草紙

思ひがけもないとこに出た道の秋草　尾崎放哉・小豆島にて

秋草を仕立てつ墓を守る身かな　夏目漱石・漱石全集

秋草に日日水かへて枕辺に　杉田久女・杉田久女句集

あきぐみ【秋茱萸・秋胡頽子】

グミ科の落葉低樹・自生。高さ約三メートル。灰白色の細葉で銀色の小鱗がある。初夏、白色花を開き、のち黄変する。花後、白星点のある果実を結び食用となる。[和名由来] 秋に果実を結ぶ茱萸の意。[同義] 山胡頽子（やまぐみ）、豆胡頽子（まめぐみ）、大豆胡頽子（だいずぐみ）、白胡頽子（しろぐみ）、河原胡頽子（かわらぐみ）。[漢名] 茱萸子。⇩茱萸（ぐみ）[秋]、夏茱萸（なつぐみ）[夏]

あきぐみ

§

秋茱萸《あきぐみ》のくれなゐの実《み》は山がはの淵《ふち》に立てればこの夕《ゆふ》べ見つ
　斎藤茂吉・暁紅

あきざくら【秋桜】

⇩コスモス[秋]

§

日の透《とほ》り影と乱るる秋ざくらよく見て来むぞ庭つきぬけて
　北原白秋・黒檜

あきそば【秋蕎麦】

秋に収穫する蕎麦。⇩新蕎麦（しんそば）[秋]、蕎麦の花（そばのはな）[秋]

§

月今宵背戸の畑の秋蕎麦に夜露ふりこぼれ昼のごと明し
　北原白秋・雀の卵

あきなす【秋茄子】

秋になっても結実する茄子、または、種を取るために収穫しない茄子をいう。「あきなすび」ともいう。茄子はナス科の一年草・栽培。[同義] 名残茄子、種茄子。⇩茄子（なす）[夏]、種茄子（たねなす）[秋]

§

此頃は食稲《けしね》もうまし秋茄子の味もけやけし足らずしもなし
　長塚節・晩秋雑詠

秋茄子の幹《から》にも似るかこしかたは久々にして絶ゆらくは今
長塚節・手紙の歌
秋茄子の紫紺のいろも褪せにけり稲妻しげくなるがまにまに
吉井勇・遠天
内畑や千年《トセ》の秋の種茄子　去来・雪薺集
葉がくれて年は寄けり秋茄子　露川・男風流
ほこらぬをあはれに愛す秋茄子　土芳・蓑虫庵集
種茄子北斗をねらふ光かな　其角・五元集拾遺
秋茄子薬に焼くぞあぢきなき　成美・成美家集
武家町の畠になりぬ秋茄子　正岡子規・子規句集
病む人が老いての恋や秋茄子　正岡子規・子規句集
秋茄子髭ある人に嫁ぎけり　夏目漱石・漱石全集
秋茄子の日に籠《こ》にあふれみつるかな　高浜虚子・六百五十句

あきなでしこ【秋撫子】

夏の盛りに咲く撫子の花が、秋になっても枯れ草の多い中に淡紅色の花を咲かせているさまをいう。[同義] 残り撫子（のこりなでしこ）。➡撫子（なでしこ）[夏]、撫子残る（なでしこのこる）[秋]

§

撫子に秋や通ひて白みがち　牧童・北の山

あきのななくさ【秋の七草】

春の七草は粥に入れて食べ、長寿と幸福を祈るのに対し、秋の七草は観賞して楽しむもの。萩（はぎ）、尾花・薄（すすき）、葛（くず）、撫子（なでしこ）、女郎花（おみなえし）、藤袴（ふじばかま）、桔梗（ききょう、朝顔の説もある）の七草をいう。[同義] 秋夕草（あきゆうぐさ）。➡七草（ななくさ）[新年]、秋草（あきくさ）[秋]、秋の花（あきのはな）[秋]

§

萩の花尾花葛花撫子の花女郎花また藤袴朝顔の花（旋頭歌）
山上憶良・万葉集八
七草は、今や咲かむと、色ばめと、菊は蕾を、いまだ結ばず、
伊藤左千夫・伊藤左千夫全短歌
七草の花のそよぎにすだれして、ともしびまゐる秋風の家
岡稲里・朝夕

あきのの【秋の野】

秋の野原をいう。➡秋草（あきくさ）[秋]、秋の花（あきのはな）[秋]、花野（はなの）[秋]

§

夕暮を惜み惜みて秋の野良　風之・上戸雪
秋の野や花となる草成らぬ草　千代女・千代尼発句集
秋の野や早や荒駒の駆やぶり　暁台・暁台句集

あきのはな【秋の花】

秋に咲く花。古歌では、一般に秋の七草のそれぞれをいう。➡秋の七草（あきのななくさ）[秋]、秋の野（あきのの）[秋]、花野（はなの）[秋]

§

秋の花それもなにせむ折とりて見すべき君に見せられもせず
橘曙覧・襁褓艸

あきはぎ【秋萩】

⇩萩（はぎ）［秋］

§

宮城野の露にしをるゝ秋萩は君がみかさのかげたのむなり
　賀茂真淵・賀茂翁家集

秋はぎの匂へる野辺は草枕旅行人もたちとまりつゝ
　田安宗武・悠然院様御詠草

春の芽の立ちにし日よりまちこひし庭の秋萩咲にけるかも
　伊藤左千夫・伊藤左千夫全短歌

秋萩と今日から名付御先哉
　支考・蓮二吟集

秋萩のうつろひて風人を吹く
　樗良・樗良発句集

あけび【木通・通草】

　アケビ科の蔓性落葉低樹・自生の木通の実。葉は五小葉からなる複葉。春、新葉と共に淡紅紫色の花を開く。花後、同色の俵形の果実を結び、秋に熟して縦に割れる。新芽・花・果実は食用。木部は「木通（もくつう）」として利尿、通経などの薬用になる。［和名由来］諸説あり。実が赤く縦に割れ、甘味のあるところから。「赤実（アカミ）」「開実（アケミ）」「甘葛実（アマカツミ）」などから。［同義］木草葛・通草葛・野木瓜（あけびかずら）、山姫・山女（やまひめ）。［漢名］野木瓜。

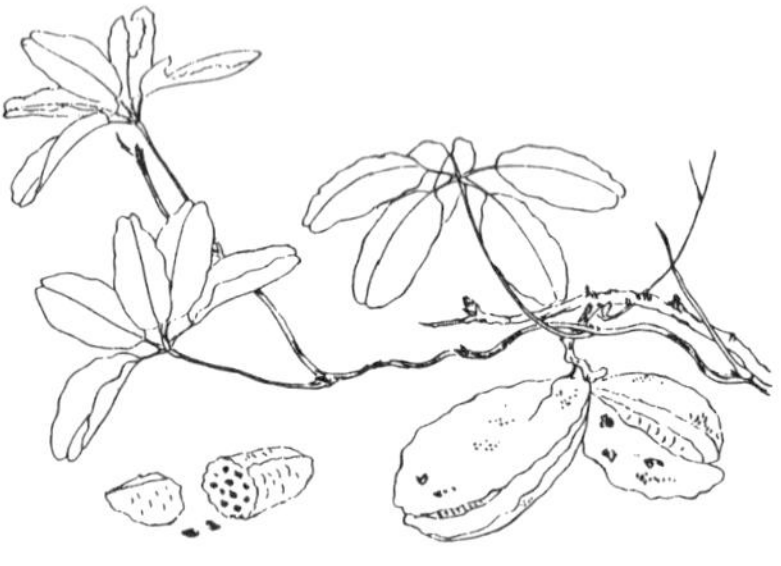

あけび［備考草木図］

⇩木通の花（あけびのはな）［春］、山女（やまひめ）［秋］

§

蔓を編みそよ風を編む野の家のテラスの上の薔薇とあけびと
　与謝野晶子・深林の香

通草《あけび》の実《み》ふたつに割れてそのなかの乳色《ちちいろ》なすをわれは惜しめり
　斎藤茂吉・寒雲

通草《あけび》摘む少女にまじりかた岨へ霧がくれせし君かとも思ふ
　土岐善麿・はつ恋

幼子はあやしむごとく顔よせてにほふ木通《あけび》を食はんともせず
　木俣修・冬暦

通草藪へ我より先に小鳥かな
　露月・露月句集

老僧に通草をもらふ暇乞《いとまごい》
　正岡子規・子規句集

鳥つゝいて半うつろのあけび哉
　夏目漱石・漱石全集

木の実採通草は食うてしまひけり
　河東碧梧桐・新傾向（秋）

烏《からす》飛んでそこに通草《あけび》のありにけり
　高浜虚子・五百句

つゆじもに冷えし通草も山路かな
　芝不器男・不器男句集

あこだうり【阿古陀瓜】

　ウリ科の一年草・栽培。金冬瓜（きんとうが）の類で平たく丸い形をしている。果実は、秋、赤褐色に熟し食用となる。［漢名］紅南瓜。

あこだうり［成形図説］

あさがお【朝顔】
①ヒルガオ科の一年草・栽培。葉は三裂し、茎は左巻き。園芸品として多品種あり、夏に大形のラッパ形のさまざまな色の花を開く。種子は「牽牛子（けにごし）」として利尿、緩下などの薬用になる。俳句では、本来秋の季語とされる。品種の改良により夏に咲くものも多く、夏の季語にもされているが、厳密に夏の季語として使用する場合には「夏朝顔」と使うのが一般的とされる。［和名由来］諸説あり。花を顔に見立て、朝に美しい花を咲かせ、昼にはしぼむところから。また「朝薫（アサカホル）」「浅青（アサアオ）」の転など。［同義］蕣（あさがお）、鏡草（かがみぐさ）、東雲草（しののめぐさ）、牽牛子（けにごし）、牽牛花（うしひくばな）、夕陰草（ゆうかげぐさ）、貌花（かおばな）、あさなぐさ。［漢名］牽牛子、牽牛花。⇒朝顔の苗（あさがおのなえ）［夏］、夏朝顔（なつあさがお）［夏］、朝顔の実（あさがおのみ）［秋］、朝顔蒔く（あさがおまく）［春］
②古歌では桔梗、木槿、昼顔の別称に比定する説もあり。⇒桔梗（ききょう）［秋］、木槿（むくげ）［秋］、昼顔（ひるがお）［夏］

あさがお

§

萩の花尾花葛花撫子の花女郎花また藤袴朝顔の花（旋頭歌）
山上憶良・万葉集八

朝顔は朝露負ひて咲くといへど夕影にこそ咲きまさりけれ
作者不詳・万葉集一〇

夕暮れのさびしきものは朝顔の花を頼める宿にぞありける
よみ人しらず・後撰和歌集一八（雑四）

君来ずはたれに見せまし我が宿の垣根に咲ける朝顔の花
よみ人しらず・拾遺和歌集三（秋）

朝顔を何はかなしと思ひけん人をも花はさこそ見るらめ
藤原道信・拾遺和歌集二〇（哀傷）

ありとても頼むべきかは世の中を知らするものは朝顔の花
和泉式部・後拾遺和歌集四（秋上）

置きて見むと思ひしほどに枯れにけり露よりけなる朝顔の花
曾祢好忠・新古今和歌集四（秋上）

山がつの垣ほに咲ける朝顔は東雲《しののめ》ならで逢ふよしもなし
紀貫之・新古今和歌集四（秋上）

朝顔を朝ごとに見るものならば君よりほかにたれにかは言はむ
敦忠集（藤原敦忠の私家集）

この宿の人にも逢はで朝顔の花をのみ見て我や帰らん
貫之集（紀貫之の私家集）

朝顔を折りて見んとや思ひけん露より先に消えにける身を
和泉式部集（和泉式部の私家集）

あす知らぬ露の世にふる人にだになほはかなしと見ゆる朝顔
公任集（藤原公任の私家集）

はかなくて過ぎにしかたを思ふにも今もさこそは朝顔の露
山家集（西行の私家集）

はかなさをけふまでよそに聞きつるや宿より外の朝顔の花
拾玉集（慈円の私家集）

朝顔よ何かほどなくうつろはん人の心の花も香ばかり
拾遺愚草（藤原定家の私家集）

あしたのぼりゆふべまかづる宮人の家によろしきあさがほの花
田安宗武・悠然院様御詠草

朝がほのさくをまつまの久しさははかなかるべき花としもなし
小沢蘆庵・六帖詠草

朝がほははかなけれども人のよのあすをもまたぬみにはまされり
小沢蘆庵・六帖詠草

ほどもなくかる丶いとはず朝顔のかゞやくひにもむかふ一時
大隈言道・草径集

ゆふまぐれ今もさくべきけしきしてけふはくれぬる朝がほのはな
大隈言道・草径集

咲くままに萎れざりせばなかなかに見あきやせまし朝顔の花
与謝野礼厳・礼厳法師歌集

同じ鉢に真白鈍色うちまぜて三つ四つ二つ咲ける朝顔
正岡子規・子規全集

夜一夜《よるひとよ》荒れし野分の朝凪《なぎ》ぎて妹《いも》が引き起す朝顔の垣《かき》
正岡子規・子規歌集

朝顔の花に向ひて不覚なる涙と思へど疲れて流るる
島木赤彦・氷魚

朝がほの紅《あけ》むらさきを一いろに染めぬわりなき秋の雨かな
与謝野晶子・常夏

朝顔の蔓《つる》きて髪に花咲かば寝てありなまし秋暮るるまで
与謝野晶子・佐保姫

朝まだき涼しき程の朝顔は藍など濃くてあれなとぞおもふ
長塚節・鍼の如く

朝顔は蔓もて偃《は》へれおもはぬに榊の枝に赤き花一つ
長塚節・鍼の如く

麻酔の前鈴虫鳴けり窓辺には紅く小さき朝顔のさく
北原白秋・桐の花

朝顔は白く柔らにひらきゐて葉映《はうつり》あをし蔓も濡れつつ
北原白秋・黒檜

朝涼しみ朝顔の花のいろよさのあなみづみづし一輪一輪
木下利玄・みかんの木

朝涼の静けさに見る目の前の瑠璃あさ顔の輪の大きさ
木下利玄・みかんの木

鉢あまた載せし二つの吊台に揺られて来たる朝顔の花
三ケ島葭子・三ケ島葭子歌集

一つ咲きて愛でし水色の朝顔はあまた咲く今になりても飽かず
半田良平・幸木

朝顔のひとつはさける竹のうらともしきものは命なるかな
芥川龍之介・芥川龍之介全集

朝顔や貰はずやらず垣の花
桃隣・伊達衣

朝顔《あさがほ》は酒盛《さかもり》知らぬさかりかな
芭蕉・曠野

蕣《あさがほ》や昼は錠《ぢやう》おろす門《もん》垣
芭蕉・藤の実

あさがほに我は食《めし》くふおとこ哉
芭蕉・虚栗

三ケ月や朝顔の夕べつぼむらん　芭蕉・虚栗
朝顔の莟かぞへむ薄月夜　田上尼・続猿蓑
朝顔にほのかに残る寝酒かな　杉風・杉風句集
朝顔の蔓のまとはる心かな　杉風・百曲
朝顔や夜は葎の博奕宿　去来・菊の香
朝顔の花ほど口を欠伸かな　嵐雪・銭龍賦
朝顔や虫に喰るゝ花の運　来山・いまみや草
朝顔にしばし胡蝶の光り哉　其角・彼此集
朝顔や扇の骨をかきね哉　其角・五元集
朝顔やまだ辻番の灯の光　也有・蘿葉集
朝顔の垣や浴衣の干忘れ　也有・蘿葉集
朝顔に釣瓶とられて貰い水　千代女・千代尼発句集
朝顔の花や木陰の恐ろしき　千代女・千代尼発句集
朝顔や一輪深き淵の色　蕪村・蕪村句集
朝顔や秋は朝から哀れなり　蓼太・蓼太句集
朝顔や手拭提げし花見達　闌更・半化坊発句集
朝顔や同じ心の友も来ず　闌更・半化坊発句集
朝顔や露もこぼさす咲ならぶ　樗良・樗良発句集
朝顔に島原ものゝ茶の湯哉　無腸・続あけがらす
朝顔のはや萎む見る今日の秋　成美・成美家集
朝顔に北窓せばき住居かな　乙二・松窓乙二発句集
朝顔や白き雀を今朝も見る　乙二・斧の柄
朝顔の花に澄けり諏訪の湖　巣兆・曾波可理
朝顔の花やさらさらさあらさら　一茶・一茶句帖
朝顔や一霜添てぱつと咲く　一茶・一茶発句集（嘉永版）
朝顔や八朔からは帰り花　梅室・梅室家集
朝顔にわれ恙《つつが》なきあした哉　正岡子規・子規句集
朝顔にあさつての莟《つぼみ》多き哉　正岡子規・子規句集
朝顔や手拭懸に這ひ上る　夏目漱石・漱石全集
朝顔の鉢を置きたる墓の前　高浜虚子・六百句
朝顔の花に朝寝のあるじかな　高浜虚子・六百五十句
大輪の藍朝顔やしぼり咲き　杉田久女・杉田久女句集
朝顔や濁《にご》り初《そ》めたる市《いち》の空　杉田久女・杉田久女句集
父子《おやこ》で住んで言葉少なく朝顔咲いて　尾崎放哉・須磨寺にて
朝顔や土に匐《は》ひたる蔓のたけ　芥川龍之介・発句
朝顔を結《ゆ》ひしこよりの濡れて咲く　中村汀女・花句集

あさがおのみ【朝顔の実】

朝顔は花後、球形の実を結ぶ。中は三室に分かれ、それぞれに種子を二つずつもつ。[同義] 種朝顔。➡朝顔（あさがお）[秋]

§

外を見れば見ゆる朝顔のつぶら実に冬の日あたり忽ちかげる　島木赤彦・氷魚
朝顔は粒らな実ばかりになって枯れるのだ　河東碧梧桐・碧

あさじ【浅茅】

まばらに植生した茅（ちがや）、また丈の低い茅をいう。➡茅（ちがや）[秋]

あさのみ【麻の実】

麻はクワ科の一年草・栽培。雌雄異株。雌花が咲いたあとに実を結ぶ。噛むと独特の風味があり、食用となる。緩下剤

として薬用にもなる。［同義］苧実（おのみ）。⇩麻（あさ）［夏］

あし【蘆・葦・芦・葭】

イネ科の多年草。水辺に自生。地中に根茎を走らせ群生する。高さ二〜三メートル。葉は笹に似て長さ約五〇センチ。秋、細かい帯紫色の小花を多数穂状につける。根茎は「蘆根（ろこん）」として利尿、解毒などの薬用になる。「アシ」は「悪し」に通じるため、忌言葉として「ヨシ」とも呼ばれる。［和名由来］諸説あり。ハシ（物事の起こるはじめ）の意。古事記では国土に神の化生するさまを「葦牙（アシガヒ）の如く萌え騰る物に因りて成る」と記す。また「青芝（アオシ）」の略など。［同義］浜荻（はまおぎ）、氷室草（ひむろぐさ）、玉江草（たまえぐさ）、一葉草（ひとはぐさ）、細葉（さざれぐさ）。［漢名］蘆。［花言］音楽・従順（英）。⇩蘆の角（あしのつの）［春］、蘆の若葉（あしのわかば）［春］、青蘆（あおあし）［夏］、蘆茂る（あししげる）［夏］、蘆の花（あしのはな）［秋］、蘆の穂（あしのほ）［秋］、蘆の穂絮（あしのほわた）［秋］、蘆の枯葉（あしのかれは）［冬］、枯蘆（かれあし）［冬］

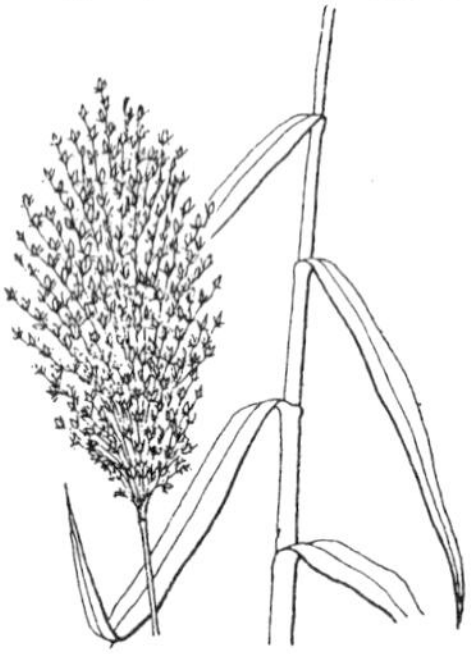
あし

§

葦原の　瑞穂の国を　天地の　寄り合ひの極み　知らしめす　神の命と…（長歌）
柿本人麻呂・万葉集二

濁江《にごりえ》の葦のそよぎに沈みにしをみなわらべのこゑまじるてふ
森鷗外・うた日記

蘆の湖《うみ》いく杉むらの紺青の下にはつかにわが見てし時
与謝野晶子・常夏

富士の山浜名の湖《うみ》の葦原の夜明の水はむらさきにして
与謝野晶子・舞姫

わが宿の灯かげさしたる沼尻の葭のしげみに風さわぐなり
若山牧水・くろ土

蘆原のそよぎひそけくくもり夜の川風く吹き落ちにけり
木下利玄・紅玉

月見せよ玉江の芦を刈ぬ先
芭蕉・ひるねの種

水芦や虹打ち透かす五六尺
芥川龍之介・我鬼句抄

あしのはな【蘆・葦・芦・葭―の花】

水辺に自生するイネ科の多年草。秋、細かい帯紫色の小花を多数穂状につける。⇩蘆の穂（あしのほ）［秋］、蘆（あし）［秋］、蘆の穂絮（あしのほわた）［秋］

§

風吹けば蘆の花散る難波潟夕汐満ちて鶴低く飛ぶ
正岡子規・子規歌集

遠つあふみいなさ細江《ほそえ》の秋風に月影さむく芦の花ちる
佐佐木信綱・思草

蘆の花や丹のほ少女が漕ぐ舟の櫂の雫に咲き濡るるかも
平福百穂・寒竹

比良山の流らふ雲に落つる日の夕かがやきに葦の花白し　長塚節・羇旅雑咏
阿寒湖《あかんこ》をさしてわがゆく涯《はて》とほく蘆《あし》が花《はな》さく釧路野《くしろの》を行く　斎藤茂吉・石泉
狼も一夜はやどせ芦の花　芭蕉・笈日記
乳を出して船漕ぐ海士や芦の花　北枝・山中集
筏士が寝てながるゝや芦の花　涼菟・菊の道
蜑《あま》の子の肌なつかしやあしの花　園女・藁人形
打櫂《うつかい》に泥をかけけり芦の花　浪化・屠維単閼
日の暮や芦の花にて子を招く　一茶・七番日記
月落て江村蘆の花白し　正岡子規・子規句集
蘆の花夫より川は曲りけり　夏目漱石・漱石全集
三四人の一家小舟に蘆の花　松瀬青々・倦鳥
蘆の花はじめは青き穂なりけり　横山蜃楼・倦鳥
見るかぎり蘆花ゆらぎゐて暮るゝかな　水原秋桜子・葛飾

あしのほ【蘆・葦・芦・葭―の穂】
➡蘆（あし）［秋］、蘆の花［秋］、蘆の穂絮（あしのほわた）［秋］

§

入江こぐ小舟になびく葦の穂はわかると見れど立ちかへりけり　藤原俊成・玉葉和歌集八（旅）
月さむき夜頃となりぬ蘆の穂のしろき堤のこほろぎの声　木下利玄・銀
芦の穂やまねくあはれよりちるあはれ　路通・阿羅野
芦の穂や顔撫あげる夢心　丈草・すみだはら
芦の穂に沖の早風の餘りかな　太祇・太祇句選
高水や芦の白穂に雲起る　白雄・白雄句集
芦の穂や五尺程なる難波潟　一茶・七番日記
芦の穂やあんな所にこんな家　一茶・七番日記
葦の穂風の行ける方へあるいてゆく　種田山頭火・層雲

あしのほわた【蘆・葦・芦・葭―の穂絮】
晩秋、蘆の花穂は白い綿（絮）をだし、風に吹かれて飛ぶ。➡蘆の花（あしのはな）［秋］

あずきひく【小豆引く】
秋、小豆を根から引き抜き、収穫すること。➡小豆の花（あずきのはな）［夏］、大豆引く（だいずひく）［秋］

§

釈迦堂の前の小家や小豆引　松瀬青々・妻木

あぜまめ【畦豆・畔豆】
水田の畦に植えて栽培する大豆をいう。［同義］田畔豆（たのくろまめ）。➡大豆引く（だいずひく）［秋］

§

畔豆に鼬の遊ぶ夕かな　村上鬼城・鬼城句集
朝露や畔豆刈れば小虫とぶ　種田山頭火（明治四十四年）

あぶらぎく【油菊】
キク科の多年草。自生・栽培。葉は浅緑色で菊に似て刻みがある。秋に黄色の花を開く。花は「薩摩の菊油」として腹痛、創傷の薬

あぶらぎく

用になる。［同義］浜寒菊（はまかんぎく）、島寒菊（しまかんぎく）。［漢名］甘菊花。

あぶらぎりのみ【油桐の実】

油桐はトウダイグサ科の落葉高樹。自生・栽培。高さ約一〇メートル。桐に似た大きな葉を互生する。花は雌雄異株で、夏に白・淡紫色の花を開く。実は桐油の原料となる。［〈油桐〉和名由来］葉が桐に似ていて、実より油をとるところから。［〈油桐〉同義］山桐（やまぎり）、犬桐（いぬぎり）、油木（あぶらき）、毒荏（どくえ）、荏桐（えぎり）。［〈油桐〉漢名］罌木桐。⬇油桐の花（あぶらぎりのはな）［夏］

あぶらぎり

あぶらぎり［除蝗録］

あまぼし【甘干】

秋、収穫した渋柿の渋を取るため皮を剥いて陰干しをすること。また、そうして干された柿のこと。［同義］白柿（しろがき）、転柿・枯露柿（ころがき）、干柿。⬇柿（かき）［秋］、渋柿（しぶがき）［秋］、吊し柿（つるしがき）［秋］、串柿（くしがき）［秋］、干柿（ほしがき）［秋］

§

甘干に軒も余さず詩仙堂　松瀬青々・妻木

柴けぶり一串柿甘みけり　松瀬青々・妻木

甘干や霜降りせむる軒の内　横山蜃楼・倦鳥

ありのみ【有実】

梨のこと。「梨」が「無（なし）」に通じるための忌言葉として「有実」としたもの。⬇梨（なし）［秋］

§

をきかへし露ばかりなる梨なれど千代ありのみと人はいふらん　相模集（相模の私家集）

たえて世になくばなしにてあらましを侘しきまゝにありのみぞうき　大隈言道・草径集

有無の実にも歯のなき翁かな　闌更・半化坊発句集

あわ【粟】

イネ科の一年草・栽培。中国原産。高さ約一メートル。葉はとうもろこしに似るが葉幅は狭い。大粟、小粟などがある。葉は互生で線状。九月頃に茎頭の花穂に多数の小花をつける。実は穀類となる。五穀の一。餅・飴・焼酎などの原料となる。［同義］大粟（おおあわ）、小粟（こあわ）。［漢名］粟、粱。⬇粟蒔く（あわまく）［夏］、粟の穂（あわのほ）［秋］、粟畑（あわばたけ）［夏］

あわ

§

雲くだる岩山あひの粟畑に粟の穂むしる人ひとり居り　島木赤彦・氷魚
みなかみのちさきはざまに建てられし／村や淋しき田に植うる粟　宮沢賢治・校本全集
粟稗《あはひえ》にまづしくもなし草の庵《いほ》　芭蕉・笈日記
風の名の有るべき物ぞ粟の上　惟然・既望
通夜堂の前に粟干す日向かな　正岡子規・子規句集
そゞろ寒の日にあてゝある粟の束　松瀬青々・倦鳥

あわのほ【粟の穂】

⇩粟（あわ）［秋］

§

粟の穂のいろに日映る松山の立てる方より秋風ぞ吹く　与謝野晶子・心の遠景
日をへつつ伊勢の宮路に粟の穂の垂れたる見れば秋にしあるらし　長塚節・西遊歌
粟の穂を見あぐる時や啼鶉　支考・続猿蓑
粟少し是れや鳴子の吹く嵐　巣兆・曾波可理
鳴子されて粟の穂垂るゝみのりかな　正岡子規・子規句集
粟の穂をつみたるあとも眺めかな　松瀬青々・倦鳥

あわばたけ【粟畑】

⇩粟（あわ）［秋］

§

猪の静かな年や粟畠　丈草・初便
猪の山をうごかす粟畠　林紅・風月藻
べんがらにそめ尽したり粟畠　松瀬青々・倦鳥

「い」

いがぐり【毬栗】

「いが」に包まれた栗の実。⇩栗（くり）［秋］

§

月よみの光を待ちてかへりませ山路は栗のいがの多きに　大愚良寛・良寛歌評釈
嵐のなか起きかへらむとする枝の重くぞ動く青毬の群れ　島木赤彦・氷魚
高槻の葉間くぐりきてさす月に碧く柔しも栗の稚毬《わかいが》　宇都野研・木群
目にも見えずわたらふ秋は栗の木のなりたる毬のつばらつばらに　長塚節・初秋の歌
秋風のふけども青し栗のいが　芭蕉・こがらし
行《ゆく》あきや手をひろげたる栗のいが　芭蕉・続猿蓑
毬栗に関見返るや上路山　涼菟・涼菟句集
いがぐりに袖なき猿の思ひかな　其角・五元集拾遺
毬栗に鼠の忍ぶ妻戸かな　召波・春泥発句集
毬栗に踏あやまちぞ老の坂　召波・春泥発句集
毬栗の蓑にとゞまる嵐かな　白雄・白雄句集
いがながら栗くれる人の誠かな　正岡子規・子規句集

いすのきのみ【柞の実】
柞はマンサク科の常緑高樹。自生・栽植。高さ約一五メートル。「ゆしのき」「ゆす」「ゆすのき」ともいう。樹皮は灰白色。葉は長楕円形。五月頃に花をつける。秋、葉に幼虫の入った円形の虫嚢をつける。この虫嚢は「きひょん」と呼ばれ、吹くと鳴り「猿笛」と呼ばれる。俳句ではこれをもって秋の季語とする。[〈柞〉同義] 真榊（まさかき）、櫛木（くしのき）、木瓢（きひょん）、瓢樹（ひょんのき）。[〈柞〉漢名] 蚊母樹。➡柞の花（いすのきのはな）[春]

いすのき

いそぎく【磯菊】
海浜などに生育するキク科の多年草。自生・栽培。高さ約三〇センチ。葉は倒卵形。葉の裏には銀白の毛を密生する。秋、黄色の小頭状花を開く。[同義] 岩菊（いわぎく）、花磯菊（はないそぎく）、塩風菊（しおかぜぎく）。➡菊（きく）[秋]

いそぎく

いちごのねわけ【苺・苺の根分】
秋、イチゴの蔓茎から新芽と根が出たものを二、三本ずつまとめて畑に植えかえ、翌年の収穫のために備えること。➡苺（いちご）[夏]

§

此里のマリヤも苺根分けかな　松瀬青々・倦鳥

いちじく【無花果】
クワ科の落葉低樹・栽培。小アジア原産。高さ二〜三メートル。三裂した掌状葉。初夏、花嚢をつけ、内部に多数の小花をもつ。花嚢は晩秋、外皮が暗紫色に熟して裂ける。この花嚢を食用とする。乾燥した「無花果葉（むかかよう）」は浴用剤として、神経痛、痔に効能がある。また、乳汁は痔の塗布用、駆虫などの薬用となる。[和名由来] 諸説あり。原語のペルシャ語「anjir」から中国語「映日果（インジエクオ）」の転。「イチ（=乳）」を語根とする。「イチジュク（一熟）」の意、など。[同義] 猿柿（さるがき）、唐柿（とうがき）、支那柿（しながき）、唐枇杷（とうびわ）、無花果（とうがき）、優雲華（うどんげ）。[漢名] 無花果、映日紅、仙桃。[花言] 証明。

いちじく

§

無花果の果はもちぎられ広き葉のひとつ落ちひとつおち秋はふけにけり　田波御白・御白遺稿

無花果や竿に草紙を縁の先　夏目漱石・漱石全集

無花果の割れて心を見するかな　松瀬青々・倦鳥
手がとどくいちぢくのうれざま　種田山頭火・層雲
無花果を手籠に湖をわたりけり　飯田蛇笏・椿花集
　庭上一樹あり
いちじくのけふの実二つたべにけり　日野草城・旦暮

いちょうおちば【銀杏落葉】
⬇銀杏散る（いちょうちる）［秋］、銀杏の花（いちょうのはな）［春］、銀杏の実（いちょうのみ）［秋］、落葉（おちば）［冬］

§

夕光《ゆふかげ》の諸葉《もろは》かがよふ黄の銀杏わが腰掛は庭に置きたる　北原白秋・黒檜
歩みゐるこの道すでに日かげりぬ銀杏の落葉かすかににほふ　三ケ島葭子・三ケ島葭子歌集
夕づく日眼に傷みあれ樹によれば公孫樹落葉の金降りやまず　中村憲吉・林泉集
朝さむみ路まがりゆく崖のかげ銀杏の落葉黄におびただし　古泉千樫・屋上の土
街路樹を行くゆく見れば根まはりに黄葉をこぼせる銀杏の稚木　半田良平・幸木
銀杏踏て静に児《ちご》の下山哉　蕪村・蕪村遺稿

いちょうちる【銀杏散る】
銀杏はイチョウ科の落葉高樹・栽植。高さ三〇メートルに達する。葉は扇形。雌雄異株。春、黄緑色の花をつける。秋には扇形の葉が黄変し、樹全体が輝くように見える。黄色の葉が散る光景は風情がある。種子は「ぎんなん」と呼ばれ食用となる。［〈銀杏〉和名由来］漢名「鴨脚子」の「鴨脚」の宋音「イチヤオ」によると。［〈銀杏〉同義］銀杏木（ぎんなんのき）、乳木・乳樹（ちちのき）、鴨脚（おうきゃく）、一葉（いちよう）。［〈銀杏〉漢名］銀杏、公孫樹、鴨脚子。⬇銀杏黄葉（いちょうもみじ）［秋］、銀杏の花（いちょうのはな）［春］、銀杏の実（いちょうのみ）［秋］、銀杏落葉（いちょうおちば）［秋］、銀杏（ぎんなん）［秋］

いちょう

§

相見しは大き銀杏の秋の岡金色《こんじき》ながすひかりの夕　与謝野寛・毒草
金色のちひさき鳥のかたちして銀杏ちるなり岡の夕日に　与謝野晶子・恋ごろも
いてふの葉とみに少なくなりぬるも寂しき夢のここちこそすれ　与謝野晶子・心の遠景
はらはらに黄葉散りしき真北むく公孫樹の梢あらはれにけり　長塚節・秋冬雑咏
みちのくや丘の公孫樹の金色《こんじき》の秋の雲にし鵠は巣くひぬ　石川啄木・啄木歌集補遺
骨立てて銀杏の梢蒼空にただにかなしく澄みゐたりけり　三ケ島葭子・三ケ島葭子歌集

日本紀や銀杏に埋む神無月　調和・俳林不改楽
この銀杏散られて遊ぼ散なれば　惟然・當座払
稚子の寺なつかしむ銀杏かな　蕪村・蕪村句集
むかし誰この堀越えし銀杏ぞも　几董・井華集
銀杏にちりぢりの空暮れにけり　芝不器男・定本芝不器男句集

いちょうのみ【銀杏の実】
イチョウ科の落葉高樹の銀杏の実。「ぎんなん」と呼ぶ。炒ったり煮たり、また銀杏餅などにして食用とする。⬇銀杏（ぎんなん）［秋］、銀杏散る（いちょうちる）［秋］

§

久方の天を一樹に仰ぎ見る銀杏の実ぬらし秋雨ぞふる　長塚節・秋雑詠
通りがゝりの母と子が銀杏の実拾ひをる　河東碧梧桐・碧

いちょうもみじ【銀杏黄葉】
銀杏の扇形の葉は秋に黄変する。⬇銀杏散る（いちょうちる）［秋］

§

銀杏の樹はるかにみるとたゞひとつ黄金で鋳たる葉を立てたやう　青山霞村・池塘集
銀杏もみぢ一葉夢みるあまみやの御弟子の若い尼の黄袈裟を　青山霞村・池塘集
ものみなはとよみの中にあきらけし黄金色ゆるる銀杏の立樹　平福百穂・寒竹
泉水に公孫樹の黄葉《もみぢ》うつりをりひろらのお庭の夕静をめぐる　木下利玄・一路
もみぢせる諸木がなかに銀杏葉のこのゆたかさのをしくおもほゆ　土田耕平・一塊
北は黄に銀杏ぞ見ゆる大徳寺　召波・春泥発句集
銀杏一樹黄ばめる下や温泉の町　河東碧梧桐・新傾向（秋）

いとすすき【糸芒・糸薄】
スス丰の一変種。自生・栽培。本種に比べ茎・葉・根ともに全体に細く小振りのためこの名がある。⬇芒（すすき）［秋］

§

秋風につくもか浜の糸薄おもひかねてや乱れそむらん　伊藤左千夫・伊藤左千夫全短歌
穂を添へて猶名もよしや糸芒　配力・砂川

いとはぎ【糸萩】
枝が細い萩のこと。⬇萩（はぎ）［秋］

§

この枝に或は君も触れつべしうねりなかへそ糸萩の花　服部躬治・迦具土
小鉢より庭にうつせし糸萩の伸びいそぎつつ今は花咲けり　若山牧水・渓谷集
糸萩の風軟かに若葉かな　芥川龍之介・発句

いなぎ【稲木】
秋、刈り取った稲穂を束ねて、穂を下にして掛けておく木組みをいう。［同義］稲架（いなか）。⬇掛稲（かけいね）［秋］、稲（いね）［秋］、稲干す（いねほす）［秋］

§

象潟や稲木も網の助杭　言水・初心もと柏

居所を稲木に移す野鳥かな　正秀・旅袋

いなぶね【稲舟】

秋、収穫した稲穂を運ぶ舟。⬇稲（いね）［秋］

§

稲舟も引くや野菊の溝伝ひ　許六・風俗文選犬註解
稲舟のいねとも言はぬ主かな　乙二・松窓乙二発句集
稲舟や野菊の渚蓼《たで》の岸　正岡子規・子規句集

いなほ【稲穂】

⬇稲（いね）［秋］、稲の穂（いねのほ）［秋］

§

美はしき稲の穂波の朝日かな　路通・芭蕉翁俳諧集
旅人の藪にはさみし稲穂哉　一茶・文政句帖
握り見て心に応《こた》ふ稲穂かな　高浜虚子・六百句

いなむしろ【稲筵】

田一面、実った稲の穂が伏して並ぶ様子を筵にたとえたことば。⬇稲（いね）［秋］

§

稲筵近江の国の広さかな　浪化・名月集
夕凪や鶴も動かず稲筵　蓼太・蓼太句集
はせ違ふ汽車の行方や稲筵　正岡子規・子規句集

いぬたでのはな【犬蓼の花】

タデ科の一年草・自生。日本各地の原野や路傍に生育する。高さ約三〇センチ。葉は披針形で互生。夏から秋、紫紅色の粒状の五弁花を穂状花序にしてつける。茎・葉は解毒、駆虫などの薬用となる。［〈犬蓼〉和名由来］食用には不適な蓼であるところから。［〈犬蓼〉同義］花蓼（はなたで）、鬼蓼（おにたで）。⬇赤飯（あかのまんま）［秋］、蓼の花（たでのはな）［秋］、蓼（たで）［夏］

いぬたで

§

誰つまぬ秋の野らなる犬蓼の霜枯の丶ちは跡やあらなん　上田秋成・大明国師像賛
異草《ことくさ》は枯れゆく秋の初霜に痩せさらぼへる犬蓼の花　与謝野礼厳・礼厳法師歌集
犬蓼の花さかりなる里川に夕日ながれてあきつ飛ぶなり　落合直文・明星
日まはりの花も高けど犬蓼の穂蓼の花に猶しかずけり。　伊藤左千夫・伊藤左千夫全短歌
犬蓼の花さく見ればしのばる、君と韓野《からの》に駒なめし秋　与謝野寛・紫
犬蓼のくれなゐの茎はよわければ不便に思ひ踏みにけるかも　島木赤彦・切火
漕ぎ入れば湖尻細江岸たかみ舟より見上ぐる犬蓼の花　木下利玄・紅玉
犬蓼の命也けり秣《まぐさ》はら　千那・鎌倉海道
犬蓼の柳原こそ五條なれ　舟竹・花摘
犬蓼の花にてらつく石二つ　村上鬼城・鬼城句集
犬蓼の花くふ馬や茶の煙　正岡子規・子規句集

いぬびえ【犬稗】
イネ科の一年草・自生。高さ約八〇センチ。平行脈のある卵形の葉をもつ。夏、穂をだし緑・紫色の小花を開く。家畜の飼料となる。[和名由来] 実が人の食用にはならない稗の意から。[同義] 野稗、猿稗（さるびえ）。[漢名] 野稗。➡野稗（のびえ）[秋]、稗（ひえ）[秋]

いぬほおずき【犬酸漿・龍葵】
ナス科の一年草・自生。葉は卵形有柄で互生。夏に白色の花を開く。花後、球形の実を結ぶ。乾燥させた茎・葉は「龍葵（りゅうき）」として解熱、利尿などの薬用になる。[和名由来] 酸漿に似ているが、酸漿に劣るという意から。[同義] 潮酸漿（うしおほおずき）、牛酸漿（うしほおずき）、山酸漿（やまほおずき）、黒酸漿（くろほおずき）小茄子（こなすび）。[漢名] 龍葵。

いぬほおずき

いね【稲】
イネ科の一年草・栽培。高さ五〇センチ〜一〇〇センチ。葉は互生で直線形。初秋に花穂をだす。熟して米の実を結ぶ。水田で栽培する水稲と、畑地で栽培する陸稲がある。成熟の時期によって早稲、中稲、晩稲がある。[同義] 田の実（たのみ）、三節草（みつぶしぐさ）、富草（とみくさ）、水影草・水陰草（みずかげぐさ・みずかげそう）、秋待草（あきまつぐさ）。[漢名] 稲、嘉粟、敦実。➡稲穂（いなほ）[秋]、稲筵（いなむしろ）[秋]、稲刈（いねかり）[秋]、稲木（いなぎ）[秋]、稲舟（いなぶね）[秋]、掛稲（かけいね）[秋]、稲扱（いねこき）[秋]、稲の秋（いねのあき）[秋]、稲の花（いねのはな）[秋]、稲の露（いねのつゆ）[秋]、稲の穂（いねのほ）[秋]、稲干す（いねほす）[秋]、粳稲（うるしね）[秋]、陸稲（おかぼ）[秋]、晩稲（おくて）[秋]、今年米（ことしまい）[秋]、中稲（なかて）[秋]、初穂（はつほ）[秋]、籾（もみ）[秋]、焼米（やきごめ）[秋]、八束穂（やつかほ）[秋]、早稲（わせ）[秋]、飾米（かざりごめ）[新年]

§

恋ひつつも稲葉かき別け家居れば乏《とも》しくもあらず秋の夕風
作者不詳・万葉集一〇

秋の田になみよる稲は山川の水ひき植ゑし早苗なりけり
相模・後拾遺和歌集五（秋下）

山里の門田の稲のほのぼのと明くるも知らず月を見るかな
藤原顕隆・金葉和歌集三（秋）

さびしさに草のいほりを出てみれば稲葉おしなみ秋風ぞ吹く
大愚良寛・良寛歌評釈

を山田の稲葉の露やふかゝらむたちゆく鴫の羽おもけなり
大塚楠緒子・千代田歌集

いね

田のなかに焚火をしたり霧ふかく煙まつはり稲へなびかふ
中村憲吉・軽雷集以後

方十里稗貫のみかも稲熟れてみ祭三日そらはれわたる
宮沢賢治・校本全集

海にそふ北に山なし稲百里　北枝・草庵集

城見えて朝日に嬉し稲の中　支考・越の名残

植たしや稲葉に寄するさゞれ浪　闌更・半化坊発句集

道暮れて稲の盛りぞ力なる　暁台・暁台句集

稲の浪はるばると来て枕元　梅室・梅室家集

稲積んで馬くゞらせぬ長家門　村上鬼城・鬼城句集

村遠近《おちこち》雨雲垂れて稲十里　正岡子規・子規句集

稲の雨斑鳩寺《いかるがでら》にまうでけり　正岡子規・子規句集

稲の香や月改まる病心地　夏目漱石・漱石全集

汽車去つて稲の波うつ畑かな　夏目漱石・漱石全集

いねかり【稲刈】

秋、成熟した稲を刈り取ること。［同義］刈り入れ。⬇稲（いね）［秋］、刈田（かりた）［秋］、田刈（たがり）［秋］、夜田刈（よだかり）［秋］

§

住吉《すみのえ》の岸を田に墾《は》り播きし稲のさて刈るまでに逢はぬ君かも
作者不詳・万葉集一〇

湖べ田の稲は刈られてうちよする波の秀《ほ》だちの目に立つこのごろ
島木赤彦・太虚集

川の音は向うにすれど霧ふかく下りし岸田にいね刈りそめし
中村憲吉・軽雷集以後

そこばくの稲刈られゆく田をみれば山よりすぐに烏下りたつ
中村憲吉・軽雷集以後

よの中は稲かる頃か草の庵《いほ》　芭蕉・続深川集

見る内に畔道塞ぐ刈穂かな　杉風・句兄弟

稲刈に鶏頭見せん藪一重　支考・しるしの竿

稲刈て麦に田かえす我世かな　几董・井華集

見下《みお》ろせば里は稲刈る日和かな　正岡子規・子規句集

稲刈りてあないたはしの案山子かも　夏目漱石・漱石全集

いねこき【稲扱】

秋、刈り取った稲から穂をとること。またその道具。⬇稲（いね）［秋］

§

刈りて干す山田の稲のこきたれて鳴きこそ渡れ秋のうければ
坂上是則・古今和歌集一七（雑上）

稲扱きて夜更けの風呂に男女《をとこをみな》あやしみ騒ぐ森の上の星
伊藤左千夫・伊藤左千夫全短歌

更る夜や稲扱く家の笑ひ声　万乎・続猿蓑

稲扱も木陰つくるや松の下　野坡・野坡吟草

稲扱くや刈るや田に焚く夕煙　士朗・枇杷園句集

いねのあき【稲の秋】

稲を収穫する秋。⬇稲（いね）［秋］

§

稲の秋命拾ふて戻りけり　正岡子規・子規句集

いねのつゆ【稲の露】

実った稲にたまる露。⬇稲（いね）［秋］

犬連れて稲見に出れば露の玉　鬼貫・鬼貫句選

§

いねのはな【稲の花】

イネ科の一年草の稲の花。稲は初秋に花穂をだす。[同義] 富草の花（とみくさのはな）。⬇稲（いね）[秋]

§

うちむれて高倉山につむものはあらたなき代の富草の花
藤原家経・詞花和歌集一〇（雑下）

川原田に住みつ、曇る月の色　稲の花香《ガ》の、よどみたるかも
釈迢空・夜

先づ入るや山家の秋を早稲の花　惟然・有磯海

稲の花これを仏の土産かな　智月・猿蓑

稲の花吸はぬを蝶の艶《みやび》かな　言水・言水句集

藪寺の晩鐘遠し稲の華　露川・菊十歌仙

風流も先づ是からぞ稲の花　闌更・半化坊発句集

稲の花嵐の旬も早や過ぎし　白雄・白雄句集

川稲の花収まりし月夜かな　乙二・松窓乙二発句集

湖の水の低さよ稲の花　士朗・枇杷園句集

此上に年を積むべし稲の花　梅室・梅室家集

うぶすなに幟立てたり稲の花　正岡子規・子規句集

稲の花道灌山の日和かな　正岡子規・子規句集

湯槽から四方を見るや稲の花　夏目漱石・漱石全集

会津平萩も散る道稲の花　河東碧梧桐・新傾向（秋）

酒折《さかおり》の宮はかしこや稲の花　高浜虚子・六百五十句

ひねもすの山垣曇り稲の花　芝不器男・不器男句集

いねのほ【稲の穂】

イネ科の一年草の稲の穂。⬇稲穂（いなほ）[秋]、稲（いね）[秋]、八束穂（やつかほ）[秋]

§

神代よりけふのためとや八束穂にながたの稲のしなひそめけむ
藤原兼光・新古今和歌集七（賀）

穂に出でて久しくなりぬ秋の田のいねかりが音も今ぞ鳴くなる
源師頼・堀河院御時百首和歌

美はしき稲の穂並の朝日かな　路通・芭蕉翁俳諧集

風行くや浜田にしらむ穂の靡き　暁台・暁台句集

四五本の稲もそよそよ穂に出ぬ　一茶・七番日記

稲の穂の伏し重なりし夕日哉　正岡子規・子規句集

稲の穂に湯の町低し二百軒　正岡子規・子規句集

いねほす【稲干す】

秋、刈り取った稲を干すこと。⬇稲（いね）[秋]、稲木（いなぎ）[秋]、掛稲（かけいね）[秋]

§

刈りて干す山田の稲をほしわびてまもる仮庵に幾夜へぬらん
凡河内躬恒・拾遺和歌集一七（雑秋）

早稲干すや人見え初る山のあし　去来・有磯海

いつしかに稲を干瀬や大井川　其角・有磯海

借りますと言ふて稲干す鳥居哉　北枝・北枝会

いのこずち【牛膝】

ヒユ科の多年草・自生。茎は方形で節太。葉は楕円形。夏から秋に、緑色の五弁の花を穂状花序につける。実には棘が

あり衣服などにつく。根は「牛膝根（ごしつこん）」として利尿、強精、通経などの薬用になる。［和名由来］ 茎の節の形を豕（いのこ＝猪の子）の膝頭に見立てたものと。［同義］取付虫（とりつきむし）、節高（ふしだか）、駒膝（こまのひざ）。［漢名］牛膝。

いのこずち

いばらのみ【茨の実】

バラ科の蔓性落葉低樹の茨の実。小球形の実を結び、熟して赤色となる。⇩茨の花（いばらのはな）［夏］、枯茨（かれいばら）［冬］

§

愁ひ来て丘にのぼれば名も知らぬ鳥啄《ついば》めり赤き茨《ばら》の実
石川啄木・秋風のこころよさに

いく霜にかじけて茨《ばら》のつぶら実のはつかにたもつ色を惜しめり
太田水穂・冬菜

茨の実の赤び赤びに草白む溝の岸には稲掛けにけり
長塚節・晩秋雑咏

国をおもふわれも一人ぞ然もこの茨《ばら》の朱実《あけみ》のつゆじもの照り
前川佐美雄・天平雲

茨の実を食うて遊ぶ子あはれなり　村上鬼城・鬼城句集

いも【芋】

里芋、薩摩芋、山芋など食用の地下茎、塊根類の総称をいう。「うも」ともいう。近世に薩摩芋やじゃが芋が渡来する以前は、一般には里芋をさした。⇩里芋（さといも）［秋］、薩摩芋（さつまいも）［秋］、八頭（やつがしら）［秋］、馬鈴薯（ばれいしょ）［秋］、じゃが芋（じゃがいも）［秋］、八升芋（はっしょういも）［秋］、山芋（やまのいも）［秋］、芋植える（いもうえる）［春］、芋茎（ずいき）［秋］、種芋（たねいも）［春］、芋の子（いものこ）［秋］、芋の露（いものつゆ）［秋］、子芋（こいも）［秋］、芋の花（いものはな）［夏］、芋の秋（いものあき）［秋］、芋の葉（いものは）［秋］、芋掘り（いもほり）［秋］、芋洗う（いもあらう）［秋］、芋幹（いもがら）［秋］、芋の葉の露（いものはのつゆ）［秋］、芋畑（いもばたけ）［秋］

§

都にも芋はあれども岩山の堅土の芋は味よかりけり
伊藤左千夫・伊藤左千夫全短歌

山ふかき猪野々《ゐのの》の里の星まつり芋の広葉に飯《いひ》たてまつる
吉井勇・人間経

手向《たむけ》けり芋ははちすに似たるとて　芭蕉・続深川集

鼠ども出立の芋をこかしけり　丈草・続猿蓑

猶月に知るや美濃路の芋の味　惟然・泊船集

芋食うてよく孕むなり宿の妻　村上鬼城・鬼城句集

芋煮えて天地静に鳴子かな　河東碧梧桐・新傾向（秋）

甘藷《いも》焼けてゐる藁《わら》の火の美しく　高浜虚子・六百句

いもあらう【芋洗う】

土から掘り出した芋を洗う風景。⇩芋（いも）［秋］、芋掘

り（いもほり）［秋］

§

ころぶせば枕にひびく浅川に芋洗ふ子もが月白くうけり　長塚節・鍼の如く

芋洗ふ女西行ならば歌よまむ　芭蕉・甲子吟行

芋洗ふ人より先に垢離とらん　去来・伊勢紀行

芋洗ふ女の白き山家かな　夏目漱石・漱石全集

いもがら【芋幹】

里芋の茎。和物などにして食用にする。⬇芋（いも）［秋］、里芋（さといも）［秋］、芋茎（ずいき）［秋］

§

芋がらを壁に吊せば秋の日のかげり又さしこまやかに射す　長塚節・晩秋雑咏

いものあき【芋の秋】

芋を収穫する秋。⬇芋（いも）［秋］

§

肥担ぐ汝等比丘や芋の秋　川端茅舎・川端茅舎句集

いものこ【芋の子】

親芋についた小さい芋。⬇芋（いも）［秋］、子芋（こいも）［秋］

§

芋の子もばせをの秋を力哉　其角・末若葉

芋の子の名月を待つ心かな　許六・風俗文選犬註解

いものつゆ【芋の露】

芋の葉にたまる露。七夕の短冊を書くのに芋の葉の露で墨を擦る習慣があった。⬇芋（いも）［秋］、芋の葉の露（いものはのつゆ）［秋］

§

芋の露硯の海に湛《たた》へけり　正岡子規・子規句集

我宿の名月芋の露にあり　正岡子規・子規句集

いものは【芋の葉】

里芋、薩摩芋、山芋など食用の地下茎、塊根類の葉をいう。⬇芋（いも）［秋］

§

蓮葉はかくこそあるもの意吉麻呂が家にあるものは芋《うも》の葉にあらし　長意吉麻呂・万葉集一六

山畑の芋の葉むらを白露のいやしらしらに月ふけにけり。　伊藤左千夫・伊藤左千夫全短歌

芋の葉にこぼる、玉のこぼれこぼれ子芋は白く凝りつ、あらむ　長塚節・初秋の歌

青白き月光ゆらぐ芋の葉はかなしいかなや吾をかこめる　岡稲里・早春

まれに来《き》し都会の人は芋の葉に霧雨のふる朝をよろこぶ　岡稲里・早春

芋の葉のひろごり満てる畑の辺にわが白絹《しらぎぬ》の洋傘《かさ》青みたり　岡本かの子・わが最終歌集

芋の葉の破《や》れ葉大きく揺らぎ居《を》り野分の空はただに明るし　土田耕平・青杉

いもの葉や月待《まつ》さとの焼ばたけ　芭蕉・紀行

芋の葉に月待つ花もなかりけり　丈草・柳表紙

尻べたの蚊を打つ芋の葉風哉　巣兆・曾波可理
芋の葉をごそつかせ去る鹿ならん　夏目漱石・漱石全集
葉芋高き宿にとまるや晴三日　河東碧梧桐・新傾向（秋）
芋の葉のいや〳〵合点《がてん》々々《がてん》かな　高浜虚子・五百五十句
芋の葉を目深に馬頭観世音　川端茅舎・川端茅舎句集

いものはのつゆ【芋の葉の露】
『藻塩草』によれば、往時、七夕の短冊を書くのに、芋の葉の露で墨を擦ったという。➡芋の露（いものつゆ）［秋］、芋（いも）［秋］

§

芋の葉の露ころばかす袂かな　舎羈・玉まつり
芋の葉の露や銀河のこぼれ水　自笑・続あけがらす

いもばたけ【芋畑】
➡芋（いも）［秋］

§

聖霊の供物を捨つる裏戸口芋の畠に鴉《からす》鳴くなり　正岡子規・子規歌集
浦風に蟹も来にけり芋畠　太祇・太祇句選
村雨を面白さうに芋畠　暁台・暁台句集
名月やすたすたありく芋畑　正岡子規・子規句集
渋柿や寺の後の芋畠　夏目漱石・漱石全集
嬉しがる声の中芋畑を行く影したり　河東碧梧桐・八年間
二百十日の月穏やかに芋畠　杉田久女・杉田久女句集
芋畠に住みて灯もる、小窓かな　杉田久女・杉田久女句集補遺
八方を睨める軍鶏や芋畑　川端茅舎・川端茅舎句集

いもほり【芋掘り】
里芋、薩摩芋、山芋などを掘り取ること。➡芋（いも）［秋］、芋洗う（いもあらう）［秋］

§

山畑の芋掘るあとに臥す猪哉　其角・句兄弟
薯堀に酒を強ひけり山遊　露月・露月句集
芋掘りに行けば雄鹿に出あひけり　正岡子規・子規句集
友は大官芋《いも》掘《ほ》つてこれをもてなしぬ　高浜虚子・五百句
芋掘りて疲れたる夜の筆づかひ　石田波郷・鶴の眼

いろかえぬまつ【色不変松】
晩秋、樹々が紅葉・落葉する中で、紅葉せずに青々としている松をあらわすことば。➡松の花（まつのはな）［秋］

§

色かへぬ松を土産や小倉山　芙雀・淡路島
色変へで空をさしけり松の針　嘯山・葎亭句集
色かへぬ松にかたまる日和哉　祐昌・芭蕉袖草紙
色かへぬ松や主は知らぬ人　正岡子規・子規句集
色かへぬ松に里わの空の藍　松瀬青々・倦鳥

いわたけ【岩茸・石茸】
イワタケ科の地衣類・自生。高山の湿潤な岩面などに密着して生育する。全体が葉状で上面は暗褐色または帯緑色。夏から秋にかけて採取し、食用とする。［和名由来］岩

いわたけ［物類品隲］

に付着して生育する茸の意。［同義］岩茸（いわごけ）。⬇茸（きのこ）［秋］、茸狩（きのこがり）［秋］

§

幕岩を看て立つや岩茸採りの過ぐ　河東碧梧桐・新傾向（秋）

いわれんげ【岩蓮華】

ベンケイソウ科の多年草。自生・栽培。葉は多肉質で根茎より蓮の花のように重なる。夏から秋にかけて茎を伸ばし、白色の五弁の小花を穂状に開く。［和名由来］葉が蓮の花のように重なり、岩場に生育するところから。［同義］仏爪（ほとけのつめ）。［漢名］仏甲草。

§

優婆塞が泊りの軒の岩蓮花　松瀬青々・倦鳥

いわれんげ

いんげん【隠元豆】

「いんげんまめ」ともいう。ゴガツササゲなど菜豆類の俗称。夏に白・淡紅色の花を開き、花後、莢を結び食用となる。［和名由来］隠元禅師が来朝の折りに持参したためと。藤豆にも比定。［同義］八升まめ、三度ささげ、五月ささげ、江戸ささげ、銀ふうろ、江戸ふうろ。⬇藤豆（ふじまめ）［秋］

§

いんげん

菜豆《いんげん》はにほひかそけく膝にして白きが落つも莢をしむけば　長塚節・鍼の如く

塀内や一つの垣の隠元豆　松瀬青々・妻木

「う」

ういきょうのみ【茴香の実】

セリ科の多年草の茴香の実。花後、円形状の小果を結ぶ。⬇茴香の花（ういきょうのはな）［夏］

§

香ににほふ秋の日向の静ごころ茴香草も実となりにけり　北原白秋・桐の花

実のおぼろ葉の朝露やくれのおも　桐雨・其袋

うこんのはな【鬱金の花】

ショウガ科の多年草。自生・栽培。アジア熱帯原産。葉は芭蕉に似て大きく約一メートルに生育。夏から秋に花穂をつけ、淡黄色の花を開く。花期が長い。根茎は染料「鬱金色」となり、また止血、痔、傷、膿腫などの薬用になる。

うこん

［同義］欝金草（うこんそう）、黄染草（きぞめぐさ）。［漢名］欝金。

§

芭蕉にも思はせぶりの欝金哉　鬼貫・鬼貫句選

はんなりと細工に染まる紅《べに》うこん　桃隣・すみだはら

うすもみじ【薄紅葉】

初秋、木々の紅葉がはじまったばかりの色がまだ薄い状態の紅葉をいう。⇩紅葉（もみじ）［秋］

§

山まつのふかきみどりをにほひにてあらはれそむるうすもみぢかな　香川景樹・桂園一枝拾遺

錦手や伊万里の山の薄紅葉　宗因・梅翁宗因発句集

色付《づく》や豆腐に落て薄紅葉　芭蕉・芭蕉杉風両吟百韻

肌寒し竹切る山の薄紅葉　片兆・猿蓑

山里や煙斜に薄紅葉　闌更・半化坊発句集

黄昏や水に差出の薄紅葉　闌更・半化坊発句集

夕紅葉此川下は薄かりし　白雄・白雄句集

今も亦《また》一時雨《ひとしぐれ》あり薄紅葉　高浜虚子・五百五十句

うみがき【熟柿】

柿の実の爛熟したさまをいう。⇩熟柿（じゅくし）［秋］、柿（かき）［秋］

うめもどき【梅擬】

モチノキ科の落葉低樹。自生・栽植。雌雄異株。高さ約三メートル。五〜六月頃、淡紫色の小花を開く。晩秋に紅色の球果を結ぶ。庭木、切花として用いられる。［和名由来］葉の形が梅に似ているところから。［漢名］落霜紅。［花言］明朗。

うめもどき

§

裏やぶにここだく赤きうめもどき手《た》ぐりて引けば実をこぼしたり　平福百穂・寒竹

残る葉も残らず散れや梅もどき　凡兆・曠野

梅もどき折るや念珠をかけながら　蕪村・蕪村句集

柿崎の小寺尊とし梅もどき　蕪村・蕪村遺稿

梅もどき花屋の柳哀れなり　白雄・白雄句集

昼ばかり人来る家か梅嫌　乙二・斧の柄

梅もどき赤くて機嫌のよい頬白めじろ　種田山頭火・層雲

うめもみじ【梅紅葉】

晩秋、まだ散り残る梅の葉の紅葉をいう。⇩梅（うめ）［春］、紅葉（もみじ）［秋］

§

打過て又秋もよし梅紅葉　桃隣・笈日記

散行くも二度の歎きや梅紅葉　嵐雪・梅の牛

うらがれ【末枯】

晩秋、草木が枝先や葉先のほうから枯れ始めるさまをいう。⇩枯木（かれき）［冬］

§

末枯に花の袂や女ぼれ　其角・五元集

末枯や茶滓こぼるゝ草の垣　北枝・続有磯海

末枯や小町が歌の女郎花　也有・蘿葉集

末枯や根からも枯れる虫の声　也有・蘿葉集
末枯の中に道ある照葉かな　蕪村・蕪村句集
末枯や西日に向ふ鳩の胸　暁台・暁台句集
末枯も一番早き庵かな　一茶・旅日記
末枯に真赤な富士を見つけゝり　内藤鳴雪・鳴雪句集
古妻やうら枯時《どき》の洗ひ張　正岡子規・子規句集
苔青く末枯る、べきものもなし　夏目漱石・漱石全集

うるしね【粳稲】
粳（うるち）の実のなる稲。［同義］糯米（うるちごめ）。⇩稲（いね）［秋］

うるしのみ【漆の実】
漆は六月頃、黄緑色の小花を開く。花後、偏球形の核果を結び、晩秋、黄褐色に熟す。乾燥させた果をしぼり、蝋を採る。⇩漆の花（うるしのはな）［夏］、漆紅葉（うるしもみじ）［秋］

うるしもみじ【漆紅葉】
晩秋、漆の葉は表が紅色、裏が黄色に紅葉する。⇩漆の花（うるしのはな）［夏］、漆の実（うるしのみ）［秋］、紅葉（もみじ）［秋］

§

崖のつちほろろ散る日の秋晴に漆紅葉のさびしくも燃ゆ　若山牧水・砂丘
土のうへに散れる漆の一枚葉いろあざやかに動くがごとし　土田耕平・斑雪
石山に四五本漆紅葉かな　村上鬼城・鬼城句集

「え」

えだまめ【枝豆】
まだ熟していない青い大豆を枝ごと切り取ったもの。茹でて食用となり、また豆腐の原料となる。早生種の大豆であることが多い。⇩大豆引く（だいずひく）［秋］、早生豆（わせまめ）［夏］

§

枝豆を煮てを月見し古への人のせりけむ思へばゆかしも　伊藤左千夫・伊藤左千夫全短歌
話ながら枝豆をくふあせり哉　正岡子規・子規句集
枝豆を喰《く》へば雨月《うげつ》の情《なさけ》あり　高浜虚子・五百句
枝豆をうけとるものや渋団扇　芥川龍之介・蕩々帖

えのころぐさ【狗尾草・狗児草】
イネ科の一年草・自生。高さ四〇〜七〇センチ。葉は線状披針形で互生。夏から秋にかけ、緑色の花穂をつけ、細かい花を密に開く。「えのこぐさ」ともいう。［和名由来］花穂の形が狗

えのころぐさ

（子犬）の尾に似ているところから。［同義］犬子草（えのこぐさ）、狗児粟（えのこあわ）、蟹草（かにくさ）、犬草（いぬぐさ）、猫草（ねこぐさ）、猫花（ねこばな）、猫のしっぽ、猫じゃらし。［漢名］紫狗尾草、金狗尾草。

§

秋の野に花やら実やらえのこ草　楚常・卯辰集
えのこ草道より下になりにけり　乙二・松窓乙二発句集

えのみ【榎の実】

榎（えのき）が秋に結ぶ紅褐色の実。鳥類が好んで食べる。➡榎の花（えのきのはな）［夏］、榎（えのき）［四季］

§

木にも似ず籾も小さき榎の実哉　鬼貫・鬼貫句選
榎の実ちるむくの羽音や朝あらし　芭蕉・笈日記
榎の実はむ鳥の中より啼く烏　乙二・松窓乙二発句集
散る榎の実鳥も拾ふに子も拾へ　乙二・松窓乙二発句集
榎の実散る此頃うとし隣の子　正岡子規・子規句集
野社《のやしろ》に子供のたえぬ榎実哉　正岡子規・子規句集
堂守や榎の実踏行く草ざうり　松瀬青々・妻木

えびづる【蝦蔓】

ブドウ科の蔓性落葉植物・自生。葉は心臓形で掌状に分裂し、縁は鋸歯状。夏に淡黄色の小花を開く。花後、紫黒色の小果実を結び食用となる。俳句では実

えびづる

をもって秋の季語とする。［和名由来］果実・茎葉に密生する毛の色がエビ色をおびているところからと。［同義］葡萄葛（えびかずら）、野葡萄（のぶどう）、犬葡萄（いぬぶどう）、夷茨（えびすいばら）、疣落草（いぼおとしぐさ）。

§

白の牛寝そべる傍の野葡萄《えびづる》の瑠璃いろ玉の鈴生の房　北原白秋・雀の卵

「お」

おうちのみ【樗の実・楝の実】

樗はセンダン科の落葉高樹。「あうち」ともいい、栴檀（せんだん）の古名である。晩春から初夏に花を開き、花後、楕円形の核果を結ぶ。果実は「苦楝子（くれんし）」として「ひびわれ止め」の薬用となる。古歌では「あふち」を「逢ふ」に掛け、恋歌に詠み込まれることが多い。➡栴檀の実（せんだんのみ）［秋］、樗の花（おうちのはな）［夏］

おおぎく【大菊】

大輪の菊。➡菊（きく）［秋］、中菊（ちゅうぎく）［秋］、小菊（こぎく）［秋］

§

大菊や今度長崎よりなど、　一茶・一茶句帖

大輪やいごかせもせず菊の枝　　卓袋・けふの昔

おおぐり【大栗】

大きい栗の実。⇩栗（くり）［秋］

§

大栗や鐘は穂長の地に落し　　白雄・白雄句集

大栗や栗の中にも虫の住む　　一茶・七番日記

おおけたで【大毛蓼】

タデ科の一年草。自生・栽培。葉は先端が尖った卵形。秋、淡紅色の小花を穂状につける。葉・茎・花穂は、解熱、解毒などの薬用となる。［和名由来］ポルトガル語の「Pao de cobra（ハブテコブラハ）」より。また、葉・茎に粗毛を密生してつけるところから。［同義］大蓼（おおたで）、蛍蓼（ほたるたで）、朝鮮煙草（ちょうせんたばこ）。［花言］思い遣り。

おおばこ【大葉子】

オオバコ科の多年草・自生。葉は長柄で根生。夏、花茎をだし白色の小花を穂状に開く。花後、種子を含む実を結ぶ。若葉は食用。全草は「車前草（しゃぜんそう）」として利尿、解熱、健胃の、種子は「車前子（しゃぜんし）」として鎮咳などの薬用になる。［和名由来］大きな葉をもつことから。「大葉子（オオハコ）」より。［同義］大葉子（おんばこ）、車前草（おばこ）、蛙葉（かえるば）、丸葉・円葉（まるば）。［漢名］車前。⇩大葉子の花（おおばこのはな）［夏］

おおけたで

おおばこ

おかぼ【陸稲・岡稲】

畑地で栽培する稲。水田で栽培する水稲（すいとう）と比べて一般に茎・葉は粗大で、葉幅は広い。「りくとう」ともいう。⇩稲（いね）［秋］

§

遠くには耕しごとも異なり霾《よな》のはたけに陸稲つくれる　　中村憲吉・軽雷集以後

一面の陸稲畑《おかぼばたけ》は色づけり日影あかるく萱《かや》の穂そよぐ　　土田耕平・青杉

陸稲の花もいまはすぎしよと夜のひかり濡るるがごとき丘を下りぬ　　木俣修・冬暦

一升に五合まぜたる陸稲かな　　正岡子規・子規句集

おぎ【荻】

イネ科の多年草・自生。高さ約一・五メートル。葉は線形。秋、黄褐色の穂を多数つける。屋根葺の材料となる。［和名由来］諸説あり。風になびくさまから霊魂を「招（ヲグ）」の意。

おぎ

「尾草（ヲキ）」「尾生（ヲギ）」の意など。［同義］荻葭（おぎよし）、風聞草（かぜききぐさ）、目覚草（めざましぐさ）。［漢名］荻。⇩荻の角（おぎのつの）［春］、浜荻（はまおぎ）［秋］、荻原（おぎはら）［秋］、荻の声（おぎのこえ）［秋］、荻の風（おぎのかぜ）［秋］、荻の上風（おぎのうわかぜ）［秋］、荻の若葉（おぎのわかば）［春］、枯荻（かれおぎ）［冬］

§

たそかれの軒端の荻にともすれば穂に出でぬ秋ぞ下にことゝふ
式子内親王・新古今和歌集三（夏）

うたたねは荻《をぎ》吹く風に驚けどながき夢路ぞ覚《さ》むる時なき
崇徳院・新古今和歌集一八（雑下）

ひとりしていかにせましとわびつればそよとも前の荻ぞこたふる
大和物語（一四八段）

離れやの軒端竹垣しか垣に立てる荻群《おぎむら》丹の穂々にづも
伊藤左千夫・伊藤左千夫全短歌

おく露をあらしにかへて秋の野の荻の下ふしさをしかの鳴く
樋口一葉・緑雨筆録「一葉歌集」

唐秬《たうきび》や軒端の荻の取ちがへ　芭蕉・江戸広小路

鉢に植ゑて甲斐なき荻の戦ぎ哉　来山・続いま宮草

今朝よりは我々顔の荻芒　来山・続いま宮草

はらりはらり荻吹音や琵琶の海　諸九尼・諸九尼句集

なつかしき荻の荒仲や塀の上　召波・春泥発句集

おぎのうわかぜ【荻の上風】

荻の上を吹く風の意。⇩荻（おぎ）［秋］、荻の風（おぎのかぜ）［秋］

§

ものごとに秋のけしきはしるけれどまづ身にしむは荻のうは風
源行宗・千載和歌集四（秋上）

あらたまの今年もなかばいたづらに涙かずそふ荻の上風
藤原定家・続後撰和歌集七（秋上）

百草《ももくさ》のおほかる中にわきてなどうたて吹らむをぎのうはかぜ
賀茂真淵・賀茂翁家集

とはれつる昔の秋のいつまでかおどろかれけむをぎの上かぜ
香川景樹・桂園一枝拾遺

夜舟さし荻の上風きゝにけり　松瀬青々・倦鳥

おぎのかぜ【荻の風】

荻に吹く風。⇩荻（おぎ）［秋］、荻の上風（おぎのうわかぜ）［秋］、荻の声（おぎのこえ）［秋］

§

荻風の露吹きむすぶ秋の夜はひとり寝覚めのことぞさびしき
和泉式部集（和泉式部の私家集）

夕暮や蚊を聞かへで荻の風　也有・蘿葉集

荻吹くや燃ゆる浅間の荒残り　太祇・太祇句選

萩吹くや崩れそめたる雲の峰　正岡子規・子規句集

おぎのこえ【荻の声】

風に吹かれた荻のたてる音。または荻に吹く風の音。⇩荻（おぎ）［秋］、荻の風（おぎのかぜ）［秋］

§

荻風もやや吹きまさる声すなりあはれ秋こそ深くなるらし
藤原長能・後拾遺和歌集四（秋上）

いつしかと待ちしかひなく秋風にそよとばかりも荻の音せぬ
源道済・後拾遺和歌集一六（雑二）

荻の声こや秋風の口うつし　芭蕉・続山井

夢となりし骸骨踊る荻の声　其角・田舎の句合

一もとの荻にも秋の戦ぐ音　召波・春泥発句集

虹の根や暮行くまゝの荻の声　士朗・枇杷園句集

是とても老行くものよ荻の声　士朗・枇杷園句集

長風呂の客を見舞ふや荻の声　梅室・梅室家集

おぎはら【荻原】

⇩荻（おぎ）［秋］

§

荻原に棄てゝありけり風の神　太祇・太祇句選

おくて【晩稲】

晩熟の稲をいう。晩秋に刈り取る。⇩稲（いね）［秋］

§

秋の雨の日に日に降るにあしひきの山田の翁《をぢ》は晩稲刈るらむ
大愚良寛・良寛歌評釈

杉山のせまきはざまの晩稲刈ると夕をはやみ冷たかるらむ
長塚節・晩秋雑咏

花も実も晩稲に多し神の秋　去来・去来発句集

狼のこの比はやる晩稲かな　支考・有磯海

まだまだと赤らみたばふ晩稲哉　路健・旅袋

おぐるま【小車・旋覆花】

キク科の多年草・自生。高さ約六〇センチ。葉は無柄で互生の根生葉。夏から秋に、菊に似た鮮黄色の頭状花を開く。花は利尿、健胃の薬用に、葉は金瘡などの外用薬となる。［和名由来］花の形が小さな車輪に似ているところから。［同義］狐煙草（きつねのたばこ）、野車（のぐるま）、金銭花（きんせんか）、相撲草（すもうぐさ）。［漢名］旋覆花。

おぐるま［草木図説］

§

小車のはやく一月まはるなり　荷兮・曠野後集

小車や何菊と名の付くべきを　越人・彼是集

小車や俤つけて菊の秋　支考・越の名残

おけらのはな【朮の花】

朮はキク科の多年草・自生。「うけら」ともいう。春の若葉は白軟毛をもつ。葉は硬質で鋭い棘状の鋸歯をもつ。秋、白・淡紅色の頭状花を開く。若芽は食用となる。根茎は「白朮（びゃくじつ）」「蒼朮（そうじゅ）」「屠蘇散（とそさん）」として利尿、健胃の薬用になる。［〈朮〉同義］朮花（うけらばな）、蒼草（えみやぐさ）。［〈朮〉漢名］白朮、蒼朮。

おけら［備荒草木図］

恋しけば袖も振らむを武蔵野のうけらが花の色に出《づ》なゆめ　万葉集一四（東歌）

むさし野をい行《ゆく》旅人つとにとかうけらが花を折《をり》てかざせり　田安宗武・悠然院様御詠草

おしろいばな【白粉花】

オシロイバナ科の多年草。自生・栽培。南アメリカ原産。高さ約一メートル。茎の分岐点に膨れた節がある。晩夏から初秋に、黄・紅・白色の漏斗状の花を開く。花後、球形の実を結び、なかに白粉状の胚乳をもつ。葉は切傷などの薬用となる。［和名由来］種子のなかに白粉状の胚乳があるため。［同義］夕錦、白粉草（おしろいぐさ）、夕化粧、御化粧花。［漢名］紫茉莉。［花言］臆病・恋を疑う（英）、私は逃亡する（仏）。

おしろいばな

§

白粉は朝はみながらしぼみをり黒き粒実に露たまり見ゆ　土田耕平・斑雪

花ひらきあるいは閉ぢていたるところおしろいの咲く蛇崩の道　佐藤佐太郎・星宿

白粉の花に遊ぶや預り子　松瀬青々・妻木

おちぐり【落栗】

木から地面に落ちた栗をいう。⇩栗（くり）［秋］

なれかねてつな引あがく猫の子も手玉にとれる庭の落栗　大隈言道・草径集

落栗は一つもうれし思はぬにあまたもあれば尚更にうれし　長塚節・鍼の如く

小林の下べに来ればさはにある落栗《おちぐり》の実を籠《かご》もて拾う　土田耕平・青杉

§

落栗や谷にながるゝ蟹の甲　祐甫・すみだはら

落栗や小僧先だつ猿の声　桃妖・草苅笛

落栗や墓に経よむ僧の前　召波・春泥発句集

落栗や兎の遊ぶ所なし　成美・成美家集

三つ栗の其落栗の一つかや　河東碧梧桐・新傾向（秋）

おちぼ【落穂】

収穫した後に落ちている稲などの穂をいう。⇩落穂拾い（おちぼひろい）［秋］

§

油買うて戻る家路の落穂哉　蕪村・発句題苑集

目出度さよ稲穂落散る路の傍　召波・春泥発句集

日本の外が浜まで落穂哉　一茶・一茶発句集

落穂手につまめば撓む三五寸　松瀬青々・倦鳥

豊かなる年の落穂を祝ひけり　河東碧梧桐・続春夏秋冬

沈む日のたまゆら青し落穂狩　芝不器男・不器男句集

おちぼひろい【落穂拾い】

落穂を拾って集めること。⇩落穂（おちぼ）［秋］

§

落穂拾ひ鶉の糞は捨てにけり　鬼貫・鬼貫句選
言の葉の落穂拾ふも頼みかな　鬼貫・鬼貫句選
落穂拾ひ日当る方へ歩み行く　蕪村・蕪村句集
身の程や落穂拾ふも小歌節　暁台・暁台句集
一抹の海見ゆ落穂拾ひかな　石田波郷・鶴の眼

おとぎりそう【弟切草】
オトギリソウ科の多年草・自生。高さ約五〇センチ。葉に黒い油点がある。晩夏から秋に五弁の黄色花を開く。花後、小果を結ぶ。全草を干したものは「小連翹（しょうれんぎょう）」として止血、鎮痛、うがい薬などの薬用になる。葉を揉んで採った汁は置いておくと紫色になる。［和名由来］平安時代の伝説に由来。鷹の傷を治すこの植物の秘伝の薬効を他人にもらした弟を、鷹匠春頼が殺したという。［同義］薬師草（やくしそう）、青薬（あおぐすり）、畔紫（あぜむらさき）、盆花（ぼんばな）。［漢名］小連翹。［花言］迷信、怨恨。
➡薬師草（やくしそう）［秋］

おとぎりそう

おとこえし【男郎花】
オミナエシ科の多年草・自生。「おとこべし・おとこめし」ともいう。茎・葉に毛をもち、夏から秋に女郎花（おみなえし）に似た白色花を開く。［和名由来］同じ科の「女郎花」に対してつけられたもの。［同義］児手柏（このてがしわ）。➡女郎花（おみなえし）［秋］

おとこえし

§
からす鳴く霧深山の渓のへに群れて白きは男郎花ならし　長塚節・羇旅雑咏
露を持つ節はたふとし男郎花　りん女・西国曲
沢は田と成て昔の男郎花　麦水・麦水発句集
男郎花は男にばけし女かな　正岡子規・子規句集
一人居やさす女郎花男郎花　松瀬青々・妻木
男郎花のみ咲く山と思ひけり　河東碧梧桐・新傾向（秋）

おとこよもぎ【男艾】
キク科の多年草・自生。高さ約六〇センチ。春、若葉を和物、吸物の具などの食用とする。葉は狭倒卵形で不規則な切れ込みがある。秋に淡黄色の頭上花を穂状につける。若芽は食用。［和名由来］漢名「牡蒿」を「おすのよもぎ」と訳したところからと。［同義］浜菜（はまな）、唐艾（からよもぎ）。［漢名］牡蒿。

おとこよもぎ

おとめぐさ【乙女草】
菊の別称。➡菊（きく）［秋］
§

乙女草やしばしとゞめん霜おほひ　梅盛・口真似草

おなもみ【葈耳・巻耳】

キク科の一年草・自生。高さ約一・五メートル。葉は広三角形で縁は鋸歯状。夏から初秋に、黄白色の花を開く。花後に結ぶ楕円形の実は鉤状のとげをもち、人の衣服などに付着する。成熟した実は「蒼耳子（そうじし）」として解熱、発汗、鎮痛の薬用となる。［和名由来］「雄ナモミ（オナモミ）」の意で「雌ナモミ（メナモミ）」に対したもの。［同義］奈毛美・奈毛弥（なもみ）。［漢名］巻耳、蒼耳。⬇めなもみ［秋］

おなもみ

§

おにぐるみ【鬼胡桃】

⬇胡桃（くるみ）［秋］

§

鬼ぐるみ／黄金のあかごを吐かんとて／波立つ枝を／あさひに延ばす　宮沢賢治・校本全集

夜嵐や破風を打ぬく鬼胡桃　深梅・新類題発句集

おにしばりのみ【鬼縛の実】

ジンチョウゲ科の落葉低樹・自生。高さ約一メートル。秋に楕円形の紅実を結ぶ。痛風などの外用薬となる。⬇鬼縛の花（おにしばりのはな）［夏］

おにのしこぐさ【鬼の醜草】

⬇紫苑（しおん）［秋］

§

醜草の鬼も敷かるゝ陣屋かな　鬼貫・七車

おばな【尾花】

芒のこと。芒の花穂が動物の尾に似ているところから尾花という。［同義］花芒、穂芒（ほすすき）、芒の穂。⬇芒（すすき）［秋］、尾花散る（おばなちる）［秋］、初尾花（はつおばな）［秋］、村尾花（むらおばな）［秋］、花芒（はなすすき）［秋］、枯尾花（かれおばな）［冬］

§

萩の花尾花葛花瞿麦《なでしこ》の花女郎花また藤袴朝顔の花（旋頭歌）　山上憶良・万葉集八

秋づけば尾花が上に置く露の消《け》ぬべくも我《あ》は思ほゆるかも　日置長枝娘子・万葉集八

人皆は萩を秋と言ふよし我れは尾花が末《うれ》を秋とは言はむ　作者不詳・万葉集一〇

道の辺の尾花が下の思ひ草今さらさらに何をか思はむ　作者不詳・万葉集一〇

秋の野の尾花まじりに咲く花の色にや恋ひむ逢ふよしをなみ　よみ人しらず・古今和歌集一一（恋一）

うづら鳴く真野の入江の浜風に尾花浪よる秋の夕暮　源俊頼・金葉和歌集三（秋）

わが恋は尾花吹き越す秋風の音には立てじ身にはしむとも　源通能・千載和歌集一一（恋一）

夕されば秋風吹きて高円の尾花が上の露ぞこぼるる
藤原行家・新後撰和歌集四（秋上）

あはれさもその色となきゆふぐれの尾花がすゑに秋ぞうかべる
京極為兼・風雅和歌集五（秋上）

武蔵野を人は広しといふ吾はたゞをばな分過《わけすぐ》る道としおもひき
田安宗武・悠然院様御詠草

またも来よしばのいほりをいとはずばすすき尾花の露をわけわけ
大愚良寛・良寛歌評釈

ゐのししはつひにかくれしすそ山の尾花が上に野分荒れに荒る
正岡子規・子規歌集

夕かぜに、尾花の袖は、まねけども、暮れゆく秋は、とまらざるらむ。
与謝野寛・東西南北

うちつづく尾花《をばな》のたけの高ければ花粉《はなこ》はかかる頭《あたま》の上《うへ》より
土屋文明・放水路

武蔵野の尾花に入るか大白熊　才麿・才麿発句抜萃

風しむや入日は尾花すり払ひ　杉風・小柑子

蜻蛉を止りつかせぬ尾花かな　杉風・杉丸太

神の日と来てさへ招く尾花哉　鬼貫・七車

秋風の言ふ儘に成る尾花かな　千代女・千代尼発句集

晩鐘に幾つか沈む尾花かな　千代女・千代尼発句集

招くとて岩角たゝく尾花かな　梅室・梅室家集

おばなちる【尾花散る】

芒の花穂（尾花）が飛散する様子をいう。➡芒散る（すすきちる）［秋］、尾花（おばな）［秋］

尾花散るや鬢の毛を吹く風の筋　暁台・暁台句集

半ば散る尾花吹やむ月夜哉　闌更・半化坊発句集

§

おみなえし【女郎花】

オミナエシ科の多年草・自生。「おんなえし・おんなめし」ともいう。秋の七草の一つ。高さ約一メートル。羽状複葉。夏から秋、淡黄色の小花を多数笠状に叢生する。若葉は食用となる。根は「敗醤根（はいしょうこん）」として利尿などの薬用になる。［和名由来］諸説あり。「女（オミナ）圧し」で、花が美女を圧倒するほどに美しいこと。また、「男郎花（オトコエシ）」に対して花が優美であることなど。［同義］血眼草（ちめぐさ）、粟花（あわはな）、女郎花（じょろうばな）、小米花（こごめばな）、仏草（ほとけぐさ）、思草（おもいぐさ）。［漢名］黄花龍芽。［花言］優しさ、親切。➡男郎花（おとこえし）［秋］、秋の七草（あきのななくさ）［秋］

おみなえし

§

女郎花《をみなへし》秋萩手折《たを》れ玉梓《たまほこ》の道行裹《みちゆきつと》と乞はむ児がため
石川老夫・万葉集八

我が里に今咲く花のをみなへし堪《あ》へぬ心になほ恋ひにけり
作者不詳・万葉集一〇

名にめでて折れるばかりぞをみなへし我落ちにきと人に語るな
遍昭・古今和歌集四（秋上）

をみなへしおほかる野辺に宿りせばあやなくあだの名をや立ちなむ
小野美材・古今和歌集四（秋上）

枝もなく人に折らるるをみなへしねをだに残せ植ゑし我がため
平希世・後撰和歌集一二（恋四）

をみなへし影をうつせば心なき水も色なるものにぞありける
藤原頼宗・後拾遺和歌集四（秋上）

わがこふるいもがかき根の女郎花白露おもみかたむくもよし
田安宗武・悠然院様御詠草

沢木に老の影見るをみなえしした葉かくも、みちしにけり
上田秋成・花虫合

をみなへし紫苑撫子咲きにけりけさの朝けの露にきほひて
大愚良寛・良寛歌評釈

をみなへし今やさかりになりぬらむえださへ花のいろになりきぬ
大隈言道・草径集

いざ行かん露もつ尾花をみなへし目うつりのよき野辺の秋見に
与謝野礼厳・礼厳法師歌集

前栽のゆふべこほろぎ何を音になく女郎花君あらぬまに枯れなんとなく
森鷗外・うた日記

しめゆひし庭のかきねの女郎花いつおく露にぬれてみゆらん
樋口一葉・緑雨筆録「一葉歌集」

わが馬の腹にさはらふ女郎花色の古りしは霜や至りし
島木赤彦・柿蔭集

わが机袖にはらへどほろろ散る女郎花こそうらさびしけれ
与謝野晶子・春泥集

女郎花をとこへしより哀れなる波の来て寄る夕ぐれの磯
与謝野晶子・草の夢

一株のうらがれにける女郎花の花を脊にして物思ひする
前田夕暮・陰影

秋の風そよろとふけばそよろそよろおぼつかなげの女郎花かな
田波御白・御白遺稿

三従か雨風露のをんなえし　未得・崑山集
見るに我《が》もおれる計《ばかり》ぞ女良花　芭蕉・続連珠
ひよろひよろと猶《なほ》露けしや女郎花　芭蕉・曠野
茎の色花のかたみやをみなへし　杉風・角田川紀行
牛に乗る嫁御落すな女郎花　其角・句兄弟
けふ星の賀にあふ花や女郎花　其角・五元集拾遺
女郎花側の旅寝やかゞみやま　野坡・北国曲
野にも寝よ宿刈萱に女郎花　支考・国の花
盆の外通らぬ道やをみなへし　蘆本・皮籠摺
打むかふ人は痩けり女郎花　りん女・万句四之富士
ふしもなき仏の花や女郎花　りん女・紫藤井発句集
女郎花野守が妻に睨まれん　也有・蘿葉集
其葉さへ細き心や女郎花　太祇・太祇句選
我ものに手折れば淋し女郎花　蓼太・蓼太句集
女郎花危うき岸の額かな　暁台・暁台句集
面影の幾日変らで女郎花　几董・井華集
反りかへる程哀れなり女郎花　成美・成美家集

女郎花都離れぬ名なりけり　士朗・枇杷園句集
我丈けに餘りて淋し女郎花　乙二・松窓乙二発句集
折り力なくて又折る女郎花　梅室・梅室家集
夕立やけろりと立し女郎花　一茶・七番日記
裾山や小松が中の女郎花　正岡子規・子規句集
遣水の音たのもしや女郎花　夏目漱石・漱石全集
歌の国の野に男郎花女郎花　松瀬青々・倦鳥
短冊にもの書けとこそ女郎花　河東碧梧桐・新傾向（秋）

おもいぐさ【思草】

南蛮煙管の古名。女郎花、露草、龍胆などに比定する説もあり。⬇女郎花（おみなえし）［秋］、露草（つゆくさ）［秋］、龍胆（りんどう）［秋］、南蛮煙管（なんばんぎせる）［秋］

§

道の辺の尾花が下の思ひ草今さらさらに何をか思はむ　作者不詳・万葉集一〇
朝霜の色にへだつる思ひ草消えずはうとし武蔵野の原　拾遺愚草（藤原定家の私家集）

おもとのみ【万年青の実】

万年青はユリ科の常緑多年草。自生・栽培。根茎から三〇センチ位の大葉をだし、夏に緑黄色の花を開く。のち赤・白色の実を結ぶ。根茎は強心、利尿の薬用となる。［和名由来］諸説あり。大きな株をもつことから「大本（オオモト）」の意。大分県宇佐八幡神宮近くの御許山（オモトヤマ）に自生するところからついた名とも。「万年青」の漢字表記はこの草の生存期間が三〇数年に及ぶことから。［同義］老母草（ろうばそう）。［漢名］万年青。

おもと

§

厚《あつ》ら葉《は》のなかにこもりて万年青《おもと》の実《み》紅《あか》きころほひ時雨《しぐれ》ふりけり　斎藤茂吉・霜
花の時は気づかざりしが老母草の実　召波・春泥発句集
愚を守る庵に一鉢老母草の実　松瀬青々・倦鳥
実をもちて鉢の万年青の威勢よく　杉田久女・杉田久女句集
雪中のわけてもしるき万年青の実　飯田蛇笏・椿花集

「か」

かいわりな【穎割菜・貝割菜】

蕪、大根などの密生した苗を間引きして育てた野菜をいう。苗の二葉が貝が割れたような形に生育した状態をいう。⬇間引菜（まびきな）［秋］、摘み菜（つまみな）［秋］、抜菜（ぬきな）［秋］

§

白露も一粒づゝや貝割菜　諸九尼・諸九尼句集

味噌汁にきのふもけふも貝割菜　野田別天楼・倦鳥

かえで【楓】

カエデ科の落葉樹の総称。自生・栽植。幹の表面は平滑。多くは掌状の葉をもつ。初夏、暗紅色の小花を開く。花後、翼を持った果実を二つずつ結ぶ。一部の楓は紅葉しないが、一般的に紅葉が美しい。[和名由来]葉の形が蛙の手の形に似ているところから「蛙手（カエルデ）」よりと。[同義]紅葉・黄葉（もみじ）、楓樹（かえでのき）、槭樹（もみじのき）、錦草（にしきぐさ）、山紅葉（やまもみじ）、龍田草（たつさぐさ）、色見草（いろみぐさ）、蝦手・鶏冠木（かえるで）。[漢名]鶏冠樹、鶏頭樹。[花言]愛と豊穣。⇩楓紅葉（かえでもみじ）[秋]、楓の花（かえでのはな）[春]、楓の芽（かえでのめ）[春]、青楓（あおかえで）[夏]、若楓（わかかえで）[夏]

かえで

§

この御幸《みゆき》千歳かへでも見てしがなかかる山伏時に逢ふべく　素性・後撰和歌集一五（雑一）

わせ酒のうま酒に酔ふ金時の大盃《おほさかづき》といふ楓かも　正岡子規・子規歌集

楓橋は知らず眠さは詩の心　支考・東西夜話

かえでもみじ【楓紅葉】

楓の掌状の葉は、秋に赤や黄色に紅葉する。⇩楓（かえで）[秋]、紅葉（もみじ）[秋]

§

我が屋戸にもみつかへるで見るごとに妹を懸けつつ恋ひぬ日はなし　大伴田村大嬢・万葉集八

降りそめし時雨もすぎて初雪にかへでの色をたれか見せまし　四条宮下野集（四条宮下野の私家集）

身近くの一木の楓枝ぐみのみやびやかさよもみぢ葉つけて　木下利玄・みかんの木

木がらしにふきなびかへりかへるでの紅葉の諸葉葉先ちぢれて　三ケ島葭子・三ケ島葭子歌集

夕庭の楓赤ら葉濡れはえていつよりと知らぬ時雨ふりをり　土田耕平・一塊

紅楓深し南し西す水の隈　几董・井華集

かき【柿】

カキノキ科の落葉樹。自生・栽培。雌雄同株。葉は革質、楕円形で先端が尖る。六月頃、四弁の帯黄色の雌雄花を開く。秋に果実を結び食用となる。甘柿と渋柿がある。果実は霜焼の薬用となる。[和名由来]諸説あり。熟した果実の色から「赤木（アカギ）」「輝（カガヤキ）」「暁（アカツキ）」「赤子

かき［甲斐叢記］

（アカミ）」などの略と。［漢名］柿。⬇柿紅葉（かきもみじ）［秋］、熟柿（うみがき）［秋］、熟柿（じゅくし）［秋］、渋柿（しぶがき）［秋］、甘干（あまぼし）［秋］、樽柿（たるがき）［秋］、吊し柿（つるしがき）［秋］、豆柿（まめがき）［秋］、山柿（やまがき）［秋］、青柿（あおがき）［夏］、柿の花（かきのはな）［夏］、柿若葉（かきわかば）［夏］

§

世の中に嵐の風は吹きながら実をば残せる柿のもみぢ葉　源仲正・夫木和歌抄二九

柿も栗も成るしるしあり心から嬉しき声の兒らが叫びに　伊藤左千夫・伊藤左千夫全短歌

柿の実のあまきもありぬ柿の実のしぶきもありぬしぶきぞうまき　正岡子規・子規歌集

御仏にそなへし柿ののこれるをわれにぞたびし十《とを》まりいつつ　正岡子規・子規歌集

柿の葉に青き果多くこもり居りはやて風吹くはたけの中に　島木赤彦・氷魚

楢山の窪みくぼみの村落に柿の果しるく色づきにけり　島木赤彦・氷魚

下なるは弟《おと》にかあらむ笊《ざる》もちてかがみひろへりその柿の実を　若山牧水・くろ土

行燈の古き火影に隆一は柿を描くなり蜂屋の柿を　芥川龍之介・蕩々帖

一年《ひととせ》にふたたび来《きた》る君が家あたかも玉《たま》なす御所柿《ごしょがき》の時　土屋文明・山の間の霧

里ふりて柿の木もたぬ家もなし　芭蕉・蕉翁句集

御所柿のさもあかあかと木の空に　言水・七車

柿ぬしや梢は近き嵐山　去来・猿蓑

そくさいの数にとはれむ嵯峨の柿　去来・梟日記

御所柿や我歯に消ゆる今朝の霜　其角・五元集拾遺

釣柿や障子に狂ふ夕日影　丈草・国の花

別るるや柿喰ひながら坂の上　惟然・続猿蓑

残る葉と染かはす柿や二つ三つ　太祇・太祇句選

柿売の旅寝は寒し柿の側　太祇・太祇句選

物荒れて時めく柿の梢かな　蓼太・蓼太句集

秋されや柿さまざまの物のしな　召波・春泥発句集

枝の柿烏は追はずさりながら　白雄・白雄句集

日は過ぐる梢の柿と見あひつゝ　成美・成美家集

俳諧師梢の柿の蔕《へた》ばかり　乙二・松窓乙二句集

柿の木であいと答へる小僧哉　一茶・一茶句帖

頬ぺたに當てなどすなり赤い柿　一茶・一茶句帖

柿くへば鐘が鳴るなり法隆寺　正岡子規・子規句集

御仏に供へあまりの柿十五　正岡子規・子規句集

秋さびて霜に落ちけり柿一つ　夏目漱石・漱石全集

柿の実のころがりて子の寝《いね》にけり　川上眉山・川上眉山集

山囲む帰臥の天地や柿の秋　河東碧梧桐・続春夏秋冬

うまし柿手ふる、ふれんとしふる、　河東碧梧桐・八年間

到来の柿庭の柿取りまぜて　高浜虚子・六百句

わが庵は月夜の柿のたわわなる　種田山頭火（昭和七年）

山柿や五六顆おもき枝の先　飯田蛇笏・山廬集

髪よせて柿むき競ふ灯下かな　杉田久女・杉田久女句集
柿一顆眺め飽かざれば癒えにけり　水原秋桜子・残鐘
柿十顆《とつぶ》遠江より来たりける　日野草城・旦暮
柿食ふやかかるかなしき横顔と　加藤楸邨・寒雷
柿食ふや遠くかなしき母の顔　石田波郷・惜命

かきもみじ【柿紅葉】

散り残って秋に紅葉する柿の葉。⬇柿（かき）［秋］、紅葉（もみじ）［秋］

§

柿紅葉枝はなる丶ありおし黙り一人歩める峡《かひ》の畑に　木下利玄・一路
柿もみぢ濡れいろあかく時雨すぎ山家の背戸は又日和なる　木下利玄・みかんの木
やがて散る柿の紅葉も寝間の跡　去来・芭蕉庵小文庫
尾根崩す鎌の尻手や柿紅葉　可南女・初蝉
釣柿の干兼ねて染まる紅葉哉　巣兆・曾波可理
目ざましき柿の紅葉の草家かな　村上鬼城・鬼城句集

かけいね【掛稲・架稲】

刈り取った稲を掛け干すこと。また、干すために掛けられた稲。⬇稲木（いなぎ）［秋］、稲（いね）［秋］、稲干す（いねほす）［秋］

§

掛稲や大門深き並木松　太祇・太祇句選後篇
稲掛けて風もひかさじ老の松　蕪村・蕪村句集
掛稲に鼠啼なる門田かな　蕪村・蕪村遺稿
掛稲のそらどけしたり草の露　蕪村・新五子稿
掛稲や洗ひ上げたる鍬の数　白雄・白雄句集
稲掛けて菊の日遠し垣隣　乙二・松窓乙二発句集
掛稲や渋柿たる丶門構　夏目漱石・漱石全集
掛稲のつぶれも見えて川原かな　河東碧梧桐・続春夏秋冬

かけたばこ【懸煙草】

秋、収穫した煙草の葉を屋内に懸けて乾燥させること。⬇煙草干す（たばこほす）［秋］、若煙草（わかたばこ）［秋］、煙草の花（たばこのはな）［秋］

§

取る日よりかけて詠むる煙草哉　其角・をのが光
事繁く臼踏む軒や掛煙草　太祇・太祇句選

かじのは【梶の葉】

梶はクワ科の落葉高樹・栽培。高さ約一〇メートル。葉は広卵形で三または五裂する。雌雄異株。春から夏に淡緑色の花を開く。花後、桑の実に似た実を結び、熟して紅色となる。和紙の原料となる。七夕祭りに、梶の葉に詩歌を書く風習がある。［〈梶〉和名由来］「楮（コウゾ）」の古名「カゾ」からと。［〈梶〉同義］楮・構・榖（かじ）、紙木・構（かみのき）。［〈梶〉漢名］楮、花榖葉。⬇梼（たく）［四季］

かじ

§

天《あま》の河《がは》とわたる船の梶の葉に思ふことをも書きつくるかな
上総乳母・後拾遺和歌集四（秋上）

かぢの葉に同じ思ひを書きながらいく秋すぎぬ天の川浪
林下集（藤原実定の私家集）

目に立てぬ垣根にまじるかぢの葉も道ゆく人の手にならす時
拾遺愚草（員外）（藤原定家の私家集）

そむく身はかぢの七葉もかき絶えてけふ手にとらぬ草の上の露
藤原師賢・新葉和歌集一六（雑上）

追風や一葉萬里いまの梶　宗因・梅翁宗因発句集
梶の葉を朗詠集のしほり哉　蕪村・蕪村句集
梶の葉に硯恥かし墨の糞　無腸・続あけがらす
梶の葉に配り余るや女文字　几董・井華集
書あまる願ひや梶の裏表　多代女・晴霞句集
尼二人梶の七葉に何を書く　夏目漱石・漱石全集
星の影梶の七葉に夜更けたり　松瀬青々・宝船
梶の葉に墨濃くすりて願ふこと　杉田久女・杉田久女句集

かしのみ【樫の実・櫧の実】
白樫、赤樫、裏白樫など、ブナ科常緑高樹の樫の実。一般には赤樫の実をいう。果実は「どんぐり」。➡樫の花（かしのはな）[春]、樫落葉（かしおちば）[夏]、団栗（どんぐり）[秋]

§

樫の実の一つふたつの願ひさへなることかたき我世なにせむ
香川景樹・桂園一枝

樫の実の一つまろびに消えにけり。木枯、やみに迷ふとせしか
服部躬治・文庫

秋雨の庭は淋しも樫の実の落ちて泡だつそのにはたつみ
長塚節・秋冬雑咏

はらはらと櫧の実ふきこぼし庭の戸に慌しくも秋の風鳴る
長塚節・晩秋雑咏

さびしさは櫧の実落る寝覚哉　蘆夕・曠野
樫の実の落ちて駈け寄る鶏三羽　村上鬼城・鬼城句集
庭に下りたので樫の実をふみ　河東碧梧桐・八年間

かしゅういも【何首烏藷・何首烏芋】
ヤマイモ科の蔓性多年草・栽培。中国原産。地下茎は芋状で髭根が多く紫紅色。食用となる。葉は心臓形で先端が尖る。葉腋に零余子（むかご）をつけ食用となる。夏、淡緑黄色の小花を穂状に開く。[同義] 何首・土芋・土芋（かしゅう）、黄独（かしう・けいいも）。

かしゅういも

かしわのみ【柏の実】
ブナ科の落葉高樹の柏の実。花後、やや丸く鱗片を密生した実を結ぶ。➡柏散る（かしわちる）[春]、団栗（どんぐり）[秋]

かちぎく【勝菊】
秋、開花したさまざまな菊を持ち寄り、左右に人数を分け、

双方から菊を出し合わせ、その花の美しさを競う遊び。また、そこで勝った菊をいう。今日の菊品評会とは、性格を異にする。⬇菊合せ（きくあわせ）［秋］、負菊（まけぎく）［秋］

§

勝菊や力み返つて持つ奴　一茶・七番日記
勝菊は大名小路戻りけり　一茶・七番日記

かちぐりつくる【搗栗作る・勝栗作る】

栗の実を殻のまま干して、臼で搗ち、殻と渋皮を取り去って作る。「搗ち」と「勝ち」をかけ、出陣や勝利、正月の祝儀に用いられた。⬇搗栗飾る（かちぐりかざる）［新年］、栗（くり）［秋］

§

おのづから干《ひ》てかち栗となりてをる野の落栗の味のよろしさ　若山牧水・山桜の歌
かち栗をつくる深山の草履ばき　松瀬青々・倦鳥（秋）

かつらのはな【桂の花】

木犀の古名。⬇木犀（もくせい）［秋］

かどちゃ【門茶】

残暑の頃、門前で茶を沸かし、通行人に振る舞うこと。死者の功徳として行う。

§

僧と我芙蓉を隔つ門茶かな　安井小洒・杉の実

かぼちゃ【南瓜】

ウリ科の蔓性一年草・栽培。アメリカ大陸原産。葉は心臓形で、縁は浅く五裂。夏、大形の黄色の花を開く。花後、大きな果実を結び食用となる。種子は駆虫剤の材料。［和名由来］カンボジアから渡来したとされ、cambodia（ポルトガル語）が転訛。［同義］唐茄子（とうなす・とうなすび）、南京瓜（なんきんうり）、南瓜・胡瓠（ぼうぶら）、南京胡瓠（なんきんぼうぶら）。［漢名］蕃南瓜。［花言］大きい、広い。⬇南瓜の花（かぼちゃのはな）［夏］、唐茄子（とうなす）［秋］、南瓜（ぼうぶら）［秋］

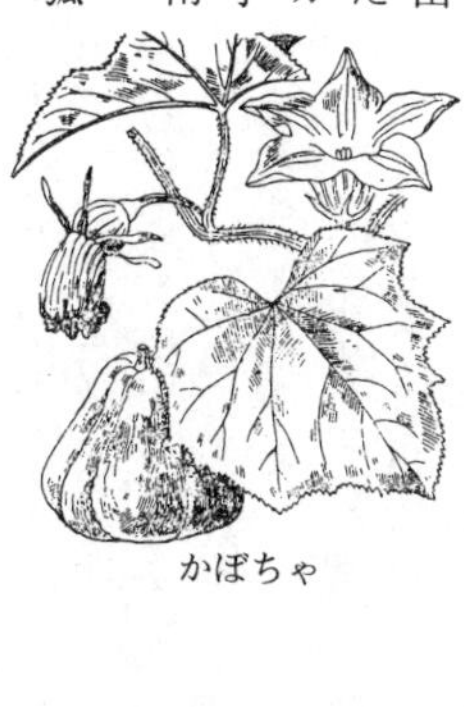
かぼちゃ

§

秋蚕飼ふ軒の日覆と這はせたる南瓜実れり蔓もとをゝに　村上成之・翠微
荒縄に南瓜吊れる梁をけふりはこもるあめふらむとや　長塚節・晩秋雑咏
吾家《わがへ》にも両隣にも自然生の南瓜の蔓が伸びてやまずも　半田良平・幸木
南瓜やずつしり落て暮淋し　素堂・素堂家集
時なれや南瓜の煮入涙なる　樗良・樗良発句集
うら畑や南瓜にさせる藁枕　村上鬼城・鬼城句集
米足らで粥に切りこむ南瓜かな　森鷗外・うた日記
どつしりと尻を据えたる南瓜かな　夏目漱石・漱石全集
末枯の南瓜一つや庵の畑　河東碧梧桐・続春夏秋冬
草庵南瓜十二個を収穫

書屋いま収穫の南瓜置きならべ　山口青邨・雪国

かまつか【葉鶏頭・雁来紅】

葉鶏頭の別称。➡葉鶏頭（はげいとう）［秋］、雁来紅（がんらいこう）［秋］

§

雁来紅《かまつか》の花はまがきに匂ひ出でぬ雁も来啼かん薄霧のうへに　与謝野礼厳・礼厳法師歌集

かまつかをいやしとを云へ秋ふけて色さびぬれば飽なくおもほゆ　伊藤左千夫・伊藤左千夫全短歌

夏菊の枯るる側より葉鶏頭の紅深く伸び立ちにけり　正岡子規・子規歌集

青空に聳《そび》ゆる庭のかまつかは我にあるけといへるに似たり　正岡子規・子規歌集

葉鶏頭は藁おしつけて干す庭は騒がしくておもしろきかも　長塚節・晩秋雑咏

葉鶏頭は籾の筵を折りたゝむ夕々いやめづらしき　長塚節・晩秋雑咏

葉鶏頭の秀《ほ》の燃えたちてふる雨の長月の雨霽るる間はなし　北原白秋・風隠集

かまつかの青さびの下葉倒れ見ゆ　河東碧梧桐・八年間

葉鶏頭に土の固さや水沁まず　杉田久女・杉田久女句集

きのふけふ葉鶏頭《かまつか》の丹もさだまりぬ　加藤楸邨・穂高

萩睡り葉鶏頭《かまつか》はなほ夕なる　加藤楸邨・穂高

かもうり【かも瓜】

冬瓜の古名。➡冬瓜（とうがん）［秋］

§

かも瓜の方にかたがる庵哉　蘆水・卯辰集

かや【萱・茅】

茅（ちがや）、刈萱（かるかや）、芒（すすき）、笠菅（かさすげ）などイネ科の草の総称。屋根葺き用の材料となる。［同義］室草（むろがや）。➡萱刈る（かやかる）［秋］

§

おしなべて草葉の上を吹く風にまづ下折るる野辺の刈るかや　輔仁親王家甲斐・千載和歌集四（秋上）

いかなれば上葉を渡る秋風に下折れすらむ野辺の刈るかや　よみ人しらず・千載和歌集四（秋上）

行く秋の風に乱るる刈るかやはしめゆふ露もとまらざりけり　順集（源順の私家集）

河岸のねじろ高がや風ふけば波さへよせて涼しきものを　香川景樹・桂園一枝

川岸の根白高萱かげもよし釣しがてらやここに涼まん　与謝野礼厳・礼厳法師歌集

日の盛り細くするどき萱の秀に蜻蛉とまらむとして翅かがやかす　北原白秋・雀の卵

簑に編む萱刈り乾《ほ》せる家のまへ過ぎつつぞおもふ山の生活《くらし》を　半田良平・日暮

高萱むら穂なみみだれてしほたりぬ野分ひととき過ぎにけるらし　土田耕平・一塊

日の下になびく萱の穂つばらかにわが故里《ふるさと》の丘おもひ出づ　土田耕平・青杉

萱の穂も凪が畳をふきぬける　種田山頭火（昭和八年）
土堤長し萱の走り火ひもすがら　杉田久女・杉田久女句集
かげろふや棟《むね》も沈める茅の屋根　芥川龍之介・発句

かやかる【萱刈る】
屋根葺きなどの材料とするため、秋に成熟した萱を刈り取ること。⇩萱（かや）［秋］

かやのみ【榧の実】
榧はイチイ科の常緑高樹。自生・栽植。雌雄異株。高さ約二〇メートル。四月頃に開花する。秋に結ぶ実は白い核が食用となり、また油がとれる。新年の飾り物に用いられる。種子は十二指腸虫駆除などの薬用になる。［〈榧〉和名由来］諸説あり。臭気があり「蚊遣（カヤリ）」に用いたことから。「香枝（カエ）」の意からなど。［同義］本榧（ほんかや）、榧木（かやのき）、臭橙（かぶち）。［〈榧〉漢名］榧。⇩榧の花（かやのはな）［春］、榧飾る（かやかざる）［新年］

かや

§
榧の殻吉野の山の木の実見よ　嵐雪・其袋

からあい【韓藍・辛藍・鶏冠】
鶏頭の別称。⇩鶏頭（けいとう）［秋］
§
秋さらば移しもせむと我が播きし韓藍の花を誰か摘みけむ　作者不詳・万葉集七
恋ふる日の日長《け》くしあれば我が園の韓藍の花の色に出でにけり　作者不詳・万葉集一〇

からしなまく【芥子菜蒔く・芥菜蒔く】
芥子菜は秋に種を蒔き、春、収穫する。⇩芥子菜（からしな）［春］
§
芥子菜を蒔きし新居の土の色　松瀬青々・倦鳥

からすうり【烏瓜・鴉瓜】
ウリ科の蔓性多年草・自生。雌雄異株。巻髭で他物に絡みつく。茎・葉には白毛がある。葉は卵形で三～五裂する。縁は鋸歯状。夏、基部が筒状の白色の花を開く。花後、卵形の緑色の瓜を結び、熟して黄色から紅色となる。塊根は「瓜呂根（くわろこん）」「土瓜根（どくわこん）」として利尿、通経の、種子は「土瓜仁（どくわじん）」として鎮咳、去痰、鎮痛の薬用になる。［和名由来］熟した紅色の実を、烏が好んで食べることから。［同義］玉梓・玉章（たまずさ）、瓠瓜（ひさごうり）、山瓜（やまうり）、瓜根（うりね）、狐枕（きつねのまくら）、烏睾丸（からすのきんたま）。⇩黄烏瓜（きからすうり）［秋］、烏瓜の花（からすうりのはな）［夏］

からすうり

蔓ひけば、あから顔なし、つらつらと、草むらいづる烏瓜かな
岡稲里・朝夕

§

烏瓜赤くつらなる藪垣に山の木洩れ日すでにかぎらふ
三ケ島葭子・三ケ島葭子歌集

からす瓜はひのぼりゆきて痩杉のこずゑに赤き実を垂らしたり
若山牧水・くろ土

露霜に色づくみれば烏瓜市中のこの藪にありしか
半田良平・幸木

竹藪に人音しけり烏瓜 惟然・惟然坊句集

蔓引けば青きが出でぬ烏瓜 露月・露月句集

秋もや、黒みに入りぬ烏瓜 成美・成美家集

烏瓜そもそも赤きいはれなし 乙二・松窓乙二発句集

夕日して垣に照合ふ烏瓜 村上鬼城・鬼城句集

世は貧し夕日破垣烏瓜 夏目漱石・漱石全集

堤の木ひょろと立つなり烏瓜 河東碧梧桐・続春夏秋冬

濡れそむる蔓一すぢや鴉瓜 芥川龍之介・蕩々帖

からたちのみ【枸橘の実・枳殻の実】

枸橘はミカン科の落葉低樹。自生・栽植。中国原産。高さ二〜三メートル。枝に棘を互生する。春、葉に先だって五弁の白色の花を開く。秋に芳香を持つ実を結ぶ。実は「枳殻（きこく）」として健胃、利尿などの薬用になる。［〈枸橘〉和名由来］「唐橘（カラタチバナ）」の略。また、中国（唐）から来た橘の意と。［〈枸橘〉同義］唐橘（からたちばな）、臭橘（しゅうきつ）、枳橘（きこく）。［〈枸橘〉漢名］枳殻。

➡枸橘の花（からたちのはな）［春］

からたち

かりた【刈田】

秋、稲を刈り取った後の田をいう。［同義］刈田原（かりたはら）、刈田道（かりたみち）、刈田面（かりたづら）。➡稲刈（いねかり）［秋］

§

さる程に打ひらきたる刈田かな 鬼貫・鬼貫句選

かりかけしたづらのつるやさとの秋 芭蕉・鹿島紀行

のさのさと鶴の踏行く刈田かな 諸九尼・諸九尼続句集

藪寺の大門晴る、刈田かな 村上鬼城・鬼城句集

夕陽や刈田に長き鶴の影 正岡子規・子規全集

谷川の左右に細き刈田哉 夏目漱石・漱石全集

みんなではたらく刈田ひろびろ 種田山頭火・草木塔

刈田で鳥の顔をまぢかに見た 尾崎放哉・須磨寺にて

かりやす【刈安・青茅】

イネ科の多年草。自生・栽培。葉は披針状で芒に似る。高さ約一メートル。秋に花穂をつける。古代のもっとも一般的な黄色染料であった。［和名由来］刈

かりやす

りやすい草であるところから。［同義］黄草（きぐさ）、山刈安（やまかりやす）、黄染草（きぞめぐさ）。

§

山ゆきて今日《けふ》は幾日《いくひ》か刈安《かりやす》を乾《ほ》したる光《ひかり》秋づくものを
土屋文明・ゆづる葉の下

かりんのみ【花梨の実】

バラ科の落葉高樹・栽培。高さ七～八メートル。葉は倒卵形で縁は鋸歯状。春、五弁の淡紅色花を開く。花後、楕円形の果実を結び、晩秋に黄熟し砂糖漬などにして食用とする。［〈花梨〉同義］木木瓜（きぼけ）、唐梨（からなし）。［〈花梨〉漢名］榠樝。［花言］優雅。⇩花梨の花（かりんのはな）［春］

かりん［花彙］

§

椶櫚の木の隣に黄ばむくわりん哉　之沖・新類題発句集

かるかや【刈萱】

イネ科の多年草。山野に自生。雄刈萱（おがるかや）、雌刈萱（めがるかや）の別称。高さ約一・五メートル。秋、穂をだして褐色の苞を持つ。葉は線形。秋、茎の上部に穂状の花をつける。

かるかや

§

秋さればみだるゝ野辺のかるかやもまたさるかたの哀《あはれ》なりけり
賀茂真淵・賀茂翁家集

神屋川岸に乱るゝ苅萱は紙戸《かみと》の人の簀《す》にや苅らむ
田安宗武・悠然院様御詠草

刈萱の子のかなしみを唄ふうた幼き声にわれは泣きたり
太田水穂・冬菜

わびしくも痩せたる草の苅萱は秋海棠の雨ながらみむ
長塚節・鍼の如く

刈萱や露持ち顔の草のふし　牧童・卯辰集
刈萱は千本の哀れ一つづゝ　土芳・蓑虫庵集
刈萱はまことに秋の花なるぞ　闌更・半化坊発句集
野路の雨刈萱独りありのままに　暁台・暁台句集

かんしょ【甘藷】

⇩薩摩芋（さつまいも）［秋］

§

蔓ひきてかつ甘藷掘るよ礒畠
伊藤左千夫・伊藤左千夫全短歌所収

酒赤し、甘藷畑、草紅葉　芥川龍之介・蕩々帖「俳句」

カンナ【canna】

カンナ科カンナ属の多年草の総称。自生・栽培。高さ一～二メートル。葉は長楕円形。夏から秋、茎頭に大型の白・黄・桃・紅色の

カンナ［花彙］

花を開く。日本ではカンナの改良親の檀特が半自生する。［同義］はなかんな。［漢名］曇華。［花言］南の誘惑。⇒檀特（だんどく）［秋］

§

籐椅子にのがれて君は物うげにかんなの花をみいるなりけり　前田夕暮・陰影

カンナの花黄なる洋燈《ランプ》の如くなり子供出て来よ背戸の月夜に　北原白秋・雀の卵

饑ゑざらんねがひもむなしと思ふ日をあかあかとしてカンナは咲けり　木俣修・冬暦

カンナの黄雁来紅の緋を越えつ　飯田蛇笏・椿花集

がんらいこう【雁来紅】

葉鶏頭の別称。⇒葉鶏頭（はげいとう）［秋］、葉鶏頭（かまつか）［秋］

§

この朝の空すみわたりわが庭の雁来紅に露しとどなり　三ケ島葭子・三ケ島葭子歌集

新しく湧き上りたる恋のごと雁来紅の立つはめでたし　与謝野晶子・朱葉集

雁来紅我門にしてかへり見る　野田別天楼・丙寅句抄

病む頃を雁来紅に雨多し　夏目漱石・漱石全集

誰が植ゑて雁来紅や籠り堂　河東碧梧桐・新俳句

「き」

きからすうり【黄烏瓜】

ウリ科の蔓性多年草で烏瓜の一品種・自生。日本特産。雌雄異株。地下に長塊根をもつ。茎は蔓状となり、他物に絡みつく。葉は掌状で三〜五裂した深い切込みがある。花後、広楕円形の果実を結び、熟して黄色となる。根・果実は食用。塊根は鎮咳に、「天瓜粉（てんかふん）」として汗止の薬用になる。［和名由来］果実が黄色い烏瓜をいう。［同義］天瓜（てんか）、山瓜（やまうり）、苦瓜（にがうり）。［漢名］天瓜、天円子。⇒烏瓜（からすうり）［秋］

きからすうり

きぎく【黄菊】

黄色い菊の花。⇒菊（きく）［秋］、曾我菊（そがぎく）［秋］

§

我が庭にさける黄菊の一枝を折らまくもへど足なへわれは　正岡子規・子規歌集

うつくしき籃の黄菊のへたとると夜なべしするを我もするかも　長塚節・晩秋雑咏
さきみてる黄菊が花は雨ふりて湿れる土に映りよろしも　長塚節・晩秋雑咏
黄菊白菊其の外《ほか》の名はなくもがな　嵐雪・玄峰集
ぽきぽきと二もと手折る黄菊哉　蕪村・蕪村遺稿
黄に咲きぬ酒卸し行く門の菊　白雄・白雄句集
嵐雪の黄菊白菊庵《いお》貧し　正岡子規・子規句集
老が身の皺手に手折る黄菊かな　村上鬼城・鬼城句集
恩給に事足る老の黄菊かな　夏目漱石・漱石全集

ききょう【桔梗】

キキョウ科の多年草。自生・栽培。「きちこう」ともいう。高さ約一メートル。葉は披針形で縁は鋸歯状。初秋に白・青紫色の鐘状花を開き、成熟して五裂する。秋の七草の一。古歌で「アサガオ」とうたわれた植物は本種に比定する説もある。根は「桔梗根（ききょうこん）」として去痰、鎮咳などの薬用になる。[和名由来] 漢名「桔梗」より。[同義] 盆花（ぼんばな）、一重草（ひとえぐさ）。[漢名] 桔梗、雀日将花。➡桔梗（きちこう）[秋]

ききょう

§

紫の玉の散らくと見し花は吾日本なる桔梗の花　伊藤左千夫・伊藤左千夫全短歌
紫の桔梗の花の里さびし君がおもかげ身にそひ去らず　伊藤左千夫・伊藤左千夫全短歌
いづれにもまじる色あり白桔梗むしろ紫こむらさきなれ　服部躬治・迦具土
鎌ケ池の遠浅水に咲きつづく桔梗の花に霧せまり来も　島木赤彦・馬鈴薯の花
さらさらと桔梗の上を走る雨九月の山に降りみふらずみ　岡稻里・早春
桔梗を活けたる水を換へまくは肌は涼しき暁《あけ》にしあるべし　長塚節・鍼の如く
さゝやけきかぞの白紙爪折りて桔梗の花は包まれにけり　長塚節・鍼の如く
草知らず咲て目立つる桔梗哉　杉風・杉風句集
桔梗の花咲時ほんと言ひそうな　千代女・千代尼発句集
修行者の径にめづる桔梗哉　蕪村・蕪村遺稿
南無薬師薬の事もきく桔梗　太祇・太祇句選
花の香や桔梗に映る人通り　闌更・半化坊発句集
きりきりしやんとして咲く桔梗哉　一茶・七番日記
円朧《えんろう》の雨に野生《のだち》の桔梗かな　森鷗外・うた日記
きちかうや紫帽子あねいもと　森鷗外・うた日記
紫のふつとふくらむ桔梗かな　正岡子規・子規句集
桔梗活けてしばらく仮の書斎哉　正岡子規・子規句集
女三十桔梗の花に似たるあり　松瀬青々・倦鳥

白桔梗古き位牌にすがすがし　夏目漱石・漱石全集

濱寺《はまでら》に一本《ひともと》咲《さ》ける桔梗《ききやう》かな　泉鏡花・鏡花全集

軽井沢

この原の桔梗や濃ゆし霧の中　水原秋桜子・葛飾

桔梗の露きびきびとありにけり　川端茅舎・川端茅舎句集

挿《さ》し添へし桔梗の濃さよ山は霧　中村汀女・花句集

きく【菊】

キク科キク属の多年草・一〜二年草の総称。自生・栽培。高さ約一メートル。秋の観賞植物の第一。中国原産とされ、奈良時代以後に渡来。多品種ある。一般に、茎の下部は木質化している。葉は基部が心臓形で、葉身は裂片が切れ込んだ卵形羽状。茎頭に舌状花と管状花を開く。［和名由来］諸説あり。漢名「菊」より。永く花が薫るため、菊を「久久（クク）」と読んだことから。「香薫（カク）」の意からなど。［同義］河原艾（かわらよもぎ）、唐艾（からよもぎ）、秋花（あきのはな）、星見草（ほしみぐさ）、優草・勝草（まさりぐさ）、残草（のこりぐさ）、長月草（ながつきぐさ）、百夜草（ももよぐさ）、翁草（おきなぐさ）、黄金草・金草（こがねぐさ）、千代見草（ちよみぐさ）、乙女草（おとめぐさ）、乙女花（おとめばな）、形見草（かたみぐさ）、君子（くんし）、契草（ちぎりぐさ）。［漢名］菊、長生草、重陽花。［花言］逆境に負けない元気。〈赤色花〉私はあなたを愛します。〈黄色花〉冷やかな愛情。〈白色花〉真実・真理。➡菊植える（きくうえる）［春］、菊の根分（きくのねわけ）［春］、夏菊（なつぎく）［夏］、磯菊（いそぎく）［夏］、大菊（おおぎく）［秋］、乙女草（おとめぐさ）［秋］、黄菊（きぎく）［秋］、菊合せ（きくあわせ）［秋］、菊作り（きくづくり）［秋］、菊膾（きくなます）［秋］、八重菊（やえぎく）［秋］、百菊（ひゃくぎく）［秋］、浜菊（はまぎく）［秋］、花の妹（はなのいもと）［秋］、初菊（はつぎく）［秋］、野菊（のぎく）［秋］、作り菊（つくりぎく）［秋］、中菊（ちゅうぎく）［秋］、白菊（しらぎく）［秋］、十日の菊（とおかのきく）［秋］、菊人形（きくにんぎょう）［秋］、菊の秋（きくのあき）［秋］、菊の主（きくのあるじ）［秋］、菊の着綿（きくのきせわた）［秋］、菊の酒（きくのさけ）［秋］、菊の節句（きくのせっく）［秋］、菊の露（きくのつゆ）［秋］、菊の友（きくのとも）［秋］、菊残る（きくのこる）［秋］、残菊（ざんぎく）［秋］、菊日和（きくびより）［秋］、菊見（きくみ）［秋］、菊の枕（きくのまくら）［秋］、菊の宿（きくのやど）［秋］、菊畑（きくばたけ）［秋］、菊雛（きくびな）［秋］、小菊（こぎく）［秋］、寒菊（かんぎく）

きく［草木図説］

きく［生花早奈飛］

〔冬〕、曾我菊（そがぎく）〔秋〕、園の菊（そののきく）〔秋〕、枯菊（かれぎく）〔冬〕

§

植ゑしとき花待ちどほにありし菊うつろふ秋にあはむとや見し
　大江千里・古今和歌集五（秋下）

ひともとと思ひし菊を大沢の池の底にもたれか植ゑけむ
　紀友則・古今和歌集五（秋下）

われのみやかかると思へばふるさとの籬の菊もうつろひにけり
　藤原定頼・後拾遺和歌集五（秋下）

霜を待つ籬の菊の宵のまに置きまよふ色は山の端の月
　宮内卿・新古今和歌集五（秋下）

露ながら折りてかざさむ菊の花老いせぬ秋の久しかるべく
　紀友則・古今和歌集五（秋下）

秋をおきて時こそありけれ菊の花うつろふからに色のまされば
　平貞文・古今和歌集五（秋下）

色も香もともににほへる菊の花なにしもうちにとけて見ゆらむ
　藤原兼茂・醍醐御時菊合

静けさや君が裁縫《しごと》の手をとめて菊見るさまをふと思ふとき
　若山牧水・海の声

菊のはな酢にひたしつつうらがなしかくしつつこそ秋も過ぎなむ
　北原白秋・白南風

菊の中のうす黄の菊と咲き出づるこの草の上もよそにはおもはず
　木下利玄・銀

朝の冷え未だも退《の》かず裾さむし花屋の土間を占むる菊の香
　木下利玄・紅玉

平凡なる花咲きいでて幾鉢か菊つちかひし妻は笑へる
　半田良平・幸木

柱がけの菊は香ぐはしとろとろと入谷の兄貴酔ひにけらずや
　芥川龍之介・蕩々帖

この鳥は何鳥ならん紅菊の菊の花見て啼けりや否や
　芥川龍之介・蕩々帖

菊白くまづしき家に起きふして朝粥うすき食《た》ぶるあはれさ
　前川佐美雄・天平雲

盃《さかづき》や山路の菊と是を干す　芭蕉・坂東太郎

痩ながらわりなき菊のつぼみ哉　芭蕉・続虚栗

山中や菊はたお《を》らぬ湯の匂《にほひ》　芭蕉・おくのほそ道

はやう咲《さ》け九日も近し宿の菊　芭蕉・桃の白実

かくれ家や月と菊とに田三反　芭蕉・笈日記

菊の香やならには古き仏達　芭蕉・芭蕉書簡

影待や菊の香のする豆腐串　芭蕉・杉丸太

菊の香や庭に切《きれ》たる履《くつ》の底　芭蕉・続猿蓑

痩ながらわりなき菊のつぼみ哉　芭蕉・続虚栗

朝茶のむ僧静也《しづかなり》菊の花　芭蕉・ばせをだらひ

菊の花咲や石屋の石の間《あひ》　芭蕉・翁草

何魚のかざしに置かん菊の枝　曾良・続猿蓑

きく咲てやねのかざりや山ばたけ　去来・去来抄

菊の香にもまれて寝ばや浜庇　去来・そこの花

菊添ふや又重箱に鮭の魚　嵐雪・のぼり鶴

菊咲けり蝶来て遊べ絵の具皿　嵐雪・其袋

添竹も無いに健気に此菊の　来山・続いま宮草

欄干にのぼるや菊の影法師　許六・風俗文選
浮世には下戸の禁酒や菊の花　許六・正風彦根体
雨重し地に這ふ菊を先づ折らん　其角・続虚栗
菊の香や瓶より餘る水に迄　其角・其袋
行馬の跡に花なし菊の空　鬼貫・七車
久方や朝の夜から空の菊　鬼貫・鬼貫句選
なつかしや菊は手折らじ湯の匂ひ　北枝・草庵集
宿入のよしや葭垣今朝の菊　沾徳・沾徳句集
息災な便りを菊の山路かな　支考・東西夜話
菊咲て窓に山見る枕かな　支考・国の花
遊ぶには楽しき秋ぞ菊と月　支考・歌まくら
菊の香に山路は嬉し病上り　支考・越の名残
菊の香や御器も其儘宵の鍋　支考・藤の実
覗きあふ菊の莟《つぼみ》の底の色　浪化・屠維単閼
綿の吹く日和に菊の盛りかな　素覧・記念題
菊咲て今日迄の世話忘れけり　千代女・千代尼発句集
西の京に宿もとめけり菊の時　蕪村・新五子稿
二本づゝ菊参らせん仏達　蕪村・新五子稿
家毎に祖父ある菊の山路かな　蓼太・蓼太句集
作り倦みて今年は菊の山路哉　闌更・半化坊発句集
華の色香我思ふ菊はたゞ一種　暁台・暁台句集
青竹にかゞやく菊の盛りかな　樗良・樗良発句集
蝶老《おい》てたましひ菊にあそぶ哉《かな》　星布・星布尼句集
三日月にかひわる菊の莟かな　青蘿・青蘿発句集
此隣菊に琴弾く門徒寺　几董・井華集

菊を見て一日やりの心かな　成美・成美家集
菊の香をもてしづめたる硯哉　成美・成美家集
雲霞呑《のみ》つゝ越《こえ》ん菊の山路　菊舎尼・手折菊
無駄事に身は老くれぬ菊の花　士朗・枇杷園句集
ともすれば菊の香寒し病上り　乙二・松窓乙二発句集
雁などを殺す家さへ菊の花　乙二・松窓乙二発句集
汁鍋にむしり込だり菊の花　一茶・七番日記
汁の実の足しに咲けり菊の花　一茶・一茶句帖
念入れて尺とる虫や菊の花　一茶・一茶句帖
菊の香に一坐暫く黙りけり　梅室・梅室家集
菊の香や水音もする垣の内　梅室・梅室家集
井戸端に一うね菊の赤きかな　正岡子規・子規全集
菊咲くや草の庵《いおり》の大硯　正岡子規・子規句集
菊咲て通る路なく逢はざりき　夏目漱石・漱石全集
菊の香や幾鉢置いて南縁　夏目漱石・漱石全集
菊の香や白粉《おしろい》の香や酒五合　尾崎紅葉・尾崎紅葉集
八重垣姫画讃（狐火の段）
乱菊のあひだを恋の重荷かな　川上眉山・川上眉山集
包み来し土もなつかし貰ひ菊　松瀬青々・倦鳥
自らの老《おい》好もしや菊に立つ　高浜虚子・五百句
拝謁を賜りければ菊の花　高浜虚子・五百五十句
菊の乱れは月が出てゐる夜中　尾崎放哉・須磨寺にて
白じらと菊を映すや絹帽子　芥川龍之介・発句
ひそかにわがおもふひとも菊の客　日野草城・旦暮
菊薫りまれ人来ますよき日かな　杉田久女・杉田久女句集

菊の香のくらき仏に灯を献ず　杉田久女・杉田久女句集
日当りてうす紫の菊筵　杉田久女・杉田久女句集
この菊ぞみちのくの菊けふ匂ふ　山口青邨・雪国
　松島、瑞巌寺
菊の香や芭蕉をまつる燭ひとつ　水原秋桜子・晩華
菊の香や思にからむセレナアド　日野草城・旦暮
菊の香にきよらに寝たり朝ちかく　石田波郷・鶴の眼

きくあわせ【菊合せ】

秋、開花したさまざまな菊を持ち寄って、左右に人数を分け、双方から菊を出し合わせて、その花の美しさを競う遊び。今日の菊品評会とは、性格を異にする。⬇菊（きく）［秋］、勝菊（かちぎく）［秋］、負菊（まけぎく）［秋］

§

一ト露葉から油や菊合せ　蓼太・蓼太句集
南山にうしろ向く日や菊合せ　蓼太・蓼太句集
煩さしや菊の上にも負勝は　一茶・七番日記

きくいも【菊芋】

キク科の多年草。自生・栽培。高さ約二メートル。北米原産。茎・葉には粗毛がある。葉は長楕円形で縁は細かい鋸歯状。秋、細長い花弁をもった径五～一〇センチの黄色の頭花を開く。地下塊茎は食用となる。［和名由来］根茎が芋に、花が菊に似ているところから。［同義］唐芋（からいも）。［漢名］芋乃。

きくいも

§

椅子あれば菊芋《きくいも》といふ雑草の咲けるほとりにしばらく憩ふ　佐藤佐太郎・星宿

きくがさね【菊襲】

衣類の襲（かさね）の色目。山科流では、表は薄蘇芳色（黒味を帯びた薄赤色）、裏は青色。秋に着用する装束。

§

絵心も襟に知れたり菊襲　乙由・麦林集

きくづくり【菊作り】

菊を栽培することや栽培する人をいう。⬇菊（きく）［秋］

§

南には蔵や詠めて菊作り　也有・蘿葉集
菊作り汝は菊の奴かな　蕪村・蕪村句集

きくなます【菊膾】

菊の花弁でつくった膾。⬇菊（きく）［秋］

§

折ふしは酢になる菊のさかなかな　芭蕉・泊船集
てふも来て酢をすふ菊の膾かな　芭蕉・蕉翁句集
草の戸の酢徳利ふるや菊膾　召波・春泥発句集

きくにんぎょう【菊人形】

菊の細工をほどこした人形の見せ物。多くは歌舞伎の登場人物などを題材としてつくられた　⬇菊（きく）［秋］

§

菊人形たましひのなき匂《にほひ》かな　渡辺水巴・白日

きくのあき【菊の秋】
菊の美しい秋をいうことば。⬇菊（きく）［秋］

§

色かはる秋の菊をばひととせにふたたびにほふ花とこそ見れ
よみ人しらず・古今和歌集五（秋下）

めでたさや千とせ幾重の菊の秋　士芳・蓑虫庵集
菊の秋白髪競べに武蔵迄　乙二・松窓乙二発句集
秩父根の裾引はへて菊の秋　乙二・斧の柄
生き返るわれ嬉しさよ菊の秋　夏目漱石・漱石全集

きくのあるじ【菊の主】
菊を所有している人をいう。⬇菊（きく）［秋］

§

畠から出て来る菊のあるじ哉　涼菟・皮籠摺
鍬を杖に突々菊の主かな　一茶・一茶句帖
憂ひあらば此酒に酔へ菊の主　夏目漱石・漱石全集
青山に移りていつか菊の主　夏目漱石・漱石全集

きくのきせわた【菊の着綿】
菊の花に綿をかぶせたもの。重陽の節句の前日に菊の花を綿で覆い、当日の朝、菊の露と香りがついたその綿で体を拭くと長寿を保てるといわれた。［同義］菊の綿（きくのわた）、菊の染綿（きくのそめわた）、御菊居（おんきくすゑ）。⬇菊（きく）［秋］、菊の節句（きくのせっく）［秋］、菊の露（きくのつゆ）［秋］

§

綿着ても同じ浮世ぞ霜の菊　支考・柿表紙
白菊や着せ綿まゐる指の反り　移竹・乙御前
綿着せて十ほど若し菊の花　一茶・一茶句帖

きくのこる【菊残る】
重陽の節句を過ぎた後も咲いている菊の花をいう。⬇残菊（ざんぎく）［秋］、菊の節句（きくのせっく）［秋］、菊（きく）［秋］

§

隠家や嫁菜の中に残る菊　嵐雪・曠野
月の残り菊の残りや乞食せん　支考・戊午天売記

きくのさけ【菊の酒】
旧暦の九月九日の重陽の節句に、菊花を浮かべて飲む酒。［同義］菊酒（きくざけ）。⬇菊の節句（きくのせっく）［秋］

§

酔人やあらぬ口をもきくの酒　西武・犬子集
草の戸や日暮てくれし菊の酒　芭蕉・笈日記
盃の下ゆく菊や朽木盆　芭蕉・誹諧當世男
琉球も今日を祝ふや菊の酒　許六・風俗文選犬註解
松茸に柚の香にとめり菊の酒　李由・篇突

きくのせっく【菊の節句】
重陽の節句。中国では旧暦の九月九日を重陽の節として、菊花宴を催し、菊酒を飲んで祝う。日本にも年中行事として伝えられた。⬇菊の酒（きくのさけ）［秋］、菊の着綿（きくのきせわた）［秋］、菊（きく）［秋］、菊雛（きくびな）［秋］、十日の菊（とおかのきく）［秋］、菊残る（きくのこる）［秋］、栗の節句（くりのせっく）［秋］

§
朝露や菊の節句は町中も　太祇・太祇句選
人心しづかに菊の節句かな　召波・春泥発句集

きくのつゆ【菊の露】
菊にたまる露をいう。飲んだり、身を拭くのに使ったりすると長生きするという。➡菊（きく）［秋］、菊の着綿（きくのきせわた）［秋］

§
濡れてほす山路の菊のつゆのまにいつか千歳を我はへにけむ　素性・古今和歌集（秋下）
千歳まで君がつむべき菊なれば露もあだには置かじとぞ思ふ　藤原顕季・金葉和歌集（秋）
きくの露落て拾へばぬかごかな　芭蕉・芭蕉庵小文庫
秋をへて蝶もなめるや菊の露　芭蕉・笈日記
朝風や菊の頷づく菊の露　鬼貫・七車
酒飲の心に惚れぬ菊の露　北枝・そこの花
菊の露受て硯のいのち哉　蕪村・蕪村句集
雪舟が筆の走りか菊の露　暁台・暁台句集

きくのとも【菊の友】
菊見の仲間をいうことば。➡菊（きく）［秋］、菊見（きくみ）［秋］

§
漆せぬ琴や作らぬ菊の友　素堂・素堂家集

きくのまくら【菊の枕】
秋、菊の花を摘んで入れた枕。干した菊の花を枕に入れると、邪気を払い長寿を保つという中国の故事にならった風習。また、菊の香を楽しむための枕。［同義］菊枕（きくまくら）、幽人枕（ゆうじんちん）。➡菊（きく）［秋］

§
離れじと昨日の菊を枕かな　素堂・素堂家集
幽人にあらねど菊の枕かな　松瀬青々・倦鳥
妹が宿菊の枕をつくりけり　松瀬青々・倦鳥
白妙の菊の枕をぬひ上げし　杉田久女・杉田久女句集
ぬひあげて菊の枕のかほるなり　杉田久女・杉田久女句集

きくのやど【菊の宿】
菊が咲いている家、または宿のこと。➡菊（きく）［秋］

§
露だにも名だたる宿の菊ならば花のあるじやいくよなるらむ　藤原雅正・後撰和歌集七（秋下）
田舎間の薄縁寒し菊の宿　尚白・猿蓑
鶏の下葉摘みけり宿の菊　其角・五元集拾遺
菓子盆の茱萸も露けし菊のやど　露川・後ばせ集
宿の菊陶に挿して憐まん　召波・春泥発句集
酔臥せば何の夢見ん宿の菊　白雄・白雄句集
顔抱いて犬が寝てをり菊の宿　高浜虚子・五百句

きくばたけ【菊畑】
➡菊（きく）［秋］

§
賑やかで又静にて菊畠　杉風・木曾の谷
浮気する一年好きや菊畠　許六・風俗文選犬註解

雨ながらさすがあかるし菊畠　　士芳・蓑虫庵集
浦風や砂ふきかくる菊畠　　万子・柞原
酒を出す後ろの音や菊畠　　几董・井華集

きくびな【菊雛】

菊の節句に飾る雛。⇩菊の節句（きくのせっく）［秋］

§

千代紙を菊に着すれば雛かな　　松瀬青々・倦鳥

きくびより【菊日和】

菊の美しさや香りが映えるような空気の澄みきった秋晴れの天気をいう。⇩菊（きく）［秋］

§

蝶ひとつ菊に喰入る日和かな　　蓼太・蓼太句集
酒造る隣に菊の日和かな　　白雄・白雄句集
縁の日のふたたび嬉し菊日和　　杉田久女・杉田久女句集

きくみ【菊見】

菊の花を観賞して楽しむことをいう。⇩菊（きく）［秋］、菊の友（きくのとも）［秋］

§

襟にさす僧の扇も菊見かな　　野坡・野坡吟草
僧の招き我を致せし菊見かな　　河東碧梧桐・新傾向（秋）
たましひのしづかにうつる菊見かな　　飯田蛇笏・山廬集

きささげ【楸・木豇豆】

ノウゼンカズラ科の落葉高樹。河原などに自生するが多くは観賞用として栽培される。中国原産。高さ約六メートル。樹皮は灰白色。葉は広卵形で掌状に浅裂することが多い。初夏、暗紫斑点のある淡黄色の花を多数開く。秋に熟す果実は長さ三〇センチの莢で細長く垂れ下がる。莢果は「梓実」として利尿の薬用になる。若い莢果は食用。［和名由来］科が樹木で、果実が「豇豆（ささげ）」に似ているところから。［同義］梓（あずさ）、楸（ひさぎ）、河原楸（かわらひさぎ）、山桐（やまぎり）、雷電桐（らいでんぎり）。［漢名］楸、梓。

きささげ

きちこう【桔梗】

⇩桔梗（ききょう）［秋］

§

わらはどちわろびたはぶれ一だにさけばつみとるきちかうのはな　　大隈言道・草径集
椎の樹に蜩《ひぐらし》鳴きて夕日影ななめに照すきちかうの花　　正岡子規・子規歌集
秋くさの　七くさ八くさ　一はちに　あつめてうゑぬ　きちかうは　まづさきいでつ　をみなへし　いまだ　　正岡子規・病牀六尺
桔梗の色こき花のむらさきに心はそみて山にむかへり　　佐佐木信綱・山と水と
皆がらに風に揺られてあはれなり小松が原の桔梗の花　　島木赤彦・柿蔭集

桔梗の花ゆゑ紙はぬれにけり冷たき水の滴れるごと　長塚節・鍼の如く

白埴の瓶に桔梗を活けしかば冴えたる秋は既にふ、めり　長塚節・鍼の如く

峯峯に秋の雲あり桔梗《きちかう》の花おほしここ安曇野《あづみの》といふ　土岐善麿・はつ恋

きちかうも見ゆる花屋が持仏堂　蕪村・蕪村句集

きちかうの露にも濡れよ鞠袴　几董・井華集

桔梗《きちこう》のしまひの花を剪《き》りて挿《さ》す　高浜虚子・六百五十句

きちじょうそう【吉祥草】

ユリ科の多年草。自生・栽培。地を這う茎から細長い線形の根生葉を叢生し、その下に多数の根をもつ。秋、花茎をだし、花を穂状に配列して開く。淡紫色の花後、紅紫色の球形の漿果を結ぶ。[同義] 観音草（かんのんそう）、吉祥蘭（きちじょうらん）。[漢名] 吉祥草。

きちじょうそう

§

昭《あき》らけく悟展けしこのあした聖が摘ます吉祥草花　岡本かの子・わが最終歌集

きのこ【茸・菌】

松茸、初茸、椎茸など大形菌類の俗称。樹陰や朽木に生え、多くは傘状で傘裏に胞子をつける。食用となるものと有毒のものがある。食用茸には、占地茸・湿地茸（しめじだけ）、岩茸・石茸（いわたけ）、初茸（はつたけ）、榎茸（えのきだけ）、平茸（ひらたけ）、舞茸（まいたけ）、椎茸（しいたけ）、松茸（まつたけ）、箒茸（ほうきだけ）などがある。毒茸は、月夜茸（つきよたけ）、紅茸（べにたけ＝毒紅茸）、天狗茸（てんぐだけ）など。⇩岩茸（いわたけ）[秋]、茸狩（きのこがり）[秋]、椎茸（しいたけ）[秋]、占地（しめじ）[秋]、茸山（たけやま）[秋]、月夜茸（つきよたけ）[秋]、天狗茸（てんぐだけ）[秋]、毒茸（どくだけ）[秋]、初茸（はつたけ）[秋]、平茸（ひらたけ）[秋]、紅茸（べにたけ）[秋]、松茸（まつたけ）[秋]、舞茸（まいたけ）[秋]、箒茸（ほうきだけ）[秋]

§

名も知らぬ茸をば食ひて寝たる夜の夢やすからず木曾の山ざと　落合直文・国文学

香木《かうぼく》の朽ちし匂ひを立つるなり黒ききのこも白ききのこも　与謝野晶子・朱葉集

障子には風をともなふ日かげさし渓《たに》の旗亭《きてい》に焼かるる茸《きのこ》　与謝野晶子・緑階春雨

落栗に思ひがけなき菌かな　桃隣・古太白堂句選

なつかしや楓苗吹く菌山　白雄・白雄句集

御子達よ赤い菌に化されな　一茶・七番日記

新酒売る家ありて茸の名所哉　夏目漱石・漱石全集

茄子和へて茸料理や寺旅籠　河東碧梧桐・新傾向（秋）

茸飯茸汁蜻蛉膳に来る　河東碧梧桐・新傾向（秋）

茸やく松葉くゆらせ山日和　杉田久女・杉田久女句集

きのこがり【茸狩・菌狩】

秋、山野に食用の茸を狩りに行くこと。「たけがり」ともいう。［同義］茸とり。⇩茸（きのこ）［秋］

§

茸狩の遠人なれと真豊けき畑のみのりをよそに思へや　伊藤左千夫・伊藤左千夫全短歌

茸狩や見付ぬ先の面白さ　素堂・素堂家集

茸狩や鼻のさきなる歌がるた　其角・すみだはら

茸がりや山のあなたに虚労やみ　其角・五元集

茸狩や寺の印《しるし》の俄か傘　野坡・野坡吟草

茸狩や頭を挙《あぐ》れば峰の月　蕪村・蕪村句集

茸狩や似雲が鍋の煮るうち　蕪村・蕪村遺稿

さし上げて獲物見せけり菌狩　召波・春泥発句集

白露の百歩に茸を拾ひけり　几董・井華集

人をとる茸はたして美しき　一茶・一茶発句集

茸狩女と知れし木玉《こだま》哉　正岡子規・子規句集

案内の宿に長居《ながい》や菌狩《きのこがり》　高浜虚子・六百句

合歓を巻く蛇を見かけぬ茸狩　飯田蛇笏・椿花集

きはちす【木蓮】

⇩木槿（むくげ）［秋］

§

朝かげに早や咲きそろふ木ばちすの一重の白き花を楽しむ　北原白秋・風隠集

花すぎし木ばちすの葉の黄ばみ見ゆ夕にいでてここをもとほる　土田耕平・一塊

きび【黍・稷】

イネ科の一年草・栽培。東南アジア原産。「きみ」ともいう。高さ約一メートル。葉は幅広の線形で互生。秋、緑色の長さ五ミリくらいの花穂を総状につける。花後、淡黄色の球形の実を結び食用となる。「うるちきび」「もちきび」がある。「うるちきび」は米とまぜて主食に、「もちきび」は粉にして餅や飴の原料となる。［和名由来］諸説あり。「黄実（キミ）」「黄米（キミ）」「食実（ケミ）」など。［同義］本黍（ほんきび）、穂黍（ほきび）、小黍（こきび）。⇩黍の穂（きびのほ）［秋］

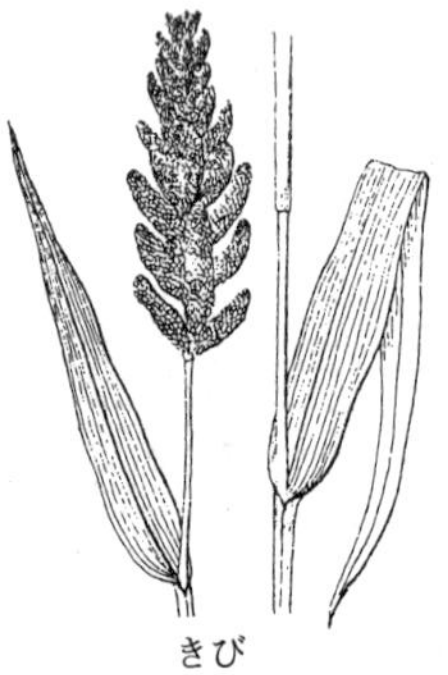

きび

§

梨棗黍《なしなつめきみ》に粟つぎ延《は》ふ葛の後も逢はむと葵花咲く　作者不詳・万葉集一六

秋風のわたる黍野を衣手のかへりし来れは淋しくもあるか　長塚節・日本

吾心いたも悲しもともずりの黍の秋風やむ時なしに　長塚節・日本

三日の月ほそくきらめく黍畑黍は黍とし目の醒めてゐつ　北原白秋・雲母集

はたはたと黍の葉鳴れる故郷《ふるさと》の軒端なつかし秋風吹けば　石川啄木・啄木歌集補遺

村端や黍がら折れて嵐騒ぐ　闌更・半化坊発句集
苅黍の戈《ほこ》を偃《ふ》せたり露の中　森鷗外・うた日記
黍がらや鶏《にわとり》あそぶ土間の隅　正岡子規・子規句集
朝日のつと千里の黍に上りけり　夏目漱石・漱石全集
障子締めて炉辺なつかしむ黍の雨　杉田久女・杉田久女句集
風鈴に黍畠よりの夜風かな　杉田久女・杉田久女句集

きびのほ【黍の穂・稷の穂】
イネ科の一年草の黍の穂。➡黍（きび）［秋］
§
風かろく張あふ黍の穂先かな　荻子・旅袋

きぶねぎく【貴船菊・黄船菊】
秋明菊の別称。➡秋明菊（しゅうめいぎく）［秋］
§
露霜にしうねき深し貴舟菊　我黒・類題発句集

きりのあき【桐の秋】
➡桐の花（きりのはな）［夏］、桐の実（きりのみ）［秋］、桐一葉（きりひとは）［秋］
§
懸て待つ伊予簾も軽し桐の秋　其角・雑談集
糸きれて琴にも知るや桐の秋　蓼太・蓼太句集

きりのみ【桐の実】
ゴマノハ科の落葉高樹の桐の実。花後、三センチほどの卵形の実を結ぶ。➡桐の花（きりのはな）［夏］、桐一葉（きりひとは）［秋］
§
桐の実に鳴りいでにけり冬構　芝不器男・不器男句集

きりひとは【桐一葉】
桐はゴマノハ科の落葉高樹。葉は三浅裂の大形の掌状葉。『淮南子』の「一葉落而天下知秋」によることば。➡桐の花（きりのはな）［夏］、桐の実（きりのみ）［秋］、一葉（ひとは）［秋］
§
あじきなや桐一葉の落ちそめて人のあきこそやがて見えけれ　冷泉為尹・為尹千首
はてもなき軒の雫にいつまでかうたる、桐の一葉なるらん　大隈言道・草径集
ちりそめてめづらしかりし桐のはの一葉ぞ今は枝にのこれる　大隈言道・草径集
くる秋の桐ぎは見する一葉哉　捨女・自筆句集
風待ちし昨日の桐の一葉哉　其角・句兄弟
たばこよりはかなき桐の一葉哉　支考・流川集
桐の葉や戴く桶の水のうけ　芙雀・千鳥掛
何と見む桐の一葉に蝉の殻　白雄・白雄句集
庵の戸へ拾ひ入れたり桐一葉　士朗・枇杷園句集
桐一葉手を打返す気色かな　成美・成美家集
桐の木やてきぱき散ツてつんと立つ　一茶・七番日記
人去て行灯《あんどん》きえて桐一葉　一茶・享和句帖
大空をあふちて桐の一葉かな　村上鬼城・鬼城句集
夏痩の骨にひゞくや桐一葉　正岡子規・子規全集
我に落ちて淋しき桐の一葉かな　正岡子規・子規句集

白壁や北に向ひて桐一葉　夏目漱石・漱石全集
桐一葉《きりひとは》日当りながら落ちにけり　高浜虚子・五百句
桐一葉一葉一葉の空仰ぎけり　種田山頭火・層雲
線香を干した所へ桐一葉　芥川龍之介・蕩々帖

きんかん【金柑】

ミカン科の常緑小低樹・栽植。中国原産。高さ二～三メートル。枝は細く密生する。葉は長楕円形で互生。夏、五弁の小白花を開く。花後、果実を結び、晩秋から冬に熟して黄金色になる。食用となる。［和名由来］漢名「金橘」よりと。［同義］姫橘（ひめたちばな）、夏橘（なつたちばな）。［漢名］金橘。⇩金柑の花（きんかんのはな）［夏］

きんかん

§

照りかへる金柑の木のかげを出て巡礼すなはち鈴ふりにけり　北原白秋・雲母集
照りかへる金柑の木がただひと木庭にいつぱいに日をこぼし居り　北原白秋・雲母集
金柑や冬青《もち》にさしても稲荷山　其角・五元集
初霜の金柑見ゆる葉越しかな　芥川龍之介・澄江堂句抄

きんとうが【金冬瓜】

ウリ科の蔓性一年草・栽培。茎・葉・花ともに南瓜（かぼちゃ）に似る。果実は長楕円形で、秋に熟して赤褐色となる。果実の表面は南瓜にくらべて平滑である。食用となる。この一種で果実が平たく円いものを阿古陀瓜（あこだうり）という。［同義］紅冬瓜（べにとうが）、赤冬瓜（あかとうが）。

きんとうが

ぎんなん【銀杏】

銀杏（いちょう）の実のこと。⇩銀杏散る（いちょうちる）［秋］、銀杏の実（いちょうのみ）［秋］

§

落葉をばかく如く銀杏《ぎんなん》拾ふ人
老人にして行為かすけし　佐藤佐太郎・黄月
銀杏《ぎんなん》の実を火に焼けば子と妻とわれの夜《よ》の部屋香《か》に立ちにけり　宮柊二・小紺珠
ぎんなんも落ちるや神の旅支度　桃隣・陸奥鵆
高坏《たかつき》にぎんなん白し夜手習　安井小洒・杉の実
銀杏の熟れ落つひゞき嵐くるらし　杉田久女・杉田久女句集
銀杏をひろひ集めぬ黄葉をふみて　杉田久女・杉田久女句集

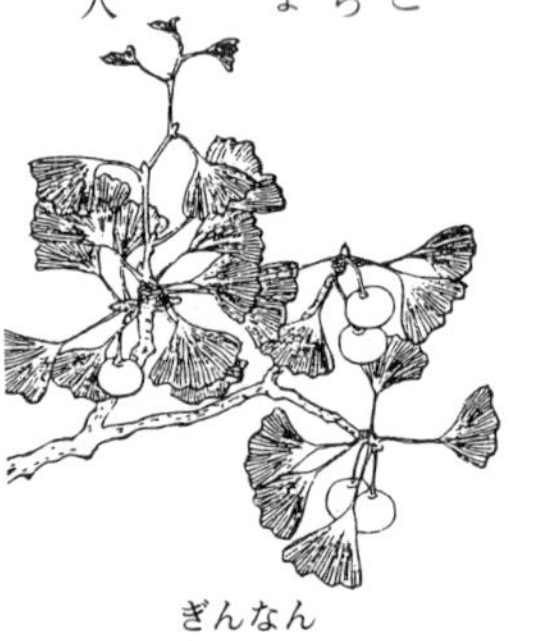
ぎんなん

きんもくせい【金木犀】

モクセイ科の常緑小高樹・栽植。中国原産。雌雄異株。高さ三〜四メートル。葉は革質で長楕円形。晩秋、濃黄色の小花を多数密生して開く。花には甘い芳香がある。［和名由来］白色の銀木犀に対して濃黄色であるところから。［漢名］丹桂。⬇木犀（もくせい）［秋］

§

潮入《しほいり》の池にみちくる水動き金木犀《きんもくせい》の花の香ぞする　佐藤佐太郎・黄月

きんもくせい

「く」

くこのみ【枸杞の実】

ナス科の落葉低樹の枸杞の実。赤色で卵形、秋に結ぶ。これを用いて「枸杞酒」をつくる。⬇枸杞（くこ）［春］

くさいち【草市】

盆の時期（旧暦七月一二日夜〜一三日朝）に、供え物の蓮の葉などの植物や食物、用具を売る市。［同義］草の市（くさのいち）。

§

草売は雨におされぬ匂ひ哉　華鶏・冬紅葉

先匂ふ真菰筵や草の市　白雄・白雄句集

草市や人まばらなる宵の雨　正岡子規・子規句集

くさぎ【常山木・臭木】

クロツヅラ科の落葉樹・自生。高さ約三メートル。葉は広卵形で先端が尖り、短毛を密生する。晩夏から初秋に、外側が淡紅色の白花を開く。晩秋に藍碧色の実を結ぶ。［和名由来］茎・葉に臭みがあるところから。［同義］山空木（やまうつぎ）。臭桐（くさぎり）。［漢名］臭牡丹樹、海州常山、臭梧桐。

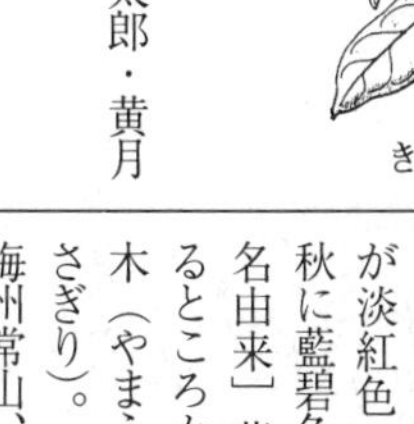

くさぎ

§

せめてもの葉は喰はれける常山木哉　嘯山・葎亭句集

咲く常山木宙をすぎ去る風みゆる　飯田蛇笏・椿花集

くさのか【草の香】

秋の野の草の匂いをいう。⬇秋草（あきくさ）［秋］

§

草の香をしのびし歌人なつかしき　松瀬青々・倦鳥

くさのにしき【草の錦】

草が紅葉した山野をいう。⬇草の紅葉（くさのもみじ）［秋］、秋草（あきくさ）［秋］

§

横渡す柄杓の露や錦草　惟然・をのが光

別れ路や草の錦を裁つ思ひ　几董・井華集

くさのはな【草の花】
俳句では、名前を特定しないで草の花の美観をいう。秋に草花が多いところから一般に秋の季語として使うことが多い。
[同義] 草花、千草の花。⬇草の穂（くさのほ）[秋]、秋草（あきくさ）[秋]

§

薬園にいづれの花を草枕　芭蕉・泊船集
名は知らず草毎に花哀れなり　杉風・雪七草
花の秋草に喰飽く野馬かな　嵐雪・玄峰集
野に死なば野を見て思へ草の花　支考・越の名残
草花や秋知り顔に持ありく　支考・篇突
野も山も聖霊くさし草の花　魯九・乍居行脚
千秋を咲結びてや草の花　千代女・千代尼発句集
鳶の啼く日の淋しさよ草の花　士朗・枇杷園句集
負けぬ気やあんな小草も花が咲く　一茶・七番日記
小料理もする宿ならん草の花　梅室・梅室家集
みな肥えて女うつくし艸の花　松瀬青々・倦鳥

くさのほ【草の穂】
秋の草の花穂をいう。⬇草の花（くさのはな）[秋]、秋草（あきくさ）[秋]

§

慰や草の穂ぬけば音がずい　秋の坊・西の雲

くさのみ【草の実】
秋に結ぶ様々な草の実をいう。⬇秋草（あきくさ）[秋]

§

花みなかれてあはれをこぼすくさのたね　芭蕉・栞集
草の実や空しく土と成る斗り　闌更・半化坊発句集
山草やこれも仏の実を結ぶ　乙二・斧の柄
草の実をふりかむりたる小犬かな　村上鬼城・鬼城句集
草の実を遊び心に散らしけり　野田別天楼・倦鳥

くさのもみじ【草の紅葉】
紅葉した野草をいう。⬇草の錦（くさのにしき）[秋]、秋草（あきくさ）[秋]、紅葉（もみじ）[秋]

§

真先に河原さゝげの紅葉かな　十丈・草庵集
魚汁のとばしる草も紅葉哉　一茶・旅日記
草紅葉《くさもみじ》しぬと素《そ》顔《がん》を顧みて　高浜虚子・六百句

くさばなあきまく【草花秋蒔く】
春に開花する草花の種を秋に蒔くこと。

§

草花の種まく秋やむろの口　安井小洒・倦鳥

くさぼけのみ【草木瓜の実】
草木瓜はバラ科の落葉小低樹・自生。秋、酸味のある広楕円形の果実を結び食用となる。⬇草木瓜（くさぼけ）[春]

くさぼたん【草牡丹】
秋明菊の別称。⬇秋明菊（しゅうめいぎく）[秋]

くしがき【串柿】
渋柿の皮をむいて串に刺し、干して甘くしたもの。⬇甘干（あまぼし）[秋]、串柿飾る（くしがきかざる）[新年]、渋柿（しぶがき）[秋]

くず【葛】

マメ科の蔓性多年草・自生。蔓は長さ一〇メートル以上になり、褐色の粗毛がある。葉は大形の三葉からなり、表面は緑色で、裏面は白色を帯びる。秋に紫紅色の蝶形花を穂状に開く。花後に結ぶ果実は扁平の豆果で、長さ五～一〇センチの線形。秋の七草の一。蔓は編んで籠や行李などになる。根は「葛粉（くずこ）」として食用に、「葛根（かっこん）」として解熱剤の薬用となる。古歌では、葛に別称の「裏見草」に「恨み」をかけ、恋愛の怨情をうたったものが多い。［和名由来］諸説あり。奈良県の国栖（くず）で良質のものがとれることから。「忍冬（スイカズラ）」「粉為（コス）」などから。［同義］葛蔓（くずかずら）、葛葉葛（くずはかずら）、葛藤（くずふじ）、裏見草（うらみぐさ）、馬藤（うまふじ）、松菜草（まつなぐさ）。⇩葛切（くずきり）［夏］、葛水（くずみず）［夏］、葛餅（くずもち）［夏］、葛若葉（くずわかば）［夏］、葛湯（くずゆ）［冬］、葛の葉（くずのは）［秋］、葛の花（くずのはな）［秋］、葛掘る（くずほる）［秋］、真葛（まくず）［秋］

くず

§

雁がねの寒く鳴きしゆ水茎の岡の葛葉は色づきにけり
作者不詳・万葉集一〇

足柄の箱根の山に延ふ葛の引かば寄り来ね下なほなほに
万葉集一四（東歌）

ちはやぶる神の斎垣《いがき》に這ふ葛も秋にはあへずうつろひにけり
紀貫之・古今和歌集五（秋下）

あらし吹く真葛が原に鳴く鹿は恨みてのみや妻を恋ふらん
俊恵・新古今和歌集五（秋下）

松垣に這ひ来る葛をとふ人は見るにかなしき秋の山里
和泉式部集（和泉式部の私家集）

契りをば玉まく葛に風吹かば恨みもはてしかへる雁がね
拾遺愚草（藤原定家の私家集）

松原の葛と詠まれし住居かな
支考・梟日記

海はあれど翁参りぬ葛の宿
支考・蓮二吟集

相寄りて葛の雨きく傘ふれし
杉田久女・杉田久女句集

葛しげる霧のいづこぞ然別《しかりべつ》
水原秋桜子・晩華

くずのは【葛の葉】

マメ科の蔓性多年草の葛の葉。⇩葛（くず）［秋］

§

忘るなよ別れ路に生ふる葛の葉の秋風吹かば今かへり来む
是則集（坂上是則の私家集）

葛の葉のうらみにかへる夢の世を忘れ形見の野辺の秋風
俊成卿女・新古今和歌集一六（雑上）

秋かせにうらみし葛葉あすよりは音にさやきてちりか過なむ
上田秋成・献神和歌帖

そそくさと白くぬきたる葛の葉の帯する妻のうしろをばみる
前田夕暮・陰影

磯の日は今くもりをり崖の上にはびこる葛の葉あまねくあをし　木下利玄・紅玉
萱山に這ひはびこれる葛の葉のそよろともせず西日のさかり　木下利玄・紅玉
道下の崖いちめんに生ひしげる葛の葉ずれは夕べあつしも　三ケ島葭子・三ケ島葭子歌集
まつはれるいくつの悲話をつつむごと防塞のあとに葛の葉は這ふ　木俣修・冬暦
葛の葉を打かぶせたる山路哉　杉風・続別座敷
歯の跡のあり葛の葉の裏表　嵐雪・皮籠摺
葛の葉の赤い色紙を恨かな　其角・花摘
葛の葉の恨み顔なる細雨哉　蕪村・蕪村句集
昨日今日葛葉に嵐吹ことよ　白雄・白雄句集
葛の葉を重ねて夢の古草子　成美・成美家集
葛の葉や滝のとどろく岩がくり　飯田蛇笏・山廬集

くずのはな【葛の花】

マメ科の蔓性多年草の葛の花。秋に紫紅色の蝶形花を密生して開く。➡葛（くず）［秋］

§

川ぎしにうかべすてたる船にだにつなでづたひにきぬる葛花　大隈言道・草径集
かたはらの芙蓉をよそに葛の花のさびしきを見る君がまなざし　佐佐木信綱・思草
みねの風けふは沢辺に落ちて吹く広葉がくれの葛の白花　若山牧水・砂丘
葛の花　踏みしだかれて、色あたらし。この山道を行きし人あり　釈迢空・海やまのあひだ
あちら向く袖や有磯の葛の花　露川・北国曲
もやもやとしてしづまるや葛の花　山店・芭蕉庵小文庫
海はあれど翁まいりぬ葛の花　文考・蓮二吟集
山深み散るか凋むか葛の花　白雄・白雄句集
葛の花水に引ずる嵐かな　一茶・一茶発句集（嘉永版）
むづかしき禅門出れば葛《くず》の花　高浜虚子・五百句
這ひかゝる温泉けむり濃さや葛の花　杉田久女・杉田久女句集
馬柵《ませ》直《ひた》に嶺よりくだる葛の花　水原秋桜子・古鏡
裏磐梯途上

くずほる【葛掘る】

秋、葛粉をとるため葛の根を掘りだすこと。➡葛（くず）［秋］

§

葛掘りのわりなく枯らす桜かな　自笑・喪の名残
葛掘るや桜に染まる吉野山　嘯山・律亭句集

くちなしのみ【梔子の実】

梔子はアカネ科の常緑低樹。自生・栽植。ガーデニア（gardenia）に同じ。高さ一〜三メートル。葉は対生で光沢のある長楕円形。夏、六弁の白花を開く。果実は熟すると紅黄色となる。果実・花は食用。実を煎じた汁で飯を炊くと鮮黄色になり、「山梔子飯・黄飯」といわれる。果実から製した黄色染料は「山梔子色」といい、沢庵、きんとん、ラーメンなどの着色に使われる。また、果実は「山梔子（さんしし）」と

して利尿、吐血止、打撲外用の薬用になる。〔〈梔子〉和名由来〕実が熟しても開裂しないところから。〔〈梔子〉同義〕山梔子（さんしし）、篝火草（かがりびそう）。〔〈梔子〉漢名〕木丹・巵子。➡梔子の花（くちなしのはな）〔夏〕

§

耳なしの山のくちなしえてしかな思ひの色の下ぞめにせむ
よみ人しらず・古今和歌集一九（雑体）

やすみやの浜に二つの灯のありぬくちなしの実の浮べる如く
与謝野晶子・心の遠景

秋たちて山梔《くちなし》の挿木芽ぶききぬ寂しいかな秋に萌ゆといふこと
宮柊二・日本挽歌

くぬぎのみ【櫟・椚・橡─の実】

ブナ科の落葉高樹のクヌギの実。果実は「どんぐり」とよばれ食用となる。〔同義〕おかめどんぐり。➡櫟の花（くぬぎのはな）〔夏〕、団栗（どんぐり）〔秋〕、櫟（くぬぎ）〔四季〕

§

夕日土に平にさしけり櫟の実　松瀬青々・倦鳥

ぐみ【茱萸】

グミ科の落葉または常緑低樹の総称。自生・栽植。高さ一～二メートル。葉・花・実には褐色・銀色の鱗毛や星状毛を密生する。筒形の花を開く。花後、果実を結ぶ。果実から茱萸酒が作られる。秋に実が熟す「秋茱萸」、夏に実が熟す「夏茱萸」などが一般的な種類。常緑性のものに苗代茱萸（なわしろぐみ）などがある。〔和名由来〕諸説あり。「グイ（棘の意）の実」「含む実（ククムミ）」「黄実（キミ）」などより。〔同義〕胡頽の木（ぐみのき）。〔漢名〕胡頽木、四月子。➡夏茱萸（なつぐみ）〔夏〕、秋茱萸（あきぐみ）〔秋〕、苗代茱萸（なわしろぐみ）〔夏〕、茱萸の袋（ぐみのふくろ）〔秋〕

§

うつせみの吾《わが》見つつゐる茱萸の実はくろきまで紅《あけ》きはまりにけり
斎藤茂吉・暁紅

赤々と色づきそめし茱萸《ぐみ》の実は六月二日《ろくぐわつふつか》に十《とを》まり七つ
斎藤茂吉・暁紅

繁葉《しげりば》のなかに生《な》りたる茱萸《ぐみ》の実《み》はわが幼子を呼ぶがに赤し
宮柊二・小紺珠

茱萸の木のしごかれて行く野間哉　暁台・暁台句集
磯山や茱萸拾ふ子の袖袂　白雄・白雄句集
里川の舟に乗り持つ茱萸の枝　横山蜃楼・倦鳥
ぐみの実のつぶらなるをちよいと一つぶ　種田山頭火・層雲
茱萸噛めば仄かに渋し開山忌　川端茅舎・川端茅舎句集

ぐみのふくろ【茱萸の袋】

茱萸を袋に入れたもの。この袋で、陰暦九月九日の重陽の節句に邪気を払う風習がある。➡茱萸（ぐみ）〔秋〕

§

山人にけふはありけり袖にかくる茱萸の袋も菊のかさしも
上田秋成・寛政九年得詠歌集等

山駕に九日の茱萸を挿みけり　松瀬青々・妻木
稚子の肘にくゝるや茱萸の嚢　松瀬青々・妻木

くららひく【苦参引く】

苦参はマメ科の多年草・自生。高さ約一メートル。多数の小葉をもつ羽状複葉。夏に、淡黄色の蝶形の花を穂状に開く。根は「苦参（くじん）」として利尿、健胃の薬用になる。秋、薬用にするために根を引き抜くので、俳句では「苦参引く」をもって秋の季語とされる。［和名由来］根汁をなめると目がくらむほどに苦烈なめと。［同義］眩草（くらくらぐさ）、狐豇豆（きつねのささげ）、草槐（くさえんじゅ）。［漢名］苦参。

くらら［薬品考］

くり【栗】

ブナ科の落葉高樹。自生・栽植。高さ約一〇メートル。雌雄同株。樹皮は暗褐色。六月頃花穂を出し、淡黄色の細花を開く。秋、「いが」に包まれた実「栗の実」を結び、熟して実を散出し食用となる。［和名由来］諸説あり。「黒実（クロミ）」から。丸い実の総称としての古名「クルミ」からなど。⬇毬栗（いがぐり）［秋］、栗の花（くりのはな）［夏］、大栗（おおぐり）［秋］、落栗（おちぐり）［秋］、搗栗作る（かちぐりつくる）［秋］、搗栗飾る（かちぐりかざる）［秋］、栗の節句（くりのせっく）［秋］、栗拾い（くりひろい）［秋］、栗飯（くりめし）［秋］、柴栗（しばぐり）［秋］、丹波栗（たんばぐり）［秋］

くり

§

瓜食めば　子ども思ほゆ　栗食めば　まして偲《しぬ》はゆ　いづくより　来りしものぞ　眼交《まなかひ》に　もとなかかりて　安寝《やすい》し寝《な》さぬ（長歌）　山上憶良・万葉集五

枝栗のしぶるしぶるも我がかたにむけるを見るぞ笑む心地する　藤原信実・夫木和歌抄二九

栗焼きし火鉢の色も火の色もつめたく遠くすぎ去りにけり　島木赤彦・馬鈴薯の花

ささぐべき栗のここだも掻きあつめ吾はせしかど人ぞいまさぬ　長塚節・悼正岡先生

栗の樹のこずゑに栗のなるごとき寂しき恋を我等遂げぬる　若山牧水・別離

夕日さす枯野が原のひとつ路わがいそぐ路に散れる栗の実　若山牧水・山桜の歌

風吹かばころげて谷に落ちぬべき羅漢の膝の栗の毬《いが》かも　吉井勇・天彦

荻伏て栗の軒うつ寝覚哉　万子・孤松

山里のへだては栗のもみぢかな　許六・五老文集

生栗を握りつめたる山路哉　其角・五元集

古寺や栗を埋《い》けたる椽の下　鬼貫・鬼貫句選

名月や琴柱《ことぢ》にさはる栗の皮　園女・菊のちり

栗備ふ恵心の作の弥陀仏　蕪村・蕪村句集

栗一つ取るに提灯騒ぎかな　一茶・一茶句帖
小さなる栗乾しにけり山の宿　村上鬼城・鬼城句集
栗はねて失せけるを灰に求め得ず　夏目漱石・漱石全集
栗焼いて渡世とす南大門の市　河東碧梧桐・続春夏秋冬
栗が落ちる音を児と聞いて居る夜　尾崎放哉・須磨寺にて
ほつほつと楽しみむくや栗の秋　杉田久女・杉田久女句集

くりたけ【栗茸】

モエギタケ科の茸。栗、楢の木に群生する。笠は赤褐色。食用。［漢名］栗樹耳。

くりのせっく【栗の節句】

五節句の一つ。旧暦九月九日に行われる節句。菊の花を飾るのが主であるが、栗飯で祝うため、栗の節句ともいう。⬇菊の節句（きくのせっく）［秋］、栗飯（くりめし）［秋］

§

栗の日や椎も紅葉も乗り越えつ　来山・いまみや草
心から栗に味ある節句かな　鬼貫・七車

くりひろい【栗拾い】

地面に落ちた栗の実を拾うこと。⬇栗（くり）［秋］

§

一度さへ拾ひしあとにまた拾ふ栗の実いくら袂《たもと》重《おも》たし　土田耕平・青杉
栗拾ひねんねんころり言ひながら　一茶・九番日記
何の木のもとともあらず栗拾ふ　高浜虚子・五百句

くりめし【栗飯】

皮を剥いた新栗を米と一緒に炊き合わせ、少量の塩や醤油で味付けしたもの。⬇栗（くり）［秋］、栗の節句（くりのせっく）［秋］

§

栗飯や根来法師の五器折敷　蕪村・夏より
栗飯や目黒の茶屋の発句会　正岡子規・子規全集
栗飯や氷上泊りの二三日　松瀬青々・倦鳥
大食を上座に栗の飯黄なり　夏目漱石・漱石全集

くるみ【胡桃】

鬼胡桃、姫胡桃、沢胡桃などクルミ科の落葉高樹の総称。高さ約二〇メートル。雌雄同株。羽状複葉。雌花は帯赤色の花柱をもつ。雄花は緑色。花後に結ぶ果実は表面に凸凹の皺があり、中に湾曲状の果肉がある。食用となる。種子は鎮咳、強壮の薬用に、外果皮は「胡桃青皮」として養毛剤になる。俳句では通常、その年に収穫された新胡桃をもって秋の季語とする。［和名由来］諸説あり。「黒実（クロミ）」「凝実（コルミ）」「屈実（クルミ）」などの意より。⬇鬼胡桃（おにぐるみ）［秋］、姫胡桃（ひめぐるみ）［秋］、生胡桃（なまくるみ）［夏］、沢胡桃（さわぐるみ）［秋］、野胡桃（のぐるみ）［秋］

くるみ［花彙］

§

胡桃《くるみ》の実《み》まだやはらかき頃《ころ》にしてわれの病《やまひ》は癒《い》えゆくらむか　斎藤茂吉・つゆじも

なにごとも思ふべきなし秋風の黄なる山辺に胡桃をあさる
若山牧水・路上

垢じみし袷《あはせ》の襟よかなしくもふるさとの胡桃焼くるにほひす
石川啄木・我を愛する歌

初なりの嬉しき文よ胡桃の実　りん女・紫藤井発句集

「け」

けいとう【鶏頭】
ヒユ科の一年草・栽培。高さ約九〇センチ。葉は卵形または披針形。秋、多数の花を密生して開き、帯化した花軸は鶏冠状に広がる。花は赤・黄・白色など。花後、小さな実を結ぶ。花茎の先端と花穂は「鶏冠花（けいかんか）」として下痢・痔などの薬用となる。［和名由来］花が雄鶏の鶏冠に似ているところから。［同義］鶏冠草（とさかぐさ）、韓藍・辛藍・鶏冠（からあい）。［漢名］扇面。［花言］お洒落なこと。➡韓藍（からあい）［秋］

けいとう

§

鶏頭のや、立乱れ今朝や露のつめたきまでに園さびにけり
伊藤左千夫・伊藤左千夫全短歌

鶏頭の紅古りて来し秋の末や我れ四十九の年行かんとす
伊藤左千夫・伊藤左千夫全短歌

露しづく朝日のなかに鶏頭のくれなゐもえてなほ匂ひつつ
太田水穂・冬菜

秋立つや鶏頭のはな二三本まじる草生《くさふ》に蛇打つおきな
与謝野晶子・佐保姫

鶏頭は憤怒の王に似たれども水にうつしてみづからを愛《め》づ
与謝野晶子・太陽と薔薇

鶏頭は冷たき秋の日にはえていよいよ赤く冴えにけるかも
長塚節・鍼の如く

くれなゐの色深みつつ鶏頭の花はかすかに実を孕みたり
若山牧水・くろ土

ひいやりと剃刀ひとつ落ちてあり鶏頭の花黄なる庭さき
北原白秋・桐の花

かうかうと月夜あらしの吹くままにかたむきゆるる鶏頭の花
古泉千樫・青牛集

花咲きてたふれしまゝの鶏頭ばな屋敷のみちを人ゆき慣れぬ
中村憲吉・軽雷集以後

鶏頭はあまりに赤しよわが狂ふきざしにもあるかあまりに赤しよ
岡本かの子・浴身

鶏頭花《けいとう》のくれなゐにくる月の光《かげ》あるものはかくひそけかりにし
宮柊二・群鶏

菊鶏頭きり盡しけり御命講　芭蕉・忘梅

鶏頭や雁の来る時尚あかし　芭蕉・初蝉
白菊に高き鶏頭おそろしや　杉風・芭蕉袖草紙
味噌で煮て喰ふとは知らじ鶏頭花　嵐雪・玄峰集
鶏頭も人と群る月見かな　土芳・蓑虫庵集
真直な心一すじ鶏頭花　土芳・蓑虫庵集
鶏頭や松に並びの清閑寺　其角・五元集
まづ秋のゆふべぞ白キ鶏頭花　越人・鵲尾冠
笠きせて見ばや月夜の鶏頭花　支考・篇突
鶏頭のゆるぐや雁のたつ畠　浪化・続有磯海
鶏頭にしみつく秋の入日かな　吾仲・柿表紙
諂《へつ》らはぬ身こそやすけれ黄鶏頭　淡々・淡々発句集
赤からに白い嘘あり鶏頭花　也有・蘿葉集
鶏頭やまことの声は根に遊び　千代女・千代尼発句集
鶏頭の根に睦まじき箒かな　蕪村・蕪村句集
にしき木は吹《ふき》たふされて鶏頭花　蕪村・蕪村句集
鶏頭や一つは育つこぼれ種　太祇・太祇句選後篇
鶏頭に秋の哀れは無かりけり　闌更・半化坊発句集
一本の鶏頭ぶつゝり折にけり　一茶・享和句帖
けいとうは赤し月草ハうすし秋の風
伊藤左千夫・伊藤左千夫全短歌所収「俳句」
鶏頭や遊行を拝む道の端　正岡子規・子規句集
鶏頭の陽気に秋を観ずらん　夏目漱石・漱石全集
雨彼岸過ぎし物日の鶏頭かな　河東碧梧桐・新傾向（秋）
百舌鳥の声野に鶏頭の捨作り　野田別天楼・己巳句鈔
庭を掃いて行く庭の隅なるけいとう　尾崎放哉・須磨寺にて
わが庵とし鶏頭がたくさん赤うなつて居る　尾崎放哉・小豆島にて
月上るまでくれなゐや鶏頭花　山口青邨・雪国

けしまく【芥子蒔く・罌粟蒔く】
秋、芥子の種蒔きをすること。往時、扇の要の穴を通して種を蒔いたという。➡芥子の花（けしのはな）［夏］

§

けし蒔や此月の夜にあやかれと　流水・新類題発句集
風に手をあてゝ芥子蒔月夜哉　智蘊・新題林句集

けんぽなし【玄圃梨・枳椇】
クロウメモドキ科の落葉高樹。高さ約一五メートル。葉は広卵形で先が尖る。縁は鋸歯状。夏に五弁の白花を開く。花後、小球状の果実を結び、晩秋に熟して紫褐色となる。果実は食用。俳句では果実をもって秋の季語となる。［和名由来］甘い実を梨に見立て、実をつけた枝の状態を「手棒梨（テンポナシ）」と呼んだことから。［同義］玄の実（げんのみ）、手棒梨（てんぽなし）。

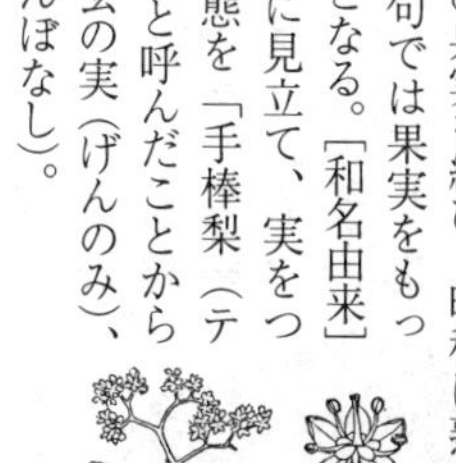
けんぽなし

§

枳椇ともしく庭に落ちたるをひらひてあれど咎めても聞かず　長塚節・鍼の如く
雪の前に拾ひて置きしけんぽ梨《なし》今日の日向《ひなた》のよろこびとなる　土屋文明・自流泉

枳椇くる、菓子屋の亭主哉　松瀬青々・宝舟

木の葉きく窓にくる、や枳椇　安井小洒・杉の実

「こ」

こいも【子芋】

芋の主部（親芋）に付いた小さな芋。一般に里芋をいうことが多い。⇩芋（いも）[秋]、芋の子（いものこ）[秋]

こうじ【柑子】

柑橘類の一種。夏に五弁の白色の小花を開く。花後、蜜柑よりやや小振りの果実をつける。果肉は淡黄色で酸味が強い。新年の飾りに用いられる。[同義] 橘子（こうじ）、柑子橘（こうじたちばな）、柑子蜜柑（こうじみかん）。⇩柑子飾る（こうじかざる）[新年]、柑子の花（こうじのはな）[夏]

こうじ

§

沼の上《へ》に浮べるごとき街の壁ながめて黄なる柑子落す日　北原白秋・桐の花

柑子の実すでに黄ばみてうす日さす冬至《とうじ》の午後の庭のひそけさ　吉井勇・天彦

先門に入れば柑子の色に見ゆる　暁台・暁台句集

お隣の愛宕土産や鬼柑子　羽紅・荒小田

仏壇の柑子を落す鼠哉　正岡子規・子規句集

こうたけ【革茸・茅蕈】

イボタケ科の茸。高さ約一〇センチ。漏斗状で黒褐色。裏面に棘がある。乾燥すると黒色となる。食用。[同義] 革茸・皮茸（かわたけ）、猪茸（ししたけ）、鹿茸（しかたけ）、黒茸（くろきのこ）。

こうたけ

こぎく【小菊】

菊の栽培品種で花の小さいもの。単弁と重弁がある。[同義] 文人菊。⇩菊（きく）[秋]、大菊（おおぎく）[秋]、中菊（ちゅうぎく）[秋]

§

日のさゝぬ花屋の土間のつめたさに小菊の束のおびたゞしもよ　木下利玄・紅玉

こぎのこ【胡鬼の子】

「こぎのみ」ともいう。⇩衝羽根（つくばね）[秋]

§

胡鬼の実の吸物椀にすはりけり　北枝・山中集
湯の匂ひ胡鬼に残して別れけり　乙由・麦林集
胡鬼の実にいざ月見せう山住ひ　桃妖・山中集

こけもも【苔桃】

ツツジ科の常緑小低樹。高山に自生。高さ一〇～一五センチ。葉は互生で長楕円形。初夏、淡紅白色の花を開く。花後、実を結び、秋に紅色に熟し食用となる。［同義］岩桃（いわもも）。［花言］裏切り。

こけもも

コスモス【cosmos】

キク科の一年草・栽培。メキシコ原産。高さ一～二メートル。線状の細葉をもち対生。秋に大形の頭花を開く。頭花は周囲に舌状花をならべ、中心には多数の黄色の管状花がある。舌状花の色は白・淡紅・深紅色など。［同義］秋桜、大波斯菊（おおはるしゃぎく）。［花言］乙女の心。⇩秋桜（あきざくら）［秋］

§

心中をせんと泣けるや雨の日の白きこすもす紅きこすもす　与謝野晶子・さくら草
こすもすよ強く立てよと云ひに行く女の子かな秋雨の中《なか》　与謝野晶子・晶子新集

コスモス

コスモスの花群がりてはつきりと光をはじくつめたき日ぐれ　木下利玄・銀
端居よりとほくし見ゆる倉間のコスモスの揺れ秋づきにけり　中村憲吉・しがらみ
コスモスは瓦礫の間《ひま》に花そよぎ炊ぐひとゐてバラックのうら　木俣修・冬暦
コスモスは倒れたるままに咲き満てりとんぼうあまたとまるしづかさ　土田耕平・一塊
コスモスの花に蚊帳乾す田家かな　村上鬼城・鬼城句集
コスモスのありそめて二年川在所　松瀬青々・倦鳥
咲きそめしよりコスモスの大和ぶり　野田別天楼・己巳句鈔
コスモスの花あそびをる虚空《こくう》かな　高浜虚子・七百五十句
コスモスに障子貼りかへて厨明し　杉田久女・杉田久女句集補遺
コスモスに雨ありけらし朝日影　水原秋桜子・葛飾
山の日にコスモス咲けり滝見茶屋　水原秋桜子・葛飾
コスモスの夜は一色《ひといろ》に花そむき　中村汀女・花句集

ことしまい【今年米】

「ことしごめ」ともいう。今年収穫した米をいう。⇩稲（いね）［秋］、新米（しんまい）［秋］

§

千代の秋匂ひにしるし今年米　亀洞・曠野
馬渡す舟にこぼるゝや今年米　几董・井華集
今年米我等が小菜も青みけり　一茶・発句題叢
たんと食うて大きうなれや今年米　村上鬼城・鬼城句集

今年米の庭する村を寺眺め　松瀬青々・倦鳥

ことしわら【今年藁】

今年収穫した稲を干して製した藁。⬇新藁（しんわら）［秋］

§

楽々と姥が屋根葺くや今年藁　鬼貫・鬼貫句選

山陰や敷物とても今年藁　乙由・麦林集

こな【小菜】

蕪、大根などの野菜の若菜を間引きしたもの。⬇間引菜（まびきな）［秋］

こなぎのはな【小水葱の花】

ミズアオイ科の水生一年草・自生の小水葱は、夏から秋に碧紫色の花を開く。⬇小水葱（こなぎ）［春］

このみ【木の実】

栗、椎の実、椋の実、櫟の実など秋に熟する木の実を総称していう。「きのみ」ともいう。

§

さからはぬ心の友ぞえまほしき木の実くふ友歌つくる友　正岡子規・子規歌集

森に降る夕月の色わが踏みて木の実の割るるあぢきなき音　与謝野晶子・草の夢

地にひびき落つる木の実の音をきく母の喪にゐるながつきのすゑ　武山英子・武山英子歌選二

おのづから熟みて木の実も地に落ちぬ恋のきはみにいつか来にけむ　若山牧水・独り歌へる

こもり居て木の実草の実ひろはゞや　芭蕉・後の旅

思ふ葉は思ふ葉に添へ秋果　其角・五元集

猪の庭踏む音や木の実降る　太祇・太祇句選後編

命長き樹や殊更に実を結ぶ　闌更・半化坊発句集

一つあれば三つ四つ拾ふ木の実かな　西村白雲郷・丁卯句抄

師の坊に猿の持て来る木実哉　正岡子規・子規句集

旅笠に落ちつづきたる木《こ》の実《み》かな　高浜虚子・五百句

知らぬ人と黙し拾へる木の実かな　杉田久女・杉田久女句集

木の実降る石に座れば雲去来　杉田久女・杉田久女句集

苔をまろく踏み凹めたる木の実かな　杉田久女・杉田久女句集

こはぎ【小萩】

小さい萩のこと。⬇萩（はぎ）［秋］、小萩原（こはぎはら）［秋］

§

露重《おも》る小萩《こはぎ》が末はなびきふしてふきかへす風に花ぞ色そふ　京極為兼・玉葉和歌集四（秋上）

ひたち野に咲くや照天の姫小萩　宗因・梅翁宗因発句集

小萩ちれますほの小貝小盃　芭蕉・鷹獅子集

錦織《にしごり》や麓の小萩峰の月　支考・国の花

垣荒れて犬踏分る小萩かな　闌更・半化坊発句集

恨むとは小萩が申す葛のこと　乙二・松窓乙二発句集

こはぎはら【小萩原】

小萩が一面に生えている野原。⬇小萩（こはぎ）［秋］

§

子狐の何に咽せけん小萩原　蕪村・蕪村句集

こぶなぐさ【小鮒草】

イネ科の一年草・自生。高さ約四〇センチ。葉は笹に似て先端は尖り、基部は鞘となり茎を包む。秋、帯紫色の花穂をつける。「黄八丈染」の染料となる。〔和名由来〕葉の形が小鮒に似ているところから。〔同義〕八丈刈安（はちじょうかりやす）。

こぶなぐさ

ごぼうひく【牛蒡引く】

秋、牛蒡の根を掘って収穫すること。〔同義〕牛蒡掘る。➡牛蒡の花（ごぼうのはな）〔夏〕

§

牛蒡引堀河の水も濁るべし　鶯水・類題発句集

牛の尾に引てくらぶる牛蒡哉　素牛・新類題発句集

こぼれはぎ【こぼれ萩】

風などでこぼれ散る萩の花をいう。➡萩（はぎ）〔秋〕

§

ほろほろと秋風こぼす萩がもと　召波・春泥発句集

一夜泊めて向ふ柱のこぼれ萩　暁台・暁台句集

二分咲て一分こぼしぬ萩の花　梅室・梅室家集

ごま【胡麻】

ゴマ科の一年草・栽培。高さ約一メートル。茎は方形で直立し軟毛を密生する。上部の葉は細長形、中部は卵形、下部は分裂形。夏、白色で紫色を帯びた花を開く。花後、種子を多数含んだ乾果を結ぶ。九月頃刈り取って干した後、叩いて種子を取る。種子は白・黒・茶色の三種ある。種子は食用となり、強壮剤、軟膏の薬用ともなる。〔和名由来〕西域（胡）の植物であるところから。〔漢名〕胡麻。➡胡麻の花（ごまのはな）〔夏〕、胡麻蒔く（ごままく）〔夏〕

ごま

§

稲幹《いながら》につかねて掛けし胡麻のから打つべくなりぬ茶の木さく頃　長塚節・秋冬雑詠

立てかけて壁に干したる胡麻の実のおのれはじけて散る頃ならむ　橋田東声・地懐

楽々《ささ》浦を鄙と思ひぬ胡麻筵　松瀬青々・倦鳥

「さ」

さいかち【皀莢】

マメ科の落葉高樹。自生・栽植。茎・枝に多数の棘をもつ。複葉。五～六月に緑黄色の四弁の花を総状花序につける。秋に、長さ三〇センチほどの豆果を結ぶ。若芽は食用。莢果・種子は利尿、去痰などの薬用となる。［和名由来］中国のシナサイカチを漢方で「皀莢」と書き、この字があてられたものと。［同義］皀莢木（さいかちのき）、皀角子（さいかし）、虱殺（しらみころし）、豆木（まめのき）、茨木（ばらのき）。［漢名］皀莢。

さいかち

§

さいかしや吹からびたる風の音　呉風・新類題発句集

夕風や皀角の実を吹鳴らす　露月・露月句集

皀莢の落花してゐる静かかな　村上鬼城・ホトトギス

さぎそう【鷺草】

ラン科の多年草。自生・栽培。高さ約三〇センチ。「さぎぐさ」ともいう。春、宿根より茎をだし、葉を互生する。晩夏から初秋、白花を一〜三個開く。［和名由来］花の形が鷺の飛ぶ姿に似ているところから。［同義］連鷺草（つれさぎそう）。［漢名］鵞毛玉鳳花。

さぎそう

§

いろいろの草の植ごみにかなしきは一輪しろき鷺草の花　平福百穂・寒竹

さくらもみじ【桜紅葉】

秋に紅葉した桜の葉の風情をいう。➡桜（さくら）［春］、紅葉（もみじ）［秋］

§

海青し四国のさくら紅き葉をおとし初めたる松山の城　与謝野晶子・緑階春雨

散りのこる桜もみぢの幾ひらの枝に垂れてあり夕さむざむと　木下利玄・みかんの木

柿もみぢ桜もみぢのうつくしき村に帰りてすこやかにあり　古泉千樫・青牛集

早咲の得手を桜の紅葉かな　丈草・韻塞

紅葉して見せけり留主の糸桜　北枝・桃盗人

紅葉してそれも散行く桜かな　蕪村・新五子稿

ざくろ【石榴・柘榴】

ザクロ科の落葉小高樹・栽植。「せきりゅう」ともいう。南西アジア原産。高さ五〜一〇メートル。枝には棘がある。葉は長楕円で光沢があり対生。六月頃、枝梢上に鮮紅色の筒状花を多数開く。花後、黄紅色で黒斑のある果皮の球果を結ぶ。果実は熟すと裂けて紅色の果肉に包まれた多数の種子をだす。果実は食用となり、また清涼飲料の原料となる。種皮は「三尸酒（さんしゅ）」として果実酒になる。幹・枝・根は駆虫剤の薬用となる。［和名由来］

ざくろ

漢名「安石榴」「石榴」より。［同義］若榴（じゃくろ）、色玉（いろだま）。［漢名］安石榴。⬇石榴の花（ざくろのはな）［夏］

§

あまのはら冷《ひ》ゆらむときにおのづから柘榴《ざくろ》は割《わ》れてそのくれなゐよ　斎藤茂吉・霜

いと酢き赤き柘榴をひきちぎり日の光る海に投げつけにけり　北原白秋・桐の花

石榴《せきりう》の実は音もなく落ちにけり土佐のわび居のたそがれの庭　吉井勇・天彦

樹の上にくらなゐ吐ける柘榴の実つゆ霜は昨日あたりより見つ　半田良平・幸木

霜月をいたく柘榴の熟れたりし庭にわが着きむかし宿りし　中村憲吉・軽雷集

花ほどに色程に実の柘榴哉　尚白・孤松

宵闇の手にさはるもの石榴哉　紫道・西華集

喰ずとも石榴興ある形かな　太祇・太祇句選

さと割れば迸りけり石榴の実　嘯山・葎亭句集

我味の石榴へ這はす虱かな　一茶・一茶句帖

鉄如意に珊瑚砕けし石榴かな　森鷗外・うた日記

山晴の町に出そめし石榴かな　松瀬青々・倦鳥

塀《へい》の内に柘榴《ざくろ》熟して人住まず　折井愚哉・新俳句

柘榴が口あけたたはけた恋だ　尾崎放哉・須磨寺にて

なまなまと枝もがれたる柘榴かな　飯田蛇笏・山廬集

花散りて甕太りゆく柘榴かな　杉田久女・杉田久女句集

ささげ【豇豆】

マメ科の蔓性一年草・栽培。アフリカ中部原産。三小葉からなる羽状複葉。夏に白・淡紅色の蝶形花を開く。花後、莢を結び種子と共に食用とする。種子は白・黒・褐色・赤褐色など品種によりさまざまな色をもつ。［和名由来］莢の形が、ものを捧げ持つ形に見えるところからと。［同義］大角豆（おおすみそう）、白角豆（しろかくまめ）、畦豆（くろまめ）、烏豆（からすまめ）、二度生豆（にどなりまめ）、長豆（ながまめ）。［漢名］豇豆、大角豆。⬇豇豆の花（ささげのはな）［夏］

ささげ

§

山かひのわづかの畑のさゝげ豆畑つくり人今日は来ずけり　木下利玄・紅玉

大角豆《ささげ》畑《ばた》むらさき淡くさく花は朝のまにして早く散るらし　佐藤佐太郎・形影

植ゑ置きし園の垣穂の初さゝげ　杉風・杉風句集

杖立てゝさゝげ這はする宿りかな　蓼太・蓼太句集

角豆とる籬のそなたや生駒山　几董・井華集

牛部屋のかこひと見ゆれさゝげ垣　正岡子規・子規句集

ささりんどう【笹龍胆】

白色の花を開く龍胆。⬇龍胆（りんどう）［秋］

§
天高し笹龍胆のたまり水　　木導・正風彦根体

さつまいも【薩摩芋・甘藷】
ヒルガオ科の蔓性多年草・栽培。中南米原産。茎は蔓性。葉は互生し、心臓形で長い葉柄をもつ。茎・葉は紫色をおびる。秋、淡紫色の漏斗状の花を開く。地下に多数の塊根をもち食用とする。[和名由来]薩摩で栽培され広まったところから。[同義]薩摩（さつま）、甘藷（かんしょ）、唐芋（からいも）、蕃藷（ばんしょ）、琉球芋（りゅうきゅういも）、十三里（じゅうさんり）。[漢名]甘藷。⇩甘藷（かんしょ）[秋]、芋（いも）[秋]、焼芋（やきいも）[冬]

§
洗はれて紅奕々《こうえきえき》とさつまいも　　日野草城・日暮

さといも【里芋】
サトイモ科の多年草・栽培。熱帯アジア原産。雌雄同株。根生葉は約一メートルの葉柄をもち、長さ四〇センチほどの盾形。まれに、夏、淡黄白色の仏焔包に覆われた肉穂花序をつける。秋に収穫する塊

さつまいも

さといも

茎は、茎と共に食用となる。[和名由来]山芋に対し里で栽培する芋の意。[同義]芋（うも）、田芋（たいも）、畑芋（はたけいも）、洗芋（あらいも）、蓮芋（はすいも）、泥芋（どろいも）、露取草（つゆとりぐさ）。[漢名]芋。⇩山芋（やまのいも）[秋]、芋（いも）[秋]、里芋の花（さといものはな）[夏]、芋の花（いものはな）[夏]、芋幹（いもがら）[秋]、八頭（やつがしら）[秋]、芋茎（ずいき）[秋]、芋頭（いもがしら）[新年]

§
里芋のちひさ畠を森に入りしおのが姿の今見ゆるかな　　島木赤彦・馬鈴薯の花

さとうきび【砂糖黍・甘蔗】
イネ科の大形多年草・栽培。高さ二〜四メートル。茎には節がある。葉は細く、茎の先端に大きな円錐状の花穂をつける。茎の絞り汁から砂糖（蔗糖）をとる。[和名由来]砂糖がとれ、形が黍に似ているところから。[同義]砂糖草（さとうぐさ）、砂糖竹（さとうだけ）、本黍（ほんきび）。[漢名]甘蔗。

さとうきび

§
いつのまに刈り干しにけむ甘蔗黍《さたうきび》刈り干しにけむあはれ百舌啼く　　北原白秋・桐の花
砂糖黍かぢりし頃の童女髪　　杉田久女・杉田久女句集

さねかずら【真葛・核葛・実葛】
モクレン科の蔓性常緑低樹・自生。葉は厚く長楕円形。夏、淡黄色の小花を下垂して開く。花後、紅色の実を多数球状につける。和歌では「逢はむ」「来る」「操る」などにかかる。実は「南五味子（なんごみし）」として鎮咳などの薬用になる。［和名由来］実（サネ）のめだつ蔓（カズラ）の意。［同義］美男葛（びなんかずら）、姫葛（ひめかずら）、布海苔葛（ふのりかずら）、山黄蓮（やまおうれん）。⬇美男葛（びなんかずら）［秋］

さねかずら

§

木綿包み白月山のさな葛後もかならず逢はむとぞ思ふ　作者不詳・万葉集一二

…今さらに　君来まさめや　さな葛　後も逢はむと　慰むる心を持ちて…（長歌）　作者不詳・万葉集一三

名にしおはば逢坂山のさねかづら人に知られでくるよしもがな　藤原定方・後撰和歌集一一（恋三）

サフランのはな【saffraan・泊夫藍の花】
アヤメ科の多年草・栽培。南ヨーロッパ原産。鱗茎から細長い葉をだす。一〇月頃、香気ある六弁の淡紫色の花を開く。花柱は「泊夫藍（さふらん）」として健胃、鎮痙、鎮静などの薬用になる。クロッカス（**crocus**）に同じ。［同義］番江花（ばんさんじこ）。［漢名］泊夫藍、番江花。［花言］歓喜。

サフラン

§

つつましき朝の食事に香をおくる小雨に濡れし泊夫藍の花　北原白秋・桐の花

さわぎきょう【沢桔梗】
キキョウ科の多年草。山野に自生。高さ約一メートル。葉は針形。秋、青紫色の花を穂状に開く。［和名由来］花の形が桔梗に似て、沢に多く生育するところから。［同義］丁字菜（ちょうじな）。［花言］高貴、秀抜。

さわぎきょう

§

山の池に紫に咲ける沢桔梗人の来りて折ることもなし　島木赤彦・氷魚

沢桔梗、すがれし小沼《をぬ》の水ぎはに、ついゐる鳥の羽《は》にそよぎけり　岡稲里・朝夕

村雨や見る見る沈む沢桔梗　幾葉・卯辰集

竹一把樹と成けり沢桔梗　種文・猿舞師

さわぐるみ【沢胡桃】
クルミ科の落葉高樹・自生。高さ二〇～三〇メートル。羽

状複葉。小葉は長楕円形で縁は鋸歯状。春に淡黄緑色の花を開く。花後、円錐形の二つの翼をもつ堅果を結ぶ。［和名由来］渓流沿いに生育するところから。［同義］川胡桃（かわぐるみ）、藤胡桃（ふじぐるみ）。⇩胡桃（くるみ）［秋］

さわぐるみ

ざんぎく【残菊】

俳句では、重陽の節句（旧暦九月九日）の菊花の宴を過ぎた後の菊を残菊というが、新暦の現在では、旧暦時の重陽の節句の感も薄くなり、晩秋から冬の季語となる。［同義］残り菊。⇩菊残る（きくのこる）［秋］、十日の菊（とおかのきく）［秋］、寒菊（かんぎく）［冬］、菊（きく）［秋］

§

いさよひのいづれか今朝に残る菊　芭蕉・笈日記
残菊はまことの菊の終りかな　路通・笈日記
紅葉ばを散らしかけてや残る菊　北枝・東西夜話
月の残り菊の残りや乞食せん　支考・戊午天売記
残菊にさめじと契る欝金香　几董・井華集
我ためのひとよは菊の残あり　暁台・暁台句集
ほそぼそと残菊のあり愛《あい》しけり　高浜虚子・六百句

さんごじゅ【珊瑚樹】

スイカズラ科の常緑小高樹。自生・栽培。高さ二〜六メートル。葉は長楕円形で対生。夏、白・淡紫色の小花を円錐花序につける。花後、楕円形の紅色の果実を結ぶ。庭木に用いられる。［和名由来］紅色の果実を珊瑚に見立てたところから。［同義］木珊瑚（きさんご）、犬多羅草（いぬたらよう）。

§

この浦の垣根におほき珊瑚樹の赤らみ初めてわれ去らむとす　中村憲吉・林泉集

さんごじゅ

さんざし【山樝子・山査子】

バラ科の落葉樹・栽培。中国原産。春、梅に似た五弁の白花を開く。果実は径二センチ程の球形で、秋に赤または黄色に熟す。果肉は解毒、利尿などの薬用となる。［同義］早桃（はやもも）。［漢名］赤瓜子、山樝。［花言］希望。⇩山樝子の花（さんざしのはな）［春］

さんざし

さんしちそう【三七草】

キク科の多年草・栽培。中国南部原産。高さ約九〇センチ。葉は羽状に分裂し、縁は鋸歯状。秋、黄褐色の筒状の花を開く。葉は血止め、解毒

さんしちそう

などの薬用となる。[同義] 三七・山漆（さんしち）。[漢名] 土三七。

さんしゅゆのみ【山茱萸の実】

山茱萸はミズキ科の落葉樹・栽植。朝鮮半島原産。高さ約三メートル。樹皮は暗褐色。葉は長卵形で先が尖る。庭木に用いられる。春、葉に先だって鮮紅色の小花を群れて開く。晩秋に結ぶ紅色の果実は「山茱萸（さんしゅゆ）」として解熱、強精剤として薬用になる。[〈山茱萸〉和名由来] 漢名「山茱萸」より。[〈山茱萸〉同義] 茱萸（しゅゆ）、沢茱萸（さわぐみ）、春黄金花（はるこがねばな）。⇩山茱萸の花（さんしゅゆのはな）[春]

さんしゅゆ

§

鈴なりの朱《あか》き山茱萸かざし持ち里《さと》におりくればはや夕ぐれぞ
前川佐美雄・天平雲

さんしょうのみ【山椒の実】

山椒はミカン科の落葉低樹。自生・栽培。高さ約三メートル。枝には棘がある。春の新芽には香気があり、春の料理に多く用いられる。晩春から初夏にかけて、黄色の小花を開く。果実は秋に紅熟し、裂開して黒色の種をだし香辛料となる。果実は健胃、発汗、回虫駆除などの薬用ともなる。[〈山椒〉和名由来]「椒」は辛い果実をさし、「山の辛い実」の意から。[〈山椒〉同義] 蜀椒（はしかみ）、薑・椒（はじかみ）。[〈山椒〉漢名] 蜀椒。⇩山椒の芽（さんしょうのめ）[春]、山椒の花（さんしょうのはな）[夏]、青山椒（あおさんしょう）[夏]、薑（はじかみ）[秋]、椒酒（しょうしゅ）[新年]、福茶（ふくちゃ）[新年]

§

山椒の実は房ながらやや黄ばみ秋づくものをあはなくも久し
土屋文明・ふゆくさ

「し」

しいしば【椎柴】

秋に柴木にする椎の小枝をいう。⇩椎の実（しいのみ）[秋]

§

いはね踏み嶺の椎柴折りしきて雲に宿かる夕暮の空
寂蓮・千載和歌集八（羇旅）

木ずゑ吹く風のひびきに秋はあれどまだ色わかぬ峰の椎柴
秋篠月清集（藤原良経の私家集）

椎柴を焼けば音して走るなり　嘯山・葎亭句集

椎柴の月刈こぼす雫かな　二柳・芭蕉袖草紙

しいたけ【椎茸】

シメジ科の茸。自生・栽培。椎、楢、樫、栗、櫟などの広葉樹の枯木に寄生して繁殖する食用の茸。自生するものもあるが多くは食用に栽培される。茎は白色。傘は六〜九センチくらいで黒褐色。［漢名］香蕈。⬇茸（きのこ）［秋］

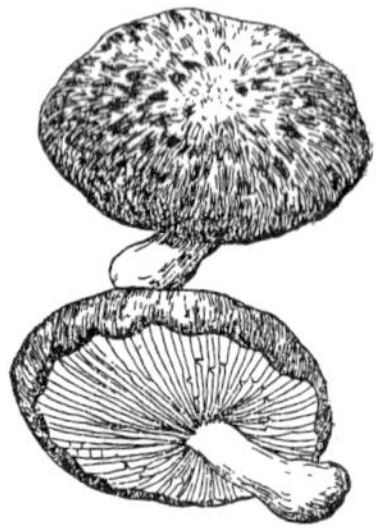
しいたけ

§

露じめり峡はをぐらし木の間なる椎茸の床をのぞき見にけり　宇都野研・木群

寂しければ山どびろくをあふるべう生椎茸を爐火の上に焼く　吉井勇・天彦

しいのみ【椎の実】

ブナ科シイノキ属の常緑高樹の椎は、秋に団栗（どんぐり）に似た堅果を結び、食用となる。⬇椎の花（しいのはな）［夏］、椎柴（しいしば）［秋］

§

うぶすなの森の椎の実こぼれそめて隣りの稚兒の疎くなりぬる　武山英子・武山英子歌選二

有明や二斗とる椎の梢より　沾徳・沾徳句集

立寄れば椎は降り来ぬ雨宿り　太祇・太祇句選

丸盆の椎に昔の音聞かむ　蕪村・蕪村句集

牛の子よ椎の実蹄にはさまらん　白雄・白雄句集

椎の実の落て音せよ檜笠　几董・井華集

椎の実沢山拾うて来た息をはづませ　河東碧梧桐・八年間

わけ入りて孤りがたのし椎拾ふ　杉田久女・杉田久女句集

しおん【紫苑】

キク科の多年草。自生・栽培。「しおに」ともいう。高さ約二メートル。葉は長楕円形で縁は鋸歯状。秋、淡紫色の花を開く。根は鎮咳、去痰などの薬用となる。［和名由来］根が紫色をおびているところから。［同義］鬼の醜草（おにのしこぐさ）、思草（おもいぐさ）、返魂草（へんこんぐさ）、羊草（ひつじぐさ）。［花言］追想、追憶。⬇鬼の醜草（おにのしこぐさ）［秋］

しおん

§

咲きはてて今はあらじと思ひしをにはかくれてもにほひけるかな　古今和歌六帖六

白雲のかかりしをにも秋霧の立てばや山は空に見ゆらん　順集（源順の私家集）

古梅の斜め横張る枝内《えだぬち》に紫苑の花は背を高く咲く　伊藤左千夫・伊藤左千夫全短歌

秋雨の垣根の紫苑うちしなひ心がゝらに我慰まず　長塚節・手紙の歌

雨の香を鳩の羽に見る秋の堂紫苑さびしく壁たそがるる　石川啄木・啄木歌集補遺

裏庭の紫苑の花にとどきたる日射はすみぬくれがたの風　加納暁・加納暁歌集

ゆふぐれは軒に音やみ雨あがる露ぞあかるしみぎりの紫苑に　中村憲吉・軽雷集以後

丈《たけ》たかく紫苑の花のさける見て日の余光《よくわう》ある坂くだりゆく　佐藤佐太郎・歩道

夜《よ》の庭よ闇はふかけどわれはみる紫苑とこすもすと幽かに明るを　宮柊二・群鶏

紫苑咲く塚やむかしの鬼の首　野紅・西国曲

寝冷せし宿や紫苑の片靡き　乙二・松窓乙二発句集

大風の紫苑見て居る垣根かな　乙二・松窓乙二発句集

壁塗りの隣へ廻る紫苑かな　巣兆・曾波可理

淋しさを猶《なお》も紫苑ののびるなり　正岡子規・子規句集

竹籠に紫苑活けたり軸は誰　正岡子規・子規句集

崖下に紫苑咲きけり石の間　夏目漱石・漱石全集

行きつくす京隅々の紫苑かな　河東碧梧桐・新傾向（秋）

まどろむやさゝやく如き萩紫苑　杉田久女・杉田久女句集

新涼や紫苑をしのぐ草の丈　杉田久女・杉田久女句集

道のべに船揚げてある紫苑かな　水原秋桜子・葛飾

しそのみ【紫蘇の実】

シソ科の一年草の紫蘇の実。花後、球状の香気ある小さな実をつけ、穂のまま摘み取り香味料となる。➡紫蘇（しそ）［夏］

§

畠なかに手もてわが扱《こ》く紫蘇の実のにほひ清《すが》しきころとなりにし　島木赤彦・太虚集

こゝろよき刺身の皿の紫蘇の実に秋は俄かに冷えいでけり　長塚節・鍼の如く

紫蘇のかげからくも黄なる実をつけて萎びし草のあはれなるかな　北原白秋・桐の花

紫蘇の実を鋏の鈴を鳴りて摘む　高浜虚子・五百五十句

青天や紫蘇の実なんど匂ひ出づ　加藤楸邨・穂高

したもみじ【下紅葉】

草木の下葉が紅葉していることをいう。➡紅葉（もみじ）［秋］

§

白波やゆらつく橋の下紅葉　塵生・猿蓑

水つかぬ塵のはじめや下紅葉　其角・五元集拾遺

しなのがき【信濃柿】

カキノキ科の落葉高樹・栽培。葉は暗緑色。秋に小粒の果実を結び、晩秋から初冬、霜がおりる頃に黄熟し食用となる。［和名由来］信濃地方に多く生育するところから。［同義］葡萄柿（ぶどうがき）、千生柿（せんなりがき）、豆柿（まめがき）、猿柿（さるがき）、こぶし柿。［漢名］君遷子。

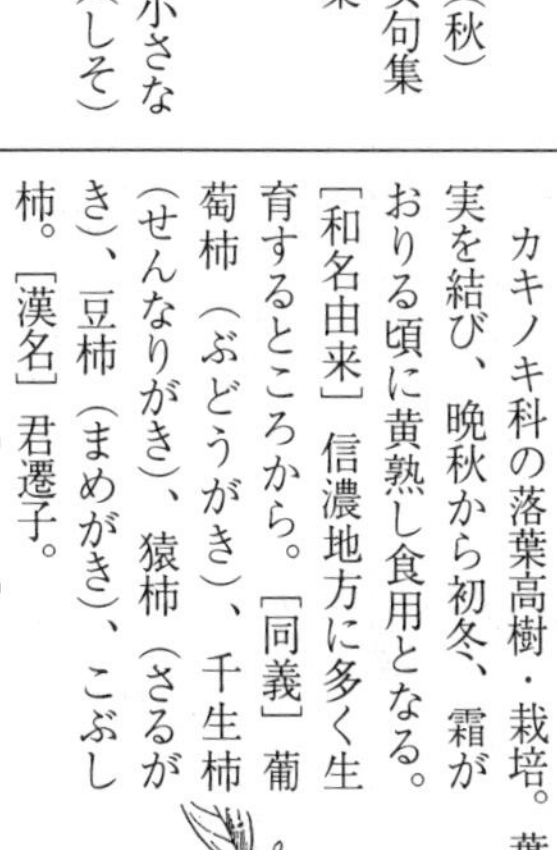

しなのがき

じねんじょ【自然薯】

➡山芋（やまのいも）［秋］

§

薯《やまいも》は山をうばつて。金輪際に自然生《じねんじやう》　杉風・常盤屋之句合

自然薯の逃げて波うつ藪畳　川端茅舎・川端茅舎句集

しのぶぐさ【忍草】

軒忍のこと。ただし、忍、忘草（わすれぐさ）など各々に比定説あり。⬇忍（しのぶ）［夏］、軒忍（のきしのぶ）［秋］

§

わが宿の軒のしのぶにことよせてやがてもしげる忘れ草かな　よみ人しらず・後拾遺和歌集一三（恋三）

ふるさとは散るもみぢ葉にうづもれて軒のしのぶに秋風ぞ吹く　源俊頼・新古今和歌集五（秋下）

恋しきを人にはいはでしのぶ草しのぶにあまる色を見よかし　一条摂政御集（藤原伊尹の私家集）

宮城野をうつしし宿の秋の野はしのぶ草のみ生ふるなりけり　能因集（能因の私家集）

御廟年経て忍《しのぶ》は何をしのぶ草　芭蕉・甲子吟行

我も知る軒の高さや忍ぶ草　百里・門鳴子

しのぶ草宙にふらりの姿かな　浪化・浪化上人発句集

夕雨や奥野の里の荵草　闌更・半化坊発句集

花持たば忍ばしからじ荵草　素檗・素檗句集

しばぐり【柴栗・茅栗】

栗の一品種。実の小さい栗。［同義］芝栗（しばぐり）、小栗（ささぐり）。⬇栗（くり）［秋］

§

芝栗の青きはあましかにかくに一つ二つは口もてぞむく　長塚節・鍼の如く

柴栗の一人はぢけて居たりけり　一茶・一茶句帖

柴栗や馬のばりしてうつくしき　一茶・文化句帖

柴栗は毬のはしさへもみぢつ、　松瀬青々・倦鳥

しぶがき【渋柿】

果実が熟しても渋味の物質であるタンニンが残っている柿。樽柿や甘干などにして渋味をとり、食用とする。⬇柿（かき）［秋］、甘干（あまぼし）［秋］、樽柿（たるがき）［秋］、吊し柿（つるしがき）［秋］、干柿（ほしがき）［秋］

§

渋柿のくろみ茂れるひともとに瀧なして降るゆふだちの雨　若山牧水・山桜の歌

露霜の朝朝ふれば甘柿は葉をおとしたり渋柿はまだ　芥川龍之介・芥川龍之介全集

渋柿や一口は喰ふ猿の面《つら》　芭蕉・芭蕉句選拾遺

一人旅渋柿喰ふた顔は誰　嵐雪・玄峰集

渋柿の喉をこするや秋の風　千那・鎌倉海道

清滝や渋柿さはす我心　其角・五元集

しぶ柿のつらつき出《いだ》す葉陰かな　卯七・染川集

渋柿の風に手を置けしきかな　林紅・けふの昔

ちぎりきなかたみに渋き柿二つ　大江丸・はいかい袋

雨毎に渋や抜けなん柿の色　闌更・半化坊発句集

渋柿に忍びかねてや猿の啼く　白雄・白雄句集

尾長啼く渋柿原の雨気かな　白雄・白雄句集

渋いとこ母が喰ひけり山の柿　一茶・七番日記

つり鐘の帯《へた》のところが渋かりき　正岡子規・子規句集

稍《やや》渋き仏の柿をもらひけり　正岡子規・子規句集

渋柿も熟れて王維の詩集哉　夏目漱石・漱石全集
渋柿を灰汁濁る水流れけり　河東碧梧桐・新傾向（秋）
渋柿たわわスイッチ一つで楽《がく》湧くよ　中村草田男・美田

しめじ【占地・湿地】

シメジ科の茸。全体に白・灰色で、茎部より多数塊状をなして生育するので「千本占地・千本湿地（せんぼんしめじ）」ともいわれる。［同義］占地茸・湿地茸（しめじだけ）。

⇩茸（きのこ）［秋］

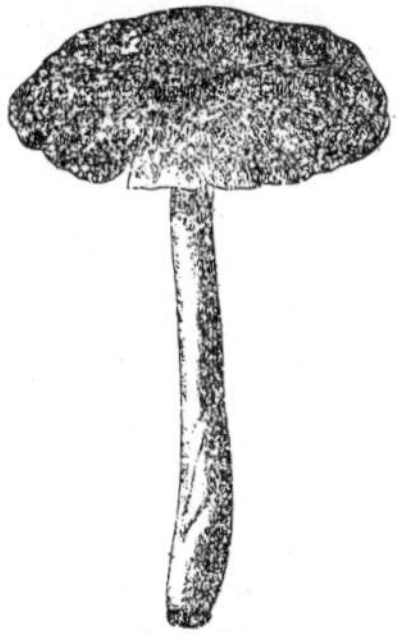
しめじ

じゃがいも【じゃが芋】

ナス科の多年草・栽培。高さ約六〇センチ。羽状複葉。初夏、白・淡紫色の五裂した合弁花を開く。地下の塊茎を食用とする。［和名由来］ジャガタライモの略。ジャガトラ（ジャカルタ）から渡来したイモとのこと。［同義］馬鈴薯（ばれいしょ、じゃがいも）、じゃがたら芋、弘法芋（こうぼういも）。［漢名］馬鈴薯、喜旧花、陽芋。⇩じゃが芋の花（じゃがいものはな）［夏］、馬鈴薯の花（ばれいしょのはな）［夏］、馬鈴薯（ばれいしょ）［秋］、芋（いも）［秋］、八升芋（はっしょういも）［秋］、新じゃが（しんじゃが）［夏］

じゃがいも

§

鼠にジャガ芋をたべられて寝て居た　尾崎放哉・小豆島にて

じゃこうそう【麝香草】

シソ科の多年草。自生・栽培。南ヨーロッパ原産。高さ約三〇センチ。茎・葉に細毛があり、香気がある。葉は卵円披針形。秋、白・淡紅紫・紫色の筒状の花を開く。全草は「チミアン草」「チムス草」として鎮咳などの薬用になる。［同義］立麝香草（たちじゃこうそう）、吾木香（われもこう）。

じゃこうそう

§

ジャカウ草林《はやし》のさきの二房のうす紅《くれなゐ》にまた寄りて見る　土屋文明・青南後集

しゅうかいどう【秋海棠】

シュウカイドウ科の多年草。自生・栽培。江戸時代に中国より渡来。高さ約六〇センチ。地下に塊茎がある。茎は緑色で節は赤色をおびる。葉は心臓形で、縁は鋸歯状。九月頃、淡紅色の小さな単性花を開く。観賞用となる。［和名由来］漢名「秋海棠」より。［同義］瓔珞草（ようらくそう）。［漢名］秋海棠。［花言］片思い、不格好。

§

くれなゐの秋海棠の露ふくみなびく心は告るものらずも。
伊藤左千夫・伊藤左千夫全短歌

朝川の秋海棠における露おびたゞしきが見る快さ
伊藤左千夫・伊藤左千夫全短歌

昔我が善く見てしれる金杉のいも屋の庭の秋海棠の花
正岡子規・子規歌集

あかつきの星のひかりにぬれて涼し秋海棠の小紅口紅
青山霞村・池塘集

雨の日よ秋海棠のうすべにに、いくたびわれは眼をそそぎけむ
岡稲里・朝夕

いとほしき少女《おとめ》のごときわがこころ秋海棠の花みてあれば
岡稲里・早春

うなだれし秋海棠にふる雨はいたくはふらず只白くあれな
長塚節・鍼の如く

しゅうかいどう［七十二候名花画帖］

ここの山我が聴く方《かた》ゆ日照雨《そばえ》して庫裏戸《くりど》に濡るる秋海棠の花
北原白秋・黒檜

山の木に霧ながれつつ渓のべにうすくれなゐの秋海棠花
古泉千樫・青牛集

杉村のあはひ洩る日のほがらかに秋海棠の花露にぬれたり
古泉千樫・屋上の土

うつろひし秋海棠は踏石のあたりに見えて赤茎《あかぐき》あはれ
佐藤佐太郎・歩道

秋海棠西瓜の色に咲きにけり　芭蕉・東西夜話

秋海《シウカイ》や湿気の深き窓の下　北枝・西の雲

手拭に紅のつきてや秋海棠　支考・東西夜話

如意輪には秋海棠をたてまつれ　越人・彼此集

秋海棠の広葉に墨を捨てにけり　村上鬼城・鬼城句集

化粧の間秋海棠の風寒し　正岡子規・子規句集

疎かに秋海棠の盛り哉　松瀬青々・妻木

病める手の爪美くしや秋海棠　杉田久女・杉田久女句集

雨到り障子を濡らす秋海棠　山口青邨・雪国

しゅうめいぎく【秋明菊・秋冥菊】

キンポウゲ科の多年草。自生・栽培。高さ六〇～九〇センチ。中国原産。葉は卵形で縁は鋸歯状。三小葉からなる複葉。秋、菊に似た淡紅紫色の

しゅうめいぎく［花彙］

花を開く。[和名由来] 花期が秋で、花の形が菊に似ているところから。[同義] 貴船菊、秋牡丹(あきぼたん)、草牡丹(くさぼたん)、秋芍薬(あきしゃくやく)、高麗菊(こうらいぎく)。➡貴船菊(きぶねぎく)[秋]

じゅくし【熟柿】

美しく爛熟した柿の実をいう。「うみがき」ともいう。➡柿(かき)[秋]

§

露霧でいつしか深うなつてきた草に熟柿を踏む山の秋　青山霞村・池塘集
核《さね》一つ終に呑込む熟ト柿かな　尚白・四幅対
いろいろの名に熟しけり柿の果　土芳・蓑虫庵集
葉隠れに浮世のがる丶熟柿哉　露川・北国曲
木伝ふて穴熊出づる熟柿かな　丈草・菊の香
腸《はらわた》に秋のしみたる熟柿かな　支考・梟日記
さびしさの嵯峨より出たる熟柿哉　支考・梟日記
世中に落そ丶くれた熟柿かな　梢風・木葉集
柿熟す愚庵に猿も弟子もなし　正岡子規・子規句集
温泉の門に師走の熟柿かな　夏目漱石・漱石全集
切株において全《まつた》き熟柿《じゆくし》かな　飯田蛇笏・霊芝
執拗を師に見て朝や熟柿落つ　種田山頭火(明治四十四年)
残された二つ三つが熟柿となる雲のゆきき　種田山頭火・層雲

じゅずだま【数珠玉】

イネ科の多年草。水辺に多く自生する。高さ約一メートル。葉は広線形。葉腋から分枝し穂をだし、上部に雌花穂、下部に雄花穂をつける。花後、球形実を含む球状の苞を結ぶ。[和名由来] 光沢のある実を糸でつなぐと、数珠のようになるから。[同義] 数珠球(すずだま・すずだま・ずずだま)、数珠子(ずずこ)。➡数珠球(ずずだま)[秋]

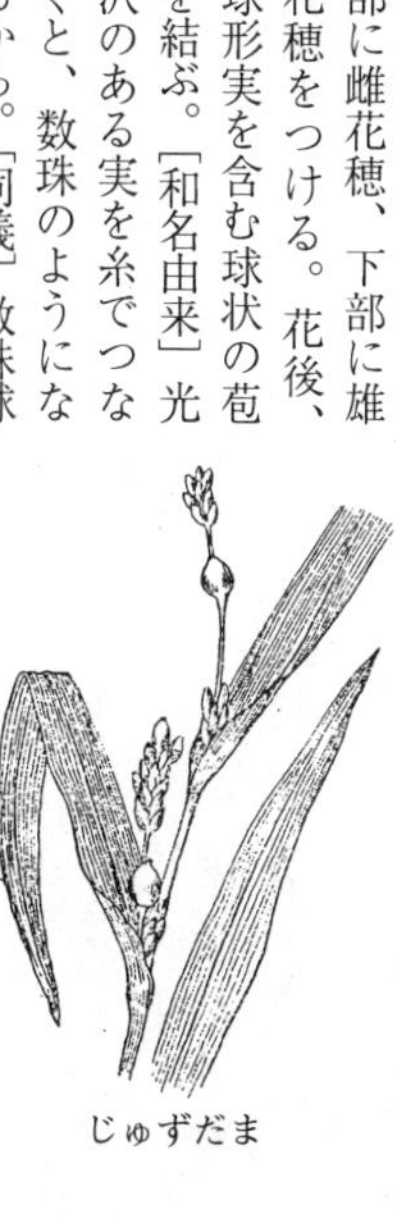

じゅずだま

しょうが【生姜・生薑】

ショウガ科の多年草・栽培。熱帯アジア原産とされる。「はじかみ」ともいう。高さ六〇~九〇センチ。葉は茗荷に似た披針形で二列に互生。通常は花をださないが、暖地では地下より花茎をのばし、紫色の地に薄黄色の細斑のある花を開く。黄白色をおびた根茎は食用、香辛料となる。また、根茎は健胃、鎮咳、消化剤などの薬用となる。俳句では、食用の新根をもって秋の季語とする。[和名由来] 漢名「生薑」より。[同義] 薑、土薑(つちはじかみ)、呉薑(くれのはじかみ)。[漢名] 薑。➡薑(はじかみ)[秋]、生姜市(しょうがいち)[秋]、葉生姜(はしょうが)[夏]、生姜味噌(しょうがみそ)[冬]

しょうが

しょうがいち【生姜市】

東京港区の芝大神宮の秋祭りをいう。境内に市がたち、生姜を売る店が多いことから生姜市といわれた。

§

傘ともにかつぐや生姜市の人　晩得・哲阿弥句藻

生姜市千早振着の店迄も　晩得・哲阿弥句藻

しらぎく【白菊】

白い菊の花。「しろぎく」ともいう。⬇菊（きく）［秋］

§

秋風の吹きあげにたてる白菊は花かあらぬか浪のよするか　菅原道真・古今和歌集五（秋下）

心あてに折らばや折らむ初霜の置きまどはせる白菊の花　凡河内躬恒・古今和歌集五（秋下）

草枯れの冬まで見よと露霜の置きて残せる白菊の花　曾祢好忠・詞花和歌集三（秋）

今朝見ればさながら霜をいただきておきなさびゆく白菊の花　藤原基俊・千載和歌集五（秋下）

白菊は冬だにかくてあるものをまだきゝえにし露のかなしさ　賀茂真淵・賀茂翁家集

わがやどのよもぎにまじるしら菊をいとおほよそに思ひけるかな　小沢蘆庵・六帖詠草

いづくより駒うちいれんさほ川のさゞれにうつる白菊の花　香川景樹・桂園一枝

我が心いぶせき時はさ庭べの黄菊白菊我をなぐさむ　正岡子規・子規歌集

露しげき庭のまがきにさす月のかげより白し白菊の花　樋口一葉・緑雨筆録「一葉歌集」

琴のあたりしら菊ひと枝いけて見ればわびしくもあらずわが四畳半　与謝野寛・紫

桐の木の枝伐りしかばその枝に折り敷かれたる白菊の花　長塚節・秋冬雑咏

白菊のまばらまばらはおもしろくこぼれ松葉を砂のへに敷く　長塚節・鍼の如く

水色に塗りたる如きおほぞらと白き野菊のつづく路かな　与謝野晶子・青海波

白き菊ややおとろへぬ夕には明眸《めいぼう》うるむ人のごとくに　与謝野晶子・常夏

白菊の青きつぼみをにぎり居し君がをさなき児のなつかしさ　前田夕暮・収穫

街ゆけばけふのよき日の飾り窓白菊活けてさやにすがしも　北原白秋・桐の花

人形の秋の素肌となりぬべき白き菊こそ哀《かな》しかりけれ　北原白秋・桐の花

たゝかひは人に尊き運命なる、香るべくして白菊ぞ夢。　石川啄木・啄木歌集補遺

背戸畑《せどばた》の白菊の花紅《あか》みさしあはれことしの秋もいぬめり　木下利玄・一路

白菊は花びらの光沢《つや》おのづからかゞやかにして園に臨めり　木下利玄・一路

白菊はただつつましき花ながら月のてらせばたけたかくみゆ　橋田東声・地懐以後
売れ残る魚に小蝿《さばへ》のまばら飛び場末の店の白菊の花　岡本かの子・浴身
いきどほりかそかに過ぎてわが心すがすがしかも白菊の花　岡本かの子・わが最終歌集
白菊の香のたちまよふこの室《へや》のここに常ゐて笑みし子は亡《な》き　石井直三郎・青樹以後
白菊の目に立て、見る塵もなし　芭蕉・笈日記
白菊を貝の身にせん袖のうら　其角・類柑子
しら菊や鶴の都の霜降羽　支考・蓮二吟集
白菊や紅さいた手の恐ろしき　千代女・千代尼発句集
白菊や寒いといふもいへる頃　千代女・千代尼発句集
白菊の一もと寒し清見寺　蕪村・几董丙申句帖
白ぎくや籬《まがき》をめぐる水の音　二柳・津守船
白菊や心餘りて嫉ましき　樗良・樗良発句集
しら菊に赤みさしけり霜の朝　青蘿・青蘿発句集
秋悲し白菊の色に染まん事　几董・井華集
塗り格子半輪出たる菊白し　梅室・梅室家集
灯ともせば只白菊の白かりし　内藤鳴雪・鳴雪句集
白菊に紅さしそむる日数かな　村上鬼城・鬼城句集
誰が家ぞ白菊ばかり乱る、は　夏目漱石・漱石全集
白菊のしづくつめたし花鋏　飯田蛇笏・山廬集
白菊に棟かげ光る月夜かな　杉田久女・杉田久女句集
白菊や離れ去るとき冴えにけり　加藤楸邨・穂高

しらはぎ【白萩】
白い萩の花。「しろはぎ」ともいう。⬇萩（はぎ）［秋］
§
君とわれと各襟にさし合はむその日は知らず白萩の花　服部躬治・迦具土
白萩やなを夕月のうつり際　松風・続山彦
白萩やまばゆく引て雲の秋　野坡・野坡吟草
白萩のしきりに露をこぼしけり　正岡子規・子規句集
白萩の雨をこぼして束ねけり　杉田久女・杉田久女句集

しらふよう【白芙蓉】
白い芙蓉の花。「しろふよう」「はくふよう」ともいう。⬇芙蓉（ふよう）［秋］
§
よみさし、君が詩集のその中にひとひらいれぬ白芙蓉のはな　落合直文・新聲
露の香《か》のうつれとばかり口つけぬ御歌《みうた》に入れる白芙蓉《はくふよう》の花　山川登美子・山川登美子歌集
いろつける真萩が下葉こぼれつ、淋しき庭の白芙蓉の花　長塚節・秋冬雑咏
なき人のみ歌のさまと白芙蓉つぼみの中に香焚きこめぬ　武山英子・武山英子拾遺
茶筌もて真の掃除や白芙蓉　其角・五元集拾遺
妬心ほのと知れどなつかし白芙蓉　杉田久女・杉田久女句集

しろだも【白だも】
クスノキ科の常緑高樹。自生・栽植。高さ約一〇メートル。

雌雄異株。樹皮は紫褐色。葉は革質で長楕円形。葉の裏面は白色。秋、黄褐色の小花を密生する。花後、楕円形の果実を結び翌年の秋冬に紅熟する。種子からとれる油は「つづ油」として蝋燭の原料となる。［和名由来］「だも」は同じクスノキ科の椨（たぶのき）の意で、葉が白いところからと。［同義］裏白（うらじろ）、白たぶ、たまがや。

しろだも

しんそば【新蕎麦】

その年に収穫をした蕎麦の実で製した蕎麦切をいう。⇩秋蕎麦（あきそば）［秋］、蕎麦の花（そばのはな）［秋］、蕎麦刈り（そばかり）［冬］

§

新蕎麦や熊野へつゞく吉野山　許六・風俗文選犬註解
あゝ蕎麦ひとり茅屋の雨を臼にして　鬼貫・鬼貫句選
新蕎麦や夕べ伊吹を夢に見た　支考・白陀羅尼
新蕎麦とこそ三盃の夢の後　蓼太・蓼太句集
新らしき蕎麦打て食はん坊の雨　夏目漱石・漱石全集
新蕎麦に句に酒に論に責らるゝ　河東碧梧桐・新傾向（秋）

しんちぢり【新松子】

今年結んだ松かさをいう。［同義］青松毬（あおまつかさ）。⇩松の花（まつのはな）［春］、松（まつ）［四季］

§

かしこまる膝の松子ぞこぼれける　才麿・椎の葉
松の子も吹きたまりけり鳴の海　成美・随斎句藻
新松子にあたり爽ぐ艸の庵　松瀬青々・倦鳥

しんまい【新米】

今年に収穫した新しい米。⇩早稲の飯（わせのめし）［秋］、今年米（ことしまい）［秋］、焼米（やきごめ）［秋］、飾米（かざりごめ）［新年］

§

新米の坂田は早し最上川　蕪村・蕪村句集
新米にまだ草の実の匂ひ哉　蕪村・新五子稿
どうあろと先づ新米にうまし国　太祇・太祇句選
新米を食うて養ふ和魂かな　村上鬼城・鬼城句集

しんわた【新綿】

今年収穫した綿をいう。［同義］今年綿（ことしわた）、新綿（にいわた）。⇩綿摘（わたつみ）［秋］

§

新綿や悲しき秋の畠より　移竹・乙御前
里は今綿新しき日和かな　蓼太・蓼太句集
新綿や難波を出る舟じるし　一呼・新類題発句集

しんわら【新藁】

今年収穫した稲の茎を干して作ったものをいう。⇩今年藁（ことしわら）［秋］

§

新わらの出《で》そめて早き時雨哉　芭蕉・蕉翁句集
新藁《しんわら》の屋根の雫《しずく》や初しぐれ　許六・韻塞
夫婦して新藁高く積上げつ　露月・露月句集

「す」

すいか【西瓜】

ウリ科の蔓性一年草・栽培。熱帯アフリカ原産。雌雄同株。茎は地を這い、巻髭で他物に絡みつく。羽状に深裂した深緑色の大形の葉をもつ。夏、淡黄色の小花を開き、雌花は長楕円の花托をもつ。花後、球状・楕円状の大きな果実を結び食用とする。果皮は濃緑色から黄色のものなどさまざまある。俳句においては、旧暦に基づく歳時記では、秋の季語としているが、現在では夏に盛んに出回っているため、一般的に晩夏から初秋の季語として使われる。果汁は「西瓜糖（すいかとう）」として利尿の薬用になる。［和名由来］漢名「西瓜」より。［同義］夏瓜（なつうり）。［漢名］西瓜、水瓜。［花言］かさばるもの。➡西瓜の花（すいかのはな）［夏］

すいか

§

西瓜　西瓜　その液吸へば　生命の水　わが肉体に　流るるごとし　田波御白・御白遺稿

西瓜割れば赤きがうれしゆがまへず二つに割れば矜《ほこ》らくもうれし　長塚節・鍼の如く

ごろごろと土間にころがる青西瓜一つ一つに大きかりけり　三ケ島葭子・三ケ島葭子歌集

現身《うつしみ》の歯がたあらはにわが食ひし西瓜を仮寝よりさめて見ぬ　大熊長次郎・真木

西瓜ひとり野分をしらぬあした哉　素堂・素堂家集

手討した下から笑ふ西瓜かな　去来・小弓俳諧集

空井戸は西瓜に逢はず月のみか　鬼貫・七車

試に西瓜落さん山の淵　北枝・草庵集

猪の鼻ぐずつかす西瓜かな　卯七・初蝉

出女の口紅おしむ西瓜哉　支考・東華集

小僧共いつぱいたかる西瓜かな　小春・草庵集

夏と秋と二つに割りし西瓜哉　成美・成美家集

寺入の子の名書たる西瓜かな　梅室・梅室家集

赤行燈西瓜を切りて竝びけり　正岡子規・子規全集

君来ばと西瓜抱へて待つ夜かな　正岡子規・子規句集

市に売る赤痢の中の西瓜哉　尾崎紅葉・尾崎紅葉集

物の本西瓜《すゐか》の汁をこぼしたる　高浜虚子・六百五十句

投げ出されたやうな西瓜が太つて行く　尾崎放哉・小豆島にて

西瓜《すいか》磊塊たり一刀にぶつたぎれ　日野草城・旦暮

ずいき【芋茎】

生の芋の茎（おもに里芋の茎）をいう。乾かしたものを「いもがら」という。和物、煮物として食用とする。［同義］

芋の茎。⇩芋（いも）［秋］、芋幹（いもがら）［秋］

§

牛の子に二株付けし芋茎かな　一笑・西の雲

芋茎さく門賑はしや人の妻　太祇・太祇句選

すいみつとう【水蜜桃】

桃の一品種。花は大きく淡紅色。熟れた実は果液に富み、甘美である。なかでも岡山県の白桃が有名である。⇩桃の実（もものみ）［秋］、白桃（はくとう）［秋］

§

茶の間の暗き灯《ほ》かげに水蜜桃《もも》はめば妻が浴衣《ゆかた》のまづしきをあはれ　新井洸・微明

おのれ紅き水蜜桃の汁《つゆ》をもて顔を描《か》かむぞ泣ける汝《なれ》が顔　北原白秋・桐の花

若き人々歌話更け水蜜桃匂ふ　安井小洒・杉の実

すぎのみ【杉の実】

スギ科の常緑針葉樹の杉の実。秋、雌花に二〜三センチの球状の種子を結ぶ。⇩杉の花（すぎのはな）［春］

§

日々好日と杉の実干してあり　露月・露月句集

杉の実に用ありて来る小供かな　横山蜃楼・漁火

杉の実や鎖にすがるお石段　村上鬼城・鬼城句集

すすき【芒・薄】

イネ科の大形多年草・自生。高さ一〜二メートル。茎は円柱形で叢生する。葉は剣のように細長い。秋、茎頭に長く大きい黄褐色の花穂をつける。小穂には白毛があり絹糸状。「尾花（おばな）」と呼ぶ。秋の七草の一。根茎は利尿などの薬用となる。茎葉は屋根葺の材料になる。古歌では、風になびく芒のさまを「人を招く」意に多くうたわれた。［同義］尾花（おばな）、袖振草（ふりそでぐさ）、乱草（みだれぐさ）、露見草（つゆみぐさ）。⇩花芒（はなすすき）［秋］、芒原（すすきはら）［秋］、青芒（あおすすき）［夏］、糸芒（いとすすき）［秋］、尾花（おばな）［秋］、芒散る（すすきちる）［秋］、初尾花（はつおばな）［秋］、枯芒（かれすすき）［冬］、枯尾花（かれおばな）［冬］

すすき

§

我が門に守る田を見れば左保の内の秋萩すすき思ほゆるかも　作者不詳・万葉集一〇

はだすすき穂には咲き出ぬ恋をぞ我《あ》がする玉かぎるただ一目のみ見し人ゆゑに（旋頭歌）　作者不詳・万葉集一〇

君が植ゑしひとむらすすき虫の音のしげき野辺ともなりにけるかな　御春有助・古今和歌集一六（哀傷）

夕日さす裾野のすすき片寄りに招くや秋をおくるなるらん　源頼綱・後拾遺和歌集五（秋下）

朽ちもせぬその名ばかりをとどめおきて枯野のすすき形見にぞ見る　西行・新古今和歌集八（哀傷）

人ならば語らふべきを思ふことすすきはそよといふかひぞなき
曾丹集（曾祢好忠の私家集）

ふるさとのひとむらすすきたれ植ゑしあるじ恋しき虫の声かな
拾玉集（慈円の私家集）

秋風になびく山路のすすきの穂見つつ来にけり君が家べに
大愚良寛・良寛歌評釈

わが宿の薄ほにいで、むらさめの降《ふる》日さむくもなれる秋かな
香川景樹・桂園一枝

かやの門を入るやみきりのむら薄穂には出でねど秋さびにけり
伊藤左千夫・伊藤左千夫全短歌

古庭の萩も芒も芽をふきぬ病癒ゆべき時は来にけり
正岡子規・子規歌集

見つつあればありなし風にゆれゆるる薄の穂かなわが心かな
佐佐木信綱・常盤木

芒の中いたも明るみ踏みて行く熔岩道の堅くもあるか
島木赤彦・切火

いと高く穂上ぐるすすき大ぞらの雲の心を覗けるすすき
与謝野晶子・朱葉集

薄の穂矢にひく神か川くまのされ木を濡らす秋の日の雨
与謝野晶子・常夏

風に出でてながめながめてゐたりけりはろばろしさよ河原すすきは
北原白秋・雀の卵

湯の山の人のくらしの　やすくして、甑《コシキ》を据ゑぬ。穂薄のなか
釈迢空・水の上

しらじらと風にほほけし薄穂を野干《やかん》和尚の払子《ほっす》ともがな
吉井勇・遠天

岡のべの草に秀《ひい》づる芒の穂やや秋あらし吹き出でにけり
土田耕平・青杉

風さむく河原《かはら》小松にうちまじる芒《すすき》の穂末《ほずゑ》うらさびにけり
土田耕平・一塊

白髪薄《しらがすすき》夕日に燃ゆる荘厳を息つめてみつつすべもあらめや
木俣修・冬暦

三日月を撓めて宿す芒かな　素堂・素堂家集
何ごともまねき果たるすゝき哉　芭蕉・続深川集
穂にたゝぬ芒生けり石の隈　去来・七異跡集
旅にねば穂屋の薄や足撫でん　千那・鎌倉海道
嵯峨中の淋しさくゞる薄哉　嵐雪・きれぎれ
秋の野を遊びほうけし芒かな　李由・韻塞
茫々と取乱したる芒かな　鬼貫・鬼貫句選
面白さ急には見えぬ芒かな　鬼貫・鬼貫句選
穂薄は千手の御手の別かな　露川・北国曲
一雨のしめり渡らぬ薄かな　支考・西の雲
見る人の眼も細うなる芒かな　浪化・浪化上人発句集
雉子の妻隠し置たる芒かな　千代女・千代尼発句集
山は暮れて野は黄昏の芒かな　蕪村・蕪村句集
追風に芒刈りとる翁かな　蕪村・蕪村遺稿
淋しさの都へ売れる芒かな　蓼太・蓼太句集
朝あけや芒がもとの道者笠　闌更・半化坊発句集

山犬のがばと起行く芒かな　召波・春泥発句集
霧雨の里に日のさす芒かな　士朗・枇杷園句集
法輪の芒を語る雨夜哉　士朗・枇杷園句集
山陰の野に暮急ぐ芒かな　乙二・松窓乙二発句集
人並や芒も騒ぐ帚星　一茶・七番日記
釣人のわめいて通る芒かな　梅室・梅室家集
箱根山薄八里と申さばや　正岡子規・子規句集
朝貌にまつはられてや芒の穂　夏目漱石・漱石全集
風死して霧おこり薄《すゝき》暮れにけり　幸田露伴・幸田露伴集
風の霧出入る薄のそよぎ哉　幸田露伴・幸田露伴集
吹上げて芒にふるゝちぎれ雲　野田別天楼・丁卯句抄
江の島は茫々として芒かな　河東碧梧桐・新傾向（秋）
葉茎通りたる穂開く芒　河東碧梧桐・八年間
目さむれば貴船《きぶね》の芒《すすき》生けてありぬ　高浜虚子・五百五十句
高々と枯れ了《おお》せたる芒《すすき》かな　高浜虚子・五百五十句
風は何よりさみしいとおもふすすきの穂　種田山頭火・草木塔
恋心四十にして穂芒　尾崎放哉・小豆島にて
ほけし絮のまた離るるよ山すすき　飯田蛇笏・山廬集
をりとりてはらりとおもきすすきかな　飯田蛇笏・山廬集
たけたかく芒はらりと天の澄み　飯田蛇笏・椿花集
あてもなく子探し歩く芒かな　杉田久女・杉田久女句集
たえだえに入日のにほふすすきの穂　日野草城・旦暮

すすきちる【芒散る・薄散る】
ススキの穂が飛散することをいう。➡尾花散る（おばなちる）［秋］、芒（すすき）［秋］

§

招くとは有るが上こそ芒散る　鬼貫・七車
寂しさに堪へてや野辺の芒ちる　士朗・枇杷園句集
ちる芒寒くなるのが目に見ゆる　一茶・寂砂子

すすきはら【芒原・薄原】
芒が一面に生えている野原。➡芒（すすき）［秋］

§

幽霊の出所はあり芒原　鬼貫・鬼貫句選
迷ひ子の親の心や芒原　羽紅・猿蓑
行けど萩行けど薄の原広し　夏目漱石・漱石全集

ずずだま【数珠玉】
➡数珠玉（じゅずだま）［秋］

§

ずゝ玉を植ゑて門前百姓かな　村上鬼城・鬼城句集

すだち【酢橘・酸橘】
ミカン科の常緑低木。ユズの類に属する。主に徳島県で栽培され、県花となっている。初夏に白花を咲かせ、秋に果実を結ぶ。果実は緑色でユズより小形。独特の香気と酸味がある。幼果は薬味となり、果汁は刺身・焼魚・鍋物料理に用いられる。

§

うらぶれて土佐三界に日を経《ふ》れば酢橘《すだち》の香にも涙さそはる　吉井勇・天彦
手に取れば土佐の酢橘《すだち》は目に染《し》みぬ涙はこれにまぎらしてゐむ　吉井勇・風雪

「せ」

せきちくさす【石竹挿す】

秋、和蘭石竹（オランダせきちく＝カーネーション）の穂先のみを鉢土などに挿し、根付けすること。⇩和蘭石竹（オランダせきちく）［夏］、カーネーション［夏］、石竹（せきちく）［夏］

§

石竹さす土に野山の日和かな　松瀬青々・倦鳥

石竹挿し母と棲みにし秋遠き　安井小洒・倦鳥

せんきゅうのはな【川芎の花】

川芎はセリ科の多年草・栽培。中国原産。高さ約六〇センチ。葉は芹に似て細裂する。秋、茎の上に五弁の小白花を複数花序につける。根は「川芎（せんきゅう）」として頭痛止、鎮静、強壮などの薬用になる。［同義］牛草（うしくさ）、女草（おんなぐさ）。

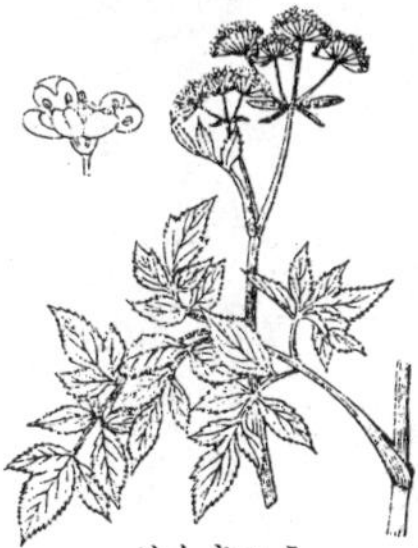

せんきゅう

§

川芎のたまさか匂ふ茂りかな　嵐雪・渡鳥

川芎の香に流る、や谷の水　其角・句兄弟

せんだんのみ【栴檀の実】

センダン科の落葉高樹の栴檀の実。「おうち・あうち」ともいう。晩春から初夏に、楕円形の核果を結ぶ。⇩樗の実（おうちのみ）［秋］、栴檀の花（せんだんのはな）［夏］

せんだん［花彙］

§

風のおと川わたり来《く》るみやしろに栴檀《せんだん》の実《み》のおつるひととき　斎藤茂吉・たかはら

群れゐつつ鵯《ひよどり》なけりほろほろとせんだんの実のこぼれけるかも　古泉千樫・屋上の土

せんだんの実に秋立や老の肌　露川・山琴集

栴檀の実ばかりになる寒さ哉　正岡子規・子規句集

空の青さよ栴檀の実はしづかに垂れて　種田山頭火・層雲

せんなりひさご【千生瓢・千成瓢】

夕顔の一栽培品種。［同義］千生瓢箪・千成瓢箪（せんなりびょうたん）、千生・千成（せんなり）。⇩瓢（ひさご）［秋］、夕顔の実（ゆうがおのみ）［秋］

§

約束や千生り瓢千人に　一茶・一茶句帖

せんのう【仙翁】

ナデシコ科の多年草・栽培。高さ約五〇センチ。「せんおう」

ともいう。葉は卵状披針形で対生。茎葉に毛がある。八月頃、深紅色の五弁花を開く。［和名由来］嵯峨の仙翁寺で栽培されていたところから。［同義］仙翁花（せんのうけ）、紅梅草（こうばいそう・こうばいぐさ）、節黒仙翁（ふしぐろせんのう）。「花言」名誉、冠。

せんのう

§

草の葉の露と清《すが》しき君がため 娘等《むすめら》はあつむ仙翁《せんのう》の鮭色《さけいろ》の花　土屋文明・山の間の霧

罌麦の花や老けん仙翁花　浮生・陸奥衛

仙翁や白いはそれと見えてよし　百寿・新類題発句集

せんぶりひく【千振引く】

苦味が強い千振の茎根を秋に収穫すること。千振はリンドウ科の二年草。根は細く分かれ、茎は方形で暗紫色。葉は披針形で対生。高さ約二〇センチ。薬草として多く栽培される。秋、葉間に長柄をだし五弁の白色・淡紫色の花を開く。「当薬（とうやく）」として健胃、洗眼などの薬用になる。［〈千振〉和名由来］湯中で千度振り出しても苦味が残っているところから。［〈千振〉同義］当薬（とうやく）、苦草（にがくさ）。［〈千振〉漢名］当薬。

せんぶり

「そ」

ぞうきもみじ【雑木紅葉】

秋の樹々の紅葉を総称していう。⇩紅葉（もみじ）［秋］

§

何の木ぞ紅葉色濃き草の中　几董・井華集

我入るや雑木もみぢの若狭道　松瀬青々・倦鳥

そがぎく【曾我菊・蘇我菊】

黄菊。一説に仁明天皇（承和の帝）が黄菊を愛好したため、黄菊を承和菊とよび、この名が訛ったといわれる。⇩菊（きく）［秋］、黄菊（きぎく）［秋］

そがぎく［芥子園画伝］

§

曾我菊の隣に覗く朝出かな　沾徳・沾徳句集

そのきく【園の菊】

菊園に咲く菊の花。⇩菊（きく）［秋］

§

花ならぬ所はないぞ園の菊　惟然・後ばせ集

菊園や歩きながらの小盃　　一茶・おらが春

そばのはな【蕎麦の花】

蕎麦はタデ科の一年草・栽培。中央アジア原産。高さ約五〇センチ。葉は三角状心臓形。初秋、小白花を短穂状に並べて開く。花後、黒色の実を結び、蕎麦粉となる。〔〈蕎麦〉和名由来〕古名の「稜麦（ソバムギ）」の略と。また、ソバは「稜（かど）」の意で、実に稜線があるところから。〔〈蕎麦〉同義〕稜麦（そばむぎ）、真蕎麦（まそば）。〔〈蕎麦〉漢名〕蕎麦。⇩秋蕎麦（あきそば）〔秋〕、新蕎麦（しんそば）〔秋〕、蕎麦湯（そばゆ）〔冬〕、蕎麦畑（そばばたけ）〔秋〕、蕎麦刈り（そばかり）〔冬〕

そば

§

秋さぶる粟もろこしの畑なみに蕎麦のはたけは花盛りなり。
　伊藤左千夫・伊藤左千夫全短歌
さやさやし蕎麦の花畑風のむた動くを見れば我《あ》もゆるるがに
　島木赤彦・馬鈴薯の花
昨夜《よべ》いねし野の宿の戸を明けて見れば蕎麦の花咲けりませ垣の外に
　島木赤彦・太虚集
蕎麦の花しらじら咲けり山裾の朝日のさゝぬ斜面の畑に
　木下利玄・銀
やがて見よ棒くらはせむ蕎麦の花　宗因・梅翁宗因発句集
棚橋や夢路を辿る蕎麦の花　素堂・素堂家集
三日月に地はおぼろ也蕎麦の花　芭蕉・浮世の北
蕎麦はまだ花でもてなす山路かな　芭蕉・続猿蓑
いざよひは闇の間もなしそばの花　猿雖・続猿蓑
蕎麦花大和島根のくもり哉　才麿・才麿発句抜粋
紅弁は其根也けり蕎麦の花　百里・渡鳥
蕎麦の花待ちてや立てる岡の松　支考・笈日記
木曾近し蕎麦は真白の山続　支考・国の花
汐風にもめても蕎麦の白さ哉　浪化・射水川
波に似て打つ日も近し蕎麦の花　也有・蘿葉集
道のべや手よりこぼれて蕎麦の花　蕪村・蕪村句集
花蕎麦や立出でゝ見れば真白なる　几董・井華集
痩山に僅咲きけり蕎麦の花　一茶・旅日記
痩山にぱつと咲きけりそばの花　一茶・文化句帖
山の上の月に咲きけり蕎麦の花　村上鬼城・鬼城句集
いかめしき門を這入れば蕎麦の花　夏目漱石・漱石全集
浅間曇れば小諸は雨よ蕎麦の花　杉田久女・杉田久女句集
花蕎麦や濃霧晴れたる茎雫　杉田久女・杉田久女句集
　九月二十七日、永平寺にて
蕎《そ》麦《ば》咲けり雲水峡をいできたる　水原秋桜子・玄魚

そばばたけ【蕎麦畑】

蕎麦の畑。⇩蕎麦の花（そばのはな）〔秋〕

§

根に帰る花や吉野の蕎麦畠　蕪村・蕪村遺稿
二三升蕎麦粉得まほし我畠　几董・井華集

「た」

だいこんまく【大根蒔く】
　夏から秋に、大根の種をまくこと。秋に苗を育てる。⇩大根（だいこん）［冬］

§

畑少しあるに大根蒔きにけり　松瀬青々・倦鳥

だいずひく【大豆引く】
　秋、大豆を根から引き抜き、収穫すること。大豆はマメ科の一年草・栽培。高さ約六〇センチ。三小葉からなる複葉。茎・葉とも淡褐色の粗毛を密生する。夏、白・帯紫紅色の蝶形花を開く。花後、有毛の莢果を結ぶ。種子を大豆といい、豆腐、味噌、醤油、雪花菜（おから）などの食品の材料となる。［〈大豆〉和名由来］漢名「大豆」より。［〈大豆〉同義］秋大豆（あきだいず）、秋豆（あきまめ）、味噌豆（みそまめ）、豆腐豆（とうふまめ）。［〈大豆〉漢名］大豆、菽。⇩夏豆（なつまめ）［夏］、早生豆（わせまめ）［夏］、畦豆（あぜまめ）［夏］、枝豆（えだまめ）［秋］

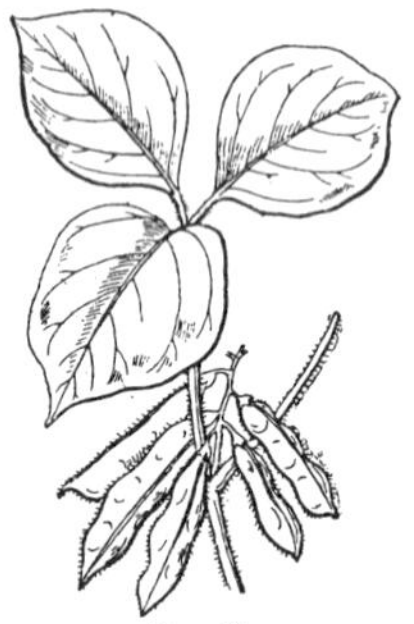
だいず

たうこぎ【田五加・田五加木】
　キク科の一年草。池沼に自生。葉は卵状披針形で鋸歯状。下葉は三小葉、梢上の葉は単葉。秋、黄色の筒状の花を開く。花後、棘のある果実を結ぶ。全草は「狼把草（ろうはそう）」として肺病の薬用になる。［同義］羊蹄（ぎしぎし）。［漢名］狼把草。

たうこぎ

たがり【田刈】
　秋、成熟した稲を刈り取ること。⇩稲刈（いねかり）［秋］、夜田刈（よだかり）［秋］

§

娵《よめ》むすめ袖入替て田刈かな　正秀・金毘羅会
柿買と日和くらぶる田刈かな　支考・国の花
案山子殿世話であつたと田刈哉　也有・蘿葉集

たけきる【竹伐る】
　古来より竹は秋に伐るのが適切といわれ、その時期に竹を伐ること。⇩竹伐（たけきり）［夏］、竹植うる日（たけううるひ）［夏］

§

竹伐るや故郷の水を渡る日に　松瀬青々・妻木
竹伐るや二本杖乞ふ母娘　松瀬青々・妻木

たけのはる【竹の春】
仲秋の頃、若竹が著しく生育し、春のような新葉の盛りを呈することをいう。⇩竹の秋（たけのあき）
§
清げなる老の操や竹の春　暁台・暁台句集

たけのみ【竹の実】
イネ科タケササ類のうち大形の稈（かん）をもつ常緑木本の竹の実。まれに花を開き、秋、鱗皮におおわれた米に似た実を結ぶ。⇩竹の春（たけのはる）［秋］、竹（たけ）［四季］
§
秋の日や竹の実垂るる垣の外《そと》　芥川龍之介・発句

たけやま【茸山】
茸の生育している山。⇩茸（きのこ）［秋］
§
心憎き茸山越ゆる旅路哉　蕪村・新五子稿

たちばな【橘】
①食用蜜柑類の古名の一。和名の由来ならびに比定種は未詳。［同義］庭見草（にわみぐさ）、常世花（とこよばな）、昔草（むかしぐさ）、花橘（はなたちばな）。②ミカン科の常緑小低樹・自生。高さ約三〜四メートル。葉は楕円形で披針形。初夏に五弁の白色花を開き、秋から冬に黄熟した実をつける。酸味が強い。⇩

たちばな

橘の花（たちばなのはな）［夏］、花橘（はなたちばな）［夏］、橘飾る（たちばなかざる）［新年］
§
橘は実さへ花さへその葉さへ枝に霜降れどいや常葉《とこは》の木　聖武天皇・万葉集六
病みて臥す窓の橘花咲きて散りて実になりて猶病みて臥す　正岡子規・子規歌集

たでのはな【蓼の花】
タデ科の一年草の蓼の花。秋、梢間に穂をだし、白・紅など多くの色の細花を開く。⇩蓼（たで）［夏］、犬蓼の花（いぬたでのはな）［秋］、蓼の穂（たでのほ）［秋］、穂蓼（ほたで）［秋］
§
見るままに駒もすさめずつむ人もなきふるさとの蓼に花咲く　藤原信実・新撰六帖題和歌六
秋草の千ぐさの園にしみ立て一むら高き八百蓼の花　伊藤左千夫・伊藤左千夫全短歌
たでの花ゆふべの風にゆられをり人の憂《うれひ》は人のものなる　佐佐木信綱・瀬の音
いと多く紅のにじめる蓼の花その草むらをわたる夕かぜ　与謝野晶子・火の鳥
道のべの残暑のひかりくれなゐの蓼《たで》は同じ穂の咲き替るらし　佐藤佐太郎・天眼
醤油くむ小屋の境や蓼の花　其角・末若葉
衣食住三津の浦也蓼の花　支考・蓮二吟集

下露の小萩がもとや蓼の花　蕪村・蕪村遺稿
三径の十歩に尽て蓼の花　蕪村・蕪村句集
山河の野路に成行くや蓼の花　几董・井華集
花か穂か紅葉か蓼の紅は　几董・井華集
門前に舟繋ぎけり蓼の花　正岡子規・子規全集
井戸掘や砂かぶせたる蓼の花　正岡子規・子規句集
暮れなんとしてほのかに蓼の花を踏む　夏目漱石・漱石全集
白蓼の花村口に今年もぞ　松瀬青々・倦鳥
温泉の匂ひ花かあらぬか蓼の花　河東碧梧桐・新傾向（秋）
蓼の花草末枯れて水白し　河東碧梧桐・春夏秋冬
しづけさにたゝかふ蟹や蓼の花　石田波郷・鶴の眼

たでのほ【蓼の穂】

⇩蓼の花（たでのはな）[秋]、穂蓼（ほたで）[秋]

§

からきかなかりもはやさぬいぬ蓼の穂になる程に引く人のなき
藤原為家・夫木和歌抄二八
くれなゐの色なりながら蓼の穂のからしや人の目にもたねぬは
山家集（西行の私家集）
蓼の穂を真壺に蔵す法師かな　蕪村・蕪村遺稿
こまごまと穂にこそ出づれ川原蓼　乙二・松窓乙二発句集

たねなす【種茄子】

「たねなすび」ともいう。⇩秋茄子（あきなす）[秋]

§

内畑や千とせの秋の種茄子　去来・雪薺集
種茄子北斗をねらふ光かな　其角・五元集拾遺
面白の無事や瓠《ひさご》に種茄子　露川・北国曲

たねふくべ【種瓢】

瓢の種子。⇩瓢（ふくべ）[秋]

§

身一つを寄せる籬や種ふくべ　太祇・太祇句選
あだ花にかゝる恥なし種ふくべ　蕪村・蕪村句集
腹の中へ歯はぬけけらし種ふくべ　蕪村・蕪村句集
葉に蔓に厭はれ顔や種ふくべ　蕪村・蕪村遺稿
今朝からは土に付けり種ふくべ　闌更・半化坊発句集
吾ふくべ種なる迄に秋を見し　成美・成美家集

たばこのはな【煙草の花】

煙草はナス科の一年草・栽培。南アメリカ原産。高さ約二メートル。葉は大形の楕円形。茎・葉に腺毛を密生する。初秋、漏斗状の淡紅色の花を穂状に開く。花後、卵状の朔果を結ぶ。葉は煙草の原料となる。[〈煙草〉和名由来] ポルトガル語「tabaco」から。[〈煙草〉同義] 煙草（けむりぐさ・けぶりぐさ）、思草（おもいぐさ）、目覚草（めざましぐさ）、忘草（わすれぐさ）、反魂草・返魂草（はんごんそう）。[〈煙草〉漢名] 煙草。[花言] 私は困難を克服していく。⇩煙草干す（たばこほす）[秋]、若煙草（わかたばこ）[秋]、懸煙草

たばこ

（かけたばこ）［秋］

たびとの逝回《ゆきき》の丘の小畠には煙草の花は咲きにけるかも　長塚節・西遊歌

§

綿つみやたばこの花を見て休む　蕪村・蕪村句集

煙艸大葉に思ひもかけず花さきぬ　松瀬青々・倦鳥

たばこほす【煙草干す】

秋、熟した煙草の葉を収穫して、屋内外で干す煙草づくりの一工程。⇩煙草の花（たばこのはな）［秋］、若煙草（わかたばこ）［秋］、懸煙草（かけたばこ）［秋］

§

煙草干す山田の畔の夕日かな　其角・五元集

煙草干す寺の座敷に旅寝かな　几董・井華集

たまねうえる【球根植える】

秋に、風信子（ふうしんし＝ヒヤシンス）、香雪蘭（こうせつらん＝フリージア）などの、春に開花する花の球根を植えること。

§

香雪蘭の球や少婦が土覆ふ　安井小洒・倦鳥

たむらそう【田村草】

キク科の多年草・栽培。高さ一〜二メートル。羽状複葉。初秋、淡紅紫色の頭状花を開く。［同義］白玉箒（しらたまぼうき）、玉箒（たまぼうき）。

たむらそう［花彙］

たらのはな【楤木の花】

楤木（たらのき）はウコギ科の落葉低樹・自生。高さ約五メートル。幹に多くの棘があり、鳥不止（とりとまらず）の別称がある。春の新芽は食用。羽状複葉。茎と葉には棘がある。初秋、白黄色の小花を球状に集めて開く。花後に紫黒色の実を結ぶ。樹皮は糖尿病、腎臓病などの薬用となる。［同義］独活擬（うどもどき）。

たらのき

たるがき【樽柿】

空いた酒樽に渋柿をつめ、酒気により渋味を抜いた柿。⇩柿（かき）［秋］、渋柿（しぶがき）［秋］

§

樽柿の渋き昔しを忘るゝな　夏目漱石・漱石全集

だんどく【檀特】

カンナ科の多年草。自生・栽培。インド原産。葉は大形の長楕円形。夏・秋に赤色の美花を開く。花後、球形の乾果を結ぶ。［同義］檀特草（だんどくそう）、檀特花（だんどくか）、檀特蕉（だんどくしょう）。

だんどく

[漢名] 曇華。⇩カンナ [秋]

檀特や花を包みし葉の幾重　禹功・新類題発句集

§

たんばぐり【丹波栗】

丹波地方でとれる実の大きな栗。⇩栗（くり）[秋]

§

毬ごてら都へ出たり丹波栗　一茶・一茶句帖

「ち」

ちがや【茅】

イネ科の多年草・自生。高さ約六〇センチ。春、葉に先だって多くの小穂花をつける。蕾につつまれた若い花穂は食用となる。花穂はそのまま延びつづけ、秋には白い絮をつける。葉や茎は鮮紅色に紅葉する。根茎は「茅根（ちこん・ぼうこん）」として利尿・止血・強壮の薬用になる。古歌では「浅茅、浅茅生、浅茅原」とよまれることが多い。[和名由来] 諸説あり。「血茅（チカヤ）」の意で、若芽や根が赤いところから。「千（たくさんの）茅」「小萱（チヒガヤ）」の意。朝鮮語の「tui」よりなど。[同義] 茅（ち）、真茅（まがや）、道芝草（みちしばぐさ）、白葉草（しらはぐさ）。[漢名] 白茅。⇩茅花（つばな）[春]、浅茅（あさじ）[秋]、茅の花（ちがやのはな）[春]

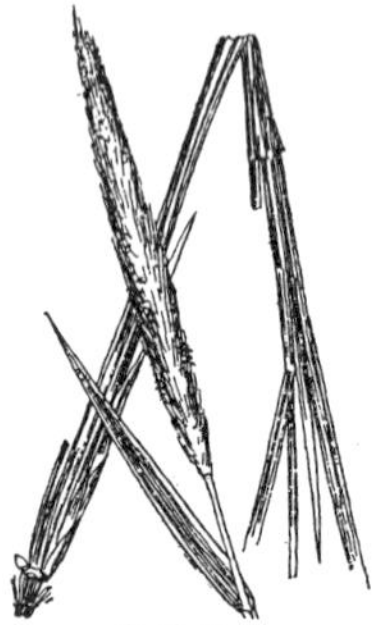

ちがや

§

今朝鳴きて行きし雁が音寒みかもこの野の浅茅色づきにける　阿倍虫麻呂・万葉集八

秋されば置く白露に我が門の浅茅が末葉色づきにけり　作者不詳・万葉集一〇

君なくて荒れたる宿の浅茅生に鶉鳴くなり秋の夕暮　源時綱・後拾遺和歌集四（秋上）

長月もいく有明になりぬらん浅茅の月のいとどさびゆく　慈円・新古今和歌集五（秋下）

妙高のふもとの茅萱《ちがや》なびくなり頂きにして雲うごくごと　与謝野晶子・心の遠景

み寺の甍《いらか》のうしろに立てる峰仰ぐにさやけき茅萱の光　木下利玄・紅玉

此里は染めて一面茅の葉かな　松瀬青々・倦鳥

ちぐさ【千草】

特定の植物をささず、さまざまな草花の秋の風情をいう。⇩秋草（あきくさ）[秋]

§

みだれさく千ぐさの花の色ましてかへるさおしき野路の夕ばへ　田安宗武・悠然院様御詠草

ひぐらしのうつくしさよしと鳴くなへに野に来て見れば千草花咲く
与謝野礼厳・礼厳法師歌集
しら波の染にあがるや千草迄　蓼太・蓼太句集
筆取《ふでとつ》て千艸《ちぐさ》の花におくるゝな　蘭更・半化坊発句集
日が当り雲が浮びて千草かな　松瀬青々・倦鳥

ちどめぐさ【血止草】
セリ科の常緑多年草・自生。地上を這う細茎から根を生じる。葉は円形。春から夏に、白・暗紫色の小花を開く。葉は止血、鎮咳、利尿、解毒などの薬用となる。［和名由来］この葉を揉んで傷に貼ると止血の効用があるところから。［同義］銭草（ぜにぐさ）、鶉草（うずらぐさ）、鏡草（かがみぐさ）。［漢名］満天草、落得打。

ちどめぐさ［質問本草］

ちゅうぎく【中菊】
中輪の菊の花。⇩菊（きく）［秋］、大菊（おおぎく）［秋］、小菊（こぎく）［秋］
§
中菊や地に這ふ斗り閑かなる　太祇・太祇句選後篇

ちるやなぎ【散る柳】
柳の葉は秋に散る。桐一葉とともに秋のしみじみとした風情を感じさせる作品が多い。⇩柳散る（やなぎちる）［秋］
§
主待つ春の用意や散り柳　桃隣・有磯海
庭掃《はい》て出ばや寺に散《ちる》柳　芭蕉・おくのほそ道
道野辺のこぼれや庭に散柳　露川・不断柳
旅せずに旅の心や散る柳　萩子・初蝉
船寄せて見れば柳の散る日かな　太祇・太祇句選
柳散清水涸石処々　蕪村・蕪村句集

「つ」

つきくさ【月草】
⇩露草（つゆくさ）［秋］
§
月草のうつろひやすく思へかも我が思ふ人の言も告げ来ぬ
大伴坂上大娘・万葉集四
朝咲き夕は消ぬる月草の消ぬべき恋も我れはするかも
作者不詳・万葉集一〇
月草にすれる衣の朝露にかかる今朝さへ恋しきやなぞ
基俊集（藤原基俊の私家集）
月草のうつろふ色の深ければ人の心の花ぞしをるる
中宮但馬・新勅撰和歌集一四（恋四）
月草は露もて花をくゝるかな　暁台・暁台句集

月草の色見え初めて雨寒し　暁台・暁台句集

つきよたけ【月夜茸】
シメジ科の茸。日本特産種。秋、ブナなどの枯木に生える。有毒で臭気がある。笠は、平滑で暗紫色。暗中で青白く発光する。⇩茸（きのこ）［秋］

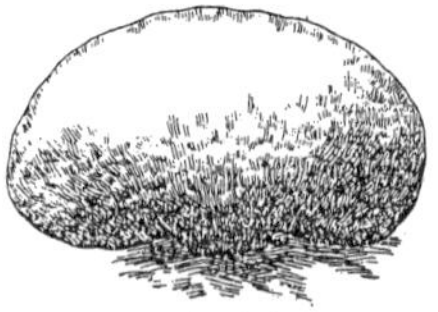
つきよだけ

つくねいも【捏芋・仏掌薯】
長芋の栽培品種。東アジア原産。茎は細く他物に絡みつく。葉は心臓形。夏、小形の白色の単性花を穂状につける。地下の塊茎は「とろろ」として食用となる。［同義］薯蕷藷（とろろいも）、掌薯（てのひらいも）、拳芋（こぶしいも）。⇩薯蕷（とろろ）［秋］

§

主人拙《せつ》を守る十年つくね藷《いも》　芥川龍之介・我鬼窟句抄

つくねいも

つくばね【衝羽根】
ビャクダン科の落葉低樹。半寄生・自生。雌雄異株。葉は卵形。初夏、淡緑色の花を開く。花後、果実は四枚の翅状の苞をつける。俳句では実をもって秋の季語とする。［和名由来］果実が羽子板の羽根の形に似ているところから。［同義］胡鬼の子、羽子木（はごのき）。⇩胡鬼の子（こぎのこ）［秋］

つくばね

§

はねの実やそれを山家で四ツ葉豆　句空・干網集

つくりぎく【作り菊】
野生ではなく、栽培した菊をいう。⇩菊（きく）［秋］

§

出世者の一もと床し作り菊　其角・五元集

つた【蔦】
ブドウ科の蔓性落葉樹・自生。初夏、淡黄緑の小花を穂状につける。葉は単葉または卵形の三葉に分裂する。葉の反対側から巻鬚をだし他物に吸着する。晩秋に真紅に紅葉する。花後、黒色の実を結ぶ。古来、幹から液を採り、煮詰めて甘味料「甘葛」を採取した。古歌の「蔦」は特定の種をささず、その多くは蔓性の植物として広く詠まれている。［和名由来］全草の性状から「伝（ツタ）わる」の意。物を結ぶ「綱（ツナ）」の意などから。［同義］甘蔓（あまづる）、甘葛（あまかずら）、甘茶蔓（あまちゃづる）、松無草（まつなぐさ）。［漢名］常春藤。［花言］永遠の愛。⇩青蔦（あおづた）［秋］、蔦茂る（つたしげる）［夏］、蔦若葉（つたわかば）［夏］、蔦紅葉（つたもみじ）

つた［植物名実図考］

[秋]、蔦かずら（つたかずら）[秋]、蔦の葉（つたのは）[秋]、枯蔦（かれづた）[冬]

§

…さ寝し夜は　幾時《いくだ》もあらず　延ふ蔦の　別れし来れば…（長歌）　柿本人麻呂・万葉集二

秋の色を音に聞けとや初瀬山蔦にむもれて鐘ひびくなり　拾玉集（慈円の私家集）

立ちよらむ木のもともなき蔦の身はときはながらに秋ぞかなしき　大和物語

あづま路のうつの山べの時雨づく秋風寒し蔦の細道　賀茂真淵・賀茂翁家集

蔦植て竹四五本のあらしかな　芭蕉・甲子吟行
苔埋《うづ》む蔦のうつゝの念仏《ねぶつ》哉　芭蕉・花の市
馬方に見られて赤し森の蔦　北枝・そこの花
野の宮の鳥井の蔦も無かりけり　涼菟・皮籠摺
此風情狂言にせよ蔦の道　其角・五元集
気の詰る世や定まりて岩に蔦　其角・五元集拾遺
蔵隠す亭主の侘や竹の蔦　野坡・野坡吟草
船に火を焚けば蔦這ふ家のさま　支考・梟日記
片袖は足らぬ錦や松の蔦　也有・蘿葉集
明けてから蔦となりけり石燈籠　千代女・千代尼発句集
壁の蔦甲斐なき斗り雨悲し　白雄・白雄句集
美しう蔦は衰ふ人の秋　白雄・白雄句集
何人か住みて顔出す窓の蔦　成美・成美家集

つたかずら【蔦かずら】

蔦や、その他の蔓性の植物をいうことば。⇩蔦（つた）[秋]

§

蔦かづら絡む築泥《ついぢ》の崩口《くえくち》の土もかわきていさぎよき奈良　森鷗外・鷗外全集

桟《かけはし》やいのちをからむつたかづら　芭蕉・更科紀行
見上たり撫たり岩に蔦かづら　涼菟・山中集
山人の昼寝をしばれ蔦かづら　桃妖・北の山
売家の値は下りけり蔦かつら　也有・蘿葉集
夜に入れば灯の洩る壁や蔦かつら　太祇・太祇句選
大木の枯るゝに逢へり蔦蘿　村上鬼城・鬼城句集
鹿垣や青々濡るる蔦かづら　飯田蛇笏・山廬集

つたのは【蔦の葉】

蔦の葉は、晩秋、真紅に紅葉する。⇩蔦（つた）[秋]

§

蔦の葉はむかしめきたる紅葉哉　芭蕉・荵摺
蔦の葉は残らず風の動《そよぎ》哉　荷兮・曠野後集
蔦の葉にやさしき文のぼさつ哉　支考・東西夜話
蔦の葉の水に引るゝ山辺かな　暁台・暁台句集

つたもみじ【蔦紅葉】

蔦の葉は、晩秋、真紅に紅葉する。⇩蔦（つた）[秋]、紅葉（もみじ）[秋]

§

言の葉は蔦の紅葉にことづてん都におくれ宇津の山風　壬二集（藤原家隆の私家集）

しぐるれどよそにのみ聞く秋の色を松にかけたる蔦のもみぢ葉
藤原俊成女・続古今和歌集五（秋下）

年をへて苔にむもるる古寺の軒に秋ある蔦の色かな
慈円・玉葉和歌集五（秋下）

わひ人のすむともみゆるくつれ垣からみにけりなつたのもみち葉
上田秋成・寛政九年詠歌集等

秋風の嵯峨野をあゆむ一人なり野宮《ののみや》のあとの濃き蔦紅葉
佐佐木信綱・山と水と

霜白き松の梢にただ一葉命のこせる蔦紅葉かな
服部躬治・迦具土

とゞ松の幹の根方に這ふ蔦のもみぢ葉紅し一葉一葉に
宇都野研・木群

松山に蔦の臙脂《えんじ》のひろごりて秋の朝の涼しかりけれ
与謝野晶子・瑠璃光

蔦の葉はむかしめきたる紅葉哉　芭蕉・荵摺

犬吼て家に人なし蔦紅葉　言水・言水句集

色に出て竹も狂ふや蔦紅葉　千代女・千代尼発句集

打返し見れば紅葉す蔦の裏　蕪村・蕪村句集拾遺

ほの見るや岩にかゝれる蔦紅葉　闌更・半化坊発句集

色変へぬ松の晴着や蔦紅葉　几董・井華集

白瀧や黒き岩間の蔦紅葉　夏目漱石・漱石全集

岩立ちに鞍馬の杉や蔦紅葉　河東碧梧桐・新傾向（秋）

つばきのみ【椿の実】

ツバキ科の常緑高樹または低樹の椿の実。花後、球形の実を結び、秋、中の淡黒色の種子を二〜三個裂開する。種より椿油をとる。⇩椿（つばき）［春］

§

実椿や立るに弱き蜂の針　野坡・野坡吟草

杖に切て実は捨て、行く椿哉　闌更・半化坊発句集

午の雨椿の実などぬれにけり　松瀬青々・倦鳥

つまくれない【爪紅】

鳳仙花の別称。「つまぐれ」ともいう。⇩鳳仙花（ほうせんか）［秋］

§

庭先のつまくれなゐの群生の白きむらさきまづ咲けるかも
伊藤左千夫・伊藤左千夫全短歌

いかにして人の生るる知らざりしそのかみの日の爪紅の花
北原白秋・桐の花

くれなゐの濃きが別れとなりにけり監獄の花爪紅の花
北原白秋・桐の花

爪ぐれの雨にまかせてかく散りて蓋しやかれが忘れたるらむ
中村憲吉・林泉集

爪ぐれに指そめ交はし恋稚く　杉田久女・杉田久女句集

つまみな【摘み菜】

間引菜のこと。⇩間引菜（まびきな）［秋］

§

つまみ菜に十日みじかき齢かな　角上・夕がほの歌

つゆくさ【露草】

ツユクサ科の一年草・自生。高さ一五〜三〇センチ。平行脈のある細長い葉をもつ。夏、藍色の花を開く。花は「青花

（あおばな）」として染料になる。若葉は食用となり、また利尿などの薬用となる。［和名由来］朝露を受けた草の意からと。［同義］月草（つきくさ）、縹草（はなだぐさ）、鴨頭草（つきくさ）、蛍草（ほたるそう・ほたるぐさ）、青草（あおばな）、藍花（あいばな）、移草（うつしぐさ）、思い草（おもいぐさ）、帽子花（ぼうしばな）、鎌柄（かまつか）。［漢名］鴨跖草。⇩月草（つきくさ）［秋］

つゆくさ

§

いかばかりあだに散るらん秋風のはげしき野辺のつゆ草の花　散木奇歌集（源俊頼の私家集）

うつりゆく色をば知らず言の葉の名さえあだなるつゆ草の花　山家集（西行の私家集）

つゆ草に袖すりまぜむ秋萩のひと花衣色深くとも　藤原基家・弘長百首

からまる否とたれかいふ鴨跖草の蔓だに絡め我はさびしゑ　長塚節・病中雑咏

人くまぬ野中の清水とりまきて、むらがりさけり、つゆくさの花　岡稲里・朝夕

時めきしうたひめ老いてわび居する垣根にさけり露草の花　武山英子・武山英子拾遺

まひ降りて雀あゆめる朝じめり道のかたへのつゆ草の花　若山牧水・くろ土

行きしとき、かへらむときも、また逢はずば、いかに悲しき。露草のさく。　土岐善麿・不平なく

いやはての夢に香るか野辺送りの柩《ひつぎ》すりゆく露ぐさの花　土岐善麿・はつ恋

朝あさの道に露けき鴨跖草やありがたく生くる我れを思ふも　中村憲吉・軽雷集

露草や月影持て明わたり　呂暁・芭蕉袖草紙

露草や人知れず小屋の焼けてあり　河東碧梧桐・新傾向（秋）

露草ほのとうなだれてあり海鳴る夕べ　種田山頭火・層雲

露草や飯《いひ》噴くまでの門歩き　杉田久女・杉田久女句集

草むらや露草ぬれて一ところ　杉田久女・杉田久女句集

つりがねにんじん【釣鐘人参】

キキョウ科の多年草・自生。高さ約一メートル。葉は長楕円針形で縁は鋸歯状。秋、梢上に淡紫色の鐘状の花を開く。若葉は食用。根は「沙参（しゃじん）」として健胃・去痰の薬用になる。［和名由来］花の形が鐘状で、薬草となる根を朝鮮人参にたとえたものと。［同義］釣鐘草（つりがねそう）、山大根（やまだいこん）。［漢名］沙参。

つりがねにんじん

つりふねそう【釣船草】

ツリフネソウ科の一年草・自生。高さ約五〇センチ。茎は紅紫色。葉は広披針形で縁は鋸歯状。秋、紫斑のある紅紫色の花を開く。［和名由来］花の形を帆掛船に見立てたところから。

つりふねそう

つるうめもどき【蔓梅擬】

ニシキギ科の蔓性落葉低樹。自生・栽植。葉は楕円形。初夏、黄緑色の細花を開く。花後、球形の果実を結ぶ。［和名由来］梅擬に似た蔓性の樹の意。［同義］蔓擬（つるもどき）。⇩蔓梅擬の花（つるうめもどきのはな）［夏］

つるうめもどき

§

蔓もどき情はもつれ易《やす》きかな　高浜虚子・六百五十句

つるしがき【吊し柿】

渋柿の皮をむいて干したもの。白粉を生じ、渋がとれて甘い柿となる。［同義］吊柿（つりがき）、釣柿（つりがき）、干柿。⇩甘干（あまぼし）［秋］、渋柿（しぶがき）［秋］、柿（かき）［秋］、干柿（ほしがき）［秋］

§

棕櫚の葉を裂きて吊るらむつり柿のゆりもゆるべき杵の響か　長塚節・晩秋雑咏

釣柿の夕日ぞかはる北しぐれ　其角・五元集

つるし柿の色透けて来し軒夜寒　杉田久女・杉田久女句集補遺

渋ぬけて旭に透く色やつるし柿　杉田久女・杉田久女句集補遺

つるむらさき【蔓紫】

ツルムラサキ科の蔓性一年草・栽培。熱帯アジア原産。葉は広卵形で互生。蔓は右巻。初秋、初め白色、次第に紅色になる小花を開く。花弁はなく、萼片が花弁状になっている。花後、咢が成長して偽果となる。［和名由来］茎が蔓性で紫の染料となるところから。［漢名］落葵。

つるむらさき

つるれいし【蔓茘枝】

ウリ科の蔓性一年草・栽培。熱帯アジア原産。江戸時代に渡来。細長蔓で他物に絡みつく。葉は心臓形で深裂。夏、黄色の小花を開く。花後、長楕円形で果肉が甘い果実を結び、食用とする。［同義］苦瓜（にがうり）、茘枝（れいし）。［漢名］苦瓜、錦茘枝。

つるれいし

§

道ばたの小さき畑に棚つくり蔓茘枝の実のつぶらになれる　土田耕平・一塊

「て〜と」

てりは【照葉】

木や草の葉が美しく紅葉して、陽に映えるさまをいう。[同義] 照紅葉（てりもみじ）。⇩紅葉（もみじ）[秋]

§

迷い出る道の藪根の照葉哉　太祇・太祇句選
岸なだれ踏止める樹の照葉哉　嘯山・葎亭句集
切溜につふと見せたる照葉哉　召波・春泥発句集

てんぐだけ【天狗茸】

テングタケ科の大形茸。高さ約二〇センチ。笠は初め球形で、開いて偏平となる。表面は灰褐色で白色の鱗状体を散在する。有毒。[同義] 蠅取茸（はえとりたけ・はえとりきのこ）、蠅殺（はえごろし）。⇩茸（きのこ）[秋]

とうがじる【冬瓜汁】

冬瓜を具として入れた汁物。⇩冬瓜（とうがん）[秋]

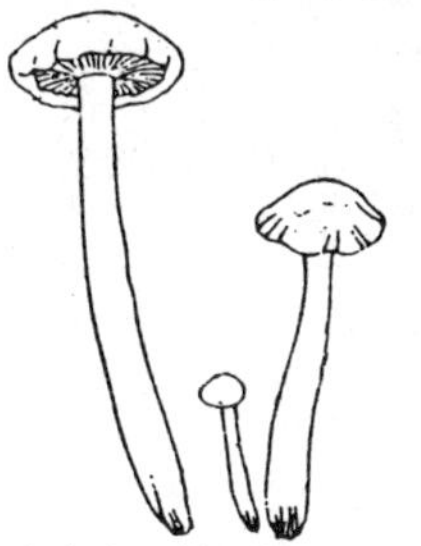

てんぐだけ［有用植物図説］

§

冬瓜汁空也の痩を願ひけり　白雄・白雄句集

とうがらし【唐辛子・唐芥子・唐辛】

ナス科の一年草・栽培。高さ約六〇センチ。葉は長楕円形で先端が尖る。夏、先端が五裂した白色の小花を開く。花後に結ぶ細長い実は、初め濃緑色で、熟すと赤くなる。刺激性のある辛味をもつ。この実を摘みとって乾燥させ、香辛料として用いる。俳句では、熟した赤い実をもって秋の季語とする。実は樟脳の代用、肩凝り、冷痛の薬用ともなる。[和名由来]「唐」は異国の意で、「辛子」は形容詞の「辛し」から。[同義] 南蛮辛子（なんばんがらし）、南蛮胡椒（なんばんこしょう）、高麗胡椒（こうらいこしょう）。[花言] 辛辣。⇩青唐辛子（あおとうがらし）[夏]、唐辛子の花（とうがらしのはな）[夏]

とうがらし

§

鋏もてはさむに青き唐辛子虫の鳴く音のしまらく止みし　島木赤彦・太虚集
武蔵野のだんだん畑の唐辛子いまあかあかと刈り干しにけれ　北原白秋・桐の花
青くても有《ある》べきものを唐辛子　芭蕉・深川
かくさぬぞ宿は菜汁に唐がらし　芭蕉・猫の耳

草の戸をしれや穂蓼《ほたで》に唐がらし　芭蕉・笈日記
刻まれて果迄赤し唐辛　許六・風俗文選犬註解
ゆく秋にそらさぬ顔や唐がらし　吾仲・金毘羅会
南蛮やからくれなゐに唐辛　支考・射水川
鬼灯を妻に持ちてや唐辛　也有・蘿葉集
錦木を立てぬ垣根や唐辛　蕪村・蕪村句集
美しや野分のあとの唐辛　蕪村・蕪村遺稿
気短かに秋を見せけり唐辛　蕪村・新五子稿
唐辛売る白頭の翁かな　几董・井華集
賭にして唐辛喰ふ涙かな　几董・井華集
是さへも減り行く秋よ唐辛　成美・成美家集
秋はたゞ涙もろくも唐辛　成美・成美家集
山陰や山伏村の唐辛　一茶・九番日記
唐辛笠にさすべき色香かな　梅室・梅室家集
大男のあつき涙や唐辛子　村上鬼城・鬼城句集
雨風にますます赤し唐辛子　正岡子規・子規句集
悪《あく》の利《き》く女形なり唐辛子　正岡子規・子規句集
草花や貧家に植うる唐辛子　河東碧梧桐・新傾向（秋）
辛辣《しんらつ》の質《さが》にて好む唐辛子《とうがらし》　高浜虚子・六百句

とうがん【冬瓜】

ウリ科の蔓性一年草・栽培。熱帯アジア原産。雌雄同様。葉は心臓形で掌状に浅裂する。巻鬚で他物に絡みつく。夏、黄色の花を開く。秋に結ぶ楕円形または球形の大形の果実は、煮物やあんかけ、汁の実などにして食べる。「とうが」ともいう。果実は完熟すると白粉で覆われる。種子は「冬瓜子（とうがし）」として利尿などの薬用になる。［和名由来］漢名「冬瓜」より。［同義］かも瓜、江戸冬瓜（えどとうがん）、朝鮮瓜（ちょうせんうり）。［漢名］冬瓜。⇩冬瓜の花（とうがんのはな）［夏］、冬瓜汁（とうがじる）［秋］

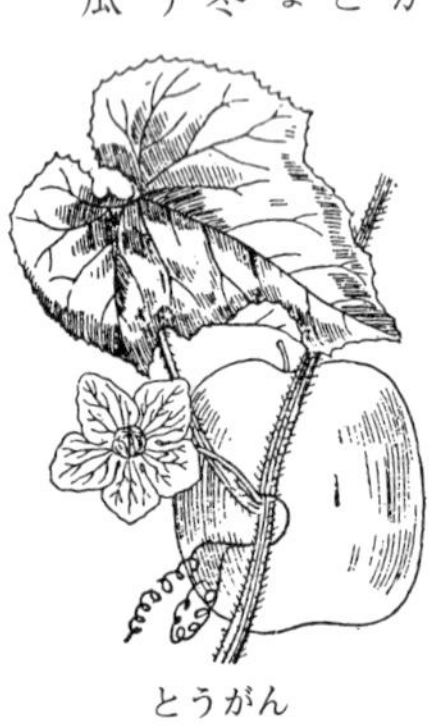
とうがん

§

冬瓜《とうがん》やたがいにかはる顔の形《なり》　芭蕉・西華集
冬瓜の毛ぶかくなるや後の月　曲翠・桃の実
冬瓜を誉める医者こそ藪の中　支考・柿表紙
雪空に裸でふとる冬瓜かな　梢風・木葉集
よきものと冬瓜勧むる医師《くすし》哉　召波・春泥発句集

とうきび【蜀黍・唐黍】

①イネ科の一年草。熱帯アフリカ原産。夏、花穂をつけ、秋、赤褐色の小頴実を結ぶ。種子を粉末にし、団子や餅にして食する。飼料にもなる。②玉蜀黍の別称。⇩玉蜀黍（とうもろこし）［秋］

§

唐黍の花の梢にひとつづゝ蜻蛉《あきつ》をとめて夕さりにけり　長塚節・鍼の如く
今日もまた郵便くばり疲れ来て唐黍の毛に手を觸るらむか　北原白秋・雀の卵

ながれ来て宙にとどまる赤蜻蛉《あかあきつ》唐黍の花の咲き揃ふうへを　北原白秋・雀の卵

たのしけく玉蜀黍《たうきび》をもぐ吾子見ればなに嘆かんやこの朝光《あさかげ》に　木俣修・冬暦

唐秬《たうきび》や軒端《のきば》の荻《をぎ》の取ちがへ　芭蕉・江戸広小路

蜀黍の陰をわたるや露時雨　荷兮・曠野後集

唐黍の葉に通ひてや市の秋　文考・東西夜話

古寺に唐黍を焚く暮日哉　蕪村・蕪村遺稿

唐秬のからでたく湯や山の宿　正岡子規・子規句集

唐黍に背中うたるゝ湯あみ哉　正岡子規・子規句集

唐黍を干すや谷間の一軒屋　夏目漱石・漱石全集

唐黍や兵を伏せたる気合あり　夏目漱石・漱石全集

唐黍やほどろと枯るる日のにほひ　芥川龍之介・発句

とうごま【唐胡麻】

トウダイグサ科の一年草・栽培。「とうのごま」ともいう。アフリカ原産。高さ二～三メートル。葉は大形で掌状に分裂。秋、淡黄色の小さな雄花を下部に、雌花を上部に開く。種子から「ひまし油」を製する。［同義］蓖麻（ひまく）。［漢名］蓖麻。

§

蓖麻の実をしぼり出す涙かな　山店・芭蕉庵小文庫

とうごま

とうなす【唐茄子】

南瓜の別称。 ⇩南瓜（かぼちゃ）［秋］

§

神鳴のわづかに鳴れば唐茄子の臍《へそ》とられじと葉隠れて居り　正岡子規・竹乃里歌

荒縄に南瓜《たうなす》吊れるうつばりをけぶりはこもる雨ふらむとや　長塚節・晩秋雑咏

南瓜やずつしりと落ちて暮淋《くれさび》し　素堂・とくとくの句合

唐茄子の蔓の長さよ隣から　夏目漱石・漱石全集

とうもろこし【玉蜀黍・唐蜀黍】

イネ科の一年草・栽培。南アメリカ原産とされる。わが国には天正年間（一五七三～一五九二年）に渡来したとされる。高さ約三メートル。雌雄同株。円柱状の茎の節より、線状で平行脈のある大形の葉を互生する。花は単性で雌雄同株。夏、雌花は赤紫色の花柱をだし、雄花は穂状。苞状の果穂の中に多くの実を結ぶ。果実は花軸上に密集して縦に並ぶ。秋に収穫し、食用・飼料・アルコール原料などとなる。［同義］南蛮黍（なんばんきび）、蜀黍・唐黍（とうきび）、高麗黍（こうらいきび）、南蛮唐黍（なんばんとうのきび）、高粱（こうりゃん）、もろこし。

とうもろこし

[花言] 洗練、繊細。⇩唐黍（とうきび）[秋]

§

幼《いとけ》なき子どもにかへりまるゆでの玉蜀黍にわれうつつなし　石榑千亦・鷗

玉蜀黍の穂は思ふことなきやうに夕日の風に揺り眠るかな　島木赤彦・馬鈴薯の花

垣そばの玉蜀黍の赤髯に風ひえひえと来《きた》る淋しさ　岡稻里・早春

わびしさや玉蜀黍畑《ばた》の朝霧に立ちつくし居れば吾子呼ぶ声す　若山牧水・砂丘

病める児はハモニカを吹き夜に入りぬもろこし畑《ばた》の黄なる月の出　北原白秋・桐の花

もぎたてのたうもろこしを食べをらんわが子思へばややなごむなり　三ケ島葭子・三ケ島葭子歌集

しんとして幅広き街の秋の夜の玉蜀黍の焼くるにほひよ　石川啄木・忘れがたき人人

愛しくも握りしめたる玉蜀黍の幹のふくらみに稚《わか》き実こもり　中村憲吉・林泉集

たのしけく玉蜀黍《たうきび》をもぐ吾子見ればなに嘆かんやこの朝光《あさかげ》に　木俣修・冬暦

化野《あだしの》や焼玉黍《やきもろこし》の骨ばかり　其角・五元集

玉蜀黍《もろこし》を二人互ひに土産《みやげ》かな　高浜虚子・六百句

秋暑く曇る玉蜀黍《もろこし》毛を垂れぬ　飯田蛇笏・山響集

唐もろこしの実の入る頃の秋涼し　杉田久女・杉田久女句集

唐黍を焼く子の喧嘩きくもいや　杉田久女・杉田久女句集

とおかのきく【十日の菊】

九月十日の菊の意。俳句では、重陽の節句（旧暦の九月九日）の菊花の宴を過ぎた後の菊を残菊という。⇩残菊（ざんぎく）[秋]、菊の節句（きくのせっく）[秋]

§

隠家や嫁菜の中に残る菊　嵐雪・曠野

三井寺や十日の菊に小盃　許六・風俗文選犬註解

菊の香や十日の朝の飯の前　召波・春泥発句集

とくさかる【木賊刈る・砥草刈る】

木賊はシダ類トクサ科の常緑多年草。自生・栽植。地下茎から茎を地上に直立する。高さ四〇～五〇センチ。葉は小鱗状の鞘状で輪生。土筆に似た子嚢穂を頂上につける。秋、この茎を刈り、物を砥いだり磨いたりするのに使う。[〈砥草〉和名由来] 建築材の砥石となる草の意と。[〈木賊〉同義] 歯磨草（はみがきくさ）。[〈木賊〉漢名] 木賊。[〈木賊〉花言] 非凡なこと。

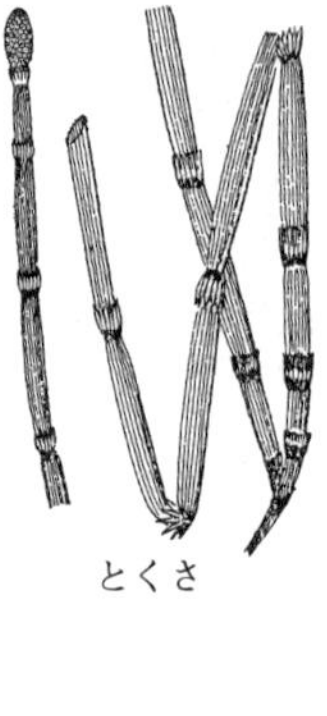

とくさ

§

信濃野の木賊に置ける白露は磨ける玉と見えにけるかな　小大君集（小大君の私家集）

信濃なる木賊吹くてふ秋風はつたへ聞くがにそぞろ寒しも　藤原季通・久安六年御百首

竪川の流れ溢れて君が庵の庭の木賊に水はこえずや
正岡子規・子規歌集

鬼怒川の土手の小草に交りたる木賊の上に雨晴れむとす
長塚節・鍼の如く

夕かげの木賊にうつる秋の蝶驚きて立ちまたとまりたる
北原白秋・雀の卵

白き猫庭の木賊の日たむろに眼はほそめつつまだ現なり
北原白秋・雀の卵

わが庭の木賊にいまだ霜降らず楽しきかもよ朝の厠《かはや》も
吉井勇・寒行

鬢の霜木賊のひと夜枯にけり　其角・五元集

木賊刈る心の外の寒さかな　一鼠・はたけせり

美しき夫婦仲なり木賊刈　如雪・萩陀羅尼

どくだけ【毒茸】

テングタケ、キヨタケ、ワライタケ、アセタケなど毒性のある茸類をいう。➡茸（きのこ）[秋]

§

茸の喰ふべからざるを悟り君帰る　河東碧梧桐・新俳句

とちだんご【橡団子・栃団子】

橡の実でつくった団子。➡橡の実（とちのみ）[秋]

§

橡団子疑ふらくは是仙家　一茶・狭蓑集

わらいたけ［有用植物図説］

とちのみ【橡の実・栃の実】

トチノキ科の落葉樹、橡（とちのき）の実。橡は自生・栽植。高さ約二五メートル。掌状複葉で対生。通常、先端が尖った七つの小葉をもつ。初夏、白色・淡紅色の五弁の花を穂状につける。秋に実を結び、光沢のある褐色の種子を含む。種子は「橡餅（とちもち）」などの食用、健胃、凍傷（しもやけ）、腫物などの薬用になる。［〈橡〉同義］本橡（ほんどち）、馬栗（うまぐり）。［〈橡〉漢名］天師栗、七葉樹。➡橡の花（とちのはな）[夏]、橡団子（とちだんご）[秋]

とちのき

§

栃の実のおつるやうにもわがこころうつは都のたよりなるかな
岡稲里・早春

かうべ垂《た》れ我がゆく道にぽたりぽたりと橡《とち》の木《こ》の実《み》は落ちにけらずや
斎藤茂吉・赤光

橡の実や幾日ころげて麓まで　一茶・発句題叢

つぶらつぶら栃を踏む晴れ　河東碧梧桐・八年間

橡の実や彦《ひこ》山も奥なる天狗茶屋　杉田久女・杉田久女句集

屈竟の橡《とち》の実つかむや水去来　中村草田男・銀河依然

とべらのみ【海桐花の実】

海桐花はトベラ科の常緑低樹。➡海桐花の花（とべらのは

な）［夏］

とりかぶと【鳥兜・鳥甲】

キンポウゲ科の多年草・栽培。高さ約一メートル。葉は掌状で深く三裂する。秋には、梢上に総状花序をつけ、鮮やかな紫碧色の花を開く。根には毒があり、古くから弓矢の矢先に塗る毒として用いられた。塊根は「草烏頭（そううず）」「付子（ふし）」として鎮痛、リュウマチなどの薬用になる。［和名由来］舞楽で伶人がかぶる、鳳凰の頭をかたどった冠に、花の形を見立てたもの。［同義］兜草（かぶとそう）、兜菊（かぶとぎく）。［花言］人間嫌い、復讐。

とりかぶと

§

紫の花の乱れや鳥かぶと　惟然・鷹獅子集

立ながら露にくねるや鳥かぶと　大江丸・遊子行

とろろ【薯蕷】

「とろろいも」「とろろじる（薯蕷汁）」の略。ヤマイモ、ツクネイモ、ナガイモを擂り、調味した汁で、飯や蕎麦などにかけて食用とする。⬇山芋（やまのいも）［秋］、捏芋（つくねいも）［秋］、長芋（ながいも）［秋］

§

蓼科の湯の湧く山ゆ掘りきつと言《こと》もうれしきとろろ芋汁　伊藤左千夫・伊藤左千夫全短歌

梅若菜鞠子《まりこ》の宿《しゅく》のとろゝ汁　芭蕉・猿蓑

どんぐり【団栗】

ブナ科の樫、櫟、楢、柏などの堅果の総称をいい、一般的には櫟の実をいう。［和名由来］橡栗の転と。⬇櫟の実（くぬぎのみ）［秋］、柏の実（かしわのみ）［秋］、楢の実（ならのみ）［秋］、樫の実（かしのみ）［秋］

§

どん栗のころび合たり窪だまり　牡年・有磯海

団栗やころり子供の言ふなりに　一茶・一茶句帖

団栗の落ちずなりたる嵐哉　正岡子規・子規句集

竹椽《たけえん》を団栗はしる嵐哉　正岡子規・子規句集

椎ひろふあとに団栗哀れ也　正岡子規・子規句集

「な」

ながいも【長芋・長薯】

ヤマノイモ科の蔓性多年草。自生・栽培。中国原産。茎は蔓状で他物に絡みつく。葉は三角状卵形で先端が尖る。夏、白・淡緑色の花を穂状に

ながいも

つける。根は食用。［和名由来］食用部分の根が長い芋の意。［同義］真芋（まいも）、大根芋（だいこんいも）。［漢名］薯蕷、山薬。⇩山芋（やまのいも）［秋］、薯蕷（とろろ）［秋］、零余子（むかご）［秋］

なかて【中稲】

中手稲（なかていね）ともいう。早稲（わせ）と晩稲・後稲（おくて）の間に実る稲をいう。⇩稲（いね）［秋］

§

出揃うて中稲に月のすわりけり　塵生・夜話狂

なかぬきだいこん【中抜大根】

初秋に、密生した大根の苗を間引いたもの。⇩間引菜（まびきな）［秋］

なし【梨】

バラ科の落葉高樹・栽培。高さ三～一〇メートル。葉は広卵形で縁は針状の細かい鋸歯状。春に五弁の白花を開く。秋に黄色の果実を結び食用となる。果皮は黄褐色で細かい斑点がある。栽培品種は多く、大別して、赤梨（長十郎など）、青梨（二十世紀梨など）がある。乾燥した葉は、入浴剤や肌荒れ、あせもなどの薬用となる。［和名由来］諸説あり。「中白（ナカシロ）」「中酸（ナス）」「性白実（ネシロミ）」などより。［同義］梨子（なしこ）、妻梨木（つまなしのき）、有実（ありのみ）。［漢名］梨。［花言］安楽、慰め。⇩梨の花（なしのはな）［春］、有実（ありのみ）［秋］、青梨（あおなし）［秋］、水梨（みずなし）［秋］、山梨（やまなし）［秋］

なし

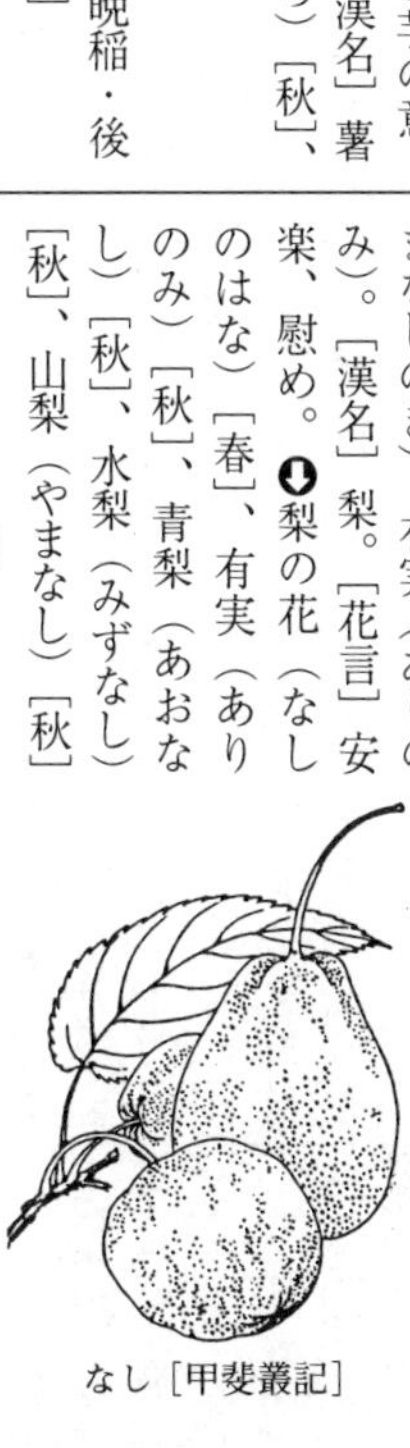

なし［甲斐叢記］

§

梨の木に夕風ふけばあらはれて稚《わか》きその実よまかがよひゐる　宇都野研・木群

法隆寺のまへの梨畑梨の実をぬすみしわかき旅人なりき　若山牧水・死か芸術か

こほろぎのしとどに鳴ける真夜中に喰ふ梨の実のつゆは垂りつつ　若山牧水・くろ土

梨の実の青き野径《のみち》にあそびてしその翌《あけ》の日を別れ来にけり　明石海人・白描

物干にのび立つ梨の片枝かな　惟然・藤の実

梨の葉に鼠の渡るそよぎ哉　園女・陸奥衛

梨焼て風邪平らげん丸かぶり　嘯山・葎亭句集

梨畑や二つかけたる虎鋏　村上鬼城・鬼城句集

仏へと梨十ばかりもらひけり　正岡子規・子規句集

梨むくや甘き雫の刃を垂る、　正岡子規・子規全集

堅き梨に鈍き刃物を添てけり　夏目漱石・漱石全集

なすのうま【茄子の馬】

「なすびのうま」ともいい、「茄子の牛」もある。旧暦の七

月十四日より十六日の間、仏前に棚（聖霊棚）を設け、さまざな供物を置き祖先の霊を祀る。その供物のなかで、四本の細い棒足を付け、馬や牛の形にした茄子をいう。

§

我作る茄子の馬に乗て来よ　乙二・松窓乙二発句集

さし汐や茄子の馬の流れ寄る　一茶・享和句帖

すね茄子馬役を相勤めけり　一茶・七番日記

ゆるやかにさそふ水あり茄子の馬　杉田久女・杉田久女句集

なたねまく【菜種蒔く】

初秋に油菜の種を蒔くこと。⬇油菜（あぶらな）［春］、菜種の花（なたねのはな）［春］、菜の花（なのはな）［春］

§

遂《とげ》もせぬ今日も日和ぞ菜種蒔　種文・猿舞師

なたまめ【刀豆・鉈豆】

マメ科の蔓性一年草・栽培。熱帯アジア原産。長い蔓をもち、葉は三葉で大きく葛に似る。夏、淡紅紫色の蝶形花を開く。偏平で長大な莢を結び、種子を含む。秋、莢と種子は食用となる。種子は去痰、鎮咳、整腸の薬用となる。［和名由来］莢の形が刀、鉈に似ているところから。［同義］帯刀（たちわき・たてわき）、刀豆（かたなまめ）。［漢名］刀豆。

§

なたまめ

鉈豆のものものしくも抬げたるふた葉ひらきて雨はふりつぐ　長塚節・鍼の如く

刀豆やのたりと下る花まじり　太祇・太祇句選

刀豆の肌も錆行く垣根かな　嘯山・葎亭句集

なつめ【棗】

クロウメモドキ科の落葉低樹。自生・栽培。高さ約六メートル。幹にはまばらに棘がある。葉は卵形で平滑。表面には三条の脈があり、縁は鋸歯状。夏、黄白色の五弁の小花が数個ずつ葉腋に集まって咲く。花後、核果を結び、秋に熟して暗赤色になり食用となる。核果は解熱、強壮の薬用となる。［和名由来］「夏芽（ナツメ）」の意で、夏に芽をだすところから。［同義］大棗（おおなつめ・たいそう）。⬇棗の花（なつめのはな）［夏］

§

梨棗黍《きみ》に粟《あは》つぎ延《は》ふ葛の後も逢はむと葵《あふひ》花咲く　作者不詳・万葉集一六

あぢきなしなげきなつめそ憂きことにあひくるみをば捨てぬものから　兵衛・古今和歌集一〇（物名）

ほろほろと棗こぼれて、わすれ得ぬをさなむかしの秋かぜの家　岡稲里・朝夕

なつめ

萌えいでし若葉や棗は緑の金《きん》、百日紅《ひやくじつこう》はくれなゐの金《きん》　宮柊二・藤棚の下の小室
夜もすがら鼠のかつぐ棗かな　暁台・暁台句集
鼠ゐて棗を落す草の宿　村上鬼城・鬼城句集
祇園の鴉愚庵の棗喰ひに来る　正岡子規・子規句集
行脚《あんぎや》より帰れば棗熟したり　正岡子規・子規句集
玉工のみがきて細き棗哉　松瀬青々・妻木
長い棗円い棗も熟しけり　河東碧梧桐・新俳句
なつめ盛る古き藍絵のよき小鉢　杉田久女・杉田久女句集
人やがて木に登りもぐ棗かな　杉田久女・杉田久女句集

なでしこのこる【撫子残る】

晩秋に撫子の紅色の花が咲き残る風情をいう。⬇秋撫子（あきなでしこ）［秋］、撫子（なでしこ）［夏］

§

撫子や尾花が袖に咲き残り　家足・続あけがらす

ななかまど【七竈】

バラ科の落葉高樹・自生。高さ約一〇メートル。羽状複葉。夏、五弁の白色の小花を群生して開く。花後、秋に赤色の球形の実を結ぶ。［和名由来］七度かまどに入れてもなかなか燃えない木であるところから。［同義］蝦夷七竈（えぞななかまど）、山南天（やまなんてん）。［漢名］花楸樹。［花言］慎重。

ななかまど

ならのみ【楢の実】

ブナ科の落葉高樹（小楢、水楢など。一般に小楢をいう）がつける堅果「団栗（どんぐり）」をいう。食用となる。⬇団栗（どんぐり）［秋］、楢（なら）［四季］

§

笠敷て着る事知らず小楢に実　乙二・斧の柄

なんばんぎせる【南蛮煙管】

ハマウツボ科の一年草・自生。高さ約一五センチ。芒、茗荷などの根に寄生する。秋、先端が五裂した淡紅紫色の筒状の花をつける。［和名由来］草の形が煙管に似るところから。［同義］煙管草（きせるそう）、思草、春駒草（はるごまそう）。［漢名］野菰。⬇思草（おもいぐさ）［秋］

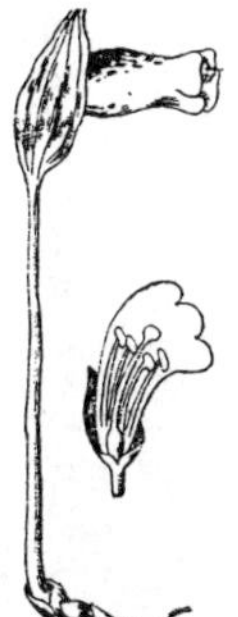
なんばんぎせる

「に」

にしきぎ【錦木】

ニシキギ科の落葉低樹。自生・栽植。高さ約二メートル。葉は楕円形で縁は鋸歯状。初夏、淡黄緑色の小花を多数開く。

秋に果実を結び、黄赤色の種子をもつ。俳句では、鮮やかな紅葉をもって秋の季語とする。［和名由来］鮮やかな紅葉を「錦」にたとえたところから。［同義］矢筈（やはず）、矢筈錦木（やはずにしきぎ）。［漢名］衛矛。［花言］楽しい思い出、献身。

にしきぎ

§

錦木に萩もまじれる下もみぢほのかに黄なる夕月夜かな　与謝野晶子・草の夢

久方の天の露霜降りおけば錦木紅葉たちまちに濃し　土田耕平・一塊

錦木や朝日さし来る搭の陰　松瀬青々・妻木

にしきそう【錦草】

トウダイグサ科の一年草・自生。「にしきぐさ」ともいう。葉は楕円形で対生。茎・葉を切ると白汁がでる。初秋、淡赤紫色の小花を開く。花後、三稜形の実を結ぶ。［和名由来］茎が赤く、葉が鮮やかな緑で、その美しさを「錦」にたとえたところからと。［同義］乳草（ちちぐさ）、五色木（ごしきぎ）。［漢名］地錦。

にしきそう

にらのはな【韮の花】

韮はユリ科の多年草。葉は食用となり、肉質で細長く臭気が強い。夏から秋に、多数の白色の小花を球状花序につける。⇩韮（にら）［春］

§

みすゞ刈る南信濃の湯の原は野辺の小路に韮の花さく　伊藤左千夫・伊藤左千夫全短歌

韮の花ひとかたまりや月の下　山口青邨・雪国

にわきかる【庭木刈る】

秋、庭園の樹木の枝を剪定すること。［同義］秋手入れ。

§

庭木刈る暑さに水をうちにけり　松瀬青々・倦鳥

庭木刈る中に桔梗のよろよろす　松瀬青々・倦鳥

「ぬ～ね」

ぬかご【零余子】

長芋、山の芋などの腋芽。⇩零余子（むかご）［秋］

§

菊の露落て拾へばぬかごかな　芭蕉・芭蕉庵小文庫

秋風の藪も畠も零余子かな　露月・露月句集

ぬかご焼て我庵ぶりに奉る　乙二・松窓乙二発句集

汁鍋にゆさぶり落すぬかご哉　一茶・句帖写

ほろほろとぬかごこぼゝる垣根哉　正岡子規・子規句集

ぬかご飯去来の外に二三人　松瀬青々・妻木

ぬきな【抜菜】
蕪や大根などの間引いた苗。食用となる。➡間引菜（まびきな）［秋］

§

鍋はありて抜菜は余所の畠哉　支考・東西夜話

ぬるでもみじ【白膠紅葉・白膠木紅葉】
白膠はウルシ科の落葉低樹・自生。高さ約六メートル。羽状複葉。夏に小花を総状に群れて開く。秋、鮮やかな紅葉となる。花後、偏円形で黄褐色の核果を結ぶ。➡紅葉（もみじ）［秋］、白膠（ぬるで）［四季］

§

あまのすむ磯の山辺を見わたせば浪にぬるでの紅葉しにけり　源仲正・夫木和歌抄一五

ちりかゝる中にぬるでの紅葉哉　左流・類題発句集

ねむのみ【合歓木の実・合歓の実】
マメ科の落葉高樹の合歓木の実。秋に結ぶ広線形の果実で、長さ約一〇センチの莢の中に扁平の種子を一〇～一五個ほど内包する。➡合歓木の花（ねむのはな）［夏］、合歓木紅葉（ねむもみじ）［秋］

ねむもみじ【合歓木紅葉・合歓紅葉】
マメ科の落葉高樹の合歓木の紅葉。羽状複葉で多数の小葉をもち、秋に鮮やかに紅葉する。➡合歓木の実（ねむのみ）［秋］、紅葉（もみじ）［秋］、合歓木の花（ねむのはな）［夏］

「の」

のぎく【野菊】
菊の野生の在来種。白・紫・褐色などの花を開く。古来、嫁菜の花も野菊と呼ばれることが多い。［同義］野路菊（のじぎく）、紺菊（こんぎく）。➡菊（きく）［秋］

§

秋立つとおもふばかりを吾が宿の垣の野菊は早咲きにけり　伊藤左千夫・伊藤左千夫全短歌

秋草のいつれはあれと露霜に痩せし野菊の花をあはれむ　伊藤左千夫・伊藤左千夫全短歌

提灯の火が少しばかり先になりて野菊の花のつと光りたり　佐佐木信綱・常盤木

水色に塗りたる如きおほぞらと白き野菊のつづく路かな　与謝野晶子・青海波

朝の日のとゞかずなりし山の裾につめたげに咲く野菊一もと　武山英子・武山英子拾遺

封切れば枯れし野菊とながからぬ手紙と落ちぬわが膝のうへ　若山牧水・路上

山路なる野菊の茎の伸びすぎて踏まれつつ咲けりむらさきの花　若山牧水・山桜の歌

ふためきて君が跡追ひ野路走り野菊がなかに寝て空を見る　石川啄木・啄木歌集補遺
大原や野菊花咲くみちのべに京へ行く子か、母と憩へる　木下利玄・銀
藪蔭に野菊の花のすこしある去来《きょらい》の墓のありどころかな　吉井勇・天彦
いにしへの寧楽《なら》の宮居のあとどころ野菊すがれてさける寂しさ　石井直三郎・青樹
ながめしは野菊のくきのはじめ哉　未得・崑山集
名も知らぬ小草花咲く野菊かな　素堂・素堂家集
なでしこの暑さわする丶野菊かな　芭蕉・旅館日記
重箱に花なき時の野菊かな　其角・句兄弟
朝見えて痩たる岸の野菊哉　支考・其便
子狐の隠れ顔なる野菊かな　蕪村・新五子稿
傍に南瓜花咲く野菊かな　召波・春泥発句集
野菊咲いて新愁をひく何の意ぞ　村上鬼城・鬼城句集
石原にやせて倒れる丶野菊かな　正岡子規・子規句集
稲刈りて野菊おとろふ小道かな　正岡子規・子規句集
湯壺から首丈出せば野菊哉　夏目漱石・漱石全集
夫恋ふと詠みし花なる野菊かな　河東碧梧桐・新傾向（秋）
夕べに立ちいで丶花満てる野菊　河東碧梧桐・八年間
野菊の瞳息づける馬の足元に　種田山頭火・層雲
湯気こめて巖の野菊を咲かしむる　飯田蛇笏・山響集
道ひろし野菊もつまず歩みけり　杉田久女・杉田久女句集
野菊摘んで水にかゞめば愛慕濃し　杉田久女・杉田久女句集

のきしのぶ【軒忍】

シダ類ウラボシ科の常緑多年草・自生。樹木、岩、屋根などに着生する。根茎には披針形で黒褐色の鱗片を密生する。葉は革質で線形。［和名由来］屋根の上に着生するところから。［同義］八目蘭（やつめらん）、忍草（しのぶぐさ）、子太草（しだくさ）。［漢名］剣丹。⇩忍草（しのぶぐさ）［秋］、忍（しのぶ）［夏］

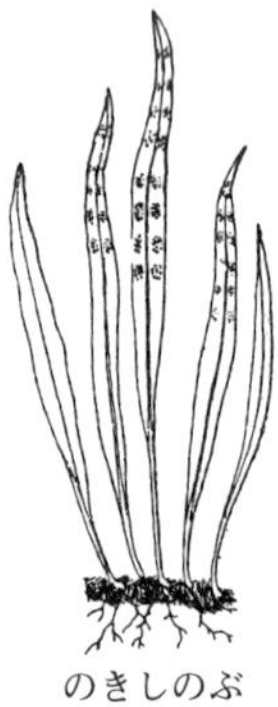
のきしのぶ

のぐるみ【野胡桃】

クルミ科の落葉高樹。西日本に自生。俳句では通常、その年に収穫され、市場に出荷された新胡桃をもって秋の季語とする。⇩胡桃（くるみ）［秋］

のはぎ【野萩】

野生の萩。⇩萩（はぎ）［秋］

§

小比丘尼の折て捨行く野萩哉　暁台・暁台句集

のびえ【野稗】

⇩犬稗（いぬびえ）［秋］

§

秋さびしもののともしさひと本の野稗の垂穂瓶にさしたり　古泉千樫・青牛

のぶどう【野葡萄】

ブドウ科の落葉蔓性植物・自生。葉は三～五裂した心臓形。

節から巻鬚をだし、他物に絡みつく。夏、淡緑色の五弁の小花を開く。花後、球形の果実を結ぶが一般に食用とはならない。［和名由来］野に生育する葡萄の意。［同義］馬葡萄（うまぶどう）。［漢名］蛇葡萄、野葡萄。

のぶどう

のやまのにしき【野山の錦】

秋の野山の草木が紅葉するさまを錦に見立てた表現。⬇紅葉（もみじ）［秋］

§

九重を中に野山の錦かな　　蓼太・蓼太句集

野の錦昼の葬礼通りけり　　正岡子規・子規全集

「は」

はぎ【萩】

マメ科ハギ属の落葉低樹。自生・栽植。高さ約一・五メートル。秋の七草の一。三小葉をもつ複葉。小葉は楕円形。秋、紅紫・白色の多数の蝶形の花を総状に開く。花後、偏平で楕円形の果実を結び、中に種子を一つ含む。「萩」は国字。秋に咲く花の代表として草冠をつけたもの。紋章としても「抱萩」「萩丸」「抱割萩」など種類が多い。［和名由来］諸説あり。「生芽（ハエギ）」「延茎（ハヘクキ）」「葉黄（ハキ）」の意など。［同義］秋萩（あきはぎ）、秋知草（あきしりぐさ）、月見草（つきみぐさ）、初見草（はつみぐさ）、風草（かぜくさ）、庭見草（にわみぐさ）、鹿鳴草（しかなぐさ・しかなくぐさ）、鹿妻草（しかつまぐさ）、秋遅草（あきちぐさ）。［漢名］胡枝花。⬇秋萩（あきはぎ）［秋］、こぼれ萩（こぼれはぎ）［秋］、小萩（こはぎ）［秋］、白萩（しらはぎ）［秋］、乱れ萩（みだれはぎ）［秋］、山萩（やまはぎ）［秋］、夏萩（なつはぎ）［夏］、糸萩（いとはぎ）［秋］、野萩（のはぎ）［秋］、萩が枝（はぎがえ）［秋］、萩散る（はぎちる）［秋］、萩の戸（はぎのと）［秋］、萩の花（はぎのはな）［秋］、萩原（はぎはら）［秋］、萩の宿（はぎのやど）［秋］、萩見（はぎみ）［秋］、萩の塵（はぎのちり）［秋］、萩の主（はぎのあるじ）［秋］

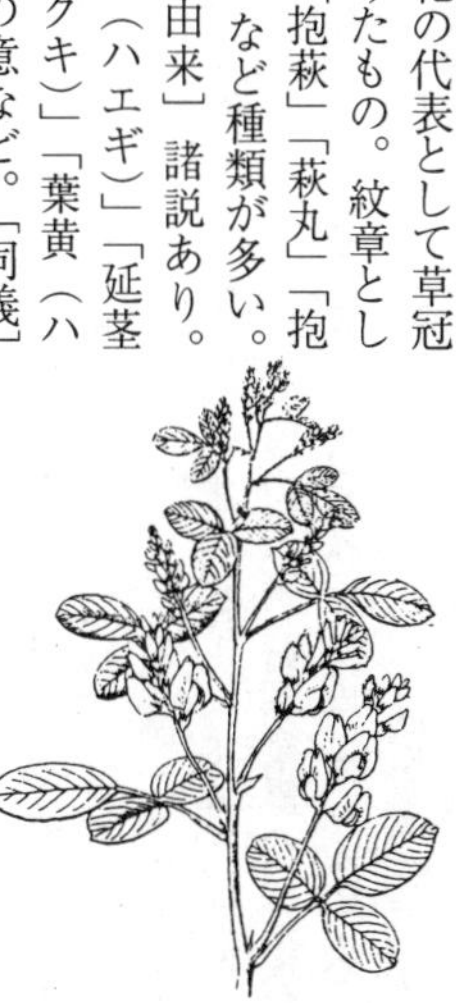
はぎ

§

春日野に咲きたる萩は片枝はいまだふふめり言な絶えそね　　作者不詳・万葉集七

我がやどの萩の下葉は秋風もいまだ吹かねばかくぞもみてる　　大伴家持・万葉集八

この夕秋風吹きぬ白露に争ふ萩の明日咲かむ見む
作者不詳・万葉集一〇

ことさらに衣は摺らじ女郎花佐紀野の萩ににほひて居らむ
作者不詳・万葉集一〇

我が背子がかざしの萩に置く露をさやかに見よと月は照るらし
作者不詳・万葉集一〇

秋の野に露負《お》へる萩《はぎ》を手折《た》らずてあたら盛《さか》りを過《す》ぐしてむとか
大伴家持・万葉集二〇

鳴きわたる雁の涙や落ちつらむもの思ふ宿の萩の上の露
よみ人しらず・古今和歌集四（秋上）

白露の上はつれなくおきゐつつ萩の下葉の色をこそ見れ
よみ人しらず・後撰和歌集六（秋中）

秋の野の萩の錦は女郎花立ちまじりつつ織れるなりけり
貫之集（紀貫之の私家集）

秋風に乱れてものは思へども萩の下葉の色はかはらず
藤原高光・新古今和歌集一一（恋一）

宮城野に妻とふ鹿ぞさけぶなるもとあらの萩に露やさむけき
藤原長能・後拾遺和歌集四（秋上）

思ふことなけれどぬれぬ我が袖はうたたある野辺の萩の露かな
能因・後拾遺和歌集四（秋上）

朝な朝な鹿のしがらむ萩の枝の末葉の露のありがたの世や
増基・詞花和歌集一〇（雑下）

月影のいたらぬ庭も今宵こそさやけかりけれ萩の白露
元輔集（藤原元輔の私家集）

秋はなほ夕まぐれこそただならぬ荻の上風萩の下露
義孝集（藤原義孝の私家集）

鶉鳴く野辺の篠屋にひとり寝てたもとならはす萩の下露
秋篠月清集（藤原良経の私家集）

身にしみて思ひおかるる夕べかな荻の葉の風萩の上の露
拾玉集（慈円の私家集）

秋の色をしらせそむとや三日月の光をみがく萩の下露
拾遺愚草（藤原定家の私家集）

萩の花くれぐれまでもありつるが月いでて見るになきがはかなき
金槐和歌集（源実朝の私家集）

松のひゞき萩のさやぎのさまざまに聞えて絶えぬよはの秋風
賀茂真淵・賀茂翁家集

萩咲《さけ》る山辺の石は心ありと人や見るらむかりに置《おき》しを
田安宗武・悠然院様御詠草

飯乞《いひ》ふとわれ来にけらしこの園の萩のさかりに逢ひにけるかも
大愚良寛・良寛歌評釈

秋風にまなくひまなくちる萩も今一日とて君をまつらし
伊藤左千夫・伊藤左千夫全短歌

我が庭の萩の上葉に秋風の吹くらん時を待てばくるしも
正岡子規・子規歌集

夏野ゆくをじかのつの丶つかのまに萩咲ぬべく成にける哉
樋口一葉・緑雨筆録「一葉歌集」

世はなれし、野にこそすまへ。萩尾花秋の色には、洩れぬ宿かな
与謝野寛・東西南北

わが友に導かれ来《こ》し義仲寺《ぎちゆうじ》のせまきくまみの萩《はぎ》咲かむとす　斎藤茂吉・白桃
朝寒や萩に照る日をなつかしみ照らされに出し黒かみのひと　若山牧水・海の声
逢《あ》ふべくはただにまちをるわがために萩咲きしやと問ひこせ吾妹《わぎも》　橋田東声・地懐以後
目にたちて　一つ吹かるゝ初花の、日向《ヒナタ》明るき庭の　萩《ハギ》むら　折口春洋・鵠が音
一家《ひとつや》に遊女もねたり萩と月　芭蕉・おくのほそ道
ぬれて行く人もおかしや雨の萩　芭蕉・泊船集
小萩ちれますほの小貝小盃《こさかづき》　芭蕉・鷹獅子集
蕎麦もみてけなりがらせよ野良の萩　芭蕉・続寒菊
萩の露米つく宿の隣かな　芭蕉・泊船集書入
心せよ下駄のひゞきも萩の露　曾良・雪まろげ
くゞらせて色々にこそ萩の露　嵐雪・のぼり鶴
心ざし置ともかるし萩の露　土芳・蓑虫庵集
杖曳て旅の華なり萩薄　涼菟・糸魚川
内蔵に月も傾ぶく萩の露　鬼貫・鬼貫句選
萩にのぼる雲の下のは木曾山か　惟然・惟然坊句集
さりながら袖にこぼさじ萩の露　北枝・北枝発句集
しげしげと目で物言ふや萩の露　丈草・星会集
萩芒月は細きが哀れなる　野坡・野坡吟草
秋もはや萩に芒のちらし哉　文考・東西夜話
行先も寝やすき方ぞ萩と月　浪化・白扇集

旅人の火を打こぼす萩の露　蕪村・蕪村遺稿
水有《あり》や家鴨《あひる》の覗《のぞ》く萩の下　闌更・発句三傑集
明ぬとて萩を分行く聖かな　召波・春泥発句集
縁先やよべに見残す今朝の萩　樗良・樗良発句集
風荒れて萩に嬉しき限り哉　樗良・樗良発句集
凭れあひて一枝動く軒の萩　白雄・白雄句集
萩に遊ぶ人黄昏れて松の月　几董・井華集
よき夜とて土間にも居たり萩芒　士朗・枇杷園句集
露萩や結び捨たる縄簾　士朗・枇杷園句集
萩咲て夫婦の小言かくれけり　巣兆・曾波可理
萩寺や鹿の気取りに犬が寝る　一茶・一茶句帖
心得て行けど萩踏む山路かな　梅室・梅室家集
萩芒京へ一里の筧かな　内藤鳴雪・鳴雪句集
萩薄小町が笠は破れけり　正岡子規・子規句集
萩に伏し薄にみだれ故里は　夏目漱石・漱石全集
苫もりて夢こそ覚むれ萩の声　夏目漱石・漱石全集
雨の庭萩起し行く女かな　尾崎紅葉・尾崎紅葉集
萩の露こぼさじと折るをんなかな　幸田露伴・幸田露伴集
萍に萩のこぼれや里の池　河東碧梧桐・続春夏秋冬
萩叢《はぎむら》の中に傘干す山の庵　高浜虚子・六百句
踏みわける萩よすすきよ　種田山頭火・草木塔
八十の母手まめさよ萩束ね　杉田久女・杉田久女句集
門とざしてあさる仏書や萩の雨　杉田久女・杉田久女句集
野茨にからまる萩のさかりかな　芥川龍之介・発句
この萩の雨のごとくに垂るゝかな　山口青邨・雪国

白萩の夕日にそまり高らかに　山口青邨・雪国
萩睡り葉鶏頭《かまつか》はなほ夕なる　加藤楸邨・穂高
妻ゆきし萩しづまりぬ道を閉ぢぬ　石田波郷・惜命

はぎがえ【萩が枝】
萩の枝。➡萩（はぎ）［秋］

§

萩が枝やあぶなき月の住み所　来山・続いま宮草
憂き旅や萩の枝末の雨を踏む　蕪村・蕪村遺稿

はぎちる【萩散る】
仲秋の頃、萩は散る。➡萩（はぎ）［秋］

§

秋萩の散りの乱《まが》ひに呼びたてて鳴くなる鹿の声の遥けさ　湯原王・万葉集八
奥山に住むといふ鹿の宵さらず妻どふ萩の散らまく惜しも　作者不詳・万葉集一〇
雁は来ぬ萩は散りぬとさを鹿の鳴くなる声もうらぶれにけり　作者不詳・万葉集一〇
このころの秋風寒し萩の花散らす白露置きにけらしも　作者不詳・万葉集一〇
秋萩を散らす長雨の降るころはひとり起き居て恋ふる夜ぞ多き　作者不詳・万葉集一〇
この秋はなにを手向の花にせむゆふべの風に萩は散りたり　落合直文・萩之家遺稿
萩散るや水に這ふ子の玉襷　琴風・類柑子
萩散りぬ祭も過ぎぬ立仏　一茶・享和句帖

はぎのあるじ【萩の主】
萩の持ち主をいう。➡萩（はぎ）［秋］

§

似合しき萩のあるじや女宮　召波・春泥発句集

はぎのちり【萩の塵】
こぼれ散った萩の花をいう。➡萩（はぎ）［秋］

§

浪の間や小貝にまじる萩の塵　芭蕉・類柑子

はぎのと【萩の戸】
萩の花が散りかかる木戸をいう。➡萩（はぎ）［秋］

§

おもはぬにゐまひ眉《まよ》引き萩が戸に汝《な》が来しとおもひ門《かど》に出《で》て見つ　橋田東声・地懐以後
萩の戸やしばし遠慮の翁丸　浪化・浪化上人発句集

はぎのはな【萩の花】
➡萩（はぎ）［秋］

§

萩の花尾花葛花撫子の花女郎花また藤袴朝顔の花（旋頭歌）　山上憶良・万葉集八
萩の花咲きたる野辺にひぐらしの鳴くなるなへに秋の風吹く　作者不詳・万葉集一〇
飯乞《いひ》ふとわが来てみれば萩の花みぎりしみみに咲きにけらしも　大愚良寛・良寛歌評釈
みだるればつくろひかへて萩の花一夜にもとのにしきなりけり　大隈言道・草径集

おく露はひとつなりしをいろいろに萩の花さく宮城野の原
落合直文・萩之家遺稿
見れど飽かぬ嫩草山《わかくさやま》に夕霧のほのぼのにほふくさ萩の花
長塚節・西遊歌
萩咲かばかへるといひし汝《なれ》まつとしら萩の花けさ咲きそめつ
橋田東声・地懐以後
萩が花まばらに咲けるくれなゐは朝明に見ればまぎれなむとす
半田良平・幸木
萩の花こぼれて庭の更紗かな　北枝・射水川
木刀やかへす袂に萩の花　北枝・北枝発句集
悲しさのちらりと見ゆる萩の花　成美・成美家集
ゆひ日解《とけ》ばみな咲《さい》て居り萩の花　菊舎尼・田折菊
萩の花一本折れば皆動く　梅室・梅室家集
萩の花くねるともなくてうねりけり　正岡子規・子規句集

はぎのやど【萩の宿】
萩が咲いている家や宿のこと。⬇萩（はぎ）［秋］
§
塀外へあふれ咲く枝や萩の宿　杉田久女・杉田久女句集

はぎはら【萩原】
萩が生いしげる野原。⬇萩（はぎ）［秋］
§
雁がねの来鳴かむ日まで見つつあらむこの萩原に雨な降りそね
作者不詳・万葉集一〇
ますらをの呼びたてしかばさを鹿の胸分け行かむ秋野萩原
大伴家持・万葉集二〇
夕されば小野の萩原吹く風にさびしくもあるか鹿の鳴くなる
藤原正家・千載和歌集五（秋下）
置く露もしづ心なく秋風に乱れて咲ける真野の萩原
祐子内親王家紀伊・新古今和歌集四（秋上）
萩原や庭のゆふ露うつろひてくれあへぬ影は月にぞ有《あり》ける。
賀茂真淵・賀茂翁家集
萩原や一夜《ひとよ》はやどせ山の犬　芭蕉・続虚栗
萩原や花身に付けて分出づる　闌更・半化坊発句集
一日の旅おもしろや萩の原　正岡子規・子規句集

はぎみ【萩見】
萩を観賞すること。⬇萩（はぎ）［秋］
§
身をよけて通る斗りの萩見哉　梅室・梅室家集

はくとう【白桃】
「しろもも」ともいう。水蜜桃の一種。果肉は白く、汁気に富み、甘美な味である。⬇水蜜桃（すいみつとう）［秋］、桃の実（もものみ）［秋］、白桃（しろもも）［春］
§
ただひとつ惜しみて置きし白桃《しろもも》のゆたけきを吾《われ》は食《く》ひをはりけり
斎藤茂吉・白桃

はげいとう【葉鶏頭】
ヒユ科の一年草・栽培。インド原産。アマランサス（amaranths）。高さ九〇〜一二〇センチ。黄・紅・紫色の斑紋のある鮮やかな長楕円形の葉をもつ。夏から秋に、黄緑色の小花を葉元に密生して開く。［和名由来］鮮やかな葉をもち鶏頭に似ているところから。

［同義］鎌柄（かまつか）、雁来紅（がんらいこう・かまつか）、紅葉草（もみじぐさ）。

［漢名］雁来紅。［花言］不老不死、気取屋、洒落人。⬇葉鶏頭（かまつか）［秋］、雁来紅（がんらいこう）［秋］

はげいとう

§

夏菊の枯るる側より葉鶏頭の紅深く伸び立ちにけり　正岡子規・子規歌集
葉鶏頭は種にとるべくさびたれど猶しうつくし秋かたまけて　長塚節・秋冬雑詠
障子張る紙つぎ居れば夕庭にいよいよ赤く葉鶏頭は燃ゆ　長塚節・晩秋雑詠
やがて死ぬ秋におごりて葉鶏頭のいとにほやかに立つがさみしき　田波御白・御白遺稿
葉鶏頭寂しき朱《あけ》に映えにける秋のみ園に異《こと》草もなし　土田耕平・斑雪
葉鶏頭《はげいとう》の赤き一群《ひとむら》が目にうかべど植物《しょくぶつ》のごとき感じにあらず　佐藤佐太郎・歩道
まだ夏の心ならひや葉鶏頭　嵐雪・或時集
岡崎は祭も過ぎぬ葉鶏頭　史邦・芭蕉庵小文庫
虫ばんで古き錦や葉鶏頭　村上鬼城・鬼城句集
釣鐘の寄進につくや葉鶏頭　正岡子規・子規句集
うつくしき色見えそめぬ葉鶏頭　正岡子規・子規句集
葉鶏頭に土の固さや水沁まず　杉田久女・杉田久女句集
雨冷の俄か障子や葉鶏頭　杉田久女・杉田久女句集補遺
きのふけふ葉鶏頭《かまつか》の丹もさだまりぬ　加藤楸邨・穂高

はじかみ【薑・椒】

生姜、山椒の各古名。また、辛い食用植物の総称。⬇生姜（しょうが）［秋］、山椒の実（さんしょうのみ）［秋］

§

いにしへはおほねはじかみにらなすびひるほし瓜も歌にこそよめ　小沢蘆庵・六帖詠草
はじかみや秋のものとて薄紅葉　漁童・新類題発句集
妹が子や薑とけて餅の番　其角・五元集
朝川の薑を洗ふ匂かな　正岡子規・子規句集
はじかみの薄紅見ゆる厨かな　松瀬青々・倦鳥

はしばみ【榛】

カバノキ科の落葉低樹。自生・栽植。高さ約三メートル。春に穂状の小花（雄花は黄褐色、雌花は紅色）を開く。秋、団栗（どんぐり）状の果実を結び食用となる。俳句では榛の実をもって秋の季語となる。

［和名由来］諸説あり。「葉皺（ハシワミ）」「榛柴実（ハシバミ）」「ハリシバミ」の意などより。［漢名］榛。

［花言］和解。⬇榛の花（はしばみのはな）［春］

はしばみ

§

はしはみの実もいちしろくあらはれてきはめる木の葉や、おちつくす
伊藤左千夫・伊藤左千夫全短歌

はしばみの青き角《つの》より出づる実を噛《か》みつつ帰る今日《けふ》の山行《やまゆ》き
土屋文明・山の間の霧

榛をこぼして早し初瀬川　梅里・類題発句集

ばしょう【芭蕉】

バショウ科の大形多年草・栽培。中国原産。「芭蕉」は本来は総称名。古歌では「ばせを」とも表記する。高さ約五メートル。夏に長大な花穂をだし、帯黄色の花を段階状に輪生する。秋には、葉は二メートルくらいの長楕円形の広葉に成長するが、晩秋には風雨で破れてしまう。葉茎は利尿、根は解熱の薬用となる。繊維は布「芭蕉布」（沖縄・奄美大島の特産）となる。[和名由来] 漢名「芭蕉」より。[同義] 芭蕉葉（ばしょうば）、庭見草（にわみぐさ）、奏者草

芭蕉庵［江戸名所図会］

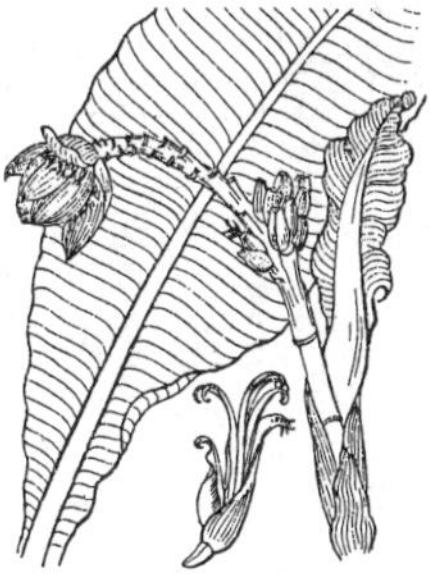
ばしょう

（そうじゃぐさ）、庭忘草（にわわすれぐさ）、鳳尾（ほうび）、扇子仙（せんじせん）。[漢名] 芭蕉、甘蕉。⬇破れ芭蕉（やればしょう）[秋]、玉巻く芭蕉（たままくばしょう）[夏]、芭蕉玉解く（ばしょうたまとく）[夏]、芭蕉の花（ばしょうのはな）[夏]、芭蕉の巻葉（ばしょうのまきば）[夏]、芭蕉若葉（ばしょうわかば）[夏]

§

いかがするやがて枯れゆくばせを葉に心して吹く秋風もなし
藤原為家・夫木和歌抄一八

ばせを葉やいかなる風をいたむらん秋の心ぞ色に出でぬる
拾玉集（慈円の私家集）

きりぎりすまぢかき壁におとづれてよひの雨降る庭のばせを葉
寂蓮・正治二年初度百首

身をよぎてわがゆきかへば芭蕉ばの心のま丶に広葉也けり
大隈言道・草径集

芭蕉の葉ひろきかげにかくろひてこの夕ぐれの月待ち居らむ
服部躬治・迦具土

夕立の露をはらひて揺らぎ立つ木草の中に大芭蕉はも
太田水穂・冬菜

神楽歌書かん芭蕉の広葉哉　言水・言水句集

芭蕉野分《のわき》して盥《たらい》に雨を聞《きく》夜哉　芭蕉・武蔵曲

芭蕉葉を柱にかけん庵《いほ》の月　芭蕉・蕉翁文集

此寺は庭一盃のばせを哉　芭蕉・誹諧曾我

芭蕉葉は何になれとや秋の風　路通・猿蓑

芭蕉葉に雀も角をかくしけり　其角・五元集拾遺

ばせを葉や在家の中の浄土寺　露川・浮世の北
巡礼の落書知らぬ芭蕉かな　也有・蘿葉集
物書に葉うらにめづる芭蕉哉　蕪村・蕪村句集
淋しさの来る橋懸けて芭蕉哉　蓼太・蓼太句集
露はれて露の流るゝ芭蕉かな　白雄・白雄句集
芭蕉葉に落かゝりけり鬼瓦　暁台・暁台句集
した〳〵かに雨だれ落つる芭蕉かな　内藤鳴雪・鳴雪句集
隣からともしの映る芭蕉かな　正岡子規・子規句集
大寺の施餓鬼過ぎたる芭蕉かな　正岡子規・子規句集
壁に映る芭蕉夢かや戦ぐ音　夏目漱石・漱石全集
藁寺《わらでら》に緑一団の芭蕉《ばしょう》かな　高浜虚子・五百句
ひろびろと露曼陀羅の芭蕉かな　川端茅舎・川端茅舎句集

はすのみ【蓮の実】

スイレン科の水生多年草の蓮は、秋、花托の中に椎の実に似た広楕円形の黒色の堅実を結ぶ。甘味があり、食用。砂糖漬などにもする。⇩蓮（はす）［夏］、蓮の実飛ぶ（はすのみとぶ）［秋］

§

蓮は実をむすぶも清きやり水に月ひとり澄む山寺の庭　与謝野礼厳・礼厳法師歌集
名月や蓮の実ぬけし水の音　介我・陸奥衛
蓮の実の中はひそかに巻葉哉　万子・続有磯海
蓮の実の脱け尽したる蓮の実か　越人・曠野
蓮の実や風にものらずとゞまらず　百里・花摘
蓮の実のたがひ違ひに飛びにけり　村上鬼城・鬼城句集

はすのみとぶ【蓮の実飛ぶ】

晩秋、熟した蓮の実は花托から飛んで水の中へ落ちる。⇩蓮の実（はすのみ）［秋］、蓮（はす）［夏］

§

静けさや蓮の実飛ぶあまたゝび　麦水・麦水発句集
蓮の実とぶ十八賢の袂かな　松瀬青々・倦鳥

はすのめし【蓮の飯】

糯米を蓮の葉に包んで蒸したもの。盂蘭盆の仏壇に供え、父母や親戚に礼として贈る。［同義］蓮飯（はすめし）、蓮の葉飯（はすのはめし）。⇩蓮（はす）［夏］

§

松の葉につゝむ心を蓮の飯　支考・笈日記
死なで帰る此夕暮に蓮の飯　闌更・半化坊発句集
雀らもせうばんしたり蓮の飯　一茶・七番日記
百年目にも参らうず程蓮の飯　夏目漱石・漱石全集

はぜのみ【櫨の実・黄櫨の実】

櫨はウルシ科の落葉高樹。自生・栽培。古歌では「はじ」という。高さ約一〇メートル。三〜十一枚の小葉からなる羽状複葉。初夏、黄緑色の小花を開く。花後、秋に淡黄白色の偏平な堅実を結ぶ。新芽・葉・樹皮からとる染料による「黄櫨染（はじぞめ）」は、天皇の衣服に限定して用いられた。果実か

はぜ

ら蝋「木櫨蝋（はぜろう）」をつくる。［〈櫨〉同義］蝋木（ろうのき）、粘木（ねばのき）。［〈櫨〉漢名］野漆樹。⬇櫨の花（はぜのはな）［夏］、櫨紅葉（はぜもみじ）［秋］

§

日も暮れて櫨《はじ》の実採りのかへるころ廓の裏をゆけばかなしき　北原白秋・桐の花

はぜもみじ【櫨紅葉・黄櫨紅葉】

ウルシ科の落葉高樹の櫨の紅葉。秋、鮮やかに紅葉する。古歌では櫨を「はじ」という。⬇櫨の花（はぜのはな）［夏］、櫨の実（はぜのみ）［秋］、紅葉（もみじ）［秋］

§

もずのゐるはじの立枝のうす紅葉たれ我が宿のものと見るらん　藤原仲実・金葉和歌集三（秋）

しぐれゆくはじの立枝に風越えて心色づく秋の山里　拾遺愚草（藤原定家の私家集）

長畝の櫨の紅葉の暁に露にぬれたるにほひ見ましを　伊藤左千夫・伊藤左千夫全短歌

はぜの葉のもみぢはしるし門《かど》の外の敷石みちにけさも散りをり　土田耕平・斑雪

あから葉のけふのまにして散りはてし櫨の木ぶりのともしきを見つ　土田耕平・一塊

二三本竹の中なり櫨紅葉　夏目漱石・漱石全集

はつおばな【初尾花】

秋になり、初めて穂をだした芒をいう。［同義］初花薄（はつはなすすき）。⬇芒（すすき）［秋］、尾花（おばな）［秋］

§

いつしかと思ひし秋の初をばなほにいで、ほしの枕にやかる　小沢蘆庵・六帖詠草

はっかのはな【薄荷の花】

薄荷はシソ科の多年草。高さ約六〇センチ。夏から秋に淡紅紫色の唇形の花を叢生する。茎・葉は香料の材料になる。［花言］美徳。⬇薄荷刈る（はっかかる）［夏］

§

ゆくりなく摘みたる草の薄荷草《はくかぐさ》思ひに堪へぬ香をかぎにけり　土屋文明・ふゆくさ

はつぎく【初菊】

その秋、初めて咲く菊の花。⬇菊（きく）［秋］

§

初菊やほじろの頬の白き程　嵐雪・分外集

初菊や九日までの宵月夜　召波・春泥発句集

はっしょういも【八升芋】

じゃが芋は極めて増殖が早く、たくさんの収穫があるとの意でこの名がある。⬇じゃが芋（じゃがいも）［秋］、芋（いも）［秋］

はつたけ【初茸】

ベニタケ科の茸。自生・栽培。傘は漏斗状で中央が窪み、数本の同心円状の環紋がある。赤褐色で、傷をつけると青く変色する。食用茸。［同義］藍茸（あいたけ）、松

はつたけ

耳（まつみみ）。⬇茸（きのこ）［秋］

§

初茸はいまだ出なくに塩尻の山の与平治時過ぎにけり　村上成之・翠微

初茸やまだ日数へぬ秋の露　芭蕉・芭蕉庵小文庫

初茸を挟みて焼や茶弁当　許六・正風彦根体

初茸にまぎる丶庵や松の中　支考・国の花

初茸や二人見つけてまあまあと　一茶・一茶句帖

はつほ【初穂】

その秋、初めて出た穂のこと。特に稲の穂をいう。⬇稲（いね）［秋］

§

小墾田のをはりの初穂かくもあれ　暁台・暁台句集

はつもみじ【初紅葉】

秋になって初めて見る紅葉をいう。⬇紅葉（もみじ）［秋］

§

秋もはや岩に時雨れて初紅葉　許六・しるしの竿

霜に酔ふ鶴のかしらや初紅葉　支考・東西夜話

僅なる照日の前や初紅葉　月渓・月渓句集

はとむぎ【鳩麦】

イネ科の一年草・栽培。高さ一～一・五メートル。熱帯アジア原産。雌雄同株。葉は細形。夏、数珠玉の花に似た花を開く。花後、楕円形の暗褐色の実を結び食用となる。穀は「薏苡仁（よくいにん）」として利尿、鎮痛、強壮の薬用になる。［和名由来］「鳩麦」の呼称は明治以後と。鳩の食べる麦の意。明治前までは「四国麦（しこくむぎ）」と呼ばれた。［同義］薏苡、四国麦。

はとむぎ

§

薏苡や昔通ひし叔父が家　正岡子規・子規句集

はなすすき【花芒・花薄】

芒の花。［同義］尾花（おばな）、穂芒（ほすすき）、芒の穂。⬇芒（すすき）［秋］、尾花（おばな）［秋］

§

めづらしき君が家なる花すすき穂に出づる秋の過ぐらく惜しも　石川広成・万葉集八

花すすきそよともすれば秋風の吹くかとぞ聞くひとり寝る夜は　在原棟梁・後撰和歌集七（秋下）

ゆく人を招くか野辺の花すすきこよひもここに旅寝せよとや　平忠盛・金葉和歌集三（秋）

秋来ぬと風にもつげてし山里になほほのめかす花すすきかな　静賢・千載和歌集四（秋上）

我が心ゆくとはなくて花すすき招くを見れば目こそとどまれ　和泉式部集（和泉式部の私家集）

花すすき草のたもとの露けさをすてて暮れゆく秋のつれなさ　藤原定家（藤原定家の私家集）

あきの野のいとさむければ花薄ふしても風をとほすなりけり　大隈言道・草径集

秋の日のさびしき時は花薄そなたむけるもうとましげなる
大隈言道・草径集
君が手を交じるなるべし花芒　去来・猿蓑
尻なで、落馬さするな花すゝき　去来・記念題
品川へ二里の休や花芒　嵐雪・陸奥鵆
花芒寺あればこそ鉦が鳴る　来山・続いま宮草
秋に添鹿の目もとや花すゝき　土芳・蓑虫庵集
岩の上に神風寒し花芒　其角・句兄弟
神鳴の末野は遠し花芒　浪化・麻生
花芒戸にはさまれし夜風かな　牧童・卯辰集
伸上る富士の別れや花芒　几董・井華集
淋しさの年々高し花芒　几董・井華集
陽炎の秋にも逢へり花芒　士朗・枇杷園句集
手の届く松に入日や花芒　一茶・享和句帖
槍立て、通る人なし花薄　正岡子規・子規句集
武蔵野や畠の隅の花芒　正岡子規・子規句集
長短の風になびくや花芒　夏目漱石・漱石全集
花芒払ふは海の鱗雲《ほて》　芥川龍之介・我鬼句抄
美しき歩き頬照りや花芒　中村汀女・花句集

はなの【花野】
さまざまな花が咲き競う秋の野原をいう。➡花（はな）［春］、秋の野（あきのの）［秋］、秋の花（あきのはな）［秋］、花畑（はなばたけ）［秋］
§
霜枯に咲は辛気《しんき》の花野哉　芭蕉・続山井

道筋の細う暮れたる花野かな　風国・初蝉
行我《ゆくわれ》もにほへ花野を来るひとり　言水・元禄名家句集
から風に片頬寒き花野かな　許六・正風彦根体
野の花や月夜恨めし闇ならよかろ　鬼貫・鬼貫句選
山伏の火をきりこぼす花野かな　野坡・野坡吟草
馬からは落ちねど一夜花野哉　支考・山琴集
仏への土産出来たる花野かな　也有・蘿葉集
別荘の材木積みし花野かな　内藤鳴雪・鳴雪句集
鞍壺にきちかう挿して花野かな　村上鬼城・鬼城句集
花野には花の互ひに深きかな　松瀬青々・倦鳥
川上の水静かなる花野かな　河東碧梧桐・続春夏秋冬

はなのいもと【花の妹】
菊の異称。➡菊（きく）［秋］
§
蟹屎にうつろう花の妹かな　其角・類柑子

はなばたけ【花畑】
花を栽培している秋の畑をいう。➡花野（はなの）［秋］、花（はな）［春］
§
拓きある野ごしに見たる花畠　松瀬青々・倦鳥

はなむくげ【花木槿】
木槿の花。➡木槿（むくげ）［秋］
§
花むくげはだか童《わらは》のかざし哉　芭蕉・東日記
日の照や一雨残る花木槿　暁台・暁台句集

花木槿立つ日の早き思ひあり　白雄・白雄句集
寝る外に分別はなし花木槿　一茶・文化句帖
墓多き小寺の垣や花木槿　河東碧梧桐・新俳句
寺あれば池ある里や花木槿　河東碧梧桐・新傾向（秋）

ははそ【柞】

小楢・大楢などのナラ類、櫟（くぬぎ）の古名。紅葉が美しく、万葉集の後の古歌では紅葉を詠んだものが多い。［同義］楢木（ならのき）。⬇柞紅葉（ははそもみじ）［秋］

おおなら

§

山科の岩田の小野のははそ原見つつか君が山道《やまぢ》越ゆらむ　藤原宇合・万葉集九

ちちの実の　父の命　ははそ葉の　母の命　おほろかに　心尽して　思ふらむ　その子なれやも…（長歌）　大伴家持・万葉集一九

時わかぬ浪さへ色にいづみ川ははその森にあらし吹くらし　藤原定家・新古今和歌集五（秋下）

さほやまの谷岑かけてあきの色をは、そひと木に染にけるかな　上田秋成・五十番歌合

しめりたる苔の上など斑斑と、柞の黄なる落葉してあり　岡稲里・朝夕

柞原《ははそはら》色ふけにけり朝ゆふに霧のまよひのふかくなりつつ　土田耕平・一塊

道のべや柞の宿におく火入　松瀬青々・妻木

ははそもみじ【柞紅葉】

⬇柞（ははそ）［秋］、紅葉（もみじ）［秋］

§

秋霧は今朝はな立ちそ左保山のははそのもみぢよそにても見ん　よみ人しらず・古今和歌集五（秋下）

山里のははそのもみぢ散りにけりこのもといかにさびしかるらん　よみ人しらず・後拾遺和歌集一〇（哀傷）

色かへぬ松吹く風の音はして散るははそのもみぢなりけり　藤原朝仲・千載和歌集五（秋下）

左保山のははそのもみぢ散るままに声弱りゆく木枯の風　よみ人しらず・後葉和歌集五（秋下）

かゞやける柞紅葉や長者が田　雨上・新類題発句集

はまおぎ【浜荻】

浜辺に生える荻のこと。⬇荻（おぎ）［秋］、荻の若葉（おぎのわかば）［春］

§

神風の伊勢の浜荻折り伏せて旅寝やすらむ荒き浜辺に　碁檀越妻・万葉集四

あたら夜を伊勢の浜荻折り敷きて妹恋しらに見つる月かな　藤原基俊・千載和歌集八（羇旅）

いく夜かは月をあはれとながめ来て浪に折り敷く伊勢の浜荻　越前・新古今和歌集一〇（羇旅）

月に伏す伊勢の浜荻今宵もや荒き磯辺の秋をしのばん　拾遺愚草（藤原定家の私家集）

はま荻の芦火《あしび》の煤《すす》は誰が掃　木因・翁草

浜荻の一ト夜泣たは誰が声ぞ　北枝・北枝発句集

浜荻の寄せては浪の筆返し　蕪村・新五子稿

はまぎく【浜菊】

キク科の多年草。自生・栽培。高さ五〇～一〇〇センチ。葉は肉質・長楕円形で、縁は鋸歯状。秋、中央部が淡黄緑色の白花を開く。［和名由来］海浜に自生する菊の意。［同義］秋牡丹（あきぼたん）。➡菊（きく）［秋］

はまぎく

§

浜菊のふたつならびて咲きてありふたつを摘みて志《し》みじみと見る　田波御白・御白遺稿

はまゆうのみ【浜木綿の実】

ヒガンバナ科の常緑多年草。関東以南の海岸に自生。夏、芳香ある白花を開き、秋に円形の果実を結ぶ。種子は大きい。➡浜万年青（はまおもと）［夏］、浜木綿（はまゆう）［夏］

§

浜木綿《はまゆふ》の花の夕べも円《つぶ》らなる実の伏す今日も我に安けし　土屋文明・自流泉

ばれいしょ【馬鈴薯】

じゃが芋のこと。➡じゃが芋（じゃがいも）［秋］、馬鈴薯の花（ばれいしょのはな）［夏］、芋（いも）［秋］

「ひ」

ひえ【稗】

イネ科の一年草・栽培。高さ一～一・五メートル。葉は細長く平行脈を二縦列に配列する。夏、淡褐緑色の穂を房状につける。秋にやや三角状で小粒の種子を結び、食用となる。［和名由来］諸説あり。漢名「稗」より。朝鮮語の「phi」よりなど。［漢名］稗。➡犬稗（いぬびえ）［秋］、稗田（ひえだ）［秋］、稗の穂（ひえのほ）［秋］

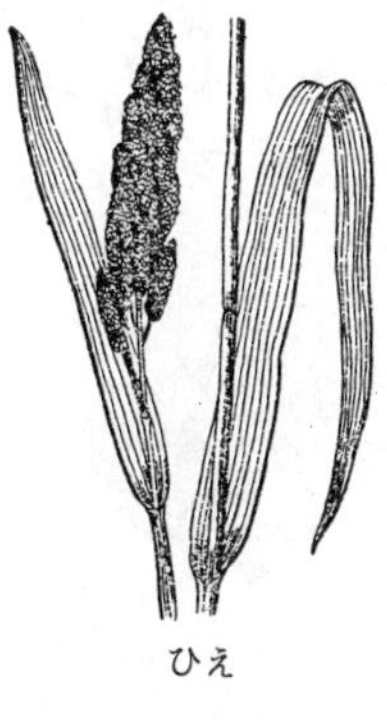
ひえ

§

小夜深にさきて散るとふ稗草のひそやかにして秋さりぬらむ　長塚節・初秋の歌

稗も実世《げに》の中よかれ最上川　惟然・三山雅集

都にも雲の粟田や稗の秋　支考・東西夜話

ひえだ【稗田】

稗の植えられた田。➡稗（ひえ）［秋］

相伴の早稲に刈らる、稗田かな　　浪化・白扇集

§

ひえのほ【稗の穂】

⇩稗（ひえ）［秋］

§

稗の穂に淋しき谷をすぎくればおり居る雲の峰離れゆく　　長塚節・羇旅雑咏

おのづからうらさびしくぞなりにける稗草の穂のそよぐを見れば　　北原白秋・雀の卵

稗の穂の馬逃《にが》したる気色哉　　越人・猿蓑

稗の穂や塀掛渡す岨畠　　野径・藤の実

ひがんばな【彼岸花】

ヒガンバナ科の多年草・自生。地下の鱗茎から約三〇センチの茎をだし、秋の彼岸の頃、その頂端に赤花を数個開く。花後、線状の葉をだす。煎汁にして鎮咳、去痰、腫物などの薬用となる。［同義］曼珠沙華（まんじゅしゃげ）、狐花（きつねばな）、燈籠花（とうろうばな）、剃刀花（かみそりばな）、天蓋花（てんがいばな）、捨子花（すてごばな）、仏花（ほとけばな）、墓花（はかばな）、数珠花（じゅずばな）、幽霊花（ゆうれいばな）、死人花（しびとばな）、葬式花（そうしきばな）。［漢名］石蒜。⇩曼珠沙華（まんじゅさげ）［秋］

ひがんばな

§

歩きつづける彼岸花咲きつづける　　種田山頭火・草木塔

お彼岸のおひがん花をみ仏に　　種田山頭火・層雲

ひさご【瓢・瓠・匏】

瓢箪、夕顔などの類称。また、その果実をいう。［同義］百生（ひゃくなり）。⇩瓢（ふくべ）［秋］、瓢の花（ひさごのはな）［夏］、瓢箪（ひょうたん）［秋］、千生瓢（せんなりひさご）［秋］、百生（ひゃくなり）［秋］、青瓢（あおふくべ）［秋］、夕顔の実（ゆうがおのみ）［秋］

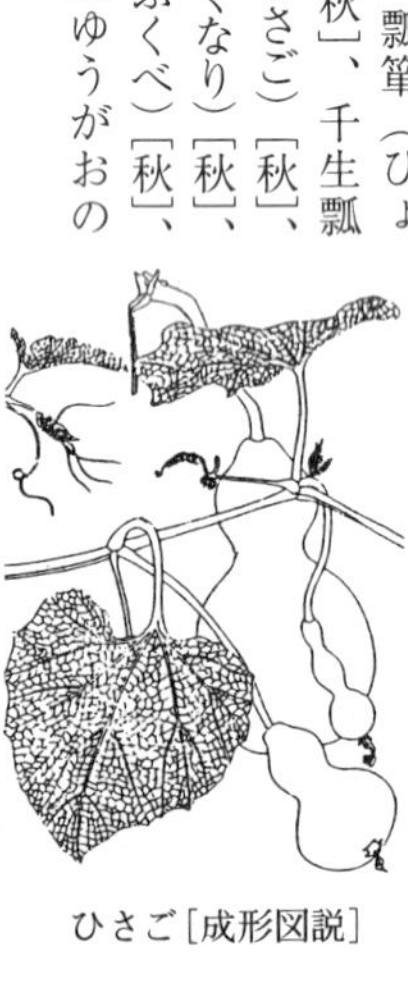

ひさご［成形図説］

§

ものひとつ瓢はかろきわが世哉　　芭蕉・四山集

澄月の雨や瓢も顔のかず　　怒風・続山彦

酒飲に許嫁あり生りひさご　　文考・風俗文選犬註解

片扉閉て久しきひさごかな　　士朗・枇杷園句集

ひやうひやうと瓢の風も九月哉　　一茶・文化句帖

ひしのみ【菱の実】

菱はヒシ科の水生一年草・自生。根は土中にある。茎を伸ばして水面に菱形の鋸歯のある葉をだす。夏、四弁の白い小花を開く。花後、秋に突起のある実を結ぶ。「菱形」はこの実の形をいう。［〈菱〉和名由来］諸説あり。果実の棘の「緊（ヒシ）グ」の意。果実が押し潰れ「拉（ヒシ）ゲタ」の形の

意からなど。［〈菱〉同義］菱藻（ひしも）。⇩菱の花（ひしのはな）［夏］、茹菱（ゆでびし）［秋］

§

蓮を斫《き》り菱の実とりし盥舟《たらひぶね》その水いかに秋の長雨　与謝野晶子・恋ごろも
都べへ立たむ日ちかし菱売の向脛《むかはぎ》くろく秋づきにけり　北原白秋・桐の花
菱の実と小海老と乾して海士が家　村上鬼城・鬼城句集
菱採ると遠賀の娘子《いらつこ》裳濡《すそひ》づも　杉田久女・杉田久女句集

ひとは【一葉】

語源は『淮南子』の「一葉落而天下知秋」による。一葉は『栞草』によれば、「一葉は桐、柳をもいふ、句体によるべし」とあるが、俳句では、一般的に桐一葉の略表現をいう。⇩一葉の舟（ひとはのふね）［秋］、桐一葉（きりひとは）［秋］

§

よるべをいつ一葉に虫の旅ねして　芭蕉・東日記
夏来てもたゞひとつ葉の一葉哉　芭蕉・笈日記
一葉散る咄一葉散る風の上　嵐雪・風の上
一葉散る影やしろりと蛙の目　土芳・蓑虫庵集
手に来ると思へばそるゝ一葉哉　杜若・初便
今朝一葉散るや暦の峠より　也有・蘿葉集
文月の返しに落る一葉かな　千代女・千代尼発句集
ふはふはとして幾日立つ一葉哉　一茶・享和句帖
寝た犬にふはとかぶさる一葉哉　一茶・七番日記
かざし来て馬驚かす一葉かな　梅室・梅室家集
雲を洩る日ざしも薄き一葉哉　夏目漱石・漱石全集
僧遠く一葉しにけり甃《いしだたみ》　高浜虚子・五百句

ひとはのふね【一葉の舟】

形が似ているところから、葉を舟にたとえる表現。もしくは舟を葉にたとえる表現。⇩一葉（ひとは）［秋］

§

秋や来るのうのうそれなる一葉舟　宗因・梅翁宗因発句集
類船と見ゆるやひと葉ふた葉船　宗因・梅翁宗因発句集

びなんかずら【美男葛】

⇩真葛（さねかずら）［秋］

§

静かなる京の朝かなついひぢのびなんかづらに小鳥うたへり　佐佐木信綱・常盤木

ひめぐるみ【姫胡桃】

⇩胡桃（くるみ）［秋］

§

山深みそれにうき名よ姫胡桃　園女・其袋

ひゃくぎく【百菊】

数ある菊の中でも、とくに葉、花、姿が美しいものを形容した言葉。⇩菊（きく）［秋］

§

世を背く野菊や百の名に入らず　桃隣・陸奥衛

ひゃくなり【百生】

⇩瓢（ひさご）［秋］

§

百生りて中に一つのひさご哉　　尚白・忘梅
百生《せり》や蔓一筋の心より　　千代女・千代尼発句集

ひょうたん【瓢箪】
ウリ科の一年草。ユウガオの変種。雌雄同株。茎の巻鬚で他物にからみつく。葉は心臓形で掌状に浅裂する。夏、五弁の白色花を開く。花後、中央部がくびれ、上下で大きさの異なる果実を結ぶ。［和名由来］「瓢（ヒョウ）」は「ひさご」、「箪（タン）」は容器の意。［漢名］蒲蘆、葫蘆。［花言］ふくらみ、かさばること。⬇瓢（ひさご）［秋］、夕顔の実（ゆうがおのみ）［秋］

§

瓢単の尻もすはらず秋幾日　　雪芝・続有磯海
瓢箪のすゑで花さく残暑哉　　林紅・草庵集
風吹けば糸瓜をなぐる瓢かな　　夏目漱石・漱石全集
瓢箪《ひょうたん》の窓や人住まざるが如し　　高浜虚子・五百句

ひょうたん

ひよどりじょうご

ひよどりじょうご【鵯上戸】
ナス科の蔓性多年草・自生。葉は長楕円形で三～五裂し、他の植物に絡みつく。夏から秋、白色五裂の花を開き、花後、赤い液果を結ぶ。［和名由来］ヒヨドリが果実を好んで食べることから。［同義］ほろし。［漢名］白英。［花言］真実。⬇鵯上戸の花（ひよどりじょうごのはな）［夏］、白英（ほろし）［秋］

§

野分にもさめぬ鵯上戸哉　　蒼里・類題発句集
はや色にいづる鵯上戸哉　　秀暁・新類題発句集

ひよどりばな【鵯花】
キク科の多年草・自生。高さ六〇～一五〇センチ。葉は広披針形で縁は鋸歯状。八～一〇月に白・淡紫色の頭花を開く。花後、白い冠毛をもつ果実を結ぶ。根・葉・種子は「沢蘭（たくらん）」として中風・水腫などの薬用になる。［和名由来］ヒヨドリがさえずるころに開花するところから。また、葉をヒヨドリの羽に見立てたものと。［漢名］山蘭。

ひよどりばな［草木図説］

ひらたけ【平茸】
シメジ科の茸。自生・栽培。傘は半月形。上面は鼠色、黄褐色をおびる。天然のものは傘の上皮を剥いで食用とする。［同義］むぎたけ、あわびたけ。⬇茸（きのこ）［秋］

ひらたけ

「ふ」

ふくべ【瓢・瓠】
夕顔の一栽培品種。果実から干瓢をとり、食用とする。⬇
青瓢（あおふくべ）［秋］、瓢（ひさご）［秋］、夕顔の実（ゆうがおのみ）［秋］、種瓢（たねふくべ）［秋］

§

夕がほや秋はいろいろの瓢かな　芭蕉・曠野
身代のぶらりと下がる瓢かな　許六・正風彦根体
雷と一度に落つるふくべかな　許六・風俗文選犬註解
をのが葉に片尻かけて瓢かな　涼菟・笈の若葉
茶の湯にはまだとらぬ也瓢汁　其角・五元集拾遺
覗くには及ばぬ垣のふくべかな　支考・歌まくら
日の影の石にこぼる丶瓢かな　巴人・夜半亭発句集
花や葉に恥かしい程長瓢　千代女・千代尼発句集
順礼の目鼻書行くふくべかな　蕪村・蕪村句集
蔓ながら瓢を叩く童かな　闌更・半化坊発句集
夕風やしぶしぶ動く長ふくべ　几董・井華集
老たりな瓢と我が影法師　一茶・七番日記
取付て松にも一つふくべかな　正岡子規・子規句集
枯色の華紋しみ出し瓢かな　杉田久女・杉田久女句集

ふじあざみ【富士薊】
キク科の多年草・自生。高さ約一メートル。葉は羽状で棘をもつ。［和名由来］富士山に多く生育するところから。

ふじのみ【藤の実】
マメ科の蔓性落葉低樹の藤の実。花後、莢を結び、中に四～五個の種子を含む。晩秋に熟したものは食用ともなる。⬇
藤（ふじ）［春］

§

藤の実は俳諧にせん花の跡　芭蕉・藤の実

ふじばかま【藤袴】
キク科の多年草。自生・栽植。関東以西の土手や川岸に生育する。中国原産。高さ約一メートル。秋の七草の一つで香りがある。地下茎が長く横に這う。下部の葉は三深裂した対生で、縁は鋸歯状。晩夏から秋、淡紅紫色の花を多数密生して開く。茎・葉・花は利尿、通経などの薬用となる。［同義］秋蘭（あきらん）、紫蘭（しらん）。［和名由来］花の色が藤に似て、花弁を袴に見立てたところから。［漢名］蘭草、香草。

ふじばかま

§

宿りせし人の形見か藤袴忘られがたき香ににほひつつ　紀貫之・古今和歌集四（秋上）

藤袴はやほころびてにほはなむ秋の初風吹きたたずとも
皇后宮美濃・金葉和歌集三（秋）

秋深みたそかれ時の藤袴にほふは名のる心地こそすれ
崇徳院・千載和歌集五（秋下）

香にめてぬ人もそなきを藤袴誰にゆるして花の紐とく
上田秋成・献神和歌帖

秋の野ににほひて咲ける藤袴折りておくらむその人なしに
大愚良寛・良寛歌評釈

秋風にこころほどけて藤袴ほころびにけり著る人なしに
与謝野礼厳・礼厳法師歌集

何と世を捨てても果ずや藤袴　路通・西の雲
うつろへる程似た色や藤袴　北枝・猿丸宮集
星の夜よ花火紐とく藤ばかま　其角・五元集拾遺
藤袴此夕暮のしめり哉　園女・柏原集
寝用意も夜寒に成りて藤袴　千川・続有磯海
香は古く花は新らし藤袴　素蘗・素蘗句集

ふじまめ【藤豆】

マメ科の蔓性一年草・栽培。葉は広卵形の複葉で葛の葉に似る。夏、白・淡紫色の花を開く。花後、偏平の莢を結び食用となる。種子は腫物などの薬用となる。［同義］千石豆（せんごくまめ）、平豆（ひらまめ）、唐豆（とうまめ）、籬豆（かきまめ）。➡隠元豆（いんげんまめ）［秋］

ふじまめ

§

藤豆の蔓《つる》からまりてたわみ伏すすすきはふとき穂をはらみたり
半田良平・旦暮

莢広《さやびろ》の藤豆《ふぢまめ》は銀に光りたり八月の昼の空の真下に
岡本かの子・浴身

藤豆の趣を見ん今朝の雨　里女・雪七草
藤豆の下がれる宿の門茶かな　河東碧梧桐・新傾向（秋）

ぶどう【葡萄】

ブドウ科の蔓性落葉植物・栽培。茎は枝の変形した巻鬚で他物に絡みつく。葉は心臓形で掌状に浅く切れ込む。初夏、円錐花序をだし、五弁の淡緑色の小花を開く。花後、丸い果実を房状に結び、熟して暗紫色、淡緑色となる。食用。醸造して葡萄酒となる。［和名由来］漢名「葡萄」より。ウズベキスタン地方の植物名「ブダウア（budawa）」の音が伝播したものといわれる。［同義］えびかずら（衣比加都良・衣比加豆良）。［花言］〈木〉忘却、陶酔。〈葉〉好意。➡葡萄の花（ぶどうのはな）［夏］、葡萄棚（ぶどうだな）［秋］、葡萄園（ぶどうえん）［秋］、葡萄酒醸す（ぶどうしゅかもす）［秋］、葡萄膾（ぶどうなます）［秋］、山葡萄（やまぶどう）［秋］

ぶどう［甲斐叢記］

§

秋が来た葡萄はうまい酒に熟め遊子のまなびは知慧となさけに　青山霞村・池塘集

沈黙《ちんもく》のわれに見よとぞ百房《ひゃくふさ》の黒き葡萄《ぶだう》に雨ふりそそぐ　斎藤茂吉・小園

雫かと鳥も危ぶむ葡萄かな　千代女・千代尼句集

のちの日葡萄《ぶだう》に核《さね》のくもりかな　成美・成美家集

色白は江戸は売らる丶葡萄哉　一茶・一茶句帖

ぶどう喰ふ手に覚ゆるよ玉ぬる丶　松瀬青々・倦鳥

黒きまでに紫深き葡萄かな　正岡子規・子規句集

葡萄《ぶだう》の種吐き出して事を決しけり　高浜虚子・五百句

くゞり摘む葡萄の雨をふりかぶり　杉田久女・杉田久女句集

葉洩日に碧玉透けし葡萄かな　杉田久女・杉田久女句集

亀甲の粒ぎつしりと黒葡萄　川端茅舎・川端茅舎句集

葡萄《ぶだう》食ふ一語一語の如くにて　中村草田男・銀河依然

ぶどうえん【葡萄園】

葡萄の果樹園。⇩葡萄（ぶどう）［秋］

§

ほしいま丶に葡萄取らしむ葡萄園　正岡子規・子規句集

ぶどうしゅかもす【葡萄酒醸す】

秋、葡萄酒をつくるため、葡萄から果汁を採り、発酵させること。例句には、見出しに関連した句も掲げた。⇩葡萄（ぶどう）［秋］

§

葡萄酒や草花の香の小庭より　森鷗外・うた日記

胸乳あらはに採りし葡萄を醸すなり　松瀬青々・倦鳥

甕たのし葡萄の美酒がわき澄める　杉田久女・杉田久女句集

ぶどうだな【葡萄棚】

葡萄を栽培する棚をいう。⇩葡萄（ぶどう）［秋］

§

酒しぼる蔵のつゞきや葡萄棚　史邦・猿舞師

瓦師や物の上手な葡萄棚　嘯山・律亭句集

葡萄棚洩る丶日影の微塵かな　川端茅舎・川端茅舎句集

ぶどうなます【葡萄膾】

葡萄を生のまま膾にしたもの。精進料理などに用いる。⇩葡萄（ぶどう）［秋］

§

寺の月葡萄膾は葉に盛らん　其角・萩の露

ふよう【芙蓉】

アオイ科の落葉低樹。自生・栽植。高さ一〜二メートル。東アジアの暖地原産。茎葉には短毛がある。葉は長柄があり互生。葉身は掌状で三〜五裂し、縁は鋸歯状。夏から秋に、大形の淡紅・白花の花を開く。花は朝開いて、夕方しぼむ。花後、剛毛のある球形の実を結

ふよう［七十二候名花画帖］

ぶ。［和名由来］漢名「木芙蓉」より。［同義］木芙蓉（もくふよう）、木蓮（きはちす）、拒霜（きょそう）。［漢名］木芙蓉、拒霜。［花言］繊細な美しさ。⬇白芙蓉（しらふよう）
［秋］

§

絵筆おきてつくづくわれはながめけり芙蓉にさはる秋の初風
落合直文・新声

初秋はうつくしきかなくれなゐの芙蓉の花に銀の雨ふる
佐佐木信綱・常盤木

芙蓉をばきのふ植うべき花とおもひ今日はこの世の花ならず思ふ
与謝野寛・紫

病後の日芙蓉の花を見にいでし身を秋風のひえひえと吹く
岡稲里・早春

なつかしき秋の初めの夕月は紅の芙蓉のここちこそすれ
与謝野晶子・火の鳥

わが息を芙蓉の風にたとへますな十三絃《じふさんげん》をひと息に切る
山川登美子・山川登美子歌集

秋かぜに御粧殿《みけはひどの》の小簾《をす》ゆれぬ芙蓉ぞ白き透《す》き影にして
山川登美子・山川登美子歌集

庭にある芙蓉の枝にむすびたる莢皆裂けて秋の霜ふりぬ
長塚節・秋冬雑咏

我が庭の芙蓉の莢のさやさやに心落ち居むは何時の日にかも
長塚節・手紙の歌

雨降りて潤ひみゆる花芙蓉蕾開きて花ばかりなり
加納暁・加納暁歌集

夜ふけし家に帰ればわが庭の芙蓉《ふよう》は明日《あす》の花ひらきそむ
佐藤佐太郎・地表

霧雨《きりさめ》の空を芙蓉の天気哉　芭蕉・韻塞

枝ぶりの日ごとにかはる芙蓉かな　芭蕉・後ばせ集

笠の内色をふくめる芙蓉哉　りん女・紫藤井発句集

立出で、芙蓉の凋む日に逢へり　白雄・白雄句集

月宵々芙蓉日に日に花の露　士朗・枇杷園句集

月の出を芙蓉の花に知る夜かな　内藤鳴雪・鳴雪句集

露なくて色のさめたる芙蓉哉　正岡子規・子規句集

白露や芙蓉したゝる音すなり　夏目漱石・漱石全集

反橋の小さく見ゆる芙蓉哉　夏目漱石・漱石全集

青空を花の芙蓉に端居かな　松瀬青々・倦鳥

沓の跡芙蓉の下に印すらん　河東碧梧桐・新傾向（秋）

玉砕を芙蓉に思ひ三省す　河東碧梧桐・新傾向（秋）

お前に長い手紙がかけてけふ芙蓉の下草を刈った
河東碧梧桐・八年間

狼藉《ろうぜき》や芙蓉《ふよう》を折るは女の子　高浜虚子・五百句

帰り見れば芙蓉散りつきし給かな　杉田久女・杉田久女句集

稲妻のはためきうつる芙蓉かな　杉田久女・杉田久女句集補遺

残月やひらかむ芙蓉十あまり　水原秋桜子・残鐘

酔芙蓉といふ花、朝は白けれど、午後にいたりて淡紅となる

朝淡き芙蓉時経て酔ふ如し　水原秋桜子・晩華

露ながら一弁すでに酔芙蓉　水原秋桜子・晩華

「へ」

へちま【糸瓜】
　ウリ科の蔓性一年草・栽培。熱帯アジア原産。雌雄同株。巻髭で他物に絡みつく。葉は大形の心臓形。夏から秋に黄色の五弁花を開く。秋に細長い円柱形の六〇センチほどに果実を結び、食用となる。茎からとる液は「糸瓜水（へちますい）」として咳止、化粧水などの薬用になる。［同義］長瓜（ながうり）、糸瓜（いとうり）、蛮瓜（ばんか）。［漢名］糸瓜、天緑瓜、布瓜。➡糸瓜の水（へちまのみず）［秋］、糸瓜の花（へちまのはな）［夏］

へちま

§
縄結ひて糸瓜を浸《ひ》てし水際の落ち行くごとく秋は行くめり　長塚節・晩秋雑咏
窓のへにいささむら竹軒のへに糸瓜ある宿は忠兵衛が宿　芥川龍之介・芥川龍之介全集
きみが家の軒の糸瓜はけふの雨に臍《へそ》落ちたりやあるひはいまだ　芥川龍之介・芥川龍之介全集

秋風に吹れ次第の糸瓜かな　浪化・浪化上人発句集
煩悩をさらしに懸る糸瓜かな　林紅・北国曲
汁菜にならでうき世を糸瓜哉　召波・葎亭句集
恥かしや糸瓜にかゝる夕けぶり　成美・成美家集
さぼてんにどうだと下る糸瓜哉　一茶・七番日記
をとゝひのへちまの水も取らざりき　正岡子規・子規句集
長けれど何の糸瓜とさがりけり　夏目漱石・漱石全集
我糸瓜大さ杵の如き哉　松瀬青々・妻木
寺にする慈悲開眼の糸瓜かな　河東碧梧桐・新傾向（秋）
取りもせぬ糸瓜《へちま》垂らして書屋《しよおく》かな　高浜虚子・六百句
糸瓜ぶらりと地べたへとどいた　種田山頭火・草木塔
帰省子に糸瓜大きく垂れにけり　杉田久女・杉田久女句集
たまりたる糸瓜の水に月させり　山口青邨・雪国

へちまのみず【糸瓜の水】
　糸瓜の茎からとる水。秋、糸瓜の根元を切り、そこから糸瓜の水を取る。化粧水や去痰などに使用する。➡糸瓜（へちま）［秋］

§
をとゝひの糸瓜の水も取らざりき　正岡子規・子規句集
痰一斗糸瓜の水も間にあはず　正岡子規・子規句集
秋風やあれし頬へぬる糸瓜水　杉田久女・杉田久女句集
たまりたる糸瓜の水に月させり　山口青邨・雪国

べにたけ【紅茸】
　ベニタケ科の茸。山林や芝生に生育する。高さならびに蓋幅径は約五センチ。表面は平滑で鮮紅色。茎は淡紅色・白色。

全体に肉質で裂けやすい。辛味があり、別名は毒紅茸だが毒性はない。胞子粉は白色で、胞子は円形で棘がある。[同義] 毒紅茸（どくべにたけ）、赤茸（あかたけ）。➡茸（きのこ）[秋]

§

浅山のいくち紅蕈《べにたけ》踏みわけて黒子の木の子とるもうれしく　正岡子規・子規歌集

紅蕈《べにたけ》の雨にぬれゆくあはれさを人に知らえず見つつ来にけり　斎藤茂吉・赤光

紅茸の山めづらしき女中哉　尚白・孤松

紅茸に山口しるしき芝生かな　白雄・白雄句集

紅茸や美しきものと見て過る　几董・井華集

べにたけ

べんけいそう【弁慶草】

ベンケイソウ科の多年草。自生・栽培。高さ約六〇センチ。葉は楕円形で縁は鋸歯状。夏から秋、淡紅・淡黄色の五弁の小花を半球状に密生する。葉は膿出しの薬用となる。[和名由来] 生命力のある草で枯れにくいことから。また「火消草（ヒキエクサ）」の意より。[同義] 八幡草（はちまんそう）、景草・活草（いきくさ）、葉酸漿（はほうずき）、浜蓮華（はまれんげ）。[漢名] 景草、大弁慶草。[花言] 無事、平穏。

べんけいそう

§

雨つよし弁慶草も土に伏し　杉田久女・杉田久女句集

「ほ」

ほうきだけ【箒茸】

ホウキタケ科の茸。高さと蓋幅は共に約五センチ。秋、広葉樹林に生育する。全体の色は淡紫・白色。茸の下部は太い茎状で、上部は分岐した樹皮状。食用。[同義] 鼠茸（ねずみたけ）。➡茸（きのこ）[秋]

ほうきだけ

ほうせんか【鳳仙花】

ツリフネソウ科の一年草・栽培。南アジア原産。高さ三〇～六〇センチ。葉は披針形で縁は鋸歯状。夏から秋に紅・白・淡紫色の

ほうせんか

花を開く。熟した果実は自然に、または何かに触れた時に皮が弾け、種子を飛散させる。［和名由来］漢名「鳳仙花」より。［同義］爪紅（つまぐれ）。［漢名］鳳仙花、染指草。［花言］私に触らないでください。⇩爪紅（つまくれない）［秋］

§

あした媚ぶる紅鳳仙花ひとり野にわれそだちぬとひそめきかたる　森鷗外・うた日記

鳳仙花さきちる庭にうなゐらが犬よびたて、そばひ居るかも　伊藤左千夫・伊藤左千夫全短歌

垣内なる白鳳仙花このゆふべ涼しきものに思ひつつ見る　宇都野研・木群

たたかひは上海《しゃんはい》に起り居たりけり鳳仙花《ほうせんくわ》紅《あか》く散りゐたりけり　斎藤茂吉・赤光

泡雪のましろく咲きて茎につく鳳仙花のはなの葉ごもりぞよき　若山牧水・山桜の歌

薄らかに紅く孱弱《かよわ》し鳳仙花人力車の輪にちるはいそがし　北原白秋・桐の花

急雨さり牛小屋の戸をいづる時裾にちりたる鳳仙花の露　木下利玄・紅玉

ほろほろと鳳仙花赤く散りにけりなほおほよそに遠く恋ひ居り　古泉千樫・屋上の土

鳳仙花葉立ちみだれて赤き花わが恋ひごころすぞろなるかも　中村憲吉・林泉集

鳳仙花種子《たね》の赭《あか》きにかけてやる此の庭土は小石まじれり　土屋文明・ふゆくさ

ゆきずりの道に咲きのこる鳳仙花《ほうせんくわ》百日われを慰めし花　佐藤佐太郎・天眼

雨ののちのぼれる月の照れれども紅《くれなゐ》は暗《くら》し夜《よ》の鳳仙花　宮柊二・晩夏

鳳仙花に汝が爪染めよ女の子　松瀬青々・倦鳥

山高うなりて駅あり鳳仙花　河東碧梧桐・新傾向（秋）

実つぶらなる根張り鳳仙花　河東碧梧桐・八年間

鳳仙花の実をはねさせて見ても淋しい　尾崎放哉・小豆島にて

落日に蹴あへる鶏や鳳仙花　飯田蛇笏・山廬集

降り足らぬ砂地の雨や鳳仙花　杉田久女・杉田久女句集

夏やすみすぎしこゝろや鳳仙花　水原秋桜子・葛飾

洋が咲かせし無人の磯の鳳仙花　中村草田男・火の島

ぼうぶら【南瓜・胡瓠】

⇩南瓜（かぼちゃ）［秋］

§

ぼうぶらや斯も荒にし志賀の里　二柳・俳諧新選

ほおずき【酸漿・鬼燈】

ナス科の多年草・栽培。高さ六〇～七〇センチ。葉は卵形。夏、黄緑白色の花を開き、球形の青い液果を結ぶ。秋に赤熟した液果をよく揉んで柔らかくし、皮を破かないように種子を小穴より取り出

ほおずき

して、中を空にすると、吹き鳴らして遊ぶ玩具となる。俳句では、赤熟した液果をもって秋の季語とし、「青酸奨」として夏の季語とする。根は「酸漿根（さんしょうこん）」として鎮咳、利尿などの薬用になる。［和名由来］諸説あり。口に含んで音をだす仕草の「頬突（ホホツキ）」より。昆虫の「ホホカメムシ」がつくところから。赤い果実を「火付（ホツキ）」と称したためなど。［同義］燈籠草（とうろうそう）、燈籠花（とうろうばな）。［漢名］酸漿。［花言］ごまかし。⇩青酸漿（あおほおずき）［夏］、酸漿の花（ほおずきのはな）［夏］

§

くさむらに酸漿の珠《たま》照る見れば満州の野もやさしきところ　森鷗外・うた日記

うなゐらが植しほほづきもとつ実は赤らみにたり秋のしるしに　伊藤左千夫・伊藤左千夫全短歌

蝕ばみて鬼灯赤き草むらに朝は嗽ひの水すてにけり　長塚節・鍼の如く

鬼灯は秋草がくれいろづきぬ小妹なきがものたらぬかな　田波御白・御白遺稿

たどり来《こ》しレナウの墓の傍《かたはら》にほほづき赤くなれる寂《さび》しさ　斎藤茂吉・遠遊

酸漿《ほほづき》はやがて鳴らずもなりぬべしあまりにわれを恨みたまへば　吉井勇・昨日まで

鬼灯は実も葉もからも紅葉哉　芭蕉・芭蕉庵小文庫

鬼灯のさすれば潰す嘆哉《なげきかな》　嵐雪・玄峰集

鬼灯のからをみつ、や蝉のから　其角・いつを昔

鬼燈や三千人の秋の声　蓼太・蓼太句集

鬼灯や老ても妓女の愚かしき　召波・春泥発句集

鬼灯の口つきを姉が指南《しか》哉　一茶・八番日記

鬼灯やおとうと呵る姉の口　森鷗外・うた日記

鬼灯の垣根くゞりて咲きにけり　村上鬼城・鬼城句集

鬼灯《ほおずき》の赤に青きがのこりある　松瀬青々・倦鳥

鬼灯の赤らみもして主《あるじ》ぶり　高浜虚子・六百五十句

朝寒や鬼灯垂るる草の中　芥川龍之介・発句

ぼけのみ【木瓜の実】

バラ科の落葉低樹の木瓜の実。秋にりんごに似た果実を結ぶ。［同義］草木瓜の実、木瓜の子。⇩木瓜の花（ぼけのはな）［春］

§

あるものは萩刈日和木瓜の果を二人つみつつ相恋ひにけり　島木赤彦・馬鈴薯の花

藪のなか露にぬれたる掌をひらき木瓜の青果を見せたり我子は　島木赤彦・氷魚

木瓜の実やとられまじとて針の中　斐文・類題発句集

木瓜の実やことぞもなく日の当る　松瀬青々・妻木

木瓜の花の役にも立たぬ実となりぬ　夏目漱石・漱石全集

木瓜噛むや歯の尖端に興うごく　飯田蛇笏・山廬集

ほしがき【乾柿・干柿】

渋柿の皮をむいて、天日で干して甘くしたもの。⇩柿（かき）［秋］、甘干（あまぼし）［秋］、渋柿（しぶがき）［秋］、吊し柿（つるしがき）［秋］

干柿をねちねちと噛みたのしめる　日野草城・日暮

§

ほしくさ【星草】

ホシクサ科の一年草・自生。高さ五～一五センチ。葉は細長く、一株に多数の花茎を叢生する。秋、白花を頭状に開く。［和名由来］花序が点花するさまを星に見立てたところから。［同義］太鼓草（たいこぐさ）、水玉草（みずたまそう）。［漢名］穀精草、流星草。

ほしくさ

ぼだいし【菩提子】

シナノキ科の菩提樹の実のこと。本来はインド・ヒマラヤ地方に生育するボーディチ（bodici）という樹の果実をいう。➡菩提樹の実（ぼだいじゅのみ）［秋］、菩提樹の花（ぼだいじゅのはな）［夏］

§

菩提子を紅キの糸につなぎけり　松瀬青々・妻木

ぼだいじゅのみ【菩提樹の実】

シナノキ科の落葉高樹・栽植の菩提樹の実。色は淡黒く、径七～八ミリの球形。糸でつないで数珠にすることもある。➡菩提子（ぼだいし）［秋］、菩提樹の花（ぼだいじゅのはな）［夏］

§

菩提樹の実に八十年《やっとせ》の布施軽し　越人・庭竈集

菩提樹の実や落る日をかねてより　一秀・夕顔の歌

ほたで【穂蓼】

➡蓼の花（たでのはな）［秋］、蓼の穂（たでのほ）［秋］

§

いさゝめの雲のきれめよ月もれて道の穂蓼の花を照らせり　伊藤左千夫・伊藤左千夫全短歌

草の戸をしれや穂蓼に唐がらし　芭蕉・笈日記

甲斐がねや穂蓼の上を塩車　蕪村・蕪村句集

水せきて穂蓼踏み込む野川哉　正岡子規・子規句集

鶴の影穂蓼に長き入日かな　夏目漱石・漱石全集

料理屋に隣れば赤き穂蓼かな　河東碧梧桐・新傾向（秋）

ぼたんのねわけ【牡丹の根分】

牡丹は秋の彼岸前後に根を分けて植え替える。➡牡丹（ぼたん）［夏］

§

牡丹根分して淋しうなりし二本かな　村上鬼城・鬼城句集

意の如く根分出来つゝや牡丹守　松瀬青々・妻木

ほととぎす【杜鵑草・時鳥草】

ユリ科の多年草・自生。観賞用にも栽培される。高さ三〇～八〇センチ。茎には粗毛を密生する。葉は長楕円形で互生する。夏から秋、百合に似た暗紫色の斑点のある白花を開く。［和名由来］花の

ほととぎす

暗紫色の斑点の様子が、杜鵑の胸の斑に似ているところから。［漢名］油点草。

ほろし【白英】

ナス科の蔓性多年草。円葉白英（まるばのほろし）、鵯上戸（ひよどりじょうご）の別称。⇩鵯上戸（ひよどりじょうご）［秋］

§

枯竹にからみて染むるほろし哉　　和海・田毎の日

「ま」

まいたけ【舞茸】

サルノコシカケ科の茸。水楢・栗などの朽木に着生する。塊状の柄をもち、へら形のカサが瓦状に舞う様に重なる。表面は灰白色ないし淡褐色。扁平な多数菌体が重なって大塊状となり、全体の重量は数キログラムに達する。食用となる。［和名由来］全体の姿を人が舞っているさまに見立てたところから。［同義］舞子茸（まいこたけ）。［漢名］重菰。⇩茸（きのこ）［秋］

まいたけ［菌譜］

まくず【真葛】

葛の美称。⇩葛（くず）［秋］

§

武夫《もののふ》のうらみ残れる野べとへば真葛そよぎて過《すぐ》る秋風　賀茂真淵・賀茂翁家集拾遺

みよし野の御嶽おこなふ道とへはまくすはなさく原もありてふ　上田秋成・後宴水無月三十章

足弱の杖にからまる真葛哉　巣兆・曾波可理

まけぎく【負菊】

菊合せで負けた菊。⇩菊合せ（きくあわせ）［秋］、勝菊（かちぎく）［秋］

§

負け菊をひとり見直す夕かな　一茶・一茶発句集

まこものはな【真菰の花・真薦の花】

イネ科の大形多年草の真菰の花。秋、穂をつけ上部に雌花、下部に雄花を開く。⇩真菰（まこも）［夏］

まさきのみ【柾の実・正木の実】

ニシキギ科の常緑低樹の柾の実。秋に実を結び、鮮やかな赤色の種子をだす。⇩柾の花（まさきのはな）［夏］、柾（まさき）［四季］

§

松笠も色は変るに柾の実　呂生・新類題発句集

またたび【木天蓼】

サルナシ科の蔓性落葉植物・自生。葉は卵形で先端が尖り、縁は鋸歯状。初夏、梅の花に似た五弁の白花を開く。花後、指頭大の実を結び、秋に黄熟する。実は「木天蓼（もくてんりょう）」として中風、リューマチ、鎮痛、腹痛止、利尿などの薬用になる。［和名由来］アイヌ語の「マタタンプ」から。実の香りで旅人が元気になり、また旅を続けたといわれるからとも。［同義］夏梅（なつうめ）、夏梅蔓（なつうめづる）、木天蓼（きまたたび）。⬇木天蓼の花（またたびのはな）［夏］

またたび

§

くだものにまたたび呉れし法師湯の霧にあらずや白根越ゆるは
与謝野晶子・冬柏亭集

またたびの実《み》を秋の光に干《ほ》しなめて香《か》にたつそばに暫《しば》し居《を》るなり
斎藤茂吉・白き山

天蓼の枝折。老たる猫にはあらね共　杉風・常盤屋之句合
天蓼の逢がたき世やさしみ皿　露川・北国曲
またたびに花見顔なる小猫哉
存義・俳句大観

まつたけ【松茸・松蕈】
マツタケ科の茸・自生。赤松林の腐葉土に生ずる。表面は淡褐色。裏面は白色。食用の茸のなかでも香が良く美味。珍重され高価である。［同義］秋香・秋の香（あきのか）、鶉茸（うずらたけ）。［漢名］松蕈。⬇茸（きのこ）［秋］、松茸飯（まつたけめし）［秋］

まつたけ

§

野山ゆきまつたけつめるつづらこのいくふし秋をくりかへすらん
賀茂保憲女集（賀茂保憲の女の私家集）

草わけてしめぢを取るとうれしくも大松茸を見いでたるかな
正岡子規・子規歌集

松茸はうれしきものか香を高みわが床のべを山となすかも
芥川龍之介・蕩々帖

松茸に相生の名あり嵯峨吉野　宗因・梅翁宗因発句集
松茸や一つ見付けし闇の星　素堂・素堂句集
松茸やしらぬ木の葉のへばり付　芭蕉・忘梅
松茸やかぶれた程は松の形《なり》　芭蕉・誹諧曾我
松茸や峰は是非なし足の下　杉風・杉風句集
暮山の雨松茸のすごすごと独リ　杉風・常盤屋之句合
松茸や人にとらる、鼻の先　去来・けふの昔
松茸やあつたら鼻に愛宕山　許六・正風彦根体
松茸にのぼりすますや蝸牛　野紅・旅袋
松茸や都に近き山の形　惟然・笈日記
松茸の山かきわくる匂ひかな　支考・つばさ
松茸や笠にたつたる松の針　浪化・つばさ
松茸も名残や笠に峰の雲　吾仲・歌まくら
雨早し松茸山の捨篝　暁台・暁台句集
松茸の灰焼寒し小野の奥　暁台・暁台句集

松茸はにくし茶茸は可愛らし　正岡子規・子規句集
虚子を待つ松蕈鮓《ずし》や酒二合　正岡子規・子規句集
松茸の香りも人によりてこそ　高浜虚子・六百句

まつたけめし【松茸飯・松蕈飯】
松茸を炊き込んだ飯。⬇松茸（まつたけ）[秋]

§

釜で出す松茸飯や客の中　内藤鳴雪・鳴雪句集

まつむしそう【松虫草】
マツムシソウ科の二年草・自生。高さ約六〇センチ。葉は羽状。秋、淡紫色の花を開く。[和名由来] 松虫が鳴く頃まで開花することから。[同義] 輪鋒菊（りんぼうぎく）。[漢名] 山蘿蔔。[花言] 不幸な愛（英）、私は貴方を見捨てる（仏）。

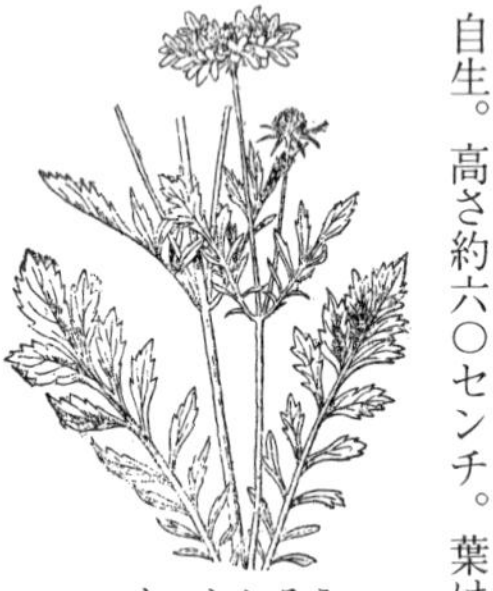
まつむしそう

§

うれしくも分けこしものか遥々《はろばろ》に松虫草のさきつづく山　長塚節・羇旅雑咏
富士が嶺の裾野の原をうづめ咲く松虫草をひと日見て来ぬ　若山牧水・山桜の歌
むらさきの松虫草の花のゆれに心をひかれ居しに驚く　中村憲吉・軽雷集
さみしさは松虫草の二つ三つ　種田山頭火（昭和五年）
蓼科のまつむし草のあはれさよ　山口青邨・雪国
松虫草谷ゆ生ひ出し一木に触れ　中村草田男・万緑

まてばしい【真手葉椎・全手葉椎】
ブナ科の常緑高木。自生・栽植。高さ約一〇メートル。葉は平滑で光沢があり楕円形。五～六月頃、黄褐色の雌雄花穂をつける。花後、楕円形の堅果を結ぶ。果実は食用となる。[同義] 馬手葉樫（まてばがし）、馬手樫（まてがし）、又椎（またじい）、薩摩椎（さつまじい）。

まてばしい

§

五位鷺が餌《えばみ》を得たり馬手葉椎　不角・米の守後集

まびきな【間引菜】
大根や蕪など、生育のために苗を間引いた菜。食用となる。⬇抜菜（ぬきな）[秋]、摘み菜（つまみな）[秋]、貝割菜（かいわりな）[秋]、小菜（こな）[秋]、中抜大根（なかぬきだいこん）[秋]

§

間引菜やそゝぎ上たる加茂の水　嘯山・葎亭句集
貧しきは士の常にして間引汁　松瀬青々・倦鳥

まめがき【豆柿】
信濃柿の一品種。信越・東北地方で多く栽培される。高さ約六メートル。葉は通常の柿より細く、花・実とも小さい。[同義] 信濃柿（しなのがき）、千生柿（せんなりがき）、葡萄

柿（ぶどうがき）。⇩柿（かき）［秋］

§

山柿のここだ朱《あか》かる豆柿も正眼《まさめ》仰ぎて色によむなし　北原白秋・黒檜

土の上に落ちず木に枯るる豆柿を三年《みとせ》見しわれ三度《みたび》弔ふ　佐藤佐太郎・天眼

まゆみ【真弓・檀】

ニシキギ科の落葉低樹。自生・栽培。高さ約三メートル。葉は楕円形で縁は細かい鋸歯状。初夏、薄白緑の四弁の小花を開く。花後、方形の実を結び、秋に熟して深紅色になり、黄赤色の種子をだす。葉は鮮やかに紅葉する。［和名由来］諸説あり。この樹を弓材にしたため。また、実が繭に似るところから。［同義］山錦木（やまにしきぎ）、川隅葛（かわくまつづら）。⇩真弓の花（まゆみのはな）［夏］、真弓の実（まゆみのみ）［秋］、真弓紅葉（まゆみもみじ）［秋］

§

うつろふもうれしかりけり我がために深き真弓の色をみすれば　古今和歌六帖六

まゆみ

まゆみのみ【真弓の実・檀の実】

真弓はニシキギ科の落葉低樹。実は秋に熟して深紅色になり、黄赤色の種子をだす。［和名由来］諸説あり。この樹を弓材にしたため。また、実が繭に似るところから。⇩真弓の花（まゆみのはな）［夏］、真弓（まゆみ）［秋］、真弓紅葉（まゆみもみじ）［秋］

§

折りてのち怪童丸の色なりと檀の実をば疎《うと》み初めてき　与謝野晶子・深林の香

まゆみもみじ【真弓紅葉・檀紅葉】

ニシキギ科の落葉低樹の真弓の紅葉。葉は楕円形で縁は鋸歯状。秋、鮮やかに紅葉する。⇩真弓の花（まゆみのはな）［夏］、真弓（まゆみ）［秋］、真弓の実（まゆみのみ）［秋］、紅葉（もみじ）［秋］

§

関越ゆる人にとはばや陸奥の安達の真弓もみぢしにきや　藤原頼宗・金葉和歌集三（秋）

引きふせて見れどあかぬはくれなゐにぬれる真弓のもみぢなりけり　古今和歌六帖六

まるめろ【木瓜・榲桲】

バラ科の落葉高樹・栽植。中央アジア原産の「マルメロ（marmelo）」のこと。江戸時代に渡来。高さ約五メートル。葉は卵形で互生。葉の裏面と果実には細毛がある。春に白・淡紅色の五弁花を開く。

まるめろ［花彙］

秋、果実を結び、砂糖漬にして食用となる。［和名由来］ポルトガル語「marmelo」より。［同義］西洋花梨（せいようかりん）。［漢名］榲桲。［花言］誘惑（英）、幸せ・多産（仏）。⬇榲桲の花（まるめろのはな）［春］

§

榲桲や二つ貰うて雨の袖　文誰・俳諧新選

まんじゅさげ【曼珠沙華】

「まんじゅしゃげ」ともいう。彼岸花の別称。⬇彼岸花（ひがんばな）［秋］

§

現実の暴露《ばくろ》のいたみまさやかにここに見るものか曼珠沙華《まんじゆしやげ》のはな　佐佐木信綱・銀の鞭

曼珠沙華ひたくれなゐに咲き騒《そ》めく野を朗かに秋の風吹く　伊藤左千夫・伊藤左千夫全短歌

秋のかぜ吹きてゐたれば遠《をち》かたの薄《すすき》のなかに曼珠沙華《まんじゆしやげ》赤し　斎藤茂吉・赤光

曼珠沙華《まんじゆしやげ》咲くべくなりて石原へおり来《こ》む道のほとりに咲きぬ　斎藤茂吉・つゆじも

曼珠沙華の花あかあかと咲くところ牛と人との影通りをる　北原白秋・雲母集

こち向け牝牛供養の石がたてり曼珠沙華の赤き路ばた　北原白秋・雲母集

戦死者の墓はもかなり古りにけり赤い夕陽に曼珠沙華咲き　木下利玄・紅玉

曼珠沙華一むら燃えて秋陽つよしそこ過ぎてゐるしづかなる径《みち》　木下利玄・みかんの木

秋の風土手をわたればあかあかとひそかに揺る曼珠沙華の花　古泉千樫・屋上の土

たそがるる土手の下べをか行きかく行き、寂しさにわが摘みむしる曼珠沙華はや。（旋頭歌）　芥川龍之介・越びと

倒れたる群の墓石も曼珠沙華もただにかがやき丘の夕光《ゆふかげ》　木俣修・冬暦

曼珠沙華《まんじゆしやげ》むらがり咲ける花みれば盛《さかり》すぎしは紫のいろ　佐藤佐太郎・しろたへ

あらはなる秋の光に茎のびて曼珠沙華さくただひとつにて　佐藤佐太郎・歩道

霧雨や下は雫の曼珠沙華　土芳・蓑虫庵集

燃るかと立寄る塚のまんじゆしやげ　涼菟・涼菟句集

立ちながら独《ひとり》しぼむや曼珠沙花　正秀・をのが光

悲しとや見猿の為に曼珠沙華　其角・類柑子

曼珠沙華蘭に類ひて狐啼く　蕪村・蕪村遺稿

曼珠沙華遊ぶ鳥さへ持たぬなり　乙二・松窓乙二発句集

仏より痩せて哀れや曼珠沙華　夏目漱石・漱石全集

愁ひつゝ旅の日数や曼珠沙華　河東碧梧桐・新傾向（秋）

曼珠沙華匂はしき外出よ　河東碧梧桐・八年間

悔いるこころの曼珠沙華燃ゆる　種田山頭火・草木塔

かたまりて哀れ盛りや曼珠沙華　田中王城・ホトトギス

曼珠沙華茎見えそろふ盛りかな　飯田蛇笏・山廬集
われにつきゐしサタン離れぬ曼珠沙華　杉田久女・杉田久女句集
曼珠沙華落暉も蘂《しべ》をひろげけり　中村草田男・長子
知らぬ顔ふりかへり笑ふ曼珠沙華　加藤楸邨・穂高

「み」

みずきのみ【水木の実】
ミズキ科の落葉高樹の水木の実。秋に熟して紫黒色となる。枝は「餅花」の枝として小正月（旧暦の正月）の飾り物になる。⇩水木の花（みずきのはな）[夏]、餅花（もちばな）[新年]

みずなし【水梨】
梨の一栽培品種。他の品種にくらべ、果実に水分が多い。⇩梨（なし）[秋]

§

水梨の露を李白が肴かな　尚白・忘梅

みずひきのはな【水引の花】
水引はタデ科の多年草・自生。山野の陰湿地に多く見られる。高さ約六〇センチ。葉は倒卵形。夏から秋、赤色の細花を穂状につける。白花を「銀水引」という。[〈水引〉和名由来] 花穂の上部が紅色で、下部が白色のさまを水引にたとえたことから。[〈水引〉同義] 水引草（みずひきぐさ）。[〈水引〉漢名] 毛蓼、金線草。

みずひき

§

吹く風のすゞしくとほる木《こ》の晩《くれ》に眼に立ちそめてゆらぐ金線草　宇都野研・木群
わが二十《はたち》町娘にてありし日のおもかげつくる水引の花　与謝野晶子・さくら草
水引の赤《あけ》三尺の花ひきてやらじと云ひし朝つゆのみち　与謝野晶子・舞姫
稗草にをりふし紅くそよめくは水引草が交りたるらし　北原白秋・雀の卵
水引の根をあらひ行く野の水の淀みにうつる秋の夕映《ゆふばえ》　木下利玄・銀
水引きの花が暮るれば灯す庵　村上鬼城・鬼城句集
かひなしや水引草の花ざかり　正岡子規・子規全集
水引の垂直に紅まさりけり　中村汀女・花句集

みせばや【見せばや】
ベンケイソウ科の多年草・栽植。葉は円形多肉で輪生。秋、多数の淡紅色の小花を球状につける。[和名由来] 花の美しさから「たれに見せばや」の意からと。[同義] 玉

みせばや

緒（たまのお）。

みぞそば【溝蕎麦】

タデ科の一年草・自生。高さ約四〇センチ。矛に似た三角形の葉を互生。秋、小枝を伸ばし、梢上に白色で上部が紅色の小花を多数つける。茎・葉はリューマチの薬用となる。［和名由来］果実が蕎麦に似ているところから。［同義］水蕎麦（みずそば）、川蕎麦（かわそば）、田蕎麦（たそば）。

みぞそば

みそはぎ【禊萩】

ミソハギ科の多年草。自生・栽培。高さ約八〇センチ。葉は披針形で対生。秋、梢上の葉腋に六弁の淡紅紫色の小花を開く。盂蘭盆会の供花となる。若葉は茹でて食用。全草は「千屈菜（せんくつさい）」として下痢止、吐気止の薬用になる。［和名由来］諸説あり。供花とするので「禊萩（ミソギハギ）」の意。この草で悪鬼を払うため、疫病を除く簾にかけて「御簾萩（ミスハギ）」の意など。［同義］溝萩・鼠尾草（みぞはぎ）、聖霊花（しょうりょうばな）、仏様花（ほとけさまばな）、盆花（ぼんばな）、水掛草（みずかけぐさ）。［漢名］千屈菜。

みそはぎ

§

みそ萩を野べに折りつる友にあひ立ち別るるを寂しく思へり　平福百穂・寒竹

草市の市の日向にしをれたるみそ萩の花買ふ人もなし　正岡子規・子規歌集

この草原夏より秋にうつりゆく中程にさく溝萩のいろ　岡稲里・早春

みそ萩の花さく溝の草むらに寄せて迎火たく子等のをり　若山牧水・山桜の歌

みそはぎは此深川を手向かな　杉風・続別座敷

鼠尾草や水にちり行く仏の名　土芳・蓑虫庵集

みそ萩や分限に見ゆる髑髏《されかうべ》　其角・五元集拾遺

鼠尾草の袂にかゝる涙かな　桃妖・射水川

みだれはぎ【乱れ萩】

風に吹かれて揺れ動く萩。➡萩（はぎ）［秋］

§

恋よりも苦しき萩の乱れ哉　樗良・樗良発句集

芥取の箕に寝る犬や乱れ萩　一茶・一茶句帖

みょうがのはな【茗荷の花】

ショウガ科の多年草の茗荷の花。夏から秋、花苞の上に黄白色の花を開く。➡茗荷竹（みょうがだけ）［春］、茗荷汁（みょうがじる）［夏］、茗荷の子（みょうがのこ）［夏］

§

日はしづみて茗荷の花の淡く黄なり夕ならはしの畑道ゆけば　佐佐木信綱・常盤木

ほのかなる茗荷《めうが》の花を見守《まも》る時わが思ふ子ははるかなるかも　斎藤茂吉・赤光
片陰や茗荷の花の薄汚れ　梅餌・笈日記
手の甲や茗荷の花のむつくらと　白雪・きれぎれ

「む」

むかご【零余子】
長芋、山芋などの植物の珠芽（肉芽）。「ぬかご」ともいう。約一センチくらいの変円球の珠芽で食用となる。➡零余子（ぬかご）［秋］、零余子飯（むかごめし）［秋］、山芋（やまのいも）［秋］、長芋（ながいも）［秋］

§

ゆくりなく延びし垣根の諸蔓《いもづる》に零余子ふとりて目につく今は　土屋文明・ふゆくさ
楠《くす》の下に植ゑし芋《いも》の芽蔓《つる》のびて目に立つばかりむかごなりたり　土屋文明・続青南集
うれしさの箕にあまりたるむかご哉　蕪村・蕪村句集
ほろほろとむかご落けり秋雨《あきのあめ》　一茶・文化句帖
零余子こぼれて鶏肥えぬ草の宿　村上鬼城・鬼城句集
ほろほろとぬかごこぼるゝ垣根哉　正岡子規・子規句集
むかご蔓到《づるいた》る所に黄なりけり　高浜虚子・七百五十句
音のして夜風のこぼす零余子《むかご》かな　飯田蛇笏・霊芝
露けさやこぼれそめたるむかご垣　杉田久女・杉田久女句集補遺
むかご蔓こぼれつくしてきばみけり　杉田久女・杉田久女句集補遺
手一合零余子貰ふや秋の風　芥川龍之介・ひとまところ

むかごめし【零余子飯】
零余子を炊き込んだ飯。➡零余子（むかご）［秋］

§

草庵に二人法師やむかご飯　村上鬼城・鬼城句集
まらうどにさめてわりなしむかご飯　村上鬼城・鬼城句集
垣にさへこぼるゝ頃よむかご飯　松瀬青々・倦鳥
みがかれて櫃の古さよむかご飯　杉田久女・杉田久女句集

むくげ【木槿】
アオイ科の落葉低樹・栽植。中国・インド原産。「もくげ」ともいう。高さ約三メートル。葉は卵形で三裂し、縁は鋸歯状。夏から秋に、紫・白色などの花を開く。生垣として用いられる。花は「木槿花（もっきんか）」として下痢、胃腸カタル、腸出血などの薬用になる。［和名由来］漢名「木槿」より。［同義］花木槿（はなむくげ）、木蓮（きはちす）、夕影草・夕蔭草（ゆう

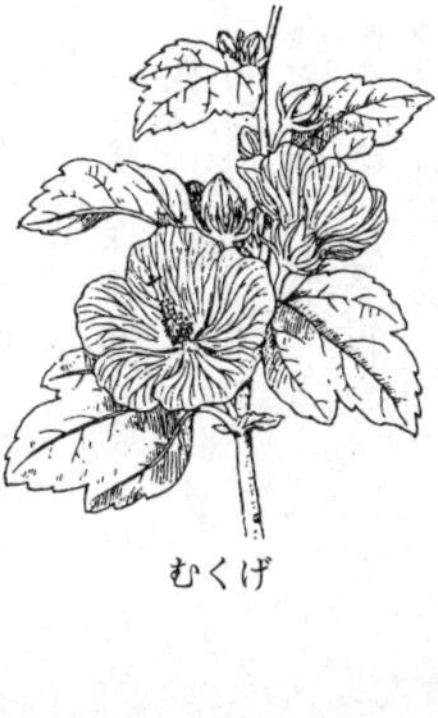

むくげ

かげぐさ)。[花言] 信仰、信念。[漢名] 木槿。⬇木蓮 (きはちす) [秋]、花木槿 (はなむくげ) [秋]、木槿垣 (むくげがき) [秋]

§

秋立つと聞ける朝《あした》を旅にして槿《もくげ》畫《ゑが》けり後のかたみに　伊藤左千夫・伊藤左千夫全短歌

魚買ふと寄りし藁屋の軒深く魚の匂ひて木槿窓越しに　若山牧水・朝の歌

たまたまに出でて歩けば此処の家彼処の籬根木槿ならぬなき　若山牧水・朝の歌

立秋を白き木槿の花咲きて見る眼すがしく開《あ》きましし父や　北原白秋・黒檜

日に倦みし眼のやりどころゆふぐれの木槿白しや蝉遠く啼く　土岐善麿・はつ恋

白木槿きのふをとつひ散りそめて地《つち》にたまれる花多くなりぬ　土田耕平・斑雪

かの浦の木槿《もくげ》花咲く母が門《と》を夢ならなくに訪《と》はむ日もがな　明石海人・白描

庭めぐる籬《まがき》の樹樹に立ちまじり木槿もしろく咲きて秋なり　前川佐美雄・天平雲

むらさきの木槿《むくげ》の花は照るばかり寂しくありて一木《ひとき》立つ見ゆ　宮柊二・多く夜の歌

道のべの木槿は馬にくはれけり　芭蕉・甲子吟行

手を懸けて折らで過行く木槿哉　杉風・猿蓑

吹風に唇うるむ木槿かな　越人・あめ子

をくれじと木槿の花のみだれ咲　土芳・有磯海

咲せつ、壁に槿《むくげ》を荒ながら　涼菟・其木枯

川音や木槿さく戸はまだ起きず　北枝・北枝発句集

つくろはぬ里の木槿の匂ひ哉　四睡・卯辰集

蜘《くも》の網かけて夜に入る木槿哉　希因・暮柳発句集

朝顔に薄きゆかりの木槿哉　蕪村・蕪村句集

露の木槿思へば朝も哀なり　闌更・半化坊発句集

二日咲木槿となりて朝寒し　暁台・暁台句集

何もせず木槿咲く迄世はなりぬ　成美・成美家集

浅茅咲く宿ぞ木槿の花も咲　乙二・松窓乙二発句集

酒冷すちよろちよろ川の槿《むくげ》哉　一茶・旅日記

朝ばかり日のとゞく渓《たに》のむくげ哉　一茶・西国紀行書込

木槿さくや親代々の細けぶり　一茶・七番日記

咲く甲斐も菜畑の垣の木槿哉　梅室・梅室家集

馬ひとり木槿にそふて曲りけり　正岡子規・子規句集

縄簾裏をのぞけば木槿かな　夏目漱石・漱石全集

日の暑さ久しき末の木槿かな　松瀬青々・倦鳥

鳥居ある漁村の砂に木槿かな　河東碧梧桐・新傾向（秋）

天の川仰ぐ木槿伸びし秋　河東碧梧桐・八年間

お遍路木槿の花をほめる杖つく　尾崎放哉・小豆島にて

むつつり木槿が咲く夕べ他人の家にもどる　尾崎放哉・須磨寺にて

みちのくの木槿の花の白かりし　山口青邨・雪国

むくげがき【木槿垣】
木槿の生垣。⬇木槿 (むくげ) [秋]

§

はらはらと雀飛び来る木槿垣ふと見ればすずし白き花二つ　北原白秋・雀の卵

哀れなり狂ひし跡の木槿垣　惟然・流川集

松大樹ある学校や木槿垣　河東碧梧桐・新傾向（秋）

木槿垣《むくげがき》萩《はぎ》の花垣《はながき》むかひあひ　泉鏡花・鏡花全集

むくのみ【椋の実】

椋はニレ科の落葉高樹。自生・栽植。外形は欅（けやき）に似る。高さ約二〇メートル、直径一メートルに達する。葉は楕円形で縁は鋸歯状。春、葉と共に淡緑色の単性花を開く。秋、大豆大の球状果を結び、熟して蒼黒色となり、食用となる。［〈椋〉和名由来］樹皮が剥がれることから「剥ぐ（ムク）」の意。「実木（ムク）」の意など。［〈椋〉同義］椋木（むくのき）、椋榎（むくえのき）。［〈椋〉漢名］樸樹。

むくのき

§

椋の実や一むら鳥のこぼし行　漢水・新類題発句集

椋の実拾ひそめし森を出る田に下りてゆく　河東碧梧桐・三昧

邸内に祀る祖先や椋拾ふ　杉田久女・杉田久女句集

むくろじ【無患子】

ムクロジ科の落葉高樹・自生。高さ一〇～一六メートル。羽状複葉。初夏、淡緑色の五弁の小花を円錐花序に開く。花後、果実を結び、黒い球形の種子をだす。この種子は羽子の球に使われる。俳句では実をもって秋の季語とする。［和名由来］欒木樹（モクゲンジ）の漢名「木欒子」の誤用。［漢名］木患子、無患子、木患樹。

むくろじ

§

むくろじの実のまだあをき庫裏の前もの申すこゑの我はありつつ　北原白秋・黒檜

捨るなよ手の垢つきし木欒子　朝敬・鳥の道

むべ【郁子】

アケビ科の蔓性常緑低樹。自生・栽培。「うべ」ともいう。五～六枚の掌状複葉。晩春に白色・淡紅紫色の花を開く。晩秋に熟す卵形で暗紫色のあけびに似た果実は食用となる。茎・根は利尿などの薬用とする。［同義］常磐野木瓜（ときわあけび）。⬇郁子の花（むべのはな）［春］

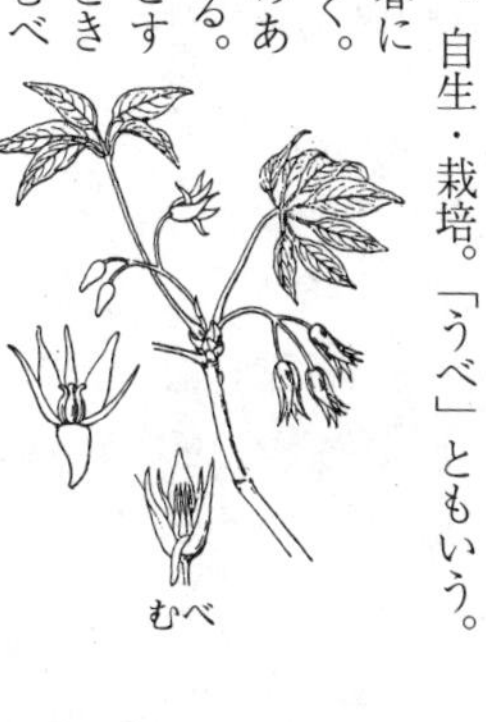
むべ

むらおばな【村尾花】

村に生いしげる尾花。⬇尾花（おばな）［秋］

§

村尾花夜のはつはつに鶉啼く　暁台・暁台句集
村尾花夕越え行けば人呼ふ　暁台・暁台句集

むらさきしきぶ【紫式部】
クマツヅラ科の落葉低樹。自生・栽培。高さ約三メートル。葉は長楕円形。夏、淡紫色で漏斗状の花を開く。秋、球形の液果は紫色に熟す。［和名由来］紫色に熟した果実より「紫敷実（ムラサキシキミ）」の意。また果実の美しさを紫式部にたとえたものと。［同義］小米桜（こごめざくら）、山紫（やまむらさき）、玉紫（たまむらさき）。［漢名］紫珠。［花言］聡明。

むらさきしきぶ

むらもみじ【村紅葉】
村の草木が紅葉している様子をいう。⬇紅葉（もみじ）［秋］

§

杉の上に馬ぞ見え来る村紅葉　其角・句兄弟
むら紅葉烟草干したるつゞき哉　牧童・北の山
月待てやこゝ高岡の村紅葉　文考・東西夜話
むら紅葉散るや夕日の鐘が崎　支考・白鳥集
むら紅葉会津商人なつかしき　蕪村・蕪村句集
日や雨や狐嫁入る村紅葉《むらもみぢ》　幸田露伴・幸田露伴集

「め〜も」

めなもみ
キク科の多年草・自生。高さ約一メートル。葉は円形の卵状で縁は鋸歯状。枝葉ともに対生。秋に黄色の頭花をつける。果実には粘毛があり衣服などにつく。全草は神経痛、中風などの薬用となる。［同義］石持（いしもち）。⬇葈耳（おなもみ）［秋］

めなもみ

めはじき【目弾】
シソ科の二年草・自生。高さ約一メートル。茎は方形。葉は羽状で深裂。夏から秋、淡紅色の小花を多数開く。全草は「益母草（やくもそう）」として利尿、消炎などの薬用になる。［和名由来］子供が茎を切ったものをまぶたにつけて遊ぶためと。［同義］苦艾（にがよもぎ）、目弾草（めはじきぐさ）。

めはじき

めはじきや夜たゞ物見る窓の前　清淇・類題発句集

もくげんじ【欒樹】

ムクロジ科の落葉高樹。自生・栽植。中国原産。高さ約一〇メートル。羽状複葉。夏、黄色の小花を集めた花序をつける。花後、秋に楕円形の実を結び、種子は数珠玉となる。花は眼疾の薬用となる。［同義］欒樹（もくれんじ・むくれにし・むくれんじのき）、栴檀葉菩提樹（せんだんばのぼだいじゅ）。［漢名］欒樹、木欒子、欒華。

§

もくげんじ

もくせい【木犀】

金木犀（きんもくせい）、銀木犀（ぎんもくせい）などモクセイ科の常緑高樹の総称。自生・栽植。高さ三〜六メートル。葉は楕円形で対生。縁は鋸歯状。秋、白色の芳香のある花を開く。庭園樹として多く用いられる。［和名由来］漢名「木犀」より。［同義］巌桂（がんけい）、九里香（きゅうりこう）。［漢名］木犀。⬇桂の花（かつらのはな）［秋］、金木犀（きんもくせい）［秋］

§

夕ごころ人に親しく木犀のにほふ門辺《かどべ》にたたずむわれは　吉井勇・遠天

もくせい

やうやくに秋ふかむ日のおもほゆるわが庭なかの木犀のはな　土田耕平・一塊

木犀や禅を言ふなる僧と我　召波・春泥発句集

木犀や都往来の暗つゞき　大谷句仏・縣葵

木犀《もくせい》や古九谷仕立て茶器に又　河東碧梧桐・新傾向（秋）

木犀の香《か》に染《し》む雨《あめ》の鴉《からす》かな　泉鏡花・鏡花全集

木犀や夕じめりたる石だたみ　芥川龍之介・蕩々帖

木犀や月明かに匂ひけり　山口青邨・雪国

木犀の香の浅からぬ小雨《せうう》かな　日野草城・日暮

木犀のゆふべのかをり琴ひびく　日野草城・日暮

もちのみ【黐の実】

黐の木の実。黐の木はモチノキ科の常緑小高樹。自生・栽植。高さ一〇メートルに達する。葉は長楕円形で光沢があり厚い。初夏、淡黄緑色の四弁花を叢生する。花後、球形の果実を結び、秋に熟して紅色となる。樹皮は鳥黐（とりもち）の原料になる。［〈黐の木〉和名由来］樹皮から鳥黐が作られるところから。［〈黐の木〉同義］鳥黐木（とりもちのき）、細葉冬青（ほそばもち）。⬇黐の花（もちのはな）［夏］

もみ【籾】

稲の小穂が受精して、胚・胚乳が成熟し、玄米が穎によって包まれた状態のもの。［同義］籾米（もみごめ）。⬇籾摺り（もみすり）［秋］、籾干（もみほし）［秋］、稲（いね）［秋］

もみじ【紅葉・黄葉】

秋に紅葉する木々を総称する。上代では萩が多く、後代では楓の紅葉が多く詠まれた。俳句では句の解釈で微妙であるが、一般に「紅葉」は秋を、「紅葉が散る」、「散って地上に敷きつめられた紅葉」を詠んだものは冬をあらわすとされる。

［同義］妻恋草（つまこいぐさ）、錦草（にしきぐさ）、黄葉（もみち）、色葉（いろば）。⬇紅葉散る（もみじちる）［冬］、落葉（おちば）［冬］、梅紅葉（うめもみじ）［秋］、楓紅葉（かえでもみじ）［秋］、草の紅葉（くさのもみじ）［秋］、桜紅葉（さくらもみじ）［秋］、漆紅葉（うるしもみじ）［秋］、柿紅葉（かきもみじ）［秋］、合歓木紅葉（ねむもみじ）［秋］、蔦紅葉（つたもみじ）［秋］、薄紅葉（うすもみじ）［秋］、下紅葉（したもみじ）［秋］、雑木紅葉（ぞうきもみじ）［秋］、照葉（てりは）［秋］、冬紅葉（ふゆもみじ）［冬］、散紅葉（ちりもみじ）［冬］、木の葉（このは）［冬］、紅葉山（もみじやま）［秋］、紅葉酒（もみじざけ）［秋］、紅葉狩（もみじがり）［秋］、白膠紅葉（ぬるでもみじ）［秋］、野山の錦（のやまのにしき）［秋］、櫨紅葉（はぜもみじ）［秋］、初紅葉（はつもみじ）［秋］、柞紅葉（ははそもみじ）［秋］、真弓紅葉（まゆみもみじ）［秋］、村紅葉（むらもみじ）［秋］、夕紅葉（ゆうもみじ）［秋］、枯葉（かれは）［冬］

§

真草刈る荒野にはあれど黄葉《もみちば》の過ぎにし君が形見とぞ来し
柿本人麻呂・万葉集一

経《たて》もなく緯《ぬき》も定めず少女《をとめ》らが織れる黄葉《もみち》に霜な降りそね
大津皇子・万葉集八

春日野にしぐれ降る見ゆ明日よりは黄葉かざさむ高円《たかまと》の山
藤原八束・万葉集八

見る人もなくて散りぬる奥山のもみぢは夜の錦なりけり
紀貫之・古今和歌集五（秋下）

紅葉《もみぢば》は袖にこき入れてもて出《いで》なむ秋は限《かぎり》と見む人のため
素性法師・古今和歌集五（秋下）

白波はふるさとなれやもみぢはの錦を着つつ立ちかへるらん
よみ人しらず・拾遺和歌集一七（雑秋）

見わたせば花も紅葉もなかりけり浦の苫屋《とまや》の秋の夕暮
藤原定家・新古今和歌集四（秋上）

もみぢ葉の流るる滝はくれなゐにそめたる糸をくるかとぞ見る
忠岑集（壬生忠岑の私家集）

もみぢ葉のかげをうつしてゆく水は波の花さへうつろひにけり
貫之集（紀貫之の私家集）

散り散らず見る人もなき山里のもみぢは闇の錦なりけり
和泉式部集（和泉式部の私家集）

色はみなむなしきものを龍田川もみぢ流るる秋もひととき
拾遺愚草（藤原定家の私家集）

故郷の高まど山にゆきてしが紅葉かざゝむ時はきにけり
賀茂真淵・賀茂翁家集

紅葉ばのちしおの上のひとしほをそふるは松のみどりなりけり
小沢蘆庵・六帖詠草

形見とて何かのこさむ春は花山ほととぎす秋はもみぢ葉
大愚良寛・良寛歌評釈

山まつのふかきみどりをにほひにてあらはれそむるうすもみぢかな
香川景樹・桂園一枝拾遺

もみち葉の八重かさなれる谷そこにさやかにみゆるたきつ白浪
伊藤左千夫・伊藤左千夫全短歌

紅葉せし山又山を見渡せば雲井に寒きふじの白雪
正岡子規・子規歌集

君と我二人かたらふ窓の外のもみぢの梢横目さすなり
正岡子規・子規歌集

杣人もにしき着るらし今朝の雨に紅葉の袖に透れば
夏目漱石・漱石全集

紅葉のうすくもこくも見ゆる哉秋のあはれは同じもの故
樋口一葉・緑雨筆録「一葉歌集」

ますかゞみ錦につゝむ心地して紅葉のいろになれる池水
樋口一葉・緑雨筆録「一葉歌集」

もみぢ葉も、心あるらむ。見てあれば、赤き方より、まづこぼれけり。
与謝野寛・東西南北

もみぢ葉は枝を離れて浮けるがに見ゆそよりともせばひと葉もとまらじ
宇都野研・宇都野研全集

木の下の毛氈《まうせん》に坐りさし敝ふもみぢが枝と何ぞしたしき
木下利玄・みかんの木

紅葉の重なりふかみ夕日かげ透りなづみて紅《あか》よりも紅
木下利玄・みかんの木

身近くの一木の楓枝ぐみのみやびやかさよもみぢ葉つけて
木下利玄・みかんの木

谷かげの紅葉のしたの片淵や瀬なみの鳴りに夕しづまりぬ
中村憲吉・軽雷集

御書院の南にひくき芝庭や日向になりて紅葉の樹むら
中村憲吉・軽雷集

国に事ありものみな動く秋にして山は静けくもみぢ葉を積む
岡本かの子・深見草

白雲の影おとしゐる向う山昼ふかければ紅葉は照るも
加納暁・加納暁歌集

山口もべにをさしたるもみぢ哉　望一・犬子集

古寺や紅葉も老て幾昔　桃隣・古太白堂句選

色付《いろづく》や豆腐に落《おち》て薄紅葉《うすもみぢ》　芭蕉・芭蕉杉風両吟百員

鼻紙の間の紅葉や君がため　言水・初心もと柏

白く候紅葉の外は奈良の町　鬼貫・鬼貫句選

入相の瀧に散込む紅葉かな　許六・きれぎれ

道役に紅葉掃くなり小夜の山　其角・続虚栗

小原女や紅葉でたゝく鹿の尻　其角・類柑子

紅葉ばに褌赤し峯の猿　北枝・雪の光

心あつて樽に紅葉を敷かせけり　秋の坊・卯辰集

飛鳥の羽もこがるゝ紅葉哉　支考・浮世の北

膝見せてつくばふ鹿に紅葉哉　半残・有磯海

紅葉ばのおもてや谷の数千丈　千川・続有磯海

山暮れて紅葉の朱を奪ひけり　蕪村・蕪村遺稿

川かげの一株づゝに紅葉哉　蕪村・西海春秋

土くれに二葉ながらの紅葉かな　村上鬼城・鬼城句集

花よりも紅葉には濃き涙かな　蓼太・蓼太句集

花も紅葉松も常ならず嵐山　樗良・樗良発句集

何と見ても紅葉は松に極りぬ　暁台・暁台句集

舞人よ紅葉の頃は袖の風　成美・成美家集
折ゝに小瀧をなぶる紅葉哉　一茶・九番日記
千山《せんざん》の紅葉一すぢの流れ哉　正岡子規・子規句集
雲処々岩に喰ひ込む紅葉哉　夏目漱石・漱石全集
磯山のふところ樹《ぎ》や、黄葉《もじぢ》して　幸田露伴・幸田露伴集
日の透《す》きて燃出《もえいだ》したる紅葉哉　幸田露伴・幸田露伴集
山紅葉女声《めごゑ》は鎌の光るごと　中村草田男・全集五

もみじがり【紅葉狩】

晩秋、山野の紅葉を観賞するために出かけること。［同義］紅葉見（もみじみ）。⬇紅葉（もみじ）［秋］

§

目を覚ませ後知らぬ世の紅葉狩　鬼貫・鬼貫句選
紅葉見や顔ひやひやと風渡る　闌更・半化坊発句集
君知るや花の林を紅葉狩　几董・井華集
三山の高嶺づたひや紅葉狩　杉田久女・杉田久女句集

もみじざけ【紅葉酒】

山野の紅葉を観賞しながら酒を楽しむこと。⬇紅葉（もみじ）［秋］

§

紅葉には誰が教へける酒の燗　其角・曠野

もみじやま【紅葉山】

草木の紅葉している山。⬇紅葉（もみじ）［秋］

§

唐錦おりかさねたる紅葉山ひらくるま丶にみゆるみつうみ　伊藤左千夫・伊藤左千夫全短歌
城外の鐘聞ゆらん紅葉山　支考・梟日記
落葉さへ紅葉の山の高雄かな　樗良・樗良発句集
紅葉山の文庫保ちし人は誰　正岡子規・子規句集

もみすり【籾摺り】

籾殻をとるため臼で摺ること。⬇籾（もみ）［秋］

§

夜の家内はほがらに籾を摺る　松瀬青々・倦鳥
籾すりの月になるまで音すなり　河東碧梧桐・新俳句
籾磨や遠くなりゆく小夜嵐　芝不器男・不器男句集

もみほし【籾干】

籾殻をとるために籾を干すこと。⬇籾（もみ）［秋］

§

籾干すや鶏《にわとり》遊ぶ門の内　正岡子規・子規句集

もものみ【桃の実】

桃はバラ科の落葉樹・栽植。中国原産。高さ三〜八メートル。葉は広楕円形で縁は鋸歯状。春に淡紅・白色の五弁花を開く。夏より秋にかけて果実を熟す。野生種の果実は小振りだが、栽培品種の果実は大形で、果肉は多汁で甘く美味。中国の風習で、桃は邪気を払うとされることから「卯槌・卯杖・桃弓」などの魔除けの材料となった。俳句では「桃の実」は秋の季語であるが、輸入種など夏期にでるものもあり、「早桃」などとして夏の季語ともなる。核は「桃仁（とうにん）」として婦人病の薬用になる。［〈桃〉和名由来］諸説あり。「真夏（マミ）」「燃実（モエミ）」の転。多くの果実をつけるところから「百（モモ）」の意など。［〈桃〉同義］三千世草・三千

代草（みちよぐさ）、三千年草（みちとせぐさ）。［〈桃〉漢名］桃。［花言］〈花〉私はあなたのとりこです（英）、忍耐（仏）。〈実〉あなたは素質がある（英）、妨害でさらに熱情が燃える（仏）。⬇桃の花（もものはな）［春］、早桃（わさもも）［夏］、水蜜桃（すいみつとう）［秋］、白桃（はくとう）［秋］

もも［有毒草木図説］

§

中垣の境の桃は散りにけり隣の娘きのふとつぎぬ　正岡子規・子規歌集

桃の実の肌のやうなるうぶ毛して少年の頬のうひうひしさよ　木下利玄・銀

桃の実のねぶりもたらぬ雫かな　支考・梟日記

若き人々歌話に更け水蜜桃匂ふ　安井小洒・杉の実

「や」

やえぎく【八重菊】
八重咲きの菊。⬇菊（きく）［秋］

§

親しみは花八重菊の重ね哉　樗良・樗良発句集

やきごめ【焼米】
新米を籾のまま炒った後、搗いて籾殻をとったもの。⬇新米（しんまい）［秋］、稲（いね）［秋］

§

焼米や鹿聞く菓子に夜もすがら　半残・小柑子

やくしそう【薬師草】
弟切草の別称。⬇弟切草（おとぎりそう）［秋］

§

瑠璃色に咲かせてしかな薬師草　李渓・類題発句集

やちぐさ【八千草】
多くの草。さまざまな草。⬇秋草（あきくさ）［秋］

§

八千草のいきれにおのづからしんとして野はひそまりかへる　三ケ島葭子・三ケ島葭子歌集

やつがしら【八頭・八頭芋】
里芋の一栽培品種。種芋から数個の芋を生じ、癒合して塊芋状となる。「やつがしらいも」ともいう。球茎と葉柄「芋茎（ずいき）」は食用となる。［和名由来］一つの根から八〜九の茎を叢生するところから。［同義］八面芋（やつがしらいも）。

やつがしら［成形図説］

➡里芋（さといも）［秋］、芋（いも）［秋］、芋茎（ずいき）［秋］

やつかほ【八束穂】

豊年の稲の穂がふさふさとたなびくさま。八把（つか）もある豊かな稲穂。➡稲（いね）［秋］、稲の穂（いねのほ）［秋］

§

八束穂のかぶきわたりて賤《しづ》のをがたのみゆたかにみゆる秋かな　小沢蘆庵・六帖詠草

やなぎちる【柳散る】

秋、柳の葉が散る。➡散る柳（ちるやなぎ）［秋］、柳（やなぎ）［春］

§

柳散清水涸《かれ》石処ゞ《ところどころ》　蕪村・蕪村句集

柳散るや少し夕の日の弱り　暁台・暁台句集

市売りの鮒《ふな》に柳のちる日哉　長翠・長翠句集

柳ちりて長安は秋の都かな　夏目漱石・漱石全集

柳散る石文のあり飛鳥山　河東碧梧桐・新傾向（秋）

やぶからし【藪枯】

ブドウ科の蔓性多年草・自生。巻蔓で他木や垣根などに絡み繁茂する。五小葉からなる鳥足に似た複葉。夏から秋、帯黄赤色で四弁の小花を開く。花後、漿果を結ぶ。根・茎草は「烏斂母（うれんも）」として涼血、解熱、利尿などの薬用になる。［和名由来］藪まで枯らすほどに繁茂するところから。［同義］五葉葛（いつばかずら）、貧乏葛（びんぼうかずら）。

やぶからし

やぶじらみ【藪虱・藪蝨】

セリ科の二年草・自生。高さ約一メートル。全株に細毛がある。羽状複葉。夏、白色の小花を開く。花後、秋に楕円形の棘のある偏平果を結ぶ。果実は「蛇牀子（じゃしょうし）」として強壮、消炎、駆虫などの薬用になる。［和名由来］偏平果が衣類などに付着するところから。［同義］野人参（のにんじん）、藪芹（やぶせり）、草虱（くさじらみ）。［漢名］竊衣。

やぶじらみ

やぶにっけい【藪肉桂】

クスノキ科の常緑高樹。自生・栽植。「だも」ともいう。高さ約一五メートル。葉は楕円形で革質。初夏、淡黄色の小花を開く。花後、秋に紫黒色の果実を結ぶ。葉を蒸留して香油をとる。［同義］山肉桂（やまにっけい）、藪樟（やぶぐす）。

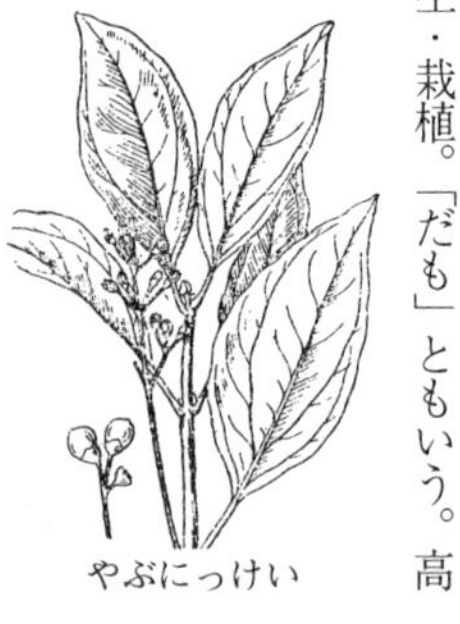
やぶにっけい

やまあざみ【山薊】

キク科の多年草・自生。高さは二メートルに達する。葉は楕円形で縁に棘がある。秋、淡紅紫色の頭状花を開く。根は強壮、利尿の薬用となる。［同義］大薊（おおあざみ）、鬼薊（おにあざみ）、乳草（ちちくさ）。⬇秋薊（あきあざみ）［秋］、薊の花（あざみのはな）［春］

やまあざみ

やまがき【山柿】

山の木に実る柿。⬇柿（かき）［秋］

§

山柿や五六顆おもき枝の先　飯田蛇笏・山廬集

やまなし【山梨】

バラ科の落葉高樹・自生。晩春、新枝に白色の房状の花を開く。秋に梨果を結ぶ。［同義］石梨（いしなし）、犬梨（いぬなし）、堅梨（かたなし）、聖霊梨（しょうりょうなし）。［漢名］鹿梨、棠梨、鼠梨。⬇山梨の花（やまなしのはな）［春］、梨（なし）［秋］

§

天寒き雲のにほひをさながらに山梨の葉のもみぢせるいろ　土田耕平・一塊

やまなし［甲斐叢記］

やまのいも【山芋・薯蕷】

ヤマノイモ科の蔓性多年草。自生・栽培。「やまいも」「とろろ」「とろろいも」ともいう。雌雄異株。茎は左巻で他物に絡みつく。葉は長心臓形で対生。夏、白色の花を開く。花後、三稜翼をもつ果実を結ぶ。葉腋には「零余子（むかご）」という芽を結び食用になる。塊根は「とろろ汁」にして麦飯などにかけて食用とする。また、滋養強壮、止瀉などの薬用となる。［和名由来］里芋に対して山地の芋の意。［同義］自然薯（じねんじょ）、自然生（じねんじょう）。⬇薯蕷（とろろ）［秋］、零余子（むかご）［秋］、自然薯（じねんじょ）［秋］、芋（いも）［秋］、里芋（さといも）［秋］、長芋（ながいも）［秋］

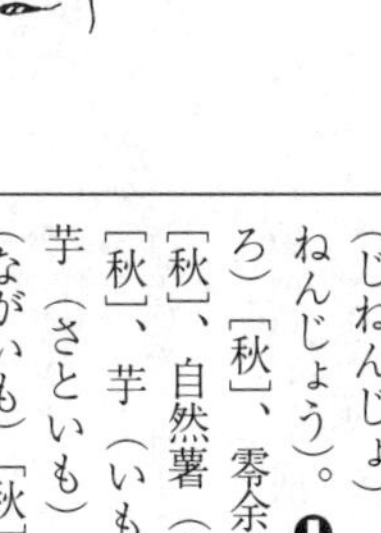
やまのいも

§

時くればもろくぞおつる山芋のみはたが身にもかはらざりけり　大隈言道・草径集

鰻にもならずや去年の山の芋　支考・をのが光

山の芋掘りに行くスットコ被り　尾崎放哉・小豆島にて

やまはぎ【山萩】

山野に生いしげる萩。⬇萩（はぎ）［秋］

§

山萩の散るや日のさす膝の上　乙二・松窓乙二発句集

山萩の馬にくはれてまばらなり　河東碧梧桐・新俳句

やまひめ【山女・山姫】
木通の異称。⇩木通（あけび）［秋］

§

鵯の行く方見れば山女かな　李圃・卯辰集

やまぶどう【山葡萄】
ブドウ科の蔓性落葉植物・自生。葉は大形の心臓形で三～五裂し、葉裏に褐色の綿毛を密生する。夏に黄緑色の五弁の小花を開く。花後、小球の果実を結び、秋に熟して黒色となり、食用・醸造用となる。［同義］紫葛（むらさきかずら・かもえび）。⇩葡萄（ぶどう）［秋］

§

蔓ぶとの深山葡萄を釘にかけ鉄いろの実をしまし目守りぬ　土田耕平・一塊
飛騨谷へ蔓なだれたり山葡萄　水原秋桜子・晩華

やまぶどう

やまぼくち【山火口】
キク科の多年草・自生。高さ約一メートル。葉は楕円形で縁は不規則な鋸歯状。葉の裏に白色の綿毛を密生する。秋、淡黄・紅紫色の頭花を開く。根・若葉は食用。葉を乾燥させて煙草の代用とする。「和名由来」山地に多く生育し、葉裏の白い綿毛を、火をうつし取る火口（ホクチ）に利用したところから。［同義］菊葉山火口（きくばやまぼくち）、山牛蒡（やまごぼう）。

やまぼくち

やればしょう【破れ芭蕉】
青々とした芭蕉の大きな葉も晩秋になると風雨にさらされて傷み、あちらこちらと裂けてくる。その破れた芭蕉葉を賞し、またその趣を表すことば。⇩芭蕉（ばしょう）［秋］

§

風吹けばあだに破《や》れゆくばせを葉のあればと身をもたのむべきか　山家集（西行の私家集）
野分せし野寺の芭蕉ばらばらにばらばらに裂けて露もたまらず　正岡子規・子規歌集
芭蕉葉の条目ますぐに破れそめてゆするるさまは今ぞゆたけし　土田耕平・一塊
破芭蕉破れぬ時も芭蕉かな　鬼貫・鬼貫句選
裂易き芭蕉に裏を打つ人か　太祇・太祇句選
染かねて我と引裂く芭蕉かな　蓼太・蓼太句集
破芭蕉心此程ものぐさき　白雄・白雄句集
芭蕉葉や音も聞かさず破盡す　梅室・梅室家集
眼前に芭蕉破るゝ風の秋　村上鬼城・鬼城句集
行水の名残の芭蕉破れけり　河東碧梧桐・続春夏秋冬
けふの日も早や夕暮や破芭蕉《やればしょう》　高浜虚子・六百句

「ゆ～よ」

ゆ【柚】

⇩柚（ゆず）［秋］、青柚（あおゆ）［夏］

§

切口もいざ白菊や柚の薫り　素丸・素丸発句集

ゆうがおのみ【夕顔の実】

ウリ科の蔓性一年草の夕顔の実。花後、球形または長楕円形の果実を結ぶ。この夕顔の実を紐状に切り乾燥させて干瓢を作る。⇩夕顔（ゆうがお）［夏］、夕顔蒔く（ゆうがおまく）［春］、干瓢剥く（かんぴょうむく）［夏］、瓢（ひさご）［秋］

§

夕顔は煮て食《た》ぶるにすがすがし口に噛めども味さへもなし　島木赤彦・太虚集

露に霑るる夕顔の果《み》は青々し長らかにして香ひさへよし　島木赤彦・太虚集

夕顔や我葉を敷てころび寝を　来山・来山句集

夕顔に片尻懸ぬさん俵　北枝・卯辰集

夕顔の身は持にくし秋の風　千代女・千代尼発句集

ゆうもみじ【夕紅葉】

夕日に映える紅葉をいう。⇩紅葉（もみじ）［秋］

§

掃く音も聞えて淋し夕紅葉　蓼太・蓼太句集

門叩く狂僧憎し夕紅葉　暁台・暁台句集

我からの鼻息見えて夕紅葉　成美・成美家集

水汲むも浮世がましや夕紅葉　成美・成美家集

谷川の背に冷つくや夕紅葉　一茶・九番日記

山駕や雨さつと来る夕紅葉　正岡子規・子規句集

ゆず【柚・柚子】

ミカン科の常緑小低樹・栽植。中国原産。高さ約四メートル。葉幹・葉の付根に棘がある。葉は長卵形。夏、白色で五弁の小花を開く。花後、秋に球形の果実を結ぶ。黄色で、芳香があり、酸味が強い。果皮や果汁は香味料として食用になる。［和名由来］果実に強い酸味があるところから「柚酸（ユズ）」の意と。［同義］柚（ゆ）、柚木（ゆずのき）、花柚（はなゆ）、鬼橘（おにたちばな）。［漢名］大橘。⇩柚（ゆ）［秋］、青柚（あおゆ）［夏］、花柚（はなゆ）［夏］、柚の花（ゆのはな）［夏］、柚味噌（ゆみそ）［秋］、柚餅子（ゆべし）［秋］、柚子湯（ゆずゆ）［冬］

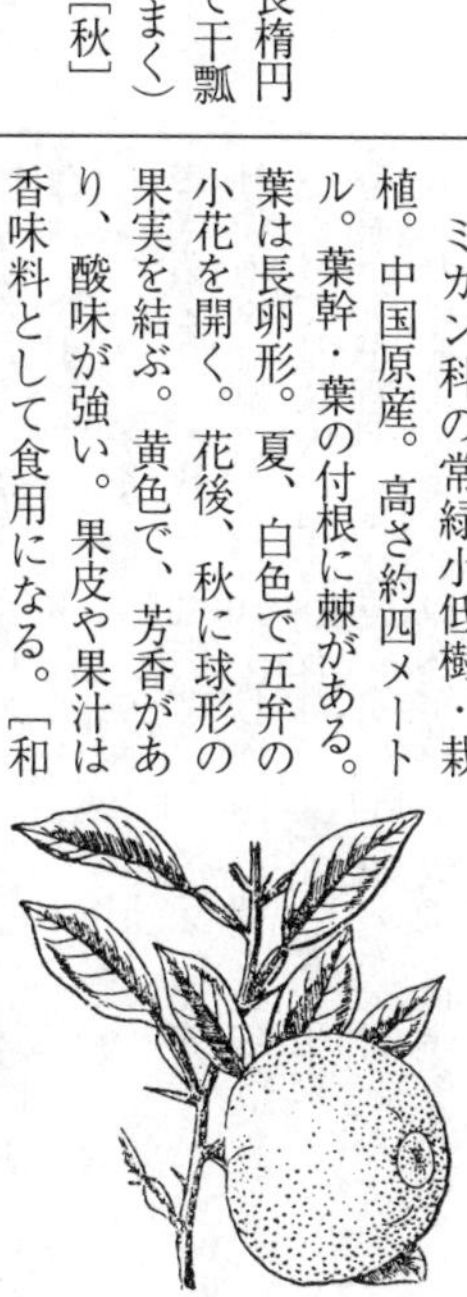

ゆず

§

しんとして柚子のむら葉の霜どけに光きらめく柚の果《み》の多さ　島木赤彦・氷魚

いちじろくいろ付く柚子の梢には藁投げかけぬ霜防ぐならし　長塚節・秋冬雑咏
吸物にいさゝか泛けし柚子の皮の黄に染みたるも久しかりけり　長塚節・鍼の如く
こそ植ゑしばかりの柚子のこれの老樹思はざりけり実をあまたつけつ　若山牧水・黒松
ものゆかし北の家陰の柚の黄み　道肥・新類題発句集
荒壁や柚子に梯子す武者屋敷　正岡子規・子規句集
いたつきも久しくなりぬ柚は黄に　夏目漱石・漱石全集
尼寺の柚子累々と黄なりけり　河東碧梧桐・新傾向（秋）
宵浅く柚子そこはかと匂ふなる　飯田蛇笏・椿花集
なんといふ空がなごやかな柚子の二つ三つ　種田山頭火・草木塔
柚子の香のほのぼの遠い山なみ　種田山頭火・草木塔
柚子《ゆず》黄なり恋路といへる磯ありて
　東海岸を行く　水原秋桜子・玄魚
崖の邑柚子色づきて潮かこむ　水原秋桜子・晩華

ゆでびし【茹菱】
　菱の実を茹でて食用としたもの。➡菱の実（ひしのみ）[秋]、菱の花（ひしのはな）[夏]
§
鄙なれば売る茹菱や水に雁　松瀬青々・妻木

ゆべし【柚餅子】
　柚の果汁や皮に味噌、米粉、砂糖を加えて蒸した菓子。➡柚（ゆず）[秋]
§
乱酒の僧見よやゆべしの責を受ル　杉風・常盤屋之句合
弟子僧と分ち味はふ柚べしかな　安井小洒・杉の実
黄金作りの小柄で切りし柚べしかな　松瀬青々・倦鳥

ゆみそ【柚味噌】
　「ゆずみそ」ともいう。柚の実の果皮や果汁を入れ、柚の香気をつけた味噌のこと。また、黄熟した柚の上部を切り、実を取り出した中に柚の果汁で溶いた味噌を入れ、皮のまま火にかけて焼いて食べる料理をもいう。切った上部の果皮を蓋にするので、釜になぞらえて「柚釜（ゆがま）」ともいう。➡柚（ゆず）[秋]
§
青き葉をりんと残して柚味噌哉　涼菟・韻塞
柚味噌《ゆみそ》ふく風につれけり小夜鵆《さよちどり》　野坡・野坡吟草
釜かけて柚味噌の恨み聞夜哉　蓼太・蓼太句集
焼過た尻を断わる柚味噌かな　太祇・石の月
寒ければ顔もて寄する柚味噌哉　成美・成美家集
我ねぶり彼なめる柚味噌《ゆみそ》一つかな　正岡子規・子規句集
法華経の半ばに烟る柚味噌《ゆみそ》かな　川上眉山・川上眉山集
あみだ仏ぶつぶつと泣く柚味噌《ゆみそ》哉　松瀬青々・妻木
大饗のきのふ忘れて柚味噌かな　河東碧梧桐・新傾向（秋）
君を寿す私の酒の柚味噌かな　河東碧梧桐・新傾向（秋）

よだかり【夜田刈】
　秋の夜、月明りの中で稲を刈ること。➡田刈（たがり）[秋]、稲刈（いねかり）[秋]

§

夜田刈や明けて休らふ身でもなし　闌更・半化坊発句集

見る人もなき月の田毎を刈る身哉　闌更・半化坊発句集

よめなのはな【嫁菜の花・娵菜の花】

キク科の多年草の嫁菜の花。秋に野菊に似た淡紫色の頭花を開く。⇩嫁菜（よめな）[春]

§

野の菊と老にけらしなよめがはぎ　羽紅・荒小田

蘆垣《あしがき》に嫁菜花《よめなはな》さく洲崎《すざき》かな　泉鏡花・鏡花全集

「ら」

らっかせい【落花生】

マメ科の一年草・栽培。高さ約六〇センチ。四葉からなる羽状複葉。夏、黄色の小蝶形花を開く。花後、子房の柄が伸びて地下に繭状の莢果を結び、中の種子を食用とする。この種子を落花生と呼ぶ。南アフリカ原産。中国より渡来。[同義] 南京豆（なんきんまめ）、異人豆（いじんまめ）、唐人豆（とうじんまめ）、唐豆（とうまめ・からまめ）。[漢名] 落花生。

らっかせい

§

沙浜《すなはま》に松を植ゑ松の間に作る畑都野《つの》の娘子《をとめ》の落花生をもぐ　土屋文明・続々青南集

落花生喰《く》ひつゝ読むや罪と罰　高浜虚子・五百五十句

らっきょうのはな【薤の花・辣韮の花】

ユリ科の多年草・栽培。秋、六弁の紫色の小花を群生する。⇩薤（らっきょう）[夏]

§

辣韮《らつきやう》の花咲く土や農奴葬　飯田蛇笏・霊芝

らん【蘭】

ラン科の植物の総称。自生・園芸用栽培。多品種ある。葉は単葉で美しい花を開くものが多い。通常、俳句では秋に咲く蘭をいう。[同義] 千金草（せんきんそう）。[花言] 野心のある愛。〈白花〉純粋な愛。⇩春蘭（しゅんらん）[春]、名護蘭（なごらん）[夏]

§

蘭《らん》の花のかをりめでたしすがすがしよき人来《く》べきよき夕べなり　佐佐木信綱・思草

ゆくりなき寝覚の床におどろきぬ蘭の香高き室の小夜風　太田水穂・つゆ艸

蘭の花わが顔ちかく匂へれば頬杖をしてしばし遊びぬ　宮柊二・藤棚の下の小室

秀でたる詞の花はこれや蘭　宗因・梅翁宗因発句集

門に入れば蘇鉄《そてつ》に蘭の匂《にほ》ひ哉　芭蕉・笈日記

蘭の香やてふの翅《つばさ》にたき物す　芭蕉・甲子吟行
蘭の香に我も狐のひとり也　朱拙・白馬
すんごりと直なる蘭が殊に月　惟然・惟然坊句集
袴着て咲たる蘭の匂ひかな　支考・越の名残
蘭咲きぬ鼻にも秋を驚かせ　也有・蘿葉集
夜の蘭香にかくれてや花白し　蕪村・蕪村句集
蘭の香や菊より暗きほとりより　蕪村・蕪村遺稿
蘭の香に老も若きも寝覚哉　白雄・白雄句集
蘭の香や雑穀積たる船の底　几董・井華集
蘭白し蜘の振舞憎けれど　乙二・松窓乙二発句集
蘭の香や異国のやうな三日の月　一茶・一茶句帖
ひとりゐて静に蘭の花影かな　村上鬼城・鬼城句集
蘭の香や女詩うたふ詩は東坡《とうば》　正岡子規・子規句集
蘭の香や門を出づれば日の御旗　夏目漱石・漱石全集
のうれんにおく蘭の香のこもり哉　松瀬青々・妻木
白き蘭やがて匂へり見つつあれば　加藤楸邨・穂高

「り」

りんご【林檎】

バラ科の落葉高樹・栽培。中央アジア原産。高さ三～九メートル。葉は広楕円形で、縁は鋸歯状。春、桜に似た赤いぼかしのある淡い紅色・白色の五弁花を開く。果実は夏から秋に紅色や黄色に熟し、食用となる。［和名由来］漢名「林檎」より。［同義］唐梨（からなし）、堅梨（かたなし）。［漢名］林檎。［花言］〈花〉後悔（仏）。〈果実〉誘惑（英）、従順でないこと・最も美しい女性に（仏）。⬇林檎の花（りんごのはな）［春］、青林檎（あおりんご）［夏］

りんご

§

北の海余市の林檎見めこそはよからずといはめ余市の林檎　石榑千亦・潮鳴
林檎むく手さきにふるる夜の気のうすら冷たくふけわたるかな　武山英子・武山英子歌選二
紅林檎あまり濃彩《こあや》と薄葉に包みて人の朝寝《あさい》揺らまし　武山英子・武山英子拾遺
林檎かみぬ十月の朝庭の木の風鳴るをきき柱によりて　前田夕暮・収穫
いもうとよ林檎むく汝が白き手のつめたく光る指輪をとりされ　田波御白・御白遺稿
顔ぢゅうを口となしつつ雙手《もろて》して赤き林檎を噛めば悲しも　若山牧水・路上

君かへす朝の鋪石《しきいし》さくさくと雪よ林檎の香のごとくふれ
北原白秋・桐の花

監獄《ひとや》いでてじつと顫《ふる》へて噛む林檎林檎さくさく身に染みわたる
北原白秋・桐の花

たへがたき渇き覚ゆれど、手をのべて林檎とるだにものうき日かな。
石川啄木・悲しき玩具

つやつやと林檎すずしき木間《このま》哉　尚白・忘梅

手のとるも林檎は軸で面白し　其角・五元集

ゆかしさも紅ゐ浅き林檎かな　百里・或時集

わくらはの梢あやまつ林檎哉　蕪村・夏より

盛物に林檎のつや、仏の灯　内藤鳴雪・鳴雪句集

うつくしき籠の林檎や贈り物　正岡子規・子規全集

津軽よりうす霧曳きて林檎園　飯田蛇笏・椿花集

石角に林檎はつしとわがいかり　杉田久女・杉田久女句集補遺

空は太初の青さ妻より林檎うく　中村草田男・来し方行方

りんどう【龍胆】

リンドウ科の多年草・自生。「りゅうたん」ともいう。高さ三〇～六〇センチ。茎は直立して通常は分枝しない。葉は笹に似た被針形。秋、青紫・紫紅色の鐘形の花を開く。まれに白色の花を開く。根は「龍胆（りゅうたん）」として健胃などの薬用になる。［和名由来］漢名「龍胆」より。

りんどう

［同義］思草（おもいぐさ）。［漢名］龍胆。［花言］悲しんでいる時のあなたを最も愛する。⬇笹龍胆（ささりんどう）［秋］

§

我が宿の花踏みしだくとりうたむのはなければやここにしも来る
紀友則・古今和歌集一〇（物名）

風寒み鳴く雁が音の声によりうたんころもをまづやからまし
古今和歌六帖六

りうたんの花の色こそ咲きそむれなべての秋は浅茅生の末
拾遺愚草（員外）（藤原定家の私家集）

りんだうも名のみなりけり秋の野の千草の花の香には劣れり
順集（源順の私家集）

りんだうの枯れ野にひとり残れるは秋のかたみに霜や置くらん
散木奇歌集（源俊頼の私家集）

こゝにして思はんよりは走りゆき手とりなげかむ龍胆の花
伊藤左千夫・伊藤左千夫全短歌

露霜をしげみ寒けみ富士見野の龍胆の花紺ならんとす
島木赤彦・馬鈴薯の花

龍胆の花むらさきの山の裾、すこし霧せば、をかしからむを
岡稲里・朝夕

犬の眼も幽かに動く龍胆の花のいのちを見守るらしも
北原白秋・雲母集

男泣きに泣かむとすれば竜胆がわが足もとに光りて居たり
北原白秋・桐の花

何谷へくだる道かも草かげに龍胆咲きて残る露霜
吉井勇・遠天

すがれたる芒のかげの龍胆は花にひらき切るちから早や無し　半田良平・幸木
枯草に降りつぐ雨や竜胆《りんだう》のぬれいろさむく眼にしたつなり　石井直三郎・青樹以後
りんだうは実をもちながら紫のいよいよ深く草に交れり　土屋文明・ふゆくさ
ひるすぎてなほ下《した》つゆの乾《かわ》かざる落葉の中《なか》のりんだうの花　土屋文明・放水路
りんどうをみつけて嬉し枯尾花　半残・山半残
龍胆も幸あるぞいざ折らん　惟然・猿舞師
水早し龍胆なんど流れ来る　乙二・松窓乙二発句集
山ふところの、ことしもここにりんだうの花　種田山頭火・草木塔
龍胆をみる眼かへすや露の中　飯田蛇笏・山廬集
龍胆や入船見入る小笹原　杉田久女・杉田久女句集
りんどうの濃るり輝く岩根かな　杉田久女・杉田久女句集補遺
竜胆《りんだう》や日高くなりし鳥屋の閑《かん》　水原秋桜子・古鏡

「れ」

れいし【茘枝・茘支】
ウリ科の一年生蔓草。熱帯アジア原産。夏、五弁の黄色い小花を開き、花後、実を結ぶ。実は球形から楕円形まであり、果皮は疣状の突起で覆われている。熟すと黄色くなるが、まだ青くて果肉が苦いうちに野菜として食べる。[同義] 苦瓜（にがうり）、蔓茘枝（つるれいし）、ゴーヤー。

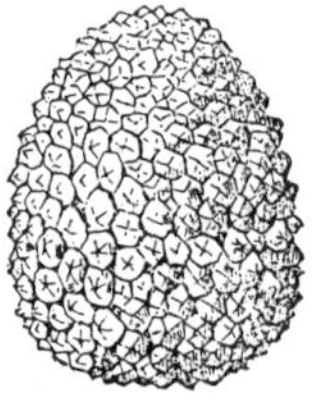
れいし

「わ」

わかたばこ【若煙草】
その年に収穫した葉で出来た煙草をいう。[同義] 今年煙草（ことしたばこ）、新煙草（しんたばこ）。⬇煙草干す（たばこほす）[秋]、懸煙草（かけたばこ）[秋]、煙草の花（たばこのはな）[秋]

§

煙にも腹ふくらかせ若煙草　乙州・をのが光
屋根裏を包んで寒し若煙草　露川・記念題
夜の香や煙草寝せ置く庭の隅　太祇・太祇句選

わせ【早稲】
稲の品種の中で、早く開花し実を結ぶもの。早稲（わせ）・中稲（なかて）・晩稲（おくて）があり、中稲は早稲

と晩稲の中間に結実する稲をいい、晩稲は晩秋に結実する稲をいう。⬇稲（いね）[秋]、早稲の香（わせのか）[秋]、早稲の飯（わせのめし）[秋]

§

にほどりの葛飾早稲《かつしかわせ》のにひしぼりくみつつをれば月かたぶきぬ　賀茂真淵・賀茂翁家集

ゆふぐれの日に照《て》らされし早稲《わせ》の香《か》をなつかしみつつくだる山路《やまみち》　斎藤茂吉・つゆじも

蝉の音の通ふや早稲の本はらみ　句空・東西夜話

早稲の穂や打かたぶきて風ゆるぎ　杉風・賀之満多知

帰り来れば浅田の早稲田穂に見ゆる　暁台・暁台句集

家めぐり早稲にさす日の朝な朝な　松瀬青々・倦鳥

わせのか【早稲の香】

⬇早稲（わせ）[秋]

§

わせの香や分入《わけいる》右は有磯海　芭蕉・おくのほそ道

早稲の香や雇ひ出さる丶庵の舟　丈草・有磯海

早稲の香もゆかしや伊勢の花柑子　支考・越の名残

早稲の香や蟹蹈つくる磯の道　支考・梟日記

わせのめし【早稲の飯】

今年収穫した米を炊いた飯をいう。⬇新米（しんまい）[秋]、早稲（わせ）[秋]

§

早稲の飯はや焚立つる夕烟　乙州・俳諧勧進牒

山家にて魚喰ふ上に早稲の飯　去来・泊船集

わたうちゆみ【綿打弓】

秋、収穫した綿を打って柔らかくするための道具。⬇綿摘（わたつみ）[秋]

§

綿打や案山子は弓を捨る頃　乙二・松窓乙二発句集

わたつみ【綿摘・棉摘】

綿を収穫すること。綿はアオイ科の一年草・栽培。高さ六〇～一〇〇センチ。その種子塊から繊維をとる。インド、エジプト原産。枝は紫色。掌状裂葉。夏から初秋に、淡黄・白・紅色の五弁の花を開く。花後、秋に球形の実を結び、種子は白色の毛状繊維をもち綿になる。また、種子は「綿実油（めんじつゆ）」として食用になる。[〈綿〉同義] 棉・草綿（わた）。[〈綿〉漢名] 葉綿。⬇綿の花（わたのはな）[夏]、新綿（しんわた）[秋]、綿打弓（わたうちゆみ）[秋]、綿取（わたとり）[秋]、綿畑（わたばたけ）[秋]、綿初穂（わたはつほ）[秋]、綿吹く（わたふく）[秋]

§

道の辺に蕎麦と棉とを刈り伏せて蕎麦の実は黒く棉はましろし　半田良平・幸木

名月の花かと見へて棉畠　芭蕉・続猿蓑

綿摘や煙草の花を見て休む　蕪村・蕪村句集

棉の実を摘みゐてうたふこともなし　加藤楸邨・寒雷

棉の実のひかりて今日も応答《いらへ》なし　加藤楸邨・穂高

わたとり【綿取】

秋、成熟した綿を摘み取ること。⬇綿摘（わたつみ）[秋]

§

生綿取る雨雲立ちぬ生駒山　其角・陸奥衡
綿取や門に待つ子の丸裸　野坡・野坡吟草
罪深き我や彼岸の生綿取　支考・記念題
山の端の日の嬉しさや木綿取　浪化・草刈笛
綿取の笠や蜻蛉の一つづゝ　也有・蘿葉集
綿取や犬を家路に追返し　蕪村・新五子稿

わたばたけ【綿畑・綿畠】

綿を栽培している畑。⇩綿摘（わたつみ）［秋］

§

名月の花かと見へて棉畠　芭蕉・続猿蓑

わたはつほ【綿初穂】

秋、綿の実が出しはじめる毛状繊維をいう。⇩綿吹く（わたふく）［秋］、綿摘（わたつみ）［秋］

§

国富むや薬師の前の綿初尾　鬼貫・鬼貫句選
仏にも初穂といふか綿所　乙二・松窓乙二発句集

わたふく【綿吹く】

秋、綿の実が毛状の繊維を出している様子をいう。⇩綿初穂（わたはつほ）［秋］、綿摘（わたつみ）［秋］

§

綿吹くや河内も見ゆる男山　凡兆・柞原
山陰やこゝ住む人の綿も吹く　乙二・松窓乙二発句集

われもこう【吾亦紅・吾木香】

バラ科の多年草・自生。高さ約一メートル。葉は楕円形で縁は鋸歯状。羽状複葉。秋、梢上に暗紅紫色で花弁のない小花を開く。若葉は食用。根を乾燥させたものは「地楡（ちゆ）」として止血薬となり、煎液は口内炎のうがい薬となる。［同義］我毛香（われもこう）、恵比寿草（えびすぐさ）、鋸草（のこぎりくさ）、野槌（のっち）。［漢名］地楡、玉札。

われもこう

§

鳴けや鳴け尾花枯葉のきりぎりすわれもかうこそ秋は惜しけれ　待賢門院安芸・久安六年御百首
忘れずよ野の上に茂るわれもかう分けし袂の露もまだ乾《ひ》ず　中務内侍日記
をみなへし咲をかのへのわれもかうくねれと人のかへり見もせぬ　上田秋成・夜坐偶作
今朝のあさ咲き盛れるは女郎花桔梗の花我毛香の花　伊藤左千夫・伊藤左千夫全短歌
その中の恋の涙のわれもかうわれの涙の野のわれもかう　与謝野晶子・瑠璃光
吾木香すすきかるかや秋くさのさびしききはみ君におくらむ　若山牧水・別離
手はわれは握るとしつつ気をつきぬ道にゆれたる我木香かな　中村憲吉・馬鈴薯の花

木のもとや雨の蹴上げの吾亦紅　智蘊・はたけせり
しゃんとして千草の中や我もこう　路通・翁草
此秋も吾亦紅よと見て過ぬ　白雄・白雄句集
糸の茎に淋しさよろし吾亦紅　松瀬青々・倦鳥
何ともな芒がもとの吾亦紅　正岡子規・子規句集
路岐して何れか是なるわれもこう　夏目漱石・漱石全集
吾亦紅を紫竹の花に思ふかな　河東碧梧桐・新傾向（秋）
山裾のありなしの日や吾亦紅　飯田蛇笏・椿花集

冬の季語

立冬（十一月七日頃）から立春前日（二月三日頃）

「あ〜お」

あおきのみ【青木の実】
ミズキ科の常緑低樹の青木の実。冬に楕円形の実を結び、鮮やかな紅色に熟す。⬇青木の花（あおきのはな）［春］

§

人を訪ふ道の固凝《かたごり》音寒く森の青木葉《あきば》の実の乏《とも》しかり
伊藤左千夫・伊藤左千夫全短歌

青木の実毎年落ちて生ひけらしこゝの谿間の多くの青木
木下利玄・紅玉

青木の実赤くなりたり冬さりてかわききりたる山の斜面に
木下利玄・紅玉

青木の実紅を点じて大寒へ　山口青邨・雪国

あしのかれは【蘆・葦・芦・葭―の枯葉】
冬の枯れた蘆の葉をいう。⬇蘆（あし）［秋］、枯蘆（かれあし）［冬］

§

津の国の難波の春は夢なれや葦の枯葉に風わたるなり
西行・新古今和歌集六（冬）

みだれ葦の枯葉もさやぐ三島江やこほりの上は浦風ぞ吹く
藤原為道・続後拾遺和歌集六（冬）

みなとえや葦の枯葉に風さえて霜夜の月に千鳥鳴くなり
藤原雅孝・新拾遺和歌集六（冬）

えのきだけ【榎茸】
担子菌類の茸。粘性のある食用茸。傘は直径二〜七センチ、黄褐色で中央は色が濃い。榎、柿などに生じる。栽培したものは淡い色で細く、全く違う茸のように見える。おろし和えにしたり味噌汁や鍋物に入れたりして食べる。［同義］滑子（なめこ）、滑茸（なめたけ）、滑薄（なめすすき）、柳茸（やなぎたけ）。

§

くち木となおぼしめされそ榎茸　嵐雪・玄峰集

おおね【大根】
大根（だいこん）の古称。⬇大根（だいこん）［冬］、大根の花（だいこんのはな）［春］

§

いにしへはおほねはじかみにらなすびひるほし瓜も歌にこそよめ
小沢蘆庵・六帖詠草

あしひきの国上の山の山畑に蒔きし大根《おほね》ぞあさず食《を》せ君
大愚良寛・良寛歌評釈

暮れて洗ふ大根の白さ土低く武蔵野の闇はひろがりて居り
島木赤彦・馬鈴薯の花

おちば【落葉】
晩秋から冬にかけて散り落ちる葉をいう。⬇木の葉（このは）［冬］、落葉掻（おちばかき）［冬］、落葉焚（おちばたき）［冬］、落葉風（おちばかぜ）［冬］、枯葉（かれは）［冬］、朽葉（くちば）［冬］、銀杏落葉（いちょうおちば）［秋］、紅葉（もみじ）［秋］、散紅葉（ちりもみじ）［冬］、紅葉散る（もみじちる）［冬］、落葉掃く（おちばはく）［冬］、落葉時雨（おちばしぐれ）［冬］、常盤木落葉（ときわぎおちば）［夏］

§

来てみればわがふる里は荒れにけり庭もまがきも落葉のみして
大愚良寛・良寛歌評釈

稲を扱く筵《むしろ》のうへの柿落葉我れをさなくてありにしものを
太田水穂・冬菜

ああ落葉、その一ひらのあと程も、わが名とどめず、かくて世に経《ふ》る
岡稲里・朝夕

風凪ぎぬ松と落葉の木の叢のなかなるわが家いざ君よ寝む
若山牧水・海の声

枝ほそき落葉木立にくれなゐの実をふさふさと垂らす木のあり
若山牧水・山桜の歌

落葉掃く箒の音を聴きながらもの思ひ居れば心しづけし
吉井勇・天彦

風の日は殊更《ことさら》おほき柿落葉美しく散るところを歩む
佐藤佐太郎・黄

風に落葉将棋だをしぞきんかくじ　梅盛・玉海集
寒くとも三日月見よと落葉かな　素堂・俳諧五子稿
宮人よ我《わが》名をちらせ落葉川　芭蕉・笈日記
葛の葉の落ぬ構や蜘の糸　桃隣・古太白堂句選
泥付かぬ落葉なりけり袖の上　沾徳・俳諧五子稿
船待の笠にためたる落葉哉　丈草・丈草発句集
ぬけ道や落葉がくれの溜り雨　宗端・百番句合
今朝掃た庭とは見えぬ落葉かな　也有・蘿葉集
夢の間に一年つもる落葉かな　也有・蘿葉集
藤棚のうへからぬける落ばかな　太祇・太祇句選
川澄むや落葉の上の水五寸　太祇・太祇句選
待人の足音遠き落葉かな　蕪村・蕪村句集
又春の来るとも見えぬ落葉哉　蓼太・蓼太句集
寺ゆかし山路の落葉しめりけり　召波・春泥発句集
村落葉鶏ころす人若し　白雄・白雄句集
日の影の枯枝に配る落葉哉　几董・井華集
木の葉たく烟の上のおちば哉　暁台・暁台句集
またけふもおち葉の上の住居哉　一茶・七番日記
風のおち葉ちよいちよい猫の押へけり　一茶・七番日記
落葉火や一もえづゝの窓明り　梅室・梅室家集
首入れて落葉をかぶる家鴨かな　正岡子規・子規句集
落葉して塔より低き銀杏かな　正岡子規・子規句集
瀧壺に寄りもつかれぬ落葉かな　夏目漱石・漱石全集
ひらひらと深きが上の落葉かな　高浜虚子・五百句
おほらかに君歩み去る河岸落葉　種田山頭火（大正十一年）
落葉ふる奥ふかく御仏を観る　種田山頭火・草木塔

おちばかき【落葉掻】
地面の落葉を掻き集めること。➡落葉（おちば）［冬］、落葉掃く（おちばはく）［冬］

§

寒山と拾得とよる落葉掻　許六・五老井発句集
此人も耳なし山よ落葉掻　士朗・枇杷園句集
声あげて風にはしる落葉掻《おちばかき》　卓池・青々処句集

おちばかぜ【落葉風】
落葉を吹き散らしたり吹き集めたりする風。⇩落葉（おちば）［冬］

§

焚ほどは風がくれたるおち葉哉　一茶・七番日記

おちばたき【落葉焚】
落葉を掻き集めて燃やすこと。⇩落葉（おちば）［冬］

§

落葉たく軒のまつ風夜をさらず　士朗・枇杷園句集
落葉焚くいろいろの木の烟哉　宗派・其袋

おちばのしぐれ【落葉の時雨】
落葉の時分に、降ったりやんだりする雨を時雨という。⇩落葉（おちば）［冬］

§

落葉して苔に音ある時雨哉　紹巴・大発句帳

おちばはく【落葉掃く】
⇩落葉掻（おちばかき）［冬］、落葉（おちば）［冬］

§

空曇る霜月師走　日並《ケナラ》べて、門《カド》の落ち葉を掃かせけるかも　釈迢空・水の上
掃けるが終には掃ず落葉かな　太祇・太祇句選

「か」

かえりばな【帰り花】
新暦の十一月の小春日和の時に、桜・梨・山吹・躑躅などの草木が季節はずれに花を咲かせること。［同義］忘れ花、忘れ咲き、帰り咲き、返り花、狂い咲き、二度咲き。⇩忘れ花（わすればな）［冬］

§

軒の端のぼけのさび枝に返り花一つ咲けるも紅の花　伊藤左千夫・伊藤左千夫全短歌
寺の門《もん》くらき　閾《とじきみ》跨《また》ぎゆけば影ほのかなり桜かへり花《ばな》　土屋文明・放水路
すみれにも返花《かへりばな》さくかすけさを顧みて過ぎし冷夏をいたむ　佐藤佐太郎・星宿
凩に匂ひやつけし帰花　芭蕉・後の旅
霜白し烏のかしら帰り花　言水・俳諧五子稿
咲過て春を減らすな帰花　也有・蘿葉集
時雨にも少し恩あり帰り花　也有・蘿葉集
春の夜の夢見て咲や帰花　千代女・千代尼発句集
寝た草の馴染はづかし帰り花　千代女・千代尼発句集
片枝は雪に残して帰り花　蕪村・落日庵句集

春雨とおもふ日もありかへり花　蓼太・蓼太句集
帰り花一輪をしむ薪かな　闌更・半化坊発句集
咲出て心ならずや帰ばな　召波・春泥発句集
帰花祖父が恋の姿かな　暁台・暁台句集
返り花いはゞ老木のおとろひ歟　白雄・白雄句集
愚なる僧の祈りや帰花　几董・井華集
北窓や人あなどれば帰り花　一茶・享和句帖
かへり花闇にも見えて哀也　梅室・梅室家集
焼迹や忽然としてかへり花　森鷗外・うた日記
帰花咲いて虫飛ぶ静かな　村上鬼城・鬼城句集
帰り咲く八重の桜や法隆寺　正岡子規・子規句集
一輪は命短かし帰花　夏目漱石・漱石全集
間引きせし間植せし果樹や返り花　河東碧梧桐・新傾向（冬）
舟路とりて落ちしと見ゆれ返り花　河東碧梧桐・新傾向（冬）
返り花三年教へし書にはさむ　中村草田男・長子

かけな【掛菜・懸菜】

大根や蕪の茎・葉を縄で括り、軒下などで陰干したもの。味噌汁などの具となる。⇩干菜（ほしな）［冬］

§

鶯に藪の掛菜のにほひかな　太祇・太祇句選
みのむしの掛菜を喰ふ静さよ　白雄・白雄句集

かどまつたつ【門松立つ】

十二月半ばを過ぎた頃に、門松を門に立てて新春を迎える用意をすること。⇩門松（かどまつ）［新年］、門の松（かどのまつ）［新年］、松取る（まつとる）［新年］、松納（まつおさめ）［新年］

§

眼鏡橋門松舟の著きにけり　正岡子規・子規句集

かぶら【蕪・蕪菁】

アブラナ科の一〜二年草・栽培。「かぶ」「かぶらな」「かぶな」ともいう。葉・根・茎は食用となる。［和名由来］諸説あり。根茎を「切株（キリカブ）」に見立てたもの。また「カブ」は「根」の意で「ラ」は接尾語。［同義］辛菜（からな・しんさい）、蕪大根（かぶだいこん）、蔓菁（まんせい）。［漢名］蕪菁、四時菜。⇩蕪汁（かぶらじる）［冬］、菘（すずな）［冬］

§

来て見れば鰯ころがる蕪畑《かぶらばた》蕪みどりの葉をひるがえす　北原白秋・雲母集
地面《じべた》踏めば蕪みどりの葉をみだすいつくしきかもわが足の上　北原白秋・雲母集
君よ君われ善く知れり一銭の値《あたひ》と蕪と涙との味　石川啄木・啄木歌集補遺

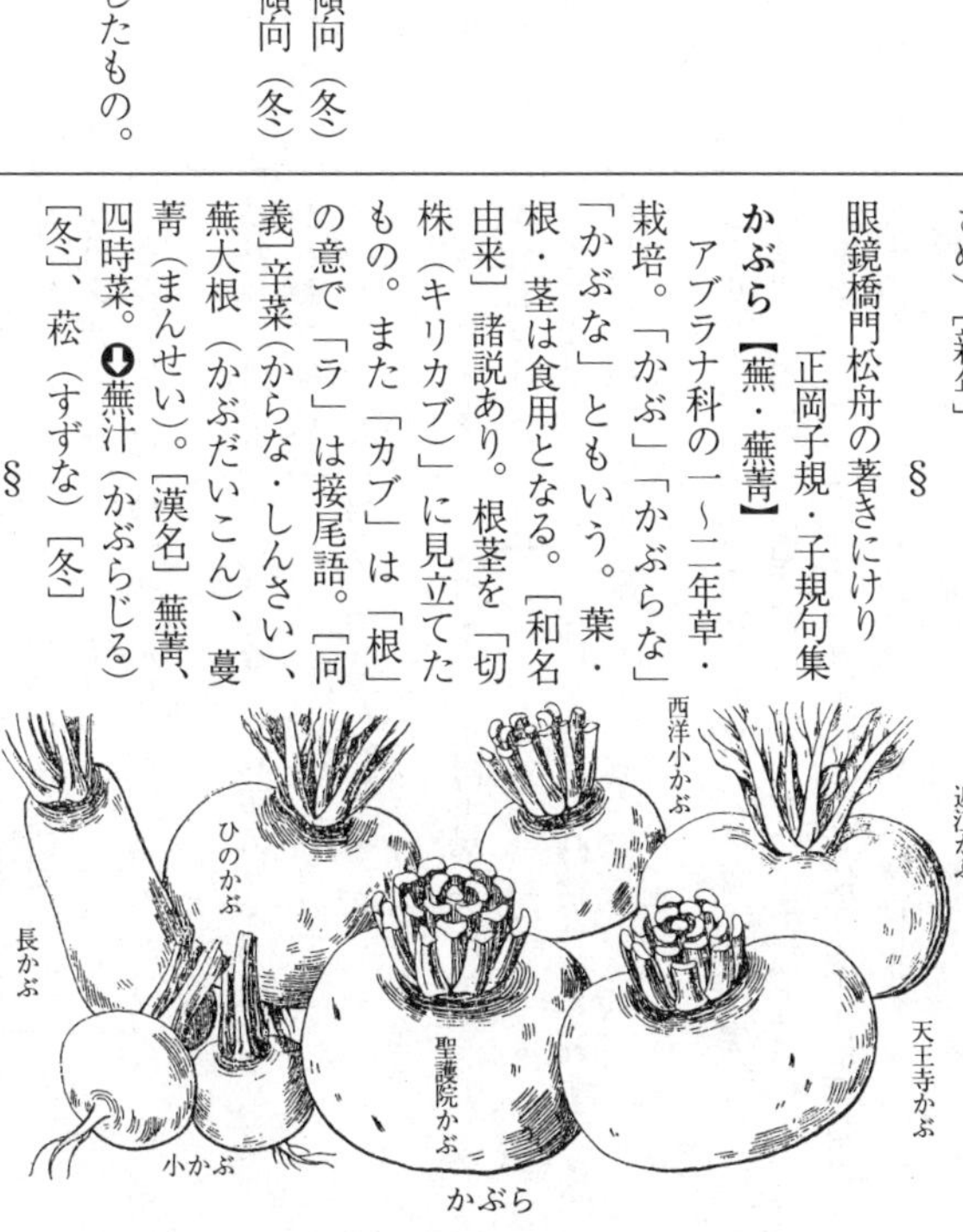

かぶら

あけぼのや霜にかぶなの哀なる　杉風・常盤屋之句合
蟹の刈る蕪をかしや見る目なき　其角・五元集
君がためいつそ根引のかぶらかな　也有・蘿葉集
手のちからそゆる根はなしかぶら引　千代女・千代尼発句集
おもひしか菴のうしろの瘦かぶら　白雄・白雄句集
故郷や蕪引く頃墓参　正岡子規・子規句集
冬ざれの厨《くりや》に赤き蕪かな　正岡子規・子規句集
大鍋に煮くづれ甘きかぶらかな　河東碧梧桐・新傾向（冬）
蕪とり落す雪どけの泥　河東碧梧桐・八年間

かぶらじる【蕪汁】
蕪を具にした汁。➡蕪（かぶら）［冬］

§

年忘若菜もちかし蕪汁　万子・草刈笛
蕪汁や霜のふりはも今朝は又　其角・五元集
野火留や宵暁のかぶら汁　巣兆・曾波可理
挙して曰く可なく不可なし蕪汁　夏目漱石・漱石全集
牛飼ひと歌にある宿やかぶら汁　河東碧梧桐・新傾向（冬）
御僧に蕪汁あつし三回忌　杉田久女・杉田久女句集

かれあし【枯蘆・枯芦】
冬になって枯れた蘆をいう。➡蘆の枯葉（あしのかれは）［冬］、蘆（あし）［秋］

§

風さゆる池のみぎはの枯蘆の乱れふすなる冬はさびしも　田安宗武・悠然院様御詠草
枯蘆や難波入江のさゞら波　鬼貫・俳諧七車
かれ芦や鴨見なくせし鷹の声　太祇・太祇句選
枯蘆やしるべして行雨の声　暁台・暁台句集
いちはやく枯てや折る芦のふし　白雄・白雄句集

かれいばら【枯茨】
冬の枯れた茨。➡茨の実（いばらのみ）［秋］

§

枯茨や散る藁屑と実赤きと　河東碧梧桐・新傾向（冬）
戒律の山門外や枯茨　河東碧梧桐・新傾向（冬）

かれえだ【枯枝】
冬の枯れた枝。➡枯木（かれき）［冬］

§

枯れ枝に残月冴ゆる炊ぎかな　杉田久女・杉田久女句集

かれおぎ【枯荻】
冬の枯れた荻。➡荻（おぎ）［冬］

§

枯荻や日和定まる伊良古崎　正岡子規・子規句集

かれおばな【枯尾花】
冬になって枯れた芒の穂をいう。➡枯芒（かれすすき）［冬］、尾花（おばな）［秋］

§

ともかくもならでや雪のかれお花　芭蕉・雪の尾花
根は切て極楽にあり枯尾ばな　千代女・千代尼発句集
ともかくも風にまかせてかれ尾花　千代女・千代尼発句集
狐火の燃へつくばかり枯尾花　蕪村・蕪村句集
我も死して碑に辺《ほとり》せむ枯尾花　蕪村・蕪村句集

けふの今いまより後のかれ尾花　暁台・暁台句集
水際の日に日に遠しかれを花　暁台・暁台句集
六道の辻に立けり枯尾花　一茶・一茶句帖
空也寺や町から見ゆる枯尾花　梅室・梅室家集
枯残るは尾花なるべし一つ家　夏目漱石・漱石全集

かれき【枯木】
冬枯れの木。⇩枯草（かれくさ）［冬］、枯枝（かれえだ）［冬］、末枯（うらがれ）［冬］、冬木（ふゆき）［冬］

§

其かたち見ばや枯木の枝の長《たけ》　芭蕉・芭蕉庵小文庫
しばらくもやさし枯木の夕附日　其角・五元集
家遠し枯木のもとの夕けぶり　召波・春泥発句集
丈低き枯木まじりて小松原　森鷗外・うた日記
暮れてゆく枯木の幹の重なりて　高浜虚子・六百句
冬木積む舟見てしめし障子かな　西山泊雲・ホトトギス

かれぎく【枯菊】
冬の枯れた菊。⇩菊（きく）［秋］

§

菊好や切らで枯行花の数　太祇・太祇句選
炭屑に小野の枯菊にほひけり　几董・井華集
作らるゝ菊から先に枯にけり　一茶・発句題叢
大菊の見事に枯れし花壇かな　内藤鳴雪・鳴雪句集
菊枯れて松の緑の寒げなり　正岡子規・子規句集
枯菊や凍たる土に立ち尽す　正岡子規・子規句集
銅瓶に菊枯るゝ夜の寒哉　夏目漱石・漱石全集
二三本菊枯れしまゝに黄なる哉　坂本四方太・新俳句
枯菊に尚《なお》色といふもの存す　高浜虚子・六百句

かれくさ【枯草】
冬の枯れた草。⇩枯木（かれき）［冬］、枯葉（かれは）［冬］、冬枯（ふゆがれ）［冬］、草枯れ（くさがれ）［冬］、霜枯（しもがれ）［冬］、冬の草（ふゆのくさ）［冬］

§

あかあかと枯草ぐるまゆるやかに夕日の野辺を軋むなりけり　北原白秋・雲母集
花みな枯れて哀をこぼす草の種　芭蕉・泊船集
死なば今野に枯たがる草の連　也有・蘿葉集
かれがれや竹の中なる草の蔓　闌更・半化坊発句集
艸枯に雑炊すゝる樵夫かな　白雄・白雄句集
枯草にしみ入つて消ゆ白糸の滝　村上鬼城・鬼城句集
水草や水ある方に枯れ残る　正岡子規・子規句集
枯草にかすかな風がある旅で　種田山頭火（昭和一四年）

かれすすき【枯芒・枯薄】
冬の枯れた芒。⇩枯尾花（かれおばな）［冬］、芒（すすき）［秋］

§

浅間山の北の根にある六里が原六里にあまる枯薄の原　若山牧水・くろ土
気をつけて見るほど寒し枯すゝき　杉風・韻塞
さりとては寒きもの也枯れ薄　杉風・杉風句集
枯芒昔婆鬼あつたとさ　一茶・七番日記

かれ芒人に売れし一つ家　一茶・享和句帖
人埋めし印の笠や枯芒　内藤鳴雪・鳴雪句集
七湯の烟淋しや枯芒　正岡子規・子規句集
枯薄こゝらよ昔不破《ふわ》の関　正岡子規・子規句集
枯芒北に向って靡きけり　夏目漱石・漱石全集
つい〳〵と黄の走りつつ枯芒《かれすすき》　高浜虚子・六百句

かれづた【枯蔦】

冬の枯れた蔦。⇩蔦（つた）［秋］

§

蔦かれて浮世に近し庵の壁　蒼虬・蒼虬翁発句集
枯ながら蔦の氷れる岩哉　夏目漱石・漱石全集

かれの【枯野】

草木のほとんどが枯れて、冬の荒涼とした野原の風景をいう。［同義］枯原（かれはら）。⇩冬の野（ふゆのの）［冬］

§

見ればげに心もそれになりぞ行く枯野のすすき在明《ありあけ》の月　山家集（西行の私家集）
かいなでて負ひてひたして乳ふふめて今日は枯野におくるなりけり　大愚良寛・良寛歌評釈
汽車のなかに一人となりて我は居り遠くはろけく枯野はあらむ　島木赤彦・大虚集
旅に病《やん》で夢は枯野をかけ廻《めぐ》る　芭蕉・枯尾花
棹鹿《さをしか》のかさなり臥る枯野かな　土芳・猿蓑
鷹の目の枯野に居るあらしかな　丈草・丈草発句集
野は枯てのばす物なし鶴の首　支考・蓮二吟集
名を問へば夏来た村の枯野かな　也有・蘿の落葉
子を捨る藪さへなくて枯野哉　蕪村・蕪村句集
むさゝびの小鳥はみ居る枯野哉　蕪村・蕪村句集
ざぶりざぶりざぶり雨降る枯野哉　一茶・享和句帖
がい骨の笛吹やうな枯野哉　一茶・七番日記
すみれ咲ばかりに成し枯野かな　梅室・梅室家集
血の海や枯野の空に日没して　森鷗外・うた日記
烟るなり枯野のはての浅間山　村上鬼城・鬼城句集
とりまいて人の火をたく枯野哉　正岡子規・子規句集
吾影の吹かれて長き枯野哉　夏目漱石・漱石全集
この道に寄る他はなき枯野かな　河東碧梧桐・新傾向（冬）
火遊びの我れ一人ゐしは枯野かな　大須賀乙字・乙字句集
枯野路に影かさなりて別れけり　杉田久女・杉田久女句集

かれは【枯葉】

冬の草木の枯れた葉。⇩落葉（おちば）［冬］、枯草（かれくさ）［冬］、青葉（あおば）［夏］、木の葉（このは）［冬］、紅葉（もみじ）［秋］

§

夕照にひらつく磯のかれ葉哉　去来・去来発句集
しがみつく岸の根笹の枯葉哉　惟然・惟然坊句集
焚かんとす枯葉にまじる霰哉　夏目漱石・漱石全集
濡れてゆく枯葉つぶやくほどの雨　種田山頭火（昭和八年）

かれはす【枯蓮】

冬の枯れた蓮。⇩蓮（はす）［夏］

§

蓮の葉の完きも枯れてしまひけり　村上鬼城・鬼城句集
枯蓮を被むつて浮きし小鴨哉　夏目漱石・漱石全集
枯蓮《かれはす》の池に横たふ暮色かな　高浜虚子・六百句
枯蓮や水のそこひの二日月　水原秋桜子・葛飾

かれむぐら【枯葎】
冬の枯れた葎。⇩葎（むぐら）［夏］

§

かれ葎かなぐり捨もせざりけり　一茶・享和句帖
あたゝかな雨がふるなり枯葎　正岡子規・子規句集
我影のうら〳〵濃さよ枯葎　水原秋桜子・葛飾

かれやなぎ【枯柳】
冬の枯れた柳。⇩柳（やなぎ）［春］

§

淋しさに斟酌《しんしゃく》はなし枯柳　吾仲・伽陀箱
古絲のまゝで春まつ柳かな　也有・蘿葉集
鼠喰ふ鳶のゐにけり枯柳　太祇・太祇句集
古池や柳枯れて鴨石に在り　正岡子規・子規句集
町もありて嶽雪近し枯柳　河東碧梧桐・新傾向

かんあおい【寒葵】
ウマノスズクサ科の常緑多年草。自生・栽培。葉は広卵形。初冬、先端が三裂した暗紫色の小花を開く。［和名由来］葉の形が「葵」に似て、冬でも葉が枯れないところからと。［同義］坪花・壺花（つぼばな）、常盤草（ときわぐさ）、細辛葵（さいしんあおい）、茶釜木（ちゃがまのき）。⇩葵（あおい）［夏］、冬葵（ふゆあおい）［冬］

かんあおい

かんうど【寒独活】
寒中に採る独活をいう。⇩独活（うど）［春］

§

寒独活に松葉掃き寄せ囲ふなり　杉田久女・杉田久女句集

かんぎく【寒菊】
油菊の一栽培品種。冬に開花する菊。［同義］霜菊（しもぎく）、霜見草（しもみぐさ）、霜夜草（しもよぐさ）、秋無草（あきなぐさ）、初見草（はつみぐさ）、雪見草（ゆきみぐさ）。⇩残菊（ざんぎく）［冬］、菊（きく）［秋］、冬菊（ふゆぎく）［冬］

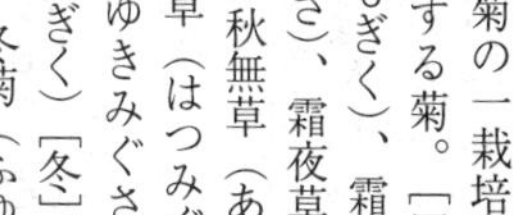
かんぎく［草花絵前集］

§

霜枯の庭をさふしみ寒菊を鉢にうつして軒近く置く　伊藤左千夫・伊藤左千夫全短歌
山茶花はうら清くよし寒菊はうらさひてよし吾庭の冬　伊藤左千夫・伊藤左千夫全短歌
寂しければ人をしのばむよすがにと竹花籠に寒菊を挿す　吉井勇・天彦
寒菊や醴《あまざけ》造る窓の前　芭蕉・芭蕉書簡

寒菊や粉糠のかゝる臼の端《はた》　芭蕉・すみだはら
寒菊の隣もありや生大根　許六・五老井発句集
泣中に寒菊ひとり耐《こた》へたり　嵐雪・玄峰集
寒菊や雪に利休が指の跡　土芳・蓑虫庵集
寒菊や愛すともなき垣根哉　蕪村・落日庵句集
寒菊や茂る葉末のはだれ雪　太祇・太祇句選
寒菊や猶なつかしき光悦寺　召波・春泥発句集
寒菊に南天の実のこぼれけり　暁台・暁台句集
寒菊に頬かぶりする小猿哉　一茶・七番日記
寒菊やいも屋の裏の吹透し　正岡子規・子規句集
寒菊や京の茶を売る夫婦もの　夏目漱石・漱石全集
寒菊に憐みよりて剪《き》りにけり　高浜虚子・六百句
炭の粉を寒菊に掃く箒かな　杉田久女・杉田久女句集補遺
寒菊は白き一輪狸汁　山口青邨・雪国

かんこうばい【寒紅梅】
梅の一栽培品種で早咲きの梅。寒中に紅色の重弁花を開く。⇩梅（うめ）[春]、寒梅（かんばい）[冬]

かんざくら【寒桜】
山桜の一変種。花期が早く、一月頃に淡紅色の花を開く。[同義] 冬桜（ふゆざくら）。⇩桜（さくら）[春]

§

寒ざくら表面《うはべ》の恋と人も云へ偽《いつは》りて散るものならなくに　与謝野晶子・山のしづく
寒ざくら箱根の雪を七尺とあたみに聞ける浴泉《よくせん》のおと　与謝野晶子・深林の香
六甲《ろくかふ》の山のふもとの寒桜《かんざくら》ひと枝挿《えださ》せば爐の辺《へ》なごみぬ　吉井勇・寒行
山の日は鏡の如し寒桜《かんざくら》　高浜虚子・六百五十句
灯は消えて月のみのこる寒桜　水原秋桜子・晩華

かんちくのこ【寒竹の子】
イネ科のタケササ類の寒竹が、寒中に生じる筍をいう。寒竹の表皮は紫色で、筍の皮にも紫色の斑点がある。⇩竹の子（たけのこ）[夏]

かんつばき【寒椿】
冬に咲く早咲きの椿。⇩冬椿（ふゆつばき）[冬]、侘助（わびすけ）[冬]、椿（つばき）[春]

§

咲たやら折たあとあり寒椿　蒼虬・蒼虬翁発句集
寒椿線香の鞘はしりける　川端茅舎・川端茅舎句集

かんばい【寒梅】
寒中に花を開く早咲きの梅。⇩冬の梅（ふゆのうめ）[冬]、寒紅梅（かんこうばい）[冬]、梅（うめ）[春]、早梅（そうばい）[冬]

§

寒梅を手打《たおる》響《ひびき》や老が肘　蕪村・蕪村句集
寒梅や火の迸《ホトバシ》る鉄《マガネ》より　蕪村・蕪村句集
寒梅に比す産声は男かな　白雄・白雄句集
寒梅や的場あたりは田舎めく　正岡子規・子規句集
寒梅に磬を打つなり月桂寺　夏目漱石・漱石全集

かんぼけ【寒木瓜】
冬に咲く木瓜の花。⇩木瓜の花（ぼけのはな）[春]
§
寒木瓜の久しき蕾さく見ればさすがに紅《あけ》のあたたげなり　宇都野研・木群
鉄瓶の湯気のなびきのまつはりて目にさむからず寒木瓜の紅　宇都野研・木群
洗硯《せんけん》を寒木瓜《かんぼけ》照らふ前に置く　水原秋桜子・帰心
寒木瓜のひしと咲きゐてわれは遊び　中村汀女・花句集

かんぼたん【寒牡丹】
牡丹の一品種で冬に開花する早咲きの牡丹。⇩冬牡丹（ふゆぼたん）[冬]、牡丹（ぼたん）[夏]
§
人形の前に崩《くず》れぬ寒牡丹《かんぼたん》　高浜虚子・五百五十句
娘《こ》を想ふこと止《や》め給へ寒牡丹　中村汀女・花句集
　一月十七日は若くして逝ける森川輝子の忌日なり
寒牡丹この日崩ると記憶せむ　日野草城・旦暮
うすら日はありにけるかも寒牡丹　日野草城・旦暮

かんりん【寒林】
冬枯れの寒々しい林。⇩冬木立（ふゆこだち）[冬]
§
糸のごと小枝《さえだ》もつるる寒林のうすき木かげにたちつくしけり　岡稲里・早春
またたきてわれをながむる夕づつの遠さを想ふ寒林の上　岡稲里・早春

「き〜く」

きづた【木蔦】
ウコギ科の蔓性常緑低樹。自生・栽植。茎・葉は止血などの薬用となる。[和名由来]科が樹木で蔦に似ているところから。[同義]寒蔦（かんづた）、冬蔦（ふゆづた）、何時迄草（いつまでぐさ）、壁蔦（かべづた）。[花言]信頼、友情。
§
石崖に木蔦まつはる寒さかな　芥川龍之介・蕩々帖

きづた

きりぼし【切干】
大根を紐状に切って晒した乾物。⇩大根（だいこん）[冬]

くきづけ【茎漬】
蕪や大根の茎・葉を塩漬けや麹漬けにしたもの。[同義]菜漬（なづけ）、お葉漬け（おばづけ）、酢茎（すぐき）。⇩茎菜（くきな）[冬]
§
君見よや我手いるゝぞ茎の桶　嵐雪・玄峰集

茎漬や妻なく住を問ふお、な　太祇・太祇句選
茎おしに寺中をめぐる老女哉　召波・春泥発句集
茎漬の強抗にして石軽ろし　内藤鳴雪・鳴雪句集

くきな【茎菜】

茎を漬物にする菜一般。［同義］茎菁（くきな）。⬇茎漬（くきづけ）［冬］

§

後妻のことごとに問ふ茎菜哉　召波・春泥発句集
越後屋の茎菜洗ひや男衆　河東碧梧桐・新傾向（冬）

くさがれ【草枯れ】

冬になって草が枯れることをいう。⬇枯草（かれくさ）［冬］

§

草枯て狐の飛脚通りけり　蕪村・蕪村句集
人をさす草もへたへた枯にけり　一茶・七番日記
草枯れて礎《いしずえ》残るあら野哉　正岡子規・子規句集
草枯の長づゝみ蜜柑山のあり　河東碧梧桐・新傾向（冬）

くずゆ【葛湯】

葛粉と砂糖にお湯を注いでかき混ぜた飲料。⬇葛（くず）［秋］、葛水（くずみず）［夏］

くちば【朽葉】

落葉が朽ちたもの。⬇落葉（おちば）［冬］

§

冬枯れの森の朽葉《くちば》の霜の上に落ちたる月のかげの寒けさ　藤原清輔・新古今和歌集六（冬）
朽葉よりあらわす苔の緑哉　紹巴・大発句帳
山の井に色よきま、の朽葉哉　素外・古今句鑑

くねんぼ【九年母・久年母】

ミカン科の常緑小高樹・栽培。タイ・インドシナ原産。高さ約三メートル。枝には棘がある。葉は楕円形で蜜柑に似る。夏、五弁の白花を開く。球状の果実を結び、秋に黄熟し食用となる。［同義］香橙（こうきつ）。⬇九年母の花（くねんぼのはな）［夏］

くねんぼ

§

弟と枝にのぼりて実をもぎしあの九年母の木はあるか今も　橋田東声・地懐
九年母やそろそろ甘き風の暮　社弓・新類題発句集

くろぐわい【黒慈姑】

カヤツリグサ科の多年草。池沼の水中に自生する。水草で高さ数一〇センチ。地下に黒紫色の小塊茎を結び、円柱状の茎をのばす。吸物、煮しめなどにする。［同義］芍（しゃく）、油菅（あぶらすげ）。［漢名］烏芋。⬇慈姑（くわい）［冬］

くろぐわい

くわい【慈姑】
オモダカ科の水生多年草。食用として水田で多く栽培される。中国原産。高さ約六〇センチ。葉は二〇～三〇センチの長い矢尻形で根生。秋に葉間から花茎を伸ばし、三弁の白花を円錐花序に開く。地下の球茎は薄藍色で食用。味は栗に似る。[和名由来]「食藺（クワイ）」「鍬芋（クワイモ）」の意などより。[同義] 燕尾草（えんびそう）、白慈姑（しろぐわい）、田芋（たいも）。[漢名] 慈姑。漢名は根茎の増えるさまを慈母が子供に乳を与えているさまに見立てたところから。⇩慈姑掘る（くわいほる）[冬]

くわい

§

蓮池《はすいけ》は直《ただ》ちに瑞雲《ずいうん》に通《かよ》へども来迎《らいがう》を描《えが》かず慈姑《くわゐ》のもろき花を写《うつ》す　土屋文明・山の間の霧

泣つきてゆかしくはゐは何の玉　乙二・斧の柄

水澄みて慈姑一茎を残したる　山口青邨・雪国

くわいほる【慈姑掘る】
泥中の慈姑は、冬から春にかけて掘り出す。⇩慈姑（くわい）[冬]

§

掘りあてし泥の胴木や慈姑掘る　西山泊雲・ホトトギス

くわゐ掘るや茎朽ち消えて糸程に　西山泊雲・ホトトギス

「こ」

こうぞむす【楮蒸す】
落葉した楮の茎を蒸器で蒸し、楮の皮をむいて和紙の原料とすること。⇩楮の花（こうぞのはな）[春]

こおりこんにゃくつくる【氷蒟蒻造る】
氷蒟蒻とは、湯通しした「こんにゃく」を寒気に一か月ほど晒して造る食べ物。⇩蒟蒻玉（こんにゃくだま）[冬]

§

蒟蒻の累々として氷りけり　数藤五城・歳時記大観

このは【木の葉】
俳句では、降雪期の落葉樹の落葉、または落ちる前の木の枯葉を総称したもの。「きのは」ともいう。詠まれ方によって秋と冬の季語となるが、おおむね冬の季語となる。⇩落葉（おちば）[冬]、枯葉（かれは）[冬]、若葉（わかば）[夏]、紅葉（もみじ）[秋]

§

訪ね来つる宿は木の葉に埋もれて煙《けぶり》を立つる弘川の里　西行・手鑑「藻塩草」

奥山の岩垣沼《いはがきぬま》に木葉《このは》落ちてしづめる心人しるらめや　金槐和歌集（源実朝の私家集）

凩きけば嶺《みね》の木《こ》の葉の中空《なかぞら》に吹き捨てられて落つる声々　草根集（正徹の私家集）
軒ちかく落つる木の葉に聞きなれて時雨《しぐれ》もわかぬ冬の山里　水戸光圀・常山詠草
ちりうづむ木の葉や深き谷みづは凍らぬさきに音ぞ絶えゆく　荷田春満・春葉集
夕暮れに国上の山を越え来れば衣手寒し木の葉散りつつ　大愚良寛・良寛歌評釈
山凩のさかおろしなる谷の道われより先にゆくこのはかな　大隈言道・草径集
行く水のうき名も何か木の葉舟ながる丶ままにまかせてぞみむ　樋口一葉・一葉歌集
黒みたる塔のかけらのここちする木の葉積れり大寺の庭　与謝野晶子・流星の道
からびたる木の葉のそよぎきこゆなり十一月に入り日ざしきら丶か　木下利玄・一路
落ちしきる木の葉のにほひいたいたしきぞの嵐に揉《も》まれたるなり　土田耕平・青杉
しばの戸にちやをこの葉かくあらし哉　芭蕉・続深川集
三尺の山も嵐の木の葉哉　芭蕉・をのが光
一葉ちりいくらもちりて月夜哉　嵐雪・玄峰集
葉は散てふくら雀か木の枝に　鬼貫・鬼貫句選
思ひなし木の葉ちる夜や星の数　沾徳・俳諧五子稿
水底の岩に落つく木の葉かな　丈草・丈草発句集
待宵の戸にはさまる丶木の葉哉　祇空・玄湖集
おもしろい心を凩の木の葉哉　支考・菊十歌仙
そむき見れば木の葉曇の林かな　白雄・白雄句集
すみだ川木の葉がちにもなりにけり　成美・成美家集
木の葉とはちる頃の名かこのはとは　乙二・斧の柄
散る木の葉音致さぬが又寒き　一茶・七番日記
門先にちよいとうづまく木の葉哉　一茶・一茶句帖
膝にふる木のはを夢や馬の上　梅室・梅室家集
木の葉やく寺のうしろや普請小屋　正岡子規・子規句集
早鐘の恐ろしかりし木の葉哉　夏目漱石・漱石全集
ほろほろ酔うて木の葉ふる　種田山頭火・草木塔

こまつな【小松菜】
　アブラナ科の一栽培品種（一年草）。濃緑色の根生葉をもつ。黄色の花を開く。夏蒔き、春蒔きがある。春蒔きのものを鶯菜（うぐいすな）という。葉は浸し物、和え物、汁物の実など食用となる。［和名由来］東京江戸川区小松川付近で多く栽培されたところから。⇩鶯菜（うぐいすな）［春］、冬菜（ふゆな）［冬］

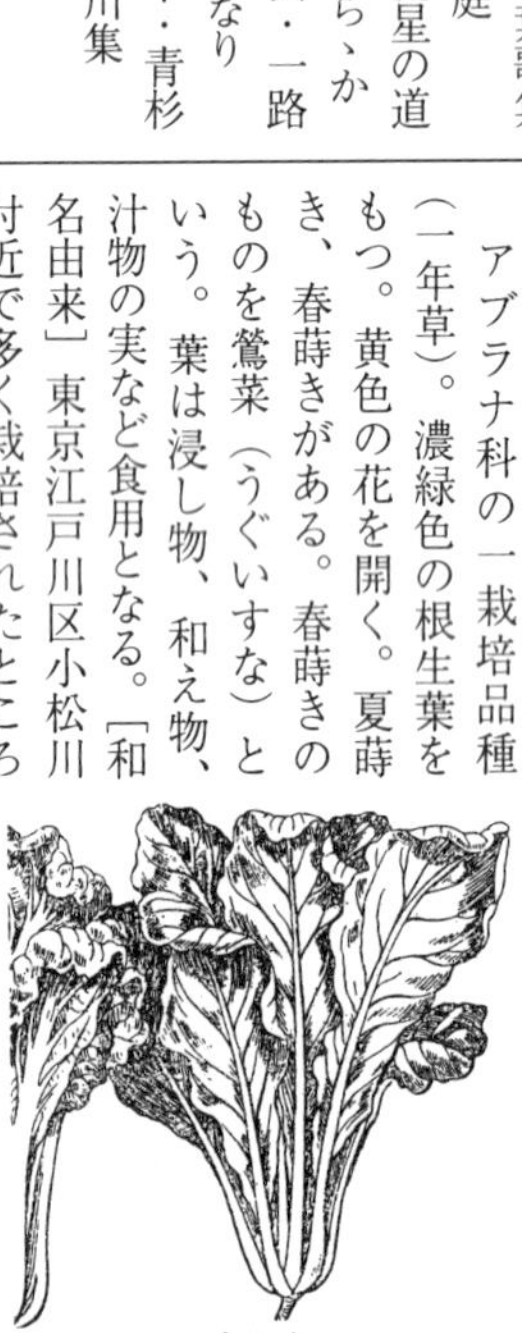
こまつな

こんにゃくだま【菎蒻玉・蒟蒻玉】
　サトイモ科の多年草・栽培の蒟蒻が、地下にもつ球茎のこと。蒟蒻はインドシナ原産。高さ約一メートル。葉は根生。

初夏、葉に先だって紫褐色の花を開く。球茎の粉末は、食品の「こんにゃく」の原料になる。［〈蒟蒻〉和名由来］漢名「蒟蒻」より。［〈蒟蒻〉同義］鬼芋（おにいも）、麻芋（あさいも）、鉄砲草（てっぽうそう）。［〈蒟蒻〉漢名］蒟蒻。⬇蒟蒻掘る（こんにゃくほる）［冬］、氷蒟蒻造る（こおりこんにゃくつくる）［冬］、蒟蒻植える（こんにゃくうえる）［春］

こんにゃく

§

旅を来てかすかに心の澄むものは一樹《いちじゅ》のかげの蒟蒻ぐさのたま　斎藤茂吉・あらたま

蒟蒻の湯気あたゝかにしぐれ哉　猿雖・韻塞

こんにやくは芋と煮られて月の友　白雪・男風流下

こんにやくのにしめかゝさぬ祭りかな　蘆本・初蝉

菎蒻につゝじの名あれ太山寺　正岡子規・子規句集

こんにゃくほる【菎蒻掘る・蒟蒻掘る】

「こんにゃく」の原料となる蒟蒻の球茎は、晩秋から初冬にかけた時期に掘り取る。⬇蒟蒻玉（こんにゃくだま）［冬］

§

君が病早も癒えこそ前畑の菎蒻打掘り手作るまでに　伊藤左千夫・伊藤左千夫全短歌

こんにやくの茎《くき》の青斑《あをふ》の太茎《ふとくき》をすぽりと抜《ぬ》きて声《こゑ》もたてなく　斎藤茂吉・あらたま

「さ」

さざんか【山茶花】

ツバキ科の常緑樹。自生・栽植。高さ約三メートル。葉は椿に似るがやや小さく、革質の長楕円形で先端が尖る。晩秋から冬に、淡紅・濃紅・白色・紅白の一重・八重の花を開く。花後、倒卵形のさく果を結び、熟すと果皮が三裂し、一〜三個の暗褐色の種子をだす。種子は殺虫剤として薬用になる。種子からとる油は食用、頭髪油になる。庭木、盆栽などに用いられる。［和名由来］漢名「山茶花」より。［同義］山椿、姫椿、小椿（こつばき）、山茶（さんちゃ）、茶梅（ちゃばい）、清貴（せいき）、難波薔薇（なにわばら）。［漢名］茶梅。

さざんか

§

ならびゐて語りし園の榻《しぢ》のうへに山茶花こぼれ日のうすれゆく　森鷗外・うた日記

朝清め今せし庭に山茶花のいさゝか散れる人の心や
伊藤左千夫・伊藤左千夫全短歌

冬の日のあかつきおきにもらひたる山茶花いけて茶をたてにけり
伊藤左千夫・伊藤左千夫全短歌

川に臨む生垣ありて水の上にこぼれんとする山茶花の花
正岡子規・子規歌集

鑿《のみ》の音をりをり絶えて夕日さす仏師が庭の山茶花のはな
佐佐木信綱・思草

壕に入る準備《まうけ》ととのへて中庭の山茶花の花にわがむかひをる
佐佐木信綱・山と水と

日あしうとき冬木の庭に紅の山茶花咲きて散りにけるかも
平福百穂・寒竹

山茶花のあけの空しく散る花を血にかも散ると思ひ我が見る
長塚節・病中雑咏

山茶花はさけばすなはちこぼれつゝ幾ばく久にあらむとすらむ
長塚節・鍼の如く

雀鳴くあしたの霜の白きうへにしづかに落つる山茶花の花
長塚節・鍼の如く

山茶花《さざんくわ》は白くちりたり人の世の愛恋思慕《あいれんしぼ》のポーズにあらずして
斎藤茂吉・白き山

花を多み真赤に見ゆる門口の山茶花をうとむ朝な朝なに
若山牧水・くろ土

寺庭の夕静あゆみさむけきに目にとめて見つ白き山茶花
木下利玄・一路

障子明くれば音かろらなり小春日和さ庭は寂びて山茶花の花
木下利玄・みかんの木

はじめての京のわび居の冬過ぎて山茶花垣もあらけけらずや
吉井勇・天彦

冬にいる庭かげにして山茶花のはな動かしてゐる小鳥あり
中村憲吉・軽雷集以後

村雨があられとなりて暫時ふる庭はさざんくわに花ゆたかなる
中村憲吉・軽雷集以後

はりつめしこころのまへに山茶花のくれなゐの花はあざやかに見ゆ
石井直三郎・青樹

山茶花に降りつむ雪はうつむける花のくれなゐに融けてにじめり
土田耕平・一塊

開かむとして山茶花のはな射し来る朝のひかりのすがすがとして
土田耕平・一塊

山茶花《さざんくわ》は光ともしき花さきぬ人のこほしき紅《あけ》にあらなく
佐藤佐太郎・歩道

山茶花や未だ消安き枝の霜　桃隣・古太白堂句選

兒消ぬ興は山茶花崩壁　言水・俳諧五子稿

山茶花やいはゞ椿のまた従弟《いとこ》　卓袋・類題発句集

山茶花に糞する鳥も旅寝かな　沾徳・俳諧五子稿

山茶花や宿々にして杖の痩　惟然・惟然坊句集

山茶花の木間見せけり後の月　蕪村・蕪村句集

山茶花や小雨に庭の薄明り　梅寿・古今句鑑

山茶花に犬の子眠る日南かな　正岡子規・子規句集

山茶花のこゝを書斎と定めたり　正岡子規・子規句集

我病めり山茶花活けよ枕元　夏目漱石・漱石全集
隠し妻を見し咎やあらん山茶花《さゞんか》に　河東碧梧桐・新傾向（冬）
山茶花《さざんか》に此《こ》の熱燗《あつかん》の恥《はづ》かしき　泉鏡花・鏡花全集
山茶花《さざんか》の花のこぼれに掃きとどむ　高浜虚子・六百句
山茶花《さざんか》の真白に紅《べに》を過《あや》まちし　高浜虚子・七百五十句
山茶花の蕾《つぼみ》こぼるる寒さかな　芥川龍之介・発句
山茶花の咲くより散りてあたらしき　日野草城・旦暮
山茶花の落花新鮮なり掃くな　日野草城・旦暮
山茶花に月さし遠く風の音　加藤楸邨・寒雷
山茶花のこぼれつぐなり夜も見ゆ　加藤楸邨・寒雷

ザボン【zamboa・朱欒・香欒】

ミカン科の常緑低樹・栽培。アジア南部原産。高さ約三メートル。葉は卵状の長楕円形。初夏、五弁の白色花を開く。花後結ぶ大きな黄色の果実は冬に収穫して食用とする。果肉が紅紫色のものを「内紫（うちむらさき）」という。［和名由来］ zamboa（ポルトガル語）より。［同義］じゃがたら蜜柑、唐九年母（とうくねんぼ）。［漢名］朱欒。➡朱欒の花（ザボンのはな）［夏］、文旦（ぶんたん）［冬］

§

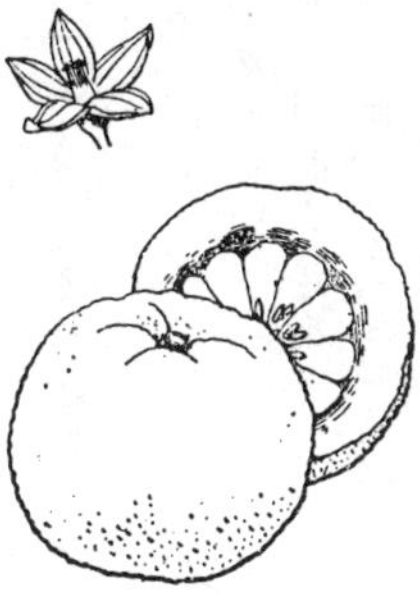

ザボン

をの子とも三人よりあひ胡坐かきザボンの窓に物うち語る　伊藤左千夫・伊藤左千夫全短歌

朱欒の実、もろ手にあまる朱欒の実、いだきてぞ入る暗き書斎に　若山牧水・みなかみ

十一月は冬の初めてきたるとき故国《くに》の朱欒の黄にみのるとき　北原白秋・桐の花

おほきなる、黄なる、あらびたるザボンの実、手にのせてあれば、哀しくなれり。　土岐善麿・黄昏に

投げあげて、つとうけとれば、ザボンの実、さびしき音す、わが手のひらに。　土岐善麿・不平なく

吹く風に吾も香橙のあたま哉　除風・香橙集
われが来《き》し南の国のザボンかな　高浜虚子・五百句
日面に揺れて雪解の朱欒かな　杉田久女・杉田久女句集
犬若し一瞬朱欒園を抜け　石田波郷・鶴の眼
朱欒割くや歓喜の如き色と香と　石田波郷・惜命

「し」

しきまつば【敷松葉】

茶席の庭に敷かれた松の葉をいう。松の枯葉を敷くことによって、茶席の場の風情をだすと共に、苔の保護や路地の凍結防止、霜除けの役目も果たす。➡散松葉（ちりまつば）［夏］、

松落葉（まつおちば）［夏］

§

物ぐさや松葉敷さす霜柱　桃隣・古太白堂句選

しもがれ【霜枯】

霜で枯れた草木。⇩枯草（かれくさ）［冬］、冬枯（ふゆがれ）［冬］

§

霜枯に咲《さく》は辛気の花野哉　芭蕉・続山井
霜がれの外や別れのおもひ草　也有・蘿葉集
霜枯て鳶の居る野の朝ぐもり　暁台・暁台句集
霜がれや東海道の這入口　一茶・享和句帖
霜がれや壁のうしろは越後山　一茶・七番日記
霜枯や狂女に吠ゆる村の犬　正岡子規・子規句集

じゃのひげのみ【蛇鬚の実】

ユリ科の多年草の蛇鬚の実。花後、碧色の実を結ぶ。［同義］龍の玉（りゅうのたま）。⇩蛇鬚（じゃのひげ）［夏］

§

龍の髭に龍の玉見え初めにけり　皿井旭川・ホトトギス

しょうがみそ【生姜味噌】

粒味噌を酒などでのばして鍋で炒り、おろし生姜を交ぜ合わせたもの。生姜の辛味で身体があたたまる。⇩生姜（しょうが）［秋］

§

霜朝の嵐やつゝむ生姜味噌　嵐雪・独吟二十歌仙

「す」

すいせん【水仙】

ヒガンバナ科の多年草・栽培。高さ二〇〜三〇センチ。地中に球状の鱗茎をもつ。葉は線状で平行脈があり、先端が尖る。十二月から三月頃に、花披片が白・黄色などの花を開く。中央の副花冠が白・黄・赤・桃色など。［和名由来］漢名「水仙」より。［同義］雪中花（せっちゅうか）、房咲水仙（ふさざきすいせん）、春玉（はるたま）、雅客（がかく）。［漢名］水仙、雅客、玉玲瓏。［花言］自らを愛す・自己中心主義（英）、愚かさ（仏）。⇩夏水仙（なつずいせん）［夏］

すいせん

§

日にうとき庭の垣根の霜柱水仙にそひて炭俵敷く　正岡子規・子規歌集
尼とみて讃する夜半や水仙の一葉ひとはな浄いすがたを　青山霞村・池塘集

ひと花の水仙いけて来る年の明日におきたるわがこゝろかな　太田水穂・冬菜
白鳥が生みたるもののここちして朝夕めづる水仙の花　与謝野晶子・草の夢
水仙は萎《しを》れしのちも明星に似たる蕊《しべ》をばただなかにおく　与謝野晶子・太陽と薔薇
本読みて吾がありければ水仙のかをりなつかしくかよひ来れり　宇都野研・木群
うたたねよりさむれば障子ほのしらみ水仙の香の悲しくまよふ　前田夕暮・収穫
真中《まんなか》の小さき黄色のさかづきに甘き香もれる水仙の花　木下利玄・銀
冬庭の荒びし土に水仙は葉に反りうちて萌え立ちてをり　木下利玄・みかんの木
冬庭は落葉の後をおちつきてすがしく目に立つ水仙の青　木下利玄・みかんの木
樋口一葉
目を閉ぢて命《いのち》みじかき一葉のすがしさおもふ水仙の花　吉井勇・玄冬
初雪や水仙のはのたはむまで　芭蕉・栞集
水仙や白き障子のとも移り　芭蕉・笈日記
其《その》にほひ桃より白し水仙花　芭蕉・笈日記
長閑《のどか》さの侘しからまし水仙花　土芳・蓑虫庵集
清浄な葉のいきほひや水仙花　涼菟・一幅半
水仙の花の高さの日影哉　智月・小文庫

水仙の花のみだれや藪屋敷　惟然・惟然坊句集
謎かけてとけぬ恨や水仙花　りん女・紫藤井発句集
水仙の香やこぼれても雪の上　千代女・千代尼発句集
水仙や庭に待せて藪にさく　也有・蘿葉集
水仙や梅まつ人をうつむかせ　也有・蘿葉集
水仙を生しや葉先枯る迄　太祇・太祇句選
水仙や寒き都のこゝかしこ　蕪村・蕪村句集
水仙や折葉もさらに浜あらし　白雄・白雄句集
水仙や素足で通ふ長廊下　以楽・蕉門古人真蹟
水仙は葱のきはにて咲にけり　成美・成美家集
水仙に花なき里の小鴨哉　乙二・斧の柄
水仙や端渓の硯紫檀の卓　内藤鳴雪・鳴雪句集
古寺や大日如来水仙花　正岡子規・子規句集
古書幾巻水仙もなし床の上　正岡子規・子規句集
水仙や根岸に住んで薄氷　夏目漱石・漱石全集
畝にして水仙つくる小家かな　松瀬青々・春夏秋冬
鉢浅く水仙の根の氷りつく　河東碧梧桐・新俳句
世に悟る満足もあり水仙花　河東碧梧桐・新傾向（冬）
甕青き立ち水仙に動く影　河東碧梧桐・八年間
水仙や表紙とれたる古言海《げんかい》　高浜虚子・五百句
水仙に春待つ心定まりぬ　高浜虚子・五百五十句
水仙の花の盞うつ雫　山口青邨・雪国
水仙の芯《しん》自らを囲《かこ》ひたる　中村草田男・母郷行

すずな【菘・菁・鈴菜】
蕪の別称。春の七草の一。食用。⇩蕪（かぶら）［冬］

§

花めきてしばし見ゆるもすゞな園田盧《たぶせのいほ》に咲けばなりけり　橘曙覽・君来

わが宿は田端の里にほどちかし摘みにもきませすゞなすゞしろ　落合直文・明星

摘に出て鈴菜鈴代忘れけり　完来・俳句大観

ふるとしのふる名は呼ぬ鈴菜哉　抱一・屠龍之技

すみ【炭】

　楢、櫟、樫などの木材を炭釜で焼き、炭化させた燃料。木炭といい、黒炭（軟炭）、白炭（堅炭）、乾留炭に大別される。消し炭も木炭である。焼き物料理用の備長炭、櫟を材料とする茶の湯用の佐倉炭、池田炭などが有名。➡姥目樫（うばめがし）［四季］

§

小野炭や手習ふ人の灰せゝり　芭蕉・向之岡

けし炭に薪《まき》わる音かをのゝおく　芭蕉・続深川

炭屑にいやしからさる木のは哉　其角・五元集

真炭割る火箸を斧の幽かなり　其角・五元集拾遺

片眼山嘶や炭のもゆるまで　沾徳・俳諧五子稿

末摘や炭吹おこす鼻の先　太祇・太祇句選

炭取のひさご火桶《ひおけ》に並び居る　蕪村・蕪村句集

炭やきに汁たうべてし峰の寺　蕪村・蕪村句集

更る夜や炭もて炭をくだく音　蓼太・蓼太句集

消炭に薄雪かゝる垣根哉　召波・春泥発句集

炭なしといふ声小夜も更けにけり　成美・成美家集

いたゞいて御文置間やはしり炭　乙二・斧の柄

松風やこたつの底の炭の音　梅室・梅室家集

炭もえて今朝まで残るけむりかな　梅室・梅室家集

炭もはや俵《たはら》の底ぞ三ケの月　一茶・享和句帖

炭の火や夜《よる》は目につく古畳《ふるだたみ》　一茶・文化句帖

炭二俵壁にもたせて冬ごもり　正岡子規・子規句集

炭出しに行けば師走の月夜哉　正岡子規・子規句集

炭を積む馬の脊に降る雪まだら　夏目漱石・漱石全集

炭焼の斧振り上ぐる嵐哉　夏目漱石・漱石全集

「せ〜そ」

セロリ【celery】

　セリ科の一〜二年草。栽培。高さは五〇〜一〇〇センチ。スウェーデン原産。羽状複葉。葉柄を軟白に栽培して食用とする。香気がある。夏から秋、葉腋に細枝を分かちのばして緑白色の五弁の小花を開く。［同義］和蘭三葉（おらんだみつば）、芹人参（せりにんじん）、清正人参（きよまさにんじん）。

セロリ

せんりょう【千両】
センリョウ科の常緑低樹。自生・栽植。高さ五〇～八〇センチ。葉は長楕円形で先が尖り、縁は鋸歯状。夏、淡緑色の小花を穂状につける。球形の実を結び、冬に赤熟する。切り花として正月に使われることが多い。［和名由来］ヤブコウジ科の万両の実に対して、紅色の実の美しさが値千両とも。［同義］草珊瑚（くささんご）。［漢名］竹節草、接骨木。⇩万両（まんりょう）［冬］

せんりょう

そうばい【早梅】
早咲きの梅。⇩寒梅（かんばい）［冬］、梅（うめ）［春］、探梅（たんばい）［冬］

§

梅つばき早咲ほめむ保美の里　芭蕉・猫の耳
早梅や御室の里の売屋敷　蕪村・蕪村句集
梅早く咲いて温泉の出る小村哉　夏目漱石・漱石全集

そばかり【蕎麦刈り】
晩秋から初冬にかけて蕎麦を刈り取ること。⇩新蕎麦（しんそば）［秋］、蕎麦の花（そばのはな）［秋］、蕎麦湯（そばゆ）［冬］

§

刈あとやものに紛ぬ蕎麦の茎　芭蕉・芭蕉句選拾遺
蕎麦《そば》干して居てしぐるるを知らねげに　高浜虚子・六百句

そばゆ【蕎麦湯】
蕎麦切を茹でた湯。蕎麦粉を溶いた湯。また、蕎麦の粉を二～三匙茶碗に入れ、砂糖を適当量加え熱湯をそそいだもの。⇩新蕎麦（しんそば）［秋］、蕎麦の花（そばのはな）［秋］、蕎麦刈り（そばかり）［冬］

§

小夜更に痩火かき起し湯をたてて蕎麦湯つくりぬ病む母がため　伊藤左千夫・伊藤左千夫全短歌
まづしくて兒等のあまたを養へどそば湯あたたかく淋しくもなし　伊藤左千夫・伊藤左千夫全短歌
新蕎麦の跡や蕎麦湯の温《あたたま》り　許六・公平日記
我のみの柴折くべるそば湯哉　蕪村・蕪村句集
赤椀に龍も出さうなそば湯哉　一茶・七番日記
古を好む男の蕎麦湯かな　村上鬼城・鬼城句集
宵過ぎの酒興逸せしそば湯かな　河東碧梧桐・新傾向（冬）
貧にして賤しからざる蕎麦湯かな　大谷句仏・ホトトギス
寝ねがての蕎麦湯かくなる庵主かな　杉田久女・杉田久女句集

「た」

だいこん【大根】
アブラナ科の一～二年草。「おおね」ともいう。葉は深い切れ込みのある羽状葉。春、白・淡紫色の十字花を開く。根は多肉質で長く、白色。葉と共に食用となる。春の七草の一。[和名由来]「大きい根」の意より。[同義] 清白・蘿蔔（すずしろ）、清白菜（すずしろな）、心太（こころぶと）、真葉（まは）、鏡草（かがみぐさ）、辛草（からみぐさ）、畑鮪（はたまぐろ）、土大根（つちおおね）。[漢名] 温菘、蘿蔔。➡大根洗う（だいこんあらう）[冬]、大根畑（だいこんばたけ）[冬]、大根蒔く（だいこんまく）[秋]、大根引き（だいこんひき）[冬]、風呂吹（ふろふき）[冬]、野大根（のだいこん）[春]、切干（きりぼし）[冬]、大根干す（だいこんほす）[冬]、蘿蔔（すずしろ）[新年]、大根祝う（だいこんいわう）[新年]、大根の花（だいこんのはな）[春]、夏大根（なつだいこん）[夏]、大根（おおね）[冬]、七草（ななくさ）[新年]

だいこん

だいこん［成形図説］

§

むさし野の大根の青葉まさやかに秩父秋山みえのよろしも　長塚節・秋冬雑詠

真白なる大根の根の肥ゆる頃肥えて生れてやがて死にし児　石川啄木・啄木歌集補遺

武蔵野の黒く柔かき畑土《はたけつち》かた太《ぶと》大根葉の下にうづまる　木下利玄・一路

かた太の練馬大根ひたさる、野川の水はよどめりくろく　木下利玄・一路

風呂《ふろ》の火のはづかのあかり青き葉の大根の葉に雨の降る見ゆ　石井直三郎・青樹

大根の葉を青々となびかせて市に出づる車見ての朝だち　土屋文明・続青南集

もの、ふの大根苦きはなし哉　芭蕉・真蹟

菊の後《のち》大根の外更《ほかさら》になし　芭蕉・陸奥鵆

大根の下し鱠《なます》やふゆ気色　尚白・忘梅

先《まづ》雪よ次に大根の伊吹山　涼菟・涼菟句集

大根に実の入《いる》旅の寒さかな　園女・小弓俳諧集

むさしの、野中に引や土大根　巣兆・曾波可理

大根で叩きあうたる子供哉　一茶・七番日記

大根を鯛ほどほめる山家かな　梅室・梅室家集

大根に蓑着せて寝ぬ霜夜かな　村上鬼城・鬼城句集

塚一つ大根畠の広さ哉　夏目漱石・漱石全集

畑戻りつましく間引きして来し細根大根　河東碧梧桐・三昧

流れ行く大根の葉の早さかな　高浜虚子・五百句

大根刻む音淋し今日も暮れけるよ　種田山頭火・層雲

大根が太つて来た朝ぱんの仏のお守する　尾崎放哉・須磨寺にて

たくさんの児等を叱つて大根漬けて居る　尾崎放哉・須磨寺にて

生馬の身を大根でうづめけり　川端茅舎・川端茅舎句集

だいこんあらう【大根洗う】

大根を干す前に、水で泥を洗い流すこと。⇩大根干す（だいこんほす）［冬］、大根（だいこん）［冬］

§

夕月に大根洗ふ流れかな　正岡子規・子規句集

焚火して大根洗ひの一日かな　河東碧梧桐・新傾向（冬）

粉雪散らしくる大根洗ふ顔を上げず　尾崎放哉・須磨寺にて

だいこんばたけ【大根畑】

⇩大根（だいこん）［冬］

§

大根畑冬の都会の灰色になれしまなこに青青としむ　岡稲里・早春

冬空は磨ぎすまされてあり大根畑さ緑さえて遥に対す　木下利玄・一路

買に来る人はこなすや大根畑　北枝・北枝発句集

弓ならで案山子は引す大根畑　也有・蘿葉集

だいこんひき【大根引き】

十一月頃、葉をつかんで大根を引き抜くこと。大根を収穫すること。⇩大根（だいこん）［冬］

§

世をさけて里にこもれば大根引をかしき歌も耳なれにけり　太田水穂・つゆ草

鞍壺に小坊主乗るや大根引　芭蕉・すみだはら

同日《おなじひ》に山三井寺の大根引　許六・韻塞

御殿場に馬休めけり大根引　其角・五元集拾遺

道くさの草にはおもし大根引　千代女・千代尼発句集

折らさじと我骨折て大根引き　也有・蘿葉集

引すゝむ大根の葉のあらしかな　白雄・白雄句集

大根ひきて松はひとりになりにけり　成美・成美家集

大根引拍子にころり小僧かな　一茶・一茶句集

丘の馬の待あき顔や大根引《だいこひき》　一茶・享和句帖

たらたらと日が真赤ぞよ大根引　川端茅舎・川端茅舎句集

だいこんほす【大根干す】

沢庵漬などにするために大根を洗い、庭先に並べたり束にしたものを架木に架けたりして干す作業をいう。⇩大根洗う（だいこんあらう）［冬］、大根（だいこん）［冬］

§

けながき冬に入るらし街の軒に大根を乾し竝ぶる見れば　島木赤彦・氷魚

子を負ふて大根干し居る女かな　正岡子規・子規句集

絃歌わく二階の欄も干大根　川端茅舎・川端茅舎句集

だいだい【橙】

ミカン科の常緑樹・栽培。高さ約三メートル。枝には棘がある。葉は厚く、長楕円形で油点がある。夏、五弁の白色の小花を開く。秋、果実は黄熟し、夏には再び緑にもどる。正月飾りとなる。果汁は

だいだい

ポン酢として食用。果皮は「陳皮（ちんぴ）」として健胃、去痰、風邪、発汗などの薬用になる。［和名由来］果実が年を越しても木にあり、実り継ぐの意で「代々（ダイダイ）」。［同義］臭橙（かぶち）、加布須（かぶす）。［漢名］橙。⬇橙飾る（だいだいかざる）［新年］、橙の花（だいだいのはな）［夏］

§

山かげの橙の実よ黄の色の明るくなれりあたる夕日に　宇都野研・木群

門ごとに橙熟れし海人が家の背戸にましろき冬の浪かな　若山牧水・山桜の歌

だいだいを蜜柑と金柑の笑て曰　杉風・常盤屋之句合

橙や裏白がくれなつかしき　正岡子規・子規句集

温泉の里橙山の麓かな　夏目漱石・漱石全集

橙や火入《ひいれ》を待てる窯の前　水原秋桜子・晩華

たんばい【探梅】

冬の季節にちらほらと咲いている早咲きの梅を尋ねて山野を見てまわること。［同義］探梅行（たんばいこう）。⬇梅（うめ）［春］、梅見（うめみ）［春］、早梅（そうばい）［冬］

§

打よりて花入探れ梅つばき　芭蕉・同光忌

香を探る梅に家見る軒端哉　芭蕉・笈日記

軒の柊梅を探るにおぼつかなし　嵐雪・玄峰集

薄壁の手近に探れ梅の花　浪化・浪化上人発句集

探梅に走せ参じたる旅衣　杉田久女・杉田久女句集

探梅やお石茶屋にて行逢へり　杉田久女・杉田久女句集補遺

「ち」

ちゃのはな【茶の花】

ツバキ科の常緑低樹の茶の花。晩秋から初冬に、白・紅色の花をつける。⬇茶摘（ちゃつみ）［春］、新茶（しんちゃ）［夏］

§

おのが持つ玉におのほれ茶の花の世にうとかるを心にもせず　伊藤左千夫・伊藤左千夫全短歌

かそけくもさける茶の花いつさきて散るとしもなく時すぎにけり　川崎杜外・山守

茶の花が咲けるよと見て近よればひそけくさけり白き茶の花　川崎杜外・山守

わが身は地《つち》、畑のくろつち、冬の日の茶の花のなどしたしいかなや　若山牧水・死か芸術か

新しく障子張りつつ茶の花もやがて咲かなとふと思ひたり　北原白秋・雀の卵

葉は誉て茶の木は花ぞ淋しけれ　亀洞・春鹿集

茶の花や利休が目にはよしの山　素堂・素堂家集

茶のはなの山路つゞくや水の音　怒風・田植諷

手向《たむけ》せん茶の木花咲く袖の下　百歳・枯尾花

茶の花や鶯の子の鳴ならひ　浪化・浪化上人発句集
茶の花に引れて恋のほつれけり　りん女・紫藤井発句集
茶の花や是から寺の畑ざかひ　也有・蘿葉集
茶のはなや石をめぐりて路を取　蕪村・蕪村句集
茶の花や白にも黄にもおぼつかな　蕪村・蕪村句集
茶の花や川岸高く又低し　嘯山・新選
ちやのはなや雲雀鳴日もあれば有　暁台・暁台句集
茶の花に隠れんぼする雀哉　一茶・七番日記
茶の花をまたいで出でつ墓の道　内藤鳴雪・鳴雪句集
茶の花や利休の像を床の上　正岡子規・子規句集
ほんのりと茶の花くもる霜夜哉　正岡子規・子規句集
茶の花や知識と見えて眉深し　夏目漱石・漱石全集
茶の花や洛陽見ゆる寺の門　河東碧梧桐・新俳句
茶の花のちるばかりちらしておく　種田山頭火・草木塔
野阜や一と株の茶の花ざかり　飯田蛇笏・山廬集
茶の花のこぼれて似たる門辺かな　水原秋桜子・葛飾
茶の花の庭見る円座す、めけり　水原秋桜子・晩華
茶の花は雄蘂《をしべ》の奢《おごり》日は沈む　中村草田男・万緑
茶の花や畚の乳子に月あかり　芝不器男・不器男句集

ちりもみじ【散紅葉】
⇩紅葉散る（もみじちる）［冬］、紅葉（もみじ）［秋］

§

たふとがる涙やそめてちる紅葉　芭蕉・笈日記
こやし積《つむ》夕山畠や散紅葉　一茶・享和句帖

「つ〜と」

つわのはな【石蕗の花】
キク科の常緑多年草、石蕗（つわぶき）の花。自生・栽培。浜に多く自生し、葉は腎臓形で蕗に似る。初冬に黄色の頭上花を房状に開く。春の若い葉柄は食用となる。⇩石蕗（つわぶき）［春］

§

山里の草のいほりに来てみれば垣根に残るつはぶきの花　大愚良寛・良寛歌評釈
さしこみてみぎりの苔に冷ゆる日の露すきずきと石蕗《つはぶき》の花　太田水穂・冬菜
さびしらに枝のことごと葉は落ちし李がしたの石蕗の花　長塚節・秋冬雑詠
石蕗の花咲きみてり君が家の寂びて並べる庭石の蔭に　若山牧水・黒松
小さき鍬もて、庭のかた隅に、雨水の路を掘るなり、つはぶきの花の香よ。　土岐善麿・不平なく
蝶ひとつとばぬ日かげや石蕗の花　其角・五元集脱漏
引かへて白い毛になるつはの花　鬼貫・鬼貫句選

さびしさの眼の行方や石蕗花　蓼太・蓼太句集
春秋をぬしなき家や石蕗花　几董・井華集
ちまちまとした海もちぬ石蕗《つは》の花　一茶・七番日記
湯上りに見る君の詠みし庭の石蕗の花立つ　河東碧梧桐・三昧
石蕗《つわ》咲いて時雨《しぐ》る、庭と覚えたり　高浜虚子・七百五十句
君来るや草家の石蕗も咲き初めて　杉田久女・杉田久女句集
茎高くほうけし石蕗にたもとほり　杉田久女・杉田久女句集
石蕗《つわ》ひとつさそはれ咲くや秋日和　水原秋桜子・重陽
　同夜高知泊。二十八日足摺岬に向ふ。土佐清水港にて
江の奥にふかき江澄めり石蕗の花　水原秋桜子・晩華
一粒の露きらめきて石路に朝　中村汀女・花句集
石蕗咲けりいつも泥靴と並びたる　加藤楸邨・寒雷

てんぐさたく【天草焚く】
　寒天を作るため、原料となる天草を煮ることをいう。干した天草を大釜に入れて煮たのち、煮汁を凍結、乾燥させたものが寒天となる。⬇天草（てんぐさ）［夏］

とうじばい【冬至梅】
　「とうじうめ」ともいう。冬至の頃に咲く梅。⬇冬の梅（ふゆのうめ）［冬］、梅（うめ）［春］

§

夜おそく手洗ひにゆく洗面所の桶に挿してある冬至梅咲けり　島木赤彦・氷魚
わが門に花かすかなる冬至梅日は恵那山に傾きにけり　土田耕平・一塊

「な」

なっとう【納豆】
　①大豆を煮て納豆菌を繁殖させて作った食品。粘り気があり糸引き納豆ともいう。②発酵させた大豆を塩汁に浸して塩辛くした食品。古くは寺院で作られた。寺納豆、塩辛納豆、浜名納豆などがある。⬇納豆汁（なっとうじる）［冬］

§

閑居の糠みそ浮世に配る納豆哉　其角・五元集拾遺
納豆の糸引張て遊びけり　一茶・七番日記
納豆に冷たき飯や山の寺　村上鬼城・鬼城句集
納豆に暖き飯を運びけり　村上鬼城・ホトトギス
やうやうに納豆くさし寺若衆　正岡子規・子規句集

なっとうじる【納豆汁】
　納豆を味噌と共に擦り込んでつくった味噌汁をいう。身体が暖まる。⬇納豆（なっとう）［冬］

§

おほふ哉さまさぬ袖を納豆汁　其角・五元集
砧尽て又のね覚めや納豆汁　其角・五元集拾遺
浮草の相思ふなり納豆汁　百里・ひろ葉
入道のよ、とまいりぬ納豆汁　蕪村・蕪村句集

納豆汁必くる、隣あり　几董・井華集
ひたぶるに旅僧とめけり納豆汁　月居・続あけがらす
椀の湯気額のゆげや納豆汁　梅室・梅室家集
山茶花の花の田舎や納豆汁　河東碧梧桐・春夏秋冬
この家に木仏立たすや納豆汁　河東碧梧桐・新傾向（冬）

なんてんのみ【南天の実】

メギ科の常緑低樹、南天の実。自生・栽培。中国原産。高さ二～三メートル。羽状複葉で革質。初夏に六弁の白い小花を房状に開く。秋から冬に赤色の実を結ぶ。雪の白さと対比して詠まれることが多い。果実を干したものは「南天実」として咳止め、喘息、強壮の薬用となる。庭木として多く栽培される。品種も多く、白南天、藤南天、縮南天（ちぢみなんてん）、細葉南天（ほそばなんてん）などがある。［〈南天〉和名由来］漢名「南天竹・南天燭」より。［同義］実南天（みなんてん）。➡南天の花（なんてんのはな）［夏］

なんてん［花卉画譜］

§

向ふ岸の崖の日なたに南天の赤き実よ実よさなむづかりそ　木下利玄・銀
冬になりていくたび霜のかかりけん南天の実の赤くなりたり　三ケ島葭子・三ケ島葭子歌集
南天の実はくれなゐににほへれどここの焼跡に来る鳥もなし　木俣修・冬暦
南天や実はそれほどの山のおく　其角・すなつばめ
南天の実のゆんらりゆらりと鳥の立つ　尾崎紅葉・尾崎紅葉集

「に～ね」

にんじん【人参】

セリ科の二年草・栽培。葉は根生の複葉。初夏、白色の小花を密生して開く。花後、棘毛のある実を結ぶ。冬に収穫する長楕円形の赤い根が「人参」として食用となる。若葉も食用。［同義］赤根（あかね）、赤大根（あかおおね）。菜人参（なにんじん）、人参菜（にんじんな）。［漢名］胡蘿蔔。➡人参の花（にんじんのはな）［夏］

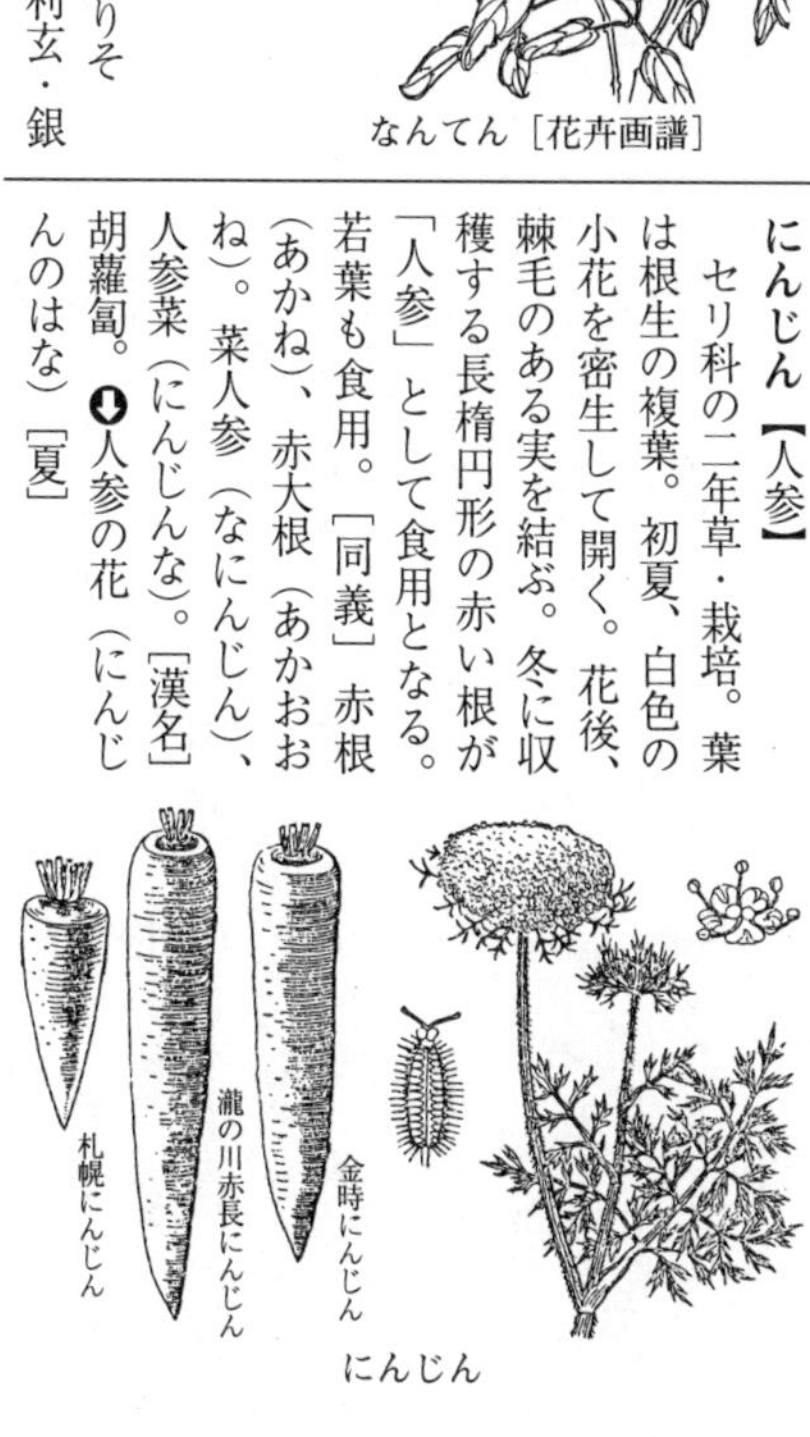

にんじん

§

うるほへば只うつくしき人参の肌さへ寒くかはきけるかも　長塚節・鍼の如く

夕されば光こまかにふりこぼす人参の髯もあはれなりけり　北原白秋・雲母集

夕戸出の妻をまちつつひとりゐの心さぶしく人参を煮る　三ケ島葭子・三ケ島葭子歌集

霜どけの畑《はた》に人ゐてうちつけに土より赤き人参《にんじん》をぬく　佐藤佐太郎・冬木

朝霜や人参つんで墓まいり　去来・有磯海

人参の朱がもりもりと兎汁　日野草城・旦暮

ねぎ【葱】

ユリ科の多年草（宿根草）・栽培。高さ約六〇センチ。葉は中空で円筒状で先端が尖る。初夏、花軸をのばし、白緑色の小花を密集した球形の花序「葱坊主（ねぎぼうず）」をつける。葉鞘の白色部を食用とする根深葱（関東中心）と、緑色部を食用とする葉葱（関西中心）に大別される。［和名由来］古名「葱（キ）」に、食用部分の「根（ネ）」を付したもの。また「根茎（ネグキ）」の意と。［同義］根深（ねぶか）、白根（しろね）、一文字（ひともじ）、空草・空穂（うつぼぐさ）。［漢名］葱。⬇葱の花（ねぎのはな）［春］、夏葱（なつねぎ）［夏］、葱汁（ねぎじる）［冬］、葱坊主（ねぎぼうず）［春］、葱畑（ねぎばたけ）［冬］、根深（ねぶか）［冬］

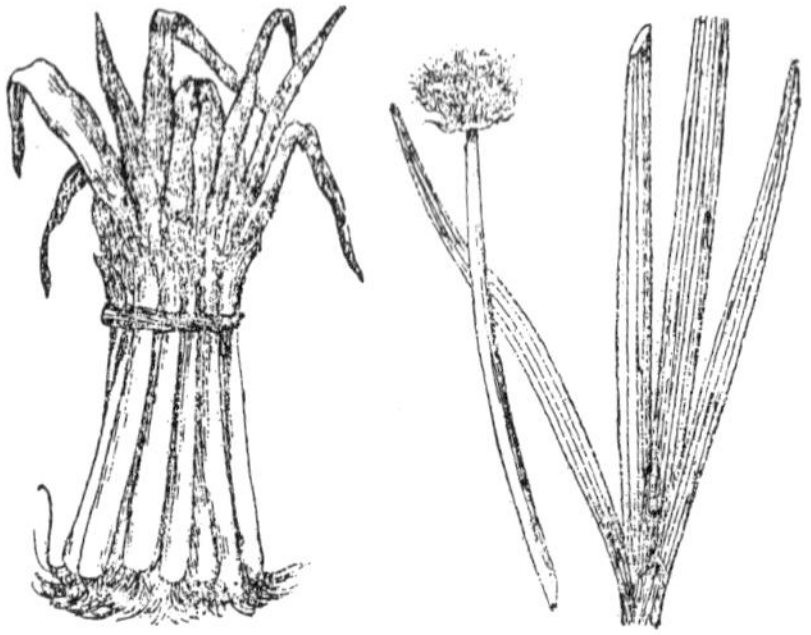

ねぎ

§

牛を割《さ》き葱を煮あつきもてなしを喜び居ると妻の君にいへ　正岡子規・子規歌集

一もじの葱の青鉾《あをほこ》ふり立てて悪歌よみを打ちてしやまん　正岡子規・子規歌集

一畝《ひとうね》の葱の玉ばな日にほけてしみみに蝶のすがりつきたり　太田水穂・冬菜

葱白く洗ひたてたるさむさ哉　芭蕉・韻塞

氷室山里葱の葉白し日かげ草　其角・五元集拾遺

うら町に葱うる声や宵の月　蕪村・新五子稿

葱買て枯木の中を帰りけり　蕪村・蕪村句集

小灯に葱洗ふ川や夜半の月　召波・春泥発句集

痩葱にさかな切込磯家かな　几董・井華集

葱の香や浮世をわたる其中に　巣兆・曾波可理

野と隔つ垣破れたり葱畑　正岡子規・子規句集

筋違に葱を切るなり都振　夏目漱石・漱石全集

葱味噌に鼻盲ひて酔発しけり　河東碧梧桐・新傾向（冬）

つるりとむげて葱の白さよ　種田山頭火・草木塔

葱がよく出来てとつぷり暮れた家ある　尾崎放哉・須磨寺にて

葱の香に夕日のしづむ楢ばやし　飯田蛇笏・山廬集
葱植うる夫に移しぬ廂の灯　杉田久女・杉田久女句集

ねぎじる【葱汁】
　葱を実にした味噌汁などの汁物。⇩根深汁（ねぶかじる）［冬］、葱（ねぎ）［冬］

§

葱汁の主にも執拗の徳　河東碧梧桐・新傾向（冬）

ねぎばたけ【葱畑】
⇩葱（ねぎ）［冬］

§

鶏やひよこ遊ばす葱畑　猿雖・芭蕉袖草紙
雪国や土間の小すみの葱畠　一茶・文政句帖
山里や木立を負ふて葱畠　正岡子規・子規句集

ねずみもちのみ【鼠黐の実・女貞の実】
　鼠黐はモクセイ科の常緑低樹。高さ三〜六メートル。自生・栽植。「ねずもち」ともいう。葉は革質で光沢があり、卵形で対生。夏、新枝の先に円錐花序をだし、香りのある白色の小花を密に開く。花後、紫黒色の実を結ぶ。実は強壮などの薬用となる。［〈鼠黐〉和名由来］紫黒色の実が鼠の糞に、葉が黐の木に似ているところからと。［〈鼠黐〉同義］鼠木（ねずみのき）、鼠柴（ねずみしば）、玉椿（たまつばき）、寺椿（てらつばき）。

ねずみもち

ねぶか【根深】
　葱の別称。⇩葱（ねぎ）［冬］、根深汁（ねぶかじる）［冬］

§

今朝の雪根深を薗《その》の枝折《しをり》哉　芭蕉・坂東太郎
根深ひく麦の早苗やあやめ草　其角・五元集拾遺
清流に長き根深を洗ひけり　露月・春夏秋冬
洛外の根深畠や比叡颪　格堂・春夏秋冬
石の上に洗うて白き根深かな　村上鬼城・鬼城句集

ねぶかじる【根深汁】
　葱を実にした味噌汁などの汁物をいう。⇩葱汁（ねぎじる）［冬］、根深（ねぶか）［冬］

§

女房に一夜ふられむ根深汁　也有・蘿葉集
僕等のよゝと盛けりねぶか汁　召波・春泥発句集
風邪もはや忘れ忘れや根深汁　篠原温亭・ホトトギス

「は」

はくさい【白菜】
　アブラナ科の一〜二年草・栽培。中国原産。明治初期に渡来。初め、茎葉は短いが、幅は広く黄白色。成長するに従って葉毬は長円形に大きくなる。漬物など冬の代表的な蔬菜として広く食用にされる。［和名由来］漢名「大白菜」より。［同義］真菜（まな）、師走菜（しわすな）、白茎菜（しらくきな・しろきくな）。⇩冬菜（ふゆな）［冬］

はくさい

§

かぎろひの昇りをるみゆ白菜の摘みのこされし庭の畑に　若山牧水・山桜の歌

しんとして／街にみちたる／陽のしめりに／白菜のたばを母も見てあり　宮沢賢治・校本全集

はすねほる【蓮根掘る】

冬の頃に田下駄や小舟を使って蓮の根を掘り採ること。［同義］蓮掘（はすほり）。⇩蓮（はす）［夏］

§

夕《ゆふ》かげに茂れる蓮《はす》を掘り立てて香《かぐは》しき葉を抱《かか》え出《いだ》しぬ　土屋文明・ゆづる葉の下

蓮掘るや泥に突き込む舟がしら　小野蕪子・ホトトギス

葉牡丹やわが想ふ顔みな笑まふ　石田波郷・鶴の眼

はだかぎ【裸木】

葉がすっかり落ちた冬の木をいう。⇩冬木（ふゆき）［冬］

§

裸木の月に降り来る霰かな　河東碧梧桐・新傾向（冬）

はっさくばい【八朔梅】

紅梅の一品種。旧暦の八月頃に咲きはじめ、冬至を盛りとして翌春まで開花する。⇩冬の梅（ふゆのうめ）［冬］

§

八朔やかしこき梅の品定め　重厚・新類題発句集

八朔や鱠《なます》のけんの梅の花　佳睡・新類題発句集

はぼたん【葉牡丹】

アブラナ科の二年草・栽培。キャベツの一品種。茎は太く紫色。葉は広倒卵形。花の色は白・黄・紫・紫紅・淡紅など多い。新年に観賞用の盆栽、生花に用いられる。［和名由来］葉の美しさを牡丹に形容したところから。［同義］牡丹菜（ぼたんな）、隠元菜（いんげんな）、甘藍（かんらん）、玉菜（たまな）。［漢名］甘藍。⇩キャベツ［夏］

はぼたん

§

葉牡丹を置き白き女の坐りゐる窓ありにけり夜ごろは寒く　佐藤佐太郎・歩道

梅と挿されて葉牡丹低しおのづから　篠原温亭・ホトトギス

葉牡丹やわが想ふ顔みな笑まふ　石田波郷・鶴の眼

「ひ〜ふ」

ひいらぎのはな【柊の花・疼木の花】

柊はモクセイ科の常緑樹。自生・栽植。高さ三〜八メートル。葉は革質で光沢があり長楕円形、縁には先が棘状の鋸歯がある。晩秋から初冬に小白花を開く。花後、黒紫色の楕円形の核果を結ぶ。［〈柊〉和名由来］葉の棘が「疼（ヒヒラグ）＝ひりひりと痛い」木の意から。［〈柊〉同義］鬼柴（おにしば）、鬼目突（おにめつき）、鼠刺（ねずみさし）、おにばら。⇩柊落葉（ひいらぎおちば）［夏］

ひいらぎ

§

無垢の日の思ひぞかへれ冷えこごる柊のはなにほふこの道　木俣修・冬暦

ふれみぞれ柊の花の七日市　其角・五元集拾遺

柊は冬まつ花ぞ四十雀《しじふがら》　浪化・白扇集

柊の花のこぼれや四十雀　浪化・浪化上人発句集

心ひまあれば柊《ひゝらぎ》花こぼす　高浜虚子・六百句

寒天に大晴れしたる花柊　飯田蛇笏・椿花集

柊の花から白くこぼれ落つ　中村草田男・長子

びわのはな【枇杷の花】

バラ科の常緑高樹、枇杷の花。葉は長い楕円形。十一月頃に帯黄白色の薫りのある五弁花を開き、翌年初夏に果実を結ぶ。⇩枇杷（びわ）［夏］

§

冬のひは木草のこさぬ霜の色をはがへぬ枝の花ぞまがふる　拾遺愚草（藤原定家の私家集）

冬枯のとなりの枝にさしかはしいろなき庭のびはの花はも　上田秋成・夜坐偶作

この家に枇杷の花咲けり我が親子今日からここにうつり住むなり　新井洸・微明

冬の日の暮るゝは早し枇杷の花ただあはつけく眼にとまるかな　土田耕平・一塊

禅僧の眼《まなこ》はさむしびはの花　不玉・浮世の北

たのもしき葉の広がりや枇杷の花　李由・ばせをだらひ

来るとしの身もたのもしや枇杷の花　鬼貫・俳諧七車

ひよ鳥のひだるふ啼や枇杷の花　吾仲・荒小田

枇杷の花鳥もすさめず日くれたり　蕪村・蕪村句集

輪番にさびしき僧やびはの花　召波・春泥発句集

びはの花汝みのるはいつの事　白雄・白雄句集

枇杷の花暁けそむるより憩らはず　石田波郷・鶴の眼

ぶしゅかん【仏手柑】

ミカン科の常緑樹。高さ約三メートル。幹には棘がある。

葉は楕円形。初夏、五弁の白花を開く。実は黄熟し、下部は裂けて指を並べたような形になる。砂糖漬として食用となる。[同義] 手仏手柑（てぶしゅかん）。[漢名] 仏手柑。⇩仏手柑の花（ぶしゅかんのはな）[夏]

ぶしゅかん

§

佛蜜柑《ぶしゅかん》の汁《しる》を魚のうへにかけうそ寒く食《を》す夕がれひかな　吉井勇・天彦

ふゆあおい【冬葵】

アオイ科の多年草。自生・栽培。中国原産。高さ約一メートル。葉は掌状に浅く三～五裂し、縁は鋸歯状。冬、葉腋に白や淡紅色の五弁の小花を開く。葉は食用となる。中国・朝鮮では野菜として栽培される。種子は「冬葵子（とおきし）」として利尿などの薬用になる。[和名由来] 漢名「冬葵」より。冬でも緑葉があるところから。[同義] 葵（あおい）、日影草（ひかげぐさ）、形見草（かたみぐさ）、蜀葵（からあおい）。[漢名] 冬葵、葵。⇩葵（あおい）[夏]、寒葵（かんあおい）[冬]

ふゆあおい

ふゆいちご【冬苺】

バラ科の蔓性常緑低樹・自生。茎は蔓状。全草に褐色の毛を密生し棘がある。葉は柄をもち、卵形。夏に白色の五弁花を開く。冬に赤い実をつける。[同義] 寒苺（かんいちご）、きんいちご。[漢名] 地苺。⇩苺（いちご）[夏]

ふゆいちご

§

蔓ひけばこぼるゝ珠や冬苺　杉田久女・杉田久女句集
波荒れてゆらぐ利島《としま》や冬苺　水原秋桜子・晩華

ふゆがれ【冬枯】

冬の枯れた草木や葉が落ちた木をいう。また、その荒涼とした風景をいう。⇩霜枯（しもがれ）[冬]、冬木（ふゆき）[冬]、枯草（かれくさ）[冬]

§

冬枯の野中の里の夕煙一すぢうすく空に靡きて　上田秋成・夜坐偶作
冬枯や平等院の庭の面　鬼貫・鬼貫句選
冬がれの里を見おろす峠かな　召波・春泥発句集
何おもふ冬枯川のはなれ牛　暁台・暁台句集
町中に冬がれ榎立りけり　一茶・七番日記
冬枯や鹿の見て居る桶の豆　一茶・旅日記
冬がれや田舎娘のうつくしき　正岡子規・子規句集
祇園清水《きよみず》冬枯もなし東山　正岡子規・子規句集

冬枯れて山の一角竹青し　　夏目漱石・漱石全集

ふゆき【冬木】

冬の樹木一般をいう。⬇冬木立（ふゆこだち）[冬]、冬枯（ふゆがれ）[冬]、枯木（かれき）[冬]、裸木（はだかぎ）[冬]、雪折れ（ゆきおれ）[冬]

§

雪まだき冬木の山はすみがまの煙りならでは見らくものなし　　田安宗武・悠然院様御詠草

往きかひのしげき街《ちまた》の人皆を冬木の如《ごと》もさびしらに見つ　　長塚節・我が病

近よれば冬木の上に月きたり空さす枝のありありと見ゆ　　木下利玄・紅玉

門さきに冬木の影のしづかなる入日のなかを帰り来にけり　　明石海人・白描

寝覚うき身を旅猿の冬木かな　　鬼貫・俳諧七車

小鳥ゐて朝日たのしむ冬木かな　　村上鬼城・鬼城句集

大空に伸び傾ける冬木かな　　高浜虚子・五百句

冬木切り倒しぬ犬は尾を垂《た》れて　　高浜虚子・六百句

冬木積む舟見てしめし障子かな　　西山泊雲・ホトトギス

星空の冬木ひそかにならびゐし　　種田山頭火（大正八年）

大空の風を裂きゐる冬木あり　　篠原鳳作・篠原鳳作全句文集

ふゆぎく【冬菊】

寒菊のこと。降霜によっても痛まず冬に咲く。⬇寒菊（かんぎく）[冬]

§

衣摺の音もひそかにしみじみと冬菊活けて人去りにけり　　吉井勇・天彦

転び人もなくてや残る冬の菊　　巣兆・曾波可理

かうばしき翁なりけり冬の菊　　梅室・梅室家集

冬菊のまとふはおのがひかりのみ　　水原秋桜子・霜林

ふゆこだち【冬木立】

⬇寒林（かんりん）[冬]、夏木立（なつこだち）[夏]、冬木（ふゆき）[冬]

§

冬木立思ひ上れる人人のあつまれるごと立てり夕日に　　与謝野晶子・朱葉集

ふきしきる松風ききて冬木立かこめる家に今日もくれにけり　　岡稲里・早春

散とのみ見る目や娑婆の冬木立　　鬼貫・俳諧七車

猿も手の置所なし冬木立　　也有・蘿葉集

よるみゆる寺のたき火や冬木立　　太祇・太祇句選

盗人に鐘つく寺や冬木立　　太祇・太祇句選

冬こだち月に隣をわすれたり　　蕪村・蕪村句集

乾鮭ものぼる景色や冬木立　　蕪村・蕪村遺稿

雲かゝる天の柱の冬木だち　　闌更・半化坊発句集

孟子読む郷士の窓や冬木立　　召波・春泥発句集

館《たち》の火のありありと冬の木立かな　　星布・星布尼句集

冬木だち月骨髄《こつずい》に入夜哉《いるよかな》　　几董・桃李

汽車道の一すぢ長し冬木立　　正岡子規・子規句集

寺ありて小料理屋もあり冬木立　　正岡子規・子規句集

土堤一里常盤木もなしに冬木立　夏目漱石・漱石全集

ふゆざくら【冬桜】

バラ科の高樹。冬に季節に咲く桜。⇩寒桜（かんざくら）[冬]

ふゆた【冬田】

稲を刈り取った後の、荒涼とした厳寒の田の風景をいう。

§

たのみなき若草生ふる冬田哉　太祇・太祇句選

冬田刈夕ぐれ人のひとり哉　暁台・暁台句集

汽車道の一段高き冬田かな　正岡子規・子規句集

ふゆつばき【冬椿】

⇩寒椿（かんつばき）[冬]

§

まい《ゐ》らせて目もと拝まん冬椿　土芳・蓑虫庵集

うつくしく交る中や冬椿　鬼貫・俳諧七車

石壇や一汗かきて冬椿　露川・藤の実

白玉も涙の名なり冬つばき　林紅・刀奈美山

水際も手向になれよ冬椿　林紅・壬申日記

火のけなき家つんとして冬椿　一茶・享和句帖

漁村町をなす裏山や冬椿《ふゆつばき》　河東碧梧桐・新傾向（冬）

日《ひ》あたりや蜜柑《みかん》の畑《はた》の冬椿《ふゆつばき》　泉鏡花・鏡花全集

海の日に少し焦げたる冬椿《ふゆつばき》　高浜虚子・六百句

冬椿落ちてそこより畦となる　水原秋桜子・秋桜子句集

ふゆな【冬菜】

小松菜、白菜など冬に摘む野菜の総称。⇩小松菜（こまつな）[冬]、白菜（はくさい）[冬]、夏菜（なつな）[夏]、菜（な）[四季]

§

花茎を伸ばしはじめし冬の菜にけさまた置きて霜はするどし　木俣修・冬暦

さしこもる葎《むぐら》の友かふゆなうり　芭蕉・雪まろげ

師走菜を召にや山を出る仏　乙二・斧の柄

桶踏んで冬菜を洗ふ女かな　正岡子規・子規句集

水引くや冬菜を洗ふ一《ひ》と構《かまえ》　正岡子規・子規句集

美しく耕しありぬ冬菜畑《ふゆなはた》　高浜虚子・五百五十句

猫いまは冬菜畑を歩きをり　高浜虚子・六百句

わが蒔いていつくしみ見る冬菜かな　杉田久女・杉田久女句集

肥かけて冬菜太るをたのしめり　杉田久女・杉田久女句集

ふゆのうめ【冬の梅】

冬至の頃に咲く早咲きの梅。[同義] 除夜の梅（じょやのうめ）。⇩梅（うめ）[春]、寒梅（かんばい）[冬]、冬至梅（とうじばい）[冬]、八朔梅（はっさくばい）[冬]

§

ゆったりと寝たる在所や冬の梅　惟然・惟然坊句集

鎌倉の僧ことゝはん冬の梅　露沾・続虚栗

冬梅の身にあまりたる匂ひかな　鬼貫・俳諧七車

雪霜の骨となりてや梅の花　支考・蓮二吟集

冬の梅咲やむかしのあたゝまり　千代女・千代尼発句集

冬の梅きのふやちりぬ石の上　蕪村・蕪村句集

老木とあなどられしな冬の梅　蕪村・落日庵句集

盃は預けおくなり冬の梅　几董・井華集

ふゆのくさ【冬の草】
冬の枯れた草。または冬でも枯れずに生育している草。[同義] 冬草（ふゆぐさ）、秋無草（あきなぐさ）。⇩枯草（かれくさ）[冬]、夏草（なつくさ）[夏]、草（くさ）[四季]

§

冬艸やはしごかけ置岡の家　乙二・斧の柄

ふゆのの【冬の野】
冬の野原。[同義] 冬野（ふゆの）。⇩夏野（なつの）[夏]、枯野（かれの）[冬]

§

手も出さず物荷《にな》ひ行く冬野哉　来山・続いま宮草
冬の野や何と臥べき艸の茎　闌更・半化坊発句集
土までも枯てかなしき冬野かな　几董・井華集
師走野のあしもとにある畑かな　乙二・斧の柄

ふゆばら【冬薔薇】
冬咲く薔薇の一品種。「ふゆそうび」ともいう。[同義] 寒薔薇（かんそうび）。⇩薔薇（ばら）[夏]

§

冬茨《ふゆばら》の赤実のうへにうす雪のふりてはありし山岨の道　太田水穂・冬菜
禁足のけふを外出や冬薔薇　河東碧梧桐・新傾向（冬）
冬薔薇や日のあるかぎり暖かし　中村汀女・花句集
冬薔薇石の天使に石の羽根　中村草田男・万緑
冬牡丹べにほのかなるゆゑ寒し　日野草城・旦暮

ふゆぼたん【冬牡丹】
寒中に咲く牡丹。⇩寒牡丹（かんぼたん）[冬]、牡丹（ぼたん）[夏]

§

さきなつむ冬の牡丹の玉蕾いろみえてより六日へにけり　伊藤左千夫・伊藤左千夫全短歌
冬牡丹千鳥よ雪のほとゝぎす　芭蕉・甲子吟行
ひうひうと風は空行冬牡丹　鬼貫・俳諧七車
旅やせもせずふくやかに冬牡丹　りん女・紫藤井発句集
わが庵ににほひあまるや冬牡丹　几董・井華集
日暮の里の旧家や冬牡丹　正岡子規・子規句集
冬牡丹べにほのかなるゆゑ寒し　日野草城・旦暮

ふゆもみじ【冬紅葉】
冬になっても散らない紅葉をいう。[同義] 残る紅葉。⇩紅葉（もみじ）[秋]、紅葉散る（もみじちる）[冬]

§

爐に焼て煙を握るもみぢ哉　蕪村・蕪村句集
ありやいかに隅田川辺の冬紅葉　暁台・暁台句集
下りざまに又鐘きくや冬もみぢ　几董・井華集

ふろふき【風呂吹】
大根や蕪の茹でたものに胡麻味噌や柚味噌をかけたもの。

§

日本の風呂吹きといへ比叡山　其角・五元集
風呂吹や小窓を圧す雪曇　正岡子規・子規句集
風呂吹を喰ひに浮世へ百年目　正岡子規・子規句集

風呂吹の寂然として冷えたりし　河東碧梧桐・新俳句

ぶんたん【文旦】

朱欒の一品種。果肉を生食する。果皮は砂糖漬にして食べる。⇩朱欒（ザボン）[冬]

「ほ」

ポインセチア【Poinsettia】

トウダイグサ科の常緑低木。メキシコ・中南米原産。高さは二〜三メートル。葉は卵状楕円形で縁は浅裂。一一〜一二月頃、上部に赤・桃・白などの美しい苞を車状につける。鉢花として栽培され、クリスマスの頃によく出まわる。[同義]猩猩木（しょうじょうぼく）。

§

美しき花かとも朱《あけ》にきはまりしその葉を見ればあはれポインセチア　宮柊二・群鶏

ほしな【干菜】

大根や蕪の茎葉を干したもの。味噌汁の具などにする。⇩掛菜（かけな）[冬]

§

たくはへて罪なき庵の干菜かな　蓼太・蓼太句集
河内女《かはちめ》や干菜に暗き窓の機《はた》　大魯・蘆陰句選
風の月壁はなれ飛ぶ干菜影　西山泊雲・ホトトギス
菊刈れば干菜に峰の立つ日かな　河東碧梧桐・新傾向（冬）
ばばばかと書かれし壁の干菜《ほしな》かな　高浜虚子・五百句

「ま〜も」

まめまき【豆撒】

節分の夜に「鬼は外、福は内」と言って豆を撒き、疫鬼を追い払って福を招く風俗。この豆を年豆（としまめ）という。[同義]豆打（まめうち）。

§

豆をさへ聞ぬ藁屋にこれや此　嵐雪・玄峰集
豆をうつ声のうちなる笑ひかな　其角・五元集拾遺
煎豆の福が来たぞよ懐へ　一茶・七番日記
三ツ子さへかり、かり、や年の豆　一茶・一茶句帖

まんりょう【万両】

ヤブコウジ科の常緑低樹。自生・栽培。高さ五〇〜一〇〇センチ。葉は楕円形で厚く光沢がある。夏、白地に紅点のある小花を散房状につける。花後、球形の果実を結び、

まんりょう

赤熟する。正月の縁起用に飾られる。［和名由来］センリョウ科の「千両」より果実が美しいと形容したところからと。［同義］百両金（ひゃくりょうきん）。⬇千両（せんりょう）［冬］

§

大和路へ冬入り来りこの朝け寺にありてみる庭の万両
　木下利玄・みかんの木

嗽《くちそそ》ぐ寺の壺庭苔ふかみ万両の実の赤さもあかき
　木下利玄・みかんの木

みかん【蜜柑】

ミカン科の常緑有刺樹またはその果実の総称。高さ約三メートル。葉は卵状披針形で互生。葉柄の左右に小翅をもち、その上端に節がある。初夏、五弁の白花を開く。花後、果実を結び、秋から冬に黄熟し食用となる。紀州蜜柑（きしゅうみかん）、温州蜜柑（うんしゅうみかん）、泉州蜜柑（せんしゅうみかん）など各地域の名のつく蜜柑がある。果皮は「陳皮・橘皮」として薬剤になる。［和名由来］「蜜柑（ミツカン）」の意。また「柚柑（ユカン）」の訛より。［同義］柑橘（かんきつ）、山橘（やまたちばな）。

［漢名］橘、木蜜、金苞、朱実。⬇蜜柑飾る（みかんかざる）［新年］、蜜柑の花（みかんのはな）［夏］、青蜜柑（あおみかん）［秋］、蜜柑納め（みかんおさめ）［新年］

みかん

§

人声を探して行けば蜜柑山ひともとの木に群れて摘み居し
　若山牧水・朝の歌

たそがれの、蜜柑をむきし爪《つま》さきの、黄なるかをりに、母をおもへり。
　土岐善麿・黄昏に

ぢつとして蜜柑のつゆに染まりたる爪を見つむる心もとなさ！
　石川啄木・悲しき玩具

そことなく蜜柑の皮のやくる如き香ひ残りて夕となりぬ
　石川啄木・啄木歌集補遺

街をゆき子供の傍を通る時蜜柑の香せり冬がまた来る
　木下利玄・紅玉

宿の山蜜柑ならびて黄なる実の朝日受け取る枝葉の中に
　木下利玄・銀

何をかもさは嘆くらむ旅人よ蜜柑畑の棚によりつつ
　芥川龍之介・客中恋

おとなしく頭剃《そ》らせてゐる甥の目の前にある褒美《ほうび》の蜜柑《みかん》
　大熊長次郎・蘭奢待

紀の路行く山は蜜柑の吉野哉　其角・田舎の句合

埋み置く灰に音を鳴く蜜柑哉　召波・春泥発句集

暖な国を蜜柑の林かな　嘯山・俳諧新選

裏山に蜜柑みのるや長者振　夏目漱石・漱石全集

蜜柑すゞ熟りの老木の十年　河東碧梧桐・八年間

蜜柑山かゞやけり児らがうたふなり　種田山頭火・層雲

蜜柑を焼いて喰ふ小供と二人で居る　尾崎放哉・須磨寺にて

葉むらより逃げ去るばかり熟蜜柑　飯田蛇笏・椿花集
熱の瞳のうるみてあはれ蜜柑吸ふ　杉田久女・杉田久女句集

みやましきみ【深山樒】
ミカン科の常緑樹。自生。葉は楕円形で革質。晩春から初夏に、緑白色の小花を開く。核果は秋から冬に熟して紅色になる。俳句では、一般に、深山樒という場合、実をさし、冬の季語とする。⬇樒の花（しきみのはな）[春]

みやましきみ

§
降雪に深山しきみは高くあれ　乙二・斧の柄

むぎのめ【麦の芽】
麦は、十一月頃に種を撒き、冬の最中に新芽をだす。[同義]麦の二葉（むぎのふたば）、麦萌える。⬇麦（むぎ）[夏]、麦踏（むぎふみ）[春]、麦蒔（むぎまき）[冬]

§
さむざむと麦の葉生えに風なぎて夕は霜の置くらむおぼゆ　土田耕平・斑雪

むぎまき【麦蒔】
麦は十一月頃に種を撒く。⬇麦（むぎ）[夏]、麦の芽（むぎのめ）[冬]

§
麦はえてよき隠家や畠村　芭蕉・笈日記
むぎ蒔や駒野の里の馬糞掻　支考・記念題
麦まきや思へば遠きほととぎす　也有・蘿葉集
麦蒔の影法師長き夕日かな　蕪村・新五子稿
畑中や種麦おろす麻ぶくろ　白雄・白雄句集
麦蒔て妻ある寺としられけり　一茶・七番日記
麦まきや野路の玉川一またぎ　梅室・梅室家集
麦蒔やたばねあげたる桑の枝　正岡子規・子規句集
村の名も法隆寺なり麦を蒔《ま》く　高浜虚子・五百句
麦蒔《むぎまき》やいつまで休む老一人　高浜虚子・五百五十句
麦まいてしまひ風吹く日ばかり　尾崎放哉・小豆島にて

むろざき【室咲】
温室で冬に開花させた植物。[同義]室の花（むろのはな）。⬇室の梅（むろのうめ）[冬]

むろのうめ【室の梅】
温室で冬に開花させた梅。⬇室咲（むろざき）[冬]

§
内蔵の古酒をねだるや室の梅　其角・五元集
囲《かこひ》より大工召しけりむろの梅　其角・五元集拾遺

もみじちる【紅葉散る】
俳句では句の解釈で微妙であるが、一般に「紅葉」は秋を、「紅葉が散る」「散って地上に敷きつめられた紅葉」を詠んだものは冬をあらわす。⬇紅葉（もみじ）[秋]、落葉（おちば）[冬]、散紅葉（ちりもみじ）[冬]、冬紅葉（ふゆもみじ）[冬]

§
…あしひきの　山の木末《こぬれ》も　春されば　花咲きにほひ　秋づ

けば　露霜おひて　風まじり　もみち散りけり　うつせみも
かくのみならし…
大伴家持・万葉集一九

ひたひたと袖うちかさね、うちかさね、少女よるごと紅葉ちりしく
岡稲里・朝夕

風なきに残りのもみぢ散る見れば安らかにしてさそひ合せぬ
宇都野研・宇都野研全集

たふとがる涙やそめてちる紅葉　芭蕉・笈日記
羨まし美しうなりて散る紅葉　支考・文星観
櫓田に紅葉散かゝる夕日かな　蕪村・蕪村句集
紅葉散て竹の中なる清閑寺　闌更・半化坊発句集
今打し畑のさまや散紅葉　一茶・発句題叢
紅葉ちる竹縁ぬれて五六枚　夏目漱石・漱石全集
紅葉散る岡の日和や除幕式　正岡子規・子規句集

「や」

やきいも【焼芋】

一般に、焼いた薩摩芋をいう。丸焼、切焼、壺焼などがある。⇩薩摩芋（さつまいも）［秋］

§

ふところの焼芋のあたたかさである　尾崎放哉・須磨寺にて

やつでのはな【八手の花】

八手はウコギ科の常緑低樹。自生・栽植。高さ約二メートル。掌状に七〜九裂した大形の葉をもつ。晩秋、梢上に花茎をだし、五弁の黄白色の小花を球状につける。果実は翌年の初夏に熟して紫黒色となる。葉は去痰などの薬用となる。［〈八手〉和名由来］葉形が手に似ているところから。［〈八手〉同義］天狗の打扇（てんぐのうちわ）、天狗羽団扇（てんぐのはうちわ）、うしおうぎ。⇩八手（やつで）［四季］

やつで

§

窓の外《と》に白き八つ手の花咲きてこころ寂しき冬は来にけり
島木赤彦・氷魚

黒き虻白き八つ手の花に居て何かなせるを臥しつゝ見やる
木下利玄・銀

塀の上の八つ手の花の青白く光つめたき冬さりにけり
古泉千樫・青牛集

花茎のあらはに太くわかれ咲く八つ手の花は群れつつ小さし
三ケ島葭子・三ケ島葭子歌集

荒寥と瓦礫みだるる焼跡も冬すでに八つ手の花を咲かしむ
木俣修・冬暦

たくましく八手は花に成にけり　尚白・類題発句集

雷の撥《ばち》のうはさや花八手　百里・焦尾琴

北向の大玄関や花八手　村上鬼城・ホトトギス

八ツ手の花が芽立て、伯母さんを労する　河東碧梧桐・八年間

いと白う八つ手の花にしぐれけり　中村汀女・花句集

八ッ手咲け若き妻ある愉しさに　中村草田男・火の島

　橘寺

礎や金剛纂《やつで》花咲き花了る　加藤楸邨・穂高

やぶこうじ【藪柑子】

　ヤブコウジ科の常緑低樹。自生・栽培。高さ約三〇センチ。夏に五弁の小白花を開く。花後、小豆大の実を結び、冬に紅熟する。新年の飾りに用いられる。根は「紫金牛（しきんぎゅう）」として解毒、利尿などの薬用になる。「和名由来」全草が柑子に似て、藪に多く生育するところから。[同義] 山橘（やまたちばな）、唐橘（からたちばな）、花橘（はなたちばな）、藪橘（やぶたちばな）、草橘（くさたちばな）、山万両（やままんりょう）、赤玉（あかだま）。[漢名] 紫金牛。⇩藪柑子飾る（やぶこうじかざる）[新年]

やぶこうじ

§

雪こもり旅のなくさに近山をいゆき遊ばひ抜く藪柑子　伊藤左千夫・伊藤左千夫全短歌

鶺鴒《せきれい》の来鳴く此頃藪柑子はや色つかね冬のかまへに　伊藤左千夫・伊藤左千夫全短歌

葉かげには実の照りつつも痩土の虐《しいたげ》見する藪柑子かも　宇都野研・木群

ふるさとの痩せたる土の藪柑子紅実《あけみ》をつけて鉢に腹這ふ　宇都野研・木群

庭石を斜《はす》にすべれる真冬日の日かげは宿る藪柑子の実に　若山牧水・くろ土

ぬれいろや色なる雪の藪柑子　白雄・白雄句集

藪柑子もさびしがりやの実がぽつちり　種田山頭火・草木塔

樹のうろの藪柑子にも実の一つ　飯田蛇笏・山廬集

「ゆ」

ゆきおれ【雪折れ】

　雪の重みで折れた木や竹をいう。⇩冬木（ふゆき）[冬]

§

雪折やよしの、夢のさむる時　蕪村・蕪村句集

雪折も聞えて暗き夜なりけり　蕪村・蕪村遺稿

ゆずゆ【柚子湯】

　柚子の果皮を入れた風呂。柚子の独特の芳香を風呂に入れ

て楽しむ。ひびやあかぎれに効くという。冬至の日の習慣。
➡柚（ゆず）［秋］

§

柚子《ゆず》の香《か》のにほひかなしも朝はやく眼鏡《めがね》をかけて湯にひたり居り　三ケ島葭子・三ケ島葭子歌集
朝の湯に浮きてただよふ柚子の実のきんの肌《はだ》へにさす日の光　三ケ島葭子・三ケ島葭子歌集
柚子湯や日がさしこんでだぶりだぶり　村上鬼城・鬼城句集
柚子湯出て身伸ばし歩む夜道かな　杉田久女・杉田久女句集

「ろ」

ろうばい【蝋梅・臘梅】

ロウバイ科の落葉低樹・栽培。中国原産。高さ約三メートル。葉は卵形で先端が尖り対生。冬、葉に先だって、黄・紫色の香気のある花を開く。花後、卵形の果実を結ぶ。［同義］南京梅（なんきんうめ）、唐梅（からうめ・とううめ）、蘭梅（らんうめ）。［漢名］蝋梅。［花言］枯淡。

ろうばい

§

臘梅や枝まばらなる時雨ぞら　芥川龍之介・龍之介全集
臘梅や雪うち透かす枝のたけ　芥川龍之介・発句

「わ」

わすればな【忘れ花】

➡帰り花（かえりばな）［冬］

§

茗荷畑ありしあたりか忘れ花　也有・蘿葉集
夫そこに草の中なるわすれ華　暁台・暁台句集

わびすけ【侘助】

豊臣秀吉が朝鮮に侵攻した文禄・慶長の役の時、侘助という人が持ち帰ったといわれる冬椿。一重の赤色の小花を開く。［同義］侘助椿（わびすけつばき）、唐椿（とうつばき）。➡寒椿（かんつばき）［冬］、冬椿（ふゆつばき）［冬］

新年の季語

新年に関するもの

「あ〜お」

あずきがゆ【小豆粥】

正月十五日に天狗をまつり、小豆粥を食べて疫をはらうという中国の俗信よりきた風習。漢名で紅調粥。⇩小豆の花（あずきのはな）［夏］、小豆引く（あずきひく）［秋］

§

浅漬の寒き句や小豆粥　故流・発句類聚

寝忘れて小昼時分や小豆粥　篠原温亭・温亭句集

いけぞめ【生初】

正月に初めて挿花することで、挿花始（そうかはじめ）、生花始（いけばなはじめ）ともいう。

いそわかな【磯若菜】

磯辺に生えている若菜。⇩若菜（わかな）［新年］

§

飛々に跡うつ波や磯若菜　不白・不白翁句集

いもがしら【芋頭】

里芋の親芋をいう。「頭」のことばがめでたいとされ、新年の雑煮やおせち料理に使う。⇩里芋（さといも）［秋］

§

芋頭二つ祝ふやかゝり人　沼夜濤・縣葵

うめのはる【梅の春】

初春の形容。⇩梅（うめ）［春］

§

心よし旭にむかふ梅の春　十尋・花笠

うめぼしかざる【梅干飾る】

梅干の皺をもって長寿の印とし、新年の蓬莱台などに飾られた。梅干は梅法師ともいい、長者をあらわす。［同義］梅干祝う。⇩梅干す（うめほす）［夏］

うらじろ【裏白】

シダ類のウラジロ科の常緑草・自生。葉は羽状に分裂し、上面は光沢のある鮮緑色で、裏は白色を帯びる。正月飾りとして用いられる。［和名由来］葉の裏面が白色を帯びているところから。［同義］裏白草（うらじろぐさ）、羊歯・歯朶・師太（しだ）、穂長（ほなが）、裏白羊歯・裏白歯朶（うらじろしだ）。［花言］永久の契り。⇩羊歯（しだ）［新年］

うらじろ

§

はしらより裏じろの葉を落し行く鼠けうとく寒き明がた　与謝野晶子・火の鳥

裏じろの山草の葉を掛けたれば柱もものを云ふ心地する　与謝野晶子・火の鳥

ひさびさに裏白《うらじろ》かけてあたらしき年をむかへぬ楽しとやせむ　吉井勇・天彦

老夫山へうら白苅に歯朶苅に　木因・翁草

名こそかはれ江戸の裏白京の葉朶　正岡子規・子規句集

裏白や薪の中に捨らる、　松瀬青々・妻木

おぎょう【御形】

春の七草の一つとしての母子草の異称。「ごぎょう」ともいう。⇩母子草（ははこぐさ）[春]、七草（ななくさ）[新年]

おやこぐさ【親子草】

⇩譲葉（ゆずりは）[新年]

「か〜こ」

かけやなぎ【掛柳】

茶道において、新年、松の内の茶席に糸柳を掛けることをいう。⇩柳（やなぎ）[春]

かざりごめ【飾米】

新年に蓬莱台に飾る米をいう。⇩稲（いね）[秋]、新米（しんまい）[秋]

§

白妙の雪にまがふや飾米　吉田冬葉・縣葵

かざりたけ【飾竹】

新年を祝い、門に竹や松などを飾る。⇩門松（かどまつ）[新年]

§

飾竹してみやびたり竹の宿　松瀬青々・妻木

かざりまつ【飾松】

新年を祝い、門に松や竹などを飾る。⇩門松（かどまつ）[新年]

§

飾松や遠山鳥のしだり尾の　杉風・杉風句集

かちぐりかざる【搗栗飾る・勝栗飾る】

栗の実を殻のまま干して、臼で搗ち、殻と渋皮を取り去ったもの。「搗ち」と「勝ち」をかけ、出陣や勝利、正月の祝儀に用いられた。⇩栗（くり）[秋]、搗栗作る（かちぐりつくる）[秋]

§

搗栗や餅にやはらぐそのしめり　沾圃・続猿蓑

勝栗に老の天盃まはしけり　舩耳・閑古鳥

かどのたけ【門の竹】

新年を祝い、門に飾る竹。⇩門松（かどまつ）[新年]

§

すらすらとやすくも立てり門の竹　嵐蘭・類題発句集

鶯も来よと思ひぬ門の竹　江山・新類題発句集

かどのまつ【門の松】

新年を祝い、門に飾る松。⇩門松（かどまつ）[新年]

§

春立やにほんめでたきかどの松　徳元・犬子集

月雪のためにもしたし門の松　去来・去来発句集

門松はかざらぬよりも跡さびし　土芳・蓑虫庵集

兎角して今朝となりけり門の松　宗屋・瓢箪集

竹高く飾るならひや門の松　梅沢墨水・墨水句集

かどのまつたけ【門の松竹】

新年を祝い、門に飾る松や竹。⇩門松（かどまつ）［新年］

§

松竹の門や古今の色を見す　木吾・新類題発句集

門々や影ゆづりあふ松と竹　呂博・新類題発句集

かどまつ【門松】

新年を祝い、門に飾る松や竹をいう。⇩門の松（かどのまつ）［新年］、門松立つ（かどまつたつ）［冬］、松取る（まつとる）［新年］、門の松竹（かどのまつたけ）［新年］、門の竹（かどのたけ）［新年］、飾松（かざりまつ）［新年］、飾竹（かざりたけ）［新年］、竹飾（たけかざり）［新年］、立松（たてまつ）［新年］、松飾（まつかざり）［新年］、松竹（まつたけ）［新年］、松の内（まつのうち）［新年］

§

門松やおもへば一夜三十年　芭蕉・六百番誹諧発句合

門松や死出の山路の一里塚　来山・続いま宮草

門松に聞けとよ鐘も無常院　支考・獅子物狂

門松もなみだをそゝぐものなるか　成美・成美家集

門松やひとりし聞は夜の雨　一茶・暦裏句稿

門松や蔭言多き吉良屋敷　村上鬼城・鬼城句集

門松と門松と接す裏家《うらや》哉　正岡子規・子規句集

かやかざる【榧飾る】

榧の実を蓬莱台などに飾り、新年を祝うこと。⇩榧の花（かやのはな）［春］、榧の実（かやのみ）［秋］

§

榧の実を御口祝や吉野殿　牛父・新類題発句集

小鼠の烏帽子にかつぐ榧の殻　高田蝶衣・蝶衣句稿

かゆぐさ【粥草】

七草粥に入れる若菜をいう。⇩若菜（わかな）［新年］、七草粥（ななくさがゆ）［新年］

§

粥草や葛飾舟の朝みどり　白雄・白雄句集

がんじつそう【元日草】

福寿草の別称。⇩福寿草（ふくじゅそう）［新年］

§

うれしくもとしのはじめのけふの日の名におひいで、さくやこの花　大隈言道・草径集

神国や草も元日きつと咲く　一茶・一茶新集

きょうわかな【京若菜】

若菜のこと。⇩若菜（わかな）［新年］

§

籠の目に土の匂ひや京若菜　乙字・乙字句集

くしがきかざる【串柿飾る】

新年、串柿を注連（しめ）、蓬莱、鏡餅などに飾ること。

⬇串柿（くしがき）［秋］

§

串柿やまだ一枝に居る心　長英・類題発句集
串柿の夫婦めでたき連理哉　遊花・新類題発句集
父母妻子串柿のごと並びけり　正岡子規・子規全集
串柿を清話の人に肴哉　松瀬青々・妻木

こうじかざる【柑子飾る】

柑子の実を新年の飾りに用いること。⬇柑子（こうじ）［秋］

§

わが春に実植の柑子粧りけり　知足・千鳥掛

ごぼうしめ【牛蒡注連】

新年の注連縄で藁を垂らさない中細長のものをいう。短く太いものを大根注連（だいこんしめ）という。

こまつひき【小松引】

正月の初子（はつね）の日に野に出て、若い小松を採り、千代を祝った風習をいう。平安時代の貴族たちの遊びだった。⬇子日草（ねのひぐさ）［新年］、松（まつ）［四季］

§

此君とけふはひかるゝ小松哉　蓼太・蓼太句集
君が声そふて引よき小松哉　梅室・梅室家集
春浅き野の鶯や小松曳　安藤橡面坊・深山柴

こんぶかざる【昆布飾る】

新年、昆布を蓬萊、鏡餅などの飾りに用いること。⬇昆布（こんぶ）［夏］

§

掛け初めし昆布も春なり海苔を干す　河東碧梧桐・新傾向（春）

「し〜そ」

しだ【羊歯・歯朶】

ワラビ、ゼンマイ、ウラジロ、オシダなどシダ類の総称。一般にウラジロをさすことが多い。茎は多く地中にあり、葉は大形の羽状複葉で表面は鮮緑色、裏面は白色をおびる。葉がでる時は堅渦巻状。新年の嘉儀の飾りに用いる。［和名由来］「垂る（シダル）」の転からと。［同義］裏白、穂長（ほなが）、鳳尾草（ほうびそう）、諸向（もろむき）、百頭草（ひゃくとうそう）。［花言］魅惑、魔法。⬇裏白（うらじろ）［新年］、羊歯飾る（しだかざる）［新年］

§

餅を夢に折結《おりゆ》ふしだの草枕　芭蕉・東日記
誰《た》が聟《むこ》ぞ歯朶に餅おふうしの年　芭蕉・甲子吟行
歯朶添えて松あらたまる宮居哉　荷兮・古渡集
歯朶の葉に見よ包尾の鯛のそり　耕雪・続猿蓑
歯朶を噛む音しづかなり神の馬　松宇・松宇家集
ぬり膳や一日一日の歯朶の塵　松瀬青々・妻木

蓬莱や海老かさ高に歯朶隠れ　河東碧梧桐・春夏秋冬

月の歯朶影濃く揺るる清水哉　杉田久女・杉田久女句集補遺

かぐはしや時雨すぎたる歯朶の谷　川端茅舎・川端茅舎句集

ふるさとや石垣歯朶に春の月　芝不器男・不器男句集

しだかざる【羊歯飾る・歯朶飾る】

新年に、羊歯の葉を注連縄や蓬莱、鏡餅などに飾ること。⇩羊歯（しだ）[新年]

しょうしゅ【椒酒】

山椒と柏葉などを漬け、さらに漢方薬などを調合して製した酒。新年にこれを飲むと長寿になるとされた。[同義] 椒柏酒（しょうはくしゅ）、椒盃（しょうばい）。⇩山椒の実（さんしょうのみ）[秋]、福茶（ふくちゃ）[新年]

§

日の匂へ小瓶に椒酒花むかし　白雄・白雄句集

すずしろ【蘿蔔・清白・鈴代】

大根の別称。春の七草の一。食用。⇩大根（だいこん）[冬]、七草（ななくさ）[新年]

§

すゞしろや春も七日を松の露　鳳朗・鳳朗発句集

せりなずな【芹薺】

正月七日に食する七草をいう。⇩七草（ななくさ）[新年]

§

芹なづな笠着た人も雪のかげ　土芳・蓑虫庵集

芹薺踏よごしたる雪の泥　惟然・惟然坊句集

鶯ははなし飼なり芹なづな　乙由・麦林集

芹薺事かはりたる有どころ　梅室・梅室家集

わすられぬ詞つゞきや芹薺　梅室・梅室家集

そうかはじめ【挿花始】

正月に始めて挿花すること。⇩生初（いけぞめ）[新年]

「た」

だいこんいわう【大根祝う】

新年、大根を蓬莱などに飾ること。[同義] 大根飾る（だいこんかざる）。⇩大根（だいこん）[冬]

だいだいかざる【橙飾る】

橙の読みを「代々」の祝語にあてて、新年に蓬莱などに飾ること。⇩橙（だいだい）[冬]、橙の花（だいだいのはな）[夏]

§

橙やつきせぬ家の飾もの　座忘・新類題発句集

橙や裏白がくれなつかしき　正岡子規・子規全集

たけかざり【竹飾】

新年、家の門戸の前に竹を飾って祝う。⇩門松（かどまつ）[新年]

§

千世くまん若水桶や竹飾　春清・大三物

たちばなかざる【橘飾る】
新年、橘の実を注連縄（しめなわ）、蓬莱などに飾ること。⬇橘（たちばな）［秋］、橘の花（たちばなのはな）［夏］、花橘（はなたちばな）［夏］
§
蓬莱の橘匂ふ一間かな　陶々・新類題発句集

たてまつ【立松】
新年、家の門戸に松を飾り祝う風習。⬇門松（かどまつ）［新年］

たびらこ【田平子】
キク科の二年草。高さ約一〇センチ。葉は根生。早春、花軸をのばし瑠璃色の小花を開く。春の七草の一つの仏座は本種。［和名由来］田の畔に葉を平たくして開くところから。［同義］かわらけな。⬇仏座（ほとけのざ）［新年］

たびらこ

§
たびらこは西の禿《かむろ》に習ひけり　其角・五元集

たわらも【俵藻】
馬尾藻の別称。⬇馬尾藻（ほんだわら）［新年］
§
たはら藻や龍宮ならば掃捨ん　麦水・麦水発句集

「ち〜と」

ちゃのひきぞめ【茶の挽初】
新年に最初に用いる茶を挽くことをいう。［同義］挽初。⬇初茶湯（はつちゃのゆ）［新年］

ちょろぎ【草石蚕】
シソ科の多年草・栽培。正月料理では、地下の巻貝形の塊茎を梅酢で赤く染め、黒豆といっしょに盛る。⬇草石蚕（ちょろぎ）［夏］

ところかざる【野老飾る】
野老の長い鬚根を老人の髭に見立て、長寿を願って正月に飾る。⬇野老（ところ）［春］
§
朱を研や蓬莱の野老人間に落つ　太祇・太祇句選

としのはな【年の花】
一般に、新年のはじめに生ける花、飾る花をいう。また新年の祝儀の年玉をいうとの説もあり。⬇花（はな）［春］
§
うるふ世の年の花見んけふの雨　宗因・三籟
麒麟に鞍けさは来にけり年の花　松滴・東日記
雪よ雪よきのふ忘れし年の花　鬼貫・鬼貫句選

「な〜ね」

なぎのはかざる【梛葉飾る】

新年の祝いに梛の葉を飾ること。梛はマキ科の常緑高樹。高さ約一五メートル。雌雄異株。披針形の葉は平行脈をもち、強靭で光沢がある。この木を神木とする地方もあり、葉を災難除けに用いた。➡梛（なぎ）［四季］

§

海をけさなぎの葉かすむ宮路哉　心敬・熊野千句

なずな【薺】

アブラナ科の二年草・自生。高さ約三〇センチ。葉は羽状で深裂し、根元に密生する。春に白色の花を開く。花後、偏平で三角形の果実をつける。春の七草の一。全草は「薺（さい）」として解熱、利尿、止血の薬用になる。［和名由来］諸説あり。夏に枯れる草の意の「夏無菜（ナツナキナ）」「夏無（ナツナ）」。また、「撫菜（ナデナ）」「野面菜（ノッラナ）」などより。［同義］三弦草（さんげんそう）、三味線草（しゃみせんそう）、相撲取草（すもうとりぐさ）、東風菜（こちな）、撥草（ばちぐさ）、ぺんぺん草、ぴんぴんぐさ。［漢名］薺、薺実、護生草、地米菜。［花言］私のすべてをあげます。➡薺の花（なずなのはな）［春］、ぺんぺん草（ぺんぺんぐさ）［春］、七草（ななくさ）［新年］、芹薺（せりなずな）［新年］、薺打（なずなうち）［新年］、薺売（なずなうり）［新年］、薺粥（なずながゆ）［新年］、薺摘む（なずなつむ）［新年］、薺爪（なずなづめ）［新年］、薺の夜（なずなのよ）［新年］、若菜（わかな）［新年］

なずな

§

もの思ひすべなき時はうちいでて古野に生ふるなづなをぞ摘む　大愚良寛・良寛歌評釈
鎌倉の山あひ日だまり冬ぬくみ摘むにゆたけき七草なづな　木下利玄・みかんの木
一とせに一度つまるゝ菜づなかな　芭蕉・泊船集
風渡て石にすかれる薺かな　嵐雪・玄峰集
ぬれ縁や薺こほるゝ土ながら　嵐雪・玄峰集
水の音に土をはなるゝ薺哉　野紅・天上守
雑炊の名もはやされて薺かな　支考・文星観
包丁に袂もぬるゝる薺哉　浪化・浪化上人発句集
薄塩の鴨になづなの雫かな　浪化・屠維単閼
約束の雪に薺の青み哉　林紅・柿表紙
沢蟹の鋏もうごく薺かな　蓼太・蓼太句集
ほとゝぎすわたらぬさきに薺哉　召波・春泥発句集
親と子の間にこぼるゝ薺哉　乙二・斧の柄
薺摘んで母なき子なり一つ家　夏目漱石・漱石全集

橋寺に洗ふ七日の薺かな　松瀬青々・妻木

なずなうち【薺打】

正月六日の夜、または七日の朝に、粥に入れる七草を刻むとき、まな板を叩きながら「七草、なづな、唐土の鳥が日本の土地に渡らぬ先に」とはやす。[同義] 七草打、薺はやす、薺の拍子。➡七草（ななくさ）[新年]、薺（なずな）[新年]、七草粥（ななくさがゆ）[新年]、七草打（ななくさうち）[新年]、薺の夜（なずなのよ）[新年]

§

よもに打《うつ》薺もしどろもどろ哉　芭蕉・続深川集

深川の畠でたゝく薺かな　桃隣・古太白堂句選

老の腰摘むにもたゝく薺哉　也有・蘿葉集

薺うつ遠音に引や山かづら　青蘿・青蘿発句集

世わすれに薺打らん月と梅　士朗・枇杷園句集

薺打つ江戸品川は軒つゞき　成美・成美家集

ことことと老の打ち出す薺かな　村上鬼城・鬼城句集

薺うつ都はづれの伏屋《ふせや》かな　正岡子規・子規句集

なずなうり【薺売】

正月七日の七草粥に入れる七草を売り歩く者をいう。[同義] 若菜売、祝菜売。➡七草（ななくさ）[新年]、若菜売（わかなうり）[新年]、七草粥（ななくさがゆ）[新年]

§

きのふより若菜摘そへ薺売　杉風・杉風句集

薺売我子になれよ銭くれん　青蘿・青蘿発句集

京縞の頭巾で出たり薺売　暁台・暁台句集

なずながゆ【薺粥】

新年の七草粥をいう。➡七草粥（ななくさがゆ）[新年]、薺打（なずなうち）[新年]

§

飲明す上戸へ直《ぢき》に薺粥　越人・庭竈集

髭の邪魔いかにきのふの薺粥　也有・鶉衣

香に籠る薺の粥や持仏堂　松瀬青々・妻木

薺粥箸にかゝらぬ緑かな　高田蝶衣・続春夏秋冬

なずなつむ【薺摘む】

新年の七草粥に入れる薺を摘み取ること。➡薺（なずな）[新年]、若菜摘（わかなつみ）[新年]、七草摘（ななくさつみ）[新年]

§

けふぞかしなづなはこべら芹つみてはや七草の御物まゐらん　拾玉集（慈円の私家集）

古畑や薺摘行《つみゆく》男ども　芭蕉・はしらごよみ

百人の雪掻きしばし薺ほり　其角・五元集

薺摘む野や枯萩もおもひ草　青蘿・青蘿発句集

掘川末の汚れ水も澄み薺摘む　四明・四明句集

摘むや薺小町の墓を二めぐり　内藤鳴雪・鳴雪句集

なずなづめ【薺爪】

正月七日の七草の日に、薺を茹でた汁に爪をつけた後、爪を切って邪気を払うという風習がある。[同義] 七種爪・七草爪（ななくさづめ）。➡薺（なずな）[新年]

§

薺湯やきのふ摘みにし爪の土　蜂友・初懐紙

なずなのよ【薺の夜】

薺打をする夜。⬇七草打（ななくさうち）［新年］、薺打（なずなうち）［新年］

§

うち囃し馬も嘶《いななけ》よ薺の夜　白雄・白雄句集

宵薺囃せば躍る鼠かな　松宇・現代俳句大観

ななくさ【七草・七種】

一般に春の七種の菜をいう。芹（せり）、薺（なずな）、御形（おぎょう）、繁縷（はこべ）、仏座（ほとけのざ）、菘（すずな＝蕪）、蘿蔔（すずしろ＝大根）の七種の菜をいう。［同義］七草菜・七種菜。⬇秋の七草（あきのななくさ）［秋］、若菜（わかな）［新年］、七草打（ななくさうち）［新年］、七草摘（ななくさつみ）［新年］、七草粥（ななくさがゆ）［新年］、薺売（なずなうり）［新年］、芹薺（せりなずな）［新年］、薺打（なずなうち）［新年］、御形（おぎょう）［新年］、蘿蔔（すずしろ）［新年］、仏座（ほとけのざ）［新年］、薺（なずな）［新年］

§

七草《ななくさ》の花にもまさる匂《にほひ》かな色香《いろか》も深き畑《はた》のなりもの　山県有朋・椿山集

吾妹子とつみし七草おほくしてあまた残れり鶴にあたへむ　落合直文・明星

あら玉の年のはじめの七草を籠《こ》に植ゑて来し病めるわがため　正岡子規・子規歌集

七草や多賀の杓子のあら削り　亀洞・北国曲

七種や茶漬に直す家ならび　朱拙・白馬

七種や跡にうかるゝ朝がらす　其角・五元集

七くさにはやさゝやくやぬけまいり　其角・五元集脱漏

七種は枯葉にしめる草履かな　沾徳・俳諧五子稿

七種や寺の男の藪にらみ　支考・鷹獅子集

七草も過て赤菜の寒かな　浪化・浪化上人発句集

七草や兄弟の子の起そろひ　太祇・太祇句選

七草や都の文を見る日数　千代女・千代尼発句集

七くさや袴の紐の片むすび　蕪村・蕪村句集

七草や俎清き木の匂ひ　松瀬青々・妻木

七草に更に嫁菜《よめな》を加へけり　高浜虚子・五百五十句

七草の芹むらさきに生ふるなり　山口青邨・雪国

ななくさうち【七草打・七種打】

薺打に同じ。⬇薺打（なずなうち）［新年］

§

七草のなづなすずしろたたく音高く起れり七草けふは　若山牧水・黒松

七草を三べん打った手首かな　嵐雪・玄峰集

さはらびの七種打は寒からん　其角・五元集拾遺

ななくさがゆ【七草粥・七種粥】

正月七日に春の七草を入れて炊く粥。「七日粥（なぬかがゆ）」ともいう。⬇七草（ななくさ）［新年］、粥草（かゆぐさ）［新年］、薺打（なずなうち）［新年］、薺粥（なずながゆ）［新年］、七草摘（ななくさつみ）［新年］

§

めでたさを祝ひてたける御国振《みくにぶり》七草粥をいただきてたぶ　若山牧水・黒松

境内に薺摘みけり七日粥　大谷句仏・我は我

ななくさつみ【七草摘・七種摘】

正月七日の七草粥のための七草を摘むこと。⬇七草粥（ななくさがゆ）［新年］、薺摘む（なずなつむ）［新年］、若菜摘（わかなつみ）［新年］

§

七草もつむ手は芹に匂ひけり　也有・蘿葉集

ねのひぐさ【子日草】

正月の初子（はつね）の日に引く小松。［同義］子の日の松（ねのひのまつ）、姫小松（ひめこまつ）、茶筅松（ちゃせんまつ）。⬇小松引（こまつひき）［新年］

§

根つかせて見せばやけふの子の日草　暁台・暁台句集

根の土の奉書にこほれ子日草　大谷句仏・懸葵

「は〜ほ」

はつちゃしゃく【初茶杓】

新春に新しい茶杓をつくること。初茶湯に使用する。⬇初茶湯（はつちゃのゆ）［新年］

はつちゃせん【初茶筌】

新春に新しい茶筌でお茶をたてること。⬇初茶湯（はつちゃのゆ）［新年］

はつちゃのゆ【初茶湯】

新年の初めての茶の湯をいう。［同義］初釜、釜始（かまはじめ）、茶湯始（ちゃのゆはじめ）、點初（たてぞめ）、點茶始（てんちゃはじめ）。⬇茶の挽初（ちゃのひきぞめ）［新年］、初茶杓（はつちゃしゃく）［新年］、初茶筌（はつちゃせん）［新年］

§

心あての技あり梅の初茶の湯　銀車・明和二年歳旦帳

とくとくの水まねかば来ませ初茶湯　素堂・俳諧五子稿

はつわかな【初若菜】

初めて摘んだ若菜のこと。初めて生えた若菜をもいう。⬇若菜（わかな）［新年］

§

わがためと妹がつみこし初若菜みづみづしくも春にあへよとや　服部躬治・迦具土

砂植の水菜も来たり初若菜　其角・五元集

けふの春きのふと過し初若菜　暁台・暁台句集

はなのはる【花の春】

新春を形容したことば。

§

二日にもぬかりはせじな花の春　芭蕉・笈の小文

たれ人かこも着ています花の春　芭蕉・芭蕉句選
雪降や紅梅白し花の春　杉風・杉風句集
見る物は先朝日なり花の春　闌更・半化坊発句集
おのれやれ今や五十の花の春　一茶・七番日記
古きものは我身ばかりぞ花の春　梅室・梅室家集
袴着て火ともす庵や花の春　正岡子規・子規句集

ひらきごぼう【開牛蒡】

牛蒡を生のまま長方形に切ったもの。新年の祝いの膳にだされるもの。易の道具の算木に似ているところから「算木牛蒡（さんきごぼう）」ともいう。また、叩いて方状にしたものを「叩き牛蒡（たたきごぼう）」という。⇩牛蒡の花（ごぼうのはな）[夏]

§

ねもごろに叩き牛蒡や老の為　東亭・新類題発句集

ひらきまめ【開豆】

新年の祝い膳にだす大豆を水煮したもの。

§

祝はゞや心の花もひらき豆　百男・新類題発句集

ふくじゅそう【福寿草】

キンポウゲ科の多年草。自生・栽培。高さ約二〇センチ。茎は緑色で直立し、上方の葉は互生で深裂した羽状複葉。早春、新葉とともに黄色の花を開く。正月用の飾り花として用いられる。根は強心剤として薬用となる。[和名由来] 諸説あり。正月を祝う飾花として長寿・幸福を願う「福寿」の言葉をつけたところから。また、黄花を黄金に、開花期の長いことを長寿にたとえたところから。[同義] 朔日草（ついたちそう）、歳旦華（さいたんげ）、元日華（がんたんげ）、歳菊（としぎく）、ふくづく草、献歳菊（けんさいぎく）、報春花（ほうしゅんか）、富士菊（ふじぎく）、雪蓮（ゆきはちす）。[花言] 幸福をよぶ花。⇩元日草（がんじつそう）[新年]

ふくじゅそう

§

一鉢の黄《き》の福寿草一壺《ひとつぼ》のしろたへの塩今年《ことし》始まる　宮柊二・藤棚の下の小室
福寿草一寸もの、の始なり　言水・俳諧五子稿
しほらしき誠や今朝の福寿草　土芳・蓑虫庵集
小書院のこの夕ぐれや福寿草　太祇・太祇句選
二日には箒のさきや福寿草　太祇・太祇句選
目出たさを一字まけたり福寿草　也有・蘿葉集
帳面の上に咲きけり福寿草　一茶・九番日記
福寿草くさとは見えぬ影ぼうし　梅室・梅室家集
福寿草咲いて筆硯多祥かな　村上鬼城・鬼城句集
福寿草影三寸の日向哉　正岡子規・子規全集
水入の水をやりけり福寿草　正岡子規・子規句集
光琳の屏風に咲くや福寿草　夏目漱石・漱石全集
福寿草一ツ二ツの匂ひ哉　松瀬青々・妻木

福寿草松に盡きせぬ契かな　坂本四方太・明治俳句
片づけて福寿草のみ置かれあり　高浜虚子・六百句
幾鉢の花に遅速や福寿草　大谷句仏・我は我
福寿草の芽を摘みし子と夫にわびぬ　杉田久女・杉田久女句集補遺
枯枝の落ちて横たふ福寿草　山口青邨・雪国
福寿草持てば従ふ日差しあり　中村汀女・花句集

ふくちゃ【福茶】
元日の朝に飲む茶。はじめて汲んだ若水で茶をたて、その中に梅干、山椒、結昆布などを入れ、縁起を祝って飲む。➡結昆布（むすびこんぶ）[新年]、梅干飾る（うめぼしかざる）[新年]、椒酒（しょうしゅ）[新年]

ふくわら【福藁】
新年、庭に敷いた新しい藁。新年の客を迎えるための清めの敷藁。

§

歯朶青く福藁五尺あまりかな　露月・露月句集
福藁に田毎の秋ぞ思はるゝ　乙由・麦林集
福藁や誰取初し早苗より　嘯山・葎亭句集
福藁に雀の下りる日和哉　正岡子規・子規全集
福藁や暖さうに犬眠る　安藤橡面坊・深山柴

ほだわら【穂俵】
馬尾藻を干して米俵の形に束ねたもので、正月の蓬莱盤の飾り物とする。➡馬尾藻（ほんだわら）[新年]、莫告藻（なのりそ）[夏]

§

ほだはらや浜松が枝の手向艸　沾徳・俳諧五子稿
ほだはらや芒の芽には波も来ず　乙二・斧の柄

ほとけのざ【仏座】
キク科の田平子の別称。春の七草の一。➡田平子（たびらこ）[新年]、七草（ななくさ）[新年]

§

水仙の堤たづねむ仏の坐　尚白・孤松
七艸やけふ一色に仏の座　支考・獅子物狂
是ならば踏でも来たり仏の座　梅室・梅室家集
仏の座我先づ摘んで帰らばや　祐昌・俳句大観

ほんだわら【馬尾藻・神馬藻】
ホンダワラ科の褐藻。九州から本州の海岸の海中に生育する。高さ一～四メートル。下部の枝は三角形で、上部は円柱形。下葉はへら形で縁は鋸歯状。小枝の一部に倒卵形の気泡をつける。気泡の先端には細長い突起があり、乾燥すると鮮緑色になる。食用となる。また、米俵の形に束ねて新年の飾り物となる。[同義] 浜藻（はまも）、なのりそ、ちんばそ、神馬草・神馬藻（しんばそう）。➡穂俵（ほだわら）[新年]、莫告藻（なのりそ）[夏]、俵藻（たわらも）[新年]

ほんだわら

§
ちんばそに酒に山葵に給はるは春はさびしくあらせじとなり
大愚良寛・良寛歌評釈
神馬藻やふつさりとせし世のためし
露吟・新類題発句集

「ま〜も」

まつおさめ【松納】
正月の門松を取り払うこと。［同義］松あがり、松払い、松引き、松送り。⇩松取る（まつとる）［新年］、門松立つ（かどまつたつ）［冬］

§
梅柳松は納めて東ねけり
観魚・続春夏秋冬

まつかざり【松飾】
新年、家の門戸に飾る松。⇩門松（かどまつ）［新年］

§
おほむつや箱崎いきの松飾
宗因・梅翁宗因発句集
幾霜に心ばせをの松かざり
芭蕉・貞享三年其角歳旦帖
松かざりはや花鳥を急なる
杉風・嵐雪戊辰歳旦帖
山鳥の庭に遊ぶや松飾
安藤橡面坊・深山柴

まつたけ【松竹】
新年、家の門戸に飾る松や竹。⇩門松（かどまつ）［新年］

§
松竹や鼎に立てる殿づくり
彫棠・末若葉集

まつとる【松取る】
正月の門松を取り払うこと。⇩松納（まつおさめ）［新年］、門松立つ（かどまつたつ）［冬］

§
松取りて常の朝日に成にけり
不角・続の原
松取れて月夜淋しき大路かな
安藤橡面坊・深山柴

まつのうち【松の内】
正月の松飾がある期間のこと。往時は元日から十五日まで、現在は一般に七日までをいう。⇩門松（かどまつ）［新年］、松飾（まつかざり）［新年］

§
もろもろの神も遊ばん松の内
露月・露月句集
口紅や四十の顔も松の内
正岡子規・子規句集
淋しさも古き都や松の内
松瀬青々・妻木

まつのはる【松の春】
新春、新年の祝いの意を込めたことば。

§
門々や何里目出たき松の春
不白・不白翁句集
日の色のうれしや殊に松の春
梅沢墨水・墨水句集

みかんおさめ【蜜柑納め】
一月七日、京都東本願寺宗務所の事務始めの行事として、青竹で編んだ大籠に蜜柑を詰めたものを納めること。⇩蜜柑（みかん）［冬］

みかんかざる【蜜柑飾る】
新年、蓬莱や鏡餅などに蜜柑を飾る。⬇蜜柑（みかん）［冬］

むすびこんぶ【結昆布】
昆布を小さく結んだもの。新年の嘉祝に、福茶などに入れる。「睦み、よろこぶ」の音をかけている。⬇福茶（ふくちゃ）［新年］

§

神前に酒賜りぬ結び昆布　素石・鶏
杉箸ではさみし結び昆布かな　松瀬青々・妻木

もちばな【餅花】
繭くらいの大きさの彩色した餅をいう。正月十四日、柳や水木などの木の枝に、小判の玩具などと共に、花に見立てて飾られる。養蚕や事業の成功、財産に恵まれることなど願う風習である。［同義］繭玉（まゆだま）。⬇水木の花（みずきのはな）［夏］

§

柴に又餅花さくや二度の春　令徳・崑山集
餅花やかざしにさせる嫁《よめ》が君　芭蕉・堺絹
もち花や母の心の闇の梅　言水・俳諧五子稿
餅花や都しめたる家ざくら　言水・俳諧五子稿
梅になれ木の端につく餅の花　土芳・蓑虫庵集
餅花や灯立て壁の影　其角・五元集
餅花や鼠が目にはよし野山　其角・五元集拾遺
散事を待とはおかし餅の花　千代女・千代尼発句集
もち花を咲かせて見るや指の先　一茶・九番日記
餅花の小判動かず国の春　正岡子規・子規句集
餅花を今戸の猫にささげばや　芥川龍之介・発句

「や〜よ」

やぶこうじかざる【藪柑子飾る】
藪柑子を蓬莱などの新年の飾り付けに用いること。藪柑子は夏に五弁の小白花を開いた後、小豆大の実を結び、実は冬に紅熟する。⬇藪柑子（やぶこうじ）［冬］

§

蓬莱や子のつまみ出す藪柑子　大梅・続枯尾花

ゆこう【柚柑】
ミカン科の常緑低樹・栽植。柚（ゆず）の雑種。四国地方で栽培される。初夏、白色の小花を開く。花後、秋に球形の香りのある果実を結ぶ。冬に吸い物などの薬味に用いられる。新年、蓬莱に飾られることから、俳句では新年の季語として多く用いられる。

ゆずりは【譲葉・交譲木・楪】
譲葉は新年に蓬莱や注連縄などに飾られる。譲葉はトウダイグサ科の常緑高樹。自生・栽植。高さ約六メートル。葉は厚く滑らかで大形の長楕円形。葉裏は淡白色。葉柄・若枝は紅色。初夏、緑黄色の小花を開く。花後、楕円形の果実を結び暗青色に熟す。雌雄異株。新葉から旧葉に交代するところからめでたい木とされ、裏白や橙などと共に新年の注連飾りや鏡餅などの飾り物となる。[和名由来] 新葉が成長してから旧葉が落ちるところから。[同義] 譲柴（ゆずりしば）、親子草（おやこぐさ）、弓弦葉（ゆずるは）。⇩譲葉（ゆずりは）[四季]

ゆずりは

§

これぞこの春をむかふるしるべとてゆづる葉かざしかへる山人　藤原知家・新撰六帖題和歌六

我が君に千代も八千代もゆづる葉の常盤の影はなほつきもせじ　顕昭・千五百番歌合

楪の世阿弥祭りや青かづら　嵐雪・玄峰集

ゆづり葉や口にふくみて筆始　其角・五元集拾遺

ゆづり葉や齢の枝折けさの山　東水・東日記

ゆづり葉の茎も紅さすあした哉　園女・玉藻集

楪に筆こゝろみんうら表　浪化・浪化上人発句集

よねこぼす【米こぼす】

新年の禁忌の言葉で、涙をこぼすことを米こぼすという。

§

長いきをしすぎて老の米こぼす　吉田冬葉・縣葵

「わ」

わかな【若菜】

往時、正月に宮中に奉ったその年の七種の新菜のこと。七草。一般に春の七草は、芹（せり）、薺（なずな）、御形（おぎょう＝母子草）、繁縷（はこべ）、仏座（ほとけのざ）、菘（すずな＝蕪）、蘿蔔（すずしろ＝大根）をいう。俳句では薺一種で若菜ということもある。[同義] 千代菜草（ちよなぐさ）、祝菜（いわいな）、新菜（しんさい）。⇩七草（ななくさ）[新年]、磯若菜（いそわかな）[新年]、若菜摘（わかなつみ）[新年]、粥草（かゆぐさ）[新年]、京若菜（きょうわかな）[新年]、若菜売（わかなうり）[新年]、若菜の日（わかなのひ）[新年]、初若菜（はつわかな）[新年]、若菜野（わかなの）[新年]、若菜舟（わかなぶね）[新年]、菜（な）[四季]

§

もえ出づる若菜あさると聞こゆなりきぎす鳴く野の春のあけぼの　山家集（西行の私家集）

年たゝば春野のわかな先《まづ》つまんかねごとしにぞけふは来にける　賀茂真淵・賀茂翁家集

妹《いも》と出《いで》て若な摘にし岡崎のかきね恋しき春雨ぞふる　香川景樹・桂園一枝

朝露にものすそぬらし妹がつむ野べの若菜にならまし物を　小沢蘆庵・六帖詠草
朝風に若菜うる子が声すなり朱雀《すざく》の柳眉《まゆ》いそぐらむ　加納諸平・柿園詠草
蒟蒻にけふは売かつ若菜哉　芭蕉・薦獅子集
今朝の若菜人影のなし野は入日　杉風・杉風句集
つみすてゝ踏付がたき若な哉　路通・猿蓑
青し青しわか菜は青し雪の原　来山・続いま宮草
七色につみ出す雪の若菜哉　土芳・蓑虫庵集
裾野から山摘起す若菜哉　蓼太・蓼太句集
摘まぜて雪と八色の若菜哉　蓼太・蓼太句集
老がつむ若菜をひとのもらひける　士朗・枇杷園句集
一桶は如来のためよ朝若菜　一茶・旅日記

§

わかなうり【若菜売】

➡薺売（なずなうり）［新年］、若菜（わかな）［新年］

§

きのふけさ足の早さよ若菜売　杉風・杉風句集
腰みのや己が磯田の若菜売　暁台・暁台句集

わかなつみ【若菜摘】

正月六日、野山や田園で、新年の七草を摘むこと。➡若菜（わかな）［新年］、初若菜（はつわかな）［新年］、薺摘む（なずなつむ）［新年］、若菜舟（わかなぶね）［新年］、若菜の日（わかなのひ）［新年］、若菜野（わかなの）［新年］、七草摘（ななくさつみ）［新年］

§

君がため春の野に出でて若菜つむわが衣手に雪は降りつつ　光孝天皇・古今和歌集一（春上）
春の野の若菜ならねど君がため年の数をもつまんとぞ思ふ　伊勢・拾遺和歌集五（賀）
人はみな野辺の小松を引きに行く今朝の若菜は雪やつむらん　伊勢大輔・後拾遺和歌集一（春上）
白雪のまたふるさとの春日野にいざうちはらひ若菜つみてん　大中臣能宣・後拾遺和歌集一（春上）
年ごとの春の野に出《いで》て摘《つみ》つれば若なや老《おい》の数をしるらん　小沢蘆庵・六帖詠草
つむことのかたみのわかなそれをさへをしとや雪の降《ふり》かくすらん　小沢蘆庵・六帖詠草
子供らと手携《たづさ》はりて春の野に若菜をつむは楽しくあるかも　大愚良寛・良寛歌評釈
わかなつむ友におくれてあぢきなく啼《なく》子もまじる春のゝべかな　大隈言道・草径集
若菜つむ、野辺の少女子、こととはむ。家をも名も、誰になのるや。　与謝野寛・東西南北
いざつまむわかなもらすな籠の内　捨女・俳諧古選
畠から頭巾よぶなり若菜摘　其角・五元集
若菜摘足袋の白さよ塗木履《ぬりぼくり》　支考・射水川
若菜つみ早さゝやくやぬけ参　琴風・後ばせ集
足にまだふむ草はなし若菜摘　也有・蘿葉集
道くさも藪のうちなり若菜摘　千代女・千代尼発句集
若菜摘野になれそむる袂哉　樗良・樗良発句集

松かげにならびてうたへ若菜摘　暁台・暁台句集
若菜摘む人を知る哉鳥静　暁台・暁台句集
若菜摘む人とは如何に音をば泣く　夏目漱石・漱石全集
草の戸に住むうれしさよ若菜つみ　杉田久女・杉田久女句集補遺

わかなの【若菜野】
新年の七草を摘む野をいう。⬇若菜摘（わかなつみ）［新年］、若菜（わかな）［新年］

§

人あしに鷺も消るや若菜の野　千代女・千代尼発句集
若菜野や赤裳引ずる雪の上　闌更・半化坊発句集

わかなのひ【若菜の日】
正月六日の若菜摘の日。⬇若菜摘（わかなつみ）［新年］、若菜（わかな）［新年］

§

若菜の日摘むも白髪の根芹哉　也有・蘿葉集
若菜の日昼から雨となりにけり　暁台・暁台句集
有るものを摘み来よ乙女《おとめ》若菜の日　高浜虚子・六百五十句

わかなぶね【若菜舟】
水辺の若菜を摘みに出る舟。⬇若菜（わかな）［新年］、若菜摘（わかなつみ）［新年］

§

若菜舟一ふしあれや歌之助　暁台・暁台句集
男女せぐゝまりゐる若菜舟　松瀬青々・最新二万句

四季

四季を通して

「あ」

あい【藍】
タデ科の一年草。高さ約七〇センチ。夏から秋に小花を穂状につける。葉・茎にはインディゴという色素を含み、青色染料（藍染）の材料となる。江戸時代には麻、紅花と共に三草とされた。種子は「藍実（らんじつ）」として解熱・解毒剤に、葉の汁は外傷・腫物剤の薬用になる。［同義］蓼藍（たであい）、藍蓼（あいたで・あたて）。⬇藍の花（あいのはな）［秋］、藍刈る（あいかる）［夏］

§

はりまなるしかまの里にほす藍のいつか思ひの色に出づべき
衣笠内大臣・現存和歌六帖

うき人をなどあながちにいひそめてあゐよりもこき色に出らん
藤原光俊・新撰六帖題和歌六

あおき【青木】
①一般に青々とした常緑樹をいう。②ミズキ科の常緑低樹。高さ二～三メートル。葉は長楕円形で先端が尖り、縁は鋸歯状で光沢がある。⬇青木の花（あおきのはな）［春］

§

青木に犬の尿《いばり》のしたたれり美しきかなや小さき青木に
北原白秋・雲母集

ひえびえと今日は雨降り青木の葉なめらにぬれて今日は雨ふり
木下利玄・紅玉

あかね【茜】
アカネ科の蔓性多年草。自生・栽培。根は染料（茜色）となる。歌では「あかねさす」として「日」「昼」「月」「照る」などにかかる枕詞となる。枕詞としての対照語は「射干玉」。⬇茜掘る（あかねほる）［秋］、射干玉（ぬばたま）［四季］

§

あかねさす紫野行き標《しめ》野行き野守は見ずや君が袖振る
額田王・万葉集一

あかねさす日は照らせれどぬばたまの夜渡る月の隠らく惜しも
柿本人麻呂・万葉集二

あかねさす朝日の里のひかげぐさ豊明《とよのあかり》のかざしなるべし
大中臣輔親・新古今和歌集七（賀）

天の原あかねさしいづる光にはいづれの沼かさえ残るべき
菅原道真・新古今和歌集一八（雑下）

あかねさす朝日に消ゆる雪間よりきざしやすらん野辺の若草
曾丹集（曾祢好忠の私家集）

あずさ【梓】
カバノキ科の落葉高樹・自生。高さは二〇メートルほど。弓、版木の材料となる。「梓弓」は「ひく」「はる」などにかかる枕詞。⬇梓の花（あずさのはな）［春］

§

梓弓春山近く家居れば継ぎて聞くらむうぐひすの声
作者不詳・万葉集一〇

梓《あづさ》弓引《ひ》けど引《ひ》かねど昔より心は君《きみ》によりにし物を
伊勢物語（二四段）

梓弓春の山辺を越え来れば道もさりあへず花ぞ散りける
紀貫之・古今和歌集二（春下）

梓弓春のけしきになりにけりいるさの山に霞たなびく
藤原長実・金葉和歌集一（春）

おく山に未だ残れる一むらの梓の紅葉雲に匂へり
伊藤左千夫・伊藤左千夫全短歌

あすなろ【翌檜】

ヒノキ科の常緑高樹。自生・栽植。高さ一〇〜三〇メートル。樹皮は赤褐色で縦裂しやすい。檜に似た鱗状に重なり合う葉を持つ。五月頃、単性花を開く。花後、楕円形の毬果を結ぶ。木曾五木の一つ。「槙皮（まきはだ）」として屋根葺きの材料となる。［同義］明日檜（あすわひのき）、明檜（あすひ・あすなろう）、明檜・当檜（あてひ）。［漢名］雁歯柏。

あすなろ

§

人たけに未だ足はぬあすなろの木群の縁厠つゝめり
伊藤左千夫・伊藤左千夫全短歌

あすなろの高き梢を風わたるわれは涙の目をしばたゝく
木下利玄・銀

「い〜お」

いぶき【伊吹】

ヒノキ科の常緑樹。自生・栽培。高さ一〇〜二〇メートル。樹皮は赤褐色。葉は杉葉状のものと鱗片葉のものとがある。春に鱗片葉のものに単性花を開く。花後、紫黒色の実を結ぶ。庭木、生垣に用いられる。［和名由来］滋賀県の伊吹山に多く生育されるところからと。［同義］伊吹柏槙（いぶきびゃくしん）、柏槙（びゃくしん）、伊吹檜葉（いぶきひば）。［漢名］檜。

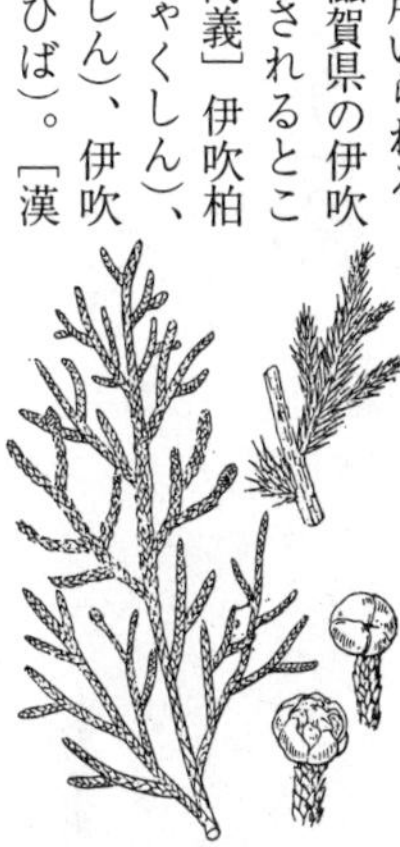

いぶき

§

折々に伊吹を見てや冬籠
芭蕉・笈日記

うばめがし【姥目樫・姥目橿】

ブナ科の常緑樹・自生。「うばめがしわ・うまめがし」ともいう。高さ約八メートル。上縁部が鋸歯状の小葉。五月頃に黄褐色の小花を開く。花後、殻斗のある実を結び食用となる。

若芽はタンニンを含み、五倍子（ふし）の代用として歯染に使用された。燃料の備長炭（びんちょうずみ・びんちょうたん）となる。［和名由来］若芽にはタンニンが含まれ、婦人の歯を染める染料に用いたところから。また、若芽が茶褐色のため「姥芽（ウバメ）」と呼んだところからと。［同義］姥目木（うばめ）、今芽樫（いまめがし）。⬇炭（すみ）［冬］

うばめがし

§

冬くれば霜をいただくうばめの木老のすがたやいとどみゆらん
藤原為家・夫木和歌抄二九

えのき【榎】

ニレ科の落葉高樹。古来より霊木とされた。⬇榎の花（えのきのはな）［夏］、榎の実（えのみ）［秋］

§

川端の岸の榎の木の葉をしげみ道ゆく人のやどらぬはなし
藤原為家・夫木和歌抄二九

外面なる榎の木の紅葉なかなかにおのれとうすき色はめづらし
芳季・東撰和歌六帖抜粋本三（秋）

たゝりありときり残されしこの村の一もと榎わか葉しにけり
落合直文・国文学

村はづれ酒売る軒のこぶ榎上づ枝の瘤は葉にかくれたり
依田秋圃・山野

日の光畳にとどくころとなれり散りうすれたる榎木のこずゑ
土田耕平・斑雪

秋の日や榎の梢《うら》の片なびき
芥川龍之介・発句

おみのき【臣木】

⬇樅（もみ）［四季］

§

臣の木も生ひ継ぎにけり鳴く鳥の声も変らず遠き代に神さびゆかむ行幸処《いでましどころ》
山部赤人・万葉集三

「か」

かいそう【海藻】

海中に成育する緑藻・褐藻などの植物の総称。

§

海藻のにほひかなしき夕風に涙はてなく友をこそおもへ
田波御白・御白遺稿

かがみぐさ【鏡草】

山吹、一薬草、浮草、朝顔、松などの別称。

§

かたばみのそばに生ひたるかがみ草露さへ月に影みがきつつ
藤原為家・夫木和歌抄二八

かがみ草ありけるものを朝顔を思ひも知らぬ人の心よ
　相如集（藤原相如の私家集）

かし【樫・橿】

赤樫（あかがし）、白樫（しらかし）、裏白樫（うらじろかし）など、ブナ科ナラ属の常緑高樹の総称。⬇樫の花（かしのはな）[春]、樫落葉（かしおちば）[夏]

§

もみぢ散る秋の山辺はしらかしの下ばかりこそ道は見えけれ
　清成・後拾遺和歌集五（秋下）
きりたふすたなかみ山の樫の木は宇治の川瀬に流れ来にけり
　藤原家良・新撰六帖題和歌六
しらかしの露おく山も道しあれば枝にも葉にも月ぞともなふ
　拾遺愚草（藤原定家の私歌集）
樫の葉のもみぢぬからに散りつもるおく山寺の道ぞかなしき
　拾玉集（慈円の私家集）
この宮の宮のみ坂に出で立てばみ雪降りけり厳樫《いつかし》がうへに
　大愚良寛・良寛歌評釈
檐《のき》の端にうゑつらねたる樫の木の下枝《しづえ》をあらみ白帆行く見ゆ
　正岡子規・子規歌集
ときは木の樫の木うゑし路次の奥に茶の湯の銅鑼のひびきて聞ゆ
　正岡子規・子規歌集
神よりも哀《かな》しなつかし青樫《あをがし》にしらゆふかけて清めまつれば
　山川登美子・山川登美子歌集
すがすがし樫がわか葉に天響き声ひびかせて鳴く蛙かも
　長塚節・暮春の歌
都辺を恋ひておもへば白樫の落葉掃きつつありがてなくに
　長塚節・ゆく春
初夏の真昼の野辺の青草にそのかげおとし立てる樫の木
　木下利玄・銀
木の芽ぶく春とはなれり樫の葉の真昼さびしく色足らひ見ゆ
　三ケ島葭子・三ケ島葭子歌集
裸木と見るまでに葉を落したる樫の芽ぶきは何よりも遅し
　半田良平・幸木
うら葉みな冴《さ》え光りつつあか橿《がし》の幹たくましく貫《つらぬ》き立てり
　土田耕平・一塊
若葉せる高樫《たかがし》の上《へ》に或《ある》はまた夢あそばせて家ゐしこもる
　前川佐美雄・天平雲

かしわ【柏・槲】

ブナ科の落葉高樹。高さ八～一七メートル。⬇柏散る（かしわちる）[春]

§

花のをり柏につつむしなの梨は緑なれどもあかしのみと見ゆ
　山家集（西行の私家集）
六月の日はしみ入りぬ山なべて生ふる柏の柔かき葉に
　石榑千亦・潮鳴
槲木《かしはぎ》のふさに垂りさく花散りて世の炭がまは焼かぬ此頃
　長塚節・房州行
柏の木ゆゆしく立てど見てをれば心やはらぐその柏の木
　若山牧水・黒松
水道をひき井戸の槲の花垂れ
　河東碧梧桐・八年間

かずら【葛・蔓】

蔓性植物の総称。和歌では枕詞や序詞として多く用いられ、「絶ゆ（絶えず）」「懸く」「影」「面影」にかかる。

§

玉葛懸けぬ時なく恋ふれども何しか妹に逢ふ時もなき

作者不詳・万葉集一二

まきもくのあなしの山の山人と人も見るがに山かづらせよ

古今和歌集二〇（神遊びの歌）

玉蔓かつらぎ山のもみぢ葉は面影にのみ見えわたるかな

紀貫之・後撰和歌集七（秋下）

見ればまづいとど涙も諸葛いかに契りてかけ離れけむ

鴨長明・新古今和歌集一八（雑下）

諸葛あふひまれなる悲しさを心のうちにかけぬまぞなき

藤原家良・新撰六帖題和歌六

雨そゝぐ青葉の内部《なか》の樹の枝にかゝりて咲ける蔓《かづら》の白花

木下利玄・紅玉

かつら【桂】

①カツラ科の落葉高樹・自生。日本特産。雌雄異株。幹は垂直に聳え立ち、高さ約三〇メートルに達する。樹皮は灰色。葉は心臓形。春、葉に先だって単性花を開く。雄花には紅色の雄蕊がある。花後、帯紫褐色の実を結ぶ。②木犀の古名。③中国の伝説上の木で月に生えている木「月桂（楓）」をいう。

かつら

§

久方の月の桂も秋はなほもみぢすればや照りまさるらむ

壬生忠岑・古今和歌集四（秋上）

桂より香をうつしつつ桜花なきうしろにも藤ぞ咲きける

躬恒集（凡河内躬恒の私家集）

桂、樅《もみ》、毛欅《ぶな》の林の近きをば残せるみづうみの霧

与謝野晶子・冬柏亭集

おく山は芽吹きのおそき樹ごもりに淡くれなゐの桂木のはな

中村憲吉・軽雷集以後

からまつ【唐松・落葉松】

マツ科の落葉高樹。自生・植林。高さ約二〇メートル。葉は針状。雌雄同株。五月頃に単性花を開く。花後、大きな毬果を結ぶ。各種材木、パルプの材料となる。［和名由来］形が唐絵の松に似ることから。また、落葉する松であるところから。［同義］富士松（ふじまつ）。［花言］傍若無人、豪放・豪肝。

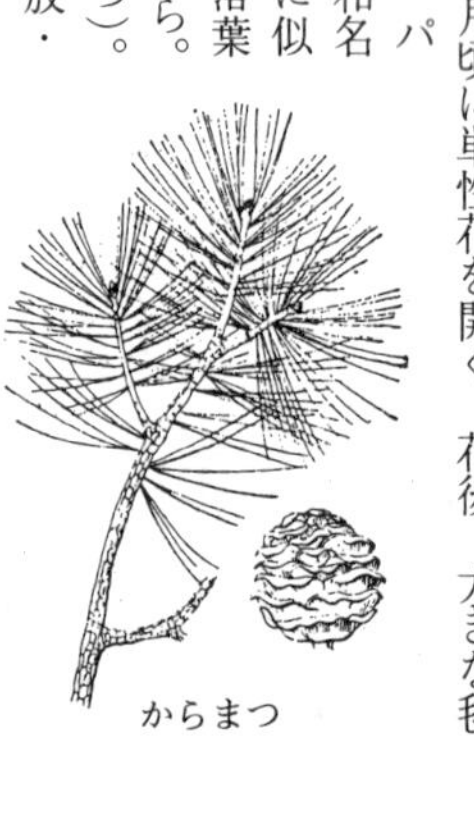

からまつ

§

落葉松の色づくおそし浅間山すでに真白く雪降る見れば

島木赤彦・氷魚

この原の枯芝の色に似て立てる落葉松の葉は散るべくなりぬ　島木赤彦・氷魚
から松も雨のけぶりも埋めざる浅間のふもと明星の池　与謝野晶子・深林の香
落葉松の二つの林枝透きて煙のごとし諏訪のみづうみ　与謝野晶子・心の遠景
かへり来て家の背戸口わが袖の落葉松《からまつ》の葉をはらふゆふぐれ　若山牧水・路上
から松の若葉のみどり露ひかり行手あかるく雨はれんとす　古泉千樫・屋上の土
から松はいろづきながら散るものか枝々が今朝骨だちて見ゆ　半田良平・幸木
さつき雨寒く降りつつ落葉松のみどり茂みたつ信濃路の山　土田耕平・一塊

かりこも【刈菰・刈薦】
「乱る」「思ひ乱る」などにかかる枕詞。⇩真菰（まこも）［夏］
§
吾妹子に恋ひつつあらずは刈薦の思ひみだれて死ぬべきものを　作者不詳・万葉集一一
草枕旅にし居れば刈薦の乱れて妹に恋ひぬ日はなし　作者不詳・万葉集一二
都辺に行かむ船もが刈薦の乱れて思ふ言告げ遣らむ　羽栗・万葉集一五
苅菰のみだれ世しのぶわかき夢をあはれ現になしし人はも　森鷗外・うた日記
刈菰をかけて祭の鉾揃へ　河東碧梧桐・新傾向（夏）

「き〜く」

き【木】
喬木・灌木など木本の総称。
§
はかなくて木にも草にもいはれぬは心の底の思ひなりけり　香川景樹・桂園一枝
木々はみなそびえて空に芽をぞ吹くかなしみて居れば踏む草もなし　若山牧水・死か芸術か

きゃらぼく【伽羅木】
イチイ科の常緑低樹。自生・栽培。雌雄異株。幹は地面を這うように横に広がる。葉は線形で尖頭は針状。葉の上面は深緑色、裏面は青白色。春に単性花（雄花は黄色）を開く。花後、赤い実を結ぶ。鳥取県の大山に成育する大山伽羅木は特別天然記念物。［和名由来］材が香木の伽羅（きゃら）の香りに似ているところからと。［同義］伽羅（きゃら）、紅木（こうぼく）。
§

きゃらぼく

車過ぎて伽羅の匂ぞ残りける都大路の春の夜の月
正岡子規・子規歌集

伽羅の香のみなぎるなかに胡座《あぐら》する人もなげけと秋のきたれる
吉井勇・酒ほがひ

伽羅の木はみ寺の庭に繁れども冬深くして埃かむれり
半田良平・幸木

くさ【草】

木質が発達していない茎を持つ植物一般をいう。⬇夏草（なつくさ）［夏］、秋草（あきくさ）［秋］、春の草（はるのくさ）［春］、冬の草（ふゆのくさ）［冬］

§

おもしろき野をばな焼きそ古草に新草《にひくさ》交《ま》じり生《お》ひは生ふるがに
万葉集一四（東歌）

秋の田の畔の草むらいやおひに恵みの露のおきあますらし
上田秋成・夜坐偶作

草藉《し》きて臥《ふ》すわが脈は方《ほう》十里寝《い》ねたる森の中心に搏《う》つ
森鷗外・鷗外全集

野に生ふる、草にも物を、言はせばや。涙もあらむ、歌もあるらむ。
与謝野寛・東西南北

萎《しを》れたる　草ぞさゆらぐ。蓋《けだ》しくは、天のいづこか　雷《かみ》鳴るらしき。
服部躬治・文庫

秋の花稀《ま》れに摘めども怪しけれすでに木綿《もめん》の手ざわりの草
与謝野晶子・深林の香

いたましく踏みにじられし野の草のまた遅遅《ちち》としてもゆるがごとし
岡稲里・早春

月光はかすかに顫《ふる》へくさの葉に樹の葉に白うこぼれんとする
岡稲里・早春

不来方《こずかた》のお城の草に寝ころびて空に吸はれし十五の心
石川啄木・煙

草はみなしめれる土にめいめいのかげをおとせり日の夕ぐれに
木下利玄・紅玉

みちばたにゆらぐ草のなやましさ別れて来ればたそがれにけり
岩谷莫哀・春の反逆

あまりにも月明ければ、草の上に　まだ寝に行かぬ兵とかたるも
折口春洋・鵠が音

草枯れし郎坊の野に石油かけて君を葬《はふ》りの今宵《こよひ》悲しも
渡辺直己・渡辺直己歌集

秋の野や花となる草ならぬ艸《くさ》
千代女・千代尼句集

草霞《かす》み水に声なき日ぐれ哉《かな》
蕪村・蕪村句集

草分《わけ》て孤村に入るや団《うちは》うり
無腸・雁風呂

涼しさや花屋が店の秋の艸《くさ》
几董・井華集

くさき【草木】

草や木。草木（そうもく）。

§

心とめて草木《くさき》の色もながめおかむ面影《おもかげ》にだに秋や残ると
京極為兼・玉葉和歌集五（秋下）

くすのき【楠・樟】

クスノキ科の常緑大高樹。自生・栽植。高さ二〇メートル以上に達する。わが国でも最も高樹に属する。全体に芳気が

ある。葉は長楕円形で革質。晩春から初夏に黄白色の小花を開く。花後、黒色の小果実を結ぶ。幹・根・葉より樟脳・樟脳油を製する。材は「樟木」とよばれ、害虫に強く、建築材、工芸品、彫刻に用いられる。[和名由来] 諸説あり。「奇木（クスシキ）」「臭木（クサノキ）」「薫木（クスノキ）」の意など。[同義] 樟脳木（しょうのうのき）、なんじゃもんじゃ。[漢名] 樟、楠。

くすのき

§

静かなり若葉の樟の緑の火燃ゆる音などあらばあるべし　与謝野晶子・山のしづく

秋の夜の月夜の照れば樟の木のしげき諸葉に黄金かがやく　長塚節・まつかさ集

まひるの嵐吹きみだる樟わか葉明るき影をふりしきらせり　古泉千樫・青牛集

神の楠花より高き匂ひかな　其角・五元集脱漏

神事近き作り舞台や楠若葉　河東碧梧桐・新傾向（夏）

くぬぎ【櫟・椚・橡】

ブナ科の落葉高樹。古名で「つるばみ」ともいう。高さ約一〇メートル。樹皮は「赤龍皮」として染料・薬用になる。

⬇櫟の花（くぬぎのはな）[夏]、櫟の実（くぬぎのみ）[秋]

§

紅はうつろふものぞ橡《つるばみ》のなれにし衣になほしかめやも　大伴家持・万葉集一八

つるばみの衣の色はかはらねど一重になればめづらしきかな　源顕仲・堀河院御時百首和歌

日をさへし大河《おほかは》のべのくぬぎはら冬は風だにたまらざりけり　賀茂真淵・賀茂翁家集

日のあたる埴山《はにやま》を見れば柔かくひろがりにけり櫟の若葉　島木赤彦・大虚集

櫟葉は冬落ちざれば雪とけて雫をおとす赭土の上に　島木赤彦・氷魚

山荘のくぬぎ林の鳴る風は天城の渓にはじまりぬらん　与謝野晶子・山のしづく

くぬぎ原、木ぬれ芽ぶきて、はろばろに、うすらみどりの朝霞ひく　岡稲里・朝夕

秋風は心いたしもうらさびし櫟がうれに騒がしく吹く　長塚節・手紙の歌

雨はれてくぬぎ林の樹樹の芽の青みしうへに春はけぶれり　田波御白・御白遺稿

向丘《むかをか》の櫟の木の葉日々に黄ばみ鋭《と》き蒼空とかけはなれ見ゆ　木下利玄・一路

くれたけ【呉竹】

①真竹、淡竹（はちく）の別称。②清涼殿東庭の北側に植えられた竹の称。⬇真竹（まだけ）[四季]、竹（たけ）[四季]

§

年ふれど面変はりせぬ呉竹は流れての世のためしなりけり
堀河院・金葉和歌集五（賀）

呉竹の折れ伏す音のなかりせば夜ぶかき雪をいかで知らまし
坂上明兼・千載和歌集六（冬）

呉竹のふしみの里のほととぎすしのぶ二代のこと語らなん
尊円法親王・風雅和歌集四（夏）

くれ竹の世の長人のすまふなる千ひろある陰に我は来にけり
賀茂真淵・賀茂翁家集

草の庵にねざめて聞けばひさかたの霰とばしる呉竹の上に
大愚良寛・良寛歌評釈

くれ竹のたえまたえまに野辺見えてつねおもしろきをか崎のやど
香川景樹・桂園一枝拾遺

くれ竹の根岸の里の奥深く我がすむ宿は鶯に聞け
正岡子規・子規歌集

くれ竹のよも君しらじ吹く風のそよぐにつけてさわぐ心は
樋口一葉・一葉歌集

あひみぬはひと夜ばかりをくれ竹のふしのまどほにおもほゆるかな
樋口一葉・緑雨筆録「一葉歌集」

親のため杖にきるべくわが植ゑしくれ竹の雪は誰かはらはむ
服部躬治・迦具土

大君の土御門殿あきかぜに木立そよめく呉竹まじり
与謝野晶子・心の遠景

くれ竹を南の隅に植ゑしより片よる春の夕かぜとなる
与謝野晶子・深林の香

簷《のき》したの砌ながるる御溝みづ呉竹のもとを行くがやさしさ
中村憲吉・軽雷集

家垣に目白寄り来るあさゆふべ呉竹の葉は散りそめにけり
土田耕平・青杉

呉竹に花はなけれど鳥の声
杉風・木曾の谷

呉竹の奥に音あるあられ哉
正岡子規・子規句集

「け〜こ」

けやき【欅】

ニレ科の落葉高樹。自生・栽植。雌雄同株。高さ約二〇メートルに達する。樹皮は灰褐色。葉は互生し、長楕円形で先端が尖り、縁は鋸歯状。早春、新葉と共に淡黄緑色の小花を開く。花後、偏平の小さな灰黒色の実を結ぶ。古歌にある「槻（つき）」は本種の一品種とされる。建築、器具、楽器などの用材となる。［和名由来］諸説あり。「ケヤケキ（秀でた木）」の意から。木目が美しいところから「木目綾木（キメアヤギ）」の意からなど。［同義］槻

けやき

欅（つきけやき）、本欅（ほんけやき）、堅木（かたぎ）。⇩槻
（つき）［四季］

§

立ち並ぶ榛も槻《けやき》も若葉して日の照る朝は四十雀《しじふから》鳴く
正岡子規・子規歌集

落葉せる大き欅の幹のまへを二人通りぬ物言ひながら
島木赤彦・氷魚

青黒う繁る欅の大木とわれとしたしむ夏は来にけり
岡稲里・早春

赤く枯れしひともと欅秋になりて芽を吹きいづる、心いたまし
前田夕暮・陰影

郊外や見まじきものに行き逢ひぬ秋の欅《けやき》を伐《き》りたふし居り
若山牧水・秋風の歌

地の上にてわが手ふれゐるこの欅は高みの梢《うれ》へ芽ぶきつゝあり
木下利玄・一路

たかだかと宅地まはりの欅の木みな落葉して日に照れりけり
古泉千樫・青牛集

朝空に欅若葉のひとところはつかにゆれて止みにけるかも
三ケ島葭子・三ケ島葭子歌集

はつはつに欅の梢《こぬれ》うち霧《き》らし時雨《しぐれ》はとほる天《あめ》の時雨は
半田良平・野づかさ

下かげは暮れいそぎつゝけやき木《ぎ》の上枝《ほつえ》しみ立つ空の明《あか》りに
半田良平・野づかさ

影深く地に揺れぬるを此の欅上枝ほそほそ地に揺れぬるを
加納暁・加納暁歌集

秋雲のすぎがてにしていざよへば街の欅はあざやぐ色あり
土田耕平・一塊

このま【木の間】
木と木の間。樹間。

§

木《こ》の間よりほのめくとみし月影をやがてよせくる秋の川水
加藤千蔭・うけらが花

ゴムのき【護謨の樹】
クワ科の高樹。我が国では観葉植物として栽培。インド原産。葉は革質で光沢があり、大きな楕円形（長さ一〇～二五センチ）。托葉は膜質で紅褐色。夏、葉腋に無花果に似た花果をつける。明治期に渡来。［同義］護謨枇杷（ごむびわ）、護謨無花果（ごむいちじく）、印度護謨の樹（いんどごむのき）。

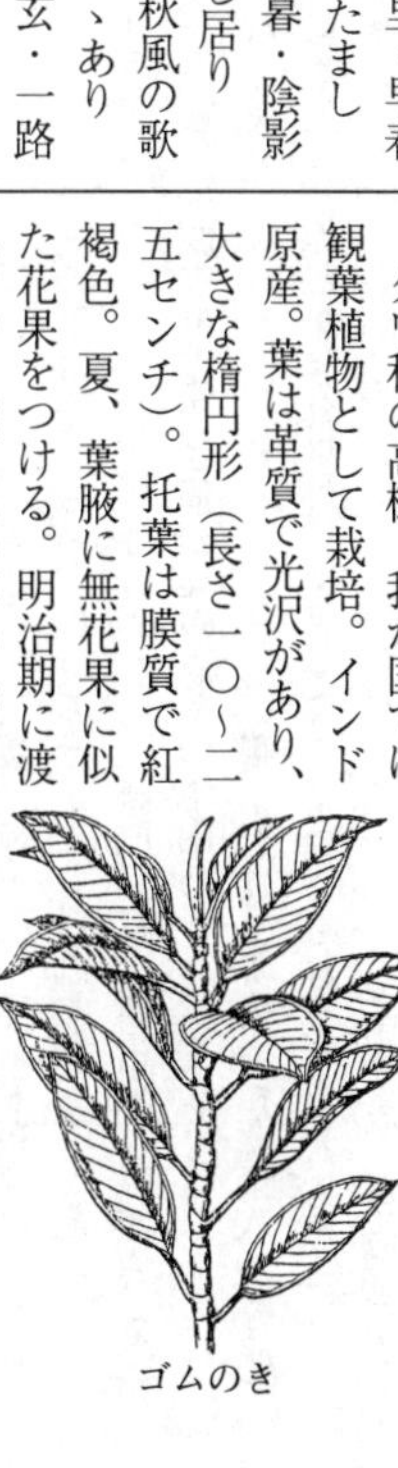
ゴムのき

§

肉厚く重き護謨の葉照り久しおのづからふかき音たてにける
北原白秋・雀の卵

護謨の木の畑の苗木の重き葉の大きなる葉のふとひびらぎぬ
北原白秋・雀の卵

護謨の葉をけふ降る雨にうたしめてこのすがしさは心がなしも
佐藤佐太郎・歩道

温室訪へばゴムは芽ほどき嫩葉照り　杉田久女・杉田久女句集

「さ」

さかき【榊】
①常緑樹の総称。②神域の地やその境界に植える木「境木」。③ツバキ科の常緑小高樹。高さ約一二メートル。六～七月頃、淡緑色の細花を開く。➡榊の花（さかきのはな）［夏］

§

神垣の三室の山の榊葉は神のみまへにしげりあひにけり
古今和歌集二〇（神遊びの歌）

春すぎて卯月になれば榊葉の常盤のみこそ色まさりけれ
貫之集（紀貫之の私家集）

榊葉の色をも香をも知る人を知りそめぬるも神のめぐみか
林下集（藤原実定の私家集）

榊葉に心をかけんゆふしでて思へば神も仏なりけり
山家集（西行の私家集）

はふり子がとる榊葉に月よみのみかげも白し更ぬ此夜は
香川景樹・桂園一枝

ささ【笹・篠】
イネ科多年生植物。小形の竹で皮の脱落しないものの総称。北海道から九州までの山地に群生する。根笹（ねざさ）、粽笹（ちまきざさ）などがある。筍は食用となる。［和名由来］「細小竹（ササダケ）」の意より。［同義］篠竹（しのだけ）、笹竹（ささだけ）、笹草（ささぐさ）。➡玉笹（たまざさ）［四季］、竹（たけ）［四季］

§

笹の葉はみ山もさやにさやげども我れは妹思ふ別れ来ぬれば
柿本人麻呂・万葉集二

笹の葉におく霜よりもひとり寝る我が衣手ぞさえまさりける
紀友則・古今和歌集一二（恋二）

笹の葉をゆふ露ながら折り敷けば玉散る旅の草枕かな
待賢門院安芸・千載和歌集八（羇旅）

笹の葉は深山もさやにうちそよぎこほれる霜を吹く嵐かな
藤原良経・新古今和歌集六（冬）

旅衣夕霜寒き笹の葉のさやの中山あらし吹くなり
藤原家良・新後撰和歌集八（羇旅）

のとかなる日かけはもれてさゝ竹にこもれる庵も春はきにけり
上田秋成・秋成歌反古

笹の葉にふるや霰のふる里の宿にも今宵月を見るらむ
大愚良寛・良寛歌評釈

を笹原露ほろほろとこぼれおちて二十五菩薩秋の雨降る
佐佐木信綱・思草

雨すでに落ちて居りやと眺めまはす笹生の曇り暗くなりつる
島木赤彦・氷魚

短か日の光つめたき笹の葉に雨さゐさゐと降りいでにけり
北原白秋・雀の卵

磯山の傾斜《かたむき》急に潮よする渚に及ぶ笹のはびこり　木下利玄・紅玉

笹の葉に小路埋《うも》れておもしろき　沾圃・続猿蓑

十月の笹の葉青し肴籠《さかなかご》　太祇・太祇句選後篇

青田より少し高きや小笹垣　乙二・斧の柄

「し」

しだ【羊歯・歯朶】

ワラビ、ゼンマイ、ウラジロ、オシダなどシダ類の総称。一般にウラジロをさすことが多い。➡羊歯（しだ）［新年］

§

つれもなき人やは待ちし山里は軒のしだ草道もなきまで　秋篠月清集（藤原良経の私家集）

夏来てぞ野中の庵は荒れまさる窓閉ぢてけり軒のしだ草　藤原有家・六百番歌合

昔見て今もこもらふ歯朶の葉の暗がりふかく釣瓶を吊るも　島木赤彦・切火

ここにもほそく萌えにし羊歯の芽の渦葉《うづは》ひらきて行春《ゆくはる》のあめ　斎藤茂吉・ともしび

擬宝珠《ぎぼうしゅ》も羊歯も萌えつつゆく春のくれかかる庭ひとり見にけり　斎藤茂吉・白桃

昼すぎて日に目に遠き懸崖《きりぎし》に仰げばさむき羊歯の簇《むらが》り　木下利玄・紅玉

岩が根の清水《しみず》のみ足《た》らひ羊歯の葉にしぶきをかけて猶《なほ》しいこふも　木下利玄・一路

たちくづる蚊柱おほし没《い》り日のうすく落ちたる羊歯の叢生《むらお》ひ　橋田東声・地懐

夕かげにおのれ揺れゐる羊歯の葉のひそやかにして山は暮れにけり　橋田東声・地懐

庭草のなかにまじれる山羊歯ははるばる遠き土佐を思はしむ　吉井勇・天彦

何しかも寂しからむと庭をあゆみつ、ひつそりと羊歯の巻葉にさす朝日はや。（旋頭歌）　芥川龍之介・越びと

岩盤が水に入りゆくその岸に羊歯繁りつつ飛沫《しぶき》に揺るる　宮柊二・藤棚の下の小室

しの【小竹・篠】

イネ科タケササ類の竹のうち、細く叢生するもの。

§

…玉かぎる　夕さり来れば　み雪降る　安騎の大野に　旗すすき小竹を押しなべ…（長歌）　柿本人麻呂・万葉集一

うちなびく春さり来れば小竹の末《うれ》に尾羽打ち触れて鶯鳴くも　作者不詳・万葉集一〇

朝柏潤八《うるわ》川辺の小竹の芽の偲ひて寝れば夢に見えけり
作者不詳・万葉集一一

秋の月しのに宿かる影たけて小笹が原に露ふけにけり
源家長・新古今和歌集四（秋上）

つねよりも篠屋の軒ぞうづもるるけふは都に初雪や降る
贍西・新古今和歌集六（冬）

散らすなよ篠の葉ぐさのかりにても露かかるべき袖の上かは
藤原俊成・新古今和歌集一二（恋二）

風そよぐ篠の小笹のかりの世を思ふねざめに露ぞこぼるる
守覚法親王・新古今和歌集一六（雑上）

秋来ぬと竹の園生に名のらせて篠のをふぶき人はかるなり
散木奇歌集（源俊頼の私家集）

空澄める初冬の庭に吾立つと小鳥が来鳴く篠の小藪に
伊藤左千夫・伊藤左千夫全歌集

篠竹の竹の撓《たわ》みに置く霜の今宵は白しふけにけらしも
北原白秋・雀の卵

篠竹の笹の小笹のさやさやにさやぐ霜夜の聲の寒けさ
北原白秋・雀の卵

川堤の篠の新立ち舟をひくみ朝空のすみにぬきんで、見ゆ
木下利玄・紅玉

しば【芝】

高麗芝（こうらいしば）、姫芝（ひめしば）、力芝（ちからしば）などのイネ科の多年草。自生・栽培。高さ五〜一五センチ。根茎は地上を這う。葉は線形で繁茂する。五月頃、花茎を伸ばし紫色を帯びた小さな花穂をつける。庭園、堤防、築山などに植えられる。［同義］芝草（しばくさ・しそう）。⬇若芝（わかしば）［春］

しば

§

たち変り古き都となりぬれば道の芝草長く生ひにけり
万葉集六（田辺福麻呂歌集）

花ぞ見る道の芝草ふみわけて吉野の宮の春のあけぼの
藤原季能・新古今和歌集一（春上）

かひなくて有明の月にかへりなばぬれてやゆかむ道芝の露
大弐高遠集（藤原高遠の私家集）

朝まだき人のふみゆく道芝のあと見ゆばかり置ける霜かも
故侍中左金吾集（源頼実の私家集）

思ひきや道の芝草うち敷きてこよひもおなじ仮寝せむとは
大愚良寛・良寛歌評釈

枯芝の土手の日あたりをりをりに土の乾きのこぼるるけはひ
島木赤彦・馬鈴薯の花

春庭にさ踊る雀《すずめ》芝草の枯れしひと葉を啄《く》ひ持ちにけり
宇都野研・木群

南国の春の朝つゆ凝らずして乱れわたれる芝草を踏む
与謝野晶子・緑階春雨

露霜は起きいでぬ間にとけそめてあなさやさやし濡るる庭芝
半田良平・幸木

しば【柴】

山野に自生する雑木・雑草で、薪や垣根の材料にするもの。
［同義］柴木（しばき）、粗朶（そだ）。

§

さびしさに煙をだにも立たじとて柴折りくぶる冬の山里
和泉式部・後拾遺和歌集六（冬）

ひぐらしの声ばかりする柴の戸は入日のさすにまかせてぞ見る
藤原顕季・金葉和歌集九（雑上）

まばらなる柴のいほりに旅寝して時雨にぬるるさよ衣かな
後白河院・新古今和歌集六（冬）

真柴たくはしばの里の薄瓦思《おもひ》くだくる世にも有かな
賀茂真淵・賀茂翁家集拾遺

山かげの草の庵はいとさむし柴をたきつつ夜を明かしてむ
大愚良寛・良寛歌評釈

さみだれや青柴《あをしば》積める軒の下
芥川龍之介・発句

しゅろ【棕櫚・棕梠・椶櫚】

ヤシ科の常緑高樹。高さ六〜一〇メートル。幹の頂上に叢生する葉は、大形で掌状に深裂し羽扇子に似る。幹は建築用材となり、葉の基部の毛は縄・箒などの材料となる。⇩棕櫚の花（しゅろのはな）［夏］

§

棕櫚のおほ葉手に持つ女神雲の中に立たすと見つるなつの夜の夢
森鷗外・うた日記

天竺の棕櫚の葉団扇上海の絹の絵団扇さまざまの世や
正岡子規・子規歌集

棕櫚の葉の高きひろがりに降りそそぐ雨いやしげき日ぐれとなれり
島木赤彦・氷魚

焼けし棕梠黒髪のごと光りつつ筆の形に立ちて雨降る
与謝野晶子・瑠璃光

旅にして紀の国に入る夏の朝、すずしく棕梠のうちつづきけり
岡稲里・朝夕

椶櫚の葉に降りける雲は積みおける真木のうへなる雪にしつれぬ
長塚節・春季雑咏

外《と》に立てどいくだもぬれぬ春雨を棕梠の葉に聞く外に立ちしかば
長塚節・病中雑咏

棕櫚の木に人攀ぢのぼり棕櫚の木の赤き毛をむく真昼なりけり
北原白秋・雲母集

棕櫚の幹ときどき風にゆるる見ゆ光きびしき窓の外にて
佐藤佐太郎・歩道

初雪の畳ざはりや椶櫚箒《しゆろはうき》
智月・玉藻集

しらかば【白樺】

カバノキ科の落葉高樹。高山に自生。「しらかんば」ともいう。高さは三〇メートルに達する。樹皮は白色で紙状に剥離する。葉は三角状広卵形で、縁は不規則な鋸歯状。春、新葉に先だ

しらかば［日本産物志］

って帯黄褐色の雄穂と雌穂を同株に開く。果穂は円柱状で下垂する。花後、小堅果を結ぶ。樹皮を蒸留して採る「白樺油」「樺油（かばのあぶら）」は化粧品などに用いられる。［和名由来］古名「樺（カニハ）」が転じて「カンバ」となり、白い樺の意の「シラカンバ」より「シラカバ」と。［同義］樺（かんば・かば）、樺桜（かばざくら）、山樺（やまかば）、樺木（かばのき）。［花言］弱虫、いくじなし。

§

丘陵の冬の林を裂くやうに白樺の幹の夕幾條《いくすぢ》も　島木赤彦・馬鈴薯の花

白樺の木の上《へ》に白き日は曇り木の葉しきりに根に落ちたまる　島木赤彦・氷魚

上ばやし渓に臨みて白樺の立てり他界のともし灯のごと　与謝野晶子・草の夢

高嶺《たかね》より白樺の風流れ来ぬ裾野の馬車に路をゆづれば　与謝野晶子・心の遠景

渓あひの路はかなしく白樺の白き木立にきはまりにけり　若山牧水・路上

白樺のしろき木の肌森を行く夜の旅人のまみにつれなし　木下利玄・銀

白樺の白き木肌に手をふれて眼を見ひらきぬ秋風をきく　木下利玄・銀

白樺の／かゞやく幹を剥ぎしかば／みどりの傷はうるほひ出でぬ　宮沢賢治・校本全集

ヨット見る白樺かげの椅子涼し　杉田久女・杉田久女句集

「す〜そ」

すぎ【杉】

日本に特産するスギ科の常緑針葉樹。自生・植林。高さ約五〇メートル。樹皮は赤褐色。葉は針状でらせん状に並ぶ。春、小球形の雌雄花を同株に開く。雄花は黄褐色。雌花は、はじめは緑色で、のち黄褐色となり球状の種子を結ぶ。杉は古代より「神榲」「鉾杉」として神木とされた。吉野杉、秋田杉が有名。なかでも鹿児島県屋久島の縄文杉は有名で、樹齢数千年という。葉は外傷の、樹皮は脚気などの薬用となる。［同義］杉木（すぎのき）、沙木（さぼく）、参木（さんぼく）。［漢名］倭木。⬇真木（まき）［四季］

§

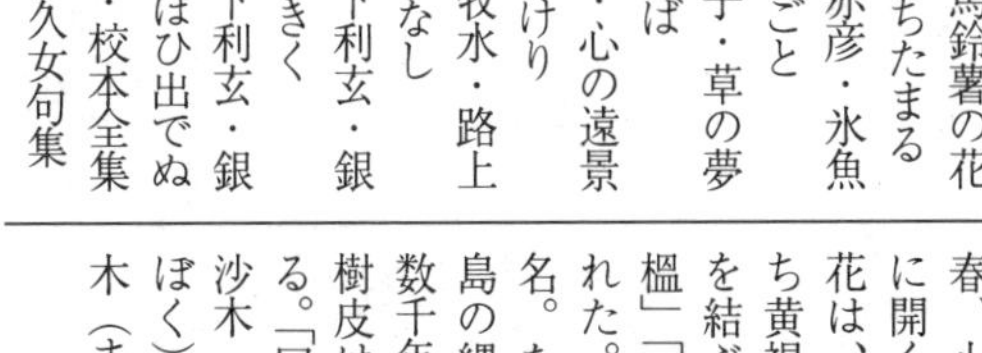

すぎ［広益国産考］

うまさけを三輪《みわ》の祝《はふり》が斎《いは》ふ杉手触《てふ》れし罪か君に逢ひかたき
丹波女娘子・万葉集四

我がいほは三輪の山もと恋しくはとぶらひ来ませ杉立てる門
よみ人しらず・古今和歌集一八（雑下）

関山の峰の杉むらすぎゆけど近江はなほぞはるけかりける
よみ人しらず・後撰和歌集一二（恋四）

杉の板をまばらにふけるねやの上におどろくばかりあられ降るらし
大江公資・後拾遺和歌集六（冬）

杉も杉宿もむかしの宿ながらかはるは人の心なりけり
よみ人しらず・後拾遺和歌集一九（雑五）

待つ人のふもとの道は絶えぬらん軒端の杉に雪おもるなり
藤原定家・新古今和歌集六（冬）

心こそ行方も知らぬ三輪の山杉の木ずゑの夕暮れの空
慈円・新古今和歌集一五（恋五）

年ごとにあゆみをはこふいなり山しるしの杉よ我をわするな
上田秋成・献神和歌帖

紀の国の高野のおくの古寺に杉のしづくを聞きあかしつつ
大愚良寛・良寛歌評釈

神のますみやのまもりの杉なればおのがほこ社《こそ》たてならべけれ
大隈言道・草径集

このめぐり幾尺《いくさか》ありと四人して抱きてありけり神の古杉
落合直文・国文学

一刹那千《ち》もとの杉のおほ幹とふもとの湖《うみ》と見する稲妻
森鷗外・明星

春されは植る八百杉よろづ杉しがさかえ木とあれしさかえ兒
伊藤左千夫・伊藤左千夫全短歌

たゝなはる清澄山の峰杉は沖ゆく舟もよりて仰かむ
伊藤左千夫・伊藤左千夫全短歌

稲妻のひらめく背戸の杉の木に鳴神《なるかみ》落ちて雨晴れにけり
正岡子規・子規歌集

京はかすみ近江はやまに雪まだら鶯啼くか杉の大比叡
青山霞村・池塘集

この山の杉の木の間よ夕焼の雲のうするる寂しさを見む
島木赤彦・太虚集

打ち動揺《とよ》む音はきこえね木枯の吹きたわゐる杉のむら立
宇都野研・木群

蘆の湖《うみ》いく杉むらの紺青の下にはつかにわが見てし時
与謝野晶子・常夏

杉の葉を皮ごろもほど土に敷きわが帰り踏としたまひしかな
与謝野晶子・山のしづく

杉の葉の垂葉のうれに萏つく春まだ寒み雪の散りくも
長塚節・秋冬雑咏

米搗くとかゞる其手に何よけむ杉の樹脂《やに》とり塗らばかよけん
長塚節・晩秋雑咏

山おほふ青牟《ほこ》杉のしみ立ちをながめてをれば迫り来る如し
木下利玄・一路

殖林の杉ひしびしと左右より径《みち》さしはさめり吾は通るも
木下利玄・一路

風立てばまひ落つる古葉身近くに雨とひびきて杉ならびたり　若山牧水・くろ土

うちならび昼のひかりに立つ杉の鉾杉がくりほととぎす啼く　若山牧水・くろ土

夕さればひとりぼつちの杉の樹に日はえんえんと燃えてけるかも　北原白秋・雲母集

青空の奥へつづける杉林木ぬれかすかにかげり澱める　古泉千樫・屋上の土

杉垣の杉の玉芽の一つ一つに光たもちて朝のしずかさ　古泉千樫・青牛集

夏やけの苗木の杉の、あかあかと　つゞく峰《ヲ》の上《へ》ゆ　わがくだり来つ　釈迢空・木地屋の家

朝の戸を開くるすなはち眼のうへより雨霧を吹く大杉木立　中村憲吉・しがらみ

夕さればいにしへ人の思ほゆる杉はしづくを落しそめけり　中村憲吉・しがらみ

杉の穂の高きを見れば月澄める空をわたりてゆく風のあり　土田耕平・青杉

雲を根に富士は杉なりの茂《しげり》かな　芭蕉・続連珠

杉の木のたわみ見て居る野分《のわき》哉　正岡子規・子規句集

山がひの杉冴え返る谺《こだま》かな　芥川龍之介・発句

すげ【菅】

カヤツリグサ科の多年草（一部一〜二年草）の総称。沼池や沢などの水辺に生える。葉は根生で先が細く尖り、平行脈がある。五〜六月、上方に広線形の雄花穂、下方に二〜三個の円柱状の雌花穂をつける。筵、笠、簑、縄、草履などの材料とされる。［同義］真菅（ますげ）。⬇菅刈る（すげかる）［夏］

§

奥山の菅の葉しのぎ降る雪の消なば惜しけむ雨な降りそね　大伴安麿・万葉集三

三島菅いまだ苗なり時待たば着ずやなりなむ三島菅笠　作者不詳・万葉集一一

咲く花はうつろふ時ありあしひきの山菅の根し長くはありけり　大伴家持・万葉集二〇

菅の根や長月の夜の月影をはるかにわたる野辺の秋風　拾遺愚草（藤原定家の私家集）

おく山の　菅の根しのぎ　ふる雪の　ふる雪の　降るとはすれど　積むとはなしに　その雪の　その雪の　大愚良寛・良寛歌評釈

ゆく道に隧道の口見えにしが山菅背負ひて人いで来れり　古泉千樫・青牛集

ながき夜の　ねむりの後も、なほ夜なる　月おし照れり。河原菅原　釈迢空・夜

すげの実の碧《あを》きをはなたずもてあそぶ幼児《をさなご》はすわるぬれし道の上　土屋文明・ふゆくさ

菅も干して麻も干し添ふ日和かな　河東碧梧桐・新傾向（夏）

すずかけのき【鈴懸木・篠懸木】

スズカケノキ科の落葉高樹・栽植。通常、属の学名プラタ

ナス(platanus)で呼ばれる。高さ一〇～三〇メートル。葉は大きく三裂し縁は鋸歯状。春に茶色または淡黄緑色の花を開く。花後、球形の実を結ぶ。街路樹に多く用いられる。明治期に渡来。［同義］牡丹木（ぼたんのき）。⬇鈴懸の花（すずかけのはな）［春］

すずかけのき

§

すずかけは落葉してあり吹くとしもなき秋風のあさの路傍に
　　若山牧水・秋風の歌

篠懸木《すずかけ》の新芽日に照るこの道を歩き行かなむおもてをあげて
　　古泉千樫・屋上の土

すずかけのもろ葉裏がへし吹く風のさわやけくして梅雨あけにけり
　　三ケ島葭子・三ケ島葭子歌集

篠懸樹《プラタナス》かげ行く女《こ》らが眼蓋に血しほいろさし夏さりにけり
　　中村憲吉・林泉集

ぞうき【雑木】

良材とならない雑木をいう。

§

冬雑木《ざふき》こずゑほそきに照りいでて鏡の如く月坐せりとふ
　　北原白秋・黒檜

そばがら【蕎麦殻】

蕎麦の実の殻。枕の中身などに使用する。

§

やはらかきく丶り枕の蕎麦殻も耳にはきしむ身じろぐたびに
　　長塚節・鍼の如く

「た」

たいぼく【大木】

大きな立木。大樹。

§

夏山の大木倒す谺《こだま》かな
　　内藤鳴雪・鳴雪句集

たく【栲】

楮（こうぞ）、梶の木の古名。「たへ」ともいう。樹皮から繊維をとり、布・縄の材料とした。古歌では「栲領布（たくひれ）の」「栲縄の」などの枕詞として多くよまれた。⬇楮の花（こうぞのはな）［春］、梶の葉（かじのは）［秋］

§

栲領巾の白浜波の寄りもあへず荒ぶる妹に恋ひつつぞ居る
　　作者不詳・万葉集一一

五月雨に津守のあまの栲縄の朽ちはてぬとやくるしかるらん
　　林下集（藤原実定の私家集）

たけ【竹】

イネ科タケササ類のうち大形の稈（かん）をもつ常緑木本

の総称。種類が多くタケ科として独立して分類されることもある。地下茎で繁殖し、また、地下茎から「竹の子」を生じ食用となる。まれに稲穂状の黄緑花を開き、花後、多くは枯死する。古歌では、「さす竹」「なよ竹」「呉竹」「かは竹」などの表現で歌われることが多い。［和名由来］諸説あり。「長生（タケウ）」「高生（タカハエ）」「竹生（タケオフ）」の意など。［同義］竹樹（ちくじゅ）、千尋草（ちひろぐさ）、川玉草・河玉草（かわたまぐさ）。［漢名］竹。⬇竹植うる日（たけううるひ）［夏］、竹の秋（たけのあき）［春］、竹の子（たけのこ）［夏］、竹の春（たけのはる）［秋］、竹の実（たけのみ）［秋］、竹飾（たけかざり）［新年］、呉竹（くれたけ）［四季］、真竹（まだけ）［四季］、笹（ささ）［四季］

§

梅の花散らまく惜しみ我が園の竹の林に鶯鳴くも
　阿倍奥島・万葉集五

さす竹の大宮人の家と住む佐保の山をば思ふやも君
　石川足人・万葉集六

我がやどのい笹群竹吹く風の音のかそけきこの夕《ゆうへ》かも
　大伴家持・万葉集一九

逢ふことの夜々をへだつる呉竹のふしの数なき恋もするかな
　藤原清正・後撰和歌集一〇（恋二）

うつろはぬ名に流れたるかは竹のいづれの世にか秋を知るべき
　よみ人しらず・後撰和歌集一八（雑四）

琴の音も竹も千歳の声するは人の思ひにかよふなりけり
　紀貫之・後撰和歌集二〇（慶賀）

白雪は降りかくせども千代までに竹の緑はかはらざりけり
　紀貫之・拾遺和歌集一八（雑賀）

ひと夜とはいつか契りしかは竹の流れてとこそ思ひそめしか
　藤原経忠・金葉和歌集七（恋上）

窓近きいささ群竹《むらたけ》風吹けば秋におどろく夏の夜の夢
　藤原公継・新古今和歌集三（夏）

日暮るれば竹の園生《そのふ》にゐる鳥のそこはかとなく音《ね》をもなくかな
　源俊頼・続古今和歌集一八（雑下）

上そよぐ竹の葉なみのかたよるを見るにつけてぞ夏はすずしき
　曾丹集（曾祢好忠の私家集）

竹の葉にあられ降るなりさらさらに独《ひと》りは寝《ぬ》べき心地《ここち》こそせね
　和泉式部集（和泉式部の私家集）

ふりおもる竹のしづくもおと更て雨静かなるよるのやま窓
　小沢蘆庵・六帖詠草

他力とは野中に立てし竹なれやよりさはらぬを他力とぞいふ
　大愚良寛・良寛歌評釈

ももなかのいささむら竹いささめのいささか残す水茎のあと
　大愚良寛・良寛歌評釈

うつしうゑて手をはなつまも待あへず夕月させる軒のなよ竹
　大隈言道・草径集

雪の下に臥せるなよ竹なよなよと長閑けき今朝はおき立ちにけり
　天田愚庵・愚庵和歌

寝静まる里のともし火皆消えて天の川白し竹藪の上に
　正岡子規・子規歌集

なかにはの竹はまださむい室町や紺の暖簾を春風の吹く　青山霞村・池塘集

春風をわれのみ載せて立つごとく竹艶《たを》やかにむらなせるかな　与謝野晶子・草の夢

竹やぶの竹のそよぎに聞きほけてうしろの姉をわれは知らざりき　橋田東声・地懐以後

しづかなる竹のゆふ日やわが友が嵯峨にゆかむと誘へるもうべ　吉井勇・天彦

まだ浅き春はひねもす風だてる裏竹藪《うらたけやぶ》に夕日のうとき　土田耕平・一塊

初冬《はつふゆ》の竹緑なり詩仙堂　内藤鳴雪・新俳句

竹のよろしさは朝風のしづくしつつ　種田山頭火・草木塔

竹の葉さやさや人恋しくて居る　尾崎放哉・須磨寺にて

たまざさ【玉笹】

笹の美称。⇩笹（ささ）[四季]

§

玉さゝの葉分の風におどろけばことしも秋の露ぞこぼるゝ　香川景樹・桂園一枝

たまも【玉藻】

藻の美称。⇩藻（も）[四季]

§

うつせみの命を惜しみ波に濡れ伊良虞《いらご》の島の玉藻《たまも》刈り食《は》む　麻続王・万葉集一

沖つ島荒磯《ありそ》の玉藻潮干《しほひ》満ちい隠《かく》り行かば思ほえむかも　山部赤人・万葉集六

「つ〜と」

つが【栂】

マツ科の常緑大高樹。「とが」ともいう。高さ約三〇メートル。幹には縦の割れ目がある。葉は線形で先端は鈍円形。。雌雄同株。雄花穂は円錐形、雌花穂は紫色の楕円形で夏に開く。花後、毬果を結ぶ。漆器、家具などの加工材や建築・パルプ材に用いられる。樹皮からとるタンニンは漁網の染料となる。[同義] 本栂（ほんつが）、栂松（とがまつ）。⇩栂木（とがのき）[四季]

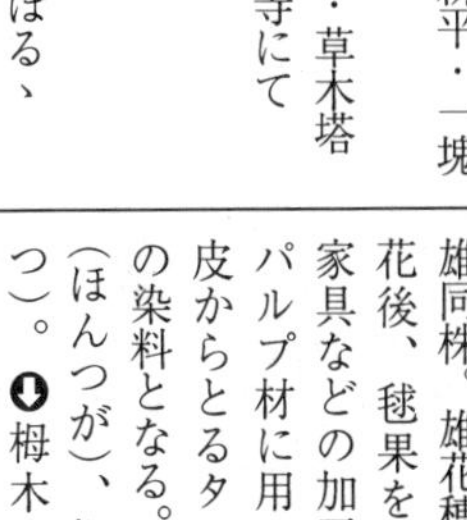

つが

§

滝の上の　三船の山に　端枝《みづえ》さし　繁に生ひたる　つがの木の　いや継ぎ付きに　万代に　かくし知らさむ…（長歌）　笠金村・万葉集六

いざさらばしげり生ひたるとがの木のとがとがしさをたてですぎなん　藤原為家・夫木和歌抄二九

つがの木のしみたつ岩をいめくりて二尾におつる瀧つ白波
伊藤左千夫・伊藤左千夫全短歌

山の上の栂の木群れを吹きとよもす嵐の空の日は澄みてあり
島木赤彦・氷魚

山上の日光《ひかり》は寂し栂の木の黒き茂りに入り行かむとす
島木赤彦・氷魚

大栂の林にとほる雨くらし稲づきは過ぐる下谷の勢
中村憲吉・軽雷集

つき【槻】

ニレ科の落葉高樹。欅の古名とも、欅の一変種ともいわれる。上代では、しばしば神聖な木と表現された。弓材ともなった。［同義］槻欅（つきけやき）、大槻（おおつき）、高槻（たかつき）。➡欅（けやき）［四季］

つき

§

早来ても見てましものを山城の多賀の槻群《つきむら》散りにけるかも
高市黒人・万葉集三

…垣つ田の　池の堤の　百《もも》足らず　斎槻の枝に　端枝さす
秋の黄葉　まき持てる　小鈴もゆらに…（長歌）
作者不詳・万葉集一三

けふ見れば弓きるほどになりにけり植ゑしをかべの槻のかた枝
拾遺愚草（藤原定家の私家集）

われおもふ君もしかいふこの庭に立てる槻の木まこと古りにけり
大愚良寛・良寛歌評釈

高槻のこずゑにありて頬白のさへづる春となりにけるかも
島木赤彦・太虚集

若葉して降る雨多し窓さきに濡れて並べる大槻の幹
島木赤彦・太虚集

初時雨よべふりにしと思ひつつみあぐる槻の葉竝すがれぬ
加納暁・加納暁歌集

槻わか葉さやさや映る煉瓦みち行きつつ我の素肌さみしも
中村憲吉・林泉集

槻の赤ひぐらしいたく鳴きそめて日は大泉に傾きにけり
土田耕平・一塊

つげ【黄楊】

ツゲ科の常緑高樹・自生。高さ二～四メートル。版木、印材、櫛、将棋の駒などの用材となる。古歌では「つげ櫛」「つげ枕」など櫛や枕の材として詠み込まれ、その多くは櫛や枕をもつ人（恋人）を思う歌が多い。➡黄楊の花（つげのはな）［春］

§

暁とつげの枕をそばだてて聞くもかなしき鐘の音かな
藤原俊成・新古今和歌集一八（雑下）

かくしこそかくしおきけれ旅人の露はらひけるつげの小櫛を
実方朝臣集（藤原実方の私家集）

冬来ぬとつげの枕の下さえてまづ霜こほるうたたねの袖
拾遺愚草（員外）（藤原定家の私家集）

とがのき【栂木】
栂の別称。⇩栂（つが）［四季］
§
いほしさす神なび山のとがの木のとがもなき身は沈まずもがな
柳葉和歌集（宗尊親王の私家集）

ときわぎ【常磐木】
松や杉など、四季を通じて緑の葉をもつ常緑樹をいう。⇩常磐木落葉（ときわぎおちば）［夏］
§
山の上氷《こお》れる池をかこみたる常磐木を吹く初春のかぜ
与謝野晶子・春泥集

「な」

な【菜】
葉・茎などを食用とする草本類の総称。油菜、小松菜、白菜、京菜など、アブラナ科の葉菜類を指すことが多い。［同義］青菜（あおな）。⇩冬菜（ふゆな）［冬］、若菜（わかな）［新年］
§
難波辺《なにはへ》に人の行ければ後《おく》れ居て春菜《はるな》摘む児《こ》を見るが悲しさ
丹比屋主真人・万葉集八

なぐさみに植ゑたる庭の葉広菜に白玉置きて春雨のふる
伊藤佐千夫・伊藤佐千夫全短歌

古鉢に植ゑし青菜の花咲きて病の牀《とこ》に起きてすわりぬ
正岡子規・子規歌集

なぎ【梛・竹柏】
マキ科の常緑高樹。自生・栽培。雌雄異株。高さ約一五メートル。葉は楕円形で光沢があり、平行脈をもつ。また強靭で切断しにくい。夏、雄花は淡黄色の小花を開き、雌花は花後、球形の実を結ぶ。［和名由来］葉が「小水葱（コナギ）」に似るため。また「水葱葉木（ナギハギ）」の意からと。［同義］力柴（ちからしば）。［漢名］竹柏、仙柏。⇩梛葉飾る（なぎのはかざる）［新年］

なぎ

§
ちはやぶる熊野の宮のなぎの葉をかはらぬ千代のためしにぞをる
拾遺愚草（藤原定家の私家集）

君が代を神もさこそはみ熊野のなぎのあを葉のときはかきはに
清寿・玉葉和歌集二〇（神祇）

なら【楢】
ブナ科の落葉高樹の総称。小楢（こなら）、水楢（みずなら）など。一般に小楢をいう。小楢は高さ約一五メートル。雌雄同株。葉は倒卵形で縁は鋸葉状。葉裏は帯白色で柔毛を密生する。春、雄花は細長い帯黄褐色の花を開く。雌花は花後、楕円形の堅果「団栗（どんぐり）」を結び、食用となる。［同義］柞（ははそ）、楢木（ならのき）、古奈良（こなら）。⬇楢の実（ならのみ）［秋］

なら

§

夏山の楢の葉そよぐ夕暮は今年も秋の心地こそすれ
源頼綱・後拾遺和歌集三（夏）

霜さえて枯れゆく小野の岡辺なる楢の広葉に時雨降るなり
藤原基俊・千載和歌集六（冬）

わが宿のそともに立てる楢の葉の繁みにすずむ夏は来にけり
恵慶・新古今和歌集三（夏）

さびしさをいかにせよとて岡辺なる楢の葉しだり雪の降るらん
藤原国房・新古今和歌集六（冬）

風そよぐ楢の小川の夕暮はみそぎぞ夏のしるしなりける
藤原家隆・新勅撰和歌集三（夏）

楢の葉の枯葉に風の吹きつればいつそよぐともなき身なりけり
散木奇歌集（源俊頼の私家集）

虫の音は楢の落葉にうづもれて霧の籬に村雨ぞ降る
秋篠月清集（藤原良経の私家集）

山の田に日かげをなせる楢の木の若葉は白く軟らかに見ゆ
島木赤彦・氷魚

風吹けばしづくとなりてはらはらと秋告げて散る楢の木の露
与謝野礼厳・礼厳法師歌集

楢の木の嫩葉《わかば》は白し軟かに単衣の肌に日は透りけり
長塚節・鍼の如く

おもふこと楢の左枝の垂花のかゆれかくゆれ心は止ます
長塚節・ゆく春

ゆきめぐる楢若葉山下草に洩れ日ちらちら揺れさだまらぬ
木下利玄・一路

山路ゆくわが足もとに吹きまろぶ楢の落葉はみな乾きをり
土田耕平・斑雪

楢の葉が散る楢の幹の中の私の格子戸　河東碧梧桐・八年間

楢の葉の枯れて落ちない声を聴け　種田山頭火（昭和八年）

「に〜ね」

にれ【楡】
春楡（はるにれ）、秋楡（あきにれ）などニレ科の落葉植物の一部の総称。一般には春楡をいう。春楡は、山地に自生。高さ約三〇メートル。樹皮は灰褐色。葉は楕円形。春、葉に先だって黄緑色の小花を密生する。新芽、内皮「楡皮粉」は食用。内皮は利尿、去痰の薬用ともなる。［和名由来］樹皮の内側が粘滑であるところから「滑れ（ヌレ）」の転。また「脂垂木（ヤニタレキ）」の意と。［同義］楡木（にれき）、金木（かなぎ）、ねり、ぬれ。［花言］威厳（英）、尊敬、名誉（仏）。

§

…あしひきの　この片山の　もむ楡を　五百枝剥き垂れ　天照るや　日の異《け》に干し　さひづるや　韓臼《からうす》に搗《つ》き　庭に立つ　手臼に搗き…（長歌）
作者不詳・万葉集一六

楡の芽のはる遠からじさに塗の喇嘛の伽藍にぬるき雨ふる
森鷗外・うた日記

春来ても寂しかりけり遠目にはかくろき楡のはなのむらさき
森鷗外・うた日記

いや北に来りて寂し楡の木の冬木の枝のひろがる青空
島木赤彦・太虚集

原生林の頃より立てる楡ぞといふ今年のあを葉も黄ばみ初めたり
宇都野研・木群

にわとこ【庭常・接骨木】

スイカズラ科の落葉低樹・自生。高さ約六メートル。羽状複葉。春、円錐状に密生した白い花を開く。［和名由来］古名「造木（みやつこぎ）」の音の転と。［同義］山多頭（やまたず）、草空木（くさうつぎ）。［漢名］接骨木。⬇山多頭（やまたず）［四季］、造木（みやつこぎ）［四季］、庭常の花（にわとこのはな）［春］

§

花の粉がにはとこの枝さし出でし下《もと》に緑の半円《はんゑん》を描く
与謝野晶子・緑階春雨

にはとこの新芽《しんめ》を嗅《か》げば青くさし実《じつ》にしみじみにはとこ臭《くさ》し
木下利玄・紅玉

にはとこの芽のひろげもつ対生《たいせい》の柔かき葉に風感じをり
木下利玄・紅玉

ぬばたま【射干玉】

アヤメ科多年草の檜扇の実。丸くて黒い実である。「うばたま」「むばたま」ともいう。「烏羽玉」とも書く。記紀・歌謡・万葉集などで枕詞として使われ、「黒」「夜」「夕」「今夜」「夢」「月」などにかかる。⬇檜扇（ひおうぎ）［夏］、茜（あかね）［四季］

§

居明かして君をば待たむぬばたまの我が黒髪に霜は降るとも
磐姫皇后・万葉集二

ぬばたまの夜の更けゆけば久木《ひさき》生ふる清き川原に千鳥しば鳴く
山部赤人・万葉集六

いとせめて恋しきときはむばたまの夜の衣を返してぞ着る
小野小町・古今和歌集一二（恋二）

降りそめて友待つ雪はむばたまの我が黒髪のかはるなりけり
紀貫之・後撰和歌集八（冬）

ぬるで【白膠・白膠木】

ウルシ科の落葉低樹・自生。高さ約六メートル。葉は奇数羽状複葉。夏に緑白色の小花を総状に群れて開く。鮮やかな紅葉となる。花後、円偏で黄褐色の核果を結ぶ。葉にできる虫こぶは「五倍子（ふし）」といい、タンニンの原料となる。

生薬名は「五倍子（ごばいし）」といい、歯痛、切り傷の薬用となる。［和名由来］樹液を器物に塗ったところからきたと。［同義］勝木（かつき）、護摩木（ごまぎ）、ふしのき。［漢名］五倍木樹。➡白膠紅葉（ぬるでもみじ）［秋］

ぬるで

§

むかし見し道たづぬれどなかりけるぬるでまじりのゐなのふし原
藤原基俊・堀河百首

おしなべて白膠木の木の実塩ふけば土は凍りて霜ふりにけり
長塚節・鍼の如く

くれなゐに染みしぬるでの塩の実の塩ふけり見ゆ霜のうれれば
長塚節・日々の歌

ねむのき【合歓木・合歓】
マメ科の落葉高樹。自生・栽培。高さ六〜九メートル。「ねぶ」「ねぶのき」「ねぶりのき」ともいう。羽状複葉。［和名由来］葉が夜に閉合し、睡眠するようにみえ「眠之木（ネブリノキ）」から。漢語では「合歓」を男女の共寝を意味し、この名がある。［漢名］合歓、夜合樹。➡合歓木の花（ねむのはな）［夏］

§

吾妹子を聞き都賀野《つがの》べのしなひ合歓木《ねぶ》吾は忍び得ず間《ま》なく思へば
作者不詳・万葉集一一

秋といへば長き夜あかすねぶの木も寝られぬほどにすめる月かな
藤原為家・夫木和歌抄二九

相連れて旅かしつらむ時鳥《ほととぎす》合歓《ねぶ》の散るまで声のせざるは
大愚良寛・良寛歌評釈

秋立つと未だいはなくに我宿の合歓木《ねむ》はしどろに老にけるかも
伊藤左千夫・伊藤左千夫全短歌

此ゆふべ合歓木のされ葉に蜘蛛の子の巣がくもあはれ秋さびにけり
伊藤左千夫・伊藤左千夫全短歌

蚊帳越しにあさあさうれし一枝は廂のしたにそよぐ合歓の木
長塚節・青草集

合歓の葉はしぼみはてしを灯《ひ》ともさず端居《はしゐ》に見ればすずしき君が目
新井洸・微明

合歓の木ぞひともとまじれる杉山の茂みがあひに花のほのけく
若山牧水・黒松

合歓の葉の深きねむりは見えねども、うつそみ愛しき　その香たち来も
釈迢空・夜

露けくも目白群れ鳴く合歓の木にわがシヤツ白し昨日のままに
岩谷莫哀・仰望

さ庭べに最もおそく芽吹きたる合歓によろしき五月雨降るも
中村憲吉・林泉集

合歓の木の葉の眠れるみれば吾妹子が目見《まみ》ほそほそと思ほゆるかも
加納暁・加納暁歌集

「は〜ほ」

はつかだいこん【二十日大根】
アブラナ科の一年草。明治前期に渡来した西洋大根の一種。四季に播種し、二〇日から三〇日ほどで食用に成育する。根は小形で色も紅・白・黄・紫色など種類が多い。

§

紅の二十日大根《おほね》は綿のごとなかむなにして秋行かむとす
長塚節・晩秋雑咏

はんのき【榛木】
カバノキ科の落葉高樹。自生・栽植。「はり」「はりのき」ともいう。高さ一五〜二〇メートル。⬇榛木の花（はんのきのはな）［春］

§

引馬野《ひくまの》ににほふ榛原《はりはら》入り乱れ衣《ころも》にほはせ旅のしるしに
長忌寸意吉麿・万葉集一

いざ子ども大和へ早く白菅の真野の榛原手折りて行かむ
高市黒人・万葉集三

…我が背子が　垣内《かきつ》の谷に　明けされば　榛のさ枝に　夕されば　藤の茂みに…（長歌）
大伴家持・万葉集一九

榛《はん》の木に鳥芽を噛む頃なれや雲山を出でて人畑をうつ
正岡子規・子規歌集

五六本榛《はん》の若芽のふく見つつおのが胸べに手をさはるなり
島木赤彦・馬鈴薯の花

雲よりも淡きいろする榛の木の若葉の山に君と来しかな
与謝野晶子・太陽と薔薇

みちみちの山の樹の間の榛《はり》紅葉はやわが心もえ居たるかも
中村憲吉・林泉集

ひ【檜】
檜（ひのき）の古名。⬇檜（ひのき）［四季］

§

初瀬山夕こえくれて宿とへば三輪の檜原に秋風ぞ吹く
禅性・新古今和歌集一〇（羇旅）

五月雨の雲のかかれるまきもくの檜原が峰に鳴くほととぎす
金槐和歌集（源実朝の私家集）

黒き檜《ひ》の沈静にして現《うつ》しけき、花をさまりて後《のち》にこそ観め
北原白秋・黒檜

ひかげのかずら【日陰蔓】
ヒカゲノカズラ科の常緑多年草・自生。茎は細長く地を這う。線状の葉を茎に密生する。夏、細茎を分枝し、頂きに数個の子嚢穂をつ

ひかげのかずら

ける。胞子は黄色で「石松子（せきしょうし）」として丸薬の外衣になる。［和名由来］湿地（日陰）に生育する蔓の意。［同義］玉日陰・玉蘿（たまひかげ）、日陰（ひかげ）、山蔓陰（やまかずらかげ）、下苔（さがりごけ）、神襷（かみだすき）。

§

常盤なるひかげのかづらけふしこそ心の色に深く見えけれ
　藤原師尹・後撰和歌集一一（恋三）

あかねさす朝日の里のひかげ草とよのあかりのかざしなるべし
　大中臣輔親・新古今和歌集七（賀）

消え残る垣根の雪のひまごとに春をも見するひかげ草かな
　拾玉集（慈円の私家集）

ゆふ園のひかげのかづらかざし持てたのしくもあるかとよのあかりの
　藤原俊成・玉葉和歌集七（賀）

ゆたゆたと日かげかづらの長かづら柱に掛けて年ほぐわれは
　伊藤左千夫・伊藤左千夫全短歌

小林《をばやし》の落葉をかきて現れし日蔭蘿やうち乱れつつ
　島木赤彦・柿蔭集

我が命としほぎ草のさち草の日陰の蔓ながくとをのる
　長塚節・我が病

ひのき【檜・檜木】

ヒノキ科の常緑高樹。自生・植林。木曾五木の一つ。「ひ」ともいう。高さ三〇～四〇メートル。樹皮は赤褐色で縦に裂ける。葉は緑色の鱗片状。雌雄同株。四月頃に紫褐色で広楕円形の雄花を開く。花後、球果を群生し、左右に翼をもった種子を散らす。［和名由来］諸説あり。「火の木」「日の木」「姫葉之木（ヒメハノキ）」などより。［同義］檜葉（ひば）、檜葉木（ひばのき）。⬇檜（ひ）［四季］、真木（まき）［四季］

ひのき

§

義仲が兎を狩りて遊びけん木曾の深山は檜生ひたり
　正岡子規・子規歌集

峡《かひ》の雲はれゆく見れば檜木山黒々として重なりけり
　島木赤彦・柿蔭集

黒き檜《ひ》の沈静にして現《うつ》しけき、花をさまりて後《のち》にこそ観め
　北原白秋・黒檜

なにげなく／窓を見やれば／一もとのひのきみだれゐて／いとゞ恐ろし
　宮沢賢治・校本全集

雪降れば／今さはみだれしくろひのき／菩薩のさまに枝垂れて立つ
　宮沢賢治・校本全集

海に浸る檜の匂ふ遅日かな
　河東碧梧桐・新傾向（春）

ぶな【橅・山毛欅】

ブナ科の落葉高樹・自生。高さ約二〇メートル。雌雄同株。葉は広卵形。五月頃、淡緑色の花を開く。花後、秋に堅果を結び食用。［和名由来］堅果「稜角（ソバ）」のあるところか

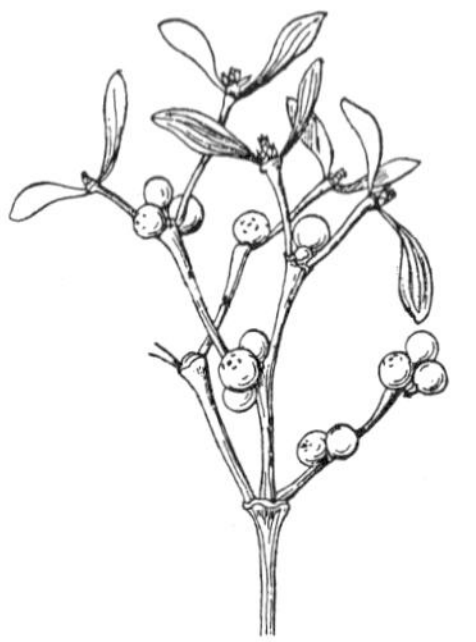
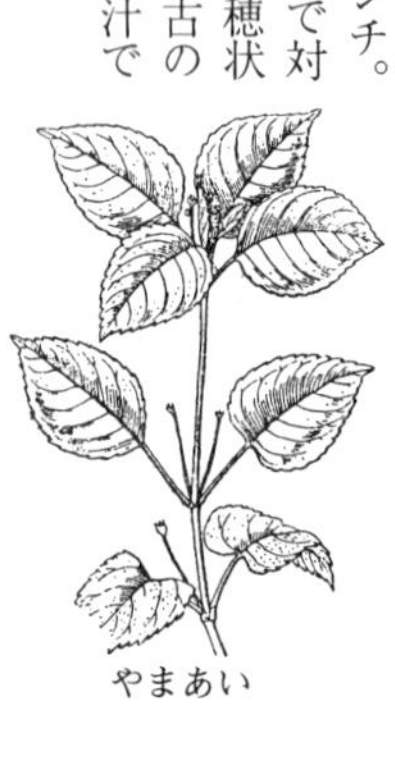

らと。［同義］橅木（ぶなのき）、白橅（しろぶな）、蕎麦木（そばのき）。［花言］繁栄。

§

鶴の湯の温泉《いでゆ》のけむり風わたり山毛欅の若葉に湯の香匂へり
　　平福百穂・寒竹

湖をすべてななめにのぞきたる橅の林の長き路かな
　　与謝野晶子・瑠璃光

ほおのき【朴・厚朴】

モクレン科の落葉高樹。自生・栽植。高さ一五〜二〇メートル。葉は大形で三〇センチくらいの倒卵形。初夏に帯黄白色の大花を開く。花後、秋に果実を結び赤い種子を含む。若葉は食用。樹皮は「厚朴（こうぼく）」として健胃、利尿、去痰、駆虫などの薬用となる。［同義］朴柏（ほおがしわ）。⬇朴の花（ほおのはな）［夏］

§

みちのくの栗駒山のほほの木の枕はあれど君が手枕
　　古今和歌六帖五

朴の木の葉は皆落ちて蕾への梨の汗ふく冬は来にけり
　　長塚節・秋冬雑詠

山に入り雪のなかなる朴《ほほ》の樹に落葉松になにとものを言ふべき
　　若山牧水・死か芸術か

山鴉《からす》ころころのどをならしつゝ梢になけりこれは朴の木
　　木下利玄・紅玉

光のなか冬木の朴のあらはに立ちこころ俄に親しくありけり
　　古泉千樫・青牛集

朴の芽のむらさき堅くふくらめりまどろみながき夢の寂しさ
　　古泉千樫・青牛集

朴の木の青葉うなだれし暑き昼あらしをはらむ雲いでにけり
　　土田耕平・一塊

ポプラ【poplar】

北ヨーロッパ産のヤナギ科の落葉高樹。自生・栽植。葉は互生で菱形。葉に先だって尾状の花序をつける。樹形が美しく街路樹などに用いられる。［同義］西洋箱柳（せいようはこやなぎ）。［花言］勇気。

§

肌寒くなりまさる夜の窓の外に雨をあざむくぽぷらあの音
　　夏目漱石・漱石全集

ポプラーの冬木の窓はしんとして光り静めり女子らこもりて
　　島木赤彦・切火

落葉せしポプラの梢《うれ》に高窓の灯《ほ》かげながるる灰色の夕べ
　　岡稲里・早春

ポプラーと夾竹桃とならびけり甍を越えてポプラーは高く
　　長塚節・鍼の如く

今ぞ来《き》ぬ、涙よ流れよ。札幌の街樾《なみき》のポプラ、青葉のポプラ。
　　土岐善麿・黄昏に

しげり立つぽぷらの青葉いちじるく黒くなりて風にさやげり
　　古泉千樫・青牛集

落葉して雲透き動くポプラかな
　　杉田久女・杉田久女句集補遺

ほよ【寄生】

⬇寄生木（やどりぎ）［四季］

§
あしひきの山の木末《こぬれ》のほよ取りてかざしつらくは千年寿ぐとぞ
大伴家持・万葉集一八

「ま」

まき【真木・槙】

うたことばとしては檜、杉の美称として詠まれる。「まき」の「ま」は接頭語で立派な木を意味する。➡檜（ひのき）［四季］、杉（すぎ）［四季］

§

…鳴る神の　音のみ聞きし　み吉野の　真木立つ山ゆ　見下ろせば　川の瀬ごとに…（長歌）
車持千年・万葉集六

奥山の真木の葉しのぎ降る雪の降りは増すとも地に落ちめやも
橘奈良麻呂・万葉集六

真木の上に降り置ける雪のしくしくも思ほゆるかもさ夜問へ我が背
他田広津娘子・万葉集八

都にも初雪降れば小野山の真木の炭がまたきまさるらん
相模・後拾遺和歌集六（冬）

五月雨に水まさるらし沢田川真木のつぎ橋うきぬばかりに
藤原顕仲・金葉和歌集二（夏）

寂《さび》しさはその色としもなかりけり真木立つ山の秋の夕暮
寂蓮・新古今和歌集四（秋上）

村雨の露もまだひぬ真木の葉に霧立ちのぼる秋の夕暮
寂蓮・新古今和歌集五（秋下）

真木の屋に時雨の音のかはるかな紅葉や深く散りつもるらむ
藤原実房・新古今和歌集六（冬）

おく山のおく霜やたびかさぬとも真木のみどりは千世にかはらじ
賀茂真淵・賀茂翁家集拾遺

山かげの真木の板屋に音はせねど雪のふる夜は寒くこそあれ
大愚良寛・良寛歌評釈

月夜にゆく道のかたはらの槙林しめらにさやぎて又しづまりつ
木下利玄・一路

赤埴の山にかさなり真木しげる黒岳は空の一角を占む
半田良平・幸木

まさき【柾・正木】

ニシキギ科の常緑低樹。生垣などに用いられる。➡柾の花（まさきのはな）［夏］、柾の実（まさきのみ）［秋］

§

日暮るれば逢ふ人もなしまさき散る峰の嵐の音ばかりして
源俊頼・新古今和歌集六（冬）

かきにそふまさきのもみぢ散りぬらしあしのまろ屋のねやの寒けき
林葉和歌集（俊恵の私家集）

つれづれのながめも今やまさき散るみ山の秋の村雨の空
順徳院御集（順徳院の私家集）

はげしさもきのふにけふはまさき散ると山の嵐冬や来ぬらん

藤原雅縁・新続古今和歌集六（冬）

まさきのかずら【柾葛・真析葛】

通説として定家葛（ていかかずら）をいう。一説に蔓柾（つるまさき）の古名とも。上代、神事に用いられたという。

⬇定家葛（ていかかずら）［夏］

§

旅寝する宿はみ山に閉ぢられてまさきのかづらくる人もなし

源経信・後拾遺和歌集一八（雑四）

松に這うまさきのかづら散りにけりと山の秋は風すさぶらん

西行・新古今和歌集五（秋下）

神無月時雨降るらし佐保山のまさきのかづら色まさりゆく

よみ人しらず・新古今和歌集六（冬）

あられ降るまさきのかづら暮るる日のと山にうつる影ぞ短き

藤原雅経・続拾遺和歌集六（冬）

千代経《ふ》べきかざしの菊をもるたびもまさ木のかづら長くつたへむ

田安宗武・悠然院様御詠草

まだけ【真竹】

イネ科タケクサ類の竹。高さ約一五メートル。最も一般的な竹で各地に繁殖。竹の子は食用。［同義］苦竹（にがだけ）、呉竹、男竹・雄竹（おだけ）。［漢名］苦竹。⬇竹（たけ）［四季］、呉竹（くれたけ）［四季］、真竹の子（まだけのこ）［夏］

§

うつし栽ゑてふたとせへたる苦竹やぶ幹の色さむく節立ちにけり

平福百穂・寒竹

澄みとほる青の真竹に尾の触れて一声啼くか藪原雉子《きぎす》

北原白秋・雀の卵

ふるさとの兄をおもへば真竹藪裏山にしてさやげるきこゆ

橋田東声・地懐

まつ【松】

赤松、黒松、五葉松などマツ科の常緑高樹の総称。松は古来より神霊が宿る木とされ、長寿、不変のシンボルとされる。⬇松落葉（まつおちば）［夏］、色不変松（いろかえぬまつ）［秋］、新松子（しんちぢり）［秋］、松の花（まつのはな）［春］、門松（かどまつ）［新年］、小松引（こまつひき）［新年］、松原（まつばら）［四季］

§

いざ子ども早く日本《やまと》へ大伴の御津の浜松待ち恋ひぬらむ

山上憶良・万葉集一

岩代の浜松が枝を引き結びま幸《さき》くあらばまた帰り見む

有間皇子・万葉集二

立ちわかれいなばの山の峰に生ふるまつとし聞かば今かへりこむ

在原行平・古今和歌集八（離別）

子の日する野辺に小松のなかりせば千代のためしになにをひかまし

壬生忠岑・拾遺和歌集一（春）

見渡せば松の葉しろき吉野山いくよつもれる雪にかあるらん

平兼盛・拾遺和歌集四（冬）

すみそむるすゐの心の見ゆるかなみぎはの松のかげをうつせば

藤原公任・拾遺和歌集一八（雑賀）

このごろは花も紅葉も枝になししばしな消えそ松の白雪
後鳥羽院・新古今和歌集六（冬）

しげりあふ松かげに君をおきしより風の音こそかなしかりけれ
賀茂真淵・賀茂翁家集

我やどのかきほの松よ今日よりは幾萬代《いくよろづよ》をもろともにへむ
田安宗武・悠然院様御詠草

時わかぬ松の煙もかげろふのもゆる春日ぞ立まさりける
小沢蘆庵・六帖詠草

山かげの荒磯《ありそ》の浪の立ちかへり見れども飽かぬ一つ松の木
大愚良寛・良寛歌評釈

山里《やまざと》は松の声のみききなれて風ふかぬ日は寂《さび》しかりけり
太田垣蓮月・海人の刈藻

たふれふすまつぞかなしきそのごとく旅路の末にならむと思へば
大隈言道・草径集

あるじはと人もし問はば軒の松あらしといひて吹かへしてよ
橘曙覧・松籟艸

君がゆく真砂《まなご》白浜はま松の下ゆくみちはたれとゆく道
森鷗外・うた日記

松の上にいさゝ雪つみ松が根の土はかくろし今朝のはつ雪
伊藤左千夫・伊藤左千夫全短歌

春の野に小松植ると玉梓のたより聞くだに心浮くものを。
伊藤左千夫・伊藤左千夫全短歌

松の葉の細き葉毎に置く露の千露もゆらに玉もこぼれず
正岡子規・子規歌集

潮あみに群れ来し人は帰りけり秋風強き荒磯の松
正岡子規・子規歌集

みる人もなき嶋かげのひとつ松たれにみさをのみどりなるらん
樋口一葉・緑雨筆録「一葉歌集」

庭松の名ばかり高くなりにけり宿のあるじは木がくれにして
樋口一葉・一葉歌集

相生の松とはならじ幾世かけて君と二人は一本の松
服部躬治・迦具土

松の木にわが凭《よ》りしかばたはやすく剥げて落ちたり古き樹の皮
島木赤彦・氷魚

松の木の中にて霰きく、このさびしさをきみによりそふ
岡稲里・朝夕

すなほなる松の幹など心地よう春青みゆく山にたつなり
岡稲里・早春

松の芽のすくすくのびてやはらかき針となる日の六月来る
田波御白・御白遺稿

はるかなる高峰の松を仰ぎつゝ、ひたすら我は歩みをはこぶ
木下利玄・紅玉

山あひのこゝまで入りこみ海すめりひくゝ垂れたる松のしづけさ
木下利玄・紅玉

時雨をやもどかしがりて松の雪　芭蕉・続山井

桜より松は二木《ふたき》を三月越シ　芭蕉・おくのほそ道

名月や畳の上に松の影　其角・雑談集

かはら焼く松のにほひや春の雨　抱一・屠竜之技

松はみな枝垂れて南無観世音　種田山頭火・草木塔

冬浜のす、枯れ松を惜みけり　杉田久女・杉田久女句集

まつばら【松原】

松が多く生えた原。⬇松（まつ）［四季］

§

わが庵《いほ》は松原つづき海近く不二《ふじ》の高根《たかね》を軒端《のきば》にぞ見る

太田道灌・戦国武将歌

照《てる》月の入《いる》かたみれば大はらやをしほの山のみねの松ばら

小沢蘆庵・六帖詠草

夕立の、雲は沖より、めぐりきて、汐の雨ふる、磯の松原。

与謝野寛・東西南北

薄月のまばらに射せる松ばらは雲間の路の心地こそすれ

与謝野晶子・草の夢

ゆけとゆけと果なくつゝく松原のはつれも見えて月出にけり

大塚楠緒子・明治歌集

「み〜も」

みくさ【水草・美草】

①水中や水辺に繁茂する水草の総称。②草の美称。

§

古《いにしへ》の古き堤は年深み池の渚に水草生ひにけり

山部赤人・万葉集三

五月雨は近くなるらし淀川のあやめの草もみくさ生ひにけり

よみ人しらず・拾遺和歌集二（夏）

ふるさとのいたゐの清水みくさゐて月さへすまずなりにけるかな

俊恵・千載和歌集一六（雑上）

みやつこぎ【造木】

接骨木の古名。⬇接骨木（にわとこ）［四季］

§

春たてばめぐむ垣根のみやつこぎわれこそさきに思ひそめしか

散木奇歌集（源俊頼の私家集）

むろのき【榁木】

無呂杜松（むろねず）、這杜松（はいねず）の古名。万葉集にうたわれるものは、海岸の砂地に生える這杜松に比定される。［同義］天木香樹。

§

我妹子が見し鞆の浦の天木香樹《むろのき》は常世《とこよ》にあれど見し人ぞなき

大伴旅人・万葉集三

鞆の浦の磯のむろの木見むごとに相見し妹は忘らえめやも

大伴旅人・万葉集三

しぐるれど秋の色にははなれ磯に緑かはらず立てるむろの木

藤原知家・新撰六帖題和歌六

みさごゐる磯辺に立てるむろの木の枝もとををに雪ぞつもれる

金槐和歌集（源実朝の私家集）

め【海布・海藻】

若布（わかめ）、荒布（あらめ）、海松布（みるめ）、海松（みる）など食用となる海藻の総称。

§

磯に立ち沖辺を見れば海藻《め》刈り舟海人漕ぎ出らし鴨翔ける見ゆ
作者不詳・万葉集七

思ひやれほすかたもなき五月雨にうきめかりつむあまのとやまを
堀川院中宮上総・続後撰和歌集一七（雑上）

うきめ刈る伊勢をのあまを思ひやれ藻塩たるてふ須磨の浦にて
源氏物語（須磨）

いたづらにめ刈り塩焼くすさびにも恋しやなれし里のあま人
十六夜日記

も【藻】

水中に生える藻類、水草などの植物の総称。古歌では「玉藻」「厳藻（いつも）」「沖つ藻（おきつも）」「辺つ藻（へつも）」「藻塩（もしお）」「藻屑（もくず）」などの表現が多用される。

⬇藻の花（ものはな）［夏］、藻塩草（もしおぐさ）［四季］、玉藻（たまも）［四季］

§

吾背子はいづく行くらむ沖つ藻の名張《なばり》の山を今日か越ゆらむ
当麻麿妻・万葉集一

玉藻刈る敏馬《みぬめ》を過ぎて夏草の野島の崎に船近づきぬ
柿本人麻呂・万葉集三

…淡路島　松帆の浦に　朝なぎに　玉藻刈りつつ　夕なぎに
藻塩焼きつつ…（長歌）
笠金村・万葉集六

楫の音ぞほのかにすなる海人娘子沖つ藻刈りに舟出すらしも
作者不詳・万葉集七

逢ふまでの形見とてこそとどめけめ涙に浮かぶ藻屑なりけり
藤原興風・古今和歌集一四（恋四）

わくらばにとふ人あらば須磨の浦に藻塩たれつつわぶとこたへよ
在原行平・古今和歌集一八（雑下）

玉藻刈る海人にはあらねどわたつみの底ゐも知らず入る心かな
紀友則・後撰和歌集一二（恋四）

風吹けば藻塩の煙うちなびき我も思はぬ方にこそゆけ
藤原高遠・後拾遺和歌集九（羇旅）

藻塩焼く須磨の浦人うちたえていとひやすらん五月雨の空
藤原通俊・詞花和歌集二（夏）

来ぬ人をまつほの浦の夕なぎに焼くや藻塩の身もこがれつつ
藤原定家・新勅撰和歌集一三（恋三）

からごろも立ちても居てもすべぞなき海人《あま》の刈藻《かるも》の思ひみだれて
大愚良寛・良寛歌評釈

水の藻が紫の花立つるより低くはかなきみづうみの岸
与謝野晶子・草と月光

逗子の浜岨の岩道吾がみれば身もしみじみと玉藻匂ふも
加納暁・加納暁歌集

もしおぐさ【藻塩草】

製塩のために塩をふくませた海藻。海藻をすのこに積み、海水を含ませて焼き、水に溶かして、その上澄を煮つめて塩をとる。⬇藻（も）［四季］

§

もしほ草しきつの浦の寝覚めには時雨にのみや袖はぬれける
俊恵・千載和歌集八（羇旅）

五月雨にほすひまなくてもしほ草けぶりも立てぬ浦のあま人　山家集（西行の私家集）
白うをにまぎれてゆかし藻汐草　土芳・蓑虫庵集
藻塩焚く遠賀の港の夕けむり　杉田久女・杉田久女句集

もみ【樅】
マツ科の針葉樹・植林。高さ三〇メートルに達する。初夏、雌雄花を同株に開く。秋、狭卵状円形の淡褐色の球果を結ぶ。花材としては、クリスマスツリーに用いられることが多い。［同義］唐樅（とうもみ）、臣木。［漢名］鳳尾松。［花言］向上（英）、時間（仏）。⬇臣木（おみのき）
［四季］

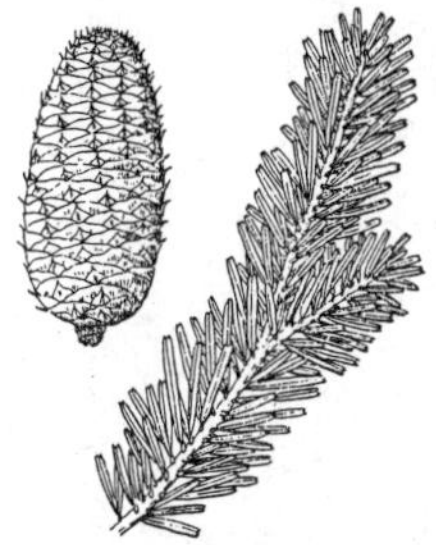
もみ

§
折りしもあれ春のゆふ日の沈むとき樅の木立のなかに居りにき　若山牧水・死か芸術か
火の山の老樹《おいき》の樅のくろがねの幹をたたけば葉の落ち来る　若山牧水・路上
わだつみのそこのごとくにこころ凪ぐ樅の大樹《おほき》にむかふ夕ぐれ　若山牧水・路上
夜道するわれ等いとしも樅の木の深林を出で湖添《うみぞ》ひを行く　木下利玄・銀
小桂の宮のひさしは池に向けりまへ庭に樅の大木一つ　中村憲吉・軽雷集

仆れ木は捨ててかへりみぬ山なかに実生の樅の木々うひうひし　半田良平・幸木

「や」

やし【椰子】
ヤシ科の常緑高樹の総称。熱帯地域に分布。種類が多い。高さは約二〇メートル。雌雄同株。大形の羽状複葉で幹頂に叢生する。花は単性、肉穂花序につける。大きな卵形の果実を結ぶ。果実の胚乳液は飲用される。果実の胚乳を乾燥して製したコプラは石鹸、人造バターの原料となる。［同義］ココナッツ、ココ椰子（ココやし）。

やし

§
和田の原波にただよふ椰子の実のはてしも知らぬ旅もするかも　北原白秋・雀の卵
夜はすがら離れ小島の椰子の木の月夜の葉ずれ我ひとり聴く　北原白秋・雀の卵

やつで【八手】

ウコギ科の常緑低樹。高さ約二メートル。掌状に七〜九裂した大形の葉をもつ。➡八手の花（やつでのはな）［冬］

§

みとり子の真手の手のひら開くなす軒の八手は芽立のひにけり
伊藤左千夫・伊藤左千夫全短歌

砂地なる庭の八つ手葉広き葉の日に照れるあり日を透かすあり
宇都野研・木群

八つ手葉のひかり消え行く夕つ方珠実《たまみ》の茎の萎え目立ちぬ
宇都野研・木群

八つ手葉の若葉は開くこの雨に下葉の黄ばみいちじるくなれり
三ケ島葭子・三ケ島葭子歌集

今朝《けさ》むすぶ霜のきびしさ八つ手葉のひとつひとつはみな橈《たわ》みたり
岡本かの子・わが最終歌集

やどりぎ【寄生木・宿木】

ヤドリギ科の常緑小低樹・自生。高さ約一メートル。榎、桜、水楢、栗などの広葉樹に寄生し、茎は二叉に分岐し、その上端に二葉をつける。雌雄異株。早春、淡黄色の小単性花を開く。花後、緑黄色の果実を結ぶ。［和名由来］他の木に寄生するところから。［同義］寄生（ほよ・ほや）、飛蔦（とびづた）、飛木（とびき）。［漢名］冬青、柏寄生。

やどりぎ

［花言］私にキスをしてください（英）、危険な関係（仏）。➡寄生（ほよ）［四季］

§

いつか我かりそめにだに宿木のねも見ぬものをうき名立つらん
藤原行家・続古今和歌集一二（恋二）

宿りきと思ひ出でずは木のもとの旅寝もいかにさびしからまし
源氏物語（宿木）

宿木は色かはりぬる秋なれど昔覚えて澄める月かな
源氏物語（東屋）

我もまたうきふるさとを荒れはてばたれ宿木の影をしのばむ
源氏物語（蜻蛉）

やぶ【藪】

雑草や雑木・竹などが生い茂った所。

§

嵐山藪の茂りや風の筋　芭蕉・嵯峨日記

夜の雪晴れて藪木《やぶき》のひかり哉　浪化・続別座敷

やまあい【山藍】

トウダイグサ科の多年草。山地の湿地に自生する。「やまい」ともいう。高さ約四〇センチ。雌雄異株。葉は長楕円形で対生。春、緑白色の小花を穂状に開く。日本における最古の染料植物の一つ。茎葉の汁で青色を染める。

§

やまあい

あしひきの山ゐに摺れる衣をば神に仕ふるしるしとぞ思ふ
紀貫之・拾遺和歌集一七（雑秋）
月さゆるみたらし河に影見えてこほりに摺れる山藍の袖
藤原俊成・新古今和歌集一九（神祇）
色深き山藍の衣ならねども道行きずりもあはれなりけり
能宣集（大中臣能宣の私家集）
さらば君山ゐのころもすぎぬとも恋しきほどにきても見えなん
紫式部集（紫式部の私家集）

やまたず【山多頭・山多豆】
接骨木の別称。➡接骨木（にわとこ）［四季］

§

君が行き日長《け》くなりぬ山たづの迎へを行かむ待つには待たじ
衣通王・万葉集二
たづの木に這ひおほはれる蔦にしも時知りがほに紅葉しにけり
藤原仲実・永久四年百首
雨あがり垣穂に立てる山たづの角芽ほころび岡はかすめり
伊藤左千夫・伊藤左千夫全短歌

「ゆ」

ゆずりは【譲葉・交譲木・楪】
トウダイグサ科の常緑高樹。自生・栽植。高さ約六メートル。➡譲葉（ゆずりは）［新年］

§

いにしへに恋ふる鳥かも弓絃葉の御井の上より鳴き渡り行く
弓削皇子・万葉集二
奥山のゆづる葉いかで折りつらんあやめも知らず雪の降れるに
兼盛集（平兼盛の私家集）
みづみづしき茎のくれなゐ葉のみどりゆづり葉汝は恋のあらはれ
伊藤左千夫・伊藤左千夫全短歌
雲明るくゆづり葉のみどりいやみどり映ゆる閑かを小雨うつなり
伊藤左千夫・伊藤左千夫全短歌
ゆづり葉の新芽かはゆしやはらかき緑もたぐる桃いろの茎
木下利玄・銀

「短歌俳句植物表現辞典」本編（終）

総50音順索引

凡　例

1、本書「春」「夏」「秋」「冬」「新年」「四季」の各章に収録した見出し語を50音順に配列し、その掲載頁を示した。

2、見出し語の収録季節は（　）内にその季節名を入れて明示した。

あ

あい【藍】(四季)…554
あいかる【藍刈る】(夏)…140
あいのはな【藍の花】(秋)…324
あおあし【青蘆】(夏)…140
あおい【葵】(夏)…140
あおいのはな【葵の花】(夏)…141
あおうめ【青梅】(夏)…141
あおかえで【青楓】(夏)…141
あおがき【青柿】(夏)…141
あおき【青木】(四季)…554
あおきのはな【青木の花】(春)…2
あおきのみ【青木の実】(冬)…494
あおぎり【青桐・梧桐】(夏)…142
あおさ【石蓴】(春)…2
あおさんしょう【青山椒】(夏)…142
あおすすき【青芒・青薄】(夏)…142
あおた【青田】(夏)…142
あおづた【青蔦】(夏)…143
あおとうがらし【青唐辛子】(夏)…143
あおなし【青梨】(秋)…324
あおなす【青茄子】(夏)…143
あおのり【青海苔】(春)…2
あおば【青葉】(夏)…143
あおばのはな【青葉の花】(夏)…143
あおばわかば【青葉若葉】(夏)…143
あおふくべ【青瓠・青瓢】(秋)…324
あおほおずき【青酸漿・青鬼燈】(夏)…144
あおみかん【青蜜柑】(秋)…324
あおみどろ【青味泥・水綿】(夏)…144
あおむぎ【青麦】(春)…2
あおやぎ【青柳】(春)…2
あおゆ【青柚】(夏)…144
あおりんご【青林檎】(夏)…144
あかざ【藜】(夏)…144
あかざのつえ【藜の杖】(夏)…145
あかざのみ【藜の実】(秋)…324
アカシアのはな【acacia】(夏)…145
あかつばき【赤椿】(春)…3
あかなす【赤茄子】(夏)…145
あかね【茜】(四季)…554
あかねほる【茜掘る】(秋)…324
あかのまんま【赤飯】(秋)…325
あかめがしわ【赤芽柏】(秋)…325
あかめもち【赤芽黐】(夏)…146
あきあざみ【秋薊】(秋)…325
あきくさ【秋草】(秋)…325
あきぐみ【秋茱萸・秋胡頽子】(秋)…326
あきざくら【秋桜】(秋)…326
あきそば【秋蕎麦】(秋)…326
あきたぶき【秋田蕗】(夏)…146
あきなす【秋茄子】(秋)…326
あきなでしこ【秋撫子】(秋)…327
あきのななくさ【秋の七草】(秋)…327
あきのの【秋の野】(秋)…327
あきのはな【秋の花】(秋)…327
あきはぎ【秋萩】(秋)…328
あけび【木通・通草】(秋)…328
あけびのはな【木通の花・通草の花】(春)…3
あこだうり【阿古陀瓜】(秋)…328
あさ【麻】(夏)…146
あさうり【浅瓜・越瓜】(夏)…146
あさがお【朝顔】(秋)…329
あさがおのなえ【朝顔の苗】(夏)…146
あさがおのみ【朝顔の実】(秋)…331
あさがおまく【朝顔蒔く】(春)…4
あさかる【麻刈る】(夏)…146
あさぎざくら【浅黄桜】(春)…4
あさぎずいせん【浅黄水仙】(春)…4
あさくさのり【浅草海苔】(春)…4
あさざ【莕菜】(夏)…147
あさざくら【朝桜】(春)…4
あさじ【浅茅】(秋)…331
あさつき【浅葱】(春)…4
あさのか【麻の香】(夏)…147
あさのは【麻の葉】(夏)…147
あさのはな【麻の花】(夏)…147
あさのはながす【麻の葉流す】(夏)…147
あさのみ【麻の実】(秋)…331
あさばたけ【麻畑】(夏)…147
あさまく【麻蒔く】(春)…4
あざみのはな【薊の花】(春)…4
あし【蘆・葦・芦・葭】(秋)…332
あじさい【紫陽花】(夏)…147
あししげる【蘆・葦・芦・葭—茂る】

（夏）…149
あしたば【明日葉・鹹葉】（春）…5
あしのかれは【蘆・葦・芦・葭—の枯葉】（冬）…494
あしのつの【蘆・葦・芦・葭—の角】（春）…5
あしのはな【蘆・葦・芦・葭—の花】（秋）…332
あしのほ【蘆・葦・芦・葭—の穂】（秋）…333
あしのほわた【蘆・葦・芦・葭—の穂絮】（秋）…333
あしのめ【蘆・葦・芦・葭—の芽】（春）…6
あしのわかば【蘆・葦・芦・葭—の若葉】（春）…6
あしびのはな【馬酔木の花】（春）…6
あずきがゆ【小豆粥】（新年）…536
あずきのはな【小豆の花】（夏）…149
あずきひく【小豆引く】（秋）…333
あずさ【梓】（四季）…554
あずさのはな【梓の花】（春）…7
アスター【aster】（夏）…149
あすなろ【翌檜】（四季）…555
アスパラガス【asparagus】（春）…7
あぜまめ【畦豆・畔豆】（秋）…333
あつもりそう【敦盛草】（夏）…150
アナナス【ananas】（夏）…150
アネモネ【anemone】（春）…7
あぶらぎく【油菊】（秋）…333
あぶらぎりのはな【油桐の花】（夏）…150
あぶらぎりのみ【油桐の実】（秋）…334
あぶらな【油菜】（春）…7
あまちゃ【甘茶】（春）…8
あまどころのはな【甘野老の花】（夏）…150
あまな【甘菜】（春）…8
あまのはな【亜麻の花】（夏）…150
あまのり【甘海苔】（春）…8
あまぼし【甘干】（秋）…334
あまりなえ【余り苗】（夏）…150
アマリリス【amaryllis】（夏）…151
あみがさゆり【編笠百合】（春）…8
あやめ【菖蒲】（夏）…151
あやめいんじ【菖蒲印地】（夏）…152
あやめのうら【菖蒲の占】（夏）…152
あやめのひ【菖蒲の日】（夏）…152
あやめのまくら【菖蒲の枕】（夏）…152
あやめふく【菖蒲葺く】（夏）…153
あらせいとう【紫羅欄花】（春）…8
あらめ【荒布】（春）…9
ありあけざくら【有明桜】（春）…9
ありのみ【有実】（秋）…334
あわ【粟】（秋）…334
あわのほ【粟の穂】（秋）…335
あわばたけ【粟畑】（秋）…335
あわまく【粟蒔く】（夏）…153
あわもりそう【泡盛草】（夏）…153
あんず【杏・杏子】（夏）…153
あんずのはな【杏の花・杏子の花】（春）…9

い

い【藺】（夏）…154
いえざくら【家桜】（春）…9
いがぐり【毬栗】（秋）…335
いかだごぼう【筏牛蒡】（夏）…154
いけぞめ【生初】（新年）…536
いすのきのはな【柞の花】（春）…9
いすのきのみ【柞の実】（秋）…336
いそぎく【磯菊】（秋）…336
いそざくら【磯桜】（春）…9
いそなつみ【磯菜摘】（春）…9
いそわかな【磯若菜】（新年）…536
いたどり【虎杖】（春）…10
いたどりのはな【虎杖の花】（夏）…154
いちご【苺・莓】（夏）…155
いちごのねわけ【苺・莓—の根分】（秋）…336
いちごのはな【苺の花・莓の花】（春）…10
いちじく【無花果】（秋）…336
いちはつ【一八・鳶尾草】（夏）…155
いちび【莔麻】（夏）…156
いちやくそう【一薬草】（夏）…156
いちょうおちば【銀杏落葉】（秋）…337
いちょうちる【銀杏散る】（秋）…337
いちょうのはな【銀杏の花】（春）…10

いちょうのみ【銀杏の実】（秋）…338
いちょうもみじ【銀杏黄葉】（秋）…338
いちりんそう【一輪草】（春）…11
いとざくら【糸桜】（春）…11
いとすすき【糸芒・糸薄】（秋）…338
いとはぎ【糸萩】（秋）…338
いとやなぎ【糸柳】（春）…11
いなぎ【稲木】（秋）…338
いなぶね【稲舟】（秋）…339
いなほ【稲穂】（秋）…339
いなむしろ【稲筵】（秋）…339
いぬたでのはな【犬蓼の花】（秋）…339
いぬびえ【犬稗】（秋）…340
いぬびわ【犬枇杷】（夏）…156
いぬふぐり【犬陰嚢】（春）…11
いぬほおずき【犬酸漿・龍葵】（秋）…340
いね【稲】（秋）…340
いねかり【稲刈】（秋）…341
いねこき【稲扱】（秋）…341
いねのあき【稲の秋】（秋）…341
いねのつゆ【稲の露】（秋）…341
いねのはな【稲の花】（秋）…342
いねのほ【稲の穂】（秋）…342
いねほす【稲干す】（秋）…342
いのこずち【牛膝】（秋）…342
いのはな【藺の花】（夏）…156
いばらのはな【茨の花】（夏）…157
いばらのみ【茨の実】（秋）…343
いぶき【伊吹】（四季）…555
いぼたのはな【水蝋樹の花・疣取木の花】（夏）…157
いも【芋】（秋）…343
いもあらう【芋洗う】（秋）…343
いもうえる【芋植える】（春）…12
いもがしら【芋頭】（新年）…536
いもがら【芋幹】（秋）…344
いもたね【芋種】（春）…12
いものあき【芋の秋】（秋）…344
いものこ【芋の子】（秋）…344
いものつゆ【芋の露】（秋）…344
いものは【芋の葉】（秋）…344
いものはな【芋の花】（夏）…157
いものはのつゆ【芋の葉の露】（秋）…345
いもばたけ【芋畑】（秋）…345
いもほり【芋掘り】（秋）…345
いろかえぬまつ【色不変松】（秋）…345
いわかがみ【岩鏡】（夏）…157
いわたけ【岩茸・石茸】（秋）…345
いわなし【岩梨】（夏）…157
いわなしのはな【岩梨の花】（春）…12
いわのり【岩海苔】（春）…12
いわひば【岩檜葉】（夏）…158
いわふじ【岩藤・巌藤】（夏）…158
いわれんげ【岩蓮華】（秋）…346
いんげん【隠元豆】（秋）…346

う

ういきょうのはな【茴香の花】（夏）…158
ういきょうのみ【茴香の実】（秋）…346
うえきいち【植木市】（春）…12
うきくさ【浮草・萍】（夏）…159
うきくさおいそむ【浮草生い初む・萍生い初む】（春）…12
うきくさのはな【浮草の花・萍の花】（夏）…159
うきは【浮葉】（夏）…160
うぐいすかぐらのみ【鶯神楽の実】（夏）…160
うぐいすな【鶯菜】（春）…12
うこぎ【五加・五加木】（春）…13
うこぎめし【五加飯・五加木飯】（春）…13
うこんのはな【鬱金の花】（秋）…346
うすのみ【臼実】（夏）…160
うすもみじ【薄紅葉】（秋）…347
うすゆきそう【薄雪草】（夏）…160
うつぎのはな【空木の花・卯木の花】（夏）…160
うつぼぐさ【靫草】（夏）…161
うど【独活】（春）…13
うどのはな【独活の花】（夏）…161
うどんげ【優曇華】（夏）…161
うのはな【卯花】（夏）…161
うはぎ【薺蒿】（春）…13
うばざくら【姥桜】（春）…14
うばめがし【姥目樫・姥目櫧】（四季）

…555
うばゆり【姥百合】（春）…14
うばら【薔薇】（夏）…162
うまのあしがた【馬足形・馬脚形】（春）…14
うみがき【熟柿】（秋）…347
うめ【梅】（春）…14
うめがか【梅が香】（春）…18
うめつける【梅漬ける】（夏）…163
うめのあめ【梅の雨】（夏）…163
うめのぬし【梅の主】（春）…20
うめのはる【梅の春】（新年）…536
うめのみ【梅の実】（夏）…163
うめのやど【梅の宿】（春）…20
うめばちそう【梅鉢草】（夏）…163
うめぼしかざる【梅干飾る】（新年）…536
うめほす【梅干す】（夏）…163
うめみ【梅見】（春）…20
うめむく【梅剥く】（夏）…164
うめもどき【梅擬】（秋）…347
うめもみじ【梅紅葉】（秋）…347
うめわかば【梅若葉】（夏）…164
うらがれ【末枯】（秋）…347
うらしまそう【浦島草】（夏）…164
うらじろ【裏白】（新年）…536
うらわかば【うら若葉】（夏）…164
うり【瓜】（夏）…164
うりづくり【瓜作り】（夏）…165
うりづけ【瓜漬】（夏）…166
うりのか【瓜の香】（夏）…166
うりのはな【瓜の花】（夏）…166
うりのばん【瓜の番】（夏）…166
うりばたけ【瓜畑】（夏）…166
るしね【粳稲】（秋）…348
ろしのはな【漆の花】（夏）…166
しのみ【漆の実】（秋）…348
もみじ【漆紅葉】（秋）…348

え

斎墩果の花】（夏）…167
菊】（夏）…167
（秋）…348
桜】（春）…20
えにしだ【金雀枝】（夏）…168
えのき【榎】（四季）…556
えのきだけ【榎茸】（冬）…494
えのきのはな【榎の花】（夏）…168
えのころぐさ【狗尾草・狗児草】（秋）…348
えのみ【榎の実】（秋）…349
えびすぐさ【夷草・恵比寿草】（夏）…168
えびづる【蝦蔓】（秋）…349
えびね【海老根】（春）…20
えんこうそう【猿猴草】（夏）…168
えんじゅのはな【槐の花・槐樹の花】（夏）…169
えんどう【豌豆】（夏）…169
えんどうのはな【豌豆の花】（春）…21
えんばく【燕麦】（夏）…169

お

おいらんそう【花魁草】（夏）…169
おうちのはな【樗の花・楝の花】（夏）…170
おうちのみ【樗の実・楝の実】（秋）…349
おうとう【桜桃】（夏）…171
おうとうのはな【桜桃の花】（春）…21
おうばい【黄梅】（春）…21
おおいぐさ【大藺草】（夏）…171
おおぎく【大菊】（秋）…349
おおぐり【大栗】（秋）…350
おおけたで【大毛蓼】（秋）…350
おおでまり【大手鞠・大手毬】（夏）…171
おおね【大根】（冬）…494
おおばこ【大葉子】（秋）…350
おおばこのはな【大葉子の花】（夏）…171
おおまつよいぐさ【大待宵草】（夏）…172
おおむぎ【大麦】（夏）…172
おおやまれんげ【大山蓮花・大山蓮華】（夏）…172
おかぼ【陸稲・岡稲】（秋）…350
おぎ【荻】（秋）…350

オキザリス【oxalis】（春）…21
おきなぐさ【翁草】（春）…21
おぎのうわかぜ【荻の上風】（秋）…351
おぎのかぜ【荻の風】（秋）…351
おぎのこえ【荻の声】（秋）…351
おぎのつの【荻の角】（春）…22
おぎのわかば【荻の若葉】（春）…22
おぎはら【荻原】（秋）…352
おぎょう【御形】（新年）…537
おくて【晩稲】（秋）…352
おぐるま【小車・旋覆花】（秋）…352
おけらのはな【朮の花】（秋）…352
おじぎそう【含羞草・御辞儀草】（夏）…172
おしろいばな【白粉花】（秋）…353
おそざくら【遅桜】（春）…22
おそむぎ【遅麦】（夏）…173
おだまき【苧環】（春）…22
おちぐり【落栗】　353
おちつばき【落椿】（春）…23
おちば【落葉】（冬）…494
おちばかき【落葉掻】（冬）…495
おちばかぜ【落葉風】（冬）…496
おちばたき【落葉焚】（冬）…496
おちばのしぐれ【落葉の時雨】（冬）…496
おちばはく【落葉掃く】（冬）…496
おちぼ【落穂】（秋）…353
おちぼひろい【落穂拾い】（秋）…353
おとぎりそう【弟切草】（秋）…354
おとこえし【男郎花】（秋）…354
おとこよもぎ【男艾】（秋）…354
おとめぐさ【乙女草】（秋）…354
おどりこそう【踊子草】（夏）…173
おなもみ【葈耳・巻耳】（秋）…355
おにぐるみ【鬼胡桃】（秋）…355
おにげし【鬼罌粟】（夏）…173
おにしばりのはな【鬼縛の花】（夏）…173
おにしばりのみ【鬼縛の実】（秋）…355
おにのしこぐさ【鬼の醜草】（秋）…355
おにばす【鬼蓮】（夏）…173
おにゆり【鬼百合】（夏）…174
おはぎ【薺蒿】（春）…23
おばな【尾花】（秋）…355
おばなちる【尾花散る】（秋）…356
おみなえし【女郎花】（秋）…356
おみのき【臣木】（四季）…556
おもいぐさ【思草】（秋）…358
おもだか【沢瀉・面高】（夏）…174
おもとのみ【万年青の実】（秋）…358
おやこぐさ【親子草】（新年）…537
オランダあやめ【和蘭菖蒲】（夏）…174
オランダせきちく【和蘭石竹】（夏）…174

か

カーネーション【carnation】（夏）…175
かいそう【海藻】（四季）…556
かいどう【海棠】（春）…23
かいわりな【頴割菜・貝割菜】（秋）…358
かえで【楓】（秋）…359
かえでのはな【楓の花】（春）…24
かえでのめ【楓の芽】（春）…24
かえでもみじ【楓紅葉】（秋）…359
かえりばな【帰り花】（冬）…496
ががいも【蘿藦】（夏）…175
かがみぐさ【鏡草】（四季）…556
かき【柿】（秋）…359
かきつばた【杜若・燕子花】（夏）…175
かきどおし【垣通】（春）…24
かきのはな【柿の花】（夏）…176
かきもみじ【柿紅葉】（秋）…361
かきわかば【柿若葉】（夏）…177
がくのはな【額の花】（夏）…177
かけいね【掛稲・架稲】（秋）…361
かけたばこ【懸煙草】（秋）…361
かけな【掛菜・懸菜】（冬）…497
かけやなぎ【掛柳】（新年）…537
かざぐるま【風車】（夏）…177
かざりごめ【飾米】（新年）…537
かざりたけ【飾竹】（新年）…537
かざりまつ【飾松】（新年）…537
かし【樫・橿】（四季）…557
かしおちば【樫落葉・橿落葉】（夏）…177
かじのは【梶の葉】（秋）…361
かしのはな【樫の花・橿の花】（

…25
かしのみ【樫の実・橿の実】(秋)…362
かしゅういも【何首烏藷・何首烏芋】(秋)…362
かしわ【柏・槲】(四季)…557
かしわちる【柏散る・槲散る】(春)…25
かしわのみ【柏の実】(秋)…362
かしわもち【柏餅】(夏)…177
かすみそう【霞草】(夏)…178
かずら【葛・蔓】(四季)…558
かたかごのはな【堅香子の花】(春)…25
かたくりのはな【片栗の花】(春)…25
かたばみのはな【酢漿草の花】(夏)…178
かちぎく【勝菊】(秋)…362
かちぐりかざる【搗栗飾る・勝栗飾る】(新年)…537
かちぐりつくる【搗栗作る・勝栗作る】(秋)…363
かつら【桂】(四季)…558
かつらのはな【桂の花】(秋)…363
かどちゃ【門茶】(秋)…363
かどのたけ【門の竹】(新年)…537
かどのまつ【門の松】(新年)…537
かどのまつたけ【門の松竹】(新年)…538
かどまつ【門松】(新年)…538
かどまつたつ【門松立つ】(冬)…497
かどやなぎ【門柳】(春)…26
かなむぐら【金葎】(夏)…178
かなめのはな【要の花】(夏)…178
かにくさ【蟹草】(夏)…179
かのこそう【鹿子草・纈草】(春)…26
かのこゆり【鹿子百合】(夏)…179
かび【黴】(夏)…179
かぶら【蕪・蕪菁】(冬)…497
かぶらじる【蕪汁】(冬)…498
かぼちゃ【南瓜】(秋)…363
かぼちゃのはな【南瓜の花】(夏)…179
がま【蒲・香蒲】(夏)…180
かまつか【葉鶏頭・雁来紅】(秋)…364
かもあおい【賀茂葵】(夏)…180
かもうり【かも瓜】(秋)…364
かや【萱・茅】(秋)…364
かやかざる【榧飾る】(新年)…538
かやかる【萱刈る】(秋)…365
かやつりぐさ【蚊帳吊草】(夏)…180
かやのはな【榧の花】(春)…26
かやのみ【榧の実】(秋)…365
かゆぐさ【粥草】(新年)…538
からあい【韓藍・辛藍・鶏冠】(秋)…365
からしな【芥子菜・芥菜】(春)…26
からしなまく【芥子菜蒔く・芥菜蒔く】(秋)…365
からすうり【烏瓜・鴉瓜】(秋)…365
からすうりのはな【烏瓜の花・鴉瓜の花】(夏)…180
からすおうぎ【烏扇】(夏)…181
からすびしゃく【烏柄杓】(夏)…181
からすむぎ【烏麦】(夏)…181
からたちのはな【枸橘の花・枳殻の花】(春)…27
からたちのみ【枸橘の実・枳殻の実】(秋)…366
からなでしこ【唐撫子】(夏)…181
からまつ【唐松・落葉松】(四季)…558
からむし【苧・苧麻】(夏)…181
からもものはな【唐桃の花】(春)…27
かりぎ【刈葱】(夏)…182
かりこも【刈菰・刈薦】(四季)…559
かりた【刈田】(秋)…366
かりやす【刈安・青茅】(秋)…366
かりんのはな【花梨の花】(春)…27
かりんのみ【花梨の実】(秋)…367
かるかや【刈萱】(秋)…367
かれあし【枯蘆・枯芦】(冬)…498
かれいばら【枯茨】(冬)…498
かれえだ【枯枝】(冬)…498
かれおぎ【枯荻】(冬)…498
かれおばな【枯尾花】(冬)…498
かれき【枯木】(冬)…499
かれぎく【枯菊】(冬)…499
かれくさ【枯草】(冬)…499
かれすすき【枯芒・枯薄】(冬)…499
かれづた【枯蔦】(冬)…500
かれの【枯野】(冬)…500
かれは【枯葉】(冬)…500

かれはす【枯蓮】（冬）…500
かれむぐら【枯葎】（冬）…501
かれやなぎ【枯柳】（冬）…501
かわしげり【川茂り】（夏）…182
かわたで【川蓼】（夏）…182
かわやなぎ【川柳】（春）…27
かわらなでしこ【河原撫子】（夏）…182
かんあおい【寒葵】（冬）…501
かんうど【寒独活】（冬）…501
かんぎく【寒菊】（冬）…501
かんこうばい【寒紅梅】（冬）…502
かんざくら【寒桜】（冬）…502
がんじつそう【元日草】（新年）…538
かんしょ【甘藷】（秋）…367
かんぞう【萱草】（夏）…182
かんぞうのはな【甘草の花】（夏）…183
かんちくのこ【寒竹の子】（冬）…502
かんつばき【寒椿】（冬）…502
かんとう【款冬】（夏）…183
カンナ【canna】（秋）…367
かんばい【寒梅】（冬）…502
がんぴ【岩菲・雁緋】（夏）…183
がんぴのはな【雁皮の花】（夏）…183
かんぴょうむく【干瓢剥く】（夏）…183
かんぼけ【寒木瓜】（冬）…503
かんぼたん【寒牡丹】（冬）…503
がんらいこう【雁来紅】（秋）…368
かんらん【甘藍】（夏）…183
かんりん【寒林】（冬）…503

き

き【木】（四季）…559
きいちご【木苺】（夏）…184
きいちごのはな【木苺の花】（春）…28
きからすうり【黄烏瓜】（秋）…368
きぎく【黄菊】（秋）…368
ききょう【桔梗】（秋）…369
きく【菊】（秋）…370
きくあわせ【菊合せ】（秋）…373
きくいも【菊芋】（秋）…373
きくうえる【菊植える】（春）…28
きくがさね【菊襲】（秋）…373
きくづくり【菊作り】（秋）…373
きくなます【菊膾】（秋）…373
きくにんぎょう【菊人形】（秋）…373
きくのあき【菊の秋】（秋）…374
きくのあるじ【菊の主】（秋）…374
きくのきせわた【菊の着綿】（秋）…374
きくのこる【菊残る】（秋）…374
きくのさけ【菊の酒】（秋）…374
きくのせっく【菊の節句】（秋）…374
きくのつゆ【菊の露】（秋）…375
きくのとも【菊の友】（秋）…375
きくのなえ【菊の苗】（春）…28
きくのねわけ【菊の根分】（春）…28
きくのふたば【菊の二葉】（春）…28
きくのまくら【菊の枕】（秋）…375
きくのやど【菊の宿】（秋）…375
きくのわかば【菊の若葉】（春）…28
きくばたけ【菊畑】（秋）…375
きくびな【菊雛】（秋）…376
きくびより【菊日和】（秋）…376
きくみ【菊見】（秋）…376
きくらげ【木耳】（夏）…184
きささげ【楸・木豇豆】（秋）…376
ぎしぎし【羊蹄】（春）…28
ぎしぎしのはな【羊蹄の花】（夏）…184
きずいせん【黄水仙】（春）…29
きすげ【黄菅】（夏）…184
きちこう【桔梗】（秋）…376
きちじょうそう【吉祥草】（秋）…377
きづた【木蔦】（冬）…503
きつねのぼたん【狐牡丹】（春）…29
きのこ【茸・菌】（秋）…377
きのこがり【茸狩・菌狩】（秋）…378
きはちす【木蓮】（秋）…378
きび【黍・稷】（秋）…378
きびのほ【黍の穂・稷の穂】（秋）…379
きぶねぎく【貴船菊・黄船菊】（秋）…379
ぎぼうしのはな【擬宝珠の花】（夏）…185
キャベツ【cabbage】（夏）…185
きゃらぼく【伽羅木】（四季）…559
きゅうこんうえる【球根植える】（春）…29
きゅうり【胡瓜】（夏）…185
きゅうりのはな【胡瓜の花】（夏）…186
きょうがのこ【京鹿子】（夏）…186

ぎょうじゃにんにく【行者葫】（春）…29
きょうちくとう【夾竹桃】（夏）…186
きょうわかな【京若菜】（新年）…538
きらんそう【金瘡小草】（春）…30
きりのあき【桐の秋】（秋）…379
きりのはな【桐の花】（夏）…187
きりのみ【桐の実】（秋）…379
きりひとは【桐一葉】（秋）…379
きりぼし【切干】（冬）…503
きりんそう【麒麟草】（夏）…187
きんかん【金柑】（秋）…380
きんかんのはな【金柑の花】（夏）…188
きんぎょそう【金魚草】（夏）…188
きんぎょも【金魚藻】（夏）…188
きんしばい【金糸梅】（夏）…188
きんせんか【金盞花】（春）…30
ぎんせんか【銀盞花】（夏）…188
きんとうが【金冬瓜】（秋）…380
ぎんなん【銀杏】（秋）…380
きんぽうげ【金鳳花】（春）…30
きんもくせい【金木犀】（秋）…380
きんれんか【金蓮花】（夏）…189

く

くきづけ【茎漬】（冬）…503
くきな【茎菜】（冬）…504
くくたち【茎立】（春）…30
くこ【枸杞】（春）…31
くこのみ【枸杞の実】（秋）…381
くこのめ【枸杞の芽】（春）…31
くさ【草】（四季）…560
くさあおむ【草青む】（春）…31
くさいきれ【草いきれ】（夏）…189
くさいち【草市】（秋）…381
くさいちご【草苺】（夏）…189
くさいちごのはな【草苺の花】（春）…31
くさかぐわし【草芳し】（春）…31
くさかり【草刈】（夏）…189
くさがれ【草枯れ】（冬）…504
くさぎ【常山木・臭木】（秋）…381
くさき【草木】（四季）…560
くさきょうちくとう【草夾竹桃】（夏）…189
くさしげる【草茂る・草繁る】（夏）…190
くさすぎかずら【草杉蔓】（夏）…190
くさつむ【草摘む】（春）…32
くさねむ【草合歓】（夏）…190
くさのおう【草黄・草王】（夏）…190
くさのか【草の香】（秋）…381
くさのにしき【草の錦】（秋）…381
くさのはな【草の花】（秋）…382
くさのほ【草の穂】（秋）…382
くさのみ【草の実】（秋）…382
くさのめ【草の芽】（春）…32
くさのもみじ【草の紅葉】（秋）…382
くさのわかば【草の若葉】（春）…32
くさばなあきまく【草花秋蒔く】（秋）…382
くさぶえ【草笛】（夏）…190
くさぼけ【草木瓜】（春）…32
くさぼけのみ【草木瓜の実】（秋）…382
くさぼたん【草牡丹】（秋）…382
くさもえ【草萌】（春）…32
くさもち【草餅】（春）…33
くされだま【草連玉】（夏）…190
くしがき【串柿】（秋）…382
くしがきかざる【串柿飾る】（新年）…538
くじゃくそう【孔雀草】（夏）…191
くず【葛】（秋）…383
くずきり【葛切】（夏）…191
くすのき【楠・樟】（四季）…560
くずのは【葛の葉】（秋）…383
くずのはな【葛の花】（秋）…384
くずほる【葛掘る】（秋）…384
くずみず【葛水】（夏）…191
くずもち【葛餅】（夏）…191
くずゆ【葛湯】（冬）…504
くずわかば【葛若葉】（夏）…191
くちなしのはな【梔子の花】（夏）…191
くちなしのみ【梔子の実】（秋）…384
くちば【朽葉】（冬）…504
くぬぎ【櫟・椚・橡】（四季）…561
くぬぎのはな【櫟の花・椚の花・橡の花】（夏）…192
くぬぎのみ【櫟・椚・橡—の実】（秋）

…385
くねんぼ【九年母・久年母】（冬）…504
くねんぼのはな【九年母の花・久年母の花】（夏）…192
ぐびじんそう【虞美人草】（夏）…192
くまがいそう【熊谷草】（春）…33
くまつづら【熊葛】（夏）…192
ぐみ【茱萸】（秋）…385
ぐみのふくろ【茱萸の袋】（秋）…385
くもみぐさ【雲見草】（夏）…192
グラジオラス【gladiolus】（夏）…192
くららひく【苦参引く】（秋）…385
くり【栗】（秋）…386
くりたけ【栗茸】（秋）…387
くりのせっく【栗の節句】（秋）…387
くりのはな【栗の花】（夏）…193
くりひろい【栗拾い】（秋）…387
くりめし【栗飯】（秋）…387
くりんそう【九輪草】（夏）…193
くるまゆり【車百合】（夏）…193
くるみ【胡桃】（秋）…387
くれたけ【呉竹】（四季）…561
くれない【紅】（夏）…193
クローバー【clover】（春）…33
くろがねもち【黒鉄黐】（夏）…194
くろぐわい【黒慈姑】（冬）…504
くろぼたん【黒牡丹】（夏）…194
くろゆり【黒百合】（夏）…194
くわ【桑】（春）…33
くわい【慈姑】（冬）…505
くわいほる【慈姑掘る】（冬）…505
くわつみ【桑摘み】（春）…34
くわのはな【桑の花】（春）…34
くわのみ【桑の実】（夏）…194
くわばたけ【桑畑】（春）…34

け

けいとう【鶏頭】（秋）…388
けしのはな【芥子の花・罌粟の花】（夏）…195
けしのわかば【芥子の若葉・罌粟の若葉】（春）…34
けしばたけ【芥子畑・罌粟畑】（夏）…196
けしぼうず【芥子坊主・罌粟坊主】（夏）…196
けしまく【芥子蒔く・罌粟蒔く】（秋）…389
げばな【夏花】（夏）…196
けまんそう【華鬘草・花鬘草】（春）…35
けやき【欅】（四季）…562
げんげ【紫雲英】（春）…35
げんげん（春）…35
げんのしょうこ【現証拠・験証拠】（夏）…196
けんぽなし【玄圃梨・枳椇】（秋）…389

こ

こいも【子芋】（秋）…390
こうじ【柑子】（秋）…390
こうじかざる【柑子飾る】（新年）…539
こうじのはな【柑子の花】（夏）…197
こうじゅ【香薷】（夏）…197
こうしんばら【庚申薔薇】（春）…35
こうせつらん【香雪蘭】（春）…36
こうぞのはな【楮の花】（春）…36
こうぞむす【楮蒸す】（冬）…505
こうぞりな【髪剃菜】（春）…36
こうそんじゅのはな【公孫樹の花】（春）…36
こうたけ【革茸・茅蕈】（秋）…390
こうばい【紅梅】（春）…36
こうほね【川骨・河骨】（夏）…197
こうめ【小梅】（夏）…198
こおりこんにゃくつくる【氷蒟蒻造る】（冬）…505
こぎく【小菊】（秋）…390
こぎのこ【胡鬼の子】（秋）…390
こけしげる【苔繁る】（夏）…198
こけのはな【苔の花】（夏）…198
こけもも【苔桃】（秋）…391
こごめざくら【小米桜】（春）…37
こごめばな【小米花】（春）…37
ごじか【午時花】（夏）…199
こしたやみ【木下闇】（夏）…199
ごしゅゆのはな【呉茱萸の花】（夏）…199

コスモス【cosmos】（秋）…391
こでまりのはな【小手毬の花・小粉団の花】（春）…37
ことしだけ【今年竹】（夏）…200
ことしまい【今年米】（秋）…391
ことしわら【今年藁】（秋）…392
こな【小菜】（秋）…392
こなぎつむ【小水葱摘む】（春）…38
こなぎのはな【小水葱の花】（秋）…392
このは【木の葉】（冬）…505
このま【木の間】（四季）…563
このみ【木の実】（秋）…392
このめ【木の芽】（春）…38
このめづけ【木の芽漬】（春）…39
このめでんがく【木の芽田楽】（春）…39
こはぎ【小萩】（秋）…392
こはぎはら【小萩原】（秋）…392
こばんそう【小判草】（夏）…200
こぶし【辛夷】（春）…39
こぶなぐさ【小鮒草】（秋）…393
ごぼうしめ【牛蒡注連】（新年）…539
ごぼうのはな【牛蒡の花】（夏）…200
ごぼうひく【牛蒡引く】（秋）…393
こぼれはぎ【こぼれ萩】（秋）…393
ごま【胡麻】（秋）…393
こまくさ【駒草】（夏）…200
こまちぐさ【小町草】（夏）…201
こまつな【小松菜】（冬）…506
こまつひき【小松引】（新年）…539
ごまのはな【胡麻の花】（夏）…201
ごままく【胡麻蒔く】（夏）…201
こむぎ【小麦】（夏）…201
ゴムのき【護謨の樹】（四季）…563
こも【菰・薦】（夏）…201
ごんずい【権萃】（春）…40
こんにゃくうえる【崑蒻植える・蒟蒻植える】（春）…40
こんにゃくだま【崑蒻玉・蒟蒻玉】（冬）…506
こんにゃくほる【崑蒻掘る・蒟蒻掘る】（冬）…507
こんぶ【昆布】（夏）…201
こんぶかざる【昆布飾る】（新年）…539

さ

さいかち【皀莢】（秋）…393
さいたづま（春）…40
サイネリア【cineraria】（春）…41
さいはいらん【采配蘭】（夏）…202
さかき【榊】（四季）…564
さかきのはな【榊の花】（夏）…202
さぎごけ【鷺苔】（春）…41
さぎそう【鷺草】（秋）…394
さくら【桜】（春）…41
さくらあさ【桜麻】（夏）…202
さくらあめ【桜雨】（春）…45
さくらかげ【桜陰・桜影】（春）…45
さくらがり【桜狩】（春）…45
さくらそう【桜草】（春）…46
さくらづけ【桜漬け】（春）…46
さくらどき【桜時】（春）…46
さくらのみ【桜の実】（夏）…202
さくらびと【桜人】（春）…46
さくらふぶき【桜吹雪】（春）…46
さくらもち【桜餅】（春）…46
さくらもみじ【桜紅葉】（秋）…394
さくらゆ【桜湯】（春）…47
さくらんぼう【桜坊・桜桃】（夏）…203
ざくろ【石榴・柘榴】（秋）…394
ざくろのはな【石榴の花・柘榴の花】（夏）…203
ささ【笹・篠】（四季）…564
ささげ【豇豆】（秋）…395
ささげのはな【豇豆の花】（夏）…204
ささちまき【笹粽】（夏）…204
ささゆり【笹百合】（夏）…204
ささりんどう【笹龍胆】（秋）…395
さざんか【山茶花】（冬）…507
さしき【挿木】（春）…47
さしもぐさ【指焼草・指艾】（春）…47
さつき【杜鵑花】（夏）…204
さつきつつじ【五月躑躅】（夏）…204
さつまいも【薩摩芋・甘藷】（秋）…396
さといも【里芋】（秋）…396
さといものはな【里芋の花】（夏）…204
さとうきび【砂糖黍・甘蔗】（秋）…396
さとざくら【里桜】（春）…47

さなえ【早苗】（夏）…204
さなえづき【早苗月】（夏）…205
さなえとり【早苗取り】（夏）…205
さなえぶね【早苗舟】（夏）…205
さねかずら【真葛・核葛・実葛】（秋）…397
サフランのはな【saffraan・泊夫藍の花】（秋）…397
サボテン【仙人掌】（夏）…205
ザボン【zamboa・朱欒・香欒】（冬）…509
ザボンのはな【朱欒の花・香欒の花】（夏）…206
さまつだけ【早松茸】（夏）…206
さゆり【小百合・早百合】（夏）…206
さらのはな【娑羅の花・沙羅の花】（夏）…206
さるすべり【百日紅・猿滑】（夏）…207
さるとりいばら【猿捕茨】（春）…47
さわぎきょう【沢桔梗】（秋）…397
さわぐるみ【沢胡桃】（秋）…397
さわふたぎのはな【沢蓋木の花】（夏）…208
ざんか【残花】（春）…48
ざんぎく【残菊】（秋）…398
さんきらいのはな【山帰来の花】（春）…48
さんごじゅ【珊瑚樹】（秋）…398
さんざし【山樝子・山査子】（秋）…398
さんざしのはな【山樝子の花・山査子の花】（春）…48
さんしきすみれ【三色菫】（春）…48
さんしちそう【三七草】（秋）…398
さんしゅゆのはな【山茱萸の花】（春）…48
さんしゅゆのみ【山茱萸の実】（秋）…399
さんしょうのはな【山椒の花】（夏）…208
さんしょうのみ【山椒の実】（秋）…399
さんしょうのめ【山椒の芽】（春）…48

し

しいしば【椎柴】（秋）…399
しいたけ【椎茸】（秋）…399
しいのはな【椎の花】（夏）…208
しいのみ【椎の実】（秋）…400
しおがまぎく【塩竈菊】（夏）…209
しおん【紫苑】（秋）…400
ジギタリス【digitalis】（夏）…209
しきまつば【敷松葉】（冬）…509
しきみのはな【樒の花】（春）…49
シクラメン【cyclamen】（春）…49
しげみ【茂み・繁み】（夏）…209
しげり【茂り・繁り】（夏）…209
しげる【茂る・繁る】（夏）…209
しじみばな【蜆花】（春）…50
しそ【紫蘇】（夏）…209
しそのみ【紫蘇の実】（秋）…401
しだ【羊歯・歯朶】（四季）…565
しだ【羊歯・歯朶】（新年）…539
しだかざる【羊歯飾る・歯朶飾る】（新年）…540
したもえ【下萌】（春）…50
したもみじ【下紅葉】（秋）…401
したやみ【下闇】（夏）…210
しだれうめ【枝垂梅】（春）…50
しだれざくら【枝垂桜】（春）…50
しだれやなぎ【垂柳・枝垂柳】（春）…50
しでこぶし【四手辛夷・幣辛夷】（春）…51
しどみのはな【樝子の花】（春）…51
しなのがき【信濃柿】（秋）…401
シネラリア【cineraria】（春）…51
じねんじょ【自然薯】（秋）…401
しの【小竹・篠】（四季）…565
しのぶ【忍】（夏）…210
しのぶぐさ【忍草】（秋）…402
しば【芝】（四季）…566
しば【柴】（四季）…567
しばぐり【柴栗・茅栗】（秋）…402
しぶがき【渋柿】（秋）…402
しめじ【占地・湿地】（秋）…403
しもがれ【霜枯】（冬）…510
しもつけ【下野】（夏）…210
しもつけそう【下野草】（夏）…211
じゃがいも【じゃが芋】（秋）…403
じゃがいものはな【じゃが芋の花】（夏）

…211
しゃがのはな【射干の花・胡蝶花の花】（夏）…211
しゃくなげ【石南・石南花・石楠花】（夏）…212
しゃくやく【芍薬】（夏）…212
じゃこうそう【麝香草】（秋）…403
じゃこうれんりそう【麝香連理草】（春）…51
じゃのひげ【蛇鬚】（夏）…213
じゃのひげのみ【蛇鬚の実】（冬）…510
しゃみせんぐさ【三味線草】（春）…51
しゅうかいどう【秋海棠】（秋）…403
じゅうにひとえ【十二単】（春）…51
しゅうめいぎく【秋明菊・秋冥菊】（秋）…404
じゅうやく【十薬】（夏）…214
じゅくし【熟柿】（秋）…405
じゅずだま【数珠玉】（秋）…405
しゅろ【棕櫚・棕梠・椶櫚】（四季）…567
しゅろのはな【棕櫚の花・棕梠の花】（夏）…214
しゅんかん【笋羹・筍干・笋干】（夏）…214
しゅんぎく【春菊】（春）…52
じゅんさい【蓴菜】（夏）…214
しゅんらん【春蘭】（春）…52
しょうが【生姜・生薑】（秋）…405
しょうがいち【生姜市】（秋）…406
しょうがみそ【生姜味噌】（冬）…510
しょうしゅ【椒酒】（新年）…540
しょうじょうばかま【猩猩袴】（春）…52
しょうぶ【菖蒲・昌蒲】（夏）…215
しょうぶうち【菖蒲打】（夏）…215
しょうぶざけ【菖蒲酒】（夏）…216
しょうぶだち【菖蒲太刀】（夏）…216
しょうぶゆ【菖蒲湯】（夏）…216
しょうろ【松露】（春）…52
じょちゅうぎく【除虫菊】（夏）…216
しらかば【白樺】（四季）…567
しらかばのはな【白樺の花】（春）…53
しらぎく【白菊】（秋）…406
しらげし【白芥子・白罌粟】（夏）…216
しらねあおい【白根葵】（夏）…217
しらはぎ【白萩】（秋）…407
しらふじ【白藤】（春）…53
しらふよう【白芙蓉】（秋）…407
しらん【紫蘭】（夏）…217
しろうり【白瓜】（夏）…217
しろだも【白だも】（秋）…407
しろはす【白蓮】（夏）…217
しろぼたん【白牡丹】（夏）…218
しろもも【白桃】（春）…53
しんかんぴょう【新干瓢】（夏）…218
しんごぼう【新牛蒡】（夏）…218
しんじゃが【新じゃが】（夏）…218
しんじゅ【新樹】（夏）…218
しんそば【新蕎麦】（秋）…408
しんちぢり【新松子】（秋）…408
しんちゃ【新茶】（夏）…218
じんちょうげ【沈丁花】（春）…54
しんまい【新米】（秋）…408
しんむぎ【新麦】（夏）…219
しんりょく【新緑】（夏）…219
しんわた【新綿】（秋）…408
しんわら【新藁】（秋）…408

す

スイートピー【sweet pea】（春）…54
すいか【西瓜】（秋）…409
すいかずらのはな【忍冬の花】（夏）…219
すいかのはな【西瓜の花】（夏）…219
ずいき【芋茎】（秋）…409
すいせん【水仙】（冬）…510
すいちゅうか【水中花】（夏）…219
すいば【酸葉】（春）…55
すいみつとう【水蜜桃】（秋）…410
すいれん【睡蓮】（夏）…219
すえつむはな【末摘花】（夏）…220
すおうのはな【蘇芳の花】（春）…55
すかんぽ【酸模】（春）…55
すぎ【杉】（四季）…568
すぎな【杉菜】（春）…56
すぎのはな【杉の花】（春）…56
すぎのみ【杉の実】（秋）…410
すぐり【酸塊】（夏）…220

すげ【菅】（四季）…570
すげかる【菅刈る】（夏）…220
すずかけのき【鈴懸木・篠懸木】（四季）…570
すずかけのはな【鈴懸の花・鈴掛の花】（春）…56
すすき【芒・薄】（秋）…410
すすきちる【芒散る・薄散る】（秋）…412
すすきはら【芒原・薄原】（秋）…412
すずしろ【蘿蔔・清白・鈴代】（新年）…540
ずずだま【数珠玉】（秋）…412
すずな【菘・菁・鈴菜】（冬）…511
すずのこ【篠の子】（夏）…221
すずふりばな【鈴振花】（春）…57
すずらん【鈴蘭】（夏）…221
すだち【酢橘・酸橘】（秋）…412
すはまそう【洲浜草】（春）…57
すべりひゆ【滑莧】（夏）…221
すみ【炭】（冬）…512
すみれ【菫】（春）…57
すみれの【菫野】（春）…59
すもうとりぐさ【相撲取草】（春）…59
すもも【李】（夏）…222
すもものはな【李の花】（春）…59

せ

せきしょう【石菖】（夏）…222
せきちく【石竹】（夏）…222
せきちくさす【石竹挿す】（秋）…413
せっこくのはな【石斛の花】（夏）…223
せつぶんそう【節分草】（春）…59
ぜにあおい【銭葵】（夏）…223
せまい【施米】（夏）…223
せみばな【蝉花】（夏）…223
ゼラニウム【geranium】（夏）…223
せり【芹・芹子・水芹】（春）…60
せりなずな【芹薺】（新年）…540
せりのはな【芹の花】（夏）…223
セロリ【celery】（冬）…512
せんきゅうのはな【川芎の花】（秋）…413
せんだんのはな【栴檀の花】（夏）…224
せんだんのみ【栴檀の実】（秋）…413
せんなりひさご【千生瓢・千成瓢】（秋）…413
せんにちこう【千日紅】（夏）…224
せんのう【仙翁】（秋）…413
せんぶりひく【千振引く】（秋）…414
ぜんまい【薇】（春）…60
せんりょう【千両】（冬）…513

そ

そうかはじめ【挿花始】（新年）…540
ぞうき【雑木】（四季）…571
ぞうきもみじ【雑木紅葉】（秋）…414
そうばい【早梅】（冬）…513
そうび【薔薇】（夏）…224
そがぎく【曾我菊・蘇我菊】（秋）…414
そけい【素馨】（夏）…225
そてつのはな【蘇鉄の花】（夏）…225
そののきく【園の菊】（秋）…414
そばがら【蕎麦殻】（四季）…571
そばかり【蕎麦刈り】（冬）…513
そばのはな【蕎麦の花】（秋）…415
そばばたけ【蕎麦畑】（秋）…415
そばゆ【蕎麦湯】（冬）…513
そめいよしの【染井吉野】（春）…61
そらまめ【空豆・蚕豆】（夏）…225
そらまめのはな【空豆の花・蚕豆の花】（春）…61

た

だいこん【大根】（冬）…513
だいこんあらう【大根洗う】（冬）…515
だいこんいわう【大根祝う】（新年）…540
だいこんのはな【大根の花】（春）…61
だいこんばたけ【大根畑】（冬）…515
だいこんひき【大根引き】（冬）…515
だいこんほす【大根干す】（冬）…515
だいこんまく【大根蒔く】（秋）…416
たいさんぼくのはな【泰山木の花】（夏）…226
だいずのはな【大豆の花】（夏）…226
だいずひく【大豆引く】（秋）…416

だいだい【橙】（冬）…515
だいだいかざる【橙飾る】（新年）…540
だいだいのはな【橙の花】（夏）…226
たいぼく【大木】（四季）…571
たうえ【田植】（夏）…227
たうえうた【田植歌・田植唄】（夏）…227
たうえがさ【田植笠】（夏）…227
たうえざけ【田植酒】（夏）…227
たうえどき【田植時】（夏）…227
たうえめ【田植女】（夏）…228
たうこぎ【田五加・田五加木】（秋）…416
たうち【田打】（春）…62
たおやなぎ【嫋柳】（春）…62
たかうな【筍・笋】（夏）…228
たかな【高菜】（夏）…228
たがらし【田芥・田芥子】（春）…62
たがり【田刈】（秋）…416
たかんな【筍・笋】（夏）…228
たく【栲】（四季）…571
たぐさとり【田草取】（夏）…228
たけ【竹】（四季）…571
たけううるひ【竹植うる日】（夏）…228
たけうつす【竹移す】（夏）…228
たけおちば【竹落葉】（夏）…229
たけかざり【竹飾】（新年）…540
たけきり【竹伐】（夏）…229
たけきる【竹伐る】（秋）…416
たけにぐさ【竹煮草・竹似草】（夏）…229
たけのあき【竹の秋】（春）…62
たけのかわぬぐ【竹の皮脱ぐ】（夏）…229
たけのこ【竹の子・筍・笋】（夏）…229
たけのはる【竹の春】（秋）…417
たけのみ【竹の実】（秋）…417
たけやま【茸山】（秋）…417
たぜり【田芹】（春）…62
たちあおい【立葵】（夏）…230
たちばな【橘】（秋）…417
たちばなかざる【橘飾る】（新年）…541
たちばなのはな【橘の花】（夏）…231
たつなみそう【立浪草】（夏）…231
たで【蓼】（夏）…232
たでのはな【蓼の花】（秋）…417
たでのほ【蓼の穂】（秋）…418
たてまつ【立松】（新年）…541
たにわかば【谷若葉】（夏）…232
たねいも【種芋】（春）…63
たねおろし【種おろし】（春）…63
たねだわら【種俵】（春）…63
たねつけばな【種付花・種漬花】（春）…63
たねなす【種茄子】（秋）…418
たねひたし【種浸し】（春）…63
たねふくべ【種瓢】（秋）…418
たねまき【種蒔き】（春）…63
たばこのはな【煙草の花】（秋）…418
たばこほす【煙草干す】（秋）…419
たびらこ【田平子】（新年）…541
たまざさ【玉笹】（四季）…573
たまつばき【玉椿】（春）…64
たまな【球菜・玉菜】（夏）…232
たまねうえる【球根植える】（秋）…419
たまねぎ【玉葱・葱頭】（夏）…232
たままくくず【玉巻く葛】（夏）…233
たままくばしょう【玉巻く芭蕉】（夏）…233
たままくわ【玉真桑・玉真瓜】（夏）…233
たまも【玉藻】（四季）…573
たまやなぎ【玉柳】（春）…64
たむらそう【田村草】（秋）…419
たらのはな【楤木の花】（秋）…419
たらのめ【楤の芽】（春）…64
ダリア【dahlia】（夏）…233
たるがき【樽柿】（秋）…419
たわらも【俵藻】（新年）…541
だんどく【檀特】（秋）…419
たんばい【探梅】（冬）…516
たんばぐり【丹波栗】（秋）…420
たんぽぽ【蒲公英】（春）…64

ち

ちがや【茅】（秋）…420
ちがやのはな【茅の花】（春）…66
ちぐさ【千草】（秋）…420
ちくすいじつ【竹酔日】（夏）…234

ちくぶじん【竹夫人・竹婦人】（夏）…234
ちござくら【兒桜】（春）…66
ちさ【苣・萵苣】（春）…66
ちさのはな【苣の花・萵苣の花】（夏）…234
ちちこぐさ【父子草】（春）…66
ちどめぐさ【血止草】（秋）…421
ちどりそう【千鳥草】（夏）…234
ちゃつみ【茶摘】（春）…67
ちゃのはな【茶の花】（冬）…516
ちゃのひきぞめ【茶の挽初】（新年）…541
ちゃばたけ【茶畑】（春）…67
ちゃひきぐさ【茶挽草・茶引草】（夏）…235
ちゃらん【茶蘭】（夏）…235
ちゅうぎく【中菊】（秋）…421
チューリップ【tulip】（春）…67
ちょうじそう【丁字草】（夏）…235
ちよつばき【千代椿】（春）…67
ちょろぎ【草石蚕】（夏）…235
ちょろぎ【草石蚕】（新年）…541
ちりつばき【散椿】（春）…67
ちりまつば【散松葉】（夏）…235
ちりもみじ【散紅葉】（冬）…517
ちるさくら【散る桜】（春）…68
ちるやなぎ【散る柳】（秋）…421

つ

つが【栂】（四季）…573
つき【槻】（四季）…574
つぎき【接木・継木】（春）…68
つきくさ【月草】（秋）…421
つきのはな【月の花】（春）…68
つぎほ【接穂】（春）…68
つきみそう【月見草】（夏）…235
つきよたけ【月夜茸】（秋）…422
つくし【土筆】（春）…68
つくづくし【土筆】（春）…69
つくねいも【捏芋・仏掌薯】（秋）…422
つくばね【衝羽根】（秋）…422
つくばねそうのはな【衝羽根草の花】（夏）…236
つくりぎく【作り菊】（秋）…422
つげ【黄楊】（四季）…574
つげのはな【黄楊の花】（春）…69
つた【蔦】（秋）…422
つたかずら【蔦かずら】（秋）…423
つたしげる【蔦茂る】（夏）…237
つたのは【蔦の葉】（秋）…423
つたもみじ【蔦紅葉】（秋）…423
つたわかば【蔦若葉】（夏）…237
つちわさび【土山葵】（春）…70
つつじ【躑躅】（春）…70
つづらふじ【葛藤・防己】（夏）…237
つなそかる【綱麻刈る・黄麻刈る】（夏）…237
つばき【椿】（春）…71
つばきつぐ【椿接ぐ】（夏）…237
つばきのみ【椿の実】（秋）…424
つばな【茅花・茅針】（春）…73
つまくれない【爪紅】（秋）…424
つまみな【摘み菜】（秋）…424
つみくさ【摘草】（春）…74
つめれんげ【爪蓮華】（夏）…237
つゆくさ【露草】（秋）…424
つりがねそう【釣鐘草】（夏）…237
つりがねにんじん【釣鐘人参】（秋）…425
つりふねそう【釣船草】（秋）…426
つるうめもどき【蔓梅擬】（秋）…426
つるうめもどきのはな【蔓梅擬の花】（夏）…238
つるしがき【吊し柿】（秋）…426
つるな【蔓菜】（夏）…238
つるむらさき【蔓紫】（秋）…426
つるれいし【蔓茘枝】（秋）…426
つわのはな【石蕗の花】（冬）…517
つわぶき【石蕗】（春）…74

て

ていかかずら【定家葛】（夏）…238
てっせんか【鉄線花】（夏）…238
てっぽうゆり【鉄砲百合】（夏）…239
てまり【手鞠・手毬】（夏）…239
てまりばな【手鞠花・手毬花】（夏）…239

てりは【照葉】(秋)…427
てんぐさ【天草】(夏)…239
てんぐさたく【天草焚く】(冬)…518
てんぐだけ【天狗茸】(秋)…427
てんじくあおい【天竺葵】(夏)…240
てんじくぼたん【天竺牡丹】(夏)…240
てんなんしょう【天南星】(夏)…240

と

とうがじる【冬瓜汁】(秋)…427
とうがらし【唐辛子・唐芥子・唐辛】(秋)…427
とうがらしのはな【唐辛子・唐芥子・唐辛─の花】(夏)…241
とうがん【冬瓜】(秋)…428
どうかんそう【道灌草】(夏)…241
とうがんのはな【冬瓜の花】(夏)…241
とうきび【蜀黍・唐黍】(秋)…428
とうごま【唐胡麻】(秋)…429
とうじばい【冬至梅】(冬)…518
とうしょうぶ【唐菖蒲】(夏)…241
とうだいぐさ【燈台草】(春)…74
どうだんつつじ【燈台躑躅・満天星】(春)…75
とうなす【唐茄子】(秋)…429
とうもろこし【玉蜀黍・唐蜀黍】(秋)…429
とおかのきく【十日の菊】(秋)…430
とがえりのはな【十返りの花】(春)…75
とがのき【栂木】(四季)…575
ときわぎ【常磐木】(四季)…575
ときわぎおちば【常磐木落葉】(夏)…241
どくうつぎのはな【毒空木の花】(夏)…241
とくさかる【木賊刈る・砥草刈る】(秋)…430
どくだけ【毒茸】(秋)…431
どくだみ【十薬・蕺草】(夏)…242
とけいそう【時計草】(夏)…242
とこなつ【常夏】(夏)…242
とこよばな【常世花】(夏)…243
ところ【野老】(春)…75
ところかざる【野老飾る】(新年)…541
ところてん【心太】(夏)…243
とさかのり【鶏冠海苔】(春)…76
とさみずき【土佐水木】(春)…76
としのはな【年の花】(新年)…541
とちだんご【橡団子・栃団子】(秋)…431
とちのはな【橡の花・栃の花】(夏)…243
とちのみ【橡の実・栃の実】(秋)…431
とべらのはな【海桐花の花】(夏)…243
とべらのみ【海桐花の実】(秋)…431
トマト【tomato】(夏)…243
どようめ【土用芽】(夏)…244
とりかぶと【鳥兜・鳥甲】(秋)…432
とろろ【薯蕷】(秋)…432
とろろあおい【黄蜀葵】(夏)…244
どんぐり【団栗】(秋)…432

な

な【菜】(四季)…575
なえ【苗】(夏)…244
なえどこ【苗床】(春)…76
ながいも【長芋・長薯】(秋)…432
なかて【中稲】(秋)…433
なかぬきだいこん【中抜大根】(秋)…433
なぎ【水葱・菜葱】(夏)…244
なぎ【梛・竹柏】(四季)…575
なぎなたこうじゅ【薙刀香薷】(夏)…244
なぎのはかざる【梛葉飾る】(新年)…542
なごらん【名護蘭】(夏)…245
なし【梨】(秋)…433
なしのはな【梨の花】(春)…76
なす【茄・茄子】(夏)…245
なすあえ【茄子和】(夏)…246
なすじる【茄子汁】(夏)…246
なすづけ【茄子漬】(夏)…246
なずな【薺】(新年)…542
なずなうち【薺打】(新年)…543
なずなうり【薺売】(新年)…543
なずながゆ【薺粥】(新年)…543

なずなつむ【薺摘む】（新年）…543
なずなづめ【薺爪】（新年）…543
なずなのはな【薺の花】（春）…77
なずなのよ【薺の夜】（新年）…544
なすのうま【茄子の馬】（秋）…433
なすのしぎやき【茄子の鴫焼】（夏）…246
なすのはな【茄子の花】（夏）…246
なすばたけ【茄子畑】（夏）…246
なたねうつ【菜種打つ】（夏）…247
なたねのはな【菜種の花】（春）…77
なたねほす【菜種干す】（夏）…247
なたねまく【菜種蒔く】（秋）…434
なたまめ【刀豆・鉈豆】（秋）…434
なつあさがお【夏朝顔】（夏）…247
なつあざみ【夏薊】（夏）…247
なつき【夏木】（夏）…247
なつぎく【夏菊】（夏）…247
なつくさ【夏草】（夏）…248
なつぐみ【夏茱萸】（夏）…248
なつこだち【夏木立】（夏）…249
なつずいせん【夏水仙】（夏）…249
なつだいこん【夏大根】（夏）…249
なつつばきのはな【夏椿の花】（夏）…250
なっとう【納豆】（冬）…518
なっとうじる【納豆汁】（冬）…518
なつねぎ【夏葱】（夏）…250
なつの【夏野】（夏）…250
なつのにわ【夏の庭】（夏）…250
なつはぎ【夏萩】（夏）…250
なつばたけ【夏畑】（夏）…251
なつふじ【夏藤】（夏）…251
なつまめ【夏豆】（夏）…251
なつみかん【夏蜜柑】（夏）…251
なつめ【棗】（秋）…434
なつめのはな【棗の花】（夏）…251
なつやなぎ【夏柳】（夏）…251
なつわらび【夏蕨】（夏）…252
なでしこ【撫子】（夏）…252
なでしこのこる【撫子残る】（秋）…435
ななかまど【七竈】（秋）…435
ななくさ【七草・七種】（新年）…544
ななくさうち【七草打・七種打】（新年）…544
ななくさがゆ【七草粥・七種粥】（新年）…544
ななくさつみ【七草摘・七種摘】（新年）…545
なのはな【菜の花】（春）…78
なのりそ【莫告藻・神馬藻】（夏）…253
なまくるみ【生胡桃】（夏）…254
なら【楢】（四季）…575
ならのみ【楢の実】（秋）…435
なわしろ【苗代】（春）…79
なわしろいちご【苗代苺】（夏）…254
なわしろいちごのはな【苗代苺の花】（春）…79
なわしろぐみ【苗代茱萸・苗代胡頽子】（夏）…254
なんてんのはな【南天の花】（夏）…254
なんてんのみ【南天の実】（冬）…519
なんばんぎせる【南蛮煙管】（秋）…435

に

においざくら【匂桜】（春）…79
においすみれ【匂菫】（春）…80
にしきぎ【錦木】（秋）…435
にしきそう【錦草】（秋）…436
にちにちそう【日日草】（夏）…255
にら【韮】（春）…80
にらのはな【韮の花】（秋）…436
にれ【楡】（四季）…576
にわうめのはな【庭梅の花】（春）…80
にわきかる【庭木刈る】（秋）…436
にわざくら【庭桜】（春）…81
にわとこ【庭常・接骨木】（四季）…577
にわとこのはな【庭常の花・接骨木の花】（春）…81
にわふじ【庭藤】（夏）…255
にわやなぎ【庭柳】（夏）…255
にんじん【人参】（冬）…519
にんじんのはな【人参の花】（夏）…255
にんどうのはな【忍冬の花】（夏）…255
にんにく【葫・大蒜】（夏）…255

ぬ

ぬかご【零余子】（秋）…436

ぬきな【抜菜】（秋）…437
ぬなわ【蓴】（夏）…256
ぬなわおう【蓴生う】（春）…81
ぬなわのはな【蓴の花】（夏）…256
ぬばたま【射干玉】（四季）…577
ぬるで【白膠・白膠木】（四季）…577
ぬるでもみじ【白膠紅葉・白膠木紅葉】（秋）…437

ね

ねいも【根芋】（夏）…256
ねぎ【葱】（冬）…520
ねぎじる【葱汁】（冬）…521
ねぎのぎぼ【葱の擬宝】（春）…81
ねぎのはな【葱の花】（春）…81
ねぎばたけ【葱畑】（冬）…521
ねぎぼうず【葱坊主】（春）…82
ねこやなぎ【猫柳】（春）…82
ねじあやめ【捩菖蒲】（春）…82
ねじばな【捩花】（夏）…256
ねずみもちのみ【鼠黐の実・女貞の実】（冬）…521
ねぜり【根芹】（春）…82
ねなしぐさ【根無草】（夏）…257
ねのひぐさ【子日草】（新年）…545
ねぶか【根深】（冬）…521
ねぶかじる【根深汁】（冬）…521
ねむのき【合歓木・合歓】（四季）…578
ねむのはな【合歓木の花・合歓の花】（夏）…257
ねむのみ【合歓木の実・合歓の実】（秋）…437
ねむもみじ【合歓木紅葉・合歓紅葉】（秋）…437
ねむりぐさ【眠草】（夏）…258

の

のあざみ【野薊】（春）…83
のいばらのはな【野薔薇の花・野茨の花】（夏）…258
のうぜんかずら【凌霄花】（夏）…259
のうぜんはれん【凌霄葉蓮】（夏）…259
のうるし【野漆】（春）…83
のぎく【野菊】（秋）…437
のきしのぶ【軒忍】（秋）…438
のきのあやめ【軒の菖蒲】（夏）…259
のぐるみ【野胡桃】（秋）…438
のこぎりそう【鋸草】（夏）…260
のしゅんぎく【野春菊】（春）…83
のだいこん【野大根】（春）…83
のはぎ【野萩】（秋）…438
のばら【野薔薇】（夏）…260
のびえ【野稗】（秋）…438
のびる【野蒜】（春）…84
のぶどう【野葡萄】（秋）…438
のぼたん【野牡丹】（夏）…260
のやく【野焼く】（春）…84
のやまのにしき【野山の錦】（秋）…439
のり【海苔】（春）…84
のりうつぎ【糊空木】（夏）…260
のりかく【海苔掻く】（春）…85
のりのか【海苔の香】（春）…85

は

ばいえん【梅園】（春）…85
パイナップル【pineapple】（夏）…261
ばいりん【梅林】（春）…85
はぎ【萩】（秋）…439
はぎがえ【萩が枝】（秋）…442
はぎちる【萩散る】（秋）…442
はぎのあるじ【萩の主】（秋）…442
はぎのちり【萩の塵】（秋）…442
はぎのと【萩の戸】（秋）…442
はぎのはな【萩の花】（秋）…442
はぎのやど【萩の宿】（秋）…443
はぎはら【萩原】（秋）…443
はぎみ【萩見】（秋）…443
はくさい【白菜】（冬）…521
ばくしゅう【麦秋】（夏）…261
はくちょうげ【白丁花】（夏）…261
はくとう【白桃】（秋）…443
はくもくれん【白木蓮】（春）…86
ばくもんとう【麦門冬】（夏）…261
はげいとう【葉鶏頭】（秋）…443
はこねうつぎのはな【箱根空木の花】（夏）…261
はこべ【繁縷】（春）…86

はざくら【葉桜】（夏）…262
はじかみ【薑・椒】（秋）…444
はしばみ【榛】（秋）…444
はしばみのはな【榛の花】（春）…86
ばしょう【芭蕉】（秋）…445
はしょうが【葉生姜】（夏）…262
ばしょうたまとく【芭蕉玉解く】（夏）…262
ばしょうのはな【芭蕉の花】（夏）…262
ばしょうのまきば【芭蕉の巻葉】（夏）…262
ばしょうわかば【芭蕉若葉】（夏）…263
はす【蓮】（夏）…263
はすいけ【蓮池】（夏）…264
はすねほる【蓮根掘る】（冬）…522
はすのうきは【蓮の浮葉】（夏）…264
はすのおれば【蓮の折葉】（夏）…264
はすのか【蓮の香】（夏）…264
はすのたちば【蓮の立葉】（夏）…265
はすのつゆ【蓮の露】（夏）…265
はすのは【蓮の葉】（夏）…265
はすのはな【蓮の花】（夏）…266
はすのまきば【蓮の巻葉】（夏）…267
はすのみ【蓮の実】（秋）…446
はすのみとぶ【蓮の実飛ぶ】（秋）…446
はすのめし【蓮の飯】（秋）…446
はすのわかね【蓮の若根】（夏）…267
はすみ【蓮見】（夏）…267
はすみぶね【蓮見舟】（夏）…267
はぜのはな【櫨の花・黄櫨の花】（夏）…267
はぜのみ【櫨の実・黄櫨の実】（秋）…446
はぜもみじ【櫨紅葉・黄櫨紅葉】（秋）…447
はたうち【畑打】（春）…86
はだかぎ【裸木】（冬）…522
はたざおのはな【旗竿の花】（春）…87
はたつもり【畑守・畑つ守】（春）…87
はたんきょう【巴旦杏】（夏）…267
はたんきょうのはな【巴旦杏の花】（春）…87
はちくのこ【淡竹の子】（夏）…267
はちす【蓮】（夏）…267
はつうり【初瓜】（夏）…267
はつおばな【初尾花】（秋）…447
はっかかる【薄荷刈る】（夏）…268
はつかぐさ【二十日草】（夏）…268
はつかだいこん【二十日大根】（四季）…579
はっかのはな【薄荷の花】（秋）…447
はつぎく【初菊】（秋）…447
はつきゅうり【初胡瓜】（夏）…268
はっさくばい【八朔梅】（冬）…522
はつざくら【初桜】（春）…87
はっしょういも【八升芋】（秋）…447
はつたけ【初茸】（秋）…447
はつちゃしゃく【初茶杓】（新年）…545
はつちゃせん【初茶筌】（新年）…545
はつちゃのゆ【初茶湯】（新年）…545
はつなすび【初茄子】（夏）…268
はつはな【初花】（春）…88
はつほ【初穂】（秋）…448
はつまくわ【初真桑・初甜瓜】（夏）…268
はつもみじ【初紅葉】（秋）…448
はつわかな【初若菜】（新年）…545
はつわらび【初蕨】（春）…88
はとむぎ【鳩麦】（秋）…448
はな【花】（春）…88
はなあおい【花葵】（夏）…268
はなあさ【花麻】（夏）…269
はなあざみ【花薊】（春）…90
はなあやめ【花菖蒲】（夏）…269
はないかだ【花筏】（春）…90
はないばら【花茨】（夏）…269
はなうつぎ【花卯木】（夏）…269
はなおうち【花樗】（夏）…269
はなげし【花芥子・花罌粟】（夏）…269
はなごろも【花衣】（春）…90
はなざかり【花盛】（春）…91
はなざくろ【花石榴・花柘榴】（夏）…269
はなしょうぶ【花菖蒲】（夏）…270
はなずおう【花蘇芳】（春）…91
はなすすき【花芒・花薄】（秋）…448
はなすみれ【花菫】（春）…91
はなだいこん【花大根】（春）…91
はなたちばな【花橘】（夏）…270
はなちる【花散る】（春）…91

はなつばき【花椿】（春）…92
バナナ【banana・甘蕉】（夏）…270
はななずな【花薺】（春）…92
はななすび【花茄子】（夏）…270
はなぬすびと【花盗人】（春）…92
はなの【花野】（秋）…449
はなのあと【花の跡】（春）…92
はなのあめ【花の雨】（春）…92
はなのあるじ【花の主】（春）…92
はなのいもと【花の妹】（秋）…449
はなのおく【花の奥】（春）…93
はなのか【花の香】（春）…93
はなのかげ【花の影・花の陰】（春）…93
はなのかぜ【花の風】（春）…93
はなのくも【花の雲】（春）…93
はなのさいしょう【花の宰相】（夏）…270
はなのちり【花の塵】（春）…94
はなのてら【花の寺】（春）…94
はなのとも【花の友】（春）…94
はなのにわ【花の庭】（春）…94
はなのはる【花の春】（新年）…545
はなのやど【花の宿】（春）…94
はなのやま【花の山】（春）…94
はなのゆき【花の雪】（春）…94
はなばしょう【花芭蕉】（夏）…271
はなばたけ【花畑】（秋）…449
はなびしそう【花菱草】（夏）…271
はなふぶき【花吹雪】（春）…94
はなみ【花見】（春）…95
はなみざけ【花見酒】（春）…95
はなみょうが【花茗荷】（夏）…271
はなむくげ【花木槿】（秋）…449
はなむしろ【花筵】（春）…95
はなも【花藻】（夏）…271
はなもり【花守】（春）…96
はなゆ【花柚】（夏）…271
はなりんご【花林檎】（春）…96
はなをおしむ【花を惜しむ】（春）…96
ははきぎ【帚木・箒木】（夏）…271
ははこぐさ【母子草】（春）…96
ははそ【柞】（秋）…450
ははそもみじ【柞紅葉】（秋）…450
はぼたん【葉牡丹】（冬）…522
はまえんどう【浜豌豆】（夏）…272
はまおぎ【浜荻】（秋）…450
はまおもと【浜万年青】（夏）…272
はまぎく【浜菊】（秋）…451
はますげ【浜菅】（夏）…272
はまだいこんのはな【浜大根の花】（春）…97
はまなす【浜梨】（夏）…273
はまにがな【浜苦菜】（春）…97
はまひるがお【浜昼顔】（夏）…273
はまぼうふう【浜防風】（春）…97
はまゆう【浜木綿】（夏）…273
はまゆうのみ【浜木綿の実】（秋）…451
はやなぎ【葉柳】（夏）…274
ばら【薔薇】（夏）…274
ばりん【馬藺・馬楝】（春）…97
はるしゃぎく【波斯菊】（夏）…275
はるのくさ【春の草】（春）…97
はるのたけのこ【春の筍】（春）…98
はるのの【春の野】（春）…98
ばれいしょ【馬鈴薯】（秋）…451
ばれいしょのはな【馬鈴薯の花】（夏）…275
はんげ【半夏】（夏）…275
はんげしょう【半夏生】（夏）…275
パンジー【pansy】（春）…98
はんのき【榛木】（四季）…579
はんのきのはな【榛木の花】（春）…98

ひ

ひ【檜】（四季）…579
ひいらぎおちば【柊落葉】（夏）…276
ひいらぎのはな【柊の花・疼木の花】（冬）…523
ひえ【稗】（秋）…451
ひえだ【稗田】（秋）…451
ひえのほ【稗の穂】（秋）…452
ひおうぎ【檜扇・射干】（夏）…276
ひかげのかずら【日陰蔓】（四季）…579
ひがんざくら【彼岸桜】（春）…98
ひがんばな【彼岸花】（秋）…452
ひぎりのはな【緋桐の花】（夏）…276
ひぐるま【日車】（夏）…276
ひさご【瓢・瓠・匏】（秋）…452

ひさごのはな【瓢・瓠・匏—の花】（夏）…277
ひじき【鹿尾菜・羊栖菜】（春）…99
ひしのはな【菱の花】（夏）…277
ひしのみ【菱の実】（秋）…452
びじょざくら【美女桜】（夏）…277
びじんそう【美人草】（夏）…277
ひつじぐさ【未草・睡蓮】（夏）…277
ひとえざくら【一重桜】（春）…99
ひとつば【一葉】（夏）…278
ひとは【一葉】（秋）…453
ひとはのふね【一葉の舟】（秋）…453
ひとりしずか【一人静】（春）…99
ひなぎく【雛菊】（春）…99
ひなげし【雛芥子・雛罌粟】（夏）…278
びなんかずら【美男葛】（秋）…453
ひのき【檜・檜木】（四季）…580
ひまわり【向日葵・日回】（夏）…278
ひむろざくら【氷室桜】（夏）…279
ひめうず【姫烏頭】（春）…99
ひめうり【姫瓜】（夏）…279
ひめぐるみ【姫胡桃】（秋）…453
ひめじょおん【姫女菀】（夏）…280
ひめつげ【姫黄楊】（春）…100
ひめばしょう【姫芭蕉】（夏）…280
ひめゆり【姫百合】（夏）…280
ひもも【緋桃】（春）…100
ひゃくぎく【百菊】（秋）…453
ひゃくじつこう【百日紅・猿滑】（夏）…280
ひゃくなり【百生】（秋）…453
ひゃくにちそう【百日草】（夏）…280
びゃくれん【白蓮】（夏）…281
ヒヤシンス【hyacinth】（春）…100
ひやむぎ【冷麦】（夏）…281
ひゆ【莧】（夏）…281
ひょうたん【瓢箪】（秋）…454
びようやなぎ【未央柳】（夏）…281
ひよどりじょうご【鵯上戸】（秋）…454
ひよどりじょうごのはな【鵯上戸の花】（夏）…282
ひよどりばな【鵯花】（秋）…454
ひらきごぼう【開牛蒡】（新年）…546
ひらきまめ【開豆】（新年）…546
ひらたけ【平茸】（秋）…454
ひるがお【昼顔】（夏）…282
ひるむしろ【蛭莚・蛭蓆】（夏）…283
ひれあざみ【鰭薊・飛廉】（夏）…283
びわ【枇杷】（夏）…283
びわのはな【枇杷の花】（冬）…523
びんろうじゅのはな【檳榔樹の花】（春）…100

ふ

ふうちそう【風知草】（夏）…284
ふうちょうそう【風鳥草】（夏）…284
ふうらん【風蘭】（夏）…284
ふうろそう【風露草】（夏）…285
ふかみぐさ【深見草】（夏）…285
ふき【蕗】（夏）…285
ふきのとう【蕗の薹】（春）…100
ふきのは【蕗の葉】（夏）…286
ふきのはな【蕗の花】（春）…102
ふきのめ【蕗の芽】（春）…102
ふきみそ【蕗味噌】（春）…102
ふくじゅそう【福寿草】（新年）…546
ふくちゃ【福茶】（新年）…547
ふくべ【瓢・瓠】（秋）…455
ふくわら【福藁】（新年）…547
ふじ【藤】（春）…102
ふじあざみ【富士薊】（秋）…455
ふじだな【藤棚】（春）…103
ふじな【藤菜】（春）…103
ふじなみ【藤浪】（春）…103
ふじのはな【藤の花】（春）…104
ふじのみ【藤の実】（秋）…455
ふじばかま【藤袴】（秋）…455
ふじまめ【藤豆】（秋）…456
ふじみ【藤見】（春）…105
ぶしゅかん【仏手柑】（冬）…523
ぶしゅかんのはな【仏手柑の花】（夏）…286
ふたばあおい【二葉葵・双葉葵】（夏）…286
ふたりしずか【二人静】（春）…106
ふだんそう【不断草】（夏）…286
ふっきそう【富貴草】（夏）…286
ぶっそうげ【仏桑華・扶桑花・仏桑花】（夏）…287

ふとい【大藺】（夏）…287
ぶどう【葡萄】（秋）…456
ぶどうえん【葡萄園】（秋）…457
ぶどうしゅかもす【葡萄酒醸す】（秋）…457
ぶどうだな【葡萄棚】（秋）…457
ぶどうなます【葡萄膾】（秋）…457
ぶどうのはな【葡萄の花】（夏）…287
ぶな【橅・山毛欅】（四季）…580
ぶなのはな【橅の花・山毛欅の花】（夏）…287
ふのり【布海苔・海蘿】（夏）…288
ふゆあおい【冬葵】（冬）…524
ふゆいちご【冬苺】（冬）…524
ふゆがれ【冬枯】（冬）…524
ふゆき【冬木】（冬）…525
ふゆぎく【冬菊】（冬）…525
ふゆこだち【冬木立】（冬）…525
ふゆざくら【冬桜】（冬）…526
ふゆた【冬田】（冬）…526
ふゆつばき【冬椿】（冬）…526
ふゆな【冬菜】（冬）…526
ふゆのうめ【冬の梅】（冬）…526
ふゆのくさ【冬の草】（冬）…527
ふゆのの【冬の野】（冬）…527
ふゆばら【冬薔薇】（冬）…527
ふゆぼたん【冬牡丹】（冬）…527
ふゆもみじ【冬紅葉】（冬）…527
ふよう【芙蓉】（秋）…457
フリージア【freesia】（春）…106
ふろふき【風呂吹】（冬）…527
ぶんごうめ【豊後梅】（夏）…288
ぶんごうめのはな【豊後梅の花】（春）…106
ぶんたん【文旦】（冬）…528

へ

へくそかずら【屁糞蔓】（夏）…288
ベゴニア【begonia】（夏）…288
へちま【糸瓜】（秋）…459
へちまのはな【糸瓜の花】（夏）…289
へちまのみず【糸瓜の水】（秋）…459
べにたけ【紅茸】（秋）…459
べにのはな【紅の花】（夏）…289
べにばたけ【紅畑】（夏）…289
へびいちご【蛇苺】（夏）…290
へびいちごのはな【蛇苺の花】（春）…106
べんけいそう【弁慶草】（秋）…460
ぺんぺんぐさ【ぺんぺん草】（春）…106
へんるうだ【芸香】（夏）…290

ほ

ポインセチア【Poinsettia】（冬）…528
ほうきだけ【箒茸】（秋）…460
ほうせんか【鳳仙花】（秋）…460
ぼうたん【牡丹】（夏）…290
ほうちゃくそう【宝鐸草】（夏）…290
ぼうふう【防風】（春）…106
ぼうぶら【南瓜・胡瓠】（秋）…461
ほうれんそう【菠薐草】（春）…107
ほおずき【酸漿・鬼燈】（秋）…461
ほおずきのはな【酸漿の花・鬼燈の花】（夏）…291
ほおのき【朴・厚朴】（四季）…581
ほおのはな【朴の花・厚朴の花】（夏）…291
ぼけのはな【木瓜の花】（春）…107
ぼけのみ【木瓜の実】（秋）…462
ほしうり【干瓜】（夏）…291
ほしがき【乾柿・干柿】（秋）…462
ほしくさ【星草】（秋）…463
ほしな【干菜】（冬）…528
ほしのり【干海苔・乾海苔】（春）…108
ぼだいし【菩提子】（秋）…463
ぼだいじゅのはな【菩提樹の花】（夏）…291
ぼだいじゅのみ【菩提樹の実】（秋）…463
ほたで【穂蓼】（秋）…463
ほたるかずら【蛍葛】（夏）…292
ほたるぶくろ【蛍袋】（夏）…292
ほだわら【穂俵】（新年）…547
ぼたん【牡丹】（夏）…292
ぼたんきょう【牡丹杏】（夏）…294
ぼたんざくら【牡丹桜】（春）…108
ぼたんのねわけ【牡丹の根分】（秋）…463

ぼたんばたけ【牡丹畑】 295
ぼたんみ【牡丹見】(夏)…295
ぼたんゆり【牡丹百合】(春)…108
ほていそう【布袋草】(夏)…295
ほとけのざ【仏座】(新年)…547
ほととぎす【杜鵑草・時鳥草】(秋)…463
ポプラ【poplar】(四季)…581
ほむぎ【穂麦】(夏)…295
ほよ【寄生】(四季)…581
ほろし【白英】(秋)…464
ほんだわら【馬尾藻・神馬藻】(新年)…547

ま

まあざみ【真薊】(夏)…295
まいたけ【舞茸】(秋)…464
まき【真木・槙】(四季)…582
まくず【真葛】(秋)…464
まくわうり【真桑瓜・甜瓜】(夏)…295
まけぎく【負菊】(秋)…464
まこも【真菰・真薦】(夏)…296
まこもうり【真菰売・真薦売】(夏)…296
まこもかる【真菰刈る・真薦刈る】(夏)…297
まこものはな【真菰の花・真薦の花】(秋)…464
まさき【柾・正木】(四季)…582
まさきのかずら【柾葛・真析葛】(四季)…583
まさきのはな【柾の花・正木の花】(夏)…297
まさきのみ【柾の実・正木の実】(秋)…464
まだけ【真竹】(四季)…583
まだけのこ【真竹の子】(夏)…297
またたび【木天蓼】(秋)…464
またたびのはな【木天蓼の花】(夏)…297
まつ【松】(四季)…583
まつおさめ【松納】(新年)…548
まつおちば【松落葉】(夏)…297
まつかざり【松飾】(新年)…548
まつたけ【松茸・松蕈】(秋)…465
まつたけ【松竹】(新年)…548
まつたけめし【松茸飯・松蕈飯】(秋)…466
まつとる【松取る】(新年)…548
まつな【松菜】(春)…108
まつのうち【松の内】(新年)…548
まつのはな【松の花】(春)…108
まつのはる【松の春】(新年)…548
まつのみどり【松の緑】(春)…109
まつばぎく【松葉菊】(夏)…298
まつばぼたん【松葉牡丹】(夏)…298
まつばら【松原】(四季)…585
まつむしそう【松虫草】(秋)…466
まつもと【松本】(夏)…298
まつよいぐさ【待宵草】(夏)…298
まつりか【茉莉花】(夏)…299
まてばしい【真手葉椎・全手葉椎】(秋)…466
まびきな【間引菜】(秋)…466
まむしぐさ【蝮草】(春)…109
まめがき【豆柿】(秋)…466
まめまき【豆撒】(冬)…528
まゆみ【真弓・檀】(秋)…467
まゆみのはな【真弓の花・檀の花】(夏)…299
まゆみのみ【真弓の実・檀の実】(秋)…467
まゆみもみじ【真弓紅葉・檀紅葉】(秋)…467
まるめろ【木瓜・榲桲】(秋)…467
まるめろのはな【木瓜の花・榲桲の花】(春)…109
まんさく【万作・満作】(春)…109
まんじゅさげ【曼珠沙華】(秋)…468
まんねんすぎ【万年杉】(夏)…299
まんりょう【万両】(冬)…528

み

みかん【蜜柑】(冬)…529
みかんおさめ【蜜柑納め】(新年)…548
みかんかざる【蜜柑飾る】(新年)…549
みかんのはな【蜜柑の花】(夏)…299
みくさ【水草・美草】(四季)…585

みくり【三稜・三稜草】（夏）…299
みざくら【実桜】（夏）…300
みずあおい【水葵】（夏）…300
みずおおばこ【水大葉子・水車前】（夏）…300
みずきのはな【水木の花】（夏）…300
みずきのみ【水木の実】（秋）…469
みずくさおう【水草生う】（春）…110
みずくさのはな【水草の花】（夏）…301
みずな【水菜】（春）…110
みずなし【水梨】（秋）…469
みずばしょう【水芭蕉】（春）…110
みずひきのはな【水引の花】（秋）…469
みすみそう【三角草】（春）…110
みずわらび【水蕨】（夏）…301
みせばや【見せばや】（秋）…469
みぞそば【溝蕎麦】（秋）…470
みそはぎ【禊萩】（秋）…470
みだれはぎ【乱れ萩】（秋）…470
みつがしわ【三槲・三柏】（夏）…301
みつば【三葉】（春）…111
みつまたのはな【三椏の花・三叉の花】（春）…111
みどりたつ【緑立つ】（春）…111
みぶな【壬生菜】（春）…111
ミモザ【mimosa】（春）…111
みやこぐさ【都草】（夏）…301
みやこわすれ【都忘】（春）…111
みやつこぎ【造木】（四季）…585
みやまざくら【深山桜】（春）…111
みやましきみ【深山樒】（冬）…530
みょうがじる【茗荷汁】（夏）…301
みょうがだけ【茗荷竹】（春）…112
みょうがのこ【茗荷の子】（夏）…301
みょうがのはな【茗荷の花】（秋）…470
みる【海松】（春）…112
みるぶさ【海松房】（春）…112

む

むかご【零余子】（秋）…471
むかごめし【零余子飯】（秋）…471
むぎ【麦】（夏）…302
むぎあおむ【麦青む】（春）…113
むぎうた【麦歌】（夏）…303
むぎうち【麦打】（夏）…303
むぎかり【麦刈】（夏）…303
むぎつき【麦搗】（夏）…304
むぎぬか【麦糠】（夏）…304
むぎの【麦野】（夏）…304
むぎのあき【麦の秋】（夏）…304
むぎのあめ【麦の雨】（夏）…304
むぎのかぜ【麦の風】（夏）…305
むぎのこ【麦の粉】（夏）…305
むぎのなみ【麦の波】（夏）…305
むぎのほ【麦の穂】（夏）…305
むぎのめ【麦の芽】（冬）…530
むぎばたけ【麦畑】（夏）…306
むぎびより【麦日和】（夏）…306
むぎぶえ【麦笛】（夏）…306
むぎふみ【麦踏】（春）…113
むぎぼこり【麦埃】（夏）…306
むぎまき【麦蒔】（冬）…530
むぎめし【麦飯】（夏）…306
むぎわら【麦藁】（夏）…306
むぎわらぎく【麦藁菊】（夏）…307
むぎわらぶえ【麦藁笛】（夏）…307
むぎわらぼうし【麦藁帽子】（夏）…307
むくげ【木槿】（秋）…471
むくげがき【木槿垣】（秋）…472
むくのみ【椋の実】（秋）…473
むぐら【葎】（夏）…307
むぐらわかば【葎若葉】（春）…113
むくろじ【無患子】（秋）…473
むしとりなでしこ【虫捕撫子・虫取撫子】（夏）…307
むすびこんぶ【結昆布】（新年）…549
むべ【郁子】（秋）…473
むべのはな【郁子の花】（春）…113
むらおばな【村尾花】（秋）…473
むらさきしきぶ【紫式部】（秋）…474
むらもみじ【村紅葉】（秋）…474
むらわかば【むら若葉】（夏）…308
むれすずめ【群雀】（春）…113
むろざき【室咲】（冬）…530
むろのうめ【室の梅】（冬）…530
むろのき【榁木】（四季）…585

め

め【海布・海藻】（四季）…585
めうど【芽独活】（春）…113
めなもみ（秋）…474
めはじき【目弾】（秋）…474
めやなぎ【芽柳】（春）…114

も

も【藻】（四季）…586
もくげんじ【欒樹】（秋）…475
もぐさ【艾】（春）…114
もくせい【木犀】（秋）…475
もくせいそう【木犀草】（夏）…308
もくれん【木蘭・木蓮】（春）…114
もしおぐさ【藻塩草】（四季）…586
もずく【海蘊・水雲・海雲】（春）…115
もちつつじ【黐躑躅】（春）…115
もちのはな【黐の花】（夏）…308
もちのみ【黐の実】（秋）…475
もちばな【餅花】（新年）…549
もっこくのはな【木斛の花】（夏）…308
もののめ【物の芽】（春）…115
ものはな【藻の花】（夏）…308
もみ【籾】（秋）…475
もみ【樅】（四季）…587
もみじ【紅葉・黄葉】（秋）…475
もみじがり【紅葉狩】（秋）…478
もみじざけ【紅葉酒】（秋）…478
もみじちる【紅葉散る】（冬）…530
もみじやま【紅葉山】（秋）…478
もみすり【籾摺り】（秋）…478
もみほし【籾干】（秋）…478
もものさけ【桃の酒】（春）…116
もものせっく【桃の節句】（春）…116
もものはな【桃の花】（春）…116
もものひ【桃の日】（春）…117
もものみ【桃の実】（秋）…478
もものやど【桃の宿】（春）…117
ももばたけ【桃畑】（春）…117

や

やえぎく【八重菊】（秋）…479
やえざくら【八重桜】（春）…118
やえつばき【八重椿】（春）…118
やえやまぶき【八重山吹】（春）…118
やきいも【焼芋】（冬）…531
やきごめ【焼米】（秋）…479
やくしそう【薬師草】（秋）…479
やぐるまぎく【矢車菊】（夏）…309
やぐるまそう【矢車草】（夏）…309
やけの【焼野】（春）…118
やし【椰子】（四季）…587
やしゃびしゃく【夜叉柄杓】（夏）…310
やせむぎ【痩麦】（夏）…310
やちぐさ【八千草】（秋）…479
やつがしら【八頭・八頭芋】（秋）…479
やつかほ【八束穂】（秋）…480
やつで【八手】（四季）…588
やつでのはな【八手の花】（冬）…531
やどりぎ【寄生木・宿木】（四季）…588
やなぎ【柳・楊】（春）…119
やなぎかげ【柳陰・柳影】（春）…120
やなぎたで【柳蓼】（夏）…310
やなぎちる【柳散る】（秋）…480
やなぎのあめ【柳の雨】（春）…121
やなぎのいと【柳の糸】（春）…121
やなぎのはな【柳の花】（春）…121
やなぎのめ【柳の芽】（春）…121
やばい【野梅】（春）…121
やぶ【藪】（四季）…588
やぶからし【藪枯】（秋）…480
やぶこうじ【藪柑子】（冬）…532
やぶこうじかざる【藪柑子飾る】（新年）…549
やぶじらみ【藪虱・藪蝨】（秋）…480
やぶつばき【藪椿】（春）…121
やぶにっけい【藪肉桂】（秋）…480
やまあい【山藍】（四季）…588
やまあざみ【山薊】（秋）…480
やまうど【山独活】（春）…122
やまうるし【山漆】（夏）…310
やまがき【山柿】（秋）…481
やまぐわ【山桑】（春）…122

やまごぼうのはな【山牛蒡の花】（夏）…310
やまざくら【山桜】（春）…122
やましげり【山茂り】（夏）…311
やまたず【山多頭・山多豆】（四季）…589
やまとなでしこ【大和撫子】（夏）…311
やまなし【山梨】（秋）…481
やまなしのはな【山梨の花】（春）…123
やまならし【山鳴】（春）…124
やまのいも【山芋・薯蕷】（秋）…481
やまはぎ【山萩】（秋）…481
やまひめ【山女・山姫】（秋）…482
やまぶき【山吹】（春）…124
やまぶきそう【山吹草】（春）…125
やまふじ【山藤】（春）…126
やまぶどう【山葡萄】（秋）…482
やまぼくち【山火口】（秋）…482
やまもも【山桃・楊梅】（夏）…311
やまもものはな【山桃の花・楊梅の花】（春）…126
やまゆり【山百合】（夏）…311
やまわかば【山若葉】（夏）…312
やればしょう【破れ芭蕉】（秋）…482

ゆ

ゆ【柚】（秋）…482
ゆうがお【夕顔】（夏）…312
ゆうがおのみ【夕顔の実】（秋）…483
ゆうがおまく【夕顔蒔く】（春）…126
ゆうざくら【夕桜】（春）…126
ゆうすげ【夕菅】（夏）…313
ゆうちょうか【遊蝶花】（春）…126
ゆうもみじ【夕紅葉】（秋）…483
ゆきおれ【雪折れ】（冬）…532
ゆきのした【雪下】（夏）…314
ゆきやなぎ【雪柳】（春）…127
ゆきわりそう【雪割草】（春）…127
ゆこう【柚柑】（新年）…549
ゆず【柚・柚子】（秋）…483
ゆずのはな【柚子の花】（夏）…314
ゆずゆ【柚子湯】（冬）…532
ゆすらうめ【梅桃・山桜桃】（夏）…314
ゆすらのはな【梅桃の花・山桜桃の花】（春）…127
ゆずりは【譲葉・交譲木・楪】（四季）…589
ゆずりは【譲葉・交譲木・楪】（新年）…549
ゆでびし【茹菱】（秋）…484
ゆのはな【柚の花】（夏）…314
ゆべし【柚餅子】（秋）…484
ゆみそ【柚味噌】（秋）…484
ゆり【百合】（夏）…314

よ

よか【余花】（夏）…316
よざくら【夜桜】（春）…127
よしのざくら【吉野桜】（春）…127
よだかり【夜田刈】（秋）…484
よどどのぐさ【淀殿草】（夏）…316
よねこぼす【米こぼす】（新年）…550
よめな【嫁菜・娵菜】（春）…128
よめなのはな【嫁菜の花・娵菜の花】（秋）…485
よもぎ【蓬・艾】（春）…128
よもぎふく【蓬葺く】（夏）…316
よもぎもち【蓬餅】（春）…129
よろいぐさ【鎧草】（夏）…317

ら～る

ライラック【lilac】（春）…129
らしょうもんかずら【羅生門蔓】（春）…129
らっか【落花】（春）…129
らっかせい【落花生】（秋）…485
らっきょう【薤・辣韮】（夏）…317
らっきょうのはな【薤の花・辣韮の花】（秋）…485
らん【蘭】（秋）…485
らんとう【蘭湯】（夏）…317
りか【李花】（春）…130
りか【梨花】（春）…130
りゅうきゅうつつじ【琉球躑躅】（春）…130
りゅうじょ【柳絮】（春）…130
りょうぶ【令法】（春）…130

りょくいん【緑陰】(夏)…317
リラ【lilas】(春)…130
りんご【林檎】(秋)…486
りんごのはな【林檎の花】(春)…131
りんどう【龍胆】(秋)…487
るこうそう【縷紅草・留紅草】(夏)…317
るりそう【瑠璃草】(春)…131
れいし【茘枝・茘支】(秋)…488
レダマ【retama・連玉】(夏)…317
れんぎょう【連翹】(春)…131
れんげ【蓮花・蓮華】(夏)…318
れんげそう【蓮華草】(春)…132
れんげつつじ【蓮華躑躅】(春)…132
れんりそう【連理草】(夏)…318
ろうばい【老梅】(春)…132
ろうばい【蝋梅・臘梅】(冬)…533

わ

わかかえで【若楓】(夏)…318
わかくさ【若草】(春)…133
わかくさの【若草野】(春)…133
わかごぼう【若牛蒡】(夏)…318
わかしば【若芝】(春)…133
わかたけ【若竹】(夏)…319
わかたばこ【若煙草】(秋)…488
わかな【若菜】(新年)…550
わかなうり【若菜売】(新年)…551
わかなつみ【若菜摘】(新年)…551
わかなの【若菜野】(新年)…552
わかなのひ【若菜の日】(新年)…552
わかなぶね【若菜舟】(新年)…552
わかば【若葉】(夏)…319
わかばぐもり【若葉曇】(夏)…320
わかまつ【若松】(春)…133
わかみどり【若緑】(春)…133
わかめ【若布・和布】(春)…134
わかめかる【若布刈る・和布刈る】(春)…134
わかめほす【若布干す・和布干す】(春)…134
わかやなぎ【若柳】(春)…134
わくらば【病葉】(夏)…320
わけぎ【分葱】(春)…134
わさび【山葵】(春)…134
わさもも【早桃】(夏)…320
わすれぐさ【忘草】(夏)…320
わすれなぐさ【勿忘草】(春)…135
わすればな【忘れ花】(冬)…533
わせ【早稲】(秋)…488
わせのか【早稲の香】(秋)…489
わせのめし【早稲の飯】(秋)…489
わせまめ【早生豆】(夏)…321
わたうちゆみ【綿打弓】(秋)…489
わたつみ【綿摘・棉摘】(秋)…489
わたとり【綿取】(秋)…489
わたのはな【綿の花】(夏)…321
わたばたけ【綿畑・綿畠】(秋)…490
わたはつほ【綿初穂】(秋)…490
わたふく【綿吹く】(秋)…490
わびすけ【侘助】(冬)…533
わらび【蕨】(春)…136
わらびもち【蕨餅】(春)…137
われもこう【吾亦紅・吾木香】(秋)…490

監修者　大岡　信（おおおか　まこと）

1931年　静岡県三島市に生まれる
1953年　東京大学文学部卒業
詩人、日本芸術院会員
【詩集】－「記憶と現在」「悲歌と祝禱」「水府」「草府にて」「詩とはなにか」「ぬばたまの夜、天の掃除器せまつてくる」「火の遺言」「オペラ 火の遺言」「光のとりで」「捧げるうた　50篇」など
【著書】－「折々のうた」（正・続・第3～第10・総索引・新１～6）「連詩の愉しみ」「現代詩試論」「岡倉天心」「日本詩歌紀行」「うたげと孤心」「詩の日本語」「表現における近代」「万葉集」「窪田空穂論」「詩をよむ鍵」「一九〇〇年前夜後朝譚」「あなたに語る日本文学史」（上・下）「日本の詩歌－その骨組みと素肌」「光の受胎」「ことのは草」「ぐびじん草」「しのび草」「みち草」「しおり草」「おもい草」「ことばが映す人生」「私の万葉集」（全５巻）「拝啓漱石先生」「日本の古典詩歌（全6巻）」など
【受賞】－「紀貫之」で読売文学賞、「春　少女に」で無限賞、「折々のうた」で菊池寛賞、「故郷の水へのメッセージ」で現代詩花椿賞、「詩人・菅原道真」で芸術選奨文部大臣賞、「地上楽園の午後」で詩歌文学館賞
恩賜賞・日本芸術院賞（1995年）、ストルーガ詩祭（マケドニア）金冠賞（1996年）、朝日賞（1996年度）、文化功労者顕彰（1997年）

短歌俳句 植物表現辞典

2002年4月22日　第1刷発行
監修者　大岡 信
編集著作権者　瓜坊進
発行者　遠藤 茂
発行所　株式会社 遊子館
107-0062　東京都港区南青山1-4-2八並ビル4F
電話 03-3408-2286 FAX.03-3408-2180
印　刷　株式会社 平河工業社
製　本　協栄製本株式会社
装　幀　中村豪志
定　価　外箱表示

ISBN4-946525-38-6 C3592